이영도

1972년생. 경남대학교 국어국문학과 졸업. 1998년 여름, 컴퓨터 통신 게시판에 연재했던 첫 장편 『드래곤 라자』가 출간되어 100만 부를 돌파함으로써 한국에 판타지 시대를 열었다.

『드래곤 라자』는 일본, 중국, 대만 등에서도 출간되어 베스트셀러가 되었다. 라디오 드라마, 만화, 온라인 게임, 모바일 게임 등으로 만들어졌을 뿐 아니라, 고등학교 문학 교과서에 수록되며 그 가치를 인정받았다.

이후 『퓨처워커』, 『폴라리스 랩소디』를 차례로 발표하였으며, 장대한 구상 위에 집필하여 2003년 내놓은 대작 『눈물을 마시는 새』는 한국적 소재를 자연스럽게 녹여낸 판타지 대하 소설로 이영도 붐을 새롭게 했다. 2005년에는 후속작 『피를 마시는 새』가 출간되었다.

2009년에는 『드래곤 라자』와 『퓨처워커』의 뒤를 잇는 『그림자 자국』 이 출간되어 문화관광부 우수 교양 도서에 선정되었다.

2018년에는 중단편 「오버 더 호라이즌」, 「오버 더 네뷸러」, 「오버 더 미스트」, 「골렘」, 「키메라」, 「행복의 근원」, 「에소릴의 드래곤」, 「샹파이의 광부들」을 수록한 중단편집 『오버 더 호라이즌』과 함께 후속 장편소설 인 『오버 더 초이스』가 출간되었다. 2019년에는 중단편 소설 「마트 ○○」를 발표하였고, 2020년에는 SF 단편집 『별뜨기에 관하여』를

『눈물을 마시는 새』가 한국 저작물 사상 최고 금액으로 ○○○하여 영국, 독일, 프랑스, 스페인 등 유럽 14개 국에 선계약 ○○○ 세계적인 소설로 발돋움했다. 이와 함께 그래픽노블과 게임화 역시 이어질 예정이며, 이를 위한 아트북이 먼저 출간되어 베스트셀러에 등극하기도 하였다. 현재 마산에서 꾸준히 집필 활동 중이다.

디자인
김나연

캘리그라피
강병인

백성민

1948년 경남 통영 출생. 1973년 「권율장군」으로 데뷔하였다. 「장길산」, 「토끼」, 「삐리」, 「붉은 말」 등 먹과 붓을 활용한 동양적 색채가 강한 그림을 주로 발표해 왔다.

귀하의 책장에 이 책을
받아들여 주서서 감사합니다.

눈물을 마시는
새
上

이영도 판타지 장편소설

백성민 그림

눈물을 마시는 새

上

황금가지

눈물을 마시는 새

출판 20주년 일러스트 특별판 (상)

1판 1쇄 찍음 2023년 3월 15일
1판 1쇄 펴냄 2023년 4월 25일

지은이 | 이영도
그 림 | 백성민
발행인 | 박근섭
편집인 | 김준혁
책임 편집 | 김준혁, 장은진, 정미리
독자 편집 | 민건식, 변종화, 유현아, 윤승노
펴낸곳 | 황금가지

출판등록 | 2009. 10. 8 (제2009-000273호)
주소 | 06027 서울 강남구 도산대로 1길 62 강남출판문화센터 5층
전화 | 영업부 515-2000 편집부 3446-8774 팩시밀리 515-2007
홈페이지 | www.goldenbough.co.kr

도서 파본 등의 이유로 반송이 필요할 경우에는 구매처에서 교환하시고
출판사 교환이 필요할 경우에는 아래 주소로 반송 사유를 적어 도서와 함께 보내주세요.
06027 서울 강남구 도산대로 1길 62 강남출판문화센터 6층 민음인 마케팅부

차례

하늘을 불사르던 용의 노여움도 잊혀지고
왕자들의 섬비도 사토 속에 묻혀버린
그리고 그런 것들에 누구도 신경 쓰지 않는
생존이 천박한 농담이 된 시대에

한 남자가 사막을 걷고 있었다.

제1장

구출대

셋이 하나를 상대한다.

— 해묵은 금언

그보다 더 적합한 이름이 없어 그저 '마지막 주막'이라 불리는 곳에 남자가 다가온 것은 푼텐 사막의 여행자들이 잠자리를 찾아드는 새벽녘이었다.

주막 주인은 남자가 도달하기 한 시간 전부터 그를 주시하고 있었다. 보통의 경우 주인은 그보다 일찍 길손을 발견하는 편이다. 광활한 푼텐 사막에서는 시야를 가로막는 것이 별로 없었기 때문이다. 사구들이 있긴 하지만 그것들도 장애물은 되지 못한다. 왜냐하면 '마지막 주막'이 있는 위치는 30미터 높이의 바윗덩이 위였기 때문이다. 직경 40미터쯤 되는 그 바위의 윗부분은 모조리 마지막 주막에 의해 점령당해 있었다. 그런 특이한 위치에 있었기에 주인은 주막을 향해 걸어오는 길손을 몇 시간 전부터 발견하곤 했다. 그 길손들은 대개 동쪽이나 서쪽, 그리고 북쪽에서 와서 마지막 주막에 머물렀다가 다시 동쪽이나 서쪽, 그리고 북쪽으로 떠났다.

하지만 남자는 남쪽에서 오고 있었다. 주인이 거의 신경 쓰지 않는 방향이었고, 그래서 주인은 한 시간 거리에 이를 때까지 남자를 발견하지 못했다.

주인은 남자가 길을 어지간히도 잘못 들었다가, 주막을 지나치기 직전 가까스로 불빛을 발견한 것이 틀림없다고 짐작했다. 그렇게 판단한 주인은 남자가 주막까지의 남은 거리를 천천히, 그러나 꾸준히 줄여나가는 모습을 물끄러미 바라보았다. 가끔 무료한 시선을 돌려 다른 방향을 바라보았지만 다른 길손의 모습은 보이지 않았다.

검은 고체를 연상시키던 사막의 하늘에 조금씩 물빛이 배어들었다. 남자의 모습은 이제 완연히 커져 있었다. 대략 10분쯤 후에 도착하겠다고 판단한 주인은 주전자와 물그릇을 준비해 둘 요량으로 자리에서 일어났다.

일어나던 주인의 눈에 이상한 것이 들어왔다. 주인은 눈살을 찡그리며 다시 남자를 바라보았다. 그리고 무엇이 자신의 주의를 끌었는지 알아차렸다.

남자의 뒤편으로 검은 선이 뒤따르고 있었다. 밝아진 하늘 아래에서 주인은 그 검은 선이 지평선까지 점점이 이어져 있음을 볼 수 있었다. 주인은 고개를 갸웃했다. 남자가 뭔가 무거운 것을 끌고 있는 것일까? 바람은 그다지 불지 않았고 따라서 남자가 뭔가 묵직한 것을 끌고 있다면 그 자국은 빛이 강해지는 이 시점에 그림자를 만들어낼 수도 있을 것이다. 혹 남자의 낙타가 죽어버려서 남자는 어쩔 수 없이 귀중한 짐을 끌고 오는 것일까? 주인은 남자의 등 뒤를 자세히 보려 했지만 남자는 무릎까지 오는 평퍼짐한 방풍복을 걸치고 있어서 그 뒤쪽을 보기가 어려웠다.

그러나 조금 후, 주위가 더 환해지자 주인은 자신의 상상이 너무 온건했음을 깨달았다. 주인은 놀라움 속에서 자리에서 일어났다.

남자의 발 뒤로 이어지는 검은 선은 어떤 액체가 모래 속으로 배어든 자국이었다. 그리고 어떤 여행자도 일부러 물을 흘리지는 않을 것이다. 메마른 사막의 모래조차도 완전히 빨아먹지 못하고 검붉은 자국을 남겨놓게 만든 그것은 피였다.

"이보오. 괜찮은 거요?"

커다란 천으로 머리와 입 주위를 가린 채 걸어오던 남자는 느닷없이 들려온 목소리에 고개를 들었다. 그러고는 작은 사구 위에 서 있는 주막 주인을 보곤 손을 어깨 쪽으로 가져갔다.

"누구냐?"

"저기 주막에서 온 사람이오. 주막으로 오던 중 아니었소?"

주인의 설명에도 불구하고 남자는 여전히 손을 목 뒤에 놓아둔 채 말했다.

"더 다가오지 마시오. 비무장이오?"

"난 도적이 아니오. 설마 도적이 맨몸으로 낙타도 타지 않고 다닐까. 난 저 주막 주인이고 당신을 보다가 도와주려고 온 거요."

"뭘 도와주겠다는 거요? 설마 주막이 어디 있는지 알려주겠다는 것은 아닐 테고."

뭔가 이상하다고 생각한 주인은 다시 남자의 뒤쪽을 훔쳐보았다. 하지만 가까이서 보자 그 자국이 피라는 사실이 더욱 분명해질 뿐이었다. 주인의 시선을 따라 뒤를 돌아본 남자는 고개를 가로저었다.

"저거 말이오? 신경 쓰실 거 없소."

"피를 그렇게 흘리는데 신경 쓰지 말라는 거요?"

"내 피가 아니오."

주인은 어리둥절해져서 남자의 뒤편으로 돌아갔다. 남자는 주인이 관찰하도록 내버려두었다.

남자는 등 뒤로 커다란 자루 같은 것을 끌고 있었다. 자루는 검붉게 물들어 있었고 그것이 피의 길을 만들고 있는 원인이었다. 주인은 흠칫하여 남자의 목 쪽을 쳐다보았고 방풍복의 옷깃 너머에서 솟아나온 커다란 칼자루를 발견하곤 치를 떨었다. 거대한 검을 메고 피가 배어나오는 자루를 끌고 있는 남자라니.

"자루 속에 든 것이 뭐요?"

"이미 말했지만 신경 쓸 필요 없는 것이오."

"그거 피잖소!"

"인간의 피가 아니오."

남자는 퉁명스럽게 대답한 다음 주인을 내버려둔 채 다시 걷기 시작했다. 남자가 다시 움직이자 주인은 그 자루가 얼마나 무거운 것인지 알 수 있었다. 사람을 넣어도 두 명은 넣을 것 같은 그 자루는 모래 위에 커다란 자국을 남기며 끌려갔다. 험악한 눈으로 남자의 등을 쏘아보던 주인은 조금 후 남자를 앞질러 걸어갔다.

"먼저 가서 준비 좀 하겠소이다."

남자는 아무 대답도 하지 않았다. 주인은 주막을 향해 달음박질쳤다. 물론 말한 바를 실천하기 위해서는 아니다. 주막에 도달하기 직전까지 주인은 자신의 칼을 어디에 두었는지 생각했다. 하지만 마지막으로 쓴 것이 언제인지 기억도 나지 않는 그 커다란 장검의 소재는 도통 기억나지 않았다. 어차피 칼 한 자루로 남자를 대적할 생각도 아니었던 주인은 계단을 올라서자마자 고함을 질러 식솔들을 깨웠다.

영문을 모른 채 달려나온 아내는 칼이 어디에 있냐는 남편의 질문에 당황했다. 다행히도 약간 늦게 나온 젊은 아들은 칼이 어디 있는지 알고 있었고 칼을 쓸 일이 생긴 듯하자 흥분하여 달려갔다. 주인은 설명을 강요하는 아내를 부엌에 밀어넣다시피 한 다음 물그릇과 주전자를 탁자 위에 내어놓았다.

그때 바위를 올라온 남자가 주막 안으로 들어섰다.

남자는 주위를 한 번 둘러본 다음 주전자가 놓인 탁자 쪽으로 걸어갔다. 남자의 뒤쪽에는 여전히 그 끔찍한 자루가 뒤따르고 있었고 그래서 바닥에 핏자국이 남았다. 주인은 그 모습에 눈살을 찌푸렸다. 탁자에 도달한 남자는 방풍복을 벗어 의자에 걸쳐둔 다음 배낭을 벗었다. 그리고 손을 목 뒤로 가져갔다.

주인은 잠깐 동안 피가 배어나오는 자루를 잊어버렸다.

주인은 한 번도 그런 칼을 본 적이 없었다. 30센티미터쯤 되는 칼자루 위에는 역시 30센티미터쯤 되는 고동이 달려 있었다. 고동이 그토록이나 긴 이유는 분명했다. 길이가 120센티미터는 될 듯한 거대한 칼날 두 개가 나란히 부착되어 있었기 때문이다. 마치 다리가 붙어버린 쌍둥이 같은 모습의 검이었다.

그 해괴한 쌍신검(雙身劍)은 착용하는 방법도 독특했다. 남자는 가죽끈과 연결 쇠고리들로 이루어진 복잡한 장신구를 가슴 위쪽에 묶고 있었다. 그 왼쪽 어깨 쪽에는 둥그스름한 어깨 보호대가 붙어 있었고 등쪽, 목 뒤에서 조금 내려간 곳에는 걸이 모양의 쇠붙이가 부착되어 있었다. 남자의 쌍신검은 그 걸이에 걸리게 되어 있었다. 칼집은 있지도 않았다.

　남자는 쌍신검을 탁자 위에 놓아둔 다음 의자에 앉았다. 그리고 머리와 입 주위를 감싼 천을 풀기 시작했다.

　그때 주인의 아들이 칼을 들고 돌아왔다. 다행히도 눈치 빠른 아들은 칼을 등 뒤에 숨긴 채 걸어왔다. 주인은 눈짓을 해서 아들을 어두운 구석 쪽으로 물러나게 한 다음 남자에게 다가갔다.

　"자루에 든 것이 뭔지 설명해 주시겠소?"

　천을 다 푼 남자는 그것을 탁자 위에 놓아두었다. 땀과 모래로 덩이진 검은 머리카락이 어깨 위로 흘러내렸고 며칠 동안 다듬지 않은 수염은 남자의 입 주위를 시커멓게 뒤덮고 있었다. 그 볼썽사나운 얼굴을 주인에게로 돌린 남자는 엉뚱한 말을 꺼냈다.

　"여기가 마지막 주막 맞소?"

　"그렇게들 부르지. 남쪽으로는 더 이상 주막이 없거든."

　"그렇더군."

　무심히 넘어가려던 주인은 문득 남자가 한 말의 의미를 깨닫고는 눈을 크게 떴다.

　"무슨 말도 안 되는 농담을……, 남쪽에서 오셨단 말이오?"

　"거기서 왔소."

　차라리 하늘에서 왔다고 하는 편이 믿기 쉬울 것이다.

　"거참, 남쪽에는 아무것도 없소."

　"키보렌이 있소."

　"하, 키보렌? 물론 그게 있지. 무수한 나무들도 있고 빌어먹을 정도로 많은 짐승들도 있지. 그리고 나가들도 있고. 그러니 아무것도 없는 것이나 마찬가지잖소."

　비웃는 주인을 물끄러미 바라보던 남자는 또다시 엉뚱한 말을 꺼냈다.

　"편지를 주시오."

　"예?"

　"이곳이 마지막 주막이라면 케이건 드라카에게 온 편지가 있을 텐데."

주인은 다시 눈을 크게 떴다. 분명히 그런 편지가 있었다. 수십 일 전 북쪽에서 죽을 지경이 되어 걸어온 대사원의 승려는 케이건 드라카에게 전해 달라고 부탁하며 서신 하나를 건네주었다. 오레놀이라는 이름의 그 승려는 며칠 동안이나 몸조리를 한 다음 겨우 북쪽으로 돌아갔다. 고개를 끄덕일 뻔한 주인은 퍼뜩 정신을 차렸다.

"먼저 내 질문에 대답해 주시오. 자루에 든 것은 뭐요? 그리고 남쪽에서 왔다니, 그건 무슨 말이오?"

케이건 드라카라는 이름의 남자는 주전자를 들어올렸다. 주인은 재빨리 끼어들었다.

"한 그릇에 두 닢이오. 여기 물값은 비싸지. 물이 나오기 때문에 주막이 가능하거든."

케이건은 그 말에는 대꾸도 하지 않은 채 물그릇에 물을 따랐다. 물을 다 따른 다음에야 케이건은 주인의 질문에 대답했다.

"내가 남쪽에서 온 것은 푼텐 사막을 적게 가로지르기 위해서였소. 내 출발지는 카라보라였소. 거기서 남쪽으로 해서 키보렌에 들어섰소. 그다음 죽 서쪽으로 오다가 다시 북쪽으로 발걸음을 돌려 이 주막으로 왔소."

주인은 소리내어 콧방귀를 뀌었다. 케이건의 말이 틀린 것은 아니었다. 푼텐 사막의 동쪽 끝 카라보라는 주막에서 200킬로미터 이상 떨어져 있었다. 따라서 200킬로미터나 되는 사막 여행을 피하려면 남자가 말하는 것처럼 남쪽으로 빙 돌아오는 편이 낫다. 푼텐 사막의 남쪽 끝에서부터 주막까지는 불과 50킬로미터 거리다.

하지만 그 말은 거꾸로 말해서 키보렌 밀림 속을 200킬로미터가량 걸어야 한다는 의미다. 나가들이 득시글거리는 키보렌 밀림을 가로지르는 200킬로미터의 여행. 같은 거리의 바다 위를 걷는 편이 훨씬 안전할 것이다. 주인이 그것을 지적하려 할 때 케이건이 자루를 가리켰다.

"자루에 든 것은 그 여행을 통해 얻은 거요. 풀어보시오. 내가 남쪽에서 왔다는 것을 믿을 수 있을 거요."

주인은 미심쩍은 눈으로 자루를 쳐다보았다가 다시 케이건 드라카를 쳐다보았다. 하지만 케이건은 동편 두 닢짜리 물로 목을 축일 뿐이었다. 주인은 조심스럽게 자루를 풀어보았다.

잠시 후, 부엌에 있던 주인의 아내는 모골이 송연해지는 비명에 주저앉고 말았다.

가장 높이 날아오르는 하늘치도 이곳에서는 땅을 볼 수 없다. 동서남북의 모든 지평선까지 뻗어 있는 키보렌에서는.

열기를 머금은 채 무겁게 드리워져 있는 먹구름은 숲의 정수리에 거의 닿을 듯하다. 어떤 도끼날도 경험하지 않은 키보렌의 나무들은 늙고, 거대하고, 음험하다. 긴 시간 동안 무질서하게 자라난 가지들은 어찌할 도리가 없을 정도로 뒤얽혀 있고, 허공에서 손을 맞잡은 가지들은 그 위에 말라죽은 나뭇잎을 잔뜩 얹은 채 아래로 휘어져 있었다. 하여, 거센 바람이라도 불라치면 키보렌에선 숲의 머리 부분에서 나뭇잎들이 하늘로 솟아오른다.

거대한 나무들은 죽은 후 쓰러지기도 하지만 좀 작은 나무들은 죽은 후에도 뒤얽힌 가지 때문에 쓰러지지 못하고 그 자신을 위한 비목이 되어 서 있게 된다. 그 중엔 옆의 형제들에게 비스듬하게 기댄 채 죽어 있는 나무들도 많았고, 따라서 초록빛 바다를 연상시키는 키보렌의 아래쪽에는 무질서하게 뻗어나간 수직선과 사선, 그리고 수평선이 뒤얽혀 새들조차 길을 잃을 미로가 형성되어 있었다. 그리고 그 정신 질환자의 망상 같은 미로는 자라나며, 휘어지고, 썩어 들어가며, 살아 있는 척하고, 간혹 '와지끈' 하는 소리와 함께 무너져 바스러진 나무껍질과 나뭇잎을 사방으로 흩날린다. 하지만 대개의 나날 동안 키보렌은 그 초록빛 너울 아래쪽에 암흑을 감금한 채 침묵의 나날을 보낸다.

그곳에 냉혹의 도시가 있었다.

강대한 레콘도 그 이름을 말할 때 불쾌함을 느끼지 않을 수 없는 곳, 쾌활한 도깨비도 그 이름을 말할 때 미소 지을 수 없는 곳, 그리고 날조에 능한 인간은 자신들이 붙인 이름 '침묵의 도시'를 고집하는 곳. 그러나 그곳은 냉혹의 도시이며, 자신을 증거하기 위해 타인의 찬양이나 저주가 필요하지 않은 위대한 업적들 중에서도 가장 위대한 것들 중 하나다.

하텐그라쥬.

무한히 펼쳐진 키보렌의 푸른 밀림 가운데서 하텐그라쥬는 외로운 흰색 섬처럼 보인다. 그러나 그 하얀 섬은 중앙에 솟아오른 200미터 높이의 심장탑이 그다지 높아 보이지 않을 정도로 광대한 대도시다. 곧게 뻗은 대로들 좌우로 장엄한 건물들이 위용을 뽐내며 서 있고 건물들보다 더 자주 눈에 들어오는 광장들은 나가들이 노획한 전리품들로 치장되어 있다. 한계선 이남에 있는 나가들의 다른 도시들은, 역시 높은 심장탑과 아름다운 건축물들을 가지고 있지만 본질적으로 이 위대한 도시 하텐그라쥬의 모사품에 지나지 않는다.

다른 모사품들도 그렇지만 이 아름다운 도시는 두 가지 점에서 다른 종족들의 도시와 매우 다르다. 이 도시에서는 소리를 들을 수 없고 밤을 추방하는 불빛이 없다. 하얀 열주와 회랑과 광장들 사이로 나가들은 아무런 소리 없이 유령처럼 오가며, 어디에서도 목소리나 노래 같은 것은 들을 수 없다.

그래서 류 페이가 입을 열었을 때 화리트 마케로우는 큰 충격을 받아야 했다.

"심장을 가지고 사는 것은 어떤 기분일까."

등 뒤로 도깨비 일개 군단이 행진해도 알아듣기 어려운 나가의 청력이지만, 하텐그라쥬의 비정상적인 고요함 때문에 화리트는 친구의 말을 알아들을 수 있었다. 화리트는 당황했고 친구의 무례를 탓할 생각도 떠올리지 못했다.

〈심장을 가지고 사는 것? 매일매일 죽을까봐 두려워 하며 사는 것이지.〉

류 페이는 화리트의 니름이 몹시 혼란스러운 것을 감지했다. 친구를 더 이상 당혹시키고 싶지 않았기에 류은 입을 다물고 닐렀다.

〈매일 자신이 살아 있다는 것을 느낄 수 있다는 니름도 되잖아?〉

그리고 류은 오른손을 들어 자신의 가슴 위에 얹어보았다. 똑같은 행동을 취한다면 화리트 역시 자신의 가슴속에서 뛰고 있을 심장 박동을 느낄 수 있겠지만 화리트는 그렇게 하지 않았다. 너무 창피스러운 일이기 때문이다.

〈륜. 다른 사람들 앞에서는 그러지 않겠지?〉

〈그러다니, 뭐?〉

〈가슴을 만지지는 않겠지? 그러지 마. 무례한 짓이야.〉

화리트는 자신이 너무 딱딱하게 닐렀다고 느끼고는 덧붙여 닐렀다.

〈어차피 열흘 후에는 그런 행동 그만두게 되겠지만.〉

륜은 오른손을 내렸다. 그러고는 몸을 돌려 하텐그라쥬의 중심부를 바라보았다. 그곳엔 심장탑이 하텐그라쥬의 가장 높은 건물들의 수십 배 높이로 솟아 있었다. 심장탑을 바라보는 륜의 눈동자에는 혐오와 공포가 뒤섞여 있었다. 발코니의 난간을 움켜쥔 그의 손은 미세하게 떨리기까지 했다.

페이 저택의 발코니에 서 있는 륜 페이와 그의 친구 화리트 마케로우는 모두 스물두 살로 같은 나이이며, 나가의 규범으로는 아직 어른 대접을 받을 수 없는 나이이기도 하다. 하지만 열흘 후, 샤나가 성(星)이 달 뒤로 숨는 날이 오면 그들은 심장탑으로 불려가게 될 것이다.

그곳에서 그들은 가슴을 가르고 심장을 꺼낼 것이다.

〈나는 마음에 들지 않아, 화리트.〉

〈꺼림칙해할 건 전혀 없어. 륜. 적출식 중에 죽은 나가는 한 명도 없어. 사고가 생긴다느니, 매년 한두 명은 들어가서 꼭 나오지 않는다느니 하는 건 모두 어른들이 애들 겁주려고 하는 농담이야.〉

화리트의 자상한 니름에도 불구하고 륜의 얼굴은 어두웠다.

〈사고가 생길까봐 무서워하지는 않아. 나는 심장을 꺼낸다는 것 자체가 마음에 들지 않아.〉

화리트는 놀랐다.

〈왜지? 륜. 불사가 싫다는 거야?〉

〈불사는 아니지.〉

〈그러면 반불사라고 하지. 그것이 별것 아니라고 니를 거야? 어떤 적의 공격도 두려워할 필요가 없다는 것이 시시한 일은 아닐 것 같은데.〉

〈적이라고? 나가의 적이 어디에 있지? 한계선 남쪽엔 더 이상 나가의 적은 존재하지 않아. 그리고 우리는 한계선 위로 올라가지도 않고. 도대체 나가를 위협하는 적이 어디에 있단 니름이야?〉

류의 니름은 격앙되어 있었다. 화리트는 차분하게 설명하기로 했다.

〈물론 우리는 한계선 이북의 그 추운 땅으로 올라가진 않아. 하지만 그들, 더운 피의 불신자들은 한계선 이남으로 내려올 수 있어. 그들은 곡물을 먹어. 그래서 숫자가 엄청나게 많아. 하지만 우리는 그들처럼 숫자를 늘릴 수 없어. 불사의 몸은 불신자들로부터 우리 자신을 지키는 나가의 무기야.〉

"그들이 내려온다고!"

류은 다시 육성으로 외쳤다.

"어떻게! 인간의 말은 우리의 숲에서는 한 발자국도 움직일 수 없어. 저 거대한 레콘은 자기 몸조차 추스릴 수 없고! 그리고 그들 모두는 열을 볼 수 없어. 밤이 찾아들지 않게 할 재주가 있다면 모를까, 그 불신자들이 어떻게 감히 우리의 숲에 들어온단 말이야!"

류은 성난 하늘치처럼 외쳤다. 마치 자신을 불신자 대하듯 말을 하는 류을 보며 화리트는 불쾌감을 느꼈다. 하지만 화리트는 꾹 참으며 부드럽게 닐렀다.

〈도깨비는?〉

나가의 가장 큰 적의 이름은 류을 침묵하게 만들었다. 나가는 말을 타고 곡물을 먹는 인간도, 바위를 깨고 하늘을 나는 레콘도 두려워 하지 않는다. 하지만 도깨비의 경우는 좀 다르다. 화리트는 모든 나가들이 잘 아는 사실을 차분하게 닐렀다.

〈나가 잡는 것은 도깨비라지? 우리는 도깨비와 그놈들의 그 저주스러운 불꽃을 구분할 수 없어. 그들도 열을 볼 수는 없지만, 우리들 또한 그들을 볼 수 없다는 것은 마찬가지야. 그리고 도깨비의 불은 우리의 아름다운 숲을 순식간에 잿더미로 만들 수 있어. 페시론 섬과 아킨스로우 협곡을 생각해 봐.〉

〈그것은 너무도 예외적인 경우야. 도깨비들은 절대로 전쟁을 좋아하지 않아. 그게 아주 재미있는 장난거리라고 생각한다면 모를까.〉

〈가능성 있는 일이잖아? 나는 그놈들의 장난에 한계가 있기나 한지 모르겠어. 어쨌든 어느 날 세상이 멸망한다는 소식을 듣는다면 나는 이렇게 생각할 거야. 아아. 어느 자제력 부족한 도깨비 하나가 드디어 일을 저질렀구나.〉

친구의 장난스러운 니름에 류은 미소를 지을 수밖에 없었다.

〈나도 도깨비에 대한 농담은 몇 개 알고 있어. 화리트. 그리고 그 농담들이 도깨비에 대해 내가 들은 유일한 것들이야. 나는 어디서도 도깨비들이 위협적이라는 니름은 듣지 못했어. 물론 그들은 우리의 눈을 현혹시킬 수 있는 유일한 자들이지만, 동시에 그자들은 전쟁에 아무 관심이 없는 유일한 불신자들이기도 해. 그렇다면 도깨비 또한 우리가 심장 없는 생물로 살아야 하는 이유가 될 수 없어.〉

〈넓은 세상엔 우리가 아직 알지 못하는 적이 있을 수도 있지.〉

〈아아, 물론 있지. 적은 존재해.〉

그리고 류은 혐오감을 담아 육성으로 외쳤다.

"바로 저기에!"

화리트는 얼굴을 일그러뜨렸다. 친구의 무모함과 무례함을 익히 알기에 대단히 높은 관대함의 기준을 가지고 있는 그였지만, 이번의 행동은 도가 지나치다고 생각했다. 류 페이는 심장탑을 가리키고 있었다.

〈류. 목소리를 내지 마. 심장탑은 그런 불경의 대상이 될 수 없어.〉

탑을 가리키던 손을 내리긴 했지만 류은 말로도 니름으로도 화리트의 니름에 대답하진 않았다. 화리트는 갑자기 자신이 불청객이나 된 것 같다고 느끼기 시작했다. 화리트는 안색을 바꾸며 몇 가지 시시한 잡담으로 화제를 돌려보았지만 류의 반응을 얻을 수는 없었다. 결국 화리트는 류이 침묵으로써 주장하고 있는 것에 부딪쳐 보기로 했다.

〈심장을 적출하지 않겠다는 거야?〉

류은 여전히 아무 니름도 하지 않았지만 그의 몸에 돋아난 비늘들은 서로 부딪히며 불길한 소리를 내었다. 화리트의 얼굴이 슬퍼졌다.

〈그걸 정말 원하는 것은 아니겠지?〉

〈내가 만일 그러겠다면, 그들은 어떻게 하지?〉

화리트는 절망감 가득한 니름을 보내었다.

〈그건 불가능해.〉

〈대답해 줘. 수련자니까 알고 있을 것 아냐. 만일 어떤 나가가 자기 심장을 가지고 살다가 죽겠다고 주장한다면, 수호자들은 어떻게 하지? 강제로 적출하나?〉

〈아냐. 수호자들은 아무 행동도 취하지 않아. 하지만 도움이 될 경우를 몇 개 알긴 해. 스물두 살이 되던 해에 적출식을 못한 나가들이 몇 명 있었지. 피치 못할 사정 같은 것들 때문에.〉

〈어떻게 됐지?〉

〈여자들은 물론 가문의 보호를 받으며 다음 해까지 기다렸다가 무사히 심장을 적출했지.〉

〈남자들은!〉

〈다음 해가 올 때까지 필사적으로 숨어다녀야 했어. 하지만 살아남은 남자들은 아무도 없어. 모두 살해당했지.〉

〈살해? 누구에게?〉

〈모르는 척하지 마라, 륜. 불신자들이 한계선 이남으로 내려오지 못한다고 닐렀던 것은 너잖아.〉

그러나 화리트는 설명을 덧붙였다.

〈모두 나가에게 살해당했지.〉

륜의 비늘들이 다시 서로 부딪히며 불협화음을 이루었다.

화리트는 의자에 앉았다. 탁자엔 그가 가져온 상자가 놓여 있었다. 친구와 함께 먹기 위해 선물 삼아 가져온 것이지만 도대체 뭔가를 먹거나 할 분위기가 아니었다.

화리트는 상자 속을 물끄러미 바라보며 닐렀다.

〈륜. 열흘 후엔 더 이상 페이 가문은 너를 보호해 주지 않아. 너는 자유로운 남자가 되니까. 하지만 자유로운 남자와 자유로운 사냥감 사이에는 많은 차이가 있어.
심장을 적출한다면 여자들은 너를 남자로 인정하겠지만, 심장을 가지고 있다면 그
저 비에나가일 뿐이야. 추적하고, 죽이지. 그리고…….〉

화리트는 류을 돌아보았다. 하지만 그의 손은 상자 위를 맴돌았다. 갑자기 그의
손이 벼락처럼 상자 속으로 내려꽂혔다. 화리트의 손이 다시 올라왔을 때 거기엔
커다란 쥐 한 마리가 꽉 움켜져 있었다. 쥐는 필사적으로 찍찍거렸지만 화리트는
여전히 류을 바라보며 닐렀다.

〈먹힐 수도 있어.〉

류 페이는 쥐를 입 쪽으로 가져가는 화리트를 딱딱하게 굳은 얼굴로 바라보았다.
뼈가 으스러지는 소리와 함께 찍찍거림이 뚝 그쳤다.

키준 산맥의 서북쪽 바이소 산.

기온은 차고 바람은 거세다. 충일함을 자랑하는 태양도 이 땅에선 기력을 잃고
하늘을 떠도는 생기 없는 불덩이로 바뀌는 듯하다. 산을 온통 뒤덮은 암록색의 숲
은 답답하리만큼 두텁다.

그 초록의 물결 사이로 한 여행자가 바이소 산의 능선을 따라 걷고 있었다. 실팍
한 지팡이나 두툼한 옷은 보통의 여행자와 별 다를 바 없지만, 여행자의 머리는 깨
끗하게 삭발한 모습이었다. 승려임에 분명하지만 키준 산맥의 이 지역에서 승려의
모습은 조금 이채롭게 보인다. 이 근처에는 사원은커녕 마을도 없다.

하지만 승려가 길을 잃은 것은 아닌 듯하다. 승려는 바이소 계곡을 내려가고 있
었는데 그 계곡 바닥을 흐르는 개울 옆에는 분명히 건물로 보이는 것이 몇 개 놓여
있었다. 바람을 별로 타지 않을 만한 우묵한 곳에 서 있는 그 건물들은 사금 채취
자나 사냥꾼들이 지을 만한 오두막이었다. 승려는 그 오두막들을 향해 꾸준히 걸
어 내려갔다.

주위가 갑자기 어두워졌다.

해가 구름 속에 들어갔나 하고 의아해하던 승려의 등 뒤에서 갑자기 돌풍이 불어닥쳤다.

강한 돌풍에 승려는 앞으로 나동그라지고 말았다. 다행히 덤불에 틀어박히는 바람에 승려는 계곡 바닥까지 굴러가는 낭패한 지경을 모면했다. 간이 콩알만 해진 승려는 헐떡거리며 하늘을 쳐다보았다. 그리고 승려는 벌린 입을 다물지 못했다.

승려가 내려온 산의 뒤편에서부터 튀어나온 것은 거대한 하늘치였다.

어마어마한 크기의 가슴지느러미는 한눈에 들어오지도 않았다. 입은 산이라도 집어삼킬 것 같았고 그 뒤에 흩어져 있는 수천 개의 눈은 온갖 빛깔로 영롱하게 빛났다. 도저히 직시하기 힘든 그 눈들을 피해 시선을 더 뒤쪽으로 옮긴 승려는 곧 탄성을 내질렀다. 사람들이 말하던 것이 그곳에 있었다.

무너진 탑과 담장, 열주, 그리고 햇빛을 받아 불타오르는 반구형 지붕. 승려는 그것이 사람들의 말처럼 호화스럽지는 않다는 사실을 깨달았다. 사람들은 보석이 박힌 기둥과 금으로 뒤덮인 지붕들에 대해서 말한다. 물론 그것은 햇빛의 반사광을 저열한 욕망으로 해석한 결과다. 하늘치의 등에 있는 것은 무거운 세월의 더께 아래에 무너진 태고의 유적일 뿐이었다. 그곳에서는 반짝이는 돌덩이나 누런 쇠붙이가 아닌 덧쌓인 시간들이 찬란히 불타고 있었다. 승려는 눈물을 흘렸다.

등에 유적을 얹은 채 하늘을 떠가는 거대한 물고기를 보던 승려는 한참 후에야 계곡 아래의 소란을 들었다. 승려는 일어나 앉은 다음, 아쉬움을 억누르며 계곡 바닥 쪽으로 시선을 돌렸다. 그리고 그곳에서 벌어지고 있는 일에 놀라움과 우려를 금치 못했다.

계곡 바닥에서는 세 마리의 말들이 한 무리를 이룬 채 서 있었다. 마차와 비슷한 배열이었지만 조금 달랐다. 일단 세 마리의 말 중 가운데 말에는 기수가 올라타 있었다. 그리고 말들은 멍에를 메고 있었지만 그 뒤편에 연결되어 있는 것은 마차가 아니었다. 길고 튼튼해 뵈는 밧줄이 멍에에 연결되어 있었고 밧줄의 반대쪽 끝에는 사람들이 묶여 있었다. 그리고 그 사람들은 승려가 무엇인지 알고 있는, 하지만

한 번도 본 적이 없는 물건을 등에 매달고 있었다.

그것은 장방형의 거대한 연이었다. 다만 보통 연의 수백 배는 넘는 크기였다. 승려는 말들이 왜 필요한지 깨닫고는 신음을 흘렸다.

그때 승려가 듣지 못했던 신호가 울렸던 모양이다.

말들이 갑자기 달리기 시작했다.

말들은 계곡풍을 받는 방향으로 달리고 있었다. 밧줄이 팽팽하게 당겨지다가 갑자기 연들이 하늘로 불쑥 솟아올랐다. 연은 모두 다섯 개였다. 승려는 말들을 이용하여 연을 띄울 수 있다는 점은 이해했지만 그것을 지탱하거나 조종할 수 있을지는 의문스러웠다. 그때 승려는 말들과 연결된 밧줄 이외에 별도의 밧줄이 연에 연결되어 있음을 발견했다. 승려는 그 별도의 밧줄이 어디에 연결되어 있는지를 살폈다. 그것은 땅에 고정된 거대한 도르래에 연결되어 있었다. 승려는 그들의 준비성에 감탄했다. 말들은 연을 끌어올리는 역할을 할 뿐이었다. 그리고 연은 거대한 얼레라고 할 수 있는 도르래에 의해 조종되는 모양이었다.

승려의 예측대로 곧 연에 매달려 있던 자들이 단검을 뽑아들었다. 그 사람들은 연과 말을 연결하는 밧줄을 끊었고 그러자 연들은 말들과 분리되어 날아올랐다. 하지만 별도의 밧줄이 도르래에 연결되어 있었고 그곳에는 체격이 우람한 자들이 도르래의 손잡이를 붙잡고 있었다.

그들은 연을 이용하여 하늘치의 등에 오른다는 대담하기 짝이 없는 계획을 시도 중이었다. 승려는 가능성이 거의 없다고 생각했지만 그들의 모험심에는 감동했고, 그래서 주먹을 불끈 쥐며 소리 없이 응원을 보내었다.

그때 승려는 연들 중 하나에 이상이 생겼음을 깨달았다.

다른 네 연들과 달리 제대로 날아오르지 못한 채 불안하게 흔들리는 연이 있었다. 승려는 놀란 눈으로 그 연을 살폈고 곧 그 연이 아직까지 말들에 연결되어 있음을 깨달았다. 어찌된 일일까? 눈을 부릅뜬 승려는 그 연에 탄 자가 엉뚱한 밧줄을 잘랐음을 깨달았다. 그자는 말과 연결된 밧줄 대신 도르래와 연결된 밧줄을 잘라버린 것이다. 계곡 아래쪽에서는 사람들이 욕설과 비명을 질러대었고 그 연과 연결된 말들을 몰던 기수는 머리 끝까지 화가 나서 폭언을 퍼부어대고 있었다. 연은 무지막지한 힘으로 솟아오르고 있었고 자칫하면 말까지 끌려 올라갈 정도였다. 기수는 모진 결심을 한 듯 검을 뽑았다. 승려는 부정의 고함을 질렀지만 들릴 리가 없는 거리였다.

기수가 연줄을 끊자마자 연은 하늘 높이 솟아올랐다.

승려는 벌떡 일어나서 그 연을 바라보았다. 두 개의 밧줄이 모든 끊어진 그 연은 지상과의 모든 연결을 잃은 채 바람에 떠밀려 이리저리 흔들리고 있었다. 승려는 그 연에 탄 자에 대한 동정심에 미쳐버릴 것만 같았다. 그 연에 탄 자는 죽도록 무서울 것이다.

마침내 연은 서서히 아래로 떨어졌다. 연은 승려가 있는 능선쪽으로 떠밀리듯 내려왔다. 연이 추락하는 순간 승려는 고개를 돌리고 말았다.

요란한 충돌음이 일어났다. 승려는 떨리는 가슴을 내리누른 채 연을 향해 달려갔다. 가슴이 조마조마하여 움직이기도 힘들었지만 승려는 힘껏 달려갔다. 부러진 나무들을 타넘으며 승려는 자신이 보게 될 끔찍한 모습을 각오했다. 마침내 승려는 추락 지점에 도달했다.

그리고 승려는 도저히 믿을 수 없는 광경에 얼이 빠져버렸다.

부러진 나뭇가지와 잎사귀들의 잔해 속에서 한 사람이 몸을 고정시키고 있던 줄을 거칠게 뜯어내며 눈에 들어오는 모든 것을 향해 무지스러운 욕설을 퍼부어대고 있었다. 연에 탔던 작자임은 분명하다. 주위의 잔해 속에는 연의 잔해 또한 흩어져 있었다. 하지만 승려는 이해할 수가 없었다. 아무리 연이 낙하 속도를 줄여주었더라도 충돌 당시의 속도는 몸이 으스러질 정도였을 것이다. 도대체 어떻게 된 작자일까?

그때 승려는 상대방의 키가 거의 3미터에 달한다는 사실을 깨달았다. 터무니없이 큰 연 때문에 승려는 지금껏 그자가 얼마나 거대한지 모르고 있었다. 승려는 곧 어떻게 된 사태인지 이해했다. 하지만 흥분은 쉽게 가라앉지 않았고, 그래서 승려는 떨리는 목소리로 말했다.

"괘, 괜찮으십니까?"

"너 뭐야! 약 올리냐!"

상대방은 무시무시한 부리를 승려에게로 획 돌렸다. 승려는 오금이 저려왔다.

"지나가다가 추락하는 것을 보고 달려왔습니다. 어디 다치시진 않았습니까?"

분노 때문에 어쩔 줄 몰라하던 상대방은 그제야 목소리를 조금 누그러뜨렸다.

"안 다쳤다. 제기랄, 안 다쳤다고! 이제 안심이냐?"

"대단하군요. 그렇게 떨어졌는데 안 다치시다니. 레콘이 아니셨다면 죽었을 겁니다."

레콘은 부리를 딱 소리나게 부딪쳤다. 인간이라면 코방귀를 뀌는 것에 해당하는 몸짓이었다. 승려는 경외감을 감추지 못한 채 레콘의 팔다리를 훑어보았다. 곳곳에 찰과상을 입었는지 깃털이 군데군데 피에 젖어 있었지만 그 이상으로 심각한 상처를 입은 곳은 없는 모양이다. 승려는 그를 만져보고 싶을 정도였다. 하지만 레콘은 승려가 바라보거나 말거나 신경 쓰지 않은 채 하늘을 날고 있는 네 개의 연을 쳐다보았다.

승려 또한 하늘을 쳐다보았다. 나머지 네 개의 연은 하늘치에게로 접근하고 있었다. 레콘은 발을 동동 굴렀다.

"조금만 더 가! 조금만 더! 모든 이보다 낮은 여신이여, 제발! 밧줄 더 풀어, 이 잡것들아!"

하지만 행운은 이 대담한 모험가들과는 거리가 멀었다.

부연하자면 100미터쯤 멀었다.

연줄은 하늘치에게서 약 100미터 정도 떨어진 곳에서 동이 나고 말았다. 연들은 이리저리 흔들리며 어쩔 줄 몰라했지만 하늘치는 그들의 머리 위를 유유히 지나갔다. 계곡 아래쪽 사람들은 연이 위험에 처하기 전에 결단을 내려야 했다. 그들이 밧줄을 다시 감아들이고 있는 것을 본 레콘은 비명을 질렀다.

"안 돼!"

레콘은 벼슬을 쥐어뜯으며 바닥에 주저앉았다. 승려는 가쁜 숨을 가다듬고는 좌절한 레콘을 위로했다.

"정말 대담무쌍한 계획입니다. 저는 거의 성공하는 줄 알았어요. 하늘치가 약간만 더 낮게 날았으면 틀림없이 성공했을 겁니다."

레콘은 승려의 말이 들리지도 않는 모양이었다. 그는 계곡 건너편의 하늘로 유유히 헤엄쳐가는 하늘치의 꼬리지느러미만을 바라보았다. 하늘치는 조금도 변함없는 모습으로 헤엄치고 있었다. 그들이 고독한 비행을 계속한 이래 수천 년 만에 비로소 지상의 존재들과 만날 뻔했다는 것, 그리고 불과 100미터의 거리만 남겨둔 채 그 접촉이 실패했다는 사실은 저 거대한 생물에게는 아무런 영향도 주지 못하는 듯했다. 하늘치는 완벽히 무관심한 모습으로 저편 하늘로 사라져갔다.

마침내 하늘치의 모습이 산맥 너머로 사라졌을 때는 많은 시간이 지난 후였다. 감동에 젖어 있던 승려는 레콘이 일어나서 깃털을 터는 소리를 듣고는 고개를 돌렸다. 레콘은 부서진 연을 돌아보며 투덜거리다가 갑자기 노기에 차서 외쳤다.

"롭스 이 자식, 죽여버릴 테다! 100미터나 모자라다니!"

승려는 롭스가 누군지는 알지 못했지만 그자의 목숨이 명재경각이라는 사실은 충분히 짐작할 수 있었다. 승려는 레콘을 말리려 했지만 다음 순간 레콘은 이미 산사면을 뛰어내려가고 있었다. 뛴다기보다는 난다에 가까웠다. 승려는 부리나케 그 뒤를 따라 달려갔다.

숨 넘어갈 지경이 되어 계곡 아래쪽에 도달한 승려는 사태가 예상보다 훨씬 덜 심각한 것을 알게 되었다. 레콘은 롭스라고 짐작되는 털북숭이 인간을 향해 화를 내고 있었는데, 놀랍게도 롭스는 레콘을 상대로도 조금도 기죽지 않은 모습이었다. 심지어 그 롭스는 레콘을 쩔쩔매게 만들었다.

"이 우라질 대장놈아, 네가 연에 타겠다고 발광하지만 않았어도 연줄은 충분히 남았어! 그 지랄 같은 고집 때문에 태워줬더니 엉뚱한 밧줄을 잘라서 연을 박살내냐!"

승려는 눈을 크게 떴다. 인간이 저럴 수는 없다. 레콘을 상대로 저렇게 마구 말할 수 있는 것은 같은 레콘뿐이다. 놀라움 속에서 롭스를 관찰하던 승려는 잠시 후에야 롭스의 정체를 깨달을 수 있었다. 대장이라 불린 레콘은 면구스러운 투로 말했다.

"젠장. 흥분했단 말이다. 마침내 하늘치의 등에 오른다고 생각하니까 흥분해서 나도 모르게 그만…… 어, 그리고 내가 제대로 밧줄을 잘랐더라도 어차피 실패했을 거 아냐? 다른 연들도 못 올라갔어!"

"그러니까 처음부터 연에 타겠다는 소리는 안 했어야지! 우리가 말렸잖아! 연줄이 모자라게 된 건 네녀석의 고집 때문이라고! 대장 네놈을 날려올리느라고 다른 밧줄이 부족했던 거야!"

레콘은 폭풍 같은 숨소리를 냈지만 뭐라 대꾸하지는 못했다. 주위에 몰려든 사람들도 사태가 이렇게 될 줄 알았다는 듯 피식거릴 뿐 누구도 롭스의 목숨을 걱정하고 있지는 않은 듯했다. 그때 롭스가 승려를 발견했다.

"웅? 중인가? 무슨 볼일이 있나?"

승려는 이 방자한 질문에 화를 내지 않았다. 그의 추측이 맞다면 롭스는 현재 그 겉모습과 달리 인간이 아니기 때문이다. 그래서 승려는 공손히 손을 모아 합장하며 말했다.

"저는 오레놀이라고 합니다. 여기 계신 레콘께 용무가 있어서 왔습니다."

레콘은 그 말에 놀라 눈을 껌뻑거렸다.

"무슨 말이냐? 지나가던 길이라고 한 것 같은데?"

"이곳으로 오던 중이었습니다. 저는 이곳에 계신 분들의 지휘자인 티나한이라는 이름의 레콘을 만나러 왔습니다. 그런데 아무래도 당신이 그분인 것 같군요."

"내가 티나한이긴 한데, 나를 왜 만나러 온 건데?"

"저는 하인샤 대사원에서 왔습니다."

갑자기 티나한의 벼슬이 굳어졌다. 롭스 또한 주위의 눈치를 살피며 황급히 말했다.

"아, 그러시군요. 잠시 안으로 드시겠습니까?"

"인간으로 바뀌셨습니까?"

"예? 아, 아니요. 도깨비입니다. 킴이 편하시겠습니까?"

오레놀은 웃으며 그 군령자(群靈者)를 향해 고개를 끄덕였다.

"편하실 대로 하셔도 좋습니다만 모습이 인간이시니 아무래도 인간이 앞으로 나와주시면 제가 덜 혼란스럽겠군요."

오레놀의 예측대로 롭스는 군령자였다. 다수의 영을 가지고 있는 군령자가 아니라면 어떤 인간이 레콘을 향해 마구 대할 수 있겠는가. 티나한을 상대한 것은 롭스 속에 있던 어떤 레콘의 영이었을 것이다.

오레놀의 요구대로 인간의 영을 전면에 내세운 롭스는 티나한과 함께 그를 근처에 있는 오두막으로 데리고 갔다. 다른 사람들이 따라오려 했지만 롭스는 그들을 모두 쫓아버렸다.

오두막 안은 지저분하고 어두웠다. 티나한은 연장과 잡동사니가 잔뜩 쌓여 있는 탁자 한 귀퉁이를 슬쩍 들어 간단히 탁자를 치우더니 오레놀을 그 옆의 의자에 앉게 했다. 그리고 롭스는 궤짝에서 술병과 그릇을 꺼내어 탁자 위에 놓았다. 하지만 오레놀은 술을 사양했다. 롭스는 어깨를 으쓱인 다음 그릇을 치워버렸다. 그러고는 술병째로 한 모금 마신 다음 티나한에게 건네었다.

"다른 건 없군요. 물이라도?"

"아니요. 괜찮습니다. 제가 날짜를 아주 잘 잡아서 왔군요. 굉장한 광경을 보게 되었습니다."

"성공하는 모습도 볼 수 있었을 겁니다. 티나한이 고집만 부리지 않았어도."

롭스는 그렇게 말하며 티나한을 쏘아보았다. 티나한은 부리를 딱 부딪쳤고, 오레놀은 미소 지었다. 그리고 모든 사람들이 입과 부리를 다물었다. 잠시 탁자 주위는 끔찍한 침묵으로 가득차게 되었다.

티나한이 못 견디겠다는 듯이 외쳤다.

"좋아! 오레놀이라고 했지? 도대체 며칠 밀렸지?"

"반년입니다."

티나한은 기겁한 얼굴로 롭스를 돌아보았다. 롭스는 창백해진 얼굴로 말했다.

"벌써 그렇게…… 아니, 언제 시간이 그렇게 흘렀죠? 죄송합니다. 외진 곳에 있다 보니 시간 가는 줄을 몰랐습니다. 절대로 떼어먹으려는 것이 아니었습니다."

"예. 대사원에서는 여러분들의 성실성을 의심하지는 않았습니다. 무슨 착오가 있는 것이 분명하다고 생각했고, 그래서 제가 사정을 알아보러 온 것입니다."

오레놀은 그렇게 말한 다음 약간 미안한 듯한 웃음을 지었다.

"이왕이면 여러분들이 성공하신 모습을 볼 수 있기를 바라며 왔습니다."

"성공할 수 있었어! 너도 봤잖아!"

티나한이 탁자를 내리쳤다. 매우 당연하게도 탁자는 박살이 나고 말았다. 오레놀과 티나한은 얼빠진 표정으로 부서진 탁자를 내려다보았고 롭스는 머리를 쥐어뜯으며 신음을 흘렸다.

"아주 거덜을 내는구나. 젠장."

티나한은 고개를 떨구었다. 부서진 탁자를 대충 밀어낸 롭스는, 그제야 마음이 좀 가라앉은 듯 차분하게 말했다.

"솔직하게 말씀드리죠. 스님. 저희들은 지금 원금은커녕 이자도 드릴 형편이 못 됩니다. 이 탁자라도 드려야 할 형편인데, 불행하게도 그것마저 우리의 존경하는 대장께서 박살을 냈군요. 하지만 저희들은 성공할 수 있습니다. 직접 보셨으니 더 설명드릴 필요도 없겠군요. 저희들의 계획은 완벽합니다."

"아, 네. 정말 대단한 광경이었습니다. 저는 대사원을 떠나올 땐 반신반의하고 있었습니다. 하늘치의 등에 올라가다니 말도 안 된다고 생각했지요. 하지만 이젠 믿을 수 있을 것 같습니다. 물론 대단히 위험하게 보이긴 하지만 성공할 가능성도 있음직하군요. 그런데 성공하셨을 경우 어떻게 내려오실 작정이셨죠?"

"연줄을 타고 도로 내려올 겁니다. 연이 하늘치의 등에 올라서면 도르래 쪽에서 밧줄을 끊는 거죠. 그러면 올라갔던 사람은 언제든 밧줄을 타고 내려올 수 있습니다."

오레놀은 눈앞에 있는 사람들이 도대체 이성이라는 것을 가지고 있는 건지 의심스러웠다. 2,000미터는 족히 될 높이에서 밧줄을 타고 내려오다니, 오레놀이라면 죽었다 깨도 시도할 수 없는 일이었다. 오레놀은 그 광경이 머릿속에 떠오르는 것을 피하기 위해 재빨리 화제를 바꿨다.

"알겠습니다. 하지만 아직은 성공하지 못했죠?"

"성공할 수 있습니다! 제발 조금만 더 말미를 주십시오. 방금 전 그건 마지막 연습 같은 거였습니다. 예, 그렇게 생각하면 되죠. 준비도 연습도 다 끝났으니 다음번엔 반드시 성공합니다!"

"예. 그러시길 바랍니다."

오레놀의 대답에 롭스는 눈을 크게 떴다.

"말미를 더 주시는 겁니까?"

티나한 또한 기대감이 가득 담긴 눈으로 오레놀을 바라보았다. 오레놀은 팔목에 건 염주를 꺼내어 만지작거리다가 말했다.

"언제까지 기다리면 되겠습니까?"

롭스는 난처한 표정을 지었다. 한참 머뭇거리던 롭스는 겨우 입을 열었다.

"여섯 달 정도가 필요합니다."

오레놀은 롭스를 빤히 바라보았고 롭스는 그 시선에 얼굴을 붉혔다. 오레놀은 조용히 말했다.

"반년을 더 기다리라는 말씀입니까?"

"반년 후면 확실히 성공할 수 있습니다. 우리는 이미 하늘치의 이동에 대해 많은 것을 조사했습니다. 잠깐만 기다리십시오. 우리가 기록한 장부가 있습니다."

그리고 롭스는 오두막 한구석에 쌓아둔 두꺼운 장부를 가져왔다. 양피지를 묶어서 만든 그 장부는 얼마나 뒤적거렸는지 귀퉁이가 너덜너덜해져 있었다. 롭스는 그 책에 기록된 숫자들과 기호들을 가지고 오레놀의 넋을 반쯤 흩어놓았다. 오레놀은 롭스의 말을 거의 이해하지 못했지만 그 결론은 그럭저럭 알아들었다. 롭스는 향후 여섯 달 이내에 일곱 마리의 하늘치가 바이소 계곡을 지나갈 텐데, 그중 두 마리가 적당한 고도로 통과하게 될 거라고 자신하는 듯했다.

"다른 다섯 마리는 덩치가 훨씬 큽니다. 이유는 아무도 모릅니다만 하늘치는 덩치가 클수록 더 높이 날지요. 물론 덩치가 큰 녀석의 등에는 더 굉장한 유적이 있지만 거기까지 날아오르기가 쉽지 않습니다. 우리가 가장 좋은 바람이 분다고 판단한 이 바이소 계곡에서도 그 정도 높이까지는 날아오를 수 없습니다. 오늘 통과한 것 같은 조그마한 녀석만이……."

오레놀은 그 대목에서 신음을 흘렸다.

"저희들의 연으로 날아오를 수 있는 높이에서 날아다닙니다. 그런 꼬마들을 기다리려면 여섯 달은 필요합니다."

"설명해 주셔서 감사합니다. 그런데 말씀하시는 것을 들으니 우려를 느끼지 않을 수 없군요."

롭스는 눈을 부라렸다.

"우려라니요! 우리의 예측에 이견이라도 있나?"

롭스의 말투가 중간에 바뀐 것을 보니 다시 레콘의 영이 뛰쳐나온 듯했다. 오레놀은 조심스럽게 말했다.

"그럴 리가 있겠습니까. 저는 하늘치를 오늘 처음 본 사람입니다. 당연히 여러분들의 말씀을 믿습니다. 제가 느끼는 우려는 하늘치가 아니라 여러분들에 관한 겁니다. 이자도 갚을 수 없다고 하셨는데, 그렇다면 향후 여섯 달 동안 이곳에서 어떻게 지내실 생각입니까?"

롭스는 눈을 끔뻑거리다가 한숨을 쉬며 장부를 덮었다. 티나한은 미간을 찡그리며 말했다.

"젠장. 힘들 테지. 하지만 버틸 수 있어. 바이소 산에는 먹을 만한 것들이 있어. 어떻게든 여섯 달은 버틸 수 있을 거야. 그러니 그건 걱정하지 마. 너희들은 상환 기간만 연장해 주면 돼."

"여러분들은 꽤 인원이 많더군요. 말들도 있고."

"그래도 버틸 수 있어. 말이 있으니까 정 안 되면 밭뙈기라도 갈면 되는 거야."

"여섯 달 뒤에 여러분들이 모두 굶어죽거나 도망치기라도 하면 저희들은 빌려드린 돈을 상환받을 수 없을 텐데요."

"그런 일은 없어! 나는 반드시 하늘치의 등 위에 올라갈 거라고!"

오레놀은 다시 염주를 만지작거렸다. 티나한은 그 염주가 신경에 거슬린다고 생각했지만 그 말을 꺼내지 않을 정도의 분별력은 가지고 있었다. 그리고 롭스는 젊은 승려의 입에서 현실성이 없으니 장비를 모두 압류하겠다는 말이 나올까봐 귀를 막고 싶은 심정이었다. 그때 오레놀이 말했다.

"제안을 하나 하겠습니다."

"뭐? 무슨 제안인데?"

"대사원에서는 레콘 한 명을 필요로 합니다."

"레콘?"

"예. 그래서 대사원에서는 티나한 당신이 대사원을 위해 어떤 일을 해 주길 바랍니다. 그것을 해 주신다면 지금까지 빌려가신 돈을 모두 탕감해 드리겠습니다. 그리고 앞으로 여섯 달 동안 필요하신 자금을 다시 빌려드리겠습니다."

티나한과 롭스는 이 굉장한 조건에 그만 넋이 나간 듯했다. 롭스가 먼저 정신을 수습하고 말했다.

"그 일이라는 것이 뭡니까?"

"다시 인간이신가요? 죄송합니다만 그 일의 내용은 일을 할 분에게만 알려드릴 수 있습니다. 하지만 기간이 넉 달 정도 필요할 테고, 대단히 위험한 일이라는 것은 말씀드릴 수 있겠군요."

롭스는 오레놀이 마지막에 끼워넣은 말이 티나한을 겨냥한 것이라고 생각했다. 위험한 일이라고 했을 때 도망가는 레콘은 어디에도 없다. 과연 티나한은 가소롭다는 듯이 말했다.

"흥. 얼마나 위험하기에?"

하지만 오레놀은 진심으로 그렇게 말한 것이었다. 오레놀은 걱정스러운 눈빛으로 티나한을 바라보았다.

"이런 비유가 어떨지 모르겠습니다만, 물에 빠지는 것만큼이나 위험합니다."

티나한의 벼슬이 뻣뻣하게 곤두섰다.

인간들이 등불이나 촛불로 낮의 일부를 밤 속으로 끌어들였을 때 그 낮에 의해 추방된 밤의 일부는 자신의 자리를 잃고 방황했다. 어떤 도깨비가 그 방황하던 밤을 낮 속으로 끌어들였다. 밤을 얻음으로써 그는 밤의 다섯 딸인 혼란, 매혹, 감금, 은닉, 꿈 또한 얻을 수 있었다. 도깨비는 그들의 도움으로 거성을 쌓았다.

　도깨비다운 품위 있는 이유가 있었다. 그는 그것이 재미있을 거라 여겼다.

　혼란은 성의 내부를 결정했고 매혹은 성의 외형을 결정했다. 감금은 무수한 미궁과 미로와 함정을 결정했고 은닉은 비밀통로와 비밀문, 암호를 결정했다. 그러나 다섯째 딸이 성의 건축에 어떤 식으로 영향을 끼쳤는지는 알려져 있지 않다. 밤의 막내딸인 꿈은 다른 네 언니와는 전혀 다르다. 꿈은 가장 밤다운 것이지만 동시에 밤과는 정반대 되는 성질을 가지고 있다. 밤은 감추고 숨기고 덮지만 꿈은 드러내고 발견하고 열어보이며, 그러한 꿈의 성질은 공교롭게도 낮을 닮아 있다. 그러나 밝은 낮에는 볼 수 없고 암흑 속에서만 볼 수 있는 꿈의 성질은, 별과 마찬가지로, 그 본성이 밤에 속함을 증명한다. 이 복잡한 성질의 막내딸은 언니들과 함께 성의 건축에 개입했지만 그 개입이 어떤 성질이었는지는 알 수 없다.

　물론 꿈의 개입을 차치하더라도 즈믄누리는 충분히 불가사의한 건축물이다.

　즈믄누리가 모두 몇 층인지, 그 안에 몇 개의 방이 있고 몇 개의 통로가 있고 몇 개의 계단이 있는지 정확하게 알고 있는 것은 오직 성주뿐이다. 물론 즈믄누리를 자주 방문하는 자들에게 알려진 몇 가지 사실은 있다. 예를 들어, 본관 4층은 항상 7층에서 올라가야만 도달할 수 있다든지, 성 안 어디에서든 모퉁이를 세 번 오른쪽으로 돌면 대식당에 도달하게 된다든지, 동쪽 탑 꼭대기에 서서 왼쪽으로 두 바퀴를 돌면 반드시 성주의 서재에 엉덩방아를 찧게 된다든지 하는 사실이 그것이다. 그리고 즈믄누리의 역대 성주들은 취향에 따라 서재 가운데 방석을 갖다놓거나 쇠못을 뿌려두거나 불 붙은 초를 놓아두거나 했다. 초야 옷자락을 좀 태울 뿐이니 도깨비다운 장난이라 할 수 있겠지만 쇠못의 경우는 풍문일 가능성이 높다는 것이 사람들의 생각이다. 도무지 도깨비다운 일이 아니기 때문이다. 물론 진실은 알 수 없다.

그러나 즈믄누리의 무사장 사빈 하수언이 동쪽 탑 꼭대기에 서서 우수에 찬 얼굴로 검은 하늘을 바라보고 있는 것은 쇠못에 대한 두려움 때문은 아니다. 사빈 하수언은 조금 전 딱정벌레 똥을 가득 담은 양동이를 들고 걸어가던 성주를 목격했던 것이다.

원래 서재 바닥에 엉덩이를 찧는 건 성주의 몸종인 비형의 일이었다. 하지만 지금 무사장은 성주에게 직접 전해야 하는 전갈을 가지고 있었다. 한숨을 내쉬며, 사빈은 자포자기하는 심정으로 두 바퀴를 돌았다. 주위의 풍경이 확 바뀌는 것과 동시에 사빈은 서재 바닥에 엉덩방아를 찧었다.

사빈은 약간 어리둥절해하며 일어났다. 서재 바닥에는 아무것도 없었다. 엉덩이를 털며 일어난 사빈은 성주의 책상이 있는 쪽을 돌아보았다.

즈믄누리의 11대 성주 바우 머리돌은 모종삽을 든 채 사빈을 바라보고 있었다. 사빈은 성주의 발치에 있는 양동이와 창가에 놓인 화분들을 보고는 그제서야 안도감을 느낄 수 있었다.

"좋은 꿈 꾸셨습니까, 성주님. 그건 거름을 주려고 가져오신 겁니까?"

"그럼?"

"아, 저는 혹시 그걸 바닥에 뿌려두시려고⋯⋯."

사빈은 말을 멈췄다. 성주의 눈이 번득였던 것이다.

"흐음!"

성주의 헛기침 소리를 들으며 사빈은 마음속으로 다음번 방문자에 대해 사과했다. 그리고 동시에 '성주님이 부르셨다네.'라고 말해 줄 사람의 인명록을 작성하기 시작했다. 누가 좋을까? 사빈이 이런 망상에 빠져 있자 바우 머리돌 성주는 약간 초조해하며 말했다.

"그런데, 용건은?"

"아, 성주님. 거름보다는 일조량의 문제가 아닐까요? 즈믄누리는 어두우니까요."

"용건은!"

사빈은 싱긋 웃었다. 성주는 그를 당장이라도 내보내고 싶을 것이다. 그리고 사빈은 성주에게 협조하기로 했다. 사빈은 의자를 끌어와 앉았다.

"머리를 빡빡 깎는 킴들의 딱정벌레가 성주님께 전할 전갈을 가져왔습니다."

"아, 자기를 중이라고 부르는 킴들 말인가. 그런데 왜 자네가 직접 온 건가? 비형은 뭐 하는데?"

사빈은 어깨를 으쓱였다.

"킴들이 그걸 원하더군요. 아시잖습니까? 자기들이 중대하다고 생각하는 일을 그자들이 어떻게 처리하는지."

"어떻게 처리하더라?"

"……최소한의 사람만이 그 일의 내용에 대해 알아야 된다고 생각합니다."

"아, 그래?"

"이건 제 이론입니다만 킴들은 중요한 일은 몇몇 사람만이 알아야 그 중요성이 유지된다고 믿는 것 같습니다. 참 괴상한 생각이죠? 아는 사람이 많아야 도와줄 사람도 많아질 텐데."

"훼방꾼도 많아질 수 있잖아."

"그게 정말 중요한 일이라면 미치지 않고서야 누가 방해하겠습니까?"

"킴들은 쓸데없이 생각이 많아서 그래. 어쨌든 그자들이 그걸 원하니 맞장구를 쳐주기로 하지. 우리 둘만 알자고. 무슨 전갈인데?"

"그 킴들은 도깨비 한 명을 파견해 달라는 요청을 보냈습니다."

"무엇 때문에?"

"그들은 한계선 아래로 내려가서 나가 한 명을 구출해 올 구출대를 구성한답니다. 그래서 그 구출대의 일원이 되어줄 도깨비 한 명을 보내달라더군요."

바우 성주는 놀란 표정으로 무사장을 바라보았다. 성주는 그의 무사장이 성주를 놀려먹길 좋아하고 하루 중 거의 대부분의 시간을 성주를 놀려먹을 기회를 찾는 데 할애하곤 한다는 것도 잘 알고 있었다. 그리고 성주는 그의 무사장이 자신을 존경한다는 것도 알고 있었다. 그것은 바우 머리돌 성주에게 일종의 희극적 재미를 부여했다. 사빈 하수언은 하루에도 수십 번 이상 성주를 놀려먹을 기회를 포착하곤 하지만, 실제로 시도하는 것은 그중 1할에도 미치지 못한다. 그래서 성주는 일부러 빈틈을 보여 무사장을 갈등에 빠뜨리는 즐거움을 누리곤 했다. 하지만 지금 무사장의 말은 농담이 아니었다.

"그 킴들이 나가 한 명을 한계선 이북으로 데려오기로 결심했단 말인가? 왜지?"

"글쎄요. 그 이유에 대해서는 말하지 않았습니다. 역시 그자들의 비밀주의인가 보지요."

"나머지 대원들이 누군지도 비밀인가?"

"아, 그건 말해 줬습니다. 그 킴들은 아무래도 셋만이 하나를 상대할 수 있다는 옛말을 따르는 것 같습니다. 킴 한 명과 레콘 한 명이 또 다른 대원이라더군요."

"그것 재미있군. 대가는 뭐지?"

"금편 200개를 내놓겠답니다."

"대단히 파격적이군. 내가 가고 싶어지는데. 어? 잠깐, 그 얼굴은 뭐야?"

"별 뜻은 없습니다. 차기 성주 선출에서 누구를 지지할까 고민해 보고 있는 무사장의 표정이랄까요."

성주는 그의 무사장이 만족할 만큼 으르렁거려준 다음 진지하게 말했다.

"그럼 누구를 보낼까."

사빈은 약간 놀랐다.

"보내실 생각입니까? 셋이 하나를 상대할 수 있다는 것은 옛말일 뿐입니다. 그 웃기는 구출대라는 것은 키보렌에 들어가자마자 모조리 살해당할 겁니다. 도저히 가능성이 없는 일입니다."

"왜 가능성이 없지?"

"모르니까요. 키보렌이나 나가에 대해 잘 아는 사람이 어디 있습니까?"

"그 킴이 알 거야."

"예?"

"구출대의 일원인 그 킴. 나는 그 킴이 누굴지 짐작이 되는걸. 나가와 키보렌에 대해 잘 알고 있고 그런 구출대를 이끌 수 있는 킴은 한 명뿐이야."

"그런 킴이 있습니까?"

"케이건 드라카."

사빈은 놀랐다. 그는 그 이름을 알고 있었다. 그것은 이십여 년 전 도깨비 장사들을 상대로 해서 판막음을 기록한 전설적인 킴 씨름꾼의 이름이었다.

"그 킴 씨름꾼이 아직 살아 있습니까?"

"살아 있어. 한계선 근처에서 나가를 잡아먹고 있지."

사빈은 웃으려 했다. 그 뜻을 이해할 수는 없었지만 성주의 말이 일종의 농담이라고 생각했기 때문이었다. 하지만 성주는 웃음을 기대하는 얼굴이 아니었다. 사빈은 미심쩍은 표정으로 말했다.

"무슨 말씀이십니까? 잡아먹고 있다니요?"

"말 그대로야. 나가를 사냥한 다음, 먹어."

사빈은 두 손으로 음식을 집어들어 입가로 가져가는 동작을 취해 보였다. 성주는 고개를 끄덕였고, 그러자 사빈은 파랗게 질렸다.

"미친 겁니까?"

"요리는 한다던데."

"아, 그렇습니……, 예?"

성주는 두 손을 깍지 껴 무릎 위에 얹은 다음 어떻게 말을 시작해야 좋을지 모르겠다는 얼굴로 말했다.

"음. 케이건은 나가를 증오해. 말 그대로 '잡아먹을 정도로' 증오하지. 그래서 그렇게 하는 거야. 한계선 근처에서 나가들을 습격한 다음 토막내어 삶아 먹어."

사빈은 침을 꿀꺽 삼켰다.

"잡아먹을 정도로 증오한다고 해서 잡아먹는다면, 그걸 가리켜 언행일치라고 말하기보다는 정신 착란이라고 말할 것 같습니다만?"

"글쎄. 이유가 있긴 해. 자네도 알 테지만 심장이 없는 나가는 죽이기가 여간 어렵지 않잖아."

"아, 그래서 삶아버리는 겁니까? 재생하지 못하도록? 하지만 그렇다고 해서 먹을 필요는 없는 것 아닙니까?"

"고기 낭비잖아."

사빈 무사장은 잠시 그의 성주를 미친 사람 보듯이 쳐다보았다. 성주는 웃으며 손사래를 쳤다.

"이건 케이건의 대답이야. 나도 자네처럼 물어봤고, 케이건은 그렇게 대답했어. 하지만 다른 이유도 있지. 흐음. 잠시만."

성주는 책상 서랍을 열어 그 안을 뒤적거렸다. 잠시 후 성주는 그 안에서 오래된 양피지 하나를 꺼내었다.

"케이건이 6년 전인가 보낸 편지일세. 읽어보게."

조심스럽게 편지를 받아든 사빈은 그것을 읽기 시작했다.

평안히 계신지요. 케이건입니다.

한동안 격조했습니다. 아시겠지만, 한계선 근처의 이 황폐한 땅에서는 문방구보다 병장기들을 구하는 편이 더 쉽습니다. 어제 우연히 만나게 된 방물장수가 양피지 몇 장을 가지고 있었기에 겨우 이렇게 연락드릴 수 있게 되었습니다.

전에 주셨던 서신에서 말씀하신 것들에 대해 생각해 보았습니다. 하지만 저는 이 짓을 그만둘 수 없다고 판단했습니다. 예. 저는 요즘도 여전히 나가들을 먹고 있습니다. 굳이 끔찍하게 말하고 싶진 않습니다만 돌려 말할 필요도 느끼지 못합니다.

키탈저의 호랑이 사냥꾼들 이야기를 아십니까? 키탈저의 호랑이 사냥꾼이 호랑이에게 잡아먹히면, 죽은 사냥꾼의 아들은 다른 사냥꾼들 전부의 아들이 됩니다. 그리고 사냥꾼들은 자신의 모든 기술을 그 아들에게 가르치지요. 그리고 아들이 어느 정도 준비가 되면 그들은 함께 호랑이 사냥에 나섭니다. 호랑이를 잡게 되면, 사냥꾼들은 그 자리에서 호랑이의 배를 갈라 간을 꺼냅니다. 그리고 그 아들에게 먹입니다.

저는 살아남은 아들입니다. 성주님.

나가는 제 추한 몸뚱이를 제외하고 제게 소중한, 제게 유의미한 모든 것을 삼켰습니다. 그래서 저는 그들을 먹습니다. 언젠가 저 자신이 그놈들에게 먹힐지도 모릅니다. 한계선 아래로 내려가지 않으려 애쓰고 있습니다만, 비틀거리는 나가를 뒤쫓다보면 어느새 밀림 속에 서 있는 저 자신을 깨닫곤 합니다. 나가에 대해 제가 가지고 있는 단 하나의 유리함을 스스로 포기했다는 것을 깨달을 때, 성주님. 살갗을 지지는 밀림의 열풍 속에서도 저는 나가들처럼 추위를 느낍니다. 황급히 북쪽으로 돌아옵니다만 며칠 후엔 똑같은 처지에 빠져 있습니다.

그리고 어느 날, 더 이상 바라기를 휘두르지 못하게 될 때 저는 죽겠지요. 광인의 죽음으로 치부하고 잊어주셔도 상관없습니다.

미치지 않을 도리가 없는 것 같습니다.

서신의 아래쪽엔 서명 대신 기묘한 낙서 같은 것이 적혀 있었다. 사빈은 고개를 들었고 그러자 성주는 설명했다.

"키탈저 사냥꾼들의 사냥 기호야. 흑사자와 용(龍)."

"흑사자와 용이오?"

"둘 다 나가에 의해 멸종한 것들이지. 키탈저 사냥어로 읽으면 케이건 드라카가 되네. 그 친구가 사용하는 이름은 거기서 따온 걸세."

사빈은 서신을 성주에게 돌려주며 말했다.

"아아. 그럼 그 이름은 본명이 아닌가요?"

"응. 하지만 그의 동의 없이 본명을 말해 줄 수는 없네."

서신을 돌려받은 바우 성주는 그것을 도로 서랍에 넣은 다음 즈믄누리의 무사장을 돌아보았다.

"자, 어떻게 생각하나?"

"그러니까 이 씨름꾼은 수백 년 전에 지상에서 사라진 키탈저 사냥꾼들의 방식으로 나가에게 복수하고 있다는 말이군요? 원수를 살해하고 먹어버리는?"

"그렇다고 볼 수 있지."

"도대체 나가들이 그 킴에게 무슨 짓을 했기에 이런 광기 어린 복수를 하는 겁니까?"

"매우 지독한 일을 했지."

사빈은 성주의 말이 더 이어지길 기다렸지만 성주는 더 이상 말하지 않았다. 무심히 고개를 끄덕이려던 사빈은 문득 이상한 것을 느끼며 성주를 바라보았다. 성주의 표정은 일그러져 있었다.

"정말 지독한 일이었어."

사빈은 자신도 모르게 긴장하며 조심스럽게 질문했다.

"어떤 일입니까?"

고통스러운 상념에 빠져있던 성주는 고개를 가로저었다.

"그의 본명과 마찬가지로 그의 과거 또한 그의 동의 없이는 말해 줄 수 없네. 어쨌든 이 친구가 나가와 키보렌에 대해 누구보다 잘 알 거라는 것은 짐작되지? 포식 동물이 먹잇감에 대해 잘 아는 것은 당연하잖아."

사빈은 언짢은 듯이 말했다.

"그렇긴 하겠습니다만, 저라면 그런 위험한 곳에 들어갈 때의 동료가 제정신이라는 확증이 있는 편이 좋겠습니다. 혹 그 킴이 늘상 먹던 나가에 질린 나머지 별식으로 도깨비를 먹고 싶어하면 실로 곤혹스러운 일이지 않겠습니까?"

웃어넘길 말이 아니었지만 바우 성주는 큰 소리로 웃었다.

"그런 걱정은 하지 말게. 케이건의 분노는 모조리 나가들에게 돌려져 있어. 그리고 그에게 다른 분노를 살 수도 없어."

"분노를 살 수 없다고요?"

"그래. 서신에서 본 것처럼 그에겐 더 뺏을 수 있는 것도 없어. 나가들이 모조리 다 빼앗아갔으니까. 역설적으로 들릴 테지만 나가를 제외한 자들에게 있어서 케이건은 세상에서 가장 안전한 사람이라고 할 수 있지. 분노하게 할 수 없으니까."

"슬픈 말씀이군요."

"그래. 슬픈 일이지. 그리고 사실이야. 케이건의 안전성은 확실히 말할 수 있어."

사빈은 성주의 말에 완전히 동의하기 어려웠다. 하지만 사빈은 성주의 판단에 대해 반박을 시도하려는 충동을 느끼지 못했다. 즈믄누리의 성주에게 할 필요가 없는 일들이 몇 가지 있는데, 그중엔 성주의 주장에 대한 논리적 반박도 포함된다. 그래서 사빈은 본래 화제로 돌아갔다.

"장사 케이건이 그토록 안전하고 나가 대하기를 '밥 먹듯이' 하는 사람이라면, 키보렌에 들어가야 할 구출대에게 그 이상 적임인 사람도 없겠군요. 그래서, 보내실 겁니까?"

"셋만이 하나를 대적할 수 있지. 도깨비가 가야 셋이 돼. 따라서 보내겠어."

"누구를 보내시겠습니까?"

"이런 일엔 자격이라는 것은 없는 거잖아? 나가나 키보렌에 대해 조금이라도 아는 도깨비는 없어. 그러니 모든 도깨비에겐 똑같은 자격이 있는 거지. 따라서 길게 생각할 것도 없어. 다음번 이 방에 들어오는 첫 번째 도깨비를 보내겠네."

"……첫 번째 도깨비요?"

"그래."

만일 이곳이 즈믄누리 바깥이었다면, 사빈 하수언은 성주가 내놓는 모든 의견을 단지 성주가 내놓았다는 이유로 점잖게 무시했을 것이며, 그것을 불충으로 여기지도 않았을 것이다. 어쨌든 사빈 하수언은 바우 성주가 그다지 지혜롭지 않다는 사실을 잘 알고 있다. 그리고 그 사실이 성주에 대한 그의 존경에 아무런 영향도 끼치지 않음은 그와 성주 모두 잘 알고 있는 사실이다. 하지만 이곳 즈믄누리의 안에 있을 때 성주의 의견은 단지 성주가 내놓았다는 이유로 완전히 수용되어야 한다. 그래서 사빈은 더 이상 설명을 요구하진 않았다. 짧게 불평하긴 했지만.

"여기서 같이 기다려도 되겠습니까? 밖으로 나갔다간 제가 그 불운한 도깨비가 될지도 모르겠군요."

바우 성주는 껄껄거리며 웃었다. 그리고 성주와 무사장은 기다리기 시작했다.

오래 기다릴 필요는 없었다. 조금 후 서재 한가운데서 화가 잔뜩 난 도깨비가 나타나 엉덩방아를 찧었다. 그 도깨비는 무사장을 보더니 고래고래 고함을 질렀다.

"무사장님! 제 일을 뺏으시려는 겁니까? 그럼 자신을 죽이는 신의 이름으로 오늘부터 제가 무사장입니다! 동의하십니까?"

성주의 몸종인 비형 스라블은 자신의 일을 사랑하는 젊은이였다. 사빈 하수언은 그것이 그의 불운이라고 생각하며 고개를 가로저었다. 바우 성주는 낄낄거리며 말했다.

"그건 곤란하지. 자넨 구출 대원이 되어야 하니까."

비형 스라블은 눈을 껌벅거리며 성주의 말을 되풀이했다.

"구출 대원이오?"

"그래. 자넨 수백 년 동안 아무도 감히 들어가지 못했던 곳으로 들어가서 누군가를 구출해 와야 한다네."

제2장

은루(銀淚)

영웅왕은 말했다.
"뭐? 나가가 눈물을 흘린다고? 이봐. 충고 하나 하지.
다음엔 날씨가 맑을 때 보라고.
비가 오고 있을 때와는 좀 다른 생각을 하게 될 거야."

— 펜조일의 『영웅왕, 영웅도 아니고 왕도 아닌』

류 페이는 차가운 돌제단 위에 누워 있었다.

그 외엔 아무것도 없었다. 등을 대고 있는 돌제단 이외에 확실성을 가진 것은 아무것도 없었고, 그래서 주위를 둘러보던 류 페이는 자신이 배경을 결여한 그림의 주인공이나 된 것 같다고 생각했다.

순간 류은 움찔했다. 그림은 노래처럼 나가에겐 없는 문화다. 하지만 별 볼 일 없는 청력 때문에 음악에 관심이 없는 것과 반대로 나가에게 미술이 없는 것은 그들의 경이적인 시력 때문이다. 열을 볼 수 있는 나가에겐 인간의 가장 위대한 화가가 그린 그림도 같은 크기의 천조각에 비해 그다지 화려해 보이지 않는다. 나가가 볼 수 있는 색깔의 폭은 대단히 넓지만 차갑거나 뜨거운 물감이 존재하지 않기 때문에 나가는 그림을 그리지 않는다.

따라서 나가가 자신을 그림 속의 등장인물처럼 생각해 보는 것은 자연스러운 일이 아니다.

류 페이는 자신이 어떻게 '그림'이라는 생각을 했는지 잘 알고 있었다. 그리고 그런 지식을 얻은 경로가 다른 사람들에게 자연스럽게 니를 수 있는 종류의 것이 아니라는 것도. 그것은 수치 어린 비밀이었다. 류은 자신의 니름이 읽혔나 알아보기 위해 주위를 황급히 둘러보았다.

기다리고 있었다는 듯 어둠 속에서 차가운 그림자들이 나타났다.

류은 그들의 손에 쥐어진 그들보다도 더 차가운 빛깔의 단검을 볼 수 있었다. 류은 비명을 질렀지만 소리는 나가에게 큰 영향을 주지 못한다. 제단으로 다가오던 나가들은 조금도 동요하지 않았다. 비명을 질러대던 류은 황급히 니르려 했다. 하지만 류은 곧 당황하고 말았다. 그는 니를 수 없었다.

"나는 나가가 아닌가?"

손을 내저으려던 류은 그제야 자신의 팔다리가 제단에 결박되어 있음을 깨달았다. 류이 헛된 몸부림을 치는 동안 그림자들은 제단을 둘러쌌다. 그중 한 사람이 류의 옷을 찢었다. 천이 찢어지는 끔찍한 소리에 류은 공황 상태에 빠져 드러난 자신의 가슴을 내려다보았다. 단단한 비늘들 아래로 맥박치는 심장이 어슴푸레하게 보였다. 뜨겁게 맥박치고 있었기 때문에 류은 그것을 볼 수 있었다. 류은 제단을 둘러싼 자들을 돌아보았고 그들의 가슴 부분에서 차가운 암흑만을 발견하고는 몸을 떨었다. 그들은 모두 심장을 적출했던 것이다.

그리고 그들은 이제 류의 심장도 빼내려 하고 있었다.

"잠깐! 나는 나가가 아냐! 잘못 알았어! 심장을 뽑으면, 그러면 나는 죽어!"

류은 목이 터져라 외쳤다. 아무리 청력이 나빠도 들리긴 했을 테지만, 그들은 꿈쩍도 하지 않았다. 아니, 움직인 자가 있긴 했다. 오른쪽에 선 자가 단검을 높이 들어올렸던 것이다. 어둠 속에서 단검은 온갖 빛깔과 열을 반사하여 화려하게 빛났다.

류이 다시 비명을 지르려 할 때 단검이 무자비하게 내리꽂혔다.

류은 비명도 지르지 못했다.

류이 본 것은 불신자들이 말하는 붉은색이 아니었다. 폭발적으로 쏟아져나오는 뜨거운 핏방울은 류의 눈에 온갖 현란한 빛깔의 분수처럼 보였다. 갈라진 가슴 윗부분의 공기들이 색채의 향연으로 대류하는 모습은 아름답기까지 했다. 차갑던 공기 속으로 갑자기 뜨거운 체온이 방출되었기 때문이다. 류은 잠시 고통도 잊은 채 그 모습을 정신없이 바라보았다.

갑자기 오른쪽에 있던 자가 손을 뻗었다. 륜은 자신의 갈라진 가슴속으로 다른 자의 손이 들어가는 모습을 보며 숨이 멎는 기분을 느꼈다. 그 손이 거칠게 움직임에 따라 가슴속에서 빛의 강 같은 것이 콸콸 쏟아져나왔다. 물론 륜 자신의 피였다.

가슴을 헤집던 손은 마침내 불타는 보석처럼 보이는 것을 끄집어냈다. 맥동하는 열류가 극광처럼 주위로 번져나갔다. 심장이었다. 너무도 뜨겁게 맥박치고 있었기에, 그 심장은 주위의 암흑을 모조리 불사르고 있었다. 그리고 그 찬란한 빛 때문에 륜은 자신의 심장을 꺼내어든 자의 얼굴을 볼 수 있었다.

그것은 륜 페이의 얼굴이었다.

〈니름도 안 되는 꿈이야. 륜. 우선, 적출식은 그런 식으로 이루어지지도 않아. 게다가 네가 묘사하는 심장은 꼭 더운 피의 불신자들 것 같잖아. 상상력 과잉이군. 뭐, 신비한 맛이 있다는 것은 인정하겠어.〉

화리트 마케로우는 재미있다는 듯이 미소 지었지만 륜은 웃지 않았다. 화리트는 미소를 거두며 차분하게 닐렀다.

〈미안해. 끔찍한 꿈이었겠지. 생각보다 심장 적출에 대해 더 근심하고 있나 보군. 하지만 그건 네 불안 심리가 만들어낸 환상일 뿐이야. 꿈에 무슨 의미나 예지 능력 같은 것이 있다고 믿는 건 도깨비밖에 없어.〉

〈인간들도 꿈을 믿어.〉

〈그런가? 그럴 수도 있겠지. 어리석기로는 거기서 거길 테니.〉

〈그리고 나도 믿고 싶은데.〉

화리트는 정신을 닫은 채 친구를 물끄러미 바라보았다. 적당한 니름이 떠오르지 않았고, 그래서 화리트는 식탁 위로 관심을 돌렸다.

식탁 위에는 쥐들이 놓여 있었다. 다친 곳은 전혀 없었지만 쥐들은 미세하게 경련할 뿐 도망치지는 않았다. 이 정갈한 솜씨는 륜 페이의 둘째 누나인 사모 페이의 솜씨가 분명하다.

사모 페이라는 이름이 하텐그라쥬의 시민들에게 야기하는 반응은 극단적으로 나뉜다. 긍정적인 반응을 보이는 쪽은 대개 남자다. 사모는 침대로 끌어들이지 않으면서도 남자에게 친절하기 때문이다. 온화한 성품이지만 솔직함을 높은 덕망으로 여기는 화리트의 첫째 누나 소메로 마케로우는 사모의 그런 처사에 대해 '같이 자지 않는다면, 남자에게 무슨 쓸모가 있지? 가식일 뿐이야.'라고 표현한 바 있었다. 그리고 사모를 싫어하는 쪽은 대개 여자다. 언제 침실로 끌려들어갈지 모르는 긴장감을 느낄 필요가 없이 마음 편히 머물 수 있다고 생각하는 남자들이 모두 페이 가문으로 찾아들기 때문이다.

따스한 쥐를 들어올리며, 화리트는 사모 페이의 기벽이 그녀가 찾아낸 어떤 타협점이 아닐까 생각해 보았다. 니름을 돌릴 겸해서 화리트는 그 사실을 확인해 보았다.

〈지금 이 집엔 남자가 몇이나 머물고 있지?〉

〈여덟 명인가.〉

화리트는 고개를 끄덕였다. 페이 가문에 현재 가임기인 여인은 두어 명밖에 되지 않을 것이다. 두어 명의 여인에 여덟 명의 남자라면 임신 가능성은 대단히 높다. 조만간 페이 가문엔 더 많은 다음 세대가 태어날 것이다. 그리고 가문은 더욱 번성할 것이다. 사모 페이는 임신과 양육의 기쁨을 포기하는 대신 자신만의 평화와 가족의 아낌을 얻은 것이다.

〈여덟 명이라. 네 적출식은 화려하겠어. 륜. 그렇게 많은 남자들의 호위를 받으며 심장탑까지 걸어갈 수 있는 사람은 별로 없을걸. 사모 페이 님은 정말 대단해서.〉

〈나도 그렇게 생각해. 앞으로 아흐레밖에 볼 수 없다는 것이 아쉽지만.〉

화리트는 놀란 얼굴로 륜을 바라보았다. 화리트는 자신의 친구가 두려워 하는 것이 심장 적출 외에 또 있음을 깨달았다. 륜이 자리에서 일어났다.

〈입맛이 없군. 식사하고 돌아갈 건가?〉

〈그럴 계획인데.〉

〈그럼 지금 인사하지. 잘 가.〉

당황한 화리트가 뭐라 니르기도 전에 륜은 식당을 나섰다. 따라나설까 했던 화리트는 잠시 후 그러지 않기로 했다. 친구의 성격을 알고 있던 화리트는 지금 륜을 붙잡아봐야 소동이나 일으키게 될 것이 분명함을 잘 알고 있었다.

식사를 마친 화리트 마케로우는 자신의 호위자들을 찾아갔고, 그들 중 두 명이 페이 가문에 잔류하기로 했다는 니름에 어이없는 웃음을 터뜨리고 말았다.

마케로우 가문의 가주 두세나는 분노에 미쳐 날뛸 것이다. 화리트는 호위자가 줄었다는 사실에는 별 불만이 없었지만 가주의 분노는 꺼림칙했다. 마케로우 가문에는 가임기의 여자가 다섯이나 있었지만 머물고 있는 남자는 넷뿐이었다. 그중 두 명을 하룻밤 새에 페이 가문에 뺏긴 것이며, 두세나 마케로우는 아흐레 후면 마케로우 가문과는 아무 관련이 없어질 아들 때문에 그런 손실을 입었다는 사실을 참을 수 없을 것이다.

잠깐 동안 화리트는 자신도 페이 가문에 잔류하면 어떨까 하는 생각을 해보았다. 친구와 함께 적출식을 기다리며 지내는 것도 나쁠 것은 없을 것 같았다. 페이 가문은 장차 수호자가 될, 바꿔 닐러서 그들의 여자들을 임신시켜 줄 가능성이 없는 수련자 화리트에게 별다른 관심은 없겠지만 그가 머묾으로써 두 명의 남자가 더 남게 된다는 사실에는 만족할 것이다.(물론 이미 열 명이나 있으니 크게 기뻐하진 않겠지만.)

하지만 그 경우 마케로우 가문에는 체류 중인 남자가 하나도 없게 된다. 가임기의 여자가 없다면 모를까 다섯이나 되는데 남자가 없다는 것은 큰 손실이다. 그리고 화리트 마케로우는 22년 동안 자신을 키워준 가문에 그 정도의 손실을 끼치고 싶지는 않았다.

결국 화리트는 남아 있던 두 명의 호위자와 함께 페이 가문을 나섰다.

하텐그라쥬의 도로는 도시가 건설된 이후 항상 그러했듯 고요했다. 물론 정신을 연다면 그 속에서 오가는 무수한 니름을 들을 수 있겠지만 화리트는 생각에 잠기길 원했기 때문에 정신을 잠시 닫아두었다.

고요 속에서 화리트는 사모 페이에 대해 생각했다.

나가로서는 대단히 특이하게도 처녀로 남길 원하는 여자. 그러나 그 처녀성이 거꾸로 페이 가문에 풍요로운 후손을 약속한다. 나가 남자들은 고향이나 향수라는 개념을 알지 못하지만, 만일 그런 것이 있다면 사모 페이가 페이 가문에 깃들게 하는 분위기가 그에 해당할 것이다. 단지 여자를 임신시켜줄 목적이 아닌, 그저 마음 편히 다음 방랑을 준비하며 몇 달씩 머무르게 만드는 분위기. 그런데도 남자들은 페이 가문에 많은 자녀를 남겨주고 떠난다.

느닷없이 날카로운 니름이 화리트의 마음을 파고들었다.

〈그녀에게 안기고 싶나.〉

화리트는 옆을 돌아보았다. 함께 걷고 있던 호위자들 중 하나가 그를 바라보고 있었다. 화리트는 불쾌한 기분으로 닐렀다.

〈제 마음을 들여다보셨습니까, 카루?〉

〈'열려' 있었다. 사모 페이에 대해 너무 깊이 생각했어.〉

화리트는 창피한 기분을 느꼈다. 카루는 주위를 천천히 둘러보며 닐렀다.

〈안됐지만 불가능한 이유가 셋이나 있다.〉

〈셋? 하나가 아니고?〉

〈우선 너는 수호자가 될 몸이야. 너는 발자국 없는 여신의 신랑이 될 테고 여자를 임신시킬 수는 없어.〉

〈그게 제가 생각했던 것이군요. 제가 떠올리지 못한 둘은 뭐죠?〉

〈사모 페이 자신이 거부하겠지. 알고 있겠지만 그 뜻은 받아들여지고 있다. 그녀 덕분에 다른 여인들이 쉽게 남자를 구할 수 있어서 페이 가문에서도 처녀로 남겠다는 그녀의 뜻을 존중하지.〉

〈세 번째는?〉

〈세 번째는 우리들만이 알고 있는 바로 그 이유지.〉

〈알고 있습니다. 잊지 않았어요.〉

허물을 벗은 지 얼마 되지 않는 카루의 피부는 매끈했다. 하지만 그는 나이를 잔뜩 먹은 나가이며 그의 니름에서는 그의 경험의 깊이가 배어나오고 있었다.

〈많은 수련자들이 적출식이 있기 직전에 수련자의 지위를 포기하지. 적출식이 끝나면 수호자가 되고, 그러면 더 이상 돌이킬 수 없기 때문에. 그걸 의지의 박약으로 보고 비난할 자도 있겠지만 나는 그러고 싶지 않다. 그건 자연스러운 감정이니까. 하지만, 그들로 하여금 여신의 신랑 자리를 포기하게끔 하는 그 감정이 너를 지배하고 있다면 곤란한 일이지. 사명을 잊은 건 아니겠지?〉

〈제 사명은 절대로 잊지 않습니다. 카루.〉

화리트는 자신이 그렇게 유약한 인물로 보였다는 사실이 마음에 들지 않았다.

〈저는 준비되어 있습니다. 그런데 다른 준비는 어떻게 되어 있죠? 구출대는 준비되었습니까?〉

〈거의 준비가 끝난 것 같아.〉

다른 종족들로 구성된 구출대에 대해 생각하던 화리트는 불안감을 느꼈다. 물론 수련자의 교육 과정 중에는 이종족에 대한 것도 포함되어 있었기에 화리트는 최소한 그의 친구인 륜보다는 더 많이 알고 있었지만, 그래도 배워 아는 것과 직접 경험하는 것에는 크나큰 차이가 있다. 화리트의 불안을 느낀 카루가 닐렀다.

〈우리들 중 한 명이 너를 한계선까지 데려다줄 수 있으면 좋을 텐데.〉

〈아니요. 여러분들도 할 일이 있잖습니까. 저는 오히려 혼자 한계선까지 가는 편을 생각해 봤습니다. 왜 그자들이 위험하게 키보렌까지 내려와서 저를 안내해야 하지요? 저 혼자서 한계선을 넘은 다음 그곳에서 그들과 만나는 편이 서로에게 안전하지 않겠습니까?〉

스바치라는 이름의 또 다른 호위자가 닐렀다.

〈화리트. 너는 한계선이 무슨 담장이나 울타리처럼 뚜렷하게 구분되는 선이라고 생각하나 본데, 한계선은 그런 것이 아냐. 우리 도시 중 가장 북쪽에 있는 비스그라쥬와 불신자들의 도시 중 가장 남쪽에 있는 카라보라 사이가 한계선이 가장 좁아지는 곳인데 그곳도 200킬로미터는 되지. 한계선의 다른 지점들은 보통 500킬로미터나 1,000킬로미터쯤 돼.〉

화리트는 어이가 없어졌다.

〈그걸 '선'이라고 니른단 니름입니까? 그렇게 넓은 지역을?〉

〈그 선은 기온에 의해 정해지는 거니까. 기온이라는 것은 몇 미터 앞에서 갑자기 바뀌거나 하지는 않는 거다. 수백 킬로미터를 걸어가는 동안 서서히 바뀌는 거지. 비스그라쥬만 해도 황금이 나오지 않는다면 그렇게 추운 곳에 도시를 건설할 필요가 없지. 어쨌든 그 혹한의 땅을 수백 킬로미터나 걸어간다는 것은 니름이 안 돼. 아무리 소드락이 있다 해도 그건 불가능해. 하지만 그 더운 피의 불신자들은 키보렌에 내려와도 움직일 수 없게 되거나 하지는 않아. 당연히 그들이 내려와서 너를 데려가야 해. 이제 이해하겠어?〉

〈이해했습니다.〉

〈좋아. 노래는 잘 연습하고 있나?〉

〈아무래도 어색하더군요. 그 노래라는 것이.〉

갑자기 카루는 육성으로 말했다.

"해봐."

화리트는 당황하여 카루를 바라보았다. 그들이 걷고 있는 곳은 하텐그라쥬의 대로였다. 많은 나가들이 그들의 주위를 거닐고 있었고 주위를 둘러싼 건물들 안에도 무수한 나가들이 있을 것이다. 화리트는 차마 육성으로 대답하지 못했다.

〈여기서요? 미쳤습니까?〉

"화리트, 네 노래가 다른 자의 주의를 끌 거라고 생각했다면 노래를 부른다는 계획은 세우지도 않았어."

〈하지만 그건 밀림에서의 일이잖습니까. 밀림에서야 새들도 울고 동물들도 소리를 내니 괜찮겠지만, 이곳은 하텐그라쥬잖아요.〉

"그러니 더 나아. 여기서는 모두 다 니름으로 이야기하고 있어서 주위에서 들리는 소리에 절대 신경 쓰지 않아. 지금 나는 굉장히 큰 소리로 말하고 있어. 하지만 아무도 내게 신경 쓰고 있지 않잖아?"

화리트는 주위를 둘러보았고 카루의 말이 옳다는 것을 인정했다. 나가인 그가 자연스럽게 들을 수 있는 목소리라면 카루는 우렁차다고 할 정도로 큰 목소리로 말하고 있는 것이겠지만, 주위의 나가들은 카루에게 전혀 신경 쓰고 있지 않았다.

하지만 화리트는 쉽게 입을 열 수 없었다. 낯섦, 퇴폐적, 기이함, 거북함, 불쾌. 화리트가 노래에 대해 느끼는 감정들이었고, 어쨌든 건전한 영향을 주는 감정은 느껴본 바가 없다. 카루의 재촉이 몇 번이나 더 있은 후에야 화리트는 가까스로 노래 비슷한 소리를 낼 수 있었다.

그리고 화리트는 카루의 말처럼 아무도 그의 노래에 신경 쓰고 있지 않는 것을 알고는 깜짝 놀랐다.

화리트는 용기를 내어 목소리를 더 높였지만 무심한 눈길이나마 그에게 보내는 자는 아무도 없었다. 화리트는 환한 표정으로 카루를 쳐다보았고 카루는 고개를 살짝 끄덕였다. 화리트는 생각했다. '도깨비 감투를 쓴 기분이 바로 이럴까?' 도깨비 감투를 쓴 도깨비가 무슨 짓을 하더라도 다른 도깨비는 볼 수 없는 것처럼, 다른 나가들은 화리트의 노래를 전혀 듣지 못하고 있었다.(실제로 아주 작은 소리로나마 들리긴 하겠지만 신경 쓰지 않기 때문에 못 듣는 것과 마찬가지다.) 화리트는 완전히 자신감을 얻었고 더욱 높은 소리로 노래를 불렀다.

그리고 스바치와 카루는 씁쓸하게 생각했다. 다른 자들이 저걸 못 들어서 다행이야. 좋은 의미로든 나쁜 의미로든.

류 페이는 얼빠진 표정으로 멀어지는 소리에 귀를 기울였다. 류이 당혹감을 느낀 것은 그것이 화리트의 목소리였기 때문은 아니다. 그는 친구가 왜 저런 미치광이 같은 내용을 괴상한 발음으로 말하며 걸어가는지 알 수 없었다. '썩어 들어가는 수족? 왕? 그게 무슨 말이야? 영을 일깨운다고?' 류은 머리를 내저으며 고민해 보았지만 불가사의한 기분만 더욱 깊어질 뿐 도무지 이유를 알 수 없었다.

다음 순간 류은 놀라운 사실을 깨달았다.

'음악…… 노래군!'

류은 벌떡 일어나 발코니의 난간을 움켜쥐었다. 한껏 상체를 내밀었지만 이미 노랫소리는 멀어지고 있었다. 류은 화리트를 따라가려는 듯 몸을 반쯤 돌렸지만 그의 충동이 실현 불가능하다는 사실을 깨닫고 멈췄다. 성인이 되지 않은 나가가 호위 없이 밖으로 나가는 것은 대단히 위험하다. 화리트의 경고처럼 '사냥당할' 수 있기 때문이다. 물론 페이 가문에는 다른 가문의 질시를 받을 만큼 많은 남자들이 머물고 있었지만, 륜은 그 꼴도 보기 싫은 작자들에게 뭔가를 부탁하고 싶지 않았다. 륜은 누나와 이모들을 생각해 보았지만 그들 중 어린 남동생을 위해 바깥으로 나서줄 사람은 없었다.

〈들어가도 되니, 륜?〉

륜은 다시 생각을 바꿨다. 그를 위해 나서줄 사람이 한 명은 있었다. 하지만 그 사람에게 부탁할 수는 없다. 륜은 황급히 방 가운데로 걸어가며 닐렀다.

〈들어오세요.〉

문이 열렸다. 눈을 내리깔고 있던 륜은 우아한 발만을 볼 수 있었다. 그 발은 천천히 걸어와 륜 앞에 멈춰섰고 륜은 상대방의 눈을 똑바로 들여다보지 않기 위해 최대한 고개를 숙여야 했다.

〈고개 들어. 륜. 목 아프겠구나.〉

허락이 떨어졌기에 륜은 천천히 고개를 들어올렸다. 그에겐 너무 익숙한 표정이 그를 올려다보고 있었다. 마치 무엇인가에 크게 놀란 듯한 눈. 그러나 그 아래 입술에는 세상의 모든 것으로부터 거리를 둔 듯한 미소가 항상 매달려 있다. 륜은 억지로 정신을 열었다.

〈어쩐 일이십니까, 사모.〉

〈조금 전 화리트가 떠났다고 들었어. 그 애가 좀 더 있어줄 줄 알았는데. 떠난 지 얼마 안 되었다면 다시 불러도 될까?〉

륜은 하마터면 그러라고 닐를 뻔했다.

〈그러실 필요는 없습니다.〉

사모는 다시 그 놀란 듯한 눈으로 동생을 바라보다가 고개를 끄덕이며 의자에 앉았다. 륜은 가만히 선 채 기다렸고 그러자 사모는 난처하다는 듯이 닐렀다.

〈앉으라고 닐를 때까지 기다릴 생각이니?〉

〈물론 그렇습니다.〉

〈앉아. 류 페이.〉

류은 의자에 앉았다. 동생을 앉히긴 했지만, 사모는 어찌해야 좋을지 모르겠다는 표정으로 그를 바라보기만 했다. 류은 그녀를 도와주듯 닐렀다.

〈페이라고 부르지 말아주시길 바랍니다.〉

〈응? 무슨 소리야. 넌 아직 페이야.〉

〈아흐레밖에 남지 않았습니다.〉

〈그때까진 페이지.〉

류은 논쟁하고 싶지 않다는 듯한 몸짓을 취해 보였다. 동시에 그것은 소견머리 없는 남자로서 여자의 뜻에 따른다는 의미이기도 했다. 사모는 그 동작이 마음에 들지 않았다.

〈화리트를 부른 건 나였어. 류.〉

류은 비틀린 웃음을 지어보였다.

〈예. 성공하신 것을 축하드립니다. 두 명이라고요? 두세나 님은 대단히 약이 오르겠군요.〉

잠시 어리둥절해하던 사모는 곧 억울해하는 니름을 보내었다.

〈류. 나는 남자 뺏기 하려고 화리트를 초청한 것이 아냐.〉

〈두세나 마케로우 님은 그렇게 생각하지 않을 텐데요.〉

〈두세나 님이 어떻게 생각하든 그건 사실이 아냐. 난 네가 적출식을 앞두고 너무 불안해하는 것 같아서, 그래서 친구라도 불러주면 좋을 것 같아서 화리트를 초대한 거야. 화리트도 내 생각에 동의해서 와 준 것이고. 그런데 어떻게 하루 만에 돌려보내는 거니? 적출식 날까지 함께 지내도 될 텐데.〉

류은 사모의 니름을 오해한 척 엉뚱한 대답을 했다.

〈하긴 며칠 더 붙잡아뒀더라면 남은 두 남자도 뺏을 수 있었겠군요. 제멋대로 행동해서 죄송합니다. 하지만 제 모자란 생각으로는 그 경우 자칫 마케로우 가문과 깊은 불화가⋯⋯.〉

〈류 페이!〉

류은 정신을 닫았다. 사모의 몸에서 비늘 부딪치는 소리가 날카롭게 퍼져 나왔다. 분노한 기색이었지만, 정작 사모의 정신이 열렸을 때 그 니름은 분노보다는 슬픔에 가까웠다.

〈왜 그렇게 비꼬는 거지? 이제 우리가 함께 있을 수 있는 시간도 얼마 남지 않았어. 네 니름처럼 아흐레뿐이야. 왜 우리가 이 아까운 시간을 서로에게 화내며 보내야 하지? 나와 이야기 하려고 하지도 않고, 기껏 부른 친구도 바로 돌려보내고. 류. 닐러봐. 내가 어떻게 해야 하지?〉

〈아무것도 하실 필요 없습니다.〉

〈뭐?〉

〈아무것도 하실 필요 없다고 닐렀습니다. 이제 아흐레 후면 페이 가문과 아무런 관련도 없어질 자를 위해 귀중한 시간을 낭비하지 마십시오.〉

사모 페이는 충격 받은 얼굴로 류을 바라보았다. 그녀는 동생이 매몰차게 모든 인연을 끊어버리려 하는 것임을 알 수 있었다. 그리고 그것이 불합리한 일은 아니다. 페이라는 이름도 잃게 되고 다시는 가문으로 돌아오지 못하게 되니 인연은 어차피 사라진다. 하지만 사모는 좋은 친구로 남을 수 있다고 생각했고, 남동생 또한 그것을 원할 거라고 믿었다. 그러나 류은 그녀의 소박한 희망과는 정반대되는 자세를 고집하고 있었다.

〈류. 너는 우리가 전혀 모르는 사이처럼 되길 원하니? 왜 그래?〉

류은 물끄러미 사모를 바라보다가 고개를 떨구며 닐렀다.

〈사모.〉

〈응? 니르렴.〉

〈저는 당신이 가지지 않을 아이의 대용품이 되고 싶진 않습니다.〉

요란한 소리와 함께 의자가 넘어졌다. 자리에서 벌떡 일어난 사모는 무서운 눈으로 류을 노려보았다. 하지만 류은 누나를 올려다보는 대신 자신의 무릎을 내려다보며 니름을 이었다.

〈아이를 원한다면 당신의 아이를 가지세요. 당신의 이모와 자매들과 경쟁하세요. 그게 싫다면, 다른 여자들과의 경쟁이 그렇게 두렵다면 아이를 포기하세요. 적당한 타협이라는 것은 곤란합니다. 남동생은 아이가 될 수 없습니다.〉

〈어떻게…… 감히 그런 니름을!〉

사모의 비늘들이 무서운 소리를 내뿜었다. 사모 페이가 이토록 분노하는 모습을 본 자는 아무도 없었다. 륜은 두려움을 느꼈지만 끝까지 자신의 정신을 열어놓았다.

〈더 늦어지면 곤란하실 겁니다. 지금도 이미 늦지요. 이미 두세 명씩의 딸을 가진 여자들도 있으니까. 서두르시죠. 다행히도 이 집안엔 열 명이나 되는 남자가 있으니, 아이를 가지는 것은 별로 어려울 것이…….〉

륜은 니름을 끝맺지 못했다. 사모가 그의 뺨을 있는 힘껏 후려갈겼기 때문이다.

륜은 볼을 쓸어 만지며 사모를 올려다보았고, 그리고 놀랐다.

사모의 두 눈에선 은빛 액체가 흐르고 있었다. 나가가 거의 보이지 않는 것이며, 그 놀라운 색깔 때문에 다른 종족들은 뭔가 마법이 깃들었을지도 모른다고 생각하지만, 평범한 눈물일 뿐이다. 그러나 륜에겐 평범한 눈물이 아니었다. 륜은 뺨을 어루만지는 것조차 멈춘 채 멍한 표정으로 사모를 바라보았다.

사모 또한 자신이 울고 있다는 것에 놀란 듯했다. 그녀의 떨리는 손가락이 눈가를 스쳤다. 곧 그녀의 손가락이 은빛으로 빛났다. 륜은 조심스럽게 사모를 불렀다.

〈사모.〉

사모 페이는 륜의 니름을 받아들이지 못했다. 그녀의 정신은 완전히 닫혀 있었다.

갑자기 사모가 손을 옆으로 뿌렸다.

그러자 섬광의 방울들이 어두운 방 안을 가로질렀다.

륜은 눈을 뗄 수 없었다. 허공을 잘라내듯 날아간 은빛 선들은 바닥에 떨어져 작은 폭발처럼 번득였다. 그 은빛뿐만이 아니라 그 뜨거움까지 볼 수 있는 나가의 눈에 그것은 가히 폭발과도 같았다. 정신을 차린 륜이 다시 눈을 돌렸을 때 사모는 이미 보이지 않았다. 대신 문까지 점점이 이어진 은빛 눈물들만이 바닥에서 빛나고 있었다.

네 명의 호위자와 함께 외출했던 화리트 마케로우가 두 명의 호위자와 함께 돌아왔음에도 불구하고 두세나 마케로우가 화리트에게 어떤 폭력도 구사하지 않은 것은 화리트가 자신의 아들이기 때문은 아니었다. 그리고 함께 있을 시간이 얼마 남지 않은 가족에게 나쁜 추억을 남기지 않으려는 배려 때문도 아니었다. 두세나 마케로우는 그런 황당한 이유와는 거리가 먼 모범적인 나가의 가주였다. 무시무시한 폭언과 욕설을 퍼부어대었으면서도 두세나가 끝내 화리트에게 손을 대지는 않은 것은 화리트가 수련자이기 때문이다.

〈이 도깨비 같은 녀석아, 잘 들어라! 네가 다른 가문에 자식을 만들어 줄 일이 없다는 사실에 감사해라. 네가 우리 가문의 출산을 훼방놓은 것도 모자라 다른 가문의 자식을 늘여준다면, 나는 참을 수 없을 것이다!〉

화리트는 어머니의 지혜에 감탄했다. 두세나는 수호자가 될 아들에게 손을 댈 수 없다는 것을 인정하기는 했지만, 강력한 권력자가 될 나가에게 굴복하는 것이 아니라 자녀를 만들지 못하는 나가라서 봐준다는 식으로 바꿔 닐렀다. 화리트는 그 멋진 화법에 걸맞게 비탄스러워하는 표정을 지어보임으로써, 즉 여자에게 자식을 만들어줄 수 없는 몸이라는 사실에 대해 상심해하는 척함으로써 두세나를 진정시킬 수 있었다.

두세나는 만족했지만, 그러나 화리트의 시련은 쉽게 끝나지 않았다. 가임기에 있는 세 명의 누나와 두 명의 이모가 불을 토할 차례를 기다리고 있었기 때문이다. 다행히도 그를 호위했던 카루와 스바치가 이모들의 침실에 함께 들어가겠다고 나서주었다. 누나들 중 최연장자인 소메로는 가주처럼 수호자가 될 동생을 심하게 꾸짖지 않을 정도의 분별력을 가지고 있었다. 그리고 모든 남자를 저능아 취급하는 카린돌은 멍청한 남자가 저지를 만한 얼빠진 실수라고 생각했기에 역시 꾸짖지는 않았다.

하지만 화리트에게는 비아스 마케로우가 남아 있었다. 화리트의 견해로는 용이 한 마리 남아 있는 것과 마찬가지였다.

〈내가 몇 살인지 닐러보겠어?〉

비아스의 무시무시한 니름은 화리트의 정신을 태워버릴 듯했다. 화리트는 수련자의 신분을 내세워 정신을 닫아볼까 생각했지만 곧 마음을 바꿨다. 결코 좋은 일이 없을 것이다. 그래서 화리트는 고분고분하게 닐렀다.

〈서른넷이십니다.〉

〈그래. 서른넷이지. 12년째라고!〉

〈제 불찰이었습니다. 비아스. 용서하십시오.〉

〈용서라고? 이번에야말로 내 차례였어. 내 자식을 가져야 했어! 그런데 네가 남자를 두 명이나 잃고 왔단 니름이다! 이게 용서할 수 있는 일이야?〉

화리트는 착잡한 심정으로 카루와 스바치 중 한 명이 비아스와 자주었더라면 하고 생각했다. 비아스 마케로우는 카린돌이나 화리트와는 달리 두세나의 친자가 아니었다. 그리고 소메로처럼 최연장자도 아니었다. 소메로 또한 두세나의 친자는 아니었지만 나이와 그에 어울리는 처신으로써 가주의 총애를 받고 있다. 하지만 비아스 마케로우에겐 내세울 것이 전혀 없었다. 그래서 그녀는 결사적으로 자식에 매달리는 것이다.

화리트는 과거의 어떤 경험을 떠올렸다. 니름은커녕 말로써도 표현할 수 없는 끔찍한 추억을 통해 화리트는 비아스가 얼마나 자식을 원하는지에 대해 잘 알고 있었다. 그 경험은 끔찍한 것이었고, 그래서 화리트는 황급히 그 기억을 떨쳐버리며 조심스럽게 닐렀다.

〈도리가 없잖습니까. 그들이 페이 가문에 남겠다는데 제가 끌고 올 수 있는 것도 아니고.〉

〈네가 그년의 집에 가지 않았다면 일어날 리가 없는 일이잖아!〉

화리트는 '그년'이 페이 가문의 가주 지커엔 페이를 니르는 것이라고 생각하지는 않았다. 당연히 사모 페이일 것이다.

〈비아스. 륜 페이는 제 친구입니다. 친구가 적출식을 앞두고 불안해하는데 당연히 방문해 봐야 하지 않겠습니까? 그것은 수련자인 저에겐 의무이기도 합니다.〉

〈그리고 넌 마케로우 가문의 일원으로서 그 남자들을 단속할 의무가 있어! 아흐레밖에 남지 않았지만 어쨌든 넌 아직까지는 마케로우야. 두 명이라니, 이모들은 그들을 내놓지 않을 거라고!〉

'그리고 당신에겐 자식 대신 더 많은 자매가 생기겠지.' 화리트는 심술궂게 생각했다. 자식도 없고 최연장자도 아닌, 하지만 가주가 되고 싶어 안달난 여자에게 더 많은 자매란 도깨비 장난 같은 노릇일 뿐이다. 화리트는 무의식 중에 닐렀다.

〈자식이 없어도 그 덕성으로써 모든 가족들의 존경을 받는 자도 있지요.〉

비아스는 흠칫한 얼굴로 화리트를 바라보았다. 화리트는 자신이 비아냥거렸다는 사실을 깨닫고는 당황했다. 하지만 곧이어 화리트는 자신이 수련자라는 사실과 이제 곧 마케로우라는 이름을 버리게 될 거라는 사실을 상기했다. '좋아, 그렇다면.' 화리트는 머릿속으로 어떤 인물의 초상을 떠올린 다음 정신을 약간 열어보였다.

비아스는 성난 하늘치 같은 니름을 보내었다.

〈사모 페이?〉

〈그분은 자녀를 가지려 하시지 않으십니다만, 글쎄요. 만약 그분이 자녀를 원하시게 되신다면 지금 누님이 겪는 것 같은 곤란은 겪지 않으실 것 같군요.〉

〈네 이놈!〉

〈저를 함부로 부르지 마십시오. 비아스 마케로우. 그리고 제 잘못이 아닌 일로 이렇게 꾸중을 계속 듣는 것도 사양하고 싶습니다. 저는 누님의 동생이기에 앞서 수련자입니다. 장차 발자국 없는 여신의 신랑이 될 사람이지요. 제 지위에 걸맞은 대접을 부탁합니다.〉

비아스는 당장이라도 화리트를 공격할 듯 으르렁거렸지만 차마 그렇게 하지는 못했다. 수호자가 될 아들과 자손이 없는 딸 중 가주 두세나가 어느 쪽을 편들지는 자명했다. 누나의 마음속을 정확하게 꿰뚫어보고 있던 화리트는 쌀쌀맞은 미소를 지으며 닐렀다.

〈그리고 수련자로서 충고 하나 하지요. 비아스. 덕을 쌓으세요. 그건 아기를 가지는 것과 달리 남자가 없어도 할 수 있는 일입니다.〉

니름을 마친 화리트는 폭발을 기다렸다. 하지만 비아스는 자제력을 잃지 않았다. 대신 비아스는 도깨비 같은 얼굴이 되어 닐렀다.

〈충고 고맙군. 아우님. 보답 삼아 나도 충고 하나 하지.〉 "저걸 조심하렴."

비아스는 그를 놔둔 채 떠났다. 그녀가 떠나고 문이 닫힐 때까지도 화리트는 꼼짝도 하지 않은 채 서 있었다. 그것은 그가 생전 처음 듣는 비아스의 목소리였다.

하지만 화리트가 정말 놀랐던 것은 비아스의 목소리에 담긴 내용 때문이었다. 그가 난생처음 듣는 목소리로 말할 때, 비아스는 심장탑을 가리키고 있었다. 그리고 화리트는 불과 하루 전 그의 친구가 똑같은 행동을 취했다는 사실을 떠올리지 않을 수 없었다. 륜은 목소리로 심장탑이 적이라고 말했다. 그리고 비아스는 목소리로 심장탑을 주의하라고 말했다. 그의 친구와 누나가 나가가 거의 사용하지 않는 목소리로 비슷한 내용을 '말했다'는 사실은 화리트에게 깊은 인상을 남겼다.

그래서 화리트는 심장탑에 대해 생각해 보기 시작했다.

스바치는 자신을 흔드는 손을 피해 몸을 돌렸다. 화리트를 구해 주기 위해 그는 어제 화리트의 이모의 방에서 밤새도록 시달려야 했다. 스바치는 최대한 동정심을 자극하는 정신을 내보였다. 하지만 손길은 쉬 멈추지 않았다. 스바치는 고통스럽게 닐렀다.

〈제발 좀 봐주십시오. 아침부터 그걸 할 기력은 없습니다. 저는 어젯밤에 너무…….〉

〈스바치, 정신 차려요! 납니다! '그것'이 뭐든 난 당신과 '그걸' 할 생각은 없습니다!〉

스바치는 어리둥절한 기분을 느끼며 똑바로 누웠다. 그리고 그를 흔들던 나가가 아침부터 그 짓을 요구하러 온 마케로우 가문의 어떤 여자가 아니라는 사실을 깨닫고는 안도의 한숨을 내쉬었다.

〈화리트? 살았다. 젠장, 어젯밤 너희 이모님은 나를 거의 죽일 뻔했어.〉

화리트는 침대에 걸터앉았다.

〈이모님은 마지막 출산을 한 지 꽤 오래되었지요.〉

〈그래. 어찌나 밀어붙이던지, 앞으로 몇 년 동안 여자 근처에도 가기 싫어질 것 같아. 그런데 무슨 일로 찾아온 거냐?〉

스바치는 피로와 새벽녘의 차가운 기온 때문에 느릿느릿 일어났다. 그리고 그의 상태를 알기에 화리트는 조바심을 참으며 스바치가 완전한 상태가 될 때까지 기다렸다. 잠시 후 스바치는 그럭저럭 이야기를 나눌 만한 상태가 되었고 그래서 화리트는 용건을 꺼내었다.

〈나는 적출식을 해선 안 됩니다.〉

스바치는 화리트를 멀거니 바라보다가 옆에 잠들어 있는 카루를 돌아보았다. 하지만 카루 역시 스바치보다 더했으면 더했지 절대 덜하지는 않은 피로에 잠겨 있었다. 스바치는 카루를 좀 더 자게 내버려두기로 했다. 스바치는 고통스러움을 꾹 참으며 화리트를 달랠 준비를 했다.

〈네 친구, 륜? 그 친구의 불안감이 네게 전염된 건가 본데, 화리트. 적출식 도중에 누가 죽는 일은 굉장히 드물어.〉

〈그런 것이 아닙니다.〉

〈적출을 하지 않으면 넌 하텐그라쥬를 떠날 수 없어. 사명을 완수할 수 없다는 니름이야. 아니, 그에 앞서 너 자신이 살아남을 수 없지. 왜 그런 니름을 하는 건지 닐러보겠어?〉

〈어제 나는 비아스 누님을 화나게 만들었어요. 너무 분노해서 그랬을 거라고 생각되는데, 누님은 아주 인상적인 암시를 하나 던져주고 말았어요. 나를 죽일 거라는 암시.〉

스바치는 정신이 번쩍 드는 것을 느꼈다. 그는 주위를 둘러보았고 문 너머에서 열이 느껴지지 않는 것을 확인한 다음에야 조심스럽게 닐렀다.

〈확실한 거야?〉

〈저는 그렇게 생각됩니다.〉

〈비아스 마케로우 님이 왜 너를 죽이고 싶어하게 된 거지?〉

〈12년 동안이나 아이를 가질 수 없었기 때문이죠.〉

스바치는 당황하여 화리트를 바라보았다. 화리트는 차분한 니름을 보내었다.

〈비아스 누님은 한 번도 자식을 가져본 적이 없어요. 그래서 애타게 남자를 원하지만, 거꾸로 그녀에게 아이를 만들어 줄 일이 없는 남동생은 끔찍이 미워하지요. 따라서 나에 대해 약간 화가 났다는 것은 누나에겐 충분한 이유일 겁니다.〉

스바치는 화리트의 니름에서 어떤 기묘한 속뜻을 발견했고, 자신이 발견한 것에 당혹했다.

〈어, 니름도 안 되는 질문인 것 같다만, 혹시 그녀가 너를⋯⋯.〉

〈당신이 짐작하는 대로입니다. 스바치.〉

〈오, 맙소사.〉

스바치는 다른 니름을 떠올릴 수 없었기에 한 번 더 닐렀다.

〈맙소사.〉

화리트는 슬픈 미소를 지으며 고개를 끄덕였다.

〈예. 누나는 돌았어요. 집요한 강박증을 가지고 있지요.〉

〈그녀가 정말 너에게⋯⋯, 그걸 요구했냐?〉

〈수련자를 건드리면 여신의 저주를 부를 거라는 니름으로 겨우 말릴 수 있었지요.〉

스바치는 동정심에 찬 눈으로 화리트를 보다가 닐렀다.

〈끔찍하군. 좋아. 나와 카루가 그녀의 침실을 찾아간다면? 그녀가 원하는 것을 준다면 비아스는 만족하고 너에 대한 증오를 잊어줄까?〉

〈여드레 안에 임신시킬 수 있어요?〉

〈우리가 교대로 매일 찾아간다면 그녀는 임신 가능성이 높다고 생각할 수 있겠지.〉

〈그건 비아스 자신이 원하지 않을 겁니다.〉

〈응? 그게 무슨 니름이야? 자식을 원한다면서?〉

〈예. 하지만 비아스가 자식을 원하는 이유는 가주가 되고 싶기 때문입니다. 누나는 가주님의 친자도 아니고 소메로 같은 최연장자도 아닙니다.〉

〈아아. 딸밖에 기대를 걸 수 있는 것이 없다는 니름이군.〉

〈예. 누나가 단순히 딸만을 원하는 거라면 당신들을 그렇게 간단히 이모들에게 양보하지 않았겠지요. 하지만 그녀는 야망을 가지고 있고, 따라서 가문의 다른 여자들을 분개하게 할 일은 하지 않을 겁니다. 그렇다면 당신들은 남은 여드레 안에 기껏 한두 번 정도 누나를 찾아갈 수 있을 테지요. 그 정도로는 비아스가 임신 가능성이 높다고 생각해 줄 것 같진 않군요.〉

〈그녀가 도대체 어떤 방법으로 너를 죽일 것 같냐?〉

〈그녀는 심장탑을 조심하라고 닐렀지요. 아마도 적출식 도중에 내게 어떤 사고가 일어날 겁니다.〉

스바치는 어이없다는 표정으로 닐렀다.

〈니름도 안 돼. 그녀가 수호자들을 매수하기라도 한단 니름이야? 그건 불가능해.〉

〈그런 황당한 이야기는 하지 않았어요. 스바치. 수호자들에 대해서는 당신보다 내가 더 잘 알 겁니다. 내가 바로 수련자니까. 하지만 비아스는 뛰어난 약술사입니다. 누나를 결코 좋아하지 않지만, 나는 그녀의 기술은 믿기 때문에 비아스가 만든 소드락을 빼돌린 거지요. 그녀의 기술이라면 적출식 도중에 사고가 일어나게끔 하는 약을 만들 수 있을지 모릅니다. 그리고 남은 여드레 안에 그걸 내게 먹이겠지요.〉

스바치는 떨떠름한 표정으로 화리트의 니름을 반복했다.

〈적출식 도중에 사고가 일어나는 약? 그런 것이 가능할까?〉

〈모르지요. 하지만 그런 의미가 아니라면 심장탑을 조심하라는 그녀의 암시를 설명할 방법이 없어요. 분명히 심장탑에서 무슨 일이 벌어질 겁니다. 적출식 도중에.〉

〈좋아. 약이라. 그럼 이 집 안에서 아무것도 먹지 않는다면?〉

〈어떻게 니름입니까?〉

〈우리들과 함께 도시 바깥으로 나가서 식사를 한다면? 카루는 솜씨 좋은 사냥꾼이다. 너는 아직 쥐보다 더 큰 것을 먹어본 적이 없겠지만 그건 큰 문제가 아냐. 어차피 어른이 되면 그렇게 해야 되니까. 밖에 나가서 여드레 정도 버틸 수 있는 큰

동물을 하나 먹으면 어때?〉

〈스바치. 내가 또 당신들과 함께 외출할 수 있을 것 같습니까? 다른 사람은 몰라도 사랑하는 나의 이모님은 절대로 그걸 허락해 주지 않을 것 같은데요?〉

스바치는 신음을 흘리고는 정신을 닫았다. 화리트는 초조함을 느꼈다. '제기랄, 뭘 생각하는 거야. 결론은 뻔하잖은가. 계획 변경이야. 나는 당장 탈출해야 한다고.'

화리트에게는 너무 길게 느껴지는 순간이 지난 다음 스바치는 다시 정신을 열었다.

〈화리트. 네가 불안해하는 것은 잘 느낄 수 있다만, 아무리 생각해 봐도 모조리 가정뿐이군.〉

화리트는 깜짝 놀랐다.

〈예?〉

〈너는 비아스가 너를 죽일 거라는 객관적인 증거를 가지고 있는 것도 아니고, 그녀가 너를 어떻게 죽일지조차 확실히 알지 못해. 물론 너는 어떤 가정을 닐러주었지만 나는 네가 니르는 약 같은 것은 들어본 적이 없어. 너 또한 그런 약에 대해서는 들어본 적이 없겠지? 내 니름이 맞나?〉

화리트는 인정할 수밖에 없었다. 스바치는 갑자기 생각났다는 듯이 일어나 옷을 입기 시작했다.

〈그런 듣도 보도 못한 환상적인 약물을 끌어댈 필요가 없는 해석도 있지.〉

〈어떤 해석이죠?〉

〈너는 부정하고 싶을지 모르겠다만 아무래도 이 니름을 하고 싶군. 화리트 마케로우. 네가 적출식 직전의 나가라면 누구나 느끼는 불안감에 빠져 있다고 인정할 생각이 없냐? 아니, 곧장 대답하지 마. 넌 네가 수련자이고 그런 허무맹랑한 불안 심리 따위와는 관계 없는 완벽히 이성적인 나가라고 니르려는 것이겠지.〉

그렇게 니를 생각이었던 화리트는 정신적으로 약간 투덜거렸다. 스바치는 계속 닐렀다.

〈완전히 이성적인 생물이라는 것은 없어. 생각해 봐. 넌 네 친구 륜처럼 적출식 때문에 불안해하고 있는 것이지만, 그 불안을 인정하는 것이 너무 창피한 일이니까 네 누나에게 불안 심리를 투사하고 있는 것일지도 몰라. 너는 아마도 당장, 그러니까 적출식 전에 도망쳐야 된다고 니르려는 것이겠지. 뭔가 뻔하다는 생각이 들지 않아?〉

〈스바치, 나는 적출 공포증 따위…….〉

〈잠깐. 먼저 이 질문에 대답해 줘. 비아스가 너를 죽이고 싶었다면, 왜 그녀는 지난 22년 동안 그러지 않았지? 그녀에겐 기회가 많았을 것 같은데.〉

화리트는 입을 벌린 채 스바치를 바라보았고 스바치는 빙그레 웃었다. 가까스로 화리트는 대답을 떠올릴 수 있었다.

〈22년이 아니에요. 어제 결심했을 겁니다. 내가 어제 그녀를 화나게 했으니까.〉

〈흐음. 지금껏 구체화되지 않았던 증오가 바로 어제 살의로 바뀌었단 니름인가. 뭐, 좋아. 언제나 잔을 넘치게 하는 건 마지막 한 방울이니까. 하지만 그녀가 왜 최고의 권위자들 앞에서 너를 독살하려는 건지 설명할 수 있겠어?〉

〈최고의 권위자?〉

〈심장탑의 수호자들. 적출식 도중에 사고가 일어나면 수호자들은 너의 시체를 면밀히 검사하겠지. 비아스의 솜씨가 어떤지는 모르겠지만 나라면 도깨비 앞에서 불장난을 치지는 않을 텐데.〉

화리트는 할 니름이 없다는 심정이 되었다. 스바치는 체온을 높이기 위해 창가로 걸어가며 닐렀다.

〈네 불안을 웃음거리로 만들지는 않겠어. 화리트. 네가 나보다는 비아스에 대해 더 잘 알겠지. 그리고 네게 약간이라도 위험 요소가 있다면 우리들의 사명 또한 위험에 처하게 되지. 그러니 지금 네 니름이 좀 황당하게 들린다는 점은 고백하겠지만, 그래도 나는 네 니름에 대해 진지하게 생각해 보겠어. 이렇게 하자. 나와 카루는 될 수 있는 대로 자주 그녀를 찾아가겠어. 그녀를 즐겁게 해주려고 노력하며 동시에 그녀를 관찰하겠어. 그리고 너는 좀 더 객관적이고 확실한 증거를 찾아줘. 그리고 조심하고.〉

스바치의 니름은 합리적이었다. 갑자기 화리트는 자신이 얼간이가 된 것 같은 기분을 느꼈다. 스바치의 니름대로 그는 적출식이 무섭다고 니를 수 없어서 비아스가 적출식 도중 자신을 죽게 할 거라고 니르는 것일지도 모른다. 생각을 하면 할수록 화리트는 창피한 기분을 느꼈다. 맙소사. 그런 어처구니없는 약이라니.

결국 화리트는 스바치의 의견에 찬성하기로 했다. 그리고 동시에 굉장히 조심하기로 결심했다.

케이건은 푼텐 사막을 바라보았다.

희게 불타오르는 사막 위로 하늘빛은 검푸른 색에 가까웠다. 사막의 하늘은 여간해선 푸르게 보이지 않는다. 하늘이 푸르게 보이는 곳은 보다 습기가 많은 땅이다. 하지만 지금 케이건은 남쪽 창가에 앉아 있었고 푼텐 사막 남쪽에는 습한 키보렌 밀림이 있었다. 그 때문에 그곳의 하늘은 푸르렀고, 사막의 요괴스러운 흰빛에 대비되자 질병처럼 검푸르게 보였다.

문 두드리는 소리가 들려왔다. 케이건은 들어오라고 말했다. 문이 열리고 발걸음 소리가 조금 난 후에야 케이건은 고개를 돌렸다.

"손님. 탁자 위에 내려놓으면 되겠습니까?"

케이건은 고개를 끄덕였다. 마지막 주막의 젊은 아들 모티는 들고 온 솥을 탁자 위에 내려놓았다. 그러고는 묻지도 않은 말을 꺼내놓았다.

"어머니는 이걸 만지려고도 하지 않으세요. 아버지도 마찬가지고. 그래서 제가 가져왔습니다."

그리고 모티는 막대기를 물고 온 강아지 같은 표정을 지어보였다. 하지만 케이건은 모티를 칭찬하는 대신 고개를 약간 기울였다. 케이건의 응시가 길어지자 모티는 당황하고 말았다.

"저, 다른 건 필요 없으십니까?"

"필요 없네, 모티. 나가 보게."

우물쭈물하던 모티는 갑자기 말했다.

"아, 참. 아버지께서 여쭤보라고 하셨는데요. 며칠 동안 묵으실 생각입니까?"

"오래 있진 않을 거야. 나는 도깨비 한 명과 레콘 한 명을 기다리고 있네. 조만간 그들이 도착할 걸세."

더 이상 화제를 끌어댈 수 없던 모티는 마치 쫓겨나가는 듯한 낭패스러운 태도로 방을 나갔다. 홀로 남은 케이건은 탁자 위에 놓인 솥을 물끄러미 바라보았다. 그리고 마음속으론 모티의 태도에 대해 생각했다.

인간이란 얼마나 괴상한 생물인가. 케이건은 마지막 주막의 주인을 만난 지 이틀도 되지 않았지만 그가 어떤 인물일지는 충분히 짐작할 수 있었다. 사막과 그것이 품고 있는 무한한 위협으로부터 주막을 지켜온 자가 얼마나 단단한 사내인지 추측하는 것은 간단한 일이다. 하지만 그 주인은 아마도 울며 거부했을 부인에게 요리를 강요하고 젊은 아들에게 그 요리를 가져가게 했다. 어쩌면 요리는 직접 했을지도 모른다. 하지만 솥을 가지고 나타난 것은 젊은 아들 모티였다. 케이건은 그것을 바라지 않았다.

케이건은 한숨을 쉰 다음 모티가 가져온 솥의 뚜껑을 열었다.

그리고 나가 고기를 뜯어먹기 시작했다.

카라보라에서 케이건은 훨씬 조용한 생활을 했었다. 그곳에 있는 그의 오두막에는 다른 공간을 모두 합친 것보다 더 큰 조리장이 있다. 그곳에 케이건은 온갖 종류의 칼과 톱, 집게, 망치, 절구, 쇠꼬챙이 등을 갖춰놓고 있었고 큼직한 무쇠솥 세 개를 걸쳐놓을 수 있는 부뚜막도 가지고 있었다. 이틀이나 사흘쯤 걸려 남쪽으로 내려가 추위(물론 나가적 의미에서)에 비틀거리는 나가 정찰 대원을 몇 명 잡은 다음 다시 오두막으로 돌아올 때까지 케이건은 아무도 만나지 않을 수 있었다. 그곳에는 그의 사냥감에 비명을 지르는 주막 주인도, 덜 여문 가치관으로 감당하기 힘든 일에는 경외감을 느껴버리는 주막 주인의 멍청한 아들도 없었다. 그 고요한 곳에서 케이건은 나가의 시체를 토막내어 삶아먹으며 평화롭게 살았다.

목가적인 살육의 나날이었다.

하지만 하인샤 대사원에서 그에게 전갈을 보냈고 이제 케이건은 이 괴상한 주막에서 두 명의 동행을 기다리고 있었다. 그 사실을 떠올린 케이건은 씹던 뼈다귀를 탁자 위에 팽개치곤 얼굴을 감싸쥐었다. 오레놀이 남겨놓은 서신에는 그의 동행자가 도깨비와 레콘이라고 되어 있었다. 케이건은 그들을 어떻게 대해야 할지 알 수 없었다. 인간을 대하는 법도 거의 기억나지 않는 판국에 도깨비와 레콘이라니.

도깨비가 어떤 자들이더라.

진땀을 흘릴 정도로 힘겹게 기억을 더듬던 케이건은 겨우 이십여 년 전의 판막음을 떠올릴 수 있었다. 그러자 다른 것들도 떠올랐다. 킴이—모든 사람이 알고 있는 사실임에도 불구하고, 케이건은 도깨비가 인간을 그렇게 부른다는 사실을 가까스로 떠올릴 수 있었다.—판막음을 하는 것을 저지하기 위해 마지막으로 나선 것은 바우 머리돌 성주였다. 그리고 그때 케이건은 이미 씨름에 나선 것을 후회한 지 오래였다. 하지만 지고 싶지 않다고도 생각했다. 그때의 감정을 떠올린 케이건은 약간 놀랐다. 그때는 호승심 같은 것이 남아 있었던 모양이다. 자기가 아닌 다른 사람의 과거를 보는 듯한 기분을 느끼며 케이건은 그 마지막 씨름에 대해 생각했다. 잡치기였던가? 호미걸이였던가?

잠시 골똘히 생각해 보던 케이건은 곧 흥미를 잃었다. 그게 무슨 상관인가. 판막음을 했으니 아마 이겼던 모양이다. 케이건은 그 씨름에 대해 더 생각해 보는 것을 관뒀다. 관심도 없는 일이었다.

그리고 세 시간 후 케이건은 그런 결정을 후회했다.

마지막 주막의 주인은 꽤 멀리 떨어진 곳에서부터 도깨비 비형 스라블을 발견했다. 하지만 주인은 그가 주막을 찾아드는 길손일 거라고는 생각하지 못했는데, 왜냐하면 주인은 지금껏 하늘을 날아오는 손님을 맞은 적이 없었기 때문이다. 비형이 마지막 주막에 꽤 가까이 다가왔을 때야 주인은 그것이 딱정벌레를 타고 날아오는 도깨비라는 사실을 깨달았다.

딱정벌레는 모래바람을 심하게 일으키며 바위 옆에 내려앉았고 그 모래가 가라앉을 때쯤 도깨비는 이미 계단 위까지 도달해 있었다. 주막 안으로 뛰어든 비형은 주인을 흘끔 바라보았고 주인은 거의 주저없이 2층을 가리켜 보였다.

"저기, 왼쪽 첫째 방이오."

비형은 위쪽을 흘끔 쳐다보았다. 주막의 1층 가운데 부분은 천장까지 뚫려 있었고 난간형 복도가 그 주위를 빙 두르고 있어 2층의 방들을 볼 수 있었다. 주인이 가리킨 방을 확인한 비형은 빙긋 웃었다.

"좋은 꿈 꾸셨습니까! 내 딱정벌레는 마구간에 넣어두시면 됩니다! 마구간은 있죠?"

주인은 고개를 끄덕였고 그것을 확인한 비형은 그대로 2층으로 달려올라가 문을 열어젖혔다. 그리고 놀란 눈으로 그를 바라보는 인간에게 질문했다.

"좋은 꿈 꾸셨습니까! 우리 성주님을 어떻게 모래판에 메다꽂았습니까?"

"나는 케이건 드라카요."

케이건과 비형은 잠시 서로를 멍하니 쳐다보았다. 케이건은 자신이 뭔가를 잘못 대답했나 보다 생각했지만 뭘 잘못 말했는지 알 수가 없었다. 분명히 처음엔 이름을 말해야 할 텐데. 도깨비들은 좀 달랐던가? 그리고 비형 역시 자신이 뭔가 잘못했다고 느꼈다. 다행히도 비형은 자신의 실수가 뭔지 깨달았다. 비형은 쾌활하게 웃었다.

"아, 이런. 미안합니다. 비형 스라블이라고 합니다. 화나지 않으신 거죠?"

케이건은 왜 비형이 미안한 듯이 웃는 건지, 자신이 왜 화가 나야 하는 건지 알 수 없었다. 등에 땀이 흐를 것 같다고 생각하며 케이건은 조심스럽게 말했다.

"하인샤 대사원에서……, 맞소?"

"맞습니다. 절 기다리셨죠?"

"그렇소."

침묵.

"저, 어떻게 우리 성주님을 모래판에 메다꽂았습니까?"

"미안하오만 무슨 기술이었는지 기억이 안 나오."

"예? 호미걸이였습니다! 도깨비들 중엔 그걸 모르는 사람이 없어요. 저는 성주님처럼 허리를 많이 숙이는 분에게 어떻게 호미걸이를 걸 수 있었느냐고 질문한 겁니다. 그런데 무슨 기술이었는지 기억이 안 난다고요? 어떻게 그럴 수가 있습니까? 만일 제가 판막음을 했다면 죽을 때까지 그 이야기를 했을 겁니다. 잊어버린 겁니까? 완전히? 분명히? 번복의 여지없이?"

"글쎄. 그런 것 같소."

비형은 도무지 믿을 수 없다는 표정으로 케이건을 바라보았다. 케이건은 불안을 느꼈다. 도깨비들도 이해할 수 없는 건 존경해버리던가? 생각이 나지 않았다. 머리가 아파왔다. 케이건은 어금니를 깨문 채 비형을 쳐다보았다.

비형은 어깨를 으쓱이고는 배낭을 벗어 발 옆에 내려놓았다.

"그러실 수도 있겠군요. 이십여 년 전의 일이고, 우리처럼 씨름을 좋아하시지 않는다면."

케이건은 안도했다. 하지만 말 끝에 항상 질문을 덧붙이는 비형의 화법은 그에게 다시 고민거리를 제공했다.

"그런데 지금 연세가 어떻게 되십니까?"

케이건은 잠시 주뼛거리다가 비형에게 의자를 밀어주었다. 그리고 비형이 의자에 앉을 때쯤엔 대답할 말도 떠올릴 수 있었다.

"그건 왜 물어보시오?"

"이십여 년 전에 판막음을 하셨으니 나이가 지긋하신 분을 만나게 될 거라고 생각했거든요. 그런데 연세가 그다지 많아 보이지 않는군요. 아, 판막음을 하셨을 때 꽤 젊으셨나 보지요?"

"그래요. 젊었소."

케이건은 비형의 의문종결형 화법에 좋은 점도 있다고 생각했다. '맞장구를 치거나, 아니면 질문을 되돌려주면 되겠군.' 케이건은 그 요령을 시험해 보았고 그것이 잘 들어맞는 것을 확인하고는 안도했다. 그리고 오레놀의 서신을 비형에게 건네줄 때쯤 케이건은 눈앞에 있는 도깨비를 관찰해 볼 여유까지도 되찾았다. 비형이 서신을 읽는 동안 케이건은 과거의 기억들과 비형을 대조해 보며 서서히 도깨비에 대한 그의 지식을 회복해 나갔다.

서신을 다 읽은 비형은 그것을 탁자 위에 내려놓고는 고개를 갸웃했다.

"여기에는 제가 이미 들었던 내용밖에 없군요. 저와 당신, 그리고 레콘은 아직 도착하지 않았습니까? 아, 예. 어쨌든 우리 세 명이 키보렌으로 들어간 다음 무룬 강을 따라 내려간다. 그리고 노래를 부르며 무룬 강을 거슬러 올라오는 나가를 찾은 다음 그를 보호하여 하인샤 대사원까지 데리고 간다. 노래를 신호로 사용한 이 점은 정말 기막히군요. 한계선 남쪽에서 그 노래를 들을 수 있는 건 우리뿐일 겁니다. 물론 노래를 부르는 나가는 그 사람뿐일 테고요. 혼동을 일으킬 염려도 없고 다른 자들에게 들킬 리도 없는 신호군요. 어쨌든, 이걸로 끝인 겁니까?"

"끝이오."

비형은 고개를 좌우로 까딱거렸다. 케이건은 그 동작이 무슨 의미인지 알 수 없어 경계했지만 별 의미가 없는 동작이었다.

"저는 이 서신에 나와 있지 않은 것이 궁금한데요. 다른 사람도 그럴 거라고 생각됩니다. 예를 들어 이런 것들이죠. 하인샤 대사원의 킴들은 왜 이 나가를 데려오려는 거죠? 이 나가는 도대체 누구죠?"

"나는 당신이 아는 것 이상은 알지 못하오. 짐작되는 바도 없고."

"그렇다면 이것은 설명해 주시겠습니까? 저는 이 무룬 강이라는 것을 오늘 처음 들었습니다. 당신이 이 강을 찾을 수 있습니까?"

"그렇소. 펠도리 강은 무룬 강의 주요 지류 중에 하나요."

설명을 끝냈다고 생각한 케이건은 비형이 입을 헤벌리고 있는 것을 보고는 생각을 바꿨다.

"따라서 펠도리 강을 따라가면 무룬 강에 갈 수 있소."

"그 펠도리 강이라는 건 어디 있죠?"

"사막을 남쪽으로 내려간 다음 하루 내에 찾을 수 있소. 대사원에서 이 주막을 집결지로 선택한 것도 그 때문일 거요."

"아하! 한계선 남쪽에 대해 정말 잘 아시는군요?"

케이건은 고개를 끄덕였다.

"아마 내가 '길잡이'일 거요."

"어? 그 길잡이라는 것에 다른 의미가 있는 것처럼 발음하시는군요?"

케이건은 괜한 말을 꺼냈다고 생각했다. 설명하기 귀찮았기 때문이다. 하지만 비형은 눈에서 빛이 날 정도로 그를 응시하고 있었다. 케이건은 두 손 들었다.

"셋만이 하나를 상대한다는 옛말 아시오?"

"예! 압니다. 지상에 있는 네 선민 종족들 중 하나를 상대하기 위해선 다른 세 선민 종족이 모두 협동해야 된다는 뜻 아닙니까? 그리고 보니 우린 나가 한 명을 구출하기 위해 세 종족이 모였군요. 이것 말씀이십니까?"

"그렇소. 그런데 그 말에는 약간 고풍스러운 설명이 더 붙어 있소. 하나를 상대하기 위한 셋이 모였을 때 그 셋은 각자 길잡이, 요술쟁이, 대적자가 되어야 하오. 아마 당신이 요술쟁이일 거요."

"어? 저는 요술 못 부리는데요?"

"그건 책략으로 질서를 어지럽히는 광대, 놀이꾼 같은 것을 의미하는 거요. 꼭 요술을 부려야 된다는 말이 아니고. 그리고 당신네들의 도깨비불은 다른 자들에겐 충분히 요술로 보이고."

"그럼 길잡이도 꼭 길을 찾는 사람은 아닐 수도 있겠군요?"

"그렇소. 아마 하인샤 대사원의 승려들은 내가 의사 결정을 맡는 길잡이여야 된다고 생각하는 모양이오. 나가나 키보렌에 대해 잘 아니까."

"그럼 아직 도달하지 않은 그 레콘이 대적자겠군요. 대적자는 뭐죠?"

케이건은 고개를 살짝 끄덕였다. 의사 결정자로 인간을 둔 것이나 책략꾼으로 도깨비가 선택된 것만큼이나 레콘은 대적자로서 적격이다. 옛이야기에 목을 맨 얼빠진 중놈들.

"간단히 말해서 방해되는 것 다 때려부수는 파괴자요. 레콘에게 어울리겠지."

비형은 두 시간 뒤에 케이건의 말에 완전히 동의하게 되었다.

레콘은 사막 여행을 좋아하지 않는다. 당연한 노릇인데, 레콘의 풍성한 깃털은 적의 거친 공격을 막거나 체온을 보존하는 데는 확실히 도움되지만 더위를 피하는 데는 막심한 불이익만을 제공한다. 하지만 꼭 사막 여행을 해야 할 경우 레콘은 누구보다도 빠르게 사막을 가로지른다(물론 딱정벌레에 탄 도깨비는 예외로 쳐야겠지만.).

그래서 주인은 지평선에서 무지무지하게 커지는 길손의 모습을 보자마자 그것이 레콘이라는 사실을 깨달았다. 등 뒤로 모래폭풍을 일으키며 달려오는 그 모습은 끔찍하기까지 했지만 앞서 찾아든 두 명의 길손이 있었기에 주인은 당황하지 않았다. 레콘은 거의 나는 것에 가까운 속도로 달려와서는 계단을 오르는 것도 귀찮다는 듯이 30미터 절벽을 단숨에 뛰어올랐다. 하지만 주막 안으로 들어설 때는 약간 지체해야 했다. 7미터나 되는 철창을 들고 문을 들어설 때는 누구나 행동이 조심스러워지는 법이다.

주막에 들어선 레콘은 주위를 획 둘러보았다. 그리고 탁자에 앉아 저녁을 먹고 있는 케이건과 비형을 발견하고는 그쪽으로 곧장 다가왔다. 주막의 1층 중앙은 천장까지 뚫려 있어 대단히 높았지만 기둥이 아닌가 의심스러운 철창을 짚으며 성큼성큼 걸어오는 신장 3미터의 레콘은 폐소공포증을 일으키기에 적당한 모습이었다. 비형은 감탄을 금할 수 없었다. 그리고 케이건은 다시 불안을 느꼈다. 도깨비는 그럭저럭 넘어갔지만, 케이건은 레콘을 어떻게 대해야 하는지는 아직 떠올리지 못했다. 케이건은 자신의 불안을 감춘 채 쿵쿵 소리를 내며 다가오는 레콘을 지그시 바라보았다.

케이건으로서는 고맙게도 레콘이 먼저 부리를 열었다.

"도깨비와 인간이라. 제대로 찾아왔군."

케이건은 안도했다. 비형이 그 말에 대답했다.

"비형 스라블입니다. 이쪽은 케이건 드라카이고. 대사원의 의뢰를 받고 오신 분이죠?"

"음."

레콘은 그렇게 말한 다음 주위를 둘러보다가 철창을 2층 난간에 걸쳐놓았다. 비형은 다시 미소를 머금었고, 앉을 만한 의자를 발견하지 못한 레콘이 마룻바닥에 주저앉자 더욱 큰 미소를 지었다. 바닥에 앉았지만 여전히 케이건과 비형을 내려다보고 있는 레콘의 모습이 재미있게 보였기 때문이다. 하지만 레콘이 부리를 열자 비형은 더 이상 웃을 수 없게 되었다.

"나는 티나한이라고 한다. 도깨비들에게 불만을 좀 가지고 있지."

다행히도 티나한은 그가 혐오하는 도깨비의 인격적 결점이나 종족의 악습에 대해 말하지는 않았다. 티나한이 도깨비에게 가진 불만은 단 하나, 도깨비들이 절대로 하늘치에게 다가가려 하지 않는다는 사실이었다. 비형은 그것이 왜 문제가 되는지를 물었고 티나한의 설명을 듣자 반색하며 외쳤다.

"당신이 바로 그 사람이군요! 하늘치 유적 발굴자! 맞습니까?"

티나한은 주막 주인이 가져온 술통의 뚜껑을 열며 우울하게 말했다.

"그래. 너희 도깨비들이 도와줬으면 이미 하늘치의 등을 밟았을 거다."

"하지만 딱정벌레가 절대로 하늘치에게 다가가려 하지 않는데 저희들로서도 무슨 도리가 있겠습니까. 저희들 중에도 하늘치 유적에 뭐가 있는지 알고 싶어하는 사람이 많습니다. 하지만 딱정벌레가 도통 말을 듣지 않아요. 가장 잘 훈련된 딱정벌레도 하늘치만 보면 고양이 본 쥐처럼 달아나버려요. 그런 설명을 못 들었습니까?"

"들었어. 도저히 믿을 수 없어서 실험도 한 번 해봤고. 정말 달아나더군. 얼어죽을. 딱정벌레에게 수화까지 가르치는 너희들인데 왜 하늘치가 온순하다는 것은 가르쳐줄 수 없는 거냐? 엉?"

"하늘치가 정말 공격적이지 않다면 '성난 하늘치 같다'는 속담은 생기지 않았을 거라 생각되지 않아요?"

"그 웃기는 속담은 나도 지겹도록 들어봤어. 하지만 나는 진짜 성난 하늘치는 한 번도 본 적이 없어. 그거 틀림없이 사실무근일 거야. 하늘치가 워낙 크다 보니까 그 모습에 지레 겁을 집어먹은 얼간이들이 아무 생각 없이 만들어낸……."

그때 조용히 있던 케이건이 갑자기 입을 열었다.

"꼭 그렇진 않소."

티나한과 비형은 케이건을 돌아보았다. 케이건은 담담하게 말했다.

"성난 하늘치는 있었소. 그 하늘치가 왜 분노했는지는 알려져 있지 않소. 그 하늘치를 분노하게 한 왕국이 지상에서 사라졌거든."

티나한은 고개를 갸웃했다.

"왕국? 아, 그 왕이라는 것이 있던 시대의 이야기야? 옛날이야기군."

"옛시대의 전승이오. 하지만 분명히 그런 일이 있긴 했소."

"하지만 그런 옛날이야기를 어떻게 믿을 수 있냐? 그것도 어느 잡것이 만들어낸 이야기일지 모르잖아."

"하인샤 대사원에 가보면 확인할 수 있을 거요. 그곳 서고에는 승려들이 목숨을 걸어 지켜온 기록들이 있으니까. 그리고 대사원의 이야기가 나왔으니 말인데, 이제 우리 일정에 대해 이야기했으면 하오만."

케이건은 속으로 안도했다. 비형과 티나한이 동의의 고갯짓을 보내어온 것이다. 케이건은 곧 그가 가장 잘 할 수 있는 말, 그러니까 죽은 말을 꺼냈다.

"내가 알기로 딱정벌레에는 레콘이 포함되지 않을 경우 두 명까지 탈 수 있소. 그리고 티나한 당신은 딱정벌레에 뒤지지 않을 정도의 속력으로 사막을 달릴 수 있소. 따라서 내일 낮에는 자두고, 일몰에 이곳을 떠났으면 하오. 나와 비형이 딱정벌레에 타고 티나한 당신은 달리는 거요. 그러면 모레 아침까진 충분히 푼텐 사막 남쪽에 도달할 수 있을 거요. 그 시점에서 딱정벌레를 돌려보내고 휴식을 취한 다음 키보렌으로 들어갑시다."

비형과 티나한은 당황했다. 그들은 논의가 될 거라 생각했지만 케이건의 말은 지시에 가까웠다. 물론 그 말은 명령이 아닌 청유였지만 제반 지식이 전혀 없는 두 사람으로서는 동의 외엔 할 것이 없었다. 그런 사태가 계속될 것을 짐작한 비형은 손을 들어 케이건의 말을 중단시켰다.

"말을 끊어서 미안합니다만, 케이건. 아무래도 우리 둘은 당신 말에 고개를 끄덕이는 것 이외엔 할 것이 없을 것 같은데요. 솔직히 저는 나가에 대해서는 그들이 어른이 되었을 때 심장을 뽑고 말을 하지 않는다는 것 이외에는 별로 아는 것이 없고 키보렌에 대해서는 거기에 나무가 끔찍하게 많다는 것 외에 아무것도 몰라요. 당신은 어때요, 티나한?"

티나한은 부리를 약간 뒤틀며 고개를 끄덕였다. 비형은 다시 케이건을 돌아보았다.

"이런 상황이니 우리에게 일일이 동의를 구할 필요는 없을 것 같은데요. 당신이 필요한 모든 사실을 알고 있는 것 같은데, 그냥 당신이 지시하고 우리가 따르는 식으로 하면 되지 않겠습니까? 당신이 길잡이라면서요?"

"하지만 당신들도 필요한 사항들을 알고 있어야 하오. 만약 내가 키보렌에서 죽으면 어떻게 할 작정이오?"

"그런 일이 있어선 안 되겠지만, 혹여나 그런 일이 벌어지면 저는 주위에 온통 불을 지른 다음 최대한 빨리 북쪽으로 도망칠 겁니다. 당신이 만약 죽게 되면 남은 건 둘뿐이죠. 둘로는 하나를 상대할 수 없어요. 셋만이 하나를 상대할 수 있는 것 아닌가요?"

케이건은 한숨을 쉬었다.

"역시 좀 알아야겠군. 당신 장기를 발휘하겠다는 건 절대로 좋은 의견이 아니오. 열을 보는 나가들은 그 불을 누구보다도 빨리 파악할 거요. 잠시 주위의 나가 정찰대를 쫓아버릴 수는 있겠지만, 곧 사흘 거리 내에 있는 나가 정찰대를 모조리 불러모으게 될 거요. 그 수목 애호가들은 나무를 불지른 당신을 절대로 용서하지 않을 거요. 소드락을 잔뜩 복용하고 달려들 그 수많은 나가들 앞에선 티나한의 철창도 아무 소용이 없을 거요."

자신에 대한 폄하보다 자신의 무기에 대한 폄하를 더 큰 모욕으로 느끼는 것이 레콘이지만, 불행하게도 티나한은 자신의 철창을 가소롭게 여기는 이 발언에 대해 화를 낼 수 없었다. 케이건의 말 중에 의미를 모르는 말이 너무 많았기 때문이다. 그래서 티나한은 '열을 본다'거나 '나가 정찰대', '수목 애호가', '소드락' 등이 무슨 말인지 질문했다. 비형 역시 궁금하다는 표정을 지었다.

케이건은 충격을 받았다.

그제야 케이건은 한계선 이북과 이남이 얼마나 오랫동안 단절되어 있었는지를 절감했다. 수백 년 전 나가들의 폭풍 같은 북진이 기온이라는 절대적 한계에 부딪혀 중단되고 마침내 대확장 전쟁이 끝났을 때 세계는 두 동강이 나버린 셈이다. 나가들의 땅 키보렌과 그 북쪽의 땅. 뒤쪽의 세계는 산이나 황야, 사막, 초원, 숲, 빙하 등이 있는 정상적인 세계다. 그러나 앞쪽의 세계에는 밀림뿐이다. 키보렌이라는 단 하나의, 세계의 반을 뒤덮은 숲.

케이건은 거기서 희극의 요소를 발견했다. 오직 단 한 사람, 한계선에 가장 근접한 도시 카라보라의 최남단에 나가를 도축, 가공, 요리할 수 있는 시설과 장비를 완비해 두고 매일같이 나가를 잡아먹으며 사는 인간 한 명을 제외한다면, 이제 모든 이들에게 나가들과 그들의 땅 키보렌은 전설 속의 존재나 마찬가지로 받아들여지고 있다. 만약 나가들이 그들 이외에 그들을 증거해 줄 자를 찾아내야 한다면 그들은 그들을 가장 증오하는 자를 찾아와야 할 것이다. 대사원의 영리한 승려들은 그것을 알고 있었다.

증오란 원래 그렇다.

"왜 우는 겁니까?"

비형의 걱정스러운 목소리에 케이건은 현실로 돌아왔다. 눈가를 만져본 케이건은 손끝이 젖는 것을 깨달았다. 우는 것을 싫어하는 티나한은 화난 표정으로 케이건을 쏘아보고 있었다. 케이건은 눈가를 훔쳤다.

"왜 울었는지 모르겠소."

"뭔가 언짢은 일이라도 생각나신 건가요?"

케이건은 그 질문을 무시했다. 그러곤 건조한 어투로 티나한의 질문에 대답했다.

"나가들의 귀는 신통찮지만 대신 그 눈은 대단히 밝은 편이오. 그들의 눈은 열을 볼 수 있는데, 그 때문에 어두운 밤에도 우리 같은 뜨거운 생물들을 볼 수 있소. '나가 잡는 것은 도깨비'라는 옛말은 거기서 나온 말이오. 그 옛날 수완 좋은 도깨비들은 사람이나 동물 모양의 도깨비불을 만들어서 나가의 눈을 속이곤 했소. 체온과 비슷한 정도의 차가운 도깨비불로 말이오."

비형은 그만 케이건의 눈물에 대해 까맣게 잊고 말았다. 도깨비들에게도 이런 이야기는 듣지 못했다.

"우와! 정말입니까? 제 도깨비불에 나가가 속습니까?"

"그래요. 키보렌에 들어가면 당신도 그 재주를 써야 할 거요. 당신이 요술쟁이일 거라고 했잖소? 그리고 수목 애호가라는 건 당신들도 짐작할 수 있을 거요. 그들은 자신을 나무의 친구로 여기오. 틀린 말은 아니지. 그들의 땅 전체에 나무를 심으니까. 따라서 그들은 나무를 태우는 것을 아주 싫어하오. 그들 자신들도 필요에 따라 나무를 베기도 하고 태우기도 하지만, 그 경우엔 나무 장례식을 치러주지. 아, 그리고 이것은 나가들이 도깨비를 싫어하는 두 번째 이유요. 도깨비불은 나가를 속일 수도 있고 나무를 불태울 수도 있으니까."

비형은 감탄하며 열심히 고개를 끄덕였다. 케이건은 티나한을 돌아보며 다른 것들에 대해서도 설명했다.

"나가 정찰대라는 건 키보렌을 돌아다니는 정찰대를 말하는 거요. 물론 여자로 구성되고, 보통 모험심이 많은 나가나 가문에서의 권력 싸움에서 밀려난 나가들이 주축을 이루지. 나가의 각 도시는 두서너 개의 정찰대를 가지고 있소. 이자들이 주로 정찰을 하는 곳은 한계선 이남 지역이오. 불신자들, 그러니까 우리 같은 자들의 침입을 경계하는 거지. 그리고 나무를 보살피는 일을 하오. 나무들의 전염병을 다스리거나 산불 때문에 피폐해진 숲을 복원하는 등의 일을 하오. 사실 뒤쪽의 일이 주된 일이오. 키보렌에 내려가는 자는 없으니. 그리고 소드락이라는 건 나가들의 비약이오. 한계선 지대까지 올라올 경우 나가들은 추위 때문에 움직임이 대단히 느려지지. 하지만 그 소드락이라는 것을 먹으면 짧은 시간 동안이나마 키보렌에서 가장 더운 땅에서와 같은 정도의 속도로 움직일 수 있소. 따라서 한계선 근처의 땅을 돌아다니는 나가 정찰대는 항상 소드락을 가지고 다니지. 색깔은 붉은색이오. 만약 그들과의 싸움 중 그들이 붉은색 약을 삼키려들면 반드시 제지해야 하오. 까다로워지니까. 그것만 제지할 수 있다면 한계선 근처의 땅에서 나가를 상대하는 것에 결정적인 불리함은 없다고 하겠소."

케이건이 폭포처럼 쏟아놓은 지식들은 비형과 티나한을 헐떡이게 만들었다. 티나한과 비형은 똑같은 시선으로 케이건을 바라보았는데 그것은 도대체 어디서 그런 지식들을 얻었느냐고 묻는 시선이었다. 하지만 케이건은 그 시선에 대해서는 대답하지 않았다. 대신 케이건은 자리에서 일어났다.

"어디 가십니까?"

"마저 울러 가야겠소. 왜 울었는지 생각날지 모르니. 따라오지 말길 바라오."

그리고 케이건은 탁자 옆에 세워둔 쌍신검을 집어든 다음 밖으로 나갔다. 남겨진 두 사람은 의아한 얼굴로 서로를 쳐다보았다. 그때 비형은 주막의 주인이 그들을 훔쳐보고 있다는 것을 깨달았다.

"영감님? 하실 말씀 있으십니까?"

도깨비의 친절한 말투는 주인에게 용기를 북돋워주었다. 주인은 결심을 하고는 부엌으로 뛰어들었다. 그러고는 솥 하나를 들고 돌아왔다. 두 사람이 앉아 있는 탁자에 솥을 내려놓은 주인은 주막 밖을 훔쳐보며 말했다.

"미안하오만 말씀 나누시는 것을 조금 들었소이다. 두 분은 저자를 오늘 처음 만나시는 것 같은데, 맞소?"

"영감님 말씀이 맞습니다. 그런데요?"

"저자를 멀리하시오. 미친 자요! 제정신이 아니오!"

티나한은 잠시 케이건을 자신의 동료로 여겨야 되는지 고민했다. 만일 그렇다면 티나한은 동료를 대신하여 이 무례한 주막 주인을 걷지도 기지도 못할 정도로 손을 봐줘야 했다. 하지만 아직 만난 지 하룻밤도 지나지 않았음을 깨달은 티나한은 잠시 유보를 두기로 했다. 자신이 가공할 위험에 빠질 뻔했다는 것을 모르는 주막 주인은 필사적인 얼굴로 도깨비를 바라보았다. 비형은 고개를 갸웃했다.

"글쎄요. 침을 흘리거나 눈도 까뒤집지 않고 자신이 만물의 질서를 결정한다고 주장하지도 않던데요. 왜 그렇게 생각하시죠, 영감님?"

주인은 비장한 얼굴로 솥뚜껑을 움켜쥐었다가 확 열어보였다. 비형과 티나한은 그 동작에 감명을 받았고, 그래서 그 내용물에 황당함을 감출 수 없었다.

"흐음, 위험해 보이는군. 식은 고깃국이라."

비형과 티나한은 의심스러운 눈빛으로 주인을 바라보았고 주인은 자신의 실수를 깨달았다.

"이건 나가 고기요!"

주인은 만족감을 느꼈다. 티나한과 비형은 그가 기대하던 반응을 보여줬다. 비형은 허옇게 질려 뒤로 물러났고 티나한은 고개를 숙여 솥 안을 뚫어지게 바라보았다.

"저자는 자기가 키보렌을 통해서 사막으로 들어왔다고 하더군요. 제가 믿지 않자 저자는 이걸 내보이고는 삶아달라고 말했소! 먹겠다고 말이오! 세상에, 말이나 되는 소리요? 하지만 오금이 저려서 어떻게 할 수가 없었소. 눈을 이렇게 뜨고 쳐다보는데, 나는 그런 눈은 난생처음이었소! 남아 있는 고기들을 보여드리고 싶지만 이게 마지막 남은 것이오. 저자가 다 먹었소! 이걸 먹었단 말입니다!"

"어, 흠. 진짜 나가였나? 다른 동물이 아니라? 아무리 이 푼텐 사막이 키보렌에 가까이 있다지만 너도 나가를 본 적은 없을 거 아냐."

티나한은 의심스럽다는 듯이 말했다. 주인은 고개를 가로저었다.

"그래요, 나도 처음 봤소! 하지만 보면 알아요. 나가가 아니라면 세상에 어떤 동물이 비늘이 덮인 팔을 가지고 있겠소? 그 팔을 꺼내다가 난 기절할 뻔했소!"

티나한이 갑자기 젓가락을 집어들었다. 비형과 주인이 눈을 크게 뜨고 바라보는 가운데 티나한은 솥 안을 뒤져 고깃덩이를 하나씩 집어들었다. 그러고는 그 뼈의 모양을 꼼꼼히 살폈다. 잠시 후, 티나한은 하나의 고깃덩이를 탁자 위에 놓고 뚫어지게 바라보았다. 비형도 그 고기를 보았고 거기에 붙어 있는 것을 본 순간 허리를 숙여 구역질을 하기 시작했다.

의심의 여지가 없었다. 희미한 비늘 자국 끝에 붙어 있는 것은 손톱이었다. 동물에겐 거의 없는 넓적한 손톱.

케이건은 절벽 모서리에 걸터앉아 지저분한 밤하늘을 바라보았다.

검은 하늘에 번져가는 묽은 별빛, 그리고 물고기의 배처럼 창백하게 번득이는 달. 사막의 밤하늘은 빛이 얼마나 지저분한가를 고발하고 있는 듯했다. 얼룩진 빛들 아래로 사막은 정순한 암흑 속을 흐르고 있었다.

휘저어놓은 구정물 같은 하늘을 보고 있는 케이건의 눈앞에 큼직한 손이 나타났다.

케이건은 그 손을 응시했다. 큼직한 손바닥 위엔 조그마한 고깃덩이가 놓여 있었다. 손톱이 붙어 있는 고깃덩이였다.

"젠장. 원숭이는 아니더라. 비늘이 있으니까. 나가가 맞는 것 같은데."

천천히 고개를 돌린 케이건은 아득하게 보이는 티나한의 얼굴과 그 옆, 훨씬 아래쪽에 보이는 비형의 얼굴을 차례로 바라보고는 다시 고개를 돌렸다.

"이야기를 하고 싶다면 앉아줬으면 좋겠소. 너무 높아서."

두 사람은 케이건의 옆에 걸터앉았다. 그래도 두 사람의 머리는 케이건보다 훨씬 높았다. 티나한은 자신의 손바닥에 놓인 고기를 물끄러미 바라보다가 그것을 사막으로 집어던졌다.

"큼. 설명 좀 들을까?"

"이 주막으로 오던 도중 만난 나가 정찰 대원들의 사체 조각이오. 놔두면 다시 재생할 것이 분명하기에 토막을 낸 다음 중요 부위 몇 개를 집어왔소. 그중에 손도 하나 섞여 있었던 모양이군."

케이건의 말투는 침착했다. 티나한은 언성을 높일 수 없었다.

"그렇게 잘 재생하나?"

"단 한 번이지만, 머리를 재생시킨 나가를 본 적이 있소."

티나한의 벼슬이 곤두섰다.

"머, 머리를?"

"그렇소. 그녀를 쓰러뜨렸을 때 나는 몹시 지쳐 있었고 시간을 더 끌 수도 없는 상황이었소. 그래서 그녀의 머리만 잘라낸 다음 나머지는 밀림 속에 팽개쳐뒀지. 그 머리는 가져와서 삶아먹었소. 2년 후, 그녀를 다시 만났소. 반가워하더군. 2년 만에 머리를 재생시키곤 나를 찾아다니고 있었던 모양이오."

"이런 젠장맞을……, 어떻게 됐나?"

케이건은 티나한을 잠시 돌아보았다가 다시 사막의 암흑으로 시선을 돌렸다.

"다시 만날 일은 없을 거라 생각하오."

티나한은 그 결과에 대해 더 묻지 않기로 했다. 대신 다른 것을 질문했다.

"그러니까, 네가 최소한 2년 이상 이 웃기는 짓을 계속해 왔단 말이군?"

"그보다 훨씬 오래전부터."

"나가를 습격한 다음, 그, 그 시체를 삶아먹었단 말이야?"

"가끔은 구워먹기도 했소. 그런데 도대체 뭘 원하는 거요?"

"뭐?"

케이건은 단조롭게 말했다.

"원하는 것을 명확히 하시오. 비난하려는 거요? 아니면 당신도 나가를 잡아먹고 싶어서 조언을 구하는 거요? 이도 저도 아니라면 내 생활에 대해 무의미한 참견을 할 작정이오?"

티나한은 당황했다. 실제로 그는 자신의 목적을 정확히 알지 못했다. 그때 지금 껏 입을 꽉 다물고 있던 비형이 고함을 질렀다.

"비난하겠습니다! 비난하고 비난하고 또 비난합니다. 알겠습니까?"

케이건은 비형을 돌아보았다. 비형은 꽉 움켜쥔 주먹을 허공에 대고 휘두르며 외쳤다.

"나가도 당신과 같은 사람입니다! 어떻게 사람이 사람을 먹을 수 있습니까? 변명할 수 있습니까?"

"안 하겠소."

비형은 어리둥절해졌다. 그는 잠시 자신의 손을 어찌해야 좋을지 모르겠다는 듯이 허둥대다가 말했다.

"그렇다면 그 일의 부도덕함을 인정하는 겁니까? 완전히? 분명히? 번복의 여지 없이?"

"원한다면 인정하겠소. 사실 나에겐 큰 상관이 없는 문제니까."

"예? 그게 무슨 말입니까?"

"가장 단순하게 말하자면, 당신이 무슨 말을 하건 내겐 아무 상관이 없다는 거요. 욕을 하고 싶다면 욕을 하고 저주를 하고 싶다면 마음껏 저주를 퍼부으시오."

"제가 원하는 것은 그것이 아닙니다! 그 일이 잘못되었다는 것을 인정하고 그만 두십시오! 제가 바라는 것은 그것입니다. 알겠습니까?"

"알았소."

"그럼 그 일을 뉘우치고 그만두시겠습니까?"

"뉘우치지도, 그만두지도 않겠소."

비형은 기가 막혔다.

"그럼 저를 납득시킬 수 있습니까? 그렇게 해보세요! 왜 그런 짓을 하는 겁니까?"

"설명하지 않겠소."

나무에 대고 고함지르는 것과 마찬가지였다. 비형은 그렇게 느꼈다. 무엇보다도 비형을 혼란스럽게 만드는 것은 케이건이 도무지 악당처럼 보이지 않는다는 것이었다. 케이건은 미친 듯이 웃지도 않았고 흉흉한 눈빛을 번득이지도 않았다. 그는 건조하지만 무례하지는 않은 말들을 조용히 말하고 있었다. 비형이 비명이라도 질러볼까 하는 무의미한 충동을 느꼈을 때 케이건이 다시 말했다.

"그렇게 내 행동이 마음에 들지 않는다면, 미안하지만 내가 줄 것은 하나밖에 없소. 비형. 당신은 모든 나가들이 나에 대해 가지고 있는 것과 같은 권리를 행사할 수 있소."

"권리? 무슨 권리 말입니까?"

"나를 죽이려 시도할 권리."

비형은 움찔했다. 케이건은 서서히 일어난 다음 비형을 돌아보았다. 그의 눈빛은 잔잔했다.

"당신이 그렇게도 혐오한다는 '사람이 사람을 먹는 일'을 중단시킬 수 있는 방법은 그것뿐이오. 비형. 나를 죽이시오. 다만 그것을 시도할 경우 당신의 안전은 보장할 수 없소."

"그 말은, 당신을 죽이려들면 저를 죽이겠다는 겁니까?"

"그렇게 해야 한다면 그럴 거요."

비형이 벌떡 일어섰다. 그러고는 눈 아래에 있는 케이건을 향해 애원하듯 외쳤다.

"그렇다면 당신도 죽고 싶지 않다는 말이잖아요! 나가들도 그럴 겁니다. 죽고 싶지 않을 거라고요. 당신 자신도 원하지 않는 일을 왜 남에게 하는 겁니까?"

"그들도 죽고 싶어하지 않을 거라는 것을 알고 있으니까."

"예?"

케이건은 오른손을 서서히 움직였다. 비형은 그제야 쌍신검을 보았다. 케이건은 지금껏 그것을 쥐고 있었지만 교묘한 몸동작과 그림자, 그리고 어둠 속에 숨어 있어 비형의 눈에는 보이지 않았다. 비형은 그토록 거대한 검이 단검이나 되는 양 숨겨져 있었다는 사실에 놀랐다. 쌍신검을 서서히 들어올린 케이건은 그것을 어깨 뒤 고리에 걸며 말했다.

"그들이 그것을 원하지 않기에 하는 거요."

케이건은 주막으로 걸어갔다.

다른 종족들과 공유할 만한 예술을 별로 가지고 있지 않은 나가지만, 그들에게 예술이 없는 것은 아니다. 너무 월등한 시각 때문에 미술이 없고 너무 빈약한 청각 때문에 음악이 없지만 나가에게도 훌륭하게 움직일 수 있는 몸은 있다. 따라서 그들은 춤을 출 줄 안다.

몸을 움직이는 즐거움을 느낀다는 무용의 본질에서 나가의 무용은 다른 종족들의 무용과 크게 다르지는 않다. 하지만 무용의 감상에 있어서는 다시 차이가 발생한다. 다른 종족들 또한 몸의 움직임이 만들어내는 흐름과 박자를 즐길 줄 알지만 나가는 거기에 덧붙여 무용가의 주위에서 움직이는 기류를 본다.

나가들은 춤을 출 때 손에 독특한 물품을 들곤 하는데, 긴 쇠막대에 나무 손잡이가 달린 이 물건을 인간이 본다면 아마도 인두라고 생각할 것이다. 춤채라고 불리는 이 물건은 실제로 인두에서 파생된 것이며 인두처럼 화로에 의해 달궈진다. 하지만 그 쓰임새에 있어서 춤채는 인두와는 아무 상관이 없다.

나가 무용수들은 달궈진 춤채를 들고 춤을 춘다. 춤채가 없을 경우 횃불 등의 물건을 쓰기도 하지만 횃불의 경우엔 그 온도가 너무 높아서 효과가 신통찮다. 달궈진 쇠막대, 무용수의 손에 쥐어진 두 개의 찬란한 광선이 가장 적합하다. 무용수는 그 광선들로 공기를 희롱하고 전율시키고 광포하게 날뛰게 만든다. 따라서 나가는, 그리고 오로지 나가만이, 무용수 주위에 일어나는 형언키 어려운 색채의 향연을 볼 수 있다.

페이 가문의 여인들과 가문에 체류 중인 열 명의 남자들은 한결같이 사모 페이가 만들어내는 찬란한 움직임에 넋이 빠져 있었다.

걷고, 웅크렸다가, 도약하고, 빙그르르 도는 일련의 동작들. 사모가 허공에 펼쳐내는 빛의 피륙을 타고 기류가 현란하게 춤춘다. 동작과 동작이 나뉘어지는 순간들마다 사모는 나가로 돌아오지만 다음 동작이 시작되자 어느새 빛으로 이루어진 생명체로 바뀐다. 구경꾼들은 모두 사모에게서 눈을 떼지 못했다.

춤이 끝났다.

남자들은 자신의 앞에 놓인 물그릇에 손을 담근 다음 화로 표면에 물방울을 던졌다. 그리고 춤을 춘 자가 사모였기에 여인들 또한 사심 없이 찬탄을 표했다. 사모는 가볍게 고개를 숙여보인 다음 춤채를 화로에 꽂고 중앙에서 물러났다. 사모

와 비교되고 싶지 않았던 여자들은 자리를 지켰고 남자들 중 두 명이 동시에 뛰어
나왔다가 서로를 머쓱하게 바라보았다. 그들이 겸양과 양보를 표시하는 사이 사모
는 구경꾼들의 원진을 빠져나왔다.

사모가 기둥 옆을 지나칠 때 기둥 뒤에서 한 손이 튀어나왔다.

사모는 놀란 얼굴로 그 손을 바라보았다. 손에는 물잔이 쥐어져 있었다. 잠시 후
그 손을 따라 기둥 뒤에서 류 페이의 얼굴이 나타났다. 사모는 어색하게 물잔을 받
아들었다.

〈멋진 춤입니다. 화로가 다 식었군요.〉

사모는 싱긋 웃었다. 모든 구경꾼들이 경쟁적으로 물방울을 던졌기에 화로의 표
면은 차갑게 식어 있었다. 뜨거운 화로에 차가운 물방울이 튕겨졌을 때의 온도 변
화와 공기의 급격한 움직임은 나가의 눈에는 유성의 번득임보다 강렬하게 보인다.
찬사의 표시로 사용되기에 충분하다. 따라서 '화로가 식는다.'는 니름은 나가 관용
어로 놀라운 기량에 바치는 찬사를 의미한다.

물을 마신 사모는 잔을 돌려주며 닐렀다.

〈너는 물 뿌리지도 않았잖아.〉

〈나가고 싶지 않았습니다. 적출식에 관련된 농담도 지겹고 격려랍시고 해주는
니름들도. 물론 좋은 뜻에서 들려주는 니름들이라는 것 잘 알지만.〉

류은 시선을 아래로 떨어뜨리며 계속 닐렀다.

〈대신 저는 박수를 쳤어요. 들으셨습니까?〉

사모는 고개를 갸웃했다.

〈박수가 뭐지? 듣는다고?〉

〈불신자들은 소리를 잘 듣지요. 그래서 그들은 찬사를 표시하고 싶을 때 손바닥
을 부딪쳐서 소리를 냅니다.〉

류은 직접 시범을 보였다. 귀를 기울였던 사모는 동생의 손에서 퍼져나오는 그
소리를 들을 수 있었다. 사모는 짧은 웃음을 터뜨렸다.

〈괴상한데. 그게 어떻게 칭찬의 의미가 되는지 모르겠군. 그런데 넌 어떻게 그런

것을 알지? 아, 화리트가 가르쳐주었니?〉

〈아니요. 다른 사람이 가르쳐주었습니다.〉

〈다른 사람?〉

〈예. 다른 사람.〉

〈아.〉

사모는 류이 누구를 니르고 있는지 알아차렸다. 이런 무언의 공감은 나가에게도 침묵의 시간을 가져오며 그래서 사모와 류은 잠시 정신을 닫은 채 서로를 쳐다보았다. 류은 어색하게 주위를 둘러보다가 닐렀다.

〈바람 좀 쐬시지 않겠습니까?〉

사모가 앞장서서 걸었다. 그들은 문을 열고 홀을 나왔다. 열주가 늘어선 바깥 복도는 그대로 정원을 면하고 있었다. 사모는 정원 가운데로 걸어갔고 그녀의 뒤를 따르던 류은 자신들이 정자를 향하고 있다는 것을 깨달았다.

정자의 돌의자는 한낮의 햇살을 받아 뜨겁게 데워져 있어 앉기 좋았다. 자리에 앉은 사모는 갑자기 닐렀다.

〈앉아. 류.〉

이미 허리를 반쯤 굽히고 있던 류은 그만 엉거주춤한 동작으로 멈춰 선 채 사모를 바라보았다. 사모는 기분 좋게 웃었고 류 역시 당혹한 웃음을 지은 채 사모의 맞은편에 앉았다. 사모는 짓궂게 닐렀다.

〈너는 너무도 예의 바른 남자라서 여자가 앉으라고 닐러야 앉잖아.〉

〈어제는 제가 너무 무례했습니다. 사모.〉

〈오오, 역시 예의 바른 남자. 저렇게 엄숙하게 사과하니 사과 받는 쪽이 오히려 부끄러워지는군.〉

류 페이는 그만 어찌해야 될지 모르게 되었다. 사모는 부드럽게 닐렀다.

〈어제는 내가 참 민망한 꼴 보였지? 미안해. 많이 당황했나 보구나. 나도 그렇게 울 줄은 몰랐어.〉

〈신경 쓰지 않습니다.〉

〈대단히 신경 쓰였단 니름이군.〉

륜은 다시 곤혹스러워했고 사모는 몸을 약간 기울이며 하늘을 바라보았다.

〈무리한 부탁이겠지만, 더 이상 신경 쓰지 마.〉

륜은 돌탁자에 시선을 둔 채 니름 없이 앉아 있었다. 사모는 다시 눈을 내려 륜을 똑바로 바라보았다.

〈내 아이는 되어줄 수 없더라도 친구는 되겠지? 내가 원하는 것은 간단하단다. 시시한 잡담들로 가득한 서신이나 나누고, 몇 년에 한 번씩이라도 네가 우연히 하텐그라쥬를 지나치게 될 때 서로 만나서 이야기를 나누고, 때로는 내가 너를 만나러 여행하기도 하고. 그게 거북하니?〉

〈사모. 저는…….〉

륜은 문장을 완성하지 않은 채 정신을 닫았다. 잠시 기다리던 사모는 확인하듯 닐렀다.

〈나는 대용품 따위로 나 스스로를 기만하지는 않아. 하지만 네게 내 모습이 그렇게 비춰졌다면 내 태도나 행동에 뭔가 그렇게 비칠 만한 소지가 있었다는 니름이겠지. 고치겠어. 그러니 너는 지금부터 내가 하는 니름을 가장 내 본심에 가까운 니름으로 여겨줘. 내가 원하는 건 아이가 아닌 친구야.〉

륜은 고개를 가로저었다.

〈당신에겐 이미 많은 친구가 있잖습니까.〉

〈세상에는 멋진 농담과 감사의 니름처럼 많으면 많을수록 좋은 것이 있어. 좋은 친구도 그런 부류에 속한다고 보는데.〉

륜은 그런 의미로 니르지 않았다. 모든 가족들의 아낌을 받는 사모 페이와 같은 여인이 친구에 굶주릴 리는 없다. 그녀는 륜에게 끈을 남겨두자고 니르는 것이다. 그리고 그 끈의 한쪽에 자신이 서주겠다고 제안하는 것이다.

문득 륜은 자신이 얼마나 사모 페이를 사랑하는지를 깨달았다. 심장을 잃는 것은 페이라는 이름을 잃는 것이고 페이라는 이름을 잃는 것은 사모 페이와의 끈을 잃는 것이었다. 남동생도 아니고, 그렇다고 해서 그녀의 침실에 들 수도 없는, 아무것도 아닌 관계. 하지만 류이 모든 관계가 사라진다고 생각하고 있을 때 사모는 친구라는 이름의 끈을 새로 이어보였다. 그가 그토록 큰 상처를 주었고 그 때문에 그녀가 은루(銀淚)를 흘렸음에도 불구하고.

류은 고개를 끄덕였다. 사모는 환하게 웃었다.

〈고맙구나. 아, 들어가서 춤 추지 않을래?〉

〈전 여기에 더 있겠습니다.〉

〈그래.〉

사모는 자리에서 일어났다. 몸을 돌리기 전, 사모는 돌탁자 너머로 손을 뻗어 류의 손등을 가볍게 두드렸다. 그리고 류이 하고 싶었던 니름을 꺼내었다.

〈고마워, 류.〉

류은 아무 니름도 못한 채 사모를 떠나보냈다.

방심 상태 속에 앉아 있는 류의 곁으로 수만 가지의 의미가 될 수 있었던 순간들이 아무런 의미도 되지 못한 채 흘러지나갔다.

아무것도 보고 있지 않던 류의 시야에 어떤 물체가 들어온 것은 꽤 많은 시간이 지난 다음의 일이었다.

류은 심장탑을 보고 있었다.

도시 어느 곳에 있어도 그 200미터 높이의 탑은 눈에 들어온다. 그 아름다운 탑을 바라보며 류은 자신에 대해 놀랐다. 요근래 그가 심장탑을 바라볼 때 그 시선은 항상 분노로 채색되어 있었다. 하지만 지금 그는 거의 분노가 없는 상태에서 심장탑을 바라보고 있었다. 류은 왜 자신이 분노를 느끼지 않는가에 대해 생각해 보았다.

답은 단순했다. 심장탑은 심장을 빼앗아 가는 곳이며 그럼으로써 그와 사모 페이의 관계를 강탈하는 자들이 있는 곳이다. 하지만 조금 전, 사모는 그들이 뺏어갈 수 없는 관계를 류에게 선물했다.

류은 두 손을 모으고 그 위에 이마를 얹었다.

갑자기 격한 울음이 터져나왔다.

분노는 사라졌지만 대신 비늘이 떨어져나갈 정도의 공포가 그를 엄습했기 때문이다.

항상 그곳에 있었지만 지금껏 분노에 가려져 있던 공포가 륜의 마음속 깊은 심연으로부터 부상했다. 륜은 사모에게 감사하며 동시에 그녀를 원망했다. 분노하고 있을 때 륜은 심장탑을 쏘아볼 수 있었다. 하지만 지금 륜은 은빛 눈물로 얼굴과 두 손을 적시는 것 이외엔 아무것도 할 수 없었다. 11년이 지났지만, 륜 속의 어떤 부분은 여전히 열한 살에 붙들어 매어져 있었고 륜은 11세 소년으로서 울고 있었다.

11년 전, 심장탑 안의 어떤 손이 그토록 가볍게 죽음을 행사했을 때, 온몸으로 피를 뿌리며 쓰러지는 한 남자의 모습은 륜의 영원한 악몽이 되었다.

그 남자의 이름은 요스비.

륜의 아버지였다.

마침내 샤나가가 달 뒤로 숨었다. 그리고 화리트 마케로우는 절망적인 기분에 젖어 있었다.

카루와 스바치는 비아스가 독극물을 제조하고 있다는 결정적인 증거를 포착하지 못했다. 하지만 그것은 아무런 도움도 되지 않았는데, 왜냐하면 비아스가 그들 앞에서 독극물 수십 병을 늘어놓았다 하더라도 그 병에 '독극물'이라고 적혀 있지 않다면 카루와 스바치는 알아볼 수 없었을 것이기 때문이다. 카루와 스바치는 솔직하게 그 점을 인정했다. 하지만 카루는 동시에 가주가 되고 싶어하는 비아스가 그런 위험한 짓을 하지는 않을 거라는 점을 지적했다.

〈적출식 도중에 누군가가 죽는다면 그것은 엄청난 파장을 일으킬 거야. 화리트. 비록 죽은 것이 남자라도 대단한 추문이 될 것은 분명해. 분명히 책임자를 가려내기 위한 면밀한 조사가 이루어질 테고, 우수한 약술사인 비아스가 가장 먼저 의심을 받겠지. 비아스는 그런 위험을 감수하고 싶진 않을걸. 더군다나 그냥 네가 밉다는 이유로 그러지는 않을 거야. 이성적으로, 비아스에겐 너를 죽일 이유가 없어. 비

아스는 이성적인 나가지?〉

물론 비아스는 이성적인 나가다. 12년 동안이나 아이를 갖지 못했으면서도 자신을 완전히 통제하고 있는 비아스 외에 누가 더 이성적일 수 있겠는가. 화리트는 카루의 니름을 받아들이기로 결심했다.

하지만 가문이 마지막으로 선물해 주는 깨끗이 세탁된 의복을 걸치면서도 화리트는 즐거움을 맛보지 못했다.

영원히 떠나는 아들을 위해 마케로우 가문은 지체 있는 가문다운 준비를 해주었다. 깨끗한 옷과 며칠 입을 여벌 옷, 금편 꾸러미와 예리한 단검. 심지어 춤채 한 벌까지 준비되어 있는 것을 보고 화리트는 고소를 금할 수 없었다. 춤에 소질이 거의 없는 화리트에게 춤채를 준비해 주는 것은 배려라고 하긴 힘들다. 흠잡힐 데 없는 채비를 갖춰줬다는 것을 과시하고 싶은 것뿐이리라.

화리트는 역시 가문이 준비해 준 작은 배낭에 그 모든 것을 쑤셔넣은 다음 가문의 여자들에게 차례로 인사를 나섰다.

두세나 마케로우와 소메로 마케로우는 각자 훌륭한 처신을 보여줬다. 몇 가지 덕담과—상하를 잘 가리고 언제나 예를 잃지 말라는 등의—약간의 가식적인 아쉬움을 보여주었다. 화리트 역시 22년 동안 키워준 것에 대한 감사를 표하고 절대로 그 은혜를 잊지 않겠다는 니름으로 화답했다. 물론 은혜 어쩌고는 완전히 무의미한 니름이다. 이제 문밖을 나서면 화리트와 마케로우 가문 사이에는 아무런 관계도 남지 않게 된다.

하지만 카린돌 마케로우는 화리트를 놀라게 했다. 무서운 니름을 듣게 될 것이 뻔하다고 생각하며 카린돌을 찾아갔던 화리트는, 카린돌이 갑자기 자신을 포옹했을 때 기절하는 줄 알았다.

〈네가 떠나면 이제 나 홀로 남게 되는구나.〉

화리트는 무슨 니름인지 알 것 같다고 생각했다. 그와 카린돌은 둘 다 두세나 가주의 자식들이다. 하지만 가주가 될 가능성이 높은 것은 두세나의 친자가 아닌 소메로다. 물론 소메로는 가주 계승자로 여겨질 만큼 품위 있는 사람이지만 만일 그녀가 가주가 된다면 가주의 친자인 카린돌은 불편한 기분을 느낄 수밖에 없을 것이다. 어차피 남자에 불과한 화리트는 카린돌에게 의지가 되진 않겠지만, 이렇게 완전히 떠나는 것을 보게 되자 카린돌은 감정이 복받쳤던 것이다. 화리트는 주저하다가 조심스럽게 위로의 니름을 꺼냈다.

〈누님. 소메로 누님은 덕 있는 분이십니다.〉

카린돌은 사나운 눈으로 화리트를 쏘아보았다.

〈멍청한 녀석 같으니. 그래. 소메로는 덕밖에 가지고 있지 않지. 야심이나 교활함도 가지고 있었으면 좋았을 것을.〉

화리트는 카린돌이 무슨 니름을 하는지 몰라 당황했다. 그러나 카린돌은 더 이상 설명해 주지 않았다.

카린돌의 니름이 무슨 뜻인지 화리트가 깨달은 것은 비아스의 방에 가까이 다가갔을 때였다. 놀라움 때문에 화리트는 복도 가운데 멈춰서고 말았다.

카린돌은 소메로가 '야심이나 교활함이 없어서' 비아스에게 가주의 계승을 뺏기게 될지도 모른다고 우려하고 있었고, 그 결과가 가져올 것들을 두려워 하고 있었다. 소메로는 덕을 가진 나가며 따라서 카린돌에게도 약간 불편한 기분 이상은 주지 않을 것이다. 하지만 비아스가 가주가 된다면 카린돌의 남은 나날은 단순히 불편한 것으로 끝나지 않을 것이다.

〈정말 비아스가 소메로를 제치고 가주가 될 수 있을까? 카린돌은 어떤 근거로 그런 생각을 한 걸까?〉

상념에 빠져 있던 화리트는 한참 후에야 비아스의 방문 앞에 출입금지 표시가 있는 것을 깨달았다. 그녀는 또 뭔가 위험한 약술 실험을 하고 있는 모양이다. 그녀를 만나고 싶지 않았던 화리트는 잘됐다고 생각하며 재빨리 몸을 돌렸다. 마지막 인사를 하지 못하는 것에 대한 아쉬움은 조금도 느낄 수 없었다.

정문 앞에서 카루와 스바치가 무장한 채 화리트를 기다리고 있었다. 그들의 근심 섞인 표정을 보며 화리트는 그들이 자신을 걱정하고 있다는 것을 깨달았다. 화리트는 짐짓 기운차게 닐렀다.

〈자, 심장을 뽑으러 갑시다!〉

　페이 가문에서는 륜 페이가 적출식 준비를 하고 있었다. 흠잡을 데 없지만 정성이 없는 선물을 받은 그의 친구와 달리 륜은 보다 정성이 깃든 선물을 받게 되었다. 하지만 륜은 즐겁지 않았다.

　〈남자는 무기를 가져야 돼. 륜. 밀림을 홀로 돌아다니다 보면 무엇을 만나게 될지 모르는 거야.〉

　륜은 사모 페이의 무기고를 보며 어이없는 기분을 느꼈다. 춤의 재능은 무술의 재능과 통하는 면이 많고 뛰어난 무용가인 사모는 대단한 무술가이기도 했다. 그녀의 무기들이 훌륭한 것임은 분명하다. 하지만 질려버릴 정도로 많았고, 사모는 그 모든 무기를 모두 쥐어볼 것을 권하고 있었다.

　무성의한 태도로 이리저리 둘러보던 륜의 눈이 벽에 걸린 사이커 하나에 멈춰섰다.

　사이커는 나가의 전통검이며 그 예리함은 겹쳐 쌓은 양피지 열 장을 한 번에 벨 수 없으면 사이커라 부르지도 않는다는 니름이 있을 정도다. 륜이 본 것은 사이커 중에서도 대단한 고급품이었다. 하지만 검에 대한 식견이 깊지 못한 륜이 그 검의 우수함을 알아본 것은 아니다. 륜은 그저 그 도신의 파형문이 마음에 들었다.

　륜은 그 사이커를 집어든 다음 몇 번 휘둘러보았다. 사모를 돌아본 륜은, 그녀의 기묘한 표정을 보고는 깜짝 놀랐다.

　〈죄송합니다. 누님께서 아끼시는 것인가 보군요.〉

　륜은 그 사이커를 도로 걸어두려 했다. 하지만 사모는 손을 들어 제지했다.

　〈아니, 괜찮아. 내가 사용하는 것이 아냐. 난 네가 그걸 곧장 집어들어서 좀 놀란 것뿐이야.〉

　〈특별한 사이커인가요?〉

　〈응. 그래.〉

　사모는 니를까 말까 고민하던 표정을 짓다가 부드럽게 닐렀다.

　〈그 사이커는, 그 사람이 쓰던 거야.〉

류은 움찔했다. 그는 사모를 바라보다가 다시 눈길을 내려 손에 들린 사이커를 바라보았다.

〈그 사람이오?〉

〈그래. 그 사람.〉

〈모두……, 없애지 않았습니까? 그 사람의 물건은……?〉

〈그래야 하지.〉

사모는 빙그레 웃었다. 류은 손이 떨리는 것을 느꼈고 자칫 사이커를 떨어뜨릴까봐 두 손으로 그것을 쥐었다. 류은 사이커가 손 안에서 꿈틀거리는 줄 알고 놀랐다. 물론 그의 손이 떨렸기 때문에 일어난 일이다.

눈 가까이로 사이커를 들어올린 류은 칼뿌리 근처에서 뭔가가 지워진 흔적을 발견했다. 정확하게 니르면 지워진 것이 아니라 원래 있던 어떤 글자에 정교한 솜씨로 무늬를 더해 글자가 무늬 속으로 사라지게 만들어 놓았다. 모르는 사람이라면 찾을 수 없겠지만, 류은 그 무늬 속의 글자를 읽어낼 수 있었다. 그것은 어떤 이름이었다.

〈어떻게 숨겨두셨습니까?〉

〈내 사이커 하나를 대신 내어줬지. 네가 가지렴. 그 사람도 반대할 것 같지는 않군.〉

그리고 사모는 궤짝을 열어 적당한 검대를 꺼내어 류에게 건네었다. 류은 약간 서툰 솜씨로 그것을 허리에 묶었다. 감사를 표하려던 류은 문득 발작적으로 닐렀다.

〈하나도 남아 있지 않을 거라 생각했기에 이미 오래 전에 그런 희망은 포기했죠. 하지만 저는 하나라도 가지고 싶었습니다. 제 아버지의 물건을.〉

사모는 류이 니른 '아버지'라는 단어에 약간 놀랐다.

〈아버지라고?〉

류은 낭패한 얼굴이 되었다.

〈저, 아버지라는 것은…….〉

〈아니, 그 니름이 무슨 뜻인지는 알아. 불신자들의 미신이지.〉

〈미신이라고요?〉

사모는 난처한 듯이 웃었다. 논쟁하고 싶지 않았기 때문이다. 하지만 륜은 물러날 기미가 없었다.

〈그래. 미신이지. 아버지라는 것은 없어.〉

〈그렇다면 누님은 왜 이 사이커를 보관하신 겁니까? 누님도 아버지의 딸이기 때문에 이것을 보관한 것 아닙니까?〉

사모의 얼굴에 다시 놀라워 하는 감정이 떠올랐다.

〈그것도 알고 있었니? 그래. 내 어머니의 짝이 그였다는 것은 맞아. 하지만 나는 아버지라는 그 기괴한 미신 때문에 그것을 보관한 것이 아냐. 요스비는 내 무술 스승이었지. 나는 스승에 대한 추억 때문에 그걸 보관했던 거야.〉

사모의 냉정한 대답은 륜을 괴롭게 만들었다. 사모는 앞으로 한 발 다가와 륜을 똑바로 바라보며 닐렀다.

〈륜. 나도 그렇고 너도 그렇지만, 우리는 그 남자가 준 것만으로 이루어진 것이 아냐. '아버지'라는 그 우스운 단어를 꼭 사용하고 싶다면, 너는 어머님이 드신 동물들과 마신 물까지도 모두 아버지라고 불러야 해. 니름도 안 되는 일이잖아?〉

〈알아요. 잘 알고 있습니다.〉

〈나도 네가 잘 알 거라고 믿어. 그러니, 떠나기 전 내 앞에서 그 니름을 취소해.〉

〈무엇을 취소하라는 니름이십니까?〉

〈아버지라는 니름. 취소해. 앞으로 다시는 그런 단어를 사용하지 않겠다고 약속해. 그런 미신에 사로잡히면 올바른 생각을 할 수 없어.〉

륜은 속으로 웃음을 터뜨렸다. '그런 것을 어떻게 약속할 수 있단 니름인가. 11년 전의 내 기억을 없애주기라도 한다면 모를까.' 그러나 륜은 고개를 끄덕였다. 페이라는 이름을 잃기 직전에 그가 유일하게 사랑하는 페이를 실망시키고 싶지 않았기 때문이다.

〈그렇게 하겠습니다.〉

다른 가족들에게도 모두 인사를 한 다음 륜은 밖으로 나왔다. 정문 앞에는 페이 가문에 체류 중인 열 명의 남자들이 기다리고 있었다.

류은 가벼운 충격을 받았다. 그들은 모두 간편한 복장을 하고 있었다.

많은 경우 이런 호위자들은 심장탑에서 적출식을 방금 끝내고 나온 처녀들을 따라 다른 가문으로 옮겨가곤 한다. 하지만 간편한 복장을 하고 있다는 것은 이 남자들이 류을 호위해 준 다음 모두 페이 가문으로 돌아올 것이라는 의미가 된다. 열 명의, 한결같이 간편한 복장의 남자들. 이런 자들의 호위를 받고 하텐그라쥬를 걸어가는 것은 엄청난 선망과 질시의 대상이 된다는 의미다. 류은 가까이 있는 남자 한 명에게 질문했다.

〈모두 돌아오실 겁니까?〉

〈그래. 류.〉

이미 페이는 사라졌다. 류은 조심스럽게 질문했다.

〈심장탑에서 새로 성인이 된 처녀들도 많이 볼 수 있을 텐데요.〉

남자는 싱긋 웃었다.

〈나는 이 집이 좋아. 다른 사람들도 그런 것 같고. 그 처녀들은 오늘 성인이 될 너나 다른 청년들을 유혹할 수 있겠지.〉

류은 갑자기 격렬한 질투를 느꼈다. 이 남자들은 돌아올 수 있지만, 이 집에서 태어나고 자란 류은 이제 다시는 이 집으로 돌아올 수 없다.

티나한은 자신의 거취를 분명히 했다. 티나한은 대사원과 자신이 맺은 계약에 대해 말했고 케이건의 괴벽은 임무 수행에 장애가 되지 않는다고 선언했다. 그 설명에는 레콘다운 명쾌함이 있었다.

"내가 그 친구와 함께 일하는 데 있어서 고려해야 할 것은 한 가지 사실뿐이야. 그 녀석이 도움이 되느냐 되지 않느냐. 그런데 케이건은 나가와 키보렌에 대한 최고의 전문가지. 쳇. 나가를 잡아먹고 사니 오죽 잘 알겠냐. 그러니 동행하겠어."

"티나한. 그런 태도가 옳다고 생각하십니까? 자신의 주위에서 무슨 일이 일어나

건 나와 상관 없다면 신경 쓰지 않겠다는 것이?"

"옳지 않을지도 모르지. 하지만 자기와 아무 상관 없는 일에 일일이 끼어드는 것도 못된 참견꾼 버릇이야. 그런데 내가 보기에 나가와 나는 아무 상관이 없어. 아, 솔직히, 세계의 절반을 독차지하고서 저희들끼리 살겠다는 놈들을 배려해 줄 이유는 없잖아. 그러니 나는 케이건이 나가를 삶아먹든 튀겨먹든 신경 쓰지 않겠어."

모든 개인주의자는 레콘이라는 논리는 성립하기 어렵겠지만 그 역은 그럭저럭 효용성을 가진다. 비형은 괴롭게 말했다.

"나가도 사람입니다. 그렇잖습니까?"

"너 두억시니를 사람이라고 생각하냐?"

비형은 입을 다물었다. 그렇게 생각할 수 없었다. 티나한은 부리 끝을 만지작거렸다.

"사람으로 태어나면 사람이냐? 사람같이 굴어야 사람이지. 나가는 사람같이 굴지 않아. 그러니 난 그 지랄 같은 놈들에게 신경 쓰지 않겠어. 그리고, 아, 젠장. 케이건의 태도는 공평하잖아. 케이건은 머리 나쁜 비겁자처럼 말하진 않았어."

"머리 나쁜 비겁자?"

"머리 나쁜 비겁자들은 '나는 너를 욕하고 괴롭히고 때리고 죽여도 되지만 너는 내게 그렇게 할 수 없다. 그건 상상도 안 된다.'는 식으로 말하지. 하지만 케이건은 그러지 않았어. 오히려 모든 나가에게 자기를 죽이려 시도할 권리가 있다고 말했지. 당연한 말이지만, 그거 입 밖으로 내어 말하긴 어려운 거라고."

"그거 얼핏 듣기에 멋지지만 결국 우리 함께 서로를 표적 삼아 근사한 살육광이 되자는 말일 뿐이잖아요. 안 그래요?"

"살육은 상대가 사람일 때 쓰는 말이야."

결국 그것이 문제였다. 비형은 그렇게 판단했다. 나가를 사람으로 볼 수 있는가. 그 시점에서 비형은 이 여행에 동참해야 할 개인적인 이유를 발견해 냈다. 케이건 드라카의 기괴한 행동을 평가하기 위해 그는 나가에 대해 더 알아야 했다.

비형과 티나한이 동행을 수락한다고 말했을 때 케이건은 가볍게 고개를 끄덕일 뿐 다른 반응은 보이지 않았다. 대신 케이건은 실제적인 사항들을 검토하기 시작했고, 그러자 티나한과 비형은 다시 자신들이 얼빠진 바보처럼 느껴지는, 그다지 달갑다고 하긴 어려운 감정을 곱씹어야 했다. 케이건이 그들을 풋내기 취급한 것은 아니다. 오히려 케이건의 태도는 친절함 쪽에 가까웠다. 아니, 분명히 친절한 태도였다. 하지만 두 사람은 케이건의 친절이 필요한 만큼 정확한 분량만 계량되어 사용되곤 한다는 기분을 받았다.

예를 들어, 케이건은 상식과는 완전히 반대되는 지시를 말했다. 더워질수록 두꺼운 옷을 입어라. 주위에 나가가 있는 것 같으면 최대한 소란을 떨어라. 추적을 당하게 되면 최대한 천천히 도망쳐라. 그래도 발각될 것 같으면 사방이 노출된 바위 위로 올라가라. 티나한과 비형은 어리둥절한 표정을 지을 수밖에 없었고 그러자 케이건은 그 지시들에 대해 설명했다. 더워질수록 나가들을 만날 확률이 높으니 체온을 감추는 두꺼운 옷을 입어야 한다. 나가들이 소리를 듣고 쫓아올 리는 없으니 주위에 나가가 있는 것 같으면 최대한 시끄럽게 굴어서 키보렌의 야생 동물들을 사방으로 도망치게 만들어 열을 보는 나가의 눈을 속여야 한다. 쓸데없이 빨리 움직임으로써 체온을 상승시켜 나가들에게 좋은 표적이 되어줄 이유는 없으니 추적을 당하게 되면 오히려 천천히 움직여야 한다. 한낮의 열대에서 노출된 바위는 대단히 뜨거우므로 그 위에 올라가 앉아 있으면 나가는 뜨거운 사람과 뜨거운 바위를 구분하지 못할 가능성이 있다.

비형과 티나한은 감탄하며 옷을 준비를 했다. 만약 케이건이 말 끝에 '참 신기하죠?' 등으로 말하며 가볍게 미소를 짓기만 했다면 두 사람은 동의의 웃음을 보내며 그 사실들에 대해 한동안 즐겁게 담소를 나누었을 것이다. 하지만 케이건은 농담도, 미소도 없이 다음 지시 사항을 말하기 시작함으로써 옷을 준비를 갖추고 있던 두 사람을 당혹케 했다.

케이건의 친절은 그런 식이었다. 필요하다고 여겨지면 케이건은 설명을 듣는 쪽이 몸 둘 바를 모르게 될 정도로 끈기 있게 설명했다. 하지만 그 설명의 어떤 대목에서도 웃거나 미소 짓거나 가벼운 농담을 덧붙이지는 않았다. 두어 시간 후 케이건이 "이야기한 사항들을 모두 숙지하셨소?"라고 말했을 때, 숙지하기는커녕 벌써 가물가물, 그토록 귀한 지식들이 마구 헷갈리고 있었음에도 불구하고 두 사람은 황급히 고개를 끄덕였다.

"물론 숙지했어."

다음 날 황혼 무렵, 그들은 얼굴에 증오와 안도감을 동시에 담은 주인을 뒤로 한 채 푼텐 사막 남쪽을 향해 떠나갔다. 비형과 케이건은 딱정벌레에 탔고 티나한은 그들의 뒤를 따라 달렸다.

케이건이 딱정벌레에 익숙하다는 것을 알게 되었을 때 비형은 좌절감을 느꼈다. 비형은 케이건에게 설명이란 어떻게 하는 것인가를 보여줄 심산이었다. 하지만 케이건은 태연하게 딱정벌레에 올랐고 체절판의 어디를 건드려야 되고 어디를 건드리지 말아야 하는가를 몸에 밴 사람처럼 구별해 냈다. 그러고는 절망적으로 트집 잡을 것을 찾던 비형을 이상하다는 듯이 쳐다보았다. 케이건의 앉음새에서 잘못된 점을 하나도 발견하지 못한 비형은 허둥지둥 케이건의 앞에 앉았다.

세 사람은 사막의 밤을 가로질렀다.

먼 곳에서 그들을 보는 방랑자가 있었다면 그 장대함과 소란스러움에 놀라움을 금치 못했을 것이다. 딱정벌레의 날개 소리는 광포했고 사막의 모래 위를 질풍처럼 달리는 티나한의 뒤쪽에는 작은 모래 폭풍이 생길 지경이었다. 그 때문에 그들의 모습은 고대의 이름 없는 괴수가 포효하며 사막을 달려가는 것처럼 보였다. 딱정벌레처럼 생긴 머리와 모래로 이루어진 몸을 가진 불가해한 괴수.

하지만 그토록 요란한 모습으로 달려가는 세 사람은 보기 드물 정도로 과묵한 여행자들이기도 했다. 케이건과 비형은 그들 양쪽에서 굉음을 울리며 움직이는 날개 때문에 서로 이야기를 나누는 것이 불가능했고 그들의 아래쪽을 달리는 티나한 또한 당연하게도 두 사람과 이야기를 나눌 수 없었다. 그래서 그들은 푼텐 사막이 생긴 이래 가장 소란스러운 여행자들이었으며 동시에 가장 고요한 여행자들이었다.

그렇게 그들은 소란 속에서 침묵하며 키보렌을 향해 달려갔다.

냉혹의 도시 하텐그라쥬는 침묵 속에서 소란스러웠다.

나가들에게 가장 중요한 행사가 있는 오늘 같은 날에도 하텐그라쥬는 건설된 이후로 항상 그러했듯이 고요했다. 그곳에서는 어떤 말소리도, 고함도, 노래도 들려오지 않았다. 하지만 오직 나가에게만 허락된 정신의 언어를 들을 수 있는 존재라면 하텐그라쥬의 대로와 건물, 골목과 광장을 가득 메운 니름에 넋을 잃을 지경이될 것이다. 흥분한 어린 나가들은 거칠다 싶을 정도로 정신을 열어젖히고 있었고그들의 호위자들은 그것을 말리기는커녕 오히려 부추기고 있었다. 거기에는 목소리를 사용하는 사람들도 이해할 수 있는 이유가 있다. 전장(戰場)에서처럼 모두가흥분하여 제멋대로 떠들고 고함을 지르는 곳에서는 침묵을 지키는 인간이 오히려불쾌감과 불안을 느낀다. 주위의 난폭한 감정과 정신들에 동조하지 못하기 때문이다. 니름을 사용하는 나가들은 그런 작용에 훨씬 민감하게 반응하며, 따라서 모두가 흥분하여 정신을 열어젖히고 떠드는 이곳에서 억지로 정신을 닫아거는 것은 정신에 대단히 해롭다.

그래서 륜 페이는 대로 가운데서 허물어지듯 무릎을 꿇고 말았다. 그는 지금껏완고하게 정신을 닫아걸고 있었다.

륜을 호위하던 남자들은 당황하여 륜을 둘러보았다. 주위에는 심장 적출을 하기위해 심장탑으로 향하는 나가들이 가득했고 그들은 모두 이쪽을 흘끔흘끔 쳐다보고 있었다. 다행히 호위자들 중 경륜이 많은 늙은 나가가 재빨리 침착을 회복했다.호위자들은 륜을 들어올려 옆 건물의 계단에 기대어 앉혔다. 쏘바라는 이름의 늙은 나가는 다른 호위자들로 하여금 주위를 가리도록 했다. 그리고 조심스럽게 륜을 관찰했다.

〈륜? 정신 차려라, 괜찮으냐? 나 쏘바다.〉

륜은 두 눈을 쏘바에게 향하고 있었지만 아무것도 보지 못하는 것처럼 행동했다. 륜을 조심스럽게 바라보던 쏘바는 문득 륜이 입을 뻐끔거리고 있다는 것을 깨달았다. 류이 목소리를 내고 있다는 것을 깨달은 쏘바는 당황하며 청각에 주의를 기울였다. 청각을 사용한 지가 너무 오래되었기에 쏘바는 한참 후에야 류의 말을 제대로 들을 수 있었다.

"안 돼……, 갈 수 없어. 안 돼……."

쏘바는 류이 왜 이런 행동을 보이는지 알 것 같다고 생각했다. 그의 과거 경험 속에서도 적출식 때 이런 모습을 보였던 어린 나가들이 있었다. 물론 류처럼 심각한 모습을 보인 나가는 없었지만.

〈정신 차려, 류! 괜찮아. 아무런 일도 없어.〉

"죽고 싶지 않아……. 죽고 싶지 않다고!"

〈죽는 것이 아냐. 심장을 꺼낼 뿐이야. 오히려 죽음을 피하게 되는 거야. 자, 진정해. 류.〉

"아냐, 죽는 거야. 죽게 될 거야. 그렇게, 나도, 나도!"

〈나도? 페이 가문에 적출식 도중에 사고를 만난 사람이 있었나?〉

쏘바는 어리둥절한 얼굴로 주위의 호위자들을 둘러보았지만 대답을 하는 사람은 아무도 없었다. 남자들이 가문의 일을 알 리가 없다. 다시 류을 돌아본 쏘바는 류이 허리에 찬 사이커를 꽉 움켜쥐고 있는 것을 발견했다. 류이 칼부림이라도 할까 두려워진 쏘바는 류의 어깨를 힘껏 눌렀다.

〈죽지 않아. 절대로 그런 일은 없어. 류. 자, 일어나. 적출식을 하지 않으면 오히려 죽는 거야! 더운 피 때문에 사냥당하게 돼!〉

"싫어! 싫어! 그러지 않을 거야. 아무도 내 심장을 가져갈 수 없어! 집에 돌아가, 집에 돌아가요!"

쏘바는 낭패감 때문에 어쩔 줄을 모르게 되었다. 그는 누군가 이 난국을 해결해 줄 사람이 없나 찾듯이 주위를 둘러보았다. 그때 그의 눈에 어떤 사람이 들어왔다. 쏘바는 날카로운 니름을 발했다.

〈화리트! 수련자 화리트!〉

대로를 걸어가던 화리트는 느닷없이 자신에게 쏟아져오는 니름에 깜짝 놀랐다.

그리고 그를 호위하고 있던 카루와 스바치는 검을 움켜쥐기까지 했다. 주위를 살피던 세 사람은 곧 이상한 모습으로 몰려 있는 나가들을 발견했다. 화리트는 그들의 등 뒤에 주저앉아 있는 친구의 모습을 발견했다.

〈륜?〉

화리트는 황급히 걸어가려 했다. 그러나 그때 스바치가 화리트의 팔을 움켜잡았다. 스바치는 화리트에게 정신을 집중시키며 닐렀다.

〈안 돼. 함정일지도 모른다.〉

화리트는 당황했지만 정신을 집중할 수는 있었다.

〈함정?〉

〈우리 계획이 들킨 건지도 몰라.〉

〈륜은 그런 것과는 관계가 없어요! 오히려 가지 않으면 더 수상하게 여겨질 텐데요?〉

스바치는 고개를 가로젓고 싶었다. 륜 페이 주변에 몰려 있는 나가들은 너무 많았다. 하지만 화리트는 이미 움직이고 있었다. 스바치와 카루는 얼굴을 일그러뜨리며 재빨리 그 뒤를 따랐다. 그들의 의구심은 쏘바가 반가운 니름을 보내었을 때야 겨우 해소될 수 있었다.

〈자네 여기 있는 륜의 친구지? 이 친구를 좀 달래줄 수 있겠나? 적출 공포증인 것 같아. 우리는 이 친구에 대해 도통 알지를 못하니.〉

화리트는 고개를 끄덕이며 륜의 옆에 걸터앉았다. 륜은 화리트를 보지 못한 것처럼 계속 하늘을 향해 입을 뻐끔거리고 있었다.

〈목소리를 내고 있어.〉

쏘바가 설명했을 때 화리트 역시 그것을 깨달았다. 화리트는 청력에 주의를 기울였다. 그러자 곧 륜의 흐느끼는 목소리가 들려왔다.

"집으로 돌아가, 안 돼! 집은 안 돼. 집에는 갈 수 없어. 나는 갈 곳이 없어. 나는 죽을 거야. 나는……."

화리트는 륜의 상태가 대단히 심각하다는 것을 단번에 알 수 있었다. 륜의 어깨를 부여잡은 다음, 화리트는 자신의 정신을 최대한 집중시켜 마치 송곳 같은 형태로 만들었다.

〈디듀스류노 라르간드 페이!〉

최대한 집중된 화리트의 니름은 주위의 나가들에게 들리지 않았다. 하지만 사람들은 류의 모습에 변화가 생기는 것을 볼 수 있었다. 류은 눈을 껌뻑거리더니 화리트를 돌아보았다. 초점을 잃은 채 방황하던 그의 눈에 화리트의 모습이 어리기 시작했다.

〈아스화리탈 세파빌 마케로우?〉

류의 집중되지 못한 니름은 주위 사람들에게도 들렸다. 다른 사람들은 이 이상한 호칭에 의아해했으나 카루와 스바치는 그 니름에 흠칫했다. 그들은 재빨리 서로를 쳐다보고는 그들이 잘못 듣지 않았다는 것을 확인했다. 화리트는 류의 어깨를 꼭 부여잡으며 계속해서 류에게만 닐렀다.

〈좋아. 류. 정신 차려. 일어날 수 있겠어? 아니, 이 니름은 잊어버려. 잠시 앉아 있는 것이 좋을 것 같군.〉

화리트가 집중된 니름을 이용하고 있다는 것을 가까스로 깨달은 류은 자신의 정신을 집중시켰다.

〈내가 어떻게 된 거지? 여기는 어디야?〉

화리트는 재빨리 주위를 둘러보았다.

〈센 저택의 대문 앞이야. 네가 어떻게 된 건지는 오히려 이쪽에서 묻고 싶은데.〉

화리트는 적출 공포증이라는 니름은 꺼내지 않았다.

〈무슨 생각을 했지?〉

〈생각?〉

류은 그렇게 닐렀지만 그 얼굴은 마치 아무 생각도 하고 싶지 않다는 듯한 표정이었다. 니름을 돌릴 필요가 있다고 생각한 화리트의 눈에 류이 꼭 움켜쥐고 있던 사이커가 들어왔다. 화리트는 그 사이커를 턱으로 가리켜보였다.

〈가문의 선물이야? 근사해 보이는군. 난 끈 자를 때나 쓸모가 있을까 싶은 단검

한 자루 받았어.〉

　류은 화리트가 무슨 소리를 하는지 모르겠다는 듯한 얼굴로 자신의 허리를 내려다보았다. 류의 시선은 그 사이커에 고정되었다. 화리트는 류의 얼굴이 일그러지는 것을 보았다.

　잠시 후, 류이 다시 정신을 열었을 때 그 니름은 어색할 정도로 안정되어 있었다.

　〈아무래도 내가 꼴불견을 보인 모양이군. 도와줘서 고마워, 화리트.〉

　〈뭐? 아, 그래. 일어날 수 있겠어?〉

　〈내 어깨를 짓누르고 있는 손이 사라진다면. 어깨가 아픈데.〉

　화리트는 가까스로 쓴웃음을 지을 수 있었다. 화리트가 손을 치우자 류은 아무 일도 없다는 듯이, 마치 돌부리에 걸려 넘어지기라도 했다는 듯이 툭툭 털고 일어났다. 그러나 류은 다시 움찔하며 멈춰섰다. 류의 시선을 따라가본 화리트는 심장탑을 보게 되었다.

　화리트는 류의 어깨를 툭 쳤다. 류은 잠에서 깨어나듯 흐리멍덩한 눈으로 화리트를 돌아보았다. 화리트는 이럴 때 어떻게 닐러야 할지 알 수가 없었다.

　〈류, 가야지?〉

　〈응? 아, 그래. 가야지.〉

　하지만 류은 여전히 발을 뗄 생각을 못하고 있었다. 화리트는 좀 더 친구와 있어주고 싶었지만 저쪽에서 스바치와 카루가 초조한 표정으로 쳐다보고 있는 것을 더 이상 무시할 수 없었다.

　〈그럼 심장탑에서 보자. 잘 갈 수 있는 거지?〉

　〈물론이야.〉

　전혀 그렇게 들리지 않았지만 류은 반복해서 닐렀다.

　〈물론 갈 수 있어.〉

　류의 호위자들은 화리트가 류과 동행하지 않는 것을 이상하게 여기지는 않았다. 호위자의 숫자가 비슷하다면 모를까, 지금처럼 한쪽의 호위자 숫자가 너무 적을 경우 함께 걸어가는 것은 다른 가문에 호위를 의탁하는 것처럼 보일 가능성이 높다.

지체 있는 가문에서는 그렇게 행동하지 않는다. 물론 그들의 상상력이 약간 더 풍부했다면 화리트가 잠시 후면 상관없어질 가문의 명예에 그렇게 크게 신경 쓰지 않을 점이라는 것을 알아차렸을지도 모른다. 하지만 그들에게 그 정도의 상상력은 없었고, 그래서 류의 호위자들은 화리트에게 감사한 다음 류와 함께 앞장서 걸어갔다.

뒤에 남겨진 화리트는 슬픈 표정으로 류의 뒷모습을 바라보았다. 화리트의 감정은 그로 하여금 친구의 고통을 감싸주며 함께 걸어갈 것을 요구하고 있었지만 그의 이성은 동료들과 함께 있을 것을 종용했다. 가까이 다가온 카루는 고개를 내저으며 닐렀다.

〈열흘 전의 네 방문이 그다지 도움이 되지 못했나 보군. 화리트. 적출 공포증이라는 니름은 들었지만 저렇게 심한 경우는 처음 봤는데. 심장탑에서 난동이라도 부리지 않을지 걱정되는군.〉

〈수호자들은 그를 잘 다룰 겁니다.〉

〈그러길 바라야겠군. 칼도 큼직한 것을 찼던데, 난동을 부리면 큰일이겠어.〉

화리트는 더 이상 류의 이야기를 하고 싶지 않았다. 그는 걸음을 떼며 이야기를 돌렸다.

〈그럼 하던 이야기나 계속하지요. 무룬 강을 어떻게 알아보죠?〉

〈그건 걱정 마. 그것과 같은 강은 어디에도 없다. 북쪽으로 죽 올라가다가 반대쪽 기슭이 보이지 않을 정도로 큰 강을 만나면, 그게 무룬 강이야. 못 보고 지나치기가 어렵지.〉

〈제가 호수나 바다를 만나게 될지도 모르잖아요.〉

〈물맛을 보면 바다가 아니라는 것을 알 수 있을 테고, 흐르고 있으니 호수가 아니라는 것도 알 수 있을 거다. 그다음은 물이 흐르는 방향을 거슬러 올라가면 돼. 아주 간단하지.〉

그리고 스바치와 카루는 야외 생활에 대한 조언을 늘어놓기 시작했다. 그들이 경쟁적으로 들려주는 지혜를 정리하면 다음과 같다. '키보렌에서 나가가 굶어죽는다는 것은 거의 불가능하지만, 사냥에 충분히 능숙해지기 전까지는 그런 황당하고 수치스럽기까지 한 사망의 가능성도 있다. 심장을 뽑은 나가는 사고로 죽지는 않는다는 것을 명심하고 언제나 과감하게 행동하라.' 흥이 오른 카루는 자신의 첫 사냥 때 멧돼지의 엄니에 꿰인 채로 질질 끌려가면서도 그 목을 졸라 죽였다는 믿기 어려운 이야기를 꺼내어 화리트를 몽롱하게 만들었다. 만약 화리트가 이전에 멧돼지를 보았다면, 즉 졸라 죽인다는 것이 불가능한 그 굵은 목을 보았다면 웃음을 터뜨렸을지도 모른다.

〈고마워요.〉

자신이 사냥했던 멧돼지를 용과 대적이 가능한 괴수로 만들고 있던 카루는 잠깐 어리둥절해하며 화리트를 바라보았다. 화리트는 다시 한번 감사했다.

〈고마워요.〉

카루는 무슨 니름이냐는 듯이 물으려 했다. 하지만 카루는 곧 마음을 바꿔먹고는 씩 웃었다.

〈가서 심장을 뽑자고.〉

스바치 또한 씩 웃었다. 화리트는 더 이상 니르지 않은 채 친구가 걸어간 길을 따라 걸었다.

호위자들과 헤어져 심장탑 안으로 들어왔을 때, 륜 페이는 이미 결심을 굳힌 상태였다. '달아나겠어.' 그러나 주의할 점이 있는데, 륜이 그런 결심을 한 것은 그때가 처음이 아니었다는 점이다. 륜 페이는 열한 살 때 그 결심을 했다.

따라서 심장탑에 들어서는 순간 륜의 생애 중 11년은 소나기를 맞은 흙덩이처럼 힘없이 녹아 사라져갔다. 결과적으로 륜은 그 순간 열한 살 소년으로 돌아가버렸다. 물론 륜 자신은 그것을 깨닫지 못했고 그래서 륜은 자신이 스물두 살 청년의 이성과 판단력으로 행동하고 있다고 믿었다. 하지만 심장탑 1층의 홀에 아무와도 눈을 마주치기 싫다는 듯한 얼굴로 서 있다가 느닷없이 복도를 향해 질주하는 것이 과연 성인의 행동인지는 의심스럽다. 어쨌든 륜이 달려갈 때 놀란 눈으로 그를 바라보는 나가가 최소한 일곱 명은 넘었다.

언제 수호자들이 와서 그들을 데려갈지 모르는 상태에서 자리를 비운다는 것은 절대로 상식적인 행동이 아니었다. 하지만 놀란 나가들이 류을 부르기도 전에 류은 이미 복도 저 안쪽으로 사라져버렸다. 나가들은 잠시 당황했지만 그들 역시 자리를 비울 마음은 들지 않았기에 잠자코 기다리기로 했다. 적출 공포증이라는 니름이 잠깐 오갔을 뿐 잔뜩 흥분한 그들은 곧 류에 대해 잊어버렸다.

류은 복도를 달리면서 한 가지 생각만 하고 있었다. '다른 출입구를 찾아야 해.' 정문으로는 나갈 수 없다. 심장을 가진 상태로 나가들이 잔뜩 기다리고 있을 정문으로 나갔다가는 무슨 일이 일어날지 알 수 없다. 호위자들도 더 이상 없었다. 심장탑에서 나올 처녀들에게 관심이 없는 류의 호위자들은 모두 페이 저택으로 돌아갔을 테고, 설령 그들이 남아 있었다 하더라도 심장을 가진 류을 보호해 주지는 않을 것이다.

심장에 생각이 미친 류은 기겁하며 멈춰섰다.

그는 자신의 가슴을 만져보았고 심장이 격렬하게 뛰는 것을 깨닫고는 공포에 빠져버렸다. 물론 심장탑의 수호자들은 심장을 가진 류을 보더라도 놀라거나 하지는 않고 대신 길을 잃었겠거니 생각해 줄 것이다. 하지만 수호자들에게 발각될 경우 류은 꼼짝없이 끌려가 적출을 당할 것이며, 그것은 류으로서는 절대로 받아들이고 싶지 않은 귀결이었다.

다행히 류은 심장탑의 내부 구조를 알고 있었다. 완벽하게 알고 있는 것은 아니지만 자신이 어디쯤에 있는지 짐작할 수 있을 정도는 되었다. 주위를 둘러보며 오래전의 기억을 더듬던 류은 자신이 동쪽 계단에 가까이 다가왔다는 것을 깨달았다. 동쪽 계단을 통해 올라가면 전시실과 창고, 특수 도서실 등이 나타난다는 것을 떠올린 류은 그 시설들이 모두 적출식과는 아무 관계가 없다는 것을 깨닫고는 속으로 쾌재를 올렸다. 심장탑의 모든 수호자들은 적출식을 치르느라 정신이 없을 것이다. 결정을 내린 류은 재빨리 동쪽 계단을 향해 나아갔다.

하지만 2층의 전시실과 창고에 다다른 류은 낭패감을 느껴야 했다. 적출식 행사에 바쁜 수호자들은 그 시설들을 모두 잠가두었다. 당연한 조처였지만 류은 자신이 숨어들 것을 간파하고 미리 잠가둔 것은 아닌가 하는 비이성적인 공포까지 느꼈다. 어쩔 수 없이 3층으로 올라가면서도 륜은 불안한 심정을 억누르기 힘들었다. 3층에 있는 특수 도서실은 언제나 개방되어 있지만 거기엔 사서가 있을 것이다.

하지만 3층에 도착한 륜은 사서의 자리가 비어 있음을 발견했다. 륜은 잠시 고민해 볼 겨를도 없이 황급히 도서실의 문을 열었다. 문을 연 다음에야 륜은 사서가 혹 도서실 안에 들어가 있을지도 모른다는 생각을 떠올리고는 얼어붙고 말았다. 하지만 도서실 안은 텅 비어 있었다.

륜은 재빨리 도서실 안으로 뛰어든 다음 문을 도로 닫았다. 그 순간에는 륜 또한 소리라는 것에 신경 쓰지 않는 나가였다. 문은 부서질 듯한 엄청난 소리를 내며 닫혔다.

심장탑의 홀에 들어선 화리트는 여기저기서 웅성거리고 있는 나가들을 보며 공황 비슷한 감정을 느꼈다. 22년 동안 자신의 집과 심장탑, 그리고 친구의 집 정도만을 오갔던 나가에게 그렇게 많은 나가들의 모습은 당연히 충격으로 다가왔다. 물론 도로에서도 많은 나가들을 볼 수 있지만 그때엔 언제나 호위자들이 함께 있었다. 하지만 지금 그는 혼자였다.

가까스로 화리트는 다른 자들 또한 같은 기분일 거라는 사실을 떠올렸다. 그러자 화리트는 약간의 우월감 같은 것도 느낄 수 있었다. 수련자인 화리트에게 심장탑은 익숙한 건물이었다. 다른 자들은 아마도 화리트보다 훨씬 주눅들어 있을 것이다.

하지만 홀을 둘러본 화리트는 자신의 생각이 틀렸다는 것을 알게 되었다. 나가 처녀들은 청년들에게 적출식이 끝난 다음 방문하겠다는 약속을 받아내느라 여념이 없어서 심장탑의 내부 같은 것에는 관심도 없는 것 같았다. 그리고 청년들 또한 수줍게 처녀들을 피한 채 자신들끼리 모여 어떤 저택의 누가 가임기라느니 어떤 저택이 느긋하게 머물기 좋으니 하는 이야기를 나누느라 정신이 없었다.

수련자인 그에겐 아무 관련이 없는 내용들이었기에 화리트는 어떤 대화에도 참여하지 않은 채 조용히 홀을 가로질렀다. 홀을 가로지르던 도중 화리트는 페이 가문의 이름이 여러 번 거론되는 것을 들을 수 있었다. 화리트는 쓴웃음을 지었다. 이들 중 정말 페이 저택을 방문할 만큼 용감한 청년은 별로 없을 것이다. 언제나 많은 방문자들이 머무르는 페이 가문에 방금 심장을 적출한 청년이 찾아갔다간 풋내기 취급을 당할 것이 분명하다. 아마도 청년들 중 대부분은 적출식 직후에 찾아온다는 허탈감이 거짓이 아니라는 것을 깨달으며 하텐그라쥬를 떠나 방랑을 시작할 것이다. 청년들에 대한 처녀들의 안달은, 따라서 언제나 실패로 끝날 가능성이 높다. 화리트는 더 이상 그들에게 신경 쓰는 대신 류을 찾아보기로 했다.

그때 누군가가 그를 불렀다.

〈화리트 마케로우.〉

무심코 고개를 돌리던 화리트는 깜짝 놀랐다. 그에게 니름을 보내온 것은 홀 옆, 복도의 그림자 속에 서 있던 수호자였다. 하지만 수호자라면 화리트를 그런 식으로 부를 리가 없다. 화리트는 이상하다고 생각하면서도 일단 예를 차렸다.

〈따라와라.〉

두건을 깊숙이 내려쓴 수호자의 니름은 지나치게 단순했다. 개성이 거의 생략된 채 의미만을 전달하는 니름이었다. 나가의 니름은 불신자들의 말과 달리 이렇듯 완전히 무개성하게 발산될 수 있다. 자칫하면 누가 니른 건지 알 수 없게 되기 때문에 거의 그러지 않지만. 화리트는 불쾌감을 느끼면서도 예의 있게 대답했다.

〈죄송합니다만 저는 적출식을 기다리고 있습니다.〉

〈단순하게 닐러라. 다른 자들의 주의를 끌지 않도록. 네가 오기 직전 류 페이가 도망쳤다.〉

화리트는 깜짝 놀라면서도 자신 또한 니름을 단순화시켰다.

〈도망이요?〉

〈그래. 특수 도서실로 도망쳐서 그곳에서 농성을 벌이고 있다. 적출 공포증인 것 같다. 네가 와서 달래줘야겠다.〉

니름을 단순화시킨 덕분에 그와 수호자의 대화에 신경 쓰는 사람은 없었다. 화리트는 수호자가 왜 저런 이상한 니름을 니르는 건지 깨달으며 조심스럽게 걸음을 뗐다. 조금 전 무턱대고 달려갔던 륜과 달리 화리트는 천천히 움직이며 다른 자들의 주의를 끌지 않은 채 홀에서 빠져나갔다. 화리트가 복도로 들어서자 수호자는 빠르게 동쪽 계단으로 걸어갔다. 화리트는 그 뒤를 쫓으며 질문했다.

〈혹시 누구를 다치게 하지는 않았습니까?〉

〈아직 그러지는 않았다. 늦으면 무슨 일이 벌어질지 모르지만.〉

륜 페이는 눈앞에 쓰러져 있는 시체를 보며 정신이 나가버릴 것 같은 충격을 느꼈다.

일반적으로 심장을 뽑아낸 나가는 사고로는 죽지 않는다. 질병에도 걸리지 않으며 몸의 일부가 잘려도 빠르게 재생한다. 하지만 완전히 불사체라고는 할 수 없는데, 지금 륜의 앞에 놓여 있는 시체처럼 그 몸이 두 자릿수 이상의 조각들로 나눠진다면 제아무리 나가라도 죽지 않을 도리가 없다.

하지만 그 시체에는 여전히 나가의 특징이 남아 있었다. 륜은 덜덜 떨리는 무릎을 힘겹게 구부려 시체 조각들 사이에 한쪽 무릎을 꿇었다.

〈뭐라고 하셨습니까?〉

시체 조각들 사이에서 니름이 들려왔다.

〈돌려…… 다오.〉

륜은 심하게 떨리는 손으로 바닥에 떨어져 있는 머리를 툭 건드렸다. 머리는 한 번 기우뚱했지만, 똑바로 뒤집어지지 않았다. 륜은 이를 악물며 그 머리를 들어올린 다음 똑바로 돌려놓았다.

한쪽 눈은 완전히 파괴되어 있었고 다른 쪽 눈 또한 심하게 부어 있었지만, 어쨌든 잘려진 머리는 륜을 똑바로 보게 되었다. 걷잡을 수 없는 공포에 륜이 혼절하기 직전 그 머리가 미약한 니름을 보내어왔다.

〈라르간드……?〉

륜은 흠칫하며 다시 머리를 직시했다. 끔찍한 몰골이었지만 륜은 가까스로 그 얼굴에서 자신이 알던 이름을 떠올릴 수 있었다.

〈유벡스? 유벡스 사서님이십니까?〉

특수 도서실의 사서인 유벡스는 고개를 끄덕이려 했다. 물론 무의미한 행동이다. 목이 잘리면 고개를 끄덕일 수 없는 법이다. 유벡스는 그 사실에 당혹해하다가 겨우 닐렀다.

〈그런데…… 너, 어떻게 여기로 들어온 거냐?〉

〈저, 저는 적출식 때문에…….〉

〈어떻게 특수 도서실에…… 들어온 거냐? 사서인 내가 허락해준 적이 없는데…….〉

머리가 잘린 것 때문인지 유벡스는 정신이 혼미스러운 듯했다. 대화를 나누는 동안에도 그의 니름은 계속 희미해지고 있었다. 죽었다고도, 살았다고도 니를 수 없는 상태에서 그 니름이 더 지속되기를 바라는 것은 무리일 것이다. 마음이 급해진 륜은 엉겁결에 그 머리를 붙잡고 흔들 뻔했지만 머리에 손이 닿기 직전 기겁하며 손을 도로 끌어당겼다.

〈사서님께 누가 이런 짓을 했습니까?〉

유벡스는 멍한 눈으로 륜을 바라보다가 갑자기 뭔가를 깨달은 듯했다.

〈나, 공격당했어……? 라르간드. 내가 죽…… 었나?〉

〈누가 그랬습니까? 누가 사서님을 이렇게 해놓았습니까?〉

유벡스의 머리는 아무 대답이 없었다. 니름으로도, 표정으로도. 륜은 사서가 마침내 죽었다고 생각했다. 하지만 륜이 일어나려 할 때 유벡스의 머리에서 가느다란 니름이 흘러나왔다.

〈마케로우…….〉

륜은 뒤통수를 한 대 맞은 것 같은 기분을 느꼈다. 마케로우라니? 륜은 아무리 생각해 보아도 화리트가 특수 도서실의 사서를 난자한 다음 서가 뒤편에 숨겨놓을 이유를 짐작할 수 없었다. 륜은 다시 무릎을 꿇은 다음 유벡스의 머리를 향해 있는 힘껏 정신을 쏟아부었다.

어떤 정신의 흐름이 느껴졌다. 유벡스의 정신인 줄 알고 반가워하던 류은, 그러나 잠시 후 방향이 다르다는 것을 깨달았다.

누군가 특수 도서실을 향해 달려오고 있었다.

공포가 되살아났다.

류의 눈길은 사서의 시체를 향하고 있었지만 류이 보고 있는 것은 요스비의 지독했던 마지막 모습이었다. 거의 무의식 중에 류은 유벡스의 몸이 숨겨져 있던 서가 뒤편으로 숨어들었다. 그곳은 눈길이 거의 닿지 않는 곳이었다. 유벡스의 미약한 정신이 아니었다면 류 또한 유벡스의 시체를 발견할 수 없었을 것이다. 류이 그 은밀한 장소에 몸을 숨겼을 때 도서실의 문이 요란한 소리를 내며 열렸다.

그리고 류에겐 너무도 익숙한 니름이 들려왔다.

〈류! 류 페이!〉

화리트의 니름이었다. 친구의 절절한 니름을 들은 순간 류은 일어설 뻔했다. 그러나 친구의 이름을 니르기 직전, 류은 자신이 도망자라는 사실과 유벡스의 마지막 니름을 떠올릴 수 있었다. 류은 다시 몸을 웅크렸다. 그리고 서가에서 책 하나를 살짝 밀어내었다. 그러자 책 사이로 틈이 생기며 문 쪽을 훔쳐볼 수 있게 되었다.

문 쪽에 서 있는 화리트를 보았을 때 류은 다시 일어서고픈 충동을 느꼈다. 하지만 화리트의 뒤편으로 수호자 한 명이 걸어오는 것을 본 류은 다시 몸을 움츠렸다. 화리트의 뒤를 따라온 수호자는 두건을 깊숙이 내려쓰고 있어서 누군지 알 수 없었지만 수호자의 옷만으로도 류의 두려움을 자극하기엔 충분했다. 두려움에 빠진 류은 자폐증을 일으킬 정도로 자신의 정신을 심하게 폐쇄했다.

그때, 류은 이상한 것을 보았다.

화리트의 뒤를 따라온 수호자가 문 옆쪽의 서가로 다가갔다. 수호자의 손이 서가 위쪽을 더듬었고 잠시 후 그 손엔 피 묻은 사이커 한 자루가 들려졌다. 류이 혼란과 공포 때문에 굳어 있을 때, 수호자는 천천히 화리트의 뒤편으로 다가섰다.

그리고 수호자는 무방비하게 서 있던 화리트의 등을 향해 사이커를 휘둘렀다.

류은 비명을 내질렀다. 하지만 그 비명은 그의 내부에서만 메아리쳤다. 류은 깨닫지 못했지만 그는 아직도 정신을 닫아걸고 있었다.

사이커의 경이적인 예리함 때문에 화리트는 잠깐 동안 자신에게 무슨 일이 일어났는지 깨닫지 못했다. 하지만 조금 후 화리트는 힘없는 신음을 토하며 아래로 무너졌다. 동시에 그의 등에서 피가 세차게 뿜어져 나왔다. 아직 심장을 가지고 있기에 화리트의 몸에선 무지스러운 기세로 피가 뿜어져 나왔다. 수호자는 옆으로 슬쩍 움직여 그 피를 피했다.

〈왜……?〉

화리트는 엎드린 채 니름을 발했다. 수호자는 빙긋 웃으며 화리트의 몸을 걸어 찼고 그러자 화리트는 똑바로 눕게 되었다. 그 얼굴을 향해, 수호자는 천천히 두건을 들어올렸다.

숨어 있던 륜과 화리트가 동시에 같은 이름을 외쳤다.

〈비아스 마케로우!〉

비아스는 잔인한 미소를 지었다.

〈그렇다. 어리석은 동생아.〉

〈약을 쓸 줄 알았는데……, 이런 단순한 방법을…….〉

〈단순한 방법이 항상 최고지. 삶의 철학으로 삼으렴. 물론 그 철학을 오랫동안 지키긴 어렵겠구나.〉

화리트의 몸에서 쏟아져나오는 피를 보며 즐거워하던 비아스는 문득 생각났다는 듯이 덧붙였다.

〈넌 그 녀석처럼 여러 번 내려칠 필요는 없겠군.〉

화리트가 경련을 일으켰다.

〈륜? 설마 륜을?〉

〈아니. 내가 니르는 건 특수 도서실의 꼬장꼬장한 사서 유벡스야. 약술 서적을 좀 찾아봐야겠다고 닐렀더니 좋아하며 안내해 주더군.〉

〈그럼 륜은?〉

〈륜 페이가 도망쳤다는 건 사실이야. 아까 홀에서 너를 기다리다가 그 녀석이 도

망치는 모습을 봤어. 지금쯤 탑 안 어딘가를 방황하고 있겠지.〉

비아스는 거의 자상하게 느껴질 정도로 친절하게 대답하며 서가 위쪽을 다시 더듬었다. 그 위에서 커다란 양피지 뭉치 같은 것을 꺼낸 비아스는 책상 위에 그것을 펼치더니 그 위에 사이커를 놓고 양피지를 말았다. 그다음 비아스는 입고 있던 수호자의 옷을 벗은 다음 그것을 뒤집었다. 그러자 수호자의 옷은 나가의 학자들이 즐겨 입는 외출복 비슷한 것이 되었다.

옷을 다시 입은 다음 책상 위에 놓인 양피지 뭉치를 집어들자 비아스는 고명한 약술사의 모습으로 바뀌었다. 숨어 있던 류은 마술을 보는 기분이었고 그것은 쓰러져 있던 화리트 역시 마찬가지였다. 비아스는 쓰러진 동생에게 만족스러운 미소를 보내었다.

〈네 피는 정말 아름답군, 화리트. 못 잊을 것 같은데.〉

〈당신은…… 정상이 아니야. 비아스.〉

〈글쎄. 피를 줄줄 흘리며 쓰러져 있는 건 그쪽이야. 정상이 아닌 쪽이 누구인 것 같아?〉

냉혹하게 대답한 비아스는 갑자기 허리를 숙였다. 숨어 있던 류의 입에서 신음이 흘러나왔지만 비아스는 그 소리를 듣지 못한 채 쓰러져 있는 화리트의 입술에 키스했다. 화리트는 기겁하며 외쳤다.

〈저리 치워!〉

하지만 비아스는 한참 후에야 입을 뗐다. 똑바로 일어선 비아스는 혀로 입술을 핥은 다음 우아하게까지 느껴지는 미소를 지으며 닐렀다.

〈잘 있어, 동생.〉

그리고 비아스는 문을 열고 밖으로 나갔다.

화리트는 죽이지 않고 떠난 비아스를 저주했다. 아마도 그녀는 그것을 원했을 것이다. 화리트가 그 자신의 피로 이루어진 웅덩이 속에 누워 고통 속에서 죽음의 순간을 기다리길 원했을 것이다. 지금껏 욕설 삼아 니르곤 했지만, 이제 화리트는 확실히 니를 수 있었다. 비아스는 완전히 미쳤다.

〈죽고 싶지 않아…‥. 제발, 누가 좀 도와줘!〉

고통 때문에 정신이 집중되지 않았다. 화리트는 자신이 심장탑을 울리기는커녕 주위에 있는 사람이 들을 수 있을 정도의 니름도 내기 어렵다는 것을 깨달았다. 목소리를 내어볼까 했지만, 화리트는 그것이 쓸모없다는 것을 알고 있었다. 어차피 고함을 지를 정도의 힘도 없거니와 나가들은 소리에 무관심하다. 화리트는 정신을 더 집중시키려 애썼다.

〈살려줘, 제발! 살려줘요! 내가 죽어가고 있어. 살려줘요!〉

하지만 아무 소득이 없었고 대신 정신을 집중할수록 고통만이 가중될 뿐이었다. 지독한 아픔 때문에 화리트는 정신이 혼미해지는 것을 느꼈다.

그때 누군가의 정신이 그에게 다가왔다.

화리트는 앞을 보려 했지만 잘 보이지 않았다. 그제야 화리트는 자신이 눈물을 흘리고 있다는 것을 깨달았다. 나가의 은루는 불신자들의 투명한 눈물과 달리 시야를 거의 가려버린다. 화리트는 은빛 암흑 속을 향해 외쳤다.

〈거기 누구 있어요? 살려줘요, 제발 살려줘요!〉

〈화리트. 나야. 륜이야.〉

〈륜? 륜이라고?〉

부들부들 떨리는 손가락이 화리트의 눈가를 스쳤다. 은빛 암흑이 사라지며 화리트는 륜의 얼굴을 볼 수 있었다. 륜은 일그러진 얼굴로 그를 내려다보고 있었다.

〈미안해. 정말 미안해. 폐쇄가 너무 길었어. 움직일 수가 없었어. 지금에서야, 지금에서야 겨우 움직일 수 있게 되었어. 그래서 막지 못했어. 막을 수 있었는데. 미안해. 얼빠진, 멍청한 짓을 했어. 내가 막지 못했어!〉

화리트는 륜이 무슨 니름을 하는 건지 알 수 없었다. 하지만 물어볼 필요는 없었다. 지금껏 억압되어 있었던 륜의 정신은 개방되자마자 폭풍 같은 기세로 화리트에게 쏟아져 들어오고 있었다. 가장 내밀한 부분까지, 의식적으로는 열 수도 없는 부분까지 완전히 열려버린 륜의 정신을 느끼며 화리트는 숨을 급히 들이켰다.

화리트는 모든 것을 알 수 있었다.

류이 왜 도망쳤는지. 그리고 류이 무엇을 보고 들었는지. 정신폐쇄의 후유증 때문에 움직일 수 없어 친구가 공격당하는 것을 보고만 있었던 류의 마음속에는 자괴감이 가득했고, 그것을 본 화리트는 절대로 류을 탓할 수 없었다. 니름이나 글이 아닌 정신 그 자체를 보았기에 거기엔 완전한 이해만이 있었다.

화리트는 이해했다.

그리고 화리트는 다른 것들도 이해했다. 공포와 혼란에 빠져 있던 류은 자신이 보고 들은 것을 정리할 수 없었지만 화리트는 자신의 누나가 어떻게 살인 계획을 짰는지 알 수 있었다. 화리트는 자신이 본 것처럼 유벡스의 시체 모습을 떠올릴 수 있었고, 다시 한번 비아스의 잔인함에 치를 떨었다.

그 순간 화리트는 묘한 느낌을 받았다. 류의 정신이 완전히 열려버린 까닭에 화리트는 류의 모든 것을 알게 되었고, 심지어 류의 시야까지도 공유하고 있었다. 화리트는 류의 눈을 통해 자신의 모습을 볼 수 있다는 것을 알고는 깜짝 놀랐다. 하지만 화리트는 공황 상태에 빠져드는 대신 오히려 더 침착해졌다. 혼란에 빠진 류의 정신과 직접 부딪힌 덕분이다. 화리트는 침착하게 류의 시각을 이용했고 자신이 살아나기 어렵겠다는 판단을 내리는 순간에도 거의 공포를 느끼지 않았다. 대신 냉정 속에서 화리트는 자신이 무엇을 해야 하는지 판단했다.

〈류. 내 니름 들어.〉

〈화리트, 미안해. 정말 잘못했어. 내가 막았어야 했는데. 왜 움직일 수 없었는지…….〉

〈디듀스류노 라르간드 페이!〉

류은 흠칫하며 정신을 차렸다. 그 순간 류은 무서운 공포를 느꼈다. 류은 '자신 속에 들어와서 화리트를 보고 있는 화리트'를 느꼈다.

그것은 피아가 혼란되고 안팎이 서로를 부정하며 결과가 원인을 구축하는 순간이었다. 니름을 사용하기에 정신의 작용에 친숙한 나가에게도 그 순간의 혼란스러움은 두려움 그 자체였다. 하지만 화리트는 류이 공포에 빠지는 것을 허락하지 않왔다. 화리트는 류의 정신에 고리를 걸고 류의 정신 그 자체에 대한 지배권을 난폭하게 시도했다.

타인의 정신을 지배한다는 것은 마술의 영역에서나 가능한 일이지만, 그들은 나가였고, 또한 한쪽의 정신이 완벽하게 열려 있었기에 그것은 어느 정도 성립될 수 있었다. 결과적으로 류은 공포 대신 머리가 깨질 듯한 두통을 느꼈다. 류은 신음을 흘렸다.

〈이런 일이…….〉

〈나도 가능할 줄은 몰랐어. 하지만 이 상황에 걸맞는 이론을 구성해 볼 시간은 없어. 잘 들어. 디듀스류노 라르간드 페이.〉

화리트는 의식적으로 류에게 가장 권위 있는 호칭을 사용했다.

〈나는 살기 어려워. 그리고 넌 거기에 대해 조금도 책임을 느낄 필요가 없어. 반복하겠어.〉

그리고 화리트는 놀라운 일을 해내었다. 화리트는 계속해서 류에게 책임을 느낄 필요가 없다는 니름을 수없이 반복하며 동시에 다른 내용을 닐렀다. 류은 넋이 빠진 채 한 사람이 니르는 두 개의 니름을 들었다.

〈넌 내 죽음에 아무런 책임도 없어. 디듀스류노 라르간드 페이. 네가 할 수 있는 일이 없었어. 그건 불가항력이었어. 넌 나를 돕길 원했고 그걸로 나는 만족해. 더없이 고맙게 생각해. 넌 내 죽음에 아무런 책임이 없어. 나를 죽인 건 네가 아냐. 나를 죽인 건 비아스 마케로우야. 넌 책임이 없어. 넌 책임이 없어. 넌 책임이 없어.〉

〈내 니름을 잘 들어. 디듀스류노 라르간드 페이. 나에겐 해야 할 일이 하나 있어. 비아스는 그저 증오하던 동생을 죽였다고 생각하겠지만 그와 동시에 비아스는 내 사명까지도 파괴했어. 하지만 난 비아스에게 내 목숨은 내주었을지언정 내 사명까지 파괴하게 하지는 않겠어. 그러니 너에게 부탁하겠어. 내 사명을 대신 완수해 줘. 내 마지막 부탁이야.〉

화리트는 류이 친구의 죽음을 방기했다는 죄책감에 평생토록 시달리는 것은 조금도 원하지 않았다. 류은 경악을 느끼면서도 정신을 닫을 수는 없었다.

〈부탁……, 뭐지?〉

류의 죄책감을 완전히 억압했다는 자신이 들자 화리트는 다시 하나의 니름으로 닐렀다.

〈북쪽으로, 계속 북쪽으로 달려가. 아주 거대한 강을 만날 거야. 무룬 강이지. 거기서 세 명의 불신자를 만나게 돼.〉

〈불신자라고!〉

〈그래. 도깨비와 인간, 레콘이야. 너를 안내할 자지. 노래를 불러야 해.〉

화리트는 다시 정신을 둘로 나눠 자신이 배운 노래를 류의 정신 속에 심어놓으며 닐렀다.

〈그게 신호야. 그러면 그 불신자들이 너를 데리고 한계선을 넘을 거야. 내 배낭을 가져가. 그 속에 도움될 물건들이 있어. 하인샤 대사원의 쥬타기 대선사(大禪師)를 만나. 그 인간이 해야 할 일을 가르쳐줄 거야.〉

류은 이 충격적인 니름에 놀라 화리트를 바라보았다. 화리트는 힘없는 미소를 지었다.

〈그래. 네가 알고 있던 그 충실하고 보수적이고 언제나 도덕적인 니름만 하는 수련자 화리트는 사실 음모꾼이야. 내 연기가 괜찮았어?〉

〈인간에게 무엇을……, 왜?〉

〈부탁이야. 이건 나가를 위한 일이야. 길게 니를 시간이 없으니 간단히 니르겠어. 넌 한계선 이남엔 적이 없다고 닐렀지? 적은 심장탑에 있다고 닐렀지? 그때 너는 요스비에 대한 일을 니른 것이겠지만,〉

류의 모든 정신을 들여다본 화리트는 요스비에 대한 사실들도 알고 있었다.

〈놀랍게도 그때 너는 진실을 니른 거야. 나가의 적은 심장탑에 있어.〉

〈나가의 적이……?〉

〈그래. 너는 인간들과 힘을 합쳐 나가의 적을 물리쳐야 해. 그건 너만이 할 수 있어.〉

〈나만이? 어째서?〉

화리트는 다시 한번 류의 신명(神名)을 불렀다.

〈왜냐하면 넌 디듀스류노 라르간드 페이니까.〉

류은 굳은 얼굴로 화리트를 바라보았다. 고통 때문인지 화리트의 눈에선 다시 은루가 흘러나오고 있었다. 하지만 그 눈은 웃고 있었다.

〈이건 수호자나 수련자만이 할 수 있는 일이야. 발자국 없는 여신의 신랑들만이 할 수 있는 일이지. 네가 수련자가 아니라고 니르지 마. 디듀스류노 라르간드 페이. 나는 네가 왜 수련자 지위를 반납했는지 항상 궁금했어. 이젠 알겠군. 요스비 때문이었군.〉

류은 화리트가 요스비에 대해 안다는 사실에 충격받지 않았다. 충격받을 만큼의 판단력도 없었기 때문이다.

〈내 아버지를 죽인 건……, 수호자들이었어.〉

〈그래. 그래서 더 이상 수련자로 있을 수 없었던 것이군.〉

〈맞아. 화리트. 맞아. 나는 견딜 수 없었어.〉

〈알겠어. 하지만 너는 신명을 받은 수련자였어. 넌 발자국 없는 여신의 이름을 알아. 너의 여신은 라르간드지. 라르간드라고 부르면, 넌 여신을 부를 수 있어. 네가 수련자건 아니건 상관없어. 여신이 네게 준 건 이름이지 지위가 아니니까. 이름만이 중요한 거야.〉

류은 다시 충격을 받았다.

〈정말이야?〉

〈그래. 네가 남아서 좀 더 공부를 했다면 알 수 있었을 거야. 넌 여신을 부를 수 있어. 여신이 네게 이름을 줬으니까. 하인샤 대사원에 가서 해야 할 일도 바로 그것과 관련이 있지. 그러니 너에겐 자격이 있어. 게다가…….〉

화리트는 고통 어린 미소를 지었다.

〈너는 내 친구야. 다른 자격자를 찾을 수 없는 이런 난처한 상황에서 너처럼 자격도 있고 믿을 수도 있는 사람이 있다니, 나는 정말 행운아인 것 같군.〉

류의 눈앞에 은빛이 흐렸다. 무심코 화리트의 눈을 닦으려 했던 류은 그 은빛 눈물이 자신의 눈에서 흘러나오고 있음을 깨달았다.

화리트는 피로한 정신으로 닐렀다.

〈이제 가.〉

〈화리트, 일어나야 돼. 넌 나을 수 있어. 사람들을 부르겠어.〉

〈안 돼.〉

화리트는 자신이 살아날 가능성이 없다는 의미로 닐렀지만, 류은 사람을 불러서는 안 된다는 니름으로 알아들었다. 아직까지도 류의 정신은 열려 있었고 그래서 화리트는 류의 오해를 알아차렸다. 하지만 화리트는 그 오해를 해소하지 않았다. 그는 너무 피곤했다. 다른 것을 더 원하지도 않았다.

마지막 힘을 짜내어, 화리트는 류이 거부할 수 없는 지배력을 행사했다.

〈가! 디듀스류노 라르간드 페이!〉

류은 벌떡 일어나 문 쪽으로 달려나갔다.

홀로 남게 된 화리트는 긴 한숨을 내쉬었다. 등의 고통도 더 이상 느껴지지 않았다. 어떤 추위 같은 것이 사방에서 그의 몸 속으로 스며들어왔지만 화리트는 그 추위가 포근하다고 생각했다.

화리트는 자신이 류을 이용했음을 알고 있었다. 그 순간 화리트에게 사명의 중요성 같은 것은 큰 문제가 아니었다. 설령 화리트는 류이 실패한다 하더라도 별로 아쉽지 않을 것이다. 어차피 그는 성공 여부를 알지도 못할 것이다.

화리트가 원했던 것은 자신의 삶과 죽음에 의미를 부여하는 것뿐이었다. 그가 할 수 있는 일을 다했다는. 그것은 죽음의 공포 앞에 위엄을 지킬 수 있는 화리트의 도구였다.

그래서 화리트는 공포 없이 침착하게 자신의 여신을 부를 수 있었다.

세파빌, 나의 여신이여.

화리트는 시야 안쪽에서 무엇인가가 어른거리는 것을 느꼈다. 그것은 희게 빛나고 있었으며 동시에 암흑이었다. 다시 은빛 눈물이 동공을 덮고 있는 것일까.

그러나 화리트는 그렇지 않다는 느낌을 받았다.

화리트는 하늘에서 내려오는 그 빛나면서도 어두운 어른거림을 향해 미소 지었다.

심장탑의 깊숙한 곳. 아니, 높은 곳.

일반적으로 은밀한 곳은 지하나 혹은 그 비슷한 곳에 있기 마련이다. 하지만 200미터라는 압도적인 높이의 심장탑의 경우에는 높은 곳일수록 은밀하다. 그 누구도 올라가는 데만 수천 계단의 노고가 필요한 심장탑 상층부에 대수롭잖은 일로 올라가지는 않는다. 따라서 지금 심장탑 55층의 조그마한 방에 모여 있는 세 사람의 경우 그들의 회합이 은밀한 것임은 더없이 분명하다. 55층을 걸어오르는 일을 감수한 회합이므로.

그런 희생은, 그러나 그들 중 두 사람에게만 해당하는 일이다. 마지막 한 사람의 경우에는 다른 두 사람이 겪어야 했던 고생을 겪지 않았다. 왜냐하면 55층의 그 방은 그 사람의 것이었기 때문이다. 따라서 그가 막강한 힘의 소유자임을 짐작하기 위해서 꼭 나가의 문화와 관습과 역사에 정통할 필요는 없을 것이다. 다른 자들로 하여금 55층을 걸어 올라오게 하는 자가 가진 권력의 크기를 짐작하기 위해선 사람의 보편적 상식이면 충분하다.

그 방의 주인, 수호자 세리스마는 가장 위대한 수호자들 중 한 사람이었다. 냉혹의 도시 하텐그라쥬의 수호자들 중에서도 가장 존경받는 수호자에 속하는 그는 실로 55층에 거주할 만한 자였다. 그가 마지막으로 55층을 걸어내려간 것도 벌써 십수 년 전이다. 풍부한 빗물이 그의 식수였고 한 달에 한 번씩 불운한 수련자들이 다 죽어가는 얼굴을 한 채 가져다주는, 역시 다 죽어가는 얼굴을 한 염소나 양, 송아지, 사슴 등이 그의 양식이었다. 세리스마는 참으로 위대한 수호자인 것이다. 불규칙적인 섭생에도 쉽게 견디는 나가이기에 그런 위대함을 구가하는 것이 가능하다는 사실은 그의 위대함에 대한 큰 흠집이 되지는 못한다.

하지만 그 위대한 세리스마는 지금 몹시 불행한 얼굴을 한 채 두 명의 방문자를 바라보고 있었다.

두 명의 방문자들 또한 편찮은 얼굴이었다. 물론 이 끔찍한 높이를 걸어 올라왔으니 세상에 다시없는 낙천주의자라 하더라도 좀 불편한 기색을 띠지 않을 수는 없을 것이다. 하지만 그런 형이하학적인 고민거리 이외에 그들은 형이상학적인 고민거리도 넘치도록 가지고 있었다. 두 명의 방문자 중 한 명인 스바치는 곤혹스러운 얼굴로 보고를 계속했다.

〈숲에서 옷과 책이 발견되었다고 합니다. 조사자들은 그 옷과 책이 물에 적셔졌던 것으로 추측합니다. 그 어린 살인자 녀석은 심장 앞에 젖은 책을 대고 젖은 옷까지 걸친 다음 적출식을 마친 나가들과 함께 자연스럽게 나왔던 모양입니다. 그래서 심장을 적출하지 않았다는 것을 들키지 않았겠지요.〉

보고를 듣던 수호자 세리스마는 스바치의 얼굴을 보며 닐렀다.

〈그런데 자네는 왜 그렇게 곤혹스러워 하는 거지?〉

〈너무 이상합니다. 그 륜 페이라는 녀석이 적출 공포증 기미를 보였다는 것은 저와 카루도 눈으로 확인한 바입니다. 하지만……, 이건 너무 앞뒤가 안 맞습니다.〉

스바치 옆에 서 있던 카루 역시 그 니름에 동의하듯 고개를 끄덕였다. 세리스마는 닐렀다.

〈설명해 보게.〉

〈사건을 시간대 순으로 다시 정리해 보겠습니다. 먼저 홀에 있던 륜 페이가 도망쳤습니다. 공포에 질린 것처럼 정신없는 모습이었지요. 많은 사람들이 그 모습을 목격했습니다. 그리고 잠시 후 화리트 마케로우가 홀에 도착했습니다. 하지만 화리트는 다른 사람들이 신경 쓰지 않는 사이에 어디론가 사라졌습니다. 그리고 적출식이 끝난 후 수호자들이 특수 도서실에서 화리트와 유벡스의 시체를 발견했습니다. 수호자들이 내린 결론은 이렇습니다. '륜 페이는 적출 공포증에 빠져서 특수 도서실에 숨어 있다가 다른 자들과 뒤섞여 도망치려 한 것이다. 이것은 이상할 것이 없다. 실제로 적출식에 관한 무서운 이야기를 너무 많이 들었던 애들이 가끔 저지르는 일이니까. 하지만 이번 사건이 다른 경우들과 다른 점은, 륜이 실제로 그 시도에 성공했고, 그 과정에서 자신을 발견한 자들을 잔인하게 살해했다는 점

이다.' 대충 이런 결론이지요. 그리고 수호자들은 가문 평의회에 류 페이의 처벌을 요구했습니다.〉

〈나 또한 수호자야. 그걸 다 설명할 필요는 없는데.〉

〈죄송합니다. 하지만 이 사건의 이상한 점들을 살펴보려면 그걸 전부 되짚어볼 필요가 있습니다. 첫째, 적출 공포증 때문에 어딘가로 숨어버리는 것은, 수호자들의 결론대로 이해할 수 있는 일입니다. 하지만 그럴 경우 그가 발각되었을 때 취할 행동은 울음을 터뜨리거나 발작을 일으키는 쪽 아닐까요? 수호자를 난도질하고 가장 친한 친구를 등 뒤에서 베어버리는 것은 좀 어울리지 않는 것 같습니다.〉

〈공포에 질리면 사람들은 어처구니없을 정도로 비이성적인 행동도 보여주지.〉

〈그렇다 하더라도, 그럼 류 페이가 심장탑을 나올 때 보여준 이성적인 대처는 어떻게 된 것일까요? 조금 전에 그런 끔찍한 살인 행각을 벌인 청년이 침착하게 자신의 심장을 가리기 위한 수단을 강구한다는 것은 납득되지가 않습니다.〉

〈정신나간 자들도 어떤 부분에선 놀라울 정도로 치밀하지.〉

〈하지만 여전히 문제는 남습니다. 화리트 마케로우는 왜 특수 도서실에 간 것일까요? 왜 홀에 남아서 수호자들을 기다리는 대신 특수 도서실에 가서 친구의 사이커에 죽었을까요?〉

〈다른 자들에게 류이 도망쳤다는 니름을 듣고 그를 찾아보려고 한 것일지도 모르잖나.〉

〈아니, 그렇지 않습니다. 화리트가 홀에 들어오고 나서 그와 이야기를 나눠봤다는 자가 아무도 없습니다. 그렇다면 화리트는 류 페이가 도망쳤다는 사실을 알 리가 없습니다.〉

〈그래서, 자네의 결론은 뭔가?〉

스바치는 단호하게 닐렀다.

〈우리 계획이 들킨 겁니다. 그 류 페이는 치밀하게 준비된 암살자였을 겁니다. 그리고 적출 공포증에 빠진 나가가 저지른 짓처럼 보이게 하려고 그런 연극을 했던 겁니다. 그 녀석은 대로와 홀에서 두 번 그런 모습을 보여줬지요. 그리고 적당한 곳에 숨어 있다가, 화리트가 들어오자 다른 사람 몰래 니름을 보내어 화리트를 불러내었습니다. 화리트는 적출 공포증에 빠진 친구를 도와주려 했겠지요. 류 페이는 그렇게 화리트를 유인한 다음 특수 도서실에서 살해한 겁니다.〉

수호자 세리스마는 손가락을 깍지끼며 고개를 조금 숙였다.

〈그렇다면 그 불쌍한 유벡스는 왜?〉

〈일단 살해 현장을 만들기 위해서죠. 또한, 유벡스 사서를 잔인하게 살해함으로써 류 페이가 친구도 죽일 수 있는 상태라는 점을 부각시키려는 목적도 있었을 겁니다. 화리트만 살해하면 이상하게 보였겠지요. 절친한 친구니까요. 하지만 유벡스 사서도 죽임으로써 그것이 광기에 젖은 무차별 살인인 것처럼 보이게 만들었죠.〉

〈하지만 왜 그런 연극을 했을까? 우리 계획이 들킨 거라면, 우리를 곧장 공격하는 대신 왜 그런 복잡한 수단을 써가며 화리트 마케로우를 죽인 거지?〉

〈아마도 경고일 겁니다. 우리에 대해 정확히 알지 못하기 때문에 신중하느라 그런 것일지도 모릅니다. 만일 그렇다면 우리에겐 아직 희망이 있습니다.〉

세리스마는 고개를 가로저었다.

〈아냐. 그 가정이 그럴듯하긴 하지만 자네는 중요한 정보를 모르고 있네. 화리트와 류은 보통 친구 사이가 아니야. 그 두 사람에 대해서는 내가 잘 알아. 왜냐하면…….〉

〈류 페이가 한때 수련자였기 때문입니까?〉

수호자 세리스마는 놀란 얼굴로 스바치를 바라보았다.

〈그걸 어떻게 알았나?〉

〈우연히 알게 되었습니다. 그날, 대로에서 류이 쓰러졌을 때 화리트가 류을 달래려 했습니다. 그때 류이 화리트를 이렇게 부르더군요. 아스화리탈 세파빌 마케로우. 저는 그게 화리트의 신명이라고 짐작합니다만.〉

세리스마는 고개를 끄덕였다. 스바치는 계속 닐렀다.

〈그리고 화리트의 태도를 보건대 화리트 또한 류 페이의 신명을 불렀을 거라고 짐작됩니다. 그건 들리지 않았습니다만, 상관없습니다. 서로의 신명을 안다는 것

은 그들이 한때 같은 수련자였다는 의미겠지요? 그리고 아마도 류 페이는 중도에 포기했을 겁니다.〉

〈그들은 일곱 살 때 같이 수련자가 되었어. 비록 류이 중도 포기했지만 그들의 우정은 계속되었어. 15년 동안의 우정일세. 그들이 어떻게 류에게 그런 친구를 죽이게 할 수 있겠나?〉

〈어떤 사람을 살인자로 만드는 방법은 많습니다. 류이 수련자의 지위를 반납한 이후로 자기 집에만 있었다 하더라도 문제될 것은 없습니다. 왜냐하면 페이 가문엔 언제나 남자들이 많이 찾아가니까요. 지속적으로 세뇌와 교육이 이루어졌을 수 있습니다.〉

세리스마는 대단히 불편한 표정을 지었다. 그때 조용히 듣고 있던 카루가 닐렀다.

〈신경 쓰이는 것이 있습니다.〉

스바치와 세리스마는 카루를 돌아보았다. 카루는 침착하게 닐렀다.

〈화리트는 죽기 전 자신이 살해당할 거라고 닐렀습니다. 그리고 살해자의 이름도 가르쳐줬습니다.〉

세리스마는 놀란 표정으로 스바치를 돌아보았다. 하지만 스바치는 짜증스럽다는 듯이 닐렀다.

〈그 황당한 이야기 니름인가? 그건 화리트의 적출 공포증이 비뚤게 표현된 거야. 자네도 그렇게 생각했잖아.〉

〈잠깐만.〉

위대한 수호자가 닐렀다.

〈내가 듣지 못한 것이 있나 본데?〉

스바치는 눈살을 찌푸린 채 설명했다.

〈화리트는 누나인 비아스 마케로우가 자신을 죽일 거라고 닐렀습니다. 하지만 그건 화리트의 적출 공포증, 누나에 대한 두려움과 증오, 그리고 비아스의 탁월한 약술이 합쳐서 낳은 피해망상입니다. 화리트는 비아스가 독약으로 자기를 죽일 거라고 믿었습니다. 하지만 화리트는 사이커에 죽었습니다. 류 페이가 사이커를

가지고 있었다는 건 모두가 봤습니다.〉

〈비아스 마케로우에게 화리트를 죽여야 하는 이유가 있었나?〉

세리스마의 질문에 스바치와 카루는 서로를 쳐다보았다. 수호자는 그들의 그런 태도를 이상하게 여겼지만 잠자코 기다렸다.

잠시 후 카루가 조심스럽게 단어를 선택하며 닐렀다.

〈이것은 저희들의 추리가 아닌 화리트의 추리입니다만……, 비아스 마케로우는 자녀를 원한다고 들었습니다. 물론 모든 여인들이 그것을 원하겠지만, 비아스는 그 목적을 위해서라면 다른 사람들이 상상할 수도 없는 수단을 이용할 수도 있다고 여긴 것 같습니다. 그래서 비아스는 화리트에게 모종의 제의를 했고, 화리트는 그것을 거절한 모양입니다.〉

니름을 끝낸 카루는 놀랐다. 세리스마는 조금도 당황하지 않았다. 대신 세리스마는 슬픈 듯이 고개를 끄덕였다.

〈그런 일이 있었나.〉

〈놀라시지 않으시는군요?〉

〈비아스 마케로우는 그런 생각을 처음 떠올린 여자도 아닐 테고, 결코 마지막 여자도 아닐 테지.〉

카루와 스바치는 그만 니름이 막히고 말았다. 세리스마는 담담하게 닐렀다.

〈여자들이 남자들을 뭐라고 생각하겠는가. 겉으론 남자를 생각하는 척, 위하는 척하지만, 결국 그녀들이 원하는 것은 남자들을 침대에 눕혀놓고 그 체액을 짜내가는 일뿐이야. 그들은 남자들이 아무런 지성이 없는 동물이었으면 더 좋을걸. 실제로 어느 정도는 그렇게 생각하고 있지. 남자란 떠돌이 동물이잖나. 그리고 동물에게 거절당했다면 분노할 수도 있겠지.〉

카루와 스바치는 쓸쓸한 동의를 표할 수밖에 없었다. 세리스마는 불편하다는 듯 고개를 가로저으며 니름을 이었다.

〈화리트의 추측 이외에 그 가설을 뒷받침할 수 있는 다른 증거가 있나, 카루?〉

〈글쎄요. 그날 그녀는 자신의 방에서 연구 중이었습니다. 하지만 그 때문에 그녀

를 본 사람이 아무도 없습니다.〉

〈단순히 그녀를 본 사람이 없다고 해서 그녀가 살인자라고 할 수는 없을 텐데.〉

〈예. 하지만 그녀는 고명한 약술사이고 따라서 특수 도서실의 열람권을 가지고 있을 겁니다. 다른 사람의 눈을 피해 저택을 나온 다음 적출식 당일의 혼란을 틈타 심장탑에 숨어들었을 수도 있겠지요. 그러고는 유벡스를 죽여 특수 도서실을 비워 놓은 다음, 남동생을 거기로 유인해서 죽일 수도 있었을 겁니다.〉

〈비아스 마케로우는 열람권을 가지고 있네. 하지만 유벡스가 죽었으니 그날 그녀가 특수 도서실에 찾아왔는지 확인할 도리가 없군. 그렇다면 그녀에겐 화리트에 대한 증오 이외에 다른 혐의점은 없는 것이군? 물론 증오는 살인의 가장 보편적인 이유 중에 하나이지만.〉

카루는 뭐라 대답하려 했지만 세리스마는 손을 내저었다.

〈화리트 마케로우는 죽었네. 그의 살해범은 반드시 밝혀내어 처벌을 받아야 할 것이야. 하지만 살해범을 찾아낸다고 해서 화리트가 다시 살아날 수는 없는 것처럼, 우리 계획 또한 재개될 수 없어. 계획은 실패했네. 지금부터 수련자들 중 적당한 이를 찾아봐야 할지도 몰라.〉

스바치는 신경질적으로 칼자루를 움켜쥐었다가 다시 놓았다.

〈1년을 더 기다리는 겁니까? 그들이 그렇게 시간을 줄까요?〉

〈도리가 없네. 이미 토론했던 것이잖나. 이것은 수련자만이 할 수 있는 일이고, 나가는 적출식을 마쳐야만 키보렌을 안전하게 건널 수 있어. 그러니 다음 적출식을 기다리며 적당한 사람을 찾을 수밖에.〉

니름을 마친 세리스마는 카루가 묘한 얼굴을 하고 있다는 것을 깨달았다. 수호자의 시선을 본 스바치도 카루를 돌아보았다. 카루는 조심스럽게 닐렀다.

〈어쩌면 1년을 더 기다리지 않아도 될지 모릅니다.〉

〈무슨 니름인가? 남아 있는 수련자가 있던가? 몇몇이 아직 방랑을 떠나지 않고 하텐그라쥬에 남아 있다는 것은 알고 있네만 그들 중 적당한 후보자가 있었나?〉

〈있습니다. 좀 묘한 후보자이긴 하지만. 그는 한때 수련자였고, 키보렌의 땅을

반드시 도망쳐야 하는 이유도 가지고 있습니다.〉

어리둥절해하던 두 사람은 카루의 정신을 자세히 들여다보았다. 그리고 거기서 어떤 이름을 발견했다.

〈류 페이! 그 살인자를?〉

스바치는 경악해서 외쳤지만 카루는 단호하게 닐렀다.

〈만약 화리트의 가정이 맞다면 살인자는 비아스 마케로우지 류 페이가 아냐. 하지만 류은 한계선을 넘어 도망쳐야 되는 이유를 가지고 있지. 적출을 하지 않았으니까. 그리고 류 페이는 신명을 가진 수련자였어.〉

카루는 세리스마를 돌아보았다.

〈류 페이를 추적하도록 허락해 주십시오. 수호자 세리스마. 만약 그가 살해자가 아니라면 우리 일을 도와줄지도 모릅니다. 죽은 친구의 사명을 잇는 일이니 적극적으로 도와줄 가능성이 있습니다.〉

세리스마는 침중하게 닐렀다.

〈만약 살해자라면?〉

〈그렇다면,〉

카루는 자신의 칼을 잠깐 쥐어보았다.

〈수호자 유벡스와 화리트의 복수를 해줄 수 있겠지요.〉

〈복수권을 요구합니다.〉

가문 평의회장은 일순 고요해졌다. 물론 나가들의 모임은 항상 고요하므로 이것은 나가적인 표현으로, 즉 평의회의 구성원들 전부가 한순간에 정신을 닫았다는 의미로 이해되어야 한다. 평의회의 구성원들인 각 가문의 대표자들은 모두 의장석을 돌아보았다.

평의회 의장 라토 센은 나가들이 나이 허물이라고 부르는 허물 조각들이 얼굴과 손등 곳곳에 남아 있는 늙은 나가였다. 더 이상 허물이 깔끔하게 벗겨지지 않기 때문에 생기는 것으로 나가들 사이에서는 이 모습이 연륜의 증거와 존경의 이유가 된다. 하지만 그 위대한 라토 센도 복수권이라는 니름에 당혹감을 감추지 못했다.

〈지금 복수권이라고 하셨소, 비아스 마케로우?〉

〈그렇습니다.〉

반원형의 의석에 앉아 있던 가문의 대표자들은 겨우 약한 니름을 내보낼 여유를 되찾았다. 예의를 담아 미약하게 발산되는 그녀들의 반응은 모두 어처구니가 없다는 쪽인 듯했다. '당연하지.' 라토 센은 그녀들의 반응을 이해할 수 있었고 동시에 솜나니 페이에 대한 분노를 참지 못했다.

반원형 의석의 안쪽엔 두 개의 책상이 서로 마주보는 형태로 놓여 있었다. 그곳엔 이 사건의 이해 당사자인 페이 가문과 마케로우 가문의 두 대표가 서로를 마주보며 앉아 있었다. 페이 가문의 장녀이자 가문의 대표자인 솜나니 페이는 페이 가문 쪽의 의자에 앉아 있었고, 지금 비아스가 무슨 니름을 하고 있는 건지 모르겠다는 표정을 짓고 있었다. 속으로 이를 갈던 라토 센은 편파적이라는 항의를 들을 것을 감수하며 한 번 더 시간을 끌었다.

〈그렇다면 귀하의 가문은 페이 가문에게 복수의 권리를 행사하겠다는 겁니까?〉

〈그렇습니다.〉

라토 센은 비명을 지르고 싶었다. 솜나니 페이는 여전히 멍청한 얼굴을 하고 앉아 있었다. 그 얼굴을 보던 센 의장은 문득 솜나니 페이가 복수권이 무슨 니름인지 모를 거라는 데 생각이 미쳤다. '맙소사, 그렇군. 그걸 모르고 있어!' 센 의장은 재빨리 전략을 세운 다음 닐렀다.

〈매우 고풍스러운 권리를 요구하는군요. 비아스 마케로우.〉

〈하지만 정당한 권리입니다.〉

〈알고 있습니다. 하지만 이곳에 계신 의원 여러분들 중엔 전승학에 관심이 없으신 분들도 계실 테니 내가 그분들의 이해를 돕기 위해 마케로우 가문이 무엇을 요구하는 건지 잠시 부연하겠습니다.〉

라토 센 의장은 자신이 하는 일이 전혀 마음에 들지 않았다. 하지만 끔찍한 분란을 피하는 것이 의장의 첫 번째 임무이며, 그 임무를 위해서라면 잠시 창피를 무릅

쓸 수밖에 없다. 비아스가 항의하려는 듯한 몸짓을 했지만 의장은 매서운 눈으로 비아스를 제지하며 닐렀다.

〈앉아요. 비아스 마케로우. 무엇을 니르려는지 압니다. 하지만 본인에게 편파적이라느니 하는 모욕적인 니름을 하는 것은 용납할 수 없습니다. 복수권은 잘 사용되지 않는 표현입니다. 당신이 그런 희귀한 표현을 사용했다는 것 자체가 이미 이 평의회에 대한 모독일지도 모른다는 점을 지적해 두고 싶습니다.〉

비아스는 투덜거리며 앉았다. 그리고 솜나니 페이는 이제야 무슨 일이 일어나는 건지 이해했다는 얼굴이 되었다. 센 의장은 솜나니가 제대로 알지도 못하는 것에 대해 승복이나 거부를 니르기 전에 그것이 뭔지 알려주기 위해 위험을 무릅쓰고 있는 것이다. 그녀는 의장에게 감사해하는 눈짓을 보내었지만 센 의장은 성난 표정만 지을 뿐이었다.

〈복수권이란 쇼자인테쉬크톨을 니르는 표현입니다.〉

솜나니가 기겁하며 자리에서 일어났다.

〈니름도 안 됩니다!〉

〈앉으시오, 솜나니 페이! 당신에게 발언권을 허락한 적이 없소!〉

솜나니 페이는 재빨리 자리에 앉았다. 자신에게 호의를 보여주는 의장을 분노하게 할 필요는 조금도 없다. 하지만 자리에 앉은 솜나니 페이는 무서운 시선으로 비아스를 노려보았다. 의장은 이제 솜나니 페이와 비아스 마케로우 양쪽에게 분노에 찬 표정을 보내며 닐렀다.

〈또한 다른 니름으로는 암살자 지명권이라고도 합니다. 이처럼 잘 알려진 표현이 많으니 참고하시길 바랍니다. 비아스 마케로우.〉

비아스는 마지못한 듯 고개를 숙여보였다. 센 의장은 계속 닐렀다.

〈간단히 니른다면, 마케로우 가문은 화리트 마케로우의 죽음에 대한 대가로 페이 가문의 일원을 암살자로 지명할 수 있는 권리를 원하는 겁니다.〉

의석에서 날카로운 니름들이 터져나왔다. 미처 정신을 제대로 닫지 못한 의원들이었다. 그녀들은 황급히 정신을 닫으려 했지만 라토 센 의장의 분노 어린 시선을 받고 말았다. 라토 셴 의장은 문득 소란을 이유로 이 의회를 폐회해 버리고 싶은 유혹을 느꼈다. 하지만 불가능한 소망이었다. 라토 셴 의장은 의원석을 매서운 눈으로 쏘아본 다음 엄격하게 닐렀다.

〈이제 이해하지 못하신 분들은 없는 것 같군. 솜나니 페이. 니르시오.〉

솜나니는 '감사합니다.'라고 닐렀지만 그 얼굴은 여전히 비아스를 향해 있었다. 자리에서 일어난 솜나니는 주먹을 꽉 쥔 채 닐렀다.

〈발자국 없는 여신께 맹세코, 이런 황당한 요구는 들어본 적도 없습니다. 어떻게 감히 암살자를 지명하겠다는 겁니까? 화리트 마케로우는 남자입니다! 저희 가문은 이런 니름도 안 되는 요구를 단연코 거부합니다!〉

비아스는 의장에게 발언권을 요구한 다음 닐렀다.

〈솜나니 페이. 쇼자인테쉬크톨에는 거부할 권한 같은 것은 없습니다.〉

〈하지만 남자입니다!〉

솜나니는 또다시 발언권도 없이 외쳤지만 라토 셴 의장은 더 이상 화를 낼 기력도 없다는 듯이 잠자코 기다렸다. 비아스는 차갑게 웃으며 닐렀다.

〈하지만 남자이기 전에 마케로우입니다. 화리트 마케로우는 심장을 적출하기 전에 죽었습니다. 죽은 시점에서는 여전히 마케로우였던 셈이지요. 따라서 우리는 우리 가문의 일원의 죽음에 대해 쇼자인테쉬크톨을 요구할 권리를 가지고 있습니다.〉

솜나니는 이번엔 발언권을 요구한 다음 닐렀다.

〈마케로우는 심장탑 안에 들어간 다음 사망했습니다. 당신 가문은 심장탑까지 그를 호위해 줬습니다. 마케로우 가문의 호위자들은 분명히 살아 있는 화리트를 심장탑에 들여보내 줬고, 그리고 호위 임무를 끝냈습니다. 따라서 심장탑에 들어 갔을 때부터 이미 화리트는 더 이상 마케로우의 일원이 아닙니다. 가문이 호위하지 않는 자가 어떻게 가문의 일원이 될 수 있습니까? 상식적으로 니름이 안 됩니다. 만일 화리트가 적출식 도중에 사고로 죽었다면 당신네 가문은 심장탑의 수호자들을 상대로 암살자를 지명할 겁니까?〉

솜나니의 반론은 그럭저럭 훌륭했고 센 의장은 많은 의원들이 그녀에게 동조하는 것을 느낄 수 있었다. 솜나니가 니른 것이 질문이었기에 비아스는 곧바로 대답했다.

〈재고해 볼 가치도 없는 니름입니다. 솜나니 페이. 상식에서 벗어난 것은 그쪽입니다. 제 동생인 화리트는 당신네 가문을 자주 방문했지요. 페이 가문에 체재하는 동안 화리트는 우리 가문의 호위자들에게 호위를 받고 있었습니까?〉

솜나니는 으르렁거리듯 비아스를 쏘아볼 뿐 대답하지는 않았다. 비아스는 씩 웃었다.

〈그 침묵은 화리트가 당신들의 집 안에서 호위를 받지 않았다는 뜻으로 알겠습니다. 당신 논리대로라면 그때 화리트가 호위를 받지 않고 있으니 마케로우의 일원도 아니었겠군요? 이런 논리에 찬성하십니까?〉

솜나니는 약이 잔뜩 올라서 외쳤다.

〈륜 또한 남자입니다! 우리 가문의 일원이 아니라고요! 그자의 일로 우리 가문에 암살자를 지명하는 건 얼토당토않은…….〉

솜나니의 전략적 실수였다. 라토 센은 정신적 신음을 흘렸다. 솜나니 페이는 '호위'에 대한 이야기를 좀 더 물고 늘어졌어야 했다. 비아스는 상대방의 실수를 놓치지 않았다.

〈아니, 륜 '페이'입니다. 화리트 마케로우와 마찬가지로 륜 페이 역시 심장을 적출하지 않은 상태에서 살해를 저질렀습니다. 이것은 확인된 사실입니다. 따라서 이것은 페이 가문의 일원이 마케로우 가문의 일원에게 저지른 범죄입니다. 쇼자인테쉬크톨의 구성 요건에 완벽히 들어맞습니다.〉

평의회 의원들은 비아스의 설명에 감동을 받은 듯했다. 남자가 남자를 죽인 사건에 가문 대 가문의 해결 방식인 쇼자인테쉬크톨을 요구한다는 니름에 어이없어하던 의원들도 비아스의 설명이 그럴듯하다는 듯이 호의적인 정신을 개방하기 시작했다. 솜나니는 그 분위기를 읽을 수 있었고, 한층 절망적인 기분에 빠져들었다. 동시에 솜나니는 비아스의 의도를 이해할 수 없다고 생각했다.

도대체 저 여자는 왜 저러는 거야? 보상금을 받아내고 조용히 끝내면 그만일 것을. 우리가 이미 제의했잖아. 남자 따위에게 지불할 금액으로는 너무 많은 액수였어. 그걸 받는 쪽이 훨씬 현명해. 도대체 왜 암살자를 지명하겠다는 거지? 고작 남자잖아. 여자라면…….

문득 솜나니는 끔찍한 사실을 떠올렸다. 그 순간 솜나니는 비아스의 의도를 이해했다. 그녀는 경악한 채 비아스를 바라보았지만 니름을 제대로 니를 수가 없었다.

〈그렇다면, 그렇다면 당신은 누구를 지명하겠다는…….〉

비아스는 한껏 미소 지으며 닐렀다.

〈당신 가문에는 예의와 법도에 정통하여 모든 이의 존경을 받는 분이 계시잖습니까? 마케로우 가문은 존경과 신뢰를 담아 사모 페이를 륜 페이에 대한 암살자로 지명하고자 합니다.〉

솜나니 페이는 앙칼진 니름들을 쏟아내었다. 평의회 의장실에서 감히 꺼낼 니름들이 아니었지만, 라토 센 의장은 그녀를 용서하기로 했다. 그 자리에 있지도 않은 비아스를 향해 살벌한 니름들을 쏟아내던 솜나니는 결국 의장에게 화살을 돌렸다.

〈의장님, 도대체 어떻게 그걸 허락하실 수 있어요?〉

〈조용히 해, 솜나니. 의원들이 모두 찬성하는 기색이었다는 것은 자네도 알 텐데. 그 상황에서 내가 비아스의 요구를 거부했다간 무슨 일이 일어났겠나? 시간을 좀 끌 수야 있겠지만 그랬다간 비아스는 당장 의원 투표를 요구했을 거야. 그리고 반드시 승리했을 테고. 내가 자네 가문을 위해 그런 수모와 위험까지 겪었어야 했단 니름인가?〉

솜나니는 약간 진정했다.

〈도와주신 것은 잊지 않겠어요. 의장님. 제기랄, 그년이 보상금을 거절했을 때부터 눈치챘어야 하는 건데. 하지만 설마 남자를 상대로 쇼자인을 요구할 거라고는 상상도 못했어요!〉

〈니름을 잘라먹지 마. 의미가 이상해지니까. 쉬크톨이 없잖아.〉

의장이 별걸 가지고 깐깐하게 군다고 생각하던 숨나니는 곧 의장이 그런 의미로 니른 것이 아니라는 것을 깨달았다. 셴 의장은 책상 위에 놓인 꾸러미를 바라보고 있었다. 숨나니는 그것을 가리키며, 하지만 그걸 가리키기 싫다는 듯이 손을 당기며 아주 이상한 모습으로 닐렀다.

〈쉬크톨입니까?〉

〈그래.〉

숨나니는 뒤로 한 발자국 물러났다.

〈저는 그걸 가져갈 수 없어요. 어떻게 사모에게 그걸 가져다준단 니름입니까!〉

〈하지만 가져다줘야 해. 이미 결정을 내렸으니까. 알고 있겠지만 사모 페이가 유언을 남기고 주위를 정리할 수 있도록 허락된 시간은 사흘이야. 사흘 안에 이 쉬크톨을 가지고 떠나야 해. 그리고 류 페이의 목을 가져오기 전까진 절대로 멈출 수도, 잠시 쉴 수도, 돌아올 수도 없어.〉

〈굳이 그렇게 니르시지 않아도…….〉

〈잠자코 들어! 그대로 전해 주란 니름이야. 여기엔 타협도 없고 속임수도 안 되고 흐지부지 끝나는 것도 없어! 류 자신이 죽거나 암살자가 죽었다는 것이 확실해지기 전까진 절대로 쇼자인테쉬크톨은 끝나지 않아. 둘 중 하나가 죽어야 화리트 마케로우의 목숨값이 지불되는 거야. 알겠나!〉

〈마케로우 가문은 화리트의 죽음 때문에 그러는 게 아니에요. 사모를 하텐그라쥬에서 쫓아내려는 거예요!〉

〈물론 알아. 바로 그 이유 때문에 의원들이 모두 비아스에게 동조했으니까. 사모의 태도가 다른 가문들에겐 끔찍한 오만으로 보일 거라는 것을 몰랐나? 아이를 가지지도 않으면서 남자란 남자는 다 휩쓸어가는 것이? 사모가 차라리 아이라도 가졌다면 덜 약올랐을 거야. 순수한 경쟁에서 패하는 것이니까. 하지만 지금의 사모는 먹지도 않을 쥐를 뺏어서 물에 던지는 꼴이야. 그게 얼마나 가증스러운 건지 모르겠단 니름이야?〉

〈사모는 그럴 생각 조금도 없었어요!〉

〈알고 있어! 하지만 그렇더라 해도 너희들이 사모를 달랬어야 했어! 결국 너희들의 실수였어. 류 페이를 얼빠진 살인자로 만든 것도, 사모 페이를 증오의 과녁으로 만든 것도 너희들이 사모라는 행운을 즐길 줄만 알았지 조심성은 발휘할 줄 몰랐기 때문이야! 그러니 이젠 그 대가를 치러야 되는 거야. 그러지 않고선 하텐그라쥬에 발 붙이고 살 수 없어!〉

솜나니는 굳어버린 얼굴로 의장을 바라보았다. 그녀의 얼굴은 여전히 거부하는 표정이었지만 의장은 그녀가 진실을 받아들일 준비가 되었다는 것을 알고 있었다. 늙은 의장은 피곤한 듯 의자에 등을 기대며 책상 위의 쉬크톨을 바라보았다.

암살자를 위해서만 만들어지고 암살자에 의해서만 사용되는 견고하고 예리한 검. 그것이 견고한 까닭은 세상의 끝까지라도 암살 대상을 추적할 수 있도록 하기 위함이며, 그것이 예리한 까닭은 육친을 벨 때 고통을 덜 주기 위해서이다. 타고난 전사들인 레콘들이 이 검을 몹시 탐내지만, 쉬크톨이 나가 이외의 다른 종족의 손에 들어간 적은 없다. 암살이 끝난 다음 암살자들이 쉬크톨을 부러뜨리기 때문이다.

라토 센 의장은 쉬크톨을 가리키는 옛문구 하나를 떠올렸다. 피붙이의 피를 마시기 위해 창조된 난폭한 괴물. 센 의장은 힘겹게 니름을 맺었다.

〈차라리 이런 기회가 주어진 것에 감사하도록 해, 솜나니. 사모가 류의 모가지를 베어오면 그녀에 대한 다른 가문들의 증오가 조금이라도 덜어질 테니까. 너희 가문엔 아무 쓸모도 없는 남자 하나만 잡으면 되는 거야. 행운이라고 할 수 있지 않겠어?〉

그 시각, 마케로우 가문에서는 비아스가 가주로부터 받은 열렬한 칭찬에 우쭐해하지 않기 위해 애쓰고 있었다. 두세나 마케로우는 딸이 해낸 일을 거의 믿을 수 없었다.

〈정말 잘했다! 이야말로 '몸빠진살'로 용을 잡은 꼴이다. 그 도깨비 같은 년이 마침내 하텐그라쥬를 떠나는 모습을 보게 되었구나!〉

〈류 페이 덕분이지요.〉

〈남자의 멍청한 짓이 쓸모가 있다니 놀라울 뿐이다. 게다가 죽은 건 우리의 멍청한 아들이었고. 심장을 적출하지 않았으니 아직 마케로우라고? 정말 멋진 지적이었다. 버린 미끼들로 대어를 낚다니, 네 재주가 정말 대단하구나. 난 네가 약술에만 재능이 있다고 믿었다. 물론 그것도 훌륭한 일이지만, 이런 가문의 일에 재주를 보일 거라곤 생각지도 못했어.〉

비아스는 긴장했다. 두세나는 그저 호인처럼 허허거리며 좋아하면서 동시에 그 너름 속에 정교한 함정을 파놓고 있었다. 여기서 서툴게 겸양을 표시한다면 야심가로 낙인찍힐 것이다. 겨우 한 가지 위업을 해낸 것으로 소메로 마케로우가 받는 신임에 도전하는 것은 무리한 일이다. 차라리 거만하게 굴어버릴까? 가주는 그것을 자신감의 표현으로 받아들일지도 모른다. 하지만 그 또한 위험하다.

찰나의 시간이었지만 굉장한 고민을 한 끝에 비아스는 적절한 대답을 골라내었다.

〈저는 화리트의 죽음이 어이가 없다고 생각했을 뿐입니다. 적출하기 전이었기 때문에 그렇게 쉽게 죽었던 것이겠지요. 그리고 적출하지 않았다는 것은 그가 아직 우리의 책임이라는 의미가 됩니다.〉

두세나는 웃었다.

〈논리적이군. 그것이 학자의 태도냐?〉

〈상대방이 페이 가문이었다는 것이 행운이죠.〉

다행히도 두세나는 만족했다. 비아스는 인사를 한 다음 물러나왔다. 마케로우 가문은 니름 그대로 잔치 분위기였다. 아마 하텐그라쥬에 있는 가문들 거의 대부분이 비아스 마케로우가 한 일을 놓고 즐거워하고 있을 것이다. 비아스는 소메로와 두 이모에게서도 대단한 찬사를 받았고, 응접실에서는 다른 가문들이 보낸 서신과 선물들을 한 꾸러미 가득 받아들게 되었다. 그 선물들 중 특히 인상적인 것은 금촉과 금깃이 달린 훌륭한 몸빠진살이었다. 비아스는 웃음을 터뜨릴 수밖에 없었다.

몸빠진살은 가느다랗고 잘 휘어지는 화살을 니른다. 몸빠진살로 사냥을 할 때는 그것을 명중시킨 다음 상처 입은 동물이 지쳐 쓰러질 때까지 추적하는 방법을 쓸 정도로 덜 치명적인 화살이다. 당연히 초식 동물이 그 대상이며, 맹폭하게 달려드는 야수들에게 몸빠진살을 날리는 것은 시비를 거는 일밖에 안 된다. 따라서 '몸빠진살로 용을 잡는다.'는 니름은 턱없이 작은 일격으로 거대한 목표를 쓰러뜨리는 믿기 어려운 위업을 의미한다. 비아스는 어느 가문이 이 상징적인 선물을 보내었는지 궁금해했고 그것이 센 가문이라는 것을 알고는 고개를 끄덕였다. 대가문다운 품격이 있는 선물이었다.

즐거워하며 자기 방으로 돌아온 비아스는, 방 가운데서 오도카니 앉아 있는 카린돌을 보곤 웃음을 거뒀다.

〈어떻게 들어왔지?〉

방문은 잠겨 있었다. 비아스는 어처구니가 없다는 표정으로 카린돌을 바라보았지만 카린돌은 해명을 하거나, 하다못해 미소를 짓거나 하지도 않았다. 다만 무표정한 얼굴로 비아스를 쳐다보기만 했다. 그것은 비아스를 언짢게 만들었다. 모든 사람들의 찬사를 받은 사람에게 보내는 시선으로는 무례하다고밖에 할 수 없는 시선이었다.

〈왜 그렇게 쳐다보는 거야?〉

〈그건 다 뭐지?〉

카린돌은 비아스가 들고 있는 선물꾸러미와 서신들을 가리키며 닐렀다. 비아스는 그것을 테이블 위에 쏟아놓았다.

〈여기저기서 선물을 보내는군.〉

카린돌 역시 센 가문의 선물을 발견했다. 카린돌은 재미있다는 표정으로 닐렀다.

〈몸빠진살로 용을 잡았다는 니름이군. 어디서 보낸 거야?〉

〈센 가문의 라디올 센.〉

〈가주인 라토 센이나 최연장자인 수이신 센이 아니라는 거지. 역시 대단한 가문이야. 인상적인 선물을 주면서도 빠져나갈 궁리는 해두는군. 라디올 센이 얼간이라는 것은 누구나 알고 있지.〉

비아스는 기분을 망쳤다.

〈다른 사람이 받은 선물을 평가절하하는 것이 네 취미 생활인 줄은 몰랐군. 남자

를 평가절하하는 쪽 아니었나.〉

〈남자를 죽이는 것보다야 나은 취미라고 생각하는데.〉

비아스는 가까스로 당황하지 않을 수 있었다. 카린돌은 그녀의 얼굴을 빤히 들여다보다가 앉아 있던 자리에서 일어났다. 그러고는 비아스를 지나쳐 탁자로 걸어갔다. 카린돌은 탁자 위에 놓여있던 선물 중 장신구 하나를 집어들었다. 열을 잘 흡수하는 구리로 만들어진 근사한 장신구였다.

〈잘 가질게.〉

비아스는 어처구니가 없었다.

〈뭐야? 무슨…….〉

〈몇 년 전에 방 열쇠를 잃었지?〉

비아스는 정신을 닫았다. 그녀는 카린돌이 어떻게 잠긴 방 안으로 들어왔는지 짐작할 수 있었다. 카린돌을 노려보던 비아스는 카린돌의 무표정한 얼굴이 공포를 감추기 위한 가면임을 깨달았다. 카린돌은 장신구를 들여다보며 닐렀다.

〈그날, 언니를 찾아왔었어.〉

〈그날?〉

〈적출식 날. 화리트가 죽던 날.〉

비아스는 흠칫하며 옆의 침대를 흘끔 돌아보았다. 카린돌은 냉랭하게 닐렀다.

〈침대 아래에 뭐가 있나 보지?〉

비아스는 미칠 것 같은 기분을 느꼈다. 그것까지 알고 있었나? 카린돌이 숨겨둔 사이커를 발견했다면 모든 것이 끝장이었다. 비아스는 이를 악문 채 맨몸으로 덤빌 각오를 했다.

하지만 비아스는 카린돌이 장신구를 매다는 것을 보며 동작을 멈췄다.

카린돌이 자신을 고발할 생각이라면 저런 장신구를 달라고 할 필요는 없다. 그 순간 비아스는 어떤 단어를 떠올릴 수 있었다. '거래?' 그리고 비아스는 카린돌이 했던 닐름 전부를 되새겨보았다. '인상적인 선물을 주면서도 빠져나갈 궁리는 해 두는군.' 비아스의 입가에 드디어 미소가 떠올랐다.

장신구를 매단 카린돌은 무관심한 얼굴로 벽을 보며 닐렀다.

〈그날 니름이야.〉

〈그날?〉

〈여러 가지 알려줘서 고마워. 약술은 너무 어려워. 언니 같은 뛰어난 약술사가 가족이라 다행이야.〉

비아스는 회심의 미소를 지었다.

〈다음에도 궁금한 것이 있으면 얼마든지 찾아와.〉

〈그러지. 그럼.〉

카린돌은 방을 나갔다.

홀로 남게 된 비아스는 누가 이기고 누가 더 많은 것을 얻었는지 생각해 보았다. 물론 카린돌이 더 많은 것을 얻었다. 카린돌은 비아스가 그날 방을 비운 것도 알고 있었고 범행 도구였던 사이커까지 가지고 있다. 혹시나 해서 침대 아래를 본 비아스는 그것이 사라졌음을 알게 되었다. 게다가 사소한 것이지만 카린돌은 장신구 하나도 가져갔다.

하지만 이긴 쪽은 분명치 않았다. 아마도 카린돌은 소메로보다 비아스가 다음 가주가 될 가능성이 높다고 생각했던 것이리라. 비아스를 고발하기보다 그녀의 약점을 쥐는 것에 만족한 것은 그 때문일 것이다. 하지만 카린돌이 장신구로써 상징해 보인 '거래'는 위험한 거래였다. 어쨌든 카린돌이 비아스의 공모자가 되어준 지금, 이긴 것은 둘 다라고 해야 할 것이다. 비아스는 그제야 집 안에서 열쇠 고장이나 분실이 자주 일어났다는 사실을 깨달았다. 카린돌은 도대체 몇 개나 되는 열쇠를 가지고 있는 걸까? 문득 비아스는 약간의 두려움을 느꼈다.

소메로처럼 최연장자도 아니고 비아스처럼 야심에 찬 것도 아닌 카린돌이 살아남기 위해 해온 것이 열쇠를 수집하는 것뿐일까? 비아스는 카린돌을 잘 관찰해야겠다고 생각했다. 물론 그에 앞서 방문의 자물쇠를 바꿔야겠다고도 생각했다.

솜나니 페이는 마치 자기 팔다리가 잘 붙어 있는지 궁금해하는 사람처럼 보였다. 시선을 어디에 둘지 몰라하는 그녀를 도와주기 위해 사모 페이는 쉬크톨을 돌아보았고, 솜나니는 그제야 사모를 똑바로 보며 정신을 열었다.

〈무슨 니름인지 알겠니?〉

사모는 긍정에 해당하는, 하지만 명확한 단어로는 환원될 수 없는 니름으로 닐렀다. 고개를 끄덕이는 것과 비슷하지만 나가의 이런 불명확한 니름에는 보다 복잡한 여운들이 담긴다. 지금 사모는 자신이 이해했는지 잘 모르겠지만 어차피 긍정해야 되는 것 아니냐는 식으로 니른 셈이다. 솜나니는 그 불명확한 니름을 꾸짖듯 냉정하고 확고하게 닐렀다.

〈류을 추적해서, 죽여. 그리고 그 목을 가져와야 해. 쇼자인테쉬크톨이 완료되었다는 증거가 필요하니까.〉

사모는 여전히 쉬크톨을 바라보면서 닐렀다.

〈그렇잖으면 내 목이라도?〉

〈그런 니름은 하지 마!〉

〈암살자나 암살 대상 중 하나만 죽으면 되는 거잖아요?〉

〈하지만 이번에는 류이 죽어야 해. 가서 류을 잡아. 힘들겠지만 그렇게 어렵진 않을 거야. 그 멍청한 놈은 심장을 가진 채 도망쳤어. 네가 못 잡더라도 정찰대원들이 잡아줄 거야. 오래 걸리지도 않을걸. 그러니 너는 쫓는 시늉만 하다가 돌아와도 돼.〉

문득 솜나니는 사모의 정신 속에서 기묘한 얼룩 같은 것을 발견했다. 솜나니는 그 얼룩에 집중했다. 그리고 그것이 확고한 의지라기보다는 감정적 지향이라는 것을 깨달았다. 하지만 그것이 의미하는 바는 솜나니를 전율하게 했다.

솜나니는 사모의 손을 확 움켜쥐었다.

사모는 놀란 눈으로 페이 가문의 장녀를 바라보았다. 솜나니는 사모의 정신과 융화시켜버리기라도 할 듯한 기세로 니름을 쏟아내었다.

〈안 돼.〉

〈언니.〉

〈네가 죽을 필요는 없어. 똑바로 생각해! 륜은 어차피 살 수가 없어. 심장을 가진 나가가 키보렌에서 어떻게 살아간단 니름이야? 게다가 그놈은 수호자와 수련자를 죽였어. 아무리 남자의 소견머리라고 해도 감싸줄 수 있는 게 있고 감싸줄 수 없는 것이 있어. 그놈에게는 네 동정심조차 과분해! 사실 네가 죽여주는 것조차 과분한 일이야!〉

솜나니는 다시 비아스에 대한 증오를 느꼈다. 이것은 지독한 모욕이다. 고작 남자 하나를 잡기 위해 가문의 가장 존경받는 여인을 암살자로 요구하다니. 하지만 솜나니는 라토 센 의장의 니름을 다시 떠올렸다. '차라리 이런 기회가 주어진 것에 감사하도록 해.' 솜나니는 자신의 기억을 그대로 사모에게 보내었고, 그래서 사모 또한 라토 의장의 니름을 듣게 되었다. 사모는 고개를 떨구었다.

〈알았어요. 여자가 책임져야겠지요.〉

그리고 사모는 쉬크톨을 덥석 집어들었다. 뭔가 니르려던 솜나니는 그 기세에 놀라 정신을 닫았다. 쉬크톨을 집어든 사모는 그 칼날을 천천히 뽑아내었다.

쉬크톨은 사이커와 비슷한 모양을 가지고 있다. 실제로 인간이나 도깨비, 혹은 레콘이 귀한 쉬크톨을 가지고 있다면서 자랑스럽게 내어놓는 칼은 모두 사이커이며, 쉬크톨 자체는 한 번도 키보렌 밖으로 반출된 적이 없다. 사모조차도 자신의 손에 쥐어진 것이 사이커인지 쉬크톨인지 구분하기 어려웠다. 사모는 잠시 그 칼날을 바라보다가 옆을 돌아보았다.

그곳엔 돌탁자가 놓여 있었다. 솜나니가 놀란 표정으로 바라보는 가운데 사모는 쉬크톨을 높이 들어올렸다.

사모는 단숨에 돌탁자를 내려쳤다.

불꽃이 튀어오르며 돌탁자의 귀퉁이가 아래로 떨어졌다. 솜나니는 쉬크톨의 위력에 놀라며 사모를 돌아보았다. 사모는 쉬크톨의 칼날을 검사하고 있었다.

〈이가 빠지진 않았군요.〉

〈역시 쉬크톨이군. 부러뜨리는 방법은 알고 있지?〉

〈히참마의 잎으로 닦아준 다음 돌에 세게 내려치면 되죠.〉

〈그래. 잘 알고 있구나. 그럼 준비해라.〉

〈예.〉

솜나니는 사모의 방을 떠났다. 혼자 남은 사모는 쉬크톨의 날을 가만히 들여다보았다. 사이커와 같은 파형문이 들어 있는 쉬크톨의 날엔 사모의 얼굴이 기이하게 비치고 있었다. 사모는 고개를 돌려 바닥에 떨어진 돌조각을 바라보았다. 돌조각을 바라보던 사모는 갑자기 머리가 어지러워지는 것을 느꼈다. 사모는 옆에 있던 의자에 주저앉았다. 불현듯 그녀의 머릿속으로 류과 나눴던 대화들이 떠올랐다.

'저는 당신이 가지지 않을 아이의 대용품이 되고 싶진 않습니다.'

'내 아이는 되어줄 수 없더라도 친구는 되겠지?'

사모는 맥없이 웃었다. 자신이 낳지 않은 아이도, 우정을 나눌 친구도 없어진 곳에 남은 것이라곤 목을 베어야 하는 암살 목표밖에 없었다.

사모는 쉬크톨을 들어올려 왼팔에 얹었다.

그리고 그것을 잡아당겼다.

사모는 쉬크톨의 예리함에 다시 놀랐다. 통증은 거의 느껴지지 않았다. 혹 살이 안 베인 것 아닐까 하는 생각이 들 정도였다. 그러나 쉬크톨의 칼날에는 사모의 피가 묻어 있었다. 사모는 손수건을 꺼내어 그 피를 닦아내었다. 이제 쉬크톨은 같은 피가 흐르는 자를 찾아낼 것이다. 사모는 시험삼아 쉬크톨을 들어 이곳저곳을 가리켜 보았다. 예상대로 모든 곳에서 손잡이가 따스해지는 것을 느낄 수 있었다. 페이 저택 안에 있었기 때문이다. 하지만 밖으로 나간다면, 쉬크톨은 류이 세상 끝에 있더라도 찾아낼 수 있을 것이다. 피붙이의 피를 마시기 위한 검으로서 이보다 더 완벽할 수는 없다. 칼날에 묻은 피와 같은 피를 찾아내므로.

다음 날, 사모 페이는 하텐그라쥬를 떠났다.

체온이 서서히 상승했다. 드러난 피부들에서 스며든 열기가 피의 흐름을 타고 보다 어두운 곳의 피부로 옮겨졌다. 마침내 그 열기가 눈 주위와 머리까지 올라왔을 때 류은 눈을 떴다.

해가 떠오르고 있었다.

류은 자신의 모습을 깨닫고는 욕설을 중얼거렸다. 그는 나무 아래의 훤히 드러난 자리에 누워 있었다. 나흘 동안 아무것도 먹지 않은 채 달리다가 허기져서 아르마딜로 한 마리를 먹은 것이 실수였다. 나가들은 보통 아르마딜로를 잘 잡지 못한다. 아르마딜로의 딱딱한 피부는 체온을 느끼기 어렵기 때문이다. 하지만 그 아르마딜로는 몸을 잔뜩 웅크린 채 버틴다는 실수를 저질렀다. 류 같은 초보 사냥꾼이라 하더라도 웅크린 아르마딜로를 밟고 나가떨어지게 된다면 그걸 발견하지 않을 수 없다. 사이커의 예리한 날 앞에 아르마딜로의 갑옷은 아무 소용이 없었고, 닷새 만에 포식을 하게 되자 류은 걷잡을 수 없이 잠에 빠져들고 말았다.

허락할 수 없는 여유다. 하지만 류은 여전히 나무 아래에 누운 채 멍한 시선으로 위를 바라보았다.

나뭇가지들은 도대체 어느 가지가 어느 나무에 속하는 건지 알기 어려울 정도로 서로 뒤얽혀 있었다. 나무꾼의 도끼 같은 것은 접한 적이 없는 그 거대한 나무들은 화석 같은 느낌을 주었다. 그 뒤엉킨 나뭇가지를 보며 류은 혈관 같다고 생각했다. 서로를 휩싸며 자라있는 나뭇잎들은 혈관에서 뿜어져 나오는 초록색 피였다.

화리트의 몸에서 솟아나던 피처럼.

류은 소스라치듯 일어나 앉았다.

류은 속으로 화리트를 원망했다. 우정 때문에 화리트는 류의 정신에 강력한 매듭을 만들어두었다. 그것은 죄책감을 관장하는 부분이었고, 류은 그것을 도무지 풀 수가 없었다. 류은 화리트의 죽음을 저지하지 못했던 것에 대해 죄책감을 느껴야 된다고 생각했지만 그것은 이성적 판단일 뿐 감정은 일어나지 않았다. 그 때문에 류은 자신이 화리트를 사랑한 것이 맞는지조차 의심스러울 지경이었다.

'왜 너를 위해 마음껏 슬퍼할 수도 없게 만들었나, 화리트!'

분노하던 류은 요스비에 대해 생각해 보았다. 요스비에 대한 슬픔을 화리트에게 돌려보기 위해서였다. 하지만 감정은 그런 식으로 배분되거나 하지는 않는다. 약간 과한 감정을 덜어서 약간 모자란 쪽으로 옮겨놓는 식은 불가능하다.

대신, 아버지의 죽음에서 느꼈던 공포가 류을 사로잡았다. 요스비의 마지막 모습 위에 유벡스의 모습이 겹쳐졌고, 또한 그 위에 화리트의 모습이 겹쳐졌다. 류은 공포에 질린 채 다급하게 일어났다.

'이러고 있을 여유가 없어.'

류은 주위의 관목으로 다가갔다. 나뭇잎에서는 이미 이슬이 마르고 있었다. 류은 위쪽에서부터 나뭇잎을 조심스럽게 털기 시작했다. 하지만 맨 아래쪽 나뭇잎까지 내려왔을 때도 이슬은 얼마 모이지 않았다. 류은 아쉬운 대로 그걸 마시고는 입을 훔쳤다. 그리고 류은 해의 방향을 가늠했다.

'저쪽이 동쪽인가. 그럼 북쪽은 저기로군.'

배 속이 묵직했고, 류은 불편함을 느꼈다. 음식을 씹지 않는 나가는 소화가 느리다. 쥐보다 더 큰 것을 먹은 적이 없던 류은 자신의 상태가 꽤 낯설었다. 자신의 위속에서 토막난 고깃덩이들이 거의 원형을 유지한 채 굴러다니고 있다는 생각을 떠올리자 류은 불쾌함까지 느꼈다.

"익숙해져야 할 일이야. 어차피 남자들은 죽을 때까지 이런 식으로 식사하잖아."

목소리를 들은 류은 겁에 질려버리고 말았다. 그것이 자신의 혼잣말이라는 것을 깨닫는 데는 많은 시간이 필요했다. 동시에 류은 자신이 소리에 신경 쓰고 있다는 사실에 놀랐다.

키보렌 밀림 안에는 실로 풍부한 소리들이 넘쳐흐르고 있었다.

류은 자신이 듣는 소리가 결코 모든 소리가 아니라는 것을 알고 있었다. 그의 약한 청력이 포착할 수 있는 소리는 대단히 제한적이다. 하지만 그럼에도 불구하고 류은 압도적일 정도의 소리들에 넋을 잃었다. 전에 결코 들어본 적이 없는 소리였지만 류은 그게 무슨 소리인지 니를 수 있었다.

숲이 깨어나는 소리를 들으며, 류은 북쪽을 향해 걷기 시작했다. 친구의 죽음에 슬퍼할 수조차 없게 된 류에게 남은 것은 친구의 유언을 맹목적으로 추구하는 길밖에 없었다.

그가 떠난 자리엔 은빛 섬광이 가늘게 반짝였다.

제3장

눈물처럼 흐르는 죽음

물을 싫어한다는 점에서 나가는 레콘과 같다. 하지만 레콘이 돌멩이보다 나을 것 없는 수영 실력 때문에 물을 두려워 하는 것에 비해 볼 때 나가는 물의 차가움 때문에 수영을 좋아하지 않는다. 자손이 부모의 이름을 잇는다는 점에서 나가는 인간과 같다. 하지만 인간은 아버지의 이름을 따르고 나가는 어머니의 이름을 따른다. 죽음의 공포를 물리쳤다는 점에서 나가는 도깨비와 같다. 하지만 도깨비가 죽음 이후에도 존재할 수 있기 때문에 죽음을 두려워 하지 않는 데 비해 나가들은 심장을 적출함으로써 놀라운 생명력을 얻은 것에 불과하다. (중략) 영육(靈肉)이 서로에게 의존하지 않는다는 이런 특징 때문에 혹자는 도깨비가 가장 신에 가까운 종족이라고 말하기도 한다. 하지만 이것은 오해다. 도깨비들 또한 영과 육이 함께 탄생하며, 비록 육이 죽은 다음에도 영이 존재할 수 있지만 그것은 다른 도깨비들의 육이 가까이 있을 때, 즉 도깨비들의 공동체와 접촉해 있는 상태에서만 가능하다. 만약 어떤 도깨비가 외진 곳에서 홀로 죽었다면 그 도깨비의 영은 불로써 자신을 감싼 다음 살아 있는 도깨비들을 찾아 무서운 기세로 날아간다. 간혹 도깨비가 없는 곳에서 도깨비불이 발견되곤 하는데, 이것이 바로 죽은 도깨비의 영이다. (중략) 살해할 수 없는 도깨비를 육체적 위협으로 분노하게 하는 것은 거의 불가능하다. 하지만 도깨비들의 호의적인 성정을 무시하고 그들을 압박하는 실수를 저지를 경우, 그것은 최악의 재난에의 첩경이 될 것이다. 저 무도하고 사악한 페시론 섬 사람들이 저지른 실수가 바로 그것이다.

— 가이너 카쉬냅의 『생각하는 동물들』

아침, 잎맥을 타고 흐르던 이슬이 잎사귀 끝에 멈췄다. 그 안에 뒤집힌 세상을 담아보이며 부풀던 이슬은 마침내 세상의 무게를 이기지 못한 듯 아래로 떨어졌다. 떨어진 이슬이 풀잎을 때리자 초향이 자욱하게 번져나갔다.

땅바닥을 살피던 케이건은 고개를 들었다.

그는 키보렌에 있었다.

케이건의 주위로 거대한 기근들이 장막처럼 펼쳐져 있고 그 어두운 결을 따라 이슬을 머금은 이끼들이 빛나고 있었다. 말할 수 없이 많은 그림자들이 뒤엉켜 쌓여 있는 거대한 원시림 속에서 케이건은 티끌처럼 작은 얼룩이었다.

케이건은 이슬을 잔뜩 머금은 꽃을 딴 다음 그것을 입에 물었다. 입술 사이로 꽃잎을 미끄러지게 한 케이건은 입 안에 남은 이슬을 음미하며 눈을 감았다. 고요한 아침이었고, 비록 그가 사랑할 수 없는 숲이었지만 케이건은 그 침묵의 시간을 연장시키고 싶었다.

하지만 케이건은 곧 꽃을 던지며 몸을 돌렸다.

넝쿨과 관목을 헤치며 야영지로 돌아온 케이건은 티나한이 일어난 것을 확인했다. 하지만 비형은 아직까지도 딱정벌레에 기댄 채 쿨쿨 자고 있었다. 케이건을 본 티나한은 깃털을 잔뜩 부풀리며 말했다.

"찌뿌드드하군……. 어디 갔다 왔냐?"

"자취를 좀 찾아보고 있었소. 나가 정찰대의 자취가 있더군."

티나한은 긴장하며 자신의 철창을 움켜쥐었다. 하지만 케이건은 고개를 가로저었다.

"열흘 전에 지나간 거요."

"열흘? 허, 그렇게 오래된 자취가 남아 있나?"

"그렇게 요란한 자취를 남기고 다니는 자들도 드문 편이오. 소리에 신경 쓰지 않으니 나뭇가지건 풀잎이건 진흙탕이건 닥치는 대로 짓밟으면서 다니니까."

정찰대는 모두 여덟이었다. 그들의 진행 방향과 엇갈리는 방향으로 움직이고 있었기에 다시 만날 가능성은 적었다. 하지만 나가 정찰 대원들의 이동 방향은 불규칙하기 때문에 케이건은 확신하지는 않았다. 나가 정찰대는 제멋대로 움직인다. 그들에겐 집결지나 요새, 혹은 근거지 같은 개념이 없기 때문이다. 나가 정찰대는 한번 정찰을 나설 경우 1년이나 2년, 심지어 5년까지도 계속 정찰을 다닌다. 다른 종족들이라면 보급의 문제 때문에 도저히 그런 식의 정찰이 불가능하겠지만, 키보렌 속에 있는 나가 정찰대는 보급창 속에서 정찰 활동을 하는 셈이다. 케이건이 이 위험한 여행을 감행하면서도 음식물 때문에 고민하지 않은 것 또한 이곳이 키보렌이기 때문이다. 케이건은 나가 정찰대들의 자취 이외에 무수한 숲의 동물들의 자취도 발견할 수 있었다.

"하지만 오랫동안 한자리에 머무는 것은 바보짓일 거요. 비형을 깨워 출발합시다."

한낮의 키보렌은 어둡고 습하고 무거웠다.

열을 감추기 위해 인간과 도깨비, 그리고 레콘은 팔다리를 가리는 두꺼운 옷을 입고 있었으며 어디서 나타날지 모르는 나가 정찰대에 대해 주의력을 계속 혹사당하는 상태에서 걷고 있었다. 하지만 키보렌이 끝없이 가져다주는 중압감을 막을 도리는 없었다. 태양의 모진 화살들은 키보렌의 머릿부분을 뚫지 못했고 그 아래쪽엔 끝없는 그늘들이 펼쳐져 있었다. 비형과 티나한은 이 땅 어디엔가는 분명히 수천 년 동안 햇빛이 닿은 적 없는 땅도 있으리라 확신했다.

일행은 펠도리 강을 따라 남쪽으로 내려갔다. 거대하고 두터운 나뭇잎들은 무례하게 뻗어나와 그들의 뺨을 찰싹찰싹 때렸고 이끼에 뒤덮인 뿌리들은 무릎을 잡아채는 함정이었다. 나무들은 여행자나 지도 제작자의 편의 따위와는 아무 상관없이 그들만의 법칙으로 자라나 있었고, 따라서 백 미터를 전진하기 위해 수백 미터를 돌아가야 하는 일쯤은 신경 쓸 일도 되지 못했다. 열 발자국 앞에 무엇이 있을지 장담하는 것은 극히 어려운 일이 되고 있었다. 딱딱한 땅이 나타날지, 죽은 나무들이 둥둥 떠 있는 물웅덩이가 나타날지, 절벽이 나타날지. 실제로 먼 곳에서 숲의 일부로 보였던 것이 가까이 다가가면 덩굴과 이끼, 나뭇잎 따위로 뒤덮인 낭떠러지인 것을 깨닫게 되는 일이 자주 있었고 그때마다 그들은 몇백 미터씩 돌아가야 했다. 일행은 몇 번이나 펠도리 강을 잃어버릴 뻔했다. 만약 침착하고 끈기 있게 일행을 인도해 나가는 케이건이 없었다면 구출대는 오래전에 키보렌의 밀림 속에서 길을 잃고 방황하게 되었을 것이다.

하지만 비형은 쾌활했다.

소리에 신경 쓸 필요는 없었기에 비형은 제멋대로 떠들고 큰 소리로 웃고 간혹 뒤를 따라오는 자신의 딱정벌레에게 노래까지도 불러주었다. 비형은 정말 이것을 즐기는 듯했고, 키보렌이 왜 악명을 얻고 있는 건지 이해할 수 없다는 듯 놀란 눈으로 케이건을 바라보곤 했다. 케이건은 나가 정찰대와 조우하는 순간부터 즐거움 따위는 전설 비슷한 것이 되어버릴 것을 알고 있기에 비형의 유쾌함을 방해하지는 않았다. 그리고 멧돼지보다 더 큰 소리를 내며 걸어오고 있는 딱정벌레에게도 신경 쓰지 않았다.

케이건은 딱정벌레를 데리고 가는 것에 난색을 표했다. 그의 원래 계획은 키보렌에 도착하자마자 딱정벌레를 돌려보내는 것이었다. 하지만 비형은 딱정벌레가 두터운 외피 덕분에 열을 그다지 발산하지 않으며 어차피 변온 동물이기 때문에 나가 정찰대의 시선을 끌지는 않을 거라고 주장했다. 비형의 설명을 다 들은 케이건은 손을 들어 딱정벌레를 가리켰다.

"너무 커요."

아무리 열을 적게 발산하더라도 길이가 6미터나 되는 생물이 걸어가는 것이 보이지 않을 수는 없다. 하지만 비형은 크기로 말하자면 티나한이나 그의 철창이 훨씬 더 크며, 만일의 경우 딱정벌레를 타고 날아오를 수 있다는 점 등을 지적했다. 케이건은 후자의 가능성이 매혹적이라고 생각했다.

"하지만 저놈은 나무를 갉아먹고 꽃을 뜯어먹지 않소? 나무가 그 지경이 되면 우리의 수목 애호가들이 분노에 차서 추적할 텐데. 그자들의 관심은 모두 나무에 돌려져 있거든."

"야생 딱정벌레도 있지 않습니까? 그리고 주의를 끌지 않도록 조금씩 먹게 할 수도 있습니다. 우리 나늬는 소식하는 편이거든요. 덩치에 안 맞죠?"

나늬는 딱정벌레의 이름이었고 케이건과 티나한은 딱정벌레의 우람한 뿔과 두터운 갑피를 보며 이토록 소름끼치는 작명 감각도 드물 거라 생각했다. 결국 케이건은 '길잡이'로서 딱정벌레의 동행을 허용했다. 그러고는 자신의 결정에 책임을 지는 이답게 시도 때도 없이 요란한 소리를 내며 나무를 갉아먹는 딱정벌레의 모습을 묵인했다. 비형의 보장대로 나늬는 나무에 이상을 끼치지는 않았지만 대신 한 시간이 멀다 하고 나무에 달려들었다. 그 모습을 물끄러미 바라보며 티나한은 비형과 나늬 중 누가 더 시끄러운지 판단하는 것은 지난한 일이라고 생각했다.

하지만 마침내 비형과 그의 딱정벌레가 입 다물어야 할 시간이 다가왔다. 케이건은 저녁거리를 장만해야겠다고 판단했고 나무 위를 오가는 원숭이를 목표로 정했다.

"티나한. 부탁합시다."

티나한은 고개를 끄덕인 다음 돌멩이를 주워들었다. 그러고는 비형이 뒤로 돌아설 때까지 기다린 다음 나무 위를 향해 돌멩이를 집어던졌다. 그것은 레콘의 기준에서만 돌멩이였지 원숭이에겐 거의 바위나 마찬가지였다. 화살보다 빠른 속도로 날아간 바위는 원숭이를 일격에 즉사시켰고 부수적으로 나뭇가지와 잎을 잔뜩 떨어뜨렸다.

비형이 여전히 뒤로 돌아서 있는 동안 나늬가 땅을 팠고, 케이건과 티나한은 원숭이를 손질한 다음 거대한 나뭇잎들로 싸서 땅속에 묻었다. 그리고 두 사람은 홀린 것처럼 보이지 않으려 애쓰면서 묵묵히 비형의 작업을 바라보았다.

동행자 중 한 명이 도깨비라는 것을 알았을 때 케이건은 도깨비로 하여금 화식(火食)의 습관을 어떻게 포기하게 할까 고민했다. 한계선을 오르내리며 나가를 무수히 상대해 본 케이건은, 나가처럼 산 채로 먹지야 않지만 불을 피우는 위험을 감수하느니 날고기를 씹어 먹는 쪽을 선택한다. 따라서 케이건은 과일까지도 구워먹는 도깨비가 어떻게 생식을 할 수 있을지 고민했다.

하지만 비형은 도깨비다운 방식으로 문제를 해결했다. 아직까지도 확신이 없었던 티나한은 조심스럽게 땅을 만져보았고 비형은 그것을 보며 큰 소리로 웃었다. 땅은 차가웠다. 하지만 잠시 후 그들이 땅을 파헤치자 완전히 탄 나뭇잎과 잘 구워진 원숭이 고기가 나타났다. 비형은 땅속에 있는 것을 도깨비불로 구운 것이다. 익은 고기를 뜯으며, 케이건은 도깨비가 물 속에서도 불을 일으킬 수 있다는 이야기가 허무맹랑한 전설이 아닐지도 모른다고 생각했다.

그리고 케이건은 자신 또한 유쾌하다는 사실에 당황했다.

케이건은 키보렌에 대해 호의를 가져본 적이 없었다. 그가 숲에 대해 가지는 감정은 단순하며 단단한 논리에 의해 도출된다. 케이건은 나가를 증오한다. 나가는 숲을 사랑한다. 따라서 케이건은 숲을 증오한다. 케이건에게 세상의 모든 숲을 불태울 권한과 세상의 모든 나가를 불태울 권한을 놓고 한 가지를 택하라고 말한다면 그는 주저없이 전자를 선택할 것이다. 태워죽이는 것은 너무 간단하다. 하지만 숲을 불태우면 나가들에게 지독한 고통을 줄 수 있다.

하지만 서녘으로 지는 해가 세상을 향해 마지막 빛을 뿌릴 때, 숲이 일몰의 애가를 부르기 시작할 때, 숲의 머릿결 사이로 새어드는 주홍빛 광선들이 질감을 가진 피륙처럼 허공을 미끄러질 때, 딱정벌레를 쓰다듬던 도깨비가 문득 돌아보며 익살맞은 미소를 지을 때, 케이건은 내일이라는 미지를 즐거운 마음으로 기다릴 수 있었던 시절로 돌아간 듯한 착각을 느꼈다. 식사를 마친 다음, 케이건은 쌍신검의 내력을 설명해 달라는 비형의 요구를 선선히 들어주며 그런 자신을 불가사의하게 느꼈다.

"오래전, 검 한 자루에 만족하지 못했던 레콘 검사가 있었소. 그 레콘은 신발도 두 짝이고 장갑도 두 짝이니 칼도 두 자루를 써야 한다고 생각했지. 그래서 그는 최후의 대장간에서 자신을 위해 두 자루의 아름다운 검을 만들었소."

티나한은 히죽 웃으며 고개를 끄덕였다. 딱정벌레는 웅크리고 있었고 비형은 그 거대한 몸에 기대어 앉은 채 케이건을 마주보고 있었다. 타오르는 저녁 속에 열대의 밀림은 붉게 변색된 그림처럼 보였고 풍경의 깊이감은 황당하리만큼 무시되고 있었다.

"그 칼들의 이름은 각자 해바라기와 달바라기였소. 그 레콘은 그 두 자루의 검으로 적들을 물리치고 위대한 일들을 이룩했소. 무수한 레콘을 쓰러뜨려 레콘 미녀들을 쟁취했고 사악한 두억시니들 중에서도 가장 무서운 것들을 물리쳤소. 결국 그는 자신이 왕이 되어 있다는 것을 알게 되었소. 그것은 레콘에 의해 건설된 처음이자 마지막 왕국이었소. 왕은 책임감을 모르는 사람이 아니었소. 그는 해바라기와 달바라기를 칼집에 꽂아놓은 다음 왕국을 다스렸지. 하지만 시간의 흐름은 왕을 비껴가지 않았고 왕은 늙어갔소. 그러자 나가들이 노왕의 땅을 탐내게 되었소. 나가들은 노왕의 땅에 숲을 만들고자 했지. 노왕의 위대한 전설을 알고 있었지만, 나가들은 그것이 가능하다고 믿었소. 노왕에겐 왕자가 없었거든. 아들을 낳지 못한 것은 아니오. 하지만 그 아들들은 왕의 곁에 남아 있지 않았지."

티나한은 알 것 같았다. 가문의 이름을 잇는 것은 나가와 인간뿐이다. 레콘의 경우엔,

"모두들 신부를 찾아 떠나갔군?"

"그렇소. 당신네 레콘들이 왕국을 건설할 수 없는 까닭이 그것이지. 또한 당신네들의 일원의 이야기를 인간인 나에게 들어야 하는 이유이기도 하고."

"하지만 그 왕에겐 신하들이 있었을 텐데? 그 신하들은……, 아!"

"그렇소. 인간이나 도깨비였지. 그들은 왕을 좋아했지만 왕처럼 강하진 않았소.

하지만 왕의 적은 불사의 나가들이었소. 그래서 노왕은 자신의 것을 지키기 위해 스스로 일어섰소. 그가 전장에 나섰을 때 나가들은 왕이 노쇠했다고 말할 수 없었소. 나가의 역사에서 그런 치욕적인 패배는 다시는 없었을 거요. 트집 잡기 좋아하는 자들은 전쟁터가 너무 추웠다고, 그러니까 나가들이 정상적인 움직임을 취할 수 없을 정도의 기온이었다고 말하기도 하지만 그런 자들도 왕의 위대함을 폄하할 수는 없을 거요. 하지만 그 전투에서 왕은 한 손을 잃고 말았소. 어떤 믿기 어려운 전설에 따르면, 한 용맹한 나가가 검을 쥔 왕의 손을 삼켜버렸고, 왕은 자신의 손목과 함께 나가의 목을 베었다고 하더군요."

비형은 그 광경을 상상해 보며 묘한 숨소리를 내었다. 케이건은 계속 말했다.

"어쨌든 왕은 자신의 두 자루 검을 쓸 수 없게 되었소. 하지만 노왕은 그것 중 하나를 선택하거나 할 수는 없었소. 그 칼들은 왕의 인생이었으니까. 그는 레콘이었소. 아마도 가장 레콘다운 레콘이었을 거요. 그가 세운 왕국보다 그 두 자루의 검이 진실로 왕이 살아온 나날에 대한 증거물이었소. 그리고 그가 획득했던 무수한 미녀들보다 그 두 자루의 검이 참된 왕의 반려였소."

티나한은 자신의 철창을 돌아보곤 고개를 끄덕였다.

"그래서……."

"그렇소. 왕은 두 자루의 검을 들고 다시 최후의 대장간을 찾았소. 티나한 당신은 잘 알겠지만 최후의 대장간은 단 한 번만 무기를 만들어 주지. 두 번째는 없소. 하지만 왕의 요구는 두 번째의 무기를 만들어달라는 것이 아니었소. 해바라기와 달바라기를 하나로 합쳐달라는 것이었소. 최후의 대장장이는 그 요구를 수락했지. 완성된 검은, 두 개의 검신을 가졌지만 한 손으로 쓸 수 있도록 하나의 칼자루를 가진 모습이 되었소. 만족한 왕은 그 검을 바라기라 불렀소. 그것이 이 검이오. 왕의 자존심이지."

세 명의 이야기꾼은 도깨비를 죽일 수 있다. 이야기에 잔뜩 도취된 비형은 침을 삼키며 말했다.

"그 왕은 어떻게 되었습니까?"

"늙어 죽었소. 모든 이들이 왕이 죽으면 왕국이 산산조각날 거라고 믿었지만 그렇게 되진 않았소. 왕의 부하들 중 인간 한 명이 그 왕국을 이어받아 다스렸고, 놀랍게도 왕국은 그 이후로 오랫동안 이어졌소. 하지만 끝내 나가들의 무자비한 공격 앞에 무너졌지. 지금은 나가들의 숲 아래로 사라져 왕국의 흔적조차 찾기 어렵소. 남은 것은 그 무엇 앞에서도 물러설 줄 몰랐던 영웅왕에게 헌정된 노래들과 이 바라기뿐이오."

비형은 그 익숙한 이름에 놀랐다.

"영웅왕! 그 레콘 왕이 바로 영웅왕이었군요. 그럼 그게 영웅왕의 검입니까?"

"그렇소."

"그럼 자그마치 1,500년 전의 칼일 텐데? 어떻게 아직까지 그렇게 완벽한 상태인 거죠?"

케이건이 대답할 필요는 없었다. 티나한이 자신의 철창을 가리키며 말했다.

"최후의 대장간에서 만들어지는 무기는 관리만 잘 하면 거의 영구적으로 쓸 수 있어. 그러니 평생 동안 한 자루만 만들어줘도 충분한 거지."

고개를 끄덕이던 도깨비는 문득 인간의 얼굴을 보았고 그 시선은 그대로 고정되고 말았다. 케이건은 나무 밑동에 기대어 앉아있었고 가냘픈 햇빛 한 자락이 그의 턱과 가슴을 비스듬히 가로지르고 있었다. 케이건의 엄격한 시선은 흙투성이 발을 내려다보는 듯했지만, 동시에 더 이상 올려다볼 것 없는 남자의 시선처럼 보이기도 했다. 비형은 뭐라 말할 수 없는 기묘한 기분 속에서 질문했다.

"당신은 누굽니까?"

케이건은 고개를 들었다. 그리고 세파를 타넘는 사소한 재주로 나날을 버티는 거칠고 지친 방랑자로 돌아왔다.

"나는 케이건 드라카요."

비형은 단순히 그것만은 아닐 거라고 생각했다. 그리고 비형의 그런 생각은 다음 날 새벽에 확인되었다. 새벽녘, 티나한과 비형은 드디어 나가를 목격하게 되었다.

하인샤 대사원에 밤이 찾아들었다.

더 이상 죽편의 글씨를 알아볼 수 없었기에 쥬타기 대선사는 불평 섞인 한숨을 내쉬며 등불을 더듬었다. 엄지와 검지로 심지를 붙잡은 대선사는 그것을 빠르게 비볐다. 곧 심지에선 불꽃이 피어올랐다. 방 안이 충분히 밝아지자 대선사는 다시 서안 위에 놓인 죽편을 들여다보았다.

고대의 신비스러운 기술로 처리된 죽편은 까마득한 옛날의 지식을 완벽한 상태로 보존하고 있었다. 실전된 기술을 복원하는 것은 엄두도 낼 수 없는 처지기에 사제들은 죽편의 놀라운 내구성에 감사할 수밖에 없었다. 물론 사제들은 게으른 자들이 아니며, 언젠가 죽편이 망가질 때를 대비하여 많은 필사본들을 만들어둔다. 하지만 지금 대선사가 들여다보고 있는 죽편은 감히 복사할 생각도 떠올릴 수 없는 물건이다. 그렇기에 죽편을 만지는 대선사의 손길은 조심스럽기 짝이 없었다.

문밖에서 나직한 목소리가 들려왔다.

"대선사님. 오레놀입니다."

"들어오거라."

미닫이 문이 옆으로 미끄러지며 오레놀이 조심스럽게 안으로 들어섰다. 대덕(大德)의 법계를 가지고 있는 젊은 천재이건만 대선사의 앞에서는 마치 행자라도 된 듯이 행동하는 오레놀을 보며 대선사는 미소를 지었다. 하지만 오레놀의 손에는 커다란 단지 같은 것이 들려 있었고 그것을 본 대선사는 긴장했다. 오레놀은 단지를 내려놓고 무릎을 꿇었다.

"뱀들이 요동을 치고 있습니다."

"잠시만 기다리거라."

대선사는 죽편을 조심스럽게 말아놓은 다음 서안을 통째로 옆으로 치웠다. 대선사의 준비가 끝나자 오레놀은 단지의 뚜껑을 열고 내용물을 바닥에 쏟았다.

단지에서 검게 번득이는 뱀들이 뒤엉켜 쏟아졌다. 한결같이 맹독을 자랑하는 뱀들은 방바닥을 기며 배를 뒤집고 똬리를 틀었으며, 서로 깨물기까지 했다. 오레놀의 말처럼 뱀들은 요동을 치고 있었다. 뱀들이 쥬타기 대선사와 오레놀의 방향으로 움직이려 할 때 대선사가 빠르게 말했다.

"보여다오."

뱀들은 몸을 부르르 떨더니 스르륵 움직였다. 방바닥과 뱀의 배가 마찰하며 가느다란 소리가 쉼 없이 울려퍼졌다. 차츰 뱀들의 움직임이 어떤 무늬를 형성하기 시작했다. 계속 움직이고 중복되거나 끊어지기도 했지만, 무엇을 보아야 할지 알고 있는 자에게 그 무늬가 전하는 바는 분명했다. 사어(蛇語)를 읽을 줄 아는 오레놀은 경악한 얼굴로 대선사를 바라보았다.

"그들의 수련자가 죽었군요!"

"……뱀들을 단속하거라."

맡은 바 소임을 다한 뱀들은 기세가 한결 누그러져 있었다. 오레놀이 황급히 단지 주둥이를 바닥에 기울이자 뱀들은 단지 안으로 기어들어갔다. 오레놀은 뚜껑을 닫은 다음 대선사를 바라보았다. 쥬타기 대선사는 고통에 가까운 표정으로 바닥을 응시하고 있었다.

"모든 가능성을 고려하고 만반의 준비를 갖췄다고 생각했건만, 적출 공포증 나가라니. 정말 어처구니가 없군."

"혹 거짓말이 아닐까요? 그쪽에서 겁을 먹었다거나……."

"애초에 이 일을 제안한 것이 세리스마였다. 함부로 의심할 수는 없지. 그리고 너무 황당한 일이다보니 오히려 그럴듯하게 느껴지는군."

"그렇다면 어찌해야 됩니까? 1년을 더 기다릴 수 있을까요?"

쥬타기 대선사는 이맛살을 찡그리며 염주를 집어들었다. 어디에도 없는 신께 바치는 기도문이 섬세하게 새겨진 염주는 그 구슬을 한 번 헤아릴 때마다 신께 기도를 한 번 올리는 것과 같은 의미를 가진다. 염주를 헤아리던 대선사는 무거운 한숨을 내쉬며 말했다.

"그보다 더 급한 문제가 있군. 구출대는 이미 출발했을 것이다. 사지로 들어간 그들에게 연락을 보낼 방법이 없구나."

"과히 걱정하지 않으셔도 될 겁니다. 케이건 드라카 님이 함께 가지 않습니까?"

"글쎄다. 그 수련자가 다른 곳도 아닌 심장탑 안에서 죽을 줄 누가 상상했겠느냐? 나가들에게 불사를 부여하는 심장탑이 그의 무덤이 되다니, 참으로 얄궂은 일이다. 일이 이렇게 되니 나는 케이건까지도 잃게 되는 것 아닌가 하는 불길한 생각이 드는구나. 게다가 상황이 바뀌었다."

"상황이 바뀌다니요?"

"정찰이 강화될 테지. 그 수련자를 살해한 나가가 키보렌으로 도망쳤다고 하지 않느냐."

오레놀은 어두운 표정으로 고개를 숙였다. 쥬타기 대선사는 혼잣말처럼 말했다.

"사람들은 바라기의 두 칼날은 나가와 두억시니의 손으로부터 주인을 보호한다고들 말하지. 그런 종류의 말들은 언제나 사실을 말한다기보다 그렇게 되기를 바란다는 의미가 더 강하지. 나도 그렇게 되기를 바라야겠구나. 영웅왕의 검이 나가들로부터 그 주인을 보호하길."

"도깨비도 있으니 괜찮을 겁니다. 대선사님. 흔히들 나가 잡는 건 도깨비라고 하잖습니까. 도깨비가 요술쟁이만큼 그들은 안전할 겁니다."

오레놀은 풀이 죽은 대선사를 위로하기 위해 밝게 말했다. 하지만 대선사의 얼굴은 밝아지지 않았다.

"하지만 그 도깨비가 페시론 섬에서처럼 불놀이라도 시작했다간 키보렌의 나가 정찰대원을 다 끌어들이게 될 거다. 케이건이 신경 써야 되는 건 나가뿐만이 아닐걸."

케이건은 비형이나 티나한이 나가 정찰대에 대해 걱정하는 것보다는 훨씬 덜 걱정하고 있었다. 이유를 묻는 두 사람에게 케이건은 '눈은 앞만 보고 귀는 사방을 듣는다.'고 대답했다. 그리고 그의 주장은 사실로 증명되었다.

한밤의 암흑 속에서 누구보다 유리한 것은 나가다. 다른 세 종족은 나가가 코끝까지 접근해도 볼 수 없지만 나가는 수 킬로미터 밖에서도 다른 세 종족을 볼 수 있기 때문이다. 하지만 이곳 키보렌에서는 사정이 조금 달랐는데, 빽빽한 나무들이 시계를 수 미터까지 줄여버리기 때문에 나가의 눈으로도 다른 종족들을 보기 어려웠다. 하지만 나무들은 소리를 감추지는 않으며, 그래서 불침번을 서고 있던 케이건은 나가 정찰대가 100미터 거리까지 접근했을 때 그들의 소리를 들을 수 있었다. 케이건은 재빨리 다른 두 일행을 깨웠다. 놀랍게도 케이건은 고함을 질렀다.

"일어나시오! 나가들이 다가오고 있소."

기겁한 두 사람은 헐레벌떡 일어났다. 케이건은 다시 소리 높이 외쳤다.

"천천히 움직이시오! 흥분해서 체온을 높일 필요는 없소."

잠이 덜 깬 두 사람은 한참 동안 허둥댄 다음에야 겨우 케이건이 그런 내용의 주의를 줬다는 것을 떠올렸다. 그리고 케이건이 굳이 소리를 낮추려들지 않는 이유도 깨달을 수 있었다. 하지만 티나한에겐 아직 케이건 같은 여유가 없었다.

"젠장! 어디서 다가오고 있나?"

"뭐라고 했소? 속삭이지 마시오. 잘 안 들리니까."

"어디서 다가오냐고 물었어."

티나한은 겨우 소리를 높였지만 그 목소리는 보통 말하는 정도에도 미치지 못했다. 주위가 캄캄했기에 케이건은 티나한의 손을 잡아 직접 방향을 가르쳐준 다음 말했다.

"나를 따라오시오. 비형, 당신 딱정벌레를 챙겨요."

그리고 케이건은 앞장서서 걸어갔다. 마음이 조급했던 티나한은 케이건의 뒤를 급히 따라가다가 하마터면 케이건을 밀어 넘어뜨릴 뻔했다. 화를 낼 법도 하지만, 케이건은 진력 내는 기색도 없이 다시 그 특유의 친절한 어조로 말했다.

"천천히 걸으시오, 티나한."

티나한은 수염볏을 빨갛게 부풀린 채 걸음을 늦췄다. 그리고 비형과 딱정벌레 나늬가 그 뒤를 따랐다.

그 후 한 시간 동안 티나한과 비형, 나늬는 모골이 송연해지는 체험을 하게 되었다.

케이건은, 비형의 표현을 따르자면 달팽이와의 불꽃 튀는 접전이 예상되는 속도로 움직였다. 나가 정찰대가 지적까지 이른 상태에서 걷는 것치고는 느려도 너무 느렸다. 티나한과 비형은 애가 타들어갈 지경이었다. 하지만 케이건은 추적당하고 있다는 것, 밤이라 앞이 잘 보이지 않는다는 것, 숲이라는 것 등을 고려하면 체온이 상승할 가능성이 평소보다 훨씬 높으며, 따라서 이 이상 빠르게 움직일 필요는 없다고 말하며 그 느린 속도를 고집했다.

거기에 한 술 더 떠서 케이건은 주변의 나무를 걷어차기 시작했다. 케이건이 처음 나무를 걷어찼을 때 티나한은 소스라치게 놀라 속삭였다.

"조심해!"

티나한은 그것이 케이건의 실수라고 생각했다. 그러나 케이건은 조금 후 다시 나무를 걷어찼다. 경악 때문에 세 배로 부푼 티나한은 케이건의 어깨를 움켜쥐곤 잔뜩 쉰 목소리로 속삭였다.

"빌어먹을, 뭐 하는 짓이야!"

"뭐라 하셨소? 속삭이지 마시오, 티나한."

"무슨 정신나간 짓거리냐고 물었다!"

"우리 주위에 있을 야행성 동물들을 위협해서 사방으로 도망치게 하고 있소. 그 뜨거운 생물들은 나가들의 눈을 현혹할 수 있으니까. 이제 어깨 좀 놔주겠소?"

케이건은 밀림에 들어오기 전 몇 번씩이나 들려주었던 설명을 언성조차 높이지 않은 채 차분하게 반복했다. 그제야 그런 설명을 들었다는 것을 떠올린 티나한은 벼슬을 붉히며 케이건의 어깨를 놓았다. 다시 걸음을 떼게 된 케이건은 일행의 후미를 따르는 비형에게 내키면 노래를 불러도 좋다고 제안했지만 비형은 도저히 그럴 엄두가 나지 않았다. 그래서 케이건은 혼자서 나무를 걷어차고 박수를 치며 소동을 일으켰고, 티나한과 비형, 나늬는 남은 수명이 뭉텅뭉텅 잘려나가는 기분을 느끼며 그 뒤를 따라 걸었다.

신경이 잔뜩 곤두선 다른 일행들이 기절할 지경이 되었을 때 케이건은 그 소란스럽고 느리디느린 도피행을 중단시켰다. 일출이 가까워졌는지 주위의 사물이 훨씬 잘 보였고, 그래서 티나한과 비형은 자신들이 높은 벼랑 아래쪽에 멈춰 서 있음을 알 수 있었다. 티나한의 깃털은 엉망으로 뒤엉켜 있었고 비형은 호흡 곤란까지 일으키고 있었다. 하지만 케이건은 벼랑을 올려다보며 단조롭게 말했다.

"곤란하군."

티나한과 비형은 심장이 덜컥 내려앉은 표정으로 케이건을 바라보았다. 케이건은 벼랑을 올려다보다가 좌우를 두리번거렸다. 그러고는 곧 오른쪽으로 걸어갔다. 티나한은 더 질문을 참을 수 없었다.

"뭐가 곤란하게 된 거냐? 들킨 거야?"

"아니오. 그들은 우리를 발견하지 못했소. 하지만 내가 방향을 잘못 잡았소. 그 나가들은 이 벼랑으로 오고 있었던 모양이오. 그들과 벼랑 사이에 우연히 우리가 있었던 모양이오."

"벼랑으로 온다고? 왜?"

"좀 있으면 알게 될 거요."

그리고 케이건은 뒤쪽을 향해 귀를 기울였다.

"서두릅시다. 가까이 왔소."

비형과 티나한도 여러 사람이 걸어오고 있는 듯한 소리를 들을 수 있었다. 티나한은 잔뜩 긴장하여 철창을 움켜쥐었지만 케이건은 서두르지 않았다. 마지막까지 천천히 걸어가던 케이건은 벼랑 아래쪽의 우묵한 곳을 발견하자 그 아래에 주저앉았다.

"앉으시오. 나가들은 아까 거기서 왼쪽으로 갈 거요."

비형은 뒤를 흘끔흘끔 쳐다보며 질문했다.

"왼쪽으로? 왜지요?"

"그쪽으로 해야 벼랑 위로 올라갈 수 있겠더군. 그리고 그쪽이 동쪽이고. 그들은 그 벼랑 위로 올라갈 생각이었을 거요. 여기 있으면 벼랑 위에선 보이지 않을 거요. 앉읍시다."

하지만 두 사람은 앉기 어려웠다. 두 사람은 초조한 듯 케이건과 숲, 그리고 벼랑 위쪽을 번갈아 쳐다보았다. 케이건은 그런 그들을 물끄러미 바라볼 뿐 아무 말도 하지 않았다.

숲이 한층 환해졌을 때 티나한이 그들을 발견했다.

티나한은 벼랑에 몸을 바짝 붙이더니 숨이 멎는 표정으로 벼랑 위를 쳐다보았다. 비형은 티나한을 따라 벼랑 위를 쳐다보았고, 역시 벼랑에 찰싹 달라붙었다. 비형은 침을 꿀꺽 삼키며 속삭였다.

"저게 나가군요?"

아무도 대답하지 않았다. 티나한은 부리를 열 여유가 없었고 케이건은 굳이 확인해 줄 필요를 느끼지 못했다.

벼랑 위에는 여섯 명의 나가들이 동쪽 하늘을 보며 서 있었다.

비형과 티나한은 생전 처음으로 나가를 보게 되었다. 키는 도깨비나 레콘보다는 인간과 비슷할 정도로 작았다. 비늘이 뒤덮인 몸은 이국적인 옷에 의해 가려져 있었다. 변온 동물인 나가들에게 체온을 보존하는 옷의 의미는 필요 없었기에 나가의 의복은 티나한과 비형에게 퍽 기이하고 복잡하게 보였다. 다른 종족들의 옷은 아무리 화려하다 하더라도 몇 가지 기본적인 제약에서 벗어나지 못한다. 어쨌든 인간과 도깨비와 레콘은 상의와 하의를 입을 뿐이지 좌의나 우의, 혹은 전의나 후의라고 불러야 할 만한 옷은 알지 못한다. 벼랑 위에 서 있는 여섯 명의 나가를 보며, 도깨비와 레콘은 여섯 명의 사람이 아니라 심오하고 복잡한 의미를 애써 표현한 여섯 개의 상징물을 보는 기분을 느꼈다.

나가들과 그들 사이의 거리는 직선으로 50미터도 떨어져 있지 않았다. 두려움 속에서 비형과 티나한은 케이건이 왜 그들을 서쪽으로 데려왔는지 깨달았다. 동쪽 하늘을 올려다보고 있는 나가들은 그들에게 등을 보이고 있었다. 고개를 뒤로 돌리기만 해도 그들을 발견할 수 있을 테지만 나가들은 꿈쩍도 하지 않은 채 동쪽만 바라보았다.

비형과 티나한이 홀린 듯 나가를 올려다보고 있을 때 케이건이 느닷없이 말했다.

"햇빛을 받는 거요."

비형과 티나한은 기절할 만큼 놀랐다. 하지만 벼랑 위의 나가들은 뒤를 돌아보지 않았다. 케이건은 일어나 그들과 함께 나가를 올려다보며 말했다.

"햇빛을 받아 체온을 높이려는 거요."

비형은 작은 탄성을 질렀다. 햇빛을 받으려면 당연히 벼랑 위처럼 노출된 곳이 좋을 것이다. 그 사실을 확인하기 위해 케이건을 돌아본 비형은 케이건의 표정에 놀라고 말았다.

그것은 비형이 익숙한 얼굴, 즉 동료들의 어떤 멍청한 행동이나 말에도 짜증을 내거나 자제력을 잃지 않은 채 차분하게 설명해주곤 하던 케이건의 얼굴이 아니었다. 나가들의 등 뒤에 숨어 그들을 노려보고 있는 그 얼굴을 표현할 말은 하나뿐이었다. 그것은 육식 동물의 얼굴이었다.

비형은 분명히 깨달을 수 있었다. 케이건은 살코기를 먹는 야수였다.

천천히 세어서 열까지 세었을 무렵, 케이건은 살기등등한 안광을 거둔 다음 조용히 몸을 돌렸다. 비형과 티나한은 주뼛거리며 그 뒤를 따랐다. 불안 때문에 그들은 자꾸 뒤를 돌아보았지만 나가들은 여전히 하늘만 바라볼 뿐 그들의 존재를 눈치채지는 못했다.

케이건은 그날 하루 종일 입을 열지 않았다.

키보렌은 나가에 의해 조성된 나가를 위한 땅이며, 난생처음 야외로 나온 나가조차도 키보렌에서는 충분히 살아갈 수 있었다. 계속해서 북쪽으로 걸어가면서, 륜은 약간의 시행착오 후에 자신이 먹은 음식물로써 지탱할 수 있는 나날들에 대한 지식을 얻게 되었다. 그리고 나가가 어느 정도의 생물까지 삼킬 수 있는지에 대해서도.

큰개미핥기를 삼켜야 했을 때 륜은 반신반의하는 상태였다. 하지만 정찰대에 대한 공포와, 무엇보다도 화리트의 유언 때문에 륜은 잠시도 멈출 수 없었다. 그런 그에게 큰개미핥기는 도저히 지나칠 수 없는 유혹이었다. 륜은 큰개미핥기의 조그마한 입을 보며 그것이 크게 위험하지 않은 동물일 거라 여겼다.

하지만 이 거대한 곤충 포식자는 그 식습관과 달리 사나운 동물이다. 류의 예상대로 큰개미핥기는 류를 물어뜯지는 않았다. 이빨이 아예 없기 때문이다. 하지만 개미집을 파헤치는 그 앞발의 발톱은 다른 맹수의 이빨만큼이나 무서운 무기다. 류은 하마터면 허벅지가 찢어질 뻔한 위기를 겪으면서 가까스로 사이커를 휘두를 수 있었다.

큰개미핥기가 죽은 다음 류은 자신의 두 번째 실수를 알게 되었다. 큰개미핥기는 숲의 동물들 중 그 재미있는 생김새로만이 아니라 지독한 악취로도 유명한 동물이다.

굶주림 때문에 류은 모진 결심을 했다. 류은 늘어진 큰개미핥기를 머리부터 삼키기 시작했다. 턱이 찢어질 듯 아팠고 개미핥기의 뻣뻣한 털들은 목구멍을 사정없이 찔렀다. 또한 악취 때문에 거의 질식할 지경이 되었다. 하지만 류은 끝내 큰개미핥기를 삼킬 수 있었다. 엄청나게 늘어난 몸 때문에 잠시 동안 걷는 것조차 거의 불가능했지만, 그 거대한 동물을 삼킨 덕분에 류은 엿새 동안 아무것도 먹지 않고 걸어갈 수 있었다. 그리고 엿새 동안 계속해서 두려움에 시달려야 했다.

류은 자신 또한 다른 나가에게 '삼켜질' 수 있다는 사실을 완전히 납득했다.

변온 동물은 주위의 온도에 따라 체온이 변한다. 하지만 변온 동물의 체온이 주위의 온도와 완전히 같지는 않다. 격렬한 움직임 후에는 변온 동물도 주위의 온도보다 약간 높은 체온을 띠게 된다. 그리고 계속해서 박동하는 심장은 일정한 열을 발산한다. 쉼 없이 걷고 있으며 또한 심장을 가지고 있는 류은 나가의 시각으로 볼 때 환할 정도로 빛을 내고 있었다. 심장이 두근거릴 때마다 류은 소스라치며 가슴을 가렸고 물웅덩이를 지날 때마다 편집광적으로 진흙을 몸에 발랐다. 피와 이끼, 진흙 등이 엉겨붙은 입 주위로 파리들이 끝없이 날아들었지만 류은 감히 몸을 씻을 엄두를 내지 못했다.

하지만 습격자는 류이 전혀 예상치 못한 방법으로 그를 포착했다.

원숭이들이 따라붙기 시작했을 때 류은 의아한 기분을 느꼈다. 거의 대부분의 야생 동물은 육식성 맹수라 할 수 있는 나가를 피하게 마련이다. 처음 한두 마리가 나무 위에서 그를 노려볼 때만 해도 류은 자신이 원숭이의 영역권에 들어왔는가 하고 가볍게 생각했다. 하지만 그가 움직이자 원숭이들은 그를 따라 움직였다. 한두 마리였던 원숭이들은 차츰 불어났고, 몇 시간 후 류은 무시할 수 없을 정도로 불어난 원숭이를 보게 되었다. 나무 위로만 뛰어다니던 원숭이들도 숫자가 불어나자 대담해졌는지 그중 몇몇은 땅으로 내려오기까지 했다. 류은 사이커를 뽑아 위협적으로 휘둘렀지만 원숭이들은 달아나는 대신 멀찌감치 떨어진 자리에 서서 기다렸다. 그리고 류이 발걸음을 옮기자 다시 원숭이들은 그 뒤를 뒤따랐다.

마침내 류은 제자리에 멈춰서서 원숭이들을 향해 난폭하게 고함을 질렀다. 류이 뭔가가 잘못되었다는 것을 깨달은 것은 바로 그때였다.

원숭이들은 아무런 반응도 보이지 않았다.

류은 당황하며 원숭이들을 바라보았다. 원숭이들은 나무 위와 땅 위에서 여전히 차갑고 위협적인 눈초리로 류을 바라보았다. 그중 도망치거나, 하다못해 겁을 먹은 것처럼 보이는 녀석은 한 마리도 없었다. 류은 이 황당한 현상을 설명할 수 있는 이론은 하나뿐이라는 것을 깨달았다. 그래서, 잠시 후 수풀을 헤치며 나가 정찰 대원들이 나타났을 때 류은 공포를 느끼긴 했지만 놀라지는 않았다.

정찰 대원들은 모두 다섯이었다. 류은 사이커를 왼손에 바꿔든 다음 그것을 등 뒤로 돌린 채 정찰 대원들을 응시했다. 정찰 대원들은 류을 보며 대단히 놀라는 기색이었다.

〈나가잖아? 그런데, 심장이?〉

류은 도망치지 않기 위해 이를 악물어야 했다. 정찰 대원들은 도시에서 보던 나가들과 전혀 다른 존재들처럼 보였다. 그녀들에겐 나가의 특징이라고 할 수 있는 차가움이 많이 결여된 것 같았다. 그러나 그들의 눈을 들여다본 류은 생각을 바꿨다. 정찰 대원들에게 냉혹함은 길이 잘 든 도구처럼 소중히 갈무리되어 있을 뿐이었다.

정찰 대원들은 아무런 의사 교환 없이도 동시에 검을 뽑아들었다. 하지만 원숭이들에 의해 류의 퇴로가 막혀 있기 때문인지 곧장 달려들지는 않았다. 대신 그녀들은 재미있다는 듯이 서로 정신을 나눴다.

〈비에나가로군. 병신이야.〉

〈귀엽게 생겼는데.〉

〈저 꼬락서니가 귀엽다고? 남자면 다 귀엽게 보인다는 것이겠지?〉

여자들은 농담을 나누며 한가롭기까지 한 태도로 류을 관찰했다. 류은 전력을 기울여 정신을 폐쇄하면서 동시에 필사적으로 누가 원숭이들의 억압자인지를 살폈다. 그동안에도 여자들은 느긋하게 농담을 주고받았다. 그때 우두머리처럼 보이는 여자가 귀찮다는 듯이 닐렀다.

〈시끄러워, 이것들아. 숲 속을 너무 오래 돌아다니더니 모두 제정신이 아니군. 병신을 가지고 뭐하려고?〉

〈그래도 가지고 놀 수야 있잖아. 잠깐만. 이봐. 니를 줄 알아?〉

류은 사이커를 꽉 움켜쥐며 조심스럽게 닐렀다.

〈할 줄 알아요.〉

여자들은 감탄했다.

〈와, 닐렀어! 완전히 병신은 아닌가 본데?〉

하지만 우두머리는 더 피곤하다는 듯이 닐렀다.

〈그럼 미친 놈이겠지. 그냥 죽여.〉

〈아깝잖아. 대장. 허물 세 번 벗을 동안 남자라곤 구경도 못했어. 좀 미친 거야 어때. 어차피,〉

그녀는 자기 머리를 가리켜보였다.

〈이건 남자에겐 별 쓸모도 없는 거잖아. 아래쪽에 있는 게 중요하지. 그리고 머리가 빈 남자가 그건 쓸 만하다던데?〉

여자들은 다시 정신적 홍소를 터뜨렸고 대장이라 불린 여자도 쓴웃음을 지었다. 류은 참기 어려운 기분을 느끼며 왼팔을 앞으로 내밀었다.

〈뜻대로 되진 않을 겁니다!〉

류은 위협적으로 사이커를 내뻗었지만 여자들은 놀라지 않았다. 오히려 그녀들은 반항하는 것이 더 귀엽다느니 하며 낄낄거렸다. 하지만 대장은 이를 드러내며 한 여자를 돌아보았다.

〈저건 좀 따갑겠는걸. 수디, 저거 치우게 해. 가지고 놀더라도 가시는 제거한 다음에…….〉

그 순간 류은 행동을 개시했다.

왼손에 쥔 사이커에 여자들의 주의를 집중시키면서, 류은 뒤로 돌린 오른손으로 배낭 속의 알약을 꺼내어 든 상태였다. 대장이 수디라는 여인을 돌아본 순간 류은 그녀가 억압자인 것을 직감하며 오른손을 입으로 가져갔다. 류이 알약을 삼킬 때까지도 여인들은 류이 울음을 터뜨리는 줄 착각하고는 사나운 미소를 지었다. 하지만 류이 땅을 박찼을 때 그녀들의 미소는 싹 사라졌다.

그리고 류 또한 소드락의 효과에 경악했다.

주관 시간이 끔찍하게 가속되는 순간 류은 대단히 느린 춤을 추는 것 같은 여인들 속으로 뛰어들었다. 정찰 대원들은 류이 너무 빨랐기에, 그리고 그녀들 가운데로 뛰어들었기에 류을 제대로 공격하지 못했다. 느린 객관 시간 속에 있는 그녀들이 발산하는 기괴한 니름에 전율하면서 류은 대장의 다리를 벤 다음 수디의 등 뒤로 돌아갔다. 류이 두 손으로 쥔 사이커의 칼자루로 힘껏 수디의 뒤통수를 때릴 때까지도 수디는 채 고개를 돌리지 못했다. 그리고 류이 칼을 다시 꽂은 다음 100미터 이상 도망쳤을 때 비로소 수디의 몸이 땅 위에 쓰러졌다.

가속된 움직임으로 있는 힘껏 때렸기 때문에 수디는 곧장 기절했다. 그리고 류이 기대하던 대로의 일이 일어났다. 정신 억압에서 갑자기 풀려난 원숭이들이 일대 소동을 일으키기 시작한 것이다.

원숭이들은 비명을 지르며 사방으로 도망쳤고 그 뜨거운 체온들의 격류 때문에 정찰 대원들은 류의 모습을 놓치고 말았다. 설령 류의 모습을 포착했다 하더라도 그녀들이 류을 따라잡긴 어려웠을 것이다. 소드락의 지속 시간 동안 류은 계속 달렸고, 마침내 17분이 지났을 때는 20킬로미터 이상 떨어진 곳에서 땅에 쓰러졌다. 그리고 류은 요란하게 구토했다.

소드락의 후유증과 격렬한 움직임 때문에 륜의 체온은 대단히 상승되어 있었다. 그 때문에 륜 주위의 공기들 또한 달궈졌고 그래서 륜의 눈에 들어오는 숲의 모습은 나가의 니름으로서만 표현될 수 있는 묘한 빛깔을 띠게 되었다. 세상은 분홍색에 가까운 번득임, 스며듦, 되튀김, 그리고 그림자로 뒤덮여 있었다. 나무들은 보랏빛과 주홍색에 가까운 색깔로 타오르고 있었고 그의 토사물은 황당하기 짝이 없는 빛깔로 춤추는 소용돌이였다.

개미핥기의 시체가 통째로 튀어나오는 것이 아닌가 싶을 정도로 지독한 구토를 한 끝에, 륜은 가까스로 고개를 들어 주위를 살폈다. 그리고 륜은 더 어처구니없는 모습을 보게 되었다.

괴이하게 생긴 땅이 눈앞에 펼쳐져 있었다.

그 땅은 검고 평평했으며 대리석처럼 매끈했다. 그리고 대리석만큼이나 딱딱하게 보였다. 하지만 륜은 그 땅이 움직인다는 느낌을 받았다. 검은 땅 어디에도 나무는 없었다. 대신 륜은 검은 지표면 아래로 어슴푸레하게 비치는 불꽃들을 보았다. 륜은 일어나 앉아서 그 땅을 똑바로 바라보았다. 하지만 검은 땅은 초점을 맞춰 보기 어려웠고 그 아래에서 얼비치는 불빛들은 더욱더 집중하여 보기 어려웠다. 자신이 어떤 알려지지 않은 신의 땅이나 금단의 마법이 남아 있는 땅에 들어온 것이 아닌가 하는 억측을 해 보며 륜은 조심스럽게 일어났다. 발걸음을 떼면서 륜은 관절을 타고 흐르는 충격에 신음했다. 소드락의 가속 효과 때문에 륜의 몸은 지독히 혹사당한 상태였다. 다음 발을 더 조심스럽게 내딛고, 그리고 한 발자국 더 걸어갔을 때 륜은 검은 땅 바로 앞에 서게 되었다.

륜은 발 바로 앞에 있는 검은 땅을 바라보았지만 도무지 초점을 맞출 수 없는 것은 여전했다. 륜은 무릎을 꿇은 다음, 멍청한 짓을 하는 것이 아닌가 하는 의심을 떨쳐버리지 못하며 그 땅을 만져보았다.

그리고 륜은 안도의 한숨을 내쉬었다.

무룬 강이었다. 륜은 거대한 물과, 그 속을 헤엄치는 물고기들을 보고 있었다. 륜은 미소를 지으며 졸도했다.

강물 위를 구르는 빛들을 바라보던 케이건은 자신도 모르게 말했다.

"물은 열을 삼키지. 그 나가에게 무룬 강은 거대한 암흑처럼 보일 거요."

비형은 고개를 갸웃하며 질문했다.

"밤의 강물처럼?"

"비슷하오. 하지만 완전히 같지는 않소."

"어떻게 다르지요?"

"당신과 나는 바람을 볼 수 없소. 하지만 우리 눈에 바람이 검게 보이진 않지. 바람 뒤편에 있는 것을 볼 수 있으니까. 하지만 나가는 물을 잘 보지 못하고, 깊은 물은 그 아래쪽에 있는 것을 가리지요. 그 둘의 차이를 생각해 보시오."

비형은 고개를 끄덕였다.

일행이 마침내 무룬 강에 도달한 것은 그들의 여행이 시작된 지 스무 날이 지난 후였다. 그동안 그들은 나가 정찰대와 몇 번 더 마주쳤다. 하지만 케이건은 언제나 나가 정찰대가 그들을 발견하기 전에 그들을 먼저 발견해서 일행을 대피시켰다. 한 번을 제외하면 위험한 사건은 없었다.

그 사건은 티나한이 불침번을 설 때 일어났다. 케이건은 티나한에게 철창을 덩굴로 단단히 감싸두라고 지시했다. 티나한은 그 지시를 받아들였지만, 두 사람이 잠자리에 들자 자신의 철창을 감아둔 덩굴을 풀고 오래간만에 창을 잠시 손질해야겠다고 생각했다. 그것은 레콘다운 처사였다. 하지만 그것이 초저녁에 일어난 일이었다는 점이 문제였다. 간단히 말해서, 낮 동안 햇빛을 잔뜩 받았던 그 철창은 나가의 눈에는 광선처럼 보일 정도로 뜨거워져 있었다. 자연 속에는 7미터나 되는 직선이 별로 없으며 그것이 뜨겁다면 더욱 희귀한 것이 된다.

티나한이 두 사람을 깨웠을 때 나가들은 이미 그들을 시야에 둔 채 달려오고 있었다. 일행은 이미 익숙해진 걸음걸이로 천천히 도망쳤다. 하지만 케이건은 달려오는 발소리가 너무 빠르다는 것을 깨달았다. 케이건은 티나한을 돌아보았고 덩굴이 풀려 있는 철창을 보자 순식간에 상황을 이해했다.

"포착되었소. 따라잡히겠군."

비형은 깜작 놀라서 외쳤다.

"그럼 달려야 합니까?"

"도깨비불로 기린을 만드시오."

"예?"

"기린 말이오. 기린 모양의 도깨비불을 만드시오."

비형은 어리둥절해하면서도 케이건의 말대로 했다. 비형의 작품을 본 케이건은 한숨을 내쉬었다.

"그것도 예쁘긴 하지만, 나는 손바닥 위에 올려놓을 만한 것이 아니라 실물대의 기린을 원하오. 비형. 체온 정도의 온도로."

그제야 케이건의 의도를 이해한 비형은 케이건의 요구를 명쾌하게 충족시키는 작품을 만들어내었다. 숲 한가운데서 갑자기 나타난 6미터 크기의 기린은 장관이라 할 만한 모습이었다. 하지만 '사실적'이라고 말하긴 어려웠다. 어쨌든 비형은 박물학의 대가는 아니었고, 그래서 그가 만들어낸 도깨비불은 어린애의 낙서처럼 엉성했다. 하지만 케이건은 고개를 끄덕인 다음 일행을 덤불 속에 숨으라고 지시했다.

잠시 후 나가들이 달려왔다. 케이건은 비형의 어깨를 툭 쳤다.

"달리게 하시오."

비형은 나가들이 10미터도 떨어지지 않은 곳에 있음에도 불구하고 목소리를 조금도 낮추지 않는 케이건의 배짱에 혀를 내둘렀다. 비형은 불꽃의 기린을 달리게 했다.

그리고 비형은 자신의 입을 틀어막은 채 어쩔 줄 몰라했다. 나가들은 그 도깨비불을 흘끔 쳐다보고는 그냥 뒤로 돌아 걸어갔다. 인간이나 도깨비의 눈으로 본다면 그 불꽃의 기린은 도저히 실제의 기린과 혼동할 수 없는 모습이었다. 하지만 나가들은 체온과 비슷한 온도의 그 도깨비불을 보자 실제의 기린이라고 생각해 버렸다. 나가들이 멀어진 것을 확인한 케이건은 괴로워하는 비형에게 말했다.

"웃고 싶으면 웃어도 상관없소. 못 들으니까."

비형은 데굴데굴 구르며 웃었다. 티나한은 꽉 움켜쥐고 있던 철창을 느슨하게 쥐며 왜 하필 기린이냐고 질문했다. 케이건은 철창과 비슷할 정도로 긴 직선을 가진 동물은 뱀과 기린 정도인데, 뱀이 더 좋겠지만 뜨겁지 않으니 남는 건 기린뿐이라고 대답했다. 그제야 뜨거운 철창이 말썽이었다는 것을 깨달은 티나한은 두려움에 떨며 케이건의 반응을 기다렸다. 티나한의 예상대로였다. 케이건은 화는커녕 짜증을 내는 기색조차 없이 단조롭게 말했다.

"덩굴을 풀고 싶다면 그 창이 충분히 식은 한밤중이 좋을 거요. 티나한."

"……주의하지."

그 이후로 비형과 티나한은 실수를 두려워 하게 되었다. 물론 실수를 좋아하는 사람이 있을 리 없지만, 그들의 얼간이짓에 분노해야 할 케이건이 도통 화를 내지 않는다는 것은 불쌍한 도깨비와 레콘을 끔찍한 기분에 젖어들게 하기 충분했다. 케이건은 출발하기 전 그가 하지 말라고 했던 짓을 모조리 저지르는 두 사람을 보면서도 조용한 어조로 다시 주의를 줄 뿐이었다. 그것은 두 사람에게 폭언이나 비난보다 더 끔찍했다.

그리고 비형은 풀기 어려운 의문을 가지게 되었다. 케이건이 화를 내지 않는 이유는 두 가지 중 하나일 것이다. 그들에게 완전히 무관심한 경우이거나, 아니면 보기 드문 관대함을 가지고 있는 경우. 비형은 전자의 경우로는 생각하기 어려웠다. 케이건이 무관심하다면 그의 행동들에서는 무관심에서 비롯된 것이 분명한 특징들이 나타나야 할 것이다. 하지만 케이건은 언제나 나머지 일행에 대해 깊이 고려한 것이 분명한 행동만을 취하고 있었다.

야생 바나나 군락을 발견했을 때가 그런 경우였다. 비형과 티나한이 먹을 것이 생겼으니 식사를 하며 쉬자고 주장할 때 케이건은 딱정벌레 나늬를 흘깃 돌아보고는 고개를 가로저었다.

"바나나 나무는 갉아먹기 어렵소. 바나나를 딴 다음 더 이동합시다. 저 딱정벌레가 먹을 만한 것이 있는 곳에서 쉬도록 하지요."

그 말을 들었을 때 비형은 케이건이 언제나 그들 전부에 대해 고려하고 있다는 것을 확신할 수 있었다.

하지만 후자의 경우를 채택할 경우 비형은 나가에 대한 케이건의 증오를 이해할 수 없었다. 그렇게 관대한 사람이 왜 나가에게는 관대하지 못한 걸까? 무엇인가에 대해 많이 알면 알수록 그것을 증오하기 어렵다는 것은 잘 알려진 사실이다. 그렇다면 나가 자신을 제외한다면 그 누구보다도 나가를 잘 알고 있을 케이건이 왜 나가를 그렇게 증오하는 것일까? 비형은 그 대답을 찾을 수 없었다.

그리고 아직까지도 그 대답을 찾지 못한 채 그들은 무룬 강에 도달했다. 케이건은 강물을 바라보던 눈을 돌려 티나한을 바라보았다. 하지만 티나한은 얼굴을 잔뜩 일그러뜨린 채 누구와도 이야기하고 싶지 않다는 표정을 짓고 있었다. 저토록 거대한 강을 바라보는 레콘의 반응으로는 모범적이라 할 수 있는 반응이었다. 그래서 케이건은 티나한을 내버려둔 채 비형을 돌아보았다.

"암흑이라도 저런 거대한 암흑을 못 보고 지나칠 리는 없겠지. 이제 강물을 따라 하류로 내려가면서 노래가 들리는지 귀를 기울이면 될 거요."

"알겠습니다. 내려갈까요?"

"그 전에 부탁이 있소."

"예? 말씀만 하십시오! 무슨 부탁이죠?"

"앞으론 노래 좀 자제해 주시오. 그자의 노래를 들어야 하니까."

비형은 씩 웃으며 고개를 끄덕였다. 그리고 두 시간 후, 비형은 물끄러미 바라보는 케이건의 시선에 허둥거려야 했다.

"아차, 노래 부르지 말랬지요?"

열대의 강물 위로 하야로비들이 무리 지어 날았다.

강물 위로 뻗어간 기근들과 늘어진 덩굴들 때문에 어디서부터 땅이고 어디서부터 강인지 알아보는 것이 어려울 지경이었다. 강 가운데 만들어진 사주엔 하마들이 몸을 기댄 채 게으르게 졸고 있었고 물빛 맑은 곳에선 가끔 물고기들이 오가는 모습이 보이기도 했다. 하지만 대부분의 경우 강은 그 넓이에 어울리는 거대한 깊이로써 햇빛을 하염없이 빨아들이고 있었다. 도도하게 머리를 쳐들고 강을 가로지르는 뱀은 햇빛을 받아 녹주석으로 만들어진 것처럼 빛났고, 느닷없이 나타나 악어를 잡아채어 사라지는 왕독수리의 모습은 압도적일 정도의 장관이었다.

특히 비형은 왕독수리의 모습에 대단한 감명을 받은 듯했다. 보다 추운 북부에는 그토록 큰 새가 없기에 비형은 그것이 새가 아니라 용이라고 생각하는 듯했다.

"봤어요? 용이에요! 이럴 수가! 용 맞죠?"

케이건은 그것이 왕독수리라는 것을 가르쳐주었고 용은 멸종한 지 오래되었다고도 말했지만 비형은 믿으려 하지 않았다.

"음. 저게 왕독수리란 말이군요. 하지만 용의 멸종이 확실한 것은 아니잖아요? 흔히들 씨는 강하다고들 하죠. 게다가 이렇게 나무가 많은 곳이니 용도 살아남았을 수 있잖아요?"

"하지만 바로 이 땅에 살고 있는 나가들이 드라카를 싫어하오."

케이건은 비형과 티나한이 어리둥절한 표정으로 자신을 바라보는 것을 보았다. 그는 곧 자신의 실수를 깨달았다.

"드라카는 키탈저 사냥어로 용을 말하오."

"당신도 드라카잖아요. 그럼 당신 이름은 거기서 온 겁니까? 어, 혹시 그럼 케이건도 무슨 의미가 있습니까?"

"케이건은 흑사자요. 역시 키탈저 사냥어요."

"흑사자와 용……, 흑사자와 용……, 알았다! 나가들에 의해 멸종당한 것들이군요!"

케이건은 대답하지 못했다. 티나한이 큰 소리로 외쳤기 때문이다.

"키탈저 사냥꾼식이야!"

비형은 놀란 표정으로 티나한을 바라보았다. 티나한은 허벅지를 내리치고는 케이건에게 말했다.

"그래, 이제 생각났어! 전에 들어봤어. 키탈저 사냥꾼들 방식이야. 그자들은 원수를 죽이고 그 간을 꺼내어 씹어 먹었다고 했어. 맞지?"

케이건은 무뚝뚝하게 고개를 끄덕였다. 비형은 두려워 하는 표정으로 말했다.

"나가들이 도대체 당신에게 무슨 짓을 한 겁니까, 케이건?"

"왜 그런 생각을 하는 거요?"

176

"당연한 거잖습니까? 당신 이름이 나가에 의해 멸종당한 두 생물이고, 그리고 그걸 나가에 의해 멸망한 자들의 언어로 표현했고, 그러면서 나가에 의해 멸망한 자들의 방식으로 나가를 대하고 있어요. 당신은 그들을…… 사냥해서 삶아먹는다고 했죠. 도대체 나가들이 당신에게 무슨 짓을 했기에 이런……, 거의 경건하기까지 한 방식으로 그들을 대하고 있는 겁니까?"

티나한 또한 비형의 질문에 호기심을 느끼며 케이건을 바라보았다. 그때 그의 눈에 이상한 것이 들어왔다. 케이건의 오른손이 허리쯤에서 꿈틀거리고 있었다. 흥분한 비형은 케이건의 그 손동작을 깨닫지 못했지만 티나한은 케이건의 손과 발, 그리고 허리의 각도를 쓱 훑어본 다음 대번에 상황을 파악했다.

케이건의 얼굴은 무표정했지만 그의 몸은 등 뒤의 바라기를 뽑아 비형을 베겠다고 외치고 있었다.

티나한은 긴장하며 철창을 움켜쥐었다. 하지만 케이건은 티나한이 우려했던 일을 저지르지는 않았다. 케이건은 비형을 외면하며 차분하게 말했다.

"나가들이 내게 무슨 짓을 했는가는 우리 일과 아무 관련이 없소."

"그래도 대답해 줄 수는 있잖아요?"

"대답하지 않겠소."

비형은 언짢은 얼굴로 티나한을 바라보다가 가볍게 손을 흔들었다.

"흐음. 케이건 당신은 한 번 선언한 말은 번복할 줄을 모르니 더 물어봐도 소용없겠군요. 더 이상 묻지 않지요."

비형은 어느덧 케이건에게 익숙해져 있었다.

"그런데 갑자기 다른 게 좀 궁금하군요. 나가들이 용을 멸종시킨 이유야 짐작이 가지만, 흑사자는 왜 멸종시킨 거죠? 그건 대답해 줄 수 있습니까?"

케이건은 약간 안도하는 표정이 되었다. 대단히 희미한 기색이었지만.

"흑사자의 모피는 스스로 열을 내오. 벗겨진 가죽 상태에서도."

"열을 낸다고요? 모피가?"

"그렇소. 그것과 나가를 연관지어 생각해 보시오."

비형은 곧 깨달을 수 있었다.

"나가가 북쪽으로 올라올 수 있군요! 그 모피만 있으면. 그런 건가요?"

"그렇소. 대확장 전쟁 말기, 나가들은 한계선을 넘어보려는 여러 시도 중 하나로 흑사자들을 닥치는 대로 잡아서 그 모피를 벗겼소. 미욱하기 짝이 없는 노릇이지. 군대 하나를 무장시키기 위해 흑사자 수천 마리를 죽이는 식이었으니 멸종하지 않을 수 없었소. 더군다나 흑사자는 새끼를 많이 낳는 동물이 아니오."

"멸종하게 될 거라는 걸 생각하지 못했나요?"

"그 수목 애호가들은 동물에 대해서는 도무지 생각이란 것이 없소. 후손을 만드는 능력에서 동물과 식물은 서로 비교할 수가 없지. 그들은 그 생각을 못 했던 거요."

"아쉽군요. 신기할 것 같은데. 멸종한 것이 확실합니까?"

"흑사자의 경우엔 확실하오."

비형은 반색했다.

"네? 그럼 용은 확실하지 않다는 말이군요?"

"당신 말대로, 씨는 강하니까. 키보렌은 너무 넓소. 하지만 이미 말했듯 바로 이 땅의 주인이 용을 싫어하니 가능성은 희박하오."

그리고 케이건은 몇 가지 더 부정적인 설명을 덧붙이려 했다. 그러나 비형이 살아남은 용을 찾겠다는 듯이 주위를 두리번거리고 있는 모습을 보곤 그냥 입을 다물었다.

용의 생존을 믿는 자는 비형만은 아니었다. 하인샤 대사원에서 벌인 온갖 이상한 일들 중엔 막대한 상금을 걸고 용을 수배한 일도 있었다. 하지만 용은 나타나지 않았고, 사람들은 그 일로써 용이 멸종한 것이 틀림없다고 믿게 되었다. 하지만 정작 대사원의 사제들은 여전히 용이 남아 있을 거라고 믿고 있었다. 비형의 말대로 씨는 강하기 때문이다.

하지만 케이건은 이 나가들의 땅 어딘가에서 용의 씨가 싹을 틔웠을 거라고는 도저히 믿을 수 없었다. 나무의 수호자인 나가들이 그런 잡초를 내버려뒀을 리가 없다.

류은 거의 본능적으로 발을 들어올렸다. 그러나 그것을 내리밟기 직전, 류은 자신이 얼마나 놀라운 것을 보고 있는지 깨달았다. 그래서 류은 한쪽 무릎을 꿇은 다음 눈앞에 피어 있는 꽃을 바라보았다. 꽃잎의 숫자를 세고 그 모양과 색깔을 관찰한 류은 자신의 첫인상이 틀리지 않았음을 알았다.

류은 경이로움 속에서 눈앞에 피어 있는 용화(龍花)를 바라보았다.

어떻게 그것이 피어난 것인지 류은 상상할 수도 없었다. 용은 종자 상태로 몇 년, 심지어 몇십 년이나 몇백 년 동안 기다리다가 주위에 위험이 없다고 생각될 때만 용화로 피어난다. 하지만 지금 류의 눈앞에 피어 있는 용화는 그런 상식을 완전히 뒤엎은 장소에서 피어나 있었다. 무룬 강의 강물이 지척인 이곳은 물을 먹기 위해 찾아드는 동물들의 시야에 완전히 노출되어 있었다. 설령 동물들이 용화를 뜯어먹지 않았다 하더라도 정찰 대원들의 눈까지 피할 수는 없었을 것이다.

의아해하던 류은 잠시 후 용화 근처의 땅에 뭔가가 말라붙은 자국이 있음을 깨달았다. 그것을 관찰하던 류은 곧 사태를 깨닫게 되었다. 그의 머릿속에서 몇십 년, 어쩌면 몇백 년에 걸쳐 이루어졌을지도 모르는 용화의 발아 과정이 순식간에 재구성되었다.

오래전, 어떤 용이 포자를 뿌렸다. 그 포자는 사방으로 흩어졌고 그중 하나가 무룬 강을 따라 흘러오다가 이곳에 멈췄다. 하지만 이곳은 용에겐 다시없이 적대적인 환경이었고 따라서 그 포자는 발아하지 않은 채 기다렸다.

그동안 한계선 남쪽에선 나가들에 의해 용화들이 남김없이 파괴되었다. 용화가 피기 힘든 한계선 북부에 가까스로 피어났던 몇 안 되는 용화들도 용근(龍根)을 탐낸 사람들에 의해 모조리 사라졌다. 하지만 바로 이곳, 나가들의 땅의 심장부라 할 수 있는 곳에 포자 하나가 남아 있었던 것이다. 용에게 가장 위험한 땅이었기에 그 씨는 발아되지 않았고, 그래서 섣불리 발아했던 다른 씨들과 달리 살아남을 수 있었다.

도대체 얼마의 시간이 흘렀는지 짐작할 수도 없는 기다림 후, 그 씨 위에 어떤 나가가 고통 속에서 구토했다. 나가가 가까이 있는 이상 일반적인 경우라면 용의 포자는 절대로 발아하지 않았을 것이다. 하지만 나가의 토사물 속에는 특별한 것이 섞여 있었다. 바로 소드락이었다.

소드락은 씨에 영향을 끼쳤고 마침내 그 씨는 발아했다. 륜이 잠들어 있는 몇 시간 동안, 용은 발아한 다음 폭발적으로 성장하여 벌써 꽃까지 피워버린 것이다. 륜은 자신이 이 용화를 피어나게 했다는 사실에 놀랐다. 그리고 그것을 바로 자신이 꺾어야 한다는 사실에 안타까움을 느꼈다.

용은 너무 위험하다. 나가의 최대 적수라 할 수 있는 도깨비들은 피에 대한 공포 때문에 투쟁을 싫어한다. 그들이 가장 좋아하는 운동이 피를 볼 일이 거의 없는 씨름이라는 점은 유념할 만한 사실이다. 하지만 용은 그런 공포를 가지고 있지 않으며, 도깨비보다 더 거대한 불꽃을 일으킨다. 다른 나무들에겐 최악의 적이라 할 수 있다. 그리고 나무들의 적은 나가의 적이다.

륜은 탐탁잖은 기분 속에서 손을 뻗었다.

다음 순간, 륜은 땅을 파헤치기 시작했다.

자신도 명확히 무슨 일을 하는지 깨닫지 못하면서 륜은 황급히 땅을 파헤쳤다. 얼마 지나지 않아 용근이 드러났다. 그것은 이미 용의 모습을 그럭저럭 갖추고 있었다. 민들레의 뿌리처럼 길게 내려간 꼬리 위로 몸통은 접혀진 날개로 감싸여 있었다. 줄기와 연결된 머리 부분에는 이미 가시 같은 뿔과 눈까지 형성되어 있었다. 눈꺼풀은 꽉 닫혀 있었다. 조심스럽게 용근의 흙을 털어내며 륜은 무의식 중에 닐렀다.

〈나가들은 너를 죽이려 하겠지. 나처럼.〉

자신의 니름을 들은 후에야 륜은 자신과 용의 공통점을 깨달았다. 심장을 가진 나가와 불을 뿜는 용, 둘 다 나가의 땅에선 생존이 용납될 수 없는 존재들이었다. 륜은 굳은 결심을 한 얼굴로 용의 줄기를 뜯어내었다.

륜은 강가로 다가갔다.

륜은 겉옷을 찢어낸 다음 그것을 물에 적셨다. 그리고 륜은 이끼를 모아 젖은 천조각 위에 깔고 그 위에 용근을 조심스럽게 놓았다. 그다음, 배낭 속에서 소드락 하나를 꺼내어 가루로 만든 다음 용근 위에 뿌렸다. 천조각을 다시 감싼 륜은 그것을 조심스럽게 묶으며 닐렀다.

〈내가 널 피어나게 했어. 그러니 내가 널 지켜주겠어. 아스화리탈.〉

류의 손이 움찔하며 멎었다. 하지만 류은 곧 벌떡 일어나서 천조각을 배낭에 집어넣었다.

〈아스화리탈. 너를 아스화리탈이라고 부르겠다.〉

용근을 챙겨든 류은 강변을 따라 무룬 강을 거슬러 올라갔다.

구출대는 무룬 강을 따라 열흘 정도를 걸었다. 그 거대한 강을 따라 걷는 여행이 길어질수록 티나한의 성격은 점점 더 날카로워졌다. 비록 티나한이 존경할 만한 자제력을 보여주고 있었지만 지상에서 가장 강력한 존재가—그것도 7미터짜리 철창을 들고 있는—신경이 날카로워져 있다는 것은 다른 동행자들을 불편하게 만들기에 충분했다. 가장 곤혹스러운 것은 티나한이 도통 자려들지 않는 것이었다. 비형은 그 이유를 물었고 티나한은 더듬거리며 대답을 거부했다. 그런 사태가 이틀 동안 계속되자 케이건은 단검을 꺼내든 다음 말없이 덩굴을 베기 시작했다. 덩굴을 엮어 튼튼한 밧줄을 만든 케이건은 그것을 티나한에게 건네었다. 그 광경은 비형의 상상력을 자극했다.

"오? 고통을 덜기 위해 자살하라는 건가요?"

"……아니오. 발목을 나무에 묶은 다음 자라는 거요."

티나한은 마침내 편히 잠들 수 있게 되었다. 그제야 비형은 티나한이 자다가 강물에 빠질까봐 걱정하고 있었다는 것을 깨달았다. 그들의 야영지가 보통 강물에서 수십 미터씩 떨어진 곳임을 놓고 볼 때 비형은 레콘들의 공수증(恐水症)이 어느 정도인지 실감할 수 있었다. 호기심이 발동한 비형은 어느 날 밤 티나한이 자고 있는 동안 그 밧줄을 풀어보았다.

비형은 그 결과에 만족할 수 있었다. 다음 날 비형은 분기탱천한 티나한의 손에 하마터면 유명을 달리할 뻔했다.

케이건이 노랫소리를 들은 것은 비형이 티나한을 향해 '더 가까이 오면 침 뱉을

지도 몰라요.'라는 둥의 헛소리를 외치고 있을 때였다.

  남겨진 수명을 헤는 일도 두렵고
  썩어들어가는 수족을 추스리는 짓도 포기한 지 오래.
  지상에서 가장 외로운 고목 아래에 걸터앉아
  빛나던 이들을 생각한다.

  케이건은 고개를 돌리며 손을 들어올렸다. 비형을 향해 풍부한 해부학적 지식이
담긴 폭언을 퍼부어대느라 바빴던 티나한은 그 손짓을 보지 못했고, 그래서 케이
건은 손을 거칠게 흔들었다. 티나한이 겨우 부리를 닫자 강 건너편에서 들려오는
노래는 보다 뚜렷하게 들렸다.

  사랑하는 나의 왕이여, 내 주인이여.
  질투 많은 운명조차 일벗지 못할 영광을 주신 분이여.
  어버이께서 주신 내 육은 이곳에서 썩어들어가나
  왕께서 일깨워주신 내 영은 영광 속에서 영원하리라.

  륜은 스스로 노래를 부르며 동시에 그 노래를 감상했다. 화리트가 그의 머릿속
에 심어둔 노래는 기억의 형태였고 따라서 륜은 자신의 목소리를 통해 처음으로
그 노래를 듣는 셈이었다. 륜은 그 단순한 선율이 이상하도록 힘에 차 있다는 사실
에 놀랐다. 하지만 그가 느낄 수 있는 것도 거기까지였다. 륜은 왕이 무엇인지 알
고 있었지만 그것은 빙하가 무엇인지 알고 있다는 것과 마찬가지였다. 열대의 키
보렌에서 나고 자란 그가 빙하의 무서움에 대해 피상적인 이해밖에 할 수 없듯이,
왕이 없는 사회에서 살아온 륜은 자신이 부르는 연군가(戀君歌)의 정서를 제대로 이
해할 수 없었다. 하지만 노래가 바치는 찬양의 대상은 곧 다른 이에게 옮겨갔다.
륜은 자신이 부르는 노래에 귀를 기울였다.

아름다운 나의 벗이여. 내 형제여.

살았을 적 언제나 내 곁에, 죽은 후엔 영원히 내 속에 남은 이여.

다시 돌아온 봄이건만, 꽃잎 맞으며 그대와 같이 걸을 수 없으니

봄은 왔으되 결코 봄이 아니구나.

케이건은 눈앞의 세상이 흔들리는 것을 느끼며 손을 옆으로 뻗었다. 단단한 나무의 감각이 그에게 위안이 되어주었고, 케이건은 가까스로 현실 감각을 잃지 않았다. 비형은 기대감 가득한 목소리로 말했다.

"노래입니다! 그 나가겠지요?"

"그런 것 같소."

"그런데 건너편이잖아요. 어떻게 우리의 가수에게 연락하죠? 고함을 지를까요?"

"나가니까 못 들을 거요. 노래를 부르기는 하지만……, 우리가 건너가도록 합시다."

티나한은 그 말에 대경실색해서 강물을 바라보았다. 케이건은 고개를 가로저었다.

"티나한 당신은 여기 있으시오. 나와 비형이 딱정벌레를 타고 건너가서 그 나가를 데려오겠소."

티나한은 안도의 한숨을 내쉬었다. 비형은 딱정벌레를 불렀다. 나늬가 비형 앞으로 걸어오자 비형은 재빨리 올라탔다. 하지만 케이건은 여전히 강변에 선 채 강 건너편에서 들려오는 가느다란 노랫소리에 귀를 기울이고 있었다. 그의 홀린 듯한 시선을 보며 비형은 당황하여 외쳤다.

"뭐해요, 케이건?"

"아."

케이건은 누구에게 끌려오듯 부자연스러운 동작으로 딱정벌레 위에 올라앉았다. 비형이 등딱지를 두드려 신호를 보내자 나늬는 겉날개를 펼치더니 폭발하는 기세로 날아올랐다. 삽시간에 숲이 발아래로 쑥 내려갔다. 비형은 다시 신호를 보내어 강물 위로 날아가게 한 다음 등 뒤의 케이건을 돌아보았다. 뭔가 말을 걸고 싶었지만 웅왕거리는 날개 소리 때문에 대화를 나눌 수는 없었다. 비형은 묻는 듯

한 시선을 보내었고 케이건은 그 시선을 외면했다.

강물을 내려다보며, 케이건은 속으로 이를 갈았다. 대사원에서 저 나가에게 가르쳐준 노래가 하필 저것이라니. 물론 더할 나위 없이 분명한 신호가 되어주었고 그래서 케이건은 진정할 수 있었다. 그때 비형이 그의 어깨를 툭 쳤다. 고개를 돌려보자, 비형은 입모양을 크게 강조하며 말하고 있었다.

"보입니다!"

케이건은 허리를 옆으로 기울여 비형이 가리키는 곳을 바라보았다. 그곳에선 나가 한 명이 걸어오고 있었다. 케이건은 고개를 끄덕였고 비형은 딱정벌레를 그쪽으로 몰아갔다.

나가의 모습이 더 커졌다. 주위를 이리저리 둘러보고 있었지만 요란한 소리를 내며 다가가는 딱정벌레 쪽은 쳐다보지 않고 있었다. 그 모습을 물끄러미 바라보던 케이건이 갑자기 신음을 흘렸다.

"요스비?"

저 아래쪽에서 걷고 있는 나가는 요스비가 틀림없었다. 그 걸음걸이는 요스비의 걸음걸이였고 그 손동작은 요스비의 손동작이었다. 무엇보다도 허리에 차고 있는 사이커가 확실한 증거였다.

케이건은 비명처럼 외쳤다.

"요스비!"

날갯짓 소리 때문에 케이건의 목소리는 지워졌다. 케이건은 비형을 다그치듯 그 어깨를 흔들었지만 비형은 섣불리 내려서지 못했다. 강변엔 강물 속으로 뿌리를 뻗은 나무들이 가득했고 따라서 딱정벌레를 착륙시킬 만한 곳이 없었다. 비형은 어쩔 수 없이 딱정벌레를 선회시키며 착륙할 만한 장소를 골랐다. 그의 사정을 짐작한 케이건은 입술을 깨물며 초조함을 달랬다. 그의 눈은 나가에게서 떨어지지 못했다.

그때 비형이 다시 케이건의 어깨를 쳤다. 비형은 놀란 눈으로 다른 방향을 가리키고 있었다. 그 방향을 본 케이건은 또 다른 나가 한 명이 걸어오고 있음을 깨달왔다. 여자 나가였다. 그리고 커다란 검을 뽑아든 채 노래를 부르던 나가의 등 쪽으로 다가가고 있었다. 나뭇가지를 밀고 수풀을 헤치는 모습이 퍽이나 대단한 소리가 날 것 같았지만 앞쪽에 있는 나가는 아무것도 깨닫지 못한 듯 지금까지와 똑같이 걷고 있었다.

케이건은 황급히 외쳤다.

"내려갑시다!"

"뭐라고요?"

"내려가자고! 요스비가 위험하오!"

케이건의 입 모양을 읽은 비형은—요스비가 무슨 말인지 몰라 당황했지만—고개를 가로저었다. 발아래는 여전히 울창한 밀림이었다. 케이건도 그것을 깨달은 듯 다시 손짓을 하며 외쳤다.

"겉날개를 펴고 활공하시오! 뛰어내리겠소!"

비형은 감탄한 표정으로 케이건을 보았다. 그런 것도 알고 있냐고 묻는 얼굴이었지만 케이건은 다급한 시선으로 마주 볼 뿐이었다. 비형은 황급히 딱정벌레에게 신호를 보내었다.

나늬는 위로 힘껏 날아올랐다. 그리고 높은 하늘에 도달하자 속날개를 접어넣었다. 굉음이 사라졌다.

딱정벌레는 단단한 겉날개만 편 채 허공을 스르륵 미끄러졌다. 속날개가 움직이고 있을 때 그 탑승자는 옆으로 뛰거나 하지는 못한다. 속날개의 무시무시한 움직임에 휘말려 큰 사고를 당하게 되기 때문이다. 하지만 겉날개만 펴고 날아가는 지금은 옆으로 뛸 수 있는 요건이 갖춰졌다. 비형과 나늬는 필사의 기술을 다해 나가들을 향해 활공했다.

칼을 뽑아든 채 걸어오던 여자 나가는 이미 앞쪽의 나가에 지척까지 이르렀다. 갑자기 앞쪽에 있던 남자 나가가 고개를 돌리는 모습이 그들의 눈에 들어왔다. 니름을 들은 것일까? 남자는 놀란 기색으로 여자를 바라보았고 여자는 칼을 천천히 들어올렸다. 순간, 케이건이 우레 같은 노성을 지르며 아래로 뛰어내렸다.

"멈춰! 삼켜버리겠다!"

비형은 저 말이 저토록 실감나게 들릴 수 있다는 사실에 감탄했다.

물이 요란하게 튀어오르는 소리야 들리지 않았지만, 날아든 물방울은 류의 볼을 때렸다. 하지만 류은 강을 돌아보지 않았다. 그는 넋을 잃은 얼굴로 사모 페이를 바라보았다. 그의 머릿속에서는 인정하고 싶지 않은 사모의 니름이 계속해서 되풀이되고 있었다.

'쇼자인테쉬크톨?'

멍하니 굳어 있던 류과 달리 사모는 뒤로 한 발자국 물러나며 강변을 바라보았다. 놀라움을 금할 수 없는 광경이었다. 하늘에서 갑자기 떨어져 거창한 물보라를 일으킨 것은 어처구니없게도 인간이었다. 그리고 그녀의 놀라움은 인간이 강변 위로 올라왔을 때 경악으로 바뀌었다.

인간은 젖은 머리카락을 쓸어넘기지도 않은 채 곧장 등 뒤의 검을 뽑아들었고, 그 검을 보았을 때 사모는 가문을 방문한 남자들이 들려주던 무시무시한 괴물 이야기를 떠올릴 수 있었다.

〈나가 살육자?〉

나가들 사이에서는 오래전부터 한계선 근처에 출몰하며 나가를 잡아먹는 괴물에 대한 이야기가 전해져 온다. 그 괴물은 바라기라 불리는 쌍신검을 휘두르며 추위와 함께 나타난다. 그리고 추위 때문에 꽁꽁 얼어붙은 나가를 얼음 깨어먹듯이 씹어 먹는다고 한다. 지금껏 사모는 그 나가 살육자가 한계선의 추위를 상징하는 상상의 괴물일 거라고 여겼다. 하지만 지금, 그녀의 눈앞에서는 그 이야기 속에서 묘사하는 것과 똑같은 인간이 무시무시한 표정을 지은 채 달려오고 있었고 그것은 현실이 아니라고 니르기엔 지나치게 현실적이었다.

도전의 포효는 맹렬했고, 그 뒤를 이은 공격은 성난 하늘치 같았다.

사모는 아슬아슬한 순간에 쉬크톨을 위로 들어올릴 수 있었다. 그리고 낭패한 기분을 느끼며 다섯 번 더 방어해야 했다. 쌍신검의 공격은 여섯 번의 공격이 모두

가 한 번의 공격인 것처럼 계속 이어졌다. 쉬크톨과 바라기가 부딪치며 소름끼치는 굉음과 빗발 같은 섬광이 사방으로 비산했다.

여섯 번째 공격에서 사모는 겨우 틈을 찾아낼 수 있었다. 사모는 그 틈으로 세차게 쉬크톨을 찔러넣었다. 하지만 나가 살육자는 예상하고 있었다는 듯이 쉬크톨의 궤적에서 물러났다. 아니, 예상한 것이 아니라 몸에 익은 동작이었다. 사모는 그 회피에 크게 놀라며 긴장했다.

케이건 역시 놀랐다. 조금 전 그를 향해 날아든 반격 기술은 분명히 요스비의 것이었다. 여자를 다시 관찰한 케이건은 그 손의 위치나 발의 각도 등에서 요스비의 흔적을 더 많이 발견할 수 있었다. 케이건은 여자에게 시선을 고정시킨 채 등 뒤를 향해 외쳤다.

"요스비! 이 여자, 네 제자인가?"

뒤쪽에서는 아무 대답이 없었다. 요스비를 돌아보고 싶었지만 케이건은 눈앞에 있는 여자에게서 눈을 뗄 수 없었다. 한계선 근처에서 만날 수 있는 느린 나가가 아니었다. 눈앞에 있는 여자는 한계선의 나가가 소드락을 복용했을 때와 거의 비슷한 속도를 보여주고 있었다. 요스비의 제자라면 무턱대고 벨 수 없다고 생각하며 케이건은 두 손목을 비틀어 바라기를 반 바퀴 돌려쥐었다.

사모는 그 움직임에 의아해했다. 그러나 케이건이 공격을 시작한 순간, 사모는 그 무지막지한 공격에 당황했다. 숙련된 무술가답게 사모는 눈 깜짝할 사이에 사태를 이해했다.

바라기의 두 검날은 무게가 서로 달랐다.

보통의 검에서도 검날의 무게 중심을 일부러 어긋나게 만드는 경우가 있으며 사이커나 쉬크톨 또한 그런 검에 속한다. 다루기가 쉽지 않지만, 숙련자가 다룰 경우 이런 '비틀린 검'은 대단한 파괴력을 발휘한다. 무게가 서로 다른 바라기의 두 개의 검날 또한 무게 중심이 비틀린 칼처럼 작용한다는 점에서는 마찬가지였다. 하지만 보통의 칼과 다른 점이 있었는데, 검날의 방향을 바꿈으로써 검법이 두 가지로 변화할 수 있다는 점이었다. 조금 전의 연속 공격이 민첩했다면 지금의 공격은 실로 육중했다. 단순히 칼날의 무게가 두 배라는 것 이상의 거대한 기백에 사모는 감히 방어할 엄두도 내지 못한 채 물러나야 했다.

사모가 멀찌감치 떨어지자 케이건은 바라기를 옆으로 약간 눕히며 외쳤다.

"요스비의 제자인가?"

사모는 케이건의 입을 보고서 상대방이 말하고 있음을 깨달았다. 그녀는 청각에 주의를 기울이며 말했다.

"뭐라고 했지?"

"요스비의 제자인가?"

사모는 깜짝 놀랐다.

"어떻게 알았지? 넌 누구야?"

"이 근방에서는 나가 살육자로 알려져 있는 것 같더군."

케이건은 그렇게 자신을 소개하곤 등 뒤를 향해 외쳤다.

"이봐, 저 여자가 왜 널 공격하나?"

'저자가 륜까지도 알고 있나?' 사모는 계속되는 놀라움 속에서 겨우 입을 열었다.

"나가 살육자. 네가 요스비를 어떻게 알고 있지? 아니, 그것은 천천히 말하지. 비켜라."

"왜?"

"이것은 쇼자인테쉬크톨이다. 알고 있어?"

케이건은 그것을 알고 있었다. 범죄자의 추적과 살해를 친족에게 일임하는 이 무서운 관습은 잊기 어려운 것이다. 케이건이 고개를 끄덕이자 사모는 자신의 검을 앞으로 내밀어보였다.

"이 검은 쉬크톨이며, 한 사람을 죽인 다음 부러져야 되는 칼이야. 그리고 그 한 사람은 네가 아니다. 비켜줘."

케이건은 곤란하다고 생각했다. '그렇다면 저 여자는 요스비의 혈족이란 말이군.' 그러나 다시 생각해 본 케이건은 그럴 리가 없다는 사실을 떠올렸다. 나가 남자에겐 혈족이 없다.

"출가외인인 남자에게 쇼자인테쉬크톨이라니?"

"우리에 대해 많이 알고 있군. 하지만 더 많은 것을 알려줄 생각은 없어. 당장 비켜!"

케이건은 비키는 대신 젖은 머리카락을 세게 쓸어넘겼다. 머리카락은 기이하게 꿈틀거리다가 어깨와 얼굴에 달라붙었다. 두억시니 같은 모습이 된 케이건은 가라앉은 목소리로 말했다.

"먹어주지."

케이건은 검을 뒤로 바싹 당기며 검의 무게와 균형을 맞추듯 허리를 앞으로 약간 굽혔다. 사모는 그 황당하기까지 한 자세에 놀랐다. 어떤 검법에서도 준비 자세에서 상체를 앞으로 숙이지는 않는다. 뒤로 간다면 모를까, 앞으로 나아가는 데는 방해되기 때문이다. 하지만 사모 페이는 바라기가 신경 쓰였다. '저런 이상한 칼에는, 이상한 자세가 필요할지도 모른다.' 처음 보는 이 묘한 자세에 적응하기 위해 사모는 쉬크톨을 비스듬히 내민 채 잠시 기다렸다.

케이건이 원한 것이 그것이었다.

케이건은 뒤로 홱 돌아 달렸다. 뒤도 돌아보지 않는 그 도주에 사모는 잠시 지체할 수밖에 없었다. 그것은 륜 또한 마찬가지였다. 그래서 륜은 케이건이 자신의 허리를 껴안으며 물에 뛰어들 때까지도 반항하지 못했다.

케이건과 륜은 요란한 물보라를 일으키며 강물에 빠졌다.

륜은 공포에 찬 니름을 닐렀다. 하지만 상대방이 인간이라는 것을 깨달은 륜은 육성으로 외쳤다.

"나는 나가라고!"

덕분에 륜은 꽤 많은 물을 삼키게 되었다. 물 속에서 고함을 지르면 그렇게 되는 것이 당연하다. 입속으로 왈칵 쏟아져 들어오는 물 때문에 륜은 공황 상태에 빠져버렸다. 헤엄친다는 것은 상상도 해본 적이 없었지만 륜은 본능적으로 거칠게 발버둥을 쳤다. 하지만 물의 차가움 때문에 몸은 빠르게 식어갔고 륜은 다리의 움직임이 느려지는 것을 깨닫고는 공포에 질려버렸다.

류의 몸이 굳어지자 케이건은 좀 더 쉽게 류을 다룰 수 있었다. 한쪽 팔로 바라기와 류의 허리를 껴안고 다른 손으로 힘껏 물을 저으며 케이건은 수면을 향해 헤엄쳤다. 물보다 무거운 몸을 가진 사람은 레콘뿐이다. 차가움 때문에 물에 들어가지 않지만, 나가도 인간이나 도깨비처럼 물과 비슷한 비중을 가지고 있다. 또한 몸부림을 치거나 하지 않는 류은 케이건을 편하게 해주었다. 케이건은 곧 수면 위로 머리를 내밀 수 있었다.

물 밖으로 머리를 내민 케이건은 거친 숨을 몰아쉬며 주위를 둘러보았다. 곧 케이건은 쉬크톨을 움켜쥔 채 무서운 눈으로 그를 쏘아보고 있는 사모를 발견했다. 하지만 사모는 물에 뛰어들지는 못했다. 케이건은 그녀에게서 고개를 돌렸다. 그리고 누운 자세로 헤엄을 치며 비형을 찾았다.

비형은 하늘에서 빙글빙글 돌며 걱정스러운 표정으로 그를 내려다보고 있었다. 케이건은 가볍게 손을 흔들어 보인 다음 아래로 내려오라고 손짓했다. 류이 아무리 다루기 쉽다 해도 그를 껴안은 채 넓은 무룬 강을 가로질러 갈 수는 없었다. 비형은 고개를 가로저었다.

'세 명을 태우고 날 수는 없습니다! 게다가 어떻게 태울 작정입니까?'

비형의 얼굴을 읽은 케이건은 손짓으로 자신의 뜻을 전달했다.

'내려와서 이 나가만 데려가시오. 그 딱정벌레는 발로 나가를 끌어올릴 수 있잖소. 나는 혼자서 헤엄쳐 건널 거요.'

케이건은 의미가 분명한 손짓을 해보였고 비형은 곧 이해했다. 위험한 일이었기에 비형은 조심스럽게 아래쪽으로 딱정벌레를 몰아갔다.

딱정벌레가 수면 가까이로 내려오자 거센 바람이 케이건의 얼굴을 때렸다. 강물은 거대한 파문을 일으키며 옆으로 번져갔고 그 때문에 케이건과 류은 위아래로 거칠게 출렁거렸다. 파도와 물방울이 튀어오르자 겁을 먹은 딱정벌레 나늬는 더듬이를 움직여 더 내려가고 싶지 않다는 의사를 말했다. 비형은 나늬의 등을 쓸어 만지며 달래었다. 비형의 격려에 나늬는 다시 아래로 조금씩 내려갔다. 케이건은 위아래로 출렁거리면서도 내려오는 딱정벌레의 발을 주의 깊게 바라보았다.

모두 극도로 집중하고 있었기에 다가오는 위험을 깨달은 것은 강 건너편에서 보고 있던 티나한이었다. 티나한은 가슴을 거대하게 부풀린 다음 벽력처럼 외쳤다.

"비—형—! 조—심—해—!"

　가까운 곳에 서 있으면 그 소리에 밀려 쓰러진다는 레콘의 계명성(鷄鳴聲)이 터지자 숲에서 새들이 일제히 비명을 지르며 날아올랐다. 그 거대한 소리는 딱정벌레의 광포한 날개 소리를 뚫고 비형의 귀에 전달되었다. 비형은 깜짝 놀라 강 건너편을 바라보았고, 그때 티나한이 다시 계명성을 질렀다.

"날—아—올—라—!"

　비형은 두 번 생각할 겨를도 없이 위로 날아올랐다. 케이건은 어처구니없는 표정으로 딱정벌레를 바라보았다. 그러나 시야를 가리던 딱정벌레가 사라지자 케이건 또한 다가오는 위험을 확인할 수 있었다. 케이건은 욕설을 내뱉었다.

"빌어먹을, 정신 억압자라니!"

　한 손으론 왕독수리의 목깃털을, 다른 손으론 쉬크톨을 움켜쥔 채 사모 페이가 폭풍 같은 기세로 날아들고 있었다.

　황급히 피하긴 했지만, 비형은 티나한이 가르쳐준 위험이 정확하게 무엇인지 알지 못했다. 하지만 나늬의 복안은 등 뒤에서 날아드는 위험을 볼 수 있었다. 나늬는 빠른 속도로 상승했고 비형은 하마터면 강물에 떨어질 뻔했다. 순식간에 백여 미터나 솟구친 나늬는 허공에서 몸을 뒤집었고 비형은 그제야 저 아래에서 날개치는 왕독수리를 볼 수 있었다.

　왕독수리는 나늬가 있던 지점을 빠르게 통과했다. 케이건은 머리 위를 스치듯 지나가는 왕독수리의 모습에 눈을 감았다. 눈 깜짝할 사이에 케이건의 머리 위를 지나친 왕독수리는 그대로 반대쪽 강변으로 날아갔다. 티나한은 벼슬을 곤두세우며 철창을 움켜쥐었다. 하지만 왕독수리는 숲에 부딪히지 않기 위해 고도를 높였다. 왕독수리는 강변의 숲머리를 스칠 듯이 날아 선회했고, 날개 바람에 휘말린 나뭇잎들이 폭발하듯 튀어올랐다. 마치 키보렌이 왕독수리의 발을 붙잡으려 수천 개의 손을 뻗어올리는 것 같은 광경이었다. 하지만 왕독수리는 영광에 찬 날갯짓으로 키보렌의 손길을 뿌리치며 휘돌아올랐다.

다시 강물 위로 날아들며 사모는 거대한 외침을 토했다.

"강변으로 돌아가라! 그렇잖으면 가만두지 않겠다!"

케이건은 분노에 찬 눈으로 사모를 쏘아보았다. 하지만 상황은 나아지지 않았다. 왕독수리는 딱정벌레와 달리 악어를 잡아채는 사냥 실력을 가지고 있고 따라서 케이건이 거부한다면 사모는 쉽게 그를 낚아올릴 것이다. 암담한 상황 속에서 케이건은 동행자의 자격 요건에 대한 회의를 느꼈다. 셋이 하나를 상대한다고? 도대체 대적자여야 할 레콘이 강 저편에 고립되어 있다니.

하지만 티나한은, 그리고 레콘을 동행시킨 하인샤 대사원의 승려들은 케이건을 실망시키지 않았다.

"저리 꺼져라, 이 덩치 큰 병아리야!"

우레 같은 고함 소리와 함께 나무가 날아들었다.

그것은 진짜 '나무'였다. 뿌리와 줄기, 가지, 그리고 잎사귀들까지 갖춘 버젓하고 보편타당한 나무였다. 하지만 일반적으로 나무는 하늘을 날아다니지 않는다. 왕독수리를 다급히 날아오르게 하면서도 사모는 자신이 있던 자리를 통과하는 5년생 고무나무를 공포에 질린 채 내려다보았다.

가공할 속도로 날아온 나무는 수면과 충돌한 후 다시 날아올랐다. 물이 화산처럼 치솟는 가운데 나무는 강변의 숲에 틀어박혔다. 사모는 왕독수리의 등깃털을 잡아뽑을 듯이 움켜쥔 채 반대쪽 강변을 바라보았다. 그곳에서는 레콘이 또 다른 나무를 부둥켜안고 있었다.

이 어처구니없는 상황에서, 사모는 그러나 분노를 느끼기 시작했다. 그녀는 나무를 사랑하는 나가였다.

"그짓 당장 멈춰라! 나무를 내버려둬!"

티나한은 부리를 부딪치며 나무를 놓았다. 사모는 안도했으나 곧 커다란 실망과 분노, 그리고 황당함을 느꼈다. 티나한은 양손으로 나무 한 그루씩을 붙잡았다. 고

무나무와 광대싸리를 한 그루씩 움켜쥔 티나한은 허리를 낮췄다가 일시에 펴며 두 팔을 좌우로 밀었다. 각자 4미터가 넘는 나무들이 부르르 떨리는 모습을 보며 사모는 비명을 질렀다.

"당장 멈춰!"

티나한은 들은 체 만 체하며 다시 허리를 낮췄다가 일시에 폈다. 그의 몸이 세 배로 부풀어오르며 두 그루의 나무는 좌우로 벌어져 뿌리가 드러났다. 티나한은 두 그루의 나무를 투창처럼 차례로 집어던졌다. 사모는 왕독수리를 더 높이 날아오르게 할 수밖에 없었다. 영웅적이라는 말로도 부족할, 실로 초인적인 위업을 펼쳐보였으면서도 티나한은 도통 성취감을 느낄 수 없었다.

"젠장! 안 맞는군!"

강물 속에서 출렁거리며, 케이건은 구출대의 일원으로 레콘을 배정한 대사원의 승려들도 레콘이 이런 종류의 활약을 펼쳐주리라 예상하지는 못했을 것이라 생각했다. 티나한이 수 톤짜리 바위를 집어던졌다 하더라도 이토록 놀랍지는 않았을 것이다. 물론 바위가 나무보다 무거운 것은 당연하다. 하지만 땅에 뿌리를 내린 나무는 고정되어 있다는 느낌이 바위보다 훨씬 강하다. 오직 하늘치를 상대해 온 티나한만이, 즉 하늘을 날아다니는 수 킬로미터 크기의 물고기를 겨냥하며 살아온 레콘만이 물고기도 하늘을 날아다니는데 나무가 하늘을 날아다녀서 안 될 것이 뭐냐는 식의 상식 파괴를 저지를 수 있을 것이다.

'대적자가 맞군.'

케이건은 가볍게 감탄하며 티나한이 있는 강변을 향해 헤엄쳐갔다. 그의 왼쪽 겨드랑이에 끼여 있는 륜은 이제 뻣뻣하게 변해 있었고, 그래서 오히려 케이건이 물에 뜨는 것을 도와주고 있었다. 허파에 공기가 들어 있는 인간이나 나가는 물에 뜬다. 익사자가 물에 가라앉는 것은 물을 삼켰기 때문이다. 케이건은 륜이 물을 마시지 않도록 얼굴을 하늘로 향하게 한 채 조심스럽게 륜을 끌고 갔다. 수백 미터나 되는 강폭이지만, 티나한이 계속 엄호해 준다면 케이건은 어떻게 가로지를 수 있으리라 판단했다.

하지만 강 저편에서 들려온 단말마의 비명은 그런 낙관적인 전망을 싹 날려버렸다. 고개를 든 케이건은 상류를 보았다.

케이건의 얼굴이 창백해졌다.

왕독수리는 발에 거대한 악어를 움켜쥔 채 날아들고 있었다. 생애의 많은 부분이 다양한 폭력으로 얼룩져 있는 케이건이나 티나한 같은 사내들도 이런 종류의 공격은 상상도 할 수 없었다. 티나한이 기막힌 비명을 지를 때 왕독수리의 발이 악어를 탁 놓았다.

사지를 꿈틀거리며 날아드는 4미터 크기의 악어라는, 유사 이래의 전란사의 한 장을 충분히 장식하고도 남을 위력적인 공대지 공격이 무른 강 수면 위에 작렬했다.

악어는 티나한의 몇 미터 앞에 떨어졌다. 수 미터 크기의 물보라가 강변을 덮쳤다. 물론 티나한은 왕독수리가 악어를 놓자마자 나무와 수풀을 닥치는 대로 부러뜨리며 뒤로 도망친 후였고, 그래서 물을 뒤집어쓰는 끔찍한 꼴은 당하지 않았다. 삽시간에 강변에서 20미터나 물러난 티나한의 뒤로는 코끼리떼가 지나간 것 같은 자취가 남았다. 자신이 만든 그 엄청난 자국의 첨단부에 주저앉아서, 티나한은 헐떡이며 하늘을 올려다보았다. 사모는 경멸 어린 눈으로 레콘을 노려본 다음 다시 수면을 향해 날아들었다. 케이건은 이제야말로 꼼짝할 수 없게 되었다고 생각했다.

하지만 케이건과 티나한, 그리고 사모 페이는 한 사람을 너무 오랫동안 잊고 있었다.

"셋이 하나를 상대한다지요?"

그 호탕한 외침은 누구에게도 들리지 않았다. 딱정벌레 날개 소리에 묻혀졌기 때문이다. 문득 좋지 않은 예감을 느낀 사모는 주위를 둘러보았다.

그리고 사모는 수십 마리나 되는 딱정벌레가 자신을 향해 날아드는 모습을 보곤 숨이 턱 막혀버렸다.

물론 비형에게는 딱정벌레의 체온이 나가의 눈에 어느 정도로 보일지 짐작할 방도가 없었다. 무익한 추론을 계속하는 대신, 비형은 온갖 온도의 도깨비불을 만들어내었다. 그러자 도깨비에 대해 잘 아는 사람이라면 충분히 짐작할 수 있는 일이 일어났다. 비형은 그만 도깨비불을 만들어내는 행위 자체에 심취해 버린 것이다.

하늘 저쪽에서 딱정벌레, 풍뎅이, 사슴벌레, 그리고 하늘소라 짐작되는, 그러나 상식적으로 존재할 수도 없는 형태의 추상적인 도깨비불을 만들어내며 즐겁게 날아다니던 비형은 티나한의 단말마에 겨우 예술 세계에서 현실 세계로 관심을 돌릴 수 있었다. 그리고 현실 세계를 직시하게 된 예술가가 흔히 그러하듯 비형은 상황이 심각하다는 것을 깨달았다. 비형은 마음속으로 티나한과 케이건에게 사과하며 지금껏 만들어낸 예술품 전부와 함께 사모에게로 돌격했다.

'오늘 이곳 무룬 강은 상식 파괴의 향연장이로군.'

눈을 부릅뜬 채 하늘을 쏘아보며 케이건은 그렇게 생각했다. 하늘 한쪽을 완전히 뒤덮은 채 4미터에서 12미터까지 이르는 온갖 크기의 불꽃의 딱정벌레들이 불꽃의 도깨비 기수들을 태운 채 유성우처럼 날아들고 있었다. 현란함에 눈이 멀어버릴 것 같은 광경이었지만, 케이건은 어렵지 않게 비형을 찾아낼 수 있었다. 동시에 케이건은 왕독수리 위의 나가는 절대로 비형을 찾아내지 못하리라 확신했다.

실제로 그러했다. 냉철한 이성으로 그것이 도깨비불이라는 것을 어렵잖게 판단했지만, 사모는 그중 어느 것이 진짜인지 확인할 도리가 없었다. 그녀의 당황은 왕독수리에게도 그대로 전해졌고 그러자 왕독수리의 비행이 눈에 띄게 비틀거리기 시작했다.

사모에게 더욱 좋지 않았던 것은, 강변에서 멀찍이 떨어진 티나한이 수모를 입은 전사가 당연히 취해야 할 행동에 착수했다는 점이다. 티나한의 보복은 하늘에 숲을 조성하는 것이었다. 티나한은 울분을 그런 식으로 풀어야 한다는 듯이 닥치는 대로 나무를 뽑아서 집어던졌다. 자신에게 닥쳐오는 위험은 둘째 치더라도, 사모는 나무들이 그런 무지한 피해를 당하는 것을 견디기 어려웠다.

마침내 사모는 왕독수리의 내면을 향해 강력한 '개념'과 '의지'를 쏘아보냈다.

왕독수리는 기류를 타고 높이 솟아올랐다. 지평선이 발아래로 쑥 내려가고 땅이 어떤 무가치한 거짓말처럼 여겨지는 고도에 도달했을 때 사모는 고개를 돌려 저 아래에 푸른 뱀처럼 꿈틀거리는 무룬 강을 내려다보았다. 검은 강물 위를 방황하는 도깨비불들은 이 까마득한 높이에서 반딧불이들의 군무처럼 보였다.

그리고 사모는 자신이 암살에 실패한 것에 대해 화를 내어야 할지 안도해야 할지 알 수 없어하고 있음을 깨달았다.

'륜.'

동생의 이름을 불렀을 때 사모는 나가 살육자가 말했던 다른 이름도 떠올렸다. 사모는 그 이름의 소유자가 이미 죽었다는 사실에 안도했다. 죽이지 않아도 되기 때문이다. 그리고 사모가 그자에게 느낄 수 있는 감정은 그것이 전부였다. 그 이름을 들었을 때 사모의 감정은 순수한 당혹뿐이었다.

'요스비. 당신 이름이 왜 자꾸 거론되는 거지?'

차가운 몸에 햇살이 스며들길 한참, 마침내 륜은 온기 속에서 눈을 떴다. 그리고 곧 그 사실을 후회했다.

그의 눈에 들어온 것은 괴물 같은 세 명의 불신자의 얼굴이었다. 물고기처럼 미끈미끈한 인간의 얼굴과 붉은 과일을 연상시키는 도깨비의 우둘투둘한 얼굴, 그리고 깃털이 부숭부숭 덮인 레콘의 얼굴. 공포에 질린 륜이 눈을 부릅떴을 때 그들 중 도깨비가 입을 여닫았다. 륜은 비명을 질렀다.

〈살려줘! 나를 잡아먹지 마!〉

륜을 탓할 수 없는 오해였다. 말을 하는 기행을 저지르곤 했던 륜이었지만 그 또한 나가였고 아직 입의 움직임과 소리라는 것의 관계를 본능적으로 깨달을 수는 없었다. 륜은 황급히 자신의 허리를 더듬었다. 하지만 사이커는 어디로 갔는지 보이지 않았다. 그때 인간이 손을 들어 륜의 주의를 끌었다. 인간은 손가락으로 자신의 입과 귀를 번갈아 가리켰다. 륜은 그 의미를 깨달았다. 청각에 주의를 집중시키자 마침내 인간의 목소리가 들려왔다.

"들리나? 들리면 대답을 해. 니르지 말고 말로."

"들립니다."

도깨비가 경탄하며 외쳤다.

"목소리가 참 아름답군요! 왜 그 좋은 목소리를 쓰지 않는 겁니까?"

"우리는 니를 수 있어서……, 그런데 당신들은 나를 해칠 작정입니까?"

인간과 도깨비가 서로를 쳐다보았다. 인간이 다시 미심쩍다는 듯이 말했다.

"노래를 부르지 않았나?"

륜은 그제야 화리트가 해 주었던 말을 떠올렸다. 륜은 안도하며 서서히 일어났다.

"당신들이 그 세 명의 불신자군요. 저를 대사원으로 데려다줄."

일어나 앉은 륜은 자신이 햇빛이 잘 드는 강변의 바위 위에 눕혀져 있음을 알게 되었다. 나가에 대해 잘 아는 자가 있었던 모양이다. 도깨비가 몸서리를 치며 말했다.

"허! 정말 소름이 돋을 정도로 멋진 목소리인데요. 나는 비형 스라블이라고 합니다. 그런데 니른다는 건 무슨 말이죠?"

"우리들이 의사를 나누는 방식을 니르는, 아니, 말하는 겁니다."

륜은 힘들게 미소를 지었다. 그때 인간이 손에 든 것을 앞으로 내보였다. 륜은 그것이 자신의 사이커임을 알고는 손을 뻗었다. 하지만 인간은 사이커를 도로 끌어당겼다. 륜이 놀라서 쳐다보자 인간은 무거운 어조로 말했다.

"나는 케이건 드라카다. 그런데 너는 누구냐?"

"예?"

"너는 누구냐고 물었다. 왜 요스비의 사이커를 가지고 있는 거지?"

륜이 깨어나기 전, 양지바른 곳에 똑바로 누운 륜을 자세히 관찰한 케이건은 그 나가가 요스비가 아니라는 사실을 깨달았다. 의아해진 케이건은 륜의 사이커를 다시 확인했다. 하지만 그것은 요스비의 사이커가 분명했고, 그래서 케이건은 혼란스러워하고 있었다.

하지만 류 또한 혼란을 겪긴 마찬가지였다. 그는 지금껏 요스비의 이름을 육성으로 들어본 적이 없었다.

"저는 류 페이라고 합니다. 그리고 그 사이커는 제 아버님의 것인데요? 제 아버님은……."

아버지의 이름을 말하려는 순간, 류은 깨달았다. 류은 믿을 수 없다는 눈으로 케이건을 바라보았다.

"요스비, 요스비입니다! 맞아, 그렇게 발음하는군! 이럴 수가, 육성으론 처음 발음해 보는군요."

케이건은 고개를 가로저었다. 육성으로 처음 발음했다는 것을 믿지 못해서가 아니었다. 케이건은 류이 말한 다른 단어를 받아들일 수 없었다.

"아버지라고? 나가에게는 아버지가 없다. 무슨 말이냐?"

"당신, 우리에 대해 대단히 많이 아는군요?"

"질문에 대답해 줬으면 좋겠는데. 아버지라는 것은 무슨 뜻이지?"

"저를 만들어준 남자죠. 당신들이 사용하는 그대로의 의미입니다."

"나가는 아버지라는 것을 믿지 않아. 어차피 난혼이라서 아버지가 누군지 알기도 어렵지만, 그보다는 남자가 주는 것은 어머니가 먹고 마신 모든 것들과 같이 재료의 하나일 뿐이라고 생각하기 때문이야. 그래서 너희들은 어머니만 인정해. 내가 말한 것 중 사실과 다른 것이 있나, 류 페이?"

류은 놀라움 속에서 고개를 가로저었다.

"당신 말이 다 맞습니다. 정확하게 알고 계시는군요."

티나한과 비형은 다시 감탄하며 케이건을 바라보았지만 케이건은 우쭐해하거나 미소 한 번도 짓지 않은 채 차갑게 말했다.

"그렇다면 이제 네가 왜 아버지라는 말을 사용하는 건지 설명해 주겠나?"

"그 전에 당신이 어떻게 요스비를 아시는지 설명해 주시겠습니까?"

"그의 왼팔을 나눠먹었기 때문에 알고 있다."

류은 경악했다. 티나한과 비형 또한 놀란 눈으로 케이건을 바라보았다. 류은 잘 나오지 않는 육성을 억지로 쥐어짰다.

"뭐라고…… 했습니까?"

"요스비의 왼팔을 나눠먹었던 적이 있다고 말했다. 그가 잘랐고, 내가 요리했지."

류은 괴성을 지른 다음 졸도해 버렸다.

케이건은 탐탁잖은 표정을 한 채 기절한 류을 가만히 내려다보았다. 괴괴한 침묵 후에 비형이 질린 얼굴로 말했다.

"지금 나눈 이야기가 다 무슨 말이죠?"

"이 친구는 내가 알던 나가의 아들인가 보오. 하지만 이해할 수 없군. 일반적으로 나가들은 부자 관계를 모르오. 그런 관계가 있다는 것은 알고 있지만, 우리 같은 미개한 불신자들이나 믿는 비논리적인 미신 정도로 취급하지. 그래서 나는 이 친구의 말을 믿기 어렵소."

"아니, 그것 말고요. 왼팔을…… 나눠먹었다는 것이 도대체 무슨 말이죠?"

케이건은 비형을, 그리고 티나한을 차례로 쳐다보았다. 하지만 그는 비형의 질문에 대답하는 대신 다른 말을 꺼내었다.

"미안하지만 여기서 지체할 시간이 없소. 불을 본 나가들이 벌떼처럼 몰려들 거요. 빨리 갑시다. 티나한. 괜찮다면 이 나가를 좀 업어주시오."

비형은 대답을 피하는 케이건에게 불만을 느꼈지만 케이건의 지적은 무시할 수 없었다. 그가 하늘에 만들어보인 딱정벌레들은 수십 킬로미터 밖에서도 보였을 것이다. 티나한은 혼절한 류을 들어올려 어깨에 걸쳤다. 그리고 나서 일행은 북쪽을 향해 걸어갔다.

얼마 있지 않아 해가 졌다. 하지만 케이건은 멈춰 쉬는 것을 허락하지 않았다. 보름달이 뜨는 것을 확인한 케이건은 밤에도 계속 걸을 것을 요구했다. 케이건은 그들이 쫓아버렸던 정신 억압자가 되돌아올 거라 믿었다. 그 나가는 쇼자인테쉬크톨이라는 말을 거론했고, 케이건이 아는 바에 따르면 쇼자인테쉬크톨은 절대로 중단되지 않는다. 게다가 그 쉬크톨은 반드시 륜이 있는 곳을 찾아낼 것이다. 그래서 케이건은 나가들의 활동이 느려지는 밤 동안 거리를 더 벌려두길 원했다. 케이건의 설명을 들은 두 사람은 한숨을 쉬며 동의했다.

기묘한 밤이었다.

응결되어 흘러내리는 수증기는 열대의 밀림이 흘리는 식은땀이었다. 보름달은 그들의 앞길을 밝혀주기보다는 오히려 혼란스럽게 만들었다. 뒤엉킨 가지들 사이로 쏟아져내리는 달빛은 질량을 가진 무거운 모래가 흘러내리는 것처럼 보였다. 원근의 사악한 자리바꿈들. 발아래는 때로는 땅이었고 때로는 쌓인 나뭇잎이었고 때론 늪이었다. 늪지대의 허공을 맴도는 광기 어린 불빛들은 일행의 소음 때문에 더욱 괴상한 춤을 추었다. 철벅거리는 소리, 턱에 차는 호흡 소리, 다급한 발소리. 때론 발길에 채인 돌멩이가 나무에 부딪혀 소름끼칠 정도의 굉음을 울려퍼지게 만들었다. 보다 단단하고 차가운 북방의 나무라면 낼 리가 없는 소리였건만 이 밀림 속의 어떤 나무들이 내는 소리는 섬뜩하리만큼 생물의 비명을 닮아 있었다.

륜이 깨어난 것은 새벽녘이었다. 잠깐 동안 륜은 자신이 어디에 있는지 알지 못했다. 세상이 너무 이상하게 움직이고 있었고 자신의 자세나 위치 또한 낯설었다. 자신이 거대한 레콘의 어깨 위에 얹혀져 있다는 것을 깨달은 것은 정신을 차리고도 한참 후였다.

륜은 내려달라고 외쳤지만 티나한은 들은 척도 하지 않았다. 레콘이 자신의 니름을 듣지 못한다는 것을 상기해 낸 륜은 말을 했다.

"내려줘요."

티나한은 그 소리를 들었다. 그리고 앞서 걸어가던 비형과 나늬, 케이건도 들었다. 케이건은 잠시 주위를 둘러보다가 일행을 멈춰서게 했다. 땅에 서게 된 륜은 그것만으로도 혼란이 많이 사라진 기분을 느꼈다. 륜은 이제 긴 여정 동안 자신을 보호해 줄 사람들에게 호의적인 미소 정도는 지을 수 있다고 생각했다. 하지만 륜의 미소는 다가오는 케이건의 모습을 보자마자 일그러지기 시작했다. 티나한과 비형은 기대감과 불안이 뒤섞인 시선으로 두 사람을 바라보았다.

"케이건 드라카라고 했습니까?"

"그렇다. 륜 페이. 네가 정말 요스비의 아들이냐? 그걸 어떻게 증명할 수 있지?"

륜은 분노 속에서 말했다.

"제 사이커가 증거입니다. 그 사이커를 가지고 있던 분께서 제가 당신의 아들이라고 하셨습니다."

"요스비가 직접 닐러줬다는 거냐?"

"예."

케이건은 고개를 가로저었다.

"내가 아는 요스비는 그럴 사람이 아니다. 그는 논리적인 나가였다. 내가 죽음의 위기에 처하자 자신의 왼팔을 잘라먹였을 만큼."

륜의 눈이 커졌다. 비형과 티나한은 전율하면서도 케이건의 설명에 빠져들었다.

"감수성 예민한 얼간이들이 그 행동을 가리켜 고귀한 자비심이나 위대한 희생정신이라고 환호를 보내었다면 그것은 요스비를 화나게 했을 것이다. 요스비가 왼팔을 자르기로 결정한 것은 지극히 논리적인 관점에서였다. 세 가지 이유에서 그는 그렇게 했다. 그가 오른손잡이였고, 두 다리는 걷기 위해 필요했고, 나가의 팔은 언젠가는 재생된다는 것. 요스비에겐 그것으로 충분했고 그래서 주저없이 왼팔을 잘랐다. 요스비는 그런 사람이었다. 내 팔이 재생된다 하더라도 내가 그럴 수 있을지 의문스럽군."

륜은 자신도 의문스럽다고 생각했다. 케이건은 준엄하게 말했다.

"그래서 요스비가 그런 미신을 닐렀을 리는 없는 것 같다. 륜 페이. 나가에게 아버지라는 것은 미신이야."

"하지만 당신께서 그렇게 니르셨습니다. 저도 그 니름을 믿고요."

"있을 수 없는 일이야."

케이건은 고개를 가로저었다. 륜은 노하여 외쳤다.

"그렇다면 그렇게 논리적이셨던 아버님께서 왜 인간 따위에게 당신의 왼팔을 잘라주셨는지 설명해 주시겠습니까? 그거야말로 미신적이고 비논리적인 일 아닙니까? 도대체 제 아버님과 당신 사이에는 무슨 일이 있었던 겁니까? 당신은 우리 아버님에게 있어 무엇이었습니까?"

케이건은 이맛살을 찌푸린 채 륜을 바라보았다. 그의 입술은 꽉 닫힌 채 미동도 하지 않았다.

한참 후, 케이건은 허리춤에 꽂아두었던 사이커를 뽑아들었다. 케이건은 그것을 륜에게 내밀었고 륜은 받아들었다. 케이건은 지친 어조로 말했다.

"말할 의무가 없다."

"예?"

"말할 의무가 없어. 내가 한 말은 다 잊어라. 너도 내게 말해 줄 필요 없다. 나는 여전히 요스비가 부자 관계라는 것을 인정했다고 믿을 수 없다. 그렇다면 네가 요스비의 아들이든 아니든 상관없는 일이겠지."

"잠깐만요! 당신은 그렇게 그만두고 싶더라도 저는 그러고 싶지 않아요. 말씀해 주십시오! 당신과 아버님은 무슨 관계였습니까!"

"다른 사람에게 물어봐."

케이건은 몸을 돌렸다. 륜은 다급하게 외쳤다.

"다른 사람 같은 건 없어요! 당신이 유일한 사람입니다. 당신 이외에 아버님을 알고 있는 유일한 사람은 저를 죽이기 위해……."

륜의 말을 무시하며 걷던 케이건은 문득 이상한 것을 느끼고 돌아보았다. 그리고 케이건은 놀랐다. 륜은 무서운 경련을 일으키고 있었다.

"륜! 왜 그러나?"

비형과 티나한도 벌떡 일어나 달려왔다. 하지만 륜은 몸을 떨 뿐 대답하지 못했다. 케이건은 그의 어깨를 힘껏 붙잡아 누른 채 잠자코 기다렸다. 비형과 티나한이 걱정스러운 얼굴로 다가왔을 때까지도 륜은 입을 열지 못했다. 사실 그는 계속해서 외치고 있었지만.

〈제 누님이 저를 죽이려 합니다! 제 누님이 저를 죽이려 합니다!〉

류은 격렬하게 외쳤다. 하지만 케이건은 뭐가 뭔지 모르겠다는 얼굴을 한 채 그를 바라보고 있을 뿐이었다. 그리고 그 뒤쪽으로 다가선 도깨비와 레콘 역시 바보처럼 어리둥절해했다. 류은 분노를 삼키며 외쳤지만 그들, 그 괴물 같은 세 개의 얼굴은 아무런 반응도 보여주지 않았다. 미칠 것 같은 분노 속에서 류은 겨우 입을 열 수 있었다.

　"……가 저를 죽이려…… 합니…….""

　"죽이려 한다? 그 정신 억압자? 아아. 그렇잖아도 그것을 물어볼까 했었다. 남자에게 무슨 쇼자인테쉬크톨이라는 거지? 무슨 오해가 생긴 건가?"

　류은 정신적 비명을 질렀다.

　〈맙소사, 그런 문제가 아냐! 사소한 오해, 어이없는 웃음을 터뜨리거나 짜증스러워할 그런 문제가 아니라고! 사모 페이가 나를 죽이려 하는 거란 니름이야!〉

　하지만 그의 맹렬한 니름은 케이건과 비형, 티나한 그 누구에게도 영향을 끼치지 못했고 그들 세 사람은 설명을 기다린다는 듯이 류을 바라보고만 있었다. 더 참을 수 없었던 류은 거칠게 몸부림치며 그의 니름을 듣지 못하는 인간을 왈칵 떠밀었다. 밀려난 케이건은 눈살을 찌푸리며 말했다.

　"왜 이러는 거야?"

　기가 막힌다는 듯이 케이건을 바라보던 류의 입이 가까스로 열렸다.

　"그 여자는 제 누님입니다!"

　"엑? 누나가 당신을 죽이려 한 겁니까?"

　비형이 깜짝 놀라서 외쳤고 티나한 역시 놀란 듯이 어깨 깃털을 불쑥 세워보였다. 하지만 케이건은 놀라지 않았다.

　"쇼자인테쉬크톨이라면 그 쉬크톨의 암살자는 네 친족이겠지. 하지만 너는 남자잖아. 적출식을 끝냈다면 그 여자는 네 누나가 아냐. 아니, 방문할 수도 없으니 남보다 더한 남이지. 도대체 어떤 오해가……."

　"적출하지 않았습니다."

　"뭐라고?"

류은 오른손으로 자신의 심장 부위를 덮듯이 하며 말했다.

"적출하지 않았어요. 저는 심장을 가지고 있습니다."

이번에는 케이건도 다른 두 사람과 놀라움을 공유할 수 있었다. 케이건이 입을 열었을 때 그의 목소리는 경악으로 흔들리고 있었다.

"적출하지 않았다고?"

"예. 적출식에서 도망쳤습니다. 도망치기 전에 저는……."

그리고 류은 화리트의 이야기를 하려 했다. 하지만 케이건은 거칠게 손을 내저어 류의 말을 막았다.

"적출하지 않았다는 거냐?"

류은 어리둥절한 얼굴로 고개를 끄덕였다. 그는 나가도 아닌 케이건이 왜 적출하지 않았다는 말에 신경 쓰는지 알 수 없었다. 하지만 케이건은 곧 설명했다.

"나는 당연히 네가 적출했을 줄 알고 마음 놓고 물에 던진 거란 말이다. 설마 익사할 리는 없을 테니까."

"예……. 그리고 보니 죽을 뻔했군요."

케이건은 고개를 돌려 비형을 바라보았다.

"비형. 류을 데리고 곧장 대사원으로 날아가시오."

"예?"

"당신 딱정벌레에 이 친구를 태워서 날아가시오. 천천히 걸어돌아갈 여유가 없소. 나는 이 친구에 대해서는 조금도 걱정하고 있지 않았소. 최악의 경우 머리와 몸 정도만 가져가도 임무가 성공한 거라 생각하고 있었소. 보호 대상이 잘 죽지도 않는 나가였을 때의 장점이지."

비형은 소름끼친다는 표정을 지었고 티나한은 부리를 쩍 벌렸다. 케이건은 계속 설명했다.

"하지만 심장을 적출하지 않았다면 그런 식은 안 되오. 게다가 땅끝까지라도 이 친구를 추적하기로 맹세한 암살자까지 붙어 있소. 도저히 여유를 부릴 수 없소."

"하지만 당신은 어쩌실 겁니까? 그리고 티나한은?"

"우리 둘은 천천히 따라가면 되오. 지금 신경 써야 할 것은 륜이지 우리가 아니오."

비형은 잠깐 고민하다가 고개를 가로저었다.

"아뇨. 곤란합니다. 셋만이 하나를 상대한다고 하잖습니까?"

"지금 그런 옛날이야기를 하고 있을 때가 아니오. 비형."

"하지만 대사원의 스님들은 그렇게 생각했기에 우리들을 선택했을 겁니다. 그리고 그 선택이 정확했기에 우리는 여기까지 도달할 수 있었고요. 그러니 돌아갈 때도 셋이 함께여야 될 거라 생각되는데요. 만약 저 혼자서도 할 수 있는 일이었다면 처음부터 딱정벌레에 저를 태워 이곳으로 보냈을 겁니다. 그렇잖습니까? 그냥 날아와서 륜을 태운 다음 돌아가면 훨씬 간단명료하잖습니까?"

케이건은 비형의 반론을 무시하려 했다. 하지만 곧 비형은 무시할 수 없는 가능성을 제시했다.

"그리고 무엇보다도 그 계획은 위험합니다. 왕독수리를 정신 억압할 수 있는 나가가 한 명뿐일 리는 없잖습니까? 하늘을 날아가는 저와 륜을 보고 참 바람직한 행동이라고 찬사를 보낼 또 다른 정신 억압자가 있을 수도 있잖습니까?"

케이건은 비형의 말에 일리가 있다는 것을 인정해야 했다. 케이건은 륜에게 질문했고 륜은 고개를 끄덕였다.

"제 누님처럼 약한 능력으로도 할 수 있으니, 좀 더 강한 정신억압력을 가진 나가라면 쉽게 왕독수리를 억압할 수 있겠지요."

"약한!"

티나한이 비명처럼 외쳤다.

"이런, 얼어죽을. 그 큰 왕독수리를 마음대로 다루는 걸 약하다고 말하는 거야?"

"왕독수리를 타는 건 균형 감각이나 힘 같은 것의 문제입니다. 당신이 그런 육체적 능력들에 놀란 것이라면, 예. 누님은 화로를 식힐 만한 역량을 보여주셨지요. 하지만 정신 억압의 경우엔 대단한 것이 아니었습니다. 왕독수리는 그다지 지혜로운 생물이 못 되니까요. 원숭이를 억압한다면 대단한 일이겠지만 왕독수리라면 쥐나 마찬가지입니다."

"쥐?"

"누님은 보통 식탁에 올릴 쥐를 마비시키는 데 그 능력을 사용하곤 했지요. 약한 능력이지만, 우아하게 사용하신 거죠."

사모에 대해 이야기하면서 류은 다시 가슴이 저릿해져 오는 것을 느꼈다. 쥐의 힘줄을 끊어 식탁에 올리는 다른 가문의 사육사들과 달리 사모는 가벼운 정신 억압으로 깔끔한 식사를 가능하게 했다. 사모의 정갈한 솜씨에 대한 생각에 골몰하는 바람에 류은 비형과 티나한이 속이 거북하다는 표정을 짓는 것을 보지는 못했다.

그런 거부 반응이 없는 케이건은 다른 것에 관심을 느꼈다.

"누나를 좋아하는가 보군."

"진심으로 사랑합니다."

"진심이라."

"네?"

케이건은 고개를 돌려 류을 외면했다.

"네 아버지는 진심이라는 말을 하지 않았다. 심장이 없는 나가가 진심이라고 말하는 것은 우습다는 것이 요스비의 설명이었지."

류이 당황하여 얼굴을 일그러뜨렸을 때 케이건은 덧붙이듯 말했다.

"하지만 심장을 가진 네가 그렇게 말하는 것은 어색할 것이 없는 것 같군."

류은 자신의 가슴을 쓸어 만지며 다시 케이건을 바라보았다. 케이건은 밀림을 휙 둘러본 다음 말했다.

"날 수 없다면 걸어야지. 어젯밤엔 많이 걸었으니 잠시 쉬었다가 출발하도록 합시다. 내가 먼저 불침번을 서겠소."

류이 다시 말하려 했을 때 케이건이 그를 똑바로 바라보며 고개를 가로저었다.

"더 이상 묻지 마. 나는 말하지 않겠다."

비아스 마케로우는 눈을 떴다. 잠자리는 마치 젖은 빨랫더미 같았다.

무거운 머리를 힘겹게 들어올린 비아스는 침대에 앉은 채 밖을 쳐다보았다. 바깥 공기는 놀랍도록 차가웠고 검은 밤 공기 속으로 더 검은 선들이 그어지고 있었다. 빗소리를 들은 것은 아니지만, 비아스는 바깥에 비가 오고 있음을 깨달았다.

물은 열을 삼킨다. 강물과 바다, 그리고 내리쏟아지는 빗줄기는 나가의 눈에 우울한 불투명으로 보인다. 비아스는 창문을 열어놓았음을 깨닫고는 짧게 투덜거렸다. 약술 실험을 끝낸 다음 환기를 시키기 위해 창문을 열어두었고, 그 때문에 방 안의 기온이 안면을 방해할 정도로 낮아져 있었다. 창문을 닫아야겠지만 비아스는 왠지 침대를 벗어나고 싶지 않았다. 방 안을 감도는 차가운 공기는 묘하게 적대적이었다.

갑자기 날카로운 정신적 파장이 들려왔다.

비아스는 움찔하며 그것에 집중했다. 잠시 후 비아스는 이를 갈며 벽 저편을 쏘아보았다. 카린돌 마케로우의 니름이었다. 아니, 니름이라기보다는 그저 강렬한 '감정'이었다.

남자를 찍어누르고 있는 것이 분명했다.

비아스의 비늘들이 요란한 소리를 내며 부딪쳤다. 하텐그라쥬의 모든 가임기 여성들의 공적을 쫓아낸 것은 그녀였지만, 이 불쾌한 비가 내리는 밤 그녀는 홀로 불쾌한 침대 속에 갇혀 있었다. 그리고 카린돌은 일부러 날카로운 니름을 발해서 그런 비아스를 조롱하고 있었다.

저것은 나를 약올리기 위해 남자를 끌어들인 거야.

비아스는 그렇게 생각할 수밖에 없었다. 카린돌은 남자를 원했던 적이 없다. 그런데 그날 저녁, 오래간만에 찾아온 방문자 앞에서 카린돌은 비아스와 다른 여자들을 놀라게 만들었다.

소메로와 비아스, 그리고 두 명의 이모들은 남자를 유혹하느라 정신이 없었고,

따라서 느닷없이 나타난 카린돌이 남자의 옆에 털썩 주저앉을 때까지도 카린돌의 존재를 깨닫지 못했다. 카린돌은 당황하고 있는 다른 여자들을 무시하며 남자의 허리를 슬쩍 끌어당기며 닐렀다.

〈귀엽게 생겼군.〉

카린돌은 그대로 남자를 자기 방으로 데려갔다. 다른 여자들은 카린돌이 남자에게 관심을 가졌다는 것 자체에 놀라느라 어떤 대처를 할 수 없었다. 다만 장녀인 소메로만은 희미한 미소 같은 것을 지으며 카린돌의 뒷모습을 바라보았다. 비아스는 그 미소에 동정심이 담겨 있다는 것을 깨닫고는 소메로에게 묻는 시선을 보내었다. 소메로는 부드러운 니름을 보내었다.

〈화리트를 대신할 것이 필요한 것이겠지.〉

〈설마 그렇게 혐오하던 남자가 화리트의 대신이 될 수…….〉

〈아니, 자식.〉

〈아.〉

비아스는 정신적 탄성을 지를 수밖에 없었다. 다른 이모들도 그제야 알았다는 얼굴이 되었다. 소메로는 기품 있게 옷자락을 정돈하며 닐렀다.

〈카린돌은 자식을 가지고 싶은 거야. 피로 이어졌던 유일한 가족이 없어졌으니까. 그러니 너무 언짢게 생각하지 마라. 비아스.〉

비아스는 소메로의 설명이 옳다고 생각했다. 하지만 이 비 내리는 밤, 비아스는 카린돌이 과연 자식을 가지고 싶어서 남자를 끌고 간 것인지 단순히 자신을 약올리기 위해 남자를 뺏어간 것인지 구분하기 어려웠다. 건물 저편에서부터 들려오는 카린돌의 의미 없는 감정어는 비아스에게 이렇게 니르는 것 같았다.

〈사모 페이가 없어져도 넌 남자를 가질 수 없어. 네가 지금껏 아이를 가질 수 없었던 것은 사모 때문이 아니거든. 그건 너 자신의 문제였어. 화리트가 너를 어떻게 거부했는지 생각해 봐. 설마 사모가 방해했기 때문이라고 니르지는 않겠지?〉

비아스는 이것이 불합리한 망상임을 잘 알고 있었다. 카린돌이 밖으로 니르는 것보다 더 많은 것을 머릿속에 담아두고 있다는 것은 분명해졌지만, 그렇다고 해서 카린돌이 비아스와 화리트 사이에 있었던 일에 대해서까지 알고 있을 리는 없다. 하지만 증오의 감정 속에 사로잡혀 있을 때 합리성을 따지기 어려운 것은 나가 또한 마찬가지이다.

비아스의 비늘들이 무서운 소리를 내며 부딪혔다. 다른 종족들이 들었다면 공포에 질릴 만한 소리였지만 비아스는 자신의 몸에서 나는 소리를 듣지 못했다. 하지만 자신의 기분은 잘 알고 있었다. 비아스는 자신이 카린돌에 대한 살의에 불타고 있음을 깨달았다.

'카린돌을 죽인다고?'

생각의 그 지점에서, 비아스는 움찔하며 멈춰선 채 주위를 둘러보았다. 자신의 내면을 이리저리 둘러보면서 비아스는 그것이 가능한 일인지에 대해 생각했다. 심장도 뽑지 않은 남자를 죽이는 것과 성인 여자를 죽이는 일이 똑같을 수는 없다. 하지만 비아스는 카린돌을 죽였을 경우에 얻는 장점에 대해 생각해 보지 않을 수 없었다. 죽은 화리트 자신을 제외한다면 카린돌은 비아스가 화리트를 죽였다는 사실을 알고 있는 유일한 사람이다. 카린돌은 그 사실에 대해 함구할 것이라고 암시했지만 그런 종류의 암시에 영속성을 기대하긴 어려울 것이다. 또한 카린돌을 제거하면 경쟁 상대를 줄일 수 있다는 장점이 있었다. 비아스는 그 가능성에서 눈을 돌리지 못했다.

자식을 가질 수 있어.

'그건 네 문제라니까. 누가 방해해서 그런 게 아니야.'

카린돌의 정신인지 비아스 자신 속에 있는 누구인지 구분할 수 없는 정신이 들려왔다. 비아스는 노하여 외쳤다.

닥쳐! 사모 때문에 남자 씨가 마를 지경이었다는 건 누구나 알고 있었어!

'사모가 없어진 지금도 네가 그렇게 홀로 침대에 앉아 있는 이유는 뭐지?'

네년 때문이지, 카린돌 마케로우. 네년 때문이라고.

누군지 구분할 수 없던 소리는 사라졌다. 우울한 차가움으로 가득한 어둠을 노려보며 비아스는 이를 갈았다.

내 자식을 만들어주길 거부했던 꼬마는 죽었고, 내 남자를 뺏어갔던 여자는 하텐그라쥬 밖으로 쫓겨났어. 내가 그렇게 했지. 너라고 예외가 될 것 같냐, 카린돌?

카린돌은 대답하지 않았다. 대신 비아스 속에 있는 살인자가 속삭였다.

'아니. 예외가 되지.'

어째서?

'화리트와 달리 카린돌에겐 심장이 없으니까. 전설 속의 나가 살육자처럼 꽁꽁 얼려서 깨어버리는 방법이 아니라면, 도대체 어떻게 죽이지?'

비아스는 침묵했다. 그러나 그 침묵은 길지 않았고, 잠시 후 그녀는 자신의 내부를 향해 조심스럽게 속삭였다.

심장이 없는 나가를 어떻게 죽이지?

모든 나가 남자들과 마찬가지로 카루는 노련한 방랑자였다. 타고난 방랑자인 레콘들이라면 나가들이 적대적인 환경 하에서 방랑한 적이 없다는 것을 지적하긴 할 것이다. 그들은 이렇게 말할 것이다. "한계선 남쪽이라면, 나가들에겐 집에 있는 것과 다를 바가 뭐 있느냐?" 산 것만을 먹기에 요리 도구 따위를 지참할 필요가 없고, 불규칙한 식사량과 식사 간격에도 아랑곳하지 않으며, 추위를 막아줄 불이나 옷 같은 것도 가지고 다닐 필요가 없는 나가 남자의 방랑은, 인간이나 레콘이 보기엔 방랑이라는 말이 어울리지 않을 정도로 손쉬워 보이는 것이 사실이다.

하지만 어떤 적대적인 환경도 이겨낼 수 있는 강인함이나 지혜로움은 방랑자에게 요구되는 첫째 자질은 아니다. 방랑은 더 어려운 조건에서 수행했을 때 더 높은 가치를 가지는 놀이나 운동 경기 같은 것이 아니다. 손 뻗어오거나 말 걸어오지 않는 세상 속에서 자신을 표지 삼아 떠도는 행위에서 절대적으로 요구되는 것은 고독을 견디는 힘이다. 그런 점에서, 카루는 노련한 방랑자라고 할 수 있다.

노련한 방랑자답게, 카루는 가장 적절한 대처를 취했다. 카루는 애원했다.

〈저, 제 목에 겨누고 계신 칼부터 좀 치워주시면 안 될까요?〉

눈 깜짝할 사이에 나타나 그의 목을 겨누고 있는 여자는 평온한 니름을 보내어왔다.

〈나는 암살자야.〉

〈알고 있습니다. 사모 페이시죠? 얼마 전에 하텐그라쥬에서 떠나왔습니다. 제 피가 이 칼에 묻으면 추적에 방해될 텐데요.〉

사모는 고개를 갸웃했다.

〈그렇다면 더욱 치워주기 곤란한데.〉

〈예?〉

〈너는 나를 훔쳐보고 있었어. 지난 이틀 동안.〉

카루는 노련한 방랑자의 자부심에 금이 가는 것을 느꼈다. 사모는 계속 닐렀다.

〈뭘 모르고 따라오는 거라고 생각하고 쫓아버릴 생각이었어. 하지만 너는 내가 누군지 알고 어떤 일을 하고 있는지도 알면서 따라온 것이군. 그건 정말 이상한데. 도와주러 따라온다는 것은 니름이 안 되고, 그럼 남는 건 방해하려는 의도인가. 아는지 모르겠지만 쉬크톨이 단단한 까닭은 쇼자인테쉬크톨의 모든 방해물을 베어 넘길 수 있어야 하기 때문이야. 자, 이제 자신이 고귀한 임무의 방해물이 아니라는 것을 입증해 보겠어?〉

〈입증하지 못한다면 어떻게 되죠? 이미 말씀드렸듯이 제 피가 묻으면……〉

〈닦아내고 내 피를 다시 먹이면 돼. 쇼자인테쉬크톨의 편리한 점이지. 반드시 피붙이가 추적하기 때문에 피를 조달하는 것은 쉽지.〉

아무렇게나 다루어지는 섬세한 슬픔. 사모의 니름 속에는 카루를 질리게 만드는 그런 것이 있었다. 카루는 애써 대범하게 닐렀다.

〈아, 그렇군요. 그래서, 저를 어떻게 하실 거죠?〉

〈글쎄. 특별히 생각해 둔 바는 없어. 지금으로선 발목을 베는 것 정도가 괜찮을 것 같다고 생각돼. 발목이 다시 자라났을 때쯤이면 네가 무엇이든 나를 더 추적하는 것은 불가능해지겠지.〉

카루는 얼굴을 찡그리며 과장되게 슬퍼했다.

〈오, 그러지 마세요. 1년 동안 절뚝거리란 니름입니까?〉

〈그럼 눈을 찔러줄까? 몇 개월이면 될 테니. 하지만 그건 더 불편할 텐데.〉

카루는 하텐그라쥬에서 가장 유명한 여인과 조금 더 농담을 나누고 싶었지만 곧 그 생각을 바꿔먹었다. 쉬크톨의 검끝이 얼굴 쪽으로 올라오기 시작했기 때문이다. 카루는 다급히 나가와 인간과 도깨비, 심지어 레콘까지도 위협을 잠시 멈추게 할 수 있는 마법의 니름을 꺼냈다.

〈저 기억 안 나십니까?〉

쉬크톨의 불길한 움직임이 멈췄다. 사모는 카루를 뚫어지게 바라보았다. 잠시 후 사모는 약간 자신없는 어투로 닐렀다.

〈페이 가문을 방문했었니? 미안하지만 나는 남자들과 그다지 깊이 사귀지 않아서 기억이 안 나는데.〉

〈저는 마케로우 가문의 방문자였습니다. 화리트를 호위해서 페이 가문에 찾아간 일이 있습니다.〉

〈아! 기억나는군. 스바치였던가?〉

〈스바치는 제 동행이었지요. 저는 카루입니다.〉

사모는 고개를 끄덕였다.

〈좋아. 카루. 하지만 아직 뭔가가 입증되진 않은 것 같아.〉

카루는 조금 전 농담을 하면서 이미 대답할 니름을 준비해 두었다.

〈먼저 좀 상관없게 들리는 니름을 하겠습니다. 당신과 륜 페이는 매우 각별한 남매 사이로 알려져 있습니다. 맞습니까?〉

사모는 조금도 흔들리지 않았다.

〈그걸 내가 인정하면 어떤 일이 일어나는 거지?〉

〈제가 이 통탄할 만한 비극에 대해 유감을 표시할 수 있게 되죠.〉

쉬크톨이 다시 올라왔고, 카루는 다급히 니름을 이었다.

〈하지만 그에 앞서 당신이 이 임무에 어려움을 느낄지도 모른다는 의심을 제기할 수 있죠.〉

〈불쾌한 의심이군. 하지만 의심하는 거야 네 자유겠지. 그래서?〉

〈그래서, 마케로우 가문은 당신이 성실히 임무를 수행할지 궁금해할 수도 있겠지요. 어쨌든 사랑하는 남동생을 죽이는 일이니까요.〉

〈암살이 제대로 이행되는지 감시하라는 부탁을 받은 거야?〉

〈그런 니름은 하지 않았습니다.〉

사모는 고개를 끄덕였다. 쇼자인테쉬크톨의 실행 여부를 의심한다는 것은 대단히 무례한 일이므로 그걸 인정할 수는 없다. 그리고 그것은 바로 카루가 바라는 바였다. 실제로 카루는 마케로우 가문과는 아무 상관이 없었으므로.

아무것도 인정하지 않으며 사모를 오해하게 한 카루의 니름재주는 제법 훌륭했다. 하지만 그 때문에 카루는 사모의 분노를 정면으로 받게 되었다.

〈이런 생각이 드는데. 카루.〉

〈어떤 생각이십니까?〉

〈네 머리를 잘라낸 다음 가지고 돌아가면 어떨까 하는 생각. 그럼 '내 사랑하는 남동생'도 살릴 수 있고, 가문에 부과된 목숨값도 갚게 되고, 그 속임수를 보고할 감시자 또한 없어지는 거지.〉

〈제 머리를 어떻게…….〉

〈칼자국을 심하게 내어 얼굴을 못 알아볼 정도로 만들면 되겠지. 괜찮은 생각인 것 같지 않아? 어떻게 생각해, 카루?〉

자신의 니름재주를 저주하며, 카루는 그만 자신이 마케로우 가문과는 아무 상관이 없다고 니를 뻔했다. 하지만 그가 니르기 전 사모가 쉬크톨을 거둬들였다.

〈별로 괜찮은 생각이 아냐.〉

〈제 생각에도 그렇군요.〉

〈감시하고 싶다면 얼마든지 그래도 좋아. 카루. 그러기로 하고 대가를 약속받았을 테니. 마케로우 가문은 자신이 당연히 받을 것을 의심함으로써 헛돈을 쓰게 되었군.〉

한숨을 돌린 다음, 카루는 조심스럽게 질문했다.

〈남동생을 반드시 죽일 생각이시군요?〉

〈마케로우 가문이 그걸 원하잖아?〉

〈이건 제가 궁금해서 여쭙는 겁니다. 사랑하는 남동생이지 않습니까?〉

섬광이 카루의 눈을 찔렀다. 사모는 고의적으로 쉬크톨을 칼집에 마찰시키며 뽑아내었고, 마찰열에 의해 순간적으로 뜨거워진 쉬크톨이 공기를 찢자 카루의 눈앞은 현란한 색채의 소용돌이로 바뀌었다. 그리고 그 색채가 사라졌을 때 카루는 쉬크톨의 검끝이 자신의 왼쪽 눈 바로 앞에 떠 있는 것을 보고 경악했다.

〈감시는 허락했지만 질문은 허락한 기억이 없어. 카루. 눈 하나로도 감시는 할 수 있을 테지?〉

〈제발…….〉

〈이건 두 번째 경고야. 그리고 나는 세 번째 경고를 해본 기억이 별로 없는 것 같아. 네가 유념해 둘 만한 사실이라고 생각돼.〉

쉬크톨이 돌아갔다. 정신을 짓누르던 공포가 사라진 후에야 카루는 사모의 동작들이 얼마나 매끄럽고 우아하며 단순한지에 대해 놀랄 수 있었다.

사모는 배낭을 들어올린 다음 니름없이 걸어갔다. 카루는 조심스럽게 그 뒤를 따랐고, 그녀가 그것을 묵인한다는 사실에 기뻐했다.

암살자와 동행하는 것만큼이나 확실하게 륜을 찾아낼 방법은 없었다. 쉬크톨을 든 암살자는 반드시 륜을 찾아낼 테니까. 그리고 혹 륜이 화리트의 대행자가 될 가능성이 있는 경우, 카루는 다른 누구보다도 암살자의 곁에 있어야 했다. 하지만 조금 전 사모의 칼놀림을 본 카루는 자신이 그녀를 막을 수 있을지 확신할 수 없었다. 결국 카루는 사모로 하여금 그가 가지고 있는 의심, 즉 화리트의 살해자가 륜이 아닐지도 모른다는 의심에 동참하게끔 해야겠다고 결정했다.

하지만 동시에 카루는 이틀 정도가 지나기 전까진 사모에게 니름을 걸지 말아야겠다고도 결정했다.

륜은 서서히 다른 일행에게 익숙해졌다. 그것이 '서서히' 이루어진 까닭은 륜이 조심성 많고 주의 깊은 성격이어서가 아니다. 그와 다른 일행들의 의사 전달 방식이 달라도 너무 달랐기 때문이다.

류은 자신이 재치있는 사람이라고까진 생각하진 않았지만 상황에 어울리는 농담 한두 마디 정도는 떠올릴 수 있다고 생각해 왔다. 그 믿음에는 잘못된 것이 없다. 하지만 류은 언제나 나름으로 농담을 건넸고, 주위의 누구도 들어주지 않는다는 것에 당황했다. 그가 사태를 깨달았을 때는 언제나 가장 재미있는 순간이 지나간 후였다. 그리고 같은 상황이 비형에게는 더욱 가혹하게 작용했다. 비형은 언제나 농담할 기회만 기다리고 있었기 때문이다. 하지만 비형은 도깨비다운 슬기로움을 발휘하여 말이 아닌 표정이나 동작으로 류을 웃게 만드는 재주를 습득했다.

류은 도깨비와 레콘에 대해 매일 새로운 것을 알게 되었으며 그 사실을 즐겼다. 하지만 마지막 일행인 인간에 대해서는 언제나 모호한 기분밖에 느낄 수 없었다. 케이건의 해박함은 비형과 티나한에게는 유쾌한 놀라움으로 다가왔지만 류에게는 불만거리로 다가왔다. 일찍이 티나한과 비형을 당황하게 했던 '케이건의 친절'은 류에겐 분노의 대상이 되었다. 티나한이 닷새 동안 세 번이나 똑같은 질문을 했을 때, 그리고 그때마다 처음 질문을 받았다는 듯이 똑같은 대답을 차분히 들려주는 케이건을 보았을 때 류은 마침내 분노를 터뜨렸다.

류은 요스비에 대해 알고 있는 모든 것을 말하라고 케이건을 윽박질렀다. 류은 자신이 요스비의 아들로서 아버지의 이야기를 들을 권리가 있다고 주장했다. 하지만 케이건은 거절했다. 그것은 비형과 티나한도 당황하게 만들었다. 어떤 질문에도 대답하고 무엇에도 무관심한 것 같은 케이건이 그렇게 완강하게 대답을 거절하는 모습은 비형에게는 신비로워 보일 지경이었다.

그것이 부끄럽기 때문일까?

비형은 어떤 추측을 떠올렸다. 혹 케이건은 증오의 대상에게서 도움을 받았다는 것을 수치스러워하고 있는 것일까? '나가들이 원하지 않기에' 케이건은 '나가들을 토막내어 삶아먹는다.' 그리고 요스비라는 나가는 '케이건이 죽음의 위기에 처하자 자신의 왼팔을 잘라먹였다.'고 했다. 비형이 알고 있는 사실들만을 놓고 볼 때 그것은 '적의 일원에게서 구원받은 생명'이라는 케케묵은 이야깃거리를 구성하고 있다. 비형은 그것이 사실에 가까우리라 생각했다. '그렇구나. 자기가 미워해야 하는 자가 오히려 자기를 구해 줬다는 것에 당황하고 수치스러워하는 거야! 그래서 그 요스비라는 나가에 대해서는 아예 이야기도 하고 싶지 않은 거야. 그것 이외엔 해답이 없잖아?' 비형은 자신의 추리를 직설적인 도깨비 화법으로 케이건에게 들려주었다. 그리고는 곧 뭔가 잘못되었다는 것을 깨달았다.

비형은 거의 모든 종류의 반응을 예상하고 있었다. 하지만 케이건은 비형이 전혀 예상하지 못한 반응을 보였다. 케이건은 멍하니 그를 마주보았다.

"제 이야기가 틀렸습니까?"

"아니…… 글쎄. 출발합시다."

그리고 케이건은 하루하고도 반나절 동안 일행을 걷게 했다. 티나한마저 투덜거릴 정도의 살인적인 행진이었지만 비형은 케이건이 분노 때문에 그렇게 행동했다고 생각되지 않았다. 이틀째 되던 날, 지쳐 쓰러질 지경이 된 비형에게 다가온 케이건은 낮은 목소리로 말했다.

"잘 모르겠소. 비형. 그건 아닌 것 같군."

비형은 한참 동안 숨을 골라야 했다. 단지 피로 때문만은 아니었다.

"다음부터 말입니다, 제 질문이 하루하고도 반나절을 더 걸어야 적합한 대답을 떠올릴 수 있는 종류일 경우, 그냥 그 질문을 잊어주십시오. 알겠습니까?"

"알겠소."

"……정말 그런 것이었습니까?"

"그랬소."

마침내 륜은 포기했다. 케이건은 실수로라도 요스비에 대해 거론하지 않으려 했다. 그리고 륜은 케이건에게 더 이상 요구하는 것이 도리에 맞지 않는다는 느낌을 받았다. 그것은 비형이나 티나한이 얼간이 같은 질문을 조심하게 된 것과 같은 이유에서였다. 자신을 위해 열성을 기울이는 사람에게 그가 싫어하는 것을 요구할 수는 없다. 케이건은 언제나 다른 세 사람을 위해 행동하고 있었다. 만약 케이건이 없다면 다른 세 사람은 큰 낭패를 겪을 것이다.

그것은 북쪽으로의 귀환 열닷새째에 일어난 사건으로 분명해졌다. 그날 아침 눈을 뜬 일행은 비가 오고 있음을 깨달았다.

티나한은 주먹을 휘둘러 동굴을 만들었다. 비형은 그렇게 표현했고 륜은 굳이 반대할 필요를 느끼지 못했다. 물론 티나한이 종유석과 석순으로 치장된 아름다운 동굴을 만들어냈다는 말은 아니다. 하지만 그의 강맹한 주먹이—혹은, 필사적인 주먹이 휘둘러진 자리엔 파석과 잡석들이 벽과 기초를 이루었고 티나한이 밀어버린 다섯 개의 바위들은(그중 하나는 최소 7톤은 넘어보였다.) 서로 맞물려 지붕이 되었다. 대피소를 만드는 방식치고는 언어도단이랄 만큼 초인적이었기에 나머지 일행들은 경외감도 느끼지 못했다. 어쨌든 그 믿기 어려운 대역사 끝에 티나한은 레콘 다섯 명이라도 숨어서 비를 피할 수 있을 만한 동굴을 만들어내고 말았다. 레콘은 하나뿐이었고 그에 필적할 만한 크기의 일행은 나늬뿐이었기에 동굴은 꽤 널찍했다. 그리고 티나한은 그 동굴 가장 깊은 곳에 웅크리고 앉아 세상을 부정하기 시작했다. 심히 애처로운 광경이었다.

"저는 바위를 깨고 하늘을 난다는 말이 일종의 비유법이라고 생각했습니다. 그런데 알고 보니 그건 담백하기 짝이 없는 사실증언이었군요?"

비형은 대피소 가운데 불을 일으키며 낄낄거렸다. 대피소의 입구 가까이에 앉아 있던 케이건은 쏟아지는 비를 보며 무거운 한숨을 내쉬었다. 그리고 륜은 티나한과 비슷한 정도의 깊이에서 바위에 기대어 앉아 있었다. 륜은 아직까지도 자신이 등을 기대고 있는 바위가 자연에 의해 수만 년에 걸쳐 형성된 것이 아니라 공포에 질린 레콘이 반 시간 만에 만들어낸 것이라는 사실에 완전히 적응하지 못한 상태였다.

쏟아지는 빗물 때문에 기온은 나가가 '얼어붙을' 정도로 낮아져 있었다. 케이건이 대피소를 만드는 티나한에게 그런 미친 짓을 계속한다면 내버려두고 가겠다고 경고했으면서도 그러지 않고 머물게 된 것은 륜 때문이었다. 평균적인 건강을 가진 인간이라면 가볍게 비를 맞으며 걸어다닐 만한 날씨였지만, 강물 속에서도 몸이 얼어붙는 나가에겐 다리를 떼기도 어려운 '혹한'이었다.

케이건이 또다시 한숨을 내쉬었다. 소리 없이 내쉰 것이지만 그의 입김이 빗속으로 하얗게 퍼져가는 것을 보며 륜은 미안한 마음에 말했다.

"케이건. 저는 소드락을 가지고 있습니다. 그걸 먹으면……."

"17분 동안만 작용하지. 하루를 걸으려면 수십 개를 먹어야 될 텐데, 그럼 네가 죽고 말아. 관두게. 좀 쉬어두는 것도 좋겠지."

말을 마친 케이건은 앉아 있던 자리에서 부스스 일어났다.

"먹을 것을 좀 찾아보겠소. 날씨가 이 모양이라서 자신은 없지만 시간났을 때 좀 잡아두는 것이 좋을 것 같소."

비형이 고개를 들었다.

"아, 저도 같이 갈까요?"

"아니오. 당신은 여기서 다른 분들을 지키도록 하시오. 나가 정찰대는 이런 날씨에 돌아다니지 않지만 다른 짐승이나 위험한 것들이 비를 피하러 뛰어들어올 수도 있으니까."

불을 쬐고 있던 륜이 조심스럽게 손짓했다.

"저, 죄송한데요. 케이건."

"알고 있네. 살아 있는 것을 잡아오겠어."

"어려운 부탁을 드려서 정말 죄송합니다."

륜은 케이건이 들쥐 한 마리라도 잡아다 준다면 정말 기쁠 거라고 생각했다. 사냥꾼들이 아닌 자들이 가지고 있는 환상들 중에는 숲에 사냥꾼들이 집어가길 기다리는 대형 사냥감들이 지천으로 널려 있다는 환상 또한 포함된다. 그러나 사냥에 대해 좀 아는 인간들은 평생 동안 두 자릿수 이상의 사슴을 잡는다면 타고난 사냥꾼이라 할 수 있음을 알고 있다. 나가 또한 타고난 사냥꾼이며, 따라서 사냥꾼 일을 별로 해보지 않은 륜도 그런 사정을 충분히 짐작할 수 있었다.

따라서 일행들은 반나절 후 한 마리의 살아 있는 고라니와 세 마리의 토끼와 두 마리의 화식조, 바나나 두 다발과 각종 식용식물 등을 들고 돌아온 케이건을 보고 경악을 금치 못했다. 혼자서 고라니를 생포한다는 것은 말도 안 되는 일이며 화식조는 사냥꾼을 죽일 수도 있는 맹금이다. 하지만 일행들은 세 마리의 토끼에 가장 큰 불가사의를 느꼈다. 비 오는 날에는 토끼를 잡을 수 없다. 비형과 티나한과 륜은 토끼굴 안에 틀어박혀 있었을 토끼들을 케이건이 도대체 무슨 수로 잡았는지 상상도 할 수 없었다.

이 엄청난 음식물 앞에서, 문제는 한 가지밖에 남지 않았다.

비형이 밖으로 나갔다. 반 시간가량 빗속에서 어정거리다가 돌아온 비형은 사냥감들이 깔끔하게 손질되어 있는 것을 보고 안도했다. 그리고 고라니가 사라진 것과 륜의 배가 엄청나게 커져 있는 것을 보며 마냥 신기해했다. 륜은 숨이 가쁜 듯 씩씩거렸지만 행복해하는 듯했다. 바나나잎에 싸인 고기를 땅에 파묻으며 티나한은 의문을 표시했다.(물론 그 전에 비형에게 물기를 깔끔하게 닦으라고 성화를 부렸다.)

"그렇게……."

피라고 말할 뻔했던 티나한은 간신히 말을 바꿨다.

"그걸 보기 싫어하는 너희들인데, 그럼 너희 동네에서는 고기를 누가 손질하지?"

"산 채로 태우는 것 외에 다른 방법이 있겠어요?"

대답하는 비형의 얼굴이 일그러졌다. 티나한은 떨떠름하게 고개를 끄덕였다.

"그것참."

"그래서 우린 사냥이나 도축을 그렇게 자주 하지는 않아요. 보기 좋은 광경도 아니고……, 킴에게서 곡물 재배를 배우지 않았다면 도깨비들은 배가 고파서 즈믄누리를 세우진 못했을 거라 말하는 사람도 많죠. 그래서 즈믄누리의 건설은 킴이 도깨비에게 온 이후의 일일 거라는 거죠. 그럴듯한 이야기죠?"

도깨비들에게 곡물을 재배하는 법을 가르쳤다는 전설 속의 인간의 이름이 킴이었기에, 도깨비는 모든 인간을 킴이라고 부른다. 자칫 혼란스럽기 쉽지만 그 속엔 원래 그런 경의가 담겨 있다. 지금에 와서는 그저 단순한 대명사처럼 되어버렸지만.

케이건과 티나한, 비형은 주로 식물들을 먹은 다음 고기는 훈연시키기로 했다.

여건이 좋지는 못했지만 도깨비의 기술이 있었기에 그럭저럭 훈연시킬 수 있었다. 류은 생전 처음 보는 그 광경에 매료되었다. 어쩔 수 없이 여행이 중단된 이상, 케이건은 그 사실을 받아들이고 그 기간 동안 여행이 재개되었을 때를 대비한 보급품을 준비해 두기로 결정했다. 티나한과 비형에게 훈연을 맡긴 다음 케이건은 다시 사냥을 나섰다. 그리고 다시 돌아왔을 때는 먼젓번 사냥에서 깜빡했던 것을 가지고 돌아왔다. 케이건이 덩굴로 어깨에 연결해서 끌고온 거대한 통나무는 일행을 또다시 어이없게 만들었고 나늬를 행복하게 했다.

비는 나흘 동안 그치지 않고 쏟아졌다.

나흘 후 대피소는 웬만한 사냥꾼의 움막은 비교도 되지 않을 만큼 훌륭한 주거지로 바뀌어 있었다. 케이건은 매일 산더미 같은 음식물을 채집해 왔고, 나머지 일행은 그 엄청난 노동량에도 놀랐지만 바라기 한 자루로 어떻게 그런 일이 가능했는가에 대해서는 곤혹스러움을 감출 수 없었다. 하지만 케이건은 별말을 하지 않았고 비형과 티나한은 불쌍하게도 횡설수설로 서로를 위로하기 시작했다.

"'모여라!' 하고 외치면 사방에서 달려온 사냥감들이 케이건 앞에 픽 쓰러지는 겁니다. 어때요?"

"잠깐. 내 생각엔 '오너라!' 하고 외쳤을 것 같다. 아니면 '이리 오시게!' 했을까?"

"오! '이리 오시게!'가 마음에 드는데요. 위풍당당해요. 어느 쪽이죠, 케이건?"

"내일 그렇게 해 보고 결과를 알려주겠소. 비형."

도깨비불에 손을 쬐던 케이건이 단조롭게 대답했다.

티나한이 만든 대피소는 안락했다. 빗물이 새어들지 않도록 하려는 목적에서였지만 어쨌든 티나한은 튼튼한 벽과 천장을 만들어내었고 그 공간은 비형의 도깨비불에 의해 덥혀졌다. 그러나 케이건은 언제나 가장 쌀쌀한 입구 근처의 자리에 앉았다. 언제나 그 자리를 고집하는 케이건의 모습은 언제든 나갈 준비가 되어 있는 것 같기도 했고, 동시에 대피소로 다가오는 위험을 제일 먼저 감지하려는 것처럼 보이기도 했다. 매일 엄청난 노동을 하면서도 케이건은 밤에는 가장 오랜 시간 동안 불침번을 섰고 그러면서도 시간이 날 때마다 티나한의 관심을 빗물에서 돌려놓기 위해 앞으로의 여정에 대한 이야기나 옛이야기들을 들려주었다.

덧쌓이는 빗소리 속에서, 티나한과 비형, 그리고 륜은 케이건의 단조로운 목소리를 통해 하늘치를 사랑했던 낭만적인(하지만 영리하다고는 말하기 힘든) 용 퀴도부리타의 우스꽝스러운 이야기와 키탈저 사냥꾼들이 3대에 걸쳐 도전하여 가까스로 쓰러뜨린 대호(大虎) 별비에 대한 믿기 어려운 이야기를 들었다. 하지만 케이건은 이야깃거리를 선택하는 것에 특별한 기준 같은 것은 가지고 있지 않았고, 그래서 세 사람은 똑같은 목소리를 통해 역사상 가장 잔인한 인간들이었던 아라짓 전사들의 어둡고 소름끼치는 이야기도 들을 수 있었다.

"여자는 모두 죽이고, 남자는 모두 겁탈했소."

륜은 약간 놀랐지만 비형과 티나한은 대단히 당황했다.

"어, 그거 앞뒤가 바뀐 것 아닙니까?"

"아니오. 좀 기괴하게 느껴지리라는 것 짐작되지만, 나름대로 합리적인 이유가 있었소. 아라짓 전사들은 왕의 허락 없이는 자식을 만들 수 없었소. 그래서 그렇게 한 거요. 상대가 남자라면 자식이 태어날 일은 없으니까."

세 사람은 신음을 흘렸다.

어쨌든 케이건은 그런 식으로 다른 동행들에게 식량과 안전, 그리고 여흥까지 제공했다. 알지 못하는 새 그들은 케이건이 없는 상황을 상상도 할 수 없게 되었다. 그것을 사랑이거나 신뢰, 혹은 의존 심리라고 부를 수 있을지도 모른다. 어쩌면 그 전부이거나.

닷새째 저녁, 밤이 깊을 때까지도 케이건이 돌아오지 않았을 때 세 사람이 끔찍한 기분에 빠져버린 것은 그 때문일 것이다.

젖은 머리카락을 머리 뒤로 쓸어넘기며 케이건은 한숨을 내쉬었다. 추적추적 내리는 빗줄기 사이로 케이건의 하얀 숨결이 빠르게 흩어져갔다. 볼을 타고 내려와 턱에 망울졌다가 가슴으로 떨어지는 빗물은 시리도록 서늘했다.

케이건은 세 사람이 기다릴 것을 걱정하고 있었다. 하지만 그의 몸은 바위 위에서 꿈쩍도 하지 않았다. 케이건은 자신이 왜 움직이지 않는지 알고 있었다.

케이건은 피에 젖은 손을 내려다보며 중얼거렸다.

"기억이 나질 않아."

무릎 위에 올려놓은 케이건의 두 손바닥에서 진득한 핏물이 맴돌이를 일으키다가 손가락 사이로 흘러내렸다. 눈앞에서 대롱거리는 젖은 머리카락에서도 붉은 물방울이 뚝뚝 떨어졌다.

케이건은 오른발로 돌멩이를 걷어찼다. 핏물을 튕겨올리며 굴러간 돌멩이는 앞쪽의 머리를 때렸었다. 머리는 비늘을 곤두세우며 성을 내었지만 케이건은 신경 쓰지 않았다. 그보다는 그 옆에 있던 또 다른 머리가 입을 뻐끔거리는 모습이 더 케이건의 관심을 끌었다. 그 머리는 당황한 것처럼 보였다. 케이건은 고개를 가로저었다.

"너희들은 항상 그러더군."

머리는 의아한 표정으로 케이건을 올려다보았다.

"목이 잘리면 소리를 낼 수 없어. 입이나 성대가 있어도 공기를 밀어내는 폐가 없으면 소용없지."

머리는 실망과 분노로 케이건을 바라보았다. 케이건은 무표정한 얼굴로 물끄러미 세 개의 머리를 바라보았다. 빨간 물웅덩이 가운데 똑바로 놓여 있는 세 개의 머리는, 마치 붉은 호수에 잠겨 머리를 내밀고 있는 세 명의 나가처럼 보였다. 케이건은 입술 사이로 미끄러져 들어오는 귀찮은 머리카락을 끄집어내며 말했다.

"입 모양을 읽을 수는 있겠지. 말해 봐."

왜 우리를 죽인 거냐.

케이건은 대답하지 않았다. 대답할 필요가 없다고 생각했기 때문이다. 하지만 그 머리가 말한 '우리'는 케이건이 생각했던 '우리'와는 조금 달랐다.

내 아이, 왜 내 아이를.

"아이를 가지고 있었나."

타오르는 눈빛이 케이건을 쏘아보았다. 케이건은 그 머리를 물끄러미 바라보다가 주위를 둘러보았다. 숲의 공터에는 나가를 이루고 있던 몸의 여러 부분들이 너저분하게 흩어진 채 내리는 비를 맞고 있었다. 케이건은 자신의 업적에 영웅적인 면은 조금도 없다는 것을 잘 알고 있었다. 비 때문에 차갑게 식어 있던 세 명의 나가는 거의 반항다운 반항도 못 했고 케이건은 손쉽게 그녀들을 도륙할 수 있었다.

냉혹한 학살의 증거를 자세히 관찰하던 케이건은 곧 찾던 것을 발견했다. 잘린 허리에서 비어져나온 둥근 알이 핏물 속에서 하얗게 빛나고 있었다.

케이건은 몸을 무겁게 일으켰다. 그리고 나가의 머리를 들어올렸다. 머리는 묵직했다. 핏물에 젖은 머리를 두 손으로 움켜쥐어 들어올린 케이건은 그것을 하늘을 보게 눕혔다. 잘린 목의 단면을 들여다보며 케이건은 나직이 말했다.

"말해라."

그리고 케이건은 잘린 목에 입을 가져가 힘껏 숨을 불어넣었다.

"……게 무슨 짓……!"

나가의 미성(美聲)이 터지듯 뿜어져 나왔다가 스스로의 놀라움에 의해 잦아들었다. 케이건은 입을 다시 뗐다. 입 주위는 온통 피범벅이었다.

"내가 잠시 네 폐가 되어주지. 할 말이 있으면 해라. 나가."

케이건은 다시 잘린 목에 입술을 가져갔다. 땅에 놓여 있던 두 개의 머리는 눈을 흡뜬 채 그 기괴한 광경을 바라보았다. 케이건의 입에서 흘러나온 바람이 다시 나가의 목을 통과하며 나가의 아름다운 목소리로 바뀌었다. 젖은 숲이 풍기는 방향은 비릿한 피내음과 뒤섞여 주위를 맴돌았고 나가의 아름답고 애절한 목소리는 비의 씨실에 짜 넣어진 구슬픈 날실이 되었다.

"이렇게 죽을 수 없어. 이렇게 될 거라고는 상상도 못 했어. 며칠만 있으면, 며칠만 있으면 시모그라쥬에 도착하는 거였는데……, 겨우 며칠 후에. 그리고 내 가족들 품에서……, 아기를 낳는 거야. 내 아기를……. 그런데 어떻게!"

케이건은 대답하지 않았다. 대답할 말도 없었고, 입을 떼지 않고서는 대답할 수도 없었다. 그래서 케이건은 계속 나가의 기도 속으로 호흡을 불어넣었다. 비가 쏟아지는 하늘을 올려다보며 나가는 비통하게 울부짖었다.

"왜? 왜 내가 죽어야 하는 거지? 이건 있을 수도 없는 일이야. 나는 적출을 했어! 수호자들의 가호 아래 심장을 뽑았어! 그런 내가 왜 죽어야 하지? 왜 저 불쌍한 것이 알껍질도 벗어나지도 못한 채…… 여신이여, 도대체 왜!"

나가의 눈에서 흘러나온 은루가 볼을 타고 흘러내려 그 머리를 움켜쥐고 있는 케이건의 손을 적시고 있었다. 핏물에 젖어 있던 케이건의 붉은 손에 차가운 은빛 광택이 더해졌다. 아름답고 애절하고 무서운, 세상에 하나뿐인 피리.

그 연주자가 취구에서 입을 뗐다.

케이건은 나가의 귀를 자신의 입가로 가져왔다. 피범벅이 된 입술을 나가의 귀로 가져간 케이건은 나직이 속삭였다.

"내 호흡을 빌렸으니, 나도 네 머리를 좀 빌리겠다. 나가."

나가는 무슨 말인지 되물었지만 케이건이 호흡을 빌려주지 않았기에 그 말은 침묵이 되고 말았다. 케이건은 머리를 바위 위에 올려놓은 다음 유해를 향해 걸어갔다. 그리고 나가의 허리에 손을 집어넣어 알을 꺼내었다.

큼직한 알은 껍질까지 완전한 모습을 하고 있었다. 케이건은 그 알을 조심스럽게 다루어 바위 위, 나가의 머리 옆에 세워놓았다. 둥근 알은 잘 서지 않았고, 그래서 케이건은 젖은 흙덩이를 한 움큼 집어들어 알을 고정시켰다. 쏟아지는 비가 알껍질 위의 피를 씻어내었고 바위 위의 알은 하얀 보석처럼 빛났다. 케이건은 나가의 머리를 다시 집어들었다.

"알 속에 있는 네 자식을 만나고 싶겠지."

케이건은 나가의 머리를 높이 치켜들었다. 케이건이 무슨 짓을 할 작정인지 깨달은 나가는 비명을 내질렀다. 물론 침묵의 비명이었다. 하지만 땅 위에 남아 있던 두 개의 머리는 공포에 질린 니름을 들을 수 있었다. 차마 볼 수 없었던 두 머리는 눈을 감았다.

케이건은 알 위에 나가의 머리를 내려쳤다.

알이 박살나며 피와 난황, 그리고 살점이 빗줄기 속으로 비산했다. 케이건은 다시 머리를 들어 바위를 강타했다. 소름끼치는 소리와 함께 물과 핏물의 분출이 계속되었다. 쾅, 쾅, 쾅.

세 번 더 내려친 다음 케이건은 그 얼굴을 들여다보았다. 나가의 두개골이 으스러져 그 얼굴은 괴이하게 일그러졌고 깨진 코로는 뇌수와 피가 흘러나왔다. 케이건은 으깨진 머리를 무심히 집어던진 다음 얼굴에 튄 오물들을 훔쳐내었다.

"어떻게 생각하나."

머리로부터는 아무 대답이 없었다. 대답을 기대하고 있지 않았던 케이건은 차분히 말을 이었다.

"흥미로운 사색거리가 될 것 같지 않나? 서로 부딪히는 순간에 저 여자는 자기 머리가 깨지는 것을 걱정하고 있었을까, 알이 깨지는 것을 걱정하고 있었을까."

무도한 질문에 빗줄기마저 움츠러드는 듯했다. 나가의 머리들은 두 눈 가득 증오를 담은 채 케이건을 노려보았다. 케이건은 엷은 한숨을 내쉬고선 다시 바위에 걸터앉았다.

케이건은 이제껏 길잡이였다. 그리고 길잡이 아닌 다른 것이 되는 것을 거부했다. 륜이 요스비에 대한 질문을 하며 '친구의 아들, 아버지의 친구'라는 관계를 요구해왔을 때 케이건은 그것을 거절할 수밖에 없었다. 길잡이라는 역할에 혼란을 겪게 될 가능성이 너무 높았다. 하지만 우연히 만난 세 명의 나가를 도륙한 지금, 케이건은 더 이상 길잡이가 아니게 되었다. 그래서 그는 일행에게 돌아갈 수 없었다.

나가 살육자가 된 지금, 케이건은 륜을 보자마자 살해할 것이 분명했다. 케이건은 자신이 그렇게 할 것임을 믿어 의심치 않았다.

새벽녘, 비가 그친 고요 속을 날카롭게 가르는 비명을 듣자마자 대피소 밖으로 달려나간 비형과 티나한의 행동에 대해 여러 가지 해석이 가능할 것이다. 하지만 근본적인 이유는 역시 케이건의 부재 때문에 야기된 불안감일 것이다. 놀란 륜이 그들을 따라 나왔을 때 티나한이 그 소리에 대해 설명해 주었다. 륜은 긴장하며 청력에 주의를 기울였고 바로 그때 또다시 비명이 들려왔다.

소리에 대한 반응이 빠른 비형과 티나한이 먼저 달려갔다. 나늬와 함께 조금 늦게 달려가며 륜은 조심스럽게 질문했다.

"케이건일까요?"

"나가라면 소리를 낼 리가 없고, 동물들이 내는 소리는 아냐. 케이건뿐이잖아. 틀림없이 우리 도움이 필요한 거다. 그래서 지금까지 돌아오지 못한 것이고."

티나한은 단호하게 선언했다. 비는 그쳤고 그래서 티나한은 닷새 동안 꼼짝도 못 한 것에 대한 분노라도 터뜨리듯이 빠르게 달려갔다. 그 뒤를 따라 비형과 나늬가 달려갔고 륜이 제일 뒤처졌다. 묘하게도 비명은 계속 멀어지고 있었다. 불안에 빠진 일행은 체온을 높이지 말라는 케이건의 경고도 잊어버린 채 마구 달렸다.

갑자기 숲이 사라졌다.

일행은 놀라서 걸음을 멈췄다. 그들 앞에는 거대한 도시가 달빛을 받으며 빛나고 있었다. 비형은 당황했다.

"나, 나가의 도시입니까?"

"잠깐만. 무슨 도시가 이래? 불이 없잖아."

"나가들의 도시엔 불이 없어요! 밤에도 볼 수 있으니까. 몰라요?"

비형과 티나한이 그런 식으로 당황하여 떠들어댈 때 조금 늦게 도착한 륜이 말했다.

"우리들의 도시에 불이 별로 없긴 하지만 이건 우리 도시가 아닙니다. 심장탑이 없군요."

"심장탑?"

"예. 나가의 도시라면 반드시 심장탑이 있어야 합니다. 이게 나가의 도시였다면 훨씬 멀리 떨어진 곳에서도 심장탑을 볼 수 있어야 했을 겁니다. 이건 폐허 같은데요."

티나한과 비형은 다시 도시를 바라보았다. 그리고 륜의 말이 맞다는 것을 깨달았다.

넓은 도시였다. 세 사람 모두 자신들이 도시의 일부밖에 보지 못하고 있음을 잘 알 수 있었다. 눈에 들어오는 것들은 모두 무너지거나 금이 가 있었다. 땅에는 원래 포석이 깔려 있었던 것 같지만 그것들은 지금 국냄비 속을 떠 다니는 건더기들처럼 질서없이 땅 위로 비죽 머리를 내밀고 있었다. 곳곳에 자라난 잡초들은 늙은 도시의 볼품없는 수염처럼 보였다.

하지만 그 위용만은 대단했다. 이 도시의 건설자들은 자신들의 도시가 경의의 대상이 되길 원했던 것 같다. 거대한 건물들과 피라미드, 늘어선 기둥들, 기념비들, 그 뒤편의 건물이 무너져 마치 하늘로 통하는 것처럼 보이는 계단들. 그 모든 것들이 달빛 속에서 육중한 그림자로 드러나고 있었다.

모두들 말없이 그 광경을 바라보고 있을 때 티나한이 거대한 피라미드 꼭대기에서 뭔가가 움직이는 모습을 발견했다. 티나한이 고함을 지르며 손짓했고 그러자 륜도 긴장하여 외쳤다.

"더운 생물입니다!"

륜이 본 것은 뜨거운 체온을 가진 사람 모양의 모습이었다. 더 자세히 보려 했을 때 그 체온은 피라미드 안으로 사라졌다. 세 사람은 다급히 피라미드를 향해 달려갔다. 달려가면서 비형이 말했다.

"자세히 봤어요? 케이건입니까?"

"사람 모양이었고 더운 생물이었습니다. 뜨거웠으니 절대로 나가는 아니에요. 케이건이 확실합니다."

가까이 다가섰을 때 일행은 피라미드가 얼마나 높은 것인지 알 수 있었다. 그들의 눈앞에 나타난 것은 돌이 아닌 건물을 쌓아 만든 피라미드였다. 구단짜리 피라미드의 높이는 거의 100미터에 가까웠지만 워낙 넓은 면적 때문에 그렇게 높아 보이지 않았다. 각단의 수평면은 그대로 도로였고 수직면은 줄줄이 늘어선 문과 창문들이었다. 그리고 각 단과 단을 연결하는 계단이나 경사도로들이 곳곳에 있었다. 마치 산의 경사면들을 따라 건설된 도시처럼 보였지만, 엄연히 인공적으로 만들어진 피라미드였다. 도시 속의 또 다른 도시처럼 보이는 그 피라미드를 보며 일행은 기막혀했다.

계단이나 경사 도로를 따라 올라가는 것이 시간 낭비라는 판단을 내린 비형은 류을 나늬에 태웠다. 티나한은 고개를 끄덕인 다음 한 단의 높이가 10미터나 되는 피라미드를 계단이나 되는 것처럼 뛰어올랐다. 티나한은 여덟 번의 도약 만에 최상층에 도달했고 그 뒤를 이어 딱정벌레에 탄 비형과 류도 도달했다.

피라미드의 최상층은 대규모의 저택이었다. 보랏빛 밤하늘과 달이 훨씬 가깝게 느껴지는 까마득한 높이에서 달빛을 받아 푸르게 빛나는 저택의 모습은 괴기스럽기까지 했다. 세 사람은 거의 동시에 안으로 들어가고 싶지 않다는 기분을 느꼈고, 주춤거리는 일행을 보며 다른 사람들도 그런 기분이라는 것을 깨달았다. 티나한이 언짢은 표정으로 외쳤다.

"케이건—!"

어두운 저택은 티나한의 고함 소리를 삼켜버리는 것 같았다. 세 사람은 난처한 표정으로 서로를 쳐다보았다. 그때 저택 안에서 다시 비명 같은 것이 들려왔다.

세 사람은 저택 안으로 달려갔다.

숲 속에서 달려가는 두 개의 체온을 보았을 때 사모는 밤이라는 것, 그리고 조금 전까지 비가 내렸다는 것에 대해 안타까워했다. 그 두 가지 이유 때문에 기온은 나가가 달리기에 매우 부적절한 온도였다. 사모와 카루는 몇 번이나 그 체온을 놓칠 뻔했다.

한순간 체온이 사라진 자리로 뛰어들었을 때 그들은 도시를 발견했다.

사모는 당황하여 도시를 둘러보았다. 심장탑이 없는 것을 본 사모는 그것이 나가의 도시가 아니라는 사실을 깨달았다. 하지만 한계선 남쪽에 나가가 아닌 다른 자들의 도시가 있을 리가 없다. 주의 깊게 주위를 둘러본 사모는 그것이 도시가 아닌 폐허라는 사실을 알게 되었지만, 그렇다고 해도 의문점이 사라진 것은 아니었다. 나가들은 폐허도 남겨두지 않았기 때문이다.

대확장 전쟁 당시 한계선 남쪽에 있는 불신자들의 도시는 모두 파괴되었고 도시를 이루던 석재와 예술품들은 모두 나가의 도시를 건설하는 데 사용되었다. 그리고 포석이나 주춧돌 하나까지 모두 사라진 도시에 나가들은 나무를 심었다. 쉬운 일은 아니지만, 나가 정찰대들의 세심하면서도 꾸준한 손길에 의해 불신자들의 도시는 모두 밀림 아래로 사라졌다. 따라서 눈앞에 있는 것 같은 폐허는 존재할 수 없었다.

그러나 카루가 그녀의 의문을 해결해 주었다. 숲 저편으로 보이는 도시를 보며 카루는 긴장한 채 닐렀다.

〈이런 맙소사! 그들이 두억시니의 도시로 들어갔군요!〉

사모는 고개를 갸웃했다.

〈두억시니의 도시? 두억시니 병 환자를 니르는 거야?〉

〈아니오. 진짜 두억시니 니름입니다. 두억시니 병은 사실 두억시니와는 별로 관계가 없습니다. 모습이 끔찍하다고 해서 그런 이름이 붙었을 뿐입니다. 하지만 저 도시에는 진짜 두억시니들이 있습니다. 이 도시가 이렇게 남아 있는 것도 두억시니들이 있기 때문입니다.〉

사모는 이해할 수 없었다.

〈자기들의 신을 잃은 교만한 자들 니르는 거야? 신도 없는데 어떻게 아직까지 살아 있지?〉

〈신이 정해 주신 모습이나 행동 같은 것을 다 잊어먹은 채로 살고 있습니다. 자기들 중에 어린 것들을 잡아먹고 여성들끼리, 혹은 남성들끼리 배가 맞아서 아이를 낳고…….〉

〈잠깐. 같은 성끼리 애를 낳는다고?〉

〈심한 경우 짝도 없이 혼자서 아이를 낳기도 합니다. 그러곤 그 자식을 잡아먹거나 그것과 짝이 맞아 또 아이를 낳지요. 수명도 제멋대로입니다. 어떤 것들은 수백 년 동안 살고, 어떤 것들은 수십 일밖에 못 살기도 하지요. 머리가 엉덩이에 달린 놈, 심장이 다섯 개인 놈, 나이를 먹을수록 어려지는 놈……. 저놈들에겐 정해진 형태나 규칙 같은 것이 하나도 없습니다. 신을 잃어서 그렇지요. 어쨌든, 그런 식으로 아직까지 남아 있습니다.〉

〈끔찍하군. 그런데 너는 어떻게 이곳을 알지?〉

〈남자니까요. 떠돌다 보면 발을 들이밀지 않아야 하는 곳들은 알아둬야 합니다. 정찰 대원들도 저곳은 잘 알 겁니다.〉

사모는 고개를 끄덕였다. 〈그렇겠군.〉 그리고 사모는 발걸음을 뗐다. 카루는 어이가 없다는 듯이 사모를 바라보다가 조금 후에야 겨우 니를 수 있었다.

〈잠깐만요! 어디를 가시는 겁니까?〉

〈저 안으로. 그들이 저 안쪽으로 들어갔을 거라고 했잖아?〉

〈두억시니들이 있다고 하지 않았습니까! 그놈들은 죽일 수도 없어요!〉

〈죽지 않는다는 니름이야? 조금 전 수명이 어쩌니 했던 것 같은데.〉

〈제 니름은, 그러니까 표준 두억시니 처치법 1장 1절 같은 것은 없다는 니름입니다. 어떤 놈은 살짝 건드리기만 해도 죽지만 어떤 놈은 머리를 도려내고 몸을 반으로 찢어놔도 죽지 않는 식입니다. 어떤 놈은 죽었다 살아나기까지 하죠. 우리들도 쉽게 죽지 않지만, 저것들은 아예 어떻게 죽여야 할지 알 수도 없습니다. 전부 제멋대로니까요.〉

〈상당히 귀찮겠네. 하지만 내겐 할 일이 있어.〉

〈륜은 죽을 겁니다! 심장을 가지고 있으니까 배겨낼 도리가 없…….〉

〈아니면 그냥 살아서 별일 없이 저 도시를 지나갈지도 모르지. 놈들에겐 아무 규칙도 없다면서?〉

카루는 니름이 막히고 말았다. 사모의 지적은 정확했다.

사모는 부드럽게 웃으며 닐렀다.

〈어떻게 되었는지 확인을 해야 해. 그리고 그건 내 일이지. 유익한 정보 고마워. 감시자.〉

그리고 사모는 그대로 걸어갔다. 카루는 그녀를 붙잡지 않았다. 사모의 니름대로 아무런 규칙이 없는 두억시니들은 륜 일행을 그냥 내버려둘 가능성도 충분히 있다. 카루 또한 그것을 확인해야 했다.

하지만 사모의 뒤를 따르며 카루가 생각한 것은 좀 다른 것이었다. 카루는 사모의 웃음을 한번 더 보기를 갈망하고 있었다.

그로부터 몇 시간 후, 륜과 비형, 티나한, 그리고 나늬는 카루가 우려하고 있던 상황에 정확하게 봉착해 있었다. 그들의 심정에서는 조금 과하다 싶을 정도로 정확했다.

저택 안으로 들어선 그들은 어두운 건물 안을 헤매다가 그만 저택 아래로 내려가는 길에 접어들었다. 피라미드 안쪽에 들어서버린 것이다. 피라미드 안쪽의 공간은 경이적이랄 만큼 넓고 복잡했다. 무수한 계단과 그물 같은 통로들이 얽혀 있는 피라미드 내부 구조는 3차원적인 미로였다. 그 공간을 다섯 시간 가까이 방황한 지금, 세 사람은 자신들이 어느 방향에 있는지, 혹은 지표면에서 어느 정도의 높이에 있는지조차 알 수 없었다.

혹은 얼마나 낮게 있는지를.

그들은 어렴풋이 땅 위의 피라미드를 그대로 뒤집어놓은 것 같은 공간이 지하에 있음을 깨달았다. 피라미드의 종단면을 그려보면 거대한 마름모꼴이 되며 지표면에 그 중심이 걸쳐져 있었다. 그 때문에 피라미드는 밖에서 본 것의 두 배나 되는 내부 공간을 지니고 있었다. 그것만으로도 현기증이 날 만큼 거대한 공간이었지만, 그 내부가 복잡한 통로와 계단과 방들로 가득차 있어 통로의 총연장이 수십 킬로미터에 달할 지경이었다.

그 거대한 미궁 속에서 두억시니들이 끝없이 쏟아져나왔다.

"제기랄! 이 안에 도대체 몇 놈이나 있는 거야!"

으르렁거리는 티나한을 향해 다리가 다섯 달린 두억시니가 달려들었다. 다리로 사용되고 있긴 했지만, 그것들이 모두 다리 모양을 하고 있는 것은 아니었다. 지금껏 다리에 상처를 입힘으로써 추격을 저지해 왔던 티나한은 그 해괴한 모습에 전율하기보다는 난감하다는 기분을 느꼈다. 두억시니는 맹렬한 포효를 토하며 뛰어올랐다.

"흰 하늘 찢고 고름 섞인 개구리 양심!"

"동감이닷!"

되는 대로 대답한 티나한은 다섯 개의 다리 중 하나를 고르는 대신 창을 옆으로 뿌리며 온몸으로 부딪쳤다. 공중에 떠 있던 두억시니는 티나한과 충돌하는 순간 팔매줄을 벗어난 돌멩이가 저러하랴 싶을 정도의 무서운 속도로 날아갔다. 통로 저편에 호되게 떨어진 두억시니는 내부가 어떻게 상하기라도 한 것인지 다섯 개의 다리를 모두 내저으며 비명을 질렀다.

"네 발바닥 즐거운! 푸르다! 손! 밤! 아홉의 오른쪽 물거품!"

소리에 크게 신경 쓰지 않는 륜은 두억시니들이 토해 놓는 괴상한 말에 신경 쓰지 않았지만 비형은 머리가 어지러웠다. 어쨌든 세 명의 이야기꾼은 도깨비를 죽일 수 있는 법이다. 말도 되지 않는 말이니 신경 쓰지 않으면 그만이겠지만 비형은 두억시니들의 외침에 귀를 기울였고 거기에 무슨 의미가 있지 않나 진땀 나게 고민했다. 물론 의미는 없었고 대신 두통만이 있었다.

하지만 두억시니들의 기승스러운 공격도, 그들의 말도 안 되는 소리들도 티나한의 기세를 꺾지는 못했다. 어두운 통로 속에서 두억시니들은 무한히 쏟아져나왔지만 티나한이 달리는 방향으로는 대로가 생길 지경이었다. 티나한은 어떤 두억시니도 그의 앞에 한 호흡 이상 머무르지 못하게 만들었다. 티나한은 달리는 것뿐만 아니라 찌르고, 베고, 후려치고, 걷어차고, 쪼고, 짓밟았다. 밀폐된 통로라는 점을 고려해서 계명성만 내지르지 않았을 뿐 모든 종류의 공격을 다 퍼부어대고 있었지만, 그럼에도 불구하고 그 속도는 열린 광야를 달리는 것처럼 조금도 떨어지지 않았다. 비형과 륜, 그리고 나늬는 그 뒤를 따르는 것만으로 숨이 가쁠 지경이었다.

그러나 티나한의 철창은 그 주인의 기세를 따르지 못했다. 또다시 두억시니의 다리를 꿰뚫었을 때 티나한은 상대방의 다리뼈가 세 개 이상이라는 것과—좀 굵다고 생각했지만, 티나한은 하나의 다리 안에 여러 개의 다리뼈가 있을 거라고는 상상하지 못했다.—그 때문에 창날이 다리 속에서 얽혀버렸음을 깨달았다. 티나한은 노성을 지르며 창을 잡아당겼고 그러자 창날이 빠지는 대신 두억시니의 다리가 끊어졌다. 비정상적인 다리뼈 때문에 관절이 허약했던 탓이다. 두억시니는 비명을 질렀다.

"심심한 장미를 콧구멍에―!"

버둥거리는 두억시니를 걷어찬 다음 티나한은 창날에서 두억시니의 다리를 제거하기 위해 잠시 멈춰야 했다. 뒤를 따르던 비형은 하마터면 티나한에게 부딪힐 뻔했지만 겨우 알맞은 순간에 멈춰설 수 있었다. 티나한과 등을 맞댄 비형은 한참 헐떡거린 다음에 겨우 외쳤다.

"불을 끄겠습니다! 괜찮겠습니까?"

그들은 몸에 도깨비불을 붙이고 있었다. 아무런 빛도 없는 캄캄한 미궁 속에서 시야를 확보하기 위해 비형은 일행들의 몸에 열이 없는 불을 붙여두었다. 하지만 그 빛은 시야를 확보해 줌과 동시에 두억시니를 끌어모으는 탐탁잖은 효과까지 발휘하고 있었다. 티나한은 쇄도해 들어오는 두억시니들을 보며 다급히 말했다.

"제길, 알았다. 빨리해!"

그들의 몸에서 빛이 사라졌다. 망막에 남아 있던 두억시니의 잔영을 보며 티나한은 긴장 때문에 수염볏이 뻣뻣해져 오는 것을 느꼈다. 적이 다가오고 있는데도 그 적을 볼 수 없다는 것은 전사 티나한을 지극히 불안하게 만들었다. 창을 잡은 손에 힘이 너무 들어가 손가락이 저려올 정도였다.

하지만 비형은 이번에도 티나한을 실망시키지 않았다.

통로 저편, 그들에게서 좀 떨어진 곳에 레콘과 도깨비, 나가 그리고 딱정벌레를 닮은 도깨비불이 나타났다. 비형이 가볍게 손짓을 하자 도깨비불들은 통로 저편을 향해 달려갔다. 두억시니들은 괴성을 지르며 도깨비불을 추적하기 시작했다.

빛이 사라지고 완벽한 어둠과 함께 고요가 찾아들자, 티나한은 통로 벽에 몸을 기대며 한숨을 돌렸다. 어둠 속에서 도깨비의 지친 목소리가 들려왔다.

"도대체 몇 시간 동안 돌아다닌 걸까요?"

"소리를 낮춰. 아까 얼핏 귀가 네 개 달린 놈을 봤어."

"저도 봤어요."

비형은 한숨을 내쉬었다.

"하지만 모두 오른쪽에 달려 있더군요. 그래 가지고서 방향을 잡을 수 있겠어요?"

티나한은 짧게 실소한 다음 창날을 더듬었다. 창날에 걸려 있는 두억시니의 다리는 젖어 있었다. 창날에서 다리를 제거한 티나한은 손을 통로 벽에 문지르며 말했다.

"젠장. 아무래도 이 썩을 미로 안을 뱅뱅 돌고 있는 것 같은데."

"두억시니들 때문에 방향이 계속 틀어지니까요. 어쨌든 덕분에 한 가지 사실은 확실해졌잖아요?"

"무슨 사실 말이야?"

"케이건이 이 안에 없다는 것. 아무래도 우리가 봤던 건 두억시니였던 것 같죠?"

티나한은 거창한 신음으로 비형의 질문에 대답했다. 비형은 륜을 돌아보았다. 그래 봐야 보이지도 않았지만 비형은 륜이 자신을 볼 수 있기 때문에 얼굴을 보이는 편이 좋으리라 생각했다.

"륜. 괜찮아요?"

하지만 사실 그의 얼굴은 좀 엉뚱한 방향을 가리키고 있었다. 사이커를 쥔 채 일행의 배후를 맡고 있던 륜이 대답했다.

"괜찮습니다."

티나한의 철창에 감겨 있던 덩굴은 이제 걸레쪽처럼 바뀌어 있었다. 티나한은 그것을 뜯어내어 팽개쳤다.

"이봐, 륜. 이건 내가 살던 동네와는 풍경이 좀 다른데. 이렇게 많은 두억시니가 있는 이유가 뭐야?"

"저는 한 달 전에 살던 집을 떠나왔습니다. 아무리 키보렌이 제 고향이라도 제가 속속들이 알 수는 없습니다."

티나한은 투덜거렸다. 상황은 고약했다. 불빛이 없는 이상 이 거대한 미로에서 길을 찾아낼 방도는 없다. 하지만 불빛은 두억시니들을 끌어들인다. 비형은 한 가지 수단밖에 남지 않았다고 생각했다.

"제가 죽으면 되지 않을까요?"

"뭐라고!"

"저는 죽으면 벽이든 뭐든 마음대로 통과할 수 있습니다. 두억시니들도 저를 건드리지 못할 테고요. 그러면 밖으로 통하는 길을 찾아내기가 훨씬 쉽지 않겠습니까?"

기겁했던 티나한은 가까스로 도깨비의 영육이 따로 죽는다는 사실을 떠올렸다. 티나한은 언짢은 어투로 말했다.

"젠장. 근시안적인 방법이야. 비형."

"하지만 다른 방법이 없잖습니까?"

"그건 아직 모르는 일이야. 우연히 밖으로 나가게 될 가능성이 없는 것은 아니잖아. 그리고, 만약 네 계획대로 해서 성공적으로 이 피라미드를 빠져나갔다고 치자. 너는 곧장 즈믄누리로 돌아가야 하지? 그러면 셋 중 하나가 없어지는 거다. 대사원의 중들은 구출대가 세 종족으로 구성되어야 한다고 생각하는 것 같던데."

"세 종족입니다. 륜을 잊었어요?"

"륜은 구출대가 아니라 구출 대상이다. 그리고, 얼어죽을."

티나한은 기어코 언성을 높였다.

"뒈지느니 어쩌느니 하지 마란 말이다! 너는 별것 아닌 것처럼 이야기해도 나는 그렇지 않아! 사람 바보 되는 것 같잖아."

"바보라니요?"

"나 지금 살기 위해 이 지랄을 하고 있단 말이다. 그런데 내 옆의 누군가가 그렇게 쉽게 죽는다느니 어쩌느니 하면 짜증나겠냐, 안 나겠냐? 엉? 생각을 해보라고!"

비형은 입을 다물었다. 그때 륜이 입을 열었다.

"누가 우리를 부르고 있습니다."

티나한과 비형이 이야기를 나누고 있는 동안 륜은 청각에 집중하지 않았다. 청각에 계속 주의를 기울이는 것은 집중력을 필요로 하는 일이고, 따라서 휴식에 방해가 되기 때문이다. 그래서 륜은 티나한과 비형의 이야기를 듣지 못한 채 고요 속에 앉아 있었다.

그런데 그 고요 속에서 륜은 니름을 들었다.

륜은 사모가 그를 쫓아 여기까지 온 것인 줄 알고 깜짝 놀랐다. 하지만 다시 들어본 니름은 나가의 것과는 달랐다. 나가의 세련된 니름과는 비교도 할 수 없이 엉성한 니름이었지만, 비명이나 웃음소리처럼 그 의미는 분명했다.

"오라는 것 같습니다. 이리 오라고 니르고 있군요."

티나한은 긴장했다.

"두억시니가, 그 뭐냐, 니른다고? 그걸 하고 있는 걸까?"

"모르겠습니다. 이 두억시니들은 워낙 형태가 다양하니 니를 줄 아는 자도 있을지 모르겠군요."

티나한은 륜의 말을 이해했다. 두억시니에 대해 확실하게 말할 수 있는 것은, 두억시니에 대해서는 확실하게 말할 수 있는 것이 아무것도 없다는 것뿐이었다. 비형이 도깨비다운 낙천적인 제안을 꺼내었다.

"오라는데 가 볼까요? 륜, 그 니름이라는 것도 목소리처럼 방향을 잡을 수 있는 겁니까?"

"가능합니다. 하지만 소리와는 좀 다릅니다. '왼쪽'이라는 말은 오른쪽이나 앞, 혹은 뒤에서 들려오더라도 왼쪽을 가리키는 말이죠? 그것과 비슷합니다. 누군가가 '이쪽으로 오라'고 니르면, 저는 그 '이쪽'이 어느 쪽인지 알 수 있습니다."

"재미있네요. 어쨌든 가 보죠?"

티나한은 부리를 부딪쳤다.

"가 보자고? '이리 와. 너희들 참 맛있겠구나.'라는 내용이면 어쩔 거냐?"

"그보다 더 중요한 것이 있다면 놀라겠어요?"

"놀라주지. 그 중요한 게 뭔데?"

"지금 말하고, 아니, 니르고 있는 자가 두억시니인지 아닌지는 모르지만, 어쨌든 그자는 여기 들어와서 처음 만나는 말이 통하는 자라는 거죠. 어때요, 중요한가요?"

류과 티나한은 어안이 벙벙해졌다. 그것은 정말 중요한 지적이었다. 말이 통하는 상대에게는 농담을 건넬 수도 있고 욕설을 퍼부어줄 수도 있고 우아하게 철학을 나눌 수도 있지만, 도움을 청할 수도 있다. 그리고 그들은 분명 도움이 필요했다.

티나한은 철창을 움켜쥐었다.

"좋아. 가 보자. 잠시만…… 됐어. 두억시니는 없다. 불 붙여."

세 사람과 한 마리의 몸에 다시 도깨비불이 붙었다. 그들이 광원이었기에 어디에도 그들의 그림자는 생기지 않았다. 이토록 완벽한 어둠 속에서 그림자가 없다는 것은 기묘하게 보였다.

다짐대로 류은 정확한 방향을 가늠할 수 있었다. 계단과 모퉁이, 갈림길 앞에서 류은 조금도 주저하지 않았다. 티나한은 그 빠른 이동에 만족했지만 동시에 불안을 느꼈다.

"거, 이상하군. 그렇게 달려들던 놈들이 왜 이렇게 조용한 거지?"

두억시니들이 전혀 나타나지 않았다. 지난 다섯 시간 동안의 기억은 아직 생생했고 그래서 그들은 이 이유를 모를 침묵이 마음에 들지 않았다.

천장이 갑자기 사라졌다. 그리고 바닥도.

그들이 멈춰선 곳은 거대한 우물 같은 수직 통로의 중간쯤에 튀어나온 선반 같은 곳이었다. 수직 통로의 위쪽은 빛이 닿지 않을 정도로 까마득히 높았고 바닥 또한 만만찮게 깊었다. 수직 통로의 직경 또한 거대해서 반대편이 제대로 보이지 않았다. 류은 반대쪽을 가리켰다.

"저 건너편에서 니름이 들려옵니다. 뭔가 뜨거운 것이 잔뜩 있는데, 뭔지는 모르겠습니다. 벽을 타고 흐르는 것처럼 보이는데요."

"소리가 들린다."

"예?"

"너는 안 들리겠지만 나한테는 들려. 저 반대편 벽쪽에서 뭔가가 움직이고 있다. 네가 말하는 그 흐르는 것인가 본데. 어이, 비형. 도깨비불 하나 던져봐. 저 앞쪽 허공에 띄울 수 있을까?"

비형은 그렇게 했다. 비형이 던진 도깨비불은 수직 통로의 중간, 허공에 떠서 사방에 빛을 뿌렸다.

수직 통로의 둥근 벽면이 모두 드러난 순간 세 사람은 얼어붙고 말았다.

거무튀튀한 석벽을 따라 팔과 다리와 몸통, 그리고 머리들이 뒤범벅이 되어 천천히 흘러내리고 있었다.

척추가 대롱대롱 매달린 뇌, 토막난 내장, 부러진 뼈와 찢어진 근육, 알아보기 힘들 정도로 잔뜩 부풀어오른 안구, 그리고 치아와 혈관과 피부와 너덜거리는 팔다리들이 수직 통로의 벽을 따라 아주 느리게 흘러내렸다. 그것이 그렇게 천천히 떨어지는 까닭은 담즙과 혈액, 정체를 모를 체액과 배설물과 고름 등이 아교처럼 진득하게 달라붙어 있었기 때문이다. 그래서 그 소름끼치는 폭포는 녹아내리는 촛농이나 방패에 붙은 핏덩이처럼 꿈틀거리며 천천히 벽면을 미끄러지고 있었다.

비형은 허리를 확 굽힌 다음 요란하게 토하기 시작했다. 티나한 또한 욕지기가 치밀어 올랐지만 비형이 추락하지 않도록 도깨비의 허리를 움켜잡았다. 온몸의 비늘을 부딪쳐 타다닷 하는 소리를 내던 륜이 말했다.

"아래를…… 아래를 보세요."

아래를 본 티나한은 더욱 끔찍한, 하지만 동시에 경이적인 모습을 보았다.

벽면을 따라 흘러내린 그 추악한 흐름은 바닥에 쌓여 서서히 고형화되었다. 그 퇴적물에서 육신의 각 부분이 제멋대로 조합된 물체들이 하나둘씩 나타났다. 충분히 고형화된 그 물체들은 손, 혹은 손으로 쓰일 수 있는 것을 이용해 몸을 일으켰다. 두억시니였다. 그렇게 제멋대로 조립된 두억시니들은 퇴적물에서 분리된 다음 독립적인 두억시니가 되어 바닥의 주위에 있는 여러 개의 통로로 걸어들어갔다.

"아래에서 분리된다면…… 비형, 비형! 정신 차리고 도깨비불을 위로 좀 올려봐."

비형은 여전히 허리를 숙인 채 손만 까딱거렸다. 공중에 떠 있던 도깨비불이 위로 솟구치는 것에 따라 티나한과 륜의 얼굴도 올라갔다.

수십 미터 높은 곳 벽면에 거대한 입 같은 구멍이 있었다. 폭포는 거기에서 흘러나오고 있었다. 낮은 쪽에 있던 그들은 각도가 맞지 않아 구멍 뒤편을 볼 수 없었지만 티나한과 륜은 그 구멍 뒤편에서 두억시니들이 해체되고 있으리라는 예감을 느꼈다.

〈그렇다.〉

륜은 펄쩍 뛸 만큼 놀랐다. 그리고 그런 경악 속에서 나가인 륜은 당연히 니름으로 대답했다. 그래서 티나한이나 비형은 륜의 경악을 눈치채지 못했다.

〈뭐라고 하셨습니까?〉

〈그 생각이 맞다. 위에서 두억시니들이 해체되고 있다.〉

〈당신은 누구입니까? 도대체 어디에 있는 거죠?〉

〈여기다.〉

륜은 그 여기가 어디인지 알 수 있었다.

〈폭포! 이 유해(遺骸)의 폭포가 '당신'입니까?〉

〈그렇다.〉

티나한과 비형은 유해의 폭포 그 자체가 하나의 인격체라는 말에 당황했다. 륜은 설명하려고 애썼지만, 솔직히 자신도 이해하고 있는지 확신할 수 없었다.

집단의 무의식이라는 것이 존재하는가? 의식의 공재는? 륜은 그런 것들에 대해 알지 못했다. 륜이 말할 수 있는 것은 피와 살점과 뼈다귀의 폭포가 들려준 설명뿐이었다.

유해의 폭포가 쏟아져나오는 구멍 뒤쪽에는 거대한 공터가 있었다. 과거의 어느 시점, 그곳에서 어떤 두억시니가 죽었다. 그 두억시니는 무서운 독을 가지고 있었고 죽은 후에도 지독한 독기를 뿜어내었다. 그래서 근처를 지나던 다른 두억시니들까지 독기에 감염되어 죽었다. 독기는 얼마 후 사라졌지만 그 무렵 공터에는 이미 무수한 시체가 쌓여 산을 이루다시피 했다.

그 시체 더미가 썩으며 흘러나온 부패액이 구멍을 통해 아래로 흘러내리기 시작한 것이 폭포의 탄생이었다. 석벽을 타고 흘러내리던 작은 물줄기가 어느 날인가 자신을 자각했던 것이다. 어떻게 해서 그런 일이 일어날 수 있었던가?

"이 피라미드 구조에는 일종의 신비한 힘이 있었던 모양입니다. 하긴, 그렇지 않으면 이런 기이한 건축물을 만들 이유가 없겠지요. 지상의 피라미드와 지하의 거꾸로 된 피라미드를 만드는 것이 얼마나 대단한 역사였을지 상상해 보십시오. 눈앞의 수직 통로는 피라미드의 중앙을 관통하고 있고 따라서 피라미드의 신비한 힘은 이 수직 통로를 타고 흐르는 모양입니다. 그 힘이 두억시니의 시체들에 작용한 것 같습니다."

"마법이라는…… 그런 것 말인가요?"

"그런 것 같습니다."

오랜 시간 동안 물줄기는 자신을 자각하며 시간을 보내었다. 피 그 자체가 생명이 아니라 피의 흐름이 생명이듯, 물줄기의 자아는 흐름 그 자체였기 때문에 액체가 바닥에 쏟아지는 것은 그 '물줄기 존재'에게 아무런 영향도 주지 않았다. 하지만 그 물줄기에겐 나름의 걱정이 있었다. 구멍 위쪽에 쌓여 있던 시체가 점점 줄어들고 있었던 것이다.

그래서, 물줄기는 자신의 힘을 시험해 보았다. 물줄기는 '원했다.'

사망이 임박한 두억시니들이 공터로 꾸역꾸역 몰려들었다. 마치 그곳에서 죽어야 한다는 것처럼 몰려들어서는 그곳에서 죽었다. 다시 시체가 늘어났고, 물줄기는 소멸의 위험에서 벗어났다. 하지만 그 시점에서 물줄기는 그때까지와는 다른 '무엇'이 되었다. '소망할 수 있는 물줄기'가 된 것이다.

많은 이들이 오해하지만 소망은 사라지기는 할지언정 절대로 충족되지는 않는다. 불이 언제나 더 많은 땔감을 소망하지만 땔감을 공급한다고 해서 불이 충족되지는 않는 것과 마찬가지다. 땔감이 공급되면 불은 더욱 커진다. 소망 또한 마찬가지다.

물줄기의 소망은 점점 거대해졌다. 조그마한 흐름이었던 물줄기가 육체의 파편으로 이루어진 폭포로 바뀌는 데는 많은 시간이 걸리지 않았다. 바닥에 한없이 쌓이면 흐름 자체가 중단된다는—폭포에게는 그것이 죽음이다.—이유 때문에 흐름의 속도를 늦추고 바닥에 도달한 육체의 파편들을 다시 두억시니로 환원시키기 시작했을 때 비로소 유해의 폭포는 폭발적인 성장을 잠시 중단했다.

하지만 여전히 소망은 충족되지 않았고, 그래서 유해의 폭포는 사유를 시작했다.

그것은 기적과 같은 일이었다. 언어 없는 사유는 불가능하다. 그리고 어떤 자도 유해의 폭포에게 언어를 가르치지는 않았다. 하지만 두억시니들의 유해에 남아 있는 종족적 기억과 피라미드 자체가 기억하고 있는 두억시니들의 기억이 폭포에게 사유할 능력을 부여했다. 유해의 폭포는 성급함을 알지 못했고 지루함이라는 것을 느끼지도 못했다. 그래서 유해의 폭포는 천년 동안 꾸준히 사유했다.

그리고 천년이 지났을 때, 언제나처럼 두억시니를 불러들이던 폭포의 소환에 엉뚱한 반응이 나타났다. 폭포는 천년의 사유를 잠시 중단한 다음 그 기묘한 반응에 주의를 기울였다.

비형이 가까스로 욕지기를 억누르고 말했다.

"그게 우리라는 겁니까?"

"예. 우리가 여기까지 오면서 두억시니를 만나지 않은 것은 저 폭포가 그렇게 해주었기 때문입니다. 그리고 이 피라미드에 두억시니들이 그렇게 많은 이유도 저 유해의 폭포 때문인 것 같습니다. 저 폭포는 자신을 계속 구성하기 위해 두억시니들이 필요했던 모양입니다. 마치 군령자 같군요."

티나한은 동료인 롭스를 떠올리며 고개를 가로저었다.

"군령자에 대해서는 내가 좀 알아. 내 발굴 동료 중에 군령자가 하나 있거든. 군령자는 여러 개의 영들이 한 몸에 모여 있는 거지. 그런데 저건 여러 개의 몸이 모여서 하나의 영이 된 것 같은데?"

"그렇군요. 그렇다면 저 폭포는 군령자가 아니라 군육자(群肉者)라고 불러야 하겠군요."

"적당한 이름인 것 같군. 어쨌든 저 해괴망측한 것에게 나가는 길을 물어볼 수 있겠어?"

류은 유해의 폭포를 똑바로 쳐다보았다. 티나한과 비형은 초조하게 류을 바라보았지만 유해의 폭포 쪽은 쳐다보지 않았다. 그들에겐 지루하게 느껴지는 시간이 지난 다음, 류은 고개를 갸웃한 채 말했다.

"저 폭포의 니름이 놀랄 정도로 세련되어졌군요. 처음에는 정말 어색했는데. 아마 원래부터 단어는 많이 알고 있었으니 그걸 정리하기만 하면 되었던 모양입니다."

"단어? 아, 두억시니들. 그런데 물어본 것은 어떻게 되었습니까?"

"네. 나가는 길을 알려줄 수 있지만 먼저 자신의 요구를 들어달라는군요. 대가의 개념으로 니른 것은 아닙니다. 그런 개념을 모르니까요. 다만 우리가 가버리면 자기의 요구를 들어줄 수 없으니 그 전에 자기 요구부터 들어달라는 식이군요."

"그래? 그 요구가 뭔데?"

"자기가 천년 동안 사유했지만 아직 대답을 알지 못한 것에 대해 대답해 주길 원하는군요. 그런데 그게 좀 까다로운 질문인데요."

"무슨 질문인데요?"

류은 미간을 찡그렸다.

"두억시니가 왜 신을 잃었는지 알고 싶답니다."

사모는 다시 쉬크톨을 힘 있게 움켜쥐었다. 하지만 그녀를 향해 달려오는 것처럼 보이던 두억시니는 그녀의 예상과 달리 점점 작아지고 있었다. 두억시니를 자세히 바라본 사모는 그 두억시니의 상하체가 서로 반대 방향을 가리키고 있다는 것을 깨달았다. 두억시니는 자신의 다리를 내려다보며 흉포하게 으르렁거렸지만, 사모에게 달려들려는 두억시니의 의도는 오히려 두억시니로 하여금 사모에게서 점점 멀어지게 만들었다. 사모는 웃지 않았다.

〈너무 비참하군.〉

〈저도 비참해요.〉

카루는 투덜거렸지만 사모는 냉랭한 정신어를 보내었다.

〈너나 나 같은 사람은 그렇게 말해선 안 될 것 같은데. 저렇게까지 삶의 기쁨을 박탈당한 자들 앞에선.〉

〈저 녀석들은 자기가 비참하다는 걸 모를 겁니다. 하지만 저는 비참하다고 느끼고 있다고요. 아니, 위험을 느낀다고 해야 할까요.〉

사모는 고개를 돌려 카루를 바라보았다. 사모의 눈길을 본 카루는 어깨를 과장되게 늘어뜨려 보였다. 하지만 사모는 조금의 동정심도 표현하지 않았다.

〈그 배낭, 이젠 꽤 가벼울 텐데.〉

실제로 카루의 배낭은 조금 전보다 많이 가벼워져 있었다. 하지만 카루의 고민거리는 바로 배낭이 가볍다는 것에 있었다. 카루는 배낭 속에 손을 집어넣었다가 꺼냈고, 그의 손바닥엔 돌멩이 한 개가 놓여 있었다.

〈보세요. 페이. 이젠 꽤 식었어요.〉

〈아직은 알아볼 수 있어.〉

〈예. 하지만 돌아나갈 시간을 생각한다면 아슬아슬하지 않겠어요?〉

유적으로 들어선 사모와 카루는 륜의 일행이 어디로 향했는지를 분명하게 알 수 있었다. 비형과 티나한의 체온은 포석과 피라미드 위에 뚜렷한 열자취를 남겨두었기 때문이다. 하지만 동료에 대한 걱정 때문에 무턱대고 피라미드 안으로 뛰어든 륜 일행과 달리 사모와 카루는 피라미드의 거대한 구조를 확인하자마자 곧 걸음을 멈췄다. 그들은 도깨비불을 만들어낼 수 없었고 돌로 만들어진 피라미드의 차가움은 나가의 눈에 아무런 도움도 되지 않았다. 한 마디로, 그들에겐 길을 찾아낼 방법이 없었다.

사모는 별 니름 없이 피라미드 밖에 주저앉았다. 해가 떠오르고 나서 몇 시간이 지날 때까지 사모는 조용히 피라미드를 바라보기만 했다. 카루가 바닥난 인내심 속에서 안달할 때 사모는 천천히 일어났다. 그리고 카루에게 약간 묘한 명령을 내렸다. 배낭 가득히 돌멩이를 집어넣으라는 니름을 들었을 때 카루는 사모가 두억시니들에게 돌이라도 던지려나 보다고 생각했다. 하지만 사모는 피라미드 속으로 들어서자 그 돌멩이를 일정한 간격으로 떨어뜨리도록 했다. 그리고 몇 시간 동안 햇빛에 달궈진 돌멩이들이 어둠 속에서 빛을 발하는 것을 보며 카루는 감탄했다. 나가의 눈에 그것은 횃불만큼이나 선명한 표식이 되어주었다.

하지만 피라미드 내부는 압도적일 정도로 넓었다. 어느새 배낭이 가벼워져 있었지만 그들은 앞으로 얼마나 더 들어가야 할지조차 짐작할 수 없었다. 배낭이 가벼워지는 것을 느끼며 카루는 불안을 느꼈고, 그 불안은 배낭 속에 남아 있던 돌의 온기가 눈에 띌 정도로 줄어든 것을 보자 더욱 커졌다.

〈돌아갈 길이 식어가고 있어요. 자칫하면 어둠 속에서 꼼짝달싹 못하게 될 수도 있습니다.〉

사모는 카루의 니름이 옳다는 것을 인정하지 않을 수 없었다. 하지만 사모는 대답하지 않은 채 앞쪽의 어둠을 지그시 바라보았다. 카루는 결국 조바심을 참지 못하고 닐렀다.

〈페이. 돌이 식기 전에…….〉

〈이자들이 왜 신을 잃었을까?〉

사모의 갑작스러운 질문에 카루는 약간 당황했다.

〈예? 자신들의 오만 때문이지 않습니까?〉

〈그건 나도 알아. 구체적으로 어떤 오만이라는 거지?〉

〈글쎄요. 신이 필요 없다고 생각한 것 아닐까요? 혹은 자신들이 신보다 낫다고 생각했다거나.〉

사모는 통로의 벽과 천장, 바닥을 죽 둘러보다가 고개를 가로저었다.

〈그런 자들이 이런 것을 만들 수 있을까?〉

〈무슨 말씀이시죠?〉

사모는 생각에 잠긴 표정으로 이상한 니름을 닐렀다.

〈이웃을 바라볼 창문을 값진 주렴으로 덮고 어두운 방 안에서 자신을 잃고 찾아 헤매니, 이를 지혜로움이라 불렀더라. 저 오만한 두억시니.〉

〈누가 한 니름이죠?〉

〈니름이 아니라 노래야.〉

〈노래……요?〉

〈그래. 내가 거론한 건 중간 부분이고, 처음엔 이렇게 시작했어. 남겨진 수명을 헤는 일도 두렵고 썩어들어 가는 수족을 추스르는 짓도 포기한 지 오래. 지상에서 가장 외로운 고목 아래에 걸터앉아……. 응? 왜 그러지?〉

카루는 가까스로 침착을 유지할 수 있었다.

〈썩는다니…… 그거, 나가의 이야기가 아니겠군요? 우리들의 수족은 썩지 않으니까요.〉

사모는 어이가 없다는 듯한 니름을 닐렀다.

〈당연히 아니지. 우리가 무슨 노래를 부르겠어. 이건 아라짓 전사의 노래라는 거야. 인간들의 노래지.〉

〈그런데 당신은 어떻게 그걸 아시죠?〉

〈내게 칼 쓰는 법을 가르쳐주었던 요스비라는 자가 있지. 그자는 한계선 이북의 괴상한 풍습을 많이 알았어. 좀 지나칠 정도로 많은 관심을 가졌고 그 때문에 그 끝이 좋지 않았지. 그자에게 들었던 노래야.〉

카루는 일어선 비늘을 누이려 애쓰며 긴장을 가라앉혔다. 그가 전혀 예상할 수 없는 순간에 화리트에게 가르쳐주었던 노래를 들었던 충격은 대단한 것이었다. '제기랄. 가능한 일이야. 인간들이 그 노래를 가르쳐줬어. 그러니 요스비라는 작자가 인간들의 관습에 관심이 많았다면 그 노래를 알 수도 있었겠지.' 다행히 사모는 카루의 이상한 모습이 '노래'라는 것에 놀란 탓이라 짐작했다.

〈많이 놀란 모양이군. 미안해. 어쨌든 그건 내가 알기로는 두억시니가 신을 잃은 이유에 대한 가장 긴 설명이야. 대개 두억시니가 왜 신을 잃었냐고 물어보면 두억시니가 오만했기 때문이라고 대답하지. 그거면 충분하다는 듯이. 하지만, 도대체 어떻게 오만했다는 거지? 그런데 그 노래에선 설명을 하고 있어. 만족하기엔 너무 짧은 설명이지만 말이야.〉

〈그 노래는, 그러니까 두억시니들이 주위 사람들에게도 관심을 끊고 자기 자신

도 잃었다는 뜻입니까?〉

〈그리고 그 상황을 지성적인 행동으로 여겼다는 거지.〉

〈그런데요?〉

사모는 손을 약간 들어 주위의 벽을 가리켰다.

〈그런 자들이 이렇게 훌륭한 건축물을 만들 수 있을까?〉

〈이것은 개미들도 만드는 것이잖습니까? 개미탑은 속이 비어 있고 원뿔 모양이지요. 이 피라미드처럼.〉

〈이웃도 모르고 자신도 잃은 개미는 개미탑을 쌓을 수 없어.〉

카루는 고개를 끄덕였다. 하지만 카루는 대화가 엉뚱한 방향으로 치닫고 있는 것이 더 신경 쓰였다.

〈무슨 니름이신지 알겠습니다. 하지만 나머지 이야기는 밖에 나가서 들으면 안 될까요, 페이? 돌이 식어가고 있습니다.〉

사모는 한숨을 내쉬었다.

〈넌 아무것도 느껴지지 않나?〉

〈네? 느껴지다니오?〉

〈이 안에 두억시니가 왜 신을 잃었는지에 대해 궁금해하고 있는 누군가가 있다는 것. 뒤통수가 간지러울 정도인데. 내가 그 이야기를 꺼낸 건 그 때문이야.〉

티나한은 어리둥절한 얼굴로 륜을 바라보았다.

"두억시니가 왜 신을 잃었냐니, 오만함 때문이잖아?"

"그렇게 닐러 줬습니다. 그런데 그 오만이라는 것이 어떤 오만이냐고 묻는군요."

티나한은 난처한 듯 비형을 돌아보았다. 비형은 어깨를 으쓱였다.

"케이건이라면 혹 알지도 모르겠군요. 케이건은 그런 전승 지식이나 고대어 같은 것에 해박하잖습니까?"

다시 한번 그들은 케이건의 부재가 가져다주는 손실을 절감했다. 왼손으로 수염 볏을 비틀대던 티나한이 맥풀린 어조로 말했다.

"할 수 없지. 우리도 정확하게는 모른다고 말해 줘."

륜은 다시 진득하게 흘러내리는 육체의 파편들을 돌아보았다.

〈우리도 두억시니가 어떤 오만 때문에 신을 잃었는지에 대해서는 알지 못합니다. 너무 오래된 일이라서요.〉

유해의 폭포는 잠시 침묵하며 흘러내리다가 다시 질문했다.

〈너희들은 신을 잃지 않았는가?〉

〈그렇습니다.〉

〈너희들은 어떻게 너희들의 신과 소통하는가?〉

〈우리 나가들은 수호자라고 불리는 사람들이 발자국 없는 여신께 제를 올리고 그 뜻을 지상에 실천하는 일을 담당합니다. 여신께서는 그 증거로 저희들에게 당신의 이름을 주십니다. 그리고 인간들에게는 어디에도 없는 신께 제를 올리는 승려라는 사람들이 있습니다. 그들은 어디에도 없는 신의 뜻만을 따를 뿐 세속의 연은 끊는다는 의미로 머리카락을 깎는다고 알고 있습니다. 도깨비는 어르신들, 그러니까 죽은 도깨비들이 주로 자신을 죽이는 신께 제를 올리는 일을 맡는 걸로 알고 있습니다. 레콘은……〉

륜은 잠시 말을 멈추고 티나한을 돌아보았다. 티나한은 고개를 갸웃했다.

"왜?"

"당신들은 모든 이보다 낮은 여신께 어떻게 제를 올리지요?"

"안 올려. 사원도 없는걸."

"없는 건 아니잖아요."

"너 그게 어디 있는지 아냐? 아무도 어디에 있는지 모르니 없는 것이나 다름없지."

륜은 그대로 전해 주었다. 유해의 폭포가 니른 다음 질문은 륜을 당황하게 했다.

"저 폭포가 니르길, 그럼 레콘들도 신을 잃었냐고 묻는데요?"

티나한 또한 당황했다. 티나한은 평소 행운에 대해 여신께 감사하고 불운에 대해 여신께 불평하기는 했다. 하지만 그 이상 모든 이보다 낮은 여신에 대해 생각해 본 적은 없었다. 그리고 그것은 레콘에겐 보편적인 모습이다. 고민하던 티나한은 고개를 가로저었다.

"그렇지는 않아. 야, 너희들이 보기에 우리가 여신을 잃은 것 같아?"

비형과 륜은 그렇게 생각할 수 없었다. 륜은 그 생각을 그대로 들려주었다.

〈아니요. 레콘이 그들의 여신을 잃은 것 같지는 않습니다.〉

유해의 폭포는 다시 침묵했다. 조금 후, 다시 시작된 폭포의 니름에는 노기가 담겨 있었다.

〈전부 제멋대로 신과 관계 맺고 심지어 무관심한 자들까지 있구나.〉

륜은 그 분노한 어조에 놀라며 유해의 폭포를 바라보았다. 노기와 더불어 폭포의 니름은 점점 더 세련되어지고 있었다. 륜은 숫제 나가와 이야기를 나누고 있는 기분이었다.

〈그런데도 너희들은 신을 잃지 않았단 니름이지. 오직 두억시니만이 신을 잃었군. 너무 오래되어서 잊어버렸다는 그 정체 모를 오만함 때문에. 도대체 어떻게 그렇게 니를 수 있느냐? 보아라!〉

〈네?〉

〈나를 봐! 네 눈앞에 있는 나를, 그리고 이 피라미드 안을 맴도는 나의 일부를 봐라. 한 종족에게 있어 신을 잃는 것보다 더 큰 사건이 없을 거라는 것을 짐작할 수 없느냐? 이것은 종족의 죽음이다! 어떻게 이런 일이 일어난 이유를 잊을 수 있느냐! 이런 꼴이 되어도 상관없는 것이 아니라면! 오래 되어서 잊어버렸다는 것은 도무지 니름이 안 돼!〉

륜은 폭포의 니름이 옳다고 생각했다. 왜 그토록 중요한 일을 잊어버렸을까? 유해의 폭포는 선고하듯 닐렀다.

〈결론은 한 가지야. 너희들은 나를 속이고 있어!〉

〈아니요, 그렇지 않습니다. 우리가 왜 당신을 속이겠습니까?〉

〈거짓니름하지 마라! 사실대로 닐러라. 두억시니가 왜 신을 잃었느냐!〉

〈그렇게 니르셔도 모르는 것은 모르는 겁니다. 저도 이해할 수 없지만 당신들의 오만…….〉

〈그만! 그런 기만은 그만둬. 더욱이 네 본심을 짐작하는 자 앞에선!〉

〈네? 무슨 니름이십니까?〉

〈두억시니는 신을 잃지 않았어. 두억시니의 신은 살해당한 거다. 너희들이 두억시니의 신을 죽인 거다! 그러고는 두억시니의 오만이 어쩌니 하는 가당찮은 거짓 니름을 하는 거다!〉

류 페이는 유해의 폭포가 보내오는 거친 니름에 놀라 뒤로 물러났고, 그다음에야 비로소 그 니름의 의미에 놀랐다. 비형과 티나한이 놀란 눈으로 바라보았지만 류은 먼저 폭포를 향해 닐렀다.

〈어떻게 그런 니름도 안 되는 추측을 한 겁니까. 신을 살해하다니요. 있을 수 없는 일입니다.〉

〈허튼 니름하지 마라! 나는 네 정신을 읽었다. 네 기억 속에는 분명히 다른 신의 살해에 대한 계획이 있었다. 그런 계획을 가지고 있다는 것은, 과거에도 그런 일을 할 수 있었다는 의미겠지. 너희들이 두억시니의 신을 죽인 거다!〉

류은 유해의 폭포가 미친 것이 아닌가 생각했다. '살신(殺神) 계획'이라고? 그 비슷한 생각조차 해 본 적이 없었던 류으로서는 유해의 폭포가 니르는 니름을 도무지 이해할 수 없었다.

문득 류은 유해의 폭포가 자신을 읽었다면 자신 또한 폭포의 정신을 읽을 수 있으리라는 사실을 떠올렸다. 류은 시도해 보았고 성공했다.

"도망쳐요!"

티나한은 류의 외침에 벼슬을 꼿꼿이 세우고, 철창을 꽉 움켜쥐고, 눈을 부라리기까지 했지만, 그 외침을 따르지는 않았다.

"무슨 일이야? 왜 그래, 류?"

류은 뒷걸음질치며 두서없이 외쳤다.

"저 폭포는 우리들을 자기 일부로 만들 생각이에요! 저놈은 우리를 삼킬 생각입니다. 저 유해들처럼 될 거란 말입니다!"

티나한은 몸을 잔뜩 부풀리며 폭포를 향해 앞으로 성큼 걸어나갔다. 하지만 그 위풍당당한 기세는 오래가지 못했다. 티나한은 아래를 내려다보며 고개를 갸웃거렸고 비형은 보다 단도직입적으로 질문했다.

"그런데 어떻게?"

"네?"

"폭포가 어떻게 우리를 삼킨다는 거죠? 위로 흐르기라도 하나요?"

그 순간 폭포가 위로 흐르기 시작했다.

경악으로 부릅떠진 일행의 눈앞에서 폭포는 괴기스러운 움직임으로 꿈틀댔다. 폭포의 아랫부분이 위로 치솟아 위에서 쏟아지던 유해들과 부딪쳤고 그 합류 지점에서 유해의 파편들이 앞으로 돌출되기 시작했다. 돌출부는 두 개였고 점차 길어졌다. 끊임없이 스스로를 재형성하며 돌출된 유해들은 마침내 두 개의 팔이 되었다. 한쪽 팔에는 다섯 손가락, 다른 쪽 팔에는 일곱 개의 손가락이 튀어나왔다. 손가락의 길이는 제각각이었지만 한 가지 인상적인 공통점이 있었다. 모든 손가락의 첫째 마디는 포도 송이처럼 뒤엉킨 수백 개의 안구로 이루어져 있었다. 비늘 소리를 내며 경련하는 륜에게 무시무시한 니름이 다가왔다.

〈나와 같은 자가 또 생기도록 내버려둘 순 없다. 그 니름도 안 되는 살신 계획과 너를 한꺼번에 없애주마. 너를 내 일부로 만들겠다! 내가 되어서 내가 느끼는 고통을 느껴봐라!〉

경직되어 있던 일행들 중 티나한이 가장 먼저 정신을 차렸다. 그 무시무시한 손은 이미 지척까지 다가와 있었다.

수백 개의 안구에 비친 수백 명의 자신을 향해 티나한은 계명성을 내질렀다.

수백 명의 티나한이 산산조각났다.

상상할 수 없을 정도로 강력한 고성에 의해 손가락의 첫마디들이 파괴되었다. 안구가 사방으로 튕겨져나가는 역겹기 짝이 없는 광경 속에서 륜과 비형은 가까스로 정신을 차렸다. 그 순간 폭포에서 생물이 내는 것 같지 않은 기괴한 포효가 울려퍼졌다.

손가락 첫째 마디를 잃은 손들은 분노하듯 거칠게 서로 엉켜들었다. 두 개의 팔이 허공에서 꿈틀거리며 하나로 합쳐지자 거대한 뱀처럼 바뀌었다. 팔과 다리와 몸통과 머리와 내장과 척추가 뒤엉킨, 둘레가 몇 아름이나 될 것 같은 공포스러운 뱀이 허공에 머리를 띄운 채 일행을 향해 포효했다.

"치루루루루!"

뱀의 입속에서 이빨처럼 자리잡은 부러진 뼈들이 섬뜩한 빛을 뿜었다. 티나한은 철창을 움켜쥐며 외쳤다.

"썩을, 도망가!"

"안 돼요! 막혔는걸요?"

뒤를 흘깃 돌아본 티나한은 벼슬이 뻣뻣해지는 것을 느꼈다. 어느새 그들의 등 뒤로 두억시니들이 잔뜩 몰려들어 퇴로를 차단하고 있었다. 티나한이 어떻게 할 것인지를 고민할 때 유해의 뱀이 끔찍한 소리를 지르며 달려들었다. 티나한은 더 이상 고민할 시간이 없었다.

"퇴로를 뚫어!"

그리고 티나한은 달려드는 유해의 뱀을 향해 철창을 내뻗었다.

비형은 어쩔 줄 몰라하며 앞뒤를 번갈아 쳐다보았다. 뒤쪽에서는 티나한이 달려 드는 유해의 뱀을 상대로 격렬한 격투를 벌이고 있었다. 그 무게만 해도 무지막지 한 철창에 레콘의 힘이 더해지자 유해의 뱀은 다가올 때마다 그 일부가 박살나며 물러났다. 하지만 폭포는 끊임없이 흐르고 있었고 유해의 뱀은 계속 자신을 재구 성하며 달려들었다. 말 그대로 폭포와 싸우는 셈이었다. 비형처럼 앞뒤를 쳐다보 던 륜이 조급하게 외쳤다.

"비형! 불을 질러요!"

비형은 정신이 퍼뜩 든 표정으로 륜을 내려다보았다. 륜은 통로를 막고 있는 두 억시니를 가리켰다. 하지만 도깨비는 격렬하게 고개를 가로저었다.

"그럴 수 없습니다. 어떻게 살아 있는 자들에게 불을 지릅니까?"

"저게 살아 있는 겁니까!"

"하지만 죽은 것도 아니잖습니까?"

류은 비늘을 곤두세우며 비형을 바라보았다. 지난 다섯 시간 동안 그토록 험악한 고초를 겪으면서도 비형은 그것을 거부했다. 그리고 지금 또다시 거부하고 있었다. 류이 도깨비를 설득하려 할 때 두억시니들이 괴성을 지르며 돌격해 왔다.

"딱딱하게 끊는 망치 바르면!"

"무거운 해 늙어 태어나면 개나리 웃지요!"

류은 황급히 허리춤을 뒤져 붉은 알약을 꺼내었다. 비형이 눈을 크게 뜬 순간 류은 소드락을 삼켰다.

"좋습니다. 제가 뚫겠습니다. 따라오세요!"

사이커를 두 손으로 움켜쥔 류은 질풍처럼 달려갔다. 두억시니들은 모순에 찬 비명을 내지르며 달려들었지만 류은 그들을 정면으로 상대할 생각이 없었다. 왼쪽 벽으로 뛰어오른 류은 그대로 벽을 따라 달리다가 몸을 뒤집으며 천장을 걷어찼다. 그리고 두억시니의 머리 위로 떨어져내렸다.

그로부터 몇 분 동안, 류은 바닥에 한 번도 발을 딛지 않았다. 그리고 다리를 아래로 향했던 시간은 절반도 되지 않았다. 두억시니의 어깨나 머리, 그 둘이 다 없는 경우엔 다른 것을 밟거나 짚으며 계속 도약하는 류의 모습은 거꾸로 뜬 채 싸우는 듯했다.

그러나 그 경이적인 분투에도 불구하고 류은 거의 퇴로를 확장하지 못했다. 계속 재구성되는 유해의 뱀과 마찬가지로 두억시니들 또한 끊임없이 몰려들었다. 십분이 지났을 때 류은 겨우 10미터를 나아갔을 뿐이었다. 소드락의 지속 시간을 절반 이상 써버린 류은 초조함을 느꼈다.

티나한 역시 난처한 지경에 빠져있었다. 비록 상대방이 수십 미터가 넘는 거대한 크기였지만 티나한의 패기는 조금도 퇴색되지 않았다. 하지만 벽에 난 구멍 속에 서 있던 티나한의 행동 범위는 축소될 수밖에 없었다. 우회 공격을 한다거나 하는 것이 완전히 불가능한 상태에서 오로지 정면으로만 부딪쳐야 했던 것이다. 유해의 뱀은 그런 상황을 십분 활용했다. 비록 다가설 때마다 들소라도 일격에 관통할 듯한 무서운 공격을 받고 물러나야 했지만, 유해의 뱀은 얼마든지 자신을 재구성할 시간을 가질 수 있었다. 그리고 그때마다 조금씩 더 거대해진 모습으로 달려들었다. 마치 티나한을 쓰러뜨릴 수 있는 크기가 어느 정도인지 계속 시험하는 듯했다.

비형은 앞 뒤 어느 쪽도 쳐다보고 싶지 않았다. 두 손으로 얼굴을 가린 채 비형은 나늬에게 기대어 어깨를 떨었다.

"왜 이래야 되는 거야?"

"제발 불을 질러요! 비형!"

비형은 고개를 들어 륜을 바라보았다. 소드락에 취해 있던 륜은 깨닫지 못했지만 그의 몸에는 무수한 상처가 나 있었다. 날카로운 손톱이 달린 손이 마치 거대한 거미인 양 륜의 등에 매달려 있는 모습을 보며 비형은 진저리를 쳤다. 륜은 심장을 가진 나가다. 수족이 잘려도 재생할 수 있는 다른 나가들과는 다르다.

비형은 어쩔 수 없다는 듯 두 손을 들어올렸다. 그에겐 륜 페이를 하인샤 대사원에 데려다주어야 하는 임무가 있었다. 셋이 하나를 상대한다. 그가 행동하지 않는다면 셋이 되지 않는다. 마침내 비형이 저 페시론 섬의 악당들이 마지막에 본, 그리고 아킨스로우 협곡에 영원한 징벌의 낙인을 찍었던 바로 그것을 만들어내려 했을 때였다.

비형은 한 두억시니의 얼굴을 보았다.

지독하게 못생긴 두억시니였다. 오른쪽 눈은 비뚤어진 코에 거의 달라붙어 있었고 왼쪽 눈은 이마에 붙어있다시피 했다. 윗입술은 거의 없어 고르지 못한 치열을 드러내고 있었고 아랫입술은 두툼했지만 심하게 갈라져 있었다. 마치 탈수증에 시달리는 듯했는데, 그럴 만한 이유가 있었다. 그 두억시니는 끊임없이 울고 있었다.

눈물샘에 어떤 이상이 있는 듯했다. 실제로 그 추악한 얼굴 어디에도 비통해하는 표정은 찾아볼 수 없었다. 양손을 합쳐 여섯 개밖에 안 되는 손톱을 륜의 몸에 박아넣으려 안달하는 그 몸짓에는 맹목적인 분노만이 가득했다.

하지만 그 무의미한 몇 방울의 눈물이 비형의 두 손 위에 영글던 대재앙을 꺼트렸다.

비형은 두 손을 떨구었다. 소드락의 약효가 떨어지면 류은 죽을 것이다. 그리고 티나한 또한. 비형은 자신의 죽음에 슬퍼하지는 않았다. 죽음을 안타까워하는 도깨비는 없으니까. 그 순간 비형은, 극히 차분한 정신으로 케이건 드라카에 대해 생각하고 있었다.

"왜 죽이고, 왜 먹어버리는 거죠?"

한계에 달한 근육이 몸 속에서 뒤틀리는 듯하고 그 자신이 휘두르는 사이커의 검끝이 세 개로 보일 지경이었지만, 류은 이를 악물며 다시 도약했다. 그리고 팔이 빠져라 사이커를 내찔렀다. 한번 더 팔을 휘둘렀다간 정말 팔이 어깨에서 빠져나갈지도 모르겠다는 예감이 너무도 현실감 있게 다가왔다. 하지만 두억시니들의 숫자는 줄어드는 기미가 보이지 않았다. 소드락의 효과는 이미 감퇴하고 있었고 류은 한 번 더 소드락을 삼킬 것을 고려하고 있었다.

〈나는 요스비처럼 죽지 않아! 나는 화리트처럼 죽지 않겠어! 내 심장은 아무도 가져갈 수 없어!〉

류은 눈앞의 두억시니를 요스비처럼, 화리트처럼 죽였다. 매섭게 날아간 사이커가 두억시니의 심장을 터뜨릴 때마다 류은 살아 있음을 느꼈다.

죽음으로 이루어진 뱀이 다시 살아나며 달려들었다. 티나한은 거친 욕지거리를 내뱉으며 철창을 휘둘렀다. 맹렬한 동작의 갈피마다 티나한의 몸에서 깃털이 떨어져 허공에 나부꼈다. 최후의 대장간에서 막 벼려진 철창을 힘 있게 움켜쥔 그날 이후 처음으로 티나한은 철창이 무겁다는 느낌을 받았다. 철창엔 피와 담즙과 살점들이 두텁게 달라붙었고 그 위에 깃털이 엉겨붙어 있지만, 그 무게가 무거울 리는 없다.

유해의 뱀이 다시 다가왔다. 철창을 내찌르려던 티나한은 그 동작을 완료하기 어렵다는 것을 깨닫고는 당혹했다. 붙일 단위도 별로 없을 찰나의 시간이지만 어쨌든 분명히 늦게 될 것이라고 판단한 티나한은 무의식적으로 계명성을 내질렀다. 유해의 뱀은 움찔하며 물러났다. 훌륭한 임기응변이었지만 티나한은 임기응변을 시도해야 했다는 사실 자체에 격노했다. 티나한은 발을 쾅쾅 구르며 철창을 틀어쥐었다.

"와! 이리 와 덤벼라, 이 살지도 죽지도 않은 녀석아! 열흘이라도 싸워주마! 또 재생하냐? 죽은 것들을 뭉쳐서 살아나는 거냐! 제기랄, 무슨 말이야, 이게? 이 말도 안 되는 자식아, 덤벼라!"

"레콘?"

티나한은 하마터면 철창을 놓칠 뻔했다.

"마, 말도 하네? 목소리 진짜 좋군. 그런다고 용서해 줄 줄 아느냐?"

"무슨 소리를 하는 건지 모르겠군. 레콘. 누구와 말다툼을 하는 거지?"

뭔가 이상하다고 생각한 티나한은 고개를 들어 유해의 폭포가 쏟아져나오던 맞은편 벽의 구멍을 바라보았다. 지금 그 구멍은 마치 뱀이 쏟아져나오는 뱀굴처럼 보였다. 그 구멍 입구에, 유해로 이루어진 뱀의 동체를 밟고 서 있는 한 나가 여인이 있었다.

"암살자!"

티나한의 외침과 함께 유해의 뱀은 허공에서 몸을 꼬아 자신의 동체를 돌아보았다. 수족과 내장과 뼈다귀로 이루어진 그 머리 양쪽에 박혀 있는 두 개의 머리가 마치 눈처럼 사모 페이를 바라보았다. 자신이 단순한 시체 더미를 밟고 있는 줄 알았던 사모는 그 모습에 크게 놀랐다.

〈여신이여, 도대체 이게 무슨……!〉

"치루루루루!"

괴성과 함께 유해의 뱀의 몸에서 수족들이 마치 털처럼 곤두섰다. 실로 끔찍한 광경이었다. 뱀의 몸 전체에서 손가락을 잔뜩 편 손이나 발가락을 경련시키는 다리가 일어선 것이다. 사모 페이의 뒤쪽에 있던 카루는 기겁하며 뒤로 물러났다. 하지만 사모 페이는 비늘을 곤두세우며 쉬크톨을 날렵하게 뽑아들었다.

그리고 그것을 뱀의 동체에 꽂아넣었다.

유해의 뱀은 피라미드가 진동하는 괴성을 토해내었다. 사모는 쉬크톨을 뽑아들
며 외쳤다.

〈진짜 살아 있어?〉

고통에 찬 비명을 내지르던 유해의 뱀은 자신이 솟아지던 구멍을 향해 뛰어들었
다. 그 거대한 동체가 구멍을 막아버리자 티나한은 더 이상 사모 페이를 볼 수 없
게 되었다. 티나한은 부리를 딱 부딪친 다음 주저없이 몸을 돌렸다.

"일어나! 비형, 나늬!"

티나한은 비형과 나늬를 지나쳐 륜이 고군분투하는 곳으로 뛰어들었다. 티나한
이 괴성을 지르며 철창을 세 번 내찌르자 륜이 지난 십여 분 동안 가까스로 확장시
킨 거리가 간단히 두 배로 연장되었다. 놀랄 만한 돌격력이었다. 륜은 티나한이 지
금껏 유해의 뱀을 제압하지 못한 이유가 돌격할 거리가 없었기 때문이 아닌가 하
는 생각을 하며 한쪽 무릎을 꿇었다. 륜은 티나한에게 유해의 뱀을 어떻게 처리했
는지 묻고 싶었다. 하지만 티나한은 두억시니들을 꿰뚫느라 대답할 여력이 없어
보였다. 무엇보다도 륜 자신이 입을 열 힘조차 없었다. 소드락의 효과는 완전히 사
라졌다. 기절하고 싶을 정도로 피곤했고 몸 곳곳이 고문당하듯 아팠다. 사이커를
지팡이처럼 짚은 채 륜은 거칠게 헐떡였다.

그때 뒤에서 다가온 비형이 륜을 부축했다. 륜은 힘겹게 미소 지으며 비형을 돌
아보았다.

그러나 비형은 웃지 않았다. 덩치 큰 도깨비는 거의 울 듯한 얼굴로, 하지만 묘하
게 평온한 얼굴로 그저 동료를 일으켜세웠다.

"륜. 갈까요?"

"아, 네."

륜을 막아섰을 때 철벽 같았던 두억시니의 무리는 티나한 앞에선 싸리 울타리만
도 못했다. 범람하는 홍수가 들판을 쓸어버리는 기세로 티나한은 두억시니의 무리
를 헤쳐놓았다. 그 덕분에 륜과 비형, 그리고 나늬는 난자당한 두억시니들로 이루

어진 길, 유해의 길을 걸어야 했다. 비형에게 부축받으며 걷던 륜은 비형이 이상한 짓을 하는 것을 목격했다.

도깨비는 슬픈 표정으로 자신의 발에 도깨비불을 붙였다. 그 불은 비형이나 륜에겐 아무 해도 입히지 않았지만 발을 내디딜 때마다 유해의 길을 불태웠다.

처음 얼마 동안 티나한이 느꼈던 것은 보다 멀리까지 도망쳐야 된다는 단순한 감정이었다. 그러나 거친 호흡이 균일해지고 뛰는 행동 자체에 더 이상 신경을 쓸 필요가 없어지는 시점이 다가왔을 때 티나한은 그 자연스러운 달리기에 거북함을 느꼈다. 티나한은 왜 거북함을 느꼈는지 생각해 보았고, 그 답은 자명했다. 티나한은 길을 알지 못했다.

"이런, 젠장. 어디로 가야 하는 거지? 계속 이렇게 돌아다녀도 되는 건가?"

륜 또한 당혹한 표정으로 주위를 둘러보았다. 그들은 들어왔을 때와 마찬가지로 무작정 도망치고 있었다. 길을 찾아내는 것은 절대로 불가능했다. 그때 조용히 걷고 있던 비형이 말했다.

"바닥에 재미있는 것이 있군요. 이게 뭘까요?"

비형은 바닥에서 큼직한 돌멩이를 들어올렸다. 티나한은 무슨 소리냐는 듯이 비형을 바라보았다.

"돌이잖아? 그게 어쨌다는 거야?"

"봐요. 반질반질하지요? 마모가 심하게 되어 있는 돌이에요. 여기엔 이런 돌이 있을 수 없죠. 이건 바깥에 있던 돌 같은데요?"

"게다가 따스하군요."

티나한과 비형은 륜을 돌아보았다. 륜은 믿을 수 없다는 듯이 돌멩이를 바라보다가 저 앞쪽의 통로를 가리켰다.

"저 앞에도 비슷한 게 있군요. 이건 햇빛에 달궈졌던 돌입니다. 아직은 보이는 걸로 봐서 밖에서 여기로 옮겨진 지 몇 시간 되지 않는 것 같은데요."

티나한과 비형은 륜이 떠올린 것과 똑같은 생각을 떠올렸다. 암흑 속에서 뜨거운 돌을 볼 수 있는 것은 륜과 같은 종족뿐이다. 티나한이 아랫부리를 매만지며 말했다.

"네 누나가 떨어뜨려 놓은 것이군. 똑똑한데."

"언제 여기까지 따라오신 걸까요."

"음? 아까 듣지 못했어? 아차, 넌 듣지 못했겠군. 소리에 신경 쓸 여유가 없었겠군."

"무슨 말입니까?"

티나한은 유해의 뱀이 있던 방향을 가리키려 했다. 하지만 한참을 달린 후라 그곳이 어느 쪽인지 알 수 없었다. 그래서 티나한은 아무 방향이나 대충 가리키며 말했다.

"아까 네 누나를 봤다."

"네? 보셨다고요?"

"그래. 유해의 폭포가 쏟아지던 구멍에서 나타났다. 네 누나가 뱀의 주의를 끌어준 덕분에 난 몸을 뺄 수 있었어."

륜은 경악했다. 얼굴을 떨며 티나한을 바라보던 륜은 갑자기 몸을 휙 돌렸다. 티나한은 당황하며 륜의 어깨를 움켜쥐었다. 륜은 거칠게 몸부림쳤다.

"놔요! 누님을 도우러 가야 합니다! 그 괴물에게 남겨두고 오다니요!"

"이봐, 진정해! 도우러 가다니, 그래서 죽겠다는 거야? 네 누나의 칼에 맞아 죽을 거야?"

륜은 흠칫하며 티나한의 얼굴을 올려다보았다. 티나한은 큼직한 손으로 륜의 어깨를 꾹 누르며 말했다.

"그럴 수는 없잖아?"

"하지만…… 하지만……."

"네 누나는 괜찮을 거다. 이 안에 있는 우리를 찾아낸 정도이니 틀림없이 몸을 뺄 수도 있을 거야. 지금 급한 건 우리라고. 저 돌, 조금 후면 완전히 식어서 보이지 않게 되겠지?"

륜은 말문이 막힌 듯 고개를 끄덕였다. 티나한은 부리를 딱 소리나게 부딪쳤다.

"그럼 빨리 나가야 해. 저 돌마저 식어버리면 우리는 나갈 수 없어."

"하지만 누님이……."

류은 계속 주저하며 뒤로 돌아가려 했다. 티나한은 이 답답한 나가를 강제로 끌고 가고 싶다는 충동을 느꼈다. 하지만 뜨거운 돌멩이를 따라가기 위해선 류의 협력이 필요했다. 그렇게 둘이 옥신각신하고 있을 때 비형이 나직이 질문했다.

"류. 돌아갈 길을 아나요?"

류은 울 것 같은 얼굴로 비형을 쳐다보았다. 티나한은 조금 전 자신들이 있던 방향이 어디인지도 알 수 없었다. 류은 당연히 돌아가는 길을 알지 못했다. 류은 고개를 떨구었다. 티나한은 벼슬을 쥐어뜯으며 말했다.

"류. 미안하지만 서둘러줘. 돌이 식잖아."

티나한이 재촉하고도 한참 후에야 류은 겨우 한쪽 방향으로 걷기 시작했다. 티나한은 안도의 한숨을 내쉬며 그 뒤를 따랐고 비형과 나늬도 조용히 발걸음을 뗐다.

세 사람과 딱정벌레는 바닥에 떨어져 있는 돌멩이를 따라 걷기 시작했다.

바닥은 차갑고 길은 어두웠다. 간혹 먼 곳에서 무슨 소리인지 알 수 없는 소리가 전해져왔다. 소리는 듣지 못했지만 바닥을 타고 전해져오는 그 진동은 류도 느낄 수 있었다. 그때마다 류은 멈칫하며 걸음을 멈췄고 티나한은 그때마다 류을 재촉했다. 그러면 류은 다시 마지못한 듯이 걸음을 뗐다. 묘하게도 지난 몇 시간 동안 그들을 괴롭혔던 두억시니는 더 나타나지 않았다.

얼마 후, 그들은 어둠에 덮이는, 그러나 그들에게는 너무 밝은 동쪽 하늘 아래로 걸어나오게 되었다.

그 후 십여 분 동안의 경험은 티나한을 난처하게 했다.

티나한은 류과 비형, 그리고 나늬와도 기꺼이 기쁨을 나누고 싶었다. 열 시간 가까이 앞도 제대로 볼 수 없는 미궁 속에 갇혀 있다가 빠져나온 자들끼리는 당연히 그렇게 해야 된다는 것이 티나한의 나무랄 수 없는 판단이었다.

하지만 비형은 피라미드를 빠져나오자마자 그와 류을 내버려둔 채 약간 떨어진 바위 위로 걸어가 앉았다. 그러고는 멍하니 하늘만 바라보았다. 주인이 그렇게 행동하자 딱정벌레 나늬는 그 주인의 발치로 걸어가 피로한 몸을 눕혔다. 비형이 계속해서 도깨비불을 운용하느라 피곤해진 거라 생각한 티나한은 아쉬운 대로 륜과 함께 즐거워하려 했다. 하지만 륜은 비형과 반대쪽으로 걸어가서는 역시 자신을 주위와 격리시키는 듯한 몸짓을 취했다. 그러자 티나한은 그만 어쩔 줄 모르게 되었다. 티나한은 륜을 달래야겠다고 생각하고는 조심스럽게 륜에게 다가갔다.

"륜. 네 누나는 괜찮을 거야. 그 시체들이 살아 있을 수 있었던 것은 그 중앙 통로에 어떤 마법 같은 것이 있었기 때문이라고 했잖아? 그럼 그 유해의 폭포는 중앙 통로에서 멀리 떨어지지 못할 거야. 네 누나는 그저 힘껏 달리기만 했어도 도망칠 수 있었을 거야."

륜은 티나한을 돌아보았다.

"그랬을까요? 하지만 우리들처럼 두억시니들이 몰려와서 길을 막았다면……?"

"아니. 두억시니들은 전부 우리를 막으려 몰려들었을 거야. 반대쪽에는 없었을 걸. 그러니 네 누나도 그곳까지 쉽게 온 것일 테고."

"고마워요, 티나한."

티나한은 웃음을 지었다. 그리고 불길한 추측은 말하지 않았다. 그들이 빠져나올 때 두억시니들은 하나도 나타나지 않았다. 어쩌면 지금쯤 그 암살자는 암흑 속에서 노도처럼 몰려드는 두억시니들과 싸우고 있을지도 모른다. 그때 륜이 고개를 갸웃거리며 말했다.

"그런데…… 한 가지 마음에 걸리는 것이 있군요."

티나한은 찔끔하며 물었다.

"응? 어, 그게 뭔데?"

"그 유해의 폭포가 했던 니름이 마음에 걸리는군요."

티나한은 속으로 안도했다. 륜은 피라미드를 바라보며 말했다.

"유해의 폭포는 신을 죽이는 계획에 대해 거론했습니다. 제 기억 속에서 그런 계획을 읽었다고 주장했지요. 저는 그게 무슨 말인지 알 수 없었습니다. 그런데, 저 안에 있었던 나가가 저뿐만이 아니라면, 그 유해의 뱀이 읽었다고 주장한 것은 사실 제 기억이 아니라 제 누님의 기억이었을지도 모릅니다. 그럴 수 있는 것이, 그 유해의 뱀은 군체(群體)였으니까요."

"군체라?"

"예. 그 유해의 뱀은 무수한 두억시니의 유해로 이루어진 하나의 정신이었습니다. 그렇다면 그 폭포는 저와 또 다른 나가를 구분하지 못했을 수도 있습니다."

티나한은 익숙하지 않은 개념들로 사고를 진행시키느라 머리가 다 아플 지경이었다. 륜은 여러 번 설명을 반복했고 덕분에 티나한은 가까스로 륜의 설명을 이해했다.

"그렇다면 네 누나가 신을 죽일 계획을 머릿속에 가지고 있었다는 거냐? 그 폭포는 그걸 읽은 다음 그게 네 기억이라고 생각했고? 둘 다 나가라서 구분을 못했기 때문에? 그런데 그건 말이 안 되는 소리잖아. 네 누나가 혹시 이야기꾼이냐?"

륜은 고개를 가로저었다.

"제 누님은 점잖은 분이에요. 그런 황당한 이야기 같은 건 신경도 쓰지 않으실 겁니다. 하지만 어디선가 그 이야기를 들으셨을 수는, 그리고 너무 황당해서 기억해 두고 계셨을 수는 있지요. 더 이상은 짐작되는 바가 없군요."

티나한은 적당히 고개를 끄덕였지만 사실 그 동작은 륜을 위한 것일 뿐, 그 이야기 자체에는 거의 신경을 쓰지 않았다. 신을 도대체 어떻게 죽인단 말인가? 티나한은 그런 주제에 대해 생각해 보는 것 자체가 불쾌했다. 하지만 친누나에게 목숨의 위협을 당하고 있는 륜에게 화를 낼 수는 없었고, 그래서 티나한은 괜스레 비형에게 짜증이 났다.

티나한은 외따로 떨어져 있는 비형에게 다가갔다. 티나한이 다가오는 것을 느낀 나늬는 더듬이를 돌려대었지만 비형은 여전히 하늘만 바라보고 있었다. 티나한은 철창을 높이 들었다가 쾅 소리나게 땅에 찍었고 비형은 그제서야 천천히 고개를 돌려 티나한을 바라보았다.

"이봐. 아까 왜 불을 지르지 않았어?"

"아까 말인가요?"

"그래. 때마침 암살자가 나타났기에 망정이지, 하마터면 다 죽을 뻔했잖아. 아니면 그 우라질 폭포의 일부가 되어 흘러내리게 되었거나."

티나한을 멍하니 바라보던 비형은 다시 고개를 돌렸다. 어쩌나 싶어 바라보던 티나한은 비형이 다시 하늘에 초점을 맞춘 채 꼼짝도 하지 않자 더 이상 참을 수 없게 되었다.

"야, 이 자식아!"

"예?"

"왜 불을 지르지 않았냐고 물었잖아! 뭔가 대답이 될 만한 소리를 지껄여 보라고! 나도 싸웠고 륜도 싸웠어! 그런데 넌 왜 안 싸운 거야? 넌 죽어도 상관없다는 거였나!"

"상관없다고요?"

"넌 죽어도 안 죽잖아! 그래서 신경 쓰지 않은 거냐!"

"불쌍하지 않아요?"

티나한은 기가 막혔다.

"뭐라고? 불쌍하다고? 우리를 죽이려 했던 놈이 불쌍하긴 뭐가 불쌍해?"

"우리를 죽이려 했다는 것 자체가 불쌍한 것 아닌가요?"

"도대체 무슨 소리냐!"

"천년 만에 의식을 가지게 된 자가 자신에게 의식을 부여해 준 존재를 미워하고 파괴하려 들게 된 것이 불쌍한 일 아닌가요?"

티나한은 벼슬이 출렁거릴 정도로 격하게 고개를 가로저었다.

"그건 불쌍한 것이 아니라 배은망덕한 거야! 자, 잠깐. 너 지금 그 새끼가 배은망덕하게 된 것이 불쌍하다고 말할 거냐?"

비형은 티나한의 벼슬을 바라보다가 슬그머니 고개를 돌렸다. 도깨비의 입은 닫혀서 다시 열리지 않을 것 같았다. 잠시 기다리던 티나한은 체념하고는 타이르는 어조로 말했다.

"이보라고, 비형. 너희들 도깨비가 죽어도 죽지 않는 재주를 가지고 있다는 건 나도 알아. 하지만 나나 케이건에겐 그런 재주가 없어. 륜 또한 심장을 뽑지 않았으니 마찬가지고. 네가 우리를 돕지 않아서 우리가 죽게 된다면, 그건 네 손으로 우리를 죽이는 것과 마찬가지야. 그러니까 부탁인데, 다음부터는 불을 지르라고. 그런 일이 자주 있지는 않을 거야. 웬만한 일은 내가 처리할 수 있어. 아니면 보통 때처럼 케이건이 처리하겠지. 하지만 그래도 네 결심이 필요한 일이 생길지 몰라. 그럴 땐, 비형. 제발이지 고민 따위 하지 말고 불을 질러. 대사원에서는 우리 죽어나가는 꼴 감상하라고 너를 이 구출대에 합류시킨 건 아닐 거라고. 빌어먹을, 피를 흘리느냐 피를 묻히느냐 둘 중 하나라면 일단 피를 묻혀야 돼!"

'피'라는 말은 도깨비를 기겁하게 했다. 비형은 분노마저도 엿보이는 눈으로 티나한을 쏘아보았다. 자신의 실수를 깨달은 티나한은 손을 내저었다.

"어, 미안해. 흥분했어. 하지만 내 말 뜻은 알겠지?"

비형은 완강히 티나한을 외면했다. 도깨비에겐 절대로 해선 안 되는 실수를 저지른 탓에 더 이상 말을 하기 면구스러워진 티나한은 입맛을 다시며 물러났다. 그러고는 무너진 담벼락에 걸터앉아 자신의 도깨비 동료에 대해 소리 없는 불평을 늘어놓았다. 티나한은 도깨비라는 것들은 상종할 수 없는 것들이며 만약 목숨을 맡기는 동료가 될 수 있을 거라는 식의 오판을 했다간 비명횡사하게 될 뿐이라고 거듭거듭 확신하며 피라미드를 바라보았다.

잊고 있었던 암살자는 자신의 존재와 의지 양쪽을 뚜렷이 나타내는 흔적을 남겼다. 다행히도 이번의 조우는 뜻밖의 행운이 되어주었지만 다음번에도 그런 즐거운 만남이 될 거라는 보장은 절대로 없다. 륜 페이를 한계선 너머로 데리고 가는 위험하기 짝이 없는 여정에서, 티나한은 비형에겐 되도록 기대하지 않기로 결심했다. '피'라는 말조차 듣기를 거부하는 겁쟁이에게 뭘 기대하겠는가? 티나한은 갑자기 케이건이 보고 싶다는 생각을 했다. 그러고 보니 케이건은 도대체 어디에 있는 거지? 티나한은 케이건이 걱정되었다.

"유적을 구경하러 온 거요?"

티나한은 뒤를 돌아보았다. 그리고 비형과 륜도 뒤돌아보았다.

숲 쪽에서 케이건이 걸어오고 있었다.

"사냥감을 추적하다가 좀 늦었소. 대피소에 갔더니 당신들이 없더군. 다행히 티나한 당신이 깃털을 많이 떨어뜨려서 찾아오는 데 무리는 없었소. 그런데 여기 유적이 있다는 것은 어떻게 아셨소?"

케이건은 당황했다. 티나한이 대답 대신 그를 꼭 껴안았기 때문이다.

대피소를 향해 걸어가면서, 티나한은 케이건에게 그들이 지난 열 시간 가까이 겪었던 일에 대해 갖가지 묘사를 섞어가며 이야기했다. 얼굴을 조금 찡그린 채 티나한의 이야기를 듣던 케이건은 티나한의 이야기가 끝나자 생각에 잠겼다. 조금 후 케이건은 하늘을 흘깃 바라보며 말했다.

"암살자가 여기까지 따라왔다면 지체할 시간이 없겠군. 여러분들이 많이 피로할 거라는 것 짐작되지만 빨리 이곳을 떠나야겠소. 미안하지만 오늘 밤에는 밤새도록 걷기로 합시다."

티나한은 신음을 흘렸다.

"이봐. 그럴 필요가 있겠어? 지금쯤은 돌이 다 식었을 거라고. 그 암살자는 빠져나올 방법을……."

티나한은 말꼬리를 흐렸다. 그 암살자의 동생이 옆에 있다는 사실을 떠올렸기 때문이다. 그리고 그 동생은 곧 암살 대상이다. 티나한은 골치가 아팠다.

아니나 다를까, 륜이 풀죽은 목소리로 말했다.

"네. 티나한의 말이 맞습니다. 누님은 빠져나오기 힘드실 겁니다."

케이건은 륜을 물끄러미 바라보다가 말했다.

"그럼 너로선 다행이군."

"하지만 그분은 제 누님입니다."

"네 누나가 빨리 빠져나와서 쉬크톨로 네 목을 베어가길 바라지는 않을 거 아냐."

륜은 비늘을 곤두세우며 사납게 말했다.

"제 불행한 처지를 비웃고 싶다면, 마음대로 하십시오. 하지만 저는 누님이 저곳을 무사히 빠져나오길 바랍니다."

케이건은 류의 말을 들은체만체하며 대피소 안으로 들어갔다. 그러곤 자신의 짐을 들고나오며 말했다.

"그럼 다행이군."

"네?"

"돌이 식었어도 상관없어. 빠져나올 방법은 있으니까. 네 누나가 그걸 깨닫지 못하기를 바라지만, 뜨거운 돌을 이용할 정도로 영리한 여자에겐 기대하기 어려운 소망이겠군. 그러니, 그렇게 반가운 얼굴하지 말고 빨리 짐 챙겨라. 지금 걱정해야 할 건 네 누나가 아니라 너 자신이다. 아까 말했듯이 아무래도 밤새도록 걸어야겠다."

케이건은 그렇게 말한 다음 류를 지나쳐 걸어갔다. 류는 황급히 케이건의 등을 향해 말했다.

"저는 누님만큼 영리하지 못한 모양이군요. 당신의 말을 이해할 수가 없는데요? 어떤 방법이 있는 거죠?"

케이건은 류를 흘끔 돌아본 다음 손을 들어 피라미드가 있던 방향을 가리켰다. 케이건이 가리키는 곳을 본 류는 탄성을 질렀다.

카루는 통로 벽에 기대어앉아 거친 숨을 몰아쉬었다. 그의 맞은편에는 사모가 벽에 기대어 선 채 쉬크톨에 묻은 오물을 닦아내고 있었다.

불과 몇 시간 전 똑같은 고초를 겪어야 했던 자들이 있다는 것을 닐러준다 하더라도 카루에게 위안이 되진 않을 것이다. 유해의 뱀에게서 도망치는 것은 그다지 어렵지 않았다. 뱀은 몸을 최대한 늘이며 그들을 따라왔지만 중앙통로에서 그 몸을 완전히 떼어내지는 못했다. 하지만 그때부터 사방팔방의 통로에서 두억시니들이 쏟아져나왔다. 그리하여 카루와 사모는 몇 시간 전 류 일행이 겪어야 했던 상황에 그대로 봉착하게 되었다.

절망 속에서 카루는 사모 페이가 가진 검술의 진면목을 볼 수 있었다.

사실, 하나도 볼 수 없었다고 닐러야 정확하다.

카루는 사모의 움직임을 거의 볼 수 없었다. 두억시니들의 악독한 공격을 피하느라 바빴기 때문이기도 하지만 사모의 움직임은 눈으로 쫓기 힘들 정도로 복잡했다. 마침내 사모의 놀라운 검술과 어둠 속에서 더 잘 볼 수 있는 나가의 능력에 힘입어 그들은 두억시니들을 뿌리칠 수 있었다.

하지만 카루는 기뻐할 수 없었다. 배낭 속에서 돌을 꺼낸 카루는 슬픈 눈으로 그것을 바라보았다. 돌은 차갑게 식어 있었다.

카루는 식은 돌을 옆으로 던지며 닐렀다.

〈어떡하죠, 페이?〉

사모는 아무 대답이 없었다. 쉬크톨을 다 닦아낸 사모는 그것을 다시 칼집에 꽂아넣었다. 그러고는 팔짱을 낀 채 생각에 잠겼다. 카루는 조금 기다렸다가 다시 닐렀다.

〈페이? 무슨 생각을 하시는 거죠? 이 끔찍한 곳을 나갈 방법이면 좋겠습니다만.〉

〈그 괴물이 했던 니름을 생각하고 있어.〉

〈네?〉

〈더 이상 쫓아오지 못하게 되었을 때 그 괴물이 니른 외침 말이야.〉

〈죄송합니다만 저는 그때 너무 무서워서 듣지 못했습니다. 뭐라고 닐렀는데요?〉

〈못 들었나? 이렇게 닐렀어. '너희들이 또 신을 죽이도록 내버려두지 않겠다.' 무슨 니름인지 모르겠군.〉

카루는 하마터면 정신적 비명을 지를 뻔했다. 사모는 조금 전 '이 안에 두억시니가 왜 신을 잃었는지에 대해 궁금해하고 있는 누군가가 있다'고 말했다. 그것이 바로 그 괴물이었다. 그리고 그 괴물은 카루가 깨닫지 못하는 사이에 그의 기억을 읽었던 것이다. 카루는 긴장하며 사모를 바라보았다.

사모는 팔짱을 풀며 닐렀다.

〈그 불신자들이 륜에게 괴상한 이야기를 해줬던 모양이군.〉

〈네?〉

〈불신자들이나 믿을 괴상한 미신을 륜에게 들려줬던 모양이야. 그리고 그 괴물

은 륜의 기억을 읽었던 것이겠지. 미신치고도 어이없는 미신이군. 신을 죽이다니.〉

카루는 안도했다.

〈정말 그렇군요. 도대체 그게 무슨 니름일까요?〉

〈그 불신자들을 붙잡아서 물어보면 되겠지. 가지, 카루.〉

사모는 금방이라도 피라미드를 나갈 수 있다는 것처럼 태연하게 닐렀다. 카루는 진저리를 치며 조금 전 자신이 던진 돌맹이를 찾아보았지만 차갑게 식은 돌맹이를 찾을 수는 없었다. 그래서 카루는 배낭 속에서 또 다른 돌맹이를 꺼내보았다. 하지만 카루가 뭐라고 니르기도 전에 사모가 먼저 닐렀다.

〈돌맹이가 식었느니 어쩌느니 하는 니름을 할 거라면, 관둬. 난 돌맹이에 관심이 없으니.〉

그리고 사모는 통로를 따라 걸어가기 시작했다. 깜짝 놀란 카루는 손에 든 돌맹이를 던진 다음 그녀의 뒤를 따라갔다.

〈돌맹이에 관심이 없다면 도대체 어떻게 나가실 생각입니까?〉

〈열을 따라서.〉

〈네? 하지만, 페이. 돌은 다 식었어요. 더 이상 열이 없습니다.〉

〈돌에는 관심이 없다고 이미 닐렀어. 카루. 가끔은 고개를 좀 들어보면 어떨까?〉

카루는 의아해하며 고개를 들었다. 그러곤 깜짝 놀랐다.

천장 가까운 암흑 속에서 뜨거운 열이 날고 있었다. 주먹만 한 크기의 열은 마치 그들을 선도하듯 날아가고 있었다. 카루는 기막힌 표정으로 사모를 쳐다보았다.

〈저걸…… 짐작하고 있었습니까?〉

〈저녁 때가 되었으니까. 빨리 나가지. 카루. 륜을 쫓는 것 이외에도 할 일이 있어.〉

천장을 날아가는 열에 너무 감탄했기 때문에 카루는 그 일이 뭔지 묻지 않았다. 카루는 고개를 절레절레 흔들었다. '여자는 역시 다르구나.'

이 깊은 암흑 속에서는 절대로 알 수 없지만, 타고난 천성에 따라 밤이 오는 것을 깨달은 박쥐들이 그들의 머리 위를 날아가고 있었다.

제4장

왕 잡아먹는 괴물

수십 판의 윷놀이에서 전패한 아라짓 전사가
마침내 격노하여 키탈저 사냥꾼에게 외쳤다.
"이 쥐새끼 같은 놈, 왕의 은혜에 감사하라! 너희 발칙한 놈들이 지금껏
멸망하지 않은 것은 왕께서 아직 그것을 내게 명하지 않으셨기 때문이다!"
키탈저 사냥꾼은 윷가락을 주워모아 아라짓 전사에게 건네며 태연히 말했다.
"왕을 사랑하나 본데, 그렇다면 내게 감사하게. 자네 왕이 지금껏 살아 있는 건
내가 아직 그를 사냥하지 않았기 때문일세."
아라짓 전사는 폭소를 터뜨린 다음 다시 윷가락을 던졌다.
그리고 또다시 패했다.

— 페치렌 지방의 오래된 민담 中

비아스 마케로우와 카린돌 마케로우가 거친 언쟁을 일으켰을 때, 마케로우 가문의 여인들은 난처해하기는 했지만 놀라지는 않았다. 그보다는 마침내 올 것이 오고야 말았다고 생각했다.

카린돌 마케로우의 처사는 마케로우 가문의 여인들뿐만 아니라 하텐그라쥬의 모든 여인들을 당황하게 했다. 남자에 대해 관심이 없다는 점에서는 저 악명 높은 사모 페이와 쌍벽을 이룰 정도였던—그러나 이유는 완전히 달랐던—카린돌이 지난 한 달 동안 보여준 애정 행각은 기록적인 수준이었다. 카린돌은 방문 중인 남자들 모두와 자려고 들었고, 그것이 여의치 않을 경우엔 집 밖으로 나가서 남자를 끌어오기까지 했다. 이런 몰상식한 행동에 대해 다른 가문들은 분통을 터뜨렸고 마케로우의 여인들은 어이없는 표정을 지었다. 마침내 더 참지 못한 비아스가 카린돌을 꾸짖은 것이 언쟁의 시작이었다.

비아스는 사모 페이조차도 거리로 나가 무력한 남자에게 겁을 잔뜩 준 다음 집으로 끌고 들어오는 짓은 하지 않았으며, 남자의 선택권을 무시하는 그런 처사로 카린돌이 마케로우 가문을 욕되게 하고 있다고 지적했다. 하지만 카린돌은 차갑게 웃으며 그런 우스꽝스러운 환상은 아버지라는 니름만큼이나 웃긴다고 대답했다.

〈오, 제발 부탁인데 남자에게 의지가 있고 지성이 있다는 식의 웃기는 의인화는 하지 말아줬으면 하는데. 그 '남자의 선택권'이라는 건 결국 주사위와 마찬가지잖아. 아무도 주사위에게 1부터 6까지의 숫자를 내놓을 선택권이 있다고 니르지는 않을걸. 그녀들이 남자를 가지고 주사위 놀이를 하고 싶다면, 그러라고 해. 하지만 내가 꼭 그녀들과 같이 놀아줘야 할 필요는 없는 것 같아.〉

〈같이 놀지 않겠다면, 방해는 하지 말아야 할 것 아냐. 주사위는 왜 뺏어가는 거야?〉

〈내게 필요하니까.〉

〈그렇다면 너도 놀이에 참가해!〉

〈그 멍청한 놀이에 참가하는 방법 말고도 내게 필요한 것을 얻을 방법은 있어. 그리고 나는 그 방법을 사용하고 있고. 나는 오히려 다른 여자들에게 이렇게 닐러주고 싶은데? 그렇게 남자를 무서워할 필요는 없다고.〉

비아스는 어리둥절해졌다.

〈남자를 무서워하다니, 무슨 니름이야?〉

〈여자들이 왜 집에서 남자를 기다리기만 하는 줄 알아? 여자들이 거리로 나가서 직접 남자를 놓고 경쟁하게 되면 남자들의 콧대가 높아질까봐 걱정하기 때문이야. 나가 남자들이 저 불신자들의 남자들처럼 될까봐서지. 쓸데없는 걱정이야. 남자들은 안 돼.〉

거기서 끝냈더라면 좋았을 것이다. 하지만 카린돌은 한 마디를 덧붙였다.

〈그렇지 않으면, 조금 고상하게 해석하는 방법도 있지. 불운한 여인들이 생기지 않게 하려는 배려라고 볼 수도 있어. 경쟁을 하게 되면 남자를 구경도 할 수 없는 불쌍한 여자들이 생기게 될지도 모르니까.〉

그리고 카린돌은 마치 무의식적으로 떠올린 것처럼 비아스 마케로우의 얼굴을 머릿속으로 그려보았다. 비아스가 미친 듯이 화를 내게 된 것은 당연한 일이다. 절단된 수족마저 재생시키는 나가들의 '심각한 언쟁'이라는 것은 다른 종족들의 그것과는 그 의미가 완전히 다르다. 결국 최연장자인 소메로가 두 사람을 호되게 꾸 짖어야 했다. 두 사람은 소메로가 무서워서가 아니라 소메로를 거스를 경우 가주 두세나의 분노를 사게 될 것을 생각하여 화해하지 않을 수 없었다.

하지만 그것이 시늉뿐인 화해임은 비아스와 카린돌 모두 잘 알고 있었다. 표출 하지 못한 분노에 몸을 불사르던 비아스는 결국 심장을 적출한 나가를 죽일 방법 을 본격적으로 고려하기 시작했다.

〈걱정하지 않으시는 겁니까?〉

〈걱정? 해.〉

〈걱정하신다고요?〉

〈그녀의 조악한 두뇌로 나를 죽일 계획을 짜내는 것이 너무 어려운 일이라서 그 녀가 포기할까봐 걱정해.〉

카린돌의 대답은 남자를 경직되게 했다. 몸을 맞대고 있었기에 그 경직은 곧장 카린돌에게 전달되었다. 카린돌은 빙긋 웃으며 남자의 머리를 쓰다듬었다.

〈왜 무서워하는 거지?〉

〈무서워하지 않는 것이 이상하잖아요. 어떻게 그렇게 태연하게 니르시는 겁니 까?〉

〈내가 유도한 결과에 대해 무서워할 필요는 없잖아.〉

〈일부러 비아스를 충동질하고 있다는 니름입니까? 왜 자신을 위험에 몰아넣 죠?〉

〈그래야만 그녀가 큰 실수를 저지를 테니까. 여자의 세계에서는 위험 없이는 얻 는 것도 없어. 스바치.〉

여자들 특유의 뻐기는 니름투에 스바치는 미소를 지었다.

〈허풍 떨지 마세요. 어차피 나가를 죽일 방법 같은 건 없잖아요. 그래서 걱정하 시지 않는 거죠?〉

〈나가를 죽일 방법은 없다고? 내 동생은 죽었어.〉

〈화리트요? 하지만 그 애는 심장을 적출하지 않았잖습니까. 그래서 그렇게 쉽게 죽은 것이고.〉

〈그럼 심장을 적출한 나가는 쉽게 죽지 않는 건가?〉

〈그렇잖아요?〉

카린돌은 잠시 정신을 닫았다가 다시 닐렀다.

〈꼭 그렇지는 않아.〉

〈무슨 니름이십니까?〉

〈스바치. 뭔가를 묶은 자는 그것을 풀 수도 있어.〉

〈네? 무슨 니름인지 모르겠군요.〉

〈우리의 죽음을 묶은 심장탑은 그 죽음을 우리에게 풀어줄 수도 있다는 니름이야.〉

스바치의 몸이 다시 경직했다. 스바치는 고개를 돌려 카린돌의 옆얼굴을 바라보았다.

〈심장…… 파괴요?〉

〈어? 너 수련자였나?〉

스바치는 자신이 실언을 했음을 깨달았다. 어떻게 니름을 둘러댈까 고민하던 스바치는 거꾸로 질문하기로 했다.

〈예. 그렇습니다. 그런데 당신은 어떻게 그걸 아시죠?〉

〈그럼 수호자가 되길 포기했나 보군.〉

카린돌은 대답을 회피하려는 기색을 보였다. 덕분에 스바치는 자신의 정체에 대한 곤혹스러운 거짓니름을 짜낼 고민을 하지 않아도 되었다. 스바치는 앉아서 카린돌을 똑바로 내려다보며 닐렀다.

〈예. 포기했습니다. 하지만 당신은 그걸 어떻게……, 혹 화리트가 닐러준 건가요?〉

〈너도 과거에 수련자였다면 잘 알 거 아냐. 그건 절대로 니를 수 없는 비밀일 텐데. 너 누군가에게 그걸 닐러준 적이 있냐?〉

〈아니요. 없습니다. 화리트가 닐러준 것도 아니라면, 도대체 어떻게 아시는 거죠? 대답해 주세요! 이건 중요한 일입니다.〉

카린돌은 귀찮은 일에 휘말렸다는 기색을 뚜렷이 보였다. 하지만 스바치가 쉽게 물러나지 않을 것을 확인하자 씁쓸한 표정을 지으며 닐렀다.

〈과거, 페이 가문에서 그런 일이 있었지.〉

〈페이 가문에서요?〉

〈그래. 화리트와 륜이 절친한 친구였다는 건 알지? 그래서 그 두 녀석은 자주 서로의 가문을 방문했지. 그런데 그 시절 나는 같은 어머니에게서 태어났다는 것 때문에 화리트에게 책임감 같은 것을 느끼곤 했어. 그래서 화리트가 페이 가문을 방문하고 싶어하면 나도 같이 가주겠다고 한 적이 많았지. 왜 그랬는지는 알겠지?〉

스바치는 알 수 있었다. 조그만 소년이 집안을 방문한 남자들을 이끌고 나가버리면 가문의 성인 여성들은 결코 달가워하지 않을 것이다. 그것이 다른 가문을 방문하는 것처럼 남자 뺏기를 당할 수 있는 종류의 외출이라면 더욱더. 그래서 카린돌은 자신도 동행하겠다고 니름으로써 화리트의 외출이 좀 쉬워지게 도와줬던 것이다. 어린 시절, 화리트에게 카린돌은 고마운 셋째 누나였을 것이다. 카린돌에게 화리트는 순진한 책임감 때문에 어쩔 수 없이 도와줘야 했던 귀찮은 남동생에 불과했겠지만.

〈그러던 어느 날, 다른 때처럼 화리트와 함께 페이 가문을 방문했다가 그 집에서 방문 중이던 남자 하나가 죽는 꼴을 보았지. 그 장소에 화리트는 없었어. 하지만 륜이 있었지. 눈앞에서 사람이 죽는 꼴을 봤으니 그 꼬마의 기분이 어땠겠어? 그 순간, 그 녀석의 마음이 열려버린 거지.〉

〈그래서 읽었군요!〉

카린돌은 갑자기 킥킥거렸다.

〈그래. 아버지라는 웃기는 니름이 한참 들리더군.〉

〈아버지요?〉

〈그 남자가 녀석의 어머니의 짝이었나 봐. 그런데 나는 다른 것도 읽었지. 그때

륜은 수련자였거든.〉

　스바치는 상황을 깨달았다. 카린돌은 정신적으로 고개를 끄덕이는 것에 해당하는 니름을 보내며 계속 닐렀다.

　〈그래. 나는 한순간 다 알아버렸지. 그 남자는 처벌을 당한 거라는 것, 그 처벌이 바로 심장 파괴라는 것, 그리고 가장 중요한 것—심장 파괴라는 건 심장탑에 보관되어 있는 심장을 터뜨림으로써 심장의 소유자를 단숨에 죽이는 비밀스럽고 무시무시한 처벌이라는 것까지.〉

　스바치는 숨이 막히는 것 같았다. 단순히 충격 때문이 아니었다. 어느새 다가온 사이커가 그의 목을 누르고 있었기 때문이다.

　카린돌은 사이커를 스바치의 목 비늘 사이로 밀어넣으며 천천히 닐렀다.

　〈자, 이제 너희들 수호자들의 비밀을 다 알고 있는 나를 어떻게 할 거지?〉

　스바치는 몸을 떨며 닐렀다.

　〈다 읽으셨다면, 마케로우. 그걸 왜 비밀로 하고 있는지도 아시겠군요?〉

　〈알아. 그 비밀이 공개되면 누군가가 단숨에 자신을 죽일 수 있다는 사실이 두려워진 얼간이들은 심장을 적출하지 않으려들 테지. 그러면 우리 나가들의 가장 강력한 이점을 잃게 되고, 그 순간 우리들은 곡물을 먹는 불신자들의 말발굽 아래 쓰러질 테지.〉

　〈그 이유를 다 이해하신다면…….〉

　〈그래. 다른 여자들 중에도 그 비밀을 아는 자들은 있지? 하지만 그녀들은 그 이유가 합당하기 때문에 수호자들을 깡그리 불태우거나 심장탑을 박살내는 대신 너희들이 심장 적출을 계속할 수 있도록 놔두지. 어쨌든 여신의 신랑이 될 수 있는 건 남자들 뿐이니 도리가 없어. 그리고 너희 수호자들이 그 심장 파괴를 함부로 쓰지 않는 건…….〉

　〈당신이 니르신 대로 감히 자신의 생사여탈권을 천한 남자들이 가지고 있다는 사실에 분노한 여자들에 의해 수호자들이 모조리 화형당하고 심장탑이 파괴되어, 마침내 나가들이 여신과의 연결을 잃어버려 저 두억시니들처럼 될 위험이 높기 때

문에.〉

〈나를 심장탑의 수호자들에게 고자질할 건가?〉

〈하지 않겠습니다. 당신이 다른 여자들과는 다르다는 것을 알게 되었으니까요. 심장 파괴는 합리적으로 사고하는 것이 불가능한 여자들에게만 비밀입니다.〉

〈잘 생각했어.〉

사이커가 사라졌다. 스바치는 목을 만져보곤 비늘이 몇 개인가 떨어져나갔다는 사실을 알게 되었다. 동시에 스바치는 자신이 이 방에서 사이커를 보지 못했다는 것도 떠올렸다. 침대 아래에 숨겨뒀던 것일까?

〈정말 화나지 않으십니까, 마케로우?〉

〈화?〉

〈제가 그런 경우를 직접 본 것은 아니지만 과거 수련자였을 때 스승님께 이야기는 많이 들었어요. 보통 여자분들은 그런 비밀을 알게 되면 격노하게 되신다고들 하더군요. 무적인 줄 알았던 자신이 실은 언제라도 간단한 손놀림만으로 죽을 수 있는 약한 존재라는 것, 그리고 여자도 아닌 남자들에게 그런 능력이 있다는 것 때문에. 그런데 당신은 너무 평온해 보이는군요.〉

〈지금까지 다 닐렀잖아? 심장 적출은 나가에게 필요한 일이야. 꼭 필요한 일의 부수적 결과로 수호자들에게 약간의 능력이 생긴다면, 그건 필요불가결한 일이지. 게다가 그 능력의 남용에 따르는 위험을 수호자들 자신이 잘 알고 있지. 걱정할 것은 없어.〉

〈사람이 그렇게 합리적으로만 생각할 수는 없잖아요.〉

〈스바치. 내가 그 일을 처음 알게 된 건 11년 전이야. 그리고 그 후 5년 뒤 나는 심장을 적출하러 갔어. 조금의 두려움도 없이.〉

스바치는 기가 막혔다. 적출식이 불멸의 수단일 때도 적지 않은 나가들이 적출 공포증을 느낀다. 그런데 카린돌은 심장 적출이 누군가에게 자신의 생사를 완전히 내맡기는 일이라는 것을 알면서도 아무런 공포도 없이 적출을 했다고 니르고 있었다.

〈정말 여자다우시군요. 용감하세요.〉

〈관둬. 그 여자답다는 니름, 남자들이 자신은 아무 일도 하지 않고 싶을 때 여자를 부려먹기 위해 하는 니름이야.〉

그렇게 니르면서도 카린돌은 미소 지었다. 이제 한결 한가로워진 카린돌의 니름이 들려왔다.

〈그런데 그 남자는 왜 심장 파괴를 당했을까?〉

〈그 남자요?〉

〈그래. 페이 가문에서 죽은 그 남자. 너도 옛날에 수련자였다면 혹 알지도 모르겠군. 그렇게 사용하길 꺼리는 심장 파괴를 왜 선택했어야 했지? 그 남자가 그렇게 위험했나?〉

〈그 남자의 이름이 뭡니까?〉

〈잘 기억이 안 나는군. 요스…… 요스베인지 요스비인지, 그런 이름이었던 것 같아.〉

〈요스비야. 류 페이가 수련자를 그만둔 것은 바로 그 사건 때문이지.〉

세리스마의 대답에 스바치는 고개를 끄덕였다. 55층을 걸어올라온 자신의 다리를 두드리며, 스바치는 의아한 듯 질문했다.

〈그 요스비라는 남자가 류의 아버지였다는 말이군요. 그렇다면 류 페이가 왜 적출 공포증에 걸린 건지도 알 만하군요.〉

〈목전에서 그런 걸 봤으니 심장을 적출하고 싶지 않았겠지.〉

〈예. 그런데 그 남자는 왜 심장 파괴를 당한 겁니까? 그렇게 위험한 남자였습니까?〉

〈심장 파괴에 대해서 잘 아나?〉

〈알 만큼은 압니다.〉

〈아니. 자네는 몰라. 그게 뭔지를 아는 것과 그것이 의미하는 것을 아는 것에는 차이가 있어. 카린돌 마케로우가 아무런 정보도 없이 추측해 냈듯이 그건 대단히 위험한 도구야. 그런 위험성 때문에 우리는 그것을 다른 자들에게 비밀로 하고 있어. 스바치. 그렇다면 그 위험한 처벌을 당한 자의 죄가 무엇인지를 말하는 것은 더욱 위험하지 않겠나? 미안하지만 닐러줄 수 없어.〉

스바치는 불만을 느끼지는 않았다. 별 관심이 없었기 때문이다. 스바치의 평온한 정신을 본 세리스마는 웃으며 니름을 이었다.

〈그런데 화리트 살해범의 정체는 알아내었나? 카루가 의심하는 대로 비아스가 살해범이라는 증거를 찾아냈나?〉

〈아직 찾지 못했습니다. 차라리 처음부터 비아스에게 접근하는 편이 나았을 것 같습니다. 우회하는 편이 더 안전할 거라는 생각에는 변함이 없지만, 카린돌은 쓸 만한 니름을 조금도 해주지 않는군요. 지금으로선 카린돌과 비아스의 반목 때문에 비아스에게 접근하기도 어렵습니다.〉

〈그렇다면 계획은 굉장히 아슬아슬한 가능성 위를 위태롭게 걸어가고 있는 것이군.〉

세리스마의 표현은 스바치까지도 우울하게 만들었다.

〈이 계획의 중요함에 대해서는 더 이상 강조할 필요가 없겠지. 자네나 카루 둘 중 하나는 반드시 화리트 살해범이 누군지 알아내야 해. 그래야 우리가 대사원에 보낼 사람과 보내지 말아야 할 사람을 분명히 알아낼 수 있어. 힘들겠지만 노력해 주게. 스바치.〉

스바치는 결연한 태도로 고개를 끄덕였다. 계획은 무엇보다도 중요하다.

〈자, 계획이 뭔지 닐러보겠어?〉

피라미드의 돌에 기댄 채 숨을 몰아쉬던 카루는 기겁하며 사모를 바라보았다. 그는 놀란 눈으로 사모 페이를 바라보았지만 사모는 하늘만 바라볼 뿐 미동도 하지 않았다. 할 수 없이 카루는 닫았던 정신을 열었다.

〈계획이라니, 무슨 니름이시죠?〉

그들은 피라미드의 중턱에 기대어 있었고 그들을 바깥까지 인도했던 박쥐들은 저 먼 숲의 하늘을 향해 날아가는 뜨거운 불빛이 되어 번득이고 있었다. 밤하늘을 수놓는 그 불빛들을 바라보던 사모는 고개만 돌려 카루를 쳐다보았다.

〈꽤나 중요한 것인가 보군. 그렇다면 네가 결심하기 좋도록 내가 몇 가지를 닐러 보겠어. 마치 기다렸다는 듯이 나타나서 내 동생을 데려가는 저 불신자들은 뭐지? 키보렌에 세 명이나 되는 불신자가 나타났다는 것은 도저히 받아들일 수 없어. 생각해 볼 수 있는 것은 한 가지뿐이야. 그들이 누굴 만나러 온 거지. 그리고 내 동생이 그들과 함께 행동하고 있어.〉

그것은 카루도 의아하게 생각하는 일이었다. 길잡이들은 암호를 통해 륜이 화리트가 아니라는 사실을 알았을 텐데 왜 륜을 데려가는 것일까? 륜이 도망치기 위해 그들에게 부탁한 것일까? 사모의 니름은 계속되었다.

〈그렇다면 그들은 내 동생을 데려가려고 온 거야. 그리고 너. 너는 그들이 내 동생을 잘 데려가는지 감시하러 온 거야.〉

〈저는 마케로우 가문의…….〉

〈카루. 두억시니에 대해서는 나보다 네가 더 잘 알더군. 그런 네가 고작 암살이 제대로 수행되는지 감시하기 위해 저 끔찍한 피라미드 안까지 따라오지는 않았을 거야. 그대로 하텐그라쥬로 돌아가서 그들은 두억시니에게 잡아먹혔다고 닐러줄 수도 있지. 아니면 그냥 돈을 포기하든가. 하지만 너는 저 안까지 나를 따라왔어. 왜 그랬을까? 그건 네가 마케로우 가문의 의뢰로 온 것이 아니기 때문이지. 그렇다면 내가 알지 못하는 무슨 계획이 있다고 생각하는 것이 어려운 일일까?〉

카루는 주저앉은 채로 뒷걸음을 쳤다. 그러나 사모는 그가 도망치거나 말거나 상관없다는 듯이 앉은 자리에서 조용히 카루를 바라보기만 했다. 뒤로 물러나던 카루는 마침내 튀어나온 돌에 부딪혔고, 그 자리에 멈췄다. 카루에겐 그 상황 전체가 비현실적으로 느껴졌다.

사모는 여전히 꼼짝도 하지 않은 채 닐렀다.

〈좀 더 닐러볼까? 어떤 나가들과 한계선 북부의 불신자들 사이에 공모가 있는

거지. 이유는 알 수 없지만 그것은 내 동생을 한계선 너머로 보내는 계획이야.〉

칼이나 손, 그 어느 것으로도 사모는 카루를 위협하고 있지 않았다. 사모는 그저 조용한 눈빛과 차분한 니름을 건네고 있을 뿐이었다. 사모는 심지어 일어서지도 않았다. 도망칠 테면 도망치라는 태도였기에 카루는 오히려 도망칠 수 없었다. 사모가 왜 그런 태도를 취하는지 알 수 없었기 때문이다.

〈니르지 않겠다면 곤란한데. 카루. 나는 꼭 알아야겠어. 도대체 그 계획이 무엇이기에 내 동생이 가장 친한 친구를 그렇게 무참하게 살해해야 하는 거지?〉

〈륜이 아닐지도 모릅니다.〉

〈뭐라고?〉

사모는 놀란 표정으로 카루를 돌아보았다. 카루는 무의식적으로 내뱉고 만 니름을 후회했지만 이미 때가 늦었다. 사모가 그를 다그쳤다.

〈무슨 니름이야. 륜이 아닐지도 모르다니······. 륜이 화리트의 살해자가 아닐 수도 있다는 거야?〉

〈그럴지도 모른다고 생각합니다. 제가 여기까지 따라온 것은 그것을 확인하기 위해서였습니다.〉

〈륜이 화리트를 죽이지 않았다면, 그렇다면 누가?〉

카루는 포기하는 심정으로 닐렀다.

〈저는 비아스 마케로우가 그랬을지도 모른다고 생각합니다.〉

사모는 어이없는 표정을 지었다.

〈너는 지금 비아스 마케로우가 자기 남동생을 죽였다고 니르는 거냐? 그런 니름도 안 되는 이야기를 나보고 믿으라고?〉

〈그게 그렇게 특별한 일입니까? 당신도 지금 그러려고 하지 않습니까.〉

덤벼들듯 니른 카루는 곧 그것을 후회했다. 사모가 고통스러운 듯이 얼굴을 돌려버렸다.

〈죄송합니다. 페이.〉

사모는 카루를 외면한 채 닐렀다.

〈……왜 비아스를 의심하는지 닐러봐.〉

〈살해 당일 비아스의 행적은 알려져 있지 않습니다. 그런데 비아스는 특수 도서실의 열람권을 가지고 있습니다. 그리고 남동생을 끔찍하게 증오합니다. 그것은 화리트의 생전에 그에게서 직접 들은 이야기입니다. 화리트는 심지어 자기 누나가 자신을 죽일지도 모른다는 니름도 했습니다.〉

사모는 큰 한숨을 내쉬었다.

〈맙소사. 비아스군.〉

〈네?〉

〈비아스 마케로우가 자기 남동생을 죽인 것이군. 너무 끔찍한 일이야.〉

〈아니, 어떻게 그렇게 확신하시는 겁니까?〉

사모는 하늘을 바라보며 닐렀다.

〈나는 처음부터 류이 화리트를 죽인 것이 아니라는 것을 알고 있었어.〉

카루는 크게 놀랐다.

〈네? 아니, 그게 무슨 니름이십니까?〉

〈화리트가 정면에서 칼을 맞지 않았으니까.〉

〈예?〉

〈화리트는 등 뒤에서 칼을 맞았어. 장소는 특수 도서실 입구 근처. 그런데 나오다가 칼을 맞은 건 아닐 거야. 도서실을 둘러봤다면 살해자도 발견했을 테니.〉

〈살해자를 발견하고 도망치다가 맞은 걸 수도 있잖습니까?〉

〈도망친다는 건 상대가 반드시 자신을 죽일 거라는 걸 알고 있을 때에나 가능한 일이야. 화리트가 류이 자신을 죽일 거라고 생각할 수 있었을까? 그렇지는 않겠지. 게다가 도망치는 사람의 등은 내려베기 어려워. 화리트는 들어가다가 미리 알지 못한 상태에서 맞은 거야. 류이 도서실 안에 숨어 있었다면 어떻게 그럴 수 있었을까?〉

〈류이 화리트보다 늦게 도달했다면…….〉

〈류이 화리트보다 늦게 도달했다면, 그 시점에 수호자 유벡스는 살아 있었을 거야. 수호자 유벡스가 륜이 화리트의 등을 벨 때까지 아무런 경고도 해주지 않았을까? 만약 륜이 유벡스를 먼저 죽였다면, 화리트가 돌아보지 않았을까? 나는 둘 다 가능성이 적다고 보는데.〉

〈그렇군요!〉

〈그래. 살해자는 유벡스를 먼저 죽였어. 그리고 그를 잔인하게 토막낸 다음 숨겨두었지. 그리고 홀로 돌아온 다음 화리트를 몰래 불러내어 도서실로 데려갔지. 그리고 뒤에서 화리트를 따라가다가 그대로 벤 거야. 그런데 이건 적출 공포증 때문에 제정신이 아닌 나가가 할 수 있는 일은 아니야. 그것은 화리트를 죽이기 위해 빈틈없이 계획한 자의 소행이지.〉

카루는 감탄을 금할 수 없었다. 그러나 곧 카루는 스바치가 제시했던 가설을 떠올렸다.

〈니르시는 바가 옳습니다만, 륜 자신이 화리트를 죽이기 위해 치밀하게 준비한 사람일 수도 있잖습니까? 적출 공포증에 빠진 척하면서요.〉

사모는 카루를 물끄러미 바라보다가 닐렀다.

〈너희들이 보내려고 했던 것은 륜이 아니라 화리트였던 모양이군. 륜이 준비된 암살자일지도 모른다고 의심하는 걸 보니.〉

카루는 솔직하게 니르기로 결정했다. 거짓 니름이 통할 상대가 아니었다.

〈예. 우리가 보내려고 했던 자는 화리트였습니다. 그런데 그 화리트가 죽었습니다. 저는 살해자가 륜인지 비아스인지 확인하고 싶습니다. 당신은 조금 전 륜이 적출 공포증에 빠져 화리트를 죽였을 가능성은 없음을 증명했습니다. 하지만 륜이 적출 공포증에 빠진 척한 암살자라면 어떻습니까?〉

〈그렇다면 륜은 어떻게 불신자들과 함께 행동하고 있는 거지? 너희들이 보내려고 했던 건 화리트인데.〉

〈아…… 화리트인 척하며 우리 계획에 끼어든 거죠. 바꿔치기인 겁니다.〉

사모는 천천히 고개를 가로저었다.

〈생각을 많이 했나 보네. 하지만 그럴 리가 없어. 나는 륜을 알아. 하지만 그건 내

주관적인 평가니 너는 받아들이지 않겠지. 그러니 객관적으로 닐러주겠어. 먼저, 바꿔치기를 하려 했다면 그렇게 요란하게 화리트를 죽이지는 않았을 거야. 물론 여건상 그런 끔찍한 방법밖에 없을 경우도 있겠지만 그래도 한 가지 이상한 점이 남는데, 나에 대한 공격이 전혀 없다는 점이지.〉

〈네?〉

〈그렇잖아? 류이 화리트와 바꿔치기된 거라면, 그 바꿔치기를 기획하고 류을 준비시킨 자들이 있겠지. 설마 류 혼자서 이 모든 일을 해냈다고 말하지는 않겠지. 그런데 그런 자들이 있다면 그자들은 너희들이 화리트를 보내고 싶어한 것만큼이나 류을 한계선 너머로 보내고 싶을 거야. 그 경우엔 내가 그들의 방해물이 되지. 따라서 오래전에 나에 대한 공격 시도가 있었어야 해. 하지만 그런 시도는 없었어.〉

카루는 정신적 탄성을 질렀다. 사모의 지적은 정확했다.

〈따라서 바꿔치기를 기획한 자들은 없는 거지. 너희들의 그 뭔지 모를 계획은 노출되지 않았어. 카루. 그런 복잡한 가설 대신 가장 단순한 것을 선택하는 편이 가능성이 높아.〉

〈단순한 것?〉

〈내가 정리해 주지. 카루. 먼저, 비아스 마케로우가 화리트를 죽였어. 그 이유는 나도 몰라. 하지만 화리트는 그럴 만한 이유가 있다고 생각했던 모양이니 그 생각을 존중하겠어. 죽어가던 화리트에게 적출 공포증 때문에 도망쳤던 류이 도착했지. 그런 걸 봐야 했다니……. 어쨌든 화리트는 죽기 직전 류에게 계획을 떠넘겼어. 그래서 류은 화리트의 부탁을 받아들여 대신 행동하고 있어. 친구의 마지막 부탁인데다가, 어차피 도망칠 생각이었으니 받아들이지 않을 이유가 없지. 그것이 가장 단순해. 그리고 현재의 상황에 잘 들어맞고.〉

카루는 반색하며 외쳤다.

〈당신 니름이 다 옳습니다! 류은 살해자가 아니었군요! 당신은 처음부터 그걸 알고 있었다고요?〉

〈류이 살해자가 아니라는 것은 알고 있었어.〉

〈아니, 어, 그럼 왜 진작 니르시지 않으신 겁니까?〉

〈응?〉

〈페이 가문에 쇼자인테쉬크톨이 요구되었을 때 말입니다. 왜 조금 전 하신 니름을 그들에게 들려주지 않으신 거죠? 그러면 동생의 누명을 벗겨줄 수 있을 테고 당신도 암살자가 되지 않을 수 있을 텐데요.〉

사모는 씁쓸한 표정으로 닐렀다.

〈카루. 내 동생은 친구를 죽이지 않았어. 하지만 다른 죄를 지었지.〉

〈다른 죄?〉

〈심장을 적출하지 않았어. 어차피 내 동생은 살 수 없어.〉

카루는 비늘이 곤두서는 것을 느꼈다.

〈그럼…… 다른 사람 대신 당신 손으로……?〉

카루는 니름을 맺지 못한 채 정신을 닫았다. 하지만 카루는 그것을 받아들일 수 없었고, 그래서 다시 정신을 열었다.

〈하지만 류은 우리에게 필요합니다.〉

〈류이 화리트 대신 행동하니까? 화리트가 해야 할 일이 무엇이기에 류이 대신할 수 있는 거지?〉

〈그건 닐러드릴 수 없습니다. 하지만 류이 화리트를 대신해서 해야 할 일이 대단히 중요한 일이라는 것은 닐러드릴 수 있습니다. 그리고 류은 우리 요구 없이도 친구의 부탁을 받아 그 일을 하러 가고 있습니다. 제발 그것을 방해하지 말아 주십시오. 페이. 당신은 류이 화리트 살해자가 아니라는 것을 알고 있습니다. 그렇다면 쇼자인테쉬크톨은 성립될 수 없는 것 아닙니까? 다른 사람의 손에 죽을 바엔 당신 손으로 죽이겠다는 것도 이해합니다. 하지만 류이 한계선을 무사히 넘으면 다른 나가의 손에도 죽지 않습니다! 류은 완전한 생존을 보장받는 거라고요!〉

카루의 희열에도 불구하고 사모는 카루를 싸늘하게 바라보았다. 카루는 그 분노에 당황하며 계속 닐렀다.

〈그렇잖습니까? 다른 나가들은 걱정하지 않으셔도 됩니다. 당신만 방해하지 않는다면, 길잡이들이 훌륭하니 륜은 조만간 그들과 함께 한계선을 넘을 겁니다. 그럼 어떤 나가가 륜을 죽이겠습니까?〉

〈카루.〉

〈네?〉

〈알려줄 게 두 가지 있어. 첫째, 내 동생은 나가야. 둘째, 한계선이라는 것은 그 북쪽에서는 나가가 살 수 없다는 의미지. 그 두 가지를 결합해 봐.〉

카루는 어리둥절해했다. 그러나 카루는 곧 사모의 말을 이해하고는 비늘을 서로 부딪쳤다. 사모는 고개를 끄덕였다.

〈그래. 내 동생은 북쪽에서 살 수 없어. 너희들은 화리트를 적출시킨 다음 보낼 생각이었겠지. 화리트였다면 다시 돌아올 수 있어. 하지만 내 동생은 돌아올 수 없어. 심장을 가지고 있으니. 그래서 그 차가운 곳에서 괴로워하다가 죽게 돼. 조금 전 어떤 나가도 륜을 죽일 수 없다고 했나? 그 말이 맞아. 대신 무시무시한 추위가 륜을 고통스럽게 죽이겠지. 심장을 적출한 나가도 살 수 없는 그 냉혹한 곳에서, 심장을 적출하지 않은 내 동생은 몇 배로 더 지독한 고통을…… 그만둬! 그렇게 되게 할 수는 없어! 그건 다른 나가의 손에 죽는 것보다 더 끔찍한 일이야!〉

멍한 표정으로 사모를 바라보던 카루는 갑자기 가슴속에서 뭔가가 치밀어 오르는 것을 느꼈다. 몸에서 힘이 빠져나갔고, 카루는 쓰러지지 않기 위해 두 손으로 돌을 짚었다. 낮 동안 달궈진 피라미드의 돌은 따스했다. 그리고 나가의 시야 속에서 빛나고 있었다.

〈더 끔찍한 죽음을 부탁합니다. 페이…….〉

사모는 아무 대답도 하지 않았다. 카루는 흐느끼기 시작했다. 그의 눈에서 떨어진 눈물이 돌에 부딪혀 작은 섬광을 이루었다가 곧 검게 식어갔다.

〈페이. 이런 니름 드리는 저를 도저히 용서하실 수 없으실 겁니다. 예. 저도 지금에서야 깨달았습니다. 그것이 륜에겐 다시 없이 끔찍한 죽음이라는 것. 하지만, 하지만 그 일은 중요합니다. 화리트가 하려 했고 이제 륜이 하려 하는 그 일은 세상의 그 어떤 일보다 중요합니다. 류도 중요함을 알았기에 화리트에게서 사명을 넘겨받은 것 아니겠습니까? 제발 동생을 보내주십시오. 당신이 동생에게 주려는 것이 편안한 죽음임은 압니다. 누님으로서 주실 수 있는 마지막 선물이기에, 무서운 슬픔 속에서 그 일을 하시는 것도 알고요. 하지만, 다시 없을 고통 속에 죽게 되더라도 류이 원하는 일을 할 수 있게 해주십시오. 부탁합니다.〉

사모는 여전히 침묵했다. 그 침묵은 카루에게 더할 수 없는 슬픔을 안겨주었다. 차라리 폭언과 저주를 퍼붓는 사모가 그에겐 훨씬 편안했을 것이다.

견디다 못한 카루는 고개를 들어 사모를 바라보았다.

사모가 없었다.

놀란 카루는 황급히 일어섰다. 주위를 둘러보던 카루는 저 피라미드 아래를 걸어가는 사모 페이의 뒷모습을 발견했다. 그녀의 곧은 허리와 정확한 발걸음 어디에도 조금 전에 그가 줄 수밖에 없었던 슬픔은 드러나지 않았다. 카루는 망연히 그 뒷모습을 바라보며 끝없이 되뇌었다.

〈죄송합니다, 페이. 죄송해요. 제발 동생을 보내주십시오.〉

키보렌의 어둠은, 딱딱한 나무 등걸을 타고 흘러내리는 이슬로 몸을 씻고 음습한 초향 속에서 태양을 향해 소리 없이 호곡하는 그 어둠은, 신록으로 자신을 뒤덮은 대지가 완강히 햇살을 거부한 채 터무니없이 긴 시간 동안 키워온 밤의 사생아였다. 서에서 동으로 흐르는 그 그림자들을 가로질러 남에서 북으로 움직이는 류과 구출대 일행에게 북쪽이 가까워졌음을 알려주는 단서는 하나뿐이었다. 기온. 한계선이 완연히 가까워지고 있었고 류의 움직임은 눈에 띄게 느려졌다.

암살자가 아직 뒤를 따르고 있는 상황에서 케이건은 그런 느린 전진이 달갑지 않았다.

결국 케이건은 류에게 소드락을 복용하도록 명령했다. 하지만 부작용을 염려한 케이건은 소드락의 복용을 하루 한 번으로 제한했다. 류이 소드락을 복용한 다음 17분 동안 전속력으로 달리고, 나머지 일행이 그 뒤를 따르는 식이었다. 지쳐빠진 류이 고립 상태에 처하는 것을 방지하기 위해 케이건은 가속 상태의 류을 따를 수 있는 유일한 사람, 즉 티나한에게 류을 뒤따르도록 했다.

그래서 일행의 여행은 꽤 이상한 모습이 되었다. 해가 뜰 무렵, 부족하나마 몸을 데운 류은 소드락을 복용한 다음 티나한과 함께 무서운 속도로 북쪽을 향해 달렸다. 그 후 17분 동안의 달리기로 티나한과 류의 하루치 여행은 끝났다. 그리고 그들은 나머지 일행을 기다렸다. 오후가 되었을 때 케이건과 비형, 그리고 나늬가 그들을 따라잡았다. 거기서 일행은 밤을 보낸 다음, 다음 날 똑같은 일을 재개하는 것이다. 비형은 소드락의 효과에 감탄하며 자신도 먹어보고 싶다고 제안했다. 하지만 케이건은 고개를 가로저었다.

"더운 피 생물에겐 소용이 없소. 나가와 식물에게만 쓸모가 있지."

"식물이요?"

"원래는 나무를 위해 개발한 약이라고 알고 있소. 그런데 나가에게도 쓸모가 있었던 거지."

케이건이 짜낸 고심책으로 일행은 그럭저럭 높은 이동 속도를 유지했다. 하지만 북쪽으로 다가가면 갈수록 류의 속도는 현저하게 떨어졌다. 마침내 느린 쪽—케이건과 비형, 나늬—이 정오도 되지 않아서 빠른 쪽—류과 티나한—을 따라잡는 지경에 이르렀다.

케이건은 티나한과 비형에게 이미 설명했던 것을 다시 설명했다.

"한계선 근처에서 소드락의 효과는 겨우 나가의 고향에서와 똑같은 정도의 움직임을 가능하게 하는 정도요. 북쪽이 상당히 가까워진 거지. 아직까지 우리에겐 좀 더운 날씨지만 류에겐 이미 혹한의 추위인 셈이오."

류은 초췌한 표정으로 케이건의 말에 동의했다.

"소드락을 두 번 복용하면 어떨까요? 오전과 오후로 나눠서 말입니다."

"그럴 필요까지는 없어. 암살자도 쫓아오기 힘든 것은 마찬가지일 테니까. 게다가 하루 두 번 복용했다가 정찰대라도 만나게 되면 세 번째를 복용해야 해. 그러면 네가 위험해져."

티나한이 제안했다.

"내가 륜을 업고 뛰면 어떨까?"

"소드락을 먹지 않은 상태에서 그렇게 달리면 륜은 얼어죽을지도 모르오. 륜은 심장을 가지고 있소. 위험을 감수하기 어렵소."

케이건은 잠시 고민한 다음 일행의 이동 방식을 바꿨다.

"티나한 당신이 륜을 업으시오. 당신의 깃털과 체온이라면 륜이 이 추위를 견디는 데 도움이 되겠지. 하지만 뛰지는 말고 우리들과 함께 걷도록 합시다. 그것도 당신이 더워지지 않을 정도의 느린 속도로 걷는 거요. 조금이라도 덥다고 생각되면 즉시 말하시오."

비형과 티나한도 어느덧 케이건이 보는 식으로 밀림을 보게 되었다. 가장 중요한 것은 열이었고 소리에 대해서는 아무 신경도 쓰지 않아도 좋다. 따라서 숲이 울창한 곳은 버석거리는 소리를 마음껏 내며 돌아다녀도 좋지만 숲이 듬성듬성해서 걷기 좋은 곳은 오히려 피해야 한다. 숲을 가꾸기 위해 정찰대가 몰려올 수 있으므로. 발자국이 남는 흙이나 풀밭은 마음대로 걸어도 좋지만 발자국이 남지 않는 바위나 돌은 오히려 조심해야 한다. 체온 때문에 돌이 데워질지도 모르기 때문이다. 그러나 한낮의 햇빛에 노출된 뜨거운 돌은 상관없다……

그렇게 상식을 잠재우는 데 성공한 도깨비와 레콘에게 케이건의 느닷없는 선언은 충격적이었다.

"한계선을 넘었소."

티나한은 큰 눈을 끔뻑거리며 주위를 둘러보았다. 어제나 그제 보았던 숲과 똑같은 숲이 그들 주위에 펼쳐져 있었다. 나무들은 똑같이 장대했고 더위는 여전히 짜증스러웠다. 하지만 케이건은 자신의 말을 완전히 확신하는 사람 특유의 평온한 어조로 덧붙였다.

"모두들 수고하셨소."

티나한은 별다른 것을 깨닫지 못했지만 비형은 놀란 표정으로 케이건을 바라보았다. 케이건은 동료들이 저지르는 무수한 멍청한 행동을 꾸짖지 않는 것만큼이나 칭찬도 하지 않았다. 비형의 시선을 받은 케이건은 문득 기묘한 표정을 지었다. 비형은 그 표정이 뭔가 곤란한 실수를 저지른 직후 바우 성주를 바라보는 자신의 표정과 비슷하다고 생각했다. 그러나 그 표정은 곧 사라졌고 케이건은 다시 특유의 친절하면서도 건조한 어투로 설명했다.

"한계선이 측정 가능한 형태의 선인 것은 아니지만, 더 이상 정찰대와 조우할 가능성이 없으므로 한계선을 넘었다고 표현해도 무방할 거요. 물론 이제부터는 이 무법 지대를 애용하는 북쪽의 무뢰배들을 만나게 될지도 모르지만 생각이 있는 자라면 절대로 레콘이 있는 일행에게 다가오지는 않을 거요. 그러니 더 이상 긴장하지 않아도 좋소. 비형. 륜에게 불을 지르시오."

평온한 어조 때문에 마지막 말의 충격은 좀 늦게 찾아들었다. 티나한에게 업혀 있던 륜과 비형은 거의 동시에 비명처럼 외쳤다.

"예?"

그러나 케이건이 한계선을 넘은 기념으로 륜을 구워버리자는 제안을 한 것은 아니었다. 비형은 케이건의 상세한 지시에 따라 빛은 없지만 따스한 열이 있는 도깨비불을 만들어 륜의 몸에 붙였다. 륜은 다시 원기를 회복했고 자신의 발로 걸을 수 있게 되었다. 티나한은 감탄하면서도 왜 진작 그런 방법을 쓰지 않았냐고 질문했다. 케이건이 대답하기에 앞서 륜이 먼저 대답했다.

"제 몸을 덮고 있는 이 불은 당신들의 체온과 비슷합니다."

"그러니까 우리와 마찬가지잖아. 어차피 우리도 보였을 테니 너 하나 더 보여봤자 거기서 거기……."

"잘 이해를 못하시는군요. 제 몸 전부가 똑같은 온도인 겁니다. 당신이 머리 끝에서부터 발끝까지 한 가지 색으로 이루어진 옷을 입고 숲을 걸으면 그게 얼마나 눈에 잘 띄겠습니까? 지금 제 눈에 저 자신은 그런 식으로 보입니다."

티나한은 이해했고, 다시 케이건에게 감탄했다. 열을 볼 수 있는 륜이라면 그런 위험을 생각해 내는 것도 당연했지만 열을 보지 못하는 케이건이 그것을 짐작했다는 것은 놀라운 일이었다.

그러나 이전 같았다면 호들갑스러울 정도로 감탄했을 비형은 입을 다문 채 케이건을 바라보기만 했다. 그 눈초리를 알아차린 케이건이 비형을 돌아보자 비형은 그를 외면하며 나늬의 뿔을 쓰다듬었다. 케이건은 기다리기로 결정했다. 그리고 비형 또한 케이건이 기다리고 있음을 깨달았다.

한계선을 넘은 그 밤, 오래간만에 편안하게 잠들 수 있게 된 티나한과 륜이 세상 모르고 곯아떨어졌을 때 비형은 모닥불 가에 앉아 있는 케이건에게 다가갔고 케이건은 조용히 그를 바라볼 뿐 아무 말도 하지 않았다. 밤의 다섯째 딸을 닮은 별들이 밤하늘을 길게 가로질렀을 때 비형은 입을 열었다.

"무사히 이곳까지 데려와주신 것에 대해 감사드리고 싶습니다. 저희들 때문에 고생이 많으셨죠?"

"특별히 고생스럽다고 느낀 적은 없었소."

"지금까지 석 달가량 봤습니다만, 정말 잡아먹으며 터득한 지식들이 대단하시더군요. 역시 양에 대해 가장 잘 아는 건 양치기가 아니라 늑대인 겁니까?"

"아마도 양은 양치기의 지식을 더 높이 칠 거요."

"그리고 늑대는 자신의 지식을 평가당하는 것보다는 그것을 활용하는 데 더 관심이 있을 테고요?"

"그럴 테지."

비형은 갑자기 손을 휘둘렀다. 그러자 케이건이 피워둔 모닥불이 거칠게 몸부림치며 솟아올랐다. 약간의 삭정이와 나뭇잎으로 피워둔 불이라고는 상상도 할 수 없는 거대한 불꽃이 얼굴로 다가왔지만 케이건은 무심히 비형을 바라보았다.

그 불은 뜨겁지 않았다. 비형은 동그래진 눈으로 케이건을 바라보았다.

"물러나지 않는군요. 제가 당신의 얼굴을 자세히 보고 싶었을 뿐이라는 것을 짐작하신 겁니까? 아니면 얼굴이 불타든 말든 상관이 없는 겁니까?"

"말하고픈 바가 뭐요, 비형."

"먼저 조금 전에 했던 질문에 대답해 주십시오. 어느 쪽입니까?"

"앞쪽이오."

"앞쪽이라고요?"

"그렇소. 당신이 나를 태우길 원했다면 내게 곧장 불을 질렀겠지."

비형은 반가운 표정으로 외쳤다.

"당신, 도깨비는 잡아먹지 않을 겁니다. 그렇죠?"

"그렇소. 그런데?"

"그런데도 조금 전 당신은 도깨비의 행동을 정확히 이해했어요. 그렇다면 당신은 다른 사람의 입장에 서는 일을 잘 하는 겁니다. 그런 거죠? 당신은 킴이면서도 도깨비의 입장에 설 줄 아니까 도깨비의 행동을 이해해요. 그렇다면 당신이 나가에 대해 잘 아는 것은 나가를 잡아먹기 때문이 아니라……."

비형은 흠칫하며 류를 돌아보았다. 하지만 케이건은 태평했다.

"깰 염려는 하지 마시오. 듣지 못하니까."

"아…… 역시 그래요! 당신은 나가의 입장에 설 줄 아는 거예요. 그래요. 처음 봤을 때 당신은 말했어요. 그들이 죽고 싶어하지 않을 거라는 것을 안다고. 아시는 거죠?"

"알고 있소."

비형은 자신의 가슴을 탕탕 두드렸다.

"저도 그랬습니다!"

"네?"

"그 두억시니 말입니다! 티나한에게 들으셨죠?"

"들었소. 당신이 불을 지르지 않았다고 화를 내더군."

"저도 당신과 같은 이유에서 두억시니들을 태울 수 없었어요. 신을 잃어버린 그들의 슬픔이 느껴졌어요. 그들의 슬픔과 분노가 느껴지는데, 어떻게 그들을 태워 버릴 수 있겠습니까?"

"당신이 죽소."

"네?"

케이건은 고개를 약간 기울인 채 비형을 바라보았다. 갑작스레 그의 오른손이 앞으로 나왔다. 케이건은 비형이 일으켜 놓은 불을 오른손으로 천천히 내리눌렀다. 그러자 케이건의 얼굴에 어둠이 드리워졌다. 그 어둠 속에서 케이건은 말했다.

"다른 사람의 슬픔을 느끼면 당신이 죽소."

비형은 소름이 돋는 것을 느끼며 전율했다. 두억시니들의 피라미드를 나온 이후 그가 계속해서 고민했던 것, 그 어떤 말로도 뚜렷해지지 않던 것이 한순간에 구체화되었다. 케이건은 마치 비형의 흉내를 내듯 말했다.

"그랬잖소?"

그러했다. 그 피라미드 안에서 그러했다. 맹목적 분노 앞에서 그 분노를 보지 않고 그 너머에 있는 슬픔을 보았던 비형은 그러했다.

비형은 고개를 떨구었다.

케이건이 다시 말했다.

"그래서 자신을 죽이는 신께선 당신들에게 죽어도 죽지 않는 목숨을 줬나 보오."

비형은 고개를 번쩍 들었다.

"자신을 죽이는 신……?"

"가서 자도록 하시오. 비형. 밤이 늦었소."

다음 날 아침, 눈을 뜬 티나한은 자신이 아직 잠을 자고 있는 것이 아닌가 의심했다. 주위의 광경은 미친 군령자의 환상 속에서도 보기 힘들 만큼 초현실적이었다.

나무들은 모두 불타고 있었다. 정확히 말하자면 불이 붙어 있을 뿐 타고 있는 것은 아니었다. 온갖 빛깔의 불들이 나무 주위에 어른거리고 있었고 그 때문에 나무들은 투명한 보석처럼 보였다. 나뭇가지들 사이로는 극광과도 같은 불의 너울들이 드리워져 있었고 불꽃의 날개를 단 조그마한 딱정벌레, 풍뎅이, 사슴벌레, 하늘소 등이 너울 사이를 헤치듯 날아다니고 있었다. 손가락만 한 조그만 딱정벌레들은 모두 색깔과 형태가 달랐고 제각기 다른 기수를 태우고 있었다. 도깨비나 레콘, 인간, 나가로 보이는 기수들도 군데군데 있었지만 거의 대부분은 별이 담긴 유리 항아리, 회전하는 번개, 사슴뿔이 달린 새 같은 기묘한 것들이었다. 그중 장관인 것은 티끌만 한 크기의 건물들로 이루어진 정교한 도시를 등에 태우고 날아다니는 딱정벌레였다. 티나한은 그 모습에서 하늘치를 떠올리곤 잠시 가슴이 벅차는 것을 느꼈다. 그러나 티나한은 곧 이게 어찌된 일인지 알아보았고 얼마 있지 않아 그 만화경 같은 풍경 가운데 정좌해 있는 비형을 발견할 수 있었다. 그가 비형을 발견했을 때 비형은 두 손을 얼굴 앞에 모아쥐고 있었다. 두 손이 펼쳐지자 그 안에서 조그마한 딱정벌레가 날아올랐다. 그 딱정벌레가 등에 싣고 있는 것은 꽃잎으로 만들어진 병이었고, 그 속에는 유리로 만들어진 꽃이 담겨 있었다. 티나한이 어이없어 하고 있을 때 륜의 감탄이 들려왔다.

"화로가 식겠군요."

륜은 넋이 나간 표정으로 주위를 둘러보았다. 비형은 색깔 뿐만이 아니라 온도에서도 다채로운 변화를 주고 있었다. 티나한과는 좀 다른 광경을 보고 있었지만 륜이 보고 있는 것 또한 상상하기 힘들 만큼 초월적인 모습이었다. 그때 두 사람의 인기척을 눈치 챈 비형이 고개를 돌렸다. 비형은 환하게 웃으며 말했다.

"좋은 꿈 꾸셨습니까?"

"지금 꾸는 것 같아. 도대체 뭐하고 있는 거지?"

티나한의 질문에 비형은 껄껄 웃으며 말했다.

"한 잔 마시고 싶은 기분이었는데, 술이 없어서요. 어때요. 취한 것 같은 풍경 아닌가요?"

티나한은 고개를 갸웃하며 왜 술 마시고 싶은 기분인지 물으려 했다. 하지만 그때 술이 뭔지 알 수 없었던 륜이 먼저 질문했다.

"술이 뭔데요?"

비형의 대답은 륜을 당혹시켰다.

"차가운 불입니다. 거기에 달을 담아 마시지요. 그런데 당신들에겐 술이 없나요?"

"아마 없나 봅니다. 그게 뭔지 상상도 안 되니."

그날 아침, 식사가 끝나고 다시 일행이 여행을 재개하려 했을 때 케이건은 일행을 멈춰세웠다.

"비형. 나늬에 륜을 태우고 대사원으로 가시오."

일행은 놀란 표정으로 케이건을 바라보았다. 티나한이 말했다.

"어, 그럴 필요가 있어?"

"한계선 이남에서는 정찰 대원의 주목을 끄는 것을 피하기 위해 어쩔 수 없이 땅으로 걸어왔지만, 이제 한계선을 넘은 상황에서 괜히 늑장을 부릴 필요는 없소. 대사원에서 필요로 하는 사람은 륜이오. 그러니 티나한 당신은 좀 천천히 걸어가도 괜찮을 거요. 물론 당신이 마음먹고 달린다면 그리 늦지 않게 도착할 수 있겠지."

"응? 그럼, 너는?"

"나는 가지 않소."

비형이 눈을 둥그렇게 떴다.

"가지 않는다고요?"

"그렇소. 당신이 륜을 태우고 하늘로 날아간다면 나는 더 이상 필요 없을 거요. 여러분들을 데리고 키보렌에 들어갔다가 다시 무사히 나온 걸로 내 일은 끝난 것 같소. 그러니 나는 집으로 돌아갈 생각이오."

"하지만, 대사원으로 가서 사례를 받으셔야 되는 것 아닙니까?"

"사례?"

"어, 즈믄누리는 이 일에 저를 파견하는 대가로 대사원으로부터 금편 200개를 받기로 했습니다. 티나한 당신도 하늘치 유적 발굴에 필요한 지원을 받기로 했죠?"

티나한은 고개를 끄덕이며 케이건을 바라보았다. 케이건은 말했다.

"나는 사례 때문에 이 일을 한 게 아니오. 나가를 제외한 자들 중 키보렌과 나가에 대해 나보다 더 잘 아는 사람이 없기 때문에 한 거요. 그리고 대사원에는 약간의 빚 비슷한 것도 있고. 그 때문에 나는 이 일에 참여했소. 그러니 나는 받을 사례가 없소."

"하지만, 어, 당신의 일은 대사원까지 륜을 데려다주는 일이잖습니까? 여기는 아직 대사원이 아닌데요?"

"딱정벌레에는 두 사람까지만 탈 수 있잖소."

비형은 우물쭈물하며 티나한을 돌아보았다. 하지만 티나한 또한 할 말이 없었다. 케이건의 말은, 그들이 지난 석 달 동안 들어왔던 그의 말과 마찬가지로 반대할 이유가 하나도 없는 말이었다. 비형이 륜을 태우고 날아가는 것이 가장 빠르고 안전하게 륜을 목적지에 데려다주는 방법이었다. 그 비행에 케이건은 필요가 없었다.

케이건은 다른 사람들이 반대하지 않을 것을 안다는 듯이 자신의 짐을 챙겨들었다. 배낭을 메고 바라기를 등에 건 케이건은 일행을 빠르게 돌아보았다. 그의 눈이 마지막으로 머문 곳은 비형의 얼굴이었다. 비형은 울 듯한 얼굴을 한 채 케이건을 보고 있었다.

짧게 한숨을 쉰 다음 케이건은 말했다.

"헤어지기 전에 이야기 하나를 들려주고 싶소. 비형. 키탈저 사냥꾼들의 옛이야기요. 괜찮겠소?"

"예? 아, 무슨 이야기죠?"

"네 마리의 형제 새가 있소. 네 형제의 식성은 모두 달랐소. 물을 마시는 새와 피를 마시는 새, 독약을 마시는 새, 그리고 눈물을 마시는 새가 있었소. 그중 가장 오래 사는 것은 피를 마시는 새요. 가장 빨리 죽는 새는 뭐겠소?"

"독약을 마시는 새!"

고함을 지른 티나한은 모든 사람들이 자신을 쳐다 보자 의기양양한 얼굴이 되었다. 하지만 케이건은 고개를 가로저었다.

"눈물을 마시는 새요."

티나한은 벼슬을 곤두세웠고 륜은 살짝 웃었다. 피라는 말에 진저리를 치던 비형은 떨리는 목소리로 말했다.

"다른 사람의 눈물을 마시면 죽는 겁니까?"

"그렇소. 피를 마시는 새가 가장 오래 사는 건, 몸 밖으로 절대로 흘리고 싶어하지 않는 귀중한 것을 마시기 때문이지. 반대로 눈물은 몸 밖으로 흘려보내는 거요. 얼마나 몸에 해로우면 몸 밖으로 흘려보내겠소? 그런 해로운 것을 마시면 오래 못 사는 것이 당연하오. 하지만."

"하지만?"

"눈물을 마시는 새가 가장 아름다운 노래를 부른다고 하더군."

류과 티나한은 알 듯 모를 듯하다는 얼굴로 서로를 쳐다보았다. 그러나 비형은 환한 표정이 되었다. 그 밝은 얼굴을 보며 케이건은 그대로 작별 인사까지 해치웠다.

"잘 가시오."

일행은 당황하여 허둥거렸지만 케이건은 그대로 몸을 돌려 걸어갔다. 간격은 순식간에 벌어졌다. 그들이 뭔가 그럴듯한 인사말을 떠올렸을 때 케이건은 이미 소리치지 않으면 들리지 않을 정도로 멀어졌다. 구릉을 넘는 케이건의 뒷모습을 멍하니 바라보던 비형은 웃으며 고개를 끄덕였다. 티나한은 투덜거렸다.

"원 참. 귀찮은 녀석들 겨우 떨쳐내니 속 시원하다는 투로군. 뒤도 안 돌아보고 내빼냐?"

그러나 류과 비형은 티나한의 말에 동감하지 않았고 티나한조차도 자신의 말에 동의하지 않았다. 지난 석 달 동안 케이건은 단 한 번도 그들을 귀찮아하지 않았다. 인내심만으로 그 긴 시간을 참아넘기긴 어려웠을 것이다. 티나한은 결국 솔직하게 말했다.

"쳇. 헤어지니까 섭섭하네. 녀석이 모든 걸 신경 써 줄 때는 마음이 탁 놓였는데, 막상 떠나고 나니 키보렌에 있을 때보다 더 불안하군."

비형은 빙긋 웃으며 나늬를 향해 손짓했다.

"또 만날 수 있겠죠?"

"그럴 거야. 반드시."

티나한은 그럴 거라고 믿었다. 생각할수록 티나한은 반드시 그렇게 될 거라는 강한 확신을 느꼈다.

뛰는 것에 가까운 속도로 일행과 멀어진 케이건은 구릉 하나를 완전히 넘은 후에야 걸음을 조금 늦췄다.

일은 끝났다. 하인샤 대사원이 벌이는 온갖 이상한 일들에 대해 만족할 만한 설명을 덧붙일 수 있는 사람은 아무도 없었다. 케이건 또한 그들에게 설명을 요구한 적은 없다. 가끔 그 승려들이 세상에서 오직 케이건만이 할 수 있는 임무를 요청할 때도, 케이건은 그들이 임무의 중요성을 잘 설명하기 때문이 아니라 그 자신만이 할 수 있는 임무이기에 그것을 수락했다.

그 오랜 봉사의 역사에 새로운 장을 덧붙인 지금, 케이건은 만족감 따위는 느끼지 않았다. 왜 그 일을 해야 하는지도 모르는 상황에서 행한 일에 만족감을 느낄 필요는 없기 때문이다. 이제 또다시 승려들이 그를 불러야만 하는 일이 생길 때까지, 케이건은 카라보라의 오두막을 보살피며 나가들을 요리하는 나날을 평화롭게 보낼 것이다.

목가적 살육의 나날.

케이건은 문득 주위를 둘러보았다. 풍경이 움직이지 않았다. 아래를 내려다본 케이건은 자신이 걸음을 멈췄음을 깨달았다. 케이건은 자신의 발을 가만히 내려다본 채 그렇게 서 있었다.

바람이 불었다.

"피를 마시는 새가 가장 오래 살지. 누구도 내놓고 싶지 않은 귀중한 것을 마시니. 하지만 그 피비린내 때문에 아무도 가까이 가지 않아."

케이건은 허리를 낮추며 바라기의 칼자루를 움켜쥐었다. 핏발 선 야수의 눈으로 주위를 둘러보던 케이건은 조금 전 들려온 목소리가 자신의 목소리임을 깨닫고는 어이없는 기분을 느꼈다. 똑바로 선 케이건은 칼자루를 놓은 다음 자신의 얼굴을 감싸쥐었다.

"그 도깨비에게 괜한 말을 했군."

이름이 뭐더라?

케이건은 도깨비와 레콘의 이름이 기억나지 않는다는 사실에 당황하지는 않았다. 그가 당황한 것은 오히려 류의 이름이 아직까지 잊혀지지 않았다는 사실이었다. 요스비 때문일 것이다.

요스비의 아들이라고 했다. 미친 놈!

"내가 요스비의 아들이야! 이 빌어먹을 자식아, 네가 요스비에게 받은 건 어쩔 수 없이 흘려야 했던 몇 방울의 체액뿐이다. 그런 주제에 아버지라고? 나는 요스비의 왼팔을 먹었다!"

케이건은 광포하게 걸음을 뗐다. 마치 그러면 빨리 류의 이름을 잊을 수 있는 것처럼. 그러나 류의 이름은 도통 지워지지 않았다. 케이건은 바라기를 뽑아 류의 이름이 담긴 머리의 일부분을 잘라내고 싶은 기분을 느꼈다. 내가 요스비의 아들이다!

"내 아버지들은……."

케이건은 더 이상 참지 못하고 바라기를 뽑아들었다. 그러나 이미 무릎에 힘이 빠지고 있었다. 케이건은 바라기로 땅을 짚으려 했으나 쌍신검은 옆으로 미끄러졌다. 케이건은 무릎과 턱을 호되게 부딪히며 땅에 쓰러졌다. 그리고 그의 손을 벗어난 바라기도 요란한 소리를 내며 뒤이어 쓰러졌다.

케이건은 땅에 볼을 댄 채 바라기를 바라보았다. 볼이 쓰라렸지만 무시했다. 잠시 후, 케이건은 피식 웃었다. 입김에 휘말린 흙먼지가 피어올랐다.

"케이건, 이 얼간이 자식아."

"케이건, 이 멍청한 녀석아."

"케이건……."

내 이름이 뭐더라.

"케이건? 거기서 뭐해요?"

케이건은 눈을 떴다. 그제야 케이건은 자신이 기절했음을 깨달았다. 땅을 짚으며 일어난 케이건은 목소리가 들려온 쪽을 바라보았다.

도깨비가 걸어오고 있었다. '비형 스라블이야.' 기억이 마구 떠올라 케이건은 현기증을 느꼈다. '나늬라는 이름의 딱정벌레를 가지고 있는' 케이건은 비틀거리다가 다시 주저앉았다. '오, 이런 빌어먹을. 잊어먹지 않았던 건가?' 케이건은 겁에

질렸다. '설마 다른 것들도?'

"케이건, 괜찮아요?"

'정말 걱정스러운 듯이 묻고 있어.' 케이건은 미간을 찡그렸다. '그런데 저 표정은 즐거워 하는 것도 같군. 이상해. 걱정스러운 건데, 동시에 즐거운 거야. 비웃는 건가?' 아니었다. '그럼, 다시 만나서 즐겁다는 거야?' 비형이 말했다.

"다치신 모양이군요. 이거, 기뻐해야 될지 슬퍼해야 될지 모르겠는데요?"

"다치지 않았소. 그런데 기뻐할 이유는 뭐요?"

비형은 큼직한 미소를 지었다.

"당신이 멀리 가기 전에 따라잡았으니까요. 이제 왜 따라왔냐고 물으실 거죠?"

"묻겠소."

비형은 두 팔을 옆으로 쫙 펼쳐 비극적으로 말했다.

"나늬가 륜을 태우지 않아요! 어쩌면 좋죠?"

말투와는 달리 비형의 얼굴은 즐거워 못 견디겠다는 표정을 짓고 있었다.

륜이 한 발을 내디뎠다. 티나한이 벗겨준 나무껍질을 씹어 먹던 나늬는 갑자기 고개를 돌려 륜을 향해 뿔을 내밀었다. 륜은 겁먹은 얼굴로 비형을 돌아보았지만 비형은 염려 말고 계속 걸어가라는 손짓을 했다. 륜은 심호흡을 한 다음 다시 한 발을 내디뎠다.

나늬는 나무껍질을 포기하며 뒤로 물러났다. 케이건은 놀라지 않았다. 세 번째로 보는 광경이었기 때문이다. 그래서 케이건은 약간 짜증스러워 하는 눈으로 비형을 쳐다보았다.

"수화로 물어보시오. 왜 륜을 피하는 건지."

"당신이 오기 전에 이미 물어봤어요. 대답하지 않던데요?"

"한 번 더 해보시오."

비형은 어깨를 으쓱인 다음 나늬에게 다가갔다. 도깨비의 손이 바쁘게 움직였다. 케이건은 딱정벌레의 더듬이를 응시했다. 보통의 경우라면, 딱정벌레는 그 더듬이를 움직여 자신의 의사를 표현했을 것이다. 하지만 비형의 반복되는 수화에도 불구하고 나늬의 더듬이는 꼼짝도 하지 않았다. 오른손으로 턱을 받친 채 그 모습을 묵묵히 바라보던 케이건은 비형을 돌아보았다. 그 눈초리는 설명을 요구하고 있었지만, 안타깝게도 비형은 그런 것을 가지고 있지 않았다. 비형은 자신없는 투로 말했다.

"음, 어, 하늘치를 본 딱정벌레와 비슷한 반응이에요. 딱정벌레가 절대로 하늘치에게 가까이 가지 않으려 한다는 이야기는 아시죠?"

티나한이 참지 못하고 외쳤다.

"알다마다! 그 때문에 내가 아직 하늘치의 등에 오르지 못했는데! 하지만 륜이 하늘치냐?"

"반응이 비슷하다는 거예요. 하늘치에게 왜 가까이 가지 않냐고 물어보면 딱정벌레는 아무 대답도 안 하지요. 지금도 그렇지요?"

"지금껏 한 달이 넘게 함께 여행한 사이니 나가가 익숙하지 않아서 그런 것은 아닐 테고, 거참. 도무지 이유를 모르겠군."

케이건은 한숨을 내쉬었다. 나머지 일행들은 그의 입을 주시했다. 그리고 머릿속으로는 그들 모두 같은 생각을 하고 있었다.

케이건은, 아마도 나늬의 기행을 꾸짖거나 불평하지는 않을 것이다. 과연 케이건은 그러했다.

"걸어야겠소. 여러분. 대사원에서는 좀 더 기다려야겠군."

티나한이 만족한 얼굴로 말했다.

"그럼, 다시 같이 여행하는 거야, 케이건?"

"걷는 일이라면 내가 필요할 거요."

모두의 얼굴에 안도감이 떠올랐다.

"너 때문에 늦어지게 되었잖아, 도대체 왜 이런 고집을 부리는 거야?"

비형은 나늬를 꾸짖으면서도 그 얼굴은 웃고 있었다. 하지만 륜의 웃음은 조금 묘했다. 나가의 표정을 정확히 읽을 수 있는 케이건이 그를 보지 않았기 때문에 륜의 묘한 표정은 들키지 않았다. 다른 사람들이 나늬의 이상 행동에 대한 억측들을 교환하고 있을 때 륜은 손을 허리 뒤로 돌려 자신의 배낭 아래쪽을 살짝 쓰다듬었다.

'이것 때문인가?'

그때 배낭이 꿈틀했다. 깜짝 놀란 륜은 비명을 내질렀다. 다행히 니름이었기에 아무도 륜의 비명을 듣지는 못했다. 륜은 일행들을 죽 둘러보고는 다시 배낭에 닿은 손바닥에 신경을 집중시켰다. 하지만 손바닥에는 더 이상 움직임이 느껴지지 않았다.

'이상하다. 움직였는데?'

파름 평원에서 바라볼 때, 파름 산 중턱에서부터 정상 바로 아래까지 드러누워 있는 하인샤 대사원은 하나의 사찰로는 보이지 않는다. 일단 파름 산의 5부 능선부터 8부 능선까지 펼쳐져 있는 그 거대한 면적 때문에 그러하고 건물들 사이에 통일성이 결여되었기에 그러하다. 게다가 건물과 건물 사이에 있는 계곡과 숲, 봉우리 때문에 건물들 사이의 연관성이 희박하게 보인다. 그 때문에 하인샤 대사원의 전체적인 모습은 마치 산비탈을 따라 건설된 도시처럼 보인다. 하지만 그것은 모두 하인샤 대사원이라는 하나의 가람이다.

그 불합리한 구조 때문에 파름 산 승려들은 경내의 다른 부속 건물까지 가야 할 때도 장거리 여행을 시작할 때의 긴장감을 느껴야 했다. 물론 하인샤 대사원의 승려가 대사원의 경내에서 사망하게 될 경우 그건 객사로 보아야 된다는 말은 과장 섞인 농담일 뿐이다. 하지만 어린 행자들이 단지 경내의 다른 지점으로 가는 도중에도 외진 산 속을 헤매는 듯한 기분을 느끼는 것은 사실이다. 어깨에 사문살이의 더께가 두껍게 쌓일 때쯤 되면 그런 기분 따위는 느끼지 않지만.

하인샤 대사원의 이런 이상한 모습은, 어처구니없이 길고 온갖 놀라운 사건들로 점철된 그 사원의 역사를 알지 못하면 이해하기 어렵다. 종단 역사상 최연소 대덕으로 이름 높은 오레놀은 하인샤 대사원의 첫 번째 주춧돌이 놓였을 때부터 지금까지의 모든 역사를 완전히 암기하고 있었고, 그래서 평소 승려들에게 대사원의 이런 기묘한 모습에 오히려 자부심을 느껴야 한다고 주장하곤 했다. 하지만 숨이 턱에 닿은 채 쥬타기 대선사의 암자로 올라가고 있는 지금 오레놀은 자부심 비슷한 감정도 느끼기 어려웠다. 그는 자신이 지쳐 쓰러지는 것이 먼저일지 암자에 도착하는 것이 먼저일지 짐작하기 어려웠다.

어디에도 없는 신의 가호 때문인지 사문살이 동안 단련된 튼튼한 다리 근육 덕택인지야 불명확하지만 어쨌든 오레놀은 쥬타기 대선사에게 보고할 때까지 졸도하지 않을 수 있었다.

"용이, 눈을 떴다고, 합니다!"

암자 한편의 텃밭을 갈고 있던 쥬타기 대선사는 쟁기를 떨어뜨리고 말았다.

"지금 뭐라고 했느냐? 용이라고?"

"예! 용이 눈을 떴습니다!"

쥬타기 대선사는 수염을 부르르 떨다가 가까스로 호흡을 가다듬었다. 대선사는 떨어뜨린 쟁기를 집어들었다.

"일단 가서 물 한 잔 마시자꾸나."

대선사는 쟁기를 든 채 암자의 툇마루 쪽으로 걸어갔다. 쟁기와 모자를 내려놓은 대선사는 조그마한 부엌에 들어가 손수 물 한 바가지를 들고 나왔다. 대선사는 그것을 오레놀에게 내밀었고 오레놀은 황송해하며 황급히 물을 마셨다. 수건으로 얼굴을 훔치며 기다리던 대선사는 오레놀에게서 바가지를 돌려받아 물 한 모금을 마신 다음 입을 열었다.

"자세히 설명해 보거라."

"선원에서 참선 중이던 자들 중 군령자가 하나 있었습니다."

"군령자가 어떻게?"

"그 군령자는 카시다 사원의 소개장을 가지고 와서 선원에서 참선할 수 있었다고 합니다. 그런데 그 군령자가 어제 참선하는 도중 갑자기 자기들 중에 용인(龍人)

이 하나 있었다는 것을 깨달았다고 합니다."

"깨달았다고?"

"그 군령자도 자기들 중에 용인이 있었다는 것을 까맣게 모르고 있었던 모양입니다. 그 용인은 너무 오래전에 군령의 일부가 되었고 지금까지 잠들어 있었던 것 같습니다. 그런데 그 용인이 갑자기 깨어나서는 아라짓 어(語)로 용근이 눈을 떴다고 외쳤습니다. 함께 참선 중이던 행자들이 기겁했다고 하더군요."

놀라움 속에서도 대선사는 있을 법한 일이라고 생각했다. 어떤 군령자는 자기들 속에 수천 년 전에 죽은 자의 영이 있다는 것을 깨닫고 기겁하기도 한다. 하지만 그것은 보통 그보다 덜 오래된 영들이 알려주는 경우일 가능성이 높다. 그토록 오래된 영들은 깨어나지 않는다. 아무리 군령의 일부가 된 자라 하더라도 결국 불사일 수는 없는 것이다. 그런데 어떻게 깨어났다는 것일까?

"그 용인은 완전히 깨어난 거냐?"

"아니요. 그 말만 외친 다음 다시 잠들었다고 합니다. 군령자는 여러 번 시도해 보았지만 자기 속에서 다시 그 용인을 찾아내지는 못했습니다. 아마도 깊은 참선 때문에 그 용인이 잠깐 깨어날 수 있었던 모양입니다."

쥬타기 대선사는 흥분을 가라앉히며 추측해 보았다. 참선은 자신을 잊어가는 것이다. 군령자라면 아마도 잊어야 할 자신들이 많을 테고 그 많은 자신을 모두 잊게 되자 가장 오래된 자신이 표면으로 떠올랐을 수도 있다. 대덕의 추측은 그럴 법했다.

"그런데 아라짓 어라고 했느냐?"

"예. 그 군령자는 자기들 중의 자기가 한 말이 뭔지도 모르는 눈치랍니다."

"그런데 너는 그걸 어떻게 알았느냐?"

"참선을 지도하시던 데호라 대사(大師)께서 은밀히 알려주셨습니다."

대선사는 허벅지를 탁 쳤다. 데호라 대사는 고문과 고어에 대한 해박한 지식으로 이름이 높다.

"데호라 대사께서 말하시길 그 군령자는 이미 관심을 잃었고 함께 참선 중이던 다른 행자들 또한 잊어버릴 거라더군요. 참선 중에 온갖 이상한 말을 외치는 자들이 다 있으니까요."

쥬타기 대선사는 안도했다.

"그렇다면 현재로선 데호라 대사와 너와 나만 알고 있는 것이군?"

"그리고, 혹 아직까지 남아 있다면 용인들이 알고 있겠지요."

"용인이 어디 남아 있겠느냐. 용근을 먹어야 용인이 되는 것이다. 그런데 나가들이 용화를 모두 파괴한 것이 언제적의 일이냐."

"하지만 속세에서는 아직도 가끔 용근이 발견되었다는 이야기들이 떠돌고 있습니다. 그리고 실제로 바로 어제 용근이 눈을 떴다고 하지 않습니까? 그렇다면 아직까지 남아 있는 용화가 최소한 한 송이는 있었다는 말입니다. 한 송이가 있었다면 다른 용화들도 있었을 수 있잖습니까? 그리고 누군가가 그것을 먹었을 수도 있지요."

쥬타기 대선사는 오레놀 대덕의 설명이 옳다고 생각했다. 무의식 중에 염주를 꺼내든 대선사는 그것을 헤아리며 생각에 잠겼다. 오레놀은 조바심을 참지 못하고 말했다.

"용근이 발견되었다면, 그리고 벌써 발아와 개화까지 끝내고 눈을 떴다면 조만간 용이 될 것입니다. 사람들에게 발견되기 전에 빨리 그것을 찾아야 합니다. 그렇지 않으면 무지한 자들에게 사로잡혀 그 성정이 훼손되어, 마침내 괴물이 될지도 모릅니다. 속세에는 용을 괴물로 만들어서라도 왕이 되려는 작자들이 부지기수입니다."

"어떻게 찾겠느냐? 용인이 아니고선 용을 감지해 낼 수 있는 자는 없다. 그런데 우리가 알고 있는 유일한 용인은 깊이 잠들어 깨지 않는다고 하지 않았느냐. 설사 다른 용인을 찾아낸다 하더라도 용인은 용근을 먹으려들 테니 역시 도움을 받을 수 없다."

대덕은 분한 듯이 말했다.

"이럴 때 케이건 드라카 님이 계셨으면 좋았을 텐데……. 그분은 지금 오지도 않을 나가를 기다리며 사지에 계시니, 참으로 어처구니없는 노릇입니다."

"케이건이 놀라운 인물이긴 하지만 아무리 그래도 삶은 달걀에서 병아리를 꺼내보일 재주는 없다. 용인이 아닌 그가 세상 천지 어디에 있는지도 모를 용을 어떻게 찾아낼 수 있겠느냐. 어쨌든 네 말이 틀리지는 않다. 용근이 눈을 떴다면 그것을 꼭 찾아내어야 하겠구나. 오레놀. 조타 중대사(重大師)에게 가서 각 사원으로 보낼 서찰을 준비하라고 일러라."

"어떤 내용으로 하면 되겠습니까?"

쥬타기 대선사의 염주가 멈췄다. 대선사는 하늘을 이고 있는 파름 산의 정상을—대선사의 암자에서는 매우 가깝게 보인다.—지그시 바라보며 말했다.

"내가 꿈을 꾸었다."

"네? 꿈이요?"

"그래. 내 꿈에 어디에도 없는 신이 현몽하셨다. 신께서는 내게 도탄에 빠진 세상을 구하기 위해 조만간 용의 모습으로 세상에 화신(化身)하실 거라고 알리셨다."

그만 넋이 나간 오레놀은 입을 쩍 벌린 채 대선사를 바라보았다. 대선사는 굵은 눈주름을 일그러뜨려 눈웃음을 지어보였다.

"승려들로 하여금 그런 내용의 헛소문을 퍼뜨리게 하라는 말이다."

"네? 헛소문이요?"

"그래. 우연히 용을 발견한 미욱한 자들이 그것을 제멋대로 취하려는 시도는 일단 막고 봐야 할 것 아니냐. 운이 좋다면 용을 발견한 자들이 가까운 사원에 그 소재를 알려줄지도 모르지."

오레놀은 탄성을 지르고 말았다. 하지만 대덕은 곧 얼굴을 찌푸렸다.

"하지만 대선사님. 그건 망언이잖습니까."

"불망언(不妄言)의 계를 어기는 일이라는 말이냐?"

"어떻게 봐도 그렇습니다. 말씀하신 일의 옳고 그름을 논하기 전에, 승려들이 기겁을 할 겁니다. 어떻게 사제들이 앞장서서 망언을 알리고 다니겠습니까?"

"아, 그거라면 괜찮다. 승려들에겐 그게 사실이라고 알려라. 그럼 파계는 나 혼자 하는 것이 되겠지?"

"대선사님, 어찌 그런…… 말도 안 됩니다."

오레놀은 강하게 도리질을 했다. 몇 번 더 대덕을 다독이던 대선사는 결국 역정을 내며 외쳤다.

"야, 이놈아! 세상에 죄란 죄는 다 지고 가는 마당에 내 죄 하나 더 지고 가겠다는데 따박따박 말대꾸냐? 거기 앉아서 꾸물거리지 말고 빨리 달음박질이나 쳐라. 용근이 눈을 떴다지 않느냐? 당장 그 엉덩이 안 뗄 테냐!"

대선사는 그렇게 외치며 툇마루에 기대어둔 쟁기를 움켜쥐었다. 혼비백산한 대덕은 걸음아 나 살려라 달려갔다.

풀 한 포기조차 귀한 쓸쓸한 평야 가운데 탑은 좌절한 소망처럼 서 있었다.

탑 안쪽에 누운 륜은 위를 올려다보았다. 탑의 상층부가 완전히 파괴되었기 때문에 둥근 하늘이 보였다. 완전한 원은 아니었다. 륜의 발쪽 부분 하늘이 약간 불룩했다. 그 부분의 탑이 더 많이 무너졌기 때문이다. 그 부분의 높이는 4미터가량. 남아 있는 가장 높은 부분도 6미터를 넘진 않았다.

누운 륜의 주위로 십여 개의 도깨비불이 둥글게 배치되어 있었다. 그 불의 원 바깥쪽에 한쪽 무릎을 꿇은 채 앉아 있던 케이건이 나직하게 말했다.

"그럼, 나가겠다."

륜은 아무 말도 못한 채 눈으로만 대답했다. 그의 눈은 제발 가지 말라고 말하고 있었지만, 동시에 빨리 떠나달라고 말하고 있었다. 케이건은 이해했다. 일어선 케이건은 탑 서쪽에 있는 문으로 다가갔다. 그곳엔 케이건의 방풍복이 휘장처럼 드리워져 있었다. 방풍복을 들어올리며 케이건은 다시 륜을 돌아보았다.

륜은 하늘을 바라보며 떨고 있었다.

탑 밖으로 나온 케이건에게 강력한 동풍이 불어닥쳤다. 방풍복이 우쭐거리며 떠올랐지만 케이건은 제때 그것을 낚아채었다. 케이건은 방풍복을 다시 정돈하여 탑 안쪽이 보이지 않게끔 했다. 나늬에 걸터앉아 있던 비형이 먼저 반색하며 말했다.

"어때요? 괜찮은가요?"

"괜찮소."

황야 위로 동풍은 성난 하늘치처럼 치닫고 있었다. 티나한의 깃털은 모조리 일어서 그 모습이 마치 바람 부는 보리밭 같았다. 티나한은 수염볏을 쓸어내리며 말했다.

"이런 게 있어서 다행이다. 그런데 옛날 사람들은 사방으로 지평선밖에 안 보이는 이런 황야에 웬 탑을 세운 거지?"

케이건은 문 바로 옆의 벽면에 기대어 앉았다. 동풍이 불고 있었지만 서쪽으로 난 문 근처에서는 바람이 더욱 거세었다. 탑의 벽면을 타고 흐르는 와류 때문이었다. 케이건은 덥수룩한 머리카락을 뒤로 쓸어 넘기며 말했다.

"높새바람 탑이오."

"응?"

"영웅왕이 즉위한 뒤 얼마 후, 영웅왕은 이곳에 요새를 세울 것을 명령했소. 나가들을 감시하기 위해서였지. 당시 나가들은 심장 적출법도 모르고 산 것을 먹기에 밀림에서만 사는 약소 종족에 불과했소. 해서, 왕의 신하들은 곡물을 먹지 않고 더운 지방을 벗어나지 못하는 나가는 절대로 왕국의 적이 될 수 없다고 자신했소. 하지만 영웅왕은 나가들을 경계했소. 결국 왕과 신하들의 타협으로 요새 대신 이 감시탑이 서게 되었소. 동풍에서 딴 높새바람 탑이라는 이름이 붙여졌지. 그리고 세기도 힘든 세월이 지난 지금, 우리는 영웅왕의 예견이 증명된, 그러나 유쾌하지는 않은 현실 속에 있소. 그걸 영웅왕의 혜안이라고 부르든 레콘의 야수적 본능이라고 부르든 그건 당신들의 자유일 거요."

티나한은 레콘의 야수적 본능이라는 말에 우쭐거리는 표정을 지었다. 비형은 그런 티나한을 향해 빙그레 웃어주고는 다시 탑 안쪽을 들여다보는 시늉을 했다.

"영웅왕께서도 한 나가가 피치 못할 사정으로 이곳을 이용하게 된 것을 용서하시겠지요. 그런데 얼마쯤 걸리지요?"

"짐작하기 어렵소. 내 생각엔 아주 오래 걸릴 것 같소. 보통 자기 집에 있는 여자

308

들은 안정감 때문에 반나절쯤이면 끝내는 걸로 알고 있소. 남자들도 허물벗기를 할 때가 되면 어느 가문이든 방문하지만 아무래도 여자보다 오래 걸리는 편이오. 그런데 륜은 남자고, 이곳은 가문은커녕 나가의 밀림조차도 아니오. 게다가 지금 그의 상황은 그에게 절대로 유쾌한 것은 아닐 거요. 어쩌면 나가 역사상 가장 시간이 많이 걸린 허물벗기가 될지도 모르오. 탑 안쪽의 불들이 그에게 도움이 되기를 바랄밖에. 어쨌든 우리로서는 그가 제 발로 밖으로 나올 때까지 이곳에서 기다릴 수밖에 없소."

인간은 물로 몸을 씻는다. 도깨비는 불로 몸을 태운다. 레콘은 오래된 깃털이 뽑혀나간다. 그리고 나가는 늙은 피부를 벗고 새로운 몸을 얻는다. 케이건만이 어느 정도 예견하고 있는 일이 벌어졌을 때 륜은, 이제는 친숙해졌다고는 하나 그래도 불신자들인 동행자들 앞에서 허물벗기를 해야 한다는 사실에 비늘이 떨어져나갈 것 같은 기분을 느꼈다.

다행히 나늬를 타고 날아오른 비형이 평야 가운데 외로이 서 있는 탑을 발견했다. 탑에 도달하자마자 케이건은 비형에게 불을 피우게 한 다음 나머지 일행을 모두 내쫓았다. 비형은 미쳐버리겠다는 듯이 행동했지만 도깨비의 무궁한 호기심도 케이건의 단호한 태도 앞에서는 소용이 없었다. 케이건이 문 근처에 자리 잡은 데에는 비형이 훔쳐보는 것을 경계하려는 의도도 약간 포함되어 있을 것이다.

"우리가 해야 할 일을 말해 주겠소. 언제가 될지 모르지만 어쨌든 허물벗기가 끝나면 륜은 즉시 많은 음식을 먹어야 하오. 물론 살아 있는 것이어야 함은 말할 나위도 없겠지."

티나한은 난처한 표정으로 주위를 둘러보았다.

"얼마나 먹어야 되는데?"

"사슴이나, 그 정도 크기의 동물 한 마리 정도는 먹어야 할 거요."

"젠장. 난 그 큰 사슴이 어떻게 저 배 속에 들어가는지 상상이 안 돼! 몸이 터져야 정상 아니야? 나가의 살갗 아래에는 뼈도 근육도 없이 모조리 밥통이 들어찬 게 아닌가 싶군. 어쨌든 이런 황량한 곳에서 어떻게 그런 큰 동물을 찾아내지?"

케이건은 비형을 돌아보았다. 비형은 고개를 갸웃하다가 소스라치게 놀랐다.

"서, 설마 나늬를? 륜을 태우지도 못하니 아무 쓸모도 없다는 비정한……."

"그런 말은 하지 않았소. 비형. 그건 먹을 수 없소."

비형에게 케이건의 말은 꼭 먹을 수 있으면 먹이겠다는 투로 들렸다. 비형의 상상과 상관없이 케이건은 계속 말했다.

"티나한과 함께 날아올라서 가까운 곳에 숲이나, 혹은 동물을 찾아낼 만한 장소가 있는지 찾아보시오. 그리고 내가 말했던 것과 같은 동물을 하나 잡아보도록 해보시오. 내가 이곳을 지키고 있겠소."

티나한은 뒤통수를 긁적거렸다.

"이봐. 케이건. 물론 나는 최후의 대장간에서 이 철창을 쥔 이후로 이놈에 대한 신뢰를 한 번도 잃어본 적이 없지만, 그래도 이놈으로 사냥은 무리야."

케이건은 티나한을 물끄러미 바라보았다. 케이건이 바라기 한 자루로 농장을 차려도 손색이 없을 사냥감들을 잡아오곤 했던 것을 상기한 티나한은 벼슬을 빨갛게 물들이며 황급히 비형을 끌어들였다.

"그리고 비형도 사냥은 못 하고. 역시 키보렌에 있었을 때처럼 네가 가는 게 좋겠는데."

말을 맺으며 티나한은 만약 케이건이 없다면 구출대의 최대의 적은 기아일지도 모르겠다고 생각했다. 케이건은 탑을 흘깃 돌아보았다.

"지금 륜의 곁에는 내가 있는 편이 좋을 것 같소. 사냥에 전혀 자신이 없으시오?"

"어, 대호를 때려눕히라면 얼마든지 하겠어. 하지만 륜이 먹으려면 생포해 와야 하잖아."

케이건은 잠깐 고민하다가 일어섰다.

"알겠소. 티나한 당신이 이곳을 지키도록 하시오. 사방이 지평선이니 시간이 꽤 걸릴지도 모르겠소. 그동안, 혹 륜이 도움을 청하더라도 절대로 탑 안으로 들어가지는 마시오."

"응? 도움을 청해도?"

"그렇소. 고통 때문에 아마 그런 소리를 할 거요. 말 그대로 살이 찢어지는 고통이니까. 하지만 아무리 간절히 부탁하더라도 들어가서는 안 돼요. 어차피 도와줄 수 있는 것도 없소."

"아, 그래. 알겠어."

"그럼, 비형. 출발합시다."

륜을 거부하던 나늬는 케이건을 태연하게 태웠다. 그 모습에 대해 비형이 몇 마디 잡담을 하려 했지만 케이건의 재촉 때문에 포기하고는 하늘로 날아올랐다. 동풍과 딱정벌레의 날개 바람이 뒤섞여 돌풍을 만들어내었기에 티나한은 잠시 눈을 감았다. 그가 다시 눈을 떴을 때 딱정벌레는 이미 까마득한 점이 되어 있었다.

티나한은 높새바람 탑에 기대어 앉았다.

거칠 것 없는 평야 위로 동풍이 울부짖으며 내달렸다. 대기는 흙먼지로 혼탁했고 생기 잃은 태양은 창백한 원반이 되어 하늘을 방황했다. 티나한은 구름도 없고 맑지도 않은 그 하늘이 불쾌했다. 가장 깨끗한 얼음 같은 바이소 계곡의 하늘을 생각하며 티나한은 동풍에 대해 투덜거렸다.

일하는 방식이 마음에 들지 않는다고.

어딜 가나 부는 흙바람 때문에 지평선은 파도 치는 것처럼 꿈틀거렸다. 턱 아래 깃털이 계속 떠올라 수염볏을 간지럽히는 탓에 티나한은 몇 번이나 깃털을 쓸어내렸다.

지랄 같은 곳이군.

몇 시간이 지났을 때 케이건이 만든 훈제육을 씹고 있던 티나한은 지평선 근처에서 움직이는 것을 발견했다.

한동안 티나한은 그것이 지평선을 따라 춤추는 흙먼지인지 아니면 이동하는 물체인지 결정하지 못한 채 가만히 바라보았다. 반 시간 가까이 지나자 티나한은 그것을 이동하는 물체라고 결론내렸다. 그리고 다시 반 시간이 지났을 때 티나한은 그것을 높새바람 탑을 향해 걸어오고 있는 수십 명의 인간이라고 판단하는 데 별 어려움이 없었다. 그 시점에서 티나한은 훈제육을 왼손으로 바꿔쥔 다음 오른손은 철창 위에 가볍게 얹어놓았다. 일어설 필요까지는 느끼지 않았다. 레콘이 앉은 채 휘두르는 7미터짜리 철창은 인간에겐 자연 재해에 필적한다.

얼마 후 티나한과 다가오는 무리는 서로의 얼굴 표정을 읽을 수 있을 정도로 가까워졌다. 몇 사람은 말을 타고 있었고 다른 자들은 걷고 있었다. '륜에게 말을 보여주면 재미있어 할 텐데.' 모두들 무장을 하고 있는 그 무리를 보며 티나한은 어렴풋이 어떤 개념이 떠오르는 것을 느꼈다. 하지만 그 개념을 자신이 아는 단어로 옮기는 데는 약간 무리가 있었다. 무리들이 멈춰서고 그중 한 명이 앞으로 걸어올 때에야 티나한은 겨우 그 단어를 떠올렸다.

'저거, 군대라는 건가?'

앞으로 걸어오는 남자의 모습은 볼만했다. 위세당당하게 보이려 애쓰는 기색이 분명했지만 눈꺼풀이 불안하게 경련하고 있었다. 어느 유적에서 뽑아온 철기둥이 아닌가 싶은 철창을 무릎에 얹어놓은 채 험악하게 쏘아보고 있는 레콘에게 걸어가기엔 그 남자의 담이 조금 부족했다. 티나한은 우호적인 표정을 짓고 있었지만 석 달가량 키보렌을 헤매다가 방금 돌아온 그의 차림새는 꽤 험악했다.

남자는 정확히 8미터쯤 되는 거리에서 멈춰섰다. 티나한은 눈대중이 제법이라고 생각했다. 남자는 뒤에 두고 온 일행을 한 번 돌아보고는 겨우 입을 열었다.

"여, 영웅왕 폐하이십니까?"

티나한은 한참 후에야 겨우 부리를 열 수 있었다.

"어, 날짜를 잘못 알았나 본데. 한 1,500년쯤."

남자는 울 것 같은 표정을 지었다.

"재담을 즐기신다는 말씀 익히 들어 알고 있습니다만 소인이 미욱하와 이해하지 못했사옵니다. 무슨 말씀이신지요. 이 동풍 탑을 순시하러 오신……."

"장소도 좀 착각했나 본데. 이건 높새바람 탑이야."

티나한은 그렇게 대답해 줄 수 있어서 뿌듯했다. 하지만 남자는 멍한 표정으로

티나한을 바라보기만 했다. 그러다가 남자는 갑자기 정신을 차린 듯 정중히 고개를 숙여보였다. 티나한이 어리둥절한 표정으로 마주 묵례해 주는 동안 남자는 다시 무리에게 돌아가버렸다. 남자는 일행들과 몇 마디 이야기를 나누다가 다시 돌아왔다. 남자의 얼굴은 한결 밝아져 있었다.

"저희 선지자께서 알려주셨습니다. 그것은 이 탑을 가리키는 신성한 아라짓 어를 번역한 말이라고. 괴악한 말로 귀를 어지럽혀드린 점 깊이 사죄드립니다. 하지만 저희 선지자께서는, 부디 그자의 불충과 무례를 용서하시길 바랍니다. 아직까지도 감히 폐하가 영웅왕이라는 사실을 믿지 못하고……."

"혹시 내기를 했다면 가서 그 선지자라는 작자에게 내깃돈을 줘. 너희 선지자가 이겼으니."

티나한은 자신이 어떤 무리를 만난 건지 대충 짐작할 수 있었다. 남자는 창백한 얼굴로 비명을 질렀다.

"영웅왕이 아니시라고요?"

"아냐. 날짜를 좀 잘 알고 다니는 편이 좋겠어."

남자는 부르르 떨더니 다시 자신의 무리에게로 돌아갔다. 무리 속에서 약간의 소동과 언쟁이 들려왔지만 동풍 때문에 티나한은 잘 들을 수 없었다. 잠시 후, 이번엔 무리 전체가 티나한을 향해 다가왔다. 선두에는 말을 타고 화려한 옷을 입은 인간이 고개를 뻣뻣이 든 채 걸어오고 있었다. 조금 전 남자가 섰던 위치에 정확히 멈춰선 무리는 마치 진귀한 구경거리라도 되는 것처럼 티나한을 바라보았다. 티나한이 불쾌감에 뭐라 말하려 할 때 화려한 옷차림의 남자가 말했다.

"너는 여행자냐?"

티나한이 당장 철창을 날려 남자의 목을 따버리지 않은 것은 이런 무례한 언사를 밥 먹듯이 하는 동료를 가진 덕분이었다. 티나한은 가까스로 흥분을 가라앉힌 채 말했다.

"너 군령자냐? 혹, 지금 레콘이야?"

"무엄하다! 저자를 능지처참하라!"라고 외친 건 남자의 옆에서 말을 타고 있는 머리가 짧은 노인이었다. 티나한은 이제 화도 못 내겠다고 생각하며 이들이 혹 군령자의 군대가 아닌가 하는 황당한 생각으로 자신을 위로했다. 그때 화려한 옷차림의 남자가 말했다.

"고정하시게. 위대한 선지자여. 레콘이라는 자들은 원래가 오만하기 한량이 없다네. 저자에게 짐이 누군지 설명해 주게."

선지자라 불린 노인은 티나한을 잡아먹을 듯이 쳐다보다가 목에 핏대를 세우며 외쳤다.

"이 오만무도하고 가련한 놈아, 잘 들어라! 네놈 앞에 계신 이분은 위대한 영웅왕 폐하의 49대 손이신 무적왕 폐하이시다! 네가 감히 영웅왕의 적손 앞에서 영웅왕의 현신을 사칭했으니 그 죄가 하늘을 찌름을 알지 못하겠느냐?"

티나한은 웃음밖에 나오지 않았다.

"내가 그랬던가? 미안하군. 그런데 저거 인간이잖아."

"이놈! 끝까지 그 괴악한 미신으로서 우리를 우롱하려 드는구나. 하지만 나는 신의 말씀을 들었다. 영웅왕은 레콘이 아니라 인간이셨다! 그런 계시가 있으셨기에 나는 네가 영웅왕을 사칭하고 있음을 진작에 깨달은 것이니라!"

선지자의 입가로 허연 거품이 묻어나는 것을 보며, 티나한은 계명성을 내뿜는 것을 포기해 버렸다. 한계선을 넘어온 것이 확실히 실감이 난다고 생각하며 티나한은 배낭 속에서 또 다른 훈제육을 꺼내어들었다.

"그래. 미안해. 영웅왕으로 착각될 만큼 위엄 있는 모습으로 여기 앉아 있었던 점 사과해 주지. 그리고 내 식사를 방해한 것에 대한 사과도 받지 않겠어. 이제 좀 떠나주지?"

말을 마친 티나한은 훈제육을 한 입 베어물었다. 그때 티나한은 이상한 소리를 들었다. 의심스러운 표정으로 선지자를 바라본 티나한은 자신이 들은 소리가 틀리지 않았음을 깨달았다. 선지자는 찬란히 빛나는 눈으로 훈제육을 바라보며 또다시 침을 삼켰다.

"혹, 귀하께선 우리 무적왕 폐하께 우정과 존경의 표시로 작은 공물을 바치실 생각이 없으시오?"

티나한은 무적왕이라는 자를 돌아보았다. 그리고 티나한은 무적왕의 얼굴에서 왕국에 대한 열망보다도 더 큰 열망을 발견했다.

티나한은 무적왕 일행이 혹 왕국을 세운다면 그들의 건국 신화 속에 자신이 황야에서 홀연히 나타나 모래와 흙으로 고기를 만들어낸 신의 사자로 기록될지도 모른다는 희망 따위는 떠올리지도 않았다. 그가 고기를 나눠준 것은 좀 더 현실적인 (그러나 여전히 가능성은 없는) 이유에서였다. 티나한은 혹 이자들이 다른 자들과 달리 왕국을 세우는 데 성공하기라도 한다면 훗날 자금을 좀 빌릴 수 있을지도 모른다고 판단했다. 하늘치의 등을 정복하려는 그의 꿈은 어쨌든 돈을 많이 잡아먹는 꿈이었다.

그래서 티나한은 케이건이 만들어놓은 훈제육을 엄숙한 얼굴로 '선물했고', 무적왕이라는 자가 감사의 표시로 그를 '아라짓 전사'에 임명하겠다고 제안했을 때도 폭소를 터뜨리지는 않았다.

"아라짓 전사라고 했냐?"

무적왕은 티나한의 말투가 거슬리는 기색이었지만 꾹 참으며 훈제육을 씹었다.

"그렇소. 짐의 조상이신 영웅왕 폐하의 본을 받아 짐 또한 짐의 저 강대한 전사들을 아라짓 전사라 부르고 있소."

티나한은 그 강대한 전사라는 자들이 일하기 싫어서 집을 뛰쳐나온 청년들이거나 무전취식을 필생의 야망으로 삼는 건달들일 테고, 공짜 밥을 먹을 수 있기에 기치 창검을 높이 들며 국왕 폐하 어쩌고저쩌고 하는 놀이에 동참하고 있을 거라는 짐작을 내비치지는 않았다.

"고맙지만 사양하겠어. 내 일이 있거든. 아, 훗날 내 일로 도움을 청할지도 모르겠는데 그때 여유가 되면 좀 도와주면 좋겠군."

"반드시 그러겠소. 여봐라, 기록관! 이 일을 기록해 두도록 하라."

고기를 씹던 병사 하나가 자신의 짐을 주섬주섬 뒤적거렸다. 케이건이 사냥을 해 올 것을 생각해서 티나한은 가지고 있던 식량을 거의 다 주었고 그것은 꽤 양이 많아서 마흔 명이나 되는 무적왕의 부하들 모두에게 조금씩이나마 돌아갔다. 그래서 그들 모두는 꽤 행복한 표정을 짓고 있었다. 티나한은 이름의 철자를 묻는 기록관에게 아무렇게나 써두라고 대답한 다음 다시 무적왕에게 질문했다.

"오래 굶주렸나 보군. 이렇게 식량도 구하기 힘든 곳에 왜 들어왔나?"

무적왕은 선지자를 돌아보았다. 선지자는 입속으로 들어온 수염을 끄집어내며 말했다.

"위대한 무적왕 폐하께서는 과거 페치렌에서 피혁 장사를 하고 계셨소. 영웅왕의 적손에게 도무지 어울리는 일이 아니지만, 폐하께선 자신의 혈통을 모르고 계셨거든. 그러나 페치렌에 붉은 번개가 치던 날, 폐하께선 피혁들 사이에서 기어나온 사악한 발 달린 뱀을 한 자루 검으로 물리침으로써 자신의 고귀한 혈통을 드러내어 보이셨소."

"발 달린 뱀?"

선지자는 병사들에게 손짓했다. 곧 병사들이 목함 같은 것을 가져왔다.

선지자는 심호흡을 하고는 목함의 뚜껑을 들어올렸다. 목함 안쪽에는 귀한 천으로 안감이 대어져 있었다. 목함 안을 들여다본 티나한은 일종의 기형 뱀을 볼 수 있었다. 40센티미터쯤 되는 그 뱀의 머리는 잘려져 있었고 몸 중간쯤에는, 굳이 발이라고 생각하고 보면 그렇게도 보이는 돌출물이 하나 붙어 있었다. 티나한은 척추에서 꼬리 하나가 잘못 생겨난 것이 아닌가 의심했다. 그런 기형은 오래 살지 못한다. '혹 죽은 뱀을 벤 것이 아닐까?' 하지만 선지자는 그 뱀을 보는 것조차 무섭다는 듯이 목함을 외면하며 말했다.

"참으로 무시무시하지 않소? 보셨다면 이만 덮고 싶소이다. 비록 죽었지만 이 사악한 피조물은 그 생전에 바라보는 것만으로도 여자를 임신시키고 남자에겐 질병을 전염시켰소. 실제로 무적왕 폐하의 따님께서는 이 뱀을 본 것 때문에 임신하시어……."

"흐음. 흠. 뭐, 덮어도 좋아."

선지자는 말이 끊겨서 좀 불쾌한 기색이었지만 순순히 목함의 뚜껑을 덮었다. 그러곤 다시 기운차게 말했다.

"어쨌건, 이 사특한 괴수를 범으로써 무적왕 폐하께서는 그 위명을 높이셨소. 운수납자(雲水衲子)였던 본인은 그 소문을 듣고 참으로 놀라워 폐하를 찾아뵈었소."

운수납자라는 말에 티나한은 노인의 머리가 왜 짧은지 알 수 있었다. 전(前) 승려였던 노인은 턱으로 목함을 가리키며 말했다.

"그리고 이 범을 보고 폐하의 용안을 본 순간 폐하께서 영웅왕 폐하의 적손임을 단번에 깨달았소. 그때의 감격은 지금 되돌이켜 보아도 가슴이 뜨거워지는구려. 제 설명을 들은 폐하께선 그날로 사업을 중단하시고 뜻 있고 의기로운 젊은이들을 가려 뽑아 그들을 무장시킨 다음 위대한 왕국 재건의 길에 들어서신 거요. 왕호를 정하는 일은 전혀 어렵지 않았소. 나는 사특한 괴수를 물리친 업적을 기려 무적왕이라는 왕호를 지어드렸소이다. 그리고 폐하께선 황송하게도 본인에게 선지자라는 과분한 칭호를 하사하셨소."

그리고 선지자와 무적왕은 서로를 뜨거운 눈빛으로 쳐다보았다. 티나한은 치밀어오르는 웃음을 참기 위해 하늘을 쳐다보았다. 다행히 그 모습은 선지자에게 '하늘의 뜻이 행사되는 방식의 신비로움에 감동하는' 모습으로 비춰졌다.

"이렇듯 왕국 재건의 길을 위한 모든 것이 갖추어졌으나 한 가지 부족한 것이 있소. 왕국에는 국모가 있어야 하오. 그런데 폐하께선 상처하신 지 오래요. 하지만 나는 이 부분에서 진정한 하늘의 뜻을 깨달았소. 하늘이 사특한 괴수를 내시어 영웅왕의 적손을 드러나게 했고 나를 폐하께 인도하시어 그 왕통을 확인하게 하셨으니, 이제 하늘의 여인을 보내어 그 마지막 증거를 보이실 거요."

"아아, 그래서 왕비감을 찾아다니신다? 특별한 여자겠군?"

"그렇소. 괴수가 나온 날 붉은 번개가 쳤으니 나는 아마도 푸른 번개가 치는 곳에서 왕비를 찾을 수 있지 않을까 추측해 보았소. 하지만 그런 풍문은 들리지 않았소. 저 용맹한 아라짓 전사들은 한자리에 머무는 것을 답답해했고. 그래서 나는 폐하께 영웅왕의 흔적을 따라 주유할 것을 권했소. 영웅왕의 업적을 기리고 그 정기를 받을 수도 있거니와, 어떤 조짐이 발견될 가능성이 가장 높은 곳들이니까."

"그래서 이 높새바람 탑으로 온 건가? 영웅왕이 세운 거니까?"

"그렇소. 하지만 이곳에도 국모가 되실 여인은 없구려."

선지자는 말을 끝내며 아쉽다는 듯이 티나한을 바라보았다. 그 눈빛이라는 것이 마치 이제 정체를 드러내어 여자로 변신해 보면 어떻겠냐고 강요하는 듯한 눈빛이어서 티나한은 능력만 된다면 그렇게 해주고 싶은 생각까지도 들었다. 그때였다.

"도와…… 줘요."

탑에서 류의 목소리가 들려왔다. 탑을 돌아보며 반쯤 일어서던 티나한은 케이건이 경고했던 것을 떠올리곤 다시 자리에 앉아 무적왕 일행을 돌아보았다. 무적왕과 선지자는 눈을 크게 뜬 채 탑을 쳐다보고 있었다. 무적왕이 먼저 입을 열었다.

"아름다워. 진짜 아름다운 소리다. 이런 목소리는 생전 처음 들었어."

정성껏 갈고닦았던 어투는 사라지고 어느새 무적왕은 평범한 장사치처럼 말하고 있었다. 티나한은 근본을 못 속이겠다고 생각하며 그만 킬킬거리고 말았다. 그 웃음을 본 선지자가 대로하며 일어섰다.

"이 마귀!"

티나한은 울컥했지만 곧 왕을 비웃는 것이 실례라는 것을 깨닫고는 사과하려 했다. 그러나 선지자는 티나한에게 그럴 여유를 주지 않았다. 선지자는 껑충 뛰듯이 일어나서는 병사들에게 외쳤다.

"용맹한 아라짓 전사들이여, 왕을 보호하라! 마귀가 여기 있다!"

"이봐. 웃은 건 미안하지만 마귀라니. 너무하잖아."

선지자는 티나한의 말을 들은 척도 하지 않았다. 상황을 도통 파악하지 못한 병사들은 어리둥절한 표정으로 서로를 쳐다보았고 전(前) 피혁상 또한 눈을 데굴데굴 굴리며 티나한과 선지자를 번갈아 쳐다보았다. 선지자는 그의 팔을 낚아채서는 질질 끌 듯이 하며 뒤로 물러났다.

"폐하, 일어나소서! 마귀입니다. 마귀예요!"

무적왕은 일어서려고 했지만 선지자가 워낙 잡아끄는 통에 제대로 일어서지 못했다. 결국 무적왕은 선지자의 팔을 뿌리치고서야 겨우 일어났다. 숨이 찬지 얼굴이 빨갛게 된 무적왕은 떨리는 손으로 옷을 털었다.

"선지자. 도대체 무슨 소리를 하는 건가?"

"저자는 마귀입니다!"

"하지만 서, 선지자. 저자는 우리에게 음식을 나눠줬잖아?"

그러자 선지자는 무적왕의 입에 손가락을 쑤셔넣으려 했다. 경악한 무적왕이 가까스로 그 손가락을 피하자 선지자는 발을 동동 구르며 외쳤다.

"토하십시오! 빨리 토해요! 저자는 마귀입니다!"

그리고 선지자는 높새바람 탑을 가리키며 티나한이 절대로 잊을 수 없을 말을 외쳤다.

"하늘이 내신 여인이 저기 있습니다. 저 귀신이 가둔 겁니다! 저 마귀는 폐하께서 왕비님을 만나는 것을 방해하기 위해 흙먼지와 벌레를 먹인 겁니다!"

무적왕의 얼굴이 창백해졌다. 무적왕은 재빨리 자신의 손가락을 입에 쑤셔넣어 토하려 했다. 그러나 선지자는 그에게 이미 다른 명령을 내리고 있었다.

"폐하! 검을!"

무적왕은 당황하며 허리에 찬 검을 움켜쥐었다. 그러나 손이 떨리고 있었고 게다가 침이 잔뜩 묻어 있어서 칼자루를 놓치고 말았다. 무적왕은 욕설을 내뱉으며 다시 검을 잡아당겼고 옷이 약간 뜯어지는 소리와 함께 가까스로 검이 뽑혀 나왔다. 병사들도 그제야 험악한 표정을 지으며 각자의 병장기를 쥔 채 일어났다.

티나한은 철창에 손을 얹어놓은 채 가만히 앉아서 기다렸다. 어쩌는지 보려는 심산이었다. 무적왕 또한 검을 뽑아들기는 했으나 그걸 도대체 어떻게 해야 좋을지 모르겠다는 표정이었다. 달려온 병사들도 그들의 무적왕보다 더 앞쪽으로 나서지는 않았다. 그때 륜이 또다시 말했다.

"제발…… 도와줘요. 제발."

티나한은 익숙해졌기에 크게 신경 쓰지 않았던 그 목소리에 새삼 감탄했다. 과연 여자로 착각할 만하군. 그리고 그 목소리를 들은 무적왕과 병사들은 험악한 표정을 지었다. 거기에 힘을 얻은 선지자가 씩씩하게 외쳤다.

"네 이놈, 마귀야! 정체가 드러났으니 썩 꺼져라!"

선지자의 외침과 함께 병기들이 흉측하게 꿈틀거렸다. 하지만 티나한은 눈도 깜빡하지 않은 채 말했다.

"한 번만 더 용서해 주기로 한다. 설명할 테니 잘 들어. 저건 내 동료야. 지금 몸이 좋지 않아서 저 안에서 쉬고 있어."

"동료? 동료 같은 소리하지 마라. 그럼 왜 들어가서 돌보지 않는 거냐!"

"들어가선 안 되는 사정이 있거든."

설명하면서도 티나한은 자신의 설명이 과연 받아들여질지 의문스러웠다. 과연 무적왕 일행은 의심스럽기 그지없다는 표정을 보내어왔다. 선지자는 기고만장하여 말했다.

"그 사정이 무엇인지 안다. 네 말이 거짓이기 때문이지!"

레콘도 아닌 주제에 꼬박꼬박 하대(下待)를 하는 선지자를 보며 티나한은 인내심의 한계를 느꼈다. 설령 대선사라 하더라도 레콘에게 감히 그러지는 못한다. 그런데 파계승 따위가 레콘을 업신여기고 있는 것이다.

"보자보자 하니 이게 정말……, 진짜 마귀 짓 한 번 해 줄까!"

티나한의 말 끝부분은 거의 계명성이 될 뻔했다. 무적왕과 병사들은 파랗게 질린 얼굴로 물러났다. 하지만 선지자는 오히려 웃음을 터뜨렸다.

"오호라, 이제야 본색을 드러내겠다는 거냐?"

"본색 같은 소리 하고 있네. 잘 들어라! 저건 나가다! 하늘에서 내려온 여자 따위가 아니라고!"

겁을 잔뜩 집어먹었던 무적왕마저도 티나한의 말에 신경질적인 웃음을 터뜨렸다. 선지자는 티나한을 향해 삿대질을 하며 말했다.

"좀 말이 되는 소리를 해라. 동료라고 하더니 이젠 나가라고? 나가가 동료라는 거냐? 그렇다면 그 나가는 한계선을 넘어와서, 네 동료가 되어준, 목소리를 내는 나가라는 거냐? 완전히 정신나간 마귀로구나."

티나한은 벼슬을 부르르 떨며 기어코 자리에서 일어났다.

티나한이 일어섬에 따라 무적왕과 선지자, 그리고 마흔 명의 병사들의 고개가 희극적으로 따라올라갔다. 전(前) 페치렌의 피혁상은 숨이 턱턱 막히는 것을 느꼈다. '맙소사. 산이 움직이는 것 같네!' 그러나 그들은 아직 고개를 다 들지 못한 상태였다. 티나한은 무릎에 얹어두었던 철창을 똑바로 세워 땅을 짚었고 그러자 무적왕 일행은 7미터나 되는 그 창끝을 올려다보느라 목이 뒤로 꺾일 지경이었다.

"더 이상 이런 불손을 못 받아주겠다. 미쳐도 곱게 미쳤다면 또 모를까, 아주 더럽게 미쳤군. 좋다! 정 원한다면 철—로—대—화—하—자—!"

티나한이 기어코 내지른 계명성에 몇 명의 병사는 뒤로 쓰러졌다. 쓰러지지 않은 축들도 귀를 막으며 뒤로 물러났고 말들은 요동을 쳤다. 뒤로 수십 발자국 물러난 일행들 앞에서 무적왕은 윙윙 울리는 귀를 몇 번 때린 다음에 말했다.

"철로 대화하자니, 무슨 소리야?"

선지자는 핏발 선 눈으로 티나한을 쏘아보며 말했다.

"살이 아닌 쇠로 대화하자는 말입니다. 폐하."

"그러니까 그게 무슨 소리냐고?"

"혀가 아닌 무기죠. 싸우자는 소리입니다. 폐하. 저 마귀가 레콘 흉내를 아주 잘 내는군요. 폐하는 도전을 받은 겁니다."

무적왕의 얼굴이 해쓱해졌다. 그리고 티나한은 어이가 없어졌다. 그는 선지자라는 괘씸한 인간에게 도전한 것이었다. 하지만 선지자는 약삭빠르게 무적왕에게 그 도전을 떠넘겼다. 하지만 티나한은 그것을 설명할 수 없었다. 선지자는 그 이유를 알고 있었다.

"철로 대화하기로 했으니 이제 말은 안 할 겁니다. 그리고 선공도 양보할 겁니다. 도전을 받은 쪽이 먼저 공격할 권한을 가집니다. 폐하."

"선공이든 후공이든 레콘과 어떻게……."

무적왕은 부들부들 떨며 말했다. 여차하면 뒤로 돌격하자고 말할 기세였다. 그러나 선지자는 여유 있게 웃으며 대답했다.

"염려 마십시오. 무적왕 폐하. 어떤 마귀도 감히 저를 대적하지는 못합니다. 제게 맡기십시오."

무적왕은 감격한 표정으로 선지자를 바라보았고 티나한 또한 속으로 안도했다. 선지자가 공격하기만 하면 그를 붙잡아서 몇 대 가볍게―아주 가볍게―때려서 감히 레콘을 업신여긴 것을 뼈저리게 후회하게 해주겠노라고 생각하며 티나한은 미소까지 지었다.

그러나 선지자는 앞으로 나오는 대신 옆에 있는 병사에게 뭔가 귓속말을 했다. 병사는 뒤로 달려가더니 말에 매어둔 뭔가를 들고 왔다. 선지자는 그것을 받아들고는, 그제야 차갑게 웃으며 티나한에게 다가왔다.

'어? 어? 야, 너!'라는 말은 티나한의 부리 밖으로 나오지 않았다. 말을 할 수 없기 때문이다. 선지자는 자신 있는 태도로 걸어왔고 티나한의 몸은 세 배로 부풀었다. 그때 다시 탑 안에서 륜의 비명이 들려왔다.

"제발 도와주세요!"

"걱정 마시오! 왕비여! 선지자가 저 마귀를 물리치실 거요! 그리고 내 그대를 만나리다!"

무적왕의 애절한 외침에도 티나한은 웃을 수 없었다. 그의 눈은 선지자의 손에 들린 것에 고정되어 움직일 줄 몰랐다. 곤두선 깃털들은 이제 서로 부딪치며 괴상한 소리를 내었다. 선지자는 킬킬거렸다.

"이 마귀야! 감히 왕을 농락하려 한 죄값을 받아라!"

그리고 선지자는 커다란 물통의 마개를 뽑았다.

케이건은 짧게 한숨을 내쉬었다.

"도망치셨겠군."

티나한은 말없이 고개를 끄덕였다. 케이건은 '그런 바보 같은 짓이 어디 있느냐, 수치를 알아라, 병신 같은 녀석아. 믿고 맡겼더니 겨우 물 몇 방울에 놀라 도망치냐.'라고 말하지는 않았다. 다만 조용히 질문했다.

"그래서, 그다음엔?"

티나한은 도저히 벌어지지 않는 부리를 겨우 열었다.

"멀리서 봤어. 그 녀석들은 탑 안으로 들어갔어. 무슨 소동이 일어난 것 같은데, 거리가 너무 멀어서 잘 들리지는 않았어. 그런데 조금 후 그 선지자라는 새끼가 내 쪽을 향해 고래고래 고함을 지르더라고."

말을 하는 티나한의 손은 분함을 견디지 못하겠다는 듯이 부들부들 떨렸다. 케이건은 조용히 기다렸지만 비형은 참지 못하고 말했다.

"뭐라고 그랬는데요?"

"도망치려면 그냥 도망칠 것이지 왕비님을 왜 나가로 변신시켰냐고."

비형은 탄성을 질렀고 케이건은 고개를 살짝 가로저었다. 티나한은 이제 어깨까지 떨며 말했다.

"기가 막혀서 말도 안 나오더군. 그런데 또 외치더군. '이 마귀야. 네 사악한 마법은 곧 깨어질 것이다. 폐하의 손이 닿자마자 왕비님의 흉측한 나가 껍데기가 찢어지기 시작했다. 그것이 바로 왕의 혈통을 타고나신 분의 위엄이라는 것이다!' 그리고 그 녀석들은 들것을 만들어서 륜과 그 녀석의 옷가지와 짐까지 싣고 가버렸어. 그놈의…… 그것 때문에 오금이 저려서 따라가지도 못했어."

케이건은 고개를 끄덕였다.

"공교로운 우연이군. 그때 허물벗기가 시작된 모양이오."

티나한은 고개를 끄덕였다. 비형은 진심으로 감탄했다.

"그 선지자라는 킴, 대단한데요! 그런 재주를 가지고 왜 이야기꾼이 되지 않았을까요?"

말을 끝낸 비형은 곧 자신들이 잡아온 여우를 돌아보아야 했다. 티나한이 죽일 듯이 쏘아보았기 때문이다. 그러나 티나한은 곧 자신을 책망하기 시작했다.

"모두 내 잘못이야. 그 미친 놈들이 가까이 오자마자 쫓아버렸어야 되는 건데. 미친 놈들이 하는 수작이 미친 짓 말고 뭐가 있겠어? 게다가 인간을 상대로 도전이라니, 나도 잠깐 미쳤나봐."

케이건은 묵묵히 바닥을 살펴보았다. 해가 지고 있었지만 마흔 명이나 되는 인원이 지나간 후라 케이건은 별 어려움 없이 자취를 찾을 수 있었다. 자취가 이어지는 방향을 바라보던 케이건은 나직하게 말했다.

"륜이 걱정이오. 허물을 벗는 도중에 노출되었으니."

자책하던 티나한은 케이건의 말에 생각났다는 듯이 고개를 들었다.

"아까 못 물어봤는데, 도대체 왜 들어가면 안 되는 거야? 나는 무슨 큰일이라도 일어나는 줄 알았는데 륜은 들것에 실려가면서도 별 이상은 없는 것 같던데?"

"음? 아아. 알몸을 보이는 거잖소."

티나한의 떨림이 멈췄다. 티나한은 믿을 수 없다는 듯이 질문했다.

"뭐야? 겨우 그런 이유야? 그것 때문에 절대로 들어가지 말라고 한 거야?"

"그렇소. 티나한."

케이건은 진지하게 고개를 끄덕였다. 티나한은 벼슬을 움켜쥐며 절규했다.

"이런, 썩을! 그게 무슨 이유라고! 겨우 그런 이유였으면 나는 륜을 데리고 도망쳤을 거라고! 절대로 들어가지 말라고 했기 때문에 어쩔 수 없이 놔두고 도망친 거야! 알몸? 알몸 좀 보이면 어때서!"

케이건은 고개를 약간 기울인 채 티나한을 보다가 조용히 설명했다.

"꼭 적합한 설명이랄 수는 없겠지만, 그래도 굳이 설명해야 한다면 이런 비유 정도가 가능할 듯하오. 무릇 정숙한 처녀는 몸을 함부로 보여주지 않는 법이오."

티나한은 케이건이 농담하는 건가 생각했다. 하지만 케이건에겐 기대하기 어려운 일이었고, 분명 그 얼굴에는 농담하는 기색이 없었다. 티나한은 거의 울부짖듯이 외쳤다.

"륜은 남자잖아!"

"그렇소. '나가' 남자요. 나가의 남녀 관계는 우리와는 다르오. 만약 륜이 여자였다면 알몸쯤 보여도 그토록 불행하게 느끼지 않았을지도 모르지."

비형이 또다시 탄성을 질렀다. 그리고 티나한도 그제서야 케이건이 무슨 말을 하는지 깨달았다.

"맙소사. 모든 이보다 낮은 여신이여. ……우라질!"

그러고도 티나한은 한참 더 욕설을 퍼부어대었다. 비형은 그 욕설이 듣기 싫다는 듯 귀를 막는 동작을 과장되게 취해 보였지만 티나한은 본체만체했다. 결국 비형은 티나한을 내버려둔 채 케이건에게 질문했다.

"저, 케이건. 정숙한 처녀라도 같은 여자에게라면 상관없을 것 같은데요. 륜에게 우린 같은 남자잖습니까?"

"그래서 꼭 적합한 설명은 아니라고 말한 거요. 어떻게 설명하면 좋을지 모르겠소만, 이렇게 알아두면 될 듯하오. 나가 남자들이 벗은 몸을 보여줘도 되는 경우는 어느 가문을 방문해서 어떤 여인이 벗겨주었을 때뿐이오. 그 외에는 모두 수치스러운 경우요. 아마 남자들이 모두 뿌리도 없이 떠돌아다니다 보니 나가 여자들이 남자에게 그런 완고한 규범을 주입시킨 것 아닐까 하는 것이 내 추측이오. 그런 도덕 때문에 나가 남자들은 수치스럽지 않게 여자를 만나려면 어떤 가문을 방문할 수밖에 없지. 밀림 아무 곳에서나 여자와 놀아나는 대신."

비형은 입을 헤벌린 채 고개를 끄덕였다. 케이건은 하늘을 몹시 꾸짖고 있는 티나한을 불렀다.

"갑시다. 티나한. 륜은 지금 고통과 수치심으로 대단히 끔찍한 상태일 거요. 그리고 목숨의 위협도 받고 있소. 빨리 구해 내야 하오."

티나한은 깜짝 놀라며 욕설을 멈췄다.

"목숨이라니, 무슨 말이냐? 자기네들 왕비 대접을 하고 있잖아?"

"제왕병에 걸린 자들 중에는 위험한 자들이 많소. 그 피혁상, 아니, 그를 부추기고 있다는 파계승도 만만찮게 돈 작자인 듯하오. 만약 허물벗기가 끝나도 륜이 여전히 나가인 것을 보면 그자는 륜의 껍질을 벗기려 들지도 모르오. 심장을 적출하지 않은 륜은 그런 짓을 당하면 죽게 될 거요."

비형과 티나한은 소스라치게 놀랐다. 티나한은 철창을 단단히 움켜쥐며 말했다.

"좋다. 그런데 먼저 한 가지만 확실히 해두자. 그놈들을 때려잡고 륜을 구출한 다음에, 그 늙은 미치광이는 내게 넘겨!"

케이건은 반대해 봐야 소용없다는 것을 알기에 묵묵히 고개만 끄덕였다. 레콘에게 물을 사용한 이상 그 선지자는 제 발로 낭떠러지에서 뛰어내린 셈이다. 추락은 도중 취소가 어려운 일 중 하나다. 케이건은 비형에게 방향을 가르쳐 주었다. 비형은 정찰을 위해 나늬에 탄 다음 하늘로 날아올랐다. 그리고 케이건과 복수심에 불타는 티나한은 높새바람 탑을 등진 채 어둠이 깔리는 평야를 달리기 시작했다.

케이건과 비형, 티나한, 그리고 나늬가 떠난 후 몇 시간쯤 지났을 때 또 다른 방랑자가 남쪽에서부터 높새바람 탑을 향해 접근하고 있었다.

방랑자는 익숙하지 않은 황야의 냄새에 불안한 듯 코를 벌렁거렸다. 내딛는 발마다 피어오르는 황야의 살비듬 같은 먼지들도 방랑자를 불안하게 하는 요소였다. 하지만 가벼우면서도 굳건한 발디딤 어디에도 그 불안은 나타나지 않았다. 감정의 가장 깊은 부분에서부터 방랑자는 불안을 표현하는 것을 거부하고 있었다. 방랑자는 자신이 위대하다고 생각했고, 그 생각에 대해 타인의 찬성을 요구해 본 적은 없었다. 저등한 자들의 동의는 필요 없을 뿐만 아니라 모욕에 가깝다고 생각했기 때문이다. 그토록 위대했기에 방랑자는 자신의 불안을 인정하지 않았다. 절구통보다 더 큰 머리에서부터 웬만한 인간의 허벅지보다 더 굵은 꼬리에 이르기까지 보이는 것이라곤 제왕다운 위엄뿐이었다.

그렇게 대호는 늠름하게 황야를 가로질렀다.

대호에겐 이름이 없었다. 오래전, 키탈저 사냥꾼들은 가장 무서운 대호들에게 존경을 담아 이름을 붙여주었다. 무라 마립간의 애마를 입에 문 채 성벽을 뛰어넘었다는 저 위대한 별비 같은 대호가 그러했다. 밤하늘을 뛰면 별이 다 사라진다 하여 그 거대한 대호에게 '별을 쓸어내는 빗자루'라는 의미의 이름을 붙여준 키탈저 사냥꾼들은, 만약 지금까지 남아 있었다면 이 위풍당당한 대호에게도 그들 특유의 작명 감각을 발휘하고 싶어할 듯하다. 하지만 그들은 더 이상 지상에 없었다. 그리고 대호는 자신의 이름을 짓지는 않았다. 문득 대호는 이름을 가지면 어떨까 생각하며 자신의 등에 실린 나가를 흘끔 돌아보았다.

나가는 대호의 등에 엎드린 채 죽은 듯이 잠들어 있었다. 대호는 자신이 이름을 가진다면 그 나가에게서 받고 싶다고 생각했다.

무너진 탑이 가까워졌다. 높새바람 탑을 바라보던 대호는 그 주위를 감도는 온갖 냄새에 놀랐다. 꽤 많은 사람들이 그곳에 있었다. 대호는 귀를 뒤로 젖힌 채 철사 같은 수염을 곤두세우며 주위를 둘러보았다. 곧 대호는 그들이 이곳을 떠났다는 결론을 내렸다. 하지만 냄새가 배인 곳에는 다시 사람들이 돌아올지도 모른다. 대호는 탑을 피하고 싶었다. 냄새들 중에는 곤란하게도 레콘의 것도 있었다. 세상에 무서울 것이 없는 대호였지만, 레콘만큼은 꺼림칙하지 않을 수 없었다.

하지만 대호는 등 위에 실려 있는 나가가 꼼짝도 하지 않는 것이 마음에 걸렸다. 결국 대호는 내키지 않는 걸음으로 탑 안쪽에 들어섰다.

천장이 없어 하늘이 보였지만, 탑은 동풍을 막아주었다. 탑 가운데 선 대호는 뒷다리를 구부려 앉았다. 그러자 등 위에 실려 있던 나가는 스르륵 미끄러져 땅에 처박혔다. 대호는 불안한 듯 끙끙거리며 나가의 목을 가볍게 물려 했다. 새끼를 운반하는 방식이다. 하지만 나가의 목 주위 피부는 대호 새끼의 그것처럼 유연하지 못했다. 대호는 조금 고민하다가 앞발을 서툴게 놀려 나가를 뒤집어 놓았다. 나가는 팔다리를 맥없이 던지며 똑바로 누웠다. 시체 같은 모습이었다.

대호는 나가 옆에 몸을 바짝 붙인 채 옆으로 누웠다. 그리고 큼직한 왼쪽 앞다리를 조심스럽게 나가의 몸 위에 얹었다. 앞다리 하나뿐이었지만 그것만으로도 나가의 몸 대부분을 덮을 수 있었다.

반 시간 가까이, 대호는 꼼짝도 하지 않았다.

바람을 막아주는 탑 안에서 반 시간 동안 대호의 체온을 전달받자 나가는 마침내 눈을 떴다. 의식은 아직 불분명했지만 나가는 무시무시한 추위에 본능적으로 대호의 품을 파고들었다. 대호는 나가가 그러도록 내버려두었다. 그리고 다시 얼마 후, 마침내 나가는 완전한 의식을 회복했다. 잠깐 동안 나가는 자신이 어디에 있는지 깨닫지 못해 어리둥절해했다. 심지어 나가는 자신이 누군지조차 알 수 없었다. 하지만 나가는 추위에 너무 오랫동안 노출되어 있었기 때문일 거라 생각하며 조바심내지 않은 채 참을성 있게 기다렸다.

마침내 나가는 자신이 사모 페이임을, 그리고 자신이 길이가 몇 뼘씩 되는 대호의 털 속에 몸을 깊이 파묻고 있음을 깨달았다. 사모는 미소 지으며 일어나 앉았다. 두 다리를 대호의 배 밑으로 밀어넣으며 사모는 대호의 허리에 머리를 얹었다. 그 자세에서 고개를 돌린 사모는 대호의 얼굴을 바라보았다.

〈고마워, 대호.〉

니름을 듣지 못하는 대호는 아무 반응도 보이지 않았다. 사모는 똑같은 말을 육성으로 말했고, 그러자 옆으로 누워 있던 대호는 고개를 조금 들어 사모를 바라보았다가 다시 땅바닥에 머리를 뉘였다. 사모는 빙긋 웃고는 고개를 들어 주위를 둘러보았다. 자신이 무너진 탑 안쪽에 앉아 있음을 깨달은 사모는 밖으로 나가 확인해야겠다고 생각했다. 하지만 생각뿐, 그녀는 밖으로 나갈 수 없었다. 지금 몸을 일으켜 밖으로 나갔다간 그대로 기절해 버릴 것이다. 오늘 하루 종일 그랬던 것처럼. 대호의 털 속으로 머리와 두 팔을 파묻으며 사모는 잠깐 동안이라도 몸을 뜨겁게 할 방도가 없을까 고민했다.

〈나도 너처럼 긴 털을 가지고 있으면 좋을 텐데.〉

대호는 반응을 보이지 않았다. 그 모습을 보며 사모는 지난 며칠 동안 계속해 온 고민을 다시 떠올렸다.

사모는 자신이 정말 대호를 정신 억압한 것인지 확신할 수 없었다.

키보렌의 끝자락, 넓은 초원에서 느닷없이 대호와 마주쳤을 때 사모는 그 모습에 압도되고 말았다. 대호는 코끼리 떼와 대치하고 있었다. 사모는 대호가 코끼리를 사냥할 작정임을 깨달았지만 보통의 육식 동물에게선 볼 수 없는 괴상한 모습에 놀랐다. 그 큰 체격 때문에 수풀 속에 몸을 숨긴다거나 하는 것이 불가능하긴 하겠지만, 그렇더라도 정면에 앉아서 그렇듯 뚫어지게 바라보고 있는 모습은 일반적인 포식동물의 모습에 비추어 너무도 이질적이었다. 더군다나 달아나지 않은 채 마주보고 있는 코끼리 떼의 모습은 더욱 이상했다.

바위 뒤에 몸을 숨긴 사모가 바라보는 가운데 코끼리 가운데서 늙고 거대한 암코끼리 한 마리가 걸어나왔다. 사모는 그 암코끼리가 무리의 지도자임을 깨달았다. 지도자가 앞으로 나오자 대호는 바로 그것을 기다렸다는 듯이 벌떡 일어섰다. 암코끼리가 먼저 도전의 포효를 내뿜었다. 기다란 코를 울리며 내뿜은 소리는 천지를 울릴 듯했다. 대호는 아무 소리도 내지 않은 채 다만 발톱을 곤두세웠다.

두 거수(巨獸)의 투쟁은 격렬하고 비극적이었다. 하지만 사모는 그 놀라운 싸움보다 다른 코끼리들의 반응에 더욱 놀랐다. 한자리에 모여 있던 코끼리들은 싸움이 시작되자 흩어져서는 먹이를 먹기 시작했다. 암코끼리의 등에 뛰어오른 대호가 그 목을 물고 발톱을 잔뜩 세운 앞발로 코끼리의 눈을 할퀴어 마침내 암코끼리가 요란한 소리를 내며 쓰러졌을 때도, 코끼리 무리는 별다른 동요를 보이지 않았다. 그리고 대호 또한 그런 코끼리들을 무시한 채 그 자리에서 암코끼리의 숨통을 끊고 그 살을 뜯어먹기 시작했다. 마치 각자 좋아하는 음식을 앞에 두고 사이좋게 식사하고 있는 듯한 모습이었다. 사모는 사태를 깨달았다. 암코끼리는 자신을 희생할 생각이었다. 그리고 대호는 암코끼리에게 결심을 끝낼 기회를 준 채 기다리고 있었다.

〈모두 힘을 합쳐 싸우면 쫓아낼 수 있을지도 모르는데. 왜 그러지 않지?〉

사모는 코끼리들의 정신을 파고들었다. 코끼리들의 지혜로운 정신 속에는 꽤 쓸 만한 개념들이 많았고 덕분에 사모는 어렴풋이 사정을 깨닫게 되었다.

대호의 배를 채우는 데는 한 마리의 코끼리면 충분하다. 하지만 대호와 싸우게 되면, 분노한 대호는 먹지도 않을 코끼리들을 모조리 때려눕힐 것이다. 그런 식이 되면 코끼리들은 모두 죽게 되고 대호 또한 굶어죽게 된다. 그 무서운 포식자와 지혜로운 피식자들은 이미 오래전에 합리적인 결론에 도달해 있었다.

그때 코끼리의 갈비뼈 사이에 머리를 박고 있던 대호가 머리를 번쩍 들었다. 그리고 사모가 숨어 있는 바위 쪽을 뚫어지게 바라보았다. 겁에 질린 사모는 바위 뒤로 몸을 숨겼다. 도망칠 방도를 궁리해 보았지만 그런 방법은 없었다. 주위는 개방된 초원이었고 사모는 대호보다 빨리 뛸 수 없었다. 사모는 바위 뒤로 몸을 더욱 움츠렸다.

나가인 사모가 아니었더라도 발소리는 듣지 못했을 것이다. 대호는 그토록 조용히 다가와서는 느닷없이 바위 뒤로 머리를 내밀었다. 피에 젖은 대호의 거대한 얼굴과 정면으로 마주쳤을 때 사모는 엉겁결에 정신 억압을 시도했다.

대호는 그녀를 잡아먹지 않았다.

대호는 공격하지도 않았다. 그저 가만히 앉았다. 엉덩이를 땅에 붙인 채 앉아 있음에도 불구하고 대호는 그녀를 내려다보고 있었다.

사모는 그 자리에 주저앉았다.

대호는 그녀의 뜻대로 움직여주었다. 그녀가 개념과 의지를 보내면 대호는 그대로 행동했다. 하지만 그런 정확한 반응에도 불구하고 사모는 대호가 정신 억압된 것인지 확신할 수 없었다. 대호는 분명 어리석은 생물이 아니었다. 그녀가 추위 때문에 기절하여 아무런 지시를 내릴 수 없는 상황에서도 대호는 적절한 행동을 취하여 그녀를 다시 깨어나게 했다. 그런 영리한 생물을 억압하는 것은 대단히 높은 수준의 정신 억압자들에게도 벅찬 일이다. 그리고 사모의 정신 억압 능력은 그렇게 대단한 것이 못되었다. 사모가 쥐를 손질하는 데 정신 억압 능력을 사용하곤 했던 것을 생각한다면, 그것은 부엌칼로 대호를 잡은 꼴이라고 말할 수도 있을 것이다. 아니면 나가들의 표현대로 몸빠진살로 용을 잡은 것이거나. 사모는 육성으로 질문했다.

"대호. 내가 정말 너를 정신억압한 거니?"

대호는 여전히 머리를 옆으로 누인 채 꼼짝도 하지 않았다. 목을 길게 빼서 대호의 얼굴을 바라본 사모는 대호가 이미 잠들어 있음을 알게 되었다. 사모는 웃으며 다시 대호의 털 속으로 몸을 파묻었다. 그리고 내일의 일에 대해 걱정했다.

각오하고 있었던 일임에도 불구하고 한계선 북부의 추위는 사모를 놀라게 만들었다. 대호의 등에 탄 채 이동한 몇 시간은 사모를 그대로 기절시켰다. 내일도 똑같은 일이 일어날 것임은 분명했고, 사모는 무슨 수를 내어야 했다. 하지만 아무런 방법도 떠오르지 않았다. 그것은 사모에겐 날씨를 바꾸려 시도하는 것만큼이나 황당한 일로 여겨졌다. 사모는 절망감 속에서 잠들었다.

무적왕의 또 다른 이름은 토디 시노크였다. 그가 54년 동안 자신의 이름으로 여겨졌던 것은 사실 후자였다. 그러나 페치렌의 피혁상 토디 시노크가 영웅왕의 49대 손 무적왕으로 바뀌는 데는 채 1년도 걸리지 않았다. 무적왕은 이제 토디 시노크라는 이름을 거의 잊어버렸다.

무적왕은 자신의 천막을 바라보았다.

무적왕의 부대가 보유하고 있는 유일한 천막은 무적왕 자신의 천막 하나뿐이었다. 피혁을 거래하며 쌓은 재산 모두를 처분했음에도 불구하고 무적왕은 하나 이상의 천막을 장만할 수 없었다. 그나마도 원래 피혁상이었기에 가지고 있던 가죽을 이용하여 딸과 함께 만든 것이다. 무적왕은 '그날'이 오면, 그러니까 왕국을 재건하고 수도를 정하고 궁궐을 건설하게 되면 그 천막을 왕가의 보물로 간직할 소망을 품고 있었다. 그는 왕손들에게 '이것이 내 첫 번째 궁전이었단다'라고 말해 주고 싶었다. 그러나 선지자는 그 소망에 언짢은 기색을 보였다. 선지자는 그것이 왕의 체통에 어울리지 않는다고 주장했다. 신의 목소리를 듣는 이 성스러운 인간을 설득하는 것은 무적왕에겐 언제나 벅찬 일이었고, 그래서 무적왕은 그 소망을 내비치는 것을 되도록 삼가했다. 그리고 마음속으로는 이 고집 센 노인이 못 이기는 척 승낙해 주는 날이 올 거라고 스스로를 위로했다.

그리고 지금, 무적왕은 왕손들에게 들려줄 이야기에 살을 덧붙이고 있었다. '바로 이 천막에서 너희 어머님은 못된 마귀가 씌워놓은 나가의 껍질을 벗으시고 인간이 되셨단다.'

무적왕은 넋을 잃은 채 자신의 이야기에 귀기울이는 왕손들의 모습을 떠올리며 흐뭇한 미소를 지었다. 유일한 가족이었던 딸이 못된 뱀의 아이를 낳다가 죽은 이후로 무적왕은 자손에 대한 생각을 잊을 날이 없었다. 딸을 떠올린 무적왕은 잠시 침울해졌다. 그러나 무적왕은 곧 고개를 가로저었다. 선지자는 늘상 왕은 나약한 모습을 보여서는 안 된다고 강조했다. 무적왕은 그 말을 따르려 애써왔다. 지금도 무적왕은 희망찬 생각을 떠올렸다.

'이제 곧 왕비가 생길 것이다. 나늬 같은 미녀일 거야. 그리고 왕자와 공주가 태

어나겠지. 다시 가정을 가질 수 있게 되는 거야.'

무적왕의 열성적인 노력은 성공했다. 실제로 무적왕의 입가엔 미소가 떠올랐다. 천막에서 나오던 선지자는 그 미소를 발견하고는 덩달아 웃었다.

"폐하. 소인입니다. 즐거운 생각을 하셨습니까."

"아, 선지자인가. 천막을 보고 있자니 즐거움이 짐의 마음을 가득 채우더군. 그녀는 괜찮은가?"

"예. 지금 편히 누워 계십니다."

"그 모습은 정말 흉하더군. 나가들은 모두 그렇게 생겼나?"

선지자는 잠시 웃었다.

"폐하. 이 북부에 사는 사람들치고 나가를 본 자가 누가 있겠습니까. 저도 깜짝 놀랐습니다. 사실 그 마귀가 나가라는 말을 하지 않았다면 저도 그것을 마귀의 일종으로 여기지 나가라고 생각하지 못했을 겁니다. 하지만 자세히 보니 그럭저럭 괜찮게 생긴 생물이더군요. 어쨌든 나가 또한 선민 종족이잖습니까? 만약 나가들이 우리를 보면 우리가 물고기처럼 괴상하게 생겼다고 질색할 겁니다."

"그런가? 하지만 짐은 그런 모습을 사랑할 수야 없을 것 같아. 언제쯤이면 그녀가 나가의 껍질을 완전히 벗고 짐에게 나늬처럼 고운 모습을 보여줄까?"

"저는 마귀들의 마법에 대해서는 잘 알지 못합니다. 그런 사특한 지식들은 너무 가까이 하면 필경 마귀의 꼬임에 넘어가게 마련이지요. 그래서 저는 그것을 공부하지 않았습니다. 하지만 그 마귀가 도망쳤고, 이렇듯 왕의 곁에 모셨으니 이제 곧 인간이 되실 거라 생각합니다. 조금 전 제가 살펴보았을 땐 이미 몸 전체에서 피부가 일어나고 있는 것을 확인할 수 있었습니다."

"음. 그런데 말이야. 짐이 만지니까 피부가 일어났었지. 그럼 계속 만져야 되는 것 아닐까? 저렇게 홀로 놔둘 것이 아니라?"

"아닙니다. 폐하께서 그 성스러운 손으로 그분을 일깨우신 것으로 충분합니다. 이제부터는 그분 혼자서 자신의 노력으로 스스로를 찾아야 합니다. 저 사악한 발달린 뱀이 폐하의 시험이었던 것처럼, 이것은 그분의 시험인 것입니다. 시련이 없으면 아무것도 얻을 수 없습니다."

무적왕은 감탄하며 고개를 끄덕였다.

"그러면 그 마귀는 선지자 그대의 시험이었던가?"

"그럴 수도 있겠지요."

"그런데 말이야. 그 마귀, 괜찮을까? 어, 아버지가 생전에……"

"정의왕 폐하 말씀이십니까?"

아버지에 대해 묻는 선지자의 질문에 무적왕은 '절대로 남의 돈을 떼먹지 않는 분이셨다'고 대답했고, 그러자 선지자는 즉석에서 그런 멋진 이름을 지어보였다. 무적왕은 자신의 기억력을 탓하며 말을 정정했다.

"그래. 정의왕께서 생전에 피혁을 사러 온 레콘 한 명과 크게 언쟁을 벌인 일이 있었어. 옆에서 보고 있던 짐은 젊은 혈기에 분노를 참지 못해 물동이를 가져와 그 레콘에게 퍼부으려고 했지. 그런데 정의왕은 재빨리 나를 만류하셨지. 그리고 그 레콘을 돌려보낸 다음 짐을 꾸짖으셨네. '레콘이 물을 제일 두려워한다고 해서 레콘에게 물을 뿌리는 것은 천하에 둘도 없는 바보짓이다. 아무 해도 끼치지 못하면서 세상에서 제일 끔찍한 복수자만 만들 뿐이니까'라는 것이 정의왕의 설명이셨어. 그 말씀을 생각하다 보니 짐은 자네가 걱정스러워."

"정의왕 폐하께서선 매우 현명하신 분이셨군요. 그 말씀이 옳습니다. 하지만 아까 그것은 레콘이 아니라 마귀입니다. 진짜 레콘이라면 모를까, 그런 마귀 따위는 몇 번을 되돌아온다 해도 모두 물리칠 수 있습니다."

"정말 대단하네! 짐이 자네를 만난 것은 영웅왕의 가호일세."

선지자는 위엄 있게 고개를 가로저었다.

"아니요. 운명입니다. 폐하의 운명이 저를 폐하께 이끈 것입니다."

무적왕은 거의 눈물을 흘릴 뻔했다. 그때 선지자가 다시 말했다.

"그리고 이 검 또한 폐하의 운명이십니다."

선지자는 등 뒤에서 류의 사이커를 꺼내어 공손히 내밀었다. 무적왕은 그것을 받아들고는 감탄했다.

"이거, 사이커잖은가?"

"아니요. 그럴 리가 없습니다. 이것은 하늘이 폐하께 그 따님을 보내며 주신 결혼 예물입니다. 당연히 제왕에게 어울리는 검일 터, 이 검은 분명 쉬크톨일 것입니다."

"쉬크톨!"

무적왕은 놀라며 사이커를 뽑아들었다. 만곡한 그 칼날은 밤 속에서 눈부시게 빛났다. 전(前) 피혁상은, 54년 동안 만져본 칼이라곤 가죽 자르는 투박한 손칼뿐임에도 불구하고 갑자기 자신 속에 숨어 있던 검사(劍士)의 본능이 꿈틀대는 것을 느꼈다. 선지자는 머리를 조아렸다.

"그렇습니다. 이것은 한계선 북부로는 단 한 자루도 넘어오지 않았다는 명검 쉬크톨입니다."

무적왕은 앉아 있던 자리에서 일어났다. 조금 전 받아든 칼을 두 손으로 쥔 무적왕은 그것으로 밤하늘을 겨냥해 보이며 외쳤다.

"하늘이여! 잊혀졌던 왕손에게 내려주신 귀한 뜻에 감사드리나이다. 그날이 오면, 맹세하겠나이다. 나 무적왕은 바로 이 검으로 1,000마리의 소를 잡아 하늘 앞에 제를 올리겠나이다!"

선지자는 그 앞에 무릎을 꿇으며 외쳤다.

"무적왕 폐하 만세!"

무적왕과 선지자가 감동적인 언사를 나누고 있는 동안 천막 안에서는 륜이 고통과 수치심으로 눈물을 흘리고 있었다. 손가락 하나도 제대로 움직일 수 없는 지독한 고통 자체는 매년 한두 번씩 겪던 것이라 익숙했지만 이 살을 에는 혹한의 땅에서 이런 수치스러운 모습으로 허물을 벗고 있다는 것은 륜을 더없이 비참한 기분 속으로 몰아갔다. 도깨비불을 놓도록 배려했던 케이건과 달리 무적왕 일행은 천막 안에 불을 피우지도 않았다. 인간의 기준으로는 선선한 밤이었기 때문이다. 그 추위만으로도 륜을 죽일 정도였지만, 조금 전까지 그의 곁에 앉아 부끄럽게도 몸 곳곳을 눌러대며 "곧 벗겨지겠군요. 기운내십시오." 어쩌고 하는 소리를 지껄이던 노인은 류에게 더할 나위 없이 처참한 기분을 선사했다.

끊임없이 은루를 흘리던 류은 문득 비늘이 떨어져 나갈 것 같은 생각을 떠올렸다.

'다음 허물벗기는 어디서 하게 될까?'

방문할 가문 같은 것은 없다. 한계선을 넘어왔기 때문에. 돌아갈 수도 없다. 심장을 적출하지 않은 비에나가이기 때문에. 류은 다음 허물벗기 또한 이곳 혹한의 땅북부에서 해야 한다는 것을 자각하며 몸을 떨었다. 아니, 다음 허물벗기뿐만이 아니다. 살아있는 나날 동안 계속 그렇게 해야 한다. 모든 것을 그의 입장에서 고려하여 세심하게 보호해 주던 케이건과 무참하게 결별 당한 상태에서, 류은 비로소 한계선 북부의 공포를 뼈저리게 절감했다.

요스비는 닐렀다. 〈작별이군. 내 아들아.〉 그 니름만 남겨놓고 죽은 요스비처럼 되고 싶지 않았기에 류은 심장 적출을 거부한 채 키보렌을 떠났다.

화리트는 닐렀다. 〈가! 디듀스류노!〉 그래서 류은 이곳, 나가들이 꿈에도 생각하고 싶지 않은 혹한의 땅까지 왔다.

그러나 냉혹한 죽음을 피해, 우정의 완성을 위해 찾아온 이 땅에서 류이 발견한 것은 죽음과도 같은 추위와 광신이라는 미쳐버린 우정뿐이었다. 류은 정신적 웃음을 터뜨렸다. 더할 나위 없이 완벽한 희극이었다. 은루로 볼을 적신 채 류은 크게 웃었다.

무엇보다도 웃기는 것은, 류은 자살할 수도 없다는 것이었다. 심장을 적출하지 않았기에 언제라도 원하면 이 희극을 벗어날 수 있었지만, 류은 그럴 수 없었다. 화리트는 그에게 자신의 사명을 '부탁했다.' 류의 정신을 완전히 지배한 상태에서 이루어진 그 부탁은 류에겐 본능보다 더 중요했다.

화리트가 그의 죄책감을 완전히 매듭지었기에 류은 마음껏 화리트를 저주했다.

〈이 용 같은 자식, 이 도깨비 같은 자식아!〉

류은 다시 웃음을 터뜨렸다. 그는 나가처럼 욕하고 있었다. 하지만 도깨비는 그의 동료였고 용은 그의 배낭 속에 있었다. 고개를 돌릴 힘조차 없었기에 류은 힘겹게 눈만 움직여 배낭을 곁눈질했다. 그의 배낭은 옷가지와 함께 천막 한쪽에 놓여 있었다. 자칭 선지자라는 노인은 류의 사이커에만 관심이 있어 다른 짐은 뒤지지 않았다. 요스비의 유품을 뺏겼다는 사실에 다시 슬퍼하며 류은 배낭을 향해 닐렀다.

〈아스화리탈. 그래도 네가 발견되지 않아서 다행이야. 하지만 곧 그들이 내 짐을 뒤지겠지. 그러니 제발 눈을 떠라. 눈을 떠서 도망가. 자신도 보호하지 못한 채 부끄러운 알몸을 드러내고 있는 나는 너를 더 이상 보호해 줄 수 없어.〉

배낭이 꿈틀거렸다. 류은 놀라서 배낭을 주시했다. 하지만 곧 류은 그것이 자신의 눈에 어린 은빛 눈물 때문에 일으킨 착각이었음을 깨달았다. 배낭은 꼼짝도 하지 않았다.

〈움직였잖아! 그때 분명히 움직였어. 제발 눈을 떠! 부탁이야!〉

류의 시야 속에서 무엇인가가 급하게 움직였다. 류은 황급히 눈꺼풀을 깜빡여 은루를 짜내었다. 움직인 것은, 그러나 이번에도 배낭이 아니었다.

천막 자락이 급하게 쳐들려진 곳에는 선지자가 그림자가 잔뜩 드리워진 얼굴을 한 채 그를 바라보고 있었다. 그의 얼굴이 그토록 어두운 까닭은 빛을 등지고 있었기 때문이다. 나가가 볼 수 있는 그 빛은 분명 열이었다. 수치심 속에서도 류은 이 밤이 무엇 때문에 이렇게 뜨거운가 의아해했다.

류이 본 열의 반 정도가 비형의 작품이라면 나머지 반 정도는 티나한에게서 그 원인을 찾을 수 있을 것이다. 티나한이 휘두르는 철창은 공기와 마찰하며 달아올랐고 땅을 스칠 때마다 대지에서 불꽃을 무더기로 피올렸다. 어설프게 선지자의 흉내를 내어보려는 병사들이 물통을 들고 달려왔지만 어디선가 나타난 케이건이 바라기를 휘둘러 물통을 박살내었다.

무장하고 있는 마흔 명의 병사들이 있었지만 티나한과 케이건에게 작은 상처 하나도 입히지 못했다. 나늬에 탄 비형이 그들의 머리 위를 날아다니며 병사들의 두 눈에 뜨겁지는 않지만 대단히 밝은 도깨비불을 붙였기 때문이다. 병사들은 두 눈을 가리는 환한 어둠 속으로 아무렇게나 무기를 휘둘렀지만 동료의 다리를 베거나 자기 턱을 때리는 것이 고작이었다. 비형은 케이건이 가르쳐준 그 기술에 완전

히 푹 빠져버렸고, 그런 매혹은 꽤 인상적인 방법으로 표현되었다. 즉 비형은 병사들의 두 눈을 가리는 것에 만족하지 못하고 그들의 머리에 토끼 귀를 달아주고 등에 딱정벌레 날개를 달고 엉덩이에 다람쥐 꼬리를 붙여주었다.(가끔 물고기 꼬리도 있었다.) 도무지 비정한 전장의 광경이 될 수 없는 그 모습에 분노의 화신처럼 습격에 뛰어들었던 티나한마저도 더 이상 분노를 불태울 수 없었다. 티나한은 하늘을 향해 제발 이 웃기는 짓 좀 멈추라고 외쳤지만 딱정벌레 날갯짓 소리 때문에 아무 소리도 들을 수 없었던 비형은 웃으며 대답했다.

"뭐 별것 아닙니다! 특별히 보고 싶은 것 있으세요?"

결국 티나한은 두 손 든 채 철창을 거둬들였다. 그러고는 앞이 보이지 않아 허둥거리는 병사들의 뒤로 걸어가 그들의 뒤통수를 툭툭 치기 시작했다. 물론 병사들은 픽픽 쓰러졌다. 습격이 시작된 지 채 몇 분도 지나지 않아 무적왕의 야영지에는 더 이상 서 있는 병사가 없었다. 오직 무적왕만이 경악한 얼굴로 그들을 쳐다보고 있었다.

케이건은 무적왕을 완전히 무시한 채 쓰러진 병사들을 한자리로 모았다. 케이건의 모습을 본 티나한은 한 번에 두세 명씩의 병사들을 주워 날랐다. 졸도한 병사들이 한자리에 모이자 케이건은 비형을 향해 손짓했다. 비형은 나늬를 착륙시켰다. 다가오는 비형을 향해 케이건은 간단한 주문을 했다.

"비형. 불로 저자들 주위에 울타리를 만드시오. 나오지 못하도록."

비형은 씩 웃고는 손을 휘둘렀다. 졸도한 병사들 주위로 불의 원이 화르르 피어올랐다. 병사들이 감금되자 케이건은 바라기를 다시 등 뒤에 건 다음 무적왕을 향해 걸어갔다. 티나한과 비형, 그리고 나늬가 그 뒤를 따랐다.

무적왕은 제위 이후 최고의 용기를 보여주었다.

무적왕은 허리에 찬 사이커를 뽑아들어 케이건의 가슴을 겨냥했다. 티나한은 폭소를 터뜨렸지만 케이건은 나직이 말했다.

"이렇게 소란스럽게 찾아온 점 사과하겠소. 하지만 당신들이 내 동료를 억압하고 있으니 예의를 갖출 여유가 없었소."

"도도도동료?"

케이건은 무적왕이 조금도 더듬지 않았다는 듯이 대답했다.

"그렇소. 뭔가 오해를 하셨던 듯한데, 당신들이 데려간 자는 내 동료인 나가요. 우리는 그를 돌려받고 싶소. 그리고 지금 당신이 들고 있는 그 칼 또한 내 동료의 물건이니 돌려받아야겠소."

조금 전 목격한 무시무시한 위력과 전혀 어울리지 않는 케이건의 차분한 말투는 무적왕을 꽤 혼란시켰다. 그러나 무적왕은 차츰 자신들이 뭔가 말도 되지 않는 실수를 저지른 것 같다는 느낌을 받기 시작했다. 그런 느낌은 마침내 무적왕 자신의 지난 1년 동안의 여정에도 적용되었다.

전(前) 페치렌의 피혁상 토디 시노크는 쓰러진 병사들을 둘러보며 생각했다. '내가 도대체 지금 여기서 뭘 하고 있는 거지?' 그 질문 자체는 어떤 인생을 사는 누구에게라도 몇 번씩은 찾아오는 것이지만 토디 시노크에게 그 질문은 각별했다. 토디의 손에 들려 있던 사이커가 천천히 아래로 내려갔다.

"발칙한 것들! 감히 왕에게 명령을 하느냐!"

광포한 외침과 함께 천막의 휘장이 거칠게 젖혀졌다. 그 뒤에서 나타난 것은 선지자였다. 순간 티나한이 야수의 신음을 흘리며 앞으로 돌격했다.

"너!"

케이건이 재빨리 티나한의 왼팔을 움켜잡았다. 달리는 말을 붙잡으려 하는 것이 나았을 것이다. 잠깐 동안이지만 케이건은 두 발을 완전히 땅에서 뗀 채로 끌려갔다. 케이건의 존재를 깨달은 티나한이 걸음을 멈췄고 반대쪽에서 비형이 오른팔에 매달린 덕분에 케이건은 가까스로 두 발을 도로 땅에 붙이게 되었다. 하지만 이번엔 비형이 곤욕을 치르게 되었다. 티나한이 비형을 깨닫지 못한 채 철창을 쥔 오른팔을 마구 움직였기 때문이다.

"너 이 새끼, 그걸 뿌렸겠다! 내게 감히 그걸! 너 오늘 뼈 개수 두 배로 늘어나는 줄 알아라!"

호통을 치던 티나한은 문득 무적왕이 입을 쩍 벌린 채 자신을 바라보고 있음을 깨달았다. 티나한은 케이건을 돌아보았고 케이건은 손을 들어 티나한의 오른팔을 가리켰다. 자신의 오른팔을 본 티나한은 그 팔뚝에 거의 기절한 도깨비가 대롱대롱 매달려 있는 것을 발견했다.

티나한이 비틀거리는 비형을 똑바로 세워놓는 동안 선지자가 가래 끓는 목소리로 외쳤다.

"네 이놈들! 왕에게 감히 명령을 한 것으로도 모자라 감히 왕을 위협하는구나! 그 무엄한 언동에 꿈쩍이라도 하실 폐하가 아니시다!"

티나한은 다시 벼슬을 곤두세웠지만 케이건이 손을 들어 그를 제지했다. 케이건은 선지자를 향해 말했다.

"노인장. 그 나가를 돌려주시오."

"허튼소리하지 마라. 이분은 우리의 국모님이시다! 왕손을 배출하실 거룩한 태의 주인이시다! 보아라!"

선지자는 옆으로 몸을 틀어 무엇인가를 들어올렸다. 잠시 후 그가 밖으로 나왔을 때 비형과 티나한은 신음을 흘렸다.

선지자는 류을 두 팔로 안아든 채 걸어나왔다. 류의 모습은 끔찍했다. 거의 모든 살갗이 윤기를 잃은 채 희게 말라 있었고 그것들이 찢어지고 갈라지며 썩은 나무 껍질처럼 일어나고 있었다. 그 때문에 류은 마치 찢어진 천조각을 대충 기워 만든 것처럼 보였다. 선지자는 승리감에 찬 목소리로 외쳤다.

"봐! 보아라! 이제 이분은 너희들이 씌워놓은 추악한 껍질을 벗고 계신다. 너희들은 너무 늦었다!"

케이건은 선지자의 말에는 귀기울이지 않았다. 대신 케이건은 류의 눈을 바라보았다. 눈 주위의 허물은 이미 많이 떨어져나간 상태였고 꿈쩍할 수 없는 몸 대신 그 눈이 류의 감정을 보내어오고 있었다. 니름을 들을 수 없어도, 케이건은 류의 마음을 읽을 수 있었다.

"나가는 그런 짓을 좋아하지 않소. 노인장."

"나가가 아냐! 우리 왕비님이시다!"

"그렇게도 왕을 원하오?"

"뭐라고?"

케이건은 무적왕을 흘깃 돌아보고는 말을 이었다.

"왕이 무엇이오?"

"뭐라고?"

"키탈저 사냥꾼들이 부당한 모욕을 받고 만민 회의장을 떠난 이후 팔백여 년 동안 이 북부에는 더 이상 왕이 없었소. 저 아둔한 자칭 권능왕과 어리석기로는 마찬가지인 그 아들을 거론하는 것은 웃음거리도 되지 못할 것이오. 이 땅이 팔백여 년 동안 잊고 있었던 그자, 그리고 이 땅이 팔백여 년 동안 찾아내려 애쓰는 그자, 왕은 뭐요. 말해 보시오."

"가장 위대한 자다. 만물의 하나뿐인 주인이시고 법칙의 절대적 수호자이시다! 홀로 위대하신 그분에게 이 땅의 모든 영광이 모여들고 우리는 그분을 통해서만 영광에 이를 수 있다! 저 간특한 키탈저의 야만인들이 내렸던 저주 따위에도 아랑곳하지 않고 마침내 우리에게 돌아오신 분이다!"

"틀렸소."

"틀렸다니, 무슨 소리냐!"

"다른 모든 자들처럼 당신도 왕을 알지 못하오. 그래서 저런 자를 고르는 실수를 하고 말았지. 아마도 알면서 저지르는 종류의 실수일 거라 짐작하오."

케이건은 여전히 선지자를 보며 손으로는 토디를 가리켰다. 토디는 그 손이 무기라도 되는 양 뒤로 물러나다가 기어코 주저앉고 말았다. 케이건은 선지자를 향해 말했다.

"당신도 저자가 왕이 아니라는 것을 알잖소?"

"닥쳐라! 거룩한 왕좌에 네 오물을 던지지 마!"

"이제 그만하시오. 당신은 과거 운수(雲水)였다고 들었소. 그렇다면 나가의 허물 벗기에 대해서는 알고 있었을 거라 믿소. 저자가 왕이 아니라는 것을 아는 것처럼, 당신은 그자가 나가라는 것도 처음부터 알고 있었을 거요."

티나한과 비형은 놀란 눈으로 케이건을 돌아보았다. 케이건은 조용히 덧붙였다.

"그렇잖소?"

선지자는 파랗게 질린 얼굴로 뒤로 물러났다. 갑자기 그의 늙은 팔에 륜이 너무 무겁게 느껴지는 듯했다. 선지자는 몇 번 더 비틀거리다가 기어코 륜을 떨어뜨리고 말았다.

비형은 비명을 지르며 앞으로 달려가려 했다. 그러나 도깨비의 발은 곧 멈췄다. 선지자가 쓰러진 륜의 위로 몸을 숙였기 때문이다.

"가까이 오지 마!"

선지자는 마치 사냥감을 밟고 선 야수처럼 두 손으로 륜의 가슴을 짚은 채 사나운 눈초리로 주위를 둘러보았다. 티나한이 철창을 움켜쥐며 케이건을 슬쩍 훔쳐보았다. 케이건은 티나한의 눈빛을 거의 정확하게 읽었다. '할까?' 케이건은 고개를 조금 가로저었다. 선지자는 몹시 갈라지는 목소리로 외쳤다.

"나가라고? 나가라고? 똑똑히 봐라, 이놈들아!"

선지자는 륜의 피부를 쥐어뜯기 시작했다.

비형은 뒤로 돌아서 구역질을 시작했다. 그리고 주저앉아 있던 토디도 고개를 돌렸다. 이미 분리되어 있던 허물은 쉽게 떨어졌지만 아직 채 분리되지 않은 허물은 핏방울을 튀기며 뜯겨졌다. 그렇게 생살이 뜯겨나올 때마다 륜의 몸도 들썩거렸다. 마치 산 채로 사람을 찢는 형국이었다. 티나한은 다시 애타는 눈으로 케이건을 돌아보았다. '할까? 하게 해 줘!' 하지만 케이건은 절대로 고개를 세로젓지 않았다. 케이건은 팔짱을 낀 채 륜의 허물을 잡아뜯는 선지자를 냉정히 바라보기만 했다.

마침내 대부분의 허물을 찢어낸 선지자는 두 손에 허물 조각을 꽉 움켜쥔 채 두 팔을 높이 들어올렸다.

"눈이 있다면 봐라, 이게 나가냐!"

토디는 질린 눈으로 선지자를 바라보았다. 그의 무릎 앞에 있는 것은 군데군데 살점이 뜯겨져 나가고 붉은 피에 젖어 있었지만 분명 인간이 아니었다. 그것은 나가였다. 토디는 떨리는 목소리로 말했다.

"서, 서서선지자!"

선지자는 고개를 휙 돌려 토디를 바라보았다. 잔뜩 치켜뜬 그 눈에는 기괴한 빛이 일렁거렸다.

"보소서, 폐하! 왕비 마마이십니다!"

토디는 고개를 가로저었다.

"아냐, 아냐…… 그건 나가야. 인간이 아니라고. 인간이 아냐!"

선지자는 울컥하는 표정으로 토디를 보다가 다시 땅에 누워 있는 륜을 보았다. 선지자는 곧 울먹이는 목소리로 말했다.

"폐하. 못 알아보시겠습니까? 왕비 마마시잖습니까?"

"당신, 당신 미쳤군! 완전히 돌았어!"

선지자는 무릎을 꿇은 채 토디에게 기어갔다.

"제발 정신차리십시오. 폐하! 도대체 무엇이 그 눈을 흐리고 있는 겁니까?"

선지자가 토디에게 기어가자 케이건은 재빨리 륜에게 다가갔다. 신음도 내지 못하며 그를 올려다보고 있는 륜을 향해 케이건은 짧게 시선을 준 다음 천막의 휘장을 움켜쥐었다. 휘장이 북 찢어졌고, 케이건은 그것으로 륜의 몸을 덮었다. 그동안에도 선지자는 계속 토디에게 기어갔다.

"폐하, 폐하! 어찌해서 하늘이 내려주신 폐하의 짝을 못 알아보신단 말입니까!"

"가까이 오지 마!"

"폐하, 제발……!"

선지자는 갑자기 기어가는 것을 멈추고는 허리를 세웠다. 그는 자신의 두 손을 바라보았다. 그 손에는 조금 전 뜯어낸 륜의 허물이 아직까지 쥐어져 있었다. 오른손에 쥐어진 얼굴 부분의 허물은 섬뜩하게도 일그러진 웃음으로 선지자를 바라보고 있었다. 선지자는 노성을 내질렀다.

"고얀! 이것 때문이군!"

"이봐, 뭐하는 거냐!"

휘장으로 감싼 륜을 조심스럽게 들어올리던 케이건은 갑작스러운 티나한의 외침에 고개를 돌렸다. 선지자는 병사들을 감금하고 있던 불길을 향해 달려가고 있었다.

"이걸 태워야 해! 이 저주받을 마법이 폐하의 눈을 가리고 있는 거야!"

선지자는 불길에 허물을 집어넣었다.

"사특한 마법아, 물러가라!"

허물이 화르르 불타며 불티가 튀어올랐다. 동풍은 그 불붙은 허물을 낚아채어서는 선지자에게 뒤집어씌웠다. 눈에 불티가 들어가자 선지자는 끔찍한 비명을 질렀다. 륜을 안고 있어서 움직일 수 없었던 케이건은 황급히 비형을 불렀다.

"비형! 불! 불을 없애시오!"

하지만 고개를 돌린 비형은 케이건의 품에 안긴 륜의 피투성이 몸을 보고는 다시 구역질을 시작했다. 케이건은 티나한을 부르려 했다. 그러나 얼굴을 움켜쥔 채 비틀거리던 선지자는 이미 불 속에 뛰어들고 말았다. 케이건에게 안겨 있던 륜마저 움찔할 정도의 소름끼치는 비명이 터져나왔다.

토디는 보았다.

선지자의 펑퍼짐한 옷자락을 타고 흐르는 불꽃 외에 다른 불꽃을.

입 안에서, 귀에서, 동공 안에서, 온몸의 땀구멍에서 새어나오는 불.

'몸 안에서부터 타고 있어.'

믿을 수 없는 광경이었기에 토디는 자신의 눈을 비볐다. 다시 눈을 떠 바라보았지만 토디는 이제 더 이상 선지자를 볼 수 없었다. 이제 그곳에 있는 것은 사람의 형상을 한 불덩이뿐이었다.

바람처럼 달려간 티나한이 욕설을 내뱉으며 선지자의 몸을 털었다. 깃털에 불이 옮겨 붙어 그 자신마저 위태로운 처지에 빠졌지만 티나한은 아랑곳하지 않았다. 그러나 선지자의 몸을 덮은 불이 사라졌을 때 선지자는 이미 살아 있는 사람이 아니었다. 티나한은 그을린 깃털과 재로 뒤덮인 채 땅바닥에 주저앉았다. 그리고 오른손으로 두 눈을 가린 채 고개를 떨구었다.

두 눈을 뜨고 호흡까지 제대로 하고 있었지만, 토디는 거의 의식을 잃은 채 그 모습을 바라보았다. 이상하게도 머릿속은 차가웠다. 토디는 그 순간 딸을 생각했다. 뒤이어 토디는 딸이 사랑하던 피혁 가공장의 일꾼도 떠올렸다.

그리고 토디는 지극히 차가운 정신으로, 왜 딸이 일꾼과 눈이 맞았다는 추측보다 바라보기만 하는 것으로 여자를 임신시키는 뱀의 이야기가 훨씬 사실적으로 느껴졌던 것인지 의아하게 생각했다.

잠시 후 누군가 그를 보고 있다는 것을 깨달았다. 토디는 고개를 돌렸다.

케이건이 그를 내려다보고 있었다. 케이건의 두 팔에는 피투성이가 된 륜이 천에 싸여 안겨 있었다. 케이건의 무표정한 얼굴 가운데 두 눈은 묘하게 슬퍼보였다. 토디는 그런 눈을 처음 본다고 생각했다.

케이건은 조용히 입을 열었다.

"잔치는 모두 끝났소. 이제 집으로 돌아가시오."

병사들에게 지급했던 무기와 옷가지 전부를 그대로 넘겨주고 거기에 자신의 남은 돈까지 모두 나눠준 토디가 마지막으로 처리한 것은 발 달린 뱀이 담긴 목함이었다. 토디는 병사가 가져온 목함을 받아들고는 잠시 그 안을 들여다 보았다. 그러곤 그것을 뒤집었다.

뱀 사체는 힘없이 떨어졌다. 토디는 그것을 발로 밟아 뭉개버렸다. 그동안 그의 눈에선 계속 눈물이 흐르고 있었다. 뱀의 사체를 형체도 없이 뭉개놓은 다음, 토디는 눈물을 닦아내고는 목함을 가져온 병사에게 목함을 건넸다.

"비단으로 감을 댄 것이고 함 자체도 좋은 것이다. 비싸게 팔 수 있을 거야."

병사는 감사의 말을 하며 목함을 받아들었다. 하지만 그의 눈은 토디가 뭉개어놓은 뱀에 향해 있었다. 약삭빠른 그 병사는 귀한 구경거리가 될 수 있고 어쩌면 비싸게 팔 수도 있는 그 기형 뱀이 더 탐났다는 기색이었다. 토디는 그런 병사의 속내를 뻔히 짐작했지만 아무 말도 하지 않았다.

그리고 토디는 고초를 겪은 륜에게 자신의 말을 선물하려 했다. 하지만 케이건은 그것을 사양했다. 아픈 몸으로 승마를 새로 배우는 것은 어렵고 게다가 가산을 다 정리한 토디가 새출발을 하려면 말이라도 한 마리 있어야 할 거라는 것이 케이건의 설명이었다. 토디는 말없이 고개를 끄덕인 다음 말에 올라 떠났다.

병사들은 제각기 죽이 맞는 자들끼리 무리를 지어 각자의 방향으로 떠났다. 그리고 그중 일부는 케이건에게 같이 다녀도 되겠느냐며 다가왔다.

"당신들 꽤 세더군요. 뭔가 큰일을 하는 것 같은데, 우리도 한 다리 끼고 싶소."

"우리는 지금 대사원에 고용되어 일하고 있소. 당신들을 받아줄 수 없소."

"장차라도 뭔가 큰 일은 할 수 있을 것 같은데 말이야. 나도 칼 한 자루는 제대로 쓸 줄 알아요. 어, 혹시 당신들 중 누가 왕이 될 생각은 없소? 내가 보기엔 당신들은 가능할 것 같은데. 당신들은 오가다 만나는 그런 잡놈들하고는 뭔가 근본부터가 다른 사람들 같다고."

"아무래도 어렵겠소."

"어이, 씨. 되게 깐깐하게 구네. 한 다리 끼자니까. 사나이들끼리 배포가 맞으면 함께 다닐 수도 있고 뭐 그런 거 아니오."

케이건은 끝까지 조용한 어투로 달래어 그들을 돌려보냈다. 하지만 비형이 보기에 그들이 물러나기로 결심한 데에는 옆에서 눈을 부라리기 시작한 티나한의 영향이 더 큰 것 같았다. 그렇게 마지막까지 미적거리던 자들까지 모두 떠나자 비형은 턱을 긁적거리며 말했다.

"아무도 도와주겠다고 하지 않는군요. 결국 우리 일인가요?"

"우리가 합시다. 당신의 딱정벌레도 도움이 될 거요."

비형은 고개를 끄덕인 다음 나늬에게 땅을 파도록 명령했다. 케이건은 바라기를 뽑아들더니 별 주저하는 기색도 없이 그것으로 땅을 팠다. 그러나 티나한은 자신의 철창으로 그런 일을 하는 것은 자존심 상한다고 생각했고, 그래서 맨손으로 땅을 팠다. 륜이 휴식을 취하는 동안 세 사람은 큼직한 구덩이를 만들 수 있었다. 그리고 그때쯤 해도 떠올랐다.

비형이 물러나 등을 돌리고 있는 동안 케이건이 조심스럽게 선지자의 사체를 구덩이에 집어넣었다. 그리고 케이건과 티나한은 구덩이를 덮었다. 세 사람은 잠시 무덤 옆에 섰다. 일출이 만들어내는 기다란 그림자들이 무덤 위를 덮었다. 티나한이 쭈뼛거리며 말했다.

"망할 자식. 내가 복수해 주기도 전에 죽고 말았어. 어쨌든, 무슨 말 한 마디 해야 하는 거 아냐? 케이건 네가 해봐."

"별로 하고픈 말이 없소. 관두도록 합시다."

그리고 케이건은 몸을 돌렸다. 비형과 티나한은 서로를 쳐다보다가 무덤을 향해 대충 고개를 주억거리고는 무덤을 떠났다.

토디 시노크와 다른 병사들이 떠난 지 한참 지난 시간이었지만 워낙 넓은 평야인지라 아직까지 그들의 모습을 볼 수 있었다. 케이건은 토디가 떠난 방향을 바라보고 있었다. 비형은 그 뒤로 슬쩍 다가갔다. 그리고 한동안 케이건과 함께 토디의 뒷모습을 바라보았다. 말을 탄 토디는 가장 멀리까지 가 있었다. 이젠 조그마한 점으로밖에 보이지 않았다.

비형은 흙 묻은 바지를 툭툭 털며 말했다.

"케이건. 어제 당신이 했던 질문 제가 해도 될까요?"

케이건은 고개만 조금 돌려 비형을 보았다가 다시 토디를 바라보았다. 비형은 그것이 승낙일 거라 생각하고는 말했다.

"왕이 도대체 뭐죠?"

케이건은 아무 대답이 없었다. 비형은 옆으로 다가온 나늬의 뿔을 쓰다듬으며 계속 말했다.

"성주, 영주, 마립간, 추장, 족장. 세상에는 다른 사람들을 지배하고 이끄는 사람들이 있죠. 하지만 왕은 없어요. 왕이 되겠다고 돌아다니는 사람들만 있을 뿐. 뭐, 꽤 큰 도시를 차지하는 데 성공한 사람들도 있다고 들었어요. 물론 오래 못 갔지만. 저는 그자들이 다른 사람들을 지배하고 싶은 야망이 남보다 큰 사람들일 거라고 생각했어요. 야심이라고 하던가요? 아니, 지배욕인가?"

케이건은 묵묵히 비형의 말을 듣고 있었다. 비형은 고개를 죽 돌려 사방으로 멀어지고 있는 사람들을 둘러보며 말했다.

"뭐, 어쨌든 그게 제 단순한 생각이었죠. 왕이 되려는 자들은 다른 사람들을 지배하고 싶은 자들이라는 거죠. 하지만 그렇지가 않더군요. 아주 당연한 건데, 그 생각을 떠올리지 못했어요. 왕이 되려는 자들은 그에게 지배당하고 싶은 자들을 가진 사람이었어요. 그 지배당하고 싶은 사람들이 중요한 거죠. 그에 비하면 왕이 되려는 사람들 자체는 별로 중요하지 않아요. 당신도 그래서 토디 씨를 건너뛰어 선지자를 상대한 거죠?"

케이건은 고개를 한 번 끄덕였다. 비형은 계속 말했다.

"예. 다른 사람들을 지배하려는 마음이 아무리 커도 아무도 그를 왕으로 여기지 않으면 그렇게 세상을 떠돌아다닐 수는 없는 거죠. 누군가가 있어야 해요. 그를 왕으로 떠받드는 사람들이. 그래야만 그는 모든 걸 버리고 그렇게 떠돌아다닐 수 있죠. 그렇다면, 왕은 도대체 뭐죠? 저는 정말 모르겠어요. 왕은 왕이 되고 싶어하는 저 제왕병 환자들의 목표인가요, 아니면 그 제왕병 환자를 왕으로 만들고 싶어하는 자들의 목표인가요?"

"눈물을 마시는 새요."

"네?"

토디의 모습이 지평선을 넘어가고 있었다. 케이건은 그 지평선을 바라보며 말했다.

"왕은 눈물을 마시는 새요. 가장 화려하고 가장 아름답지만, 가장 빨리 죽소."

"왕이 다른 사람의 눈물을 마시는 사람인가요?"

"저 토디 시노크는 이제 선지자가 흘리던 눈물을 받아먹지 않아도 되니 살아남을 수 있을 거요."

비형은 알 듯 모를 듯하다는 표정으로 케이건의 옆얼굴을 바라보았다. 그때 토디의 모습이 지평선 너머로 사라졌다. 케이건은 몸을 돌려 륜에게 걸어갔다.

륜은 땅바닥에 앉아 있었다. 어젯밤 케이건이 천막의 천을 찢어 그의 몸에 난 상처들을 싸매어주고 옷을 입혀주는 동안 륜은 아무 말도 하지 않았다. 그리고 지금까지도 륜은 입도 벙긋하지 않은 채 땅바닥만 바라보고 있었다. 케이건은 그런 륜을 보다가 그대로 그의 곁을 지나쳐 걸어갔다. 그러고는 자신의 짐과 함께 놓아둔 여우를 집어들었다.

주둥이와 네 다리가 모두 묶인 채 긴 시간 동안 내버려두었기에 여우는 케이건의 손이 닿아도 요동치지 않았다. 케이건은 그것을 어깨에 멘 채 다시 륜에게 다가왔다. 그러곤 그것을 륜의 앞에 내려놓았다. 하지만 륜은 여우를 쳐다보는 대신 계속 땅만 바라보았다.

"허물을 다 벗었으니 뭘 좀 먹어야 하겠지. 그걸 먹어라. 지금 먹지 않으면 곧 죽어버릴 거다."

륜은 대답하지 않았다. 케이건은 여우를 쳐다보며 말했다.

"강제로 먹이고 싶진 않다."

륜이 갑작스럽게 말했다.

"어젯밤, 제 니름을 들으셨나요?"

케이건은 고개를 가로저었다.

"나는 인간이야. 니르는 걸 듣는 재주는 없다."

"저 인간이 제 허물을 쥐어뜯을 때, 제가 니르는 니름을 못 들으셨나요?"

"듣지 못했다. 뭐라고 닐렀는데?"

"죽게 내버려두라고 닐렀어요."

"그랬나."

"들으신 줄 알았어요. 그 인간이 저를 쥐어뜯을 때도 가만히 내버려두시기에."

"그런 건 아냐. 허물은 거의 다 벗겨지고 있었다. 물론 몇 군데는 아직 벗겨지지 않아서 상처가 생겼지만, 너희들은 어차피 흉터에 신경 쓰지 않잖나."

"흉터?"

"네 피부에 남은 상처 자국을 말하는 거다."

륜의 비늘들이 듣기 거북한 소리를 내며 부딪쳤다. 나가에 대한 케이건의 지식에 비춰볼 때 그것은 부끄러워하는 동작이었다. 케이건은 아랑곳하지 않고 말했다.

"너처럼 적출하지 않은 나가도 다음 허물을 벗을 때 그 흉터들이 모두 사라지겠지. 그래서 상처쯤 생겨도 상관없을 거라고 판단했다. 섣불리 너를 구하려다가 그 선지자를 자극하게 되는 것이 더 위험했었다."

류은 한참 동안 침묵하다가 말했다.

"다음에 허물을 벗을 때도 저는 이곳에 있겠죠?"

"이곳?"

"북부요. 저는 이제 다시는 남쪽으로 갈 수 없는 것이죠?"

"심장을 적출하지 않았으니 내려가면 죽겠지."

"나가가 이 땅에서 살 수 있나요?"

"몹시 힘들지."

"저는 그것을 감당할 자신이 없어요."

"너는 그걸 감수하고 온 것일 텐데."

류은 다시 침묵했다. 여우가 죽어가는 것을 의식한 케이건이 다시 그를 다그쳤을 때 류은 내뱉듯 말했다.

"저는 친구 대신 온 겁니다."

케이건의 눈이 커졌다. 그들의 곁에 다가와 있던 티나한과 비형도 깜짝 놀란 표정으로 류을 바라보았다. 케이건은 날카로운 눈초리로 류을 응시하며 말했다.

"설명해 봐."

류은 지금껏 다른 종족에게 자신들의 치부를 드러내는 것이라 여겼기에 꺼내지 않았던 이야기를 모두 꺼내놓았다. 류은 고개를 숙인 채 친구 화리트와 그의 죽음, 그리고 자신이 그 일을 대신 맡게 된 사정을 모두 설명했다. 비아스 마케로우라는 나가가 자신의 남동생을 죽였다는 이야기를 도무지 받아들일 수 없어서 몇 번이나 되물었던 비형은 결국 나가 여인들은 모두 남동생 죽이기를 보람차고 유익한 취미 생활 정도로 여기고 있는 것이 아닌가 하는 생각을 하게 되었다. 물론 비형은 친누나에게 쫓기는 류에게 그걸 물어보지 않을 정도의 분별력은 가지고 있었다. 하지만 류의 이야기가 모두 끝나자 케이건은 고개를 끄덕였다.

"그럼 네 누나가 왜 너를 쫓는 건지 짐작되는군."

"네. 심장을 적출하지 않았기 때문이죠."

"아냐."

"네?"

류은 놀란 표정으로 케이건을 올려다보았다. 케이건은 그 얼굴을 향해 말했다.

"이제 바라보는군. 어쨌든 네 추측은 틀렸다. 너희 나가 남자들은 정말 너희 사회에 대해 잘 모르는군. 하긴 참여할 일이 없으니. 쇼자인테쉬크톨은 가문에 부과되는 핏값이다. 심장을 적출하지 않은 남자를 처리하는 데 그런 방법을 쓰진 않아. 너는 화리트 마케로우의 살해 혐의를 덮어쓴 거야."

류은 경악했다.

"어, 어떻게 제가? 제가 왜 친구를 죽인단 말입니까? 그럴 수는 없어요!"

"하지만 너는 현장에서 도망친 유일한 사람이지. 의심받는 것이 당연해."

"어떻게 그런……, 그래서?"

"그래. 페이 가문의 일원인 네가 마케로우 가문의 일원인 화리트를 죽인 셈이니, 마케로우 가문으로서는 쇼자인테쉬크톨을 요구할 수 있게 된 거다. 물론 남자들끼리의 일에 가문의 해결책을 쓴 건 좀 이상하다만, 아마도 너와 화리트 모두 심장을 적출하기 전에 일이 일어났기 때문에 둘 모두 각자의 가문의 일원으로 받아들여진 모양이다. 그래서 마케로우 가문에서는 너희 누나를 암살자로 지명했을 테지. 아마도, 이 모든 일 또한 그 비아스 마케로우라는 여자의 획책일 것이다. 자기 죄를 은폐하기 위해서 그랬겠지."

류은 충격 속에서 말을 잊었다. 그가 다시 자신의 의사를 표현했을 때 그것은 니름이었다. 당연히 케이건은 아무 말도 하지 않았고, 류은 당황하며 말로 바꿨다.

"그, 그게 사실입니까?"

"이상한 질문이군. 물론 추측이야. 하지만 가능성이 높다고 생각되는군."

류은 그제야 의문이 풀리는 것을 느꼈다. 사모에게서 쇼자인테쉬크톨이라는 말을 들었을 때 류은 화리트의 죽음에 대해서는 전혀 생각하지 못했다. 류은 눈앞에서 비아스가 화리트를 죽이는 것을 목격했다. 또한 류과 화리트가 둘도 없는 친구임은 많은 이들에게 알려져 있다. 그런 상황에서 륜은 자신이 살해의 죄를 덮어쓸 것이라고는 상상하기 어려웠다. 륜이 두려워한 것은 자신이 심장을 적출하지 않았다는 사실뿐이었다.

"니름도 안 돼……. 이건 니름도 안 돼."

"니름도 안 되고 말도 안 되겠지만, 어쨌든 너는 네 친구의 유지를 따를 각오를 했겠지. 그러니 어서 먹도록 해라. 그렇지 않으면……."

"제기랄, 그 입 좀 닥쳐요!"

케이건은 륜의 패악스러운 외침에 입을 다물었다. 륜은 비늘을 곤두세우며 외쳤다.

"제 누님이 저를 죽이려 하고 있어요! 그것도 제가 짓지도 않은 죄 때문에! 이 상황에서 먹고 기운내라는 말을 하는 건가요!"

물끄러미 륜을 바라보던 케이건은 손가락을 세 개 펴보였다.

"세 가지만 말하겠다."

륜은 사나운 눈으로 케이건을 쏘아보았다. 케이건은 그에 아랑곳하지 않은 채 나직이 말했다.

"첫째, 나와 네 주위에 있는 다른 두 명은 네가 말한 그런 일이 일어나지 않도록 최선을 다하고 있는 사람들이다. 그 때문에 너는 네 누나에게 죽임당하지 않고 이곳까지 왔다. 네 누나 또한 아직 너를 죽이지 못했고. 둘째, 네 친구가 마지막에 원한 것은 자신의 살해자가 처벌되는 것이 아니라 사명이 완수되는 것이었다. 따라서 너는 비아스 마케로우의 죄상이 밝혀지는 것보다 친구가 위임한 사명을 먼저 생각해야 할 것 같다. 그리고 셋째가 가장 중요하지."

"……그게 뭐죠?"

"빨리 안 먹으면 저 여우 죽는다."

비형이 킥 하는 소리를 내었다. 얼빠진 눈으로 케이건을 바라보던 륜도 끝내 미소를 짓고 말았다. 케이건은 웃지도 않으며 말했다.

"네가 이 땅에서 겪어야 할 고통에 대해 아무런 마음의 준비도 하지 못한 채 이곳에 오게 된 것은 알겠다. 네가 평안을 느낄 수 있는 유일한 땅에 돌아갈 수 없는 사정도, 그리고 너와 네 누나의 비극도 이해했다. 그래서 어쩔 테냐. 저것을 먹고 우리와 함께 걸어갈 테냐? 이곳에 주저앉아 네 모든 비극을 향해 저주를 퍼부을 테냐? 이도 저도 싫다면 남쪽으로 돌아가 네 누나의 칼날에 목을 내어줄 테냐? 나는 선택이 쉬울 거라고 본다. 류 페이. 네 선택은 무엇이지?"

류은 일어나 여우를 먹었다. 그리고 그날, 일행은 황야를 벗어나 산맥으로 접어들었다. 그날 일어났던 유일한 사건은 비형이 한 가지 발견을 한 것뿐이었다. 비형은 여우 한 마리를 산 채로 삼키는 류이 남자들에게 알몸을 보인 것을 창피스러워한다는 사실에 몹시 재미있어 했고 그 사실을 가지고 계속 농담을 하여 류을 거의 울 뻔하게 만들었다.

땅바닥에 주저앉은 토디 시노크는 믿을 수 없다는 표정으로 자신의 말을 뜯어먹고 있는 대호를 바라보았다.

하늘에서 떨어진—대호가 다가오는 것을 전혀 느끼지 못한 토디 시노크는 그렇게밖에 판단할 수 없었다.—대호는 일격에 말의 두개골을 부수어 버렸다. 토디는 안장과 함께 공중을 한참 동안 날아간 다음에야 겨우 땅과의 극적인 조우를 성립시킬 수 있었다. 온몸이 부서지는 듯한 고통에도 토디는 차마 비명을 지르지 못했다. 하지만 비명을 질렀더라도 별 상관은 없었을 것이다. 대호는 토디를 완전히 무시한 채 말을 뜯어먹었다.

심장이 멎을 듯한 공포의 순간이 지나가자 토디는 말에 대한 동정심에 눈물이 왈칵 솟는 것을 느꼈다. '나 때문에 이런 해괴한 곳에 끌려와 그렇게 비통하게 죽는구나.' 하지만 계속 동정하고 있을 여유는 없었다. 토디는 대호가 말을 뜯어먹는 동안 어떻게든 도망칠 궁리를 했다. 하지만 말의 뼈를 씹어 먹는 대호의 흉흉한 기세에 토디는 앉은 자리에서 일어날 엄두도 내지 못했다. 심지어 토디는 다리를 덮고 있는 안장에서 발을 빼내지도 못했다. 그래서 토디는 대호에게 말이 풍족한 식사이길 애타게 기원했다. 그는 자신이 입가심거리가 되는 것을 절대로 바라지 않았다.

"저게 말이라는 건가? 재미있게 생겼군."

토디는 기겁하며 목소리가 들려온 곳을 돌아보았다. 그리고 더욱 놀랐다.

그가 생전 두 번째로 보는 나가가 서 있었다. 토디는 공포에 빠진 채 나가를 바라보았다. 나가는 추운 듯 두 팔로 가슴을 감싼 채 대호를 바라보고 있었다.

"저것 때문에 내 명령을 무시하고 이쪽으로 달려온 것이군. 배가 많이 고팠나봐."

어제 만났던 그 나가인가? 그러나 나가에게 익숙하지 않은 토디도 그것이 착각임을 곧 깨달을 수 있었다. 그 나가는 어제 만났던 륜과는 무시할 수 없는 차이를 가지고 있었다. 나가는 여자였다.

그 여자 나가는 토디를 내려다보았다.

"나는 사모 페이라고 한다. 보다시피 나가야. 너는 인간이지? 그런데 저게 말 맞아?"

"마, 마마마말입니다."

"말이 아니었어? 음. 이름이 참 기네. 말하고 친척쯤 되는 거야?"

토디는 사모가 무슨 말을 하는 건지 알 수 없었다. 하지만 물어볼 수는 없었다. 사모 페이는 토디의 다리를 덮고 있는 안장이 무엇인지 알 수 없었다. 사모는 다만 괴상하게 생긴 구속 장치 같은 것이 다리를 묶고 있다고 생각했고, 그래서 인간이 아직 일어서지 못한 것이라고 판단했다.

사모는 허리에 찬 검을 뽑아들었다.

토디는 마침내 진짜 쉬크톨을 보게 되었다.

"살려주세요!"

사모는 놀란 표정으로 토디를 바라보았다. 불행히도 토디에겐 나가의 표정을 분간할 정도의 식견이 없었다. 토디는 땅에 엎드리며 울부짖었다.

"뭐든 다 드리겠습니다! 제발 목숨만 살려주세요!"

사모는 토디의 말에 웃음을 터뜨렸다.

"이봐. 이미 네 마마마말을 죽였잖아."

사모는 그러니 다른 걸 더 받을 수는 없지 않느냐는 뜻으로 한 말이었다. 하지만 토디는 그렇게 해석할 수 없었다.

"걸어갈 수 있습니다! 걸어갈 수 있어요! 그러니 제발 살려주세요. 가지고 있는 건 뭐든 드리겠습니다. 이건 어떻습니까? 예. 걸어가려면 짐 같은 건 필요 없죠. 그러니 다 가지세요! 제발 목숨만은 살려주세요. 이 목숨은 당신에겐 필요 없는 것이 잖습니까."

그리고 토디는 사모가 뭐라고 말할 틈도 없이 자신의 배낭을 열어젖히기 시작했다. 그를 제지하려던 사모는 불신자들의 물건에 약간의 호기심이 생겼기에 그냥 내버려두었다(그리고 안장을 옆으로 치워버리는 토디를 보며 자신이 뭘 오해했음도 깨달았다.). 잠시 후 토디는 커다란 모피 한 장을 꺼내어 보였다. 페치렌의 피혁상이었던 토디는 손에 익은 솜씨로 모피를 좍 펼쳐보였다. 손님에게 물건의 장점을 열심히 설명하는 장사꾼의 자세 그대로였다.

"보십시오! 이 완벽한 검정색을 보십시오! 보시면 아시겠지만, 이건 염색을 한 것이 아닙니다. 원래부터 검정색이었어요. 흑표범 가죽이 이렇겠습니까, 흑마 가죽이 이렇겠습니까? 이 완벽한 털을 보세요! 안목이 있으시면 아실 겁니다."

사모는 놀란 눈으로 그 천을 바라보았다. 토디는 검은색이라고 말했지만 사모의 눈에는 그렇게 보이지 않았다.

"그건……."

"그렇습니다! 이건 흑사자 가죽입니다. 만져보세요, 예! 한번 만져보세요. 어서요!"

사모는 쉬크톨을 꽂아넣고는 그 가죽을 만져보았다. 그녀의 눈은 틀리지 않았다. 그 가죽은 내부에서부터 발생하는 열로 따스했다.

"어떻게 이걸 가지고 있지?"

토디는 왕이 되면 망토를 만들어 입으려고 간수해 두었던 것이라고 말했고 그 설명은 사모를 혼란시켰다.

"왕? 네가 왕이 된다고?"

"미친 꿈이었죠. 나이 오십줄에 찾아온 늦바람 같은 것이었습니다. 다른 사람 탓하진 않겠습니다. 그건 제 탓이었죠. 조금만 주의 깊게 봤으면 그 중이 제정신이 아니라는 걸 알 수 있었을 겁니다. 모두 제 잘못이죠. 아가씨, 아니, 마님이라고 불러야 하나요? 사람이 나이를 이렇게 먹으면 그동안 뭐하고 살았나 하는 생각이 들기도 하는 겁니다. 그래서 아주 미친 짓도 하는 것이고요. 제가 바로 그랬습니다."

토디의 설명은 당연하게도 사모를 조금도 만족시키지 못했다. 사모는 이마를 짚으며 말했다.

"너 왕이야, 아니야?"

"절대로 아닙니다!"

"그래. 알겠어. 사실 뭐가 뭔지 모르겠지만. 어쨌든 꽤 좋은 것을 가지고 있군. 이걸 주고 싶다고?"

"물론 드리겠습니다!"

토디에게 그것은 새출발을 할 밑천이었다. 그 때문에 토디는 병사들에게 모든 것을 나눠주면서도 흑사자 모피를 들킬까봐 노심초사했다. 하지만 새출발을 하려면 어쨌든 목숨이 붙어 있어야 한다는 사실은 당연했다. 토디는 모피를 높이 들어올리며 어서 받으라는 몸짓을 했다.

하지만 사모는 그것을 받지 않았다. 허리춤을 뒤진 사모는 곧 큼직한 꾸러미를 꺼내었다. 토디의 눈이 번득였다. 그의 노련한 장사꾼의 감식안은 사모가 꺼내어 든 것이 무엇인지 곧 깨달았다. 북부에서 쓰이는 것과는 모양이 좀 달랐지만 그것은 분명히 금편 주머니였다.

"그걸 뺏을 생각은 없어. 하지만 내 마음에 드는 물건이야. 그러니 대가를 치르고 받도록 하지. 그리고 저 마마마말에 대해서도 대가를 치르겠어."

그동안 밀림만을 이동했기에 사모는 페이 가문을 떠났을 때 가지고 왔던 금편을 그대로 가지고 있었다. 하지만 사모는 곧 당혹했다.

토디는, 무적왕이 아닌 토디 시노크는 분명 뼛속부터 장사꾼이었다. 조금 전까지 그냥 주겠다고 했던 일을 깨끗이 망각한 듯 토디는 흥정을 시작했다. 그리고 사모에게 흥정이라는 것은 꽤 낯선 것이었다. 대호가 말을 맛있게 뜯어먹는 동안, 사모는 지금 위협을 당하고 있는 것은 바로 자신이 아닌가 하는 불안한 느낌을 받으며 쩔쩔맸다.

이른 아침, 잠에서 깬 비형은 기지개를 켜다가 티나한의 모습을 발견했다. 티나한은 그에게 등을 보인 채 서 있었다. 비형은 일어나 그에게 다가갔다.

티나한은 철창을 세워든 채 먼 곳을 지그시 바라보고 있었다. 비형은 하품을 하며 말했다.

"좋은 꿈 꾸셨습니까, 티나한. 뭘 보고 있어요?"

티나한은 아무 말 없이 손만 들어 방향을 가리켰다. 비형은 눈을 비빈 다음 티나한이 가리킨 방향을 바라보았다.

산길 아래쪽에서 일군의 무리가 걸어 올라오고 있었다. 대충 봐도 쉰 명쯤 되어 보이는 그 무리는 모두 인간이었고 무장을 하고 있었다. 비형은 놀란 표정으로 티나한을 돌아보았다.

"케이건과 륜을 깨울까요?"

"아니. 놔둬."

"네?"

티나한은 대답하지 않은 채 앞으로 걸어갔다. 비형은 어쩔 줄 몰라하다가 티나한의 뒤를 따라갔다.

티나한은 그들과의 거리가 50미터쯤 남았을 때 다시 멈춰섰다. 산길 중간에 선 티나한은 철창을 높이 세워든 채 그들이 가까이 오기를 기다렸다. 비형은 머뭇거리며 그의 옆에 섰다.

티나한과 비형을 발견한 무리는 잠시 소동을 일으켰다. 선두에 선 자가 어떤 신호를 보내었고 그러자 무리는 멈춰선 채 경계하듯 티나한과 비형을 바라보았다. 무리는 잠시 의견 교환을 하는 듯했다. 잠시 후, 그들 가운데서 긴 수염을 기른 노인이 앞으로 걸어나왔다. 노인은 괴상하게 꼬부라진 지팡이를 짚고 있었고 그의 뒤로는 무장한 인간 두 명이 따라왔다.

티나한에게 가까이 다가온 노인은 평화로운 일로 다가왔다는 듯이 빈 손을 들어 보였다. 티나한은 왼손으로 노인의 동작을 흉내내었다. 노인은 산을 오르느라 거칠어진 호흡을 가다듬고 나서 말했다.

"안녕하시오. 여행자."

"안녕한가."

"나는 외눈의 예언자라는 사람이오."

비형은 고개를 갸웃했다. 티나한 또한 의심스럽다는 듯이 노인의 두 눈을 바라보며 말했다.

"두 눈 다 있는데?"

자칭 외눈의 예언자라는 자는 그런 대답이 나올 거라는 것을 짐작했다는 듯이 우아한 동작으로 자신의 왼쪽 눈을 가리켜 보였다.

"이 왼쪽 눈은 현재를 볼 수 없소. 대신 미래와 과거를 보지. 그래서 외눈의 예언자라 하오."

"오호. 미래와 과거를 보신다라. 그럼 당신이 저자들의 우두머리인가?"

"아니오. 우리들을 지휘하시는 분은 따로 있습니다."

그리고 노인은 공손한 자세로 손을 들어 일행 한가운데를 가리켰다. 비형은 어렵잖게 노인이 가리킨 자가 누구인지 알아차렸다. 남보다 훨씬 화려한 복장을 하고 백마에 탄 인간이 노인의 손이 자신을 가리키자마자 턱을 오만하게 들어보였기 때문이다. 사태를 짐작한 비형은 귀찮다는 심정이 되었지만 티나한은 진지하게 질문했다.

"저자가 누군데?"

노인은 감히 입 밖으로 내기 어려운 이야기를 한다는 듯이 목소리를 낮췄다.

"현명왕 폐하시오."

비형은 티나한에게 그만 돌아가자고 말하려 했다. 하지만 티나한은 몹시 놀랐다는 듯이 말했다.

"현명왕 폐하? 허! 그럼 왕이란 말이야?"

"조금 전 이 눈이 미래와 과거를 본다고 말씀드렸잖소? 나는 저분을 보자마자 저분의 과거, 그리고 저분의 선조들의 과거까지 모두 보았소. 그 끝에서 내가 본 분이 누군지 짐작하시겠소? 바로 영웅왕 폐하였소. 저분은 영웅왕 폐하의 55대손 이오."

티나한은 손뼉을 딱 쳤다.

"그 말 정말이야?"

노인은 자비로운 미소를 지으며 고개를 끄덕였다.

"그렇소. 세상에 그보다 더 확실한 것이 없을 만큼 분명한 진실이오. 저분은 위 대한 현명왕 폐하이시오."

"너 잘 걸ㅡ렸ㅡ다ㅡ!"

산 위쪽에서 케이건은 천둥 같은 계명성에 깜짝 놀라 자리에서 일어났다. 바라 기를 당겨쥔 케이건은 소리가 들려온 곳을 바라보았다. 산 아래쪽을 본 케이건은 더욱 놀랐다. 티나한이 그 무시무시한 철창을 머리 위로 들어 빙빙 돌리고 있었다. 그의 머리 위로 회오리가 일어날 지경이었다. 케이건이 어떻게든 그 사태를 이해 해 보려 애쓰고 있을 때 다시 티나한의 노성이 들려왔다.

"제 발로 걸어오다니, 아주 잘됐다. 이 자식들아, 내가 누군 줄 아냐? 바로 왕 잡 아먹는 괴물이다!"

케이건은 한숨을 내쉬곤 바라기를 도로 내려놓았다. 그러곤 애처로운 비명과 함 께 인간들이 공깃돌처럼 하늘로 날아오르는 광경을 무시한 채 조용히 아침 준비를 시작했다. 그리고 티나한이 으스대는 목소리로 "잔치는 끝났어. 이제 집으로 돌아 가!"라고 외칠 때도 웃음을 터뜨리는 대신 그 소동 속에서도 곤히 자고 있는 륜을 흔들어 깨웠다.

제5장

철혈(鐵血)

한때 공포와 존경의 대상이었던 위대한 흑사자기는 더 이상 전장에서 나부끼지 못했다. 왕궁의 벽에 걸린 찬란한 흑사자기는 왕에게 위엄을 부여하는 대신 물려받은 권위와 풍요를 낭비한 불민한 후손을 꾸짖는 듯했다. 건전한 반성은 찾아오지 않았고 무익한 공포와 처절한 절망감만이 왕좌와 왕국을 지배했다. 이토록 암울했던 시절, 왕에게 도움이 되고자 찾아온 손길이 있었으니 저 용맹한 키탈저 사냥꾼들의 만민회의 참석이 바로 그것이다. 그러나 지성을 가지고 있는지조차 의심스러운 저 권능왕은 감히 이 용맹한 자들을 모욕하고 조롱했으니, 키탈저 사냥꾼들은 그 모욕에 대꾸하는 것조차 아깝다는 듯이 만민 회의장을 퇴장해 버리고 말았다. 그러나 그들의 아름다운 고향 키탈저로 돌아가기 전, 한 사냥꾼이 왕도(王都)의 하늘을 향해 저 유명한 저주를 외쳤다.

"이제 왕은 없다. 그리고 왕이 이 모욕에 사과하지 않는 한, 앞으로도 왕이 없으리라!"

그리고 북부에는 더 이상 왕이 존재하지 않았다. 무려 구십여 년 동안 고독하게 싸웠던 키탈저 사냥꾼들 또한 사라진 지금에 와서는 오래된 모욕을 청산하는 일조차 불가능해졌다.

— 라수의 『왕국의 몰락』

비아스 마케로우는 분노했다.

심장이 없는 나가를 죽일 수 있는 방법은 한 가지뿐이었다. 그녀가 이미 한 번 시도했던 방법—저 심장탑의 사서 유벡스를 죽였을 때처럼 온몸을 토막내는 방법만이 가장 확실했다. 그러나 그 방법은 카린돌처럼 자기 집에 있는 여자에겐 해당 사항이 없는 방법이었다. 그 외에는 뼈까지 태우거나 물에 빠트리는 방법 등 생각하는 것만으로도 황당해지는 방법들 뿐이었다. 그러나 비아스는 자신에게 포기를 선언하지는 않았다. 오히려 그 거대한 불가능성에 대한 분노마저도 카린돌에게 돌렸다. 간단히 말해서 쉽게 죽일 수 없다는 사실 때문에 더욱 죽이고 싶어졌다고 할 수 있다.

그리고 카린돌은 그런 비아스에 대한 조롱의 강도를 매일 높여갔다. '고명한 약술사이시니 남자의 그것도 한번 조제해 보시면 어떠할까. 불가능에 도전하는 수고 없이 아기를 얻을 수 있을 텐데.'와 같은 조롱에 이르러서는 최연장자 소메로마저도 카린돌을 꾸짖을 수밖에 없었다.

〈그만두지 못하겠어? 연장자에 대한 예의를 지키라는 니름이 아니야. 너희들이 집안 분위기를 그렇게 만드니 남자들이 방문하지 않잖아. 그리고 있던 남자들도 떠나고 있고. 남자들은 너희들이 벌이는 언쟁의 가부 같은 것에는 관심없어. 오로지 편한 것만 찾는단 말이야.〉

실제로 마케로우 가문의 방문자 수는 격감하고 있었다. 하지만 카린돌은 그런 것에 아랑곳하지 않았다.

〈그럼 밖으로 나가서 데려와. 나처럼.〉

〈그런 수치스러운 짓을 하는 건 너 하나로도 이미 너무 많아. 이걸 마지막 경고로 생각하고 내 니름 잘 들어. 비아스와 더 이상 언쟁을 벌이지 마. 집안 분위기를 흐리는 짓도 하지 말고.〉

〈경고에는 보통 협박 문구가 붙는 걸로 아는데? 그런 거 준비했어?〉

〈물론 준비했어. 내 니름을 따르지 않으면 너를 정찰대에 보내겠어. 그렇게 밖으로 돌아다니길 좋아하는 너에게 어울리는 처벌이 될 거야.〉

카린돌은 분한 표정으로 소메로를 바라보았다. 원칙적으로 소메로에게는 그런 권한이 없다. 가문의 일원을 정찰대에 보내는 것은 가주의 권한이다. 하지만 비아스와 카린돌이 싸우는 동안 소메로는 원래 얻고 있던 신뢰를 더욱 강고히 해 둔 상태였다. 따라서 소메로가 '그것이 가장 적절한 대처'라고 니른다면 가주 두세나는 그렇게 할 것이다.

카린돌은 어쩔 수 없이 고개를 끄덕였다. 두 사람의 소동을 멈춘 소메로에게 두세나의 칭찬이 있었음은, 그리고 최연장자에 대한 가주의 신임이 더욱 두터워진 것은 말할 나위도 없다.

비아스는 분노 때문에 정신을 차릴 수 없을 지경이 되었다. 그녀의 눈에 카린돌은 남자를 다 약탈해감으로써 그녀의 아기를 가질 기회를 박탈한 것으로 모자라 그녀의 적수를 이롭게 해주는 원수였다. 야심이나 술수 등과는 거리가 먼, 덕밖에 가지고 있지 않다고 평가되는 소메로에 대한 가주의 신뢰가 그토록 두터워진 상황의 배후에는 카린돌이 있었다. 그리고 그것은 모두 카린돌이 획책한 일이었다.

〈그래. 나는 소메로가 나서주길 바랐어. 좀 늦게 나서줬지만 어쨌든 나서줬지.〉

카린돌은 쥐를 집어들며 닐렀다. 마케로우 가문에 얼마 남아 있지 않은 방문자

중 한 명인 스바치는 감탄하며 닐렀다.

〈여자의 세계는 참 복잡하군요. 그럼 당신은 소메로 마케로우 님을 가주로 추대할 생각인가요?〉

〈비아스가 가주가 되지 않기를 바라기 때문이지만, 어쨌든 그래.〉

스바치는 상자 안을 미친 듯이 뛰어 다니는 쥐들을 보며 닐렀다.

〈당신 자신이 가주가 되는 방법도 있잖습니까?〉

〈내가 가진 장점은 가주의 친자라는 것 외엔 아무것도 없어. 최연소자인데다 아직 아이도 없지.〉

〈자녀가 없다는 것은 다른 분들도 마찬가지잖습니까?〉

〈그래. 그래서 네게 요구할 생각이야.〉

〈요구요?〉

카린돌의 손이 갑자기 확 뻗어왔다. 스바치는 깜짝 놀라 뒤로 물러났다. 하지만 카린돌의 손은 상자 속의 쥐를 낚아챘다. 카린돌은 낚아챈 쥐를 스바치에게 건네며 닐렀다.

〈조만간 소메로의 가임기가 찾아올 거야. 그때 그녀를 모셔. 스바치.〉

스바치는 쥐를 받아들 생각도 못 한 채 카린돌을 바라보았다. 당황 속에서 그는 약간의 배신감 같은 것도 느꼈다.

〈저를 그분께 주는 겁니까?〉

〈그래. 그녀에게 아이를 줘. 소메로에 대한 가주님의 신뢰가 더욱 굳어질 거야.〉

〈제가 그래야 할 이유가 어디 있죠? 저도 다른 남자들처럼 마케로우 가문을 떠나면 그만입니다. 왜 당신의 명령을 받아야 하죠?〉

카린돌은 스바치가 받아들지 않은 쥐를 자신의 입으로 가져오며 닐렀다.

〈네가 바라는 것을 내가 줄 테니까.〉

〈바라는 것?〉

〈내숭 떨지 마. 스바치. 분명히 원하는 것이 있을 거야. '다른 남자들처럼 우리집을 떠나지' 않은 너에겐 분명히. 짐작할 수 있으면 좋았겠지만 나는 남자들이 바

라는 것을 모르겠어. 그러니 직접 묻는 거야. 내게 바라는 것이 뭐지?〉

스바치는 잠시 정신을 닫았다. 물어볼 수 있을까? 스바치는 위험이 너무 크다고 생각했다. 하지만 이 기회를 놓친다면 다른 기회 같은 것은 오지 않을지도 모른다. 스바치는 조심스럽게 니름을 가다듬었다.

〈바라는 것은 없습니다. 다만 제가 당신의 요구를 따라야 되는 이유를 말해 주세요.〉

〈내가 요구했으니까.〉

〈아니요. 당신은 비아스 마케로우 님이 가주가 되기를 바라지 않기 때문에 소메로 마케로우 님께 저를 보내신다고 했어요. 그렇다면, 비아스 마케로우 님이 가주가 되어선 안 되는 이유를 말해 주세요.〉

〈나를 죽이려드니까.〉

〈당신이 그렇게 만들었어요. 그녀를 분노하게 하고, 마침내 그녀가 당신을 죽이려 시도하다가 큰 실수를 저지르게끔 유도하신 거죠. 왜 그렇게 유도하신 거죠? 당신 자신이 가주가 되길 원하시는 거라면 이해할 수 있습니다. 하지만 그것도 아니잖아요. 당신은 왜 비아스 마케로우 님을 파멸시키려 하는 거죠? 납득할 만한 이유를 닐러주신다면 당신의 요구대로 소메로 마케로우 님을 모시겠습니다.〉

카린돌은 그를 가만히 바라보다가 침착하게 닐렀다.

〈화를 돋운다는 이유로 동생을 죽이는 여자라면 제거할 이유로 충분하지 않을까?〉

스바치는 정신이 번쩍 드는 것을 느꼈다. 비아스의 동생은 카린돌과 화리트 두 명이다. 그리고 카린돌은 '죽이는'이라고 표현했다. '죽이려드는'이라면 그 동생은 카린돌일 테고 '죽인'이라면 화리트가 되겠지만, '죽이는'이라면? 스바치는 필사적으로 적절한 니름을 찾았다.

〈글쎄요. 서로를 향해 그런 생각 한 번쯤 품어보지 않은 자매들이 있을까요? 자매들이란 결국 가주 계승의 경쟁자잖아요.〉

스바치는 '비아스는 생각에 그치지 않고 이미 한 번 피붙이를 죽였다.'는 니름을 기다렸다. 하지만 카린돌은 그가 원하는 니름을 하지 않았다.

〈하지만 네가 이미 확인했듯이 나는 가주 계승을 원하지 않아. 그리고 지난 28년 동안 나를 보아온 비아스는 나에 대해 너보다 훨씬 더 잘 알지. 그녀는 내가 가주 계승의 경쟁자가 아니라는 것을 잘 알아. 경쟁자도 아닌 동생을 죽이려드는 건 위험한 자라는 증거가 될 텐데.〉

젠장! 스바치는 긴장 때문에 비늘이 곤두서는 것을 억누르며 천천히 고개를 가로저었다.

〈당신이 그분을 조롱한 것 때문에 오해한 것일 수도 있죠. 비아스 마케로우 님은 당신이 마침내 가주가 되려는 결심을 한 거라고 오해하신 것 아닐까요? 아니, 이건 계속해서 꼬리를 무는 니름이 되는군요. 당신의 니름을 정리해 볼까요? 당신은 화를 돋운다는 이유로 동생을 죽이는 여자는 위험하기 때문에 화를 돋우었다고 닐렀어요. 니름이 안 되지 않아요?〉

카린돌은 가늘게 미소 지었다.

〈그래. 네 니름이 맞군.〉

스바치는 태연한 척하며 쥐를 집어들었다. 그리고 그것을 삼키며 닐렀다.

〈비아스 마케로우 님에 대한 당신의 혐오가 그렇게 앞뒤가 맞지 않는 거라면, 저는 당신의 요구를 따를 수 없습니다.〉

스바치는 쥐를 삼키느라 얼굴 표정을 감출 수 있다는 것에 감사했다. 지금 그의 얼굴은 기대감과 불안감으로 가득할 것이다. 어쩌면 카린돌은 그대로 정신을 닫아버릴지도 모른다. 이 가문 저 가문을 떠돌아다니는 남자에게 위험한 비밀을 가르쳐줄 리가 없다.

"스바치."

스바치의 입에서 쥐가 도로 튀어나올 뻔했다. 스바치는 놀란 표정으로 카린돌을 바라보았다. 카린돌은 고개를 끄덕이며 귀를 가리켜보였다.

"그래. 육성으로 말하고 있어. 청력에 집중해. 그리고 너도 육성으로 대답하도록."

스바치는 쥐를 겨우 삼킨 다음 말했다.

"무, 무슨 일로?"

"누가 엿듣기를 바라지 않기 때문이야."

스바치는 힘겹게 호흡을 고르며 고개를 끄덕였다.

"당신의 목소리로 말해진 제 이름은 대단히 아름답게 들리는군요. 평생 동안 형편없는 이름이라고 생각했는데."

카린돌은 빙긋 웃었다.

"스바치. 내 말을 어떻게 받아들일지 모르겠지만 나는 가장 솔직한 진심을 말하고 있어. 비아스 마케로우가 가주가 되면 나는 죽을 거야. 나는 그녀가 반드시 숨겨야 되는 비밀을 알고 있어."

스바치는 비늘이 곤두서는 것을 느꼈다. 그 비밀이라는 것이 남동생을 베어죽이는 취미가 있다는 것인지 물어볼 수 없었기 때문이다.

"그게 그렇게 위험한 비밀인가요?"

"그럴 리는 없지만, 만약 그녀가 나를 죽이는 데 성공한다면 그건 그녀의 첫 번째이자 세 번째 살인일 거야."

스바치는 속으로 환호를 올렸다.

수호자 세리스마는 고개를 갸웃했다.

〈첫 번째이자 세 번째라니 그게 무슨 뜻이지?〉

〈간단합니다. 여자를 죽이는 걸로는 첫 번째고, 남자까지 포함한다면 세 번째라는 의미입니다. 바로 화리트와 수호자 유벡스지요.〉

세리스마는 정신적으로 실소했다.

〈그걸 그렇게 구분한단 말인가. 참 대단한 여자군. 그렇다면 비아스 마케로우가 살해자란 말이군?〉

〈그렇습니다. 그렇다면 륜 페이는 화리트 마케로우의 대행자가 될 수 있습니다. 신명을 가지고 있으니까요. 한 가지 문제는 지금 그가 암살자에게 쫓기고 있다는

366

점입니다. 카루가 그것을 방해해야겠지만, 카루는 륜이 살해자인지 아닌지 정확히 알지 못합니다.〉

스바치의 아쉬워하는 니름에 세리스마는 빙긋 웃으며 닐렀다.

〈카루를 믿어야겠지. 비아스가 살해자일지도 모른다는 의혹은 카루 자신이 제기한 것 아닌가? 어쩌면 카루는 벌써 오래전에 비아스가 살해자라는 증거를 포착했을지도 모르지.〉

스바치는 그렇게만 되었다면 얼마나 다행이겠냐는 표정으로 수호자 세리스마를 바라보다가 문득 세리스마의 웃음이 조금 묘하다는 느낌을 받았다. 세리스마는 환하게 웃으며 닐렀다.

〈그러곤 이미 하텐그라쥬로 돌아와 어느 침대에서 피곤한 몸을 달래고 있을지도 모르지.〉

스바치는 수호자의 침실로 통하는 문으로 달려가 그것을 확 열었다. 그러고는 침대에 누워 세상 모르고 잠들어 있는 카루를 발견했다.

카루는 잠시 후 일어났다. 한계선에서부터 쉬지 않고 달려온 터라 피로가 완전히 가시진 않은 모습이었지만 카루는 스바치에게 자신이 겪었던 일을 대충 정리해서 닐러주었다. 스바치는 사모의 추리에 감탄하고 사모의 행동에 놀랐다.

〈그렇다면 사모 페이는 동생이 살인자가 아니라는 것을 알면서도 동생에게 편안한 죽음을 주기 위해 암살자 지명을 받아들인 거란 말인가?〉

〈그녀 자신이 그렇게 니른 건 아니지만, 나는 그럴 거라고 생각해.〉

〈대단히 곤란하군. 륜은 어떻게 되었지? 한계선을 넘어갔나?〉

〈그랬을 것 같아. 내가 페이와 헤어졌을 땐 한계선이 얼마 남지 않은 지점이었어. 페이가 그 전에 그들을 따라잡을 수 있었을지도 모르지만 륜을 해치긴 어려울 거야. 레콘도 있고 도깨비도 있으니까. 게다가 전설 속에나 나오는 줄 알았던 나가 살육자도 있고.〉

〈자네 이야기 중에선 그 두억시니 괴물하고 나가 살육자 이야기가 가장 받아들이기 어렵군. 정말 믿기 힘든 이야기야.〉

〈직접 보고 온 나도 아직까지 내가 본 것을 믿지 못하겠어. 어쨌든 나는 그 길잡이들이 사모의 방해를 물리치고 한계선을 넘어갈 가능성이 높다고 판단했어. 그래서 사모를 계속 따라다니며 그녀를 방해하는 대신 빨리 이곳으로 돌아오기로 결정했어.〉

〈그리고 이곳에 도착하자마자 모자란 잠부터 보충해야겠다고 결정했고?〉

스바치의 니름에 카루는 억울하다는 듯이 웃었다.

〈내가 달려야 했던 거리를 생각해 봐. 하지만 자네의 비난에도 일리는 있군. 빨리 할 일을 해야겠어.〉

니름을 끝낸 카루는 수호자 세리스마를 바라보았다. 세리스마는 생각에 잠긴 표정으로 닐렀다.

〈자네 두 사람이 한 일에 대해서 뭐라 고마워해야 할지 모르겠군. 하지만 지금 당장 나는 자네 두 사람이 아닌 다른 사람을 생각할 수밖에 없군. 륜 페이. 우리의 계획도 제대로 알지 못하면서 우리 일을 대신 해주고 있는 그 청년을 생각하면 가슴이 아파오는군. 자기 혈육에게 목숨의 위협까지 당하면서 말이야.〉

카루는 고개를 끄덕이며 닐렀다.

〈사태가 끝난 후, 그를 다시 한계선 이남으로 데려올 수 있는 방법이 없을까요? 그는 지상의 모든 존재들에게 감사를 받아야 마땅한 일을 하고 있습니다. 우리가 그를 위해 해 줄 수 있는 일이 없을까요?〉

〈거의 없겠지만……, 희망을 가지고 생각해 보세. 일단 급한 일부터 하고. 할 일을 해야지.〉

카루는 고개를 끄덕인 다음 일어났다. 그리고 조금 후 뱀단지를 들고 돌아왔다. 그동안 스바치는 바닥을 치워 넓은 공간을 확보했다.

카루는 바닥에 뱀을 쏟고는 그들이 자유롭게 움직일 수 있도록 스바치와 함께 물러났다. 수호자 세리스마는 바닥을 미끄러지는 뱀들에게 정신 억압을 시작했다.

방바닥을 미끄러지는 뱀들을 보던 오레놀 대덕이 환호를 올렸다.

"계획이 부활했군요!"

쥬타기 대선사는 안도의 한숨을 내쉬었다. 한계선을 넘어오기로 했던 신명을 가진 수련자가 하텐그라쥬를 떠나지도 못한 채 죽고 말았다는 소식을 전해 들었을 때 대선사는 더할 수 없는 절망감을 느꼈다. 하지만 뜻밖에도 그들이 전혀 예상치 못했던 인물이 화리트의 유지를 받아들여 계획을 부활시킨 것이다. 오레놀은 거의 날뛸 듯이 즐거워하며 말했다.

"정말 놀랍군요. 완전한 자격을 가진 또 다른 자가 화리트의 친구였고 또 침묵의 도시를 도망칠 생각을 하고 있었다니. 게다가 케이건 님과 이미 만났다고 하는군요! 실로 어디에도 없는 신의 보살핌이십니다."

"우리도 정신 억압이라는 걸 할 줄 안다면 물어볼 것이 많을 텐데. 아쉽구나. 난 이 륜 페이라는 청년이 몹시 궁금하구나. 하지만 저쪽에서 완전한 자격이 있다고 말했으니 그걸로 만족해야……, 옳거니! 보름쯤 전에 한계선을 넘었을 거라고? 됐다!"

터무니 없이 멀리 떨어져 있는 대화 상대자가 아무런 의사 표시도 할 수 없다는 것을 고려하여, 수호자 세리스마는 시시콜콜할 정도로 자세하게 이야기를 한 다음 사어의 전달을 끝냈다. 덕분에 뱀들은 기진맥진했고 오레놀은 그것을 직접 주워담아야 했다. 그동안 쥬타기 대선사는 생각에 잠겼다. 문득 오레놀을 바라본 대선사는 대덕이 침울한 얼굴을 하고 있음을 깨달았다.

"왜 그런 얼굴을 하고 있느냐, 오레놀?"

"대선사님. 물론 꺼져가던 계획의 불씨가 다시 되살아난 것은, 게다가 예상할 수 없는 바람을 타고 세차게 타오르고 있다는 것은 기쁜 일입니다. 하지만 그 이면에는 슬픔이 너무 많습니다. 그 비아스 마케로우라는 여자는 도대체 어떤 여자일까요? 미친 자일까요? 게다가 사모 페이라는 여자도 이해하기 어렵군요. 나가들은 그녀가 훌륭한 여자라는 식으로 말했습니다만, 자기 남동생을 죽이는 것이 나가들에겐 그렇게 훌륭한 일입니까? 비아스 마케로우와 마찬가지잖습니까?"

"상황이 다르지 않느냐. 비아스는 무가치한 남동생이 화를 돋운다는 이유로 죽인 것이고, 사모는 사랑하는 동생이 죽음보다 못한 고통을 겪는 것을 차마 볼 수 없어 죽이려는 것이다. 두 사람이 남동생을 보는 관점은 완전히 정반대다."

"하지만 두 여자 모두 상대방의 의사는 배려하지 않고 있습니다! 비아스가 화리트의 의사와 상관없이 그를 죽인 것처럼 사모 또한 류의 의사를 물어보지도 않은 채 그를 죽이려 하고 있습니다. 정작 류 페이는 고통 속에서라도 살길 바랄지도 모르잖습니까."

"그래. 그리고 네가 지적한 그것은 우리들에게도 똑같이 적용되는 문제다. 이번 계획만 놓고 보더라도 마찬가지니라. 만일 이 계획이 탄로난다면, 속인들은 자기들에게 그토록 중요한 일에 대해 자기네들 의사도 묻지 않은 채 머리 깎은 몇몇 중놈들이 좌지우지하고 있다는 사실에 분개할지도 모르잖느냐?"

오레놀은 자신있게 대답했다.

"제왕병 환자가 아닌 바에야 누가 그러겠습니까. 오히려 박수를 보낼 것입니다."

하지만 그 대답은 대선사로 하여금 이마를 짚게 만들었다.

"네녀석이 내 수제자라니, 이 땡초가 이고 갈 죄가 정말 무겁다."

"네?"

대선사는 고함을 빽 질렀다.

"이놈아, 그렇다면 류 페이도 사모 페이에게 박수, 아니, 나가니까 물방울을 던질지도 모르잖느냐!"

오레놀은 입을 쩍 벌렸다. 곧 대덕은 코막힌 소리로 변명을 시작했다.

"하, 하지만 경우가 다르잖습니까. 사모는 동생을 죽이려 하고 있습니다. 하지만 우리는 모든 생명들을 살리려 하고 있고요."

"네가 모든 생명들에게 물어봤느냐? 살고 싶은지 물어봤느냐 말이다!"

이번에야 말로 오레놀은 완전히 말문이 막혔다. 젊은 대덕은 그저 입만 뻐끔거리며 대선사를 바라보았다. 그리고 대덕이 그런 표정을 지을 때면 언제나 그랬듯 대선사는 마음이 풀어지는 것을 느꼈다. 대선사는 염주를 헤아렸다.

"오레놀. 네 마음속에서 가장 확실한 것을 의심하고 가장 분명한 것을 포기하여라. 사모 페이는 동생의 고통을 없애기 위해 동생을 죽이려 하고 있다. 우리는 모든 생명을 살리기 위해 계획을 진행 중이고. 그 차이는 네가 생각하는 것만큼 크지는 않을 거다."

"크지 않다고요?"

"크지 않은 정도가 아니라 같은 말이다. 죽음을 강요하든 삶을 강요하든."

암자 처마 끝에 매달린 풍경이 뎅그렁 울렸다. 대선사는 염주를 내려놓으며 말했다.

"죽음과 삶은 하나이기 때문이다."

"그렇습니까."

"그래서 우리 화상들은 죄를 이고 간다 하느니라."

오레놀은 깊은 이해 속에서 고개를 끄덕였다. 그때 대선사가 미소를 지으며 말했다.

"그리고 우리 땡초들이 아니면 누가 죄를 이고 가겠느냐. 계획이 부활했으니 다시 채비를 갖추도록 해라. 늦어도 한 달 안에는 도착하겠지 싶구나. 조타 중대사에게 가서 철혈암(鐵血庵)을 비워주십사 부탁해라."

"철혈암이면 되겠습니까?"

"그곳이 적당하겠다. 다른 사람들을 숙식시키기도 좋고 사원의 다른 곳들과도 충분히 머니. 잠시만 기다리거라."

쥬타기 대선사는 몸을 돌려 죽편 하나를 꺼내었다. 오레놀은 조심스럽게 그것을 받아들었다.

"그 안에는 준비해야 할 것들이 적혀 있다. 네가 책임지고 준비를 하도록 해라. 너 혼자서는 힘들 테니 기개가 높은 행자 몇 명과 함께 준비하도록 해라. 그 행자들에겐 반드시 모든 사실을 다 알려줘야 한다. 정성스러운 마음이 아니고선 차라리 데리고 가지 않느니만 못하다. 내 가끔 찾아가보겠지만, 책임은 네게 있다. 중한 책임임은 말하지 않아도 알고 있겠지."

오레놀은 책임감이 어깨를 짓누르는 것을 느끼며 죽편을 조심스럽게 펼쳤다. 경건하게 죽편을 읽던 오레놀은 그만 눈살을 찌푸렸다.

"……피도 뿌려야 합니까?"

"너 도깨비냐? 피 좀 뿌리면 어때서. 산 뒤편의 밀렵꾼들 몇 명 잡아다 족치면 피를 뿌릴 만한 동물을 잡아다 줄 거다."

오레놀은 승려의 몸으로 피를 뿌리는 자신의 모습이 잘 상상되지 않았다. 또 무도한 밀렵꾼들을 만나야 한다는 사실을 생각하자 등 뒤에 식은땀이 흐를 지경이었다. 거의 전설이 되다시피 한 파름 산 승려들과 밀렵꾼들 사이의 오랜 반목을 현재에 계승하고 있는 사람을 찾아보라면 오레놀이 그에 해당한다. 철없고 기고만장했던 행자 시절, 동료 행자들을 이끌고 파름 산을 누비며 밀렵꾼들을 두드려잡는 일로 나날을 보내곤 했던 오레놀의 무용담은 아직까지도 행자들 사이에서 끊임없이 회자되고 있다. 그리하여 밀렵꾼들이 크게 개심하여 마침내 승려가 되었다면 이야기가 참으로 아름다웠겠지만, 밀렵꾼들은 대개 대사원에서 다친 몸을 치료한 다음 오레놀에 대한 흉측한 평판만 가지고 돌아갔고, 그래서 밀렵꾼들은 대사원의 주지 이름은 몰라도 '미친 땡중' 오레놀의 이름은 알고 있다. 그 밀렵꾼들에게 동물을 부탁한다면 밀렵꾼들이 오레놀을 얼마나 비웃겠는가. 오레놀은 마지못한 표정으로 투덜거렸다.

"승려가 아니면 누가 죄를 이고 가겠습니까. 살신(殺神)을 막으려면 더한 일이라도 해야겠지요."

사방으로 나부끼던 깃털이 서서히 내려떨어지는 가운데, 티나한은 두 손을 툭툭 털었다.

"잔치는 모두 끝났다. 집으로 돌아가라!"

"아무래도 병이 되고 있는 것 같지 않아요?"

비형이 륜을 돌아보며 질문했다. 륜은 멋쩍게 웃으며 고개를 끄덕였다.

소르륵 떨어지는 티나한의 깃털 아래 인간들은 후줄근하게 두드려맞아 쓰러져 있었다. 원망의 눈빛과 신음이 티나한에게 집중되었지만 티나한은 부리를 딱 부딪치며 땅에 꽂아둔 철창을 쑥 뽑아들었다. 거만한 걸음걸이로 걸어온 티나한은, 부풀어올랐던 깃털을 가라앉히기 시작했다. 그의 앞쪽엔 케이건이 앉아 있었다.

비형과 륜은 이제 흥미롭다는 표정을 케이건에게 돌렸다. 비형이 병이라 진단한 활동에 티나한이 매진하는 동안 케이건은 다른 두 사람과 달리 아무런 흥미도 관심도 없는 표정으로 조용히 풀만 뜯고 있었다. 티나한은 겸연쩍어하며 말했다.

"어, 내가 5분도 걸리지 않을 거라고 했지? 음. 5분 안 됐지?"

케이건은 천천히 고개를 들었다.

"끝났으면 출발해도 되겠소?"

"끝났어. 해도 돼."

쓰러져 신음하고 있던 '철권왕'—그는 맨주먹으로 차돌을 깨는, 실로 왕에게나 어울리는 용력을 가지고 있어 왕으로 추대되었다고 한다. 설명을 들은 티나한은 자신의 부리를 때려보라고 내밀었다. 무릎에 두 손을 짚은 채 부리를 내민 레콘에게 철권왕은 무모하게도 주먹을 휘둘렀다. 차후 그가 다시 왕이 되려 한다면 그는 자신을 편수왕(片手王)이라 칭해야 할지도 모른다.—은 고통 속에서도 의아한 표정으로 티나한을 바라보았다. 철권왕은 조금 전 자신과 자신의 군대를 박살낸 두억시니 같은 레콘이 조그만 인간의 눈치를 살피는 모습을 이해할 수 없었다. 비형은 화는 조금도 안 내고 친절함은 무한대로 발휘하는 케이건의 성격이 어떻게 레콘을 쩔쩔매게 만드는가에 대해 상세히 설명해 주고 싶었지만 케이건이 걸음을 이미 옮긴 후라 그럴 여유가 없었다.

싸움은 끝났지만 티나한의 흥분은 아직 완전히 가라앉지 않았다. 앞장서서 걸어가고 있는 케이건의 눈치를 살피면서도 티나한은 기세 오른 목소리로 비형과 륜에게 수다를 떨었다.

"난 말이야. 제왕병 걸린 잡놈들이 불쌍하다고 생각했어. 그래서 별 신경을 쓰지 않았지. 사실 약간이지만 동질감도 느꼈어. 하늘치에 올라가는 일이나 왕이 되는 일이나 도전인 것은 마찬가지잖아? 그래. 도전이라고. 하지만 이제부턴 가만두지 않겠어. 내 눈앞에 그런 잡놈들이 얼씬거리는 것은 절대로 봐넘기지 않을 거라고. 이제 확실해. 그런 놈들은 두들겨 패서 집으로 돌려보내는 것이 오히려 도와주는 거야."

류은 이제야 조금씩 이해하게 된 사실을 확인해 보았다.

"그러니까 그 제왕병이라는 것은 진짜 병을 말하는 것이 아니죠? 왕이 되고 싶어하는 사람을 비꼬아 말하는 거죠?"

"그래, 맞아."

"북부에는 그런 사람들이 많은가 보죠? 하긴, 조금 전의 그것이 벌써 네 번째였으니. 왜 그렇게 많은 사람들이 자기 생업도 포기하고 헛된 꿈을 쫓아 방랑하는지 모르겠군요. 게다가 따라 다니는 사람들은 뭐죠? 그 사람들은 왕의 신하가 되고 싶은 사람인가요?"

비형은 반색하며 설명하려 했다. 하지만 입을 열기 전, 비형은 케이건이 들려줬던 설명을 자신이 아직 이해하지 못하고 있음을 깨달았다. 비형은 다시 입을 다물었고 누군가의 부하가 된다는 개념이 거의 없는 티나한은 어깨를 으쓱였기에 류의 질문은 대답을 얻지 못했다.

길잡이 케이건에게 모든 것을 떠넘기다시피 한 채 여행하고 있었기에 티나한과 류, 비형은 그들이 지금 어디쯤에 있는지 잘 알지 못했다. 케이건은 사막이나 황야, 계곡, 고산 등 일행에게 부담이 갈 만한 지형을 피하는 여정을 수립했기에 여행은 수월하기도 했다. 그러나 케이건에겐 걱정이 있었다. 쉬운 여정은 필연코 사람들의 도시를 만나게 된다. 케이건은 며칠 동안 그 사실에 대해 고민하다가 나머지 일행에게 의견을 구했다. 다른 일행들은 진지한 표정으로 케이건의 설명을 들었지만 머릿속으론 '찬성!'이라고 말할 시간만 기다렸다.

"내일이나 늦어도 모레까지는 자보로에 들어가게 될 거요. 자보로를 다스리는 세도 마립간에 대한 세평은 다양하지만 그가 누대에 걸쳐 자신들의 땅을 지켜온 강인하고 수완 좋은 씨족의 후손임에는 많은 이들이 찬성해 줄 것이오. 안정된 땅이라는 거지. 좀 별나다는 평가도 있긴 하지만."

비형이 반색하며 말했다.

"아, 세도 마립간에 대해서는 저도 압니다. 옛날에 만나기도 했지요. 옛날에 저희 성주님이 도깨비 감투를 상품으로 내걸고 씨름판을 벌인 적이 있어요. 그때 즈믄누리를 찾아오셨지요. 그렇게 연세 지긋하신 킴이 왜 그런 장난감을 탐내셨을까요?"

티나한은 피식 웃었다. 도깨비에겐 도깨비 감투가 장난감에 불과할지 모르지만 다른 자들에겐 그렇지 않다.

"꽤 비참한 꼴 보고 돌아갔겠군. 그렇지?"

"예. 체격 괜찮은 킴들도 몇 명 데려오셨지만 모두 호되게 나가떨어졌죠."

그리고 비형은 해묵은 의문을 다시 제기했다.

"그러고 보니 케이건 당신은 도대체 어떻게 판막음을 했죠?"

"더 이상 덤비는 씨름꾼이 없어서."

케이건은 판막음의 상식적인 정의로 대답해 버리곤 계속 말했다.

"어쨌든 비형 당신이 바우 성주의 몸종이니 세도 마립간이 우리를 박대하지는 않을 거요. 비록 조금 전에 당신이 거론한 유쾌하지 못한 추억이 있다 하더라도. 하지만 륜에 대해 설명하거나 하는 일은 번거로울지도 모르오. 쓸데없는 의심을 받을지도 모르고. 그러니 여러분들이 야외에서 먹고 자는 일에 진력이 나 있는 것이 아니라면 우리는 그 땅을 피할 수도 있소. 하지만 자보로에는 사원이 있소. 마립간에겐 들르지 않더라도 사원에 들러 혹 우리에게 온 지시 사항이 있는지 들어보는 것은 괜찮은 일일 듯하오."

세 사람은 기다리던 일을 해치웠다.

"찬성!"

케이건은 별말 없이 다시 일행을 선도했다.

케이건이 예측한 대로 그들은 다음 날 오후 무렵 지평선에 걸려있는 성벽의 모습을 볼 수 있게 되었다. 케이건은 배낭에서 방풍복을 꺼낸 다음 륜에게 입도록 했다. 그리고 사막을 여행할 때 쓰던 천으로 륜의 얼굴과 머리를 다 가렸다. 티나한은 륜이 이제 인간과 비슷하게 보인다고 평했고 비형은 가짜 수염과 가짜 눈썹, 의족, 안대, 가발, 나무손 등의 '조그만' 손질을 더하여 완벽을 기하는 편이 낫지 않겠냐고 열성적으로 제안했다. 케이건은 비형의 의견을 진지하게 경청한 다음 품위 있게 무시했다.

"두억시니로 보여질 필요까지는 없다고 생각되오."

그날 저녁, 일행은 자보로에 접근했다.

시구리아트 산맥의 남단부가 푼텐 사막에서 불어오는 열풍을 막고 있는 지점에 위치한 자보로는 성에 둘러싸인 거대한 도시였다. 륜은 그 모습에 대단히 놀랐다. 륜은 왜 사람들이 도시에 드나들기 어렵게 저런 큰 담을 쌓아두었냐고 질문했다. 비형과 티나한이 각자 설명했지만 케이건의 설명만큼 깔끔하진 못했다.

"키보렌 밀림과 마찬가지지. 우정 없이는 들어오지 말라는 거야."

케이건의 설명은 정확했지만 덕분에 일행의 분위기가 조금 묘해졌다. 그런 분위기를 바꾸기 위해서 비형은 짐짓 놀랐다는 듯이 성벽의 일부를 가리켜보였다.

"봐요, 륜! 저게 뭔지 알겠어요?"

륜은 비형이 가리킨 곳을 바라보았다. 성벽의 위쪽 가까이, 정연하게 늘어서 있는 돌들 사이로 좀 기묘한 돌이 끼여 있었다. 형태는 성벽을 이루고 있는 다른 돌과 마찬가지였지만 그 빛깔이나 재질은 다른 돌과 달라서 눈에 잘 들어왔다. 비형은 감탄하며 말했다.

"저건 일부러 표시하기 위해 다른 색깔의 돌을 끼워둔 겁니다. 대호 별비가 무라 마립간의 말을 물고 바로 저기로 넘었다고 하더군요. 말로만 들었는데 진짜 저렇게 해두었군요. 원래 있던 돌에는 별비의 발톱 자국이 났고 그건 마립간 궁에 보관되어 있다고 하더군요. 그렇죠, 케이건?"

케이건은 고개를 끄덕였다. 륜은 성벽을 올려다보며 질문했다.

"그런데 왜 중간쯤에 끼여져 있죠? 그 대호가 성벽을 뚫은 건 아닐 텐데."

"별비가 저 성벽을 뛰어넘은 다음 무라 마립간은 화가 나서 성벽을 더 높였어요.

그래서 저 돌은 저렇게 성벽 중간쯤에 끼여 있는 거죠. 그런데 저 높이를 넘었다면, 와! 도대체 얼마나 높이 뛴 거죠?"

티나한이 자신있게 말했다.

"흥. 저까짓 것. 한쪽 발로도 뛰어넘을 수 있어. 해볼까?"

비형이 진짜로 한쪽 발로 뛰어넘어보라는 곤란한 제안을 꺼내기 전에 케이건이 고개를 가로저었다.

"관두시오. 티나한. 자보로 사람들을 불쾌하게 할 필요는 없소. 그 사람들도 마음속으론 저 성벽이 딱정벌레에 탄 도깨비나 당신들 레콘에겐 아무 소용이 없다는 걸 알고 있소. 하지만 입 밖으로 내어 인정하진 않지. 당신에게 적의가 없다 하더라도, 고생해 가며 저런 성벽을 쌓은 자들의 눈앞에서 그것이 아무 소용이 없다는 걸 보여주는 건 분명 무례한 일일 거요. 정문으로 갑시다."

케이건의 만류가 바람직한 것이었음은 정문을 지키던 병사들의 태도에서 드러났다. 병사들은 도깨비가 포함된 일행에게 특별히 적의를 가질 필요는 없다고 생각했고 게다가 티나한이 성벽을 뛰어넘지 않은 것에 매우 감명을 받은 눈치였다.

"자보로에 오신 것을 환영합니다. 상식 있는 분들이신 듯해서 기쁘군요."

티나한은 고개를 갸웃했지만 병사들의 우두머리는 곧 설명을 덧붙였다.

"이곳을 찾으시는 다른 레콘들은 저 성벽을 그냥 훌쩍훌쩍 뛰어넘곤 해서 골치지요. 물론 우리 같은 인간들이 나무뿌리나 돌멩이 같은 것을 뛰어넘는 것처럼 별생각 없이 그러시는 거라는 걸 이해합니다만, 저 성벽의 건설자인 우리들에겐 좀 불쾌한 일 아니겠습니까. 게다가 성벽 바로 뒤에는 성벽에 기대어 사는 빈민들이 있습니다. 그자들은 갑자기 움막의 지붕을 뚫고 떨어지는 레콘에 질색을 하고 있습니다. 게다가 그런 식으로 넘으면……."

케이건은 병사의 수다가 끝없이 이어지는 것을 중단시켰다.

"그럼 수고하시오."

그리고 케이건이 지나치려 할 때였다. 병사가 갑자기 손을 내밀어 케이건을 정지시켰다. 케이건은 의아한 얼굴로 병사를 바라보았고 그러자 병사는 싱긋 웃으며 말했다.

"은편 여섯 닢입니다."

"무슨 말이오?"

"아, 조금 전에 하려던 말을 끝까지 못했는데, 그런 식으로 넘으면 통과세를 받을 수 없다는 거였습니다. 그래서 쫓아다니며 받아야 하지요. 귀찮은 일입니다."

비형은 어이없는 얼굴로 티나한을 바라보았다. 티나한은 이미 화를 내고 있었고 그것은 부풀어오른 벼슬에서 잘 드러나고 있었다. 케이건은 담담하게 말했다.

"내 기억에 자보로가 산적이나 유료 도로처럼 통과세를 받았다는 기억은 없소만."

"흠. 얼마 전부터 받게 되었지요. 한 사람 당 은편 여섯 닢."

"글쎄. 온당한 처신이 아닌 것 같소. 그런 식이라면 어떤 여행자도 자보로를 찾지 않을 텐데, 그럼 곤란을 겪게 되는 것은 자보로가 아니겠소?"

"나야 뭐 알겠습니까. 명령을 받았으니 그렇게 하는 거지요. 그리고 내가 위엄왕에게 받은 것 중에는 통과세를 내지 않고 무단으로 들어서려는 자를 처벌할 권한도 있습니다."

다른 병사들이 무기를 꼬나들었다. 하지만 레콘을 앞에 둔 상태에서 그것은 자신들의 처지를 이해해 달라는 애처로운 몸짓으로밖에 보이지 않았다. 불행히도 티나한의 모습은 그들에게 위안이 되지 않았다. 티나한은 위엄왕이라는 이름에 어깨를 잔뜩 부풀렸다. 케이건은 그런 티나한에게 가볍게 손을 내밀어 제지시킨 다음 병사들의 우두머리에게 질문했다.

"미안하오만 그 위엄왕이라는 이름은 익숙하지가 않소. 자보로를 다스리는 것은 세도 마립간 아니셨소?"

"세도 마립간께선 몇 년 전에 타계하셨습니다. 그 후 씨족의 추대를 받아 지그림 자보로께서 마립간에 올랐지요. 하지만 지그림 자보로께서는 마립간이라는 이름을 버리시고 왕이 되셨습니다. 그리고 왕명으로 자보로에 들어서는 이들에게 통과세를 받도록 하셨지요."

티나한은 노기충천한 얼굴로 자보로를 지나쳐가자고 주장했다. 비형 또한 씁쓸한 얼굴로 티나한에게 동조했다. 하지만 케이건은 품속에서 돈을 꺼내어 통과세를 지불했다. 티나한과 비형은 그런 케이건을 몹시 이상하다는 듯이 쳐다보았다. 순순히 통과세를 받은 것에 즐거워진 병사는 케이건이 묻는 대로 사원의 위치를 소상히 알려주었다. 케이건은 병사에게 묵례한 다음 일행을 성벽 안쪽으로 이끌었다.

자보로의 성벽 너머의 풍경은 륜을 숨막히게 했다. 륜은 이런 형태의 도시를 상상할 수 없었다. 다닥다닥 붙은 집들과 지저분한 도로, 제멋대로 지어진 건물들. 도시 어디에서도 륜은 일관성이나 균형 감각 같은 아름다운 요소를 찾아볼 수 없었다. 하지만 무엇보다도 륜을 놀랍고 슬프게 한 것은 그 건물들이 대개 나무로 만들어져 있다는 사실이었다. 주변에 사람들이 별로 없는 틈을 타 륜은 비형에게 저 많은 나무들이 모두 온당한 장례식을 받았냐고 질문했다. 그의 예상대로 비형은 고개를 가로저었다.

"그냥 잘라서 써요. 하지만 그렇게 끔찍하다는 표정을 지을 필요는 없는 것 같군요."

비형은 륜의 표정에 많이 익숙해져 있었다.

"산것만 먹는 당신들의 식습관이 다른 세 종족에겐 소름끼치는 걸로 보일 수 있다는 점을 고려해 보겠어요?"

륜은 얼떨떨한 얼굴로 고개를 끄덕였다.

"저 때문에 많이 불쾌하십니까?"

"아뇨. 난 괜찮아요. 물론 아직도 똑바로 볼 자신은 없지만. 그런데 케이건, 왜 그렇게 돈을 낭비한 거죠?"

비형의 말에 티나한이 다시 분통을 터뜨렸다.

"그래! 비형의 말이 맞아. 여기가 유료 도로야, 뭐야? 얼마든지 그냥 지나갈 수 있어. 그런데 왜 헛돈을 쓴 거야? 젠장, 은편 스물네 닢이라니. 너 부자야?"

앞장서 걷고 있던 케이건은 길을 살피며 말했다.

"나는 그렇게 부유한 사람은 아니오. 하지만 필요할 때 쓸 만큼은 지니고 있소. 물론 그냥 지나칠 수도 있지만, 사원에 들러 몇 가지 알아두는 것이 좋을 것 같아서 그렇게 한 거요."

"뭘 알아두려고?"

케이건은 잠시 침묵했다. 티나한이 조바심을 느낄 무렵 케이건은 갑자기 말을 쏟아내었다.

"물론 지그림 자보로가 다른 제왕병 환자들과 달리 왕이 될 가능성이 있다고는 생각되지 않지만, 왕의 해악은 끼칠 수 있을지도 모르오. 자보로 씨족이 누대에 걸쳐 쌓은 재산과 힘이 있으니."

"왕의 해악?"

"지그림 자보로가 통과세를 받고 있다는 것은, 그것도 여행자를 화나게 할 정도의 고액을 받고 있다는 것은 그가 전쟁 자금을 모으고 있다는 의미로 해석할 수 있소. 전쟁을 걸려면 상대가 있어야겠지. 이 근방에서 그가 정복할 만한 곳은 페치렌, 슈라도스, 메헴 정도일 거요. 그런데 모두 우리가 선택할 수 있는 행로에 속해 있소. 그가 만일 영토 확장 전쟁을 벌일 생각이라면 우리는 그곳을 피해야 하오. 물론 륜을 데려다준 다음 돌아올 때도 유용한 정보가 될 테고."

"이런, 맙소사! 미친 놈이잖아! 전쟁이라고?"

케이건은 조용히 고개를 끄덕였다.

"티나한 당신이 괴롭혀주던 자들은 사실 큰 해악을 끼칠 수도 없는 온건한 장난 꾼들이오. 활용할 수 있는 무력과 재산을 가진 제왕병 환자가 훨씬 위험하지."

티나한은 그 말에 한탄했다. 그때 륜이 도무지 모르겠다는 투로 말했다.

"북쪽에도 나가가 있나요?"

비형과 티나한은 어리둥절한 얼굴로 륜을 바라보았다. 케이건이 되물었다.

"지금 한계선 이북에 있는 나가는 너뿐일걸. 왜 그런 질문을 하지?"

"전쟁이라고 하셨잖습니까. 그 왕이라는 인간이 전쟁을 하려면 나가가 있어야 하는 것 아닌가요?"

티나한과 비형은 왜 전쟁을 하려면 나가가 있어야 하는 거냐고 되물었고 그 질문은 륜을 혼란스럽게 했다. 하지만 케이건은 륜의 질문을 이해했다. 륜이 알고 있는 가장 최근의 전쟁은 아마도 대확장 전쟁일 것이다. 그리고 나가들끼리는 전쟁을 벌이지 않는다. 케이건은 핵심을 짚어 말했다.

"인간은 인간끼리 전쟁해."

륜은 더욱 혼란스럽다는 표정으로 케이건을 바라보았다.

"왜요?"

"곡물을 먹기 때문이야. 곡물을 심으려면 땅이 필요하지. 더 많은 땅을 가지면 더 많은 곡물을 가질 수 있지. 그래서 다른 사람들이 살고 있는 땅을 뺏으려고 전쟁해."

"그런 어처구니없는……."

"너희들도 그랬어."

"네?"

"너희들에겐 살아 있는 것들이 많이 사는 밀림이 필요했지. 그래서 대확장 전쟁을 벌여서 한계선 이남의 모든 땅을 점령하고 거기에 밀림을 만들었지."

륜은 당황하여 말했다.

"하지만 그건 서로 사는 방식이 달라서 어쩔 수 없이 벌였던 일입니다! 우리 나가들은 다른 사람의 밀림을 뺏어서 거기 사는 동물까지 얻으려고 하지 않아요."

"나가들은 자식을 적게 낳지. 그리고 세계의 반을 차지하고 있고. 동물이 부족하진 않아. 하지만 인간은 자식을 많이 낳고 곡물을 심을 땅은 부족해. 그러니 전쟁을 벌이지. 더군다나 왕이 생기면 반드시라고 해도 좋을 만큼 전쟁이 발생하지."

"왜 그렇죠?"

티나한은 케이건이 왕의 정복욕이나 통치욕에 대한 이야기를 할 거라 기대했다. 하지만 케이건의 대답은 완전히 엉뚱한 것이었다.

"왕이 사람들의 눈물을 다 마셔버리기 때문에 사람들은 눈물 없는 비정한 자들이 될 수 있거든. 그게 왕의 해악이지."

비형은 어렴풋이 케이건의 말을 이해했지만 다른 두 사람은 도통 이해할 수 없었다. 그들은 다시 설명을 요구하려 했으나 어느새 사원에 도달해 있었다. 그래서 케이건의 설명을 다시 듣지는 못했다.

성문을 지키던 병사들의 우두머리는 다거트 슈라이트라 했다. 그리고 다거트 슈라이트는 매우 행복했다. 그도 그럴 것이, 위엄왕이 성문 통과자들에게 부과한 통과세는 은편 다섯 닢이었던 것이다. 그 얼빠진 여행자들은 한 사람당 여섯 닢의 돈을 지불했고 따라서 다거트에겐 네 닢의 은편이 남게 되었다. 물론 공모자들인 다른 병사들과 나눠야겠지만 그렇더라도 다거트를 행복하게 하기엔 충분했다. 다른 병사들 또한 즐거운 표정으로 말했다.

"어이, 빨리 문 닫지? 해도 다 졌는데."

그들의 말은 물론 조속히 성문을 닫고 조금 전 그들에게 발생한 불로소득을 이용하여 음성적 여흥에 매진하자는 의미였다. 다거트는 기분 좋게 웃으며 성문을 닫을 준비를 갖췄다. 그때 병사 하나가 손짓을 하며 말했다.

"잠깐. 뭐가 하나 더 온다."

병사가 가리키는 곳을 본 다른 이들은 어둑어둑한 땅 위로 뭔가가 움직이고 있다는 것을 확인했다. 그것은 자보로를 향해 다가오는 것이 분명했다. 다거트 슈라이트와 병사들은 성문을 닫는 손길을 늦추었다. 그들이 느지막이 도시의 품으로 찾아드는 여행객을 배려한 것인지, 그렇지 않으면 은편 네 닢보다는 은편 다섯 닢이 제공할 여흥에 더 관심이 있었던 것인지는 불분명하다. 어쨌든 그들은 느긋하게 성문을 닫았다. 그때 다거트가 눈살을 약간 찡그리며 말했다.

"저거 레콘인가? 대단히 빠른데."

그 말에 병사들도 덩달아 이맛살을 찌푸렸다. 만약 레콘이 성문을 무시한 채 성벽을 뛰어넘는다면 그들은 그 레콘을 찾아 성벽 주위를 뛰어다녀야 한다. 그리고 결코 유쾌해지는 않을 그 레콘에게 통과세를 받아야 한다. 오늘의 행운이 혹 불쾌한 불운으로 끝나게 될지 모른다고 생각하며 병사들은 서로를 쳐다보았다.

그러나 그들에게 다가오는 것은 불쾌한 불운이 아니었다. 그것은 끔찍한 재난이었다.

병사들은 자신들의 눈을 믿을 수 없었다. 점차 커지는 그 모습은 분명 네 발로 달리는 동물의 것이었다. 병사들은 다시 서로를 쳐다보았고 상대방의 얼굴에서 공포를 발견했다.

틀림없었다. 집채만 한 덩치, 선명한 얼룩 무늬, 흙먼지를 피워올리며 땅을 박차는 강인한 네 다리. 다거트가 목이 찢어질 듯이 외쳤다.

"대, 대대대, 대호다!"

"닫아! 성문 닫아!"

병사들은 성문에 몸을 부딪쳤다. 거대한 성문이 심한 쇳소리를 내며 움직이는 동안 병사들은 몇 번이나 성문을 팽개치고 달아나고 싶은 갈등을 느꼈다. 대호는 잔인할 정도의 속도로 커지고 있었다. 그러나 마침내 병사들은 성문을 닫았다. 다거트가 빗장을 거는 순간 성문에서 무서운 충돌음이 들려왔다. 병사들은 뒤로 몇 발자국 물러났고 그중 한 명은 엉덩방아를 찧었다. 날카로운 발톱이 성문을 할퀴는 소리를 들으며 그들은 성벽을 증축한 무라 마립간에게 지극히 감사하는 마음을 느꼈다.

그러나 다거트는 좀 다른 것을 생각했다. 빗장을 걸기 직전, 다거트는 좁은 문틈으로 본 대호의 무시무시한 모습을 똑바로 볼 수 있었다. 그리고 다거트는 대호의 등 위에서 본 것이 황혼녘의 햇살이 만들어낸 환상일 거라 생각했다. 하지만 그의 본능은 그것이 검은 모피 망토로 몸을 감싼 사람이라고 계속 주장하고 있었다.

비형은 벼슬 끝까지 화난 레콘이 어떤 것인지 절감했다. 자보로 사원의 주지인 고다인 대덕이 성문 통과세가 은편 다섯 닢이라는 것을 말하자마자 티나한은 성문을 지키던 병사들을 한 창에 꿰어버리겠다고 날뛰었다. 비형과 륜은 좀 말리라는 듯이 케이건을 바라보았지만 케이건은 찻잔을 내려다보며 담담히 말했다.

"순진한 사람들이군요."

고다인 대덕은 피로한 표정으로 말했다.

"그렇습니다. 왕? 왕은 무슨. 그 꼴에서 보면 알 수 있겠지만 아직 이 성 안의 사람들은 왕이 뭔지 제대로 알지도 못하고 있습니다. 진짜 왕이라면 아랫것들의 그런 장난질을 결코 용서하지 않겠지요. 그리고 아랫사람들 역시 그런 웃기지도 않은 속임수를 쓸 생각은 못할 테고. 지금 위엄왕의 병사라는 것들의 기강은 산적들이나 황야를 떠돌아다니는 제왕병 환자들의 그것보다 낫다고 하기 어렵습니다."

케이건은 고개를 끄덕이곤 그제야 티나한을 돌아보았다.

"티나한. 앉으시오. 나는 그 돈을 지그림 자보로의 병사들 수준이 어느 정도인지 알아본 대가로 생각하고 있소. 성문을 지키라고 보낸 병사들 수준이 그 정도이니 다른 자들은 볼 것도 없소. 그런데 고다인 대덕께서도 순진하시군요."

티나한은 투덜거리며 자리에 앉았고 고다인 대덕은 어리둥절한 표정으로 케이건을 바라보았다. 케이건은 웃지도 않으며 말했다.

"대덕의 속마음을 알아보기 위해 파견된 왕의 첩자가 꼭 자신을 첩자라고 소개하지는 않을 것입니다."

"허헛. 이 땡초가 왕에게 무슨 위협이 될 거라고 지그림이 첩자씩이나 파견하겠습니까."

"위협이 아니라 도움입니다. 지그림 자보로가 조금이라도 생각이 있다면 대덕과 손을 잡는 것이 유용하다는 것을 생각해 낼 겁니다. 저는 얼마 전 파계승 한 명이 달라붙은 제왕병 환자를 보았습니다. 그 파계승은 우수한 지식으로 그 친구에게 많은 권위와 논리를 만들어주더군요. 조만간 대덕께도 비슷한 제안이 들어올지도 모릅니다. 왕을 위해 지혜를 바치라는."

대수롭잖다는 표정으로 듣고 있던 대덕은 곧 걱정스러운 안색이 되었다.

"그러면 어찌하면 좋겠습니까? 부디 고견을 들려주십시오."

"저는 하룻밤 귀 사찰에 재워주신 것에 대한 감사의 뜻으로 그 점을 지적해 드린 것일 뿐, 나머지는 대덕께서 알아서 하실 일입니다."

"제발 이 미욱한 중에게 한 말씀만 해주셨으면 합니다. 지그림 자보로는 자신을 위엄왕이라 참칭하게 된 이후 눈에 뵈는 게 없다는 듯이 굴고 있습니다. 안하무인도 그런 안하무인이 없지요. 그런 자가 제게 제안을 해온다면 전 두려워서 어떻게 대답도 못할 겁니다."

케이건은 눈썹을 약간 찡그렸다. 비형이 보기에 그것은 괜한 소리를 했다는 후

회처럼 보였다. 하지만 다시 케이건이 입을 열었을 때는 언제나처럼 단조롭고 친절한 말이 흘러나왔다.

"먼저 제 질문에 대답해 주십시오. 지그림 자보로는 전쟁 준비 중입니까? 돈을 모으고 있는 것을 보곤 그런 의심을 했습니다만."

고다인 대덕은 놀랐다는 듯이 말했다.

"예. 병사를 모으고 무서운 병기들을 만들어내고 있습니다. 물론 당신이나 티나한 님의 저 병기보다 더 무서운 것은 못 봤습니다만."

"언제쯤 전쟁을 일으킨답니까?"

"여러 가지 소문이 있습니다만 가을철이라는 이야기가 좀 그럴듯하게 들리더군요. 추수한 곡식들이 쌓여 있을 테니까."

"그건 별 도움이 안 되는군요. 지그림 자보로는 그보다 일찍, 혹은 더 늦게 전쟁을 일으키는 편이 좋습니다. 추수한 곡식을 지키려는 자들에게서 그것을 빼앗기보다는 땅을 뺏은 다음 곡식을 추수하는 편이 좋으니까. 어디를 친다는 말은 없습니까?"

"아, 그건 상대적으로 좀 뚜렷한 편입니다. 메헴과 자보로 사이의 오랜 원한이 있으니까요. 과거 마립간들이 있을 때도 메헴과 자보로는 몇 번이나 전쟁을 일으켰습니다. 위엄왕은 이번에야말로 메헴을 정벌해서 왕으로서의 자신의 입지를 높일 생각인 것 같습니다. 그 때문에 메헴 쪽에서도 전쟁 대비를 하고 있다고 들었습니다."

"알겠습니다. 메헴이군요. 그렇다면 조언을 드리겠습니다. 봉문(封門)하십시오."

고다인 대덕은 놀랐다.

"봉문이오?"

"예. 봉문하시고 안거하십시오. 고대의 진짜 왕들도 사원의 봉문은 존중했습니다. 그래서 고대에 도망친 죄인을 보호하기 위해 사원이 봉문을 하기도 했습니다."

"그건 알고 있습니다. 하지만 봉문을 하게 되면 저희들은 대사원으로부터도 고립됩니다."

"지그림 자보로가 왕놀음을 오랫동안 하지는 못할 겁니다. 사람들이 말하는 것처럼 사과를 받아야 할 키탈저 사냥꾼들이 없으니까 그럴지도 모르지만, 제 생각으로는 현명한 자보로 씨족이 곧 지그림에게 제동을 걸 거라 여겨집니다. 그러니 그때까지만 참으시면 될 겁니다. 물론 이것은 제 제안일 뿐입니다. 제 생각엔 가장 안전한 방법입니다만, 결정은 대덕께서 하실 일입니다."

고다인 대덕은 마지못한 듯 고개를 끄덕였다. 인사를 나누기 전, 케이건은 다시 티나한을 놀라게 할 만한 돈을 시주하며 객실에 군불을 때 달라는 요청을 했다. 이런 계절에 어울리는 일이 아닌지라 대덕은 꽤 놀랐다.

사원의 행자들도 어처구니없는 요청에 의아해했지만 어쨌든 객실에 불을 땠다. 행자들이 모두 돌아간 다음 방풍복과 천을 벗은 륜은 방바닥이 뜨거운 것에 꽤 놀랐고 비형은 그에게 온돌의 원리에 대해 설명해 주었다. 륜은 대단히 당혹했다.

"나무를 태워서 가열한다고요?"

비형은 당황하며 케이건을 바라보았다. 케이건은 담담하게 말했다.

"비형도 좀 쉬어야 해. 계속 네 몸에 도깨비불을 붙여두면 제대로 잘 수 없어. 비형. 륜의 몸에서 도깨비불을 제거하시오."

륜은 다급하게 말했다.

"하지만 나무를 태우고 싶지는 않습니다. 저 때문이라면 그냥 차가운 방에서 자겠습니다."

"내일 아침에 너 깨울 일이 너무 귀찮다. 위험할지도 모르고."

비형이 조심스럽게 륜을 거들었다.

"저, 케이건. 지금까지 별로 불편하지도 않았는데요. 방의 불을 빼고 지금까지처럼 륜에게 불을 붙여주면 안 되겠습니까?"

"모처럼 쉴 수 있는 곳에 왔으니 오늘 하루는 푹 쉬시오. 길잡이로서 권고하는 거요. 륜. 이미 장작이 된 나무를 불태우는 거다. 신경 쓰지 말고 자라."

륜은 마땅찮은 표정으로 케이건의 결정을 받아들였다. 비형이 그의 몸에서 도깨비불을 제거했다. 성문 통과세와 시줏돈을 보고는 케이건이 부자인 듯하다고 생각하게 된 티나한은 그에게 하늘치 유적에 대해 관심이 없냐고 묻기 시작했다. 하지만 케이건은 별 관심이 없다고 대답하고는 머릿속으로 여정에 대해 궁리했다.

케이건이 메헴을 우회하는 여정과 그다음 여정에 대한 생각을 대충 마무리했을 때 류과 대화 중이던 비형이 그에게 질문했다.

"케이건. 미안하지만 아까 했던 말 좀 다시 해주겠어요?"

"어떤 말을 말하는 거요?"

"당신이 주지 스님께 한 말 말입니다. 사과를 받아야 할 키탈저 사냥꾼이 없다는 것. 그래서 왕이 돌아오지 않는다는 거죠?"

케이건은 한숨을 쉬었다.

"나는 그런 모순에 별 관심이 없소. 다만 널리 알려진 말이라 인용했을 뿐이오."

"모순이오?"

"흔히들 그렇게 말하지. 키탈저 사냥꾼들에게 사과해야만 왕이 돌아올 수 있는데, 사과를 받아야 할 키탈저 사냥꾼이 없기 때문에 왕은 다시는 돌아올 수 없다고. 하지만 키탈저 사냥꾼이 남아있더라도 그건 여전히 말이 안 되는 저주요. 그 저주를 보시오. 키탈저 사냥꾼에게 사과해야만 왕이 돌아올 수 있소. 그런데 키탈저 사냥꾼들에게 사과할 사람은 왕밖에 없소. 앞뒤가 맞지 않잖소?"

잠시 생각해 본 류과 비형은 곧 그것이 모순임을 깨달았다.

"정말 그렇군요? 왜 그렇게 말도 안 되는 저주를?"

케이건은 이부자리를 끌어당기며 말했다.

"키탈저 사냥꾼들은 모순에 특별한 힘이 있다고 믿었소. 그래서 그들은 누군가를 저주할 때 항상 모순 형태로 저주했소. 그리고 티나한. 이야기하는 바는 잘 들었지만 아무래도 하늘치 유적에 대한 특별한 호기심 같은 것이 생기지 않소. 지금으로선 우리의 관심사를 우리의 여행 자체에만 한정지어 놓고 싶소. 됐소? 그럼 잡시다."

자보로 씨족이 자신의 이름을 따서 자보로를 건설했는지, 아니면 자보로의 이름을 따서 자보로 씨족의 이름을 정한 건지는 자보로 씨족 사람들도 정확하게 알지 못한다. 자보로는 실로 고도(古都)지만 자보로 씨족도 대단히 오래된 씨족이다. 그리고 같은 이름을 공유하는 도시와 씨족은 역사 또한 공유한다. 유구한 역사 동안, 자보로를 다스리는 마립간은 항상 자보로 씨족에서 배출되었다. 그것은 너무 오래되어 아무도 다른 방법이 있다는 것을 생각할 수 없게 되어버린 전통이다. 실제로 자보로를 다스리는 사람은 자보로 씨족에서 나와야 한다는 규칙 같은 것은 어디에도 없으며 그것을 인정했던 마립간 또한 없다. 그러나 마립간이 사망하면, 장례식에 참석한 자보로 사람들은 마립간의 추억을 기리면서도 그 현실적 관심은 자연스럽게 자보로 씨족 회의 쪽으로 쏠렸다. 심지어 씨족 회의가 지연되면 사람들은 불안해하며 자보로 씨족을 다그쳤다. 그리고 마침내 자보로 씨족이 그들의 수장을 선출하면 사람들은 당연하다는 듯이 그를 자보로의 차기 마립간으로 옹위했다. 물론 이 유구한 전통이 도전을 받았던 적이 한번도 없는 것은 아니다. 하지만 전통에 반기를 든 저항자는 자보로 씨족보다는 오히려 자신의 씨족 안에서 반대를 발견하고는 그 저항 의지를 상실했다. 자보로 사람들은 그것이 너무 '점잖지 못하다'고 생각했다. "왕이 돌아온다면 모를까, 잘 해나가고 있는 사람들을 왜 귀찮게 하나?" 자보로 사람들의 이런 반응은 잠재적 저항자로 하여금 야망을 포기하도록 만들었고 실재적 저항자로 하여금 수모와 분노 속에 자보로를 떠나게 만들었다.

그리고 사람들은 세도 자보로가 사망하고 지그림 자보로가 자보로 씨족의 새로운 수장으로 선출되었을 때 전통이 단절없이 이어지게 한 자보로 씨족에게 갈채를 보내었다. 그러나 지그림 자보로는 그를 수장으로 뽑아준 씨족의 우두머리들과 그를 지그림 마립간이라 부를 준비를 갖추고 있던 자보로 사람들을 실망시키고 당황하게 만들었다. 지그림 자보로가 자신을 위엄왕이라 칭하자 자보로 사람들은 눈앞이 깜깜해지는 기분을 느꼈다.

씨족의 최연장자들과 자보로의 존경받는 유지들이 직접 방문하여 지그림 자보로를 설득했지만 지그림 자보로는 자신의 고집을 꺾지 않았다. 그 시점에서 지그림 자보로와 자보로 사람들 사이에 정면 충돌이 일어나지 않은 것은 자보로 사람들이 전통에 대해 가지고 있던 믿음 때문이었다. 씨족의 원로들과 도시의 유지들

은 결국엔 지그림 자보로가 수백 년 동안 지켜져온 전통의 의미를 깨닫고 자신의
실수를 반성할 거라 확신했다. 사람들의 그런 태도는 지그림 자보로를 더욱 화나
게 만들었다.

"갈기를 달고 몸을 검게 물들여도 고양이는 흑사자가 될 수 없단 말이냐!"

자보로 사람들은 대꾸하지 않았다. 그들은 침묵한 채, 마치 철부지 아들이 세상
무서운 줄을 깨닫게 되길 기다리는 어버이처럼 지그림의 비위를 맞추며 잠자코 기
다렸다.

따라서 성벽 위에서 지그림 자보로의 큰아버지이자 대장군—위엄왕 이외에 다
른 사람이 이렇게 부르면 미친 듯이 화를 내곤 했지만—인 키타타 자보로가 빙긋
웃으며 말했을 때 그가 심술궂은 즐거움을 만끽하고 있음은 모든 사람들의 눈에
분명했다.

"위엄왕 폐하. 폐하의 왕권에 대한 첫 번째 도전이군요. 저 가소로운 도전자를
손수 처리하시겠습니까?"

위엄왕은 어리석지는 않았다. 하지만 체면을 상하지 않으면서도 적절한 대답이
될 수 있는 말을 떠올릴 수는 없었다. 그래서 위엄왕은 아무 대답도 하지 않은 채
성벽 아래를 오락가락하는 대호를 쏘아보았다. 키타타 자보로를 비롯한 다른 사람
들도 위엄왕의 반응보다는 대호에게 더 호기심을 느꼈기에 역시 성벽 아래쪽을 바
라보았다.

별비와 무라 마립간의 이야기를 듣고 자라난 그들에게 그들의 성벽 아래에 도사
리고 있는 대호의 모습은 각별했다. 그것은 철이 들면서 잊어버린 어린 시절의 환
상이 갑자기 현실이 되어 돌아온 광경이었다. 그 모습만으로도 큰 충격을 받은 그
들에게 검은 모피 망토로 몸을 감싼 채 대호의 등에 올라타 있는 기수의 모습은 불
가해하게까지 느껴졌다. 위엄왕은 그 사람의 존재에서 겨우 적절한 대응을 떠올릴
수 있었다.

"대호만이라면 상관없지만 사람이 있으니, 일단 말부터 걸어봐야겠군."

틀린 말은 아니었기에 사람들은 잠시 야유와 조소를 유보했다. 위엄왕은 목소리

를 가다듬어 외쳤다.

"그대는 누구인가! 이 땅에 호의를 가지고 왔는가, 아니면 증오를 가지고 왔는가? 그리고 어떤 자이기에 그 위험한 생물을 타고 있는 것이냐?"

검은색 망토로 온 몸과 머리까지 감춘 기수가 고개를 조금 들었다.

"나는 사모 페이라고 한다. 이곳엔 호의도 증오도 없이 왔다. 내 요청이 어떻게 받아들여지는지에 따라 둘 중 하나를 선택할 것이다. 그리고 이 대호와 나의 관계는 내 요청과 별 상관이 없다."

사람들은 또다시 충격을 받았다. 위엄왕은 턱이 빠질 듯한 얼굴로 말했다.

"놀라운 목소리군! 여자인가? 아니, 여자라도 저런 목소리는 못 낼 것 같은데?"

키타타 자보로 또한 조카의 말에 동감했다. 키타타는 왕에게 어떤 신령한 존재일지도 모르니 말을 조심하라고 조언했다. 위엄왕은 그 말을 받아들였다.

"마음을 열고 듣겠노니, 사모 페이. 어떤 요청인지 말해 보라."

"너희들의 담장 너머에 나가가 한 명 있다. 그를 내게 보내기를 바란다."

위엄왕은 당황하여 그의 대장군을 돌아보았다. 키타타는 왕의 명령을 기다리지 않고 곧장 성문을 지키던 병사를 소환했다. 잠시 후 다거트 슈라이트를 포함하여 많은 수의 병사들이 왕 앞에 달려와 부복했다. 키타타가 빠르게 질문했다.

"너희들이 오늘 성문을 지키고 있었느냐? 나가가 이 땅에 들어왔다는데, 사실인가?"

"그럴 리가 있겠습니까! 만일 그런 일이 있었다면 벌써 보고를 드렸을 겁니다. 각하."

"젠장. 너희들은 나가가 어떻게 생겼는지도 모르잖아."

"예? 아, 하지만 어떤 사람이 나가가 아니라는 것은 알고 있습니다. 오늘 성문을 통과한 사람은 모두 인간이나 도깨비, 레콘이었습니다. 나가는 없었습니다."

위엄왕은 당황한 표정으로 키타타를 바라보았다. 키타타 또한 의아한 듯 바깥의 사모를 바라보았다. 하지만 키타타를 포함하여 그곳에 있던 사람들 모두는 그토록 아름다운 목소리로 말한 자가 뭔가를 잘못 알고 그러는 거라고 생각하고 싶지 않왔다. 다시 병사들을 돌아보던 키타타는 그들 중 하나가 약간 이상한 얼굴을 하고 있음을 깨달았다. 키타타는 그 병사에게 성큼 다가서며 느닷없이 말했다.

"왕에게 허튼소리를 고했다간 목숨을 간수하기 어렵다! 확실히 나가가 없었느냐?"

지적을 당한 병사는 다거트 슈라이트였다. 다거트는 기겁하며 말했다.

"저, 저, 사사, 사실은 정체가 확실치 않은 방문자가 한 명 있긴 했습니다. 저 대호가 들이닥치기 직전에 남문으로 들어선 자들인데, 네 명이었습니다. 인간과 레콘, 도깨비가 있었고, 나머지 한 명은 사막 사람들이 입는 펑퍼짐한 옷을 입고 있었습니다. 하지만 체구는 보통 인간과 비슷했습니다. 그래서 인간일 거라 생각했습니다."

키타타는 어이가 없었다.

"확인하지 않았다는 거냐?"

다거트는 무슨 말인지 알아듣기 어려운 말을 횡설수설 늘어놓았다. 키타타는 그를 탓할 마음도 들지 않았다. 키타타는 눈앞에 있는 젊은이들이 콧물을 마시던 어린애였을 때부터 그들을 잘 알고 있었다. 그들은 도저히 절도 있고 엄격한 병사라 부를 수 없는 청년들이었다. 지그림 자보로가 왕이라는 지위에 어울리지 않는 것만큼이나.

하지만 위엄왕은 부하 병사의 그런 방만한 태도에 격분했다. 위엄왕의 무시무시한 욕설에 다거트는 쩔쩔매며 말했다.

"하지만 나가일 리가 없잖습니까? 나가 잡는 건 도깨비라고 들었습니다. 그런데 그 무리에는 도깨비가 있었어요. 게다가 나가는 우리 땅에서는 얼어죽는다고 하잖아요? 하지만 그자는 옷은 펑퍼짐한 것을 입었지만 떨지는 않던데요?"

"그걸 말이라고 하느냐! 그럼 넌 도깨비를 잡으려고 이야기꾼 세 명을 데려갈 테냐! 이 인두로 눈알을 지져버릴 놈 같으니!"

다거트는 대경실색하여 자신의 눈을 꽉 누른 채 엉덩방아를 찧었다.

"죄송해요, 지그림 아저씨!"

다거트의 결정적인 실언이었다. 도무지 위대한 왕과 그의 강대한 병사 간의 대화라고 보기 힘든 장면을 보며 얼굴을 씰룩거리던 사람들은 그 말에 그만 폭소를 터뜨리고 말았다. 위엄왕은 미쳐 날뛰며 검을 뽑아 다거트를 베어죽이려 들었다. 키타타 자보로가 황급히 왕을 만류했다.

"고정하십시오. 폐하. 아직 자신의 임무에 익숙지 않은 병사들입니다. 왕의 관용을 보이시는 것이 훨씬 위엄 있는 일입니다. 그리고 한 가지 더 말씀드릴 것이 있습니다."

왕의 위엄이라는 말에 위엄왕은 폭풍 같은 숨을 몰아쉬면서도 검을 휘두르진 않았다.

"무슨 말인가. 대장군?"

"한낱 미물에 불과할지라도 왕의 땅에 들어왔다면 왕의 보호를 받을 권리가 있습니다."

위엄왕은 얼떨떨한 표정으로 백부를 바라보았다.

"나가를 보호하라고?"

"그게 아니라,"

키타타는 '이 얼간아! 네가 왕이라고?'라는 말을 가까스로 삼켰다.

"보호하든 처벌하든 그건 왕의 권한이라는 말입니다. 저자에게 왕의 땅에 들어온 자를 내놓으라 요청할 권한이 있는지 물어보십시오."

흥분을 가라앉힌 위엄왕은 겨우 키타타의 말을 이해했다. 다거트를 한번 사나운 눈길로 흘겨보고나서, 위엄왕은 다시 성벽 아래를 향해 말했다.

"왕의 땅에 들어온 자에 대한 책임은 모두 짐에게 있다. 나가가 있는지 없는지는 아직 모르겠다만, 네가 어찌해서 그 나가를 내놓으라 하는가?"

사모는 조금 후에야 대답했다.

"또?"

"또라니? 뭐가 또라는 거냐?"

"또 왕이야? 이 땅엔 참새보다 왕이 더 많은 것 같군."

화를 낸 사람은 이번에도 위엄왕뿐이었다. 다른 사람들은 웃음을 참기 위해 온갖 방법을 동원해야 했다. 위엄왕이 격분하여 고함을 지르기 직전, 사모는 조금 부드러운 어투로 말했다.

"그래도 너는 좀 그럴듯하게 보이는군. 이렇게 커다란 담장을 가진 왕은 아직 못 봤어. 네 이름은 아마 담장왕이겠군."

"위엄왕이다!"

"위엄왕? 알겠어. 네가 조금 전 왕의 책임에 관한 말을 한 것 같은데, 솔직히 무슨 말인지 잘 모르겠군. 하지만 그 나가를 내놓으라고 말할 수 있는 권리는 보여줄 수 있어."

망토 속에서 사모의 두 팔이 나왔다. 어둠 속에 사람들은 비늘 덮인 그 팔을 보며 사모가 무슨 갑옷을 입고 있는 것인가 생각했다. 그러나 사모가 두건을 들어올리자 사람들은 비명을 질렀다. 두건 뒤에서 비늘에 덮인 얼굴이 드러났다. 한번도 본 적이 없었지만 그들은 그 얼굴이 무엇을 의미하는지 알 수 있었다.

"보시다시피 나 또한 나가다. 이건 나가끼리의 일이야. 불신자들은 상관할 필요가 없다. 설명이 되었나."

사모의 이 점잖은 말은, 그러나 온당한 대우를 받지 못했다. 위엄왕은 파랗게 질린 얼굴로 고함을 질렀다.

"이 괴물! 여기가 어디라고 찾아온 거냐! 한계선을 넘다니, 죽으려고 작정했구나. 저 괴물과 대호를 쏴라!"

병사들 서넛이 쭈뼛거리며 활을 꺼냈다. 키타타가 당황하며 말했다.

"나가는 말을 하지 않습니다. 저건 나가가 아닐 겁니다."

"그렇다면 더 끔찍한 괴물이겠지! 당장 쏴라!"

사모는 어이없다는 듯이 성벽 위를 바라볼 뿐 아무런 대처도 취하지 않았다. 위엄왕의 명령을 받은 병사들이 화살을 날렸다.

화살이 땅을 때리고 퉁겨 올렸지만 대호와 사모는 꿈쩍도 하지 않았다. 위엄왕은 병사들의 조악한 활솜씨에 분노하며 직접 활을 들어 화살을 먹였다. 위엄왕이 쏜 화살은 사모를 향해 똑바로 날아들었다. 그러나 사모의 망토 속에서 솟아오른 쉬크톨이 화살을 퉁겨내었다. 위엄왕은 사나운 욕설을 퍼부었지만 사모는 그를 뚫어지게 바라볼 뿐 아무 대답도 하지 않았다. 그녀는 다만 왼손을 내밀어 대호의 커다란 머리를 가볍게 짚었다.

대호가 뒤로 돌아 어둠 속으로 달려갔다. 위엄왕은 다시 외쳤다.

"도망치게 내버려둘 수 없다! 성문을 열고 추격하라!"

"도망치는 것이 아닙니다. 폐하."

키타타의 말에 위엄왕은 무슨 영문인지 몰라 눈을 끔뻑거렸다. 그때 위엄왕은 보았다. 어둠 속에서 시퍼런 불꽃 두 개가 성벽 위를 쏘아보고 있었다. 그 소름끼치는 광경에 질린 위엄왕은 잠시 후에야 대호가 다시 돌아섰음을 깨달았다.

대호는 달렸다.

위엄왕이나 키타타가 어떤 지시를 내리기도 전에 번개처럼 달려온 대호는 성벽을 20미터쯤 남겨둔 지점에서 땅을 박차며 도약했다. 상식이 통하지 않는 그 가공할 도약은 사람들에게 거의 비행처럼 보였다. 레콘의 도약에 익숙한 병사들은 머리를 감싸쥐며 엎드렸으나 다른 사람들은 기가 막혀서 움직이지도 못했다. 키타타만이 위엄왕의 어깨를 잡아채 뒤로 밀치며 다른 손으론 검을 뽑아들었다.

성벽을 얼마 남겨놓지 않은 지점에서 대호는 성벽을 넘기 어렵다는 것을 깨달았다. 대호는 허공에서 몸을 뒤집어 뒷발로 성벽을 박찼다. 굉음과 함께 성벽이 진동했다. 다시 땅 위에 내려선 대호는 갈기와 어깨털을 잔뜩 곤두세운 채 성벽 위를 노려보았다. 성벽 위의 사람들은 거의 몸이 아파 올 정도의 공포를 느꼈다. 대호가 너무 낮아서 잘 들리지도 않는 소리로 으르렁거렸기 때문이다.

위엄왕은 키타타가 집어던진 자세 그대로 머리를 묻은 채 부들부들 떨고 있었다. 키타타는 조카의 엉덩이를 걷어차 주고 싶은 마음을 억누르며 흉벽으로 다가섰다. 그리고 검을 내밀며 외쳤다.

"어리석은 짓 하지 마라! 대호는 두 번 다시 자보로 성벽을 넘을 수 없다!"

사모는 키타타를 바라보다가 다시 대호의 머리를 내려다보았다. 대호는 성벽을 향해 사납게 으르렁거릴 뿐 사모가 보내는 개념을 무시했다. 사모는 참을성 있게 계속 개념을 보내었다. 마침내 대호가 훌쩍 몸을 날려 뒤로 뛰었다.

멀찌감치 물러난 대호는 또다시 성벽을 향해 돌진했다. 키타타는 무의미한 짓이라 생각하며 혀를 찼다. 조금 전보다 더 낮은 궤도로 도약하는 대호를 보며 키타타는 흉벽을 짚으며 고함을 질렀다.

"결코 넘을 수 없어!"

그러나 사모는 성벽을 넘을 생각이 없었다.

허공에 떠오른 순간 사모는 쉬크톨을 거꾸로 쥐었다. 그리고 창을 던지듯 칼을 어깨 높이까지 들어올렸다. 대호가 성벽에 부딪히기 직전, 사모는 대호의 등을 박차며 뛰어올랐다. 그리고 쉬크톨을 성벽 틈새에 깊숙이 꽂아넣었다. 돌과 금속이 부딪치는 마찰음. 대호는 다시 성벽을 박차고 뛰어내렸다. 그러나 사람들은 땅에 내려선 대호가 맨몸임을 깨닫고는 경악했다. 키타타와 몇몇 담대한 사람들은 황급히 흉벽 너머로 머리를 내밀었다.

사모 페이는 성벽 중간쯤에 쉬크톨을 꽂아넣고는 거기에 매달려 있었다. 실로 묘기라 할 수 있는 재주에 키타타는 신음을 흘렸다. 하지만 성벽 중간에 매달려 뭘 어쩌겠다는 것일까? 그때 몇몇 사람들이 당황하여 비명을 질렀다. 키타타는 다시 대호를 바라보았다.

그리고 키타타는 피가 식는 공포를 느꼈다.

대호는 세 번째로 도움닫기를 하고 있었다. 기수가 없어 한결 몸이 가벼워진 대호는 무서운 속도로 뛰어올랐다. 키타타는 사모 페이를 내려다보았고 사모가 두 발로 성벽을 딛은 채 등을 내미는 모습을 보곤 아연실색했다.

대호는 사모의 등을 박차며 다시 뛰어올랐다.

대호는 최대한 발톱을 오므린 채 사모의 등을 짓밟았지만 그럼에도 불구하고 그것은 척추가 부러질 정도의 충격이었다. 쉬크톨이 사정없이 뽑혀나오며 사모는 저 멀리 튕겨졌다. 수십 미터나 날아간 사모는 다시 땅 위를 한참 동안 굴러갔다. 그러나 키타타는 그 비장한 모습을 끝까지 바라보지 못했다.

수백 년 만에 처음으로 자보로 성벽을 넘어온 대호가 그를 향해 포효했기 때문이다.

티나한은 깜짝 놀라며 일어났다. 철창을 움켜쥐려 한 티나한은 그것이 방 밖에 있다는 사실에 화가 치밀었다. 사원의 조그마한 방에는 7미터나 되는 티나한의 철창이 들어올 공간이 없었다. 그때 문이 열리는 소리가 들렸다. 티나한은 깃털을 곤두세우며 문 쪽을 돌아보았다.

티나한은 안도했다. 열린 문을 통해 케이건이 밖으로 뛰쳐나가고 있었다. 티나한은 그 뒤를 따랐다. 마당으로 뛰쳐나온 케이건은 먼 곳을 응시했다. 문 밖에 기대어둔 철창을 집어든 티나한이 그의 곁으로 다가가며 말했다.

"괴상한 소리였지?"

"대호였소."

"대호?"

"그렇소. 잘못 들었을 리는 없소. 하지만 기묘하군. 별비의 공격 이후로 자보로는 한 번도 호환을 당한 적이 없는데. 저기 성루 쪽을 보시오. 불이 많이 밝혀져 있군. 당신 눈엔 뭐가 보이시오?"

티나한은 성문 위쪽의 성루를 뚫어지게 바라보았다.

"인간들이 움직이고 있군. 무기를 든 녀석들도 있고. 꽤 당황한 눈치야. 하지만 싸우고 있는 건 아냐. 그냥 어쩔 줄 몰라하며 이리 뛰고 저리 뛰는 것 같은데. 얼레? 부축받는 녀석도 있네?"

케이건은 이맛살을 찡그렸다.

"부축이라고 했소?"

"부축이 아니면 저런 이상한 모습으로 걷진 않겠지. 하지만 멀어서 확신할 순 없어. 밖에 대호가 있는 걸 보고 놀라 기절한 인간 아닐까?"

케이건은 잠시 고민하다가 말했다.

"느낌이 좋지 않군. 옷을 다시 챙겨입으시오. 다른 사람들도 깨우고. 한 시간쯤 기다렸다가 아무 일이 없으면 다시 자도록 합시다."

한 시간까지 기다릴 필요는 없었다. 반 시간쯤 지났을 때 일단의 병사들이 산문의 문을 거칠게 통과했다. 발소리와 호령 소리에 놀란 승려들이 달려나왔지만 병사들을 이끌고 있던 키타타 자보로는 승려들을 무시한 채 곧장 객실 쪽으로 달렸다. 승려들은 병사들의 흉흉한 기세에 질려 물러났다. 단숨에 객실까지 달려온 키타타는 뜻밖의 장면에 주춤했다.

객실의 툇마루에는 한 남자가 걸터앉아 있었다. 남자는 두 무릎 사이에 괴상하게 생긴 쌍신검을 세워놓고는 그 고동에 두 손을 얹은 채 그들을 바라보았다. 그리고 남자의 옆쪽에는 덩치 큰 레콘이 솟대가 아닌가 의심스러운 철창을 세워든 채 오만한 표정으로 서 있었다. 병사들은 물론이거니와 키타타 자신도 레콘의 모습에 질려버리고 말았다. 키타타는 병사들을 늘어서게 한 다음 침착한 목소리를 내려 애쓰며 말했다.

"나는 자보로의 대장군 키타타 자보로요. 그대들의 정체를 말하시오."

남자가 대답했다.

"케이건 드라카. 이 쪽은 티나한. 여행자들이오. 무슨 일이시오?"

"조금 전, 대호 한 마리가 성벽 위로 올라왔소."

케이건은 고개를 갸웃했다.

"대호는 자보로 성벽을 넘을 수 없소. 별비 이후로 어떤 대호도 그런 일은 해낸 적이 없소. 그리고 별비 자신이라 하더라도 무라 마립간이 증축한 성벽은 오르지 못할 거요."

"나도 그렇게 믿고 있었소. 하지만 한 여자 나가가 보고도 믿을 수 없는 재주로 대호를 성벽 위까지 올라오게끔 했소. 대호는 그 나가에게 조종당하는 것 같았소. 병사들을 물리친 대호는 위엄왕 폐하를 물고 다시 성벽을 내려갔소. 대호를 조종하던 그 여자는 우리에게 폐하를 되찾고 싶으면 자신이 쫓는 나가를 내놓으라고 말했소. 젠장. 믿기 어렵겠지만 나가도 말을 할 줄 알더군."

"알고 있소. 나가는 원래 말을 할 줄 아오. 별로 하지는 않지만."

"알고 있다고? 그렇다면 정말 그대들의 일행 중에……."

나가가 있냐고 물으려 했던 키타타는 말을 삼켰다. 케이건의 뒤쪽 문이 열리며 비늘에 뒤덮인 나가 한 명이 걸어나왔다. 놀란 키타타와 병사들의 시선을 무시한 채 나가는 경직된 얼굴로 성문 쪽을 바라보았다.

다음 순간 케이건과 티나한이 앞으로 뛰어나왔다.

마당 가운데 나란히 선 케이건과 티나한은 각자의 무기를 앞으로 내밀며 병사들을 막아섰다. 그 보기드문 흉흉한 병기인 쌍신검과 철창에 겨냥당하자 키타타와 병사들은 놀라며 뒤로 주춤 물러났다. 키타타는 손에 든 검을 꽉 움켜쥐며 말했다.

"무슨 짓이냐!"

바라기를 이리저리 돌리며 병사들을 겨냥하던 케이건은 바라기를 키타타에게 돌렸다. 두 개의 칼끝에 겨냥당하자 키타타는 숨이 턱 막히는 기분을 느꼈다. 바라기의 뒤편에서 그 두 개의 칼끝을 닮은 케이건의 두 눈이 키타타를 매섭게 노려보았다.

"저 나가는 내어줄 수 없소."

키타타는 이를 악물며 손을 들었다. 병사들은 그 손짓에 따라 자신의 무기를 앞으로 내밀었다. 수십 명 대 두 사람의 대치였지만, 키타타는 자신들의 이점을 하나도 떠올릴 수 없었다. 괴상한 검을 들고 있는 케이건은 제쳐놓고서라도 기둥 같은 철창을 든 채 웃고 있는 레콘은 악몽 같았다. 키타타는 끔찍한 결심을 했다.

"물을 가져오너라."

티나한이 당장 세 배로 부풀어올랐다. 곤두선 벼슬은 도끼날 같았다. 병사들은 질겁하며 다시 몇 발자국 물러났고 케이건은 고개를 가로저었다.

"어리석은 짓 관두시오, 대장군. 가장 끔찍하게 죽게 될 거요."

어느새 달려온 승려들도 공포에 질린 얼굴로 고개를 가로저었다. 승려들 사이에서 달려나온 고다인 대덕은 아예 키타타에게 달려들었다.

"키타타, 관두게! 그 아이에겐 그럴 만한 가치가 없어!"

키타타는 여전히 티나한을 바라보며 대덕에게 말했다.

"그 아이?"

"지그림 말이야!"

"지그림에게 왕의 가치가 없다는 뜻으로 한 말이로군. 고다인. 하지만 자네가 말하는 그 아이는 우리 씨족의 수장이야. 그리고 자보로의 마립간이지. 가치가 있어."

고다인 대덕은 할 말을 잃었다. 케이건은 씁쓸한 얼굴로 말했다.

"두 분이 친우이신 듯한데, 친구분의 말씀을 듣도록 하시오, 대장군. 당신이 죽을 각오를 한다 해서 달라질 것은 없소. 당신은 티나한을 쫓아버리면 원하는 것을 얻을 수 있다고 믿는 모양이지만, 미안하게도 그렇게 되진 않을 거요."

"당신 혼자서 이 병사들을 대적하겠다는 건가?"

"그렇게 말하지는 않았소. 비형!"

키타타는 나가의 뒤편에서 걸어나오는 덩치 큰 도깨비를 보며 긴장했다. 하지만 키타타는 도깨비가 위험한 존재라는 생각은 할 수 없었다. 그러나 케이건은 비형에게 피를 볼 필요가 없는 훌륭한 전투 기술을 가르친 상태였다. 비형은 케이건의 신호에 따라 도깨비불을 불러내어 몇몇 병사들의 눈을 가렸다. 병사들이 내지르는 비명을 들으며 키타타는 눈앞이 아득해지는 것을 느꼈다. 비형은 다시 도깨비불을 치워주었다.

"불가능을 인정할 줄 아는 자는 현명하오. 대장군. 포기하시오."

케이건의 말에 키타타는 무릎이 꺾이는 것 같은 기분을 느꼈다. 그때였다. 륜이 입을 열어 말했다.

"가 보고 싶어요."

티나한은 허탈한 표정으로 륜을 돌아보았다. 그리고 비형은 얼굴에 동정심을 담아 보였다. 하지만 케이건은 무표정한 얼굴 그대로 륜을 바라보았다.

"어디에 가 보고 싶다는 말이냐."

"누님을 보고 싶어요. 케이건."

키타타는 희망에 찬 표정으로 케이건을 바라보았다. 잠깐 생각에 잠겼던 케이건은 곧 고개를 끄덕였다. 하지만 그가 륜의 요구를 승낙한 것에는 감상적인 이유는 없었다.

"나도 궁금하군. 여기까지 올 수 있다면 더 따라올 수도 있겠지. 어떤 재주인지 알아둬야겠다."

성루 위에 뛰어오른 비형은 다른 사람들의 의견도 묻지 않은 채 곧장 도깨비불 두 개를 만들어 밤하늘로 집어던졌다. 그 때문에 비형은 티나한에게 꽤나 싫은 소리를 듣게 되었다. 하지만 티나한도 비형의 도깨비불 아래에 드러난 광경에서 눈을 떼진 못했다.

성문에 별로 떨어지지도 않은 곳이었다. 집채만 한 대호는 땅에 배를 댄 채 엎드려 있었다. 마치 편안히 잠이라도 자고 있는 듯했다. 하지만 대호의 입에서는 위엄왕의 몸이 튀어나와 있었다. 반듯이 누워 있는 위엄왕의 목 아래는 모두 보였지만, 그 머리는 대호의 입속에 들어가 있어 보이지 않았다. 시체를 깨물고 있다는 것이 모든 사람들의 감상이었다. 하지만 그의 떨리는 손과 발을 본 티나한은 위엄왕이 살아 있음을 알 수 있었다.

"살아 있군. 목만 끼여 있는 거야."

비형은 이 무시무시한 단두대에 끼여 있는 위엄왕을 동정했다. 지금 대호의 입속에 들어가 있는 위엄왕은 아무것도 볼 수 없을 것이다. 다만 목을 누르는 이빨의 감촉과 얼굴을 적셔오는 대호의 뜨거운 침이 위엄왕을 끝없는 공포로 몰아가고 있을 것이다. 비형은 입을 가린 채 신음했다.

티나한은 암살자를 찾아보려 했지만 보이지 않았다. 처음 얼마 동안 륜도 사모가 어디 있는지 발견하지 못했다. 그러나 얼마 후 륜은 대호의 몸 일부분이 약간 더 뜨겁다는 것을 깨달았다. 륜은 그곳을 뚫어지게 바라보았다. 륜이 어떤 흐릿한 윤곽을 그려보고 있을 때 케이건이 말했다.

"케이건이군."

륜과 비형, 티나한은 놀란 표정으로 케이건을 바라보았다. 케이건은 팔짱을 꼈다.

"케이건, 흑사자 말이오. 흑사자 모피로군. 저기, 대호의 어깨 사이에 누워 있소.

줄무늬와 구분하기 어렵겠지만 자세히 보면 알 수 있을 거요. 저것 덕분에 이곳까지 왔군."

티나한도 곧 사모가 어디 있는지 알 수 있었다. 케이건은 륜의 모습에 넋이 나간 성루 위의 사람들에게 사모가 어떻게 위엄왕을 잡아갔는지 질문했다. 사람들의 설명을 들은 일행은 크게 놀랐다. 케이건은 사모를 바라보며 고개를 살짝 가로저었다.

"익히 알고 있었던 거지만, 네 누나는 정말 만만치 않은 인물이군. 대호를 받칠 생각을 하다니. 몸이 끊어지지 않은 것이 행운일 텐데. 흑사자 모피는 또 어디서 구한 거지?"

륜은 더 이상 참지 못하고 닐렀다.

〈사모!〉

대호의 검은 줄무늬 일부가 꿈틀했다. 그것은 스르르 일어나 대호의 몸에서 돌출되더니 검은 혹 같은 모습으로 바뀌었다. 그 검은 혹이 좌우로 갈라지며 그 안쪽에서 사모 페이의 얼굴이 나왔다. 사모는 륜을 향해 닐렀다.

〈륜.〉

륜은 반가움에 비늘을 곤두세웠다. 참으로 오래간만에 들어보는 나가의 니름이었다. 륜은 그제야 자신이 대화에 굶주려 있음을 깨달았다. 말을 나눌 상대는 많았지만, 좀 더 잘 듣기 위해 언제나 신경을 곤두세우고 나눠야 하는 말은 륜에게 자연스럽지 않았다. 물론 편안하지도 않았고. 똑바로 앉은 사모는 대호의 머리 너머로 위엄왕을 보곤 빙긋 웃었다.

〈이 불신자는 자신을 위엄왕이라고 부르더군. 자기를 뭐라 부르든 내가 상관할 바는 아니겠지만, 난 이자를 본 이후로 이자의 위엄이라는 것을 한 번도 본 적이 없다는 난감한 입장에 처해있어. 그래서 그 호칭을 받아들이기 어렵다는 점을 이자가 이해해 줬으면 좋겠는데.〉

륜은 울 것 같은 얼굴로 웃었다.

〈그는 인간입니다. 매일매일 죽을까봐 두려워 하며 사는 사람입니다. 그에게 나가다운 위엄을 바라긴 어렵겠지요.〉

사모는 잠시 정신을 닫았다가 다시 닐렀다.

〈너도 그랬니?〉

〈네?〉

〈너도 매일매일 죽을까봐 무서웠니? 나 때문에?〉

륜은 뭐라 대답할 수 없었다. 사모는 차분하게 닐렀다.

〈불쌍한 내 동생.〉

〈저는 괜찮습니다. 사모. 동료들은 모두 좋은 사람들이고 정성을 다해 저를 지켜
줬습니다. 저는 누님을 걱정했습니다. 그 피라미드 속에 누님을 남겨두고 떠났을
때는 너무도 무서웠습니다.〉

사모는 다시 미소 지었다.

키타타 자보로는 조바심을 참을 수 없었다. 성루 위로 올라온 네 명은 조금 전부
터 입을 다문 채 꿈쩍도 하지 않았다. 결국 키타타는 그들의 침묵에 끼어들었다.

"이보오, 도대체 뭘 하고 있는 거요? 저 나가와 눈싸움이라도 하는 거요?"

비형이 대답했다.

"아, 지금 여기 있는 륜과 저 나가는 서로 니름을 나누고 있습니다. 우리는 그걸
들을 수 없지요. 지루하시겠지만 조금만 더 기다려주시겠습니까?"

"왕께서 위험하신데 내가 그걸 왜 기다려……."

"저 여자는 륜의 누나입니다. 그리고 오로지 륜을 죽이기 위한 목적으로 한계선
너머 이곳까지 따라왔죠. 이 정도면 이유가 될까요?"

키타타는 입을 벌린 채 비형을 바라보았다.

〈그 대호는 어떻게 정신 억압하셨습니까? 누님이 그 정도로 높은 수준의 정신
억압을 하시는 줄은 몰랐습니다.〉

〈너도 알겠지만 내 정신 억압은 쥐나 꿈쩍 못 하게 할 정도야. 나도 이 대호를 어
떻게 정신 억압했는지 모르겠어. 사실, 억압하고 있는지조차 확신할 수 없군. 내가

보내는 개념들에 대해 적절하게 반응하고 있긴 하지만, 나는 가끔 이 대호가 그렇게 해주고 싶어서 그렇게 한다는 느낌을 받아.〉

류은 알 듯 모를 듯한 표정을 지었다. 그때 사모가 쉬크톨을 뽑아들었다.

류은 쉬크톨에 놀랐지만 동시에 그 뽑아드는 동작이 기운차지 못하다는 것에 걱정을 느꼈다. 대호에게 걷어차여 수십 미터를 날아갔던 몸이다. 괜찮을 리가 없다. 하지만 사모는 차분하게 닐렀다.

〈내려와, 류.〉

〈사모.〉

〈전에 닐러줬지? 이건 쇼자인테쉬크톨이야.〉

〈저는 화리트를 죽이지 않았습니다! 화리트를 죽인 건…….〉

〈비아스 마케로우지.〉

류은 충격을 받았다. 사모는 쉬크톨을 들고 있기조차 힘들다는 듯이 그 팔을 대호의 등에 얹었다. 쉬크톨의 감촉이 대호를 긴장시켰고 그 긴장은 턱으로 쏠렸다. 위엄왕의 팔다리가 경련하며 튀어올랐다. 하지만 대호는 곧 턱의 힘을 풀어 위엄왕을 안심시켰다.

〈알고 있어. 류. 비아스가 화리트를 죽였겠지. 그리고 넌 화리트의 마지막 부탁을 받은 것이겠지. 그 때문에 이 불신자들의 땅까지 온 것이겠지.〉

〈어떻게? 어떻게 아시죠?〉

〈그건 니르기가 번거롭군. 간단히 닐러주지. 화리트의 동료 하나와 만나게 되었다. 그가 닐러준 몇 가지 사실을 고려해 본 결과 알게 되었어.〉

〈그렇다면 쇼자인테쉬크톨이 성립될 수 없다는 것도 아시겠군요!〉

〈류. 이미 시작되었어.〉

〈네?〉

사모는 모피를 목으로 끌어당기며 닐렀다.

〈쇼자인테쉬크톨은 이미 시작되었어. 시작된 이상 절대로 중단될 수 없어.〉

〈결백한 저를…… 제가 결백하다는 것을 아시면서도 죽이시겠다는 겁니까?〉

〈륜. 이 땅에 있는 한 너는 살 수 없어.〉

륜은 흉벽 위에 손을 짚었다. 곤두선 그의 비늘이 돌에 부딪히며 불쾌한 소리를 내었다. 륜은 무적왕과 수치스러웠던 허물벗기의 기억 속에 신음했다. 사모는 계속 닐렀다.

〈나가는 키보렌에서 살아야 해. 그건 절대적인 법칙이야.〉

그리고 사모는 갑자기 입을 열었다.

"성벽 위의 인간들에게 말한다."

느닷없이 들려온 목소리에 키타타는 거의 펄쩍 뛰어오를 뻔했다. 키타타와 병사들은 황급히 성벽 아래를 바라보았다. 그러나 케이건은 아래를 보는 대신 티나한에게 눈짓을 보내었다. 티나한은 고개를 살짝 끄덕였다.

사모는 쉬크톨을 다시 들어올려 륜을 가리켰다.

"그 나가를 아래로 내려보내라. 그렇지 않으면 대호가 왕의 목을 끊을 것이다."

케이건은 륜의 팔을 확 잡아당겼다. 갑자기 당한 일에 륜은 뒤로 쓰러지지 않기 위해 뒷걸음질을 쳤고 기다리고 있던 티나한은 재빨리 륜을 붙잡았다. 케이건은 륜을 던졌던 손을 그대로 등 뒤로 돌려 바라기를 뽑아들었다. 몸을 돌린 키타타가 본 것은 이미 안전해진 륜과 바라기를 든 채 날카롭게 쏘아보고 있는 케이건이었다. 키타타는 절망감 속에서도 검을 뽑아들었다. 케이건은 고개를 가로저었다.

"쓸데없는 짓 하지 마시오."

흰 수염을 부르르 떨며 케이건을 쏘아보던 키타타는 갑자기 왼손을 옆으로 뻗었다. 그러곤 옆에 서 있던 병사 하나를 낚아챘다. 병사는 당황하며 끌려갔고 키타타는 그를 등 뒤에서 껴안은 채 병사의 목에 검을 가져갔다.

"아무도 움직이지 마!"

잠시 동안 꽤 곤혹스러운 침묵이 성루 위를 가득 채웠다. 티나한은 어이가 없다는 표정으로 키타타를 바라보았다.

"이봐. 지금 그거 인질이라고 잡은 거야? 네 병사를?"

다른 병사들은 물론이거니와 키타타에게 붙잡힌 병사조차도 황당하다는 표정으로 대장군을 곁눈질했다.

"대장군님?"

하지만 키타타는 눈에 핏발을 세운 채 케이건을 바라보았다.

케이건은 입술을 깨물었다. 강대한 씨족의 지혜를 계승하고 그 자신의 경험으로 그것을 연마해 온 키타타 자보로는 결코 녹록한 인물이 아니었다. 보통 사람은 상상하기도 힘든 모험을 감행할 만큼. 대장군은 병사의 귀에 대고 속삭였다.

"미리 용서를 구해 두겠다. 하크렌. 나를 용서해라."

"대장군님? 도대체 뭘 하시려는……."

"도깨비! 동료들의 눈에 불을 붙여라! 그러지 않으면 피를 뒤집어쓸 줄 알아라! 이곳을 끊으면 피가 당장 네게까지 튈 거다!"

티나한은 아뿔싸 하는 얼굴로 비형을 돌아보았다. 그리고 창백한 도깨비의 얼굴에서 공포를 느끼며 벼슬을 곤두세웠다.

케이건은 눈에서 불똥을 튕기며 키타타를 노려보았다. 조금 떨어진 곳에 서 있던 고다인 대덕은 발악하듯 외쳤다.

"그만둬! 그만두라고, 키타타!"

"움직이지 마! 고다인!"

앞으로 달려나가려던 고다인 대덕은 그 말에 발을 멈췄다. 대덕은 제자리에서 발을 구르며 외쳤다.

"자네 돌았나! 도깨비를 자극하면 안 돼! 아킨스로우 협곡이나 페시론 섬 같은 꼴이 된단 말이야. 잘못하면 모두 다 죽어! 자보로가 지상에서 사라질 거라고!"

"더없이 멋진 모험이지. 그렇잖은가?"

그제야 사태를 파악한 병사들의 얼굴에서 핏기가 싹 빠져나갔다. 키타타에게 붙잡혀 있던 하크렌은 거의 기절할 지경이었다. 티나한은 철창을 옆으로 조금 치우며 황급히 말했다.

"이봐! 썩을, 지그림 자보로는 왕이 아니라고. 그리고 자보로에는 자보로 씨족만이 있는 것도 아니고. 너에겐 너희 씨족의 한 사람에 불과한 녀석을 위해 자보로 사람들 전체의 목숨을 가지고 장난칠 권한은 없을 텐데?"

키타타 자보로는 자꾸만 쓰러지려는 하크렌을 억지로 끌어당기며 말했다.

"당신 말이 옳소. 내 조카를 위해 모든 자보로 사람들을 위험에 빠트릴 수는 없는 거지. 왕도 아닌, 다시 선출하면 그만인 마립간일 뿐이니까. 다 옳은 말이오. 하지만 나는 묻고 싶소. 그 차가운 계산을 왜 내 조카에게만 강요하는 거요? 그 남쪽에서 온 비늘 덮인 괴물을 위해 내 조카이자 자보로의 마립간인 자를 위험에 빠트리는 건 옳은 계산이오? 피붙이가 피붙이를 죽이는 저 괴물을 위해? 당신이 권한에 대해 말한다면 나도 말해 두고 싶은 것이 있소. 우리 씨족도 아니고 자보로 사람도 아닌 당신들은 우리에게 지그림 자보로를 포기하라 요청할 권한이 없소!"

티나한은 말문이 막혔다.

"내 동료를 함부로 괴물이라고 부르지 마."

겨우 한 마디 투덜거린 티나한은 난처한 얼굴로 케이건을 돌아보았다. 케이건은 바라기의 두 끝으로 키타타를 똑바로 겨냥한 채 꿈쩍도 하지 않았다. 키타타는 다시 외쳤다.

"도깨비! 어서 내 말대로 해!"

"그럴 필요는 없소."

케이건은 바라기를 등 뒤로 돌리며 말했다. 바라기는 다시 고리에 걸렸고 케이건은 팔짱을 꼈다. 그리고 케이건은 티나한에게도 철창을 치우도록 말했다. 티나한은 침울한 표정으로 철창을 거꾸로 들어올렸다가 힘껏 내려찍었다. 철창은 성루의 돌바닥을 꿰뚫으며 깊숙이 박혔다. 무기를 남에게 주지도, 바닥에 던지지도 않기 위해 취한 행동이었지만 그 모습은 키타타와 병사들을 몹시 놀라게 했다. 철창을 꽂아놓은 티나한은 케이건처럼 팔짱을 꼈다. 비형은 안도의 한숨을 내쉬었지만 눈을 부라리며 쏘아보는 티나한의 모습에 찔끔했다. 케이건은 조용히 말했다.

"무장은 치웠소. 륜을 아래로 내려보내길 바라는 거요?"

"그, 그렇다!"

"잠시 이야기 좀 하겠소."

그리고 케이건은 류에게 다가갔다. 귓속말을 하려 했던 케이건은 곧 생각을 바꿨다. 류가 들을 수 있을 정도라면 다른 사람도 들을 수 있을 것이다. 케이건은 류를 흉벽 쪽으로 데리고 갔다. 그리고 한 손을 류의 어깨에 두른 다음 다른 손의 집게손가락으로 흉벽 위에 빠르게 글을 썼다.

케이건의 따스한 손가락이 닿은 곳에는 온기가 전달되었다. 류는 차가운 돌 위로 떠오르는 글자를 볼 수 있었다.

'내려가.'

류는 당황하여 케이건을 바라보았다. 케이건의 손가락이 다시 움직였다.

'내려가서, 누나를 죽여라.'

곤두선 류의 비늘이 케이건의 손바닥을 찔렀다. 케이건은 그것을 무시하며 글을 썼다.

'네 누나는 지금 운신도 힘들다. 내려가서 쇼자인테쉬크톨에 응해라. 그리고 죽여.'

"그런 니름도 안 되는…… 읍!"

케이건은 손바닥으로 류의 입을 틀어막았다. 류는 케이건의 손을 뿌리치고는 살기 어린 눈으로 케이건을 쏘아보았다. 그러나 케이건은 무표정한 얼굴로 류를 바라보다가 다시 손을 움직였다.

'한계선을 넘었으니 안전하다고 생각한 것은 실수였다. 나늬가 너를 태웠다면 좋았을 텐데. 흑사자 모피를 가졌으니 이제 네 누나는 언제까지라도 쫓아올 것이다. 네 누나가 저렇게 약해진 지금이 기회다. 이런 기회는 다시 오지 않는다. 내려가서 죽여.'

"나는 그렇게 못 해요!"

'글로 써. 대호에 대해서는 염려하지 않아도 된다. 네 누나가 죽으면 대호는 정신 억압에서 풀려나겠지만, 아마 그대로 달아날 거다. 여긴 대호에게 어울리는 땅도 아니고 위험하면 티나한이 계명성을 질러서……'

류은 케이건의 손을 옆으로 밀쳐내고 화난 동작으로 글을 썼다. 열을 볼 수는 없었지만 류의 손가락을 보며 케이건은 그 글을 읽었다.

'대호를 걱정하는 것이 아니에요! 나는 누나를 죽일 수 없어요!'

'그럼 네가 죽겠느냐?'

류은 몸을 딱딱하게 굳혔다. 케이건의 손이 냉혹하게 움직였다.

'네 누나는 언제까지고 쫓아올 것이다. 네가 죽겠느냐?'

'내가 죽겠어요! 빌어먹을, 내가 죽겠어!'

'비형과 즈믄누리는 대금을 못 받겠군.'

류은 믿을 수 없다는 표정으로 케이건을 바라보았다. 케이건은 무표정한 얼굴로 계속 손을 움직였다.

'티나한은 지원을 받지 못하겠군. 대사원은 실망할 테고.'

"당신, 당신 어떻게 그런……."

'화리트 마케로우의 죽음은 무가치한 소동이 되겠군.'

류은 눈앞이 캄캄해지는 것을 느끼며 비틀거렸다. 케이건은 류의 겨드랑이를 붙잡아 힘껏 끌어올렸다. 류은 허우적거리다가 케이건의 두 팔을 붙잡았다. 케이건의 팔에 매달린 채 류은 인간의 얼굴을 바라보았다.

비늘로 덮인 나가의 얼굴보다 더 차가운 얼굴이었다.

고통과 피로감에 고개를 떨구고 있던 사모 페이는 성문이 열리는 소리를 듣지 못했다. 하지만 대호는 그 소리를 들었다. 대호는 극히 낮은 소리로 울었고 그 아가리에 끼여 있던 위엄왕은 팔다리를 경련했다. 대호의 몸이 진동하는 것을 느낀 사모는 고개를 들었다.

자보로의 성문이 열렸다. 사모는 억지로 눈의 초점을 맞추려 애썼다. 하지만 희끄무레한 인간 같은 것이 보일 뿐이었다. 사모는 류의 모습을 찾을 수 없었다. 조금 전 서로 대화했을 때도 사모는 사실 류의 모습을 보지 못했다. 류의 니름만을 들을 수 있었을 뿐이다.

사모는 류이 어디 있는지 찾아보았다.

그때 성문이 다시 닫혔다. 그리고 기이하게 생긴 인간은 앞으로 걸어나왔다. 사모는 그 인간을 바라보았다. 여전히 눈앞이 흐렸고, 사모는 고통 때문에 속이 뒤집힐 것 같았다. 구토를 간신히 억누른 사모는 힘겹게 눈을 떴다.

그리고 사모는 그것이 인간이 아니라는 사실을 깨달았다. 그녀를 향해 천천히 걸어오고 있는 것은 류이었다.

'어째서 뜨거운 거지?'

류의 몸은 머리 끝에서부터 발끝까지 뜨거웠다. 어리둥절해하던 사모는 곧 도깨비를 떠올렸다. 사모는 감탄했다.

'류의 몸에 도깨비불을 붙여주었군. 그래서 조금 전엔 보지 못했어.'

사모는 류이 움직이는 것을 보며 그 불이 지나치게 뜨겁지 않다는 것을 알 수 있었다. 류이 추위 속에 고통스러워하지 않았다는 사실에 감사하며 사모는 성루 위쪽을 바라보았다. 케이건과 티나한이 그녀를 내려다보고 있었다. 그리고 비형은 걱정스러운 얼굴로 키타타를 흘끔흘끔 돌아보았다. 키타타는 여전히 하크렌의 목에 칼을 겨누고 있었다. 사모는 그 광경을 이해할 수 없었지만 신경 쓰지 않았다.

천천히 걸어온 류은 20미터쯤 되는 거리에서 걸음을 멈췄다.

〈내려왔습니다. 사모.〉

〈그래.〉

사모는 대호의 등에서 내려오려 했지만 몸이 말을 듣지 않았다. 결국 사모는 대호의 등에서 미끄러져 땅에 곤두박질쳤다. 류은 깜짝 놀라 걸어오려 했지만 대호가 귀를 뒤로 눕히며 류을 경계했다. 그러자 대호의 입에 물려 있던 위엄왕이 볼썽사납게 버둥거렸다. 류은 제자리에 멈춰서서 닐렀다.

〈사모! 괜찮으세요?〉

사모는 한 손으로는 쉬크톨을 땅에 짚고 다른 손으론 대호의 털을 움켜쥐며 힘겹게 일어났다. 대호의 옆구리에 기대어 선 사모는 쉬크톨을 들어 옆으로 몇 번 뿌렸다. 팔이 제대로 움직이는지 확인하는 것 같은 몸짓이었다. 그렇게 쉬크톨을 몇 번 휘두른 사모는 심호흡을 한 다음 똑바로 섰다.

〈사이커를 뽑아, 륜.〉

〈사모. 저는 화리트를 죽이지 않았습니다. 누님도 제 결백을 아신다고 하셨잖아요.〉

〈증거가 없어.〉

〈증거 따위 무슨 필요가 있어요! 지금 여기 있는 건 누님과 접니다. 다른 사람을 만족시킬 증거 따위는 필요 없어요. 그자들은, 그자들은 사랑하는 사람의 가슴에 칼을 겨누지 않아요. 지금 그러고 있는 사람들은 우리라고요! 우리가 왜 아무 상관 없는 그자들을 만족시켜줘야 하지요?〉

사모는 다시 비틀거렸다. 아무래도 왼쪽 다리뼈가 부러진 것 같다고 생각하며 사모는 오른발에 체중을 실었다. 그 때문에 앞으로 뛸 수 없었다. 사모는 쉬크톨을 들어 륜의 허리를 가리켰다.

〈륜. 사이커를 뽑아.〉

〈사모!〉

사모는 노여워하며 닐렀다.

〈도대체 여기서 뭘 하겠다는 거냐! 이 끔찍한 땅, 뼈까지 얼어붙을 것 같은 추위와 왕이라고 떠벌리고 다니는 정신나간 인간들만이 가득한 이 비늘 서는 땅에서!〉

〈저는 화리트의 유지를 따라야 합니다. 이곳에서 할 일이 있습니다.〉

〈그게 도대체 뭔데!〉

〈저도 모릅니다. 화리트는 나가의 적이 심장탑에 있다고 했습니다. 그리고 인간들과 힘을 합쳐 나가의 적을 물리쳐야 된다고 했습니다.〉

사모는 통증 때문에 날카로워진 정신으로 사납게 닐렀다.

〈나가의 적? 심장탑에는 나가들의 심장과 수호자들밖에 없어!〉

〈그렇다면 수호자들이 나가의 적인가 보지요.〉

사모는 이제 기가 막혔다.

〈뭐야? 수호자가? 여신의 신랑들이 말이냐? 그걸 니름이라고 하는 거냐?〉

〈니르신 대로 심장탑에는 심장들과 수호자들밖에 없으니까요. 화리트는 분명히

나가의 적이 심장탑에 있다고 했습니다. 그러니 수호자들이 바로 나가의 적이겠지요.〉

〈너 지금 모든 나가들을 위해 봉사하시는 그 선량한 분들을…….〉

〈여자들 세상에 태어나 아무것도 될 수 없는 남자라서 탑에 들어간 자들입니다! 나가들의 사회를 가장 증오하는 사람을 찾아보라면 나가 도시 어느 곳에 있어도 곧장 찾아낼 수 있을 겁니다. 가장 높은 건물, 어디에 있더라도 눈에 들어오는 건물로 걸어가면 되니까!〉

사모는 중심을 잃고 대호의 허리를 움켜쥐었다. 륜은 이제 열변을 토하고 있었다.

〈물론 그분들 중엔 정말로 여신의 신랑이 되고 싶어서, 모든 나가들을 위해 봉사하고 싶어서 수호자가 되신 분들도 있을 겁니다. 하지만 나가들을 증오하고 불만과 증오로 자신을 괴롭히는 자들 또한 분명히 그들 속에 있을 겁니다! 화리트를 벌레처럼 죽인 비아스 마케로우를 생각해 보세요! 벌레나 동물만도 못하다는 듯이 바라보는 여자들의 눈길에 지쳐 증오밖에 남지 않은 자들이 거기 있을 겁니다! 그 자들이 나가의 적일 겁니다. 우리의 적이라고요!〉

〈륜. 도무지 니름이 안 되는…….〉

〈그 적들이 아버지를 죽였어요!〉

사모는 어처구니없다는 듯이 륜을 바라보았다. 당황이 순식간에 사라졌다. 사모는 동생이 미신에 사로잡혀 있다고 판단할 수밖에 없었다.

〈요스비를 말하는 거야? 요스비는 병으로 죽었어.〉

〈심장을 적출한 나가가 병으로 죽는다고요? 가만히 앉아 있다가 갑자기 온몸에서 피를 흘리며 죽는 병이라고요? 니름도 안 돼요!〉

〈이상한…… 그래. 이상한 전염병이었어. 그래서 그자의 물건을 모두 태웠잖아.〉

〈누님도 그 니름은 믿지 않았잖아요!〉

〈뭐?〉

〈누님도 전염병이라는 니름을 믿지 않으신 거잖아요! 그래서 이 사이커를 남겨 둔 것 아닙니까!〉

류은 사이커를 뽑아들어 그 칼뿌리를 가리켰다. 그 순간 사모는 결연하게 대화를 중단시켰다. 대호의 허리를 밀어붙이며 앞으로 뛴 것이다.

비틀거리며 달려오는 사모와 그녀의 손에 들려 있는 쉬크톨을 본 류은 깜짝 놀라며 뒤로 물러났다. 그렇잖아도 흔들리던 사모의 첫 번째 일격은 땅을 때리고 말았다. 류은 사이커를 앞으로 내밀며 닐렀다.

〈사모! 멈춰요!〉

하지만 사모는 다시 몸을 던지며 쉬크톨을 내찔렀다. 류은 또다시 피했고 사모는 가슴부터 땅에 떨어졌다.

"쳐!"

티나한의 외침에 류은 성루를 돌아보았다. 티나한은 칼싸움 중에 멍청하게 뒤를 돌아본다고 고래고래 욕설을 내뱉었다. 류은 다시 고개를 돌렸다. 사모는 왼쪽 팔꿈치로 땅을 괸 채 류을 올려다보고 있었다. 일어날 수 없는 듯했다.

류은 손을 내밀었다.

티나한이 다시 무지스러운 욕을 퍼부었다.

"미친 자식, 뭐 하는 짓이야!"

티나한은 그대로 철창을 쥐고 성벽 아래로 뛰어내릴 기세였다. 케이건은 재빨리 티나한의 팔을 잡으며 키타타 자보로를 가리켰다. 티나한은 키타타와 비형을 번갈아 쳐다보고는 폭풍 같은 한숨을 내쉬었다.

사모는 류의 손을 바라보았지만 그것을 잡지는 않았다. 고통스러운 신음을 토하면서도 사모는 기어코 자신의 발로 일어섰다. 몇 번 휘청거렸지만 간신히 똑바로 선 사모는 쉬크톨을 다시 내밀었다. 그 칼끝은 폭풍 속의 갈대만큼이나 심하게 흔들렸다. 사이커를 마주 들었지만, 류은 제자리에 선 채 닐렀다.

〈누님. 누님은 쉬셔야 해요. 몸이 나을 수 있도록 안정하셔야 된다고요.〉

〈걱정 마. 곧 쉴 수 있게 될 거야.〉

〈그런 몸으로는 안 됩니다. 정상적인 상태였다면 저는 누님의 상대가 안 되겠지

412

만. 제발, 누님. 만용을 부리지 마세요.〉

애타게 니르던 륜은 사모의 얼굴에 번지는 희미한 미소에 의아함을 느꼈다. 하지만 그 미소는 곧 사라졌다. 사모는 쉬크톨의 떨림을 줄이기 위해 두 손으로 칼을 움켜쥐었다.

〈이건 쇼자인테쉬크톨이야. 멈출 수도, 잠시 쉴 수도, 돌아갈 수도 없어.〉

륜은 니름도 안 된다고 생각했다. 사모는 신성한 사명을 수행하기는커녕 걷지도 못하고 있었다. 그가 보기에 사모는 당장 누워서 쉬어야 할 환자였다.

그리고 그렇게 생각한 것은 륜만이 아니었다.

오랜 시간 동안 위엄왕 지그림 자보로는 끝없이 흘러내리는 뜨거운 침과 지독한 노린내, 그리고 강철 같은 이빨들로 구성된 매우 협소한 세계 속에 감금되어 있었다. 공포는 시간 감각을 왜곡시켰을 뿐만 아니라 위엄왕의 육체적 감각도 왜곡시켰다. 위엄왕은 자신의 목 아랫부분의 존재가 어떤 몹쓸 거짓말처럼 여겨졌다. 위엄왕은 자신에게 정말 몸통이 있는 건지, 그리고 팔이나 다리라고 하는 것이 있었던 건지 의심스러웠다.

그런 그에게 가공할 고발의 순간이 다가왔다.

위엄왕은 갑자기 익숙하지도 않은 사지를 가진 인물이 되어 지금껏 갇혀 있던 세계로부터 추방되었다. 손을 들어 얼굴을 닦는 것이 자연스러운 반응일 테지만, 위엄왕은 자신의 손이 어디 있는지도 알 수 없었다. 그래서 위엄왕은 그 자리에 누운 채 멀어져가는 대호의 턱을 바라보았다. 끔찍하게 큰 턱이었다.

위엄왕을 내뱉은 대호는 륜을 향해 포효했다.

대호의 포효에 륜은 비틀거리며 뒤로 물러났다. 성루 위에서도 일대 소동이 일어났다. 하지만 티나한은 벼슬을 빳빳하게 곤두세웠다. 륜이 위험하다고 생각한 티나한은 주저없이 계명성을 내질렀다.

"닥쳐라, 이 고—양—아!"

대호는 대단히 비위가 상했다는 듯이 어깨를 낮추며 성루를 노려보았다. 말을 알아들었을 리는 없지만 드높은 계명성은 대호를 노하게 하기 충분했다. 격분한 대호가 아직 위엄왕 위에 있는 것을 본 키타타는 티나한에게 당장 하크렌의 경동맥을 끊겠노라고 악을 썼다. 하지만 티나한은 부리를 딱 부딪쳤다.

"젠장, 저 과다 발육한 고양이 새끼가 류을 건드리기만 했단 봐라. 자보로가 날아가든 말든 나는 뛰어내린다! 비형을 놔둔 채 케이건과 류을 끼고 도망치면 그만이야!"

키타타의 얼굴은 해쓱해졌다. 그리고 자칫하면 피를 뒤집어쓰게 될지 모른다는 생각에 비형 또한 얼어붙었다. 티나한의 제안이 매력적이라는 듯이 턱을 만지작거리는 케이건의 모습은 그 두 사람을—그리고 하크렌을—더욱 끔찍한 기분으로 몰아갔다.

다행히 대호는 류을 향해 달려들지 않았다. 대호는 성큼 뛰어 사모 곁에 내려섰다. 사모는 큼직한 대호의 머리가 다가오자 짜증스러워 하며 닐렀다.

〈왜 이래, 대호? 저 인간을 물고 있으라고 했잖아.〉

대호는 물러나지 않았다. 대신 머리를 옆으로 기울여 사모를 물려 했다. 사모는 놀라서 옆으로 물러났고 류 또한 정신적 비명을 질렀다. 대호가 또다시 사모의 허리를 물려 했을 때 두 남매는 비로소 대호의 동작이 사납지 않다는 것을 깨달았다. 사모는 다가오는 대호의 입을 밀어내는 시늉을 하며 말했다.

"대호, 나를 데려가려는 거야? 그러지 마. 이건 쇼자인테쉬크톨이야."

대호는 물끄러미 사모를 내려다보았다. 니름이 아닌 육성이기에 듣긴 했지만 그게 무슨 뜻인지 알지는 못했다. 하지만 사모는 대호의 마음을 이해할 수 있었다. 사모는 대호의 갈기를 움켜쥐며 닐렀다.

〈나는 괜찮아. 대호. 정말 괜찮아. 걱정하지 않아도 돼.〉

"누님을 데리고 가!"

대호는 고개를 휙 돌렸다. 류은 대호를 향해 또다시 외쳤다.

"대호! 누님을 데리고 가! 사람들이 없는 곳에서 누님을 쉬게 해줘. 제발 부탁이야!"

그 뜻은 갸륵했지만 류은 큰 실수를 저지르고 있었다. 사모를 가리키며 류이 내민 것은 사이커였다. 번득이는 칼날을 본 대호는 귀를 눕히며 낮게 으르렁거렸다. 인간들도 듣기 힘든 그 낮은 으르렁거림을 륜은 당연히 듣지 못했다.

"저 얼간이 자식!"

티나한은 머리를 홰홰 내두르며 탄식했다. 케이건이 재빨리 말했다.

"티나한! 뛰어내리시오. 가서 륜을 구해요!"

티나한은 당황하여 케이건을 쳐다보았다. 그가 뛰어내리면 키타타는 하크렌을 죽일 테고 끊어진 경동맥에서 솟구치는 피는 비형을 실성하게 만들 것이다. 조금 전 홧김에 외치긴 했지만, 티나한은 실성한 비형이 자보로를 불바다로 만들기 전에 도망칠 자신이 없었다. 그런 사정을 케이건에게 설명하려던 티나한은 곧 숨이 멎을 것 같은 광경을 보게 되었다.

미끄러지듯 움직인 케이건이 비형의 등 뒤로 돌아갔다. 케이건은 비형의 오금을 냅다 걷어찼고 비형은 깜짝 놀라며 무릎을 꿇었다. 그렇게 비형의 머리 높이를 낮아지게 만든 케이건은 비형의 머리를 움켜쥐고는 그 목에 바라기를 가져갔다. 비형은 자신의 목을 누르는 쌍신검에 황당해하며 말했다.

"어, 케이건?"

하지만 케이건은 준절한 어조로 선언했다.

"대장군. 당신 부하를 죽이면, 나도 이 도깨비를 죽이겠소!"

성루 위로 또다시 괴괴한 고요가 흘렀다.

사람들은 이 상식을 벗어나는 광경에 이해력의 부족을 느끼며 헐떡였다. 상황을 손쉽게 받아들일 수 있는 사람은 아무도 없었다. 그들이 가까스로 그 광경에 일말의 합리성이 있다는 결론에 도달했을 때 폭발적으로 터져나온 비형의 웃음소리는 사람들의 현실 감각을 다시 나락으로 떨어뜨렸다.

"우하하하! 멋져요, 케이건! 들으셨죠, 대장군님? 저를 죽이겠대요! 난처해지신 것 같네요?"

키타타는 난처해하지는 않았다. 다만 쩍 벌린 입으로 침을 흘리며 세계를 부정하는 표정을 지어보일 뿐이었다. 케이건은 다른 자들과 마찬가지로 당황하고 있는 티나한에게 다시 외쳤다.

"티나한! 어서!"

티나한은 퍼뜩 정신을 차리곤 바닥에 꽂아두었던 철창을 뽑아들었다. 그러나 흉벽을 뛰어넘기 전 티나한은 절망감을 느꼈다. 대호는 이미 륜을 향해 달리고 있었다.

륜은 대호가 지척으로 다가올 때까지도 대호가 왜 그런 움직임을 보이는지 이해할 수 없었다. 사모가 화급히 외칠 때에야 륜은 겨우 대호가 사이커에 노했음을 깨달았다.

"그만둬! 멈춰, 대호!"

대호는 사모의 외침을 무시한 채 달려들었다. 륜은 비명을 지르며 사이커를 내뻗었지만 대호의 강력한 앞발이 그것을 옆으로 튕겨버렸다. 바위라도 깨버릴 듯한 일격에 륜은 사이커를 놓쳤을 뿐만 아니라 제자리에서 빙글 돌기까지 했다. 저 멀리 날아간 사이커가 땅에 꽂혔을 때 륜도 땅바닥에 주저앉았다. 륜은 온몸의 비늘을 곤두세운 채 밤하늘을 가리고 있는 대호를 올려다보았다. 대호는 동굴 같은 입을 열어보이며 포효했다. 그리고 대호는 그대로 륜을 삼키려 했다. 륜은 두 팔로 얼굴을 가리며 닐렀다.

〈안 돼!〉

륜의 배낭이 폭발했다.

티나한은 흉벽에 한쪽 발을 얹은 모습 그대로 굳어버렸다. 비형과 케이건은 티나한이 왜 뛰어내리지 않는 것인지 의아해했다.

"왜 그러는 거요, 티나한?"

티나한은 등을 보인 채 아무 대답도 하지 않았다. 케이건은 영문을 알 수 없었지만 키타타 때문에 움직일 수 없었다. 하지만 비형은 도깨비였고, 궁금한 것은 참지 않는다는 것을 미덕으로 여기고 있었다. 비형은 무릎걸음으로 티나한에게 걸어가기 시작했다. 케이건은 어쩔 수 없이 비형에게 끌려가듯 움직였다. 키타타와 하크 렌은 꼼짝도 하지 않았지만 다른 사람들은 비형과 케이건을 따라 함께 흉벽으로 움직였다.

티나한의 곁에 도달한 비형은 흉벽 사이로 아래를 내려다보았다. 그러곤 그대로 벌떡 일어섰다. 비형의 머리를 움켜쥐고 있던 케이건은 그 때문에 뒤로 나가떨어 질 뻔했다. 곤란하기 짝이 없는 인질이었다. 비형이 바라기에 상처를 입을까봐 황 급히 검을 들어올린 케이건은 비형의 등을 향해 말했다.

"무슨 일이오?"

비형은 케이건의 바라기를 덥썩 움켜쥐었다. 그러곤 그것으로 자기 목을 겨냥했다.

"제가 들고 있을 테니 나와서 보세요. 알아서 죽을게요. 저게 정말 제가 생각하 는 그걸까요?"

케이건은 기다란 한숨을 내쉬곤 키타타를 흘끔 바라보았다. 키타타는 이제 더 이상 이런 말도 안 되는 상황에 개입하고 싶지도 않다는 얼굴을 하고 있었다. 케이 건은 비형에게 바라기를 건네준 다음 그의 등 뒤에서 돌아나와 비형의 옆에 섰다. 그러고는 도대체 뭐냐는 표정으로 아래를 내려다보았다.

다음 순간 케이건은 흉벽을 움켜쥐며 신음을 흘렸다.

"드라카!"

대호는 어깨를 잔뜩 낮춘 채 으르렁거렸다. 대호의 바로 앞에는 륜이 주저앉아 있었지만 대호가 경계하고 있는 것은 륜이 아니었다. 대호는 륜의 배낭을 찢으며 공중으로 뛰쳐나온 신화적 존재를 향해 털을 잔뜩 곤두세웠다.

그것은 륜의 머리 위 몇 미터쯤 되는 곳에 뜬 채 대호를 바라보고 있었다. 좌우로 펼친 두 날개는 날개 줄기에서부터 촘촘히 갈라져 함수초를 연상시키는 모습이었 고 미풍에 가볍게 흔들리고 있었다. 부릅뜬 두 눈에선 불꽃 같은 광채가 어렸고 그 아래에는 턱처럼 돌출한 부분이 있긴 했지만 입은 없었다. 대신 턱 양쪽을 따라 긴 홈이 패어 있었다. 가슴에 있는 두 앞발은 사납게 발톱을 곤두세우고 있었고 강인해 보이는 두 뒷다리 아래로는 넝쿨 같은 꼬리가 꿈틀거렸다. 꼬리 끝부분에는 섬모 같은 털들이 정연하게 늘어서 있었다.

어떤 날짐승과도 닮지 않은 날개와 어떤 길짐승과도 닮지 않은 머리, 그리고 어떤 물고기와도 닮지 않은 꼬리. 그것은 용이었다. 몸길이의 반을 넘는 꼬리까지 치더라도 2미터 남짓한 작은 모습이었지만 용은 압도적인 위압감으로 그곳에 떠 있었다.

"크르르르······."

대호는 목을 울리며 으르렁거렸다. 대호를 물끄러미 내려다보던 용은 천천히 고개를 뒤로 젖혔다. 그리고 용의 몸 아랫부분에서는 꼬리가 기묘하게 진동하기 시작했다. 꼬리 끝의 섬모는 서로 비비적거리며 경련했다. 대호는 어깨 털을 더 곤두세웠다. 튀어나온 대호의 발톱이 돌멩이들과 부딪쳐 불꽃을 튕겼다.

갑자기 용은 머리를 앞으로 내뻗었다. 다른 사람들은 알 수 없었지만 륜과 사모, 그리고 케이건은 용이 무슨 짓을 하는지 알 수 있었다. 케이건은 지식 덕분에, 그리고 륜과 사모는 눈으로 볼 수 있었기 때문이다. 용은 그 얼굴 양쪽의 기다란 홈으로부터 차가운 기체를 내뿜었다. 대호는 황급히 뒤로 뛰었고 다음 순간 진동하던 용의 꼬리가 불꽃을 튕기며 용의 얼굴 앞으로 솟아올랐다.

기체가 맹렬하게 발화했다.

륜은 얼굴을 감싸쥐며 몸을 옆으로 던졌다. 용의 불꽃은 눈이 멀어버릴 정도로 뜨거웠다. 멀찌감치 떨어져 있던 사모도 그 불을 똑바로 볼 수 없어 고개를 돌렸다. 대호가 제때에 피한 덕에 용의 불꽃은 땅을 때렸다. 하지만 그 불꽃은 끊어지지 않았다. 용은 허공을 미끄러지며 두 줄기 불꽃으로 대호를 추적했다.

용의 불꽃이 땅을 훑어감에 따라 지면 위로 화염이 거칠게 범람했다.

대호는 노호하며 땅을 박차고 뛰어올랐다. 어지간한 나무라도 뛰어넘을 듯한 높이로 도약한 대호는 용을 향해 사납게 앞발을 휘둘렀다. 하지만 용은 날개 가닥들을 기묘하게 움직이며 대호의 공격을 피했다. 함수초 잎사귀 같은 용의 날개 가닥들은 모였다가 펼쳐지는 것, 그리고 뒤집히는 것이 자유자재였고, 양쪽이 완전히 독립적으로 움직이고 있었다. 계속해서 날개의 형태가 변하는 것 같은 그런 효과 때문에 용은 새들조차 흉내내기 어려울 복잡무쌍한 비행을 하고 있었다. 바라보고 있던 성루 위의 사람들은 용의 비행을 보는 것만으로도 현기증이 일어날 지경이었다. 대호는 몇 번이나 거세게 도약했지만 그것은 바람을 잡으려 하는 것만큼이나 소용없는 짓이었다.

마침내 대호는 공격을 포기했다. 허공에 뛰어올랐다가 용의 불꽃에 감기를 꽤 태워먹은 다음에 내린 결단이었다. 날렵하게 이리저리 뛰며 용의 불꽃을 피하던 대호는 넌더리를 내듯 크게 도약했다. 대호가 착지한 곳에는 사모가 서 있었다. 대호는 사모를 냉큼 물어올렸다. 사모는 부정의 니름들을 쏟아내었지만 대호는 아랑곳하지 않았다. 사모를 문 대호는 다시 도약했고, 다시 땅에 내려설 때 쯤에는 이미 어둠 속으로 사라진 후였다.

용은 더 이상 대호를 추적하지 않았다.

용이 토해 내던 화염은 사라졌지만 땅에는 아직 불티들이 굴러다니고 있었고 곳곳에서 잡초들이 불타고 있었다. 그 불타는 땅 위로 날개 가닥들을 흔들며 용은 륜을 향해 날아왔다.

륜은 엉겁결에 오른팔을 내밀었고 그러자 용은 그 팔 위에 내려섰다. 뒷발이 팔을 붙잡자 넝쿨 같은 꼬리는 륜의 팔에 친밀감 있게 휘감겼다. 용은 날개를 접은 다음 고개를 갸웃하며 륜을 바라보았다. 륜은 벅찬 마음으로 용의 이름을 불러보았다. 용에게서 부활한 사랑하는 친구의 이름을.

"아스화리탈."

자보로 사람들이 위엄왕을 찾아내었을 때 위엄왕은 더 이상 그들이 알고 있던 사람이 아니었다. 대호의 입속에 갇혀 있으면서 겪어야 했던 공포 때문에 위엄왕은 완전히 넋이 나간 모습이었다. 제대로 걷지도 못하고 묻는 말에 대답도 할 수 없는 조카를 보며 키타타는 목을 놓아 울었다.

자보로 사람들이 그런 소동을 일으키는 동안 케이건은 일행을 데리고 조용히 그

자리를 빠져나와 사원으로 돌아왔다. 사원으로 돌아오는 동안, 티나한은 궁금함을 참지 못해서 케이건에게 질문했다.

"정말 비형을 죽일 작정이었냐?"

륜은 놀란 표정으로 티나한을 돌아보았고 티나한은 조금 전 있었던 일을 짧게 설명해 주었다. 케이건은 담담하게 대답했다.

"자보로 사람들이 다 죽는 것보다는 비형이 어르신이 되는 편이 낫소."

티나한과 륜은 그 말에 비형의 눈치를 살폈다. 하지만 케이건의 말이 실로 옳다는 듯이 연신 웃으며 고개를 끄덕이는 비형을 보고는 그만 할 말을 잃고 말았다.

사원의 객실로 돌아온 비형은 호기심에 계속 아스화리탈을 집적거렸다. 아스화리탈은 성가신 듯 비형의 손을 벗어나려 했지만 용의 무기인 불은 도깨비에겐 아무런 해도 끼칠 수 없었다. 입이 있었다면 깨물기라도 했겠지만 그럴 수 없었던 아스화리탈은 거칠게 날개를 펴 비형의 손을 뿌리치곤 방 안을 정신 사납게 날아다녔다. 케이건이 비형에게 장난을 좀 중단하라고 말한 다음에야 아스화리탈은 륜의 어깨에 내려앉았고 객실에는 다시 평화가 돌아왔다. 케이건은 륜의 어깨를 바라보며 말했다.

"언제부터 데리고 있었냐."

"당신들을 만나기 며칠 전에 용화를 발견했습니다. 그래서 용근을 파내었습니다."

"그렇다면 그럭저럭 눈 뜰 때가 되긴 했군. 왜 파내었지?"

"놔두면 제 동족들의 손에 죽었을 테니까요."

"계속 네 배낭 속에 있었던 모양인데 어떻게 영양을 공급받았지?"

"소드락을 가루로 만들어서 뿌려두었습니다."

"그래서 너를 따르는 것이군. 용은 지혜롭지. 자기를 좋아하고 보살피는 사람을 알지."

"그렇지요. 주위에 적대적인 것이 있으면 발아하지도 않지요."

"왜 누나를 죽이지 않았지?"

420

티나한은 끔찍한 소음을 들은 것 같은 기분을 느꼈다. 잠시 후에야 티나한은 평화롭던 대화가 소름끼치는 방식으로 중단된 것 때문에 그런 느낌을 받았던 것임을 깨달았다. 아스화리탈에게 장난을 치기 위해 륜의 등 뒤로 슬금슬금 다가가던 비형도 당혹하여 그 자리에 멈춰선 채 케이건을 바라보았다. 륜은 눈을 불태우며 케이건을 쏘아볼 뿐 대답하지 않았다.

용을 바라보던 케이건은 눈을 돌려 륜의 눈을 들여다보았다.

"그럴 기회가 있었다. 륜."

"누님을 죽일 순 없어요."

"적출을 했더라도 죽일 수는 있어. 유벡스라는 사서가 죽었던 것을 생각해 봐."

"그런 이야기가 아니에요! 나는 누님을 죽이고 싶지 않아요!"

"그러면 누나가 너를 죽일 텐데."

"아직 그러진 못했어요. 그리고 앞으로도 그러지 못할 테고."

"행운이 계속 따라줄 거라 믿는 건가."

"아니요. 제 의지를 믿는 겁니다. 누님을 죽이지도, 누님에게 죽임당하지도 않겠다는 제 의지요!"

케이건은 륜을 물끄러미 바라보았다.

"하인샤 대사원까지는 너를 보호해 주겠다."

"네?"

"그러기로 약속한 거니 그곳까지는 보호하겠다. 하지만 그 후엔 네게 의지밖에 남지 않을 것이다."

륜은 상처 입은 얼굴로 케이건을 바라보다가 사납게 외쳤다.

"그러시죠! 그다음엔 누님 손에 죽든 말든 제가 알아서 할 테니까!"

"알겠다. 그럼 이만 잘까. 쓸데없는 소동으로 밤을 많이 소비했으니."

륜은 비늘을 부딪쳐 불쾌한 소리를 내며 말했다.

"좋아요. 하지만 그 전에 한 가지만 묻겠어요. 케이건 당신 혈관엔 도대체 뭐가 흐르죠?"

"내 혈관?"

"네! 다시 없을 기회이니 피붙이를 죽이라고 말하는, 그리고 왜 죽이지 않았냐고 그렇게 담담하게 따질 수 있는 당신은 뭐죠? 자보로 사람들이 다 죽게 놔두는 것보다는 자기 손으로 동료를 죽이겠다고 말할 수 있는 당신은 도대체 뭐죠?"

비형이 당황하며 말했다.

"륜. 그건 케이건의 처신이 옳았어요. 게다가 전 육이 죽어도 어르신이 될 뿐이잖아요?"

"저는 옳고 그런 걸 말하는 것이 아니에요! 제기랄, 언제나 맞는 말만 하고 옳은 행동만 하니까 그건 말할 필요도 없어요. 전 케이건의 혈관에 뭐가 흐르는지 알고 싶다는 거예요. 케이건. 당신은 철혈(鐵血)인가요?"

그리고 륜은 손을 뻗어 케이건을 가리키며 외쳤다.

"정말로 당신 같은 자를 위해 아버님께서 팔을 잘랐나요?"

케이건의 눈에서 짧게 불똥이 튀었다. 그리고 그것을 본 자는 아스화리탈뿐이었다. 륜의 어깨에 앉아 있던 아스화리탈이 갑자기 날아오르자 다른 세 사람은 당황하여 용의 모습을 뒤쫓았다. 용은 방 안을 한 바퀴 빙글 돌고는 선반에 걸터앉았다.

"륜."

아스화리탈을 바라보던 륜은 움찔하며 시선을 아래로 내렸다. 케이건은 고개를 약간 기울인 채 그를 보고 있었다. 무표정한 얼굴과 그 비틀어진 각도가 서로 어울려 케이건의 얼굴을 무생물적인 것으로 바꿔놓았다. 륜은 침을 삼켰다.

"너를 보호해야 할 의무가 있는 나로선, 내 혈관에 뭐가 흐르는지 말해 줄 수 없다."

"무슨 말이죠?"

"그것을 말해 주면 추악한 공포가 네 정신을 갈가리 찢어놓을 테니까."

무슨 말인지 알 수 없었지만 륜은 더 물을 엄두를 내지 못했다. 케이건의 말이 완전한 진실임을 직감할 수 있었기 때문이다.

하텐그라쥬의 야경을 바라보던 비아스 마케로우는 고개를 내려 손을 바라보았다.

그녀의 손에는 얇은 나무판이 들려 있었다. 서판이라는 퍽이나 소박한 이름으로 불리는 이 나무판은, 그러나 나가에겐 최상급의 기록용 물건이다. 굳이 나무판 뒤에 있는 제조자의 낙인을 보지 않더라도 이것이 가장 성대한 나무 장례식을 치른 다음 최고의 장인에 의해 만들어진 것임을 짐작하는 것은 어렵지 않다. 비아스는 서판을 생전 처음 받아 보았다. 그리고 부정하고 싶었지만 그 사실은 분명 그녀를 긴장시키고 있었다. 어느 가문에서 보낸 건지 알 수 없는 그 서신을 받았을 때 비아스는 그 내용보다는 그것이 서판에 씌어져 있다는 사실에 더 놀랐다.

결국 비아스는 여섯 번째로 서판을 들여다보았다.

'라디올 센의 이번 작품은 다행히도 비평가들의 악담을 면할 듯합니다. 가장 끈질긴 비평가라도 수마에 굴복하지 않을 수 없다는 풍문이니까요. 하지만 시간이 된다면 오늘 밤 센 저택을 방문하여 그녀의 작품을 감상해 주길 바랍니다. 그렇게 한다면 당신은 라디올 센의 감사를 받을 수 있을 겁니다. 덧붙여 제 작은 호의도.'

서명은 없었다. 그 해괴한 내용에 덧붙여 서명까지 없다는 사실은 비아스를 꽤 혼란스럽게 만들었다.

처음 얼마 동안 비아스는 그것이 카린돌의 또 다른 장난일 거라 추측했다. 하지만 세 번째 보았을 때 비아스는 그것이 카린돌의 필적이 아니라는 사실을 깨달았다. 그리고 여섯 번째로 서판을 본 지금 비아스는 그것이 절대로 카린돌의 소행이 아니라는 확신을 느꼈다. 카린돌은 보다 직접적인 방식을 선호한다. 그리고 비아스는 자신을 희대의 극작가 겸 연출가 겸 명배우라고 믿는 얼간이의 작품 발표회에 참석하는 것이 무슨 해가 되는 건지 알 수 없었다. 만약 카린돌이 비아스를 반드시 센 저택에 보내고 싶었다면 라디올 센의 이름 대신 최연장자인 수이신 센의 이름을 거론했을 것이다.

결국 비아스는 부딪쳐 보기로 결심했다. 심호흡을 한 비아스는 호위하고 있던 남자들 중 하나에게 지시를 보냈다. 남자는 센 저택 안으로 들어갔다.

잠시 후 라디올 센이 환한 웃음을 지으며 정문으로 뛰쳐나왔다. 비아스는 속으로 고소를 머금었다. 대가문의 일원으로서는 너무 체통이 없는 짓이었다.

〈비아스! 맙소사, 비아스 마케로우! 제 작품을 보러 오셨다고요? 정말 기뻐요! 초청장도 보내드리지 못했는데. 아, 오셔서 기분 나쁘다는 니름이 아니에요. 감히 당신처럼 저명하신 분께 보내드릴 엄두를 내지 못한 거예요!〉

라디올이 니르기 시작한 지 5분도 되지 않아서 비아스는 은편 두 닢짜리 서판에 굴복하고 만 것을 후회했다. 라디올은 비아스의 팔짱을 낀 채 센 저택 안을 종횡무진 걸어다녔고 그런 어처구니없을 정도로 친근한 태도에 비아스는 비늘이 설 지경이었다. 그들은 서로 분야가 다른 사람이었다. 게다가 비아스가 자신의 분야에서 인정을 받는 전문가인데 반해 라디올은 다른 예술가들도 동류로 생각하기 싫어하는 엉터리였다. 예술에 별 관심이 없는 비아스조차도 라디올 센이 센 가문의 일원이기 때문에 지나치게 적대적인 평가를 모면하는 수준이라는 것을 잘 알고 있었지만, 정작 본인인 라디올 센은 자신의 대한 세평을 전혀 모르고 있었다.

약술과 연극의 공통점(어처구니없는 주제였다!)이라든가 예술가의 고뇌(비아스는 라디올이 그런 것을 느낀다고 니르면 도깨비도 화를 낼 거라 생각했다.) 따위에 대해 닐러대던 라디올은 30분 후에야 비아스를 놓아주었다. 발표회 준비를 하러 가야 한다는 라디올의 니름에 비아스는 속으로 환호를 올렸다. 그리고 라디올이 떠난 다음에야 비아스는 겨우 자신이 도대체 어디에 있는 건지 살펴볼 여유를 되찾았다.

비아스는 센 저택의 홀에 있었다. 거대한 기둥들이 늘어서 있었고 라디올 센의 연극을 보러왔으리라 짐작되는 사람들은 몇 명씩 소모임을 이룬 채 담소를 나누고 있었다. 무심히 그 광경을 보던 비아스는 문득 사람들이 반드시 기둥 주위에 모여 선다는 사실을 깨달았다. 마치 나무 아래에 모여 있는 버섯 같은 모습이었다. 물론 오가는 사람들을 방해하지 않으려면 그런 식으로 서는 것이 이상적이긴 했지만 비아스는 흥미를 느끼며 인간이나 레콘, 도깨비도 그런 식으로 모여 설까에 대해 잠시 생각해 보았다.

그러나 비아스는 곧 기둥 근처가 아닌 곳에 서 있는 남자를 발견했다. 그 남자의 경우 그것이 당연했다. 그는 양손에 춤채를 든 채 춤을 추고 있었다. 구경꾼들이 없다는 사실을 의아하게 여긴 비아스는 홀을 가로질러 남자 가까운 곳의 '기둥 옆에' 멈춰섰다. 그리고 남자를 관찰했다. 곧 비아스는 왜 구경꾼이 없는지 알 수 있었다. 남자의 춤은 끔찍하다고 말할 정도는 아니었지만 일부러 멈춰서서 구경한 다음 예의상 물방울을 던져주는 수고를 감수할 정도도 아니었다. 남자 또한 구경꾼을 바라고 있는 것 같지는 않았다. 남자는 자주 춤을 멈추고는 동작을 조금씩 바꿔보거나 같은 동작을 반복하곤 했다. 춤을 춘다기보다는 춤을 연습하고 있는 것 같은 광경이었다. 하지만 이렇듯 많은 손님들이 있는 곳에서 춤 연습이라는 건 어울리지도 않는 노릇이다. 비아스는 불쾌감을 느꼈지만 대화 상대를 발견하거나 한 것도 아니었기에 그냥 기둥 옆에 서 있었다.

남자의 춤채가 식었다. 남자는 한쪽에 놓여 있던 화로에 그것을 꽂아두고는 몸을 돌렸다. 그때 비아스와 남자의 눈이 마주쳤다. 남자는 웃으며 비아스에게 걸어왔다. 남자답지 못한 태도에 고개를 갸웃거리는 비아스에게 남자는 부드러운 니름을 보내었다.

〈비아스 마케로우 님이시지요?〉

〈어떻게 나를 알지?〉

〈몇 번 먼발치에서 뵌 일이 있습니다. 심장탑에 오시곤 하셨을 때.〉

〈심장탑?〉

〈예. 저는 갈로텍이라고 합니다. 심장탑의 수호자입니다.〉

비아스는 웃으려 했다. 하지만 곧 비아스는 의심에 찬 눈으로 갈로텍을 바라보았다. 갈로텍은 그런 비아스의 표정이 재미있다는 듯이 미소 지었다. 비아스는 자신없는 투로 닐렀다.

〈정말 수호자이십니까?〉

〈거짓니름을 할 이유가 없지요. 그렇잖습니까?〉

〈수호자께서 왜 이런 곳에……, 게다가 그 모습으로 춤이라니요?〉

갈로텍은 자신의 모습을 내려다보곤 고개를 끄덕였다.

〈수호자의 옷은 활동적인 일에는 어울리지 않지요. 춤을 춘다거나 하는 일처럼. 물론 도움이 될 때도 있죠. 예를 들어,〉

〈아니요. 제 니름은 그게 아니라…….〉

"누군가를 죽일 때 같은 경우가 그렇죠."

비아스의 비늘이 맹렬하게 부딪쳤다.

갈로텍은 얼굴 가득한 미소를 흐트러뜨리지 않은 채 차분하게 비아스를 바라보고 있었다. 잠깐 동안 비아스는 육성을 듣지 못한 척할까 생각했다. 하지만 그러기엔 충격을 너무 많이 드러내었다. 비아스는 딱딱한 니름을 보내었다.

〈재미있는 농담이군요. 수호자의 옷에 그런 장점이 있다니. 어떤 점에서 그런지 닐러주시겠습니까?〉

갈로텍은 니르지 않았다. 대신 말했다.

"보통 나가들은 수호자의 옷을 입은 사람을 보면 그 사람을 수호자라고 생각하지요. 상대방이 사이커로 자기 등을 벨 때까지는 말입니다."

비아스는 정신적 비명을 지를 뻔했다. 갈로텍은 분명히 알고 있었다. '그날 나를 본 걸까?' 비아스는 그럴 리 없다고 생각했다. 수호자들은 모두 적출식 준비로 바빴다. 이를 악문 채 갈로텍을 바라보던 비아스는 마침내 입을 열어 말했다.

"있음직한 이야기군요. 마치 그런 일이 일어났던 경우를 아시는 것 같습니다만?"

"알고 있습니다."

"……수호자의 옷이 범죄 도구로 사용된 것에 애석해하시겠군요?"

"아니요. 솔직히 말씀드려서 만족감과 고취감을 느꼈습니다."

비아스는 정신이 번쩍 드는 것 같았다. 필사적으로 언어를 고르며 비아스는 혹이 홀 안에 소리에 신경을 쓰는 괴벽을 가진 나가가 없는지 살폈다. 갈로텍은 그런 비아스를 보며 고개를 가로저었다.

"이자들은 지금 모욕이 되지 않으면서도 라디올 센의 불타는 예술혼을 단번에 꺼뜨릴 수 있는 적절한 니름을 궁리해 내느라 여념이 없습니다. 물론 그중 또 어떤 자들은 그 니름을 써먹을 다른 사람은 없을까 고민하고 있겠지요. 어쨌든 소리에 신경 쓰는 자는 없습니다."

"누가 서판을 보냈는지 알 만하군요. 만족감과 고취감을 느끼셨다고 한 말이 무슨 뜻인지 설명해 주시겠습니까?"

비아스는 갈로텍의 미소가 갑자기 차가워졌다고 생각했다. 갈로텍은 턱을 만지작거리며 뭐라 말하려 했다. 하지만 다음 순간 갈로텍은 다시 입을 닫았다. 그러고는 눈으로 홀 한쪽을 가리켰다. 비아스는 뒤를 돌아보고는 이를 갈았다. 갈로텍이 닐렀다.

〈라디올 센의 연극이 시작되는 모양이군요. 가보실까요? 그녀가 비평가들을 몇 분만에 재울 수 있을지 정말 궁금하군요. 아, 못다 한 니름을 마저 나눌 기회가 있으면 좋겠군요. 내일 시간을 내어 심장탑을 방문해 주시겠습니까, 마케로우?〉

예술에 큰 관심이 없는 비아스 마케로우는 다른 비평가들만큼 라디올 센을 혐오하지는 않았다. 하지만 이제 하텐그라쥬에서 비아스 마케로우만큼이나 라디올 센을 증오하는 자를 찾기도 어려울 것이다. 자꾸만 곤두서려는 비늘을 힘겹게 내리누르며 비아스는 갈로텍에게 닐렀다.

〈꼭 찾아뵙겠습니다.〉

류은 페이 저택의 정원에 있었다.

시원한 바람이 불고 있었다. 류은 자신의 주위에 다섯 사람이 있다는 것을 알 수 있었다.

화리트 마케로우는 뭔가를 열심히 쓰고 있었다. 손에 쥔 건 붓이었지만 글자가 씌어지고 있는 것은 양피지가 아니었다. 비늘이 돋은 딱딱한 것이었고, 그래서 화리트는 글을 쓰며 악전고투하고 있었다. 류은 화리트를 방해하지 않기 위해 고개를 돌려 사모 페이에게 질문했다. 저것이 뭐냐고. 사모는 웃으며 닐렀다.

〈물론 요스비의 가죽이지.〉

류은 정원 한쪽을 바라보았다. 요스비는 나무 기둥에 기대어 서 있었다. 등의 가죽을 벗겨 화리트에게 주었기 때문에 요스비는 등을 보이고 싶지 않은 것 같았다. 그런 난처한 자신의 처지를 알아달라는 듯 요스비는 장난스럽게 어깨를 으쓱였다. 그 순간 요스비의 왼팔이 아래로 뚝 떨어졌다. 케이건이 그 팔을 잘라먹었기 때문에 요스비는 가짜 팔을 붙이고 있었다. 팔이 떨어지자 요스비는 몹시 당황해했고 류은 그만 폭소를 터뜨리고 말았다. 그러자 화리트가 화를 벌컥 내었다.

〈제발 조용히 해! 쓰는 데 방해되잖아!〉

류은 화리트가 왜 웃음소리 같은 것에 신경 쓰는 건지 알 수 있었다. 비아스가 그를 죽인 이후로 화리트는 소리에 신경을 많이 쓰고 있었다. 하지만 어느새 화리트의 등 뒤로 다가간 비아스가 또다시 화리트를 베어 죽였다. 화리트는 언짢아하며 닐렀다.

〈제기랄, 또야? 좀 쓸 수 있게 내버려줘!〉

류은 화리트가 도대체 뭘 쓰고 있는 건지 궁금해졌다. 류은 그것을 누구에게 물어봐야 할지 알고 있었다. 다섯 번째 나가에게 물어보면 된다.

하지만 다섯 번째는 신을 잃고 두억시니가 되어 있었기에 물어볼 수 없었다. 류은 화리트를 쳐다보았고 화리트는 넌더리를 내며 용 아스화리탈로 변신했다. 그리고 아스화리탈은 용의 불꽃으로 다섯 번째 나가의 두억시니 껍질을 태웠다. 그러자 다섯 번째 나가의 모습이 드러났다.

그 나가는……

"그 나가는 아직 깨어나지 않았습니다."

류은 눈을 떴다. 목소리에 눈을 떴다는 것이 그에겐 꽤 신기한 일로 여겨졌다. 또한 깨어나지 않았다는 말에 깨어나는 경험 또한 인상적이었다. 그러나 그 경험을 반추해 볼 시간은 없었다. 류은 자신이 꽤 괴상한 상황에 처해 있음을 깨달았다.

륜은 굵은 쇠사슬에 의해 결박되어 바닥에 쓰러져 있었다.

놀란 륜은 비늘을 부딪치며 주위를 둘러보았다. 주위는 밝고 화려했다. 륜에겐 대가문의 홀을 연상케 하는 모습이었다. 그 모습에 또다시 놀란 륜은 조금 후에야 비형과 티나한을 찾을 수 있었다. 그리고 그들의 모습에 또다시 경악했다.

티나한과 비형은 등을 맞댄 채 바닥에 쓰러져 있었다. 그들의 몸 또한 쇠사슬로 묶여 있었다. 등에 묶인 비형 때문에 똑바로 누울 수 없었던 티나한은 옆으로 누운 채 소름끼치는 악담을 퍼붓고 있었는데, 륜은 그 레콘이 왜 그러는지 알 수 없었다. 결박을 풀고 행동으로 자신의 심정을 적나라하게 표현하는 것이 훨씬 티나한다운 일이었다. 하지만 곧 또 다른 목소리가 륜의 의문을 해소해 주었다.

"조심하시오. 레콘. 당신은 물론 그 쇠사슬을 끊을 수 있겠지. 솔직히 레콘을 제압하려면 쇠사슬을 새로 만들어야 할 거요. 우리는 그럴 시간이 없었소. 그래서 우리는 당신이 힘을 잘못 사용했다가는 도깨비의 팔을 찢게 되도록 묶어놓는 걸로 만족하기로 했소. 그리고 도깨비 당신도 마찬가지요. 함부로 불을 일으켜 쇠사슬을 녹이려들면 벼슬 달린 당신 동료를 태워먹고 말 거요."

티나한의 등 뒤에 묶여 있던 비형은 침울한 목소리로 말했다.

"그래서 밧줄이 아니라 쇠사슬을 선택한 것이군요?"

"그렇소. 그걸 녹이려면 꽤 뜨거운 불을 만들어야겠지?"

티나한이 격노하여 외쳤다.

"팔 따위 타도 좋다! 비형! 이거 녹여, 당장! 가만두지 않겠어!"

"……팔이 타는 게 아니라 아예 녹을 텐데요?"

"뭐? 팔을 못 써? 그럼 밟아 죽이겠어!"

"……다리도 묶여 있는데요?"

"쪼아 죽인다!"

비형은 티나한의 투지에 감탄하면서도 동시에 두려움을 느꼈다. 팔다리가 손상되는 것쯤 아랑곳하지 않겠다는 저 투지 넘치는 전사 티나한이라면 비형의 팔을 찢고서라도 결박에서 풀려나겠다는 식의 발상을 해낼지도 모르기 때문이다. 과연 티나한은 씩씩한 목소리로 말했다.

"네 의견이 필요해, 비형. 명예가 중요할까, 팔이 중요할까? 아무래도 전자 쪽이 겠지?"

비형이 진땀을 흘리며 대답할 말을 생각하고 있을 때 또 다른 목소리가 대화에 끼어들었다.

"다리는 괜찮으시오?"

류은 목소리가 들려온 쪽을 보았다. 그들처럼 쇠사슬에 묶인 케이건이 기둥에 기대어 앉아 있었다. 그리고 류은 그 모습에 놀랐다. 묶여 있긴 했지만 그럭저럭 괜찮은 모습이던 다른 사람들에 비해 케이건의 모습은 흉측하기 짝이 없었다. 얼굴 곳곳이 부어 있는데다 옷도 갈가리 찢어져 있었다. 류은 어떻게 하룻밤 사이에 사람이 저런 꼴로 바뀔 수 있는지 짐작조차 할 수 없었다. 하지만 케이건은 무심한 어조로 말했다.

"류 일어났나. 그런데 다리는 괜찮으시오. 대장군?"

류은 다시 고개를 돌렸다. 그들은 천장이 높은 홀 같은 곳에 누워 있었고 약간 떨어진 곳에는 한 단 높은 층이 만들어져 있었다. 그 가운데 큼직한 돌이 있었다. 돌의 모습은 특이했다. 그 뒤로 세공이 잘된 등받이 같은 것이 만들어져 있었고 좌우에는 화려한 팔걸이도 있었다. 돌로 만들어진 의자 같은 모습이었지만, 아름다운 등받이와 팔걸이에 비해 정작 돌 자체는 거칠고 투박했다.

돌 앞쪽, 단 아래에는 몇 명의 병사를 거느린 키타타 자보로가 서 있었다. 키타타는 케이건의 질문에 얼굴을 찡그렸다.

"사실 서 있기도 힘드오. 당신 인간 맞소? 어떻게 물어뜯을 생각을 한 거요?"

비형은 헛바람을 삼키며 마침내 케이건이 식용 대상 범위를 확대시켰나 보다고 생각했다. 하지만 케이건의 대답은 그런 공포를 불식시켰다.

"다섯 사람이 내 팔다리를 움켜쥐고 있었소. 그리고 당신은 나를 걷어차려 했고. 선택의 폭이 좁았다고 생각하오만."

비형은 안도했지만 류은 더 참지 못하고 외쳤다.

"케케케케……!"

류은 말이 잘 나오지 않는다는 사실에 당황했다. 그제야 류은 몸이 싸늘하게 식어 있음을 깨달았다. 비형이 아차 하는 표정을 짓고는 류의 몸에 도깨비불을 씌웠다. 체온이 좀 올라가고 나서야 류은 제대로 된 말을 꺼낼 수 있었다.

"케이건. 도대체 어떻게 된 거죠? 우리가 왜 이렇게 되어 있는 겁니까?"

케이건은 날씨 이야기라도 하는 듯한 평온한 태도로 대답했다.

"잠든 사이에 저자들이 사원에 침입해서 우리를 붙잡아왔다."

"그런데 당신은 왜 그 지경이 되어 있는 거죠?"

"그런 납치에 동의하지 않는다는 의사를 온몸으로 보여준 결과지."

"어, 저, 당신이 그렇게 싸웠는데 왜 저는 이렇게 잡혀 있는 거죠? 소리는 듣지 못했다 하더라도 이렇게 묶일 때까지 알아차리지 못했을 리는 없는데요?"

비형과 티나한도 그 질문에 케이건을 보려 했고, 그 때문에 류은 그 두 사람도 자신처럼 아무것도 모른 채 잡혀온 것임을 깨달았다. 물론 비형과 티나한은 서로 등을 맞대고 묶여 있는지라 서로 케이건 쪽을 보기 위해 잠시 소동을 일으켰다. 케이건은 담담하게 설명했다.

"새벽녘에 저자들이 객실에 불을 뺐다. 류 너는 얼어붙었지. 그래서 깨닫지 못했어. 이곳에 햇빛이 잘 들어와서 이제야 정신을 차린 거지."

류은 왜 몸이 얼어붙었는지 알게 되었다. 케이건은 계속 말했다.

"나는 왜 방이 차가운지 알아보기 위해 밖으로 나갔다가 당했고, 티나한 당신은 자다가 쇠망치로 머리를 맞았소."

"어? 그랬냐? 아까부터 뒤통수가 좀 뻐근하더라니. 난 이런 괴상한 자세로 잠을 자서 그런 줄 알았어."

키타타와 병사들은 티나한의 말에 소름이 돋는 것을 느꼈다. 비형이 조바심을 내며 질문했다.

"저는요? 저는 왜 잠에서 깨지 못했죠? 마비약을 썼나요? 아니면 독침? 그렇잖으면 어딘가의 신비한 약초?"

"······당신은 그냥 자다가 묶인 거요."

"자다가요?"

"코끼리가 밟고 지나가도 모를 정도로 곤히 자더군. 아마 도깨비불을 끄고 자서 그럴 테지."

비형은 크게 기뻐했고 그런 비형의 태도는 키타타 대장군과 병사들에게 다시 곤혹스러운 불가사의를 선사했다. 케이건은 잠을 잘 자는 것이 훌륭한 품성의 증거로 통하는 도깨비의 풍습에 대해 설명하는 대신 대장군에게 질문했다.

"원하는 것이 뭔지 말해 보시오. 죽이지 않고 이렇게 공들여 붙잡았으니 원하는 것이 있겠지. 대장군."

"처음부터 죽일 생각은 없었소. 우리는 그렇게 무도한 자는 아니오. 게다가 도깨비도 있잖소. 저 도깨비를 죽여도 그 영이 즈믄누리로 돌아가 자신의 살해를 고발하는 것을 막을 수 없다는 것쯤은 알고 있소."

"쓸데없는 걱정을 하셨소. 대장군."

"뭐요?"

"쓸데없는 걱정이라 했소. 복수가 걱정되었던 거라면 그냥 죽였어도 상관없소. 도깨비 군단에 의한 복수 따위는 없었을 테니까. 죽은 비형이 즈믄누리로 돌아가면 도깨비들은 그를 환영한 다음 어르신으로 대접해 줄 거요. 비형도 복수 따위에 매달리는 대신 어르신이 되면 하려고 계획했던 일에 착수했겠지."

"예. 저는 해몽서를 집필할 계획을 가지고 있어요. 어르신에게 어울리는 일이잖아요?"

비형은 천연덕스럽게 웃으며 말했다. 하지만 티나한은 기막힌 듯이 비명을 질렀다.

"야! 케이건! 그런 걸 가르쳐주면 어떻게 해!"

키타타 자보로도 어이없는 표정으로 케이건을 바라보았다. 하지만 케이건은 침착하게 말했다.

"괜찮소. 티나한. 그렇더라도 우리를 죽이지는 못하니까. 대장군이 우리에게 원하는 것이 뭔지 짐작하는 것은 별로 어렵지 않소. 아마 용일 테지."

륜은 비늘을 부딪치며 황급히 주위를 둘러보았다. 아스화리탈의 모습이 보이지 않았다. 케이건은 계속 말했다.

"용의 분노를 사지 않으려면 우릴 쉽게 죽일 수는 없겠지."

대장군은 감탄하며 고개를 끄덕였다. 그가 뭐라 말하려 했을 때였다. 비형이 비명을 질렀다.

"나늬는 어쨌어요?"

"나늬? 미녀 나늬가 뭐 어쨌다는…….'

"제 딱정벌레요! 제 딱정벌레 이름이 나늬예요. 나늬는 어쨌어요?"

키타타 대장군과 병사들은 언젠가 티나한과 케이건이 비형의 작명 감각에 대해 느꼈던 것과 비슷한 느낌을 받았다. 티나한은 낄낄거렸고 키타타는 이마를 감싸쥐었다.

"인상적인 작명 감각이군. 당신의 그 미녀라면 마구간에 잘 있소. 병사들이 나무와 꽃도 잔뜩 가져다줬고. 이제 내 이야기 좀…….'

"잠깐, 내 철창! 이 자식들, 내 철창은 어떻게 했느냐!"

키타타는 기어코 분노의 비명을 지르고 말았다. 불가항력이었을 것이다.

티나한의 철창은 병사 여섯 명이 손을 깨끗이 씻은 다음 잘 들고와 보관해 두었다는 것을 맹세하고, 나늬는 즈믄누리의 딱정벌렛간에야 미치지 못하겠지만 좋은 대접을 받고 있다는 것을 다시 설명한 다음, 혹시나 싶은 마음에 케이건의 괴상한 쌍신검도 잘 보관하고 있다고 말한 후에야, 키타타는 마침내 자신의 이야기를 꺼냈다. 그리고 키타타의 이야기는 케이건이 짐작하던 대로였다. 키타타는 용을 넘기라고 제안했다. 륜은 비늘을 곤두세웠고 케이건은 고개를 가로저었다.

"이제는 용근이 아니라 용이니 먹어도 용인이 될 수는 없소."

"먹겠다는 것이 아니오."

"그렇다면 무엇 때문에 용을 원하는 거요? 용은 위험한 생물이오. 도깨비를 협박했던 당신이 위험에 대한 제대로 된 감각을 가지고 있을 것 같지는 않지만, 그래도 용의 위험성을 모를 정도는 아니라고 생각되는데."

"용이 우리에게 위험하다면 우리 왕의 적에게도 위험하지 않겠소?"

케이건은 눈살을 찡그렸다. 키타타의 안색을 살피던 케이건은 잠시 후 한숨을 내쉬었다.

"당신도?"

"무슨 말이오?"

"당신도 눈물을 먹일 새가 필요해진 거요?"

비형만이 알 듯 모를 듯하다는 표정을 지었을 뿐, 키타타 자보로를 위시한 거의 모든 사람들이 케이건의 말을 이해하지 못했다. 그들로서는 고맙게도 케이건은 알아듣기 쉬운 말을 덧붙였다.

"위엄왕의 무적 병기가 되어줄 용을 원하는 거요? 당신은 당신 조카의 어리석음에 한탄했던 것 같던데. 그건 겉으로만 그런 척한 거요? 그게 아니면 용을 보고는 생각이 바뀐 거요?"

"말을 가려서 하라! 대장군은 짐의 충신이니라!"

날카로운 소리에 사람들은 고개를 돌렸다. 홀 한쪽에서 위엄왕 지그림 자보로가 몇 명의 사람들을 대동한 채 걸어오고 있었다.

키타타 자보로와 병사들은 고개를 숙였고 위엄왕은 그들 앞을 지나쳐 곧장 단 쪽으로 걸어갔다. 화려한 의상을 걸치고 있었지만 비형은 그 값비싸 보이는 옷이 군데군데 그을려 있다는 사실에 의아해했다. 단 위에 올라간 위엄왕은 돌 위에 털썩 주저앉았다.

륜은 그제야 그 돌이 왕좌임을 깨달았다. 하지만 륜은 왜 저런 투박한 돌을 왕좌로 삼는 것인지 짐작할 수 없었다. 그때 케이건이 말했다.

"별비가 할퀸 돌이겠군. 유서 깊은 물건임에는 분명하지만 그리 편해 보이진 않는구료."

"왕은 지대한 책무를 지닌 사람이다. 어떤 왕좌도 편할 수 없는 법이다."

"그 왕좌는 그렇겠군."

위엄왕은 별 생각 없이 지나치려다가 케이건의 말투가 조금 이상하다는 생각을 했다. 다른 사람들도 어리둥절한 표정으로 케이건을 바라보았다. 하지만 비형은 킥! 킥! 하는 소리를 내다가 결국 폭소를 터뜨렸다. 데굴데굴 구르고 싶어 보였지만 묶여 있는지라 비형은 그냥 온몸을 떨며 웃었다. 위엄왕은 화를 내며 왜 웃는지 설명하라고 말했다. 가까스로 웃음을 멈춘 비형이 대답했다.

"폐하. 당신을 앉히고 있으려니 그 의자 기분이 편할 리 없다는 뜻 아니겠습니까?"

위엄왕의 얼굴이 창백해졌다가 곧 시뻘겋게 변했다. 위엄왕은 목에 핏대를 세운 채 케이건을 꾸짖었지만 케이건은 담담히 마주볼 뿐 아무 말도 하지 않았다. 결국 위엄왕의 꾸중이 정도 이상으로 길어진다고 생각한 티나한이 짜증을 참지 못하고 외쳤다.

"그—만—해—!"

위엄왕은 그만했다. 모든 사람들의 귓속에서 계명성의 여운이 떠도는 상황에서 케이건이 입을 열었다.

"지그림 자보로."

"언사가 무례하다!"

"조용하시오. 지그림 자보로. 왕의 조건이나 덕목에 대해 말하는 자 많지만, 나는 밤중에 사람을 납치해 오는 강도 같은 왕에 대해서는 듣지 못했소. 이 상황에 대한 만족할 만한 사과가 있기 전까지 당신은 내게 왕이 받아야 할 경의는커녕 보편적 인격자가 받아야 할 존경도 받긴 어려울 거요."

케이건의 차분하면서도 준엄한 지적에 위엄왕은 더욱 분노했다.

"왕은 사과하지 않는다!"

"해야 할걸."

티나한의 경고에 위엄왕은 찔끔했다. 위엄왕은 티나한과 비형을 연결하고 있는 쇠사슬을 보다가 키타타 대장군을 쳐다보았다. 키타타는 고개를 살짝 끄덕였다.

"도깨비의 팔을 끊지 않고는 풀지 못합니다."

안심한 위엄왕은 티나한에게 코방귀를 뀌어주곤 륜에게 말했다.

"너, 나가. 저 용을 어떻게 하면 얌전하게 할 수 있는지 설명하라."

륜은 분노를 삼키며 말했다.

"용은 어디에 있습니까?"

"지금은 지붕 위에 있다. 그토록 사람을 화나게 만드는 생물은 처음 보았다. 빤히 바라보다가 병사들을 지붕 위로 올려보냈더니 획 날아오르더군. 병사들이 없어지면 도로 내려오고. 게다가 짐에게 불을 토하기까지 했다. 그 때문에 하마터면 왕궁이 불탈 뻔했다."

비형은 위엄왕의 옷이 왜 그 지경인지 깨닫고는 다시 낄낄거렸다. 륜은 아스화리탈이 안전하다는 사실에 안도했다. 위엄왕은 계속 말했다.

"그런데 사람들이 말하길 어제 용이 대호에 맞서 너를 보호했다고 하더구나. 너는 저 용을 다룰 수 있느냐?"

"다룬다는 것이 적합한 말인지 모르겠습니다. 사실 그 용을 계속 데리고 있었지만 눈을 뜬 건 어제가 처음이었습니다."

"그런데 왜 너를 보호한 거지?"

륜이 적절한 대답을 떠올리지 못해 주춤할 때 케이건이 입을 열었다.

"용은 지혜로운 생물이오. 자신을 위협할 존재가 있으면 발아하지 않을 정도로. 당연히 자신을 보호한 자도 알아보지. 그래서 륜을 보호했을 거요."

"그다지 지혜로운 것 같지는 않던데. 짐은 그 용에게 많은 것을 약속했다. 하지만 짐의 말을 전혀 알아듣지 못하더군."

"지그림 자보로. 어린 아기에게 훌륭하게 자라주면 적절한 보상을 해주겠다고 약속하는 부모는 없소. 그 용은 이제 눈 뜬 지 하루도 되지 않았소."

위엄왕은 케이건의 호칭에 화가 났지만 눈을 부라리며 쳐다보는 티나한의 모습에 억지로 불쾌감을 삼켰다.

"그럼 짐이 어떻게 해야 하느냐? 그 용에게 유모와 교사라도 붙여줘야 하느냐?"

비형은 그 말이 정말 재미있다는 듯이 다시 웃어대었다. 하지만 케이건은 고개를 가로저었다.

"당신이 그 용에게 뭘 해줄 필요는 없다고 생각되는데. 용은 당신 것이 아니오."

위엄왕은 당황했다. 흥분 때문에 아직까지 용의 소유권에 대한 이야기를 하지 않았다는 것을 깨달은 위엄왕은 륜을 돌아보며 말했다.

"좋다. 나가. 네가 저 용을 데리고 있는 이유가 뭐냐?"

"이유요? 제가 아스화리탈을 피어나게 했고 제 손으로 그를 캐내었습니다. 그래서 저는 아스화리탈을 보호하기로 결심했습니다."

"아스화리탈이라는 이름이군. 보호하다니?"

"용을 싫어하는 나가들과 용근을 탐내는 사람들로부터 보호하려고 했습니다. 그리고 제 능력이 닿는 한, 그리고 아스화리탈이 더 이상 제 보호를 필요로 하지 않을 때까지 그럴 생각입니다."

"그냥 보호하는 것이 네 목적이라는 말이냐? 용이 성장해서 더 이상 너를 필요로 하지 않는다면? 솔직히 지금도 네 보호를 필요로 하는 것 같지는 않다만."

"원한다면 떠나가게 할 것입니다. 그렇지 않다면 친구로서 지내겠습니다."

위엄왕은 반색하며 말했다.

"그런가? 원한다면 보내주겠다고 했지? 그렇다면 만약 그 용이 짐의 곁에 남겠다면 놓아줄 텐가?"

륜은 위엄왕의 그을린 옷을 쳐다보았다.

"아스화리탈이 그걸 원하는 것 같지는 않군요."

위엄왕은 불쾌한 헛기침을 했다. 잠시 고민하던 위엄왕은 다른 제안을 꺼내놓았다.

"그렇다면 네 친구와 함께 짐을 위해 일할 생각은 없는가? 네게도, 그리고 아스화리탈에게도 최고의 대우를 해주겠다. 네가 상상할 수 있는 이상의 대우일 것이다."

"저는 할 일이 있습니다. 이분들과 함께 하인샤 대사원에 가야 되죠. 고다인 대덕이 말해 주지 않던가요?"

위엄왕은 키타타를 바라보았다. 키타타는 륜에게 말했다.

"고다인 대덕이 이 일에 관련되었다고 생각하나 본데, 그가 고결한 사제라는 것은 둘째치더라도 내 오랜 죽마고우의 명예를 위해서라도 그런 오해는 놔둘 수 없겠소. 륜. 나는 사원에 침입해서 당신들을 잡아온 거요. 고다인 대덕은 화가 잔뜩 나서 왕궁을 찾아왔소. 자신의 손님들을 구하러 온 거지. 하지만 문을 열어주지 않아서 어쩔 수 없이 돌아갔소."

륜은 다시 케이건을 바라보았고 케이건은 고개를 끄덕였다. 륜은 위엄왕을 향해 말했다.

"그럼 말씀드리죠. 저희들은 하인샤 대사원에 가야 합니다."

"너희들 모두가 가야 하는 건가? 아니면 일부는 그냥 길잡이나 동행인가?"

티나한은 그 말에 륜의 옆얼굴을 바라보았다. 륜이 입을 열었다.

"모두 가야 합니다."

"모두 다?"

"그렇습니다. 우리는 모두 다 가야 합니다. 그러니 풀어주십시오."

위엄왕은 눈살을 찡그렸다. 하인샤 대사원의 손님들을 억류했다는 이야기가 퍼진다면 평판이 말도 못 할 정도가 될 것이다. 하지만 위엄왕은 손에 들어온 용을 놓아줄 수는 없었다.

"그것이 급한 용무인가?"

"그건 잘 모르겠습니다. 가야 한다는 것만 알 뿐 언제까지 가야 하는지에 대해서는 듣지 못했습니다."

"그렇다면 이렇게 하면 어떨까? 짐이 대사원에 너희들을 보호하고 있다는 서신을 보내겠다. 그렇다면 대사원에서 답신을 보내지 않겠는가? 그때까지 짐의 보호를 받고 있다가 답신이 도착한 후에 거취를 결정하면 어떻겠는가."

륜은 무슨 대답을 해야 할지 알 수 없었다. 그의 기분을 눈치챈 듯 케이건이 끼어들었다.

"당신의 제안에 대해 우리끼리 의논 좀 할 수 있도록 자리를 비켜주시겠소?"

"좋다. 나는 다시 그 용에게 가보겠다. 먼저 이 옷부터 갈아입어야겠군."

위엄왕은 다시 일어나서 홀을 나갔다. 키타타 자보로는 병사들과 함께 남았지만 케이건은 그에게도 나가달라고 요청했다. 키타타는 의심스럽다는 듯이 바라보았다.

"충분히 떨어져 있을 테니, 조용히 이야기를 나누면 되잖소."

"조용히 이야기를 하기가 좀 어렵소. 말을 할 줄 알지만, 나가는 귀가 어두워서."

키타타는 케이건의 설명이 합리적이라 생각했다. 그래서 키타타는 일행을 묶고 있던 쇠사슬을 점검한 다음 자리를 비켜주었다. 넓은 홀 안에 네 사람만이 남게 되자 륜은 황급히 케이건에게 말했다.

"어떻게 하실 생각입니까?"

케이건은 말없이 한쪽 벽을 바라보았다. 그때 바닥에 엎드린 채 자신의 신세에 대해 분노하고 있던 티나한이 륜을 향해 말했다.

"뭐 한 가지 물어보자, 륜. 왜 거짓말을 했냐?"

"예? 거짓말이요?"

"그래. 하인샤 대사원에 모두 함께 가야 한다는 거. 거기 가야 할 사람은 너뿐이잖아. 우리는 너를 데려다주기 위해 고용되었을 뿐이고."

티나한의 말에 륜은 얼굴을 딱딱하게 굳혔다.

"나는 누구처럼 철혈이 아니에요. 동료들을 팽개칠 수는 없어요."

티나한은 기쁜 듯이 웃었지만 동시에 불안한 표정으로 케이건을 바라보았다. 그의 등 위에 묶여 있던 비형 또한 불안한 듯이 케이건의 기색을 살폈다. 케이건이 말했다.

"지그림 자보로를 위해 일하고 싶은 생각이 있나."

륜은 케이건을 돌아보았다.

"정중하게 요청을 했다 하더라도 될까 말까 한데 이런 식으로 사람을 납치해 온 자를 위해 일하고 싶은 생각은 없어요."

"백 번 옳고 한 번 더 옳은 말이다! 륜!"

티나한이 반가워하며 외쳤다. 하지만 케이건의 담담한 얼굴에는 아무것도 떠오르지 않았다.

"그렇다면 아스화리탈을 그에게 넘길 생각은 있나."

"예?"

"아스화리탈을 지그림 자보로에게 넘기는 것을 고려해 보겠느냐고 물었다. 용을 데리고 다닌다면 이런 일이 계속 발생할 거다. 귀찮은 일이지. 티나한이 지적한대로 목숨의 위협까지 당할 수도 있고. 그러니 아스화리탈을 지그림에게 넘기고 자유와 보상을 받는 편이 어떠냐고 제안하는 거다."

"당신은 정말……."

류은 말을 삼키며 케이건을 쏘아보았다. 케이건은 아무 대답도 하지 않은 채 조용히 류의 말을 기다렸다. 류은 억지로 짜내듯이 말했다.

"어떻게 생각하는지 모르겠지만 저는 아스화리탈을 제 친구라고 생각하고 있어요. 저 때문에 발아했고 제 손으로 캐내었어요. 아까 그 인간에게도 말했지만, 아스화리탈이 저를 원하지 않게 될 때까지는 계속 아스화리탈을 보호하겠어요."

"용을 키우는 건 쉽지 않아."

"물론 잘 모르니 어려운 일이 많겠지만……."

"잘 몰라도 상관없어. 생각할 수 있는 최악의 상황에 처박아놓고 신경 쓰지 않아도 용은 아무 문제 없이 자라나니까. 용을 키우기 어려운 것은 오히려 그 때문이야."

"예? 무슨 말씀입니까?"

"류, 나가인 네가 식물의 특징을 모르지는 않을 텐데."

"무슨 말씀이시죠?"

케이건은 잠깐 생각한 다음 말했다.

"간단한 예를 들어보지. 지금 아스화리탈에겐 네 개의 다리와 날개가 달려 있어. 하지만 네가 땅속에서 아스화리탈을 키우면 날개는 사라질걸. 날아다닐 일이 없으니까. 그 대신 앞다리가 두더지처럼 큼직해질 테지. 네가 사막에서 아스화리탈을 키우면 아스화리탈에게 낙타 같은 물주머니가 생겨날지도 모르지. 지하 수백 미터까지 내려가 물을 찾아내는 꼬리 따위가 생길지도 모르고. 그리고 가능한 일은 아

440

니겠지만 네가 만약 물 속에서 아스화리탈을 키우면 날개와 다리가 사라지고 대신 지느러미가 자라날 거다."

비형은 느닷없이 20센티미터나 솟아올랐다. 물 속이라는 말에 긴장한 티나한이 깃털을 곤두세운 탓이다. 륜은 놀라움에 고개를 끄덕였다.

"그런 건 상상해 보지 못했군요. 용이 조금씩 다른 모습으로 자라난다는 것 정도는 알고 있었지만."

"용은 네가 키우는 대로 자라날 거다. 그 성격은 말할 것도 없지. 그래서 용을 키우는 것은 어려워. 어떤 사람들은 키우는 대로 자라나니 얼마나 쉽냐고 말할지 모르겠다만, 그건 책임의 무거움을 통감해 본 적이 없는 자의 말일 거다. 제멋대로 키우다가 자기도 모르는 새 괴물을 만들어버릴지도 모르는 일이지. 다 커버린 용은 감당할 수도 없어. 그래서 옛날, 용이 지금보다 많았던 시절의 현인들은 혹 천우신조로 용화나 용근을 발견하더라도 그 자리에 내버려두고 떠났다. 자연에게 그 성장을 맡겨두는 것이 옳은 일이라 생각했기 때문이지."

"전 그 자리에 내버려두고 떠날 수 없었어요. 그랬다간 다른 나가들이……."

"알아. 용을 캐낸 걸 잘못되었다고 말한 것은 아니다. 용을 키우는 일이 어렵다는 걸 이야기한 거지. 그리고 어렵기 때문에 그 일을 맡은 이상은 다른 사람에게 넘기거나 포기할 수 없다."

"네? 포기할 수 없다고요?"

륜은 반가워하며 말했다. 케이건은 고개를 끄덕였다.

"이미 네 손으로 캐내고 눈까지 뜨게 해주었으니 포기하는 건 곤란하지. 네가 그러고 싶다면, 끝까지 네가 책임지는 것이 좋다. 지그림에게 아스화리탈을 넘기는 건 책임지는 것이 아닐 거다."

륜은 크게 기뻐하면서도 의아한 듯 말했다.

"그럼 왜 그자에게 용을 넘기라는 제안을 한 거죠?"

"네가 책임감을 가지고 있나 알아보기 위해서. 네게 그런 것이 없었다면, 나는 지그림 자보로에게도 용을 넘기지 않겠지만 너에게도 용을 넘기지는 않았을 거다.

대신 아스화리탈을 자연에 놓아주었겠지."

류은 감격하여 말했다.

"죄송합니다. 조금 전에⋯⋯."

"철혈이라고 말하려 했던 것이라면, 됐다. 나는 철혈이 맞으니까. 다른 누구보다도 그 강도단의 우두머리가 그것을 확인하게 될 거다."

비형은 강도단의 우두머리라는 말에 웃음을 지었다. 하지만 오랫동안 웃고 있을 수는 없었다. 티나한이 다시 고함을 질렀기 때문이다.

"그렇다!"

티나한의 고함 소리에 비형은 온몸이 흔들렸다. 티나한은 자벌레처럼 꿈틀꿈틀 기어오면서 케이건에게 외쳤다.

"어떤 소리를 하더라도 이런 강도놈들의 말은 들어줄 생각이 없어! 이놈들은 박살을 내야 해! 게다가 제왕병 환자 녀석이야. 내가 최근 제왕병 환자 놈들을 어떻게 생각하게 되었는지 알고 있지? 그 늙은 놈의 입에서 두 번 다시 왕이라는 말도 못 나오도록 해주겠어! 왕독수리라는 말만 듣고도 자지러지게 해주겠어! 왕파리라는 말에 졸도하게 만들어주겠어!"

티나한의 용맹한 외침은 그만 비형의 상상력을 자극하고 말았고 그래서 멀미에 시달리면서도 비형은 왕이라는 말이 들어가는 단어들을 쏟아내기 시작했다.

"그리고 또 왕거미, 왕소금, 왕개미, 왕골, 왕벌, 왕수⋯⋯."

"그만해!"

다시 벽을 바라보던 케이건은 비형의 입이 닫히자 고개를 내렸다.

"어쨌든 이 곤란한 상황은 타개해야겠소."

"어떻게 타개하지?"

케이건은 어깨를 으쓱이더니 상체를 앞으로 굽혔다. 그러자 뒤로 묶인 그의 두 팔이 위로 떠올랐다.

케이건은 그 자세에서 팔을 힘껏 바닥에 내려쳤다.

쇠사슬이 돌바닥에 부딪히며 요란한 소리를 내었다. 비형과 티나한, 그리고 류은 영문을 모르겠다는 듯이 케이건을 바라보았다. 케이건은 몇 번 더 같은 식으로 손을 바닥에 내려쳤다.

그리고 세 사람은 경악했다.

케이건은 두 손을 앞으로 내밀었다. 그 손은 더 이상 쇠사슬에 고정되어 있지 않았다. 티나한은 "꺽!" 하는 품위 없는 비명을 질렀고, 륜 또한 비명을 질렀지만 그것은 니름이었기에 아무에게도 들리지 않았다.

비형은 입을 쩍 벌린 채 말했다.

"역시 그랬군요. 마법사였군요?"

"마법사 같은 건 없소. 비형."

"아, 비밀인가요? 그 비밀 지켜드리죠. 그런데 키보렌에서 당신이 잡아오곤 했던 동물들에겐 어떤 마법을 쓴 거죠?"

"경험과 끈기와 행운."

그리고 케이건은 오른쪽 주먹을 펼쳐보였다. 일행은 그 손바닥에서 짓이겨진 풀을 발견할 수 있었다. 비형이 쇠사슬을 풀로 바꾸는 마법 어쩌고 하는 말을 중얼거릴 때 륜이 비명처럼 외쳤다.

"히참마! 그게 바로 히참마군요!"

케이건은 고개를 끄덕이며 다리를 묶고 있던 쇠사슬을 풀기 시작했다.

"그보다 더 단단한 것도 찾기 어려운 쉬크톨을 부러뜨릴 때 사용하는 풀이지. 그 자들이 딴에는 머리를 쓴다고 쇠사슬을 이용했지만, 오히려 쇠사슬이기 때문에 이런 수를 쓸 수 있었다는 것을 알면 꽤 애석해할 듯하군."

"그 풀은 도대체 언제 구했습니까?"

"그게 어느 왕이더라. 그래. 철권왕이었군. 티나한이 철권왕을 두드려패던 곳에서 발견하곤 좀 꺾어두었다. 보다시피 쓸모 있는 풀이라서."

케이건은 자리에서 일어나 다른 사람을 묶었던 쇠사슬도 풀어내었다. 그러고는 쇠사슬을 주먹에 감기 시작하는 티나한을 깊은 우려가 담긴 눈으로 바라보았다. 두 손을 쇠사슬로 단단히 감은 티나한은 주먹을 서로 부딪쳤다. 쇠사슬이 자지러지는 비명을 지르고 맹포한 불꽃이 튀어오르자 티나한은 만족한 미소를 지었다. 케이건은 조용히 말했다.

"티나한."

"뭐지, 케이건?"

"부디 상식적인 수준은 지켜주길 바라오."

티나한은 씨익 웃었다. 비형은 그 웃음을 보며 티나한이 케이건의 말을 존중하긴 하겠지만 상당히 폭넓게 해석할 작정임을 짐작할 수 있었다.

갈로텍은 비아스를 기다리게 하지 않았다. 비아스 마케로우가 하텐그라쥬의 심장탑에 들어서자마자 수련자 한 명이 다가왔다. 그러고는 비아스에게 주의를 주었다.

〈32층을 올라가셔야 됩니다.〉

비아스는 놀라지 않을 수 없었다. 비아스는 갈로텍의 나이가 그렇게 많으리라고는 생각하지 못했다.

나이 허물이라도 생기지 않는 이상 나가의 외모에서 나이를 추측할 방법은 드물다. 나이 많은 나가라도 허물을 벗은 지 얼마되지 않으면 그 피부에는 젊음이 넘친다. 나가들은 상대방의 나이를 가늠할 때 주로 정신의 깊이와 사용하는 니름들의 종류를 이용한다. 그리고 그것은 그럭저럭 큰 실수를 저지르지 않을 정도의 정확성을 보장한다. 비아스는 갈로텍이 쉰 살은 넘지 않았을 거라 생각했다. 하지만 쉰 살도 되지 않은 애송이 수호자가 32층에 있을 수는 없다.

32층은 비아스의 예상보다도 높았다. 심장탑의 안쪽 벽면을 가득 채우고 있는 벽감에 있던 심장병이 사라질 정도로. 비아스는 약간 놀라며 안내하던 수련자에게 질문했다.

〈병이 벌써 없어졌군. 나는 수십억 개쯤 있을 줄 알았는데?〉

수련자는 무엇보다도 중요한 일이라 할 수 있는 심장 보관에 대한 비아스의 무지를 탓하지는 않았다. 여자들은 보통 남자들의 일에 관심이 없으며 그런 무관심을 미덕으로 여긴다.

〈그렇지는 않습니다. 심장의 소유자가 사망한 이후에도 심장을 보관하지는 않으니까요. 간단한 장례식을 치른 다음 파기합니다.〉

〈어떻게 소유자가 죽은 것을 알지? 소유자가 남자라서 도시에서 먼 곳에서 죽을 수도 있잖아.〉

〈그러면 심장도 죽습니다. 단번에 알아볼 수 있지요.〉

〈아, 그렇겠군.〉

잠시 후 비아스는 또 다른 사실을 깨달았다. 비아스는 32층을 걸어올라간 자신이 꽤나 비참한 모습으로 갈로텍 앞에 서게 될 것임을 깨달았다. 갈로텍이 비록 그녀의 약점을 알고 있긴 하지만, 비아스는 선처를 바라는 죄인 같은 후줄근한 꼴로 갈로텍을 만나고 싶지는 않았다. 그래서 31층에 도달했을 때 비아스는 걸음을 멈췄다. 비아스는 수련자가 질문할 거라 생각했지만 놀랍게도 수련자는 가만히 서서 기다렸다. 비아스는 문득 깨달았다.

'빌어먹을! 내가 여기서 쉴 거라는 것을 짐작했군. 갈로텍이 가르쳐준 걸까, 아니면 이 꼬마가 스스로 짐작한 걸까?'

비아스는 수련자에게 그것을 확인하지는 않았다. 고맙게도 수련자가 먼저 닐렀다.

〈예의에 밝은 분을 모시게 되어 영광입니다. 갈로텍 수호자님께서는 찾아오신 분이 힘들어하시는 것을 보며 항상 죄송스러워 하지요. 그래서 제가 여기쯤에서 내방하신 분께 잠시 쉬실 것을 권하곤 합니다. 그런데 마케로우 님께서는 먼저 걸음을 멈추시는군요.〉

비아스는 웃음을 터뜨릴 뻔했다. 그녀가 걸음을 멈춘 것은 갈로텍이 염려할 것을 배려하는 것과는 전혀 상관이 없는 이유 때문이다. 비아스는 수련자가 아무렇게나 생각하도록 내버려두고는 호흡이 충분히 안정되었다고 느꼈을 때 다시 계단을 올라갔다.

32층에 도달하자 비슷하게 생긴 두 개의 문이 나타났다. 수련자는 그중 왼쪽 문으로 비아스를 안내했다. 비아스는 고개를 갸웃했다.

〈수호자들은 모두 한 층을 다 쓰는 것 아니었나?〉

〈50층부터 그렇습니다. 마케로우. 거기서부터는 한 층에 한 분씩 계시지요. 30층부터 49층까지는 한 층에 두 분의 수호자가 계십니다. 물론 지위나 뭐 그런 것과는 상관이 없는 문제입니다. 아무래도 높은 곳에 계시면 오르내리기 힘드니 위쪽에 계신 분이 적은 것이지요.〉

수련자는 그렇게 말했지만 비아스는 그것이 분명히 지위의 표상일 거라 생각했다. 그토록 높은 곳에 있는 자는 자신이 오르내리지 않을 것이다. 비아스가 그랬던 것처럼 다른 사람들을 올라오게 할 테니. 비아스는 갈로텍이 어젯밤 이곳을 걸어 올라와야 했을 거라는 사실에 심술궂은 즐거움을 느꼈다.

수련자가 문 건너편을 향해 니르기 전, 비아스는 느닷없이 앞으로 걸어갔다. 그리고 방문을 두드렸다. 수련자는 놀란 표정으로 비아스를 바라보았다. 하지만 방문 건너편에서는 침착한 니름이 들렸다.

〈들어와요. 비아스 마케로우.〉

비아스는 어쩔 줄 몰라하는 수련자를 내버려둔 채 방문을 열고 들어갔다. 방문을 닫은 비아스는 방 안을 둘러보았다. 평범한 방이었다. 갈로텍은 창문을 면한 책상 앞에 앉아있었다. 갈로텍은 다른 의자를 가리켰고 비아스는 거기에 앉았다. 비아스가 자리에 앉자 갈로텍은 입을 열었다.

"왕림해 주셔서 감사합니다. 마케로우. 문을 두드리셨으니 다음엔 뭔가요? 노래? 박수?"

육성으로 말하는 갈로텍을 보며 비아스는 수호자가 '불신자 취급'을 당한 것에 아랑곳하지 않음을 깨달았다. 그리고 비아스가 문을 두드린 의도가 무엇이었는지 알고 있다는 것도. 비아스는 맥이 풀렸다.

〈어제 뵈니 소리에 관심이 많으신 것 같더군요.〉

"아, 네. 관심이 있습니다. 이런 것도 가지고 있지요."

갈로텍은 그렇게 말하며 책상 위에 있는 막대기를 들어올렸다. 꽤 큼직한 막대기였지만 갈로텍이 들어올리는 모습을 본 비아스는 그것이 가벼울 거라 생각했다. 갈로텍은 그 막대기를 비아스에게 건네었다. 의아해하면서도 막대기를 받아든 비아스는 그것이 왜 가벼운지 알 수 있었다. 그것은 대나무였다. 하지만 이상한 색깔이었기에 비아스는 첫눈에 그것이 대나무라는 것을 알지 못했다. 갈로텍은 웃으며 말했다.

"그게 뭐라고 생각되십니까?"

비아스는 니름을 고집했다.

〈대나무군요. 벌레 먹은 구멍이 있고. 아마 벌레 먹은 대나무를 불쌍히 여기셔서 손질한 다음 보관하고 계신 모양이군요.〉

갈로텍은 고개를 가로저었다. 비아스에게서 다시 대나무를 받아든 갈로텍은 비아스가 벌레 먹은 구멍이라고 닐렀던 구멍들을 손가락으로 틀어막았다. 그리고 제일 위쪽의 구멍에 입을 가져갔다. 나무를 먹을 생각인가 하는 어이없는 생각을 해보던 비아스는 대나무에서 소리가 흘러나오자 깜짝 놀랐다.

신화보다 더 늙고 산맥보다 더 거대한 야수의 무거운 숨소리―그는 분명 지혜로운 바보다.

늪지에 뿌려진 별빛을 보며 목마른 짐승은 잠시 갈급함을 잊는다.

바람, 빠르게, 성급하지 않게.

유수에 침식당하는 바위가 내뱉는 한숨, 혹은 가없는 세월 끝에 드디어 유수가 된 바위의 고고성?

한참 후에야 비아스는 그것이 악기라는 사실, 그리고 갈로텍이 지금 연주를 하고 있다는 사실을 깨달았다. 갈로텍은 힘껏 역취(力吹)했다. 단단한 대나무와 여린 갈대 속청만이 낼 수 있는 소리, 그 섬뜩할 정도로 투명한 소리가 고양감을 한껏 만끽하며 치솟아올랐다.

너무 슬퍼서 슬프지 않은 비명.

꿰뚫는다.

구름을 가르고 달빛을 거슬러오르는

고요한 천둥과 부드러운 벼락.

연주가 끝났다.

갈로텍은 취구에서 입을 뗀 다음 비아스를 바라보았다. 비아스는 매료된 기분을 내색하지 않으려 애쓰며 널렀다.

〈재미있는 취미를 가지고 계시는군요. 벌레 먹은 대나무는 아니군요.〉

"대금이라고 합니다. 해일을 가르고 폭풍을 잠재우는 악기죠."

〈그 대나무가 마법이라도 부린다고 말씀하시는 겁니까?〉

갈로텍은 다시 크게 웃었다. 웃는 것을 대단히 좋아하는 듯했다.

"해일을 가르는 힘과 폭풍을 잠재우는 부드러움을 겸비한 악기라는 뜻입니다. 마법 같은 것은 없습니다. 이걸로 부릴 수 있는 마법이라면, 제 마음의 평안을 가져오는 마법 정도입니다. 마음에 드셨는지 모르겠군요."

비아스는 그 질문에 대답을 회피했다.

〈희귀한 구경거리이긴 하지만 그걸 보여주시려고 저를 만나자 하신 건 아닐 거라 생각됩니다만.〉

"아, 참. 그렇지요. 당신의 동생 살해에 대한 이야기를 해야 하지요."

비아스는 의자 팔걸이를 움켜쥐었다. 갈로텍의 얼굴을 후려갈기지 않기 위해서였다. 갈로텍은 그 모습에 또 웃으며 대금을 책상 위에 내려놓았다. 그러고는 책상 서랍에서 밧줄을 꺼내었다. 어이없는 표정으로 바라보는 비아스에게 갈로텍은 밧줄을 건네었다.

"저를 묶어주세요."

〈도대체 이 무슨 괴상한…….〉

"절대로 이상한 일이 아닙니다. 반드시 필요한 일입니다. 저를 의자에 꽁꽁 묶어주세요. 발자국 없는 여신의 이름에 맹세코, 제 제안에 고마워하시게 될 겁니다."

비아스는 도무지 이해할 수 없었지만 여신의 이름을 건 맹세를 의심할 수는 없었다. 비아스는 수호자를 의자에 꽁꽁 묶었다. 당황과 분노 때문에 비아스는 매듭을 단단히 묶었지만 수호자는 그것에 만족하지 않았다. 더 단단히 묶으라는 수호자의 요구에 비아스는 비늘이 벗겨질 정도로 세게 묶었다. 다리까지 의자 다리에 고정된 수호자는 몇 번 몸을 뒤채보고는 만족했다.

"감사합니다. 황당한 제안이었죠?"

〈수호자께서 생각하는 것 이상으로.〉

"하지만 꼭 필요한 일이었습니다. 자, 이제 뒤로 좀 물러나 주십시오."

비아스는 끝을 봐야겠다는 심정으로 뒤로 물러났다. 거리가 충분히 떨어지자 갈로텍은 다시 웃었다.

그리고 갈로텍의 표정이 일순 바뀌었다.

비아스는 거리가 떨어져 있다는 것도 망각한 채 몇 발자국 더 물러났다. 비아스는 지금껏 그토록 살기 어린 표정을 본 적이 없었다. 곤두선 비늘들이 서로 부딪혀 흉포한 소리를 일으켰다. 갈로텍은 의자를 뒤흔들며 닐렀다.

〈비아스! 이 저주 받을 살인자야!〉

비아스는 그 니름에 거의 기절할 뻔했다.

그것은 화리트 마케로우의 니름이었다.

죽은 동생의 니름에 비아스가 받은 충격은 대단한 것이었다. 혼란과 공포 속에서 허우적거리던 비아스가 가까스로 현실 감각을 회복했을 때 갈로텍은 다시 그녀를 바라보며 웃고 있었다. 갈로텍은 턱으로 밧줄을 가리키며 풀어달라고 말했다. 하지만 비아스는 움직이지 않았다. 벽에 등을 기댄 채 비아스는 사납게 닐렀다.

〈조금 전의 그것이 무슨 장난인지 설명해 주십시오.〉

"진짜 장난이었다고 생각하는 건 아닐 텐데요?"

비아스는 대답하지 않았다. 갈로텍은 어쩔 수 없다는 듯 웃었다.

"좋아요. 설명부터 들으시고 풀어주시죠. 조금 전의 그건 화리트의 영이었습니다."

비아스는 다시 충격을 받았다. 갈로텍을 똑바로 바라보던 그녀는 스스로도 믿기 어려운 니름을 보내었다.

〈군령자?〉

"그렇습니다. 지금은 수호자 갈로텍입니다."

〈니름도 안 되는! 나가에겐 군령자가 없습니다!〉

"입증되지 않은 가설에 대한 지나친 확신은 학자로서 바람직한 태도가 아닐 텐데요. 열린 마음으로 생각해 보시죠. 왜 나가에게 군령자가 없다는 겁니까?"

〈어떤 정신나간 나가가 불신자의 영들을 받아들이겠습니까?〉

"대가가 충분히 크면 그럴 수 있습니다."

〈대가? 영생이오? 그렇게 우매한 짓을!〉

"우매하다니요?"

〈다른 자들의 영과 뒤섞인 채 몸에서 몸으로 떠돌아다니다가 결국 자기 자신도 잊어버리는 것이 무슨 영생입니까! 물론 죽음을 두려워 하는 저 불신자들이라면 죽음이 무서워서 그런 바보 짓을 할 수도 있지만, 나가가 어떻게!〉

"당신 니름은 상당히 나가 중심주의적이군요. 하지만 완전히 틀린 니름은 아닙니다. 나가들은 대개 생에 권태를 느낄 정도로 충분히 늙은 다음 별 두려움 없이 죽지요. 하지만 나가보다 더 죽음에 신경 쓰지 않는 도깨비도 가끔 군령자가 됩니다. 왜 그렇지요?"

비아스는 대답하지 않았다. 갈로텍은 스스로 자신의 질문에 대답했다.

"예. 그 착한 도깨비들은 눈앞에서 군령자가 죽어가는 것을 보고는 동정심 때문에 그렇게 하곤 하지요. 자신의 영생을 위해서가 아니라 그 많은 영들의 부탁을 차마 뿌리치지 못해서 그렇게 하지요."

〈설마 당신이 불신자들에게서 동정심을 느꼈다는…….〉

"아니요. 영생이 아닌 다른 목적도 있을 수 있다는 겁니다. 제가 받은 대가는 지식입니다. 믿으실지 모르겠습니다만 제 속엔 삼백여 년 전 카시다의 나무꾼이었던 자도 있습니다."

나무꾼이라는 말에 비아스는 비늘을 곤두세웠다. 갈로텍은 책상 위를 흘깃 가리켜보이며 말했다.

"저 대금은 이백여 년 전의 대금 제작자의 솜씨로 만들었습니다. 그리고 사십여 년 전에 군령의 일부가 된 대금 연주자에게서 배운 솜씨로 연주한 거죠. 그자는 음악에 익숙지 않은 나가라는 점을 고려할 때 제가 훌륭한 수준이라고 말해 줬습니다만, 솔직히 그게 칭찬인지 의심스러울 때가 많군요."

〈어떻게 군령자를 만났다는 겁니까? 당신이 한계선 이북으로 올라가기라도 했다는 겁니까?〉

"음, 이제 제 과거사를 알고 싶어진 건가요? 이해됩니다만 그건 지금 상황에서 중요하지 않습니다. 지금 중요한 건 제가 군령자라는 사실을 당신이 받아들이는 것, 그리고 군령자인 제 안에 화리트가 있다는 사실을 인정하는 겁니다. 특히 후자의 사실을 놓고 우리는 많은 대화를 나눌 수 있을 것 같습니다만, 그 전에 먼저 이 밧줄을 풀어주셨으면 좋겠군요."

비아스는 한참 동안 갈로텍을 바라보다가 밧줄을 푸는 대신 팔짱을 끼며 닐렀다.

〈진짜 당신 속에 화리트가 있는 겁니까?〉

"다시 보여드릴까요?"

〈……어떻게 화리트의 영을 받아들인 겁니까?〉

"죽어가던 화리트를 발견한 건 접니다. 그때 그의 영을 받아들였죠."

〈화리트가 군령의 일부가 되길 원했다고요?〉

"아니요. 여신의 신랑이 되길 원했습니다."

〈무슨 말이죠?〉

"제 속엔 여자들도 있습니다. 그녀들 중 설득력이 좋은 여자가 나서주었지요. 그러자 화리트는 저를 그의 여신으로 착각했습니다. 곧장 걸려들더군요."

갈로텍은 몹시 재미있다는 투로 말을 이었다.

"속은 것을 알고는 제 속에 틀어박혀서 아무 니름도 하지 않고 있습니다. 하지만 누가 그를 죽였는지 물어보자 더 이상 침묵하지 못하더군요. 그 감정이 어쩌나 강렬한지 거의 제가 살해당한 기분이었습니다. 하긴 제가 살해당했다고 말해도 크게 틀리지는 않는군요."

〈제게 뭘 원하는 겁니까?〉

"밧줄을 풀어주길 원합니다. 팔이 아픈데요."

〈아니, 당신을 죽인 대가로 제게 뭘 원하는 건지 말해 보시죠.〉

갈로텍은 비아스의 니름에 다시 웃음을 터뜨렸다. 그 웃음은 길었고, 비아스는 한참 동안 기다려야 했다. 겨우 웃음을 멈춘 갈로텍은 고개를 끄덕이며 말했다.

"제가 어제 당신의 거사에 대해 만족감과 고취감을 느꼈다고 말한 것, 기억하십니까?"

〈기억합니다. 무슨 뜻이죠?〉

"간단히 말씀드리죠. 저를 포함한 어떤 집단이 있습니다. 그리고 그 집단은 나가의 적과 싸우는 사람들입니다."

비아스는 황당하다는 표정을 짓지 않을 수 없었다.

〈나가의 적이라고요?〉

"예. 불신자들과 손을 잡고 나가에게 해악을 끼치려는 자들이 있습니다. 그 배신자들의 계획에는 어떤 나가를 하인샤 대사원으로 파견하는 것이 포함되어 있습니다. 그들의 불측한 계획을 저지하기 위해서 우리는 그 파견자를 찾아내야 했습니다. 하지만 그게 누구인지 알 수 없었습니다. 그래서 우리들은 초조했지요. 그런데 당신이 적출식 날 수호자로 변복하고는 화리트 마케로우를 죽였습니다. 그 직후 우리의 배신자들은 일련의 재미있는 모습들을 보여주었습니다. 거의 인상적이라 할 정도였죠. 그제야 비로소 우리는 우리가 찾아내어야 할 자가 바로 화리트였음을 알게 되었습니다. 그리고 우리들로서도 하기 힘든 일을 고맙게도 당신이 대신해 준 것 또한 알게 되었죠."

갈로텍의 설명을 들으며 비아스는 놀라움을 감출 수 없었다.

〈화리트가 나가의 배신자였다고요?〉

"정확하게 말하면 배신자들의 하수인이지요. 이상한 점을 느끼지 못하셨나요?"

〈못 느꼈습니다. 상상도 해 본 적이 없어요. 그 얼빠진 꼬마가 그런 배짱 좋은 일을 벌이다니. 솔직히 당신이 말한 그 배신자들이니 하는 말도 도무지 믿을 수가 없군요. 불신자들과 손을 잡은 배신자들이라고요? 증거가 있습니까?〉

갈로텍은 웃음을 거뒀다. 그러고는 진지한 얼굴로 말했다.

"애석하게도 당신을 납득시킬 만한 확실한 증거는 없습니다. 그런 것이 있었다면 이미 오래전에 그자들에게 처벌을 내릴 수 있었겠지요. 하지만 나가를 배신한 나가들은 엄존합니다. 제 속에 있는 화리트를 추궁해 보았지만 화리트는 절대로 대답하지 않더군요."

〈당신 스스로 당신을 추궁한다는 말입니까? 모순 같군요.〉

"별로 그렇지 않습니다. 당신은 갈등을 느껴본 적이 없습니까? 이렇게도 하고 싶고 저렇게도 하고 싶은 경우 말입니다. 분명히 있겠지요. 그렇듯, 한 사람의 영도 자기모순적인 상황에 얼마든지 빠져들 수 있습니다. 저처럼 여러 명의 영을 한 몸에 가지고 있는 군령자의 경우엔 영들끼리 서로 싸우기도 합니다."

농담 같은 말이었지만 갈로텍의 얼굴엔 여전히 웃음기가 없었다.

"그 배신자들의 무서운 계획은 잠시 중단되었지만, 그자들의 정체를 드러내어 처벌하지 않는 이상 언제 또다시 그런 일을 벌일지 모릅니다. 당신이 말한 그 증거라는 것은 우리도 간절히 원합니다. 그래서 당신을 부른 것입니다."

〈이제 본론입니까?〉

"예. 배신자의 일원으로 추측되는 사람이 있습니다. 화리트가 죽기 전까지 그에게 붙어다녔고 지금은 카린돌 마케로우의 곁에 붙어 다니는 사람이 있지요. 아마도 화리트 살해의 실상을 알아내기 위한 목적인 것 같습니다."

비아스는 경악하며 닐렀다.

〈스바치!〉

"예. 그 스바치라는 남자와 또 한 사람, 카루라는 남자가 있습니다. 화리트가 죽기 전 그 두 사람은 마케로우 가문에 머물렀지요. 심지어 다른 남자들이 페이 가문에 잔류했을 때도 화리트와 함께 마케로우 가문으로 돌아왔지요. 기억나십니까?"

비아스는 고개를 끄덕였다. 갈로텍은 말했다.

"그 스바치라는 자를 조사하면 뭔가 효과적인 증거를 찾아낼 수 있을 겁니다. 그래서 우리들도 몇 명의 남자들을 마케로우 가문에 보낼 생각입니다. 스바치를 조사하기 위해서죠. 당신에게 요구하는 것은 간단합니다. 그 남자들을 보살피고 도와주십시오."

'남자들'이라는 말을 들은 순간 비아스는 다른 말들을 모두 잊어버렸다. 비아스는 애써 관심 없는 듯이 닐렀다.

〈몇 명입니까?〉

"다섯 명입니다. 유사시에 스바치를 제압할 정도의 인원이어야 하니까요."

기쁨에 몸이 떨릴 정도였지만 비아스는 냉철한 이성을 잃지 않았다.

〈묘하군요. 지금 카린돌이 벌이는 짓거리를 모르는 건 아닐 텐데. 그냥 카린돌 곁을 지나가기만 해도 마케로우 가문에 끌려올 수 있을 정도인데 왜 굳이 제게 부탁하는 겁니까?〉

"혹 카린돌 마케로우가 스바치에게 회유되었을 가능성이 있습니다. 그 경우 마케로우 가문 내에 카린돌을 상대할 사람이 있어야 합니다. 남자들은 여자를 상대할 수 없죠. 카린돌이 저희가 보낸 남자들을 쫓아버리려 할 때 앞장서서 그 남자들을 보호할 마케로우의 여인이 필요합니다. 혹 당신의 여동생이 회유되지 않았다 하더라도 스바치를 체포해야 하는 상황이 왔을 때 가문 내에서 도와줄 사람은 있어야 합니다."

비아스는 당장 그러라고 닐르지는 않았다. 대신 못마땅한 듯이 닐렀다.

〈확실치도 않은 일로 우리 가문에 음모꾼들을 끌어들이고 싶지는 않습니다.〉

갈로텍은 다급한 표정이 되었다. 고집스럽게 계속하던 말까지 포기하고 갈로텍은 니름을 보내었다.

〈마케로우. 이건 정말 중요한 일입니다. 나가의 배신자들을 찾아내는 일입니다.〉

비아스는 이 작은 승리에 도취되었지만 그것을 드러내진 않았다.

〈그 배신자들의 존재 자체가 확실치 않은 거잖습니까?〉

〈……다섯 명의 남자들이 당신에게 봉사할 겁니다. 그걸로 만족하실 수 없습니까?〉

〈제가 남자들에게 목을 맨 여자로 보입니까?〉

갈로텍은 이 뻔뻔스러움에 어이가 없다는 표정을 지었다. 비아스 마케로우가 서른네 살이 될 때까지 자녀를 가지지 못한 것에 대해 분노하고 있다는 것은 갈로텍도 알고 있는 사실이었다. 갈로텍은 약간 언짢은 기분으로 닐렀다.

〈저는 화리트의 영을 데리고 있습니다. 마케로우.〉

〈이젠 협박이군요. 그래서 저를 고발하시겠다고요? 당신이 여신께로 향하는 제 동생의 영을 납치했다는 것을 공개하지 않으면서 어떻게 저를 고발하실 거죠?〉

갈로텍의 몸은 여전히 밧줄에 묶여 있었고 이젠 그 정신까지도 결박당하는 기분을 느꼈다. 갈로텍은 이를 갈았다. 더 이상 웃을 여유가 없는 듯했다.

〈마케로우. 우리는 당신을 해칠 수도 있습니다. 알지 말아야 할 것을 많이 안 것 때문에. 어쨌든 우리들 중엔 당신이 당신 동생뿐만이 아니라 수호자 유벡스까지 죽인 것을 유감으로 생각하는 사람들도 많습니다.〉

〈해친다? 저는 심장을 적출했습니다. 그 늙은 유벡스가 당한 일을 그대로 돌려주겠다는 겁니까?〉

〈천만에! 그런 야만적인 방법을 쓸 필요도 없습니다. 당신이 심장을 적출했기에 오히려 사용 가능한 방법도 있습니다!〉

비아스는 깜짝 놀랐다. 화를 참지 못하고 닐른 갈로텍은 곧 자신의 니름을 후회하는 듯했다. 비아스는 날카롭게 닐렀다.

〈그게 무슨 니름이죠?〉

〈아실 필요가 없습니다.〉

〈당신은 니르셔야 될 것 같군요. 그걸 닐러주면 제가 당신들을 도와줄지도 모르는 상황에선 더욱더.〉

갈로텍은 의아한 듯 비아스를 바라보았다. 잠시 후 갈로텍은 조심스럽게 닐렀다.

심장 파괴에 대한 갈로텍의 이야기를 들으며 비아스는 놀라움을 금할 수 없었다. 이야기를 다 들은 비아스는 되물었다.

〈제 심장을 터뜨리면 제가 바로 죽는 겁니까?〉

〈반드시, 확실히, 돌이킬 수 없이.〉

〈그렇다면 왜 처음부터 그렇게 협박하지 않았죠?〉

〈이보세요. 마케로우. 심장 파괴는 전가의 보도가 아닙니다. 우리들이 언제라도 마음만 먹으면 사람들을 죽일 수 있다는 것이 공개되면 사람들이 우리를 어떻게 하겠습니까? 우리의 안전 문제만은 아닙니다. 겁을 집어먹은 사람들이 심장 적출을 거부할 테니 나가들은 멸망하고 말 겁니다. 조금 전엔 홧김에 그렇게 닐렀지만, 사실 당신이 거절하면 저는 당신께 제가 말한 것을 다 잊어달라고 부탁할 수밖에 없습니다.〉

비아스는 '전가의 보도'가 무슨 니름인지 궁금했지만 맥락에 비추어 그 의미를 대충 짐작할 수 있었다. 군령자이니 나가에겐 있지도 않은 관용어를 쓸지도 모른다.

비아스는 의자에서 일어났다.

〈남자들을 보내십시오.〉

갈로텍은 반가운 얼굴로 비아스를 올려다보았다. 비아스는 갈로텍을 내려다보며 싸늘한 표정으로 닐렀다.

〈지금은 그냥 넘어가지만, 언젠가 이 건에 대한 대가를 받도록 하지요. 당신들이 제게 줄 수 있는 것이 있겠지요.〉

갈로텍은 화가 치미는 것을 느꼈다. 남동생을 죽이고 심장탑의 수호자를 죽인 여자가 뻔뻔스럽게 대가를 거론하고 있었다. 그 죄를 들추지 않는 것을 고마워해야 할 주제에. 게다가 그녀가 가장 바라는 것을 다섯이나 손에 넣은 주제에. 하지만 갈로텍은 분통을 터뜨리지 않았다. 무익한 일이었기 때문이다.

하지만 비아스가 그대로 몸을 돌리자 갈로텍도 당황하지 않을 수 없었다.

〈마케로우! 가시기 전에 이 밧줄은 풀어주셔야죠.〉

갈로텍은 다시 분노가 치솟는 것을 억지로 삭여야 했다. 비록 갈로텍이 요구한 것이지만 비아스는 계속 갈로텍을 묶어놓은 채 대화했다. 포로나 죄인을 다루는 식이 아니고 무엇이겠는가. 게다가 갈로텍이 그것을 요구한 것도 비아스를 위해서였다.

비아스는 거만한 몸짓으로 갈로텍에게 다가왔다. 하지만 밧줄에 손을 가져가는 대신 비아스는 엉뚱한 니름을 했다.

〈풀어드리기 전에, 화리트를 다시 앞으로 내세워 주시겠습니까?〉

갈로텍은 의아해하면서도 비아스의 요청대로 했다. 그가 앞에서 비켜나자마자 뒤에서 도사리고 있던 화리트가 성난 하늘치 같은 기세로 의식의 전면으로 뛰쳐나왔다.

〈비아스! 사악한 살인마, 죽이겠어!〉

비아스는 수호자의 뺨을 후려쳤다.

옆으로 홱 돌아간 고개를 힘겹게 제자리로 돌린 화리트는 한동안 니름도 잊은 채 어이없다는 듯이 비아스를 올려다보았다. 비아스는 왼손으로 오른손을 움켜쥔 채 닐렀다.

〈죽었는데도 여전히 그 건방진 성격을 못 버렸구나. 두 번 죽여 마땅한 놈.〉

화리트는 성난 하늘치처럼 포효했다. 하지만 그 순간 갈로텍이 다시 앞으로 나섰고 화리트는 비명을 지르며 뒤로 물러날 수밖에 없었다. 다시 앞으로 나선 갈로텍은 혀를 굴려 입 안을 조사했다. 그의 예상대로 입 안이 터져 있었다.

비아스가 밧줄을 다 풀어줄 때까지 갈로텍은 아무 니름도 하지 않았다. 들끓는 분노를 억누르느라 여념이 없었기 때문이다.

"잔치는 끝났다! 집에 돌아가…… 잠깐. 여기가 너희 집이던가?"

지그림 자보로를 쥐고 흔들던 티나한은 잠시 자신의 말에 혼란을 일으켰다. 그 때문에 지그림은 티나한의 관심에서 잠시 해방되었다. 하지만 지그림은 그 사실에서 행복을 느낄 수 없었다. 티나한은 지그림의 왼쪽 발목을 움켜쥔 채 흔들고 있었고, 따라서 티나한이 그의 존재를 잊어버렸다는 것은 지그림이 그대로 떨어졌다간 목뼈에 상당한 무리가 갈 높이에 거꾸로 매달린 채 방치된다는 뜻이 된다. 지그림의 입장에서는 어쨌든 지붕 위로 도망치는 모험은 시도하지 않는 편이 좋았을 것이다.

어쩔 수 없이 지그림은 상대방의 관심을 끈다는, 보통의 피해자가 선택하기 힘든 선택을 해야 했다. 지그림의 악쓰는 소리에 티나한은 가까스로 지그림의 존재를 깨달았다.

"말실수했다. 다시 하자. 잔치는 끝났다! 나는 이만 떠나겠다! 아냐, 아냐. 젠장! 이건 근사하지 않아! 어떻게 하면 좋을까?"

지그림은 다시 수십 미터나 되는 높이에 방치되고 말았다. 아래쪽을 바라보았지만, 그다지 인생의 즐거움을 환기시킬 만한 장면은 없었다. 저 아래 왕궁의 마당에서는 여기저기가 심하게 상한 병사들이 심하게 손상된 무기들 사이에 널브러져 있었다. 케이건과 비형이 그들 사이를 돌아다니며 '그다지 품위 향상에 도움되는 일이라 할 수 없으니 죽은 척은 그만하고 일어나라'고 권하고 있었지만 병사들은 절대로 그 말을 따를 생각이 없는 듯했다. 케이건은 고개를 가로젓고는 문득 생각난 듯 지붕 위쪽을 올려다보았다. 그러곤 티나한의 손아귀에 붙잡힌 채 허공에서 허우적거리고 있는 지그림을 보곤 한숨을 내쉬었다.

"티나한. 적당히 하고 내려오시오. 잘못해서 놓치기라도 하면 당신은 후대인들에게 상당한 갈등을 던져주게 될 거요."

"갈등?"

"자보로의 후대인들이 별비의 발톱 자국이 남은 돌과 마립간의 머리 자국이 남은 돌 중 어느 것을 더 소중하게 여겨야 할지 고민하게 될지도 모르잖소."

엎어져 있던 병사들 중 몇 명의 등이 들썩거렸다. 확실히 죽은 자는 없는 듯했다. 티나한은 낄낄거리며 지붕을 박차고 날아올랐다. 지그림은 숨이 막히는 비명을 내질렀지만 티나한은 사뿐하게 마당에 내려섰다. 그리고 티나한은 지그림을 놓아주었다. 불쌍하게도 지그림은 바닥에 주저앉아 심하게 헛구역질을 하기 시작했다.

케이건은 그런 지그림에게 별 관심이 없다는 듯 몸을 돌렸다. 마당 한쪽엔 어깨에 아스화리탈을 얹은 륜이 서 있었다. 그리고 그 앞에는 키타타 자보로가 주저앉아 있었다. 그의 앞에는 반쯤 녹아내린 검이 떨어져 있었다. 티나한의 압도적인 폭력에서 조카를 구출하기 위해 키타타는 인질을 잡는다는 시도를 했다. 그가 륜을 목표로 정한 것은 다른 사람들도 이해할 만한 선택이었다. 하지만 하늘에서 갑자기 날아든 아스화리탈은 키타타를 좌절시켰다.

한때는 그의 자존심만큼이나 날카로웠지만 이제는 쇠몽둥이 정도의 치명성밖에 발휘할 수 없게 된 자신의 검을 바라보던 키타타는 다가오는 발소리에 고개를 돌렸다. 케이건을 본 키타타는 침울한 표정으로 말했다.

"나는 조금 전 자연의 크나큰 실수를 발견했소."

"그게 뭐요?"

"레콘 같은 끔찍한 종족을 세상에 낸 것."

륜은 마당을 둘러보며 키타타의 말에 찬성했다. 케이건은 무뚝뚝하게 말했다.

"나도 자연의 실수 한 가지를 발견했소."

"뭔지 말해 보시오."

"자신의 것이 될 수도 없는 용에 집착하여 레콘 길손을 화나게 만드는 어리석은 자들을 내었다는 것."

키타타는 슬픈 눈으로 케이건을 올려다보았다. 케이건은 말을 이었다.

"다음에는 좀 더 경의를 가지고 길손을 대접하는 편이 좋을 거요. 대장군. 손님 방의 불을 빼거나 자는 손님의 머리를 쇠망치로 후려치는 대신."

"유념할 만한 권고인 것 같군."

의외로 담담한 키타타의 대답에 케이건은 고개를 약간 갸웃했다.

"조카이자 마립간의 명령이라서 억지로 한 거였소?"

키타타는 대답하지 않았다. 케이건은 뒤를 흘깃 돌아보았다. 그들에게 걸어오는 비형의 뒤쪽으로 여전히 헛구역질을 하고 있는 지그림 자보로를 본 케이건은 다시 키타타에게 말했다.

"저 상식 부족한 이에겐 말해 봐야 헛수고일 테니 당신에게 말해 두겠소. 키타타 자보로. 왕 놀음을 하고 싶다면 그건 지그림 자보로의 자유일 거요. 하지만 수백 년 동안 그 많은 사람들의 염원에도 불구하고 아무도 성취하지 못한 것에 도전할 때는, 그 시간에 할 수 있는 더 유익한 일이 있지는 않을까 한번쯤 생각해 보는 것이 좋을 거요. 자보로는 좋은 땅이오. 당신 씨족은 항상 훌륭한 마립간들을 배출했고. 좋은 땅과 좋은 마립간이 할 수 있는 일은 왕 놀음 이외에도 많을 거요. 그에게 말해 주시오."

"많은 일이 있지만 왕 놀음은 안 된다?"

"왕 놀음 이외에도 좋은 일이 많다는 거요."

키타타는 잠시 침묵했다가 말했다.

"하지만 무엇보다도 급한 건 왕 아니오? 너무 오랫동안 왕이 없었소."

케이건은 키타타를 물끄러미 바라보았다.

"당신도 왕을 원했소?"

"약간은. 그래서 내 조카를 제때에 말리지 못했던 것이겠지."

"그랬군. 그렇다면 묻겠소. 왕이 무엇이오?"

뒤에서 다가오던 비형은 케이건의 질문에 걸음을 멈추고 귀를 기울였다. 키타타는 주저앉은 자세 그대로 하늘을 보며 말했다.

"사금을 모아 황금을 빚는 불이오. 사토를 모아 첨탑을 쌓는 물이오. 별빛의 미약한 열을 모아 강철을 제련하는 저 최후의 대장장이처럼, 제멋대로 흩어지면 아무것도 아니지만 모이면 가장 위대한 일조차 쉽게 성취해 낼 수 있는 인간의 의지를 한 곳에 집중시키는 자요."

"틀렸소."

"틀렸다고?"

"다른 모든 사람들처럼 당신도 왕에 대해 알지 못하오. 그러니 왕이 무엇인지 알게 되기 전까지는 당신의 마립간을 왕으로 만들려 하지 마시오. 당신이 알지도 못하는 것을 만들 수는 없는 노릇이오. 하지만 당신은 위대한 마립간을 만들 수는 있을 거요. 그리고 위대한 마립간은 위대한 왕보다 더 위대하오. 그들은 사람을 행복하게 할 수 있으니."

"행복하게? 그럼 왕은? 왕은 사람을 불행하게 한단 말이오?"

케이건은 그 질문에 대답하지 않았다. 대신 케이건은 륜에게 손짓을 했다. 륜은 그 손짓에 따라 비형과 티나한에게 걸어갔다. 륜을 따라 몸을 돌리기 전, 케이건은 키타타에게 속삭이듯 말했다.

"이제 백일몽에서 깰 때가 되었소. 황혼의 빛이 따스해 보이더라도 현명한 자라면 그 속에 배어 있는 냉기를 느낄 수 있을 거요. 차가운 밤을 대비하시오."

티나한은 케이건의 말에 감탄하며 그것을 열심히 외기 시작했다. 그래서 티나한에게 말하려 했던 케이건은 비형 쪽을 돌아보았다. 그러나 케이건은 반쯤 열었던 입을 다시 다물고는 생각에 잠겼다. 비형은 그런 케이건을 보다가 고개를 갸웃했다.

"왜 그러시죠?"

"당신의 나늬가 륜을 태우지 않으려 했던 이유는 이제 알았소. 용 때문일 거요. 나늬는 용에게 겁을 먹은 거지."

비형은 탄성을 지르며 륜의 어깨에 앉아 있는 아스화리탈을 바라보았다. 케이건은 계속 말했다.

"따라서 저 용이 륜과 떨어지면 당신은 륜을 태운 채 곧장 대사원으로 갈 수 있소."

"어, 그럼 당신은 우리와 헤어져 집으로 돌아가고요?"

비형은 불안한 표정으로 말했고 티나한과 륜도 당황해서 케이건을 바라보았다. 케이건은 한숨을 내쉬었다.

"그렇소. 그런데 저 용이 륜의 곁을 떠날지 의심스럽군. 게다가 용이 주위를 날아다니면 딱정벌레가 어떤 반응을 보일지도 의심스럽고. 말이 겁을 먹어도 기수의 생명이 위험하오. 고공에서 딱정벌레가 겁을 집어먹으면 어떤 일이 생기는지에 대해서 숙련된 딱정벌레 기수에게 묻고 싶소."

비형은 소름끼치는 재난을 열거하기 시작했다. 티나한마저 떨떠름한 표정을 지어보였고 륜은 무슨 일이 있어도 딱정벌레에는 타지 않겠다고 생각하게 되었다. 설명을 끝낸 비형은 두 팔을 벌리며 말했다.

"그러니 그냥 지금까지 그랬던 것처럼 계속 걷도록 하지요. 문제 있나요?"

케이건은 잠시 생각했다가 고개를 끄덕였다.

"당분간은 큰 문제가 없을 것 같소."

비형과 티나한은 안도의 한숨을 내쉬었다. 그리고 비형은 호기심 어린 목소리로 질문했다.

"당분간? 그럼 머지않아 문제가 생긴다는 건가요?"

"우리는 이 땅을 벗어나 슈라도스로 갈 거요. 메헴이 자보로와의 일전을 준비하고 있었다면 별로 재미없는 곳이 될 테고 페치렌으로 가려면 강을 건너야 하오. 우리들에겐 좀 난관이 많은 여정이라 하겠소."

비형은 세 배로 부풀어오른 채 하늘을 바라보는 티나한을 흘끔 돌아보고는 다시 질문했다.

"그럼 슈라도스군요. 그런데 슈라도스에 무슨 문제가 있나요?"

"없소. 그다음에 나타나는 것이 문제일 뿐."

"뭐가 있는데요?"

케이건은 갑자기 륜을 바라보았다. 륜은 고개를 갸웃했다. 케이건은 한숨을 쉬고 말했다.

"시구리아트 유료 도로."

"시구리아트 유료 도로? 그게 왜 문제죠? 도로 통행료를 내고 지나가면 되잖아요."

"물론 그렇소. 하지만 나는 그 산양 연모자들이 용에게 어떤 통행료를 책정할지 도무지 짐작할 수 없소."

밤이나 낮 어느 쪽으로도 말하기 힘든 시간, 그리고 새벽이라는 타협적인 표현도 적용하기 곤란한 시간 속에 사모는 앉아 있었다. 음울한 빛깔로 자신을 덧칠한 채 엎드려 있는 차가운 땅은 차고 깊고 어두웠다. 어렴풋해서 아름다운 추억 같은 안개가 땅 위를 방황했다.

동쪽을 향해 앉아 있는 사모의 등 뒤에는 대호가 집채만 한 몸을 길게 누인 채 땅바닥에 엎드려 있었다. 그리고 대호의 머리는 정확히 서쪽을 향하고 있었다.

사모와 대호는 서로에게 화가 나 있었다.

자보로 성벽 앞에서 대호가 사모를 물고 도망쳤을 때 사모는 고통 때문에 움직일 수도 없는 상태였다. 대호는 야트막한 야산 하나를 골라 사모를 정상으로 데리고 올라갔다. 야산 꼭대기에는 넓적한 바위가 있었다. 대호는 바위 위에 사모를 내려놓은 다음 그 옆을 지켰다.

햇빛과 별빛이 자리바꿈하는 것을 보며 대호는 참을성 있게 기다렸다.

바람이 이슬을 떨구고 연무가 다시 풀잎에 이슬을 슬어놓을 때도 대호는 움직이지 않았다.

사모는 며칠 후에야 겨우 자리를 털고 일어났다. 그리고 그제야 본격적으로 화를 내었다. 사모는 대호가 제멋대로 쇼자인테쉬크톨에 끼어들었다는 점, 그리고 역시 제멋대로 자신을 물고 도망쳤다는 점을 들어 대호의 악덕을 비난했다. 물론 대호는 하나도 알아듣지 못했다. 하지만 사모가 화를 내고 있다는 것은 그럭저럭 깨달았고 그 때문에 대호 역시 화가 났다. 물론 그 무게가 3톤이 넘는 맹수가 본격적으로 분노했다면 사모는 살기 어려웠을 것이다. 대호는 훨씬 온건한 방법으로 자신의 불편한 심사를 표현했다. 하지만 그것은 사모를 더 화나게 만들었다. 대호는 뒷발로 흙을 차서 사모에게 끼얹었다.

사모는 턱을 꼿꼿이 세운 채 흙을 털어낸 다음 대호를 외면하며 동쪽을 향해 주저앉았다. 그리고 대호는 흙을 끼얹은 자세 그대로 서쪽을 향해 엎드렸다.

그리고 둘은 꽤 오랜 시간 동안 그렇게 서로에게 등 돌리고 앉아 있었다.

갑자기 대호의 꼬리가 움직였다. 파리라도 쫓는 듯한 동작이었지만, 그것은 정확하게 사모의 허리를 때렸다. 사모는 재빨리 뒤를 돌아보았다. 하지만 그 꼬리는 이미 대호의 등 위에서 아무 일도 없었다는 듯이 흔들거리고 있었다. 사모는 대호의 뒤통수를 노려봐주고 싶었지만 볼 수 있는 것이라곤 거대한 엉덩이뿐이었다.

어쨌든 바라보기 즐거운 광경은 아니었기에 사모는 다시 고개를 돌렸다.

잠시 후 사모는 옆으로 손을 뻗어 차돌 하나를 집어들었다. 허리에서 쉬크톨을 뽑아든 사모는 칼날을 갈기라도 할 듯 차돌 위에 쉬크톨을 얹었다. 그러나 사모는 칼날을 눕히는 대신 수직으로 세웠다. 그리고 칼날을 옆으로 밀어버렸다.

쉬크톨의 예리한 칼날 아래 돌 표면이 깎이며 소름끼치는 소리가 울려퍼졌다.

대호는 "그와옹!" 하는 난해한 비명 소리와 함께 몇 미터 이상 솟아올랐다. 허공에서 몸을 뒤집은 대호는 사모의 등을 보는 방향으로 내려섰다. 대호는 어깨털과 갈기를 잔뜩 곤두세운 채 사모의 뒤통수를 노려보았다. 하지만 사모는 태연하게 칼날을 가는 시늉을 해보였다. 대호는 더운 콧김을 씩씩 뿜어대다가 다시 뒤로 돌아 주저앉았다.

5분 후 사모와 대호는 서로 부둥켜안은 채 뒹굴고 있었다.

체격의 비율이 완전히 반대라는 점을 제외한다면, 강아지를 데리고 노는 소년의 모습과 별로 다를 것도 없었다. 그렇게 뒹굴던 사모는 잠시 후 헐떡거리며 옆으로 누운 대호의 배에 몸을 눕혔다. 기다란 털이 그녀의 몸을 뒤덮다시피 했고 대호의 체온은 흑사자 모피의 열과 더불어 그녀를 기분좋게 했다.

니르는 것을 듣지 못하는 대호에게 사모는 육성으로 말했다. 이해하지는 못하지만 최소한 듣기는 하기 때문이다.

"아직도 몸이 아파. 하지만 지금 내 고민거리는 그게 아냐."

사모의 희망대로 대호는 사모의 목소리에 반응했다. 거대한 혀로 사모의 얼굴을 핥은 것이다. 사모는 헐떡거리며 힘겹게 그 혀를 밀어내었다.

"비늘 떨어지겠다. 살살 핥아. 내 고민은, 네가 자꾸 좋아진다는 점이야. 너 정신 억압된 거 아니지?"

대호는 물론 대답하지 않았다. 사모는 손에 잡히는 대호의 털을 아무렇게나 꼬며 말했다.

"너, 너라고 말하니 좀 이상하구나. 이름을 붙여볼까? 저 악독한 키탈저 사냥꾼들도 너희들에게 이름은 참 재미있게 붙였던 걸로 알고 있는데, 나도 재미있는 이름을 떠올릴 수 있을지 모르겠구나."

동녘이 밝아오고 있었다. 햇빛을 받아 체온을 높여야겠지만 사모는 그러지 않았다. 대호의 체온과 모피의 열만으로도 충분했기 때문이다. 그래서 사모는 졸음을 느끼며 말했다.

"마루나래."

사모는 자신의 말에 웃음을 터뜨렸다. 대호는 고개를 들어 사모를 바라보았다.

"마루나래."

다시 마루나래라고 말한 다음 사모는 폭소를 터뜨렸다. 대호는 영문을 모르겠다는 듯이 사모를 바라보았다. 겨우 웃음을 멈춘 사모는 대호의 큼직한 얼굴을 돌아보며 말했다.

"그래. 이렇게 푹신한 너에게 어울리는 이름이 되겠다. 네 이름은 마루나래야."

대호가 갑자기 몸을 일으켰다. 덕분에 사모는 땅바닥에 엉덩방아를 찧었다. 사모는 어리둥절해하며 대호를 바라보았다.

"그 이름이 마음에 들지 않아?"

농담 삼아 말하던 사모는 대호의 기색이 심상치 않다는 사실에 놀랐다. 대호를 관찰한 사모는 대호가 지평선을 뚫어지게 처다보고 있다는 사실을 깨달았다. 사모는 대호가 노려보는 방향을 처다보았다.

남쪽 지평선에서 무엇인가가 움직이고 있었다. 사모는 대호의 허리를 두드리며 개념을 전달했다. 대호는 곧 허리를 낮춰 사모가 등에 올라탈 수 있도록 해주었다. 야산 정상에서 다시 더 높은 위치에 앉게 된 사모는 남쪽 지평선을 주시했다.

잠시 후 사모의 입에서 신음이 흘러나왔다.

〈저런…… 맙소사!〉

사모는 마루나래의 목털을 움켜쥐며 다시 개념을 전달했다. 마루나래는 남쪽 지평선을 향해 쩌렁쩌렁 울리는 포효를 한번 내지른 다음 북쪽으로 몸을 돌렸다. 마루나래는 곧 엄청난 속도로 달렸다.

세찬 바람을 정면으로 받게 되자 사모의 통증이 더욱 심해졌다. 하지만 사모는 마루나래의 속도를 늦추고 싶은 생각이 없었다. 두려움 속에서 사모는 뒤를 돌아보았다. 수천의 무리를 이루어 남쪽 지평선을 뒤덮다시피 한 채 달려오는 것은 사모가 아는 그 무엇과도 닮지 않았다. 그리고 그 때문에 사모는 그것이 무엇인지 알 수 있었다.

키타타 자보로는 케이건의 말이 옳다고 생각하게 되었다. 왕보다는 마립간이 훨씬 좋다. 신하는 왕을 칼집으로 두들겨 팰 수 없지만 백부는 조카인 마립간에게 그렇게 해 줄 수 있기 때문이다. 칼집으로 두들겨 맞으며 지그림은 "무엄한 반란이다!"라고 선언했고 자보로 씨족의 원로들은 "조카를 매섭게 훈도하는 모습을 보니 키타타의 근력이 아직 괜찮다."고 흡족해했다. 그리고 언제나 자보로 씨족의 결정을 존중해 왔던 자보로 사람들은 씨족의 의견에 동의했다. "저건 집안 일이야." 그것이 왕과 마립간의 차이였다. 마립간의 경우 사람들이 따르는 것은 그 씨족이다. 따라서 사람들은 같은 씨족들끼리 서로를 두들겨 패든 어쨌든 인도주의적인 참견 이상은 하지 않는다.

결국 지그림 자보로는 한 달쯤은 몸조리를 해야 할 모습이 되어 성루 위에 길게 누웠다. 자보로 씨족의 젊은이들이 지그림을 수습해 가는 모습을 보며 키타타 자보로는 하늘을 우러르며 한탄했다.

"망할 녀석! 조실부모한 놈 가엾어서 지금껏 보살펴 줬더니 아직까지 사람 구실을 못하는구나! 내 아들이었다면 벌써 버르장머리 고쳐줬을 것을, 지금까지 놔두었더니 결국 손을 대게 만들다니!"

자보로 씨족의 원로들은 동생의 아들을 그만큼 키웠으니 죽은 동생도 충분히 만족할 것이며, 오히려 왜 이제야 손을 댄 거냐고 힐난할지도 모른다고 키타타 자보로를 위로했다. 키타타는 고개를 내저으며 씨족의 원로들에게 말했다.

"성문을 열고 손님을 맞이합시다."

사람들은 난감한 표정으로 성 아래쪽을 바라보았다. 하지만 키타타 자보로는 그들의 대답도 기다리지 않고 아래쪽을 향해 외쳤다.

"여보시오! 성문을 열어드리겠소!"

성루 아래쪽에서 아름다운 목소리가 키타타에게 대답했다.

"그러고 싶지 않군. 그런데, 조금 전 내게 대호를 내놓으라고 외치던 그 인간은 어떻게 되었지? 그자가 너희들의 왕인 것 같던데."

키타타는 얼굴을 확 붉히며 이를 갈았다. 용을 뺏으려다가 무지한 욕을 본 지 얼마 되지도 않았건만, 지그림 자보로는 성문 앞에 나타난 대호를 보자 다시 그것을 탐내었다. 결국 지그림은 백부의 인내심을 바닥내고 말았고 그 대가는 조금 전 온몸으로 치렀다.

"그자는 내 미욱한 조카입니다. 그리고 왕이 아닙니다. 두 번 다시 그런 소리를 못 할 겁니다. 조카의 실언에 대해서는 내가 대신 사과하겠습니다."

사모는 영문을 알 수 없었지만 그냥 고개를 끄덕였다.

"어쨌든 내 용건은 아까 말한 그대로야. 아마도 책임자가 너로 바뀐 듯하니 한 번 더 말하지. 믿기 어렵겠지만 너희들의 도시를 향해 수천의 두억시니들이 달려오고 있어. 늦어도 오늘 밤 안에는 도달할 것 같더군."

두 번째 듣는 말이었지만 키타타와 다른 이들은 도무지 실감이 나지 않았다. '수천의 두억시니라고?' 하지만 너무 어처구니없는 말인지라 오히려 믿고 싶다는 생각도 들었다. 사모는 진지하게 말을 맺었다.

"그 불행한 자들이 이 도시를 공격할지 하지 않을지는 모르겠지만, 조심해서 나쁠 것은 없을 거야."

"정말 믿기 어려운 말입니다만, 솔직히 당신 모습보다는 믿기 쉽군요. 대호를 탄 나가라니."

사모는 싱긋 웃었다. 키타타는 갑자기 주저하며 말했다.

"그런데, 당신이 쫓던 나가는……."

"알고 있어. 이미 이곳을 떠났지?"

사모는 쉬크톨의 감각으로 륜이 이미 자보로를 떠난 것을 알고 있었다. 키타타 자보로는 놀랐다.

"그렇다면, 그걸 알면서 그냥 우리에게 경고해 주기 위해 온 겁니까?"

"필요하다고 생각했는데. 참견이었나?"

"아니요! 절대로 그렇지 않습니다."

"그럼 이만 가보겠어. 조심하길 바라. 두억시니에 대해서는 아무것도 단정할 수 없으며 무엇에도 놀랄 필요가 없어."

그리고 사모는 키타타가 뭐라 감사의 말을 하기도 전에 마루나래에게 개념과 의지를 보내었다. 마루나래는 자보로의 성벽을 따라 달리기 시작했다. 몇몇 사람들이 감탄하며 성벽 위로 따라 달렸지만 도저히 대호의 속도를 따를 수는 없었다. 바람처럼 자보로 성벽을 우회한 마루나래는 북쪽을 향해 달렸다.

제6장

길을 준비하는 자

우리는 길을 준비한다.

— 유료 도로당원의 맹세

화리트 마케로우는 닐렀다.

〈어두워, 어두워, 어두워.〉

어둠 속에서 누군가의 정신이 그에게 다가왔다. 폭력에 노출된 연약한 짐승처럼 화리트의 정신이 오그라들었다. 화리트에게 다가온 자는 친절하게 권했다.

〈그러면 밖으로 나오면 되잖나.〉

〈꺼져. 갈로텍.〉

〈그곳이 마음에 들지는 않을 텐데.〉

〈좋아해 보려고 노력하는 중이야.〉

화리트는 숲 속에 갇혀 있었다. 그 숲의 나무들은 긴 이름을 가지고 있었다. '기억이 기억을 덮어 만들어낸 음영', '경험했지만 인지하지 못했던 경험', '자신을 망각해 버린 망각', 기타 등등. 그 속에서 화리트는 무한히 떠돌았다. 화리트가 나무들을 스칠 때마다 왜곡된 추억들이 이슬처럼 떨어져내렸다.

갈로텍이 닐렀다.

〈고난이 없다면 노력도 값을 잃겠지. 이건 어때? 라호친 지방에 살았던 인간의

기억이야.〉

〈라호친이 뭐지?〉

〈아, 날이 충분히 맑으면 세계의 북쪽 끝도 볼 수 있다는 농담이 따라 다니는 북녘땅이야. 잔인한 눈보라와 거대한 빙하로 유명하지.〉

이제 더 이상 비늘이 없었지만 화리트는 비늘이 곤두서는 기분을 느꼈다. 잠시 후 매서운 추위의 기억이 화리트의 숲 속으로 몰아쳤다. 화리트는 괴로워하다가 기절했다.

사실 기절했다고 느꼈을 뿐이다. 어떤 의미에서 그 기절은 적극적이다. 그것을 알기에 갈로텍은 크게 웃으며 닐렀다.

〈오, 화리트. 웃기는 형제여. 지금 네가 하고 있는 건 기절이 아니라 기만이야.〉

화리트도 그것을 깨달았다. 동시에 화리트는 다른 것도 깨달았다.

〈이건 어떠냐?〉

화리트는 자신이 죽었던 순간을 기억해 낸 다음 그것을 사방으로 퍼뜨렸다. 갈로텍은 비명을 지르며 물러났다. 화리트는 맹포하게 닐렀다.

〈너는 죽어본 적이 없겠지! 이것이 죽음이다!〉

그러나 화리트는 곧 엄청난 후회를 맛보아야 했다. 갈로텍은 군령자다. 그 속엔 수많은 죽은 자들이 있다. 갈로텍은 그 사망의 기억들을 다 끌어모아 화리트를 후려쳤다.

화리트는 절규하며 숲의 가장 어두운 부분으로 도망쳤다.

화리트를 제압하기 위해서였지만, 그 때문에 갈로텍도 수많은 죽음을 직시해야 했다. 갈로텍은 더 이상 그 기억들을 다룰 수 없었다. 그래서 갈로텍은 그 기억들을 영들에게 돌려준 다음 의식의 표면으로 떠올랐다. 전면에 나서 있던 영과 자리를 바꾸며 갈로텍은 생각했다.

'맙소사. 군령자들이 왜 이 짓을 계속하는 건지 알겠군.'

그리고 갈로텍은 자신 또한 그 짓을 하게 될지 모르겠다고 생각했다. 서둘러 그런 생각을 떨쳐내려 했지만 그런 의도적인 사고가 더욱 갈로텍으로 하여금 그 생각에 달라붙게 만들었다. 그때 그의 내부에서 어떤 영이 그의 입술을 움직였다.

"그럴 수도 있지. 갈로텍."

갈로텍은 잠시 그 말투가 누구의 것인지 고민했다. 곧 어떤 이름이 떠올랐다.

"주퀘도? 오래간만이군요. 꽤 오랫동안 잠들어 계셨죠."

"그랬지. 아까 그 꼬마는 뭐지? 죽은 과거들 사이에 숨어 있어서 자세히 보지는 못했지만 꽤 어린 애였던 것 같던데."

"최근에 죽은 나가입니다. 제가 그 영을 받아들였죠."

"그런가. 그런데 그 애를 왜 겁주고 있었지? 한번 죽었던 애니까 그런 짓을 당해도 견딜 수 있었지만, 만일 똑같은 일을 내가 너에게 한다면……."

"관둬요!"

갈로텍이 소스라치며 외쳤다. 주퀘도는 재미있다는 듯이 말했다.

"갈로텍."

"예?"

"갈로텍."

"왜 그래요?"

"그날이 오면, 너도 결국 다음 사람을 찾게 될 거야."

"천만에! 당신들을 받아들일 때 분명히 말했듯이, 죽을 때가 되면 나는 죽을 겁니다. 당신들은 거기에 동의했어요."

"아, 그 맹세. 자주 들어봤지. 너도 했었나?"

이 노골적인 야유에 갈로텍은 비늘 부딪히는 소리를 내었다. 주퀘도는 낄낄 웃었다. 자신의 입에서 나오는 그 괴상한 소리에 갈로텍은 불쾌감을 느꼈다. 웃는 것을 좋아하는 그였지만 주퀘도가 그의 목을 이용하여 내는 웃음소리는 끔찍했다.

"부탁인데 웃는 걸 좀 자제해 주면 안 되겠어요? 난 그 소리가 싫어요."

"나도 싫어. 나가의 몸으론 웃기가 힘들어. 그라쉐의 몸이 좋았는데."

"그라쉐?"

"그 친구는 같은 레콘도 감탄할 정도로 큰 레콘이었어. 만나본 적 없나?"

"없어요. 우리 안에 확실히 있습니까?"

"있어. 그라쉐도 비슷한 말을 했지. 우리가 들어가도 되겠냐고 물었더니, 자기는 죽을 때가 되면 그냥 죽을 텐데 그래도 좋다면 들어오라고 대답하더군. 우리는 좋을 대로 하라고 했지. 그라쉐의 몸에 있을 때 우리는 참 즐거운 시간을 보낼 수 있었어. 그 무지막지한 녀석의 무기는 50킬로그램짜리 철추가 달린 철퇴였지. 그걸로 소를 한번 내려친 적이 있는데 가죽만 남더군. 뼈는 몸 속에서 가루가 되다시피 했어. 정말 멋진 나날이었지. 그 녀석의 몸으로 웃을 때는 정말 돌개바람이 일어날 정도였어."

주퀘도는 레콘의 몸에 있을 때의 추억을 떠올리며 잠시 침묵했다. 갈로텍은 잠자코 기다렸다. 주퀘도가 다시 말했다.

"그런데 그 강하고 멋진 그라쉐가 늙어서 죽을 때가 가까워지자 어떻게 했는 줄 알아? 그 우악스러운 철퇴로 인간 한 명을 협박해서 강제로 전령(傳靈)했지. 그걸 가리켜 영적 강간이라고 할 수도 있을 거야. 하지만 인간의 몸은 그라쉐를 짜증나게 했지. 요즘 들어 잠만 자고 있는 것도 그 때문일지 모르지. 이봐. 갈로텍. 그 친구를 위해 다음 몸으로는 레콘을 골라보면 어떨까?"

"주퀘도. 여러 번 말했지만 나는 그냥 죽을 겁니다. 여신께 갈 거라고요. 나는 신명을 받은 수호자입니다."

갈로텍은 엄숙하게 선언했지만 주퀘도는 그를 비웃었다.

"아, 우리들 중엔 스님도 한 분 있지. 소개시켜 줄까?"

"그만하고 내려가세요!"

주퀘도는 다시 낄낄거리더니 의식의 아래로 내려갔다. 갈로텍은 의자에 몸을 길게 누인 채 불쾌감을 억누르려 애썼다.

갈로텍은 평생 동안 노력해도 얻기 힘든 지식을 단번에 얻을 수 있다는 이유로 군령자를 받아들인 자신의 결정에 후회를 가진 적이 없었다. 하지만 자신이 받아들일 영들 중에 주퀘도라는 저 괴팍한 인간이 포함되어 있다는 것을 알았더라면 갈로텍은 한 번 더 생각해 봤을지도 모른다. 주퀘도의 말은, 진실이었기에 더욱 불쾌한 종류의 것이었다. 갈로텍은 자신의 영과 다른 군령들을 받아들일 자를 찾아 헤매는 늙은 자신의 모습을 충분히 그려볼 수 있었다.

〈결코 그렇게 되진 않아!〉

갈로텍은 불가능이라는 이름의 야수에게 자신의 의지를 먹잇감으로 던져준 적이 없는 사람이었다. 모든 이들의 우려와 반대에도 불구하고 목이 잘린 누이의 식도에 살아 있는 동물을 쑤셔넣으며 2년 만에 그녀의 머리를 재생시킨 이후로, 갈로텍은 불가능을 결코 인정해 본 적이 없었다. 되살아난 누이가 자신의 목을 잘랐던 인간에 대한 증오 말고는 아무것도 기억하지 못하는 괴물이 되었다는 사실은 갈로텍에게 슬픔은 주었지만 좌절은 주지 않았다.

〈다시 그 녀석을 만나봐야겠군.〉

갈로텍은 화리트를 찾아 자신 속으로 가라앉았다.

과거, 험준한 시구리아트 산맥에는 남북을 잇는 많은 통로가 있었다. 그리고 그 중에는 스스로를 극과 극을 연결하는 자라 불렀지만 사람들에게는 도로왕이라 불릴 때가 더 많았던 극연왕의 4대 경이(驚異) 중 하나로 꼽힐 만큼 훌륭한 것도 있었다. 그러나 인위적으로 만들어진 그 통로들은 보살피는 세심한 손길이 사라지자 모두 잡초와 낙석, 흙더미 아래로 사라졌다. 시구리아트 산맥을 휘감아도는 폭풍은 모든 인위적인 것들에겐 끔찍한 재앙이었다.

그 모든 길이 사라진 오늘날, 시구리아트 산맥을 넘는 길은 오직 하나뿐이다. 시구리아트 유료 도로가 그것이다. 륜은 단지 거기에 있는 땅을 걸어가는 것에 대해 돈을 지불해야 한다는 개념에 대해 이해하지 못했다.

"그럼 산적이나 강도 아니에요?"

"산적과는 다르죠. 산적은 돈을 내지 않으면 죽이고서라도 돈을 받지만 유료 도로당(有料道路黨)은 돈을 내지 않으면 통과시키지 않을 뿐이죠. 다르잖아요?"

"같은 것 같은데요."

"예? 뭐가 같죠?"

"돈을 내면 통과한다는 것이 똑같잖아요. 결국 아무것도 하지 않고 그냥 있는 땅을 가지고 불로소득을 버는 건 마찬가지……."

"아, 이런. 그걸 설명하지 않았군요. 산적들은 아무 일도 하지 않지만 유료 도로당은 일을 해요. 길 주변에 우물도 파고 위험한 동물도 쫓아내고 환자가 생기거나 하면 관문 요새에서 치료를 받을 수도 있어요. 그리고 숙박비를 내면 음식과 잠자리도 제공하고. 물론 길이 망가지거나 하면 보수하는 건 당연하겠지요?"

"그렇다면 이해가 되는군요. 하지만 왜 저런 통행료를…… 참…… 맛있어 보이는."

풀을 뜯는 산양을 보며 말하던 륜은 그만 이상하게 말을 맺고 말았다. 바위 위에 드러누워 있던 케이건은 눈도 뜨지 않은 채 말했다.

"이건 안 된다. 륜."

"아, 배고프다는 거 아니에요. 그냥 맛있어 보인다고요."

케이건은 슈라도스에서 산양 세 마리를 구입했다. 티나한은 그 막대한 지출에 또다시 놀랐지만 케이건은 시구리아트 유료 도로에서는 사냥을 할 수 없다고 설명했다. 그리고 시구리아트 산맥 안으로 들어선 후 그들은 두 마리의 산양을 먹어치웠다. 륜이 한 마리를 삼켰고 나머지 세 사람이 한 마리를 구워먹었다. 케이건은 남은 한 마리가 통행료라고 설명했고 지금 그 산양은 오래간만에 나타난 초지에서 풀을 뜯고 있었다.

"산양 한 마리면 우리들의 통행료가 대충 해결될 거다. 물론 희망사항이긴 하지만."

"돈으로 지불하면 안 되나요?"

"그래도 되지만 시구리아트 유료 도로당원들은 산양 연모자지. 용의 통행료를 정확히 책정할 수 없더라도 산양을 보면 좋아하며 통과시켜줄 가능성이 높다고 판단했다."

"산양 고기를 좋아하는 정도로 연모자라고 부르지는 않을 것 같은데, 그건 무슨 뜻이죠?"

"산양을 숭배하거든."

"예?"

"진부한 전설이야. 그 당원들이 말하는 바에 따르면 산맥 건너편에서 산양을 치고 있던 제1대 당주가 어느 날 잃어버린 산양을 따라가다가 산맥을 넘는 길을 우연히 발견했다더군. 그래서 그들은 산양을 숭배해. 내 생각엔 그냥 이 높은 지역에서 키울 수 있는 드문 짐승이라서 좋아하는 것 같기도 하지만."

류은 높은 지역이라는 말에 주위를 둘러보았다. 가장 끈질긴 나무가 그 옹고집을 그대로 드러내는 듯한 비틀리고 메마른 모습으로 멈춰버린 곳보다 더 높은 곳에서, 회록색 풀잎들은 열린 하늘을 바라보며 가냘프게 서 있었다. 산비탈을 타고 바람이 치솟을 때마다 풀잎은 성품 어진 짐승의 털처럼 물결쳤다. 풀들이 갈라질 때마다 드러나는 백악질의 바위. 저 산비탈 아래에서 휘감아도는, 구름이 되다만 것 같은 농무. 그곳은 산들이 그들만의 심원한 대화를 나누고 있는 곳이었다. 키보렌의 밀림에 익숙한 류의 눈에 그것은 퍽이나 이질적인 풍경이었다.

그때 하늘 저편에서 요란한 소리가 울려퍼졌다. 비형과 류은 자리에서 일어나려 했지만 바위 위에 누워 있던 케이건이 만류했다.

"앉아 있으시오. 비탈이 급하오."

그래서 두 사람은 도로 앉았다. 요란한 소리를 내며 하늘 저편에서부터 날아온 것은 나늬였다. 그리고 그 위에는 세 배로 부푼 티나한이 앉아 있었다. 물론 털이 부풀었을 뿐 무게가 늘어난 것은 아니지만 그래도 류과 비형의 눈에는 나늬가 대단히 힘겨워 보였다. 나늬가 가까이 옴에 따라 날갯짓 바람이 산비탈을 사정없이 때렸다. 비형과 류은 케이건이 왜 앉아 있으라고 했는지 알 수 있었다.

나늬는 풀잎과 먼지를 잔뜩 날려올리며 내려앉았다. 티나한은 진저리를 치며 내려서서는 나늬를 매섭게 쏘아보았다. 바람이 좀 잦아든 것을 확인한 비형이 조심스럽게 일어나 말했다.

"역시 안 되던가요?"

티나한은 대답도 하지 않은 채 여전히 나늬만을 쏘아보았다. 비형이 한번 더 질문하자 티나한은 뒤로 홱 돌아섰다.

"비형! 제대로 명령한 거 맞아?"

"물론이고 틀림없고 확실한데, 왜 그런 의심을 하시죠?"

"젠장. 300미터 남겨놓고 돌아왔단 말이다!"

륜은 어설프게 웃으며 저 먼 하늘을 바라보았다. 시구리아트 산맥의 준령들을 스치듯 하며 날아가는—그러나 실제 고도는 훨씬 높을 것이다.—작은 그림자가 보였다. 하늘치였다.

먼 하늘을 날아가는 하늘치의 장대한 모습을 보자마자 '딱정벌레 타는 법을 속성 교육하라'고 강요하기 시작한 티나한을 위해 비형은 나늬에게 수화를 건넸다. 나늬는 다른 모든 딱정벌레와 마찬가지로 하늘치에게 다가가는 것을 거부했다. 비형은 그 사실을 티나한에게 전달했다. 하지만 티나한은 '긴 동행의 나날이 있었으니 어쩌면 저 겁쟁이 딱정벌레의 가슴에도 나의 뜨거운 용기가 전달되었을지 모른다. 혹은 오늘이 나늬 미치는 날일지도.'라는 말도 안 되는 고집을 부려 비형을 포기하게 만들었다. 나늬는 비형의 지시에 따라 티나한을 태우고 날아올랐다.

그러나 나늬는 300미터까지 접근한 다음, 티나한의 모든 협박과 애원에도 불구하고 그냥 돌아와 버렸다. 자신의 비행 과정을 설명한 티나한은 씨근거리며 외쳤다.

"젠장. 내 말은 알아듣지도 못하는 것 같더군. 그 수화로 다시 지시해!"

"그래도 안 될 텐데요?"

"아냐. 300미터가 저 녀석의 한계라면, 이번에는 하늘치의 등 위쪽 300미터 상공까지 접근하라고 해! 뛰어내리겠어!"

"……뭐, 케이건이 그랬던 것처럼 겉날개 접고 활공하면 뛰어내릴 수 있을지도 모르지만, 아무리 쇳덩이 같은 당신이라도 300미터에서 추락하면 몸이 성키 어려울 텐데요?"

"죽어도 하늘치의 등에서 죽겠다!"

류이 열렬하게 박수를 쳤다. 비형과 티나한은 어이가 없는 표정으로 류을 돌아보았다. 류은 당황하여 두 손을 슬그머니 등 뒤로 돌렸다.

"저, 당신들은 뭔가 감동적인 일을 보면 이렇게 하지 않나요?"

갑자기 웃음소리가 들려왔다.

티나한은 비형을 돌아보았다. 하지만 비형은 웃고 있지 않았다. 류과 티나한은 그 사실에 의아해하다가 문득 등골이 오싹해지는(류의 경우에는 비늘이 곤두서는) 기분을 느끼며 조금 떨어진 바위 위를 돌아보았다.

케이건이 웃고 있었다.

세 사람은 물론이거니와 딱정벌레 나늬와 류의 어깨에 앉아 있던 아스화리탈까지도 현실의 갈피 사이로 우주적 공포가 얼핏 드러난 모습을 보는 것 같은 충격을 받았다. 넋을 잃고 바라보는 다른 일행을 깨닫지 못한 채 케이건은 즐거운 듯이 말했다.

"요스비. 당신 정말 재미있는……."

말꼬리가 사그라들었다.

케이건은 지금까지와 똑같은 자세로 누워 있었지만 다른 사람들은 그의 몸이 딱딱하게 굳었다는 것을 잘 알 수 있었다. 비형과 티나한은 서로를 쳐다보며 고개를 갸웃거렸다. 하지만 류은 기대감 어린 어투로 말했다.

"제 아버님을 생각하고 계셨던 모양이군요. 당신 같은 철혈도 아버지에겐 웃음을 보였던 겁니까?"

케이건은 묵묵히 자리에서 일어났다.

"글쎄. 이만 출발합시다."

케이건의 말에 류은 다시 불만을 느꼈지만 비형은 아찔한 기분을 느꼈다.

비형의 불길한 예감은 안타깝게도 정확하게 현실로 나타났다. 케이건은 하루하고 반나절을 걸었다. 험준한 산맥 위에서의 휴식 없는 장시간 행군. 실로 살인적이었다. 티나한이 철창을 땅에 질질 끌게 되고, 놀랍게도 그 사실에 별로 신경 쓰지 않게 될 정도로. 마침내 멀리 시구리아트 관문 요새가 나타났을 때 일행은 선 채로 졸도할 지경이 되어 있었다. 후들거리는 무릎에 손을 짚은 채 헐떡이고 있는 륜에게 걸어온 케이건은 진지한 얼굴로 말했다.

"응."

륜은 살의라는 것이 그토록 쉽게 형성되는 감정이라는 사실에 놀랐다.

그러나 케이건이 어떤 대답을 해야 할지 생각해보려는 목적만으로 그런 살인적인 행군을 감행한 것은 아니었다. 그나마 항의할 여력이 있던 티나한이 벼슬을 떨며 말했다.

"도대체 왜 이렇게 걸은 거야? 응? 내 말은 그러니까……."

"하늘을 보니 폭풍우가 닥칠 것 같았소. 그래서 걸음을 서두르는 편이 좋을 거라 판단했소."

"……더 빨리 걸었어야 했다는 거야!"

티나한은 그렇게 얼버무렸고 륜은 살의를 잊었고 비형은 개방된 산 위에서 폭풍우에 노출된 레콘을 못 보게 된 것을 아쉬워했다. 그리고 일행은, 그때부터는 티나한의 재촉을 받아가며 관문 요새를 향해 걸어갔다.

시구리아트 관문 요새의 관문은 형태상 관문이라기보다는 수평동굴에 가깝다. 그것은 높이가 수십 미터, 폭이 100미터에 가까운 자연 암벽을 관통하여 만들어진 동굴이었다. 동굴의 양쪽 입구는 각자 육중한 철문으로 막혀 있었다. 동굴의 위쪽, 자연 암벽 윗부분에 요새가 건설되어 있었다.

시구리아트 유료 도로의 최악의 난관이라 할 수 있는 이 거대한 암벽을 해결하기 위해 최초의 당주가 사용한 방법은 줄사다리였다. 그때 당주의 요새는 석벽 위에 있는 오두막이었고, 당주는 돈을 받은 다음 여행자들에게 줄사다리를 내려주었다. 그런 식으로 돈을 번 다음 당주는 승강기를 만들었고, 마침내 암벽을 뚫었다. 그리고 동굴 양쪽 입구에 통행료를 받기 위한 징수소를 설치했다. 그 안에서 징수원들이 그들의 당주로부터 받은 요금표에 의거하여 여행자들에게 통행료를 받았다. 정확한 요금표가 있었기에 여행자들과 징수원들 사이에 언쟁이 일어나는 일은 별로 없었고, 따라서 징수원들은 그 임무에 대체적으로 만족하고 있었다.

하지만 멀리서 폭풍우가 다가오고 있는 그날 오후, 징수원들은 처음으로 자신의 임무에 대한 회의를 느껴야 했다.

"빨랑빨랑 통과시키지 못하겠냐!"

우르릉거리는 소리가 가까워질 때마다 티나한의 성질은 더욱 날카로워졌다. 징수소의 우두머리인 징수소장은 창문을 통해 창백해진 얼굴로 말했다.

"조금만 기다려주십시오. 말씀드렸다시피 저희들이 가진 요금표로는 도저히…… 이런 예외적인 상황에 대처할 수 없습니다. 이제 조금 있으면 요새로 질문하러 올라갔던 사람이 돌아올 것입니다."

징수소장은 정말이지 울고 싶다고 생각했다. 인간과 레콘의 통행료는 그의 요금표에 정확하게 기재되어 있었다. 그리고 징수소장은 평소에 잘 들여다보지 않았던 부분에서 고맙게도 도깨비에 대한 항목도 발견할 수 있었다. 하지만 딱정벌레에 대해 명시하고 있는 부분은 어디에도 없었다. 하물며 용이라니? 만약 어깨에 용을 앉히고 있는 자가 인간이 아니라 나가라는 것을 알게 된다면 징수소장은 정말 울어버렸을지도 모른다. 하지만 륜은 방풍복으로 몸을 가리고 얼굴 또한 천으로 감추고 있었다. 그 목소리와 체구 때문에 징수소장과 징수원들은 륜이 인간 여자일 거라 철석같이 믿고 있었다.

징수소 바깥벽에 돋을새김으로 새겨져 있는, 레콘을 겨냥한 것이 분명한 경고문—등반 적발시 살수(撒水)함.—을 읽던 비형이 의아해하며 질문했다.

"도깨비는 있는데 왜 딱정벌레는 없는 거죠?"

징수소장은 고개를 가로저으며 말했다.

"이보세요. 딱정벌레가 없다면 도깨비도 걸어서 여기를 통과해야겠지만, 딱정벌레가 있다면 당연히 날아서 산맥을 넘지 않겠습니까? 내가 오히려 묻고 싶군요. 당신은 딱정벌레가 있는데 왜 걸어서 넘으려는 거죠?"

"아, 일행들 중에 날 수 없는 자가 있어서요. 그럼 아마도 말에 대한 항목은 있겠군요? 말과 같은 요금을 받으면 안 됩니까?"

"그걸 내 마음대로 결정할 수는 없습니다. 조금만 더 기다려주십시오."

징수소장의 간곡한 부탁은 티나한의 맹렬한 호통에 지워지고 말았다.

"젠장, 폭풍이 오고 있잖아! 기다리라는 소리는 저 폭풍에게 해!"

티나한의 외침에는 숨길 수 없는 초조함이 가득했다. 결국 보다 못한 케이건이 징수소 안에 들어가서 기다리면 안되겠냐고 제안했다. 징수소 안에 통행료가 보관되어 있기에 내키지는 않았지만, 징수소장은 어쩔 수 없이 그 제안을 받아들였다.

바깥에서 본 징수소는 그다지 크지 않았지만 안쪽은 꽤 넓었다. 방 전체 공간의 반이 바위를 파내어 만들어져 있었기 때문이다. 하지만 그렇게 큰 방이었음에도 불구하고 티나한의 철창은 도저히 들어갈 수 없었다. 결국 티나한은 철창을 밖에 세워두어야 했다. 그리고 비형 또한 나늬를 밖에 놔두었다.

징수소 안에는 징수소장과 징수원들이 일하는 탁자와 의자들이 몇 놓여 있었지만 언제나처럼 티나한에게 맞는 의자는 없었다. 티나한은 비를 피할 수 있게 된 것만으로도 감지덕지하다는 표정으로 바닥에 주저앉았다. 하지만 케이건은 간단한 눈짓을 보내어 티나한을 조금 움직이게 했다. 케이건의 의도를 깨달은 티나한은 륜 앞으로 움직여 징수원들의 눈으로부터 륜을 가렸다. 한편 비형은 벽에 붙어 있는 커다란 요금표를 들여다보며 재미있어 했다.

"오! 왜 마음대로 결정할 수 없다는 건지 알겠군요. 노새와 말과 나귀도 각자 다른 요금을 받는군요? 이렇게 꼼꼼하게 만들어져 있는 요금표에 왜 딱정벌레가 없는 거죠?"

"어제까지 나는 그걸 별로 궁금해하지 않았소. 하지만 지금은 나 역시 대단히 궁금하군. 아마 요새에 있는 대요금표에는 있을지도 모르겠소. 그런데 저 용은 도대체 어디서 발견한 겁니까? 저거 진짜 용입니까?"

비형은 허둥거리며 케이건을 돌아보았다. 그때 케이건이 예견했던 비가 쏟아지기 시작했다.

수백만 개의 낟알을 한꺼번에 까부르는 듯한 소리와 함께 물안개가 자욱하게 피어올랐다. 먼 곳의 산봉우리들은 물의 장막에 지워졌고 가까운 곳에 있던 산마루들만이 희미한 윤곽으로 떠올랐다.

그렇지 않아도 다른 사람들의 눈에 잘 보이지 않던 륜은 아예 어디 있는지도 알수 없게 되었다. 비가 쏟아지기 시작하자마자 티나한이 깃털을 사정없이 부풀렸기 때문이다. 징수소 안에 있던 다른 사람들은 호흡이 곤란해지는 기분까지도 느꼈다.

쏟아지는 빗줄기 때문에 징수소 안이 어두워졌다. 징수원 한 명이 등잔을 꺼내 놓자 비형이 웃으며 손가락을 튕겼다. 비형의 손에서 불로 이루어진 나비가 나타나 나풀거리며 등잔으로 날아갔다. 그리고 사람들이 호흡까지 멈춘 채 바라보는 가운데 나비는 등잔에 내려앉아 조용히 날개를 접었다. 다음 순간 접힌 날개는 그대로 불꽃이 되었다. 징수소장과 징수원들은 감탄사를 토했다.

창문 밖으로 쏟아지는 비를 보던 케이건은 탁자 한편에 있는 주전자를 가리키며 말했다.

"좀 마셔도 되겠소?"

"그건 물이나 차가 아닙니다."

"뭔지 알고 있소."

징수소장은 묘한 표정을 지으며 그러라고 했다. 케이건은 옆에 있던 넓적한 대접에 주전자의 내용물을 따랐다. 맑고 은근한 빛을 띠는 액체가 콸콸 쏟아졌다. 케이건은 대접 가득히 따른 다음 그것을 한 모금 마시고는 티나한에게 건네었다.

"마시고 비형에게 돌리시오. 륜에겐 주지 말고."

티나한은 어리둥절해하다가 부리를 열고 한 모금 정도를 흘려넣었다. 곧 티나한은 그것이 부드러운 맛의 술임을 깨달았다. 티나한이 쩝쩝거리며 그것을 마시는 동안 케이건은 징수소장에게 말했다.

"통행자들은 통행료 앞에 평등하지 않소? 이제는 옛날 일이지만, 당신들은 왕이라도 통행료를 내지 않으면 지나갈 수 없게 했잖소. 나는 당신들이 저 권능왕에 대해 '인간 성인 남자, 은편 열 닢'이라고 말해 주었다는 것을 알고 있소. 주퀘도 사르마크도 당신들의 규칙을 따를 수밖에 없었고."

징수소장은 자신들의 역사를 들으며 기쁜 표정을 지어보였다. 케이건은 부드럽게 말을 맺었다.

"우리는 저 용에 대해 당신들이 제시하는 통행료를 지불할 뜻을 이미 밝혔고, 따라서 저 용의 유래에 대해 설명하지 않는다 하더라도 당신들에게 결례는 되지 않을 거라 믿소."

"말할 수 없는 사정이 있으신 모양이군요. 물론 우리는 통행료만 지불한다면 당신들이 누구든 신경 쓰지 않습니다. 그런데 그건 마음에 드십니까?"

"좋은 아르히군요."

케이건의 말에 티나한이 고개를 크게 끄덕였다.

"이게 아르히군! 말젖으로 만드는 거 아냐?"

"염소젖이나 양젖으로 만들지. ……그런데 돌리라고 하지 않았소?"

티나한은 눈을 끔뻑거리며 대접을 내려다보았다. 그것은 비어 있었고 비형은 부루퉁한 표정을 짓고 있었다. 티나한이 겸연쩍은 투로 뭐라 말하기 전에 징수소장이 또 다른 대접에 아르히를 따라서 비형에게 건네었다.

"아르히를 아신다면 당연히 대접해야지요. 그런데 저분은 술을 안 드십니까?"

징수소장이 가리킨 것은 티나한 뒤에 있는 륜이었다. 케이건은 고개를 가로저었다.

"몸이 좋지 않아서. 결례를 용서하시오. 그리고 티나한. 그거 조심하는 편이 좋을 거요. 자리에 앉을 땐 어린 소녀도 마실 수 있는 술이지만 자리에서 일어날 땐 판막음 장사의 다리도 잡아채는 술이오."

티나한은 케이건의 경고에 아랑곳하지 않으며 주전자에 손을 뻗었다.

"술에 취하는 레콘 봤냐?"

케이건은 그저 고개만 약간 갸웃해 보였다. 그때 바위로 통하는 문이 열렸다. 그리고 조금 전 요새에 질문하러 갔던 징수원이 손에 등롱을 든 채 나타났다. 징수원은 일행이 징수소 안에 들어와 있는 모습을 보고 약간 놀란 듯했지만 곧 징수소장에게 보고했다.

"용을 직접 보시고 통행료를 책정하시겠다고 하셨습니다."

징수소장은 당황하여 말했다.

"대요금표에도 없었단 말이냐?"

"대요금표는 보지 못했습니다. 보좌관께서 왜 대요금표를 열람하려는 건지 물으시기에 대답해 드렸더니 그 용을 볼 수 있겠냐고 하시더군요. 그래서 크기가 작으니 가능하다고 말씀드렸습니다. 데리고 올라오라고 하시더군요."

징수소장은 어쩔 수 없다는 듯한 표정으로 케이건을 바라보았다. 케이건은 가볍게 묵례하며 의자에서 일어났다.

"올라가 봐야겠군."

그러나 간단한 건축학적 문제가 그들의 보좌관 접견을 어려운 것으로 만들고 있었다. 징수소에서 요새로 통하는 통로는 인간에겐 별 무리가 없는 높이였지만 비형에겐 머리를 숙이지 않고서는 지나갈 수 없는 높이였다. 당연히 티나한은 들어갈 수도 없었다. (티나한에겐 계단 크기도 맞지 않았다.) 어쩔 수 없이 비형과 티나한은 징수소에 남게 되었다. 비형은 징수원의 등롱을 보더니 고개를 약간 가로젓고는 작은 도깨비불 하나를 만들어 케이건에게 건네었다. 케이건은 그것을 왼쪽 어깨의 보호대에 붙였다.

그리고 케이건과 륜은 징수원의 안내를 받아 요새로 향하는 계단을 올라갔다.

중간중간 옆으로 통하는 길이 있었다. 그것들은 요새의 창고나 다른 공간으로 통하는 듯했다. 하지만 징수원은 멈춤 없이 올라가기만 했다. 바깥에선 폭우가 쏟아지고 있었지만 암벽 속을 걸어가는 그들은 아무 소리도 들을 수 없었다. 가끔 통풍구나 창문 같은 것이 나타났을 때만이 바깥의 빗소리가 성큼 다가왔다. 케이건은 시구리아트 산맥의 산폭풍이 본격적으로 거세어지고 있음을 깨달았다.

그렇게 한없이 어둠 속을 걸어가던 그들 앞에서 갑작스럽게 계단이 끝났다. 그곳에는 커다란 문이 있었다.

그들을 안내했던 징수원은 안으로 들어가라고 말한 다음 계단을 도로 내려갔다. 륜은 케이건을 바라보았다. 케이건은 륜의 어깨에 앉아 있는 아스화리탈을 한번 쳐다보고는 커다란 문을 밀었다.

밝은 빛과 빗소리가 갑작스럽게 그들에게 밀려왔다.

류은 자신들이 넓은 방 안으로 들어섰음을 깨달았다. 방은 폭이 10미터, 길이가 20미터쯤 되는 직사각형 모양이었고 그들이 들어선 문 왼쪽으로 두 개의 문이 더 있었다. 가운데 있는 문은 대단히 커서 레콘이나 도깨비도 통과할 수 있을 듯했다. 그리고 좌우의 벽에도 몇 개의 문이 있었다. 그들의 맞은편, 직사각형의 끝부분에는 발코니 같은 것이 있는 듯했다. 확신할 수 없는 것이, 거대한 휘장이 방 가운데를 가로지르고 있었기 때문이다. 하지만 류은 휘장 너머에서 쏟아지는 빛을 보고 그곳이 밖으로 노출된 공간이라고 생각했다. 류은 휘장 아래로 보이는 계단을 보고는 휘장 너머의 공간이 방의 다른 부분보다 약간 높으리라고 생각했다.

방 가운데는 긴 탁자가 놓여 있었다. 꽤 많은 의자들이 있었지만 지금 그곳에는 머리가 약간 벗어진, 보좌관일 거라 짐작되는 노인 한 명만이 탁자 왼쪽에 앉아 있었다. 케이건은 탁자를 향해 걸어갔고 류 또한 약간 늦게 뒤따라 걸어갔다. 노인은 케이건의 어깨에 붙은 도깨비불을 보고는 흥미롭다는 듯이 웃고는 탁자의 오른쪽을 가리켜보였다. 의미가 분명한 손짓이었기에 류과 케이건은 노인의 맞은편 의자에 앉았다.

류과 케이건이 자리를 잡자 남자는 다시 탁자를 내려다보았다. 류은 그곳에 있는 것을 보고 약간 놀랐다. 탁자 위에는 가로 세로가 모두 1미터는 됨직한 금속판들이 몇 장씩 차곡차곡 쌓여 있었다. 금속판의 가장자리에는 가죽이 덧대어져 있었고 그 넓은 면에는 음각된 글자들이 새겨져 있었다. 류은 그것이 금속판으로 만들어진 책임을 깨달았다. 케이건과 류이 말없이 바라보는 가운데 남자는 거대한, 그리고 무거울 것이 분명한 금속판을 힘겹게 들어올렸다. 책장은 쇠고리에 의해 고정되어 있었고 노인이 힘겹게 책장을 넘기자 가죽 테두리에도 불구하고 꽤 요란한 소리가 났다. 하지만 노인은 별로 놀라지도 않은 채 그 넓은 책장에 빼곡하게 적혀 있는 글씨들을 읽어내려갔다.

긴 시간이 지난 후, 노인은 다시 책장을 넘겼다. 와장창!

케이건은 아무 말도 하지 않고 끈기 있게 기다렸지만 류은 주의가 산만해지는 것을 느꼈다. 탁자 위를 둘러보던 류은 금속책 옆에 놓여 있는 필기도구와 겹쳐 쌓인 천을 연상시키는 것을 발견했다. 잠시 그것을 바라보던 륜은 곧 그것이 니름으로만 듣던 도깨비지(紙)임을 깨닫고는 언짢은 기분을 느꼈다. 마치 나무의 시체를 보는 기분이 들었기에 륜은 고개를 돌려 휘장을 바라보았다.

륜의 눈에 뭔가 뜨거운 것이 들어왔다. 륜은 주의 깊게 휘장 너머를 바라보았다. 곧 륜은 어떤 더운 피의 사람이 의자에 반쯤 누운 자세로 옆모습을 보이며 앉아 있음을 깨달았다. 비 오는 모습을 보고 있는 걸까? 하지만 한없이 우울하기만 한 그런 광경을 뭣하러? 륜이 불신자들의 눈에는 비 오는 모습이 다르게 보인다는 것을 깨달은 것은 시간이 조금 지난 후였다.

그때 노인이 입을 열었다.

"여기 있군."

왜소한 몸에 어울리지 않는 우렁찬 목소리였다. 륜은 노인을 돌아보았다. 노인은 금속판 한 부분을 가리켰다. 글자들이 빼곡하게 새겨져 있는 다른 책장들에 비해 노인이 가리킨 책장에는 글자가 몇 개 되지 않았다. 노인은 그 글을 소리내어 읽었다.

"딱정벌레. 은편 열다섯 닢을 받는다."

케이건은 가볍게 고개를 끄덕이고는 말했다.

"용은?"

"기다리시오."

그리고 노인은 다시 금속판을 넘기기 시작했다. 지루한 시간이 지나고 륜이 다시 주의력을 잃어갈 때쯤 노인은 카랑카랑한 목소리로 말했다.

"여기 있군."

륜은 엉겁결에 자세를 바로했다. 노인은 륜 쪽을 쳐다보지도 않은 채 말했다.

"용. 배를 끌며 이동하고 성질이 고약한 것에 대해서는 금편 열 닢을 받는다. 땅을 파헤치며 이동하고 유쾌한 것에 대해서는 금편 백 닢을 받는다."

륜이 멍한 눈으로 바라보는 가운데 케이건이 담담하게 말했다.

"전반적으로 비싸군요."

"배를 끌거나 땅을 파헤치며 이동하면 도로가 손상되니까."

"그렇다면 날아다니는 것에 대해서는?"

"거기에 대해서는 이 대요금표에도 기록되어 있지 않소. 그리고 만약 당신이 말하는 대로 그 용이 날 수 있다면 적절한 통행료를 책정한 다음 새로운 항목을 기입할 거요. 이 대요금표는 그런 식으로 작성되어 왔으니까. 그 용은 날 수 있소?"

노인의 설명을 들으며 류은 지금껏 배를 끌며 이동하는 용과 땅을 파헤치며 이동하는 용이 시구리아트 유료 도로를 통과했나 보다고 생각했다. 케이건은 류을 돌아보며 말했다.

"날 수 있다는 것을 보여드려."

류은 자신의 왼팔에 감긴 아스화리탈의 꼬리를 떼어냈다. 하지만 아스화리탈은 그런 동작을 귀찮아했고, 오히려 류의 오른손까지 감아버렸다. 류은 아스화리탈의 꼬리에 포박된 채 한동안 쩔쩔매다가 겨우 아스화리탈의 몸을 두 손으로 쥘 수 있었다. 아스화리탈은 내키지 않는 듯 류의 손 안에서 버둥거렸다. 류은 될 대로 되라는 기분으로 아스화리탈을 위로 집어던졌다.

아스화리탈은 고집스럽게 날개를 펴지 않았다. 용은 던져진 자세 그대로 아래로 떨어졌고 류은 기겁하며 아스화리탈을 받아내었다. 그 광경을 바라보던 노인이 무뚝뚝한 어투로 말했다.

"산맥 건너편까지 던질 수 있다면 비행으로 인정하겠소."

류은 비늘이 떨어져나갈 만큼 부끄럽다고 생각하며 아스화리탈을 사납게 노려보았다. 아스화리탈은 류의 품에 누운 채 긴 꼬리로 류의 상체를 감으며 놀고 있었다. 케이건은 그런 아스화리탈을 보다가 왼쪽 어깨로 손을 가져갔다.

케이건은 왼쪽 어깨에 붙여두었던 도깨비불을 떼어냈다. 그것을 오른손에 쥔 케이건은 아스화리탈의 눈앞에서 천천히 흔들었다. 잠시 후, 류은 아스화리탈이 관심 없는 척하면서도 그 도깨비불을 따라 눈동자를 굴리고 있음을 깨달았다. 그렇게 도깨비불을 흔들던 케이건은 갑자기 그것을 위로 확 집어던졌다.

아스화리탈이 위로 화라락 날아올랐다.

아스화리탈은 네 다리를 이용하여 도깨비불을 움켜쥐고는 자랑스럽게 방 안을 날아다녔다. 대단히 빠른 속도였고 그래서 아스화리탈을 바라보던 류과 노인은 목이 다 아플 지경이었다. 케이건은 담담하게 말했다.

"날고 있지요?"

노인은 고개를 끄덕이고는 대요금표 옆에 있는 도깨비지와 붓을 집어들었다. 노인은 도깨비지 위에 글을 쓰며 근엄하게 말했다.

"용. 날 수 있으며 하는 짓이 새끼고양이만큼이나 유치한 경우."

류은 다시 비늘이 떨어져나갈 것 같다고 생각했다. 노인은 거기까지 써놓은 다음 붓을 벼루에 내려놓고는 의자에서 일어났다.

"당주님께서 통행료를 책정하실 거요. 대요금표에 새 항목을 더하는 것은 참 오래간만의 일이군."

케이건은 고개를 끄덕였다.

"당신이 보좌관이었군요."

"그렇소. 잠시 기다리시오."

류은 휘장 너머에 있는 사람이 당주일 거라 짐작했다. 그의 짐작대로 자리에서 일어난 보좌관은 휘장을 들어올리고는 그 뒤로 걸어갔다. 케이건과 류은 잠시 기다렸다. 그동안 아스화리탈은 다시 류의 품으로 날아왔다. 류은 도깨비불을 케이건에게 돌려주려 했지만 아스화리탈이 내놓지 않았다. 케이건은 내버려두라는 눈짓을 했다.

휘장 너머에서 속삭이는 듯한 소리가 들려왔지만 빗소리와 휘장 때문에 케이건도 그 소리를 알아들을 수는 없었다. 그러나 조금 후 케이건이 알아들을 수 있는 소리가 들려왔다.

"당주님! 일어나십시오!"

케이건은 당주가 낮잠을 자고 있었나 보다고 생각했다. 그리고 휘장 너머를 볼 수 있었던 류은 반쯤 누워 있던 사람이 일어나 앉는 듯한 모습을 볼 수 있었다. 잠시 속삭이는 소리가 들리다가 휘장이 걷혀졌다.

류의 예상대로 휘장 너머는 밖을 향해 노출된 발코니였다. 몇 개의 기둥으로 천장을 받치고 있을 뿐 외풍이 그대로 들이닥치는 구조였지만 바람은 별로 들어오지 않았다. 아마도 외풍이 없는 위치에 만든 발코니인 듯했다. 폭우 또한 안으로 들이치지는 않았다. 아마도 발코니 위쪽에 돌출된 부분이 있는 듯했다.

발코니 가운데는 옆으로 놓인 의자가 있었다. 의자에는 조그마한 노부인이 앉아 있었다. 무릎에는 모포 같은 것을 덮고 있었고 조그마한 몸은 의자에 파묻히다시피 했다. 노부인은 고개를 옆으로 돌려 쏟아지는 빗줄기를 보고 있었기에 케이건과 류는 그 뒤통수밖에 볼 수 없었다. 그러나 조금 후 노부인은 고개를 방 안쪽을 향해 돌렸다.

상대적으로 밝은 위치에 있었기에 노부인은 방 안을 잘 볼 수 없었다. 하지만 류의 품에 안긴 채 도깨비불을 가지고 노는 아스화리탈의 모습은 똑똑히 볼 수 있었다. 노부인은 노인 특유의 떨리는 목소리로 속삭이듯 말했다.

"정말 용이군. 어린 용이야."

류은 노부인의 목소리가 왜 떨리는지 알 수 없었지만 나가답게 늙은 여인에게 존경을 표시하기 위해 엉거주춤 일어났다. 그러나 곧 자신이 나가가 아닌 인간으로 행세하고 있음을 떠올리며 멈칫했다. 노부인은 자글자글한 눈주름을 더욱 깊게 만들며 다시 낮은 목소리로 말했다.

"그래. 가까이 오너라. 좀 자세히 봐야겠구나."

류은 케이건을 돌아보았다. 케이건은 의자에서 일어나 발코니를 향해 걸어갔다. 류은 아스화리탈을 안아올리며 그를 따랐다. 두 사람이 계단 앞에 서자 노부인은 다시 말했다.

"계단을 올라오거라."

류과 케이건은 발코니에 올라서서 노부인을 내려다보았다. 노부인은 아스화리탈을 보며 감탄했다.

"놀라워. 정말 신기하게 생겼구나. 나도 이 나이 먹도록 한 번도 용을 본 적이 없단다. 아직까지 세상에 용이 남아 있었다니 정말 믿기 어려운 일이야."

보좌관보다는 훨씬 정서적인 반응을 보이는 노부인을 보며 륜은 얼굴을 가린 천 뒤에서 미소 지었다. 가까이서 본 노부인은 이가 모두 빠져 턱부분이 움푹 들어가 있었다. 노부인이 속삭이듯 말하는 것도 아마 시원찮은 발음을 감춰보기 위해서인 듯했다. 정수리에서 대충 묶여 있는 거미줄 같은 머리카락 또한 윤기를 잃은 지 오래였다. 다만 쪼글쪼글한 얼굴 가운데 눈만은 묘하게도 풍부한 감정을 담아보이고 있었다. 그토록 나이를 먹은 사람이 아직까지도 넘치는 감정을 가지고 있다는 것이 기이하게 느껴질 정도로.

노부인이 륜의 얼굴로 고개를 옮겼다.

"그런데 너는 왜 얼굴을 가리고 있느냐?"

륜은 당황하며 말했다.

"저, 얼굴이 너무 흉해서 그렇습니다."

"오호. 정말 예쁜 목소리로 지저귀는구나. 그 억양은 도무지 어느 지방의 것인지 모르겠네. 어쩐지 낯설지는 않지만. 그런데 얼굴이 흉하다고? 상처라도 입은 모양이구나. 정말 안됐다. 하지만 그 용이 너를 따른다면 용 또한 예쁘게 자랄 테지. 정말 긴 세월 만에 발견된 용이니 꼭 예쁘게 키워야 한다. 그런데 네 이름은 뭐지?"

"륜 페이라고 합니다."

"여자애 이름으론 조금 이상하구나. 나는 보늬라고 한단다. 나늬의 언니 말이야. 내 아버지가 그런 거창한 이름을 지어줄 때는, 아무리 귀여운 딸내미라도 백 살을 먹으면 이렇게 폭삭 늙을 거라는, 정말 당연한 생각을 못했던 걸 게야. 그러니 듣는 사람조차 부끄러워지는 이름은 관두고 그냥 당주님이라고 부르거라."

륜은 다시 미소 지었다. 보늬 당주 또한 웃으며 케이건을 향해 고개를 돌렸다. 케이건을 바라보던 당주는 고개를 갸웃했다.

"그런데 너는 낯이 익구나? 내가 알던 아이가 아닌지 모르겠구나. 이름이 뭐지?"

륜은 케이건을 돌아보았다. 그리고 케이건의 표정이 약간 이상하다는 것을 깨달았다. 그 얼굴은 비통한 듯하기도 하고 겁에 질린 것 같기도 했다. 처음 보는 케이건의 그런 얼굴에 륜은 꽤 놀랐다. 케이건은 나직하게 말했다.

"케이건 드라카입니다."

보늬 당주는 그 이름을 몇 번 되뇌었다.

갑자기 당주는 충격을 받은 얼굴로 케이건을 바라보았다. 당주는 마치 발작이라도 일으킬 듯 몸을 떨었고 그러자 무표정하게 서있던 보좌관이 당황하며 허리를 숙였다.

"당주님?"

그러나 당주는 보좌관의 목소리가 들리지 않는 듯이 케이건의 얼굴만 뚫어지게 바라보았다. 갑자기 당주는 놀랄 정도로 큰 목소리로 외쳤다.

"내려가!"

그 조그맣고 늙은 몸에서 나오는 목소리라고는 믿어지지 않을 정도로 거친 목소리였다. 당주는 의자 위에서 몸을 들썩거리며 외쳤다.

"내려가!"

케이건은 묵묵히 몸을 돌려 발코니에서 내려왔다. 어쩔 줄 몰라하던 륜이 황급히 케이건을 따라 내려가자 당주는 보좌관을 향해 외쳤다.

"휘장을 쳐!"

보좌관은 황급히 휘장을 쳤다. 그 모습을 보던 륜은 케이건을 돌아보았다. 케이건은 의자를 잡아당기고 있었다. 의자에 앉은 케이건은 륜을 향해 앉으라는 손짓을 했다.

륜은 의자에 앉았다. 그는 케이건에게 물어볼 것이 많지만 케이건은 깍지낀 두 손으로 이마를 받친 채 아무 말도 하지 않겠다는 듯이 앉아 있었다. 그래서 륜은 아스화리탈을 꼭 끌어안으며 초조하게 기다렸다. 아스화리탈 또한 뭔가 분위기가 이상하다는 것을 깨달은 듯 도깨비불을 내려놓은 채 얌전히 륜의 무릎에 앉았다. 륜은 그 도깨비불을 집어 탁자 위에 놓았다.

꽤 긴 시간이 지난 다음 휘장 너머에서 가냘픈 당주의 목소리가 들려왔다.

"오래간만이군. 케이건."

보늬 당주의 목소리는 심하게 떨리고 있었다. 단순히 나이를 먹은 것 때문이 아니라 격렬한 흥분 때문임이 분명했다. 케이건은 깍지 낀 두 손을 탁자 위에 내려놓고는 휘장을 향해 말했다.

"그렇군요."

"왜 미리 말하지 않은 거지? 나를 놀래주려고 한 거야?"

"아니요. 당신이 지금까지 살아 있을 거라고 생각하지 못했습니다. 물론 살아계신 것을 보니 기쁘군요."

"아아, 그래. 너무 오래 살았구나. 백 살이라니. 오히려 내 잘못이구나. 용을 데리고 있다는 말을 들었을 때 미리 짐작했어야 하는 건데."

"무슨 말씀이십니까?"

"파름 산의 그 땡초들이 이번엔 너에게 용을 찾아오라는 말도 안 되는 요구를 한 것 아니냐? 그리고 너는 언제나처럼 그 말도 안 되는 임무를 성공시켰고."

"그렇지 않습니다. 이 용은 여기 있는 륜이 발견한 것입니다. 그리고 쥬타기 대선사가 제게 요청한 것은 륜을 대사원으로 데려다줄 길잡이의 일이었습니다."

"그 애가 용인이냐? 아직까지 용인이 남아 있었던가?"

"군령자가 아니라면 세상에 용인은 더 없을 겁니다. 륜은 개화한 용화를 우연히 발견한 겁니다."

"놀라운 일이구나."

그리고 당주는 침묵했다. 휘장 너머에서 들려오는 것은 빗소리뿐이었다. 케이건은 잠자코 기다렸다.

다시 긴 시간이 지난 후 보늬 당주가 말했다.

"네가 길잡이라고 했더냐?"

"그렇습니다."

"그럼 요술쟁이와 대적자도 있는 것이냐? 그 도깨비불을 보니 그럴 법도 하다만."

"그렇습니다. 도깨비와 레콘이 있습니다. 체구가 커서 올라오진 못했습니다만."

"셋이 하나를 상대하니, 그렇다면 그 륜이라는 애는 나가겠구나."

류은 놀라며 케이건을 보았다. 케이건은 별 어조의 변화 없이 말했다.

"예."

"나가들은 목소리가 참 예쁘지. 그 요스비라는 애도 그랬어."

요스비의 이름이 들린 순간 류은 자리에서 일어날 뻔했다. 류은 케이건을 뚫어지게 바라보았다. 하지만 케이건은 그에겐 눈길 한 번 주지 않은 채 휘장만 바라보았다. 류은 청력에 최대한 주의를 기울이며 휘장 쪽을 돌아보았다. 보니 당주는 계속 말했다.

"네가 요스비에게 노래를 가르쳐주던 것이 기억나는구나. 가장 호의적으로 평가하더라도 요스비는 겨우 음치 소리를 면할 정도였지. 하지만 목소리는 정말 예뻤어. 다른 사람은 모르겠지만, 나는 그 애의 노래를 듣는 것이 즐거웠다."

류은 더 참지 못하고 외쳤다.

"제 아버님을 아십니까, 당주님?"

케이건이 류에게로 시선을 옮겼다. 휘장 뒤에서는 의아해하는 목소리가 들려왔다.

"아버지라고? 네가 요스비의 딸이냐? 하지만 나가는 아버지를 모를 텐데."

류은 케이건이 자신을 제지할지도 모르겠다고 생각하며 몸을 긴장시켰다. 하지만 케이건은 그를 지그시 바라볼 뿐 아무 말도, 어떤 행동도 하지 않았다. 류은 휘장을 향해 말했다.

"저는 아들입니다. 그리고 아버지를 알고 있습니다. 그런데 당주님은 정말 제 아버님을 아십니까?"

"아들이라. 놀랍구나. 네가 말하는 사람과 내가 아는 사람이 같은 사람인지는 모르겠지만, 그래. 한 번 만났다. 과거 내 요새에 온 적이 있지. 객기도 그런 객기가 없었다. 추위 때문에 거의 죽을 지경이 되어서 케이건에게 업힌 채 여기까지 왔단다. 나는 그 애가 꼭 죽는 줄 알았어. 하지만 케이건이 나가는 쉽게 죽지 않는다고 가르쳐줬지. 그러고 보니 너는 불편해 보이지 않는구나? 혹 나가가 드디어 날씨까지도 정복했느냐?"

"아니요. 도깨비가 제 몸에 불을 붙여주었습니다. 빛은 없고 열만 있는 그런 불입니다. 그런데 제 아버님은 어떤 분이셨습니까?"

"어떤 사람이었냐고 물었느냐? 마치 요스비가 과거의 인물인 것처럼 말하는구나."

보늬 당주의 질문에 케이건은 움찔하며 륜을 바라보았다. 륜은 아스화리탈을 안은 채 일어났다. 얼굴을 가리는 천을 거칠게 잡아당겨 얼굴을 드러낸 륜은 케이건을 바라보며 당주의 질문에 대답했다.

"제 아버님은 돌아가셨습니다. 11년 전, 제가 열한 살이었을 때."

빗줄기가 바위를 때리며 사방으로 암흑을 뿌렸다. 물론 사모 페이가 가진 나가의 눈에 보이는 광경이다.

물은 열을 삼킨다. 비통하기까지 한 불투명을 바라보며 사모 페이는 한숨을 내쉬었다. 마루나래의 옆에 서서 아래를 내려다보고 있는 그녀는 후줄근하게 젖어 있었고, 정신적으로는 곤혹스러운 기분을 느끼고 있었다. 그녀는 산비탈 아래쪽, 급류 저편에 있는 두억시니들을 보며 어떤 기분을 느껴야 할지 알 수 없었다.

〈그 인간들의 도시들을 지나쳐왔구나.〉

불신자들은 슈라도스라 부르지만 사모에겐 그저 인간들의 도시인 곳을 지나칠 무렵, 사모는 두억시니의 무리들이 자신을 추적하고 있음을 깨달았다. 두억시니들은 자보로도, 슈라도스도 공격하지 않았다. 그저 경악한 인간들의 눈앞을 지나쳐왔을 뿐이다. 그 사실을 어떻게 받아들일까 고민하던 사모는 그냥 안도하기로 했다. 불신자들에게 특별한 애정을 가지고 있는 것은 아니었지만, 사모는 인간과 두억시니를 놓고 볼 때 인간에게로 감정이 기울 수밖에 없었다. 키탈저 사냥꾼들이 멸망하기 전에도 이미 대확장 전쟁은 끝난 것이나 다름없다. 그리고 그것은 나가가 승리한 전쟁이었다. 수백 년의 세월이 지난 지금, 사모는 인간에 대한 증오를 느끼기 어려웠다.

하지만 사모는 두억시니들에 대해서도 증오를 느낄 수 없었다.

〈하늘 아래에 그 처참한 모습을 보여야 할 만큼 중요한 이유가 있었더냐?〉

두억시니들은 아무런 대답도 하지 않았다. 그저 비 때문에 갑자기 불어난 계곡물을 건너기 위해 애쓰고 있었다. 산비탈에서 튀어나온 바위 위에서 그들을 내려다보며 사모는 깊은 슬픔을 느꼈다. 첫 번째로 물에 뛰어든 두억시니들이 급류에 휩쓸려 간 이후로 두억시니들은 물에 뛰어드는 것을 삼가고 있었다. 하지만 그들이 내놓은 해결책은 실소를 금할 수 없는 수준의 것이었다.

두억시니들은 강물을 갈라서 길을 내려 하고 있었다.

의미 없는 노성을 토하며 두억시니들은 끊임없이 두 손으로, 혹 손이 없을 경우에는 입으로 물을 머금어 강물을 '파내었다.' 당연한 일이지만 같은 부피의 흙에 대해서라면 소용이 있었을 그 방법도 거세게 흐르는 급류에는 아무런 영향을 끼치지 못하고 있었다. 두억시니들은 아무리 퍼내어도 줄어들지 않는 강물에 난처해하고 분노했다.

그러나 두억시니는 그 짓을 멈추지 않았다. 수백의 두억시니가 강변에 몰려서서 강물을 퍼내고 있었고 그보다 많은 두억시니들이 그들의 배후에서 의미를 빚지 못하는 단어들로 주위를 소란스럽게 만들고 있었다. 무익한 목적에 바쳐진 과도한 노고가 자아내는 것은 웃음이나 슬픔뿐이다. 사모의 경우에는 슬픔이었다. 사모는 쇼자인테쉬크톨에 묶여 있는 그들 남매의 운명도 저 두억시니들의 모습 앞에서는 비탄을 논할 수 없다고 생각했다. 결국 사모는 모든 정신을 열어젖히며 닐렀다.

〈제발 그 짓 그만둬!〉

그러나 두억시니들은 아무런 반응도 보이지 않았다. 사모는 갑작스럽게 깨달았다. 니름을 토해 내던 그 유해의 뱀과 달리 두억시니들은 그녀의 니름을 듣지 못했다. 사모는 마루나래의 갈기를 움켜쥐며 개념을 전달했다.

마루나래가 포효했다.

거대한 야수의 호통에 산맥이 전율했다. 그리고 사모는 기대했던 광경을 보게 되었다. 두억시니들은 강물을 퍼내는 동작을 중단한 채 건너편 산비탈을 올려다보았다. 사모는 목청껏 외쳤다.

"그 짓을 멈춰라! 제발! 그쯤이면 아무 쓸모가 없다는 것을 알 만하지 않느냐!"

쏟아지는 빗속에서 두억시니들은 아무 소리도 내지 않은 채 그녀를 올려다보았다. 사모는 자신의 목소리가 메아리 되어 돌아오는 것을 들었다.

침묵한 채 바라보던 두억시니들이 갑자기 비명처럼 외치기 시작했다.

"크낙새 뿌리 무침? 파란 냄새 삼각형!"

"팔짝 뛰는 토끼색 칠한 재채기 세 쌍만 던져!"

그리고 두억시니들은 더욱 처절한 열정으로 강물을 퍼내었다.

사모는 결국 그 슬픈 모습에서 몸을 돌려버렸다. 그리고 사모는 오른손으로 마루나래의 갈기를 움켜쥔 채 한참을 그렇게 서 있었다.

"요스비가 죽었다고 했느냐?"

케이건의 질문에 륜은 고개를 끄덕였다. 케이건은 다시 질문했다.

"11년 전에?"

"네."

"어떻게…… 어떻게!"

외침과 함께 케이건은 두 주먹으로 탁자를 내려쳤다. 대요금표의 금속판들이 진동하고 쌓여 있던 도깨비지가 탁자 위로 미끄러졌다. 륜은 그런 격렬한 감정의 노출에 놀라 케이건을 바라보았다.

"나가가 어떻게 그런 나이에 죽을 수 있다는 말이냐! 여자들이 그를 태워죽이기라도 했다는 말이냐?"

"심장 파괴였습니다."

"심장 파괴?"

설명하려던 륜은 문득 케이건의 어조가 조금 이상했다는 것을 깨달았다. 케이건은 심장 파괴가 무엇인지 묻고 있는 것이 아니었다. 그리고 그 사실은 륜을 놀라게 했다. 아무리 나가에 대해 잘 아는 케이건이라도 나가들조차 잘 알지 못하는 심장 파괴에 대해서까지 알고 있으리라고는 생각하기 어려웠다. 그러나 뒤이은 케이건의 질문은 륜을 경악하게 했다.

"너희 수호자들이 그를 죽였다는 거냐?"

"어, 어떻게? 어떻게 심장 파괴에 대해 알고 있는 거죠?"

"빌어먹을, 내 질문에 대답해! 수호자들이 요스비를 죽인 거냐!"

"아니, 우리들 사이에서도 그건 비밀인데⋯⋯."

"빨리 말해!"

"그래요!"

류은 온몸의 비늘을 일시에 곤두세우며 외쳤다. 몸을 덮고 있던 방풍복이 빈사의 동물처럼 경련했다. 놀란 아스화리탈이 그의 품에서 날아올랐지만 류은 신경 쓰지 않은 채 외쳤다.

"그래요, 수호자들이 제 아버님을 죽였어요! 나가들에게 불사를 주는 자들이 죽음을 줬다고요! 죽음과 우리의 거리를 그토록 벌려놓았던 자들이 스스로 만든 죽음을 아버님에게 건네었어요!"

케이건의 얼굴이 암석처럼 변했다. 그 얼굴을 향해 류은 절규하듯 외쳤다.

"거룩한 제단 위에 놓고 선별된 절구공이로 으깨었을까요? 아니면 땅에 내던진 다음 더러워질 자신의 발을 동정하며 짓밟았을까요? 제기랄, 그들이 그랬어요! 예! 수호자들이 제 아버님을 죽였습니다! 그래서 저는 수호자가 되는 것도, 심장을 적출하는 것도 거부했습니다. 제 눈앞에서 죽어간 아버지가⋯⋯."

"그만해."

"예?"

"그만하라고. 요스비가 죽었다는 사실만 확인하면 된다. 네 이야기는 묻지 않았다."

류은 비늘을 곤두세웠다.

케이건은 류이 요스비의 죽음에 대해 어떻게 느끼는지에 대해 관심이 없었다. 그는 요스비의 죽음에 대해 슬픔을 공유하는 것을 거절한 것이다. 케이건은 류에게 아무런 관심이 없었다.

하지만 류은 케이건에게 보호받을 것이다. 케이건은 모든 수단을 다해 류을 하인샤 대사원까지 데려갈 것이다.

케이건이 그러기로 했기 때문이다.

무의식 중에 탁자를 짚은 륜의 손에 무엇이 와닿았다. 륜은 그것이 도깨비지임을 깨닫고는 끔찍한 기분에 빠져들었다. 륜은 그것을 옆으로 쳐내었다. 나무를 으깨어 만든 하얀 종이들이 방 안을 나부꼈다. 무시무시한 광경이었다.

니름으로 구성된 비명을 내지르며 륜은 방을 가로질러 달려갔다. 그리고 자신이 들어선 문을 통과해 나갔다.

의자에서 일어서려던 케이건은 방 안을 맴돌던 아스화리탈이 륜의 뒤를 따르는 모습을 보고는 다시 자리에 앉았다.

휘장 너머에서 빗소리에 묻어 가느다란 목소리가 들려왔다.

"아치언브오."

케이건은 천천히 휘장을 돌아보았다.

"무엇이 싫으시다는 겁니까?"

"죠곰도 변호미 업난 그듸 모야히."

"저는 원래 이랬습니다."

"그 마리 아니오. 네와 이졔왜 혼가지인 그듸 져믄 모양 마리오."

당주의 말을 이해한 케이건은 입을 다물었다. 당주는 계속하여 아라짓 어로 말했다.

"그듸를 원망지 아니하오. 서의호미 이 늘근 겨지베 유일한 버디엇소. 하나 그듸 맛나니 그망업던 져믄 나리 새로외요."

"저도 기억합니다."

휘장 저편이 다시 조용해졌다. 케이건은 거센 빗소리를 들으며 기다렸다.

"스쉬옴 뉘노리 가탄 생. 하나 늑놀며 늘것소. 이제자 디나간 날을 슬탈혼돌 무의미혼 니리지만."

"당신은 위대한 당주였고 지금도 그렇습니다."

빗소리 사이로 한숨 같은 웃음소리가 들려왔다. 잠시 후 가느다란 속삭임이 들렸다. 케이건은 그것이 무슨 소리인지 알아듣지 못했다. 잠시 후 보늬 당주의 목소리가 다시 들려왔다.

"아니한소이 오소. 안직 아릿다온 맹수여."

케이건은 자리에서 일어나 휘장을 향해 걸어갔다. 그러나 휘장은 걷혀지지 않았다. 케이건은 그대로 서서 기다렸다.

휘장 한 부분이 천천히 솟아올랐다. 손이 그 뒤에 있었다. 떨리며 다가온 손은 잠시 후 케이건의 얼굴에 닿았다. 움찔하던 손은, 그러나 잠시 후 케이건의 얼굴을 천천히 더듬었다.

케이건은 눈을 감은 채 조용히 서 있었다.

보늬 당주가 다시 잠든 후에야 보좌관은 휘장 너머로 돌아왔다. 보좌관은 케이건이 휘장 너머를 볼 수 없도록 주의하며 나왔지만 케이건은 어차피 그쪽을 보지 않았기에 그것은 별로 필요 없는 주의가 되고 말았다. 의자에 앉아 깍지낀 두 주먹으로 이마를 받치고 있는 케이건에게 걸어온 보좌관은 나직한 어투로 말했다.

"은편 열 닢이오."

케이건은 천천히 고개를 들어 보좌관을 바라보았다.

"나가에 대한 통행료는 은편 열 닢이오. 인간과 같지."

"용은?"

"그 용의 통행료는 면제하겠소. 도로를 거의 이용하지 않는다고 보는 편이 좋을 듯하니."

케이건은 자리에서 일어났다. 그리고 보좌관을 향해 묵례한 다음 몸을 돌리려 했다. 그러나 보좌관의 말은 아직 끝나지 않았다.

"그리고 당신도."

케이건은 멈춰서서 보좌관을 바라보았다.

보좌관은 붓을 들어 도깨비지 위에 글을 써내려갔다. 케이건은 보좌관이 쓰는 글을 읽었다. 그것은 케이건에 대한 통행료를 면제한다는 내용이었다. 보좌관은 종이가 마를 때까지 기다렸다가 도장을 찍은 다음 그것을 케이건에게 건네었다.

"이것을 가지고 내려가서 보여주시오. 가지고 있다가 다음에도 통과할 일이 있거든 보여주도록 하시오."

케이건은 무뚝뚝하게 말했다.

"당신들이 이런 호의를 베푸는 사람들은 아니었는데."

"물론 아니오. 우리는 그렇게 규칙을 제멋대로 다루는 사람이 아니오. 이건 엄연한 대요금표의 적용이오."

"내게 면제 사유가 있소?"

보좌관은 대요금표의 금속판들을 힘겹게 넘긴 다음 한 부분을 가리켜보였다. 보좌관이 가리킨 부분을 읽은 케이건은 가볍게 고개를 끄덕였다.

"알고 있었군."

"그렇소."

케이건은 보좌관을 물끄러미 바라보았다. 그 시선을 담담히 받아내던 보좌관은 케이건이 입을 열려 하자 고개를 가로저었다. 케이건은 입을 다물었다. 보좌관은 지필묵을 수습하며 케이건을 바라보지 않은 채 말했다.

"가보시오."

케이건은 도깨비불을 집어든 다음 그 방을 나왔다.

긴 계단을 내려가면서, 케이건은 11년 만에 알게 된 요스비의 죽음과 보늬 성주와의 예기치 않았던 재회, 그리고 그에 대해 알면서도 아무것도 말하지 않은 보좌관에 대해 생각하지는 않았다. 케이건은 비가 쉬 그치지 않을 테니 요새의 여행자 숙소를 이용해야 할 것 같다고 생각했고, 산맥을 넘은 이후의 여정에 대해 생각했다.

그는 길잡이였다.

케이건 드라카는 길잡이였다.

문득 케이건은 손이 아프다는 것을 깨달았다. 케이건은 오른손을 눈앞으로 들어올렸다. 그것은 허옇게 변할 정도로 주먹 쥐어져 있었고, 손가락을 펴자 손톱에 찔린 손바닥이 나타났다. 상처들 중에는 작은 핏방울이 배어 있는 것도 있었다. 상처 입은 손을 멍하니 바라보던 케이건은 잠시 후 핏방울을 핥았다. 그리고 다시 계단을 내려갔다.

아르히를 과음한 끝에 기절하다시피 한 티나한과 징수소의 창문을 통해 딱정벌레 나늬에게 "미녀니까 한 닢만 받겠습니다! 어? 이름만 같다고요?" 등의 주사를 늘어놓고 있는 비형의 모습을 보며 짧게 한숨을 내쉬는 케이건은 언제나와 같은 길잡이 케이건이었다. 징수소의 한쪽 구석에 서서 침묵한 채 바라보던 륜은 그 사실을 너무도 분명하게 깨달을 수 있었다. 륜은 침묵했다.

징수원들은 케이건의 이야기를 들은 다음 통행료를 합산해서 제시했다. 케이건은 산양을 건네줌으로써 지불을 끝낸 다음 징수원들에게 여행자 숙소로 안내해 줄 것을 부탁했다. 그리고 케이건은 거의 괴력에 가까운 힘으로 비형을 부축했다. 하지만 티나한은 도저히 들어올릴 수 없었고, 그래서 모든 이들의 암묵적 합의 하에 징수소 바닥에 방치되고 말았다. 티나한은 그날 밤 늦게야 벼슬이 떨어져나갈 것 같은 두통을 호소하며 여행자 숙소의 일행에게 합류했다.

언제 다가왔는지도 모를 밤이 되었을 때도 비는 계속 내렸다.

바위 위에서, 마루나래는 사모 페이의 등에 몸을 붙인 채 앉아 있었다. 사모 페이는 모아쥔 두 무릎을 가슴에 당겨붙인 채 아래를 내려다보고 있었다.

비가 쏟아지는 밤이었지만 사모 페이는 두억시니들을 볼 수 있었다. 그들은 여섯 시간 동안 계속해 온 일을 아직도 하고 있었다. 벌써 몇십 명(사모는 주저하면서도 '명'이라는 단위를 사용하고 있었다.)의 두억시니가 과로로 쓰러져 사망했고 그보다 많은 수가 범람하는 계곡물, 혹은 뒤에서 성급하게 밀어붙이는 다른 두억시니에게 떠밀려 격류에 휩쓸려 내려갔다. 두억시니들이 퍼낸 강물 때문에 그들이 서 있는 곳은 수렁처럼 바뀌어 있었다. 진흙과 빗물 속에서 광기 어린 헛수고가 영원처럼 계속되고 있었다.

그 자리에서 할 수 있는 일이 아무것도 없었지만 사모는 자리를 뜨지 못했다.

사실, 한 가지 할 수 있는 일이 있긴 했다.

사모에게 필요한 것은 결단이었다.

그녀의 손으로 베푸는 죽음에 대한 결단.

사모는 결단을 내렸다.

사모는 일어났다. 흑사자 모피 속으로까지 파고든 빗물 때문에 그녀의 동작은 느렸지만 마루나래는 긴장하며 일어났다. 사모는 마루나래의 턱을 쓰다듬어준 다음 그 등에 올라탔다. 사모의 의지를 받은 마루나래는 가벼운 동작으로 산비탈을 뛰어 내려갔다.

어둠 속에서 시퍼런 안광을 번득이며 내려오는 대호를 보며 두억시니들은 하던 동작을 멈추었다. 뒤로 조금씩 물러난 두억시니들은 쏟아지는 빗속에서 침묵한 채 마루나래와 사모를 바라보았다.

마루나래의 등에 앉은 사모는 격류 건너편, 그녀를 응시하고 있는 두억시니를 잠시 바라보았다.

그리고 사모는 다시 마루나래에게 개념을 전달했다. 그 개념에 따라 마루나래는 강폭이 가장 좁아지는 곳을 향해 천천히 걸어갔다. 두억시니들의 눈, 혹은 다른 것들이 마루나래의 움직임을 쫓았다.

강폭이 가장 좁아지는 곳에는 강물 또한 거세게 쏟아지고 있었다. 귀가 울릴 정도의 굉음이었지만 사모에겐 큰 불편을 주지 않았다. 사모는 마루나래에서 내려섰다. 그리고 쉬크톨을 뽑아들었다.

사모는 쉬크톨을 두 손으로 쥔 채 높이 들어올렸다.

잠시 그렇게 서 있던 사모는 쉬크톨을 사정없이 옆으로 휘둘렀다.

거대한 나무에 쉬크톨이 박혔다. 사모는 힘겹게 쉬크톨을 뽑아든 다음 다시 휘둘렀다. 물소리마저 잠재울 듯한 나무의 비명과 함께 나뭇조각이 사방으로 튀었다. 그러나 사모는 얼굴을 때리는 나뭇조각에도 고개를 돌리지 않았다. 몇 번 더 쉬크톨을 휘두른 사모는 쉬크톨의 칼날이 단단히 박히자 허리를 굽혀 돌멩이를 집어들었다. 그리고 그 돌멩이로 쉬크톨의 칼등을 내려쳤다.

나무와 쇠가 처절한 비명을 토했다.

사모는 계속해서 돌멩이를 휘둘렀다. 불꽃이 튀어오를 때마다 쉬크톨의 날이 나무 속살을 가르며 나무 내부를 향해 파고들었다. 그녀 자신의 몸을 파고드는 것 같았다. 어느새 고인 은루가 그녀의 뺨을 타고 흘러내렸지만 돌멩이를 휘두르는 사모의 손은 변함이 없었다. 마침내 쉬크톨이 나무의 중심부까지 파고들자 사모는 돌멩이를 팽개쳤다. 땅바닥을 구르는 돌멩이에는 사모의 살점이 묻어 있었다. 사모는 왼손으로 오른손을 감싸쥔 채 사납게 외쳤다.

"마루나래!"

"어루루루룽!"

산맥을 진동시키는 포효와 함께 마루나래가 뒷발로 일어섰다. 그리고 거대한 두 개의 앞발로 나무를 밀었다. 3톤이 넘는 마루나래의 체중으로 두어 번 밀어붙이는 것으로 충분했다. 나무는 허리가 부러지며 쓰러졌다.

강 건너편에 호되게 부딪친 나무가 몇 번 더 진동했다. 비탈을 따라 조금 구르던 나무는 곧 튀어나온 바위에 걸리며 고정되었다.

사모는 튕겨져나간 쉬크톨을 떨리는 손으로 집어들었다. 두억시니들은 아직 사태를 이해하지 못한 채 말이 될 수 없는 말을 나누고 있었다. 사모는 그에 아랑곳하지 않았다. 마루나래를 엎드리게 한 다음 사모는 그 등에 올라탔다.

"가자!"

마루나래는 빗줄기를 꿰뚫으며 바람처럼 산비탈을 타고 올랐다. 마루나래가 산 정상 가까이 뛰어오를 무렵 저 아래쪽에서는 두억시니들이 '외나무다리'라는 개념을 힘겹게 시험하고 있었다.

정상에 오른 다음, 사모는 밤하늘을 올려다보았다. 그리고 얼굴을 때리는 빗줄기 속을 향해 그녀가 살해한 나무에 대한 사과의 니름을 닐렀다.

먼 곳의 산봉우리 위로 벼락이 떨어지고 있었다.

류은 잠을 깼다. 당연한 일이지만 우레 소리 때문에 그런 것은 아니다. 류은 잠자리가 기묘하게 불편하다고 생각했다. 하지만 침대가 그리워진 것도 아니었다. 마지막으로 침대에 누워본 것이 벌써 몇 달 전이었다. 륜은 자신이 노숙 생활과 방바닥 생활에 익숙해졌다고 믿었다. 그래서 륜은 무엇 때문에 불편함을 느꼈는지 이해할 수 없었다.

일어나 앉은 륜은 요새의 두꺼운 벽에 뚫린 작은 창문을 통해 바깥에 무시무시한 폭풍이 몰아치고 있음을 깨달았다.

륜은 주위를 둘러보았다. 그들은 여행자 숙소의 가장 큰 방에 배정되었는데, 그것은 오직 티나한의 철창 때문이었다. 가장 큰 방이었음에도 불구하고 철창은 바닥에 대각선으로 놓을 수밖에 없었다. 티나한은 술냄새를 풀풀 풍기며 그 옆에 누워 있었다. 그리고 비형은 티나한의 다리를 벤 채 잠들어 있었다. 아마도 티나한을 마구간에 있을 나늬라고 생각하는 모양이다. 케이건이 있던 자리를 보던 륜은 그가 자리에 없음을 깨달았다. 륜은 의아해하며 몸을 일으켰다.

여행자 숙소의 구조는 단순했다. 문 앞의 약간 낮은 곳은 신발을 놓게 되어 있었고 그 외의 부분은 돌 위에 짚으로 만든 돗자리가 깔려 있었다. 그리고 벽에는 물품을 올려놓을 수 있는 선반들이 몇 개 부착되어 있었다. 온돌 같은 시설은 없었다. 암벽 속에 만들어진 공간인지라 그런 것을 만들기도 어려웠을 것이다. 그래서 비형은 륜에게 씌워둔 도깨비불을 없애지 않았다. 비형이 푹 쉴 수 없다는 것에 미안해하며 륜은 자리에서 일어났다.

케이건의 모습을 찾아 두리번거리던 륜은 창문으로 다가갔다. 암벽을 뚫어 만든 사각형의 조그마한 창은 창문이라기보다는 환기구처럼 보였다. 거의 50센티미터가 넘는 암벽을 관통하여 만들어져 있기에 그런 인상이 더욱 두드러졌다. 륜은 창문 밖을 내다보았다.

몽환적인 폭풍우가 산맥을 휩쓸고 있었다.

그 밤하늘은 결코 섬광에 물든 암흑이 아니었다. 벼락이 작렬할 때마다 공기는 순식간에 가열되어 열류를 퍼뜨렸다. 니름으로만 표현될 수 있는 온갖 색채들이 밤하늘의 패권을 놓고 대회전을 벌이고 있었고 휘몰아치는 광풍은 그 열류에 물들어 하늘을 질주하는 불가해한 짐승들의 모습으로 변모했다. 그곳에서는 작렬하는 암흑과 칠흑의 빛이 가장 결백한 색채였다.

그 광경에 매혹되어 있던 류은 조금 후에야 시선을 돌려보았다. 하지만 창이 워낙 깊은지라 볼 수 있는 영역은 제한되어 있었다. 류은 창문에 머리를 밀어넣어 시야를 확장하려 애썼다.

그때 류은 케이건을 보았다.

잠깐 동안 류은 공포에 빠진 채 케이건을 보았다. 그의 눈에 케이건은 허공에 떠 있는 것처럼 보였다. 밤하늘에 떠서 폭풍우 치는 시구리아트 산맥을 내려다보고 있는 케이건의 모습은 심장이 멎을 만큼 무시무시한 광경이었다. 류이 보다 논리적인 생각을 할 수 있게 된 것은 시간이 꽤 지난 후의 일이었다.

케이건은 암반에서 안쪽으로 조금 들어간 선반 같은 위치에 서 있었다. 하지만 아래쪽에서는 그런 구조가 있다는 것을 눈치챌 수 없는 듯했다. 실제로 그날 오후 아래쪽에 있었던 류은 그런 것이 있다는 것을 알 수 없었다. 류은 그것이 혹 있을지도 모르는 요새에 대한 공격 시에 감시나 비밀스러운 공격을 하기 위해 만들어진 구조임을 깨달았다. 혹, 징수소의 경고문대로 뛰어오르려는 레콘에게 물을 끼얹기 위해 만들어진 구조물일지도 모른다. 그런 저런 생각을 해보던 류은 갑자기 케이건이 그런 비밀스러운 장소를 알고 있다는 것이 이상하게 여겨졌다. 류은 당주의 방에서 목격했던 일을 떠올렸다. 케이건과 당주와의 친분이 그렇게 두터운 것일까? 요새의 비밀 장소를 케이건이 알고 있을 만큼?

케이건이 있는 선반은 창문에서 볼 때 왼쪽 조금 아래였다. 따라서 류은 케이건을 내려다보고 있었다. 훔쳐보는 기분이 들었지만 류은 쉽게 고개를 돌릴 수 없었다. 그는 케이건을 아직도 어떻게 받아들여야 할지 알 수 없었다.

케이건이 류에게 '아버지의 친구'라는 관계를 허락지 않음은 분명했다. 케이건은 요스비의 죽음에 대한 슬픔을 류과 공유하는 것마저도 거절했다. 케이건이 류에게 허락지 않은 것에는 '친구'나 '동료' 또한 포함되어 있는 듯했다. 자보로를 구하기 위해 비형의 목을 따버리려 했다는 말을 들은 이후로 류은 케이건에게 동료

애라는 것이 있는지 의심스러웠다. 륜은 언젠가 들었던 '머리와 몸 정도만 가져가도 성공'이라는 케이건의 말을 떠올리며 비늘을 잔뜩 곤두세웠다.

〈살아 있는 고깃덩이 취급인가. 그러면 얼마 있지 않아 자신도 그렇게 취급될 거라는 걸 모르는 사람은 아닐 텐데.〉

심장도 적출하지 않은 애송이지만 륜은 사람들 간의 관계가 상호적이라는 것 정도는 알고 있었다. 상대방을 단 하나의 가치나 목적으로 대하는 사람은 결국 자신 또한 그렇게 되고 만다. 케이건이 륜을 '친구의 아들'로 대하고 있지 않기 때문에 륜 또한 케이건을 '아버지의 친구'로 생각할 수 없었다. 케이건이 허락하고 있는 하나의 의미만이 륜이 가질 수 있는 케이건의 의미였다. 케이건은 그들의 길잡이였다.

〈만약 케이건이 죽는다면, 우리는 길잡이가 없어진 것에 짜증을 느낄까, 친구가 없어진 것에 대해 슬퍼할까?〉

케이건이 떠났을 때 그들은 아쉬움을 느꼈다. 그리고 케이건이 다시 돌아오자 기쁨을 느꼈다. 륜은 그것이 친구가 돌아온 것에 대한 기쁨인지 수완 좋은 길잡이가 돌아온 것에 대한 기쁨인지 확실히 말할 수 없었다. 비형이나 티나한 또한 정확하게 말할 수 없을 거라 생각했다.

복잡한 고민 속에서 케이건을 바라보던 륜은 문득 이상한 것을 느꼈다.

케이건은 그냥 서 있는 것이 아니었다. 쏟아지는 비를 온몸으로 맞으며 케이건은 고함을 지르고 있었다. 륜은 청각에 주의를 집중했다.

륜의 몸이 굳었다.

시구리아트 산맥과 그보다 더 거대한 폭풍우를 향해 케이건이 외치고 있는 것은, 목이 찢어져라 비탄 속에서 외치고 있는 것은 요스비의 이름이었다. 그러나 륜의 몸이 굳은 것은 그 처절한 외침 때문만은 아니었다.

케이건은 요스비를 죽인 나가에 대한 저주를 퍼붓고 있었다. 그런데 그 저주가 기이했다.

케이건은 아버지의 목숨값을 받아내겠노라고 포효하고 있었다.

폭풍은 며칠 동안 계속되었다. 간혹 숨을 돌리듯 폭풍이 멈췄을 때도 비는 계속 쏟아졌다. 케이건은 거의 아무런 유감도 없는 목소리로 "비가 그칠 때까지 머물겠소."라고 말했고 티나한은 케이건이 막심한 유감을 느낀다고 말한 것 같은 기분을 느꼈다. 불쌍한 티나한은 그만 의기소침해진 채 숙소에 틀어박혔고 케이건이 매일의 숙박비를 지불할 때마다 더욱 의기소침해졌다. 지상에서 가장 강력한 존재가 이토록 우울해하는 모습은 유료 도로당의 당원들 중 감수성 예민한 자들의 동정심을 불러일으켰다. 결국 숙소에서는 거의 매일 밤 당원들과 티나한이 벌이는 술판이 벌어지고 말았다. 첫날 워낙 호되게 당한 티나한은 당원들의 도움을 받아 아르히를 적절히 마시는 법을 익히게 되었다. 그리고 세 번째 술판부터는 혼수상태가 된 당원들 사이에서 홀로 유유히 아르히를 마시는 티나한의 그림 같은 모습이 목격되었다.

당원들은 그들에게 매 끼니마다 네 사람분의 식사를 가져다주었지만 륜은 음식을 먹지 않았다. 계속된 음주 때문에 입맛이 별로 없는 티나한도 거절했기에 륜 몫의 식사는 언제나 비형의 차지가 되었다. 든든한 배를 꺼트릴 방법을 찾기 위해 요새 안을 어슬렁거리던 비형은 거대한 실내 씨름판을 발견하고는 그 자리에서 무릎을 꿇고 만세를 외쳤다.

"자신을 죽이는 신이여, 사랑해요! 제가 전에도 말씀드렸죠?"

비형과 죽이 맞은 것은 음주보다 몸을 단련하는 것을 좋아하는 당원들이었고, 그때부터 당원들은 굴욕적인 패배 기록을 쌓기 시작했다. 눈두덩이가 퍼렇게 멍들거나 다리를 절룩거리는 당원들은 요새 안에서 만날 때마다 서로를 향해 악쓰듯 외쳤다. "제발 한 번만!" 뒤에 생략된 말은 물론 '이겨보자!'다. 하지만 그것은 꽤나 그 달성이 요원한 소망일 듯했다. 가장 큰 당원보다 머리 하나는 더 큰 체격에 정통 도깨비 씨름을 구사하는 비형 앞에서 당원들은 모래와 친해지는 법을 강제로 배워야 했다.

각자의 취미에 매진하느라 티나한과 비형은 케이건이 어디에서 시간을 보내는지 알지 못했다. 하지만 륜은 케이건이 어디에서 시간을 보내는지 알고 있었다. 얼굴을 가린 채 케이건을 따라다녔기 때문이다. 케이건은 류이 따라 다니는 것을 허락하지는 않았지만 거절하지도 않았다. 그래서 류은 케이건과 함께 시구리아트 유료 도로당이 축적해 온 장구한 역사를 구경했다.

"시구리아트 유료 도로당이 처음 생긴 것은 천사백여 년 전이다. 대확장 전쟁이 막 시작되었을 무렵이지. 그래서 이렇게 책이 많다."

요새의 도서관에서 책을 읽던 케이건은 류이 읽을 만한 것이 없어 지루해하는 모습을 보고는 말했다. 일개 요새의 도서관이라 생각하기 어려울 만큼 많은 책들이 있었지만 나가가 볼 수 있는 책은 거의 없었다. 거의 모든 책들의 글씨체가 나가가 보기엔 너무 가늘었다. 류은 케이건을 물끄러미 바라보다가 말했다.

"대확장 전쟁에 대해 이야기해 주세요."

"모르지는 않을 텐데."

류은 두 손으로 턱을 괴며 말했다.

"북쪽의 입장에서 말하는 것을 듣고 싶어요."

케이건은 읽던 책을 조용히 덮고는 특유의 감정 없이 친절한 목소리로 말했다.

"대확장 전쟁 자체는 영웅왕의 시대부터 시작되었다고 말할 수 있다. 하지만 그 시기의 전쟁은 국지적인 형태를 띠고 있었고 전면전이라 하기는 어려웠다. 영웅왕과 그의 아라짓 전사들은 강력했다. 그리고 영웅왕이 죽은 후에도 아라짓 전사들의 강력함은 무디어지지 않았고. 실제로 많은 역사가들은 영웅왕 사후 80년쯤을 본격적인 대확장 전쟁의 개시로 보고 있다. 그 시기엔 많은 사건들이 일어났다. 너희 나가들은 심장 적출법을 완전히 터득했고 만민 회의가 처음으로 개최되었다. 사람들은 영웅왕보다 나을 수 없고 그만큼도 될 수 없는 후대의 왕들에 실망하기 시작했지. 그리고 시구리아트 유료 도로당의 첫 번째 당주가 산맥을 넘는 길을 찾아낸 것도 그 시기였다. 그리고 공세가 시작되었다."

"긴 전쟁이었지요."

"그래. 긴 전쟁이었다. 결과는 자명했지. 전사자나 부상자들이 거의 생기지 않는 나가들과 다치면 몇 달 동안, 심한 경우 몇 년 동안 전쟁에 복귀할 수 없는 인간들간의 전쟁이었으니. 그 전쟁이 그토록 길어질 수 있었던 것은 아라짓 전사들의 용맹함 외에 다른 이유로는 설명할 수 없다. 그러나 그런 불세출의 용맹도 죽지 않는 자들과의 전쟁에 무한히 소모될 수는 없다. 그리고 결정적인 사건이 일어났지.”

“결정적인 사건?”

“바라기가 사라졌다.”

륜은 고개를 조금 들어 케이건의 등 뒤를 바라보았다. 도서관에서도 케이건은 등 뒤에 바라기를 걸고 있었다.

“그래. 이 칼. 이 칼은 영웅왕의 검이었고 아라짓 전사들은 이 검의 계승자인 왕에게 충성을 맹세했다. 그걸 뭐라고 부를까. 그것은 영웅왕의 권위를 상징하는 것이었다. 단지 검 한 자루일 뿐이지만, 아라짓 전사들에겐 하나의 신앙의 대상이었던 검이었다. 그 왕의 검이 사라진 거지. 아라짓 전사들은 갑자기 자신들이 왜 바라기도 가지지 않은 왕을 위해 싸워야 하는지 의심하게 되었다.”

“너무 미신적이군요.”

“옛날 사람들이다. 그리고 죽지도 않는 괴물들과 매일 싸워야 했던 자들이고. 지금 사람들이야 너희들의 생태에 대해 익숙하지만 그때의 사람들은 얼마나 놀라고 무서웠겠냐.”

“그 칼은 어떻게 된 거죠?”

“어떻게 된 건지는 끝내 밝혀지지 않았다. 도난당했다면 어딘가에서 나타나기라도 했을 텐데 그러지도 않았어. 게다가 누가 이것을 훔치겠느냐. 지금은 내 손에 들어와 있지만. 역사가들은 그것을 ‘바라기의 실종’이라 부르며 중요한 사건으로 취급한다. 아라짓 전사들은 거듭되는 전쟁 때문에 결국 쓰러지게 된 것일 수도 있다. 왕국은 나가들을 상대로 너무 많은 힘을 소모해서 멸망한 것일 수도 있고. 나가들이 대확장 전쟁에서 승리하게 된 것은 소드락과 심장 적출법 때문일 수도 있다. 하지만 그 모든 사건을 한꺼번에 설명하기 위해선 비탄에 잠긴 목소리로 ‘바라기의 실종’을 이야기하지 않을 수 없다. 바라기에 대한 말도 안 되는 전설들이 마구 생겨난 것도 그때였다. 이름도 수십 가지고 형태도 수십 가지인 검의 탄생이

510

었다. 너는 들어보지 못했겠지만 이곳 북부에서는 대단하지. 너는 이 땅에서 어쩌면 번개처럼 구부러진 칼 '날벼락'이라든지 휘두르면 폭풍이 일어난다는 '폭풍의 검', 선택된 영웅만이 들 수 있다는 '영웅검', 그 이름을 부른 자를 죽이고 말기에 이름을 잊어버린 검 '실명검'에 대한 이야기를 들을 수 있을지도 모른다. 그건 전부 영웅왕의 검과 그에 얽힌 기괴망측한 전설을 가리키는 이야기다. 그래서 지금은 내가 이 칼을 보여줘도 이것이 영웅왕의 검 바라기라는 것을 아무도 못 알아볼 정도가 되었다. 나는 예전에 진지한 태도로 영웅왕의 검은 무게가 1톤이었을 거라고 말하는 자를 만난 적도 있다."

류은 웃을 수 없었다. 케이건이 무슨 말을 하는 것인지 깨달았기 때문이다. 케이건은 계속 말했다.

"그래. 염원이 너무 컸고 상실감이 너무 컸다. 그래서 그런 전설들이 생겨난 거지. 잃은 것이 더 크게 느껴지는 간단한 이치다. 영웅왕의 검이 사라졌다는 것은, 그 시대 사람들에겐 영웅왕과의 완전한 단절을 의미했지."

"당신들에게 영웅왕은 대단히 중요한 의미였군요."

"이 북쪽에서라면, 너는 영웅왕이 밤하늘에 별을 배치하는 신들의 작업을 지도했다고 말하더라도 상당수의 동조자를 얻을 수 있을 거다."

"……도깨비와 레콘들은 그 당시에 무엇을 하고 있었죠?"

"도깨비들은 대부분 전투보다는 나가에게 땅을 내어주는 편을 선택했다. 물론 가끔 도깨비가 자신의 분노를 억누르지 못했던 일이 없었던 것은 아니지만 그건 드문 예였지. 그중 가장 끔찍했던 사건은 너도 알고 있을 거다."

"아킨스로우 협곡. 10만 명 몰살 사건이죠."

케이건은 고개를 끄덕이고는 누군가의 말을 인용하는 듯한 어조로 말했다.

"'너무 뜨거워 형체조차 없는 불이 협곡을 격류처럼 치달았다. 저 심장 없는 괴물들이 선 채로 재가 되어버린 자리에 녹은 바위들이 폭포수처럼 쏟아졌다. 그 후 사흘 낮, 사흘 밤 동안, 사람들은 밤이면 협곡에서 솟아오르는 열기를 볼 수 있었다. 그것은 용암처럼 변한 바위들이 내뿜는 빛이었다.' 그 광경을 목격했던 사람이 남긴 말이야. 그건 나가의 실수였다. 놔뒀으면 그냥 물러났을 도깨비들을 너무 잔혹하게 도발했다. 그 도발이 어떤 것이었는지는 도깨비도, 그리고 목격자들도 말하지 않아서 알 수 없지만."

"제가 듣기로는 미친 도깨비가 나가의 부대를 습격했다고 하던데요."

"너는 비형을 봤다. 그가 아무 이유 없이 미칠 것 같더냐?"

류은 대답하지 않았다. 케이건도 더 이상 다그치지는 않았다.

"레콘은 지금이나 그때나 똑같았다. 신부를 찾아다니거나, 혹은 티나한처럼 자기 할 일만 했지. 물론 자신의 가정이나 자신의 일을 지키기 위해서는 무섭게 싸웠지만, 그런 1인 전쟁은 전설은 많이 남겼지만 영향력 있는 역사적 흔적은 남기지 못했지."

"셋이 하나가 되지 못했군요."

류의 정리에 케이건은 가볍게 고개를 끄덕였다.

"그래. 나머지 셋이 모여서 나가를 상대했다면 대확장 전쟁은 우리가 알고 있는 형태와는 좀 달랐을지도 모른다. 하지만 도깨비는 싸우는 것을 거부했고 레콘은 혼자 싸웠다. 나가들을 막은 건 날씨였지."

"키탈저 사냥꾼이 아니고요?"

"키탈저 사냥꾼들의 모습이 너희들에게 어떻게 비춰졌을지는 모르겠다만, 실질적으로 그들이 한 행동은 무장 투쟁도 전쟁도 아닌 사냥이었다. 나가를 대상으로 한 사냥이었지. 만약 저 우둔한 권능왕이 도움이 되기 위해 찾아온 자를 정성껏 맞이하는 극히 간단한 상식을 가지고 있었다면 키탈저 사냥꾼들도 전사가 될 수 있었을지 모르겠다만, 권능왕은 그런 상식조차 가지고 있지 못했고, 결국 키탈저 사냥꾼들은 레콘처럼 단독으로 싸울 수밖에 없었다. 하지만 대확장 전쟁을 승리했다고 믿었던 너희들에겐 느닷없이 몰아쳐온 맹공이었을지도 모르겠군."

"우리의 옛이야기에서는 아라짓 전사보다 키탈저 사냥꾼을 더 끔찍한 존재로 여기는 것 같더군요."

"아라짓 전사에 대해서는 알고 있었지만, 키탈저 사냥꾼들과는 예기치 못한 상태에서 맞닥뜨려야 했을 테니.”

“날씨군요.”

“날씨야.”

류은 침묵했다. 케이건이 다시 책장을 들어올릴까 고민하고 있을 때 도서관의 궁륭 천장을 바라보던 류이 나직이 말했다.

“제 아버님이 정말 이곳까지 오셨나요? 이렇게 추운 땅까지?”

케이건은 류이 그 이야기를 꺼내고 싶어서 지금껏 말을 이어오고 있었음을 깨달았다. 하지만 그가 줄 수 있는 것은 거절뿐이었다.

“요스비에 대한 이야기라면 하고 싶지 않다.”

“저는 그분의 아들이에요.”

“상관없어.”

“제기랄, 왜 상관이 없어요! 제가 요스비의 아들이에요. 당신이 아니라!”

류은 책상을 밀어붙이며 일어났다. 튕겨져 나간 의자가 다른 책상에 부딪혀 요란한 소음을 만들어내었다. 케이건은 팔짱을 낀 채 묵묵히 류을 바라보았다.

“그래요! 제가 요스비와 함께 있었던 시간은 합쳐봐야 몇 개월도 되지 않아요! 요스비는 가끔 페이 가문을 방문했던 방문자였을 뿐이에요. 기억할 수 없는 어린 시절을 제외하면 함께 있었던 날은 며칠 되지도 않아요! 그리고 그 얼마 안 되는 시간들에서도 요스비는 다른 방문자와 똑같은 방문자였을 뿐이고! 당신은 저보다는 훨씬 더 많은 시간을 아버님과 함께 보냈겠죠. 이 무서운 북쪽을 함께 여행했겠지요. 당신이 아버님께 노래를 가르쳐줬고, 아버님은 당신에게 팔을 먹였죠! 하지만!”

류은 얼굴을 가린 천을 아래로 거칠게 끌어당겼다.

“보세요! 이 나가의 얼굴을 봐요! 제가 그분의 아들이에요. 당신이 아니라! 당신에겐 요스비의 죽음에 대해 복수할 권리가 없어요. 설령 있다 해도 저보다 더 크지 않아요!”

“너는 도망쳤다.”

류은 현기증을 느끼며 책상을 짚었다. 그의 눈앞에서 책상이 기묘하게 꿈틀거렸다. 케이건의 차가운 목소리가 다시 그의 정신을 파고들었다.

"너는 심장 적출식에서 도망쳤고, 하텐그라쥬에서 도망쳤고, 나가들에게서 도망쳤다. 그것도 11년이나 걸려서 겨우 내린 결정이었지. 네 권한이라는 것이 뭔지 모르겠지만, 설령 그런 게 있다 해도 그건 이미 오래전에 고사(枯死)했을 것 같군."

류은 눈물이 고이는 것을 느끼며 이를 악물었다. 이루 말할 수 없이 처참한 기분이었다. 그때 케이건이 다시 말했다.

"그러니 그런 쓸데없는 것을 되살리려 하지 마라. 류."

류은 케이건을 바라보았다. 케이건은 언제나와 같은 무표정한 얼굴로 책상을 바라보고 있었다.

"네가 요스비의 아들임을 증명하기 위해 네게 있지도 않은 복수의 의무 따위를 불러일으킬 필요는 없다. 복수니 뭐니 하는 말을 꺼내기 전까지 너는 네 동족들에게서 도망쳐온 것을 부끄럽게 여기진 않았다. 하지만 그 말을 꺼낸 지금 너는 부끄러워하고 있다. 왜 네게 있지도 않은 복수의 의무를 억지로 네 자신에게 뒤집어씌운 다음 그것을 실천하지 못했다는 사실을 수치스러워 하는 거지? 단지 요스비의 아들임을 증명하기 위해? 그걸 위해서라면, 네 말처럼 네 모습이면 충분하다. 그리고 네 믿음이면 충분하고."

"복수의 의무가…… 없다고요? 아들인데?"

"요스비의 아들은 어쩌면 수십 명일지도 모른다. 요스비가 페이 가문만 방문한 것은 아닐 테니."

류은 허탈한 표정으로 케이건을 바라보았다. 케이건의 말대로였다. 더할 나위 없이 당연한 말이었다. 그러나 류은 동시에 분노를 느꼈다. 케이건은 간단히 류의 위치를 요스비의 무수한 아들들 중의 하나로 전락시켜버린 것이다.

"수십 명이나 될지도 모르는 아들들 중의 하나이니 특별히 제게 복수의 의무가 있는 건 아니라는 말입니까? 하지만 그 임종을 본 아들은 저뿐입니다. 그리고 자신이 요스비의 아들임을 알고 있는 아들도."

"그래. 그렇겠지. 원한다면 그걸 기억해 둬. 하지만 그렇다고 해서 뭐가 달라지지? 나가에게 아버지라는 건 없다. 네가 나가에게 있지도 않은 부자 관계를 그토록 인정하고 싶다면, 그렇게 해. 하지만 너만 납득하는 관계를 빌미로 그걸 납득할 수도, 알지도 못하는 자들을 징벌할 수 있을까? 그건 불가능하다. 티나한은 자신이 물을 싫어한다는 이유로 세상의 조선공들을 다 찔러 죽이려들지는 않아. 비형은 자신이 피를 싫어한다는 이유로 양피지를 만드는 자들을 태워버리지도 않고. 티나한은 그저 물을 피하고 비형은 그의 선조들이 창안해 낸 도깨비지를 쓸 뿐이지. 만약 내가 티나한과 비형을 위해 조선공들과 제지공들에게 복수하겠다고 말하면 티나한과 비형은 황당해하겠지. 마찬가지다. 요스비는, 네가 그를 위해 복수하겠다고 니르면 어이없어 할 테지."

"아버님은 저를 당신의 아들이라고 닐렀습니다!"

"그랬겠지. 하지만 자신의 죽음을 복수해 줄, 마치 인간의 아들과 같은 존재로 생각하지는 않았을 거다. 쓸데없는 일에 너무 신경 쓰지 마라. 네 아버지의 죽음에 대해 복수하지 않아도 너는 그의 아들이다."

류은 넘어졌던 의자를 바로 세워 거기에 앉았다. 머릿속이 어지러웠고 무언가 비참한 기분을 들기도 했다. 하지만 동시에 해방된 듯한 기분도 느꼈다. 류은 그것이 무엇인지 알 수 있었다.

조금 전 케이건은 사모 페이도 인정하지 않았던 부자 관계를 담담하게 인정해 주었다. 사모 페이를 제외하면 요스비를 알고 있는 유일한 사람인 그가.

시구리아트 관문 요새의 징수소장이 격렬한 공복에 시달리고 있었던 것은 아니다. 그리고 갑자기 보편성을 한참 뛰어넘는 특기할 만한 미각을 개발하게 된 것도 아니다. 징수소장이 요금표를 씹어 먹고 싶어졌던 이유는 단지 그가 매우 분노했기 때문이다. 씨근거리며 다시 한번 요금표를 바라본 징수소장은 자신이 찾던 항목이 거기 없다는 우울한 현실만을 재확인했다. 징수소장은 낙심하며 도로를 바라보았다.

조금 전 징수소장으로 하여금 매우 특이한 충동을 야기시켰던 그것은, 징수소장의 애타는 소망에도 불구하고 사라지기는커녕 더욱 뚜렷해진 모습으로 관문을 향해 걸어오고 있었다. 징수소장은 징수원들 전부를 붙잡고 애원하고 싶어졌다. 제발, 누가 저건 검은 모피로 몸을 가린 채 대호를 타고 다가오고 있는 여행자가 아니라고 말해 줘.

그러나 내리는 빗속을 조용히 걸어오고 있는 것은 검은 모피로 몸을 가린 채 대호를 타고 다가오고 있는 여행자였다.

갑자기 덜그럭거리는 소리가 들려왔다. 징수소장은 옆을 바라보았고 징수원 한 명이 징수소의 문을 잠그는 것을 발견했다. '좋은 생각이군.' 징수소장은 칭찬하지 않았다. 자신이 먼저 그 생각을 해내지 못했기 때문이다.

마침내 관문 앞에 도달한 대호는 걸음을 멈췄다. 창문의 높이 때문에 대호 위에 타고 있는 여행자를 보기 힘들 정도였지만 징수소장은 감히 머리를 내밀지 못했다. 다행히도 대호가 몸을 숙여 그 무서운 기수를 아래로 내려주었다. 기수는 대호의 갈기를 가볍게 붙잡은 채 창문을 통해 징수소장을 바라보았다.

"여길 통과할 생각입니까?"

"그래."

징수소장은 소름이 쫙 돋는 것을 느꼈다. 기막힌 목소리였다. 며칠 전부터 요새에 머물고 있던 여자만큼이나, 아니 그 이상으로 아름다운 목소리에 징수소장은 몽롱한 기분까지도 느꼈다. 징수소장은 잠시 후에야 겨우 입을 열어 말했다.(그리고 자신의 목소리가 목 졸린 까마귀나 낼 법한 소리라는 사실에 슬퍼했다.)

"대단히 죄송합니다만 대호에 대한 통행료를 잘 모르겠습니다. 좀 기다려주시겠습니까? 위쪽에 문의를 해봐야겠습니다."

징수소장은 그렇게 말하며 등 뒤로는 재빨리 징수원에게 손짓을 보내었다. 징수원 하나가 위로 달려갔다.

"통행료? 여길 통과하려면 돈을 내야 하나?"

"예? 잘 모르시나 보군요. 당신이 걸어온 길은 전부 우리가 만들고 관리하고 있습니다. 그래서 그 대가로 이 길을 이용하는 여행자들에게 돈을 받습니다."

검은 모피로 몸을 가린 여자는 잠시 침묵한 채 서 있었다. 그리고 비를 맞으며 서 있는 그녀를 보던 징수원들은 옆에 있는 대호만 아니라면 당장 달려나가 그녀를 안으로 데려오고픈 충동을 느꼈다. 여자는 조금 후 말했다.

"하긴, 길이 잘 정돈되어 있더군. 그렇다면 지불하는 것이 옳을 것 같군. 알겠어. 얼마지?"

징수소장은 하대를 하는 여인에게 좀 이상한 기분을 느꼈지만 특별히 화를 낼 필요까지는 느끼지 못했다. 통행자들은 통행료 앞에 평등하다. 그 말은 특별히 공경하지도, 천대하지도 않는다는 의미다. 게다가 징수소장은 그토록 아름다운 목소리의 여인이라면 하대를 듣는 것쯤 감내할 수 있다고 생각했다.

"그게, 이미 말씀드렸다시피 대호에 대한 통행료를 잘 모르겠습니다. 일반적으로 보기 힘든 승용물이니까요. 그런데 어떻게 저런 무서운 생물을 타고 있으신 겁니까?"

여자는 그의 질문에 대답하는 대신 다른 질문을 꺼내었다.

"그 통행료라는 것이 일률적이지 않고 세분화되어 있나 보군?"

"예. 인간과 레콘과 도깨비, 모두 다릅니다. 레콘이 제일 비싸지요. 몸무게가 무거운 편이고 달리기라도 하면 도로를 손상시킬 위험도 커서."

"그렇다면 나가에게도 다른 요금을 받겠군?"

"예? 나가요? 물론 그렇긴 합니다만 나가들이야 저 한계선 남쪽에 있으니 저희들로선 별로 고려할 일이 없지요."

"꼭 그렇지는 않을 거야."

여자는 그렇게 말한 다음 모피를 벗어보였다. 다음 순간 징수소장은 왜 여자가 통행료라는, 누구나 다 아는 것을 모르고 있었는지 알게 되었다.

비형은 웃옷을 벗은 모습으로 방 안에 뛰어들어 륜을 꽤 당황하게 하며 외쳤다.

"그녀가 나타났다고 합니다! 들으셨습니까?"

케이건은 바라기를 손질하던 손을 멈춘 채 비형을 바라보았다.

"그녀라니, 암살자?"

"예! 지금 관문 앞에 있다고 합니다! 안 믿어지시죠?"

다음 순간 륜과 티나한이 머리를 부딪히고 말았다. 일반적인 상황하에서는 두 사람의 키 차이 때문에 결코 일어날 리 없는 경우였지만, 두 사람은 같은 창문을 향해 머리를 디밀었기 때문에 그런 황당한 꼴을 겪게 되었다. 티나한은 머리를 쓸어 만질 겨를도 없이 휘청거리는 륜을 황급히 붙잡아야 했다. 그래서 창문으로 머리를 내밀 수 있었던 것은 케이건이었다.

케이건은 아래를 내려다보며 얼굴을 구겼다.

"정말이군. 그녀야."

짧게 관찰을 끝낸 케이건은 륜에게 자리를 양보해 주며 뒤로 물러났다. 비형은 입을 틈도 없어서 손에 들고 달려온 웃옷을 다시 입으며 질문했다.

"어떻게 하죠?"

"난감하오. 모든 유료 도로당의 규칙은 똑같소. 통행자는 통행료 앞에 평등하오. 그 규칙에 예외가 되는 것은 전염병 환자 정도일 거요. 따라서 그녀는 적합한 통행료를 지불하면 얼마든지 요새로 들어설 수 있소. 그런데 아직 바깥에는 비가 오고 있군."

티나한이 갑자기 천장을 쏘아보기 시작했다. 하지만 케이건은 티나한 쪽은 쳐다보지도 않은 채 말했다.

"게다가 한 가지 규칙이 더 있는데, 도로에서는 여행자들끼리 싸워선 안 되오. 이러니 그녀를 습격할 수도 없군."

창밖을 내다보던 륜은 그 말에 질린 표정으로 케이건을 돌아보았다. 케이건은 도로 자리에 앉은 다음 바라기를 쥐어올리며 말했다.

"비가 그친 다음 산맥 반대편에서 아무래도 그녀와 결판을 봐야겠소."

륜은 비늘을 부딪치며 말했다.

"결판을 본다는 것은 무슨 뜻이죠?"

"죽이는 건 반대할 테지?"

"당연하죠! 만일 결판이라는 것이 그런 거라면…….."

"다리를 자른 다음 보늬 당주에게 맡겨놓고 가겠다. 너를 하인샤 대사원으로 데려다줄 시간 정도는 벌 수 있을 거다."

비형은 당황했고, 륜이 안도하는 모습을 보고는 더욱 당황했다.

그러나 그 시점에서 가장 당황하고 있는 사람은 비형이 아니었다. 대요금표를 조회하기 위해 올라갔던 징수원을 애타게 기다리던 징수소장은 사모 페이가 꺼내 놓은 말에 완전히 미칠 것 같은 기분을 느꼈다.

"두억시니라고 했습니까?"

"그래. 두억시니에겐 통행료를 얼마나 받지?"

"……당신 두억시니입니까?"

"그건 아냐. 하지만 내 뒤를 따라 3,000명쯤 되는 두억시니들이 오고 있는 상황이라면 그걸 알아두는 편이 좋을 것 같아서 말해 주는 거야."

뜻 모를 소리를 내지르는 징수소장을 보며 사모는 잠시 그의 핏줄에 두억시니의 혈통이 흐르는 것이 아닌가 하고 의심해 보았다.

잠시 후 대요금표를 조회하러 갔던 징수원이 돌아왔다. 놀랍게도 징수원은 대호와 나가의 요금을 알아왔다. 징수소장은 그 사실에 감사하면서도 도대체 대요금표에 없는 것이 뭔지 의심했다. 그러나 징수소장은 사모 페이의 통과를 허락하지 않았다. 징수소장은 엄숙하게 보이려 애쓰면서 말했다.

"당신이 나가이기에 통과시키지 않는 것이 아닙니다. 그 두억시니들이 당신을 쫓는 거라면, 당신은 다른 통행인들에게 위험이 될지도 모릅니다. 따라서 당신과 그 두억시니들과의 관계를 명확히 해주지 않는 이상은 당신을 통과시킬 수 없습니다."

"네 말은 옳군. 그 두억시니들은 확실히 나를 뒤쫓는 것 같아. 하지만 그 두억시니들은 두 개의 도시를 그냥 지나쳤어. 이제 와서 다른 자들에게 해를 끼칠 것 같지는 않은데."

"확신할 수 있습니까?"

물론 사모는 두억시니에 대해서는 아무것도 확신할 수 없었다.

"미안하지만 그럴 수가 없군."

"그렇다면 당신의 통과를 허용할 수 없습니다. 그리고 이 도로를 이용하는 것 또한 불허합니다. 왔던 길로 되돌아가십시오."

"그럴 수 없다면?"

"이 요새에는 300명의 당원들이 있습니다. 당신의 그 대호라도 300명의 당원들에게 당할 수는 없을 겁니다."

사모는 장난스럽게 질문했다.

"확신할 수 있어?"

안타깝게도 징수소장은 확신할 수 없었다. 그 300명의 당원들 중에서 대호를 보고도 도망치지 않을 사람을 찾아내기도 어려울 것 같다는 것이 징수소장의 솔직한 심정이었다. 다행히도 사모는 징수소장을 더 이상 괴롭히지 않았다.

"너희들의 도로 이외에 다른 부분 중에서 대호가 산맥을 넘을 수 있는 곳이 있을까? 그 정도는 가르쳐줘도 좋을 것 같은데."

"그 대호는 얼마나 높이 뛸 수 있습니까?"

"남쪽에 큰 담을 가진 도시가 있었어. 그 도시의 인간들은 대호가 절대로 자신들의 담을 넘을 수 없다고 주장하던데."

징수소장은 경악했다.

"그, 그 대호가 자보로 성벽을 넘었단 말입니까?"

"내가 도와줘서 넘었어. 혼자서는 넘지 못했을 거야. 좀 부족하던데."

징수소장은 도대체 어떻게 대호의 도약을 도왔다는 건지 알 수 없었다. 하지만 그것을 묻는 것은 포기했다. 징수소장은 도로왕의 옛길이 있던 곳을 몇 군데 가르쳐주었다.

"사람들은 더 이상 그 길들을 이용하지 않습니다. 곳곳이 무너지고 길이 끊어져서 그렇습니다. 레콘들도 지나가길 꺼리는 곳이니 그 대호에게도 좀 버거울 거라 생각됩니다만."

"레콘도 지나갈 수 없단 말이야? 그렇다면 곤란한데. 혹 이 근처에 왕독수리가 살아?"

"왕독수리요? 그런 건 없습니다."

마루나래를 돌려보내고 왕독수리를 정신억압할까 했던 사모는 그 생각을 포기해야 했다.

"산맥을 옆으로 돌아가려면 얼마나 걸리지?"

"두 달은 걸릴 겁니다. 그러니 우리들이 유료 도로로 장사할 수 있는 거죠."

사모는 난감해하지 않을 수 없었다. 아무리 마루나래가 빨리 달려준다 하더라도 두 달이나 뒤처져서는 류을 따라잡는 것이 대단히 힘들어질 것이다.

'그 도깨비가 류에게 계속 불을 붙여준다면 류은 추위에 고통받지는 않겠지. 좀 더 시간을 두고 쫓아가도 류을 고통 속에 방치하는 일은 아닐 거야. 그렇다면 천천히 추적할까? 그러나 그 도깨비가 계속 류을 보살펴줄까?'

사모는 결정을 내리기 어려웠다. 문득 사모는 류이 이곳을 지나갔다면 징수소장이 보았을 테고, 그러면 류이 어떤 대접을 받고 있는지 보았을 거라는 데 생각이 미쳤다.

"계속 물어봐서 미안한데, 내 앞에 다른 나가가 지나갔지?"

"네? 아니요. 그렇지 않습니다."

당황하던 사모는 곧 류이 모습을 감추고 있을지도 모른다는 생각을 떠올렸다.

"잘 생각해 봐. 얼굴을 감추고……, 그래. 나와 비슷한 목소리를 내던 자가 없었어?"

징수소장은 놀라지 않을 수 없었다. 그는 며칠 동안 그들의 요새에 머물고 있던 미성(美聲)의 여인을 떠올렸다. 여자라고 믿었을 뿐, 얼굴을 확인한 적은 없었다. 징수소장의 말을 들은 사모는 놀라며 외쳤다.

"이곳에 머물고 있다고?"

"그, 그런데요."

사모는 쉬크톨을 뽑아들었다.

징수소장과 징수원들은 기겁하며 뒤로 물러났다. 하지만 사모는 그들에게는 신경도 쓰지 않은 채 쉬크톨을 위로 들어올렸다. 요새를 겨냥한 사모는 분명한 느낌을 전달받을 수 있었다. 륜은 그곳에 있었다.

사모는 쉬크톨을 아래로 내렸다.

"나오라고 해."

"예?"

"그자를 밖으로 나오라고 전해! 나는 그를 추적해서 이곳까지 왔어. 빨리!"

징수소장은 거의 반사적으로 몸을 돌렸다. 그러나 입을 열기 전, 징수소장은 유료 도로당의 당원이 준수해야 할 의무를 떠올릴 수 있었다. 부하 징수원에게 명령을 내리기 전 징수소장은 창문 너머로 사모를 바라보았다.

"그녀가 누구라 하더라도 적절한 통행료를 지불한 이상 그녀는 우리의 손님입니다. 당신의 말은 전하겠지만, 만약 그녀가 원하지 않는다면 우리는 그녀를 내어드릴 수 없습니다."

"그녀가 아니라 그야. 그는 내 남동생이야."

"남동생……이요? 그렇다면 그자도…….."

"그래. 나가야."

사모의 말에 징수소장은 더 이상 입 섞어 말하기도 싫다는 기분을 느꼈다. 징수소장은 급히 부하에게 명령했다.

사모의 말을 전해 들은 륜은 비늘을 곤두세운 채 케이건을 돌아보았다. 케이건은 징수원에게 조금 있다가 대답해 주겠다고 말한 다음 징수원을 돌려보냈다. 륜을 흘끔거리던 징수원은 다른 일행에게도 의심이 가득한 눈초리를 보낸 다음 방을 떠났다. 징수원이 떠나자마자 륜은 케이건에게 질문했다.

"어떻게 하죠?"

"곤란하군. 지금 나가서 그녀의 다리를 썰어버리면 간단한 일이지만,"

비형과 륜은 급히 숨을 들이켰다.

"이곳에서 싸움을 일으키면 당원들이 우리를 용납하지 않을 텐데. 비 오는 산속으로 쫓겨나갈 수는 없고."

티나한이 가볍게 부풀어올랐다. 륜은 불평하듯 말했다.

"케이건. 당신 우리 누님을 너무 얕보는 거 아닙니까? 마치 우리 누님이 다리를 베어가도록 협조하기라도 할 것처럼……."

"비형이 여기서 보고 있다가 대호와 네 누나의 눈에 불을 붙이면 돼. 그다음에 눈이 먼 그녀의 다리를 썰면 되지."

륜은 할 말이 없다는 심정이 되었고 비형은 계속되는 '썬다'는 말에 얼굴이 노랗게 변했다. 케이건은 조금 고민하다가 말했다.

"아무리 대호가 있다 해도 이 요새를 상대로 어떻게 할 수는 없을 테니, 일단은 그냥 이곳에서 버티자. 당은 통행료를 지불한 손님인 우리를 보호해 줄 거다."

케이건의 판단은 옳았다. 그의 말을 전해 들은 징수소장은 사모에게 륜을 내어 줄 수 없다고 선언했다. 사모는 쉬크톨을 움켜쥔 채 징수소 안으로 난입할 방법이 없는지 고민했다. 하지만 하나뿐인 창문은 너무 작았고 문은 단단히 닫혀 있었다. 그리고 철문은 성난 레콘이라도 어찌할 수 없을 만큼 튼튼해 보였다.

사모는 마루나래와 함께 뒤로 물러났다. 만약 이곳에 통행자들이 많다면, 언젠가 문을 열지 않을 수 없을 거라는 판단 때문이었다.

하지만 사태의 추이는 사모의 생각대로 이루어지지 않았다. 며칠 전부터 맹위를 떨치고 있는 폭풍 때문에 시구리아트 산맥을 넘으려는 여행자는 아무도 없었다. 밤이 될 때까지 관문을 노려보고 있었지만 사모는 어떤 여행자도 발견할 수 없었다. 그녀를 쫓아내기 위해 당원들이 나오지도 않았다. 대호 때문에 밖으로 나오려는 당원이 아무도 없었기 때문이다.

한 사람과 한 요새의 그런 침묵의 대치는 한밤중이 되었을 때 느닷없이 해소되었다.

한밤중, 허기를 느낀 사모는 마루나래 또한 배가 고플 거라 생각하고는 사냥을 명령했다. 마루나래는 시구리아트 산맥을 마음껏 돌아다니며 사냥을 한 다음 사모를 위해 살아 있는 동물 하나를 잡아왔다. 그런데 사모가 막 그것을 삼키려 했을 때 요새 쪽에서 찢어지는 고함 소리가 들려왔다.

"그만둬!"

사모는 깜짝 놀라며 손에 쥐었던 산양을 내려놓았다. 그 산양은 마루나래가 다리를 으스러뜨렸기 때문에 반항하지도 못했다. 사모는 요새를 멍하니 바라보았고 요새에선 다시 다급한 목소리가 들려왔다.

"그거 산양인가!"

"어, 그런데?"

"안 돼! 먹지 마! 제발 그러지 마!"

사모는 완전히 당황해 버렸다. 그리고 몇 분 후 자다가 일어난 케이건 또한 비슷한 감정을 느꼈다.

"산양 인질극이라고?"

케이건은 졸음을 쫓아내기 위해 눈 주위를 문지르며 말했다. 당원들은 문 밖에서 이구동성으로 외쳤다.

"그렇소!"

문 앞은 티나한이 막고 있었기에 아무도 방 안에 들어오지 못했다. 케이건은 일단 사태가 다급하지는 않다는 판단 하에 천천히 옷을 챙겨입으며 말했다.

"당신들이 산양을 숭상하는 것은 알지만, 당신들 또한 산양을 먹기도 하잖소."

"산 채로 먹지는 않소! 우리 눈앞에서 그런 끔찍한 꼴을 용납할 수는 없소! 만일 그대로 놔두면 산양의 저주가 우리에게 내릴 거요!"

책임자인 듯한 당원의 외침에 다른 당원들 또한 흥분한 목소리로 외쳤다. 물론 티나한 때문에 케이건은 아무도 볼 수 없었다. 옷을 다 입은 케이건은 우울한 표정으로 창문을 향해 걸어갔다.

창문 밖 먼 곳에 있는 사모를, 케이건은 볼 수 없었다. 하지만 귀를 기울이자 빗줄기 사이로 구슬픈 산양 울음소리가 들려왔다. 아마도 요새의 다른 사람들도 그 울음소리로 산양을 판별했을 것이다. 케이건은 사모가 어디쯤에 있는지 찾아보기 위해 이리저리 둘러보았다. 그동안에도 문밖의 당원들은 흥분한 투로 외쳤다. 멋모르고 산양을 사냥했던 당원이 갑자기 벼랑에서 실족사 했다느니, 삶에게 공격당하는 산양을 구하지 않았던 당원이 벼락에 맞아죽었다느니 하는 이야기가 두서없이 오가고 있는 듯했다. 케이건은 거론되는 재난들이 산맥 위에 그 터전을 두고 사는 사람들이라면 당연히 맞닥뜨릴 수 있는 것들이라고 지적하지는 않았다. 소용이 없을 것을 짐작하기 때문이다.

케이건은 계속 사모를 찾아보며 말했다.

"산양이 저주를 내린다면, 당신들이 아니라 저 나가에게 내리지 않겠소?"

"그렇지 않소! 산양은 뻔히 보면서도 구하지 않은 우리의 죄를 물을 거요! 안 봤으면 모르지만 본 이상은 구해야 돼!"

케이건은 결국 포기했다. 사람들을 설득하는 것을 포기한 것이 아니라 사모를 찾아내는 것을 포기한 것이다. 케이건은 손짓으로 륜을 불렀다.

"네 누나가 어디에 있는지, 그리고 어떤 모습인지 말해다오."

륜은 창가로 걸어가 말했다.

"큰 것은 대호일 테고 둥그스름한 것은…… 모피를 입으신 누님이군요. 그 앞에 놓여 있는 건 산양일 테고. 그런데 이상하군요. 그냥 누워 있을 뿐 도망치지를 않는군요? 정신 억압이라도…… 아, 다리를 다친 모양입니다."

케이건은 방 바깥까지 들리도록 크게 말했다.

"저 산양은 이미 구하기 어렵소. 대호가 산양의 다리를 부수어 가져온 모양이오. 하긴 그래야만 산 채로 가져올 수 있었겠지."

문밖의 소음이 약간 사그라들었다. 그러나 곧이어 더 큰 소리가 들려왔다.

"그럼 제대로 장례를 치러줘야 해! 그래야 화를 피할 수 있어! 나가의 배 속에 들어가면 장례를 치러줄 수 없어!"

케이건은 한숨을 내쉬었고 륜은 이 요새로 오기 전에 자신도 산양 한 마리를 삼켰음을 고백했다간 맞아죽을지도 모르겠다고 생각했다. 그때 륜은 빗줄기 사이로 멀리 보이는 열들을 발견했다. 륜은 눈을 가늘게 뜬 채 빗줄기 사이를 뚫어지게 바라보았다.

륜은 경악했다. 산비탈을 따라 올라오고 있는 열은 수천 개였다. 륜은 다급하게 외쳤다.

"케이건! 뭔가 아주아주 많은 숫자의 열들이 다가오고 있는데요?"

"뭐라고 생각되는데?"

"아직은 거리가 너무 멀어서 알 수 없어요. 하지만 숫자가 너무 많아요."

케이건은 고민하다가 비형에게 손짓했다.

"산 아래쪽으로 도깨비불 하나 던져보시오. 충분히 크고 밝은 걸로. 그리고 티나한. 당신이 보시오."

비형은 케이건의 지시대로 했다. 환한 도깨비불이 날아가면서 놀란 사모와 대호의 모습이 잠깐 비춰졌다. 그러나 도깨비불은 그들을 지나쳐 산 아래쪽으로 다가갔다. 문 앞에 있던 티나한은 당원들을 잠시 노려보다가 사납게 웃어주었다.

"방 안으로 들어오는 놈에겐 뽀뽀해 준다. 알겠지?"

레콘의 부리에 입맞춤당하고 싶은 사람은 아무도 없었다. 그렇게 당원들을 얼어붙게 만든 다음 티나한은 바람처럼 창가로 다가갔다. 그리고 도깨비불에 의해 비추어진 것을 바라보았다. 티나한은 벼슬을 곤두세웠다.

"제기랄, 두억시니다! 수천 마리야!"

요새에서 튀어나온 거대한 도깨비불을 바라보며 사모는 몸을 긴장시켰다. 하지만 그 도깨비불은 그녀와 마루나래의 머리를 지나쳐 그대로 도로 아래쪽으로 내려갔다. 사모는 의아해하며 그 도깨비불을 좇았고, 도로 아래쪽에서 다가오는 수천의 열원을 발견했다. 사모의 몸에서 비늘이 맹렬하게 부딪쳤다.

사모는 재빨리 발 아래에 놓여 있던 산양을 집어들었다. 그리고 마루나래의 등 위에 올라탔다. 거의 순식간에 철문 앞에 도달한 사모는 요새를 향해 외쳤다.

"열어줘! 두억시니들이 오고 있어!"

"그 두억시니가 너를 쫓아온 거라면, 들여보내줄 수 없다!"

사모는 분노하며 두 손으로 산양을 높이 치켜들었다.

"열지 않으면 이 산양의 목을 따서 그 피를 너희 철문에 뿌리며 저주하겠다!"

협박을 하면서도 사모는 과연 이런 허튼소리가 소용이 있을지 의심했다. 그러나 요새에서는 반가운 대답이 들려왔다.

"안 돼! 그러지 마!"

사모는 반가워해야 할지 측은심을 느껴야 될지 혼란스러웠다. 그러나 대답은 바로 튀어나왔다.

"그럼 문 열어!"

요새 안에서 소란스러운 소음들이 들려왔다. 사모는 짐작하지 못했지만 신비감 가득한 그녀의 목소리는 유료 도로당의 당원들에게 그 목소리에 의해 내려지는 저주는 반드시 실현되고 말 것이라는 확신을 주고 있었다. 결국 잠시 후 소란스러운 외침과 거부의 고함 속에서도 철문이 천천히 열렸다.

마루나래는 그대로 동굴 안으로 뛰어들었다.

긴 동굴 안쪽은 벽에 걸려 있는 여러 개의 횃불에 의해 밝혀져 있었다. 사모는 그 횃불에 언짢은 기분을 느꼈다. 그리고 마루나래는 창을 든 채 주위를 둘러싸고 있는 수십 명의 당원을 발견했다.

포위되었다는 것을 깨달은 마루나래는 큰 몸을 흔들어 물을 털어냈다. 당원들은 갑자기 물벼락을 맞고는 성난 소리를 내었다. 그러나 곧 그들의 얼굴이 굳었다. 마루나래가 들리지 않는 울음을 울기 시작했기 때문이다.

당원들은 왜 갑자기 몸이 아플 정도로 떨리는지 이해하지 못한 채 당황하며 허리를 뒤로 뺐다. 마루나래는 거의 마귀 같은 얼굴이 되어 한층 낮고 사납게 울었다. 결국 몇몇 당원들이 오줌을 지리기 시작했다. 그러나 그 자신이나 주위에 있는 사람들 모두 그 사실을 깨닫지 못했다. 사모는 바지를 적시는 뜨거운 열을 볼 수 있었지만 신경 쓰지 않은 채 말했다.

"문을 닫아야 할 텐데."

당원들 중 몇몇이 화들짝 놀라며 철문을 바라보았다. 마루나래가 뛰어들자 놀란 당원들은 문을 열어둔 채 물러났었다. 사모는 마루나래를 조금 걸어가게 했고 그러자 용기 있는 당원들 몇몇이 그녀의 뒤에서 문을 닫았다. 빗장이 걸리는 소리가 동굴 안을 울렸다.

사모는 갇혔다는 기분을 느끼지 않을 수 없었지만 내색하지 않은 채 주위의 인간들을 바라보았다. 그러나 당원들도 이 사태를 호전시킬―혹은 악화시킬―대안을 가지고 있지 못했다. 그래서 사모는 꽤 오랜 시간 동안 침묵의 창날에 포위당해 있어야 했다. 결국 사모가 입을 열었다.

"두억시니들을 퇴치할 거야?"

당원들을 지휘하고 있던 우두머리는 사모의 말에 갑자기 자신들이 이렇게 침묵하고 있을 필요가 없다는 사실을 깨달았다.

"그 산양을 내놔!"

"너희들이 산양에 대해 어떤 감정을 가지고 있는지 잘 모르겠지만, 이건 내 친구가 잡은 건데. 어째서 사냥꾼의 전리품을 내놓으라고 하는 거지?"

"이곳은 우리 도로다!"

"너희들이 관리하는 도로에는 너희들의 책임과 권리가 있겠지만, 이 산 전체에도 그런 권리가 있는 거야? 분명 마루나래는 도로에서 산양을 잡아온 것은 아닌데."

우두머리는 마루나래라는 말을 알아들을 수 없었다. 그때 당원들의 등 뒤에서 약간 낮은 목소리가 들려왔다.

"산마루의 나래면, 산의 흰 날개. 산운(山雲)이군. 상당히 푹신한 이름이군."

당원들은 그 해석에 감탄하며 목소리가 들려온 쪽을 돌아보았다. 그들이 바라보는 곳을 본 사모는 동굴 좌우로 몇 개의 통로가 있음을 깨달았다. 그것들은 모두 위쪽을 향하는 계단이었다. 그리고 그중 한 계단 앞쪽에서 사모는 인간과 도깨비의 모습을 발견했다. 사모는 인간의 얼굴을 보기에 앞서 등에 있는 괴상한 쌍신검만 보고도 이미 상대가 누군지 깨달았다.

"실제로 푹신해. 달릴 땐 구름 탄 기분이야. 하지만 산운은 우레와 번개라는 두 개의 송곳니를 품고 있지. 나가 살육자."

"그럴듯하군. 암살자."

"륜은 어디에 있지, 나가 살육자?"

"위쪽에 레콘 티나한과 함께 있다. 그 두억시니들은 어떻게 된 거지, 암살자?"

"사모 페이."

"케이건 드라카."

"전에 만났던 그 높은 담을 가진 도시 외곽에서 두억시니들을 발견했어. 케이건."

"그 도시라면 자보로라고 한다. 페이."

사모와 케이건은 똑같은 판단을 내렸다. 즉, 수천의 두억시니들이 들이닥칠지 모르는 상황에서 누가 더 화를 낼 수 있는가를 견주는 행위는 무의미하다고 생각하고 있었다. 하지만 그 때문에 창을 든 당원들과 비형, 그리고 사모를 태우고 있는 마루나래까지도 담담하면서도 신속한 두 사람의 대화에 당황했다.

"자보로라는 그 도시에 경고를 해준 다음 그곳을 지나쳐 또 하나의 도시를 지나쳤어. 그 도시에도 경고를 해줄까 했어. 그런데 두억시니들은 계속 나만 따라오더군."

"그 피라미드에서부터 따라온 것인가. 두억시니들에게 뭔가 화 날 일을 했나?"

"내가 오히려 그렇게 묻고 싶은데. 내가 발견했을 때 너희들은 그 기괴한 괴물과 싸우고 있었어."

케이건은 비형을 살짝 돌아보았고 비형은 황급히 고개를 끄덕였다. 케이건은 다시 말했다.

"그렇다면 너를 쫓아온 것이 아니라 우리를 쫓아온 것일 수도 있군. 니름을 나눌 수 있었나?"

"전혀."

"의도를 확인할 방법은 몸으로 부딪쳐보는 수단밖에 없는 것이군. 비형. 쪽문을 열고 몇 사람 내보내시오."

사모와 케이건의, 거의 최면 효과까지도 일으키는 담담한 대화에 빠져들어 있던 비형은 조금 후에야 깜짝 놀라며 말했다.

"몇 사람을 내보내라니오?"

"환영을 만들어보란 말이오. 킴을 제외한 세 명의 선민 종족, 대호, 딱정벌레. 모두 다섯."

"대호는 제외해도 돼. 그 피라미드에서는 없었으니까."

케이건의 명령과 그에 덧붙여진 사모의 부연은 너무도 자연스럽다는 이유로 비형을 꽤나 혼란스럽게 했다. 물론 당원들도 그러했다. 그리고 그들 중에는 말이 척척 맞는 두 사람이 연인이거나 남매일지도 모른다는, 눈에 보이는 사실을 완전히 무시하는 가설을 나누는 자들마저 있었다. 비형 또한 그런 가설에 참여해서 종족 개념을 붕괴시키는 결론을 이끌어내는 데 일조하고 싶었지만 가까스로 자제력을 되찾은 다음 도깨비불을 만들어내었다.

비형이 만들어낸 도깨비불은 그 모습이 석양빛이라는 것을 제외한다면 도깨비와 나가, 레콘, 그리고 나늬와 매우 흡사했다. 당원들은 감탄했다. 하지만 사모는 체온이 정확하지 않다고 생각했고 케이건은 그 색깔이 마음에 들지 않는다고 생각했다. 하지만 환영을 다듬을 시간은 없었다. 케이건은 바라기를 뽑아든 다음 비형에게 말했다.

"내 주위를 따르게 하시오."

비형은 질문할 기회를 잃었다. 사모가 먼저 말했기 때문이다.

"함께 나갈 생각이야? 위험할 텐데."

"괜찮아. 다만, 내가 나간 다음 난동을 부리지 않겠다고 약속해 주면 좋겠는데. 페이. 이곳에서는 여행자의 안전을 위해 무력 사용이 금지되어 있다."

사모는 잠시 케이건을 바라보다가 고개를 끄덕였다.

"그 금지 조항이 아닌 명예를 위해 약속하지. 케이건."

케이건은 두 번 확인하지도 않고 쪽문을 향해 걸어갔다. 비형은 황급히 도깨비 불을 걸어가게 했다. 당원들은 자신들의 요새에서 주도권을 완전히 잃어버리는 상황에 어떻게 대처할 수 없었고, 그럴 의지도 별로 생기지 않았다. 그래서 그들은 구경꾼의 역할에 충실하기로 했다.

케이건은 도깨비불과 함께 밖으로 나왔다.

두억시니들은 이미 요새에서 500미터 거리까지 다가와 있었다. 케이건은 마음에 들지 않는 듯 혀를 한 번 찬 다음 달리기 시작했다. 쪽문을 열어둔 채 바라보던 비형은 황급히 도깨비불들을 달리게 했다. 그 동작은 제법 훌륭했지만, 발 아래에서 물을 튕겨올리며 달리는 케이건과 달리 도깨비불은 아무런 물방울도 튕기지 못했다.

두억시니들은 앞쪽에서 달려오는 도깨비불과 케이건을 보자 걸어오는 속도를 늦추었다. 케이건은 적당한 거리에 도달하자 역시 걸음을 늦추며 젖은 머리카락을 쓸어넘겼다. 좌우를 둘러본 케이건은 불로 이루어진 레콘과 도깨비, 나가, 딱정벌레가 자신을 잘 따르고 있음을 확인했다. 젖은 도로 위에 그들의 모습이 그림자처럼 기묘하게 비치고 있었다. 케이건은 입속으로 무의미한 말 한 마디를 중얼거렸다. 어둠 속의 밝은 그림자.

케이건과 두억시니들은 거의 동시에 걸음을 멈췄다.

비형이 조금 전에 던져둔 도깨비불은 그들의 머리 위에 떠서 빛을 뿌리고 있었다. 그 빛을 받아 빗물에 젖은 두억시니들이 번들거렸다. 어깨와 이마를 때리는 빗줄기 속에서 눈을 가늘게 뜬 케이건은 두억시니들의 모습을 면밀히 관찰했다. 그리고 케이건은 사모가 연민 때문에 깨닫지 못했던 두억시니들의 특징을 냉정하게 찾아내었다.

'기능적인 모습들이군.'

많은 두억시니들이, 비록 그 형태는 상상을 초월하고 있었지만 대칭형을 이루고 있었다. 대칭형은 모든 활동에 있어 비대칭보다 유리하다. 케이건은 그 사실이 마음에 들지 않았다.

그때 거의 티나한에 필적할 만한 거대한 체구의 두억시니가 앞으로 걸어나왔다.

두억시니의 머리는 두 개였고 양쪽 어깨에 달려 있었다. 목 위, 일반적으로 머리가 있어야 할 위치에는 오른손이 하나 붙어있었다. 케이건은 보통 생식기가 있어야 할 부분에서 왼손을 찾아내었다. 두 개의 팔 끝에는 머리카락처럼 생긴 털이 잔뜩 나 있어 마치 붓처럼 보였고 두 개의 다리는 새처럼 역관절을 이루며 뒤로 꺾여 있었다. 발끝에는 발가락이 있었지만, 그것은 불가사리처럼 사방으로 뻗어 있었다.

두억시니의 양쪽 머리 중 왼쪽 머리가 먼저 말했다. "나가."

뒤이어 오른쪽 머리가 말했다. "도깨비."

다시 왼쪽 머리. "레콘."

오른쪽 머리. "딱정벌레."

'인간도 있는데.'라고 말해 주는 대신 케이건은 빗물을 타고 흘러내리는 머리카락을 쓸어올렸다. 머리 둘 달린 두억시니는 확인이라도 하듯 말했다.

"나가."

"도깨비."

"레콘."

"딱정벌레."

두억시니의 두 머리는 서로를 돌아보고는 서로를 향해 고개를 끄덕였다. 꽤 정신 사나운 장면이라 생각하며 케이건은 잠시 한숨을 쉬었다. 자신을 긍정하는군.

다음 순간 두억시니의 오른팔이 위로 치솟았다.

잠깐 동안 케이건은 사태를 파악할 수 없었다. 그러나 빗물이 엉뚱한 방향에서 날아와 얼굴을 때리자 케이건은 무슨 일이 일어났는지 깨달았다. 두억시니는 오른팔을 아래에서부터 위로 있는 힘껏 올려쳤던 것이다. 그리고 갑자기 늘어난 그 오른손은 케이건의 왼쪽에 있던 레콘 모양의 도깨비불을 아래에서부터 자른 다음 원래 길이로 줄어들며 위로 치솟았던 것이다.

케이건은 그것을 하나도 볼 수 없었다. 땅에 고여 있던 물이 그 공격에 휘말려 솟아오르지 않았다면 케이건은 두억시니가 그냥 팔을 들어올린 거라 생각했을 것이다. 케이건은 팔에 소름이 돋는 것을 느끼며 바라기를 강하게 움켜쥐었다.

두억시니는 다시 두 개의 얼굴로 서로를 쳐다보며 고개를 갸웃했다. 그리고 두억시니는 두 팔을 동시에 휘둘렀다.

긴장하고 있던 케이건은 가까스로 자신의 가설이 맞았음을 확인할 수 있었다. 그가 볼 수 있었던 것은 잔영뿐이었지만 두억시니의 두 팔은 분명히 순간적으로 늘어나며 케이건의 왼쪽에 있는 레콘과 오른쪽에 있는 나가를 휩쓸고 돌아갔다. 마치 늘어나는 채찍 같았다. 그리고 케이건은 그것이 완전히 돌아가기 직전 붓처럼 생긴 털들 사이로 오릭스의 뿔같이 생긴 것이 안으로 사라지는 것도 목격했다.

'팔이 늘어나는 것이 아냐. 팔 안쪽에 들어 있던 긴 뿔이 팔을 휘두를 때마다 튀어나왔다가 들어가는 거다.'

요새 쪽에서 비명 같은 것이 들려왔다. 좀 멀리 떨어져 있던 자들은 케이건보다 더 잘 볼 수 있었던 모양이다. 그리고 케이건은 누가 가장 정확하게 보았는지 알 수 있었다.

"도—망—쳐—케—이—건!"

하지만 케이건은 도망치지 않았다. 두 번의 공격이 모두 무위로 돌아간 상황에 대해 두억시니들이 어떻게 반응하는지 확인하려고 결심했기 때문이다. 케이건은 머릿속으로 두억시니들이 분명 '인간'에 대해서는 말하지 않았다는 것을 되새겼다.

그러나 케이건은 곧 그 결심을 포기했다. 두억시니의 두 개의 머리가 이렇게 말했기 때문이다.

"냄새."

"맡자."

오른쪽 머리가 대답을 끝냈을 때 케이건은 이미 요새를 향해 달려가고 있었다. 말 그대로 뒤도 돌아보지 않는 도주였다. 케이건은 '나가와 도깨비와 레콘과 딱정벌레'의 냄새가 어디서 날지 너무도 잘 알고 있었다.

그리고 조금 후 두억시니도 그 냄새가 어디서 나는지 알게 되었다. 멀어지는 냄새를 향해 두억시니는 달리기 시작했다. 그리고 그 뒤로 삼천의 두억시니가 괴성을 내지르며 달렸다.

"사랑은 착한 뼈다귀!"

케이건은 제때 쪽문 안으로 뛰어들었다. 케이건이 뛰어들자마자 비형과 당원들은 황급히 문을 걸어 잠갔다. 그리고 그들은 철문 뒤에서 숨소리까지 죽인 채 소리에 귀를 기울였다.

잠시 후 철문을 두드리는 굉음이 들려왔다. 그 소리는 그들의 예상을 훨씬 뛰어넘는 수준이었고 동굴 안에 있는 터라 대단한 진동음이 사람들을 강타했다. 사람들은 모두 귀를 틀어막았다. 심지어 사모 페이까지도 황당한 표정으로 귀를 막았다. 굉음 속에서 케이건은 악쓰듯이 말했다.

"비형! 문을 가열하시오!"

"네? 뭐라고요?"

"문을 가열하라고!"

"어, 그러면 다칠 텐데요?"

케이건은 손 대자마자 타죽을 정도로 가열했으면 좋겠다고 말하지는 않았다. 그것이 비인도적이어서가 아니라 비형이 받아들일 리 만무했기 때문이다.

"물이 끓을 정도로! 그 정도면 손을 댈 엄두는 못 내겠지. 철문이니까 쉽잖소!"

비형은 고개를 끄덕이며 몇 개의 뜨거운 도깨비불을 만들어 철문에 붙였다. 사모는 철문의 색채가 변하는 것을 볼 수 있었다. 잠시 후 밖에서 비명이 들려오며 철문을 두드리는 소리가 줄어들었다. 사람들은 귀를 막고 있던 손을 떼며 한숨을 내쉬었고 비형은 철문에 붙여두었던 도깨비불을 얼른 없애버렸다. 케이건은 한숨을 내쉬었지만 비형을 질타하지는 않았다.

"좀 이따 식으면 다시 붙이시오."

그리고 당원들을 돌아본 케이건은 그들이 불신의 눈초리를 보내어오고 있음을 깨달았다.

계속되는 비일상적인 상황들에 미처 대응하지 못하던 당원들은 상황이 조금 진정되자 비로소 그곳이 그들의 요새라는 지극히 당연한 사실을 깨달았다. 케이건이 요새를 보호하고 있음은 분명했지만, 그 과정에서 케이건은 당의 양해나 협조를 조금도 구하지 않은 채 독단적으로 행동했다. 그것은 결코 유쾌한 일이 될 수 없었다. 그들을 지휘하고 있던 우두머리는 그런 자신의 심사를 명확하게 반영하는 표정을 지은 채 케이건에게 말했다.

"이제 와서야 소개한다는 것이 좀 우습긴 하지만, 나는 하르체 도빈이라고 하오. 어쩌실 작정이오?"

케이건은 조용히 되물었다.

"케이건 드라카요. 어쩔 작정이냐니, 무슨 말이오?"

"당신이 모든 상황을 다 통제하는 것처럼 보이니 묻는 거요. 설마 이제 와서 '여긴 당신들 요새니 당신들이 알아서 하라'라고 하지는 않으시겠죠? 바깥의 두억시니들은 어떻게 처리하고 저 산양을 쥐고 있는 나가는 어떻게 대해야 하는지 좀 지시해 주겠소?"

케이건은 무표정하게 하르체를 바라보았다. 그리고 하르체는 케이건이 자신의 말 속에 숨어 있는 뼈를 못 알아들었으리라고는 생각하지 못했다. 그러나 그때 케이건은 하르체의 말을 잘 이해하지 못하고 있었다. 아무런 표정도 없이 하르체를 바라보며, 케이건은 그 말에 대해 어떻게 대답해야 하는지 고심했다. 하지만 머릿속은 혼란스러웠다.

나는 길잡이인데.

케이건은 길잡이였다. 그리고 시구리아트 유료 도로당에 체류 중인 여행자이기도 했다. 하지만 케이건은 후자까지 고려하고 있지는 않았다. 상황이 급박하게 전개될 때, 케이건은 '다른 것을 모두 거부하면서 자신에게 규정해 두었던 길잡이의 역할'만을 충실히 수행했다. 케이건은 그런 자신의 행동이 이곳의 주인인 당원들을 소외시키는 것이었음을 아주 힘들게 깨달았다. 무표정한 얼굴 뒤에서 케이건은 비명을 질렀다.

'한 번에 하나씩만 요구해, 제발! 둘, 셋은 안 돼. 생각해 두지 않았어! 어떻게 행동해야 할지 생각해 두지 않은 역할은 할 수 없어! 길잡이로 행동하면서 동시에 너희들의 손님으로 행동하라고? 불가능해!'

"하르체."

갑자기 들려온 신비로운 목소리에 모든 이의 시선이 돌아갔다. 마루나래의 등 위에서 사모는 차분하게 말했다.

"부탁받지도 않고서 도와준 이에게 왜 도와줬냐고 따질 것까진 없지 않을까. 물론 그것을 참견이라고 부를 수도 있지만, 자신의 목숨을 걸고서 도와준 것까지 참견이라고 하지는 않을 텐데."

비형은 그것을 그날 저녁 일어난 가장 놀라운 사건으로 꼽았다. 두억시니의 출현조차도 사모 페이가 케이건을 거든 것에 비하면 시시한 사건으로 여겨졌다. 케이건 또한 놀란 눈으로 사모를 바라보았다.

하르체는 사모의 목소리에 약간 몽롱한 기분까지도 느꼈다가 황급히 정신을 차리며 말했다.

"당신은 조용히 하시지! 지금 당신의 입장은 분명히 불법 침입자야."

"당신들이 문을 열어주었지."

"그 산양으로 협박했잖아! 그리고 저 두억시니들을 끌고 온 것도 당신이고!"

당원들은 그 말에 새로이 분노를 불태우며 사모를 바라보았다. 하지만 사모는 고개를 가로저었다.

"저 두억시니들이 누구를 쫓아왔는지는 조금 전에 확실해진 것 같은데. 공격하기 전, 그 괴상한 두억시니는 도깨비불을 관찰하는 것 같더군. 그리고 뭐라고 말도 하는 것 같던데, 나는 듣지 못했어. 그 두억시니가 뭐라고 했는지 말해 줄 사람 없어?"

케이건이 무의식 중에 대답했다.

"나가, 도깨비, 레콘, 딱정벌레."

사모와 비형, 그리고 당원들이 케이건을 바라보았다. 케이건은 다시 말했다.

"나가, 도깨비, 레콘, 딱정벌레라고 말했다. 그리고 공격했다."

"그랬나. 그렇다면 저 두억시니들이 나가, 도깨비, 레콘, 딱정벌레로 구성된 일행을 추적해 왔다고 생각하는 것이 지나치게 대담한 추리일까?"

케이건의 고개가 홱 돌았다. 갑자기 케이건의 시선을 받게 된 비형은 당황했다.

"말하시오. 그들과 싸운 이유가 뭐라고 했소?"

"예? 어, 말씀드렸잖습니까? 그 유해의 뱀은 우리가 두억시니의 신을 죽였다고 말했, 아니, 닐렀습니다. 어, 그러고 보니 그 정도 이유라면 이곳까지 쫓아올 정도의 이유가 되긴 하겠군요?"

사모는 그 말에 고개를 끄덕였다.

"나도 그곳에 있었고, 비슷한 니름을 들었어. 그 괴수는 '너희들이 또 신을 죽이게 내버려두진 않겠다'고 닐렀어."

케이건은 비형과 사모를 번갈아 쳐다보고는 긴 한숨을 내쉬었다.

"전대미문의 누명이로군. 살신 누명이라니."

당주 보좌관은 웃지도 않으며 말했다.

"정리하겠으니 들어주시오. 당신들은 두억시니로부터 그들의 신을 죽였다는 혐의를 받았소. 그리고 그 때문에 화가 난 두억시니들이 이곳까지 당신들을 추적한 거요. 그렇다면 이제 내가 당신들에게 정말로 두억시니의 신을 죽였냐고 물어야 되는 거요?"

불행히도 비형은 보좌관의 질문이 재미있다고 생각했다. 그래서 진지하게 대답했다.

"발뺌하려는 건 아닌데요, 보좌관님. 그때는 밤이었고 너무 어두워서 확신할 수가 없군요. 우리는 보통 밤에 신을 죽이거든요. 낮에는 좀 뭣하잖아요?"

케이건은 한숨을 내쉬었고 사모는 미소를 지었다. 보좌관은 덩치 큰 도깨비를 날카롭게 쏘아보다가 다시 철문을 바라보았다. 조금 전부터 그 철문은 고요했다.

두억시니들은 철문이 쉽게 식지 않는다는 사실을 깨달은 것 같았다. 보좌관은 케이건을 보며 말했다.

"당신들의 용은 저 두억시니들을 쫓아버릴 수 있을 거요. 불을 토할 줄 알 테니. 그렇지요?"

"당신도 이미 봐서 알겠지만 그 용은 말을 알아듣지 못하오. 성격은 어린애 같고. 륜이 위험에 처하면 도우려고 나서지만, 그런 식의 명령이 가능할지는 모르겠소."

"시도해 주시면 고맙겠소."

케이건은 사모를 흘끔 바라보고는 말했다.

"저 나가가 있는 곳에 륜을 내려오게 할 수는 없소. 하르체. 당신들 중 한 명을 보내줬으면 좋겠는데."

하르체는 그렇게 했다. 당원 한 명이 계단을 뛰어올라갔다. 사모는 그 당원이 어느 계단으로 올라가는지를 유심히 바라보았다. 그때 보좌관이 사모에게 말했다.

"그러고 보니 당신. 그 산양을 계속 들고 있을 거요?"

"나도 별로 마음에 들지는 않지만, 이게 내 안전의 담보물인 것 같아서."

"뭣하러 그걸 잡았소?"

"먹으려고."

"그럼 드시오."

하르체와 다른 당원들이 분노 섞인 비명을 내질렀다. 하지만 보좌관은 차분하게 말했다.

"곧 죽을 것 같군. 당신들은 산것만 먹지 않소?"

사모는 고개를 약간 갸웃한 채 보좌관을 보다가 말했다.

"이걸 먹은 후에도 내 안전을 보장할 거야?"

"은편 일흔다섯 닢 내면."

"……뭐라고?"

"두억시니가 당신을 따라온 것이 아니라면, 당신을 도로 통행자로 인정하는 것에 대한 문제는 한 가지밖에 없소. 아직 통행료가 수령되지 않았다는 거지. 대요금표에 따르면 나가의 통행료는 은편 열 닢이오. 그리고 대호는 열다섯 닢."

"그런데 왜 일흔다섯 닢이지?"

"우리 도로에서 무단으로 사냥했을 경우의 벌금이 쉰 닢이오. 덫이나 활 등의 수렵 도구가 여행자의 안전을 위협할 수 있으므로 사냥은 금지되어 있소."

사모는 미소 지으며 금편 하나를 내밀었다. 북쪽에서 사용되는 것과 형태가 약간 다른 금편을 본 보좌관은 무게를 재어보고 나서 거슬러주겠다고 말했다. 사모는 불만이 없다는 듯이 고개를 끄덕이고는 주저없이 산양을 집어삼켰다. 당원들의 얼굴이 파랗게 변했고 비형은 진저리를 치며 고개를 돌렸다. 그러나 보좌관은 산양 한 마리가 그대로 입으로 들어가는 광경을 보면서도 태연하게 말했다.

"차후에 이 도로를 이용할 때는 미리 길 양식을 준비하도록 하시오. 벌금을 내고 사냥하면 된다고 생각한다면 곤란하오."

당원들이 불평 어린 표정을 지으면서도 감히 입 밖으로 내어 말하지 못하는 것을 본 사모는 보좌관의 권위가 겉으로 보이는 것과 달리 상당한 높을 거라 생각했다.

"주의하지. 이제 나는 당신들에게 보호받을 수 있는 손님이야?"

"그렇소. 그리고 손님답게 무력 사용은 삼가시오."

"아차. 그런 책임도 있나 보군."

사모는 당했다는 몸짓을 과장되게 취해 보였다. 하지만 보좌관은 여전히 웃음기 없는 얼굴로 말했다.

"그렇소. 당신네들 사이에 어떤 불편한 관계가 있나 본데, 그게 무엇인지 모르겠지만 그 관계는 이 도로를 떠난 다음 해소하시오. 그것은 유료 도로당의 규칙이고, 고대의 왕들도 그 규칙은 존중했소. 그래서 왕의 죄인이라도 유료 도로 상에서는 무력으로 체포하지 못했소."

사모는 고대의 왕들이 그 규칙을 존중했다는 것에는 별 관심이 없었지만 보좌관의 사리에 맞는 언동은 존중해도 괜찮겠다고 생각했다. 그때 비형이 엉뚱한 말을 꺼내었다.

"왕들도 못 하는 게 많았군요?"

케이건은 비형을 돌아보았다. 비형은 얼떨떨한 표정으로 말했다.

"자보로에서 당신이 그러셨죠. 고대의 왕들도 사원의 봉문은 건드리지 않았다고. 그리고 보좌관님은 왕들이 유료 도로에서 죄인을 무력으로 체포할 수 없었다고 하시는군요. 그렇다면 왕이 못 하는 일이 꽤 많았나 보군요? 왕은 뭐든 자기 마음대로 할 수 있는 사람 아닌가요?"

"제왕병 환자들은 그렇게 생각할지 모르겠지만, 선지자나 키타타 자보로 같은 이들이 뭐든 제멋대로 하려는 망나니를 그렇게 원할 것 같지는 않소. 비형."

비형은 입을 벌린 채 고개를 끄덕였다.

당원의 말을 전해 들은 륜은 난감한 표정으로 아스화리탈을 바라보았다. 케이건은 도깨비불 하나로 아스화리탈을 마음대로 조종했지만 륜은 그런 기지를 이끌어낼 수 없었다. 팔짱을 낀 채 바라보는 티나한의 눈초리를 거북하게 느끼며 륜은 아스화리탈을 들어올렸다. 아스화리탈은 륜의 두 손에 몸을 맡긴 채 긴 머리와 네 다리, 그리고 꼬리와 날개까지 축 늘어뜨렸다.

"죽은 척은 관두고 내 말 좀 들어봐. 저 두억시니들을 쫓아낼 수 있어?"

아스화리탈은 륜의 목소리에 반응했지만 무슨 말인지는 도통 알아듣지 못했다. 그저 고개만 좌우로 까딱거리는 어린 용을 보며 륜은 답답해지는 것을 느꼈다. 그 모습을 보다 못한 티나한이 결국 참견하고 나섰다. 륜은 티나한이 내놓은 의견에 거의 울고 싶은 기분까지도 느꼈지만 다른 의견을 내놓을 수 없어 어쩔 수 없이 그 의견을 따랐다.

그리하여, 마침내 아스화리탈은 멍한 눈으로 티나한의 혼신을 다한 두억시니 연기와 륜의 처절하기까지 한 용 연기를 감상해야 했다.

"나는 사나운 두억시니다. 우워어어. 나는 정말 사납다."

"내 불을 받아라. 후우우우. 내 불을……."

'잠깐. 저는 꼬리가 없는데요?'

'발이라도 올려.'

류은 울먹거릴 듯한 얼굴로 왼발을 얼굴 앞에 올렸다. 두 팔을 날개처럼 펼친 채 오른발로만 서서 비틀거리는 류의 모습은 실로 가관이었다. 류은 처참한 기분 속에서 자신의 왼발에 입김을 불었다.

"자. 내 불을 받아라. 후우우우. 정말 뜨겁지?"

"으아아, 뜨겁다. 너무너무 뜨겁다."

티나한이 방바닥을 구르며 고통스러워하는 것으로 장대한 연기는 대단원의 막을 내렸다. 류과 티나한은 아스화리탈을 바라보았다. 그리고 넋이 나간 듯한 아스화리탈의 모습을 보고는 작게 속삭였다.

'통하는 것 같지?'

'솔직히 대답해도 돼요?'

'하지 마. 한번 더 해보자.'

"나는 진짜진짜 사나운 두억시니다……."

두 사람이 두 번 더 같은 연기를 반복한 후에도 아스화리탈은 멍한 눈으로 바라보기만 했다. 티나한은 최소한 관심을 잃지는 않은 것을 보니 뭔가 감동을 받은 것이 분명하다고 주장했고 류은 아스화리탈이 너무 기가 막혀 그러는 것이 아닌가 의심했다. 하지만 똑같은 짓을 반복하고 싶은 생각은 없었기에 류은 아스화리탈을 안아올린 다음 창가로 걸어갔다.

"제발 우리가 했던 대로 해줘. 부탁이야!"

그리고 류은 창밖으로 아스화리탈을 던지듯 날려보냈다.

두 사람이 아스화리탈에게 뭔가 감동을 준 것은 분명했다. 그렇지 않다면 아스화리탈이 불에 타며 괴로워하는 티나한의 박력 넘치는 연기를 그대로 재연해 보였을 리는 없으니까.

류과 티나한의 활약을 전해 들은 케이건은 다시 한숨을 내쉬었고 사모는 미소를 지었다. 그리고 비형은 배를 붙잡고 웃었다. 보좌관은 그런 도깨비를 물끄러미 바라보다가 케이건에게 말했다.

"혹 저 두억시니들을 퇴거시킬 만한 다른 수단을 제안하실 수 있겠소?"

"떠오르는 바가 없소."

"그렇다면 지금 시간부터 상황은 당이 맡도록 하겠소. 당의 통제를 따라주길 바라오."

"좋으실 대로."

보좌관은 사모를 바라보았다.

"당신은?"

"통제를 따르지."

보좌관은 고개를 끄덕이고는 가볍게 몸을 돌려 하르체를 바라보았다.

"당은 지금부터 관문 바깥의 두억시니를 적으로 규정하고 전투 상황에 돌입한다."

"적입니까? 하지만 저 두억시니들은 여기 있는 이자들을 추적해 온 것 아닙니까."

"이자들에게는 이미 통행료를 받았다. 그리고 숙박비도 꼬박꼬박 지불했고. 애초에 도로 사용이나 숙박을 거절했으면 모르되 이미 허락한 이상은 우리 손님으로 인정해야 한다."

"하지만 그렇다고 해도 이건 두억시니들과 이자들의 문제입니다. 우리가 왜 싸워야 하지요?"

"저 두억시니들은 통행료를 안 냈다."

하르체와 당원들은 가슴 벅찬 표정으로 보좌관을 바라보았다. 물론 그 설명을 납득했기 때문은 아니었다. 보좌관은 당원들의 표정에는 아랑곳하지 않은 채 말했다.

"너희들이 그걸 잊어먹지 않았기를 바라며, 전투 배치에 임할 것을 명령한다."

하르체와 당원들은 그제야 당황했다. "내 전투 배치가 어디지요, 하르체?", "젠장, 네 당원패를 보면 알 거 아냐!", "당원패에 그런 것도 있어요? 어, 진짜네?" 당원들은 품속에서 꺼낸 조그마한 나무패를 열심히 들여다보며 자신들의 위치를 찾아 허둥지둥 달려갔다.

당원들이 모두 떠나자 동굴 안에는 케이건과 비형, 사모 페이와 대호, 그리고 보좌관만이 남게 되었다. 보좌관은 그들을 향해 말했다.

"이곳에는 곧 돌격 대원들과 관문 봉쇄조가 배치될 거요. 그러니 빨리 움직여야겠소. 당신 두 사람은 자신의 방으로 돌아가서 나오지 마시오."

보좌관은 사모를 바라보았다.

"그리고 남쪽에서 온 여인. 관문을 통과하겠소, 아니면 여행자 숙소에 머물겠소?"

사모는 케이건과 비형을 바라보고는 말했다.

"숙소에 머물지."

케이건은 무표정한 얼굴로 사모의 시선을 받아내었다. 보좌관은 대호를 보며 인상을 조금 찌푸렸다.

"하루 동안은 무료요. 그다음부터는 숙박비를 내야 하고. 그런데 그 대호와 함께 방을 쓰겠소, 아니면 마구간을 이용하겠소? 난 전자를 권하고 싶소만. 말들이 겁을 먹을 테니."

"함께 쓰겠어."

"따라오시오."

사모는 보좌관을 따라가다가 문득 케이건과 비형이 반대쪽 벽으로 걸어가는 것을 깨달았다. 사모는 보좌관이 그들을 떼어놓으려 한다는 것을 깨달았다. 하지만 통제를 받아들이기로 했기 때문에 사모는 반대하지 않았다. 커다란 계단을 올라간 보좌관은 사모에게 빈 방 하나를 내어주고는 전투 상황이 종료될 때까지 방 밖으로 나오지 말 것을 명령한 다음 떠났다. 문을 밀어본 사모는 그것이 밖에서 잠겼음을 깨닫고는 쓴웃음을 지었다. 그리고 사모는 쉬크톨을 뽑아 륜이 건물 어디쯤에 있는지 방향을 감지해 본 다음 옷을 벗었다.

케이건과 비형 또한 방으로 돌아온 다음 밖에서 문을 잠그는 소리를 들었다. 륜은 케이건을 보자마자 질문했다.

"누님은 어떻게 됐죠?"

"여행자 숙소에 머물기로 했다. 어디에 있는지는 나도 모르고, 또한 지금은 만나 볼 수 없을 거다. 이 요새는 두억시니들과의 전투 상황에 돌입했고 그 때문에 손님들은 얌전히 방 안에 있어야 하는 모양이다."

비형이 감탄하며 말했다.

"그 위엄왕의 엉터리 병사들보다는 이 요새의 당원들이 훨씬 병사답더군요. 뭔가 대단히 조직적이고 체계적이라는 느낌을 받았어요. 그렇잖아요?"

"천사백여 년 동안 이 자리를 지켜온 자들이니까."

티나한은 벽에 팔꿈치를 괸 채 창밖을 내려다보며 말했다.

"그렇더라도 저런 것을 막아낼 수 있을까? 저놈들, 자세히 보니 피라미드에서 만났던 그 엉터리 같은 두억시니와는 좀 달라 보이는데. 그 유해의 뱀이 특별히 신경 써서 골라 보낸 것 같아."

케이건은 고개를 끄덕였다.

"나도 저놈들이 예삿것들은 아니라고 판단했소. 하지만 시구리아트 유료 도로당도 호락호락한 자들은 아니오. 어쨌든 주퀘도 사르마크로 하여금 결국 은편 열 닢을 내게 만든 자들이니까."

티나한은 그게 무슨 말이냐고 물으려 했다. 그러나 그때 요새 전체를 울리는 거대한 나팔 소리가 들려왔다. 나팔 소리는 빗줄기 사이로 한없이 울려퍼졌고 잠시 후 산봉우리들이 그 나팔 소리를 되돌려 보냈다. 산맥 전체가 폭풍의 밤하늘을 향해 떨쳐 일어나는 것 같았다.

시구리아트 유료 도로당이 신을 잃은 자들을 상대로 전투를 선언한 것이다.

노기 하수언은 우수한 도깨비 대장장이였다. 그 이름에서 알 수 있듯 하수언 지방에서 태어난 그는 나이 열다섯이 되었을 때 이미 하수언 지방 최고의 대장장이로 손꼽혔다. 노기가 특히 장기로 삼았던 것은 기계 장치 분야였다. 그는 자신의 재주로 동료 도깨비들을 즐겁게 할 움직이는 인형이나 장난감 등을 만들어내었다. 노기가 만들어낸 걸작들 중에서는 특히 강철 딱정벌레가 유명하다. 그 딱정벌레는, 비록 그의 야심찬 시도에도 불구하고 하늘을 날 수는 없었다. 하지만 그 딱정벌레는 볼품사납게 걸어다녔고 사람들의 다리를 걸어 넘어뜨렸으며 한밤중에 죽은 자라도 일어날 것 같은 괴성을 질러 귀먹은 도깨비를 제외한 모든 도깨비들을 잠자리에서 뛰쳐나오게 만드는 등의 사랑스러운 재주를 가지고 있었다. 그것은 수천 개의 톱니바퀴와 지렛대, 도르래, 그리고 노기가 불어넣은 도깨비불 몇 개가 이루어낸 기적이었다. 그 누구도 그 작동 원리를 깨닫지 못했다. 그리고 아무도 질문할 생각을 못했지만 노기 자신도 알지 못하는 듯했다. 그 증거로 노기는 무수한 요청에도 불구하고 두 번째 딱정벌레를 만들지 않았다. 물론 도깨비들은 우연의 주관하에 어쩌다가 만들어낸 작품이라 해서 그 딱정벌레를 폄하하지는 않았다. 도깨비들의 속담을 따르자면 '길에서 돈을 주우려면 최소한 발아래는 살펴야 하는' 것이다. 같은 속담이 노기에게 적용된다면 '우연히 강철 딱정벌레를 만들어내었다면 최소한 뭔가를 만들어낼 생각은 했어야 하는' 것이다.

그렇게 노기는 그만이 '우연히' 만들어낼 수 있는 재미있는 창작품들을 남기다가 나이 예순이 되었을 때 생에 작별을 고했다. 그가 죽은 이후로 도깨비들은 결코 그런 '우연의 장난감'들을 만들어내지 못했다. 도깨비들이 옳았던 것이다. 행운도 그걸 찾아 다니는 사람에게 깃드는 것이다. 뒤집어 말한다면, 행운이 노력하는 자의 위대함을 깎아내리지는 않는다는 말도 된다. 그래서 도깨비들은 노기의 강철 딱정벌레를 우연의 소치로 치부해 폄하하지 않았던 것이다.

그 이야기를 알고 있던 갈로텍은, 그래서 눈앞에 놓인 도면을 보며 머리를 싸매어야 했다.

갈로텍은 노기 하수언이 "나는 할 바를 다 했어. 어쩌면 우연히 작동할지도 모르지."라고 말한 것을 그냥 지나칠 수 없었다.

갈로텍은 자신 속에서 노기를 불러내어 확인하고 싶었지만 워낙 오래간만에 의식의 전면으로 나섰던 그 도깨비 대장장이는 피로감 때문인지 깊은 잠에 빠져들어 갈로텍의 계속된 소환에 불응했다. 물론 갈로텍에게는 복잡한 기계의 설계도를 쉽게 읽어내는 능력 같은 것은 없었다. 도면을 바라보며 고심하던 갈로텍은, 결국 소용이 없으리라 생각하면서도 다시 노기를 불렀다.

소용이 없는 정도가 아니라 상황이 더 나빠졌다. 갈로텍의 부름에 대답한 것은 그가 전혀 달가워할 수 없는 사람이었다.

"이게 뭐야? 무슨 설계도 같은데?"

"주퀘도. 당신을 부르지는 않았는데요."

주퀘도는 갈로텍의 항의를 무시하며 갈로텍의 입술을 움직였다.

"노기 하수언이 그린 건가? 그에게 뭘 만들어달라고 했는데?"

"당신이 알 바 아니잖습니까."

"노기도 짜증스러웠겠군. 금속판에 철필로 도면을 그려야 했으니. 게다가 너희들처럼 불을 제대로 다룰 줄 모르는 자들도 만들 수 있게 설계하려면 몇 배나 힘들었을 텐데."

갈로텍은 놀랐다. 주퀘도가 말한 것은 노기가 투덜거렸던 말 그대로였다. 문득 갈로텍은 주퀘도가 생전에 거장으로 불렸던 사람임을 떠올렸다. 비록 성격이 전혀 다른 분야의 거장이긴 했지만, 어쩌면 거장은 다른 거장의 솜씨를 알아볼지도 모른다는 희망이 갈로텍을 흥분하게 했다.

갈로텍은 주퀘도가 신경 쓰지 않던 왼손을 움직여 탁자에 있던 물그릇을 들어 금속판 위에 부었다. 주퀘도는 갈로텍이 무슨 짓을 하는지 보겠다는 듯이 뒤로 물러나 몸을 쓰게 해주었다. 갈로텍은 수건을 들어 금속판을 닦았다. 그러자 예리한 철필에 의해 그어진 부분에 물기가 남았다. 물은 열을 삼킨다. 주퀘도는 나가의 시력을 통해 금속판 위에 선명한 도면이 떠오르는 것을 보았다. 갈로텍은 다시 뒤로 물러나며 주퀘도를 앞에 내세웠다.

"주퀘도. 보입니까?"

"이런, 멍청한 질문을. 눈은 네 거잖아. 네가 보이면 나도 당연히 볼 수 있어. 재미있는 도면이군."

"이게 제대로 작동하겠습니까?"

"오오!"

"예? 왜 그러시죠?"

"작동하는 거였구나."

갈로텍은 주퀘도를 한 대 때려줬으면 좋겠다고 생각했다. 물론 자기 자신을 때리지 않고서는 그렇게 할 수 없다는 사실 때문에 분을 억눌러야 했지만. 주퀘도는 갈로텍이 싫어하는 웃음소리를 몇 번 터뜨린 다음 말했다.

"상당히 복잡한데. 너희 대장장이들이 이걸 만들 수 있을까? 인간 대장장이들도 도깨비 방식으로는 도저히 만들 수 없어. 아마 최후의 대장장이도 도깨비 방식으로는 못 만들걸."

"불을 자유자재로 쓸 수 없는 사람도 만들 수 있게 설계해 달라고 몇 번이나 당부했습니다. 노기도 알아들었고요."

"그렇다면 다행이군. 그런데 이건 도대체 뭐지. ……이러면 내부의 온도가 떨어지는 건가?"

갈로텍은 깜짝 놀랐다.

"주, 주퀘도! 이 도면을 이해할 수 있습니까?"

"여기 노기가 끄적거려 놓았는데. 두 기체가 혼합되면 내부 온도가 하강한다."

갈로텍은 자신의 얼굴을 한 대 때리는 행위에 대해 심사숙고하기 시작했다. 그런 갈로텍의 고민에는 신경도 쓰지 않은 채 주퀘도는 흥미롭다는 듯이 도면을 들여다보았다.

"대충 보건대 대단한 물건인가 보군. 나야 도저히 이치를 모르겠다만, 아무래도 이건 내부를 차갑게 만드는 장치인 것 같은데? 그런데 왜 이런 복잡한 물건이 필요하지? 뭔가를 차갑게 만들려면 그냥 커다란 물통과 그 속에 가득 든 물만 있으면 되는 거잖아."

"당신 고향을 기준으로 생각하지 말아요. 여긴 하텐그라쥬입니다. 금속통에 넣어둔 물은 금방 뜨뜻해집니다."

"그러면 서늘한 동굴 속에 넣어두거나 땅속에 묻으면 되잖아."

"그럴 수 있으면 저도 그랬을 겁니다. 그런 방법을 쓸 수가 없기 때문에 이런 걸 부탁한 거죠."

"너희들 수호자들이 여자들 몰래 마실 찬 술을 보관해 두려는 건가?"

"우리에겐 그 술이라는 정신을 좀먹는 음료가 없어요. 젠장. 도와줄 것이 없다면 좀 내려가시죠? 죽은 지 그렇게 오래되었는데 왜 그렇게 활기찬 거죠?"

"자고 싶지 않아. 갈로텍."

"왜 자고 싶지 않은데요?"

"못된 꿈을 꿨어. 잠들기보다는, 네가 말하는 그 정신을 좀먹는 음료를 마시고 싶군."

어이없어 하던 갈로텍은 문득 자신의 입에서 흘러나온 목소리가 담고 있는 불편한 심리를 깨달았다. 갈로텍은 조심스럽게 입을 움직였다.

"무슨 꿈을 꿨습니까?"

"전투의 꿈이었어."

"전투야 당신의 인생이었잖습니까."

"특별했던 전투가 하나 있지."

갈로텍은 이해했다. 거장의 자존심에 남겨진 그 무서운 상처는 평생 그를 괴롭힌 것으로도 모자라 죽은 후에도 거장을 괴롭히고 있었다.

"시구리아트 유료 도로당과의 전투군요."

주퀘도는 침묵했다. 갈로텍은 잠시 입을 마음대로 움직일 수 있는 권리를 획득했지만 그걸 이용해서 꺼낼 만한 말은 떠오르지는 않았다. 그래서 갈로텍은 잠시 후 주퀘도가 갑자기 입을 움직였을 때 차라리 안도감을 느꼈다.

"5개월 동안 죽어간 병사가 일만 명이었어! 일만 명이 죽었는데도 난 그 빌어먹을 요새에 어떤 결정적인 타격도 줄 수 없었어. 결국 은편 열 닢을 내야 했지. 그게 내 자존심의 값이었어. 그리고 내가 지불해야 했던 전쟁 배상금이었고. 제기랄, 그

악당들은 차라리 내 목을 요구했어야 했어! 은편 열 닢이라니, 사악하기 짝이 없는 놈들 같으니!"

갈로텍은 주퀘도가 쉽게 물러나지 않을 것임을 깨달았다. 정신적인 한숨을 내쉰 다음, 갈로텍은 의식의 배후로 조금 물러나 자리잡았다. 그리고 왕에 가장 가까이 다가갔던 제왕병자, 혹은 죽음의 거장이라 불렸던 인간의 추억을 경청했다. 수십 번째 듣는다는 내색은 하지 않은 채.

우레 소리를 닮은 '쿠르르르' 하는 소리에 티나한은 천장을 바라보았다. 그것은 분명 무거운 물체가 빠른 속력으로 구르고 있는 소리였다. 그리고 잠시 후 창밖으로 시구리아트 산맥의 폭풍보다 더 거센 기세로 돌멩이들이 떨어져 내렸다. 티나한은 재빨리 아래쪽을 바라보았다. 두억시니들의 머리 바로 위로 떨어진 돌들은 두억시니의 살점을 으깨고 뼈를 부수었다. 소름끼치는 비명과 함께 두억시니들은 뒤로 물러나려 발버둥쳤다. 하지만 삼천이나 되는 대규모의 인원이 밀집하여 있었기 때문에 뒤로 물러나는 것은 쉽지 않았다. 다시 묵직한 소리가 울린 다음 허둥거리는 두억시니들의 머리 위로 또다시 돌멩이의 벼락이 쏟아져내렸다. 티나한은 감탄했다.

"위쪽에 투석구들이 배치되어 있군!"

티나한의 추측대로였다. 요새 상층부에는 바깥과 완전히 격리된 긴 방이 있었다. 그 안에서는 투석수라 불리는 자들이 방의 벽면에 있는 구멍들을 통해 방 안에 쌓여 있던 돌들을 굴려넣고 있었다. 궤도를 따라 가속하며 굴러내린 돌들은 허공에 해방되자마자 가공할 살육 무기가 되어 두억시니의 머리 위로 떨어져내렸다.

두억시니들은 악다구니를 쓰며 가까스로 뒤로 물러났다. 그러나 낙석은 겨우 시작 신호에 불과했다. 두억시니들이 낙석의 궤도에서 물러나자마자 무수한 쇠뇌들이 요새에서 뿜어져 나왔다. 바깥에서 요새를 본 적이 있는 티나한은 도대체 어느 구멍에서 그 많은 쇠뇌들이 발사되는 건지 의아하게 여겼다. 포악한 화살들이 두억시니들의 무리를 덮치자 거친 비명과 말을 이룰 수 없는 함성들이 산맥을 진동시켰다. 티나한은 한껏 흥분하여 방 안을 돌아보았다. 전사의 고양된 투쟁심을 표현하려던 티나한은, 그러나 동료들의 우울한 얼굴을 보며 움찔했다.

류은 사모 페이에 대한 생각을 하며 멍하니 아스화리탈을 바라보고 있었다. 그리고 비형은 바깥에서 들려오는 비명들을 듣지 않겠다는 듯이 자신의 귀를 틀어막은 채 창에서 등을 돌리고 앉아 있었다. 그리고 케이건은 손에 모포를 든 채 걸어오고 있었다. 티나한의 눈을 마주보며 케이건은 모포를 살짝 들어올려 보였다.

"창문을 막고 싶은데. 더 볼 거요?"

"창문을 왜?"

케이건은 턱으로 비형의 등을 가리켜보였다. 티나한은 창문 앞에서 비켜섰고 그러자 케이건은 모포를 뭉쳐 창문을 틀어막았다. 바깥에서 들려오는 날카롭고 처절한 소리가 한결 줄어들었다. 비형은 고개를 돌려 케이건 쪽을 보고는 침울하게 고개를 끄덕였다.

케이건은 문 앞으로 걸어가 자리를 잡으며 말했다.

"모두들 자도록 하시오."

"너는 안 잘 거야?"

"상황이 어떻게 바뀔지도 모르고, 게다가 암살자가 이 요새 안에 있소. 그녀는 이 안에서 무력을 사용하지 않겠다는 데 동의했지만 조심해 두는 쪽이 좋을 것 같소."

무섭고도 소름끼치는 밤이었다. 시구리아트 관문 요새는 도로 여행자들에겐 든든한 쉼터일지 모르지만 적으로 규정한 상대에게는 흉포하기 짝이 없는 돌의 야수였다. 그러나 두억시니들 또한 한 치도 물러나지 않았다. 그 때문에 전투는 관문 요새의 초반 우위에도 불구하고 장기전으로 바뀌었다. 케이건은 밤새도록 통로를 뛰어다니는 당원들의 발소리를 들을 수 있었다.

새벽이 가까워왔을 때 케이건은 또 다른 소리에 눈살을 찌푸렸다. 두억시니들이 돌을 집어던지기 시작한 것이다. 쇠뇌의 사거리 바깥에서 던지는 것이라 위협적일 정도로 큰 돌은 던지지 못하는 듯했지만 돌이 요새와 부딪히며 일으키는 진동음은 바위 속에 있는 그들을 불안하게 하기엔 충분했다. 자리에서 벌떡 일어난 티나한은 흉한 욕지거리를 중얼거리며 창가로 다가가 모포를 잡아뽑았다. 빗소리와 함께 전투의 소음이 방 안으로 밀려들어왔다. 티나한은 부리를 딱 부딪친 다음 말했다.

"자갈을 던지고 있군, 제기랄 것들!"

투덜거리던 티나한은 갑자기 손을 얼굴 앞으로 들어올렸다. 케이건은 창문을 통해 날아든 것이 티나한의 손아귀에 붙잡히는 것을 보았다. 아울러 '픽!' 하는 소리도. 티나한은 손바닥을 폈고 거기엔 돌멩이가 붙잡혀 있었다. 케이건은 인간의 주먹만 한 돌을 보고는 자갈이라기엔 좀 크다고 생각했다. 티나한은 벼슬을 곤두세웠다.

"얼씨구!"

그리고 티나한은 두억시니들에게 돌을 도로 던지려 했다. 그러나 창문은 그런 짓을 하기엔 너무 좁았다. 티나한은 씨근거리며 돌을 그냥 창밖에 내버린 다음 모포로 창을 틀어막았다.

"젠장. 잠 깼다. 케이건. 내가 망을 볼 테니 자도록 해."

케이건은 고개를 끄덕인 다음 잠자리에 들었다.

그러나 케이건은 쉴 팔자가 되지 못했다. 하늘빛이 보다 밝아져올 때 밖에서 잠긴 문을 여는 소리가 들려왔다. 티나한이 깨우기도 전에 케이건은 일어나 앉았고 바라기까지 당겨쥐었다. 티나한도 긴장하며 문을 바라보았다. 문이 열리며 나타난 것은 한 손에 검을, 다른 손에는 등롱을 든 당원이었다.

"케이건 드라카. 당주님께서 당신들을 부르셨습니다."

"당신들? 우리 모두 말이오?"

"그렇습니다."

"조금만 기다려주시오."

그리고 두 사람은 비형과 륜을 깨웠다. 이미 륜이 나가임이 밝혀졌지만 케이건은 륜에게 방풍복과 천을 착용하도록 명령했다. 긴장하고 있을 것이 뻔한 요새 내의 당원들을 자극하지 않기 위해서였다. 그렇게 시간을 조금 소비한 다음, 그들은 참을성 있게 기다리던 당원의 안내를 받아 걸어갔다.

요새 내를 걸어가며 일행은 전투 중이라는 분위기를 분명히 느낄 수 있었다. 곳곳에서 당원들이 다급한 얼굴을 한 채 달리고 있었고 쇠뇌나 음식, 혹은 돌상자 등을 나르는 인원들도 볼 수 있었다. 익숙하지 않은 것이 분명한 투구를 자꾸만 매만지는 손길, 그리고 딱딱하게 굳은 채 주위의 소음에 민감하게 반응하는 얼굴들. 전투의 열기는 후끈할 정도였다. 그러나 비형은 그 굳어있는 얼굴들에서 요새에 대한 그들의 신뢰도 읽을 수 있었다. 그리고 륜은 온몸을 가리고 있었지만 당원들이 자꾸만 흘끔거리는 것을 느끼며 불안해했다. 하지만 비형은 그들이 륜의 어깨에 앉아있는 아스화리탈을 바라보는 것임을 설명해 주었다.

당주의 방 앞에도 무장한 당원들이 문을 지키고 있었다. 일행을 안내한 당원은 그들에게 일행을 인계한 다음 돌아갔다. 무장경비병들은 문을 열어주기 전 일행의 무기를 가리키며 말했다.

"그건 내놓고 들어가셔야겠습니다."

티나한은 부리를 부딪쳤지만 케이건은 그런 시간조차도 낭비하지 않았다. 문을 벌컥 밀어버리는 케이건의 모습에 경비병들은 당황하여 검을 치켜들었다. 그러나 케이건은 그들 쪽에는 신경도 쓰지 않은 채 안쪽을 향해 말했다.

"내 검과 함께 들어갈 수 없다면 돌아가겠소."

방 안에서 보좌관의 딱딱한 음성이 들려왔다.

"함께 들어오시오. 어차피 레콘은 무기가 있으나 마나 위험하긴 마찬가지겠지."

케이건은 경비병들에게 '들었지?'하는 표정을 지어주는 일까지도 생략했다. 그냥 안으로 들어가버리는 케이건의 모습을 보며 경비병들은 얼굴을 일그러뜨렸다. 하지만 티나한은 그런 표정을 지었고, 그래서 경비병들은 더욱 기분이 나빠졌다.

마지막으로 들어선 비형이 문을 닫았다. 전에 이곳에 와 본 륜은 자신들이 가운데 있는 커다란 문으로 들어왔음을 깨달았다. 그리고 일행은 탁자를 향해 걸어갔다. 그곳에는 몇 명의 고위당원들과 함께 보좌관이 앉아 있었다. 휘장이 쳐진 것을 본 륜은 그 뒤에 보니 당주가 있으리라 짐작했다. 가까이 있던 고위 당원 하나가 의자를 가리키며 앉으라는 손짓을 했다. 일행은 의자에 앉았다. 물론 티나한은 그냥 바닥에 앉았다. 아무도 자기 소개를 할 생각은 없는 듯했다. 그리고 보좌관 역시 그럴 마음은 없는 듯 곧장 케이건에게 말했다.

"상황이 상황이니 단도직입적으로 묻는 것을 용서하시오. 여러분들이 저 두억시니에 대해 아는 것을 설명해 주시면 고맙겠소. 상대하는 데 도움이 될 수 있도록."

케이건은 보좌관을 물끄러미 바라보다가 말했다.

"어젯밤 전투 시작시에 물어봤다면 모르겠지만, 왜 이런 이상한 시간에 묻는 거요?"

"비가 그치고 있소."

티나한은 그 말에 반가운 얼굴이 되었다. 그러나 하품을 하던 비형은 의아한 표정으로 보좌관을 바라보았다. 보좌관은 차분하게 설명했다.

"해가 뜰 때쯤엔 완전히 멎을 것 같소. 그럼 당신들은 떠나겠지. 그래서 떠나기 전에 묻기 위해 이런 이상한 시간에 당신을 불러온 거요."

비형과 륜은 깜짝 놀랐다. 비형이 먼저 말했다.

"어, 떠나도 되는 겁니까?"

"무슨 말이오?"

"그러니까, 어, 이런 표현을 써도 될지 모르겠습니다만, 우리들을 쫓아온 두억시니들을 당신들에게 떠넘기고 그냥 떠나도 되는 겁니까?"

비형의 질문에 몇몇 당원들이 얼굴을 찌푸리며 보좌관을 바라보았다. 말은 없었지만 그들의 얼굴은 비형의 말에 찬성한다고 외치는 듯했다. 하지만 보좌관은 냉엄하게 말했다.

"그럼 당신이 저 신을 잃은 자들을 태워주겠소?"

비형은 그런 상상을 하는 것만으로도 기절할 것 같았다. 창백해진 도깨비를 본 보좌관은 약간 부드러운 표정으로—그래봐야 강철 같던 얼굴이 돌멩이 같은 얼굴로 바뀐 정도였지만—말했다.

"당신들이 등 뒤에 두억시니가 아니라 성난 하늘치를 끌고 왔다 하더라도 통행료를 받은 이상 당신들은 우리 도로의 여행자요. 그리고 우리는 도로의 여행자를 보호하는 유료 도로당이오. 당신들은 그냥 떠나도 무방하오. 다만 선의를 베풀어 정보를 제공해 주면 감사하겠소."

륜이 더듬거리며 말했다.

"아니……, 그래도 도리상 그건……."

"그것이 당의 규칙이고 당이 지금껏 지켜온 방식이오."

보좌관은 륜뿐만이 아닌 모든 사람을 향하듯이 말했다. 비형의 말에 동조하던 당원들은 묵직한 한숨을 내쉬며 탁자를 바라보았고 륜은 천 속에서 입을 다물었다. 보좌관은 자신의 말이 끼친 영향을 주의 깊게 살피듯 탁자를 둘러보고나서 다시 케이건을 바라보았다.

케이건은 입을 열었다.

"미안하지만 제공할 것이 없소."

당원들이 실망과 분노를 담은 채 케이건을 바라보았다.

"사후 강직을 시체가 죽음을 표현하기 위해 추는 춤으로 볼 수 있겠소? 주전자 부리에서 솟아오르는 수증기는 불의 뜨거움에 대한 물의 고발이오? 어떤 시적 감성은 그런 설명에서 만족을 느낄지 모르겠지만, 당신들의 싸움에 요구되는 것은 보다 산문적인 설명일 거요. 그리고 나는 두억시니에 대해 그런 종류의 설명을 제공할 능력이 없소. 두억시니에겐 법칙이 없소."

"제안할 것이 아무것도 없으시단 말이오?"

"물론 있소."

류은 케이건의 당연하다는 듯한 표현에 놀랐다. 그는 케이건이 이들에게 제안할 수 있는 것이 무엇일지 상상할 수 없었다. 비형과 티나한도 마찬가지였고 그래서 그들은 케이건을 돌아보았다. 보좌관은 찌르는 듯한 눈빛으로 케이건을 보며 질문했다.

"삼가 들려주길 바라오. 그게 뭐요?"

"우리가 떠난 뒤 관문을 개방할 것을 제안하오. 그 두억시니들이 우리를 쫓아온 거라면, 관문을 통과하여 우리를 계속 추적할 거요. 간단히 말해서 그냥 지나가게 해주라는 제안이오."

마루나래는 방바닥에 옆구리를 대고 두 다리는 제멋대로 뻗은 채 잠들어 있었다. 거대한 코끼리 무리를 추적하는 꿈이라도 꾸는 건지, 마루나래는 계속해서 그르렁거리고 이를 갈고 앞발을 꿈틀거렸다. 꿈속 세계에서는 코끼리의 두개골을 깨어버리는 일격일 것이 분명한 그 앞발의 꿈틀거림도 현실의 사모에겐 별 위협이 되지 못했다. 그래서 사모 페이는 두 팔로 머리를 받치고 흑사자 모피로 하반신을 덮은 채 마루나래의 옆구리에 누워 있으면서도 불안은 느끼지 않았다.

세상에서 가장 살벌한 침대에 누운 채 사모는 창문을 바라보았다. 창밖의 광경도 만만찮게 살벌했다. 새벽이 다가옴에 따라 조금씩 밝아오는 하늘은 이따금씩 쇠뇌로 절단되곤 했다. 빠른 속력의 쇠뇌는 공기와의 마찰로 달아올랐기 때문에 사모에겐 뚜렷하게 보였다. 사모는 그 쇠뇌들이 어디에 꽂힐지 상상하고 싶지 않았다. 가끔 반대 방향에서 날아오르는 돌멩이들이 보였을 때 사모는 안도감 같은 것을 느꼈다. 그리고 그런 자신을 이해할 수 없어 사모는 지금껏 잠을 이룰 수 없었다.

'바보같이 다리는 왜 만들어주었을까.'

사모는 허무에 봉헌된 의식 같은 그 무의미한 노동을 견딜 수 없었다. 한때 지성이 있었고 아름다움을 느꼈고 도덕이 무엇일지 고민했을 자들이 자신의 가치를 무한히 전락시키고 있는 모습은 그녀에게 참기 힘든 고통을 안겨주었다.

그러나 사모가 자신의 고통을 베어내듯 나무를 베었기에 두억시니들은 이곳까지 왔다. 그리고 도로를 만드는 인간들과 격심한 전투를 벌이고 있다. 물론 밤새도록 전투를 벌이고 있는 것은 쇠뇌와 돌멩이였고 그나마도 지금은 충분한 거리를 둔 채 상대편의 의지를 시험하듯 간헐적으로 쇠뇌와 돌멩이를 주고받고 있었다. 하지만 그것은 사모에겐 생전 처음 보는 놀라운 광경이기도 했다.

하지만 그 시점에서 사모에게 가장 깊은 인상을 남겼던 것은 유료 도로당의 사람을 보는 관점이었다.

이곳에서는 사람을 사람으로서 존재하게 하는 모든 요소가 무시되고 있었다. 여행자의 품성과 지성과 감성 따위는 유료 도로당에게 조금도 고려 대상이 되지 못했다. 오로지 여행자가 통행료를 지불하느냐 지불하지 않느냐의 이분법만이 존재했다. 사람에 대한 가장 큰 모욕일 수 있는 그 장면에서, 그러나 사모는 동시에 정반대의 의미도 발견했다. 여행자의 외모와 종족과 고향 같은, 어떤 사람들은 무엇보다도 중요하다고 생각하지만 본질적으로 사람다움과는 별 관련이 없는 것들 또한 유료 도로당의 고려 대상이 되지 않았다.

보좌관은 말했다. '저 두억시니들은 통행료 안 냈다.'

사모는 그 말을 뒤집어 보았다. '통행료를 내면 저들은 여행자다.'

케이건의 제안에 놀란 것은 그의 동료들뿐만이 아니었다. 당원들 또한 이 대담한 제안에 경악하여 케이건을 바라보았다. 하지만 보좌관은 고개를 가로저었다.

"그건 제안이 될 수 없소."

보좌관의 말에 당원들은 당황했다. 보좌관은 엄격한 얼굴로 말했다.

"용감한 제안이라는 것은 인정하겠지만 그 제안은 받아들일 수 없소. 그건 우리로 하여금 도로 사용자의 안전을 무시하라는 말이잖소."

"우리가 산맥 반대편에 도달한 것이 분명한 시점에 관문을 개방하면 되잖소?"

"도로를 떠난 다음에?"

"그렇소. 그 시점에선 우리는 더 이상 도로 사용자가 아니지요. 설마 도로를 떠난 다음에도 우리를 보호해야 하는 건 아닐 텐데."

"물론 그렇소. 당신들이 도로를 떠난다면 그다음엔 당신들에 대해 우리가 신경 쓸 것은 아무것도 없소. 그렇더라도 문제는 남아 있소."

"어떤 문제요?"

"우리가 그냥 관문을 열어준다면 두억시니들에게 도로의 무임사용을 허용하는 것이 되오."

"두억시니들은 요금 징수의 대상이 될 수 없소. 보좌관."

"우리 도로를 이용하는데?"

"당신들이 지금도 당신들의 도로 위를 흐르고 있는 빗물에게 통행료를 징수하는 건 아니잖소."

탁자 주위의 당원들이 낮은 탄성을 질렀다. 부리를 꽉 다문 채 대화를 듣고 있던 티나한 또한 케이건을 거들고 나섰다.

"케이건의 말이 옳다."

당원들은 티나한을 바라보았다. 티나한은 수염볏을 쓰다듬으며 진지하게 말했다.

"우리는, 아니, 최소한 나는 내 고민거리를 당신들에게 떠넘기고 싶지 않아. 그 두억시니들이 나를 쫓아온 거라면 그건 나와 내 철창이 해결해야 할 문제다. 당신들이 통행료를 받은 것 때문에 우리를 보호하고 싶다면, 케이건의 말대로 우리가 도로를 떠날 때까지 보호하면 되겠지. 그다음에 두억시니를 통과시켜."

티나한의 말이 끝나자 비형 또한 말했다.

"그러세요. 보좌관님. 조금 전에 케이건이 빗물에게는 통행료를 징수하지는 않는다고 말했는데, 제 생각도 그래요. 저렇게 규칙이 없는 자들은 그저 아무 생각 없이 쏟아지는 빗물과 마찬가지잖아요. 두억시니들이 통행료를 내지 않고 지나간다 해서 당신들의 규칙이 침해되는 건 아닌 것 같은데요?"

당원들의 눈이 자연스럽게 륜에게 옮겨왔다. 마치 당신이 말할 차례 아니냐는 듯이 바라보는 당원들의 눈에 륜은 잠시 당황했다. 왼팔에 감긴 아스화리탈의 꼬리를 쓰다듬으며 륜은 조심스럽게 말했다.

"보좌관님. 두억시니들은 신을 잃었지요. 그자들에게는 규칙도 법칙도 없습니다. 저 두억시니들을 공격한다고 해서 저들이 대가를 지불하고 도로를 이용한다는 당신들의 규칙을 이해하게 될 것 같지도 않군요. 나쁜 짓을 한 어린이를 체벌하는 건, 그게 나쁜 짓이라는 것을 가르쳐주기 위해서지요. 하지만 아무리 가르쳐도 알아듣지 못하는 사람이라면 때릴 필요가 있겠습니까? 아마도 케이건은 그런 뜻에서 빗물이라고 말한 것 같군요. 빗물에게 여기 내려라, 저기로 흘러라 하는 식으로 규칙을 가르칠 수는 없잖습니까."

탁자 주위의 고위 당원들은 만족한 얼굴이 되었다. 그중 한 사람이 처음으로 입을 열었다.

"이분들의 말이 옳은 듯합니다. 이분들은 지금 훌륭한 처신을 보여주고 계십니다. 자신들의 문제는 자신들이 해결하겠다는 의지를 드러내시면서도 우리가 우리의 규칙을 포기할 필요도 없도록 하셨지요. 우리가 그 제안을 따르지 않는다면 이분들의 자존심과 배려의 마음을 모욕하는 일이 될 것 같습니다."

보좌관은 고위당원을 물끄러미 바라보다가 말했다.

"칠푼디."

"예. 보좌관님."

"나는 이토록 오만한 자들의 자존심을 별로 존중하고 싶진 않소."

탁자 주위로 당황과 놀람, 그리고 분노가 차례로 지나갔다. 비형은 어리둥절한 표정이 되었고 티나한은 벼슬을 꼿꼿이 세운 채 보좌관을 노려보았다. 그 눈초리의 예리함이라는 것이 시선으로 보좌관을 찔러죽일 것 같았다. 당원들도 서로의 얼굴을 돌아보거나 놀란 표정으로 보좌관을 바라보았다. 칠푼디라 불린 당원은 약간 더듬거리며 말했다.

"무슨 말씀이십니까?"

"이자들에게는 누구를 통행료 징수 대상으로 보고 누구를 징수 면제 대상으로 봐야 하는지 우리에게 지시할 권한 같은 것이 없소. 칠푼디."

칠푼디에게 말하고 있었지만 그 말은 정확히 케이건 일행을 향하고 있었다. 케이건은 고개를 약간 숙인 채 보좌관을 응시했다. 보좌관은 단호하게 말했다.

"우리에게 여행자란 여행자같이 생긴 자들이 아니오. 칠푼디. 여행자가 무엇인지 말해 주겠소?"

칠푼디의 얼굴에 당혹의 기색이 떠올랐다. 보좌관은 그런 그의 얼굴을 지그시 바라보았다. 칠푼디의 얼굴에 떠올랐던 표정이 차례로 다른 당원들의 얼굴에도 떠올랐다. 그것은 자각의 표정이었다.

칠푼디가 말했다.

"여행자란 자신의 목적을 위해 길을 걷는 자들입니다."

"그럼 우리 유료 도로당은 무엇인지 말해 주겠소?"

"우리는 길을 준비하는 사람들입니다."

"누구를 위해?"

"자신의 길을 걷겠다는 의지를 가진 사람들을 위해."

보좌관은 천천히 케이건에게 고개를 돌렸다.

"케이건 드라카. 저 두억시니들은 목적 없이 쏟아져 아무렇게나 흐르는 흙탕물이 아니오. 당신들을 쫓는다는 분명한 목적을 가지고 있소. 그리고 우리는 자신의 목적을 찾아 길을 걷기로 결심한 사람들을 위해 길을 준비하는 사람들이오. 그 목적이 무엇이든 상관없소. 우리는 그들의 목적이나 꿈을 평가할 수 없고 그러고 싶지도 않으니까. 그래서 우리는 그 의지를 통행료로 확인하오. 통행료를 내지 않으면 우리가 준비한 길을 걸을 수 없소. 그들은 다른 길을 찾아야 할 거요. 이건 말이오, 케이건. 완전히 저 두억시니들과 우리의 문제요. 저 두억시니들이 당신들을 쫓는다고 해서 마치 크게 배려해 준다는 듯이 그냥 통과시키느니 말라느니 말할 권리가 당신네들에겐 없소. 그것은 참견이오. 그것도 오만한."

케이건은 짧게 한숨을 쉬었다.

"그렇다면 더 이상 제안할 것이 없소."

결국 한숨도 자지 못한 채 사모는 일출을 맞이했다. 남동쪽을 향하고 있는 그녀의 방 창문을 통해 사모는 왼쪽 하늘이 푸르스름하게 바뀌어가는 것을 보았다. 피로감에 두 손으로 얼굴을 감싸던 사모는 문득 다시 창밖을 바라보았다. 그리고 고개를 갸웃했다.

'비가 그쳤어?'

사모는 마루나래의 옆구리에서 내려왔다. 창가로 걸어간 사모는 비가 그쳤음을 확인했다. 그리고 사모는 두억시니들이 꽤 멀리 떨어진 곳에 있음도 확인했다. 이제 더 이상 쇠뇌와 돌멩이의 교환도 일어나지 않았다. 어떤 치명적인 공격을 준비한 채 서로의 눈을 들여다보는 두 검객처럼 유료 도로당과 두억시니들은 서로를 응시하고 있었다. 그 모습을 바라보던 사모는 문득 륜을 생각했다.

'비가 그쳤다면 륜은 이곳을 떠날까? 아직까지 전투 상황이니 륜도 방 안에 갇혀 있는 걸까?'

사모는 선반에 둔 쉬크톨을 끌어내어 뽑아들었다.

잠시 후 사모는 륜이 요새를 떠나고 있음을 깨닫고 당황했다.

〈이런, 망할 놈들이!〉

선반에서 옷을 끌어내린 사모는 그것을 황급히 걸쳤다. 손으론 옷을 졸라매며 사모는 동시에 발가락으로 마루나래의 코를 간지럽혔다. 마루나래는 거창한 재채기를 했지만 사모의 바람대로 일어나는 대신 반대쪽으로 돌아누웠다. 사모는 화를 내며 마루나래의 머릿속에 백 개의 쉬크톨과 백 개의 차돌을 집어넣은 다음 그것을 동시에 부딪쳤다.

"꺄옹!"

마루나래는 기겁하여 일어나서는 사방을 경계했다. 수염을 꼿꼿이 세운 채 주위를 둘러보던 마루나래는 신발을 꿰어신는 사모를 보며 투덜거리며 기지개를 켰다.

'문을 부술까?' 사모는 잠시 고민했지만 전투 상황이면 감시자가 배치되어 있는 것이 보다 합리적이라고 판단했다. 그래서 사모는 문을 쾅쾅 두드렸다. 잠시 후 밖에서 목소리가 들려왔다. 사모는 더 크게 말하라고 외쳤다.

"왜 문을 두드리는 거냐고 했습니다!"

"네 종족으로 이루어진 패거리 떠났나?"

"조금 전에 떠났습니다."

"나도 가겠어! 문 열어!"

밖에서 들려오던 목소리는 잠시 기다리라고 말했다. 사모는 모포를 뒤집어쓰고는 마루나래의 목에 매달리듯 대호를 끌어안았다. 조금이라도 빨리 몸의 온도를 높이려 애쓰며 사모는 문을 응시했다.

사모가 문을 부수려는 유혹을 느끼게 될 무렵 문이 열렸다. 그대로 문으로 걸어가던 사모는 하마터면 안으로 들어오던 자와 부딪힐 뻔했다. 사모는 쉬크톨을 움켜쥐며 뒤로 훌쩍 뛰었다. 들어오던 자는 비무장이라는 것을 보이려는 듯 재빨리 두 손을 들어보였다. 보좌관이었다.

사모는 쉬크톨을 놓으며 똑바로 섰다. 보좌관의 뒤쪽엔 몇 명의 당원들이 더 있었다. 보좌관은 두 손을 든 채 방 안으로 들어서며 말했다.

"들어가도 되겠소?"

사모는 날카로운 눈으로 쏘아볼 뿐 대답하지 않았다. 보좌관은 사모의 발을 보며 말했다.

"신발을 벗으셔야겠는데."

사모는 자신이 신발을 신은 채 돗자리를 밟고 있다는 것을 깨달았다. 하지만 그것을 벗는 대신 보좌관에게 말했다.

"곧 나갈 거야."

"당신에게 물어볼 것이 좀 있소. 그러니 아무래도 신발은 벗으셔야겠소."

"당신하고 이야기를 나눌 시간이 없……."

사모는 말을 끝내지 못했다. 보좌관의 등 뒤에서 문이 다시 닫혔다. 문을 잠그는 소리를 들은 사모는 보좌관을 날카롭게 쏘아보았다. 보좌관은 신을 벗은 다음 돗자리 위에 올라와 앉았다. 비무장인 노인이 바닥에 앉기까지 하자 사모는 강압적인 태도를 취하기 어려웠다.

사모는 신을 벗어 노인의 신 옆에 놓고는 바닥에 앉았다. 그녀의 곁에 엎드리는 마루나래를 보던 보좌관이 갑자기 생각났다는 듯이 말했다.

"당신들은 땅의 냉기를 피하기 위해서 침대를 쓴다고 알고 있소. 방바닥에서 자는 것이 불편하지는 않으셨소?"

사모는 엄지손가락으로 마루나래를 가리켰다. 보좌관은 의아해다가 곧 탄성을 질렀다.

"대호를 침대로 쓰셨다는 거요?"

"푹신해. 그런데, 무슨 이야기를 하고 싶은 거지?"

"당신을 우리 회의장에 부르고 싶었지만 우리 회의장은 저 대호가 올라오기 힘든 곳이오. 계단이 좀 작아서. 당신이 저 대호를 통제하는 것 같으니 대호와 당신을 떼어놓을 수도 없었소. 그래서 내가 온 거요."

"그래서?"

"저 두억시니들에 대해 아는 것을 설명해 주기를 바라오. 우리가 저들을 상대하는 데 도움이 될 수 있도록."

"저 두억시니들을 어떻게 하길 원하는데?"

보좌관의 눈에 이채가 떠올랐다. 인간에게 완전히 익숙하다 하기 힘든 사모가 깨닫기 힘든 정도의 작은 변화였다.

"이 도로에서 쫓아내는 것을 최선의 해결책으로 생각하오."

"최악의 해결책은?"

"전원 사살."

사모는 언짢은 기색을 띠었다.

"너희들이 날리던 꼬챙이로 두억시니를 전부 사살할 수 있어?"

"방침이 전원 사살로 정해진다면 우리는 그에 적합한 수단을 사용할 것이오."

"여기엔 300명의 당원이 있다고 들었는데. 저 두억시니는 3,000명이고. 열 배나 되는 인원을 어떻게 사살하겠다는 거지?"

"그건 우리가 염려할 문제고, 우리는 별로 염려하지 않소. 두억시니와 인간을 단순 비교할 수는 없지만 우리는 이곳에서 일만 명의 적을 사살한 적도 있소. 그때도 우리 숫자는 삼백여 명이었소."

"할 수 있다고 생각한다는 말이군?"

"할 수 있소."

보좌관은 특별히 강조할 필요도 느끼지 못한다는 듯 담담하게 말했다. 사모는 보좌관을 바라보던 시선을 아래로 내렸다.

"만약 누군가가 그들을 대신하여 통행료를 지불한다면?"

보좌관의 눈에 다시 이채가 번졌다. 그러나 보좌관의 목소리는 여전히 무뚝뚝했다.

"그렇다면 그들을 통과시키겠소."

"통과시킨다고?"

"그렇소. 통행료를 받았는데 통과시키지 않을 이유가 없소."

"두억시니들의 통행료가 얼마지?"

"은편 서른 닢."

"……뭐라고?"

"두억시니 하나 당 동편 한 닢. 모두 3,000이니 은편 서른 닢이오."

"두억시니의 통행료는 왜 그렇게 싼 거지?"

"신을 잃었기 때문이오."

"신을 잃었기 때문에?"

보좌관은 창쪽을 잠시 돌아보며 말했다.

"저 두억시니들은 목적을 가지고 우리 도로를 걸어가는 자들이니 여행자로 인정할 수밖에 없소. 하지만 가장 귀중한 것을 잃은 자들에게 더 이상의 돈을 지불하라고 요구할 수 없소. 그래서 동편 한 닢이오."

"무슨 말인지 알겠군."

사모는 침묵했다. 보좌관은 조용히 기다렸다. 잠시 후, 사모가 다시 말했다.

"내가 받을 거스름돈이 은편 스물 다섯 닢이었지. 그렇다면 내가 은편 다섯 개만 더 주면 그들의 통행료가 되는 건가?"

"더 주실 필요는 없소."

"왜지?"

"당신들의 금편은 우리 것보다 조금 무겁더군. 계산해 봤더니 당신에게 내어드릴 거스름돈은 은편 서른 닢이었소."

사모는 실소하고 말았다. 웃음을 거둔 사모는 보좌관을 바라보며 말했다.

"그런데, 물어보지 않는 거야?"

"무엇을 물어봐야 하오?"

"왜 두억시니들의 통행료를 대신 지불하는 건지."

"내가 알 바 아니오. 사모 페이. 우리는 길을 준비할 뿐이오. 길은 평등하오. 존경받는 성자에서부터 용서받을 수 없는 범죄자에게까지."

하텐그라쥬에 이슬처럼 가는 비가 쏟아지고 있었다.

창밖을 돌아본 주퀘도는 하텐그라쥬의 지붕들 위로 자욱이 피어오르는 물안개를 볼 수 있었다. 습하고 차가운 공기가 주퀘도의 뺨을 스쳤다. 그가 깃든 나가의 몸은 창가에서 물러나라고 요구하고 있었지만 주퀘도는 그것을 무시했다. 대신 창턱에 팔을 괴며 말했다.

"그 요새를 타고 앉으면 시구리아트 산맥 남서부를 거의 장악할 수 있어. 그런 기막힌 곳에 그런 천혜의 요새를 가지고 있는 주제에 하는 일이라곤 고작 여행자들에게 통행료나 받는 일이라니, 얼빠진 것들."

주퀘도의 말이 잠시 멈춘 틈을 타 갈로텍은 그 입을 움직였다.

"그렇다면 왜 은편 열 닢은 지불했지요?"

주퀘도는 대답하지 않았다. 갈로텍은 다시 질문했다.

"그냥 물러나도 되었잖아요. 왜 통행료를 지불하고 그 관문을 통과했죠? 결국 오기 아니었던가요? 그 요새의 가치 때문이 아니라, 통과하고 말겠다는 이유 없는 오기였을 겁니다. 그렇지요?"

"너희들이 오기라는 것이 뭔지 알기는 하냐?"

"지기 싫어하는 마음이죠. 그래서 이미 진 다음에도 그것을 깨달을 수 없도록 눈을 가려버리는 감정이지요. 결국 그게 더 크게 지게 되는 일이라는 것도 모르게 되죠. 지성인이라면 그런 감정 따위를 자신에게 허락할 필요가 없어요."

"정말이지 피가 차가운 짐승들하곤 이야기를 못 하겠군."

주퀘도는 고개를 절레절레 흔들었다. 갈로텍은 그 시점에서 전면으로 나서려 했다. 하지만 주퀘도는 그것을 거부했다. 저항에 부딪힌 갈로텍은 짜증을 내며 강제로 전면에 나서볼까 하는 유혹을 느꼈다. 그러나 갈로텍은 그러지 않았다. 일반인도 그렇지만, 군령자 또한 자기 자신과 원만하게 지내야 하는 법이다.

비와 밀림이 부딪치며 만들어내는 한없이 아스라한 선을 바라보던 주퀘도가 말했다.

"그건 작동할 거다."

"예?"

"노기가 그려준 것. 작동할 거라고 생각된다. 믿어도 돼."

"믿어도 된다고요? 노기도 확신하지 못했어요."

"하나를 상대하려면 셋이 필요하지만 보늬인지 나늬인지 알아보려면 둘만 있으면 되잖아. 노기와 내가 긍정했으니 그건 나늬일 거다."

"어떤 사람들은 나늬가 네 명의 동명이인이라고 말하기도 하더군요. 각자 나가, 레콘, 도깨비, 인간이었던 네 명의 나늬들이 있었다는 거죠."

갈로텍은 혀를 찼다.

"그런 형편없는 소릴! 역시 피가 차가운 것들이 할 만한 말이군."

"글쎄요. 그게 형편없는지는 모르겠지만 그래도 모든 종족들의 눈에 똑같이 아름답게 보였다는 한 명의 신비한 미녀를 상정하는 것보다는 훨씬 받아들이기 쉬운 가설이긴 한데요."

"내가 듣기엔 네 명의 동명이인이 있었다는 말이 훨씬 황당하게 들린다."

"그렇다면 나늬는 레콘이었을 겁니다. 힘을 써서 강제로 상대방에게 아름답다는 평가를 얻어낸 거죠."

주퀘도는 갈로텍의 농담에 헛웃음을 터뜨렸다.

"그럴듯한 가설이군."

"정말 저게 보늬가 아니라 나늬일 거라고 확신해요? 작동할 거라고 믿는 겁니까?"

"내가 옛날에 비슷한 걸 구상해 봐서 확신하는 거야."

"예? 어디에 쓰려고요?"

"정신을 좀먹는 음료 보관하려고 그랬다, 왜? 그건 그렇고 몸이 차가워지는군. 네 몸은 정말 골치아파. 다음엔 레콘을 고려해 보라고 했던 것, 유념해 봐. 그만 내려가련다."

주퀘도는 의식의 뒤로 사라졌다. 잠시도 영이 부재할 수는 없기에 뒤에서 기다리던 갈로텍은 자연스럽게 앞으로 나오게 되었다. 다시 몸을 움직일 수 있게 된 갈로텍은 황급히 창가에서 떨어지며 비늘을 약간 부딪쳤다.

탁자로 돌아온 갈로텍은 다시 도면을 들여다보았다. 하지만 여전히 환상적인 난해함이 그의 머리를 어지럽힐 뿐이었다. 갈로텍은 도면을 들여다보는 것을 포기하고는 의자에 걸터앉았다. 주퀘도의 말처럼, 보늬인지 나늬인지 알아보려면 둘이면 충분하다. 두 사람이 긍정했으니 받아들이는 것이 좋을 것이다.

비아스는 승리감을 만끽했다. 갈로텍은 약속을 지켰다. 마케로우 가문에 남자들이 찾아든 것이다. 카린돌은 어리둥절한 표정으로 그 남자들을 바라보다가 그들이 비아스하고만 어울리려 드는 것을 알게 되자 차츰 포악한 시선으로 그들을 보게 되었다. 덕분에 처신이 곤란해진 것은 스바치였다. 카린돌은 그에게 소메로를 임신시키라고 강요했다. 심지어 협박까지 서슴치 않았다. 그녀의 협박 수단은 전율스럽게도 심장 파괴에 대한 사실을 고발하겠다는 것이었다.

〈어떻게 되신 거 아닙니까? 그걸 고발하면 어떤 일이 벌어질지 아시잖습니까!〉

〈내 절실함을 이해해 준 것 같아서 고맙군. 스바치. 심장 파괴에 대한 상세한 설

명이 첨부된 내 유언장이 안전한 곳에 보관되어 있다는 사실을 닐러주면 더욱 도움이 될 것 같군.〉

스바치는 결국 카린돌을 안심시키기 위해 카루에게 구원 요청을 할 수밖에 없었다. 소메로 마케로우는 저돌적이라는 표현이 어울릴 만큼 적극적으로 다가오는 두 명의 남자에게 완전히 당황해 버렸다. 최연장자인 데다 가주의 깊은 신임을 얻고 있는 그녀가 자손까지 가지게 된다면 비아스는 상대도 되지 않을 만큼의 입지를 굳히게 될 것이 자명했지만, 그러나 당황한 소메로는 스바치와 카루를 멀리했다.

기가 막힌 카린돌은 소메로가 두 남자를 받아들여야 하는 이유를 암시하기 위해 애썼다. '언니의 아기를 보고 싶다.'는 식의 가벼운 것에서부터 시작된 암시는 결국 '가주 계승을 생각할 나이가 되기 전에 아이를 장성시켜 놓아야 하지 않겠느냐.'라는 직설적인 것으로까지 발달했다. 하지만 소메로는 화리트를 잃은 카린돌에게 더욱 자녀가 필요할 거라 니르며 그녀에게 남자를 양보하려 했다. 소메로는 아직까지도 남동생과 어울려 노는 것을 좋아하던 '셋째 누나 카린돌'을 기억하고 있었고, 그래서 카린돌의 상심이 크리라고 안타까워하고 있었다. 카린돌로서는 심히 어처구니없는 일이었다.

〈덕밖에 가지고 있지 않은 멍청이! 저러다 비아스가 임신이라도 하면 어쩌려고!〉

카린돌은 격노하여 닐렀다. 스바치는 엷게 웃었다.

〈아마도 그 임신을 축하해 주며 조카들의 이름을 고민하지 않을까 추측되는군요.〉

〈듣자마자 동조하고 싶어지는 전망 같은 것 들려주지 마. 그런 생각 안 하려고 애쓰고 있으니까. 제기랄, 저 비아스 추종자들은 도대체 뭐지?〉

〈그렇게 답답하시다면 당신 자신이 임신하시는 편은 어떻겠습니까?〉

〈너 나한테 안기고 싶나?〉

스바치의 비늘들이 듣기 거북한 소리를 냈다.

〈꼭 그런 니름을 하셔야겠습니까? 전 그냥 제안을 해본 겁니다.〉

〈남자나 낼 법한 멍청한 제안이니까 고마워하고 싶지도 않잖아! 지금 시점에서 내가 임신을 하면 비아스와 나 사이엔 전면전이 벌어질 거야. 가주께서 나와 비아스 중 하나를 정찰대로 보내버려야겠다고 판단할 만큼 거친 대립이 일어날 거라고. 그리고 그렇게 되면 정찰대에 가게 되는 건 나야! 비아스는 자신이 잘나신 약술사라서 하텐그라쥬에서 연구 활동을 계속해야 된다는, 나는 할 수 없는 주장을 할 수 있단 말이다!〉

〈그렇군요. 소견머리 없는 제안을 용서하세요.〉

〈소메로가 임신해야 돼. 젠장. 좀 더 잘 할 수 없겠어, 스바치?〉

〈어떻게 잘하라는 건가요. 그분께서 저를 침실에 들이지 않으시는데. 그리고 이건 제 문제가 아닙니다. 소메로 마케로우 님은 카루도 거절하고 계시잖아요.〉

카린돌은 비늘을 곤두세운 채 바닥에 주저앉았다. 마케로우 저택의 정원에는 비에 씻긴 풀들이 솜씨 없는 직조공이 격심한 자기혐오에 빠진 채 짜낸 천을 연상시키는 모습으로 제멋대로 자라나 있었다. 좀 다듬는 편이 좋겠지만, 나가들은 자르지 않는 쪽을 더 선호한다. 혼란스러운 분노 속에서 무의식적으로 풀을 쥐어뜯는 카린돌을 보며 스바치는 비늘을 조금 부딪쳤다. 스바치가 그만 뜯으라고 권하려 했을 때 카린돌은 갑자기 자신의 손을 내려다보았다. 그러곤 갈라지고 찢어진 풀잎을 내려다보며 닐렀다.

〈너 수련자였다고 했지, 스바치.〉

〈스승님의 우환거리였던 불민한 제자였지요.〉

〈어쨌든 너는 아직까지 수호자들에게 접촉할 방법은 가지고 있을 거야. 그렇지?〉

〈찾아가면 좋은 낯으로 맞이해 주시진 않겠지만, 예. 그렇습니다만?〉

카린돌은 손에 쥐고 있던 풀잎을 내려다보며 침묵했다. 스바치는 왜 카린돌이 그런 니름을 꺼내는지 추측해 보았지만 별로 떠오르는 것이 없었다. 한 가지, 그가 도저히 인정하고 싶지 않은 추측이 있긴 했지만. 그러나 카린돌은 스바치가 부정하고 싶었던 바로 그 추측을 닐렀다.

〈만약 어떤 나가가 심장 파괴 청부를 부탁한다면, 수호자들은 뭐라고 할까?〉

스바치는 기가 막힌 눈으로 카린돌을 바라보았다.

〈맙소사, 수호자들은 암살자가 아닙니다!〉

〈최소한 한 번은 했을걸. 내가 목격자야. 그러니 절대로 그런 짓을 하지 않는다는 식의 순진한 니름은 그만둬.〉

〈세상엔 도저히 다른 방법이 없는, 눈물 젖은 손으로 행할 수밖에 없는 경우가 존재한다는 것쯤은 아시잖습니까. 당신이 우연히 목격하게 된 그 건도 틀림없이 그런 이유에서일 겁니다. 자매들의 증오를 해결하는 수단으로 심장 파괴를 사용한다는 것은 니름도 안 됩니다!〉

카린돌은 손을 꽉 움켜쥐었다. 스바치는 그녀의 손 안에서 풀이 비명을 지르는 것 같은 착각을 느꼈다.

〈네가 평균적인 지성만 가지고 있다면 이미 내 니름들에서 화리트와 수호자 유벡스의 살해자가 누군지 짐작해 냈을 것이다. 스바치. 그 죄에 대한 처벌이 아직껏 이루어지지 않았다는 식으로 생각해 볼 수 없나?〉

대답하려던 스바치는 카린돌의 손이 입으로 올라가는 모습을 보았다. 카린돌은 짓이겨진 풀을 삼켰다. 스바치의 온몸에서 비늘이 곤두섰다. 카린돌은 풀을 씹으며 닐렀다.

〈그렇잖아, 스바치?〉

스바치는 정신적으로 몇 번 더듬거린 다음에야 닐렀다.

〈당신이…… 정의감에서 그런 니름을 하는 것으로는 생각되지 않는군요.〉

〈아, 물론 나는 정의로운 사람이 아니야. 그저 수호자들이 발견해 낼 수 있는 정의를 알려주는 것일 뿐. 그리고 그 정의가 내 부탁을 들어주는 수호자들의 마음을 편하게 해주기를 바랄 뿐이야.〉

〈수호자들은 그런 부탁을 무시하실 겁니다.〉

〈그러는지 알아봐야겠어.〉

〈무슨 니름이십니까.〉

〈심장탑에 가서, 영향력 있는 수호자를 찾아. 수련자였으니 쉽겠지. 그리고 그에게 내 니름을 그대로 전해. 유언장에 그 전모를 상세히 기록해 둘 만큼 심장 파괴에 대해 잘 알고 있는 어떤 여인이 모 여인에게 그 비밀스러운 의식이 시행되는 것을 참관하길 원한다고. 거기에 네 해석을 덧붙이는 것은 자유야. 하지만 내 니름은 그대로 전해져야 해. 알겠나?〉

〈수호자들은 절대로 그런 부탁을 받아들이지 않으실 겁니다!〉

〈그렇다면 수호자들은 내 유언장이 공개될 때 내 작문 능력 이외에 다른 것도 확인할 수 있을걸.〉

스바치는 공포 속에서 닐렀다.

〈그런 유언장 따위가 있을 리 없어요! 공증인이 없을 테니까! 당신이 설마 그런 내용을 다른 자들에게 보여줬을 리가 없어요.〉

카린돌은 웃었다.

〈제법이군, 스바치. 아주 명쾌한 지적이야. 그런데 어떡하지? 품위 있는 나가의 방식대로 세 명의 공증인이 내 유언장에 인장을 찍었는데.〉

〈도대체 누가…….〉

〈두세나 마케로우, 소메로 마케로우, 비아스 마케로우.〉

스바치는 경악한 얼굴로 카린돌을 바라보았다. 잠시 후 스바치는 사태를 깨달았다.

〈인장을 훔쳤군요!〉

〈내 소박한 취미 중엔 열쇠 수집이라는, 수집가의 즐거움과 더불어 유용성까지 갖춘 취미가 있지. 스바치. 물론 세 사람은 자신들의 인장이 도용되었다고 주장하겠지만, 상관없어. 그때는 이미 내 유언장이 공개된 후일 테니까. 그리고 내 유언장은 공개되기만 하면 충분할 뿐 집행될 필요는 없는 종류지.〉

스바치는 더 이상 닐를 수 없었다. 카린돌은 씹던 풀을 삼키며 닐렀다.

〈가서, 내 니름을 전해. 스바치. 반드시 그런 수단밖에 없다고 생각하는 건 아니야. 하지만 나는 당장 사용할 수 있으면서 확실한 수단을 강구해 둬야 해. 그럴 때 수호자들은 나를 도와줄 수 있을 거야. 그때 나는 안전을 획득하고 수호자들은 정의의 실현을 얻게 될 테지.〉

두려움 속에서 스바치는 생각했다. 카린돌이 심장 파괴에 대해 알면서도 침묵한 것은, 침묵하는 것이 나가들에게 이롭다는 이성적 판단에 의한 것만은 아닐지도 모른다고. 카린돌이 그것을 몸소 이용하려는 생각에서 침묵한 채 기다린 것일지도 모른다는 추측은 스바치를 비늘 서게 만들었다.

갈로텍은 자신 속으로 깊이 내려갔다.

기억들이 희미해지고 왜곡되는 경계 바로 앞에 도착한 갈로텍은 주의 깊게 기억들을 점검했다. 그중에선 그 자신의 기억이 아닌 다른 기억들도 있기에 갈로텍은 꼼꼼하게 확인해야 했다. 이 지점은, 그렇게 위험하다.

기억들 속에 자신을 고정시킨 갈로텍은 화리트를 불렀다.

〈아스화리탈 세파빌 마케로우. 내가 왔어.〉

〈아, 뒈지셨나?〉

먼 곳에서 전달되어온 화리트의 니름에 갈로텍은 고소를 머금었다.

〈아니. 다른 영에게 잠시 자리를 맡겨두고 들어온 거야.〉

〈함부로 그래도 될까? 수호자가 말을 하는 모습을 보이기라도 하면 수련자들이 기겁할 텐데.〉

〈걱정해 줘서 고맙군. 그런 곤란한 경우를 대비해서 평소에 기행을 많이 저질러 둔다고 말해 주면 자네가 안심할 수 있을 것 같군. 자네는 지내는 게 어때?〉

〈이렇게 행복했던 때나 있었나 싶을 정도로 행복해.〉

〈그것참 다행이군.〉

갈로텍은 누군가가 잊어버린 기억 하나를 끌어와 그 위에 걸터앉았다. 그리고 화리트가 숨어 있는 숲을 향해 닐렀다.

〈그렇게 화를 내는 걸 좀 그만뒀으면 좋겠는데. 어차피 우린 지금 한 몸을 쓰고 있어. 사이좋게 지내도 되잖아? 나는 전령 없이 보통의 죽음을 맞이할 계획을 가지고 있어. 그때가 되면 넌 나와 함께 여신께 갈 수 있을 거야. 결국, 좀 늦어질 뿐이야. 때 이른 죽음을 맞이해서 삶을 제대로 즐겨보지도 못한 너에겐 오히려 좋은 이야기잖아?〉

〈아, 여신께 가고 싶어 안달하지는 않아. 갈로텍.〉

〈뭐라고!〉

〈왜냐하면 여신께 갈 필요가 없거든. 여신은 여기에 계시지.〉

갈로텍은 화리트의 니름이 무슨 뜻인지 몰라 어리둥절해졌다. 그러나 잠시 후 갈로텍은 모든 정신으로 전율했다.

〈설마?〉

〈모르고 있었나. 갈로텍?〉

〈그럴 리가 없어! 내가 신체(神體)일 리가…….〉

어두운 숲 속에서 폭발적인 웃음—정신의 흔들림—무한한 희롱이 터져나왔다. 갈로텍은 어리둥절하여 그 숲을 바라보았다. 그러나 조금 후 갈로텍은 격노했다.

〈너!〉

〈그럴 리가 없어! 내가 신체일 리가……. 하하하!〉

화리트는 갈로텍의 니름을 흉내내며 다시 웃었다. 갈로텍은 분노를 참느라 한동안 정신을 거의 폐쇄해야 할 지경이었다.

〈멋지게 속았다는 것은 인정해야겠군.〉

화리트는 정신으로 낄낄거릴 뿐 아무 대답도 하지 않았다. 갈로텍은 스스로를 추스리며 닐렀다.

〈진심으로 니르는 사람에게 농담은 관둬, 화리트. 나는 전령 없이 죽을 거야.〉

〈진심으로 니른다고?〉

〈내 진심을 의심하는 건가.〉

〈나는 여기서 많은 기억을 보았어. 갈로텍. 전령하지 않겠다고 다짐했던 자들이 넘쳐나더군. 하지만 죽음의 순간에 그들 모두는 전령을 시도했어.〉

〈나는 그냥 죽을 거야. 맹세하지.〉

〈맹세한 자들도 넘치던데?〉

갈로텍은 주쾌도의 이죽거림을 떠올리며 불쾌한 심정이 되었다. 잊혀진 숲 속에서 다시 화리트의 니름이 들려왔다.

〈남다른 척하지 마, 갈로텍. 너도 틀림없이 전령을 시도할 거야. 발자국 없는 여신께 가는 것보다 군령의 일원이 되어 영원히 지상을 방랑하는 것이 더 낫다고 생각하게 될 거라고. 그날이 왔을 때, 친구. 그다지 착하지 못한 내가 너무 심하게 비웃더라도 참아주길 바라.〉

〈그럴 기회는 없을 거야. 이제 그 이야기는 그만두지. 내가 질문했던 것에 대해서는 생각해 봤나?〉

화리트는 갈로텍에게 그 질문을 들은 이후로 계속 그 생각만 해왔다는 것을 내색하지 않으려 애쓰며 닐렀다.

〈도대체 그걸 알아서 뭘 하려는 거지?〉

〈그건 대답해 주기 곤란한데.〉

〈그렇다면 나도 같은 대답을 돌려줘야겠군.〉

〈이봐. 화리트. 네가 아니라도 그걸 알아낼 방법은 있어. 나는 네게 나가들을 위해 봉사할 기회를 주려는 거야. 살아 있을 적 너는 실수만 저질렀어. 죽은 다음이니 좀 늦긴 하지만, 이제라도 네 실수를 바로잡을 생각이 없어? 수련자로서 너는 발자국 없는 여신의 영광을 빛낼 의무가 있어. 자, 화리트. 마지막 기회야. 그녀의 이름이 뭐지?〉

화리트는 곰곰이 생각했다. 그리고 침중하게 닐렀다.

〈그녀의 이름은 나늬야.〉

갈로텍의 얼굴이 딱딱하게 굳었다. 화리트는 다시 닐렀다.

〈아니, 잠깐. 보늬던가? 이런, 헷갈리는데.〉

갈로텍은 한숨을 내쉬었다. 그리고 몸을 돌렸다. 화리트의 발랄한 웃음소리가 그의 등을 때렸다.

〈가기 전에 하나만 묻지, 갈로텍!〉

〈대답하고 싶지 않아.〉

화리트는 갈로텍의 니름을 무시했다.

〈네가 신체일 리가 없다는 건 무슨 뜻이지?〉

갈로텍은 잠시 주저했다. 그리고 화리트는 그 주저를 놓치지 않았다.

〈이상한 대답이었어, 갈로텍. '내가 신체였냐?'고 묻는 것이 아니라 '내가 신체 일 리가 없어!'라니. 대단히 이상하잖아? 물론 가능성이 적은 일이긴 하지만 그런 강한 부정은 무슨 의미지?〉

〈네겐 고민거리가 필요하겠어. 화리트. 심심해 보이니까. 그러니, 그건 네 고민 거리로 남겨두지.〉

〈고마운 배려군. 갈로텍.〉

갈로텍은 넌더리를 내며 의식의 수면 위로 떠올랐다.

며칠 동안 내린 비는 시구리아트 산맥의 무른 표면을 씻어내렸다. 흐르는 진흙 은 계곡물을 온통 흐려놓았다. 가인의 손수건을 허공에 흔들면 바람의 눈물이 배 어날 것 같은 습기찬 공기 속에서 산개구리는 황홀경을 느끼며 꽥꽥댄다. 그 울음 소리가 젖은 나뭇잎들이 켜켜이 쌓인 계곡을 요란하게 울린다.

아마도 그 개구리는 갑자기 날아온 두억시니의 손에 붙잡힐 때까지 황홀함에서 헤어나오지 못했을 것이다. 두억시니는 개구리를 삼키려 했다. 약간의 문제가 없 었다면 충분히 성공할 수 있었을 것이다. 그러니까 입 대신 코로 개구리를 삼키려 했을 때 발생할 수 있는 문제점 같은. 숨이 콱 막힌 두억시니는 요란하게 재채기를 하고 말았다. 코에서 튀어나온 개구리는 계곡의 흙탕물 속에 빠졌다. 퐁당.

두억시니는 자신의 개구리를 뺏어먹은 흙탕물에 대해 격분했다.

"기름칠 한 평화! 애국자 잡탕 딸국질!"

분노를 더 참을 수 없었던 두억시니는 두 팔을 위로 치켜올렸다. 손가락은 모두 열 개였으며 동시에 쉰 개였다. 거대한 손에 달린 손가락들이 모두 팔이었기 때문이다. 바람직하게도 오른손에는 다섯 개의 오른팔들이, 왼손에는 다섯 개의 왼팔들이 달려있었다. 두 손(혹은 열 개의 손)을 높이 든 두억시니는 그것으로 계곡물을 후려쳤다. 흙탕물이 요란하게 튀어올라 두억시니를 덮쳤다. 엉겁결에 눈을 감았지만 미처 감지 못한 세 개의 눈에 물이 스며들었다. 기겁한 두억시니는 켁켁거리며 계곡 위로 줄행랑쳤다.

동료 두억시니들에게 '개구리를 훔쳐먹고 화가 나면 상대방의 눈을 핥는 혐오스러운 괴수'에 대한 귀중한 정보를 전달하려던 그 두억시니는, 다른 두억시니들이 모두 한쪽 방향을 바라보고 있음을 깨달았다. 두억시니는 고개를 크게 끄덕이고는 동료들과 정반대 방향을 바라보았다. 아마도 독립심이 강한 두억시니였거나 전후 관계에 대한 개념이 약간 민망한 수준인 두억시니였던 듯하다. 그 방면에서 별로 신통한 것을 발견하지 못한 두억시니는 어리둥절해하면서 뒤를 돌아보았다.

시구리아트 관문 요새의 철문이 열리고 있었다.

쪽문이 아닌, 거대한 철문 자체가 열렸다. 두억시니들은 긴장한 채 드러난 거대한 동굴을 바라보았다. 그때 그 안의 어둠 속에서 무엇인가가 걸어나왔다. 눈이 상당히 좋은 두억시니가 그것을 바라보며 진지하게 말했다.

"여보!"

어떤 두억시니도 그 말에 신경 쓰지는 않았다. 그리고 관문을 걸어나온 자도 별로 신경 쓰진 않았다. 잠깐 웃기는 했지만.

웃음을 멈춘 사모 페이는 마루나래의 목털을 움켜쥔 채 두억시니들을 바라보았다. 도로와 그 양쪽의 땅을 다 뒤덮다시피 하고 있었고 뒤쪽이 잘 보이지 않을 정도였다. 마루나래는 가볍게 긴장한 듯 어깻털을 곤두세웠다. 사모는 마루나래를 달래듯 그 뻣뻣하게 선 털을 어루만졌다. 하늘이 푸르렀다.

마루나래가 갑자기 온 산맥을 찌르릉 울리게 하는 포효를 토해내었다. 두억시니들 또한 지지 않겠다는 듯이 말이 아닌 말들을 외쳐대었다. 메아리로 변한 포효도 사그라들 무렵, 마루나래는 갑자기 몸을 뒤돌았다. 그리고 관문을 향해 줄달음질 쳤다. 그 순간 두억시니들은 괴성을 지르며 마루나래의 뒤를 쫓기 시작했다. 어젯밤 내내 날아오던 쇠뇌에 대해서는 까맣게 잊은 것이 분명했다.

쇠뇌는 날아오지 않았다.

관문을 통과한 두억시니들은 반대편 관문이 열려 있음을 깨달았다. 관성이 그들을 내몰았고 두억시니들은 주저없이 동굴을 빠져나갔다.

반대편 문으로 나온 두억시니들은 저 아래쪽 길을 달려가고 있는 마루나래를 발견했다. 어쩐지 신이 난 것 같은 괴성을 지르며 두억시니들은 계속 마루나래의 뒤를 따라 달렸다. 삼천의 두억시니가 동굴을 지나가는 데는 꽤 많은 시간이 걸렸다. 그동안 통로는 계속 열려 있었다. 마침내 육중한 몸에 비해 다리가 좀 짧아서 달음박질이 느린 두억시니가 마지막으로 관문을 통과한 다음 철문은 육중한 소리를 내며 닫혔다.

철문이 닫히는 소리를 들으며 시구리아트 유료 도로당의 당주 보좌관은 당 일지를 작성하고 있었다.

'사모 페이는 두억시니들의 통행료를 지불한 다음 그들을 유인하며 관문을 통과하였다. 신을 잃은 그들 두억시니들에게 신의 가호를 바랄 수는 없으니, 나는 사모 페이가 그랬던 것처럼 사람들의 어진 마음이 저 가엾은 자들을 긍휼히 여기길 바란다.'

붓을 내려놓은 보좌관은 일지가 마르도록 그것을 내버려두었다. 그리고 조심스럽게 휘장을 향해 걸어갔다. 휘장 너머로 건너간 보좌관은 보늬 당주를 내려다보았다. 보늬 당주는 조그마한 몸을 의자에 파묻듯이 한 채 잠들어 있었다. 그 감긴 눈을 들여다보고 있을 때 보좌관은 목소리를 들었다.

"갔나?"

보늬 당주는 눈을 감은 채 말하고 있었다. 보좌관은 건조한 목소리로 대답했다.

"갔습니다."

보좌관은 사모 페이와 두억시니들이 떠났다는 의미로 대답했다. 하지만 당주의

질문은 그것이 아니었다.

"이제 다시는 그를 만날 수 없겠지."

보좌관은 당주가 말한 것이 다른 사람임을 깨달았다.

"아마도, 그렇겠지요."

보늬 당주는 침묵했다. 보좌관은 가만히 기다렸다.

"만약, 내가 군령의 일부가 된다면……."

"소용이 없을 겁니다. 당주님."

보늬 당주는 눈을 떠 보좌관을 바라보았다. 보좌관은 무거운 얼굴로 당주를 내려다보고 있었다.

"절대로 소용이 없습니다. 당주님."

"그럴까?"

"길은 방랑자가 흘렸던 눈물을 기억할 수 있지만, 그러나 방랑자를 따라갈 수는 없습니다."

"우리는 길을 준비한다는 거냐?"

"그렇습니다."

"케이. 속상하지 않니?"

보좌관은 웃었다. 잔잔한 웃음이었다.

"어머니. 제 나이 이제 일흔여덟 살입니다. 열여덟 살 시절은 60년 전에 지나갔습니다."

보늬 당주는 놀란 표정으로 보좌관을 바라보았다. 잠시 후 당주는 가냘픈 웃음을 터뜨렸다.

"그래. 그렇구나. 내가 백 살이라는 걸 까먹다 보니 네 나이마저도 잊어먹었구나. 하지만 그래도 묻고 싶구나. 어미란 그렇게 미련한 것이다. 누구보다도 자식 속을 잘 안다고 자부하지만, 꼭 자식 속을 물어보고 확인해 봐야 직성이 풀리는 것 또한 어미라는 것이다. 그러니 물어보는 것을 용서하여라. 정말 괜찮은 거니?"

"아무렇지도 않습니다. 어머니."

"네 아버지는 절대로 나와 너를 버린 것이 아니란다."

"예. 그는 버릴 수도 없었습니다."

"무슨 말이냐?"

"어머니. 그는 어머니와 저를 가졌던 적이 없습니다. 가지지 않은 것은 버릴 수도 없습니다. 그는 유료 도로당의 규칙도 제대로 깨닫지 못하고 있더군요. 우리들이 두억시니와의 투쟁을 피할 수 있는 방법이 뻔한데도 그것을 알아차리지 못했습니다."

보늬 당주는 긴 한숨을 내쉬었다. 비가 그친 하늘에서는 푸른 빛이 쏟아져 들어오고 있었다.

보늬 당주는 오랫동안 침묵했다. 케이 보좌관은 모포를 끌어당겨 어머니의 몸을 덮었다. 그가 몸을 돌리기 전 당주가 낮게 말했다.

"두억시니들에 대한 공격 준비는 어떻게 되었느냐?"

흔들리던 감정의 흔적은 사라지고 보늬 당주는 다시 시구리아트 유료 도로당의 당주로 돌아와 있었다. 당의 문제를 묻는 그녀에게 보좌관은 간결하게 보고했다.

"공격할 필요가 없게 되었습니다. 두억시니는 관문을 통과했습니다."

"어떻게 말이냐?"

"말씀드렸던 나가 아가씨 기억하십니까? 대호를 탄 아가씨 말입니다. 그녀가 두억시니들의 통행료를 지불했습니다. 그리고 두억시니들을 유인하며 이곳을 지나갔습니다."

보늬 당주는 눈을 떠 보좌관을 바라보았다. 그녀의 눈에는 놀람이 가득 서려 있었다.

"설마 네가 그것을 제안하지는 않았을 텐데, 그렇다면 그녀 자신이 그것을 제안했다는 말이냐?"

"예. 그렇습니다."

"놀라운 여인이구나."

보좌관은 고개를 끄덕였다.

"예. 나늬 같은 여인이었습니다."

당주는 놀란 미소를 지으며 보좌관을 바라보았다.

"네가 나가의 미모를 구별할 수 있느냐? 네 말대로 정말 나늬처럼 아름답다면 알아볼 수도 있겠지만."

보좌관은 대답하지 않았다. 다만 그의 어머니도 수십 년 만에 처음 보는 미소를 지어보여 당주를 다시금 놀라게 했다.

산들의 우수가 감도는 높은 땅에서부터 뻗어내려온 유료 도로는 어느새 목향이 코를 간지럽히는 보다 낮은 지대에 접어들고 있었다. 불어난 계곡의 물은 상당히 거세게 흐르고 있었다. 물가의 진 땅에는 앵초 군락이 분홍빛 연무처럼 피어 있었고 곳곳에 자라난 나무들은 여행자들에게 다가오는 숲을 예고하고 있었다. 며칠 동안 계속된 빗줄기에 떨어진 꽃잎들이 진흙과 범벅이 되어 산야를 악취미한 빛깔로 물들여놓고 있었다.

요새에서 꽤나 멀리 떨어진 곳이지만, 유료 도로당은 이곳까지도 평탄한 도로를 만들어놓았다. 조금 경사진 곳에는 어김없이 돌계단이 나타났고 작은 개울에도 돌다리가 등장하는 식이었다. 그래서 티나한은 돌부리에 발이 걸릴 걱정 같은 것은 하지 않은 채 뒤를 돌아보았다. 열여덟 번째 아니면 열아홉 번째일 것이다. 생각에 잠겨 고개를 숙인 채 걷고 있던 륜은 티나한의 등에 부딪히고 말았다.

티나한은 륜을 부축하며 투덜거렸다.

"빌어먹을. 정말 신경 쓰이는군. 이봐, 케이건."

앞쪽에서 걸어가던 케이건이 뒤를 돌아보았다. 티나한은 수염볏을 비틀며 말했다.

"정말 이렇게 그자들에게 두억시니 맡기고 떠나도 되는 걸까? 비겁한 행동인 것 같아."

"그 사람들이 그걸 원했잖소. 티나한."

"그렇다면 최소한 같이 싸우기라도 했어야 되는 거 아닐까? 그자들이 두억시니를 퇴치하는 것을 도와주기는 했어야 도리에 맞는 일인 것 같은데 말이야."

케이건은 하늘을 잠시 올려다보았다. 말을 고르기 위해서가 아니라 단지 시간이 얼마쯤인지 알아보기 위해서였다.

하늘에서는 며칠 전 그들에게 목격되었던 하늘치가 조용히 하늘을 가로지르고 있었다. 불그스름한 황혼이 하늘치의 등에서 유적을 빛으로 불타오르게 하고 있었다. 조만간 산지의 이른 밤이 다가올 거라 판단한 케이건은 걸음을 재촉해 봐야 의미가 없다 판단했다.

"우리에겐 임무가 있소. 티나한. 그리고 그들의 요새는 우리들의 도움이 필요 없을 정도로 강고하오. 주퀘도 사르마크는 일만 명의 병사를 소모하고도 저 요새에 어떤 결정적 타격도 주지 못했소. 그들은 두억시니를 잘 처리할 수 있을 거요."

"그 주퀘도 사르마크가 도대체 누구지?"

"250년쯤 전의 제왕병자요. 영웅왕에 비견될 만한 걸물이었소. 그가 왕이 되지 못한 건 그의 능력이 모자라서가 아니라 오로지 키탈저 사냥꾼의 저주 때문이라고 설명될 정도로. 거의 국가 비슷한 것까지 만들었지. 하지만 시구리아트 유료 도로당의 요새를 탐내는 실수를 저질렀소. 5개월 동안 1만 명의 병사를 잃는 대공세를 펼쳤지만, 성공하지 못했소."

비형은 넋을 잃은 채 케이건의 이야기에 심취했다. 케이건은 담담하게 이야기를 마무리했다.

"결국 항복 선언을 한 다음 은편 열 닢을 지불하고 그 관문을 홀로 걸어서 지나갔소. 오기를 충족시키는 세련되지 못한 방법이지만, 당시에 그자는 세련미를 추구할 만한 정신 상태는 아니었을 거라는 변호가 가능할 듯하오. 이 산맥을 떠난 다음 그 행방이 묘연해졌소. 반쯤 완성되어 있던 국가는 사분오열했고."

"그러면 되는군요!"

일행들은 놀라서 류를 바라보았다. 갑작스러운 고함을 질렀던 류은 흥분하여 말했다.

"그렇군요, 그러면 되는군요!"

비형이 고개를 갸웃했다.

"제 생각은 좀 다른데요. 륜. 그러면 될 수도 있겠지만, 좀 더 시간을 두고 생각해보는 것도 좋을 거예요. 과연 그 방법밖에 없을까요?"

륜은 발을 구르며 외쳤다.

"비형! 농담할 때가 아니에요. 그 주퀘도라는 사람처럼 하면 되는 거예요. 통행료를 지불하는 거죠!"

"통행료는 이미 지불했는데요?"

"아니요. 두억시니들의 통행료 말입니다!"

티나한과 비형, 심지어 케이건까지도 얼빠진 얼굴이 되어 륜을 바라보았다. 륜은 그들이 넘어온 산등성이를 가리키며 외쳤다.

"그 사람들은 두억시니가 통행료를 내지 않는다는 이유로 싸우기로 한 거죠. 그렇다면 그들은 두억시니를 통행료를 받아야 할 대상으로 생각하는 거예요. 예! 목적을 가지고 길을 걷는 자는 다 여행자라고 했던가요? 그러면 그렇게 해주면 되는 거예요! 두억시니의 통행료를 지불해 주는 거죠. 그렇잖아요? 그러면 그 사람들은 두억시니와 싸울 필요가 없어요. 그리고 어차피 우리를 추적하는 것이 분명한 그 두억시니들도 그 사람들과 싸우지는 않을 테고요."

케이건이 조심스럽게 말했다.

"두억시니에겐 규칙이 없어. 반드시 그냥 지나쳐온다고는……."

"자보로와 슈라도스를 그냥 지나쳐왔다면서요?"

케이건은 입을 다물었다. 륜의 말을 이해하기 시작한 비형과 티나한은 기대감이 담긴 표정으로 케이건을 바라보았다. 그러나 그 순간 케이건은 다른 사람들의 추측과는 달리 돌아갈지 말지를 생각하고 있지는 않았다. 케이건은 보좌관에 대해 생각했다.

'그 녀석이 나를 시험했군.'

케이건은 왜 보좌관이 두억시니들을 여행자로 인정한다는 내용을 그렇게 강조했는지 깨달았다. 그리고 륜이 떠올린 해결책을 자신 또한 당연히 떠올렸어야 한다는 것을 깨달았다. 동시에 케이건은 자신이 왜 그토록 당연한 해결책을 떠올리지 못했는지도 깨달았다. 케이건은 길잡이였다.

그리고 케이건은 미안함을 느끼지 않았다. 그는 여전히 길잡이였다.

"그 두억시니는 우리에게 방해가 될 거다. 륜. 그것도 아주 위험한 종류의 방해지. 이대로 놔두면 유료 도로당이 그 두억시니들을 해결해 줄 거다. 굳이 돈을 주고 우리 고민거리를 구입할 필요는 없다."

〈이 철혈!〉

다행히 니름이었다. 말로 바꿔 입 밖에 꺼내기 직전, 륜은 자보로에서 있었던 일을 떠올렸다. 케이건은 아스화리탈을 위엄왕에게 건네는 것이 어떠냐는 말로 륜을 시험했었다. 륜은 이것 또한 시험일 거라 짐작했다. 무슨 시험인지는 알 수 없었지만, 륜은 단호하게 말해야겠다고 생각했다.

"돈을 지불해 가며 고민거리를 사는 것이 아닙니다. 제 양심을 구하기 위해 돈을 지불하는 겁니다. 우리와 아무 상관도 없는 그자들이 우리를 위해 피를 흘려야 한다는 것은 제 양심에 위배됩니다. 제가 가진 돈도 많습니다. 제가 그자들의 통행료를 지불하겠습니다."

케이건은 한숨을 쉬었다. 그리고 시간을 낭비하지도 않았다.

"비형."

"예?"

"곧 해가 질 거요. 당신이 날아가는 것이 가장 좋겠소. 돌아가서, 두억시니의 통행료를 우리가 대납해도 되는지, 그리고 그렇게 한다면 요금이 얼마나 될지 물어보시오."

비형은 대답도 하지 않은 채 나늬 위에 올라탔다. 나늬는 순식간에 날아올라 그들이 내려온 길을 거슬러 날아갔다. 티나한은 기운찬 표정으로 말했다.

"그래! 내 적을 남에게 맡길 수는 없어. 통행료를 지불하고 그놈들을 이리 오라고 해. 내가 해결하겠어!"

케이건은 티나한의 용맹을 의심하지는 않았지만 대단히 위협적인 두억시니를 3,000마리나 상대하겠다는 것은 절대로 말이 안된다는 지적을 삼가지도 않았다. 티나한은 걱정 없다는 투로 말했지만 륜은 덜컥 겁이 나는 것을 느꼈다. 직접 판단한 것은 아니지만 륜은 케이건과 티나한이 '보통 이상의 두억시니'라고 평가한 것을 들었고 어쨌든 보늬인지 나늬인지 알려면 두 사람이면 충분한 것이다. 공포가 양심에게서 자신을 빼앗아가는 것을 저지하려 애쓰며 륜은 불안한 얼굴로 도로를 돌아보았다.

비형은 케이건의 예상보다 훨씬 빨리 돌아왔다. 케이건은 의아한 얼굴로 딱정벌레의 착륙을 바라보았다. 그리고 땅에 내려선 비형의 얼굴을 보고는 더욱 의아해했다. 비형의 표정은 꽤나 해괴했다. 비형은 일행을 둘러보며 말했다.

"아무래도 통행료를 대납할 필요는 없겠는데요?"

케이건이 모두를 대신해서 질문했다.

"어째서 그렇소?"

"다른 사람이 이미 두억시니의 통행료를 대납했거든요. 날아가던 도중 그 사람을 만나고 돌아오는 길입니다. 그 사람은, 어, 훨씬 빨리 달릴 수도 있지만 두억시니를 천천히 유인하며 요새에서 멀어지고 있더군요. 저 또한 약간 떨어진 거리에서 그 사람의 작업을 도와주며 이야기를 나누었습니다. 그 사람이 꽤 좋은 대화 상대였음을 분명히 해둬야겠군요. 헤어지기 직전에 들려주었던 이야기가 특히 기억에 남는군요. '이제 요새에서 충분히 멀어진 것 같으니 전속력으로 쫓아가겠다, 도깨비. 도로를 만드는 인간들의 뜻을 존중하여, 유료 도로가 끝나는 지점에서 우리의 회동을 가질까 하는데 그대 생각은 어떠신가?'라고 하더군요. 아주 인상적인 이야기죠?"

륜은 반가움 반, 놀라움 반인 얼굴이 되었다. 케이건은 미간을 약간 찡그리며 말했다.

"그래서 사모 페이에게 뭐라고 말해 줬소?"

"사모 페이였다는 걸 맞히는 거야 놀랍진 않은데 제가 무슨 말을 했을 거라는 것은 어떻게 아신 거죠?"

케이건은 당신 성격을 알기 때문이라고 말하지는 않았다.

"그냥 짐작했소."

"그러셨나요. 음. 이렇게 말했지요. 케이건은 당신의 눈에 도깨비불을 붙인 다음 다리를 썰어줄 계획을 가지고 있는데, 그 계획에 대해서는 어떻게 생각하시냐고. 뭐라고 대답했을 것 같나요?"

케이건은 어차피 화를 내지도 않았을 테지만, 그 시점에서는 더욱 화를 낼 필요가 없었다. 티나한이 격노하여 비형을 꾸짖었기 때문이다. 티나한은 계획을 적에게 알려주는 얼간이는 마땅히 수치와 통한을 느껴야 된다는 내용을 꽤나 동어 반복적으로 떠들어대었다. 비형은 한참 후에야 겨우 사모의 말을 전해 줄 수 있었다.

"사모 페이는 이렇게 말하더군요. 불장난 치면 팔을 끊어서 휘두를 테니 조심하라고. 그게 진심일까요?"

륜은 탄성을 질렀고 티나한은 앓는 소리를 내었다. 케이건은 우울한 얼굴로 하늘을 올려다보았다.

"그녀의 선언에 담긴 진실성을 확인해 보는 것은 우리에게 그다지 유익할 것이 없겠소. 게다가 두억시니들까지 그녀의 뒤를 따르고 있다면 상황이 더욱 난처하군. 티나한. 륜을 업으시오. 그리고 비형. 나를 나늬에 태워주시오. 대호의 속도를 고려한다면 아무래도 좀 달려야겠소. 그러고 나서 천천히 그녀를 상대할 방법을 고려해 봅시다."

티나한과 비형, 그리고 륜은 케이건이 얼마 동안 달릴 생각인지 묻지 않았다. 묻지 않아도 충분히 짐작할 수 있는 일이기 때문이다. 그래서 그들은 서로를 불쌍한 듯이 바라보았다.

하루하고 반나절 후, 비형은 케이건을 들이받으려드는 나늬를 달래느라 고군분투해야 했다. 그리고 륜은 케이건을 향해 불을 토하려드는 아스화리탈을 말려야 했다. 하지만 케이건은 그 야수들의 포악한 협박에 아랑곳하지 않은 채 "같은 속도로 움직이면 하루 반나절쯤 후 파름 평원에 도착할 것 같소. 조금 더 달려보면 어 떻겠소?"라고 제안하여 티나한을 포효하게 만들었다.

제7장

여신의 신랑

수호자들을 가리키는 '여신의 신랑'이라는 칭호는, 혼인 제도가 존재하지 않는 나가의 사회를 놓고 볼 때 매우 기이한 것임을 깨달아야 한다. 나가의 여인은 한 명의 남자와 지속적인 관계를 맺지 않는다. 동물과 다름없는 재생산 방식을 선택하고 있는 나가의 사회에서, 이 '신랑'이라는 혼인 제도를 연상케 하는 단어의 의미는 무엇일까? 물론 그 의미는 우리의 혼인 제도와 같다. 여신의 신랑이라는 칭호는 그들 수호자들이 다른 여인이 아닌 단 한 명의 여인인 발자국 없는 여신에게만 충실하겠다는 의지의 표명이다. 그렇다면 나가 사회에서 이들 수호자 집단은 동물적인 동료들에 비해 고등한 자들일까?

물론 그렇지 않다. 우리의 혼인 제도가 나가들의 난혼보다 고등한 방식이라 믿는 것은 실소를 금할 수 없는 자기중심적인 태도다. 때론 우리를 불쾌하게 만들곤 하는 논리적 탐구는 아쉽게도 우리의 혼인 제도가 나가의 난혼보다 별로 우월할 것이 없음을 증명해 준다.

사람들은 동물보다 훨씬 성장이 느리다. 따라서 사람의 여자들은 성장이 빠른 동물들의 암컷에 비해 육아에 많은 시간과 자원을 투자해야 한다. 이것이 여자와 미숙한 자손 양자에게 위험한 투자임은 자명하다. 혼인 제도는 수컷에게 이 위험을 분담하게 하는 제도다. 즉 먹이를 구해 오고 적대적 환경에 맞서 투쟁하는 등의 역할을 남자가 담당함으로써 보다 안전한 재생산을 꾀하려는 제도가 우리의 혼인 제도다. 이것은 이를테면 어미와 새끼라는 기본적인 가족 구조에 수컷이 편입된 형태라 할 수 있다. 그러나 나가들의 경우는 수컷이 담당할 역할을 사회적 체계가 대신하고 있다. 심장 적출법에 의해 나가 여자들은 자손을 충분히 보호할 만큼 강력해졌으며 그들의 땅 한계선 이남에서 나가에게 불리한 거의 모든 요소를 일소했다. 그 시점에서 나가 남자들은 자신의 역할이 축소되는 것을 감수할 수밖에 없었을 것이다. 더 이상 가족의 기본 구조인 암컷 어미와 새끼의 관계에 수컷이 끼어들 자리가 남지 않게 된 것이다. 역할이 감소되면 권력도 감소되는 것이 당연하다. 그래서 나가의 사회는 여성이 지배한다. 나는 '여신의 신랑'이라는 호칭에는 암컷 어미와 새끼의 관계에서 추방되자 더 크고 더 위대한 것에 편입되고자 몸부림치는 나가 남자들의 슬픈 소속 욕구가 반영되어 있지 않나 추측한다.

그러니 이 때려죽이고 싶도록 사랑스러운 손자 녀석아. 네게 있는지 조차 의심스러운 그 '남성미'를 그렇게 표현하고 싶다면, 우리 사회가 아직 남자들에게 '남성미에 대한 찬사와 존경'이라는 웃기는 대가를 지불하고서라도 남자들에게 수컷 역할을 맡겨야 할 만큼 원시적이라는 사실에 고마워하도록 해라!

— 독설가로 유명했던 우슬라 사르미크 부인이
혈기방장한 손자에게 들려준 애정 어린 충고 中

페니나 시에도가 마침내 설계도를 받아들였지만, 갈로텍은 도무지 안심할 수 없었다.

나가의 대장장이가 다 그렇듯이 페니나 시에도는 자신의 천직에 한탄하는 걸로 낮을 보내고 남자들에게 굽실거려야 한다는 사실에 분통을 터뜨리며 밤을 소모하는 여자였다. 나가들에게 있어 나무를 태워야 일할 수 있는 대장장이나 그릇장이 등의 일에 대해 장인의 자부심을 논하는 것은 웃음거리도 되지 못한다. 그런 생산 활동의 필요성을 의심하는 나가는 없지만, 대장장이나 그릇장이 앞에서 흠칫하지 않는 나가 또한 거의 없는 형편이다.

페니나의 대장장이다운 비굴한 태도는 갈로텍을 언짢게 했다. 절대로 여자답다고 할 수 없는 모습인데다 '할 바를 다했다. 우연히 되겠지'라고 말하는 노기 하수언의 당당한 태도에 익숙한 갈로텍은 그 모습을 더욱 견디기 어려웠다. 자신도 모르게 갈로텍은 딱딱하게 닐렀다.

〈저를 기쁘게 하기 위해서 이걸 만들 수 있다고 닐러줄 필요는 없습니다. 저는 이것이 정말로 필요합니다. 시에도.〉

페니나는 비늘을 곤두세웠다.

〈저를 그 이름으로 니르지 마세요. 신성한 분이여.〉

〈좋습니다. 페니나.〉

갈로텍은 거북함을 가까스로 억눌렀다.

〈이걸 만들 수 없다면 그냥 만들 수 없다고 닐러주면 됩니다. 저로서는 그편이 더 기쁠 것 같으니까.〉

〈만들 수 있어요. 신비하기까지 한 물건이지만, 만들 수 있습니다. 그런데 여신의 신랑께서는……, 이런 무례한 질문을 제발 용서해 주시길 바랍니다. 대장장이의 일에 대단한 소질이 있으신 것 같군요. 어떻게 이런 것을 설계하셨지요?〉

버럭 화를 내려던 갈로텍은 바로 그것이 페니나 시에도가 원하는 것임을 깨닫고는 분노를 억눌렀다. 갈로텍은 부드럽게 닐렀다.

〈잘 설계되었습니까?〉

〈네? 예. 수십 년 동안 이 일을 해 온 분의 솜씨 같습니다.〉

페니나는 한 번 더 갈로텍을 격동시키려 했지만 갈로텍은 부드럽게 대처했다.

〈초심자의 운이겠지요.〉

페니나는 자신의 의도—대장간 일 같은 천박한 일에 소질이 있다는 식의 농으로 여신의 신랑을 격노하게 함으로써 작은 쾌감을 맛보려 했던—가 들켰음을 간파했다. 페니나는 어리석은 여자는 아니었다. 그녀는 더 이상 허튼 시도를 하지 않았고 그래서 대화는 사무적으로 진행되었다. 페니나는 사흘 내에 물건을 완성시키겠다고 다짐했다. 그리고 그런 다짐에 놀라지 않는 갈로텍을 잠시 이상하다는 듯이 바라보았다. 일반적인 경우라면 절대로 사흘 내에 만들 수 없는 물건이었지만 설계도가 워낙 완벽했기에 가능한 일이었다. 페니나는 갈로텍이 그런 상황까지 예견할 정도로 기계 설계에 능하거나 설계도의 제작자가 다른 사람이거나 둘 중 하나라고 생각했다. 하지만 페니나는 둘 중 어느 것이 사실일지에 대해 고민하는 대신 대금에 대한 절충을 시작했다. 대금이 결정된 후 갈로텍은 선불을 지불했다. 그리고 갈로텍은 방 한쪽에 앉아 있는 남자에게 말했다.

〈페니나를 배웅해 드리게.〉

페니나 시에도를 데려왔던 남자는 천한 대장장이를 위해 32층을 내려갔다가 다시 올라올 생각은 없었다. 따라서 남자는 계단까지만 페니나를 안내한 다음 다시 갈로텍의 방으로 돌아왔다. 갈로텍은 그럴 줄 알았다는 듯 빙긋 웃었다.

〈그로스. 저렇게 남자 같은 여자가 정말 하텐그라쥬 최고의 대장장이인가? 굽실거리는 꼴이라니, 발이라도 핥을 것 같더군. 차라리 비아스 마케로우 쪽이 훨씬 여자답던데.〉

그로스는 비늘을 곤두세우며 신음했다.

〈그래. 여자답지. 우리를 사랑하는 건지 죽이려는 건지 구분이 안 갈 정도로.〉

〈음탕한 니름은 관둬. 그로스.〉

〈음탕한? 그런 생각 따위 하고 싶지도 않아. 지금 나는 험악한 노동 환경에 대해 투덜거리고 있는 것일 뿐이야. 그녀는 한 명이고 우리는 다섯인데, 젠장. 지금 마케로우 저택에서 죽어가는 얼굴을 하고 있는 건 그녀가 아니라 우리 다섯 명이야. 비아스 마케로우는 우리를 다 죽여서라도 아기를 가질 수 있다면 그렇게 할 것 같아. 내가 오늘 대장장이 건 때문에 나와야 한다고 닐렀더니 다른 네 사람이 나를 죽일 듯이 쏘아봤다고 니르면 믿을 수 있겠어?〉

〈그로스. 충분히 음탕하게 들려. 그만두지 않으면 화를 내겠어.〉

〈그러면 이렇게 니르지. 언제쯤이면 그 짓을 그만둘 수 있겠나?〉

〈그런 질문이라면 한결 편안한 마음으로 대답할 수 있군. 물건이 완성된 후 설치와 시험, 그리고 조작법에 익숙해질 시간을 생각한다면 대충 대엿새 정도면 충분할 거야.〉

그로스는 흥분했다.

〈대엿새?〉

〈그래. 그 이상은 걸리지 않을 거라고 보네.〉

〈아직 실감이 나지 않는군. 대엿새 후에……, 우리가 여신을…….〉

〈제발 부탁이니 흥분은 가라앉혀. 그로스. 비아스는 영리해. 자네들 다섯 명이

덤벼도 상대가 안 될 만큼. 그러니 그녀에게 어떤 내색도 해선 안 돼.〉

〈절대로 그런 일은 없을 거야.〉

〈아니, 자신하지 마. 지금부터 내가 내릴 명령을 들으면 그렇게 자신할 수 없을 걸. 자네들은 이제 그녀의 이름을 알아내야 해.〉

그로스는 잠깐 놀랐다가 곧 실망한 표정으로 갈로텍의 가슴을 바라보았다. 물리적으로는 정확한 방향이 아니지만, 상징적으로는 꽤 정확한 방향이다.

〈그 꼬마를 설득하지 못한 모양이군.〉

〈그러니 명령하는 거잖아.〉

〈쉬운 일이 아니야.〉

〈알아. 하지만 해야 하는 일이야.〉

그로스는 어깨를 늘어뜨렸다.

몇 시간 후, 스바치도 어깨를 늘어뜨렸다. 장소는 비슷하지만 고도는 다른 곳에서. 수호자 세리스마는 그런 스바치를 보며 침울하게 닐렀다.

〈심장 파괴를 비밀로 해야 하는 이유들 중 가장 질낮은 것이지. 그걸 그렇게 사적인 목적에 사용하려는 사람들도 생길 테니까.〉

〈카린돌은 필사적입니다. 비아스가 가주가 되는 날이 자신의 사망일이라고 생각하는 것이 아닌가 싶습니다. 겉모습은 침착하고 이지적으로 보이지만, 그 논리는 적출 공포증에 빠진 것이 아닌가 싶을 정도입니다. 그러니 어떻게 설득할 수가 없습니다.〉

〈그렇지 않으면 수십 년을 함께 살아온 비아스 마케로우에 대해 자네보다는 더 잘 아는 것일 수도 있지. 그런 황당한 이유로 남동생을 베어 죽이고 그 일에 필요하다는 이유로 수호자를 토막낸 살육광이야. 나는 카린돌의 심정이 이해되는군. 하지만 그렇다고 해서 심장 파괴를 어떻게 그런 일에 쓰겠나.〉

〈요청이 묵살되면 그녀는 그걸 고발할 텐데요.〉

〈설득하게. 그녀는 지금 공포 때문에 기본적인 산술을 못하고 있어.〉

〈무슨 니름이십니까?〉

〈비아스가 지금 당장 잉태한다 해도 그 자손이 장성하려면 시간이 많이 남아 있어. 게다가 그것이 남자라면 어느 정도 자라난 다음 다시 잉태해야겠지. 비아스가 확고한 가주 계승자로 낙점되려면 적어도 10년은 걸릴 거야. 소메로 마케로우는 그 안에 분명히 잉태할 수 있어.〉

스바치는 머리가 아프다는 듯 두 손으로 이마를 짚었다.

〈왜 이런 일에까지 신경을 써야 하는지 모르겠습니다. 지금 살신이 일어날 판국인데 서로를 죽이려드는 추잡한 자매 사이에 끼여서 옴짝달싹할 수 없다니. 제 꼴이 너무 우습습니다. 사람다운 일을 하고 싶습니다.〉

〈우리가 할 수 있는 일은 이제 없잖나? 남은 건 하인샤 대사원에서 맡아야 할 부분이야. 자네는 가서 카린돌을 진정시키게. 그것도 대단히 중요한 일이야. 사람다운 일이고.〉

〈제가 지금 생각해 낼 수 있는 가장 사람다운 일은 비아스에게 벌을 내리는 겁니다!〉

세리스마는 슬픈 눈으로 스바치를 바라보았다. 스바치는 자신이 카린돌에게 동의하고 있음을 더 이상 세리스마에게, 그리고 자기 자신에게 숨기지 못했다.

〈카린돌은 핑계거리가 필요하니 닐러준다는 식으로 정의를 거론했지만 그게 사실임은 부정할 수 없습니다. 비아스의 죄에 대해 어떤 처벌도 내려지지 않았습니다. 그녀 때문에 고통받은 자들이 몇입니까? 목숨을 잃은 화리트와 수호자 유벡스, 누명을 뒤집어쓴 륜 페이, 그 때문에 동생을 죽여야 할 처지에 빠진 사모 페이, 그 사실을 모두 간파했다는 이유로 목숨의 위협을 당하는 카린돌 마케로우. 다섯 명입니다. 비아스가 그렇게 만들었습니다! 그녀는 나가라는 숲에서 사악한 연기를 내뿜으며 타고 있는 불씨입니다. 지금 그걸 꺼버리지 않으면 장차 거대한 산불이 숲을 덮칠 겁니다. 그녀의 심장을 파괴하십시오!〉

세리스마는 거부의 눈으로 스바치를 바라보며 닐렀다.

〈스바치. 우리는 심판자가 아니야. 심장 파괴 또한 심판의 수단이 아니고.〉

〈이건 심판이 아니라 자기 구제입니다. 그녀 같은 자가 가주가 된다면 나가 사회가 어떻게 되겠습니까? 저는 우리 스스로를 구하기 위해 벌레 먹은 부위를 도려내야 한다고 닐러드리는 겁니다. 우리는 살신을 저지하려 하고 있습니다. 그런데 왜 살인은 저지할 수 없는 겁니까? 비아스를 뉘두는 것은 살인 행위입니다!〉

〈그만하게. 스바치. 내가 자네에게 불필요한 의심을 품게 되기 전에.〉

〈의심이라니요?〉

〈나는 자네가 카린돌에게 매료되었음을 지적하는 영광을 누리고 싶지 않군.〉

스바치는 비늘을 부딪치며 세리스마를 바라보았다. 세리스마는 그런 스바치를 바라보며 냉정하게 닐렀다.

〈그렇지 않나?〉

〈그렇지 않습니다.〉

〈그런가? 그렇다면 나는 살인 행위를 저지하기 위해서 살인해야 한다는 식의 그 니름 같지도 않은 논리가 어디에서 비롯된 것이라고 추측해야 하지?〉

스바치는 대답하지 않았다. 세리스마는 옷자락을 가다듬으며 닐렀다.

〈그녀는 자네를 이용할 뿐이야, 스바치.〉

〈수호자님과 마찬가지로, 저도 모든 나가들에게 이용당하길 원했기에 지금의 제가 되어 있는 겁니다.〉

〈그래. 자네가 봉사해야 하는 대상은 모든 나가야. 스바치. 카린돌 마케로우가 아니야. 그녀를 안심시키는 것이 모든 나가를 위한 올바른 선택이야. 그녀에게 부화뇌동하여 비아스를 혐오하게 되는 것은 결코 모든 나가를 위해 행동하는 것이 아닐세. 가서, 그녀를 설득하게.〉

스바치는 무겁게 몸을 일으켰다.

대지는 이곳에 이르러 산과 강과 호수 같은 것을 빚어내던 창의성을 모두 잃어버리고 좌절에 빠져버린 듯하다. 산이나 숲 그 어느 것도 없었지만 지평선 또한 보이지 않는다. 완만하게 넘실대며 계속되는 구릉 때문이다. 바람은 턱없이 낮아보이는 하늘에서 구름을 마름질하고 구릉의 사면을 덮은 억새들을 거슬러 황야의 애가를 노래 부르게 하고 있었다.

구릉 위에 선 케이건은 묵묵히 남쪽 하늘을 바라보고 있었다. 그의 등 뒤에선 티나한이 땅에 드러누워 있었다. 그리고 륜은 아스화리탈의 꼬리를 만지작거리며 놀고 있었다. 케이건은 그들에게 완전히 쉴 것을 명령했다.

잠시 후 남쪽 하늘에서 딱정벌레가 나타났다. 굉음과 함께 날아온 딱정벌레는 억새들을 춤추게 하며 땅에 내려섰다. 나늬의 등에서 뛰어내린 비형은 케이건에게 곧장 걸어왔다. 티나한이 일어나 앉았고 륜은 자리에서 일어섰다.

"한 시간쯤 후엔 우리를 따라잡을 것 같군요. 두억시니들은 그보다 좀 뒤처져 있지만, 세 시간 안에 이곳까지 도달할 테고요. 어떻게 하죠?"

"두 시간 여유면 충분하오. 매복했다가 사모와 마루나래를 잡도록 합시다."

비형은 걱정스러운 얼굴로 말했다.

"저, 그녀가 정말 팔을 잘라서 휘둘러대면 어쩌죠?"

"자기 팔을 자르는 것은 말처럼 그렇게 쉽지는 않소. 게다가 오른손으로 자를 수 있는 건 왼팔인데, 오른손에 쉬크톨을 쥐고 있다면 잘린 왼팔을 어느 손으로 주워들겠소? 쉬크톨을 버리고 왼팔을 주워들려고 해도 눈이 가려진 상태이니 역시 불가능한 일이오. 걱정하지 않아도 좋소."

륜이 다가서며 말했다.

"케이건. 분명히 해두어야겠는데요."

"쉬크톨을 쥘 수 없도록 손만 자르겠다. 그리고 하인샤 대사원으로 데리고 가겠어. 약속한다."

"누님은 눈이 가려져도 쉽지 않은 상대일 거예요."

"싸울 생각은 없다."

"싸우지 않아요?"

"위험을 자초할 필요는 없지. 티나한. 비형이 사모와 대호의 눈을 가리면 당신 철창으로 사모의 모피를 벗겨내시오. 7미터니 거리는 충분하오. 그 후 사모가 기절할 때까지 기다린 다음 이미 말했던 처치를 한 후 그녀를 싣고 이틀만 걸어가면 하인샤 대사원이오. 흑사자 모피는 륜에게 입히고 비형 당신이 그녀에게 아주 낮은 온도의 도깨비불, 그러니까 간신히 의식을 유지할 정도의 도깨비불을 붙여주면 이틀 동안 그녀를 호송하는 것도 크게 어렵지는 않을 거요."

"세 시간 뒤에 도착할 두억시니들은 어떻게 하지요?"

"그들은 우리 힘으로 어떻게 할 수 없소. 하지만 그들이 정말 나가와 도깨비, 레콘, 딱정벌레로 이루어진 무리를 추적하고 있는 거라면 대사원에서 우리가 해산해 버리면 그만일 거요. 그러면 그 불쌍한 자들은 목표를 상실하게 되는 거지. 그래서 그들이 다시 남쪽으로 돌아가버린다면 더 바랄 나위가 없을 거요."

륜과 티나한, 그리고 비형은 케이건의 계획에서 어떤 위험도 발견할 수 없었다. 그들은 입을 모아 계획의 완전성과 안전성을 칭찬했다.

그리고 세 시간 후, 그들은 계획을 완전히 포기했다.

사모 페이는 앞쪽 하늘에서 나타나 그녀를 정찰하고 돌아간 딱정벌레를 놓치지 않았다. 사모는 준비된 함정으로 뛰어드는 괴벽을 부릴 필요는 없다고 생각했다. 케이건은 그녀가 그런 생각을 할 거라는 것까지 예견했으나 뒤에서 두억시니들이 추적하고 있으니 속도를 늦추지는 않으리라 생각했다. 하지만 사모는 케이건이 그런 생각을 할 거라는 것까지 예견한 다음 과감하게 멈춰섰다.

'나가, 도깨비, 레콘, 딱정벌레로 이루어진 무리를 쫓고 있어. 나가와 대호가 아니야.'

마루나래는 그런 사모의 결정이 몹시 마음에 들지 않는다는 듯 툴툴거렸고, 두어 시간 후 저 멀리서 두억시니들의 냄새가 다가오자 그런 투덜거림의 강도를 더욱 높였다. 사모 또한 쉬크톨을 뽑아들지 않을 수 없었다.

평원을 뒤덮으며 다가온 두억시니들은 그녀와 마루나래를 발견하자 속도를 늦추었다. 거리를 100미터쯤 남겨둔 곳에서 두억시니들은 완전히 멈춰섰다. 그리고 시구리아트 유료 도로에서 나섰던 머리 둘 달린 두억시니가 앞으로 걸어왔다. 마루나래의 등 위에 앉아 있었기에 사모는 두억시니의 얼굴을 거의 비슷한 높이에서 바라볼 수 있었다.

마지막 순간, 사모는 쉬크톨을 도로 꽂아넣었다.

사모는 두 손으로 마루나래의 머리를 누른 채 두억시니를 조용히 응시했다. 마루나래는 도저히 참을 수 없다는 듯 앞발의 발톱을 곤두세웠다. 사모는 계속 마루나래를 달래며 두억시니를 바라보았다. 하지만 머리가 둘이라 양쪽을 번갈아 보아야 했고, 결국 사모는 가운데 달려 있는 오른손을 바라보기로 했다.

머리 둘 달린 두억시니는 사모를 물끄러미 바라보다가 서로를 돌아보았다.

"나가 태운 대호."

"대호 탄 나가."

긴장된 순간이었지만 사모는 이 상반된, 하지만 똑같은 해석에 잠시 미소 지었다. 두억시니의 두 머리는 서로를 향해 당황한 표정을 지어보였다. 그 머리들은 다시 사모를 바라보고는 서로를 돌아보았다.

"나가 태운 대호!"

"대호 탄 나가!"

사모는 저러다가 싸우겠다는 약간 한가한 생각을 해보았다. 하지만 싸운다 해도 어느 팔이 어느 머리의 편을 들지 알 수 없었고, 따라서 한가한 생각은 곧 복잡한 고민거리로 발전했다. 사모가 그런 불필요한 상념을 떨쳐버렸을 때 두억시니 또한 그런 토론이 무익하다는 결론에 도달했다.

머리 둘 달린 두억시니는 그녀의 옆을 지나쳐 걸어갔다.

사모는 상당한 긴장감을 맛보며 다음에 일어날 일을 기다렸다. 두억시니들은 머리 둘 달린 두억시니를 따라 움직였다. 그리고 사모의 주위를 지나쳐 달렸다. 마루나래는 거리에 들어오는 모든 두억시니를 후려치고 싶어 안달했다. 온 힘을 다해 마루나래를 진정시키며 사모는 천천히 뒤로 돌았다. 그리고 두억시니들 틈에 섞여 달렸다. 두억시니들은 그런 사모에게 신경 쓰지 않았다.

마루나래도 조금씩 그 상황을 받아들이기 시작했다. 사모와 마루나래는 3,000명의 두억시니들과 그들이 일으키는 먼지 속에 몸을 감춘 채 달렸다.

지평선을 뒤덮은 먼지 구름이던 것이 두억시니들로 바뀐 시점에 케이건은 고민을 시작했다. 육안으로 확인되는 거리였지만 탁 트인 평야인지라 실제 거리는 꽤 길었다. 케이건은 두억시니들이 도착할 때까지 반 시간 정도의 여유가 있다고 생각했다. 비형이 난처한 목소리로 말했다.

"또 도망칠까요?"

"다른 방법이 떠오르지 않소."

케이건은 다시 나늬에 올라탔고 륜과 아스화리탈은 티나한의 어깨에 올라탔다. 두억시니들과의 거리를 벌려놓으며 일행은 파름 산을 향해 달렸다.

이틀 후, 일행은 파름 산의 언저리에 도달했다. 두억시니들과의 거리를 반나절 정도로 떨어뜨려두는 데 성공했지만 그 대가로 일행은 기진맥진한 상태였다. 비형은 저 유명한 오솔길을 걸어 올라가면서도 꾸벅꾸벅 졸았고 티나한마저 비몽사몽 간에 일주문을 박살낼 뻔했다. 하인샤 대사원의 일주문은 꽤 높았지만 티나한의 철창도 지나치게 길었다. 케이건이 제때 철창을 눕히라고 지시하지 않았다면 티나한은 고가람의 유서 깊은 얼굴에 꽤 큼직한 흉터를 남겼을 것이다.

그러나 륜은 기쁨을 느꼈다. 마침내 목적지에 도달했다는 기쁨이 아니라 울창하면서도 독특한 숲을 보는 것이 그를 즐겁게 했다. 본당에 이르는 삼문 주위로 늘어선 나무들은 장엄했다. 장쾌하게 뻗은 나무들 중에는 둘레가 세 아름이 되지 않는 나무가 없는 듯했으며 어떤 것은 열 아름도 넘을 것 같았다. 키보렌의 나무들이 그 자체로 약동하고 있다면 파름 산의 나무들은 꼿꼿하며 엄숙했다. 저 높은 곳에 늘어진 가지들은 햇빛을 선택적으로 통과시켜 산사를 찾아드는 이들에게 정순하고 고아한 빛을 머금게 했다. 마침내 숲이 갈라지며 마지막 문을 통과했을 때 륜은 목적지에 도달했다는 기쁨보다 아쉬움을 느꼈다.

경내는 고요했다. 흙이 단단하게 깔린 마당을 가로질러 걸어간 케이건은 곧장 법당 쪽으로 걸어갔다. 법당 앞에 선 케이건은 합장하며 짧게 묵례했다. 고개를 든 케이건은 이상한 눈으로 쳐다보는 일행들을 발견하고는 설명을 덧붙였다.

"그냥 사찰을 찾는 예의요. 다른 일을 보기 전에 법당에 먼저 인사를 올려야 하오."

비형과 륜이 황망히 합장했다. 티나한은 왜 건물에 대고 절을 하냐고 투덜거렸지만 간절한 눈으로 쳐다보는 비형의 표정을 견디다 못해 마지못한 듯 합장 반배했다. 그때 저쪽에서 짧은 탄성이 들려왔다.

마당 저편에서 승려 한 명이 다급한 걸음으로 다가왔다. 케이건이 그를 향해 묵례할 때 티나한이 반가운 얼굴로 외쳤다.

"야, 너! 잠깐. 이름이 뭐더라."

"오레놀입니다. 드디어 오셨군요, 여러분!"

반갑게 두 손을 내밀던 오레놀은 륜의 어깨를 보곤 크게 당황했다. 거의 넋이 나간 듯한 그 얼굴을 보며 일행은 미소를 지었다. 조금 후에야 겨우 예의를 생각할 수 있게 된 오레놀은 황급히 말했다.

"오레놀입니다. 당신이 륜 페이지요? 진심으로 환영합니다."

"감사합니다."

"듣던 대로 정말 아름다운 목소리시군요."

거기까지가 오레놀이 가진 인내심의 한계였다.

"그런데 어깨에 얹고 계신 그것……, 그것……, 정말로?"

"예. 용입니다."

"맙소사!"

오레놀은 경악했다.

"맙소사! 그 용을 당신이 발견했군요!"

륜은 어리둥절한 표정으로 오레놀을 바라보았다. 케이건이 조용히 끼어들었다.

"오레놀 대덕. 그 용이라는 건 무슨 뜻이오?"

"아, 그러고 보니 제 말이 좀 이상하게 들렸겠군요. 용서하십시오. 저는 용이 개화했다는 것을 알고 있었습니다. 그래서 당신이 돌아오시면 용의 수탐을 부탁드릴까 하는 생각도 하고 있었지요. 그런데…… 맙소사. 이렇게 데려오시는군요."

"어떻게 용의 개화를 알고 있었다는 말이오? 용인이 있었다는 말은 아닐 텐데."

"용인이 있었습니다. 선원에서 참선 중이던 사람들 중에 군령자가 하나 있었거든요."

케이건은 이해했다는 듯이 고개를 끄덕였다. 륜은 아스화리탈의 꼬리를 붙잡으며 약간 불안한 표정으로 오레놀을 바라보았다. 오레놀은 그 모습을 보며 미소 지었다.

"그 용은 당신을 따르는군요. 당신이 그 용을 발견했습니까?"

"그렇습니다."

"그렇다면 당신이 책임지고 그 용을 잘 성장시켜야겠군요."

혹 승려들이 용을 뺏으려드는 것이 아닌가 의심했던 륜은 그제야 안심하며 고개를 끄덕였다. 오레놀은 다시 케이건을 향해 말했다.

"언제나 그렇지만 정말 저희들을 놀라게 하시는군요. 저희들이 부탁했던 일을 완수하시고 그에 덧붙여 용까지 데려오시다니. 따라오시지요. 여러분들이 쉬실 암자를 준비해 두었습니다."

"고맙소. 오레놀. 그런데 조금 전 내가 당신들을 놀라게 한다고 말했는데, 그건 정확한 지적이오. 내가 데려온 것이 나가와 용만이 아니니까."

"무슨 말씀이십니까?"

케이건은 담담하게 말했다.

"나가 암살자 한 명도 뒤따르고 있소."

"그건 알고 있습니다. 침묵의 도시로부터 전갈을 받았습니다. 사모 페이지요?"

오레놀은 측은한 얼굴로 륜을 바라보며 말을 이었다.

"쇼자인테쉬크톨."

륜은 놀라면서도 슬퍼하며 고개를 끄덕였다. 오레놀은 진심이 깃든 목소리로 말했다.

"저희들이 당신을 보호해 드릴 겁니다. 걱정 마십시오."

602

케이건은 고개를 가로저었다.

"그렇게 쉽지는 않을 거요. 그 나가 암살자는 대호를 타고 올 테니까."

"대, 대호요?"

"그렇소. 그리고 또 다른 자들이 반나절쯤 후엔 여기에 들이닥칠 거요. 3,000마리의 두억시니요. 우리에게 이상한 길친구를 모으는 취미가 있다고 생각해도 좋소."

오레놀은 퍼렇게 질렸다.

철혈암은 본당 뒤편으로 한참 올라간 곳에서 갑자기 나타났다. 거대한 나무들이 둘러싸고 있었지만 넓은 마당을 두어 암자 전체에는 햇빛이 담뿍 쏟아지고 있었다. 쥬타기 대선사는 철혈암의 마루에 앉아 일행을 기다리고 있었다. 대선사는 미소를 지으며 일행을 맞이했지만 그 또한 류의 어깨에 앉아 있는 아스화리탈의 모습에 당황하지 않을 수 없었다. 그리고 두억시니들에 대한 이야기를 듣자 매우 걱정스러운 얼굴이 되었다.

일행이 인사를 마치고 마루에 앉자 암자에 딸린 부엌에서 오레놀이 다과를 내어왔다.

류은 자신의 앞에 놓여진 쥐를 보고 놀랐다. 놀랍게도 대사원의 승려들은 살아 있는 쥐의 다리를 묶어서 류 앞에 내놓았다. 그리고 비형을 위한 것이 분명한 구운 감자가 놓여졌으며 커다란 함지에 가득 담긴 곡차도 나왔다. 안타깝게도 그것들이 사찰에서 준비되기 어려운 음식들이며 따라서 승려들이 극진한 대접을 하고 있다는 것을 알아차린 사람은 케이건뿐이었다.

대선사는 케이건에게 말했다.

"반나절 뒤에 도달한다고?"

"그렇습니다. 대선사님."

"그들이 너희들을 해칠 목적을 가지고 있다는 것이 분명하냐?"

"그럴 가능성이 상당히 높습니다."

"왜 그런 목적을 가지게 된 거지?"

"우리가 자기들의 신을 죽였다고 오해한 것 같습니다. 그래서 자신들이 신을 잃었다는 거지요."

담담하게 말하던 케이건은 대선사의 낯빛이 확 바뀌는 것을 보곤 약간 놀랐다. 대선사는 다급하게 말했다.

"그자들은 어째서 그런 오해를 한 거지?"

"그건 잘 모르겠습니다만. 류의 해석으로는 그 유해의 폭포는 류의 기억을 읽고 그런 추측을 한 것 같습니다."

류이 고개를 가로저었다.

"제 기억 속에는 그런 내용이 없습니다. 그 피라미드 안에 있던 나가는 저뿐만이 아니었습니다. 제 누님도 있었지요. 그 유해의 폭포는 누님의 기억을 읽은 것이 아닌가 하고 생각되는데요. 그 유해의 폭포는 군체이다 보니 저와 누님을 구분하지 못했던 것 같습니다."

대선사와 오레놀은 당황이 역력한 얼굴로 류과 케이건을 쳐다보았다. 그때 오레놀이 외치듯 말했다.

"그 피라미드 안에 있던 나가가 당신과 당신 누나뿐이었습니까?"

"글쎄요. 확실하지가 않은데요. 어쩌면 다른 나가가 있었을지도 모르겠습니다. 누님은 제게 화리트의 동료를 만났던 적이 있다고 말했습니다."

오레놀은 탄성을 터뜨렸고 대선사는 고개를 끄덕였다. 케이건이 조용히 말했다.

"왜 살신이니 어쩌니 하는 기이한 이야기에 신경 쓰시는 건지 여쭤봐도 되겠습니까?"

"내 이야기가 끝나면 자네도 이해하게 될 거야. 하지만 일단은 급한 불부터 꺼야겠군. 케이건 드라카. 아무래도 너밖에 할 수 없는 일이 있는 것 같구나."

"3,000마리의 두억시니들을 저지해야 합니까?"

"그렇다. 할 수 있겠느냐?"

티나한과 비형, 그리고 류은 기막히다는 표정으로 대선사를 바라보았다. 하지만 케이건은 놀라는 기색도 없이 말했다.

"할 수 있을 것 같습니다."

일행은 조금 전 대선사에게 보내었던 표정을 그대로 케이건에게 돌렸다. 할 수 있을 것 같다니? 대선사마저도 굴곡 없는 목소리로 긍정하는 케이건에게 당황했다. 케이건은 말을 이었다.

"하지만 제 조건을 받아들일 수 있으실지 모르겠습니다."

대선사는 조건이라는 말에 고개를 갸웃했다.

"어떤 조건이지?"

"말이 통하지 않으니 설득할 수는 없습니다. 그리고 현재 제게는 3,000마리나 되는 두억시니를 저지할 수 있는 물리력이 없습니다."

티나한은 그 말이 당연하다는 듯 고개를 끄덕였다. 하지만 이어진 케이건의 말에 티나한은 부리를 쩍 벌리고 말았다.

"그러나 모두 죽일 수는 있을 것 같습니다."

대선사와 오레놀의 얼굴에 핏기가 싹 가셨다.

"모, 모두 죽인다고?"

"그런 조건이라면 시도할 수 있습니다."

자연스럽게 모든 사람들의 눈이 비형에게로 돌아갔다. 비형은 기겁하며 두 손을 내저었다.

"저, 저, 저, 저를……."

"아니오."

"그, 그러니까, 절대로, 절대로……."

"아니오."

"그런 건, 그런 건 절대로, 견딜 수, 승낙할 수……."

"아니오."

"정말 아닙니까?"

"그렇소."

일행은 케이건의 계획이 '비형을 두억시니들의 앞으로 끌고 간 다음 피를 한 바가지 뒤집어씌운다'는 것이 아님을 확인하고는 안도의 한숨을 내쉬었다. 비형은 눈물이 그렁그렁한 눈으로 케이건을 바라보았다. 케이건은 다시 한번 부정했다.

"당신이 추측하는 것 같은 그런 방법은 쓰지 않소. 비형. 나도 죽게 될 테니."

"그럼, 그럼 무슨 방법이 있습니까?"

비형의 질문에 대답하는 대신 케이건은 쥬타기 대선사를 바라보았다.

"그 조건으로 되겠습니까?"

"이 사찰의 앞마당 같은 곳에서 3,000명이나 되는 생명을 학살하는 것을 허락하라는 말이구나."

"저는 그것을 강요하는 것이 아닙니다. 두억시니의 접근을 저지하기 위해 제가 사용할 수 있는 수단이 그것뿐이라고 말씀드리는 겁니다. 다른 방법은 모르겠습니다."

쥬타기 대선사는 고개를 떨구었다. 두 무릎에 얹혀진 그의 주먹이 부르르 떨렸다. 륜의 눈엔 대선사의 목덜미가 뜨거워지는 것이 뚜렷하게 보였다. 쥬타기 대선사는 어금니를 깨문 채 말했다.

"그 방법을 준비하는 데 시간이 얼마나 걸리느냐?"

"벽월암(碧月庵)에 모셔졌던 이주무 선사의 무구들은 여전히 잘 보관되어 있으리라 생각됩니다만."

"잘 보관되어 있다. 하지만 그거야 선사의 높은 덕을 기리기 위해 보관하고 있는 것일 뿐 무슨 신이를 부리는 물건은 아니지 않느냐?"

"신기(神器)가 아니라도 신통(神通)할 수 있습니다. 어쨌든 그 무구들은 이 사원에서 찾아낼 수 있는 유일한 무기입니다. 무기라기보다는 유품이지만, 어쨌든 그것이면 충분합니다. 한 시간 내로 준비를 마칠 수 있습니다."

대선사가 고개를 번쩍 들었다.

"한 시간이라고?"

"예."

"나로선 한 시간 동안 준비하여 3,000명을 해할 수 있는 방법이 무엇인지 짐작할 수도 없구나. 하지만 잘됐다. 먼저 이야기를 할 시간이 있겠구나."

그리고 대선사는 사람들을 향해 말했다.

"우리가 왜 이 자리에 모여야 했는지, 그리고 우리가 완수해야 할 사명에 대해 이야기하겠소이다. 물론 여러분들이 사정을 알고 나서 이 화상을 대신하여 결정을 내려주길 바라는 것은 아니오. 죄는 이 화상이 이고 갈 거요. 결정은 내가 내릴 거요. 다만, 지금으로선 도저히 결정을 내릴 수가 없소."

비형은 쥬타기 대선사가 수천의 생명을 죽이는 일을 곧장 거절하는 것이 아니라 '결정할 수 없다'고 말하는 것에 대단히 놀랐다. 그가 알기로 머리를 깎는 킴은 거의 도깨비만큼이나 살생을 싫어하는 킴들이기 때문이다. 대선사는 계속 말했다.

"그래서 여러분들에게 이야기를 하면서 동시에 나 자신에게도 이야기를 들려줄까 하오. 그럼으로써 결정을 내릴 근거를 찾아보려는 거지. 여러분들이 원로에 피로하여 곧장 쉬셔야 되지 않다면……."

"륜은 그 일 때문에 이곳까지 왔어. 당장 듣고 싶을 거야."

티나한이 외치다시피 말했다. 륜은 자신의 말을 대신해 준 티나한에게 감사의 묵례를 보내었다. 비형 또한 빛나는 눈으로 대선사를 바라보았고 케이건도 반대하지 않았다. 대선사는 고통스러운 얼굴로 고개를 끄덕였다. 그리고 대선사는 덩치 큰 레콘을 올려다보았다.

"티나한."

이야기가 길어질 것을 대비하여 함지에 담긴 곡차를 사발로 뜨던 티나한은 깜짝 놀라 대답했다.

"응? 왜?"

"그대 종족의 이야기부터 시작해야겠소."

티나한은 당황했고 그것은 다른 사람들도 마찬가지였다. 인간과 나가들이 펼쳐 온 비밀스러운 계획이 레콘에 관련된 것이라고는 아무도 생각지 못했다. 어쨌든 레콘이라는 종족은 비밀과 음모 등과 연관지어 생각하기엔 지나치게 담백한 자들이다. 티나한은 사발을 내려놓고는 긴장하여 수염볏을 비틀었다.

"우리 종족? 레콘이 어쨌다고?"

"티나한. 그대는 모든 이보다 낮은 여신의 사원이 어디 있는지 아시오?"

"모르지. 그게 왜?"

긴장 탓에 곧장 대답한 티나한은 조금 후에야 그게 그렇게 당당하게 말할 것까지야 없는 일이라는 사실을 깨달았다. 그 스스로 깨달은 것은 아니다. 쥬타기 대선사가 다시 질문했기 때문에 알게 된 것이다.

"그걸 궁금하게 여겨본 적은 있소?"

"없는데."

"혹, 다른 레콘들이 궁금하게 여길 거라는 생각은 해본 적이 있소?"

"그럴 녀석이 있을까?"

"그렇다면, 이런 표현이 가능할지 모르겠지만, 그대들은 자신들을 돌보아주시는 여신의 사원이 어디에 있는지조차 별 관심이 없는 거요. 맞소?"

티나한은 벼슬을 붉히며 말했다.

"어, 굳이 그렇게 말하겠다면……, 하지만 아무도 모르니 어쩔 수 없잖아. 그게 어디에 있는지 안다면 나도 가끔 찾아가보려는 생각쯤 할 수 있을지 몰라. 그래. 그렇지. 사원에 가서 여신께 하늘치의 등에 올라가는 방법이라도 알려달라고 기도했을지 모르지. 나는 정말 그러고 싶을 때가 있어. 하지만 누구한테 물어봐도 모르는걸. 우리가 여신께 관심이 없는 게 아냐. 누구한테 물어봐도 모르니까 묻는 걸 그만둔 거지. 잠깐. 너는 그럼 그게 어디 있는지 아냐?"

대선사는 고개를 가로저었다.

"나도 모르오."

"거봐! 아무도 모른다니까."

"하지만, 몇몇 나가들이 알게 되었소."

"뭐?"

"나가들이 키보렌의 모처에서 모든 이보다 낮은 여신의 사원을 발견했소."

티나한이 탄성을 내질렀다.

"그게 키보렌에 있었군! 그래서 아무도 어디에 있는지 몰랐던 거야!"

608

"아마 그런 것 같소. 그런데 그 사원을 발견한 나가들이 실로 엄청난 일을 생각해 냈소."

"엄청난 일?"

"어떤 레콘도 찾아들지 않아 거의 버려진 듯한 그 사원을 보며 나가들은 신도를 잃은 신이라는 말을 떠올릴 수 있었을 거요. 그런데, 그 말을 뒤집어보면 우리에게 익숙한 어떤 자들이 떠오르오. 신을 잃은 자, 두억시니 말이오. 간단히 말해서, 나가들은 레콘들을 두억시니처럼 만들 수 있지 않을까 하는 생각을 해낸 거지."

경악 때문에 티나한은 말을 잃었다. 비형과 륜, 그리고 케이건도 눈을 둥그렇게 뜬 채 쥬타기 대선사를 바라보았다. 대선사의 얼굴은 사납고 거칠게 바뀌어 있었다. 그는 불을 토해 내는 듯한 고통스러운 얼굴로 외쳤다.

"그렇소. 이자들의 대담무쌍함에 갈채를 보내야 하는 게 아닌가 하는 생각이 다 드는구려. 그들은 모든 이보다 낮은 여신을 죽일 계획을 짜고 있소!"

철혈암이 거세게 울렸다.

티나한이 주먹으로 마루를 내리치자 그 주먹은 그대로 마루를 꿰뚫고 아래로 쑥 들어갔다. 함지에 담겨 있던 곡차가 거세게 출렁이고 사람들 또한 숨이 턱 막히는 기분을 느꼈다. 티나한은 마루에서 주먹을 뽑아내며 외쳤다.

"그런 어처구니없는 소리를 믿으라는 거냐!"

"나도 믿기 어려웠소. 티나한. 어떤 양심적인 수호자가 그 소식을 내게 알려주었을 때, 나는 그 수호자가 불쌍하게도 돌아버린 것이 아닌가 의심했소."

수호자라는 말에 륜의 눈이 번득였다. 대선사는 진중하게 말했다.

"그렇소. 이 모든 일은 하텐그라쥬의 어떤 양심적인 수호자의 손에 의해 이루어진 일이오. 동료들의 무서운 계획을 간파했지만, 그는 그것을 막을 힘이 없었소. 그래서 그는 외부에서 조력을 찾아내기로 결심했지. 그것이 바로 우리였소."

또다시 마루를 내리치려던 티나한은 케이건의 시선에 가까스로 주먹을 멈췄다. 티나한은 분을 참을 수 없다는 듯 자신의 목깃털을 잔뜩 움켜쥐며 외쳤다.

"어떻게 신을 죽이냐!"

"바로 그걸 알아내야 하오."

"뭐? 무슨 소리야!"

"그 수호자는 동료들의 계획을 간파했지만 정확한 방법은 알지 못했소. 그래서 우리가 그들이 사용할 방법을 알아내어야 하오. 그것을 막기 위해서. 그런데, 신을 죽일 방법을 알아내려면 누구에게 물어봐야겠소?"

"신 자신, 혹은 신체."

사람들은 케이건을 쳐다보았다. 케이건은 곡차를 떠올리며 말했다.

"논리적 귀결은 신 자신 혹은 신체입니다."

쥬타기 대선사는 고개를 끄덕였다.

"케이건의 말대로요. 하지만 신체는 찾아낼 수 없소. 그러니 우리는 신 자신에게 물어봐야 하오."

비형이 궁금하다는 얼굴로 말했다.

"신체가 뭡니까?"

한때 수련자였던 륜이 조심스럽게 설명했다.

"신체는 화신을 일컫는 다른 말입니다. 아니, 화신 이전 단계라고 해야겠군요. 비형."

"화신 이전 단계요?"

"예. 신체에는 그 자신의 영과 신이 머물러 있습니다. 군령자와 같지요. 다만 군령자와 달리 신께서는 겉으로 드러나는 일이 거의 없습니다. 신께서 겉으로 드러났을 경우에 화신이 됩니다."

"어, 신께서 사람 속에 계신다고요? 저 천상이나 초차원이 아니라?"

"글쎄요. 봄은 새싹 속에 있습니까? 새싹 속엔 분명히 봄이 있습니다만."

륜의 대답은 비형을 만족시켰다. 륜은 계속 말했다.

"신체를 통해 신께서는 자신이 보살피는 종족들의 생활상을 느낄 수 있습니다. 이렇게 말하면 되겠군요. 비형 당신에게 딱정벌레들을 잘 키우고 싶은 소망이 있다고 치죠. 하지만 당신이 아무리 딱정벌레보다 고등하다고 해도 바로 그 고등성 때문에 딱정벌레를 이해하기 어려울 수도 있습니다. 딱정벌레를 이해하는 가장 좋은 방법은 당신 자신이 딱정벌레가 되어보는 것일 겁니다. 그러면 딱정벌레가 무엇을 원하고 무엇을 싫어하는지 간단히 알 수 있겠지요. 마찬가지로, 우리보다 한없이 우월한 신께서는 바로 그 우월성 때문에 우리가 저지르는 황당무계하고 어이없는 일을 용납하시기 어려울 수도 있습니다. 그래서 신체에 머물러 우리를 살피시는 겁니다."

비형은 감탄했다. 류은 대선사를 잠깐 보고 말했다.

"누가 신체인지는 알 수 없습니다. 그 자신도 알지 못하니까요. 마치 자신이 군령자라는 것을 모르는 군령자라고 할까요. 제가 알기로 군령자의 시작도 바로 이 신체에서 비롯된 거라는 설이 있습니다. 하나의 몸에 여럿의 영이 있을 수도 있다는 것을 알게 되어서 그것을 시험해 본 거죠. 그리고 성공한 겁니다."

"하지만 군령자는 죽기 전에 전령하지 않으면 안 되잖습니까?"

"예. 신체 또한 전령과 비슷한 일이 일어납니다. 신체가 죽을 때 신께서는 다른 몸으로 옮겨가십니다. 역시 누군지는 알 수 없지요."

쥬타기 대선사가 말을 받았다.

"류 페이의 설명에 덧붙일 것은 하나밖에 없을 것 같소. 신체에게 말을 하면 그건 신에게 말을 하는 것과 마찬가지라는 것. 하지만 누가 신체인지 알 도리가 없소. 그러니 신 자신에게 말을 해야 하오."

화를 참지 못한 티나한이 외쳤다.

"그렇다면 물어봐! 너희들의 어디에도 없는 신에게 물어보라고. 신을 죽인다는 것이 말이나 되는 소리인지!"

"어디에도 없는 신께서는 그런 질문에 대답하시지 않소이다. 티나한. 사실 신께서 우리에게 특별한 언질을 주시거나 하는 경우는 거의 없소. 하지만 단 한 종족, 신과의 관계가 각별한 종족이 있소. 그 종족의 사제들은 여신의 신랑으로 불리오. 그만큼 각별하다는 거지."

사람들의 눈이 이번엔 륜에게 모였다. 륜은 비늘을 곤두세운 채 말했다.

"발자국 없는 여신의 이름을 아는 자들만이…… 할 수 있는 일이라고 했어요. 그렇다면 그게……?"

"그렇다네."

"왜…… 왜 제가?"

"우리는 논리적 귀결로서 발자국 없는 여신께 질문을 해야 한다는 결론을 얻었네. 신을 부르려면 당연히 사원이어야 하지. 그런데 모든 이보다 낮은 여신의 사원에서는 할 수 없지. 어디 있는지 모르니까. 즈믄누리에서도 할 수 없어. 성주와 어르신들만이 즈믄누리의 마지막 방을 찾아낼 수 있으니까. 그리고 심장탑에서도 할 수 없어. 적들이 그것을 가만두지 않을 테니까. 그렇다면 남는 곳은 이곳뿐이지. 어떤 나가가, 신명을 가진 나가가 이곳에 와서 여신을 부를 수밖에 없어. 그래서 화리트 마케로우가 이곳으로 오게 되었지."

화리트의 이름에 륜은 숨이 막히는 기분을 느끼며 아스화리탈을 끌어안았다. 아스화리탈의 꼬리가 륜의 목을 감고 올라가 그 뒤통수를 살짝 쓰다듬었다. 대선사는 선고하듯 말했다.

"그러나 우리들이 아는 끔찍한 사태 때문에 자네가 대신 왔네. 륜 페이. 자네는 화리트 마케로우 대신 이곳에서 발자국 없는 여신을 불러야 해. 그리하여 여신께 신을 죽이는 방법에 대해 물어봐야 하네. 그것을 막기 위해서."

끔찍한 침묵 속에서 찍찍거림이 들려왔다. 륜의 앞에 놓인 쥐가 몸부림을 치고 있었다.

"이득이 없습니다."

사람들은 케이건을 돌아보았다. 케이건은 입가를 훔치며 빈 사발을 내려놓고 있었다. 사람들을 숨막히게 만들고 있는 흥분도 유독 그만은 비켜가고 있는 것 같았다. 케이건은 대선사를 바라보며 말했다.

"왜 살신이라는 말에 놀라신 건지 알겠군요. 그리고 그 두억시니가 어떻게 그런 괴상한 오해를 하게 되었는지도. 그 두억시니는 화리트의 동료라는 자의 기억을 읽은 것이겠군요. 그 화리트의 동료라는 자는 아마도 모든 이보다 낮은 여신을 죽이려는 계획에 대해 알고 있을 테니까. 하지만 그건 이득이 없는 일입니다."

"이득이 없다니, 무슨 말이냐?"

"한계선 북쪽에 사는 레콘들을 두억시니로 만들어봤자 한계선 남쪽에 있는 나가들에게 어떤 이득이 있습니까?"

티나한은 깃털을 곤두세운 채 케이건을 쏘아보았다. 대선사는 가슴 깊은 곳에서부터 탄식했다.

"언제나 냉정할 수 있는 네 능력이 정말 부럽구나. 케이건. 이럴 때 손익을 생각할 수 있을 만큼 냉철한 자들은 세상에 나가와 너뿐일 거다."

"사소한 재주입니다. 하지만 쇠붙이 따위보다는 훨씬 유용한 무기지요. 잃을 수도, 뺏길 수도 없는 무기니까."

"그래. 알겠다. 설명해 주마. 잠시만. 목이 마르구나."

대선사는 곡차를 떠 한 모금 마셨다. 티나한 또한 목이 탄다는 듯 거푸 곡차를 마셨다. 대선사는 심호흡을 한 다음 설명을 계속했다.

"셋이 하나를 상대한다고 하오. 여러분들이야말로 그 이야기를 잘 아실 거요. 우리는 그 옛말에 따라 구출대를 구성했소."

비형이 고개를 끄덕였다.

"예. 케이건이 설명해 줬습니다. 케이건이 길잡이이고 제가 요술쟁이, 그리고 티나한이 대적자일 거라고 하더군요. 맞습니까?"

쥬타기 대선사는 미소 지었다.

"정확하오. 여러분들의 모험이 어떠했는지 모르겠지만, 그 모험에 대해 한 가지 질문을 하겠소. 만약 여러분들 중에 티나한이 없었다면 어떻게 되었겠소?"

티나한은 덜컥 겁을 집어먹었다. 그의 머릿속에서는 사모 페이가 집어던진 악어 앞에서 도망쳤던 일, 대피소를 만들고 농성하여 일행의 여행을 늦추었던 일, 무적왕과 선지자 앞에서 도망쳤던 일 등이 차례로 떠올랐다. 티나한은 왼팔의 깃털을 비틀며 초조하게 비형과 륜을 바라보았다.

비형은 씩 웃었다.

"우리는 그 피라미드에서 죽었을 겁니다. 그렇잖아요, 륜?"

"그렇습니다. 티나한이 없었다면 우리는 두억시니가 되었을 겁니다……. 티나한? 설마 우는 겁니까?"

"내 눈빛이 영롱하여 네가 착각한 거다!"

티나한의 말 끝부분은 거의 계명성에 가까운 수준이었다. 륜은 눈 주위의 체온을 보는 자신이 설마 착각했겠느냐는 말은 꺼내지 않는 편이 신상에 이롭겠다고 판단했다. 쥬타기 대선사가 말했다.

"여러분들이 서로를 도우며 좋은 관계를 유지해 왔다는 것을 짐작할 수 있어 기쁘오. 여러분들 중 한 명이 없어졌을 때는 지리멸렬하게 된다는 것을 유념해 주길 바라오. 셋이 아니면 하나를 상대할 수 없소. 그렇다면 잠시 과거의 이야기를 하겠소. 먼 옛날, 나가들은 다른 세 종족을 상대로 전쟁을 일으켰소. 나가들은 모든 세상에 그들의 숲을 만들려고 했지. 하지만 끝내 그렇게 하지 못했소."

륜이 조심스럽게 말했다.

"지금…… 대확장 전쟁 말씀하시는 겁니까?"

"그래. 륜. 셋이 하나를 상대했기에 그 전쟁에서 나가는 이기지 못했네."

륜은 놀란 얼굴로 케이건을 돌아보았다. 케이건은 고개를 조금 끄덕였다. 륜은 케이건에게 들었던 말을 그대로 되풀이했다.

"대단히 죄송합니다만, 대선사님. 솔직히 그건 나가가 이긴 전쟁이었습니다. 우리는 세상의 반을 얻었습니다. 그리고 셋이 하나를 상대했다고 하셨는데, 그것도 제가 아는 바와는 좀 다르군요. 나가들과 주로 싸웠던 것은 아라짓 전사와 키탈저 사냥꾼 등 주로 인간들이었습니다. 도깨비들은 전투를 피했고 레콘들은 용맹스럽게 홀로 싸웠습니다. 셋이 하나가 되지 못했기에 나가는 이길 수 있었습니다."

"그렇다면 너희 나가들을 막은 것은 뭐지?"

"나가들을 막은 것은 날씨입니다. 하나가 된 셋이 아니라."

"바로 그거야. 륜 페이."

"예?"

"날씨 말이야. 셋이 하나를 상대했지. 그리고 한계선이 생겨났지."

어리둥절해하던 륜은 곧 온몸의 비늘이 곤두서는 기분을 느꼈다. 케이건이 극히 험악한 얼굴로, 하지만 평온한 목소리로 말했다.

"발자국 없는 여신을 상대해 오던 세 분의 신 중 한 분이 없어지면, 날씨가 바뀌는 겁니까?"

"그렇다네, 케이건. 세상의 모습이 바뀌게 되지. 레콘을 두억시니로 바꿔봐야 나가에겐 이득이 없다고 했던가? 그 말이 맞네, 케이건. 하지만 세상이 좀 더 더워지면 어떨까?"

대선사의 말에 일행은 거꾸로 추위를 느꼈다. 케이건은 대선사의 눈을 똑바로 들여다보며 말했다.

"한계선에 가로막혀 중단되었던 대확장 전쟁이 재개되겠군요. 칠백여 년만에."

"키탈저 사냥꾼들의 전쟁을 뺀다면 팔백여 년 만이겠지만, 그렇다네. 케이건."

경악과 공포, 분노, 그리고 침통함이 좌중을 가득 채웠다. 티나한은 모든 자들을 향해 화를 내고 싶어하는 것처럼 보였고 비형은 멍한 얼굴로 마당에 있는 나늬를 바라보았다. 케이건은 팔짱을 낀 채 함지 속의 곡차를 바라보았다. 마치 그 속에 떠오르는 어떤 과거를 보는 것 같은 눈길이었다. 그때 륜이 말했다.

"확인해야겠습니다."

대선사와 오레놀이 륜을 쳐다보았다. 륜은 비늘을 곤두세운 채 말했다.

"저는 화리트가 아닙니다. 화리트는 모든 이야기를 들었겠지만 저는 지금 처음 듣는 이야기입니다. 그렇게 무서운 이야기가 사실인지 확인해야겠습니다. 대선사님은 그 '양심적인 수호자'와의 연락 수단을 가지고 계신 것 같은데, 그렇습니까?"

륜의 말에 티나한과 비형은 숨통이 약간 트이는 것 같은 기분을 느꼈다. 그들도 세상에서 무엇보다 중요한 것이 그 말을 확인하는 일이라고 생각하게 되었다. 대선사는 고개를 끄덕였다.

"자네 말은 당연하군. 그 말을 확인받고 싶겠지. 그래. 연락 수단을 가지고 있어.

뱀단지야."

"사어입니까? 그걸 어떻게 가지고 계시죠?"

"어떤 나가가 이곳까지 뱀단지를 가지고 왔지. 그런데 자네, 정신 억압을 할 수 있나?"

"못 합니다."

"그렇다면 어렵겠군. 우리는 일방적으로 듣기만 하네. 물론 그걸 고려해서 저쪽에서는 상세하게 말하긴 하지만, 이쪽에서는 원할 때 말을 걸 수가 없어. 뭘 물어볼 수도 없고 말이야."

류은 신음을 흘렸다. 비형은 사어가 무슨 말인지 알고 싶어 안달난 얼굴이 되었지만 감히 끼어들지는 못했다. 그때 류이 케이건에게로 고개를 홱 돌렸다. 케이건은 이미 그를 바라보고 있었다. 마치 류이 바라볼 것을 예상했다는 듯이. 그리고 류은 케이건이 예상했으리라 믿었다.

"케이건."

"말해."

"아시다시피 제 누님, 사모 페이는 정신 억압자입니다. 사어는 하실 수 없습니다만 그건 대선사님께서 가르쳐주실 수 있을 겁니다. 연락을 받으셨으니 사어를 읽을 줄은 아시는 걸 테니까요."

"그렇겠군."

"제 누님을 데려와주십시오."

케이건은 시선을 대선사에게 옮겼다. 대선사는 질문했다.

"그녀는 지금 어디에 있나, 케이건?"

"정확하게는 모릅니다. 이곳으로 오고 있을 거라는 것만 확신할 수 있습니다."

"아무래도 이 또한 자네만이 할 수 있는 일인 것 같군. 할 수 있겠나?"

케이건은 고개를 조금 끄덕였다.

"해보겠습니다."

류의 얼굴에 기쁨이 가득 떠올랐다. 류이 감사의 말을 하기 전, 케이건은 그대로 이어 말했다.

"그런데, 두억시니들은 어떻게 해야 합니까?"

륜과 함께 기뻐하던 대선사의 얼굴이 단번에 일그러졌다. 대선사는 침통하게 고개를 떨구었다. 무거운 분위기를 견딜 수 없다는 듯 티나한이 자신의 가슴을 두드리며 말했다.

"제기랄, 내가 대적자야! 그까짓 놈들, 내가 다 물리치지."

비형과 륜은 만용이라고 생각했다. 하지만 대선사는 진지한 표정으로 말했다.

"그렇지. 당신이 대적자였소. 그럼 길잡이에게 물어봅시다. 케이건? 티나한이 그 두억시니들을 저지할 수 있겠나?"

"만용입니다."

딱 잘라 말하는 케이건의 말투에 비형은 그만 미소짓고 말았다. 티나한은 무시무시한 눈으로 비형을 쏘아봐준 다음 케이건을 쳐다보았다. 케이건이 먼저 말했다.

"수치라고 생각할 필요는 없소. 티나한. 당신 길잡이의 판단을 믿으시오."

티나한은 길잡이 케이건을 존중했다. 하지만 자신의 호승심 또한 존중했다.

"너는 상대할 수 있다고 했잖아!"

"그렇게 말한 적은 없소. 모두 죽일 수 있을 것 같다고 했지."

"그게 그거잖아."

"전혀 다른 말이오. 투정이 심한 어린애에게 투정이 왜 나쁜 건지 자상하고 끈기 있게 설명해 준다면 그것은 어린애를 '상대하는' 거요. 하지만 어린애의 머리를 돌로 내려찍으면 그건 그냥 어린애를 '죽이는' 거요. 내 방법은 그런 식이오. 잔인하고 추하고 악의에 찬 것이지."

티나한은 부리를 닫고는 놀란 눈으로 케이건을 바라보았다. 케이건은 쥬타기 대선사를 돌아보았다.

"그래도 되겠습니까?"

대선사는 한없이 슬픈 눈으로 케이건을 바라보았다.

"열 명을 살리기 위해 한 명을 죽인다면, 그건 열 명의 살인자를 만드는 일이지."

케이건은 아무 말도 하지 않았다. 케이건의 난관이어야 할 반나절의 시간은 이제 대선사의 고통이 되고 있었다. 긴 시간 동안 숙고할 여유 같은 것이 없었다.

대선사는 토혈하듯 말했다.

"죽여라! 죄는 내가 다 이고 가겠다."

케이건은 자리에서 일어났다.

한 가지 사실은 분명했다. 하인샤 대사원의 거룩한 승려들은 신과 우주와 모든 종류의 '본질'이라는 것들에 대해서는 아주 관심이 많았지만 무기에 대해서는 도통 아는 것이 없었다. 벽월암에 보관된 이주무 선사의 무구들을 본 티나한은 처음에는 부리를 부딪치다가, 차츰 얼굴을 일그러뜨렸고, 마침내 온몸을 부풀린 채 유품 보관을 책임지고 있는 페라 대선(大選)과 그의 조수들을 쏘아보았다.

그러나 그들 승려들이 고승의 유품을 함부로 대한 것은 아니다. 오히려 지극한 정성으로 보관해 왔으나, 다만 무지에서 비롯된 정성이 무기에겐 고문이 되었을 따름이다. 곰팡이를 제거하기 위해 열심히 물걸레질을 했노라고 변명하는 승려들 앞에서 티나한은 말도 꺼내기 싫어졌다.

"쇠칼날에는 물을 대는 게 아니다. 건포로 닦고 동백기름을 발라라. 젠장."

페라 대선과 그의 조수들은 또 하나의 지식을 얻었노라며 희희낙락했지만 티나한은 수염볏을 비틀며 케이건에게 말하지 않을 수 없었다.

"케이건. 이건 무기가 아니야. 이걸 무기라고 부르려면 지나치게 많은 극기가 요구된다고."

케이건은 별말없이 화살을 살펴보고 있었다. 전통 또한 승려들이 가죽이 벗겨질 정도로 닦아대어 그 원래 형상을 짐작키 어려운 장엄한 몰골로 변해 있는지라 케이건은 조심스럽게 화살을 뽑아야 했다. 쓸만한 화살들을 추려낸 케이건은 활을 집어들며 말했다.

"이걸로 됐소. 이걸 좀 쓰겠소. 페라 대선."

페라 대선은 지금부터 당신을 겁탈하겠다는 선언을 들은 것 같은 표정을 지었다.

"그건 사원의 보물입니다!"

케이건은 말없이 오레놀을 바라보았다. 오레놀은 페라 대선을 설득했다.

"페라 대선. 미안하지만 지금 이분께서는 급히 활이 필요하신 것 같군. 이 사원 전체를 뒤져봐도 활이라곤 이것뿐이잖아. 어쩔 수 없네."

"활이 필요하다면 유학생들이……."

"활을 가지고 있는 유학생은 없네."

"그렇다면 산 뒤편의 저 흉악한 밀렵꾼들에게 가면……."

"밀렵꾼들은 활을 쓰지 않아. 활은 밀렵에 쓰기엔 너무 고급스러운 무기이고 익히기도 어려워. 그자들은 활재주 익힐 시간이 있으면 덫이라도 하나 더 놓으려 할걸."

무심히 설명하던 오레놀 대덕은 문득 페라 대선과 행자들이 묘한 표정으로 그를 바라보고 있음을 발견했다. 그제야 대덕은 자신이 밀렵꾼들에 대한 박식함을 지나치게 많이 드러내었음을 깨달았다. 대덕은 얼굴을 딱딱하게 굳혔다.

"이미 말했듯이 지금 사태가 여간 심각하지 않네. 저 무기들로 사원을 지키셨던 이주무 선사께서는 같은 목적으로 저 무구들이 사용되는 것에 반대하시지 않으실 걸세. 그리고 이것은 대선사께서 전부 허락하신 일일세."

결국 케이건은 이주무 선사의 활과 화살, 깍지를 들고 나올 수 있었다. 좀 지나치게 손상된 전통 대신 케이건은 허리춤에 화살들을 꽂아넣었다. 티나한은 '새총만도 못한 활 가지고 유난을 떤다'는 의미로 부리를 부딪치며 케이건을 바라보았다.

"그걸로 뭘 어쩔 건데?"

케이건은 비형을 쳐다보았다.

"비형. 당신이 나를 좀 도와줘야겠소. 급히 파름 평원으로 날아가야 하오."

비형은 나늬에게 손짓했다. 하지만 케이건은 나늬에 올라타는 대신 비형을 똑바로 바라보며 말했다.

"비형. 분명히 경고해 두어야겠소. 당신은 지독한 모습을 보게 될 거요. 내가 무슨 일을 하러 가는 건지 다시 한번 잘 생각해 보시오. 그리고 당신은 단순히 나를 그곳까지 데려다주기만 하면 되는 것이 아니오. 당신은 그 일에 일조하게 될 거요."

비형은 사색이 되었다.

"제, 제게 안 그러신다고 하셨잖아요?"

"물론 아니오. 하지만 내게는 당신의 딱정벌레가 필요하오."

"나늬가 필요하시다고요?"

"그렇소. 당신이 나늬를 조종해 주면 좋겠소. 하지만 당신이 도저히 견딜 수 없을 것 같으면 언젠가 티나한이 그랬던 것처럼 나 혼자서 나늬를 타고 가겠소. 그때처럼 당신이 나늬에게 상세한 명령을 내려줘야겠지만."

"비행이 필요하신 것이군요. 그건 복잡한 비행입니까?"

"대단히 복잡한 비행이 될 거요."

비형은 주먹을 꼭 쥔 채 말했다.

"가겠습니다."

케이건은 한 번 더 생각해 보라고 말하려 했다. 그러나 비형은 주저없이 말했다.

"견딜 자신이 있는 건 아니에요. 만일 제가 견디지 못하면, 저를 어르신으로 만들어주세요. 그럴 수 있지요?"

케이건은 비형을 바라보다가 말했다.

"그렇게 하겠소."

비형은 굳은 얼굴로 나늬에 올라탔다. 케이건은 오레놀과 티나한, 륜 등을 차례로 바라보고는 말없이 비형의 등 뒤에 탔다. 나늬는 그대로 날아올랐다.

파름 산의 하늘로 날아오른 나늬는 하인샤 대사원의 하늘을 빙글 돈 다음 곧장 평원을 향해 날아갔다. 두어 시간쯤 날아갔을 때 비형은 지평선을 뒤덮은 먼지 구름을 발견했다. 비형은 뒤를 돌아보았고 케이건은 손짓으로 내려갈 것을 명령했다. 아래를 살핀 다음 비형은 조그마한 소택지 옆의 언덕에 나늬를 착륙시켰다. 억새가 잔뜩 우거져 몸을 감출 수 있으면서도 지대가 다른 곳보다 높은 장소였다. 나늬에서 내린 케이건은 두억시니들의 방향을 잠시 바라보고는 주위의 억새를 꺾기 시작했다.

바닥에 억새를 깔아놓은 케이건은 그 위에 주저앉았다. 오른다리를 펴고 왼발로 오른쪽 허벅지를 받친 케이건은 시위를 얹기 시작했다. 오랫동안 부려놓은 활이라 잘 얹혀지지 않는 듯했지만 케이건은 침착하고 끈기 있게 시위를 얹었다. 양쪽 고자에 시위가 걸리자 케이건은 비형에게 도깨비불을 요구했다. 비형이 땅바닥에 도깨비불을 만들어주자 케이건은 느긋한 동작으로 불 보이기를 했다.

할 일이 없었던 비형은 가끔 남쪽을 바라보았고, 그때마다 두억시니들이 일으키는 먼지 구름이 더욱 커진다는 느낌을 받았다. 하지만 케이건은 두억시니 방향은 쳐다보지도 않은 채 느린 동작으로 활을 불에 쬐고 발로 밟았다. 비형은 초조감을 억누르기 어려웠다.

활의 모든 부분에 불 보이기를 한 다음 케이건은 현을 몇 번 당겼다. 만족할 만큼 얹혀졌다고 판단한 듯 케이건은 깍지를 집어들었다. 그러나 비형의 바람대로 다음 행동에 들어가기는커녕 케이건은 활을 내버려둔 채 그보다 더 한가롭기도 어려울 만큼 편안한 동작으로 깍지를 만지작거렸다. 비형이 참다못해 재촉했지만 케이건은 "활이 식어야 할 것 아니오."라고 일축한 채 두억시니들이 다가오든 말든 상관없다는 듯이 기다렸다. 비형은 그제야 케이건이 말한 한 시간이라는 것이 활을 얹는 데 필요한 시간이었음을 깨달았다. 그렇다면 다른 준비는 더 필요 없다는 말인가?

비형이 다시 두억시니들을 돌아보았을 때 케이건이 활을 쥔 채 부스스 일어났다. 비형은 반가운 표정으로 케이건을 바라보았지만 케이건은 두억시니 쪽을 슬쩍 보고는 도로 앉았다. 비형은 어이가 없었다.

"기다려야겠소."

비형은 나늬에 걸터앉았다. 케이건은 눈을 감고 팔짱을 낀 채 조용히 앉아 있었다. 어쨌든 3,000마리의 두억시니가 정면에서 돌격해 오고 있는 시점에서 취하기 매우 어려운 거동이라 할 것이다. 인내심을 잃고 공포를 느끼기 시작한 비형이 다시 재촉했을 때 케이건은 또 자리에서 일어났다. 비형은 반색하며 일어났으나 케이건은 또다시 두억시니 방향만 흘깃 쳐다보고는 도로 앉았다.

"좀 더 기다려야겠소."

마침내 다가오는 두억시니들의 발소리를 느낀 나늬가 신경질을 부리기 시작했다. 땅이 울리고 있었고 황야에는 기괴한 바람이 불었다. 아스라하지만 오싹오싹한 두억시니의 괴성이 그 바람을 타고 비형을 엄습했다. 케이건이 또다시 일어났을 때, 비형은 쉰 목소리를 낼 수밖에 없었다.

"물론 더 기다려야겠지요?"

"아니오."

비형은 깜짝 놀라 일어났다. 케이건은 두억시니 방향을 보고 있었다. 그러나 그 시선이 조금 이상했다. 비형은 케이건의 옆에 가서 그와 시선을 맞춰보려 시도했고, 케이건이 하늘을 보고 있음을 깨달았다. 주의 깊게 하늘을 보던 비형은 곧 숨막히는 소리를 냈다.

케이건은 활과 화살을 챙겨들며 나늬에게로 걸어갔다.

"저 하늘치에게로 날아갑시다."

두억시니들의 뒤편 하늘에서, 거대한 구름을 찢어발기며 하늘치가 그 웅장한 모습을 드러내었다. 시구리아트 산맥에서부터 일행과 같은 방향으로 날아오던 그 하늘치였다. 비형은 나늬에 올라타는 케이건을 보며 다급하게 외쳤다.

"나늬는 하늘치에게 다가가지 않으려 할 텐데요?"

"300미터까지는 접근하잖소?"

"그런데요?"

"그 정도면 충분하오. 눈이 많으니까."

"예? 눈이 많다니오?"

"하늘치 말이오. 하늘치에겐 눈이 많소."

케이건의 손에 들린 활과 하늘치를 번갈아 쳐다보던 비형은 얼어붙고 말았다.

그날 오후, 하인샤 대사원 경내의 모든 승려들은 강력한 지진에 경악했다.

높은 곳에 있던 물건들과 벽에 걸려 있던 물건들이 아래로 떨어졌다. 서까래들이 지붕 속에서 몸을 뒤틀며 신음했고 그릇들이 춤을 추었다. 파름 산의 나무들이 기울었고 비탈에서 굴러떨어진 돌이 지붕을 박살내며 방 안으로 뛰어들어 승려들을 기겁하게 했다. 경내 일부에서는 쓰러진 촛대 때문에 화재가 일어나기까지 했다. 가장 슬퍼했던 사람이 페라 대선임은 분명했지만, 기뻐했던 사람은 하나도 없었다. 쥬타기 대선사는 두억시니들에 대한 처치 명령을 내린 후 침통한 표정으로 자신의 암자로 돌아가버렸기에 철혈암에서 기다리고 있던 사람은 티나한과 륜, 그리고 그들의 수발을 들기 위해 남은 오레놀이었다. 그들은 질린 표정으로 남쪽 하늘을 바라보았다.

륜이 짓눌린 목소리로 말했다.

"이게…… 케이건이 일으킨 일일까요?"

아무도 대답하지 않았다. 케이건이 날아간 후 지진이 일어났으니 그 추리는 합리적이라 할 수도 있지만, 동시에 지독하게 비합리적이기도 했다. 티나한이 침통하게 말했다.

"나는 케이건이 무슨 일을 저지르고 있는지 모르겠어. 제발 그 자신은 그걸 좀 잘 알고 있으면 좋겠군."

대지의 경련은 끝없이 계속되는 듯했다. 륜은 그것이 아무래도 지진이 아닌 것 같다고 생각했다. 지진이라고 보기엔 지나치게 연속적이었다. 하지만 지진이 아닌 무엇인지도 짐작할 수 없었다. 다만 륜은 아스화리탈의 태도가 이상하다고 생각했다. 아스화리탈은 나무 위로 날아올라서는 가지에 앉은 채 계속 남쪽 하늘을 응시했다. 용은 지진이 끝난 후에도 내려오지 않았다.

땅거미가 으슥하게 내릴 무렵 비형과 케이건은 대사원으로 돌아왔다.

철혈암에서 기다리던 자들은 비형이 사색이 된 것을 보고는 놀라움을 금치 못했다. 나늬에서 내려올 때까지 그럭저럭 번듯한 모습이던 비형은 마당에 서자마자 갑자기 현기증을 일으키며 풀썩 쓰러져 졸도했다. 티나한이 황급히 그를 들어올려 마루에 눕혔다.

케이건은 그를 향해 쏟아지는 묻는 시선들에 대해 아무 대답도 하지 않은 채 마루로 걸어갔다. 활을 다시 부려놓은 케이건은 그것을 오레놀에게 건네었다.

"페라 대선에게 돌려주시오. 미안하지만 화살은 다 썼소. 그리고 경내의 승려들에게 전할 말이 있소. 당분간 어린 행자들이나 심약한 승려분들은 파름 평원 쪽으로 가지 않는 것이 좋을 거요."

오레놀은 어떻게 된 일인지 묻고 싶었지만 동시에 대답을 듣는 것도 두렵다고 생각했다. 그래서 오레놀은 활과 현, 깍지 등을 받아들고는 황망하게 사라졌다. 티나한이 어두운 낯빛으로 케이건을 바라보았다.

"어떻게 되었지?"

"이곳은 안전하오."

"……더 할 말은 없어?"

"두억시니들이 다 죽지는 않았소."

"다 죽지 않았다고?"

"그렇소. 일부는 살아났지."

그리고 케이건은 륜을 돌아보았다.

"사모 페이가 그곳에 있었다."

륜은 경악하며 외쳤다.

"어, 어떻게 됐습니까! 설마 누님이 어떻게 된 건……."

"그녀가 두억시니들을 일부 구해 내었다."

"네?"

"한 스무 마리 정도 구한 것 같다. 현명한 태도라고 할 수 있을지 모르겠다. 자기 몸 하나 건사하기 힘든 판국이었으니. 어쨌든 그녀는 그 두억시니들과 함께 달아났다. 아마 돌아오겠지만 당장은 아니겠지. 그러니 좀 쉬어야겠다. 피곤하다. 네 누나를 사로잡는 문제에 대해서는 그 후에 이야기하자."

그리고 케이건은 마루를 지나 방 안으로 들어갔다. 방문이 닫히는 것을 본 티나한과 륜은 마루에 누워 있는 비형을 쳐다보았다. 문득 티나한은 자신의 손이 젖은 것을 깨닫고는 질겁했다. 손바닥이 까져라 마룻바닥에 손을 문지르며 티나한은 걱정스럽게 비형을 내려다보았다.

비형의 몸은 식은땀으로 흥건히 젖어 있었다.

어디서부터 그 이야기가 시작되었는지는 알 수 없다. 숨죽인 목소리와 불안한 눈빛들이 이야기의 전달을 맡았고 무궁한 상상력은 윤색을 담당했을 것이다. 최초의 시작이 그저 짧게 스쳐 지나가는 무의미한 탄성에 불과했더라도, 어떤 단계가 지나면 이야기는 생명력을 얻고 스스로를 증거하기 시작한다. 페라 대선에게 활을 돌려주러 갔던 오레놀이 발견한 것은 이미 힘차게 맥동하고 있는 이야기였다. 오레놀은 그것을 철혈암으로 가지고 돌아왔고 그것은 티나한을 흥분하게 했다.

"그게 정말이야?"

"글쎄요. 그런 이야기가 오가고 있습니다."

깨어난 비형은 넋나간 표정으로 주위를 바라보다가 미친 듯이 웃기 시작했다. 곧 사람들은 그것이 정상적인 웃음이 아님을 깨달았다. 숨이 끊어지도록 웃던 비형은 결국 탈진하여 다시 쓰러졌다. 두어 시간이 지났을 때 밤은 이미 산사의 지붕들을 뒤덮고 있었고 낮 동안의 흥분과 공포마저도 그 넓은 자락으로 감싸안고 있었다. 암자를 밝히고 있는 외로운 등불은 명주실 같은 연기를 피워올리고 있었다. 그리고 비형은 한결 안정된 모습으로 깨어났다. 오레놀이 식사를 권했지만 비형은 거절했다. 그리고 티나한은 더 참지 못하고 말했다.

"이봐, 비형. 지금 이 절 안에 이상한 이야기가 오가는데."

"아마 머리를 깎고 싶은 것 아닐까요? 그 '이상한 이야기'라는 분. 사원 안에서 할 일 없이 오가고 있다면 그런 이유 외엔 떠오르지 않는데요?"

"……하늘치 이야기가 나오고 있어."

비형은 입을 다물었다. 티나한은 조심스럽게 이야기를 이어갔다.

"이야기가 두서가 없어. 하지만 항상 똑같은 이름이 반복되는데, 하늘치야. 도대체 저기서 무슨 일이 있었던 거야? 응? 말 좀 해봐."

"번개가 창백해진 까닭은 진실이 날아가는 속도를 보고 질려버렸기 때문이지요. 그런데 문제는 진실이 너무 빨라서 모든 사람들의 눈에 흐릿하게 보인다는 점 아닐까요?"

"그러니 흐릿한 거 말고 또렷한 거 좀 내놔봐. 무슨 일이 있었어?"

"이야기하고 싶지 않은데요?"

"젠장. 그럼 이것만 확인해 줘. 정말 케이건이 마법으로 하늘치를 불러낸 거야?"

어이없다는 눈으로 티나한을 바라보던 비형은 갑자기 낮은 목소리로 말했다.

"마법사 같은 건 없소. 티나한."

그리고 비형은 폭소를 터뜨렸다.

"제 흉내 비슷해요?"

다른 경우라면 티나한은 말하고 싶지 않다는 비형의 의사를 존중했을 것이다. 하지만 하늘치라는 단어는 집념에 찬 하늘치 유적 발굴자의 정신을 완전히 지배해 버렸다. 륜은 비형이 쉴 수 있게 해주라고 권했지만 티나한은 냉혹하게 말했다.

"오레놀. 곡차 한 동이만 가져다줘."

비형은 기겁했다.

"오, 이토록 감미로운 고문이라니?"

그러나 비형은 그것을 거부하지는 않았다. 오레놀이 동이를 가지고 돌아오자 비형은 허겁지겁 사발을 동이에 담갔다. 급하게 마신 술은 비형을 대취하게 만들었다. 비형의 얼굴이 시뻘게진 것을 확인한 티나한은 은근하게 질문했다.

"정말 하늘치였어?"

비형은 빈 사발을 휘두르며 기세좋게 외쳤다.

"물론이죠! 하늘치 아니면 뭐겠어요?"

사모 페이는 무릎에 파묻고 있던 얼굴을 천천히 들어올렸다.

그녀의 망토를 우쭐거리게 하던 밤바람이 무례하게 그녀의 턱과 코를 스치고 지나갔다. 그 장난스러운 바람에는, 그러나 피비린내가 가득 끼여 있었다. 뺨을 스치고 지나가면 피가 묻어날 것 같은 바람이었다. 사모는 언짢은 듯 머리를 내젓고는 주위의 두억시니들을 바라보았다.

두억시니들은 몇 시간 전의 모습 그대로였다. 그녀와 마루나래를 중심에 둔 채 스물두 명의 두억시니는 거의 완전한 원을 그리며 빙글빙글 돌고 있었다. 마치 원무(圓舞)를 추는 것 같았다. 그런 춤판 가운데 앉아 있어야 할 이유는 어디에도 없었지만, 사모는 머리 둘 달린 두억시니가 보낸 몸짓이 정중한 요청이라 생각했다. 실제로 두억시니들은 정중했다.

사모가 시험삼아 몇 발자국 옆으로 걸어갔을 때 두억시니들은 당황하면서도 그녀를 따라 움직이며 원을 흐트러뜨리지 않으려 애썼다. 그리고 머리 둘 달린 두억시니는 간절한 동작으로 그녀에게 앉아 있을 것을 요구했다. 거기엔 분명 적대감은 없었다. 그래서 사모는 그들이 주위를 돌도록 내버려두었다.

그녀의 눈앞을 지나가던 머리 둘 달린 두억시니가 고개를 든 사모를 발견하고는 손짓을 보내었다. 사모는 그것이 무슨 의미인지 알 수 없었지만 그냥 '조금만 더 기다려달라'는 의미로 받아들이기로 했다. 사모는 가볍게 고개를 끄덕였고 그러자 머리 둘 달린 두억시니는 안도하며 다시 원무에 열중했다.

두억시니들의 속도는 일정했다. 그 모습을 보며 사모는 몇 시간 전의 모습을 떠올렸다.

그때도 사모는 그녀에게 신경 쓰지 않는 두억시니들 사이에서 일정한 속도로 달리고 있었다. 마루나래는 결국 두억시니들 사이에서 달리는 것이 그렇게 위험한 일은 아니라는 사실을 인정했다. 두억시니들은 그들에게 아무런 위해도 가하지 않았다. 두억시니들은 시구리아트 관문 요새에서 그들을 추적했던 일을 까맣게 잊어버린 듯했다. 게다가 공평하게도 두억시니들은 사모가 그들에게 다리를 만들어준 일 또한 잊어버린 듯했다. 사모는 그들의 목적이 단 한 가지일 거라 추측했다. 나가, 도깨비, 레콘, 딱정벌레로 이루어진 무리를 추적하는 것. 두억시니들은 그 외의 다른 모든 일들에 대해 기본적인 관심조차 가질 수 없는 것 같았다.

갑자기 두억시니들의 움직임이 불규칙하게 바뀌었다.

마루나래의 갈기를 움켜쥔 채 사모는 무슨 일이 일어났는지 알아보려 주위를 둘러보았다. 두억시니들 또한 당황한 듯 단어들을 쏟아내며 주위를 둘러보고 있었다. 문득 사모의 눈에 위를 쳐다보고 있는 두억시니가 들어왔다. 사모는 하늘을 쳐다보았다.

가장 거대한 구름보다 더 큰 하늘치가 그들의 머리 위를 지나가고 있었다.

잠시 압도되었던 사모는 그것이 시구리아트 산맥에서부터 그들을 따라온 하늘치임을 깨달았다. 보다 낮은 지대로 내려왔으니 하늘치와의 거리는 더 멀어진 것이 분명하지만 하늘치는 산맥에서 볼 때보다 더욱 커보였다.

시구리아트 산맥에서부터 하늘치를 보았던 두억시니들이 구태여 지금에 와서 당황한다는 것이 좀 이상하다는 것을 깨달은 것은 그다음이었다. 사모는 다시 하늘치를 관찰했다. 그때 사모는 하늘치의 거대한 체구 때문에 마치 모기처럼 보이는 것이 하늘치 머리 주위를 날아다니는 것을 깨달았다. 사모는 두 손으로 눈 주위를 감싸며 더욱 주의 깊게 그것을 바라보았다.

그때 하늘치의 눈 주위에서 뜨거운 열이 번득이는 것이 사모의 눈에 들어왔다. 사모는 어리둥절하여 그것을 바라보았다. 열은 조금 후 사라졌다. 그리고 한참이 지났을 때 하늘에서 떨어진 액체가 주위에 있는 두억시니의 머리 위로 쏟아졌다.

그것은 피였다.

"처음 몇 대는 맞고 튕겨나온 것 같았습니다. 저는 그만두자고 외치고 싶었어요. 그토록 고상하고 위대한 생물의 눈을 쏜다는 것은……, 용서받을 수 없는 죄를 저지르는 것 같았어요. 하지만 케이건은 도저히 말릴 수 없는 기세로 화살을 쏘아대더군요. 그러다가, 그러다가 기어코 몇 대 제대로 맞았나 봐요. 케이건이 재빨리 제 턱을 붙잡아 옆으로 밀어붙였습니다. 하늘치 반대 방향이었지요. 예. 저는 넋을 잃은 채 그걸 바라보고 있었던 겁니다. 보석 같은 눈이 박살나며 뭔가가 쏟아져나오는……, 끝까지 보지는 못했지요. 그리고 다시 돌아보고 싶지도 않았어요. 어떻게 그런 걸 보겠어요?"

티나한은 나라면 봤을 거라고 말하지 않았다. 대신 동이에 사발을 담갔다. 륜은 비늘이 곤두선 팔을 쓸어 만지며 말했다.

"그래서, 어떻게 되었죠?"

비형은 입을 다물었다. 조금 후 비형은 엉뚱한 말을 꺼냈다.

"생각해 보세요. 보통 하늘을 날 때 주위는 완전히 비어 있습니다. 허공이라고요. 하지만 하늘치 근처를 날면, 오오, 파리들은 정말 대단해요. 당장이라도 부딪혀 몸이 으스러질 것 같은 장애물이 있는 겁니다. 그것도 절벽처럼 고정된 것도 아니에요. 움직이고 있는, 어마어마하게 큰 물체지요. 상상이 되세요?"

솔직히 상상이 되지 않았다. 륜은 그저 타성적으로 고개를 끄덕였다. 비형은 넌더리를 내며 손가락을 튕겼고 그러자 그의 손에서 모기만 한 도깨비불이 뛰쳐나왔다. 티나한과 륜, 그리고 오레놀은 그것이 딱정벌레 모양을 하고 있음을 간신히 알아보았다. 도깨비불 딱정벌레는 비형의 몸 주위를 이리저리 날아다녔다. 그것을 바라보던 비형이 갑자기 왼손을 높이 들었다. 도깨비의 큼직한 손가락은 쫙 펼쳐져 있었고 거기에 응축된 힘 때문에 미세하게 떨리고 있었다. 비형의 입에서 기괴한 휘파람 소리 같은 것이 흘러나왔다.

"오오오오오!"

비형은 왼손을 서서히 움직여 도깨비불을 향해 움직여 갔다. 도깨비불에 비해 상대적으로 턱없이 거대한 비형의 왼손이 그 위를 덮자 짙은 그림자가 도깨비불을 감쌌다. 그들은 숨조차 죽인 채 그 손을 바라보았다.

하늘치가 움직임을 바꿨을 때 사모는 호흡을 멈췄다.

하늘이 떨어지고 있는 것 같았다. 짙어지는 그림자. 거대한 크기 때문에 하늘치의 움직임은 놀랄 정도로 완만하게 보였다. 그러나 하늘치의 앞쪽에서 도망치고 있는 딱정벌레는 무서운 속도로 날고 있었다. 사모는 딱정벌레의 날개 뿌리 근처의 온도가 급상승하는 것을 볼 수 있었다. 그리고 딱정벌레의 날개에 마찰된 공기가 광포한 열류의 소용돌이를 만들며 무한히 퍼져가는 것도. 딱정벌레는 이제 불타오르는 유성이 되고 있었다. 그리고 그 뒤로 유성을 추적하는 불가해한 괴수가 암반을 쪼갤 것 같은 가슴지느러미를 펼친 채 쇄도하고 있었다. 하늘치의 가슴지느러미 앞에서 구름들이 발기발기 찢어졌다. 하늘이 어두워졌다. 밤 같은 낮 속의, 작렬하는 별을 향해 입을 벌리는 초월적인 야수. 공기가 무겁게 꿈틀대고 있었다.

그러나 어디에도 바람은 없었다. 정지된 두억시니들. 흙과 초목은 정신 착란을 일으켰다. 새벽의 빛과 황혼의 빛깔, 청명한 날의 색깔과 비 오는 날의 색조가 뒤범벅되어 맥동했다.

마루나래가 구슬프게 울었다. 대지가 감내해야 할 고통을 직감하듯 대호는 목을 놓아 울부짖었다.

사모는 퍼뜩 정신을 차렸다. 그리고 참았던 숨을 한꺼번에 몰아쉬었다. 격렬한 기침에 가슴이 찢어지는 것 같았다. 비늘을 세차게 부딪치며 사모는 주위를 둘러보았다.

두억시니들은 조각처럼 멈춰 있었다.

"도망쳐!"

사모는 마루나래의 갈기를 움켜쥐며 외쳤다. 그러나 두억시니들은 아무것도 들리지 않는다는 듯이 그대로 굳어 있었다. 사모는 대호의 등에서 뛰어내려 가까이 있는 두억시니를 붙잡고 흔들었다.

"도망쳐! 도망치라고!"

"잃어버린, 줄무늬 의표…… 다움이 너무 많은, 모레."

사모가 흔드는 대로 흔들리며 두억시니는 중얼거렸다. 사모의 의도가 전달된 것 같지는 않았다. 사모는 다시 하늘을 바라보았다. 이제 하늘은 더 이상 보이지 않았다. 보이는 모든 곳이 하늘치의 모습에 뒤덮여 있었다. 하늘치의 눈들 사이에서 사모는 피의 흐름을 발견했다. 수없이 많은 눈들 가운데 몇 개였지만 그것은 피눈물을 흘리고 있어 또렷이 보였다. 그 외의 다른 눈들은 분노에 불타고 있었다.

사모는 마루나래에 뛰어올랐다.

도망치려던 마루나래는 사모가 보내어오는 개념에 당황했다. 사모는 머리 둘 달린 두억시니를 향해 달릴 것을 요구하고 있었다.

비형은 어두운 얼굴로 계속 자신의 왼손을 움직여갔다. 그의 손이 만들어내는 그림자 안에서 도깨비불은 점점 작아지고 있었다.

"얼굴이 찢어질 것 같았어요. 추락하는 것보다 더 빠르게 아래로 날아갔지요. 그렇게 빨리 날아본 건 처음이었어요. 하지만 등 뒤로는, 흐으, 오싹오싹할 정도로 질량감이 커지고 있었지요. 머릿속에서 돌풍이 불어닥치는 것 같더군요. 몸은 주체할 수 없을 정도로 떨리고. 그때 얼핏 두억시니들 사이에서 사모 페이가 보였어요. 그녀가 뭘 하고 있었는지 짐작되세요?"

류 페이는 긴장하며 비형을 바라보았다. 티나한이 질문했다.

"뭘 하고 있었는데?"

"그 두억시니 기억나세요? 시구리아트 유료 도로에서 케이건 앞에 나섰던 머리 둘 달린 두억시니. 사모 페이는 대호에 탄 채 그 두억시니를 향해 달리고 있었어요. 대호가 획 난다 싶더니 다음 순간에는 이미 땅에 쓰러진 두억시니 위에 올라타 있더군요. 그러고 나서 대호는 두억시니의 다리 하나를 물었어요. 나는 도대체 뭐하는 짓인지 궁금했어요. 그런데 대호가 그대로 두억시니를 끌면서 달리더라고요. 그 두억시니는 버둥거리며 뭐라고 외치는 것 같았어요. 그러자 넋을 잃고 있던 두억시니들 중 몇몇이 그쪽을 보더군요. 그러고는 대호와 사모 쪽으로 달려가더라고요. 사모가 두억시니들을 유인하기 위해 그랬던 거라 추측할 수 있겠지요?"

사모 페이는 추측했고, 행동했다.

머리 둘 달린 두억시니가 언제나 앞에 나서고 있었다. 그리고 그것은 다른 두억시니들과 달리, 단편적이나마 정확한 단어들을 구사했다. 그러나 마지막 순간에 결심을 내렸을 때 사모는 논리보다는 직감으로 행동했다. 그리고 그것은 성공했다.

마루나래가 그 거센 힘으로 머리 둘 달린 두억시니를 끌고 달리자 머리 둘 달린 두억시니는 고함을 질렀다. 그러자 몇몇 두억시니들이 그들의 뒤를 쫓기 시작했다. 하지만 대파국을 피한 두억시니는 너무도 적었다. 딱정벌레는 땅에 충돌하기 직전 몸이 부서질 정도의 급선회를 감행했다. 그리고 하늘치의 눈이 없는 배 부분을 통해 꼬리지느러미쪽으로 빠져나갔다. 흡사 천장 바로 아래를 날아가는 파리처럼 보였다. 하늘치는 그 정도의 민첩성을 도저히 발휘할 수 없었고, 그럴 생각도 없는 것 같았다. 피눈물을 흘리는 거대한 물고기는 온몸으로 두억시니들을 깔아뭉 갰다.

폭풍과 굉음이 사모와 두억시니들을 가랑잎처럼 날려버렸다.

"우리는 평야 한구석의 억새밭에 납작 엎드려 숨어 있었어요. 뭘 봤을 것 같아 요? 아무것도 못 봤어요. 케이건이 내 뒤통수를 누르고 있었거든요. 고개를 들지 못하도록. 제가 알고 있는 건 하나뿐이에요. 그 손은, 그 손은 몇 시간 동안 움직이 지 않았어요. 나는 그 손이 없어지는 것이 더 두려웠어요. 그리고 그 손에 감사했 고. 그런데 도대체 몇 시간이었죠?"

륜이 대답했다.

"한 시간입니다. 땅이 울린 건 한 시간 정도였어요."

비형은 놀라서 외쳤다.

"정말입니까? 겨우 한 시간이라고요?"

"예. 한 시간 정도 울리다가 진동이 멈췄어요."

하늘치로부터 10킬로미터 이상 떨어져 있었지만, 그럼에도 불구하고 사모는 자 신이 땅에 엎드려 있는 건지 난동을 부리는 동물의 등에 올라타 있는 건지 구분하 기 어려웠다. 하늘치의 지느러미가 땅을 때릴 때마다 대지가 수십만 년에 걸쳐 조 심스럽게 가꿔온 형상은 간단하게 변경되었다. 광분하여 치솟아오른 대지의 핏물 같은 흙먼지는 그 안에 들어선 생물이 무엇이든 질식사시켜버릴 것 같다. 놀랍게 도 하늘치의 몸이 가려질 지경이다. 땅을 향해 분화하는 하늘의 화산, 몸부림치는 산맥, 노호하여 격투하는 형체 없는 제신, 불가지론에 대한 최종적이고 결정적인 증언……. 문득 사모는 자신이 무의미한 노력을 경주하고 있음을 깨달았다. 사람 의 지식에는 그런 광경을 묘사할 단어가 포함되어 있지 않았다. 사모는 그 지형 변 경적 폭력과 믿기 어려운 아둔함이 빚어내는 불일치에 분노를 느꼈다.

〈수천 개의 눈을 가지고 있는데도 누구에게 화를 내어야 하는지도 모르느냐!〉

하늘치가 하늘로 돌아가고 대지의 흐느낌이 잦아들고도 한참 후에야 사모는 겨

우 일어나 설 수 있었다. 그리고 사모는 대지에 남겨진 자취에 숨이 멎을 것 같은 기분을 느꼈다.

그곳엔 더 이상 구릉이 없었다. 지반이 내려앉아 바닥이 보이지 않는 거대한 구덩이가 남겨져 있을 뿐이었다. 사모는 그 구덩이 바닥에 무엇이 있을지 상상하고 싶지 않았다. 증오에 찬 눈으로 하늘을 바라본 사모는 하늘치의 등에 남아 있는 유적의 모습에 깜짝 놀랐다. 어떻게 그런 충격에도 유적이 건재한 것일까?

마루나래가 낮게 으르렁거렸다.

소리를 들은 것은 아니지만 사모는 마루나래에 몸을 붙이고 있었기에 그 진동을 느꼈다. 사모는 주위를 둘러보았고 조금 전 그녀와 함께 도망쳤던 두억시니들이 사방에서 걸어오고 있는 것을 깨달았다.

사모는 쉬크톨을 뽑아들었다. 그녀가 막 대호에 올라타려 했을 때 앞쪽에서 걸어오던 머리 둘 달린 두억시니가 말했다.

"칼."

"아니다."

사모는 고개를 갸웃한 채 머리 둘 달린 두억시니를 바라보았다. 두억시니는 다시 말했다.

"칼."

"아니다."

사모는 자신의 쉬크톨을 내려다보고는 다시 두억시니를 바라보았다. 두억시니들은 이제 그녀와 마루나래를 둘러싼 채 정지해 있었다. 마루나래는 당장이라도 가까이 있는 두억시니를 가루로 만들겠다는 듯 어깨를 긴장시키고 있었다. 마루나래의 갈기를 조금 쓸어 만진 다음, 사모는 조심스럽게 말했다.

"칼을 쓸 일이 아니다? 싸우지 말자는 거야?"

"칼."

"아니다."

사모는 고개를 끄덕였다.

"바보가 되는 일을 즐길 필요는 없지만, 그걸 무서워할 필요도 없겠지."

사모는 쉬크톨을 도로 꽂아넣었다.

사모는 두억시니들이 공격을 시도하지 않았다는 것에서 그녀의 행동이 잘못되지는 않았다는 것을 알 수 있었다. 하지만 그녀의 주위를 돌기 시작하는 두억시니를 보았을 때 사모는 당황하지 않을 수 없었다. 보다 행동 지향적인 마루나래는 곧바로 두억시니들을 시험했다. 마루나래는 위협적으로 그 원무의 한귀퉁이로 다가갔다. 하지만 두억시니는 원을 흐트러뜨리지 않았다. 마루나래는 포효했지만 그럼에도 불구하고 두억시니들은 아무런 반응을 보이지 않았다. 결국 마루나래는 앞발 하나를 들어올렸다. 하지만 마루나래가 두억시니의 다리를 걸기 전에 사모는 그 꼬리를 잡아당겼다. 마루나래는 투덜거리며 땅에 앉았다.

그리고 깊은 밤이 될 때까지 두억시니들은 쉼 없이 돌았다. 사모가 이대로 잠들어도 되는 건지, 그렇잖으면 마루나래와 함께 이들을 뿌리치고 오늘 밤을 보내기에 보다 안전한 장소를 찾아볼지 고민하고 있을 때였다.

〈용서하겠다.〉

사모는 칼자루를 움켜쥐며 벌떡 일어나 쉬크톨의 칼자루를 움켜쥐었다. 마루나래는 그런 사모의 모습에 놀라 주위를 두리번거렸지만 별다른 것을 발견하지 못했다. 사모는 오른손으로 그대로 칼을 쥔 채 일어나려는 마루나래의 머리를 왼손으로 눌러주며 닐렀다.

〈누구지?〉

〈내겐 이름이 없다. 하지만 내가 누군지는 알 수 있을 것이다.〉

사모의 머릿속으로 어둠에 싸인 영상이 스며들어 왔다. 깊고 차갑고 어두운 암흑 속에서 사체들이 흘러내리고 있었다. 사모는 놀라며 닐렀다.

〈그 피라미드의 괴수로군! 근처에 있나?〉

〈나의 일부를 통해 니르고 있다.〉

사모는 주위를 둘러보았다. 그리고 사모는 빙글빙글 도는 두억시니들의 모습이 흘러내렸다가 다시 위로 모여드는 유해의 폭포를 닮았음을 깨달았다.

〈대단하군. 이렇게 먼 거리에서도 여전히 너의 일부라니. 그렇다면 너는 그곳에 있으면서 세상의 곳곳을 보고 들을 수 있겠군.〉

〈그렇군! 그럴 수도 있겠군!〉

〈……처음 해본 거야?〉

〈그렇다. 흥미로운 개념이다. 당장이라도 시험해 볼 수 있으면 좋겠다. 하지만 지금은 불가능하겠군. 나의 일부들 중 많은 수가 줄어들었다.〉

〈애석하게 생각해. 그런데 용서하겠다는 건 무슨 뜻이지?〉

〈너는 그 칼로 나를 찔렀다. 나는 그 사실을 용서한다.〉

〈정말 살아 있을 거라고는 생각하지 못했어. 그리고 네 모습은 도저히 호의적이라고 니르기는 어려웠고. 하지만 대화 없이 공격부터 한 것에 대해서 사과하겠어.〉

〈나는 이미 용서했다. 그러니 사과할 필요는 없다. 그것보다는 내 감사를 받기 바란다. 너는 오늘 나들을 구해 내었다.〉

〈나들? 군령자나 할 법한 니름이군. 그거라면 별로 감사 받고 싶지 않아. 전부 다 따라올 거라고 생각했는데 그렇지가 못했어. 나는 머리 둘 달린 저 친구, 아니, 저 너가 가장 머리가 좋으리라 생각했어.〉

〈그러하다. 나는 그 나로 하여금 다른 나들을 지휘하게끔 계획했다.〉

〈그렇군. 그래서 저 너에게 다른 너들을 구해 달라고 외치게끔 하려고 했어. 하지만 소리가 들리지 않았던 모양이야.〉

〈나는 나를 구하려 했던 네 의도에 감사하는 것이다. 물론 네 행동에도 감사한다. 지금 네 주위를 돌고 있는 나들은 내가 가장 많은 시간을 투자하여 만든 나들이다. 다른 나들은 그 나들이 만들었다.〉

사모는 전부 일인칭으로 통일되어버리는―그것도 '우리'가 아닌 '나들'이라고 표현하는―두억시니의 니름에 약간 혼란을 느끼며 닐렀다.

〈내게 고마워하고 있다면 질문 하나쯤에는 대답해 줄 수 있겠군. 왜 이곳까지…….〉

사모는 륜 페이와 불신자들에 대한 기억을 잠시 떠올렸다.

〈그들을 추적해 온 거지?〉

〈그들이 또 신을 죽이도록 내버려두지 않기 위해서다!〉

〈도대체 그 신을 죽인다는 것이 무슨 니름이지? 신을 죽일 수는 없어.〉

〈잃을 수는 있는데 죽일 수는 없다고 할 텐가?〉

〈……기분 나쁘게도 네 니름에 약간의 공감이 느껴지는군. 어째서 그런 혐의를 느끼게 되었는지 설명해 줄 수 있겠어?〉

〈나는 그때 나가의 기억을 읽었다. 그중 어떤 기억에서 나는 신을 죽이는 내용을 읽어내었다.〉

〈어떻게 죽이지?〉

〈그런 내용은 없었다. 단지 '신을 죽인다'는 것뿐이었다. 그 기억을 통해 나는 신을 죽일 수 있음을 깨닫고 두억시니의 신 또한 누군가에게 죽임을 당했다는 결론을 얻었다. 그런 폭력의 피해자로서 나는 나에게 일어난 것과 같은 일이 또 벌어지도록 내버려둘 수 없다.〉

〈그래서 특별한 두억시니를 만든 다음 피라미드 밖으로 내보낸 것이군. '신을 죽인다'는, 단지 두 개의 단어만으로 너무 큰 추론의 도약을 한 것 아닐까? 그건 어쩌면 불신자들이 륜에게 들려준 농담의 일종이었는지도 몰라. 내가 만났을 때 그 불신자들은 네가 가지고 있는 그 의심에 대해 어이없어 하더군.〉

〈어이없어 했다고?〉

〈그래. 거의 나만큼 당황하는 것 같던데. 너는 그것이 거짓이었다고 니를 수도 있겠지만 내 생각에는 그렇지 않아.〉

〈어제까지라면 나는 그들의 잔인성을 내 추론의 증거로 제시할 수는 없었을 거야. 하지만 오늘은 그럴 수 있을 것 같군. 아무리 신을 잃은 자라지만, 그래서 동정을 받을 가치도 없다지만, 벌레가 가진 것만큼의 고귀함도 가지지 못한 나지만! 저 하늘을 떠도는 공포를 끌어내려 그토록 무참하게 나를 짓밟았어야 했나?〉

사모는 정신을 닫았다. 그녀 또한 케이건이 구사한 폭력에 상당한 반감을 느끼고 있는 것이 사실이었기 때문이다. 그녀는 시구리아트 관문 요새에서 짧게 마주쳤던 케이건을 떠올렸다. 그녀의 눈에 케이건은 흉포한 살육자로 보이지는 않았다. 하지만 사모는 케이건이 나가 살육자임을 떠올리지 않을 수 없었다.

〈딱정벌레를 조종했던 것은 도깨비였겠지만 활을 쏜 건 틀림없이 인간이겠지. 레콘은 같이 타기엔 너무 무겁고 륜은 활을 쏠 줄 모르니. 그 인간은 자기가 나가 살육자라고 인정했어. 그래. 네 니름처럼 그 인간은, 그렇게 보이지는 않았지만 필요하다면 대단히 잔인해질 수 있는 자일 거야.〉

빌어먹을, 그런 인간이 륜의 곁에 있다니! 사모는 분노했지만 곧 분노보다 더 큰 슬픔을 느꼈다. 그녀는 륜이 나가 살육자와 자신을 죽이려드는 누나 중에서 누구를 더 혐오하고 증오할지 알 수 없었다.

〈그 인간은 나가 살육자며 하늘치마저도 거리낌없이 공격할 수 있는 자였으며 3,000명의 두억시니를 학살한 자이지만……, 그래도 신을 죽인다는 것은 문제가 달라. 그건 잔인성의 문제가 아니라 능력의 문제야. 그에게 그럴 능력이 있을까?〉

〈그가 아니라면 다른 자에게 그럴 능력이 있는지도 모르지. 그렇지 않으면 그들 네 명이 함께 있을 때 그런 능력이 발생하는 것일 수도 있지. 그러고 보니 그들에겐 모든 종족이 다 포함되어 있군. 그들은 무엇 때문에 그런 독특한 집단을 이룬 거지?〉

〈그들은 나가의 적과 싸우려고 륜을 데리고 가는 거라더군.〉

〈나가의 적이 신인가?〉

〈천만에. 니름도 안 돼. 나가는 다른 종족들보다 오히려 신과의 관계가 밀접해.〉

어이없어 하며 니르던 사모의 뇌리 속으로 문득 기묘한 생각이 스치고 지나갔다. 그녀는 그 생각에 겁을 집어먹었지만 생각 자체를 멈출 수는 없었다.

륜은 심장탑에 있는 나가의 적과 싸우겠다고 했다. 심장탑에 있는 것은 수호자다. 여신의 신랑들. 사모는 여신의 신랑들과 싸우겠다는 말이 여신을 죽이겠다는 말과 비슷한 가치를 가지는 것이 아닌가 두려웠다.

비형은 결국 졸도하다시피 한 모습으로 잠들었다. 빈 동이가 다섯이었고 최소한 비형이 네 동이는 해치운 듯했다. 오레놀은 뒤치다꺼리를 했고 륜은 비형의 잠자리를 보살폈다. 하지만 티나한은 불만에 찬 표정으로 천장을 바라보고 있었다. 결국 티나한은 자신이 만족할 만큼 이야기를 듣지 못했다는 판단을 내렸다.

'하늘치를 격노하게 한다? 그래서 땅 아래로 내려오게 한다?'

티나한은 그런 것이 가능하리라고는 상상할 수 없었다. 하지만 그것은 그의 숙원에 대한 놀라운 해법이기도 했다. 올라가려 애쓰는 대신 하늘치를 내려오게 한다는, 상식을 뒤집는 방법. 하지만 비형의 증언대로라면 내려오게 할 수는 있어도 근처에 접근할 수는 없는 듯했다.

"분노하게 하면 내려오게 할 수 있지만, 분노했기 때문에 접근할 수 없다는 말이군. 거참 지랄 같군."

티나한은 격노한 하늘치가 어느 정도의 폭력을 구사하는지 알아야겠다고 생각했다. 그리고 그것을 알기 위한 가장 좋은 방법은 목격자에게 물어보는 것이다. 하지만 비형은 중요한 시간 동안 땅바닥에 얼굴을 묻고 있었고 게다가 지금은 대취하여 잠들어 있었다. 티나한은 그 계획을 생각해 내고 몸소 실현시킨 케이건에게 질문해야겠다고 생각하고는 몸을 일으켰다.

그러나 케이건이 들어간 방에 대고 들어가도 되냐고 물어보던 티나한은 아무런 대답을 얻지 못했다. 조심스럽게 문을 열어본 티나한은 방 안이 비어 있다는 사실을 발견하고는 깜짝 놀랐다.

그 시각 케이건은 산을 오르고 있었다.

별빛이 묽었다. 낮에 파름 평원에서 피어오른 흙먼지가 이제야 파름 산에 도달한 듯했다. 얼룩덜룩하게 번진 별빛들의 말없는 주시를 받으며 케이건은 산을 올랐다. 잠시 걸음을 멈춘 케이건은 고개를 들어 목표했던 바위를 바라보았다. 거리는 가까웠다. 케이건은 거의 호흡을 하지 않은 채 바위 위까지 달려 올라갔다.

허공을 향해 내뻗어진 바위 위에 올라선 케이건은 호흡을 가다듬으며 주위를 둘러보았다.

깊은 잠에 취한 파름 평원이 밤의 뿌리를 향해 넘실대고 있었다.

한참을 주의 깊게 살핀 후에야 케이건은 하늘치를 발견했다. 정확하게 말하자면 그곳에서 별빛이 사라지는 그림자를 발견했다. 그것은 지평선 끄트머리에 걸쳐 있었다. 이미 먼 거리까지 날아간 듯했다.

하늘치를 바라보던 케이건은 잠시 후 몸을 돌렸다.

바위 뒤에는 조그마한 석굴이 있었다. 그리 깊지 않은 석굴이었지만 안은 캄캄했다. 케이건은 석굴 입구에 정좌했다. 그리고 어둠을 바라보았다. 잠시 후, 안에서 부스럭거리는 소리와 부싯돌 부딪히는 소리가 들려왔다.

호롱불 빛이 어둠을 걷어내자 쥬타기 대선사의 모습이 나타났다. 대선사는 바람이 닿지 않도록 호롱을 손으로 감싸고 있었다. 불빛이 충분히 살아나자 대선사는 그것을 바람이 닿지 않는 곳으로 밀어냈다. 그리고 굴 밖에 있는 케이건을 바라보았다.

"안으로 들어오시지요."

"여기 있겠다."

"천지가 울리더군요."

"하늘치를 불러내렸다."

"하늘치를 어떻게?"

"딱정벌레에 탄 다음 화살을 쐈다. 눈이 몇 개 깨졌지. 화를 내면서 쫓아오더군. 그대로 두억시니에게 보냈다."

대선사는 신음했다.

"제 죄가 이루 말할 수가 없군요. 그 하늘치가 따라오고 있는 것을 아셨기에 할 수 있다고 하셨던 것이군요."

"시구리아트 유료 도로에서부터 우리와 같은 방향으로 날고 있었다."

"시구리아트 유료 도로를 지나오셨으면, 케이를 만나보셨습니까?"

"케이?"

"당신의 아들 말입니다. 도대체 몇 번째 아들인지는 저도 모르겠습니다만."

"내게 충격을 줄 작정이라면, 관둬라. 쥬타기. 그 애는 내 아들이지만 동시에 내 내손(來孫)일 수도 있다."

"네?"

"그 어머니 보늬가 내 현손녀(玄孫女)일 가능성이 꽤 높으니까."

충격을 주려다가 거꾸로 충격을 받은 쥬타기는 입을 다물었다. 케이건이 담담하게 말했다.

"산사에서 수도하는 승려에겐 너무 충격적인 이야기였던가."

"보늬 당주도 알고 있습니까?"

"모른다. 혹 의심하고 있는지는 모르지만 확실한 증거는 가지고 있지 않다. 나처럼."

"자신의 자손일지도 모르는 여인을 어떻게 안을 수 있었습니까?"

"변명을 해야 하나?"

"해주십시오."

"쥬타기. 나는 200년쯤 전에 한 여인을 만나 사랑했다. 내 기억이 정확하다면 그건 아흐레 동안의 만남이었다. 열흘째 우리는 헤어졌고 그 이후 다시는 그녀를 만나지 못했지. 그리고 120년쯤 지났을 때, 시구리아트 산맥에서 나는 또 다른 여인을 만났다. 200년 전에 만났던 여인과 비슷하게 생긴 여자였다. 그녀가 내 현손녀일지도 모르지만, 그 이유 때문에 그녀를 사랑할 수 없다고는 생각되지 않았다."

쥬타기 대선사는 고개를 떨구었다. 케이건은 계속 말했다.

"변명을 더 해야 하나?"

"하지 않으셔도 됩니다."

쥬타기 대선사는 생각했다. 거대한 시간의 단위에서 본다면 지상의 모든 인간 중에 혈육이 아닌 자를 찾기 어려울 것이다. 그리고 케이건은 바로 그런 거대한 시간의 단위를 이용하는 사람이다. 서로 사용하는 잣대의 길이가 다를 수밖에 없다면 어느 한쪽의 잣대를 다른 쪽에 가져다 대는 것은 무의미하다.

케이건은 말했다.

"조금 전 눈을 떴을 때 나는 사원을 떠나려 마음먹었다. 하지만 아무래도 네가 내게 요구할 것이 남아 있다는 느낌이 들더군. 내 느낌이 맞나?"

"그렇습니다."

"살신을 저지하라는 건가?"

"그렇습니다. 류 페이를 통해 살신의 수단을 알아내면 그것을 저지해야 합니다."

"너는 발자국 없는 여신을 상대하던 세 신 중 하나가 사라지면 세상이 더욱 더워질 거라고 말했지. 그건 확실한 건가?"

"확실하지 않습니다."

케이건은 매서운 눈으로 석굴 안쪽을 쏘아보았다. 대선사는 차분하게 설명했다.

"케이건. 저는 어떤 양심적인 수호자가 이 일의 전모를 알려주었다고 말씀드렸습니다."

"기억한다."

"그것이 확실하다면, 그 양심적인 수호자가 상당한 고뇌를 느꼈을 것 같지 않습니까?"

"무슨 말인지 알겠군. 레콘이 어떻게 되든 신경 쓰지 않고 가만히 있으면 나가가 온 세상을 차지할 수도 있다는 말이군."

"그렇습니다. 하지만 그 수호자는 아무런 고뇌도 느끼지 않았습니다. 그것이 확실한 일이 아니었기 때문입니다. 그 수호자는 동료 수호자들이 뭘 제대로 알고 행동하는 건지 확신할 수 없었습니다."

케이건은 생각했다. 그리고 질문했다.

"오히려 세상이 추워질지도 모른다는 말인가?"

"정확하게 말한다면 세상이 어떻게 될지 절대로 알 수 없다는 겁니다. 그 수호자는 두억시니가 신을 잃고 그 꼴이 되었다는 사실을 알고 있습니다. 그리고 그 수호자는 두억시니에 세상을 대입해 보았습니다."

케이건은 짧게 신음했다.

"한 분의 신을 잃으면 이 세상이 두억시니 꼴이 된다는 말이군."

"두억시니에게는 아무런 법칙이 없습니다. 세상이 어떻게 될지 알 수 없다는 것은 바로 그런 뜻입니다. 하지만 다른 수호자들은 무조건 세상이 더워질 거라 확신하고 있지요."

"그래서 그 수호자는 황급히 대사원의 승려들에게 도움을 요청했군. 위험한 장난을 치며 날뛰는 동료 수호자들을 저지해 달라고."

"그리고 우리는 돕기로 결정했지요."

케이건은 고개를 조금 떨구었다. 등불의 빛이 그의 눈을 약간 피로하게 했다. 현재가 아닌 다른 것이 눈에 들어오는 것 같은 착각에 케이건은 눈을 감았다.

"쥬타기."

"예."

"나는 숲에서 사지가 잘린 채 눈을 감고 누워 있는 나가를 만나면, 그 나가가 죽었다고 생각하지 않아. 대신 그 나가가 배가 고파서 자기 팔다리를 잘라먹고는 포만감에 잠들었을 가능성에 대해 생각해 볼 테지. 맹세코 후자의 가능성이 훨씬 높으니까."

대선사는 웃지 않았다. 그것은 우스운 말이 아니었다. 케이건은 나직이 말했다.

"나는 나가를 믿지 않아. 그것들이 약한 척, 아픈 척, 죽은 척한다고 해서 칼을 칼집에 꽂아넣는 것은 미련한 짓이야. 나는 그런 속임수에 너무 많이 당했어."

"하나도 믿지 않으십니까?"

"내가 삶아먹은 나가는 믿는다. 그 외에는, 설령 목이 잘린 나가라도 믿지 않아. 실제로 목을 재생시켜서 돌아온 것을 목격했으니까."

대선사는 몸을 떨었다. 그리고 슬픔에 찬 눈으로 케이건을 바라보았다.

"당신은 예전에 한 명의 나가를 신뢰했습니다. 제가 태어나기도 전의 어떤 날을 말하는 것이 아닙니다. 불과 15년 전이었습니다. 그를 신뢰했기에……."

"그만해."

"당신은 마침내 나가에 대한 증오를 잊고……."

"그만하라고 말했어."

대선사는 말을 멈췄다. 석굴 바깥으로 새어나가는 희미한 불빛 속에서 케이건은 호랑이 같은 얼굴로 그를 바라보고 있었다. 대선사는 그 얼굴이 사람의 형상으로 돌아올 때까지 참을성 있게 기다렸다. 마침내 케이건이 입을 열었다.

"이 사원에서 발자국 없는 여신을 불러낼 수 있는 건가?"

"당신들이 도착하기 전부터 철혈암에 필요한 조처를 취해 두었습니다. 우리는 이제 그들에게서 연락이 오는 것을 기다리기만 하면 됩니다. 륜 페이의 누나라는 그 암살자를 회유할 수 있다면 우리가 먼저 연락을 보낼 수도 있겠지요."

케이건은 바위에서 일어났다. 알아야 할 것은 다 알았기 때문이다. 대선사는 사라지는 케이건의 뒷모습을 바라보다가 등불에 얼굴을 가져가 입김을 불었다. 등불이 꺼졌다.

갈로텍은 심장탑의 32층에 있는 자신의 방 창턱에 걸터앉아 냉혹의 도시에 쏟아지는 밤을 바라보았다.

지상에서 100미터 이상 되는, 심장을 적출한 나가라 하더라도 비늘이 설 만한 높이였지만 갈로텍은 별로 신경 쓰지 않았다. 그가 남달리 굵은 신경을 가지고 있는 것일 수도 있고, 혹은 대금 연주에 모든 주의를 기울이고 있었기 때문일지도 모른다.

대금 위로 그의 손가락이 민첩하게 움직였다.

갈로텍은 인간들이 하텐그라쥬를 침묵의 도시라 부르는 것도 그렇게 틀린 말은 아니라고 생각했다. 고요하기 짝이 없는 건물과 광장, 기념비들 사이로 대금의 장엄하고 풍부한 소리가 거침없이 퍼져나갔다. 소리에 신경을 쓰는 괴벽을 가진 나가가 있었다면 심장탑에서 들려오는 음악에 기겁했겠지만 갈로텍은 그런 걱정을 하지 않았다. 도깨비 감투를 쓴 것과 비슷한 기분이라 생각하며 갈로텍은 힘껏 역취했다.

갈로텍이 연주를 끝내자 그의 입술이 움직였다.

"좋은 연주였다. 갈로텍. 귀머거리의 연주에 이런 찬사가 어울릴지 모르겠지만."

"귀머거리는 아닙니다. 주퀘도."

"나는 생전에 귀가 밝은 걸로 유명했지. 그런 내 기준엔 귀머거리야."

갈로텍은 주퀘도가 군령자가 되기로 결심한 것이 혹 자신의 이야기를 더 떠벌리지 못하고 죽는 것이 안타까웠기 때문은 아닌가 의심했다.

"당신 말대로 피가 차갑고 귀도 어두운 제가 이렇게 열심히 연주했으니, 이제 제 이야기 좀 들어주겠습니까?"

"한 곡 더 들려주고 나서 들으면 안 될까?"

갈로텍은 머리를 내저었고 주퀘도는 웃음을 터뜨렸다. 덕분에 그의 모습이 꽤 괴상해졌다. 다행히 보는 사람은 없었지만. 웃음을 멈춘 주퀘도는 크게 배려한다는 듯이 말했다.

"말하고 싶은 것이 뭐야, 갈로텍?"

"살아 있었을 때 당신은 뛰어난 전략가였고 훌륭한 지휘관이었어요."

"이제 아흔여덟 개 남았어."

"……당신 장점을 백 가지나 댈 능력은 없군요. 그다음, 당신의 자아도취벽을 타파하기 위해 당신의 백 가지 단점을 말해 줄 시간도 없고. 당신이 마지막 전투를 벌인 이후로 250년 정도가 지났습니다만, 그렇다고 해서 당신의 전략가와 지휘관으로서의 능력이 무뎌지지는 않았을 겁니다. 제 속에서 수많은 자들의 기억을 검토하면서 생각을 정리했으니 오히려 더 깊이 있게 바뀌었겠지요. 간단히 말하겠습니다. 저는 당신의 능력이 필요합니다."

"왜지? 너희들 세계에는 전투 같은 것은 없잖아."

"800년 전만 해도 저희들은 모든 세상을 상대로 전투를 벌이고 있었습니다. 그러니 우리 세계에 전투가 없었다는 건 옳은 말이 아닙니다."

"현재는 없을 텐데?"

"미래에는 있을 것 같습니다."

주퀘도는 흥미를 느꼈다.

"이야기해 봐."

"저는 조만간 어떤 나가들을 상대로 전투를 벌여야 할 것 같습니다."

"뭐? 나가들을 상대로?"

"예. 하지만 모든 조건이 좋지 않습니다. 저에겐 뜻을 같이 하는 사람들이 있습니다만 그자들은 도저히 병사라 할 만한 자들이 아닙니다. 그리고 우리 중엔 전투 전문가가 없습니다. 저도 전투라는 것이 그냥 싸움을 크게 확대해 놓은 것이 아니라는 것 정도는 압니다. 저는 전략이라는 말도 알고 전술이라는 말도 압니다. 하지만 그건 제가 칼이라는 말을 아는 것과 마찬가지입니다. 만약 제게 칼을 쥐여 주고 인간 한 명과 싸움을 붙여놓으면 1분 후엔 비참하게 난도질을 당하고 있을 겁니다."

"모든 인간들이 다 칼을 잘 쓰는 건 아니야. 물론 위험 요소를 싹 없애버린 너희들의 세상보다는 저 북쪽이 더 난폭한 곳이긴 하지만. 너희들 중에도 괜찮은 검객이 있는 걸로 아는데."

"예. 사모 페이 같은 분이 그렇지요. 어쨌든 제가 도저히 전투 전문가라 불릴 수 있는 사람이 아니라는 것을 말하고 싶었습니다. 하지만 전투는 일어날 겁니다. 그러니 그때 앞으로 나서서 전투를 지휘해 주십시오."

"주퀘도 사르마크의 이름으로?"

"수호자 갈로텍의 이름으로."

"이런, 젠장."

"죽음의 거장의 이름으로 싸울 수 없다는 것은 미안하게 생각합니다. 하지만 제가 군령자라는 것을 드러내는 것은 위험합니다."

"그런 문제가 아니야. 이 멍청한 친구야. 나는 니를 줄 몰라. 명령이 안 통하는 부하들을 어떻게 지휘하나?"

갈로텍은 자신이 확실히 전투 전문가와는 거리가 멀다는 사실을 통감했다. 안타깝게도 그는 명령 체계라는 기본적인 문제조차도 고려하지 않고 있었다. 갈로텍은 기가 죽어 말했다.

"그렇다면 당신이 제 뒤에서 지시를 내려주면……."

"그 전투 참 느긋하겠다. 전투에서 속도가 얼마나 중요한지 짐작도 못하나?"

"어렵겠습니까?"

주퀘도는 한참 투덜거린 다음 말했다.

"상대방이 너와 같은 나가라면 역시 제대로 된 전략가나 지휘자 따위는 없겠군.

그렇다면 어떻게 해볼 수도 있겠다. 내가 지휘할 병력이 얼마나 되지?"

"서른 명 정도 됩니다."

주퀘도는 그만 화를 내고 말았다.

"야, 이 자식아! 그게 전투냐? 패싸움이지! 너는 사상 최고의 전투 지휘관을 패싸움하는 데 쓸 작정이냐? 쥐 잡으려고 키탈저 사냥꾼을 부르는 꼴이잖아."

"그렇게 당당하게 사상 최고의 전투 지휘관이라 자칭할 수 있는 당신이 존경스럽군요. 서른 명이라는 숫자가 당신이 보기엔 가소로워 보일지 몰라도 우리 세계에서는, 특히 수호자에겐 정말 모으기 힘든 대규모 병력입니다. 주퀘도."

"집어치워. 서른 명을 가지고 할 것이 뭐가 있어? 나에게 만 명을 줘. 너를 키보렌의 왕으로 만들어주지."

"그런 것에는 관심이 없습니다. 조건을 말해 보세요."

"조건?"

"거래하자는 겁니다. 우리들을 지휘해 주는 대가로 뭘 원하지요?"

"네가 죽을 때 레콘에게 전령할 것을 맹세해 주면 어때?"

"거래에 임하는 자세가 좋지 못하군요, 주퀘도. 상대방에게 최소한의 공감을 이끌어낼 수 있는 조건을 대야 할 것 아닙니까."

"하지만 내 소망은 그것뿐이야. 이 끔찍하게 많은 나무들과 그 나무들을 사랑하는 너희들의 작태는 이제 지겨워. 서른 명 데리고 싸우는 걸 전투라고 표현하며 사상 최고의 지휘관을 모셔야겠다고 결심해 버리는 너희들의 이 시시한 문명은 나를 말라죽게 만들어. 북쪽을 보고 싶다. 한 자루 무기를 들고 나무라곤 구경도 할 수 없는 황야를 걷고 싶단 말이다."

"만일 제 요구를 들어준다면 당신은 그 소망을 이룰 수 있을 겁니다."

"뭐라고? 그게 무슨 뜻이지?"

"말한 그대로입니다. 주퀘도. 당신이 바라는 것이 전쟁과 북쪽이라면, 저는 그걸 충족시켜드릴 수 있습니다. 제 요구를 들어주신다는 조건 하에……."

"수락한다."

갈로텍은 미소를 지었다.

새벽녘, 철혈암의 마당에서 가볍게 몸을 움직이던 티나한은 방에서 걸어나오는 케이건을 보고는 공포 비슷한 감정을 느꼈다. 티나한은 케이건이 분명히 방에 없었다고 주장했다. 케이건은 조용히 그 말이 맞다고 대답한 다음 세수하러 걸어 가버렸다. 티나한은 그 뒷모습을 보며 생각했다. '생각하지 말자. 운동이나 하자.' 결국 티나한은 비형이 술이 덜 깬 얼굴로 기어나와 항의할 때까지 제자리에서 공중제비를 넘었다. 쿵, 쿵, 쿵. 차라리 하마가 공중제비를 넘는 편이 훨씬 고요했을 것이다. 비형은 누군가가 자신의 머리를 북 삼아 두드리고 있는 듯한 그 소음을 견딜수 없었다. 티나한이 그 짓을 그만두자마자 비형은 마루에 엎어진 채 다시 잠들었다. 가장 늦게 일어난 륜은 마루로 나오다가 비형에 걸려 넘어졌다.

산사의 음식다운 음식으로 아침 공양을 마친 일행 앞에서 티나한은 자신이 대사원에 체류할 것임을 선언했다.

"일은 끝났지만, 아무래도 이 일이 레콘에게 대단히 중요한 일이니만큼 사태의 추이를 봐야겠다. 케이건 너는?"

"남을 거요. 그 암살자를 잡아주기로 약속했으니."

티나한은 비형에게 거취를 물어보지는 않았다. 비형은 그때까지도 마루에 엎어진 채 가사 상태에 빠져 있었기 때문이다. 정오가 지난 다음에야 겨우 일어난 비형은 티나한과 케이건이 남겠다는 말에 고개를 끄덕인 다음 자신은 즈믄누리로 돌아가겠다고 말했다. 운신이 비교적 자유로운 두 사람과 달리 비형은 바우 성주의 아랫사람이었다.

오레놀이 군불을 때어 방 안을 훈훈하게 만든 다음 비형은 륜의 몸에 걸려 있던 도깨비불을 제거했다. 엄습하는 싸늘함에 비늘을 부딪쳤지만 륜은 짐짓 허리를 펴며 말했다.

"아무래도 문 밖까지 전송하지는 못하겠군요. 만나서 즐거웠습니다, 비형. 편히 돌아가길 바랍니다."

"항상 좋은 꿈 꾸길 바라요, 륜. 다시 만날 날이 있겠죠?"

그리고 비형은 일어났다. 하지만 문을 열고 밖으로 나가기 전 비형은 몸을 돌려 륜을 바라보았다. 비형은 무릎을 구부려 륜의 앞에 앉은 다음 커다란 두 팔로 륜을 끌어안았다. 륜은 당황하여 말했다.

"비형?"

비형은 륜의 귀에 대고 속삭였다.

"당신은 사람이에요. 그렇죠?"

"비형, 도대체 무슨 말을……."

"그렇죠?"

륜은 대답하지 않았다. 비형이 대답을 바라는 것이 아니라고 느꼈기 때문이다. 대신 륜은 자신이 바르게 행동하는 것이기를 바라며 비형을 마주 안았다. 한 번 더 힘주어 륜을 포옹한 다음, 비형은 일어나 방을 나갔다.

마당에는 나늬와 케이건, 티나한, 그리고 오레놀이 기다리고 있었다. 티나한은 불쑥 손을 내밀었고 비형은 두 손으로 그 손을 마주 쥐었다.

"사과하겠습니다, 티나한. 저 때문에 고생 많으셨죠?"

두억시니들의 피라미드를 빠져나온 이후로 비형에게 아무런 기대도 하지 않았고, 그 때문에 큰 실망도 느끼지 않았던 티나한은 가슴 한구석이 약간 켕기는 기분을 느꼈다. 티나한은 그 기분을 어떻게 할까 고민하다가 그만 대답할 순간을 놓쳤다. 비형은 그의 손을 놓아주며 오레놀에게 걸어갔다.

오레놀은 무거워 보이는 금편 주머니를 내밀었다.

"수고해 주셔서 정말 감사합니다. 성주님께도 안부 인사 전해 주시길 바랍니다."

비형은 그것을 받아 품속에 넣었다. 마지막으로 비형은 케이건을 바라보았다. 케이건은 짤막하게 말했다.

"잘 가시오."

비형은 심호흡 하듯 숨을 크게 쉰 다음 낮게 말했다.

"케이건. 처음 만났을 때 당신은 제게 당신의 태도를 용납할 수 없다면 죽이려 시도하라고 말했지요. 기억합니까?"

"기억하오."

오레놀은 평안히 오가는 대화의 험악한 내용에 놀랐다. 티나한은 두 사람을 동시에 바라보며 부리를 꽉 다물었다. 비형은 차분하게 말했다.

"지난 몇 개월 동안 함께 여행하면서 저는 당신을 용납할 수 있는지, 그렇다면 그 방법은 뭔지 고민해 봤어요. 하지만 지금 저는 당신을 절대로 용납할 수 없다는 결론에 도달했어요. 실망하셨나요?"

"아니오."

"그렇게 대답할 줄 알았어요. 아마도 납득하든 납득하지 않든 상관없을 것 같은데, 맞나요?"

"맞소."

비형은 빙긋 웃었다.

"부탁이 하나 있어요. 케이건. 세상에서 당신만이 할 수 있는 일인데, 해도 되나요?"

오레놀은 소리 없이 웃었고 티나한은 고개를 갸웃거렸다. 케이건은 비형을 물끄러미 바라보다가 말했다.

"그게 뭐요?"

"저는 당신을 죽이지 않겠어요. 저 대신 당신이 당신을 죽여줄 수 있겠어요?"

"……확실히 나밖에 할 수 없는 일이군."

비형은 씩 웃었다. 그러고는 케이건의 대답을 기다리지 않은 채 나늬에 올라탔다. 케이건은 뒤로 슬쩍 물러났고 티나한과 오레놀도 당황하여 날갯짓 바람을 피할 수 있는 거리까지 뒷걸음질 쳤다. 비형은 그들을 향해 가볍게 손을 흔들었다. 그리고 나늬는 마당을 박차고 허공으로 뛰어올랐다.

딱정벌레는 눈이 아프도록 파란 하늘을 가로질러 즈믄누리를 향해 날아갔다.

마루나래의 줄무늬가 보호색 효과를 발휘하길 바라며 그 배 아래에 숨어 있던 사모는 딱정벌레가 완전히 지나간 것을 확인한 후 머리를 내밀었다. 근처의 억새 밭 속에서 두억시니들도 서서히 일어났다. 그들은 말없이 딱정벌레가 작아지는 모습을 바라보았다. 딱정벌레가 지평선 저편으로 사라진 다음 사모는 고개를 돌렸다. 머리 둘 달린 두억시니가 그녀를 향해 말했다.

"도깨비."

"갔다."

"그래. 도깨비가 떠난 것 같군. 돌아올지도 모르지만, 그렇지 않을 경우를 대비해서 아무래도 계획을 바꿔야겠군."

"레콘."

"인간."

사모는 턱을 감싸쥔 채 생각에 잠겼다. 잠시 후 사모는 내키지 않는 투로 말했다.

"인간으로 하자. 아무래도 레콘은 물로 협박하면 도망쳐버릴 테니 뭘 물어볼 수는 없을 것 같아. 레콘을 쫓아내고 나서 그 케이건에게 물어보자. 도깨비만큼 입이 가볍지는 않겠지만."

"대답."

"안 하면?"

"그러면 승려들에게 물어보도록 하자. 그자들도 모르지는 않을 테니. 어쨌든, 너의 의심이 확인되기 전까지는 아무도 해치지 않기로 한 약속은 지켜야 해."

"약속."

"지킨다."

사모는 두억시니들을 향해 고개를 끄덕여주곤 다시 마루나래에 뛰어올랐다. 마루나래가 파름 산을 향해 달리자 두억시니들도 그 뒤를 따라 성큼성큼 달렸다.

분명한 목적 의식을 가지고 달리던 무리는, 그러나 파름 산이 한눈에 들어오는 장소에 도달하자 난감함을 느끼며 멈춰서지 않을 수 없었다. 사모 페이는 별 이유 없이 하인샤 대사원이 심장탑처럼 높지 않을까 하고 추측했다. 그리고 두억시니는 건물들이 모여 피라미드를 이루고 있지 않을까 생각했다. 하지만 하인샤 대사원은 위로 솟지도 않았고 삼각뿔을 이루고 있지도 않았다. 대신 파름 산의 중턱 곳곳에 산재하고 있었다. 터무니없이 넓은 사원을 목격한 사모와 머리 둘 달린 두억시니는 난처한 듯 서로를 바라보았다. 언덕 뒤에 몸을 숨긴 채 그들은 머리가 아파오는 것을 느꼈다. 사모는 머리 둘 달린 두억시니는 두 배로 머리가 아프지 않을까 하는 쓸데없는 상상을 하며 말했다.

"어디에 있을지 도무지 짐작이 안 되는군. 저건 거의 도시처럼 보이는데."

"돌격."

"하자."

사모는 반사적으로 반대하려 했지만 곧 그 말을 삼켰다. 두억시니가 내놓은 의견은 단순하지만 가장 확실한 방법이기도 했다. 조금 고민하던 사모는 고개를 끄덕였다.

"좋아. 승려들은 그렇게 위험한 상대가 아닐 거야. 그렇다면 레콘과 케이건뿐일 테니 우리 인원이 훨씬 많아. 하지만 그 전에 약속 하나 더 해줘야겠어. 내 지휘를 따라줘."

"지휘."

"따른다."

"좋아. 밤이 될 때까지 기다린다. 너희들 중 특별히 밤눈이 안 좋은 자가 있나?"

비형이 떠나고 얼마 있지 않아 륜은 자신이 방 안에 갇힌 꼴이 되었음을 알게 되었다. 파름 산의 기온은 도깨비불이 없이는 방 밖으로 나가기 힘들 정도였다. 오레놀은 그런 륜을 동정하여 책들을 가져왔지만 그가 가져온 책은 모두 나가의 눈으로 읽기 힘든 글씨로 이루어져 있었다. 케이건은 말없이 웃옷을 벗은 다음 방바닥에 바라기를 내려놓았다. 그리고 벽에 등을 기댄 채 조용히 책을 읽었다. 륜은 반대편 벽에 등을 기댄 채 케이건의 목소리에 귀를 기울였다. 그리고 아스화리탈은 륜의 무릎에 앉은 채 책 읽는 소리를 이해하는 척했다.

독서에 별 관심이 없기도 했지만, 그보다는 깃털로 뒤덮여 있다는 특징 때문에 티나한은 도저히 군불을 때고 있는 방 안에 앉아 있지 못했다. 오레놀이 열성적으로 불을 지폈기에 방 안의 온도는 키보렌에 돌아온 것이 아닌가 싶을 정도였다. 케이건이 책을 읽는 것을 끝내면 하늘치를 끌어내리는 일에 대해 물어볼 작정을 하고 있던 티나한은 결국 부리를 내두르며 밖으로 뛰쳐나왔다. 아궁이에 불을 지피는 오레놀에게 간 티나한은 도대체 며칠이나 기다려야 하는지 물었다. 오레놀은 어깨를 으쓱였다.

"저쪽에서도 당신들의 도착 여부를 알 수 없으니 충분히 여유를 두고 연락해 올 겁니다. 언제 연락할지는 알 수 없습니다."

티나한은 오레놀이 부러뜨리려 애쓰는 땔감을 뺏어들고는 그걸 분질러 아궁이에 밀어넣었다.

"꼭 저쪽에서 연락할 때까지 기다려야 하는 거야? 그냥 우리끼리 발자국 없는 여신을 불러도 될 것 같은데. 불러야 할 장소도 여기고 부를 사람도 여기 있잖아. 그리고 여신에게 들은 이야기에 따라 대처 방안을 강구할 사람도 우리들인 것 같고."

오레놀은 이마의 땀을 닦으며 아궁이에서 물러났다.

"하지만 그 여신은 저들의 여신입니다."

"음. 그래서?"

"발자국 없는 여신께서 이곳에 임하게 되시면 잠시 동안이지만 여신은 다른 나가들에게 신경을 쓸 수 없겠지요."

"신경을 쓸 수 없다?"

"예. 비록 그녀의 이름을 가지고 있는 신랑인 류이 여기에 있지만, 이곳은 그녀의 집이 아닙니다. 이 사원은 어디에도 없는 신의 집이지요. 여신께서는 신랑의 부름을 받고 이 사원에 손님으로서 찾아오게 되는 것이고 그래서 잠깐 동안이지만 나가들은 여신의 관심권 밖에 놓이게 됩니다."

"어어? 그럼 나가들이 신을 잃는 거야?"

"아뇨. 그렇지는 않습니다. 류 또한 나가니까, 여신이 류과 대화하고 있다면 그건 나가와 대화하는 것과 마찬가지지요. 그러니 그런 무서운 일은 일어나지 않을 겁니다. 문제는 수호자들이 자신의 신부가 사라졌다는 것을 느낄지도 모른다는 점이죠."

"오—호?"

"우리는 잘 알 수 없고 실감하기도 힘든 일이지만, 수호자들과 발자국 없는 여신의 관계는 밀접합니다. 부부 관계로 표현될 정도니까요. 발자국 없는 여신이 잠시 이곳에 찾아드시면 수호자들은 이상한 낌새를 느낄지도 모릅니다. 자칫하면 저쪽에 있는 우리 동지들에게 위험한 일이 발생할지도 모르지요."

"무슨 말인지 알겠군. 그래서 저쪽에서 동태를 살펴 신호를 줄 때까지 기다려야된다는 것이군?"

"그렇습니다."

"그런데 왜 신랑 신부야?"

"예?"

"왜 신랑 신부냐고. 남편과 아내가 아니고."

"아, 나가들의 수호자들은 신명을 받았을 때부터 죽을 때까지를, 그러니까 평생을 기나긴 결혼식이라고 여기는 듯합니다. 그리고 죽음으로써 결혼식이 끝났을때, 여신과 함께 있을 수 있게 되었을 때 비로소 남편과 아내가 되는 거죠."

"그럴듯하군. 함께 살아야 부부란 말이지."

티나한의 담백한 해석에 오레놀은 너털웃음을 터뜨렸다. 티나한은 부엌 벽에 기대어 앉았다.

"그런데 너희 대선사는 어디에 있는 거지?"

오레놀의 낯빛이 어두워졌다.

"대선사님께서는 석굴에서 참선하시는 중입니다. 그분은 두억시니를 살육하라는 명령을 내릴 수밖에 없었던 것 때문에 몹시 상심하셨지요."

"신을 잃어버린 것들이야. 그렇게까지 우울해할 필요는 없을 것 같은데."

오레놀은 큰 용기를 끌어내어 말했다.

"티나한. 만약 나가들의 계획이 성공한다면 당신들도 신을 잃게 될 겁니다. 그때 누군가가 신을 잃어버린 자들이니 상관없다 말하며 당신들을 학살한다면 뭐라 하시겠습니까?"

티나한은 부리를 꽉 닫았다. 티나한의 심기를 어지럽힌 것에 대해 죄책감을 느낀 오레놀은 자리에서 일어나며 말했다.

"티나한. 바쁘지 않으시면 저와 함께 좀 가주시겠습니까?"

"어딜 가는데?"

"산 뒤편에 밀렵꾼들을 만나러 갑니다. 륜 페이가 먹을 산 동물이 필요해서요. 아무래도 흉악한 자들인지라 당신이 함께 가준다면 든든할 것 같군요."

티나한은 오레놀을 따라 일어났다. 두 사람은 케이건에게 다녀오겠노라 말한 다음 산 뒤편으로 떠났다.

오후 내내 케이건은 가끔 불을 살피는 시간을 제외하면 한결같은 목소리로 책을 읽었다. 온기가 새어나가지 않도록 창문과 문을 모두 닫아둔 방 안은 무덥고 답답했다. 케이건의 옷은 땀에 젖어 살갗에 달라붙었고 그 머릿결은 덩이져 얼굴에 달라붙었다. 보다 못한 륜은 책 읽는 것은 그만해도 된다고 권했지만 케이건은 거절했다.

"사모 페이는 결국 네게 올 거다. 륜."

오후 내내 케이건에게 고마움과 미안함을 느꼈던 륜은 그 감정이 싹 달아나는 것을 느꼈다. 케이건이 책을 읽으며 앉아 있는 것은 륜이 지루해할까봐가 아니라 사모 페이를 기다리기 위해서임이 확실해졌기 때문이다. 그러나 륜은 곧 그런 마음을 먹은 것에 대해 부끄러움을 느꼈다. 사모 페이를 저지하지 않으면 목을 잃게 되는 것은 륜이다. 륜은 무릎에 앉아 있는 아스화리탈을 어루만지며 말했다.

"그렇다면 책 대신 이야기를 좀 들려주시겠습니까? 당신 땀이 그 책을 더럽히는 것 같은데요."

케이건은 책을 내려놓았다.

"무슨 이야기가 듣고 싶나."

"요스비에 대한 이야기라면?"

"거절이다."

류은 상심하지 않았다. 거절할 것을 짐작했기 때문이다.

"수호자들이 벌이고 있다는 그 살신 계획에 대해 어떻게 생각하세요? 그게 가능한 일일까요?"

"그건 네가 여신에게 물어봐야 할 문제이지 않느냐. 여신이 대답해 줄 거다."

"저는 확실히 신명을 가지고 있긴 하지만 여신을 부른다느니 하는 일은 상상해 본 적이 없어요."

"그분은 너의 신부다."

류은 신부라는 말이 실감나지 않았다. 그것이 무슨 뜻인지는 알고 있었지만 나가의 문화에서는 존재하지 않는 호칭이기 때문이다. 문득 류은 케이건을 바라보았다.

"당신에겐 아내가 없나요?"

"아내?"

"예. 당신이 유일하게 헌신하고 당신에게만 유일하게 헌신하는 여인이요. 그런 거 맞죠?"

케이건은 묵묵히 아스화리탈을 바라보았다. 그 어린 용은 마치 사람이나 된 것처럼 배를 하늘로 향한 채 류의 무릎 위에 드러누워 있었고 그 꼬리는 치렁하게 늘어져 있었다. 용이 조금 커진 것 같다고 생각하며 케이건은 무심히 말했다.

"있었다."

"과거형으로 말씀하시는군요. 헤어지셨나요?"

"죽었어."

류은 놀라서 케이건의 얼굴을 바라보았다. '벌써?'라고 물으려 했던 류은 인간의 경우 사고나 질병으로 죽을 수 있다는 것을 퍼뜩 깨달았다.

"아, 이런. 죄송해요. 무슨 사고였나 보군요?"

"나가가 죽였어."

류은 비늘이 곤두서는 것을 느끼며 경련했다. 그는 눈을 크게 뜬 채 케이건을 바라보았다. 케이건은 여전히 그의 무릎만 볼 뿐 아무런 표정 변화가 없었다. 한참 후에야 류은 기어들어가는 목소리로 말했다.

"어떻게…… 부인께서 한계선 이남으로 내려오셨던가요?"

"응."

"어떻게 사과드려야 할지 모르겠습니다. 케이건."

케이건은 눈을 들어 류를 바라보았다. 그 눈은 약간 충혈되어 있었다. 하지만 입을 열었을 때 케이건의 목소리는 언제나와 같았다.

"몰라도 화내지 않겠어."

"예?"

"사과할 방법을 몰라도 화내지 않겠다고 말했어. 남편이 보는 앞에서 그 부인을 뜯어먹은 것에 대해 어떻게 사과해야 하는지는 나도 잘 모르겠군."

류의 비늘이 다시 세차게 일어나며 벽과 바닥을 때렸다. 아스화리탈이 깜짝 놀라 깨어나서는 어리둥절한 듯 주위를 두리번거렸다. 류은 떨리는 손을 서로 맞잡았다. 그의 뇌리에 화리트의 니름이 떠올랐다.

'추적하고, 죽이지. 그리고 먹힐 수도 있어.'

나가들이 비에나가를 그렇게 처리한다면 인간 여인을 못 잡아먹을 이유는 없다. 하지만 류은 확인할 수밖에 없었다.

"정말…… 정말 그렇게 했습니까?"

"서른 명이었어. 서른 명이 그녀에게 달려들어 뜯어먹었지. 남김없이 먹어치웠더군. 가까스로 그녀들을 물리치고 나서 아내의 유해를 돌려받았지."

공포에 떨면서도 류은 케이건의 말이 이상하다는 것을 깨달았다. 나가가 먹어버린 아내를 어떻게 돌려받았다는 것일까? 그러나 류은 곧 그것이 가능하다는 것을 깨달았다. 류은 입도 제대로 다물지 못한 채 케이건을 바라보았다. 케이건은 차분하게 고개를 끄덕였다.

"그래. 서른 명의 배를 모조리 갈라 아내를 꺼낸 다음 그걸 짜맞추었다."

류은 신음을 흘리며 기절했다.

아스화리탈은 걱정스러운 듯 쓰러진 류의 얼굴 앞을 오락가락했다. 날개를 퍼득거리기도 하고 조그마한 머리로 류의 어깨를 툭툭 치기도 하던 아스화리탈은 등 뒤에서 뭔가가 움직이는 것을 느끼고는 몸을 돌렸다. 케이건이 일어나 륜을 내려다보고 있었다.

그 손에는 바라기가 움켜쥐어져 있었다.

아스화리탈은 날개를 접으며 케이건을 올려다보았다. 용의 배가 부풀어오르며 그 꼬리는 세차게 진동했다. 여차하면 불을 뿜을 기세였다. 케이건은 그런 용을 물끄러미 내려다보다가 말했다.

"드라카. 바지로이 범그루말 어이리. 닙자를 베퍼나게 한 이언만……."

아스화리탈은 케이건의 말에 반응하지 않았다. 진동하던 용의 꼬리가 위로 치솟아 둥글게 말렸다. 당장이라도 얼굴 앞으로 내려올 기세였다. 그는 한숨을 내쉬었다.

"어위크놋다. 드라카."

케이건은 몸을 돌려 방을 나왔다.

서쪽 하늘이 선혈과도 같은 붉은빛으로 타오르고 있었다. 황금의 땅 위로 사물의 그림자가 길어지고 있었다. 마루에 걸터앉은 케이건은 바람이 몸을 식히도록 내버려둔 채 눈을 감았다.

케이건은 모든 것을 기억했다. 나무에 묶인 채 울부짖던 그녀, 제발 오지 말라고, 도망치라고 외치던 목소리, 격노처럼 나부끼던 잎사귀들, 미친 듯이 달려들던 나가 여인들. 갑자기 끊어진 비명, 초록의 대지 위로 흘러내리던 빨간 피, 그리고, 끔찍했던 격투. 쓰러진 나가 여인들의 가슴을 가르고 갈빗대를 들어내고 그 위장을 찢을 때의 소름끼치는 느낌들. 케이건은 모조리 기억했다.

하지만 한 가지만은 도저히 떠오르지 않았다. 케이건은 두 손으로 얼굴을 감싸쥐었다. 케이건은 그녀가 좋아하던 꽃의 이름이 떠오르지 않았다. 그리고 그것은 케이건에게 무시무시한 상실감으로 다가왔다.

한 시간 후, 사모와 두억시니들의 공격이 시작되었다.

집채만 한 대호에 탄 채 꿈에서도 보기 어려울 괴물들을 인솔하며 대사원의 경내를 치닫는 사모의 모습은 승려들로 하여금 눈을 뜬 채 악몽을 꾸는 기분을 느끼게 했다. 하지만 그들이 어떤 무도한 해를 끼치거나 한 것은 아니었다. 대개의 경우 사모는 마루나래를 울부짖게 하여 승려들을 물러나게 하는 것에 만족했다. 공격이 시작된 후 십여 분 동안 다친 사람은 하나도 없었고, 따라서 그것은 공격이라 하기도 어려웠다. 당당하게 앞으로 나서는 자를 찾고 있던 사모는 당황하지 않을 수 없었다. 앞을 가로막는 자는 특별한 책임감을 가지고 있는 자일 테고 그런 자에겐 쓸 만한 정보를 얻어낼 수 있을 거라 믿었던 사모는 계획을 수정해야 할 필요를 느꼈다.

사모는 한 승려를 벽으로 밀어붙였다. 인간을 통째로 삼킬 듯한 거대한 아가리를 벌리며 다가오는 마루나래 앞에 승려는 기절하고 싶은 충동을 느꼈다. 하지만 승려가 소망을 달성하기 전, 천상에서 들려오는 것이 아닌가 싶은 목소리가 들려왔다.

"인간, 레콘, 나가로 이루어진 무리는 어디에 있나."

승려는 넋이 빠진 얼굴로 사모를 바라보았다. 사모는 재차 질문했고, 거기에 덧붙여 두억시니들이 무서운 기세로 다가섰다. 승려는 다급하게 말했다.

"철혈암에 있습니다."

"철혈암은 어디에 있지?"

승려는 한쪽 방향을 가리켰다. 사모는 그쪽을 바라보았지만 도대체 길을 알아볼 수 없는 숲과 계곡이 보였을 뿐이었다. 사모는 언짢은 표정으로 말했다.

"너무 놀라지 마."

승려가 되물을 사이도 없었다. 마루나래는 승려를 곧장 물어올렸다. 승려는 죽는 소리를 외쳐대었지만 사모는 아랑곳하지 않은 채 말했다.

"길을 안내해. 다치게 하진 않을 테니."

승려는 한참 더 비명을 지르다가 겨우 사모의 말을 이해했다. 승려의 안내를 받아가며 사모와 두억시니들은 철혈암을 향해 달려올라갔다.

철혈암에 도달한 사모는 마당 한가운데 서 있는 인간을 발견하고는 걸음을 멈췄다. 마루나래는 승려를 놓아주었고, 그러자 승려는 부리나케 도망쳤다.

케이건이었다. 케이건은 바라기를 두 손으로 쥐고 있었고 그 칼끝은 땅에 닿아 있었다. 두억시니들은 케이건을 보자마자 사납게 돌변했다. 다리가 넷 달린 두억시니는 그 발 모두로 땅을 긁었고 입이 다섯 개나 달린 두억시니는 그 입 전부로 소름끼치는 포효를 토해 내었다. 우두머리인 머리 둘 달린 두억시니의 두 팔에서는 예의 뿔이 한껏 튀어나왔다.

"하늘치 공격했다!"

"우리 공격했다!"

사모는 머리 둘 달린 두억시니를 향해 외쳤다.

"내 지휘를 따르겠다고 했지?"

두 개의 머리 중 하나가 사모를 향했다. 나머지 머리는 여전히 케이건을 쏘아보고 있었다. 사모는 한 번 더 외쳤다.

"내 지휘를 따라! 두억시니!"

뿔이 팔 속으로 사라졌다. 머리 둘 달린 두억시니는 두 개의 얼굴로 억울한 표정과 분노한 표정을 동시에 지어보였다. 하지만 그는 다른 두억시니를 향해 노성을 질렀다. 두억시니들은 겨우 진정했다. 그동안에도 케이건은 꿈쩍도 하지 않은 채 사모를 응시했다. 사모는 모든 두억시니가 진정한 것을 확인한 다음 케이건을 바라보았다.

"다시 만났군. 케이건."

"그렇군. 페이."

사모는 분노를 참지는 않았다.

"하늘치를 다루는 솜씨가 고명하더군."

"두억시니를 구출한 것은 용감했다."

"이자들에게 사과하겠어?"

"사과할 거면 하지도 않았어."

"도대체 왜 그랬어? 무엇 때문에 그 무수한 생명을 죽이는 선택밖에 없었던 거야?"

"먼저 오해한 것은 그 무수한 생명 쪽이다. 페이. 그들이 우리에게 살신 누명을 뒤집어씌우고 쫓아왔다."

사모는 가까스로 그 질문을 상기했다.

"너희들은 정말 그 혐의와는 관련이 없는 건가?"

케이건은 고개를 조금 가로저었다. 사모는 긴장하며 비늘을 곤두세웠다. 케이건은 담담하게 말했다.

"이곳에 와서 알게 되었는데, 관련이 없지는 않다."

"없지는 않다고?"

"그래."

"그렇다면 정말 신을 죽일 작정인가?"

"그 반대다."

"반대라니?"

"네 동생, 륜 페이는 살신을 저지르려는 자를 막기 위해 이곳에 왔다."

"뭐라고?"

"살신을 저지한다고 했어. 저 두억시니는 '신을 죽이는 것을 막아야 한다'라는 기억에서 뒷부분은 읽지 못하고 '신을 죽인다'는 부분만 읽은 모양이야. 그래서 오해했지."

"도대체 무슨 소리냐! 륜은 너희들이 나가의 적과 싸우려 한다고 닐렀어! 그 적이 심장탑에 있다느니 하는 가당찮은 니름이었지만, 어쨌든 지금 네가 하는 말과는 완전히 다른⋯⋯?"

사모는 충격 속에서 입을 다물었다. 그녀는 자신의 말에 겁을 집어먹을 수밖에 없었다. 케이건은 그런 사모를 조용히 바라보았다. 사모는 입 밖으로 꺼내고 싶지 않은 말을 억지로 꺼냈다.

"그렇다면, 심장탑의 수호자들이 신을 죽이려 한다는 말이냐?"

"그래."

"도대체 왜!"

"그걸 말해 줘도 되는지 모르겠군."

"모르다니?"

"나는 네 동생을 이곳까지 데려오는 임무를 맡은 자일 뿐이다."

사모는 답답함을 느꼈다. 문득 사모는 케이건의 얼굴을 똑바로 들여다보았다. 그녀의 얼굴에 분노와 미소가 동시에 떠올랐다.

"케이건. 너 지금 시간을 끌고 있군. 내가 질문을 꺼내지 않을 수 없는 이야기만 감질날 정도로 조금씩 하면서 말이야."

케이건은 한숨을 내쉬었다.

"그래. 하지만 내 말은 사실이다."

"그만둬! 더 이상 그런 장난에는 속지 않겠다. 심장탑의 수호자들이 왜 신을 죽인단 말인가! 그건 절대로 말이 되지 않는……."

"그렇잖다면 네 동생이 여신을 만나기 위해서 심장탑이 아닌 다른 사원을 찾아 여기까지 온 이유가 무엇일 거라 생각하나."

"여신을 만난다고?"

"정리해 주지. 페이. 심장탑의 수호자들이 신을 죽이려 하고 있다. 그것을 저지하기 위해서는 그들이 어떻게 신을 죽일 작정인지 알아야 한다. 그것은 신에게 물어봐야 한다. 신명을 가진 자는 신에게 그것을 물어볼 수 있을 것이다. 하지만 심장탑에서는 신을 부를 수 없다. 수호자들이 있으니까. 따라서 다른 사원이어야 한다. 모든 이보다 낮은 여신의 사원은 어디에 있는지 알 수 없다. 즈믄누리의 마지막 방은 성주와 어르신만이 찾아갈 수 있다. 따라서 남는 것은 이곳뿐이다. 그래서 신명을 가진 수련자 화리트가 이곳으로 올 계획이었지만, 피치 못할 사정으로 네 동생 륜 페이가 오게 된 것이다. 네 동생 륜 페이는 비록 수련자가 아니지만 신명을 가지고 있으니 자격은 충분한 셈이다. 페이. 이 이야기가 급히 지어낸 거라 의심할 수 있는지 묻고 싶군."

그렇게 의심하기 어려웠다. 사모는 경악을 감추기 위해 애썼지만 그녀의 몸은 정직하게 반응했다. 그녀의 비늘들이 부딪치는 소리에 두억시니들이 당황할 지경이었다.

케이건이 들려준 이야기는 사모가 지금껏 단편적으로 들었던 이야기들에 모두 부합하고 있었다. 카루는 '륜이 하려 하는 그 일은 세상의 그 어떤 일보다 중요'하다고 닐렀다. 륜은 '인간들과 힘을 합쳐 나가의 적을 물리쳐야' 한다고 닐렀다. 그리고 륜은 '나가의 적이 수호자'라고도 닐렀다. 두억시니 또한 '신을 죽이는' 것에 대한 이야기를 했다.

사모는 떨리는 목소리로 말했다.

"수호자들이……, 수호자들이 여신을 죽인단 말이냐? 그들의 신부를? 그래서 모든 나가를 두억시니 꼴로 만든다는 말이냐?"

사모는 그것을 믿을 수 없었다. 비록 륜이 수호자들 가운데 '나가들을 증오하고 불만과 증오로 자신을 괴롭히는 자들 또한 분명히 있을 것'이라고 말했지만 사모는 종족적 자살을 선택할 만큼 분노에 찬 수호자가 있을 것이라고는 믿을 수 없었다.

그러나 그녀의 걱정은 잘못 겨냥된 것이었다. 케이건은 고개를 가로저었다.

"신은 한 분이 아니다. 페이."

"뭐라고? 발자국 없는 여신이 아닌가? 그렇다면 어느 신을?"

"아무도 그 사원이 어디에 있는지 모르는 여신. 그래서 제를 올리는 이조차 하나 없는 여신."

"모든 이보다 낮은 여신!"

사모의 외침이 아니었다. 케이건이 지금껏 시간을 끌며 기다려온 티나한이 마침내 그들의 머리 위에서 뛰어내리며 내지른 고함이었다.

하늘에서 뛰어내린 것이 아닌가 싶은 모습으로 나타난 티나한은 내려서자마자 철창을 한 바퀴 돌렸다. 사모는 얼굴을 덮치는 바람에 질리는 기분을 느꼈다. 철창을 똑바로 켠 티나한은 케이건에게 짧게 말했다.

"늦어서 미안하다! 많이 기다렸지?"

케이건은 고개만 한 번 끄덕였다. 두억시니들은 레콘의 등장에 불편한 심기를 느꼈고 마루나래 또한 낮게 으르렁거렸다.

하지만 사모는 부끄러움을 느꼈다. 발자국 없는 여신이 아니라 모든 이보다 낮은 여신이 목표라는 사실을 알게 되자 자신도 모르게 침착함을 되찾았기 때문이다. 마음속으로 레콘에게 사과하며 사모는 말했다.

"그렇다면 수호자들이 레콘들을 두억시니처럼 만들려 한다는 말이군."

티나한이 씩씩거리며 대답했다.

"그렇다! 감히 그런 흉계를 꾸미다니, 용서할 수 없는 놈들이야!"

되찾은 침착 때문에 사모는 그 이야기에서 이상한 점을 발견할 수 있었다.

"이상하군. 레콘들이 우리에게 해를 끼치는 것도 아닌데 왜 수호자들이 레콘들을 그런 비참한 지경에 빠트린다는 거지?"

케이건이 차분하게 말했다.

"레콘들을 비참하게 만드는 것은 확실히 가학적 취미의 만족 외엔 이득이 없을 것이다."

"그렇다면 레콘을 멸망시키는 것이 목적이 아니라는 건가?"

더 이상 시간을 끌 필요가 없게 된 케이건은 요점만을 빠르게 말했다.

"셋이 하나를 상대한다는 이야기가 있다. 그 이야기대로라면 세 명의 신은 한 명의 신을 상대한다. 현재 발자국 없는 여신을 다른 세 신이 상대하기에 이 지상에는 한계선이 설정되어 있다."

"도대체 그게 무슨 말이야? 한계선은 나가가 활동하기 어려울 만큼 기온이 낮아지는 지점일 뿐이야."

"기온은 신의 섭리가 아닐 거라 믿나. 페이?"

"그렇다면?"

"너희 수호자들은 발자국 없는 여신을 상대하던 세 신 중 하나가 없어지면 발자국 없는 여신의 세력이 강화되어 세상이 더 더워질 거라 믿고 있다."

사모는 크게 놀라 케이건과 티나한을 바라보았다. '세상이 더워진다고?' 사모는 그것이 무슨 의미인지 당장 깨달을 수 있었다. 한계선의 북진, 키보렌의 확장, 대확장 전쟁의 재개.

"발자국 없는 여신의 세력이 강해지는 것과 기온의 상승 사이에 어떤 연관이 있는 거지, 케이건?"

"나는 모른다. 하지만 너희 수호자들은 연관성이 있다고 믿는 것 같다."

"이제 무슨 말인지 알겠군."

사모는 스스로에게 보내는 긍정처럼 고개를 한 번 끄덕였다.

"알겠어. 어떤 수호자들이 모든 이보다 낮은 여신을 제거함으로써 세상의 기온을 바꾸려 하고 있는 것이군. 하지만 그것은 확실한 일이 아니야. 레콘들만 괜히 멸망해 버리는 것일 수도 있어. 그래서 또 다른 나가들이 그 계획을 저지하기 위해 급히 여신과 이야기할 수 있는 수련자를 이곳에 보내어 여신과 대화하게 하려는 것이었군."

사모는 카루를 떠올렸다.

"그것이 계획이었군."

케이건은 바라기를 옆으로 약간 치우며 말했다.

"그렇다. 사모. 그렇다면 네 동생이 얼마나 중요한 존재인지 깨달았을 거라 믿는다. 그런데도 네 동생을 죽일 텐가?"

사모 대신 티나한이 열렬하게 고개를 가로저었다.

"그럴 수 없지! 아무렴! 어떻게 그럴 수 있나!"

사모는 고개를 떨구었다. 잠시 후 사모는 고개를 숙인 채 말했다.

"륜은 어디에 있지?"

"저 방 안에."

사모는 고개를 들어 케이건을 지그시 바라보았다. 케이건은 그 눈빛을 읽으려 했지만 아무것도 읽을 수 없었다. 케이건을 가만히 바라보던 사모는 마루나래에게 개념을 보내었다.

마루나래가 엎드렸다. 사모는 그 등에서 미끄러지듯 내려왔다. 두억시니들은 당황하여 사모를 바라보았고 그중 몇몇은 말이 되지 않는 소리들을 꽥꽥거렸다. 하지만 사모는 침착하게 말했다.

"알려줘서 고마워. 케이건."

철혈암으로 올라오는 길에서 웅성이는 소리가 들려오기 시작했다. 승려들이 몰려오고 있는 듯했다. 케이건은 횃불이 움직이는 것도 볼 수 있었다. 사모가 쉬크톨을 옆으로 뿌렸다.

"두억시니."

머리 둘 달린 두억시니의 머리 하나가 사모를 향했다. 사모는 단호하게 말했다.

"저 인간과 레콘을 붙잡아!"

케이건의 눈 주위가 험악하게 일그러졌다.

헐레벌떡 달려 올라오던 승려들은 철혈암에서 터져나온 괴성에 질겁했다. 울먹거리며 도무지 발을 떼지 못하는 어린 행자들을 다그치며 수좌들은 모범을 보이듯 손에 든 무기를 꼬나쥐었다. 하지만 수좌들의 손에 들린 것은 지게작대기나 홍두깨, 절구공이 등 무기라는 이름이 퍽 부담스러운 것들뿐이다. 그중에는 죽비를 들고 나선 수좌도 있었으니, 아마도 두억시니 퇴치와 참선수행 지도를 좀 혼동하고 있는 듯하다. 하지만 다른 수좌들도 그게 얼마나 웃기는 일인지는 깨닫지 못했다.

그러나 무기값을 못하는 무기들만이 동원된 것은 아니었다. 군데군데 날이 새파란 장검이나 긴 창, 육중한 철퇴와 기세가 장중한 철편 같은 중한 병기들도 있었다. 세계 곳곳에서 몰려와 대사원에서 기숙하며 공부하던 유학생들이 자신의 무기를 움켜쥐고 뛰쳐나온 탓이다. 하지만 속세에서는 꽤나 난폭하게 살았고 거친 경험담을 이용해 순진한 승려들의 넋을 빼는 것으로 산중 생활의 낙을 찾던 이들 유학생들도 밤하늘을 찢는 괴성에 겁을 집어먹는 것은 승려들과 다름없었다.

그렇듯 철혈암에 이르는 오솔길 중간에서 무리가 머뭇거리고 있자 그들 가운데서 노승이 뛰쳐나왔다.

대사원의 주지 라샤린 선사였다. 겁을 집어먹고 손에 잡히는 대로 들고 뛰쳐나온 다른 승려들에 비해 라샤린 선사는 손에 익은 석장(錫杖)을 들고 나올 정도의 침착은 유지하고 있었다. 그러나 살이 붙지 못하는 체질로 태어난 데다 검박한 산중의 식생활을 오랜 세월 계속해 온 탓에 선사의 몸은 보기 안쓰러울 만큼 깡말라 있었다. 키가 좀 작았다면 좋으련만 대나무인 양 길기만 하니 그 모습이 부실하기 짝이 없다. 하지만 죽비를 휘두를 때만큼은 그 눈빛을 본 승려들이 선사의 흉중에 살심이 가득한 것이 아닌가 하는 망측한 의심을 품을 정도로 용맹했다. 라샤린 선사는 바로 그런 용맹무쌍한 눈빛으로 석장을 높이 들어올리며 크게 갈(喝)했다.

승려들과 유학생들이 놀란 눈으로 바라보는 가운데 라샤린 선사는 석장을 머리 위로 들어올린 채 흰수염을 휘날리며 급경사의 길을 뛰어올랐다. 큰스님이 그토록 달리는 모습을 보자 다른 무리도 황망히 그 뒤를 쫓았다.

철혈암 앞에 도달한 라샤린 선사는 눈앞의 광경에 신음을 토했다. 그곳에는 형언키 어려운 무서운 혈투가 벌어지고 있었다.

상상을 뛰어넘는 모습의 괴수들—두억시니들이 케이건과 티나한을 몰아붙이려 험악하게 날뛰고 있었다. 하지만 케이건은 그런 형태의 적수에게 익숙하다는 듯이 교묘한 움직임으로 포위를 계속 벗어나고 있었다. 팔이 달려 있는 위치, 숫자, 혹은 팔이나 다리가 아닌 다른 공격 수단의 존재 등 두억시니의 공격은 인간이 도저히 예측할 수 없는 것이었다. 하지만 케이건은 그들과 함께 자라왔다는 듯이 정확하고 절제된 움직임으로 두억시니들의 공격을 무력화시켰다. 게다가 민첩하기만 한 것이 아니라 실로 산 같은 기개마저 뿜어내고 있었다. 팔도, 어깨도, 허리도 아닌 온몸으로 뿌리는 쌍신검의 기세는 살을 뜯어내고 뼈를 부술 것 같았다. 비록 회피에 바빠서 자주 공격을 시도하진 못했지만.

반면 티나한의 모습은 공격하느라 너무 바빠서 회피에는 신경을 별로 못 쓰고 있는 것 같았다. 바위를 깰 듯한 기세로 내뻗은 철창이 팔 넷 달린 두억시니에게 붙잡히자 티나한은 벼슬을 곤두세웠다. 결코 당황했기 때문은 아니었다.

"이놈, 더러운 손을 어디!"

다음 순간 티나한은 두억시니를 매단 채 철창을 위로 치켜올렸다. 투석기와 다름이 없었다. 적어도 반 톤 가까이 될 것 같은 두억시니는 끌려올라가는 기세에 그만 철창을 놓치고 가공할 기세로 날아가버렸다. 철창을 치켜올리느라 티나한의 가슴이 비게 되자 악어에게서 빌려온 것이 아닌가 싶은 턱을 가진 두억시니가 달려들어 그 가슴을 물어뜯으려 했다. 티나한은 지체 없이 창을 놓고는 두억시니의 머리를 팔꿈치로 내려찍었다. 강제로 입을 다물게 된 두억시니는 그대로 땅에 쓰러졌다. 티나한은 우아하게 위에서 떨어지는 철창을 붙잡으며 발로는 두억시니를 걸어찼다.

케이건과 티나한이 그럭저럭 잘 싸우고 있다는 것을 확인한 라샤린 선사는 대선사의 안위를 걱정하며 건물 쪽을 바라보았다. 그리고 선사는 다시 경악했다. 그곳에는 거대한 대호와 나가 여인이 마루를 걸어올라가고 있었다. 대호는 몰려온 무리를 보며 으르렁거리며 경계했다. 나가는 대호의 움직임에 사람들이 몰려온 것을 깨닫고는 라샤린 선사를 똑바로 바라보았다. 라샤린 선사는 크게 외쳤다.

"모두들 하던 짓들을 멈추시오!"

나가는 아무 말 없이 선사를 응시했다. 문득 나가의 손이 대호의 머리에 얹혀졌다. 그러자 대호는 훌쩍 뛰어 무리 앞으로 다가왔다. 승려와 유학생들은 기겁하며 물러났지만 라샤린 선사는 석장을 쥔 두 손을 앞으로 내밀었다.

대호는 달려들지 않았다. 어깨의 털을 빳빳하게 곤두세운 채 사람들을 쏘아볼 뿐 어떤 위해도 가하지 않았다. 라샤린 선사는 대호가 자신들을 억류시킬 작정임을 깨달았다. 선사는 다시 마루 쪽을 보았고 나가가 방문을 여는 것을 보며 비명을 질렀다.

문을 열자마자 나가는 옆으로 몸을 날렸다. 방 안에서 화염이 솟구쳤기 때문이다.

마루에서 마당으로 뛰어내린 사모는 땅 위를 몇 바퀴 구른 다음 한쪽 무릎을 세웠다. 방 안에서 뛰쳐나온 용은 허공에 뜬 채 두 눈을 이글이글 불태우며 사모를 내려다보았다. 뒤이어 륜이 방 안에서 걸어나왔다. 륜은 마당에서 벌어지고 있는 일과 사모의 모습에 당황을 금치 못했다. 아스화리탈은 륜의 머리 위로 날아와 부드럽게 멈췄다.

〈사모?〉

사모는 쉬크톨을 눈 높이로 들어올린 채 닐렀다.

〈륜. 사이커를 뽑아라.〉

〈저 두억시니들은 도대체…… 케이건! 티나한!〉

케이건은 스무 마리의 고양이를 상대로 움직이는 쥐처럼 날뛰고 있었다. 다행히 숫자가 너무 많고 생김새가 주위의 동료들에게도 피해가 되는 그 고양이들은 서로를 해치지 않기 위해 쩔쩔매고 있었고 그 덕분에 쥐는 가끔 날카로운 앞니로 고양이의 꼬리쯤은 물어뜯을 수 있었다. 그리고 티나한은 스무 마리의 고양이를 상대로 싸우는 덩치 큰 맹견과 같은 형국이었다. 두 사람은 잘 싸우고 있었지만, 그러나 고양이는 너무 많았다.

류은 사이커를 뽑아든 채 그들을 향해 달려갔다.

사모가 바람처럼 달려와 류의 앞을 막아섰다. 류은 놀라 뒷걸음질쳤고 아스화리탈은 그의 이마 앞쪽으로 날아들며 꼬리를 진동시켰다. 사모는 용의 모습에 비늘을 부딪쳤다. 그러자 마루나래 또한 고개를 돌렸다. 마루나래는 승려들을 향해 간담이 서늘해질 만한 포효를 내뿜은 다음 휙 몸을 날렸다. 그러자 류과 사모 사이를 가로막은 존재는 둘로 늘어났다. 신화적인 장벽들에 가로막힌 채 사모는 차분하게 닐렀다.

〈그 용을 치워. 류.〉

〈이 용은 정신 억압되고 있는 것이 아닙니다. 제 마음대로 다룰 수 없습니다. 자기 의지대로 행동하는 겁니다.〉

〈그렇다면 내가 해볼까.〉

류이 뭐라 대답하기도 전에 사모는 아스화리탈을 향해 정신 억압을 시도했다.

다음 순간 사모는 비틀거리며 뒤로 물러났다.

사모는 우수한 정신 억압자라고 할 수는 없었다. 아스화리탈의 정신에 억지로 비집고 들어가려 한 순간 사모는 자신이 손바닥으로 홍수를 막으려드는 것과 같은 시도를 하고 있음을 당장 깨달았다. 사모가 비틀거리자 마루나래는 성난 기세로 아스화리탈을 향해 들리지 않는 포효를 내뿜었다. 조심스럽게 다가오려 하던 승려들과 격렬하게 싸우던 두억시니들 중 몇몇도 흠칫하며 대호를 쳐다보았지만 아스화리탈은 꿈쩍도 하지 않았다. 사모는 겨우 균형과 위엄을 되찾으며 닐렀다.

〈역시 안 되는군.〉

〈저 두억시니들이 누님 말을 따른다면, 저들에게 물러나라고 말해 주십시오. 누님!〉

사모는 고개를 가로저었다.

〈쇼자인테쉬크톨이야. 륜.〉

〈누님!〉

륜의 니름에 대답하는 대신 사모는 마루나래에게 개념을 투사하기 시작했다. 마루나래는 일순 몸을 낮추었다. 다음 순간 마루나래는 아스화리탈을 향해 도약했다. 륜은 기겁하며 얼굴을 가렸다. 아스화리탈이 그의 이마 앞쪽에 떠 있었기에 마루나래는 그의 머리를 향해 뛰어오른 것과 마찬가지였다.

아스화리탈은 하늘로 몸을 피했고 그러자 마루나래는 륜의 머리 위를 아슬아슬하게 뛰어넘어 그 등 뒤에 내려앉았다.

륜이 다시 고개를 들었을 때 쉬크톨이 그를 향해 날아들고 있었다.

륜은 간발의 차이로 쉬크톨을 튕겨내었다. 아스화리탈은 륜을 구하기 위해 날아들었지만 마루나래가 다시 뛰어오르며 용을 저지했다. 다시 몸을 피한 용은 사태가 꽤 곤란하게 되었다는 것을 깨달았다. 륜과 사모가 이미 얽혀 싸우고 있었기에 화염을 뿜을 수는 없었다. 게다가 륜과 사모 사이에 조금이라도 거리가 생기면 여지없이 대호가 뛰어올랐다.

라샤린 선사가 격분하여 달려왔다. 몸으로라도 싸움을 말릴 기세였다. 하지만 마루나래는 싸움판에 끼어드는 자는 누구라도 가만두지 않을 작정이었다. 마루나래가 선사의 두개골을 박살내기 전, 목숨을 걸다시피 하며 뛰어든 승려들이 가까스로 선사의 팔다리를 끌어당겼다. 승려들에게 의해 끌려나가면서도 선사는 발을 구르며 고함을 질렀다.

"그만두시오! 그만두라고!"

마루나래는 아스화리탈을 견제하기 위해 사모와 륜에게서 정도 이상으로 떨어지지 않았다. 라샤린 선사와 승려들이 목숨을 구할 수 있는 것은 그 때문인 듯했다. 유학생들이 승려들의 주위를 둘러쌌지만 그들은 그 이상 앞으로 나가지 못했다. 선사는 그들의 가운데 붙잡힌 채 싸움을 그만두라고 고래고래 고함질렀다.

오레놀이 허겁지겁 달려온 것은 바로 그때였다. 티나한은 수상한 소리를 듣자마자 힘껏 달려왔지만 걸음이 느린 오레놀은 그제야 도착할 수 있었다. 오레놀은 승려들과 유학생들의 옆을 지나쳐 걸어가서는 목이 터져라 외쳤다.

"그만두십시오, 암살자! 륜을 죽이면 안 됩니다! 륜을 죽이면……."

"그걸 알아!"

케이건의 외침에 오레놀이 시선을 돌렸다. 두억시니의, 정확히 어떤 부위라고 딱히 지칭하기 힘든 부위를 피해 땅 위를 구르며 케이건은 타오르는 눈길로 사모를 쏘아보았다.

"다 말했어! 그리고 그 때문에 륜을 죽이려 하고 있는 거다!"

오레놀은 기겁하여 사모에게 외쳤다.

"아, 안 돼요! 세상이 더워진다는 것은 가설일 뿐입니다!"

몰려든 사람들은 오레놀의 기괴한 말에 당황하지 않을 수 없었다. 그리고 오레놀은 그들에게 신경을 쓸 여유가 없었다.

"제발 그만두세요! 륜을 죽여서 그들을 도울 생각입니까? 그게 나가에게 이득이 될 거라고 믿는 겁니까? 하지만 그건 가설입니다! 그렇게 된다는 보장은 어디에도 없어요!"

두억시니들과 싸우던 티나한의 벼슬이 뻣뻣하게 곤두섰다. 지나치게 가까이 다가온 두억시니의 이마를 호되게 쪼아준 다음 티나한은 고함을 내질렀다.

"그렇다면 네년이 우리 레콘을 멸망시키는 짓거리를 도—우—려—고—!"

티나한의 앞쪽에 있던 두억시니 세 명이 한꺼번에 쓰러졌다. 티나한은 그들을 짓밟으며 뛰어올랐다. 그러나 철창을 휘둘러 사모의 머리를 깨버리려는 그 무서운 일격은 공중에서 저지당했다. 무서운 힘으로 밀쳐진 철창을 따라 티나한의 몸이 한 바퀴 돌았다. 티나한은 가까스로 쓰러지지 않은 채 공격이 다가온 방향을 쳐다보았다. 머리 둘 달린 두억시니가 그를 노려보고 있었다. 티나한은 벼슬을 부르르 떨며 말했다.

"너, 쌍대가리. 내 창을 쳐? 앞으로 베개 하나만 쓰게 해주마!"

티나한은 꽤 집중력이 높은 성격이었다. 사모에 대한 분노를 잠시 잊은 채 티나한은 머리 둘 달린 두억시니를 향해 맹렬한 공격을 퍼부었다.

매섭게 날아드는 쉬크톨을 가까스로 피하며, 그리고 간혹 머리 위로 날아다니는 대호에 움찔하며 륜은 닐렀다. 격렬한 움직임 중에도 호흡에 무리 없이 대화를 할 수 있는 것은 나가의 특권이었다. 물론 주의가 산만해지는 것은 마찬가지였지만.

〈누님! 안 됩니다. 나가는 이미 세상의 반을 가지고 있어요!〉

〈그리고 나머지 반은 가지지 못했지.〉

〈그것 때문에……, 그것 때문에 저를 죽이려는 겁니까?〉

〈쇼자인테쉬크톨이야. 륜. 너를 죽이면 나가가 세상의 나머지 반도 가지게 된다는 것은 뜻밖의 소득이고.〉

륜은 이 니름을 믿을 수 없었다. 사모는 쉬크톨을 자신만만하게 휘두르며 닐렀다.

〈네가 죽으면 이자들은 수호자들의 살신을 저지할 수 없겠지. 그러면 기온이 올라가고, 끝내 차지하지 못했던 세계의 반이 나가의 수중에 떨어지게 된다는 것이지. 바람직한 일이야.〉

〈사모!〉

〈이 북쪽 땅에서 내가 발견한 덕목은 하나도 없어. 여기엔 광기와 증오와 살육밖에 없어. 너는 이런 땅을 정말 좋아하나? 이런 땅에서 살기를 원하나? 내 눈엔 이미 네 몸이 식어가는 것이 보이는군.〉

사모의 지적은 사실이었다. 더운 방 안에서 데워졌던 륜의 몸은 방 밖의 차가운 공기 속에서 점점 식어가고 있었다. 케이건 또한 그 사실을 짐작했기에 두억시니의 공격을 막아내며 힘겹게 외쳤다.

"아스화리탈! 내 말을 알아듣는다면 륜 근처에 대고 불을 뿜어!"

그러나 아스화리탈은 케이건의 말을 알아듣지 못했다. 아스화리탈은 어떻게든 사모를 향해 불을 뿜으려 애쓰고 있었다. 그리고 마루나래는 그런 아스화리탈을 철저히 견제하고 있었다. 케이건은 몸을 빼낼 기회를 만들어보려 애썼지만 그 자신의 몸이 절단되지 않도록 하는 것만으로도 벅찰 지경이었다.

상황을 파악한 오레놀 대덕이 외쳤다.

"두억시니들을 물리칩시다!"

오레놀은 옆의 승려가 쥐고 있던 부젓가락을 뺏어들었다. 형편없는 무기지만, 어차피 천하 없는 명검이 주어진다 해도 소용없기는 마찬가지기에 오레놀은 아쉬워하지 않았다. 오레놀은 라샤린 선사를 향해 외쳤다.

"주지 스님!"

"그렇다! 모두 저분들을 구출하라!"

승려들이 함성을 지르며 두억시니를 향해 달려들었다면 참으로 가슴 벅찬 장면이었겠지만, 그런 일은 일어나지 않았다. 그들은 주저주저하며 조심스럽게 걸어갔다. 라샤린 선사는 그런 미적지근한 태도가 마음에 들지 않는다는 듯 석장을 높이 들고 달려갔다. 그러곤 다른 사람들이 말릴 틈도 없이 가장 가까이 있는 두억시니의 어깨를 호되게 때렸다.

"이놈! 감히 사원에서 이런 행패더냐!"

두억시니는 어이없다는 듯이 선사를 바라보다가 성난 기세로 달려들었다. 그러나 오레놀이 재치있게 두억시니의 다리를 걸었고 덕분에 두억시니는 땅에 호되게 얼굴을 부딪히며 쓰러졌다. 오레놀은 괴성을 지르며 쓰러진 두억시니의 등을 부젓가락으로 때렸다. 그러자 다른 사람들도 덩달아 두억시니를 공격하기 시작했다. 최초의 공격이 시작되자 사람들은, 특히 유학생들은 사원에서 지내느라 어쩔 수 없이 그들 속에 갈무리해 두어야 했던 폭력성이 다시 눈뜨는 것을 느꼈다. 이 위대한 대가람에서 학문과 정신을 수양하기를 바랐던 그들의 부모나 후견인들이 보았다면 개탄을 금할 수 없었겠지만 유학생들은 용맹하게 두억시니들을 향해 달려들었다.

덕분에 케이건은 가까스로 몸을 빼낼 기회를 얻었다. 그는 주저없이 티나한과 사람들 사이를 빠져나갔고 그러자 그의 앞이 탁 트였다. 케이건은 사모를 향해 쇄도했다. 륜과 사모의 격투를 수호하고 있던 마루나래는 호승심 가득한 포효를 내지르며 케이건을 응시했다. 그러나 마루나래는 깜짝 놀랄 만한 모습을 보게 되었다.

케이건은 달려들며 왼손으로 바라기의 검신 하나를 움켜쥐었다. 그리고 두 손으로 쥔 바라기를 오른쪽 어깨 위로 들어올렸다. 마루나래가 케이건의 의도를 깨달은 순간, 케이건은 대호를 향해 있는 힘껏 바라기를 집어던졌다.

"으르렁!"

마루나래는 낮게 날아오는 바라기를 고개를 조금 틀며 확 물었다. 가소롭기 짝이 없는 공격이라 생각하며 마루나래는 케이건을 바라보았다. 그런데 케이건의 모습이 보이지 않았다. 당황한 마루나래가 고개를 돌릴 때 갑자기 무엇인가가 그의 머리통을 꽝 소리 나도록 짓밟았다. 마루나래가 머리를 짓밟힌 것에 대해 격분했을 때 두 번째 충격이 등을 강타했다.

"맙소사!"

오레놀은 케이건을 보며 탄성을 질렀다. 케이건은 바라기를 던지자마자 높이 뛰어올라 대호의 머리를 짓밟았다. 그것을 유도하기 위해 일부러 바라기를 낮게 던진 것이 분명하다. 그리고 케이건은 대호의 등 위를 달렸다. 대호의 엉덩이에서 마지막으로 높이 뛰어오른 케이건은 온몸으로 사모에게 떨어졌다.

이상한 낌새를 느낀 사모는 몸을 옆으로 움직였다. 케이건은 사모의 옆을 지나쳐 그대로 땅에 곤두박질쳤다. 관성을 제어하지 못한 케이건은 그대로 몇 바퀴를 굴러간 다음 간신히 한쪽 무릎을 세우며 멈춰섰다. 그리고 오른손을 번쩍 치켜들었다.

케이건의 오른손에는 흑사자 모피가 출렁이고 있었다.

사모는 엄습하는 냉기에 비늘을 곤두세웠다.

대호는 격분하여 바라기를 내뱉었다. "우루루룽!" 대호는 그대로 케이건에게 달려들었다. 케이건은 흑사자 모피를 두 손으로 움켜쥐어 쫙 벌렸다. "덤벼!" 케이건의 팔이 부풀어 소매가 찢어질 지경이었다. 마루나래와 충돌하려는 순간 케이건은 위로 훌쩍 뛰어올랐다. 그러자 케이건은 대호의 머리에 매달리게 되었다. 발로 마루나래의 아랫턱을 밟으며 케이건은 흑사자 모피로 대호의 눈을 가렸다.

케이건과 마루나래는 거창한 소리와 함께 벽에 부딪혔다. 벽이 진동하고 서까래가 춤을 췄다. 티나한마저 굉음에 놀라 잠깐 돌아보았다. 마루나래와 벽 사이에 끼이게 된 케이건은 충격 때문에 기절할 뻔했다. 하지만 마루나래 또한 아무것도 볼 수 없는 상태에서 벽에 부딪혔기에 정신이 없었다. 대호가 비틀거리며 물러나자 케이건은 안간힘을 다해 마루나래의 이빨이 닿지 않는 곳, 그러니까 그 윗턱에 몸을 얹었다. 하지만 마루나래는 보다 왜소한 사촌과 마찬가지로 그 이빨보다 앞발이 더 끔찍한 무기다. 마루나래는 자신의 코 위에 올라타 눈을 가리고 있는 괘씸한 인간의 등을 엄지발톱으로 사정없이 할퀴었다.

케이건의 등이 찢어지며 선혈이 튀어올랐다. 비명을 지를 법도 하건만 대신 케이건은 괴성을 지르며 마루나래의 귀를 물어뜯었다. 이번엔 마루나래가 기겁할 차례였다. 호랑이와 마찬가지로 마루나래 또한 귀를 건드리는 것을 싫어한다. 하물며 사정없이 물렸으니 마루나래로서는 환장할 노릇이었다. 마루나래는 머리를 세차게 흔들어 케이건을 떨쳐내려 했다. 하지만 케이건은 악착같이 매달린 채 마루나래의 눈을 가렸다. 마루나래가 다시 앞발로 케이건을 후려치려 했을 때였다.

마루나래는 꼬리가 차가워지는 것을 느꼈다.

마루나래가 허공으로 펄쩍 뛰어오른 것은 거의 반사적인 행동이었다. 마루나래의 꼬리가 있던 곳에 쏟아지던 차가운 기체는 곧 맹렬하게 점화되며 불꽃의 노도로 바뀌었다. 아스화리탈이 마침내 대호를 향해 불을 뿜어낸 것이다.

눈이 보이지 않는 채로 뛰어오른 마루나래는 자신이 어디에 떨어질지 알 수 없었다. 하지만 케이건은 알 수 있었고, 그래서 두 다리로 마루나래의 턱을 꽉 끌어안았다. 그들은 한 덩이가 된 채 볼품없이 지붕에 떨어졌다. 기왓장과 서까래가 사정없이 튕겨져 올랐다. 자욱한 흙먼지가 피어났고 그것은 아스화리탈이 지른 불에 쏟아져 휘말려 매캐한 연기를 발생시켰다.

륜은 불을 등진 채 사모를 바라보았다.

입장이 바뀌어 있었다. 등 뒤에 불을 두고 있었기에 륜은 몸이 다시 더워지는 것을 느꼈다. 하지만 흑사자 모피를 잃은 사모는 그 몸이 식기 시작했다. 하지만 사모는 그 사실에 크게 당황하는 것 같지는 않았다. 사모는 박살난 건물을 보며 감탄했다.

〈저 인간은 정말 지독하군.〉

〈정말 그런 이유로 저를 죽일 생각이십니까?〉

〈뭐라고 닐렀지?〉

〈나가에게 세계의 반을 주기 위해……, 저를 죽일 겁니까?〉

〈그렇다면 다른 죽음의 방식을 준비해 두었느냐?〉

〈뭐라고요?〉

〈한계선 이남으로 다시는 내려올 수 없는 너는 이 땅에서 어떻게 살아갈 생각이냐? 지금처럼 네 용으로 하여금 모든 것을 불태우게 하며 살아갈 생각이냐?〉

〈저는 그런 생각…….〉

〈그렇잖으면 나무를 태워 만든 온기 속의 수인(囚人)으로 평생을 보낼 생각이냐?〉

류은 무릎에 힘이 빠져나가는 것을 느꼈다. 사모는 준엄하게 닐렀다.

〈죽을 때까지 네 체취로 얼룩진 더러운 공기로 가득찬 방 안에 갇힌 채 살아갈 테냐? 눈을 감으면 떠오르는 아름다운 키보렌의 모습을 애써 무시하며, 그래도 허물을 벗으면서 살아 있으니 다행이라고 자위하며 살 테냐? 어디에도 갈 수 없고 네 손으로 할 수 있는 일이라곤 아무것도 없고 누구와도 니름을 나눌 수 없다. 나가가 세계를 차지할 수 있는 기회를 뺏는 대가로 네가 받아야 할 것은 그런 삶이다. 그렇잖다면 저 승려들이 너에게 나가를 배신할 것을 요구하며 뭔가를 약속했느냐?〉

류은 대답하지 않았다. 하지만 그의 정신은 거의 열려 있다시피 했고 사모는 류이 아무것도 약속받지 못했음을 잘 알 수 있었다. 류은 목이 타들어가는 기분 속에서 닐렀다.

〈저는 나가를 배신하려는 것이 아닙니다. 모든 이보다 낮은 여신을 죽인다 해서 세상이 더워지리라는 보장은 어디에도 없습니다!〉

〈너는 저 승려들을 믿는 거냐? 수호자들이 아니라?〉

수호자라는 말에 륜은 혼란이 사라지는 것을 느꼈다. 심장탑과 요스비, 그리고 화리트의 모습이 차례로 그의 뇌리를 스치고 지나갔다. 륜은 사이커를 내두르며 닐렀다.

〈수호자들은 제 아버님을 죽였어요!〉

〈나는 그 니름을 믿을 수 없지만, 혹 그랬다고 치자. 그들이 왜 그랬겠느냐?〉

〈네?〉

〈이유! 너는 이유를 말한 적이 없어. 수호자들이 여흥거리 삼아 요스비를 죽이지는 않았을 것 아니냐. 왜 죽였을까?〉

륜은 넋이 나간 얼굴로 사모를 응시했다. 그는 한 번도 이유에 대해 생각해 본 적이 없었다. 요스비의 죽음을 떠올릴 때마다 그를 엄습한 것은 공포였고 동시에 공포뿐이었다. 사모는 냉정하게 닐렀다.

〈너는 도대체 요스비에 대해 무엇을 알지? 응? 그가 죽임당해야 할 만큼 위험한 존재가 아니라면 왜 수호자들이 그를 죽였겠나? 그들 수호자들은 나가를 위해 필요하다면 여신이라도 죽일 작정이야. 그런 자들이 다른 자도 아닌 나가를 죽였다면, 반드시 그럴 수밖에 없는 이유가 있지 않겠어?〉

참혹한 진실은 륜의 사지를 얼어붙게 했다. 륜은 자신도 모르게 육성으로 말하고 있었다.

"아니야, 아니야."

사모는 다시 다그쳤다.

〈너 스스로도 무의식적으로 그런 결론에 도달해 있었을 것이다. 다만 네 자신의 적출 공포증 때문에 너는 수호자들을 증오하는 것을 선택한 거다. 수호자를 증오한다면 그들에게 죽임당한 요스비는 선량한 자가 되어야 하지. 그래서 너는 네 속의 모순을 무시하며 요스비가 죽은 이유에 대해 생각하지 않은 것이다. 그걸 생각하면 요스비는 더 이상 선량한 자로 남을 수 없게 되니까.〉

〈아니에요! 저는 적출 공포증 따위 가지고 있지 않아요!〉

〈그렇다면 왜 적출식에서 도망쳤지?〉

류은 요스비처럼 되고 싶지 않았기 때문이었다고 니르고 싶었다. 하지만 도무지 니를 수가 없었다. 혼란은 다시 그의 의식에 독재적 권력을 행사하고 있었고 류은 어떤 니름도 제대로 만들어낼 수 없었다.

〈너는 여신의 신랑이 사랑하는 신부에게 더 많은 것을 주려는 것을 이해할 수 없단 말이냐?〉

〈사랑하는 신부에게…….〉

〈그래. 그들의 하나뿐인 신부에게.〉

〈하나뿐인…….〉

아스화리탈은 류의 머리 위를 날며 류이 사모에게서 떨어지길 애타게 기다리고 있었다. 소리를 낼 수 있는 입이 있었다면 울부짖음이라도 토했겠지만 아스화리탈에겐 그런 것이 없었다. 사모는 쉬크톨을 서서히 들어올리며 닐렀다.

〈류. 너는 수호자들을 악인으로 만든 다음 그들을 배신하고 그 대가로 죽음 같은 삶을 살 필요는 없어. 그것은 너 스스로에게 짓는 죄이며 수호자들에게 짓는 죄이며 여신에게 짓는 죄야. 그런 죄인의 고통스러운 삶 따위를 바라서는 안 돼.〉

류은 멍하니 쉬크톨의 칼날을 바라보았다. 그것은 서서히 올라가고 있었다. 아마 사모는 단번에 류의 목을 벨 작정인 듯했다. 쉬크톨이 예리한 까닭은 그것이다. 그리고 류은 그것이 합당하고 생각했다. 비형이 떠나자마자 그가 겪어야 했던 하루는 류을 말할 수 없이 고통스럽게 했다. 지금 그의 몸은 차갑게 식어가고 있었고 그것은 거의 공포스러울 정도였다.

'왜 그런 하루를 수만 개로 확장시켜야 하는가? 그것도 수호자와 여신을 배신해가며?'

류은 그런 이유를 찾을 수 없었다. 쇼자인테쉬크톨을 받아들인다면 가문에 부과된 핏값은 청산되고, 의무를 다한 사모는 하텐그라쥬로 돌아가고, 그리고 나가들은 아마도 세계를 얻을 수 있을 것이다. 그것이 가장 합당한 방식이다. '그리고 나는 치욕밖에 담보되지 않은 긴 생애 대신 나의 여신 라르간드에게 돌아가는 것이

다. 위대한 여신을⋯⋯.'

〈안 돼!〉

류은 사이커를 들어올렸다. 그러나 쉬크톨은 이미 가장 높은 곳에서 그를 내려다보며 떨어질 채비를 갖추고 있었다. 류은 정신없이 닐렀다.

〈안 돼요! 나의 여신을 모든 이의 원수로 만들 수는 없어요! 모든 이들이 증오를 담아 나의 여신을 저주하게 할 수는 없어요!〉

류은 니름과 육성으로 외치며 사이커를 내뻗었다.

"〈그렇게 할 수 없어!〉"

무너진 건물 더미가 움직였다. 박살난 문짝과 무너진 벽, 그리고 파괴된 가구들 사이에서 흙먼지가 피어올랐다. 그리고 잠시 후, 마루나래는 거대한 몸을 일으켰다.

대호의 몸은 흙먼지와 피로 뒤덮여 있었다. 눈을 가린 채 추락한 여파다. 하지만 찢어진 왼쪽 귀만은 추락 때문이 아니다. 상처에서 흘러나오는 피로 얼굴을 적신 채 마루나래는 아래를 내려다보았다.

케이건은 땅에 쓰러진 채 마루나래를 올려다보고 있었다. 몸을 꼼짝도 할 수 없었지만 그 눈은 부릅뜬 채 마루나래를 쏘아보고 있었다. 이 밉살스럽고 지독한 인간을 내려다보며 마루나래는 약간의 경의를 느낀 이유는 그 눈 때문이었다. 거기엔 공포가 없었다.

문득 마루나래는 고개를 돌렸다. 그러곤 얼어붙었다. 힘겹게 고개를 돌린 케이건 또한 마당 한가운데의 광경을 보고는 거친 호흡을 잠시 중단했다.

류과 사모는 서로 마주본 채 서 있었다. 사모의 두 손은 쉬크톨을 쥔 채 위로 꼿꼿하게 세워져 있었다. 그리고 류의 손은 앞으로 내뻗어져 있었다.

그 손에 쥐어진 사이커는 사모의 복부를 관통하고 있었다.

마당 반대편에 있던 두억시니들도 싸움을 멈춘 채 사모와 류을 바라보고 있었다. 갑자기 공격을 멈춰버린 두억시니에 당황하던 티나한은 그제야 그 광경을 보았고, 깜짝 놀라 몸을 부풀렸다. 다른 사람들 또한 이 기괴한 침묵에 질린 듯 입을 다물고 있었다.

침묵은 대호의 포효에 의해 깨졌다.

"카아앗!"

마루나래가 괴성을 지르며 몸을 움직였다. 그러나 그때 굳어 있던 사모의 얼굴이 마루나래 쪽을 향했다. 손가락 하나 까딱할 수 없었지만 어떻게든 마루나래의 꼬리에 매달려 보기라도 할 작정이었던 케이건은 마루나래가 갑자기 멈춰 서자 당황했다. 마루나래는 앞발을 하나 든 채, 금방이라도 걸어갈 듯한 모습으로 멈춰 서서 사모를 바라보았다.

잠시 후 마루나래의 앞발이 다시 땅을 디뎠다.

케이건은 사모가 마루나래를 진정시켰다는 것을 깨달았다. 케이건은 잔해를 무너뜨리며 일어나 앉았다. 하지만 대호는 케이건을 돌아보지 않았다.

무너진 건물 한가운데 앉아, 케이건은 말없이 사모와 륜을 바라보았다.

사모의 손에서 쉬크톨이 떨어졌다.

그 소리를 듣지는 못했지만 륜은 그것을 보기는 했다. 그리고 그 덕분에 륜은 망아상태에서 빠져나왔다. 소스라치며 제정신을 차린 륜은 자신의 손을 내려다보았다. 그의 온몸에서 비늘이 곤두섰다.

륜은 사이커에서 손을 떼려 했다. 하지만 쉬크톨을 놓은 사모의 손이 륜의 손등을 덮었다. 아무런 힘이 없는 손이었지만 륜은 그것을 뿌리칠 수 없었다. 륜은 사모의 얼굴을 바라보았다.

〈사모······!〉

"륜 페이."

사모의 입을 본 륜은 청각에 주의를 기울였다. 사모는 륜의 손에 매달리듯, 혹은 자신의 몸을 관통하고 있는 사이커에 의지하듯 선 채 말했다.

"이곳에 있는 자들 대부분이 소리를 듣기에 육성으로 말한다."

사모의 배에서 흘러나온 피가 사이커의 칼날을 서서히 물들여갔다. 심장이 없었기에 그 피는 눈물처럼 고요히 흘러나왔다. 사모는 호흡을 안정시키려 애쓰며 힘겹게 말했다.

"쇼자인테쉬크톨은 완료되었다."

"안 돼요, 안 돼요, 누님! 이 손 놓으세요. 치료를, 치료를 받으면, 아니, 그냥 쉬시면서……."

사모의 손 하나가 천천히 올라왔다. 류은 그 손을 바라보았고, 마침내 그 손이 자신의 입을 덮을 때도 고개를 돌리지는 못했다. 사모는 류의 입을 살짝 두드렸고 그러자 류은 더 이상 말을 할 수 없게 되었다. 사모는 미소 지었다.

"고마워, 류."

고맙다니, 뭐가? 류은 아무것도 생각할 수 없었고 그러고 싶지도 않았다. 다만 이 모든 것이 현실이 아니기만을 계속해서 소망했다.

사모의 입에서 서서히 피거품이 배어나왔다. 류의 입을 두드렸던 손으로 조심스럽게 자신의 입을 닦은 다음 사모는 다시 말했다.

"저들의 말을 따라라. 류. 살신을 막아. 레콘을 구해. 저 두억시니들처럼 불행한 자들이 또 생기는 것을 좌시하지 마. 네 여신을, 너의 신부를 증오와 저주의 대상이 되게 놔두지 마. 류. 지금 뻗은 이 사이커처럼, 언제나 요스비의 이 사이커처럼 단호하게……."

가쁜 호흡에 사모는 다시 말을 멈췄다. 그녀의 눈에서 은빛 섬광이 번득였다. 사모는 은루를 흘리며 다시 말했다.

"그리고…… 그 모든 것을 마치고, 키보렌으로 돌아가."

류은 충격을 받았다.

"키보렌으로?"

"그래. 내 목을 가지고."

류은 비늘을 곤두세웠다. 그가 격렬하게 고개를 가로저으려 할 때 사모의 손이 그의 뺨을 스쳤다. 류은 다시 굳어버렸다. 사모는 류의 뺨을 어루만지며 말했다.

"저들의 부탁을 들어준다 해도 네겐 살아 있는 죽음과도 같은 삶밖에 남지 않을 거야. 저들의 배은망덕함을 탓할 필요는 없겠지. 그들은 네게 가장 중요한 것, 가장 필요한 것을 줄 능력이 없는 거야. 감사의 말은…… 들을 수 있겠지……. 하지만,

류. 내 목을 가지고 돌아가면, 너는 키보렌으로, 그 아름다운 우리의 숲으로…… 돌아갈 수 있어."

"어떻게?"

"쇼자인테쉬크톨에서는 반드시 한 명이…… 죽어야 해. 거꾸로 말하면, 한 명은…… 반드시 살아야 하지."

케이건은 입술을 꽉 깨물었다. 그리고 반대편에 있던 티나한은 부리를 멍하니 벌렸다. 한 명은 침착하게, 한 명은 직감적으로 이해했다.

그들은 사모가 왜 암살자 지명을 받아들였는지 알 수 있었다. 다른 나가의 손에, 혹은 북부의 혹한에 죽어갈 류에게 자신의 생명을 건네주기 위해서였다. 그럼으로써 류를 살리기 위해서였다. 사모는 그 때문에 쉬크톨을 받아들었고 한계선을 넘어 이곳까지 목숨을 걸고 추격해 온 것이다. 그리고 마침내 쇼자인테쉬크톨의 요건을 만족시키는 죽음을 이끌어낸 것이다.

"내 머리가 있는 한 너를 죽일 자는…… 없을 거야. 우리 집으로 돌아가서, 기다려. 내년, 아니…… 그다음해라도 적출을 받아. 이 모든 일이 끝나고 나서. 두려움은 극복할 수 있어. 류."

"저는, 저는 그럴 수, 그럴 수가……."

"추위와 상처 때문에……, 나는 곧 죽은 것처럼 변할 거야. 그때 쉬크톨로 내 목을 베거라. 이제…… 작별이구나."

류의 뺨을 쓰다듬던 사모의 손이 내려갔다. 류은 사모가 정신을 잃은 줄 알고 경악했지만 사모의 손은 사이커를 움켜쥐었다.

그리고 그것을 힘껏 배 속으로 밀어넣었다.

"사모!"

사모는 땅에 쓰러졌다. 류은 무릎을 꿇고 그녀의 얼굴을 바라보았다. 쓰러진 사모의 눈에 케이건이 들어왔다. 사모는 케이건을 향해 말했다.

"케이건. 고마워. 내 동생을 여기까지…… 보살펴준 것. 그리고 내 모피를 뺏어간 것. 안 찢어졌으면 좋겠군. 그 모피는 류에게…… 줘. 하지만, 하지만 나는……

하늘치를 불러내려 두억시니를 짓밟은 네 처사를 이해할 수는 있어도……, 받아들이기는 쉽지 않아."

케이건은 끔찍한 고통을 무시하며 일어났다. 그의 손에는 그때까지도 흑사자 모피가 쥐어져 있었다. 사모는 그것을 보며 희미하게 미소 지었다. 사모는 다시 륜을 올려다보았다.

"몸이 얼어붙는…… 것 같아. 기절할 때가 되었나 봐."

"사모!"

"안녕…… 내 동생."

사모는 눈을 감았다.

륜은 다시 사모의 이름을 불렀다. 목소리로, 그리고 니름으로. 하지만 륜의 계속된 외침에도 사모는 눈을 뜨지 않았다. 륜은 오열하며 사모의 몸 위에 엎드렸다.

마루나래가 비통하게 포효했다.

제8장

열독(熱毒)

마침내 키탈저 사냥꾼들은 자보로에 대호 별비를 바칠 수 있었다. 하지만 별비를 받아야 할 무라 마립간은 이미 타계한 지 오래였다. 키탈저 사냥꾼들이 3대에 걸쳐 별비에게 도전하는 동안 자보로의 마립간 역시 두 번 바뀌었다. 그들이 별비를 바쳤을 때 자보로를 지배하고 있는 자는 하모리 마립간이었다. 하모리 마립간은 별비를 바치러 온 사냥꾼들이 소년소녀들을 대동하고 있다는 사실에 의아해했다. 그리고 마립간은 별비의 파헤쳐진 복부를 보며 더욱 놀랐다. "무라 마립간께서는 그대들에게 별비를 요구했다. 하지만 이건 완전한 별비가 아니군. 속에 있던 것은 어떻게 되었지?" 사냥꾼들의 우두머리는 대답했다. "있어야 할 곳에 있습니다." "그곳이 어디지?" 그러자 우두머리는 말없이 데리고 온 소년소녀를 가리켰다. "저들의 배 속에 있습니다." 하모리 마립간은 겨우 키탈저 사냥꾼들의 복수를 떠올렸다. 하지만 마립간은 소녀도 포함되어 있다는 사실에 당황했다. "저 소녀도 별비의 간을 씹어 먹었단 말인가?" 우두머리는 고개를 끄덕였다. "예. 저 애는 우리 모두의 딸입니다."

— 펜조일의 『별비와 키탈저 사냥꾼』

"뱀을 풀어놓겠습니다."

오레놀은 뱀단지를 조심스럽게 기울였다. 단지 안에서부터 요동을 치고 있던 뱀들은 빠르게 방바닥에 쏟아졌다. 티나한은 팔짱을 낀 채 뱀이 움직이는 모습을 보았다.

이리저리 방황하던 뱀들은 곧 부자연스러운, 작위적인 선을 그리기 시작했다. 그 발 없는 몸들이 저 먼 곳 냉혹의 도시에서 보내어진 의미를 움직임으로 그려내는 것이다. 쥬타기 대선사가 그것을 읽었다.

"간절히 희망하며 묻겠습니다. 륜 페이가 귀측에 도달했습니까? 만약 내 질문에 대한 대답이 긍정이라면 뱀 한 마리를 붙잡아 단지 안에 집어넣으시오. 만일 부정이라면 뱀들을 그냥 내버려두시오."

티나한이 뱀 한 마리를 향해 무심히 손을 내밀었다. 하지만 옆에 있던 케이건이 그 손을 툭 쳤다. 티나한은 케이건을 돌아보았다.

"그건 독사요."

티나한은 당황하여 손을 잡아당겼고 엉덩이도 조금 잡아당겼다. 케이건은 바닥을 잘 살핀 다음 독사가 아닌 뱀을 조심스럽게 집어들어 단지 안에 집어넣었다. 뱀들이 다시 꿈틀거렸다.

"도착했나. 축하한다. 륜 페이에게 감사를. 구출대에게도. 준비는 끝났나? 대답이 긍정이라면 뱀 한 마리를 단지 안에 집어넣어라."

티나한은 어이없다는 듯이 대선사를 바라보았다.

"왜 갑자기 말투가 바뀌냐?"

"뱀 한 마리가 줄어서 그렇소."

케이건은 뱀을 집어들지 않았다. 일찍이 륜이 발자국 없는 여신을 부를 장소로 준비해 두었던 철혈암이 마루나래와 케이건의 싸움에 의해 박살이 났기에 다시 처음부터 준비를 해야 했다. 그 외에도 그들이 거론하고 싶지 않은 문제가 몇 가지 더 있었다. 한참 후 뱀들이 사어를 그렸다.

"문제가 있는 모양이군. 사흘 내로 준비가 끝날 수 있다면 뱀을 넣어라. 사흘 후 다시 연락하겠다. 대답이 부정이라면 엿새 후에 연락하겠다."

사어를 읽던 대선사는 케이건을 바라보았다. 케이건은 팔짱을 낀 채 아무 말도 하지 않았다. 그곳에 있던 누구도 준비가 사흘 안에 끝날 거라고는 생각하기 어려웠다. 참을성 있게 기다리던 뱀들이 다시 빠르게 움직였다.

"계획은 계속 유효한가?"

케이건은 뱀 한 마리를 집어들어 단지 안에 집어넣었다. 덕분에 사어는 더욱 축약되었다.

"다행. 이해. 문제 해결 희망. 엿새 후 재연락. 최선 노력 경주 요망. 반복. 최선 노력 경주 요망."

오레놀이 단지를 기울였다. 뱀들이 단지 안으로 들어가자 오레놀은 그 뚜껑을 단단히 닫았다. 그리고 네 사람은 조금 전에 들었던 말을 생각해 보며 잠시 침묵했다. 오레놀이 그 침묵을 부담스러워 하며 조심스럽게 말했다.

"저쪽에서 초조해하는 것 같군요."

오레놀이 원한 것이 침묵의 배제였다면 그것은 실패했다. 다른 세 사람은 더 큰 침묵을 만들어내며 눈을 내리깔았다. 대선사가 침통한 표정으로 말했다.

"철혈암이 파괴되어 유감이군. 케이건. 상심이 크겠군."

티나한은 어리둥절하여 대선사를 바라보았다. 그 말은 케이건이 대선사에게 해야 할 말이었다. 티나한의 의문을 깨달은 대선사는 짤막하게 설명했다.

"철혈암은 케이건이 사원에 시주한 거요."

티나한은 놀라며 마음속으로 '케이건 갑부설'을 되새겼다. 케이건은 무심히 고개를 가로저었다.

"영원한 건물은 없습니다. 어쨌든 다른 장소가 필요한데, 준비는 어떻게 되고 있습니까?" ●

오레놀이 대답했다.

"장소를 준비하는 것은 큰 문제가 없습니다. 앞서 철혈암을 준비했던 행자들이 비운암(飛雲庵)에서 준비를 하고 있습니다. 비운암은 철혈암만큼 외진 곳에 있지는 않지만 그럭저럭 조용한 곳입니다."

"얼마 전까지는 그랬다는 말이겠지요."

케이건의 말에 오레놀과 쥬타기 대선사의 얼굴이 일그러졌고 티나한은 벼슬을 뻣뻣하게 세웠다. 티나한은 단도직입적으로 말했다.

"그놈들 어떻게 할 수 없어, 대선사?"

"티나한. 하인샤 대사원에 찾아드는 손님들을 어떻게 대하느냐는 문제는 전적으로 주지인 라샤린 선사가 결정할 문제요."

"이 사원의 주지야 그 라샤린이라는 중인지 모르겠지만 중들 중에서 제일 높은 건 너잖아? 네가 라샤린에게 좀 제안할 수 있는 문제 아니야?"

쥬타기 대선사는 그냥 웃었다. 티나한의 언사가 무례함이 아닌 순진함에서 나온 것임을 알기 때문이다. 오레놀 대덕이 대선사를 대신하여 알기 쉽게 설명했다.

"말씀하신대로 종단의 대표자인 대선사님께서는 종단에 관련된 문제라면 그런 제안을 하실 수도 있습니다. 하지만 그자들은 종단 외부의 분들입니다. 따라서 그자들에 대한 처리는 완전히 이 사원의 대표자인 라샤린 선사의 권한입니다. 그리고 제안을 할 필요도 없을 겁니다. 라샤린 선사께서도 그자들에 대해 언짢아 하시는 눈치인 것 같더군요."

"그럼 라샤린은 그자들을 쫓아내지 않고 뭐 하는 거야?"

"봉문이라도 하지 않는 이상 사원은 오가는 이를 막거나 붙잡거나 하지 않습니다. 고작해야 승려들의 수행 생활을 방해하지 말라고 부탁하는 것 정도가 가능할까요. 지금 그자들이 무학당(舞鶴堂) 쪽으로 접근하는 것을 삼가는 것도 라샤린 선사님이 모든 영향력을 다 동원하신 덕분에 가능한 일입니다. 혹은 선사님이 즐기시는 거친 표현법을 따른다면 머리를 물어뜯을 듯이 화를 낸 덕분이라고 할까요."

오레놀은 승려가 그런 표현을 쓰니 재미있지 않냐는 듯이 웃으며 케이건과 티나한을 바라보았다. 그리고 곧 웃음을 감추었다. 그의 앞에 있는 두 남자 중 한 명은 레콘이었고 다른 한 명은 대호와 맞선 인간이었다. 그들은 정말 '거친' 자들이었고, 오레놀이 쓴 표현에 별로 감동받지도 않았다. 오레놀의 무안함을 무마시키려는 듯 쥬타기 대선사가 가볍게 맞장구를 쳤다.

"라샤린 선사는 정말 투사지. 산으로 들어오지 않았다면 제왕병자가 되어 세상을 휩쓸고 돌아다녔을지도 모른다는 생각이 다 들 정도요. 라샤린 선사는 그자들이 무학당에 한 발도 못 디디도록 할 거요. 어떻게든 빨리 륜을 설득해 주길 부탁하겠소. 여러분들은 그와 고락을 같이하신 분들이니 나나 오레놀보다 나을 거요."

티나한은 한숨을 내쉬었고 케이건은 무뚝뚝하게 말했다.

"노력해 보겠습니다."

오레놀과 케이건, 그리고 티나한은 대선사의 방을 나왔다. 오레놀은 뱀단지를 보관해 두러 갔고 티나한은 툇마루에 기대어두었던 철창을 집어들었다. 케이건은 텃밭쪽으로 걸어갔다. 텃밭 끄트머리에 선 케이건은 묵묵히 아래를 내려다보았다. 그의 곁으로 다가선 티나한은 케이건이 보는 방향을 보고는 부리를 딱! 소리나게 부딪쳤다.

계곡의 깨끗한 물 주위로 차일이 쳐 있었다. 차일 아래에 무엇이 있는지는 보이지 않았지만 그 주변에서 일어나는 일로 보아 보지 않아도 뻔했다. 차일 앞쪽에는 넓은 풀밭이 있었고 그곳에는 수십 명의 인간들이 몰려서 씨름판을 벌이고 있었다.

승려들의 수행을 방해하지 않기 위해 일부러 경내에서 떨어진 곳에 씨름판을 벌인 것은 일견 갸륵한 정성처럼 보이기도 하지만, 실상은 전혀 그렇지 않다. 그들이 있는 계곡은 무학당에 인접한 장소였다. 케이건과 티나한이 바라보는 가운데도 몇몇 행자들과 수좌들이 분개한 듯 차일을 향해 걸어가는 모습이 보였지만 그 안에서 무슨 일이 벌어지는지는 알 수 없었다. 티나한은 벼슬을 딱딱하게 치켜세웠다.

"내 저것들을 그냥!"

티나한은 당장이라도 계곡을 향해 뛰어내려갈 기세였다. 케이건이 그의 팔을 붙잡았다.

"놔두시오. 저자들과 싸움이라도 벌이면 대선사에게 면목이 없소."

"저 자식들이 무학당 훔쳐보려고 저기에 판 벌인 것이 뻔하잖아!"

"거기에 대해서는 좋은 해결책이 있소."

잠시 후, 계곡에서 씨름을 즐기던 이들은 갑자기 그것을 중단해야겠다고 결정했다. 그들이 씨름을 충분히 즐겼다고 생각한 것일 수도 있고 느닷없이 들려온 대호의 포효에 깊은 감동을 받은 것일 수도 있다. 어느 쪽이 더 중요한 이유인지는 알 수 없지만 그들은 황망히 차일과 음식을 챙겨 계곡을 떠났다.

마루나래를 울부짖게 하기 위해 위협적으로 다가섰던 티나한은 뒤로 훌쩍 뛰어 빠져나왔다. 마루나래는 머리를 잔뜩 낮추고 어깨털을 빳빳하게 곤두세운 채 티나한을 노려보았다. 티나한은 웃으며 두 손을 내저었고, 마음속으로는 자신이 꽤 호의적으로 보일 거라 믿었다. 그러나 다른 사람들은 그렇게 생각하기 어려웠고, 마루나래는 절대로 그렇게 생각할 수 없었다. 마루나래는 티나한이 무학당의 마당 반대편까지 물러난 다음에야 겨우 긴장을 조금 풀었다.

마당 반대편으로 물러난 티나한은 마루나래의 뒤편에 있는 두억시니들을 향해 외쳤다.

"야, 쌍대가리. 그 고양이 겁 안 나냐?"

머리 둘 달린 두억시니가 티나한을 돌아보았다.

"대호 사모 친구."

"사모 우리 지휘자."

두억시니들에게 사모는 아직도 그들의 지휘자였다. 사모가 마지막으로 내린 명령은 '저 인간과 레콘을 붙잡으라.'는 것이었다. 하지만 두억시니들은 그것이 불가능하다고 판단했고, 그래서 사모의 다음 지시를 원하고 있었다. 하지만 사모는 다음 지시를 내려줄 상태가 아니었다. 그래서 두억시니들은 사모가 무학당에 옮겨진 이래로 계속 다음 지시를 내려주길 기다리고 있었다. 사모가 아무런 지시를 내릴 수 없다는 것을 알고 있는 티나한은 두억시니들이 영원히 무학당 앞을 지키게 되는 것이 아닌가 의심하며 케이건을 돌아보았다. 케이건은 마당 한편에 있는 나무에 기대어 선 채 조용히 무학당을 바라보고 있었다.

실로 철옹성이라 할 수 있는 광경이었다. 무학당의 축대 앞은 거대한 대호가 수문장이나 된다는 듯 어슬렁거리고 있었고 축대 위에는 여러 군데가 상했지만 여전히 무시무시한 두억시니들이 앉아 있었다. 그리고 지붕 위에는 아스화리탈이 걸터앉아 있었다. 케이건은 접근하는 자들에게 신경 쓰지 않아도 되지 않을까 하는 생각까지도 해보았다. 하지만 그것은 그 자신에게도 해당되는 말이었다. 아스화리탈을 제외한다면 케이건은 무학당을 지키고 있는 자들 전부와 악연을 가지고 있다. 물론 마루나래가 자신의 찢어진 귀를 들이댄다면 케이건은 지금도 몸을 움직일 때마다 머리 끝이 곤두서게 만드는 등의 상처를 보여줄 수도 있을 것이다. 하지만 두억시니들은 하늘치를 유인하여 그들을 깔아뭉갠 케이건에 대해 결코 좋은 감정을 가지고 있지 않았다. 그리고 케이건은 그 행위에 대해 변호할 말도, 그럴 생각도 가지고 있지 않았다.

륜과 사모는 바로 그런 자들의 보호를 받으며 무학당 안에 있었다. 그 놀라운 경비자들을 둘러보던 티나한은 문득 이상한 것을 깨달았다.

"그런데 저 대호 말이야. 사모가 정신을 잃었는데 아직도 사모를 지키고 있네? 정신 억압이라는 건 반 죽은 상태가 되어도 통하는 거야?"

케이건은 잠시 티나한을 바라보았다. 도대체 이제야 그걸 깨달은 거냐고 물어도 될 법하지만, 케이건은 그러지 않았다. 대신 차분하게 설명했다.

"마루나래는 정신 억압 때문에 사모를 따르는 것이 아닐 거요. 륜은 키보렌에서 사모가 대단찮은 정신 억압자라고 했소. 대호를 억압할 정도는 되지 못할 거요."

"그러면 어떻게 된 거야?"

"대호 스스로가 원해서 사모를 따른 걸 거요."

"뭣 때문에?"

"그건 알 수 없소."

티나한은 고개를 갸웃거리며 대호를 바라보았다.

그때 방문이 열리며 륜이 걸어나왔다.

케이건과 티나한은 긴장하며 륜을 바라보았다. 그날 밤 사모와 륜을 황급히 무학당에 옮겨놓은 후로 그들은 거의 보름 만에 륜의 모습을 보는 것이었다. 륜은 사모의 흑사자 모피를 걸치고 있었다. 마루 가운데 선 륜은 잠깐 동안 공황에 빠진 듯 주위를 두리번거렸다. 마치 이곳이 어디인지, 자신이 왜 이곳에 있는지 모르겠다는 듯한 몸짓이었다. 그러나 륜은 곧 케이건과 티나한을 목격했고 정신을 차린 듯했다. 륜은 축대로 내려왔다.

지붕 위에 있던 아스화리탈이 륜의 머리 위로 날아들었다. 두억시니들과 마루나래는 륜을 흘끔 바라보기는 했지만 그 외에는 더 이상 움직임을 보여주지 않았다. 륜이 케이건을 향해 걸어오는 동안 그를 따라온 것은 아스화리탈뿐이었다. 그 광경을 보며, 티나한은 누가 누구에게 속한 것인지 대충 알 것 같다고 생각했다.

가까이 다가온 륜의 모습은 초췌했다. 인간처럼 땀을 흘린다면 지금쯤 말도 못할 악취를 풍기고 있었을 것이다. 륜은 힘없이 케이건을 바라보았다.

"마루나래가 울기에 누가 온 건 줄 알았습니다."

"소리에 신경 쓰고 있었나?"

"며칠 전부터."

"왜?"

"눈이 좀 이상했습니다. 그래서 누님이 움직이는 소리를 들으려고."

케이건은 륜이 이토록 힘들어하는 이유를 알 것 같다고 생각했다. 격심한 심적 고통을 당하고 있으면서 동시에 청각에 주의를 기울이고 있으니 신경이 끊어질 지경일 것이다.

"시력이 이상할 정도라면 뭘 좀 먹고 쉬어야 하지 않겠나."

"며칠 전 밤에 먹었습니다. 누가 마당에 염소를 가져다놓았더군요."

승려들은 마루나래와 륜을 위해 염소 몇 마리를 가져다놓았다. 승려들은 두억시니들에게도 뭔가를 가져다주고 싶어했지만 두억시니들은 마루나래가 먹고 남긴 찌꺼기만 주워먹는 것으로 충분히 만족했다. 그들의 놀랄 만한 소식(小食)은 사제들을 당황하게 했지만 케이건은 그럴 법도 하다고 생각했다. 유해의 폭포가 생각이 있다면 대식(大食)하는 두억시니를 삼천 마리나 만들어 보내지는 않았을 것이다.

케이건은 방문 쪽을 흘끔 바라보고 말했다.

"사모는 어떤가."

"상처는 다 아물었는데, 아직 일어나지 않았습니다."

"일어나지 않는다고?"

"여전히 가사 상태입니다."

케이건은 냉정한 눈으로 륜을 바라보았다. 결국 케이건은 흉중의 말을 꺼내놓았다.

"그녀가 그걸 원하는 것 아닐까. 륜."

륜은 비늘을 부딪치며 케이건을 쏘아보았다. 살기 어린 눈빛이었고, 그래서 케이건은 륜 또한 자신과 같은 생각을 하고 있다는 것을 알게 되었다. 하지만 륜은 질문했다.

"무슨 말씀이십니까?"

"그녀는 처음부터 죽을 생각으로 쉬크톨을 받았을 거다. 그리고 믿기 어려운 집념과 실행력으로 자신의 목표를 달성했어. 네 손에 쓰러지는 것."

륜은 당장이라도 달려들 듯한 표정이었다. 하지만 케이건의 말은 멈추지 않았다.

"쇼자인테쉬크톨이 완수되었지. 그녀에게 진심으로 찬사를 보내고 싶다. 너에게 죽여달라고 요구한 적조차 없으니 어떤 나가도 꼬투리를 잡을 수 없는 완벽한 형태로 완성되었다. 륜 페이. 그녀가 왜 눈을 떠서 자신이 이룩한 이 놀라운 위업의 결말을 스스로 망쳐야 하지? 그녀는 그러지 않을 거다."

"그렇다면……."

"사모의 의지는 확고하다. 더운 방에 눕히든, 상처가 다 낫든, 네가 옆에 앉아 죄책감으로 몸부림치든 그녀에겐 무의미할 거야. 그녀는 절대로 깨어나지 않을 거다. 네가 그녀의 목을 자를 때까지."

륜은 케이건의 멱살을 와락 움켜쥐었다.

티나한이 놀라 다가섰고 아스화리탈의 비행은 빨라졌다. 아스화리탈은 륜과 케이건의 머리 위를 정신없이 돌며 아래를 내려다보았다.

격분을 참지 못해 케이건의 옷깃을 움켜쥐기는 했지만 그것은 륜의 성격에 어울리는 일이라곤 할 수 없었다. 륜은 자신이 저지른 일에 놀라는 기색이 역력했다. 자신의 손과 케이건의 턱을 번갈아 바라보던 륜은 겨우 한 마디를 꺼내놓았다.

"제게, 제게 그런 걸 요구하지 마요!"

케이건은 천천히 손을 올려 륜의 손을 덮었다. 그리고 그것을 아래로 밀어내렸다. 잠시 저항할까 하던 륜은 곧 그것을 포기했다. 륜의 손을 밀어낸 케이건은 륜의 눈을 똑바로 들여다보며 말했다.

"내가 요구한 것이 아니라 사모 페이가 요구한 거다. 륜."

륜은 무릎을 꿇었다.

아스화리탈이 당황하여 날아들었다. 아스화리탈은 륜의 어깨에 앉으려 했지만 그것은 여의치 못했다. 륜의 옆, 땅바닥에 앉는 아스화리탈을 보며 티나한은 용이 확실히 자랐음을 깨달았다. 아스화리탈은 륜의 어깨에 머리를 비볐다. 그것을 내버려둔 채 륜은 힘겹게 말했다.

"저는 그럴 수 없어요. 케이건."

"……하텐그라쥬에서 연락이 왔다."

륜은 고개를 조금 들어 케이건을 올려다보았다.

"사어를 통해 온 연락이었다. 그들은 준비가 되었는지 알고 싶어하더군. 우리는 뱀을 단지 안에 한 마리씩 집어넣거나 넣지 않는 방식을 통해 긍정이나 부정을 표시할 수 있었고, 그래서 아직 준비가 되지 않았다고 대답했다. 엿새 후에 다시 연락하겠다더군. 서둘러주길 바라는 눈치였다."

"긍정과 부정만 가능한 겁니까?"

"그래."

"그렇다면 더욱 누님은 살아나셔야 합니다. 저는 제가 하려는 일에 대해 정확히 알기 전에는 시도할 수 없어요. 수호자들의 확언을 들어야 해요. 그걸 물어보려면 누님이 필요합니다."

"너는 지금 쓸데없는 고집을 부리고 있다. 륜. 너는 이미 필요한 정보는 거의 다 가지고 있다. 굳이 정보가 부족하다면 네 신부에게 물어보면 되겠지. 너는 사모를 살려낼 빌미를 원하고 있을 뿐이야. 하지만 억지로 살려낸다고 해봐야 네 누나를 더 괴롭게 하는 일이다. 네 누나는 자신이 바라던 것과 조금도 일치하지 않는 상황을 보고 또다시 네 손을 이용한 자살을 시도하겠지. 그녀에게 같은 고통을 두 번 주는 일이 될 거다. 륜."

"저는 두 번 다시 그녀를 공격하지 않을 겁니다!"

"네가 그럴 결심인 것을 알 테니 네 누나도 절대로 깨어나지 않을 거다."

륜은 견딜 수 없다는 듯 처연한 표정으로 케이건을 올려다보았다. 아스화리탈의 목을 끌어안은 륜은 고개를 숙이며 외쳤다.

"그러면 제가 도대체 어떻게 해야 합니까!"

케이건은 대답하지 않았다. 륜이 이미 대답을 알기 때문이다.

사모의 목을 자르는 수밖에 없다. 머지않아 사모는 굶어죽게 될 것이다. 어쩌면 그녀의 입을 통해 억지로 동물을 욱여넣으며 시간을 연장시킬 수도 있겠지만, 본인이 살아나려 하지 않는 이상 그것은 무익한 헛수고가 될 뿐이리라.

케이건은 단호하게 말했다.

"그녀의 목을 잘라라. 륜. 그녀가 원하는 것이……."

"당신의 부인이 원한 것은 무엇이었습니까!"

케이건의 얼굴이 굳었다. 티나한은 놀란 표정으로 케이건과 륜을 번갈아 쳐다보았다. 차마 눈을 들어 케이건을 볼 용기가 없었던 륜은 땅을 바라보며 외쳤다.

"당신의 부인이 무엇을 원했겠습니까? 썩어없어질 시체를 되찾기 위해 당신이 서른 명의 나가를 공격하길 원했겠습니까? 당신이 목숨을 걸고 그렇게 해주기를 원했겠습니까? 그럴 리가 없죠. 그럴 리가 없어요! 그분은 당신이 그러지 말기를 원했을 겁니다. 하지만 당신은 어떻게 했습니까?"

케이건의 얼굴은 무표정했지만 그 귀 아래에는 굵은 주름들이 드러났다. 어금니가 바스러지도록 깨물고 있었기 때문이다.

륜의 지적은, 가혹하리만큼 사실적이었다.

케이건에게 비명을 들려주기 위해 나가들은 의도적으로 그녀를 산 채로 뜯어먹었다. 나가들이 소리를 이용할 생각을 했다는 것은 참으로 대단한 복수심의 증거라고 할 것이다. 그리고 그녀는 나가들의 의도대로 비명을 질렀다. 하지만 그것은 고통의 비명이 아니었다. 나가들은 위대한 별비의 정복자가 어떤 여자인지 제대로 알지 못했다.

3대째에 남은 것이 한 명의 딸뿐이라는 것을 알았을 때, 키탈저 사냥꾼들은 죽은 이의 아들을 살아남은 이들 모두의 아들로 받아들여 함께 복수하던 전통을 포기해야 하는 것이 아닌가 하는 두려운 의심을 느꼈다. 하지만 그녀는 자신이 모든 키탈저 사냥꾼의 딸이라 주장했고, 결국 가장 완고한 사냥꾼마저도 그 주장을 받아들이게끔 만들었다. 그리고 그 지독한 폭풍이 치던 날, 그녀는 똑같은 권리를 가지고 있는 다른 아들들과 함께 빗속에서 별비의 배를 가르고 김이 무럭무럭 피어나는 대호의 생간을 꺼내어 씹었다. 아무도 그녀가 열두 살밖에 되지 않았다는 이유로 그녀의 권리를 무시하지는 않았다. 그리고 별비의 정복자라는 칭호 또한 나눠주었다. 그녀는 그런 여인이었다.

그녀가 마지막까지 내지른 비명은 도망치라는 것이었다.

케이건이 무수한 추억을 떠올리는 데 필요한 시간은 찰나였다. 다시 현실을 보고 듣게 되었을 때 케이건은 거의 시간이 지나지 않았음을 깨달았다. 륜은 아스화리탈의 목을 더욱 세차게 끌어안으며 외쳤다.

"당신은 되살아날 수도 없는 부인을 위해 목숨을 걸었어요. 하지만 제 누님은 살아날 수 있어요! 나는 누님을 포기할 수 없어요! 부인의 유해도 포기할 수 없었던 당신이라면 누구보다도 제 마음을 잘 알 거 아니에요!"

케이건은 대답하지 않았다. 대답할 수 없었다. 몇 달 전 마지막 주막에서 비형을 만났던 이후, 끊임없는 노력에도 불구하고 케이건은 잊었던 것들을 너무 많이 떠올렸다. 요스비, 케이, 보늬. 마침내 그는 800년의 기억을 거슬러 올라갈 것을 강요당하고 있었다. 기억들로 얼룩진 시간이 케이건을 숨막히게 했고 범람하는 시간의 격류 위를 표류하는 무수한 사상(事象)이 그를 짓눌렀다.

"저는 사모를 살려낼 겁니다."

"그러면 너는 키보렌으로 돌아갈 유일한 방법을 잃게 된다. 그녀가 원하지 않는 결과일 텐데."

케이건은 다른 사람이 하는 말을 듣는 기분으로 자신의 말을 들었다. 그리고 다른 사람을 평가하듯 자신을 평가했다. '이 녀석은 길잡이군.' 티나한이나 륜은 케이건의 혼란을 깨닫지 못했다. 륜은 무릎을 일으켜 세우며 말했다.

"돌아갈 수 있는 방법을 찾으십시오."

케이건은 고개를 갸웃했다. 륜은 아스화리탈을 안아들며 말했다.

"누님의 말씀처럼 저는 나가를 배신했습니다. 물론 그 말은 누님이 저를 도발하기 위해 하신 말씀이십니다만, 최소한 살신을 준비하고 있는 자들은 분명히 그렇게 생각하겠지요. 제가 나가의 배신자라고. 상관없습니다. 저는 그것이 옳은 일이라는 것을 알고 있습니다. 하지만 대가를 요구하지 못할 이유는 없다고 생각됩니다."

"대가?"

"엿새 후라고 했습니까? 좋습니다. 승려들의 요구대로 하겠습니다. 그 대가로 제 누님이 하텐그라쥬로 돌아갈 방법을 찾아내십시오."

티나한은 어이가 없었다. 사모 페이는 나가들의 규칙에 의해 쇼자인테쉬크톨의 의무를 지게 되었다. 나가와 아무런 관련이 없는 그들이 그 의무를 해소하거나 할 수는 없다. 말도 안 되는 억지라고 생각하며 티나한은 케이건을 돌아보았다. 케이건은 물끄러미 류을 바라보고 있었다. 그런 케이건을 향해, 류은 비늘을 곤두세우며 외쳤다.

"반드시 찾아내십시오!"

그리고 류은 몸을 돌렸다. 무학당으로 되돌아가는 류의 뒷모습을 보던 티나한은 난감한 표정으로 아랫부리를 긁적거렸다.

두억시니들이 갑자기 움직였다.

두억시니들은 류을 둘러싸듯 포위했다. 티나한과 케이건은 깜짝 놀라 무기를 뽑아들었고 아스화리탈은 류의 품에서 화라락 날아올랐다. 아스화리탈은 두억시니 모두를 경계하듯 류의 머리 위를 빙글빙글 돌았다. 그리고 류은 겁먹은 표정으로 주위를 둘러보았다. 하지만 마루나래는 별로 대단한 일이 아니라는 듯 물끄러미 그 모습을 바라보기만 했다. 티나한과 케이건이 달려들 때 머리 둘 달린 두억시니가 외쳤다.

"싸움."

"아니다."

티나한은 무슨 개소리냐는 듯 철창을 뒤로 크게 잡아당겼다. 그러나 케이건은 걸음을 멈추었다.

"싸움이 아니라고?"

"싸움."

"아니다."

케이건은 바쁘게 머리를 굴렸다. 두억시니들이 류을 공격하려 했다면 이미 그럴 시간은 충분했을 것이다. 어쨌든 보름 동안이나 함께 있었으니 이제 와서 류을 공격할 이유는 없다. 티나한도 조금 늦게 그런 결론에 도달하여 철창 끝을 조금 낮추었다. 류은 주위를 둘러보며 말했다.

"그렇다면 이건 무슨 짓이지?"

"기다려달라."

"사모도 기다렸다."

류은 '사모'라는 말에 놀라 두억시니를 바라보다가 엉겁결에 고개를 끄덕였다. 머리 둘 달린 두억시니는 안심한 표정을 짓고는 옆으로 움직이기 시작했다.

두억시니들은 류을 중심으로 원무를 추기 시작했다.

라샤린 선사는 폭언을 내뱉지 않기 위해 안간힘을 다하며 향로를 받아들었다.

"귀한 선물에 감사하오. 그런데 지코마 성주. 이 가벼운 물건을 가져오기 위해 저 많은 사람이 필요하셨소?"

"세상에는 이런 물건을 단지 값진 보물로밖에 보지 않는 무도한 자들도 많으니까요. 그래서 경비병들이 많이 필요했습니다."

선사는 한숨을 내쉬듯 고개를 끄덕였다. 어쨌든 칼리도의 성주 지코마는 다른 자들보다는 훨씬 예의에 밝은 인물이었다. 무작정 부하들을 이끌고 찾아와서 사원을 난장판으로 만들고 있는 자들이 부지기수인 판국에 '귀한 선물을 운송하기 위해 많은 부하를 데리고 왔다'는 핑계를 만들고자 적지 않은 금편을 쓴 지코마 성주의 태도는 오히려 감동적이기까지 하다. 그랬기에 선사는 폭언을 참으며 지코마 성주와 그 부하들의 숙소를 내어드리라고 말했다. 지코마 성주는 '사원에 이상한 일이 있다던데요'라고 묻지 않을 정도의 조심성까지 발휘하여 선사를 다시 감동하게 한 다음 물러갔다.

선사는 지긋지긋한 얼굴로 조타 중대사를 바라보았다.

"이걸로 끝난 건가?"

"오늘 방문자는 다 만나셨습니다. 정확하게 말씀드리자면 선사님이 만나셔야 할 방문자는 다 만나셨다고 해야겠군요."

라샤린 선사는 신음을 흘렸고 불경스러운 말—교양인들의 자리에서라면 괴짜로 취급될 각오를 하지 않으면 꺼낼 수 없는—까지 몇 마디 중얼거렸다. 조타 중대사는 그 말을 듣지 못한 척하며 말했다.

"큰일입니다. 이 이상 방문자들이 찾아들면 사원에 숙식시킬 방도가 없습니다."

"행자들을 시켜 그놈들에게 싸움을 걸라고 하게. 소란을 핑계로 모조리 쫓아버리도록."

"매혹적인 의견입니다."

중대사는 살짝 웃었다.

"사실, 그런 일이 일어날 것 같기도 합니다. 몰려온 방문자들 중에는 유서 깊은 원수지간도 몇몇 있습니다. 세미쿼 추장과 무핀토 추장은 서로의 얼굴을 보자마자 칼을 움켜쥐더군요."

"맙소사! 어떻게 되었나?"

"다행히 그 추장들은 대사원의 권위를 존중하기로 한 모양입니다. 그들은 제가 잘 알지 못하는 속어를 이용해서 서로가 상대를 어떻게 생각하는지 확인한 다음 헤어졌습니다. 그들은 그 속어가 우정을 의미한다고 설명했습니다만, 그게 사실이라면 우정을 표현하는 가장 거친 방법이 아닐까 의심스럽습니다."

"정말 미치겠군. 그 잡놈들 중 한두 놈이 싸움이라도 벌인다면 대사원은 쑥대밭이 될 걸세."

"하지만 쫓아낼 도리가 없습니다. 한결같이 한 가락 하는 인물들이다 보니 전부들 핑계는 완벽하게 준비해서 왔습니다."

라샤린 선사는 다시 신음을 토했다.

철혈암에서 벌어진 일은 너무 많은 유학생들에게 목격되었다. 그리고 이 먼 곳까지 보내어진 그 유학생들은 모두 가문의 최고 계승자이거나, 차기 마립간이거나, 당주 후보자이거나, 추장의 둘째 아들(첫째는 보통 전사 수업을 하므로)쯤 되는 똑똑한 인물들이었고, 그중 많은 수가 재빨리 고향에 연락을 취할 만한 기지도 가지고 있었다. '대사원에서 뭔가 이상한 일이 벌어지고 있음. 용, 대호, 나가, 두억시니들이 출현. 하늘치를 부리는 괴인도 있는 듯함. 승려들은 이들과 공모하여 뭔가 향후 세계의 판도에 영향을 줄 수 있는 엄청난 일을 준비 중인 듯함.'이라는 내용의 서신을 품은 비둘기나 전령들이 세계 곳곳으로 떠나갔다. 그다음 세계 곳곳에서 목에 힘을 잔뜩 줄 수 있으면서도 역사의 급한 물굽이가 벌어지는 장소에 있어야 한다는 것 정도는 파악할 줄 아는 군웅들이 부하를 이끌고 대사원으로 하나둘씩 찾아드는 것은 당연한 순서다.

"이미 말했던 것이지만 다시 말하겠네. 사제들의 입을 철저히 단속하게. 지금 이곳을 방문한 자들은 모두 교활하고 수완 좋은 것들이야. 수행밖에 모르는 명청한 산승 한둘쯤은 간단히 찜쩌먹을 놈들이란 말이지. 특히 비운암에서 작업 중인 행자들은, 필요하다면 그곳에 격리시키도록 하게."

조타 중대사는 이맛살을 약간 찡그렸다.

"차라리 모두 공개하고 협조를 구하는 편이 낫지 않겠습니까? 지금 대사원에서 추진하고 있는 일은 북부의 사람들 개개인의 이해에 영향을 끼치는 일이 아니라는 것을 밝힌다면, 뭔가 한몫 잡을 일이 없다는 것을 알게 된 그자들은 자신의 땅을 지키러 돌아가는 편이 낫다는 결정을 내릴지도 모릅니다. 가장 우수한 부하들을 골라뽑아서 직접 왔으니 모두들 자기 땅이 걱정될 겁니다."

"그자들이 한몫 볼 일이 있는지 없는지는 우리로서는 짐작해낼 수 없어. 중대사. 우리가 생각도 못해 낼 방도를 궁리해 낼지도 모르니. 뭐 한두 가지 정도는 나도 짐작할 수 있겠군. 그들이 살신 저지 계획에서 아무런 이득을 보지 못한다 해도 그 계획을 수행하는 사람들 자체에선 이득을 찾을 수 있겠지. 일단 용이 있네. 제대로 자라나면 지상에서 그를 상대할 자가 아무도 없는. 제대로 자라나지 않으면 어때? 포자를 뿌릴 때까지만 키우면 엄청난 용근을 얻을 수 있네. 그리고 대호가 있어. 대호를 자유자재로 다루는 나가가 그들에게 어떻게 비춰질지는 생각도 하기 싫군. 그리고 케이건 드라카 님이 있어."

조타 중대사는 얕은 탄성을 지르고 고개를 끄덕였다.

"무슨 말씀인지 알겠습니다. 하지만 말씀하시는 것을 들으니 저자들이 쉽게 물러나지 않을 거라는 걱정이 더 커지는군요."

"물러나지 않겠다면 마음대로 산사의 생활을 즐겨보라고 해. 그 성정의 정화에 도움이 될 테니. 하지만 절대로 무학당과 비운암에는 접근할 수 없어. 절대로!"

그때 밖에서 다급한 목소리가 들려왔다.

"주지 스님! 주지 스님!"

"들어오거라. 무슨 일이냐?"

안으로 들어선 것은 숨이 턱에 닿은 젊은 승려였다. 승려는 황급히 외쳤다.

"코네도 대족장이 무학당에 쳐들어가고 있습니다!"

하인샤 대사원의 주지 라샤린 선사는 또다시 폭언을 내뱉었다. 이번 것은 교양인들의 자리에서 몰매를 맞고 추방당할 만한 것이었다.

지러쿼터 산맥과 라호친 사이에 자리잡은 발케네 지방은 강인한 사내의 전통으로 이름이 높다. 이것은 발케네 사람들의 주장이다. 그리고 발케네 지방 이외에 사람들은 그곳을 도둑놈의 소굴로서 유서 깊다고 말한다. 물론 언제나 그러하듯 이런 현격한 시각의 차이를 불러온 것은 사소한 가치관의 차이다. 발케네의 사내들은 타인의 소유물을 수단 방법을 가리지 않고 자신의 손에 넣는 행위를 사내의 대담함의 증거로 여긴다. 물건의 소유자에게 구타당하거나 심지어 살해당할 수 있는 위험을 무릅쓰기 때문이라는 것이—보다 정상적인 사람들을 한숨짓게 만드는—발케네 사내들의 대답이다. 그러나 이들을 구제불능의 도둑놈으로 보는 자들도 발케네 사내들의 용맹무쌍함에 대해서는 이의를 제기하지 않는다.

그리고 코네도 빌파는 발케네의 군소부족들의 족장 중 최고의 위치에 오른 자다. 그가 그 위치에 오르기 위해 참살한 족장의 수를 세려면 두 손으로도 부족할 판국이다. 코네도 빌파는 적의 집에 불을 지르고 상대방의 우물에 독을 풀고 항의하러 온 적수의 아들의 혀를 뽑아 돌려보내는 등의 '사내다움'을 보여주었고 그에 감동한 발케네의 족장들은 코네도의 머리에 대족장의 뿔관을 얹는 것을 주저하지 않았다.

그런 족장들은, 따라서 코네도가 자신의 둘째 아들 토카리를 하인샤 대사원에 보내어 공부를 시키겠다는 결심을 말했을 때 몹시 놀랐다. 족장들은 '자식 교육에 대해 참견하고 싶지는 않지만 둘째 아들을 완전히 못쓰게 만들어놓을 작정인가'라며 대족장에게 우려를 표명했다. 그러나 코네도를 보다 잘 아는, 그러니까 코네도에게 가장 많은 물건을 도둑질당한 친구들은 코네도가 정말 엄청난 도둑질을 준비 중임을 직감했다. 코네도 빌파는, 그러니까 일종의 제왕병자였다. 그가 다른 제왕병자들과 조금 다른 점이 있다면 자신의 아들 대에 왕이 나오길 바란다는 점이었다. 코네도는 왕으로 점찍고 있는 첫째 아들 그룸을 몸소 가르쳤지만, 왕에게는 폭넓은 유대도 필요하다고 생각하여 둘째 아들 토카리를 유력자의 자손들이 모이는 곳에 보냈다. 코네도 빌파는 자신의 두 아들을 이용하여 세상을 도둑질할 작정이었다.

그리고 토카리는 아버지를 만족시킬 만큼 영리하고 민첩했다. 둘째 아들의 급보를 받자마자 코네도는 그룸을 대동한 채 하인샤 대사원으로 달려왔다. 하인샤 대사원과 발케네는 도보로 두 달이 걸리는 거리였지만 코네도는 말을 가차없이 죽여가며 여드레 만에 도착했다. 그리고 도착한 지 한 시간도 되지 않아서 승려들에겐 들을 수 있는 것이 별로 없다는 것, 중요한 인물들이 무학당에 있다는 것, 그리고 승려들이 그들을 무학당에 보내주지 않을 작정이라는 것을 파악하고는 실력 행사를 시작했다.

무턱대고 무학당을 향해 걸어가는 코네도와 그의 부하들을 가로막으며 승려들은 분개하여 외쳤다.

"이러지 마십시오. 대족장님. 이곳은 외부인의 출입이 금지되어 있습니다. 사원을 방문하셨으면 사원의 규칙을 지켜주십시오!"

코네도는 큰사슴의 뿔로 만들어진 자신의 뿔관을 가리켰다.

"이봐, 민머리. 뿔은 들이받으라고 있는 거다."

"지금 협박하시는 겁니까?"

코네도는 모피 망토를 옆으로 확 치우며 허리에 찬 큰 검을 붙잡았고 그의 전사들 또한 눈을 치켜뜨며 살벌한 병기들을 앞으로 내밀었다. 승려들은 사색이 되었다. 다행히 코네도의 둘째 아들 토카리가 긴장한 대족장의 팔을 붙잡으며 말했다.

"싸우자는 말이 아닙니다. 아버님."

"아니라고?"

"아닙니다."

그리고 토카리는 앞을 가로막은 승려들에게 고개를 돌렸다.

"사제님들. 발케네 사람들 앞에서 함부로 협박이니 경고니 하는 말을 사용해선 안 됩니다. 칼이 날아옵니다."

승려들은 어이가 없었다. 그들은 보다 말이 통하는 것 같은 토카리를 향해 애원했다.

"토카리. 춘부장께 말씀 좀 드려주십시오. 이곳에 들어가시면 안 됩니다."

승려들의 실수였다. 다른 때라면 그러지 않았겠지만 토카리는 아버지와 형이 보는 가운데 '나약한' 민머리 중들과 친한 척할 수가 없었다. 토카리는 친하게 지내던 승려들이 당황할 만큼 무서운 얼굴을 하며 외쳤다.

"누가 발케네의 대족장이 가는 길을 막는다는 말입니까! 우리가 당신들의 보물을 빼앗거나 하겠다는 것도 아니잖습니까. 당신들이 무학당에 모시고 있는 손님들을 만나 이야기 좀 나누겠다는 거 아닙니까! 당장 비키지 않는다면, 나 또한 발케네 사내라는 것을 알게 될 겁니다!"

코네도는 만족한 듯 토카리를 바라보았고 그룸의 경우엔 형답게 '발케네의 명예를 잊지 않는 것은 장하지만 동문수학하던 자들을 그렇게 겁줄 필요는 없다'고 동생을 달랬다. 코네도는 기가 막혀 말을 잃은 승려들을 무시하며 그 옆을 지나쳤다.

그러나 코네도는 승려들의 경고를 받아들이는 편이 좋았을 것이다. 무학당으로 돌아들어가는 오솔길로 들어섰을 때 코네도와 그의 전사들은 길을 가로막고 있는 장애물을 발견했다. 정확히 7미터짜리 장애물이었다.

티나한은 철창을 움켜쥔 채 발케네 사람들을 바라보았다.

"뭐냐?"

코네도는 잠시 기가 막히다는 듯이 철창을 위아래로 훑어보고는, 믿을 수 없다는 듯이 말했다.

"그거 창이오, 기둥이오?"

티나한은 부리를 딱 부딪쳤다.

"화살이다. 너무 멀리 쏴서 주우러 온 거지."

티나한은 농담을 한 것이었고 발케네 사람들 또한 그것이 농담이라는 것을 깨달 았지만, 그중에는 '그런가' 하는 표정으로 고개를 끄덕이는 자들도 있었다. 토카리 를 잠시 돌아본 코네도 대족장은 둘째 아들이 고개를 끄덕이는 것을 확인하고는 웃는 표정을 지었다.

"나는 발케네의 대족장 코네도 빌파요. 이 사원을 방문 중인데, 무학당에 계신 손님들의 소문을 듣고 한 번 만나보고 싶은 욕망을 참을 수 없어서 이렇게 왔소."

"나는 티나한이다. 미안하지만 지금 좀 바빠서 안 되겠는데."

코네도는 얼굴을 찡그렸다. 물론 레콘을 자극하지 않을 정도로.

"잠시도 안 되겠단 말이오?"

"어렵겠군. 하지만 오늘 저녁에 염화당에서 오레놀 대덕의 설법이 있는데, 나는 거기에 참석할 생각이다. 그곳에서 만나면 되지 않을까? 훌륭한 설법이 될 것 같은 데, 너도 참석하면 좋을 거야."

코네도 대족장은 어떻게 대답할 것인가를 놓고 짧게 고민했다. 하지만 레콘을 화나게 하는 것과 레콘의 제안을 받아들이는 것 중 어느 것이 현명한 처사인지는 처음부터 자명했다.

"좋은 설법도 듣고 귀인도 만나게 된다면 참으로 좋은 일이겠군. 나도 그곳에 참 석하겠소."

코네도와 그의 전사들은 몸을 돌렸다. 그들이 오솔길 저편으로 사라지는 것을 물끄러미 바라보던 티나한은 부리를 한 번 부딪친 다음 무학당으로 돌아왔다. 무 학당의 마당 입구에는 오레놀이 기다리고 있었다. 티나한은 수염볏을 쓸어 만지며 말했다.

"시킨 대로 말했어. 그런데 뭣하러 그런 걸 시킨 거야?"

"무조건 막기만 하면 우리들과 저 방문자들 사이에 충돌이 일어날지도 모릅니다. 사소한 충돌이라도 일어난다면 흉한 일이 많을 테지요. 하지만 여러분들이 얼굴을 조금씩 보여준다면 그런 일은 없을 겁니다. 소문이 퍼진다면 다른 자들도 일단 오늘 밤까지 참아줄 테지요."

"하지만 놈들이 꼬치꼬치 캐물으면?"

"특별한 방도가 떠오르지 않는군요. 할 수 없지요. 제가 설법을 좀 길게 할 테니 졸리다는 핑계를 대고 돌아와버리십시오."

티나한은 한숨을 내쉬며 무학당의 마당을 바라보았다.

류은 땅바닥에 앉아 있었다. 사모의 흑사자 모피를 걸치고 있었기에 망정이지 그렇잖았다면 오래전에 기절했을 것이다. 두억시니는 속도를 조금도 바꾸지 않은 채 계속 그 주위를 돌았다. 겉으로 보기에 그토록 무의미해 보이는 모습도 드문 동작이었지만, 그 진지함 또한 보기 드문 것이라는 점 역시 마찬가지였다. 누구라도 그 행동에 어떤 의미가 있다고 생각하지 않을 수 없는 모습이었다. 그랬기에 류은, 그리고 티나한도 그것을 방해하지 않았다. 그 원무를 보며 티나한은 수염볏을 긁적거렸다.

"그렇잖아도 신경 써야 할 것이 많은데 별 파리들이 다 꼬이니 귀찮아 죽겠군."

티나한과 같은 방향을 보던 오레놀이 달래듯 말했다.

"그래도 한 가지는 해결되지 않았습니까? 류이 드디어 결심을 했으니까."

"음. 그건 정말 다행이다."

"그런데 케이건은 어디로 가신 겁니까?"

"류의 요구에 대해 생각해 봐야겠다고 말하고 어디로 가버렸어. 아, 참. 그리고 보니 케이건에 대해 묻고 싶은 것이 하나 있다."

"예? 뭡니까?"

티나한은 진지하기 짝이 없는 표정으로 질문했다.

"케이건이 부자냐?"

웃음을 터뜨릴 수 있을 만한 질문이었지만 오레놀은 그러지 않았다. 대신 오레놀은 차분한 얼굴로 고개를 가로저었다.

"아니요."

티나한은 실망했다.

"아니야?"

"예. 그분은 세상에서 가장 가난한 분입니다."

티나한은 어리둥절한 표정으로 오레놀을 바라보다가 그 말에 대한 설명을 요구했다. 하지만 오레놀은 설법 준비를 해야겠다는 핑계를 대며 총총히 걸어가버렸다.

카린돌 마케로우는 믿을 수 없다는 눈으로 자신의 침대를 바라보았다.

카린돌은 침대 옆에 무릎을 꿇었다. 그리고 떨리는 손을 앞으로 뻗었다. 침대 위에 반짝이고 있는 '그것'을 집어든 카린돌은 눈앞으로 그것을 가져와 뚫어지게 바라보았다.

아침 햇살 속에 반짝이고 있는 그것은 비늘이었다.

카린돌은 화들짝 놀라며 침대에 걸터앉았다. 그리고 두 다리를 벌렸다. 다리 사이로 비늘을 가져간 카린돌은 그것을 몸에 붙이려 했다. 평소의 그녀답지 않은 행동이었지만, 카린돌은 그 순간 절대로 이성적일 수 없었다. 그녀를 위한 변호가 가능하다면 그녀 또한 자신의 재생력을 신뢰하는 나가라는 점 정도일 것이다. 하지만 그렇다고 해서 떨어져나간 비늘이 다시 붙지는 않았다.

그러나 카린돌은 자신의 몸이 출산 준비를 시작했다는 사실을 무시하려 애썼다.

'임신이라니!'

생식기 주위의 비늘은 이미 윤기를 잃어가고 있었다. 보다 강인하면서도 유연한 비늘이 새로 돋아날 자리를 마련해 주기 위해 그 비늘들은 이제 카린돌의 몸에서 떨어지려 하고 있었다. 카린돌이 발견한 것은 그중 가장 먼저 떨어져나온 것이었다. 그것을 도로 붙이려는 속절없는 시도를 계속하던 카린돌은 마침내 이를 악물며 비늘을 내동댕이쳤다.

'지금은 안 돼. 지금은 안 된다고!'

카린돌은 자신의 복부를 공포에 찬 눈으로 바라보았다. '빌어먹을 남자들!' 단지 비아스를 조롱하기 위해서였다. 카린돌은 임신을 피하고 있었고 자신의 예방책에 자신감도 가지고 있었다. 하지만 계속된 흥분과 갈등, 공포 때문에 가임기가 지나치게 빨리 찾아오리라는 것은 상상도 하지 못했다. 카린돌의 냉정한 정신은 그 와중에도 그 사실에 대한 해석을 덧붙이고 있었다. 목숨의 위험을 감지한 그녀의 몸은 한시라도 빨리 후손을 만들어놓기를 원하게 된 것이다. 그리고 그렇게 되었다.

'내 자식이라고?'

그녀의 첫아기였다.

'내가 어머니가 된다는 건가? 나처럼 니르고 나처럼 행동하게 될 어떤 존재의?'

실로 황당하기까지 한 일이다.

'기쁨이어야 할 네가 저주스러운 공포가 되고 말았구나.'

비아스 때문이었다.

"비아스, 비아스 마케로우! 변태, 미치광이, 살인마 같으니라고!"

자신도 모르게 두 손을 배 위에 누른 채 카린돌은 비아스의 방이 있는 쪽을 향해 고함질렀다. 문득 배 속의 아기를 보호하고 있는 듯한 자신의 모습을 깨달은 카린돌은 그 손을 치우려 했다. 하지만 손을 뗄 수 없었다. 오히려 자신의 배를 더욱 강하게 끌어안기 위해 카린돌은 허리를 숙였다.

'어떻게 하면 우리가 살아날 수 있을까?'

카린돌은 몸을 떨었다. 자신이 '우리'라는 표현을 사용했다는 것이 그녀를 그토록 놀라게 했다. 그녀는 그런 표현에 익숙지 못했고 익숙하려 애쓴 적도 없었다. 그리고 그 표현을 사용한 순간 카린돌은 자신이 선택할 수 있는 수단을 크게 제한해 버렸음을 깨달았다. 낙태라는 해결책을 떠올렸을 때 그녀는 강한 거부감을 느낄 수밖에 없었다. 어차피 쉽지도 않은 일이었다. 나가의 세계에서 낙태 수단은 상당히 미신적인—당연히 실효가 의심되는—것들밖에 존재하지 않았다. 나가의 여인들은 낙태를 고려해야 할 경우가 거의 없다. 변태, 미치광이, 살인마의 취향을 가진 손윗자매를 가진 경우가 아니라면, 그런 것을 왜 고려하겠는가.

카린돌은 불행하게도 그런 희귀한 경우에 속해 있었다. 자신의 불운을 한탄하면서도 카린돌은 필사적으로 해결책을 고심했다. 그중에는 비아스에게 항복하고 그녀가 가주가 되는 것을 지지한다는 굴욕적인 것까지도 포함되어 있었다. 자신과, 아직 태어나지 않은 자식까지 비아스에게 바치는 것이다. 그러나 그 해결책이 그녀의 자존심에 입히는 상처는 둘째치더라도 비아스가 받아들일지 의심스러웠다. 비록 지금은 어디서 나타난 건지 알 수 없는 다섯 명의 숭배자들 때문에 잠시 분노를 감추고 있지만, 비아스는 카린돌이 자신을 희롱했던 일을 결코 잊지 않을 것이다. 카린돌이 잠시라도 주의를 잃는 순간 그녀는 치명적인 방식으로 무참하게 카린돌을 공격할 것이다. 적출식 날 남동생을 죽였던 것처럼. 그럴 수는 없었다. 카린돌은 비아스를 제거하지 않는 이상 타협이나 해결책은 없음을 다시금 확신했다. 카린돌은 자조 가득한 미소를 지었다.

'내 아가. 내가 너를 가진 것을 알게 된 날 네 이모를 제거할 결심을 되새기고 있었다는 것을 닐러준다면, 네가 뭐라고 대답할지 궁금하구나.'

어느새 고인 은루가 그녀의 무릎 위에 떨어졌다. 그러나 카린돌은 눈을 훔치지 않았다. 대신 온몸의 비늘을 부딪치며 외쳤다.

"너를 위해서!"

카린돌은 침대에서 일어났다. 내팽개쳤던 비늘을 찾아낸 카린돌은 그것을 집어 들었다. 그것을 어떻게 처치할까 고민하며 카린돌은 주위를 두리번거렸다. 극히 감상적인 이유에서 초산 전에 떨어져나오게 되는 그 비늘들을 보관해 두는 여자들도 있다. 하지만 카린돌은 그런 감상적인 이유에는 관심이 없었고 더군다나 위험을 부르게 될 것이 뻔한 물건을 보관해 둔다는 행위는 몰상식으로밖에 느껴지지 않았다. 결국 카린돌은 입을 연 다음 그것을 입 안에 털어넣었다.

그리고 카린돌은 벽장을 열었다. 무릎을 꿇은 카린돌은 벽장 바닥에 손바닥을 댄 채 살살 잡아당겼다. 그러자 벽장 바닥 부분이 앞쪽으로 미끄러지며 그 아래쪽의 공간이 드러났다.

그 안에는 온갖 잡동사니들이 들어 있었다. 카린돌의 보물이라 할 만한 것이었다. 카린돌은 비아스의 사이커도 이곳에 넣어두고 싶었지만 그러기엔 공간이 충분치 않았다. 잡동사니를 뒤지던 카린돌은 잠시 후 도기 병 하나와 기묘한 물건을 꺼냈다.

카린돌이 꺼내든 물건은 한계선 북쪽에선 어디에 놓여 있더라도 눈길을 끌기 어려운 것이었다. 하지만 한계선 남쪽에서는 상황이 다르다. 어쨌든 '난방'이나 '요리', 혹은 '조명'이라는 개념이 별로 없는, 혹은 그다지 절실하지 않은 나가들의 사회에서는 점화통은 그렇게 흔한 물건은 아니다. 하지만 희귀하기까지 한 물건도 아니다. 화로에 불을 붙일 때 같은 제한적인 이유로 사용되기는 하기 때문이다. 그리고 집안에 약술사가 있다면 점화통은 더욱 구하기 쉬운 물건이 된다.

카린돌은 약간 겁을 내며 점화통의 부속 장치인 철편을 부싯돌에 튕겨보았다. 충분히 주의를 기울였다고 생각했지만 카린돌은 눈이 멀어버릴 것 같은 섬광에 당황하지 않을 수 없었다. 카린돌은 눈을 가늘게 뜬 채 두 번째로 철편을 튕겼다. 다시 섬광이 일어났고 이번에는 부시에 불이 붙었다. 카린돌은 황급히 입김을 불어 불을 껐다.

점화통의 성능에 만족한 카린돌은 도자기 병을 들어올렸다. 병 주둥이를 단단히 막고 있는 마개를 뽑아낸 카린돌은 그 냄새를 맡았다. 역겨운 기름 냄새에 카린돌은 속이 뒤집히는 기분을 느꼈다. 다시 마개를 막은 카린돌은 그 두 물건을 놔둔 채 다시 벽장 바닥을 끼워넣었다.

점화통과 기름병을 침대 위에 내려놓은 카린돌은 침대 아래에서 사이커를 꺼내었다. 먼저 놓았던 두 물건 옆에 사이커를 내려놓은 카린돌은 혐오스러운 표정으로 그것을 바라보았다.

"너는 이미 한 번 마케로우의 피를 마셨지. 그 피가 마음에 들었기를 바라. 어쩌면 너는 한 번 더 그 피를 마셔야 할지도 모르니까."

카린돌은 그 옆의 두 물건으로 시선을 옮겼다. 그러자 고통스러운 깨달음이 그녀를 엄습했다. 카린돌은 비아스가 지나치게 빨리 불을 끌 것을 걱정하지는 않았다. 오히려 저택이 전소될 것을 걱정했다. 어쨌든 나가에겐 화재에 맞서 싸운 경험이 턱없이 부족하다.

문득 카린돌은 깨달았다. '저택이 전소되면 어때?' 그러자 카린돌은 침착을 되찾을 수 있었다. 건물은 건물일 뿐이다. 전소되면 다시 지으면 그만이다. 카린돌은 드디어 미소를 지었다.

카린돌은 더없이 차분한 마음으로 기름병과 점화통을 집어들었다.

티나한은 넌더리를 내며 무학당으로 향하는 길을 달렸다. 한밤중이었기에 티나한은 발소리를 좀 줄이려 시도했지만 그럼에도 불구하고 쾅쾅거리는 소리가 울렸다. 결국 티나한은 뛰는 대신 빠르게 걷기로 했다. 워낙 신장이 크다 보니 그런다고 해서 특별히 늦어지거나 하지도 않았다. 달빛 또한 휘황하여 걷는 데는 아무런 문제가 없었다.

무학당에 도달한 티나한은 여전히 원무를 추고 있는 두억시니와 그 가운데 오도카니 앉아 있는 륜을 보고는 안도의 한숨을 내쉬었다. 염화당에 앉아 있는 동안 티나한이 계속 생각했던 것은 오레놀이 강조했던 삶의 바른 목표와 베풀며 사는 삶의 아름다움 따위가 아니었다. 그의 뇌를 꽉 채우고 있는 것은 "식전 운동 끝, 식사 시작!" 어쩌고 하는 헛소리를 늘어놓는 두억시니의 모습이었다. 티나한은 안도하며 주위를 둘러보았고, 마당 한편에 앉아 그를 향해 손짓하는 오레놀을 발견할 수 있었다. 오레놀은 걸어오는 티나한을 향해 미소 지었다.

"꽤 늦으셨군요."

티나한은 으르렁거리며 철창을 나무에 기대어놓았다.

"그 잡아먹을 놈의 대족장인지 뭔지 하는 녀석은 도통 눈치가 없더군! 하품을 하고 눈을 비비는 것으로 모자라 꾸벅꾸벅 조는 시늉까지 해보였는데 계속 이야기만 늘어놓더라고, 젠장. 역사상 최고의 도둑이 누군지 내가 알 게 뭐야?"

"사상 최고의 도둑이오?"

"녀석이 계속 중얼거린 이야기야. 정신이 여기 팔려 있다 보니 제대로 듣지도 못했지만."

설명하던 티나한은 오레놀이 묘한 표정을 짓고 있음을 깨달았다. 티나한은 바닥에 앉으며 묻는 시선을 보내었다.

"죄송하지만 대족장도 당신과 똑같은 생각을 했을 것 같군요. 티나한. 아무리 레콘이라지만 이렇게 눈치가 없냐고 말입니다. 아마 오해에서 비롯된 것이라 생각됩니다만."

"무슨 소리야?"

"대족장이 한 이야기는 발케네에서 전해지는 이야기입니다. 발케네에는 영웅왕의 왕국 아라짓을 훔친 도둑에 대한 이야기가 전해 내려오지요."

"그게 무슨 말이야? 영웅왕의 왕국은 나가들이 점령한 거잖아."

"음. 발케네 사람들은 어떤 도둑이 나가들의 의뢰를 받고 영웅왕의 왕국을 훔쳤다는 이야기를 합니다."

오레놀은 미소를 지었다.

"그건 왕국 아라짓의 몰락을 어떻게든 설명해 보려는 여러 가지 시도 중에서도 가장 황당한 축에 속하는 걸 겁니다. 어떤 자들은 바라기가 사라져서 왕국이 몰락했다고도 말하지요. 어떤 자들은 나늬 때문에 왕국이 망했다고 말하기도 합니다. 모든 종족의 눈에 미인으로 보였던 그 여자 때문에 왕국 내의 종족들이 서로 다투게 되었다는 겁니다. 그리고 멋진 도둑이 되기를 바라는 발케네 사내들은 어떤 신화적 도둑이 아라짓을 훔쳤다고 말하는 거지요."

"거참. 황당해서. 그런데 내가 눈치가 없다는 건 무슨 말이야?"

"음. 아마도 대족장께서는 그 도둑 이야기를 함으로써 당신에게 함께 세상을 훔쳐볼 마음이 없느냐고 넌지시 떠본 걸 겁니다. 딴에는 세련된 방법을 구사하신 것일 테지만, 자기네들 이외에는 아는 사람도 별로 없는 이야기를 은유랍시고 사용했으니 그 세련됨도 빛을 잃는군요."

티나한은 웃음을 터뜨렸다.

"그 자식이 정말 왕이 되려는 생각일까?"

"세평에 의하면 코네도 대족장은 자신의 아들을 왕으로 만들 생각을 하고 있다고 하더군요. 첫째 아들은 군사 부분을 맡게 하고 둘째 아들은 내정을 맡게 할 계획이지요. 형제이니 그보다 확실한 동업자 관계도 없겠지요. 그리고……."

오레놀이 뭔가 더 해석을 덧붙이려 했을 때 륜이 갑자기 일어났다.

티나한의 행동은 놀라울 정도였다. 대덕이 뭔가 바람이 일어났다고 생각했을 때 티나한은 이미 일어나 철창을 움켜쥐고 돌격할 준비를 갖추고 있었다. 대덕은 감탄하면서도 더불어 긴장하며 일어났다. 하지만 두억시니들의 태도에는 변함이 없었다. 티나한과 오레놀은 고개를 갸웃하며 서로를 바라보았다.

륜은 갑자기 들려온 니름에 경악했다.

〈상황을 설명해 주길 바란다.〉

〈당신은 누구죠?〉

어떤 영상이 그의 머릿속에 그려졌다. 륜은 헛바람을 들이켰다.

〈그 피라미드의!〉

〈그렇다.〉

〈어떻게? 어떻게 제게 니르시는 거죠?〉

유해의 폭포는 시간을 낭비하지 않았다. 륜의 머릿속으로 유해의 폭포와 사모가 니름을 나눴던 상황에 대한 기억이 전해졌다. 그 기억의 시각적인 부분은 빙글빙글 돌고 있는 두억시니들의 눈에 비친 것이라 혼란스러웠지만 륜은 그 대화의 내용을 이해할 수 있었다. 륜은 놀라움 속에서 생각했다. 이건 마치 사어 같군. 이렇게 멀리 떨어진 곳에서…….

〈사모 페이는 어떻게 되었나?〉

륜은 유해의 폭포와 똑같은 방식을 사용했다. 륜은 사모가 쓰러졌던 때의 기억을—슬픔 속에서—유해의 폭포에게 보내었다. 유해의 폭포는 한참 동안 침묵했다. 이해하기 어려운 부분이 너무 많을 것이다. 륜은 그렇게 생각한 다음 제안했다.

〈괜찮다면 더 많은 니름을 보내주고 싶습니다.〉

〈그렇게 해다오.〉

류은 지난 몇 달 동안의 기억을 모조리 보내었다. 그것이 야기한 결과는 매우 인상적이었다. 두억시니들의 속도가 갑자기 빨라졌다. 티나한은 다시 깃털을 곤두세웠다. 당장이라도 달려들 듯한 이 충직한 동료를 향해 류은 손을 조금 들어보였다. '괜찮아요.' 티나한의 깃털이 다시 수그러드는 것을 확인한 류은 유해의 폭포의 대답을 기다렸다.

대답은 꽤 늦게 찾아왔다.

〈대단히 복잡하군. 내가 제대로 이해했는지 봐다오.〉

〈예.〉

〈어떤 나가들이 레콘의 여신을 살해하기로 결심했다. 내가 읽었던 '신을 죽이는' 계획은 바로 그것에 관련된 이야기였다. 그 계획을 알아챈 어떤 수호자는 그것을 저지하기 위한 목적으로 인간들에게 사절을 파견하기로 결심했다. 그 사절은 화리트 마케로우. 하지만 화리트는 그를 싫어하는 누나에 의해 살해당했다. 그 시점에서 화리트를 발견한 너는 그 임무를 위탁받았고, 그 임무를 위해 북부까지 여행했다. 지금 너는 살신을 저지하기 위해 여신께 그 계획의 전모를 물어보기 위해 기다리고 있다. 한편 너의 잠적 때문에 너는 화리트 살해의 누명을 쓰게 되었고 네 누나가 그 처벌을 담당하게 되었다. 네 누나는 그 임무를 받아들였지만 그녀가 그것을 받아들인 이유는 그것이 너를 살릴 수 있는 방법도 되기 때문이다. 결국 네 누나는 그것에 성공했고 지금 네가 목을 잘라주길 기다리며 가사 상태에 빠져 있다.〉

유해의 폭포가 건넨 니름의 마지막 부분에 류은 억장이 무너지는 기분을 느꼈다. 류은 가까스로 닐렀다.

〈틀린 부분은 없습니다.〉

〈오해가 너무 많군. 사람들은 네가 화리트를 죽였다고 오해했고, 너희들은 사모가 너를 정말 죽일 작정이라고 오해했군. 그 두 가지는 각자 비아스 마케로우와 사모 페이라는 여인들이 일부러 조장해 낸 오해이지만, 내 경우에는 할 니름이 없군. 터무니없는 오해로 너희들을 추적한 것이군.〉

〈살신이라는 니름을 들으셨으니……, 터무니없지는 않습니다.〉

〈사과해야겠군. 살신자들을 저지한다는 대의 앞에서 너와 나는 같은 입장이다. 깊이 사과한다. 륜 페이. 그리고 네 불행에 대해 진심으로 애석하게 생각한다.〉

〈감사합니다.〉

그리고 유해의 폭포는 잠시 침묵했다. 륜은 그 침묵이 약간 이상하다는 것을 느꼈다. 그는 유해의 폭포가 할 니름이 있는데도 불구하고 꺼내기 어려워한다는 느낌을 받았다. 륜이 의아해하고 있을 때 유해의 폭포는 다시 닐렀다.

〈그런데 말이야, 륜 페이.〉

〈네.〉

〈그럼 너는 발자국 없는 여신을 만나겠군. 그렇지?〉

〈예.〉

〈그리고, 그 살신자들이 어떻게 신을 죽일지 물어볼 테고?〉

륜은 깨달았다. 륜은 빙글빙글 돌고 있는 두억시니들을 향해 희미하게 웃었다.

〈그리고 두억시니들이 왜 신을 잃은 건지도 여쭤보겠습니다. 혹, 신을 되찾을 수 있는 건지도.〉

〈고맙다! 정말 고마워!〉

그러고도 유해의 폭포는 감사의 니름을 한참 쏟아내었다. 륜은 유해의 폭포가 이제는 그가 니를 수 있도록 해줘야 한다는 것을 자각할 때까지 기다렸다가 닐렀다.

〈별말씀을. 그런데 왜 그렇게 어려워하셨습니까?〉

〈나는 너희들을 오해했고 3,000이나 되는 나들을 보내어 너희들을 추적했다. 결코 너희들이 감사하기는 어려운 짓을 저질렀지.〉

〈그렇게 말씀하시지만, 저희들은 아무런 피해도 입지 않았습니다.〉

〈그래. 오히려 피해를 입은 것은 나였다. 하지만 내 의도가 고약한 것이었음은 분명하다. 나는 너희들을 살신자로 오해했고 기회가 된다면 너희들을 죽일 생각이

었다. 그래서 네게 뭔가를 부탁하기가 어려웠다.〉

〈그렇다면 제 부탁을 들어주십시오.〉

〈뭐라고? 무슨 부탁이지?〉

〈사모 페이가 살아서 하텐그라쥬로 돌아갈 방법에 대해 생각해 주십시오.〉

조금 전 륜의 최근 기억을 거의 모두 전달받은 유해의 폭포는 륜이 케이건에게도 똑같은 요구를 했다는 것을 알고 있었다. 유해의 폭포는 당혹 속에서 정신을 닫았다가 잠시 후에야 대답했다.

〈생각할 것을 요구한다면 그렇게 할 수 있다. 네가 만약 두억시니가 신을 되찾을 방법을 알아낸다면 너는 나의 가장 큰 은인이 될 것이다. 나는 너의 요청을 받아들이겠다. 그런데 너는 케이건에게도 그것을 요구하지 않았던가?〉

〈그렇습니다. 그리고 앞으로 모든 자에게 요구할 겁니다.〉

〈모든 자에게?〉

륜은 주먹을 불끈 쥐고 니르며 외쳤다. 그랬기에 그것은 멀리 떨어져 있던 티나한과 오레놀에게도 들렸다.

"〈만약 필요하다면, 나는 산과 광야와 바다에게 요구하겠습니다. 신과 우주와 전 세계를 향해 요구하겠습니다. 사모 페이가 하텐그라쥬로 돌아가게 하라고!〉"

새벽이 밤과 교대식을 갖는 하늘을 바라보며 케이건은 눈가를 비볐다.

바위는 차고 숲은 새벽잠 속에 옹알이를 반복하고 있다. 풀잎 끝에서 결로가 일어나고 있고 바람은 없다. 고매한 어둠이 낯을 붉히는 시간. 그림자들이 비현실적인 모습으로 부푸는 시간.

사냥하기 좋은 시간이다.

케이건은 세운 무릎을 만지작거리며 하인샤 대사원을 둘러싼 숲을 내려다보았다. 대선사의 석굴이 뒤에 있었지만 대선사는 그곳에 없었다. 케이건이 이곳에 있다는 사실을 알리고 다가올 강신을 대비하기 위해 쥬타기 대선사는 아래로 내려갔다. 하여, 케이건은 그 곳을 독점한 채 며칠을 보낼 수 있었다.

사모를 하텐그라쥬로 돌려보낼 방법을 모색한다는 명분을 내세우고 있었지만 케이건은 대부분의 시간을 엉뚱한 것에 할애하고 있었다. 케이건은 오로지 한 꽃의 이름을 떠올리려 애쓰고 있었다. 그런 목적을 위해 며칠 동안의 시간을 낭비하고 있다는 것을 다른 사람들이 안다면, 특히 류이 안다면 분개하지 않을 수 없겠지만 케이건은 괘념치 않았다.

분명히 작고 소박한 꽃이었다. 화분이나 정원에 안주하는 도발적이고 풍성한 꽃과는 종류가 다른 야생화였다. 케이건은 그 꽃잎의 모습과 색깔까지 떠올릴 수 있었다. 하지만 그 이름을 떠올릴 것 같은 기분이 들 때마다 케이건은 혼란에 빠져버렸다. 그리고 케이건은 자신이 왜 그런 혼란을 일으키는지 알고 있었다.

케이건은 그 이름을 떠올리는 것이 두려웠다. 시간이라는 그 무엇보다도 확실한 덮개가 감추고 있던 것이 사라지고 마침내 모든 사실을 기억하게 되었을 때 케이건은 자신이 어떻게 행동하게 될지 알 수 없었다.

멀리서 쿵쿵거리는 소리가 들려왔다.

다시 눈을 비볐을 때 케이건은 산비탈을 뛰어올라오는 커다란 그림자를 발견했다. 케이건은 미간을 조금 찡그렸다.

티나한이 산길을 뛰어 올라오고 있었다. 그 레콘은 비탈진 길을 걸어 올라오느니 한 걸음에 수십 미터씩 성큼성큼 뛰어오르는 편이 훨씬 편하다고 생각하고 있는 듯했다. 다섯 번째 수족 같은 철창을 어깨에 걸어 두 팔로 붙잡은 채 티나한은 쿵쿵거리며 올라왔다. 크게 도약한 다음 케이건을 발견한 티나한은 허공에서 잠깐 한 손을 흔드는 재주까지 보였다. 쿵! 다시 땅에 내려선 티나한은 마지막 도약으로 바위 위에 뛰어올랐다.

"산사태 나겠소. 티나한."

"이런 산에서 무슨 산사태가. 며칠 동안 여기 있었는데 괜찮은 거야?"

"괜찮소."

티나한은 어깨에 건 철창의 창촉 부분을 산 아래쪽으로 조금 기울였다.

"지금 하계에서는 난리도 아냐. 네가 여기서 유유작작하게 달을 연모하고 바람과 노니는 동안 나는 별의별 향기롭지 못한 것들의 뒤치다꺼리를 하고 있었다고."

케이건은 고개를 조금 갸웃했다. 티나한은 케이건 옆에 주저앉으며 철창을 무릎에 얹었다.

"그동안 일어난 일을 이야기해 주지. 륜은 두억시니들을 통해 유해의 폭포와 이야기를 나눴어. 그거 참 신기하던데."

티나한은 두억시니들이 사용한 수단에 대해 짧게 설명했다.

"그 유해의 폭포는 자기가 오해했다는 것을 인정하고 륜에게 사과했어. 그리고 륜은 발자국 없는 여신을 만나게 되면 두억시니들이 왜 신을 잃었는지, 그리고 신을 되찾을 수는 있는지 물어봐주기로 했지. 그다음이 기가 막힌데, 륜은 그걸 물어봐주는 대신 유해의 폭포에게 사모를 하텐그라쥬로 돌려보낼 방도를 궁리해 보라고 요청했지."

케이건은 짧게 신음했다. 티나한은 덩달아 신음을 토하며 말했다.

"륜은 내버려두면 지금 사원을 찾아온 잡것들에게도 그걸 생각해 보라고 요구할 것 같더군. 오레놀과 내가 겨우 말렸어. 그리고 그 잡것들 말인데, 생각보다는 호호탕탕한 걸물들이 많다는 건 인정하겠어. 하지만 그자들은 지금 무학당에서 일어나는 일을 알아내려고 눈이 벌개져 있어. 내가 가끔 그놈들을 상대해 주며 온갖 해괴한 결론을 유도할 수 있는 헛소리들을 조금씩 떨궈주고 있지."

티나한은 그것이 마치 자신의 생각인 것처럼 말했고 케이건은 오레놀의 생각이 아니냐고 묻지는 않았다. 티나한은 신이 나서 말했다.

"그놈들 중엔 지금 하인샤 대사원에서 사제왕을 만들 계획이 아닌가 의심하는 놈들도 있어. 어제는 말이야, 어떤 녀석이 내게 접근하더니 더없이 진지한 투로 자신을 사제왕의 오른팔로 써달라고 간청하더라고."

케이건은 티나한이 그것을 원할 거라 생각했기에 피식 웃는 시늉을 해보였다. 티나한은 그 웃음에 만족하며 더 크게 웃었다.

"웃기지? 그렇지? 나는 그게 무슨 소리인지 도무지 모르겠다는 표정을 지어줬어. 아마 그 녀석은 자기 추측이 확실하다는 결론을 내렸겠지. 무슨 추장인가였는데, 젠장. 이름도 기억이 안 나는군."

"수고하셨소. 그렇다면 그자들은 아직 자세한 내막을 모르겠군. 하긴, 상상도 하기 어려운 일이오. 누군가가 신을 죽이려 하고 다른 누가 그것을 막으려 한다는 이야기 같은 것은 어떤 이야기꾼의 재능으로도 상상하기 어려운 것이겠지."

"그래. 그놈들은 그걸 몰라. 그리고 말이야. 오늘이 약속한 엿새째야. 하텐그라쥬에서 연락이 올 거야. 그러니 너도 내려와서 입회해야지?"

"그러겠소."

"그런데, 흠흠."

티나한은 헛기침을 한 다음 주의 깊게 질문했다.

"오랫동안 여기 있었는데, 뭐 좋은 생각 같은 것 떠올렸어?"

어떤 꽃 이름을 떠올리려고, 혹은 그것이 떠오르는 것을 막으려 하고 있었노라고 대답하는 대신 케이건은 그냥 고개를 가로저었다. 티나한은 되려 케이건을 안심시키려는 듯이 말했다.

"너무 괴로워하지 마. 어차피 쉬운 일이 아니야. 오레놀이 말해 줬는데 그 지랄 같은 쇼자인테쉬크톨은 절대로 번복될 수가 없다더군. 그것이 오해에서 비롯된 거라도 말이야. 그 빌어먹을 놈들은 그런 위험한 것을 왜 함부로 쓰는 거지?"

"나가들도 거의 쓰지 않소. 쓰지 않다보니 그게 얼마나 위험한 건지 잊어버리고 비아스에게 휘둘린 것이겠지. 그리고 륜이 남자라는 것 때문에 그다지 주의를 기울이지 않은 것일 수도 있지. 오해든 뭐든 남자가 죽는 건 크게 상관없다는 걸 거요."

티나한은 투덜거리며 말했다.

"쳇. 나는 가끔 나가 남자들이 정말 즐거운 자들이라고 생각했어. 결혼이 없으니까, 거꾸로 말하면 세상의 모든 여자가 자기 아내인 거나 마찬가지잖아. 게다가 우리처럼 아내들을 지키기 위해 목숨을 걸고 싸울 필요도 없지. 하지만 역시 의무가 없으면 권리도 없는 것이군. 오해로 죽게 되어도 상관하지 않는다니, 끔찍하군. 목숨을 걸고 싸우는 것을 자랑으로 여겨야겠어."

말을 끝낸 티나한은 케이건이 약간 어리둥절한 표정으로 바라보는 것을 깨달았다. 티나한은 그게 무슨 표정이냐는 듯이 마주보았다. 케이건은 질문을 꺼냈다.

"당신, 신부 탐색을 할 생각이오?"

"응."

"이상하군. 보통 레콘은 둘 중 하나를 선택하는 걸로 아는데. 신부 탐색을 하든가 평생 숙원에 매달리든가. 당신은 하늘치 유적 발굴을 평생 숙원으로 선택한 거 아니오?"

티나한은 문득 묘한 표정을 지었다. 마치 케이건의 속을 보고 싶다는 시선으로 바라보던 티나한은 목소리를 조금 낮추어 말했다.

"내가 왜 하늘치 등에 올라가려는 줄 알아?"

"왜 그러는 거요?"

"물론 그 유적이 보고 싶어서이기도 하지만, 내 소망은 그보다 좀 더 나아간 곳에 있지."

"얼마나 더 나아간 곳이오?"

"나는 그 유적들 사이에 내 가정을 꾸밀 거다. 세상에서 가장 멋진 집이 될 것 같지 않아?"

케이건은 잠시 말을 잊은 채 티나한을 바라보았다.

그토록 기나긴 시간들을 관류하여 온 케이건조차도 이런 어처구니없는 소망은 처음 듣는 것이었다. 그리고 그 낯설음은 케이건을 꽤 당황하게 했다. 한참 동안 케이건은 비형이 이 이야기를 들었다면 환호작약했을 거라는 생각밖에 할 수 없었다.

티나한이 초조해하기 시작할 무렵 케이건은 가까스로 입을 열어 말했다.

"확실히 좋은 점은 있겠군. 전망은 분명히 최고일 테고, 아내를 빼앗으려 덤비는 귀찮은 젊은 도전자도 피할 수 있을 테고. 하지만 그 위에 흙이 있는 것도 아니고 물이 있는 것도 아니니 당신과 당신 부인들은 그 위에서 굶어죽을 텐데?"

"아, 그건 다 계획해 두었어. 하늘치 등의 면적을 고려해 본 결과 그 위에 쏟아지는 빗물만으로도 식수는 충분해. 유적이 있으니까 집을 만드는 것은 그렇게 어렵지 않을 거다. 그리고 일단 올라가기만 하면 권양기를 설치하든 줄사다리를 매달든 해서 물자 보급도 가능할 거야. 어쩌면 그 등 위에 흙을 깔 수 있을지도 몰라. 생각해 봐! 하늘치 등 위의 집이야. 전 세계에서 내 집, 혹은 하늘치 등 위를 구경하려고 찾아올걸? 그자들에게 돈을 받고 하늘치 등 위를 구경시켜 주면 돼. 나는 부인들과 함께 그자들을 상대로 여관업을 하면 되고. 쳇, 정 어려우면 도로 내려오면 그만이야. 하지만 시도해 볼 가치는 무궁하잖아."

케이건은 고개를 내저었다. 겨우 침착을 되찾을 수 있었지만, 아직도 당황이 완전히 사라지지는 않았다.

"잘 모르겠소. 당신을 내가 만난 사람들 중 가장 낭만적인 사람으로 분류해야 할지, 아니면 가장 미친 사람으로 분류해야 할지. 어쩌면 둘 다 해당되는 것 같기도 하지만."

"나를 어느 쪽으로 분류하든 상관없어. 한 가지만 약속해 줘. 이건 절대로 비밀이야. 이 기막힌 계획을 다른 놈이 채가는 꼴은 절대로 못 봐."

케이건은 온 세상에 대고 알려도 그런 정신나간 계획을 탐낼 자는 없을 거라고 말하려다가 곧 그 생각을 철회했다. 세상은 넓은 것이다. 어쨌든 신을 죽이려드는 작자들도 있으니.

"비밀은 지키겠소. 하늘치 등 위를 오르고 다시 신부 탐색도 하려면 시간이 많이 부족하시겠소?"

티나한은 씩 웃었다.

"평생 할 만한 사업이지."

그리고 케이건은 잠시 어이없는 기분을 느꼈다. 바로 그 순간, 일출이 시작되며 동쪽으로부터 뿜어져온 광선이 티나한을 찬란한 광휘로 물들였다. 황당하리만큼 극적인 순간이었다……. 그 순간에 완전히 경도되는 것을 피하기 위해 케이건은 억지로 티나한에게서 시선을 돌린 다음 말했다.

"알겠소. 꼭 나늬 같은 아내들과 함께 하늘치 등 위에 당신의 가정을 꾸미길 기원하겠소. 당신의 그 경탄스러울 정도로 도전적인 소망을 듣고 나늬 지나치게 칙칙한 일들에 둘러싸여 지낸 지난 며칠 동안의 어두운 기분이 싹 가셨다는 것을 고백해야겠군. 그만 내려갑시다."

티나한은 케이긴의 덕담에 한껏 고무된 얼굴로 고개를 끄덕였다. 그들은 새벽의 산길을 걸어내려갔다. 주위를 둘러보던 티나한이 말했다.

"여름이 다가오는 모양이군. 원추리가 피었어."

무심히 말하던 티나한은 케이긴이 갑자기 걸음을 멈춘 것에 의아해했다. 케이긴은 그를 올려다보며 말했다.

"뭐라고 했소?"

"원추리가 피었다고."

티나한은 손을 뻗어 가리키며 말했다. 티나한의 손을 따라간 케이긴은 그곳에 자라나 있는 산꽃을 발견했다. 1미터 남짓한 길이로 자라난 줄기를 풍성한 잎사귀가 감싸고 있었고 그 가운데서 꽃줄기가 자라나고 있었다. 그 끝에는 앙증맞지만 강인한 꽃들이 덩이져 매달려 있었다.

케이긴은 무의식적으로 티나한의 말을 반복했다.

"원추리."

"저 꽃 좋아해?"

티나한의 질문에 케이긴은 고개를 돌렸다. 티나한을 한 번 바라보았지만 케이긴은 그 질문이 무슨 뜻인지 깨닫지 못하는 듯했다. 그러나 조금 후 케이긴은 고개를 끄덕였다.

"좋아했던 사람을 알고 있소."

그리고 케이긴은 더 이상 입을 열지 않았다.

그날 오후, 뱀단지에서 뱀들이 요동쳤다.

률은 무학당에 남아 있기를 원했기에 사어를 읽기 위해 모여든 사람은 엿새 전과 똑같았다. 오레놀이 방바닥에 뱀들을 풀어놓자마자 뱀들은 기다렸다는 듯이 사어를 이루었다. 쥬타기 대선사는 그 속도에 놀라며 사어를 읽었다.

"준비는 끝났소? 끝났다면 뱀을 집어넣으시오."

케이건은 오레놀이 고개를 끄덕인 것을 확인한 다음 뱀 한 마리를 붙잡아 집어 넣었다. 뱀들의 속도가 조금 줄어들었다.

"다행이군! 좋다. 이곳과 그곳의 시간차를 고려해 본 결과 우리는 당신들이 내일 일몰 후 한 시간 무렵에 계획을 실행하는 것이 적당하다는 결론을 내렸다. 그때쯤 이면 이곳은 한밤중일 것이다. 수호자들이 모두 잠든다면 신부가 잠시 사라진 것을 깨달을 가능성이 적다. 내일 해질 무렵에 실행할 수 있다면 뱀을 집어넣어라."

케이건은 다시 뱀을 집어넣었다. 축약된 사어가 그들의 행운을 바라며 말을 맺었다. 오레놀은 뱀단지 안에 뱀을 모두 수거했다. 뱀단지의 뚜껑을 막은 오레놀은 긴장된 표정으로 말했다.

"륜에게 가서 알리겠습니다. 내일 일몰 무렵에 시작하겠다고."

고개를 끄덕이던 대선사는 문득 티나한과 케이건의 표정이 이상하다는 것을 깨달았다.

"티나한, 케이건. 왜 그러시오? 뭐가 잘못 되었소?"

티나한이 먼저 말했다.

"그게 무슨 말이야? 여기가 일몰이면 하텐그라쥬는 한밤중이라니?"

"아, 하텐그라쥬는 우리가 있는 곳보다 더 동쪽에 있소. 그래서 일출도 우리보다 빠르고 일몰도 빠르지."

티나한은 그런가 하는 표정으로 고개를 끄덕였다. 쥬타기 대선사는 설마 그걸 모르지는 않을 텐데 하는 표정으로 케이건을 돌아보았다. 케이건은 뱀단지를 바라보다가 말했다.

"그 말은 맞습니다. 그래서 이상합니다."

"뭐가 이상하지?"

"그 수호자의 말대로 하텐그라쥬의 수호자들이 모두 잠든다면 우리들이 잠시 여신을 불러내더라도 하텐그라쥬의 수호자들에게 탄로날 가능성은 없을 겁니다. 하지만 그 수호자는 한계선 이남에 무수한 나가의 도시들이 있다는 것을 간과하고 있군요. 하텐그라쥬는 밤이라도 다른 나가의 도시는 아직 밤이 아닐 수 있습니다.

우리들처럼 보다 서쪽에 있는 도시들의 경우가 그렇지요."

쥬타기 대선사는 당황했다.

"아뿔사, 그렇군! 세리스마는 하텐그라쥬를 위주로 생각한 거야."

"그 수호자의 이름이 세리스마입니까?"

"그래. 이 일을 어떻게 하면 좋지? 우리는 그들에게 말을 걸 방법이 없어."

오레놀이 조심스럽게 말했다.

"어차피 전 세계의 나가 수호자들이 잠들기를 기다릴 수는 없습니다. 시간대가 다르니까요. 어느 시간을 선택하더라도 똑같으니 세리스마께서는 이왕이면 저 침묵의 도시의 수호자들이 잠드는 시간이 낫다고 결정하신 것 아닐까요?"

오레놀의 말에 대해 고민해 본 사람들은 잠시 후 그것이 적절한 대답이라는 사실에 동의했다. 화리트와 륜은—그리고 별로 관계가 없을지도 모르지만 사모 페이도—모두 하텐그라쥬 출신이다. 따라서 다른 어느 곳보다 하텐그라쥬에 있는 자들이 의심을 품을 가능성도 가장 높다. 쥬타기 대선사는 안도하며 말했다.

"그렇다면 내일 일몰 때로 합시다. 원래 계획은 비운암의 방 안에서 하는 것이었소. 륜이 추위를 견디기 어려울 테니까. 하지만 륜에겐 이제 흑사자 모피가 있으니 무학당 마당에서 해도 무방할 것 같소."

"방과 마당의 차이는 뭡니까."

케이건의 질문에 대선사는 미소를 지었다.

"케이건. 이건 금세기에 다시 있을지 의심스러운 대사건일세. 신의 강림이니까! 따라서 사원의 학승들은 그것을 완벽히 관찰하기를 원하네. 그래서 내일은 몇몇 학식 높으신 스님들과 행자들이 참석할 걸세. 그러려면 마당이 좋겠지. 그 때문에 한 가지 준비해야 할 것이 있어."

"방문자들의 주의를 다른 곳으로 돌리는 일이군요."

"맞아. 그것이 어떤 모습이 될지는 상상도 할 수 없어. 하지만 방문자들이 괜한 방해가 될지도 모르지. 무학당에서의 준비는 오레놀이 맡겠지만 그들의 주의를 다른 곳으로 돌려줄 사람이 필요하네."

티나한은 약간 걱정스러운 심정이 되었다. 그 또한 신의 강림을 보고 싶었기 때문이다. 다행히도 케이건이 말했다.

"그건 제가 맡겠습니다."

티나한은 안도하면서도 미안한 마음에 말했다.

"음. 케이건. 너는 그거 보고 싶지 않아? 여신이 강림하는 건데."

"나는 그 자리에 없는 편이 더 좋을 거요. 티나한."

"응? 왜?"

"나가의 여신을 내가 죽이려들지도 모르니까."

티나한은 당황했고 쥬타기 대선사와 오레놀 대덕은 그제야 자신들이 얼마나 어리석었는지를 깨달았다. 그들은 당연히 세상의 그 누구보다도 나가들을 증오하는 남자에 대해 고민했어야 했다. 대선사와 대덕, 그리고 티나한은 의심스러운 눈빛으로 케이건을 바라보았다.

케이건은 차분하게 말했다.

"쓸데없는 짓은 하지 않습니다. 칼로 찌른다고 해서 여신이 죽을 리는 없으니까."

케이건의 말에도 불구하고 쥬타기 대선사는 안심할 수 없었다. 대선사는 케이건의 눈빛을 읽으려 애쓰면서 말했다.

"케이건. 우리는 내일 신을 죽이는 방법을 물어볼 거야. 어딘가에 숨어서 그 방법을 듣고 있다가 곧장 시험해 보려드는 사람이 있다면 곤란할 것 같은데."

"재미있는 생각이군요."라고 말하는 케이건의 얼굴은 조금도 재미있어 보이지 않았다. 오레놀은 방문자들의 주의를 다른 곳으로 돌리는 것보다 케이건을 억류하는 것을 선행해야 하지 않을까 하는 의심을 느끼며 주먹을 움켜쥐었다. 케이건은 그를 쳐다보지도 않은 채 말했다.

"손에서 힘 빼시오. 오레놀. 어울리지 않소. 격투라도 벌일 생각이오?"

"필요하다면 해야지요. 필요하지 않기를 바라지만."

"필요하지 않소."

"믿어도 됩니까, 케이건? 당신의 증오는 압니다. 그렇지만 당신에겐 나가들을 멸망시킬 권리가……."

"권리라고 했소?"

케이건은 고개를 돌려 오레놀을 똑바로 바라보았다. 오레놀은 꺼내려던 말을 삼켰다. 젊은 대덕을 바라보며 케이건은 거의 부드럽다 할 정도의 목소리로 말했다.

"오레놀. 나에게는 나가를 멸종시킬 권리가 있소. 발자국 없는 여신이라 하더라도 나보다 더 분명한 권리를 가지고 있지 않소. 조금 전 산에서 내려오며 나는 그것을 깨달았소."

오레놀은 질린 얼굴로 쥬타기 대선사를 돌아보았다. 대선사는 눈을 몹시 찌푸리고 있었다. 티나한이 뭐라 말하려 할 때 케이건은 담담하게 선언했다.

"하지만 나는 내일 그 권리를 쓰지 않겠소."

"……진심이십니까?"

"그렇소."

의논이 끝난 다음 오레놀과 케이건, 그리고 티나한은 대선사의 방을 나왔다. 오레놀은 륜에게 이야기를 전하기 위해 먼저 떠났다. 케이건은 마당에 선 채 하늘을 올려다보며 잠시 서 있었다. 파름 산의 산봉우리에 걸쳐진 오후의 하늘은 케이건으로 하여금 먼 옛날의 어떤 하늘을 떠올리게 하고 있었다.

티나한이 그에게 다가서며 말했다.

"케이건. 물어볼 것이 있는데."

"뭐요?"

"네게 나가를 멸종시킬 권리가 있다는 것은 무슨 말이야? 누구에게도 그런 권리는 없어. 저 나가들이 우리 레콘들을 그렇게 만들 권리가 없는 것처럼."

케이건은 고개를 떨구었다. 그리고 마당에 누워 있는 티나한의 그림자를 향해 말했다.

"알고 싶소?"

"그래. 알고 싶군."

케이건은 어금니를 꽉 깨물었다. 한참을 그렇게 서 있던 케이건이 다시 입을 열었다.

"언젠가 나가들은 나에게 어떤 제안을 한 적이 있소. 그 제안 자체가 무엇인지는 중요하지 않소. 나 또한 바라 마지않던 제안이었다는 것이 중요할 뿐이지. 다행히도 내겐 당장 그 제안을 받아들이지 않을 정도의 분별력이 남아 있었소. 나는 그것이 사실이냐고 물었소. 그들은 모든 나가의 생명을 걸고 그것이 사실이라고 보장했소."

"그렇다면……."

"그 제안은 속임수였소. 나는 그 때문에 모든 것을 잃었소. 아니, 한 가지는 얻었다고 할 수 있겠군. 내게는 모든 나가의 생명을 좌우할 권리가 생겼소."

티나한은 마른침을 삼켰다. 그러나 케이건의 말은 끝난 것이 아니었다.

"그로부터 얼마간의 시간이 지난 다음, 모든 것을 잃은 나에게 한 여인이 다가왔소. 그녀를 사랑했소. 그 무엇보다도 더. 그녀는 내 생에 의미를 돌려주었소. 그녀는 내게 생명을 되돌려준 것이나 마찬가지였소. 그러나 그녀는 나에게 그보다 더 많은 것을 주려 했소. 이미 나를 부활시킨 거나 다름없는데도, 그녀는 더 주길 원했던 거요. 나는 그녀가 주려 했던 것의 백분의 일도 주지 못했는데. 결국 그녀는 나가의 제안을 받게 되었소."

"제안이라고?"

"그렇소. 내가 그토록 원했던 제안, 그러나 결국 나를 파멸시키고 말았던 그 제안이 그녀에게 건네어졌던 거요. 그녀는 그 제안을 받아들였소. 두 가지 이유에서지. 첫 번째 이유는 내가 그것을 원한다는 것을 알았기 때문이오. 두 번째 이유는 보다 흥미로우면서도…… 참신하지는 않은 거요. 나가들은 그녀에게 모든 나가의 생명을 걸고 그 제안의 사실성을 보장했소."

티나한의 벼슬이 꼿꼿하게 곤두섰다. 케이건의 목소리는 미세하게 젖기 시작했다.

"그 이유 때문에 그녀는 그 제안을 받아들였소. 그녀는 나에게 말하지 않고 홀로 나가들에게 갔고……, 기다리고 있던 나가들은 그녀를 잡아먹었소. 사려 깊게도 그들은 뒤늦게 사태를 파악한 내가 도착할 때까지 기다린 다음 내 눈앞에서 그녀를 찢었소. 그렇소. 그들은 나를 유인하기 위해 그녀를 유인한 거였소. 그녀의 죄는 나를 사랑했던 것, 그리고 나가를 신뢰했던 것뿐이었소. 그녀는 그 죄가 그렇게 큰 것인 줄 몰랐지."

티나한은 가슴 한구석이 무섭도록 차가워지는 것을 느꼈다. 케이건은 낮은 목소리로 말했다.

"어쨌든 그 후로 나는 이미 가지고 있던 권리를 종신으로 연장받게 된 셈이오."

티나한은 더 이상 케이건에게 나가를 멸망시킬 권리가 없다고 말하기 어려웠다. 흑사자와 용의 이름을 가진 그 사내는 그 이름 그대로의 사내였다.

"티나한."

티나한은 대답하지 못했다. 케이건 또한 대답을 기다리지 않고 말했다.

"이런 것이 충고가 될 수는 없을 거요. 지극히 당연한 말이니까. 하지만, 그럼에도 불구하고 말해 두고 싶소. 신부들을 찾게 되면 그녀들을 아끼고 사랑하시오. 오늘은 어제보다 더 사랑하려 애쓰고, 내일은 오늘보다 더 사랑하려 마음먹으시오. 함께 있을 수 있는 시간은 너무도 짧소. 그리고 그녀의 무덤에 바칠 일만 송이의 꽃은 그녀의 작은 미소보다 무가치하오."

티나한은 가슴에 손을 얹었다. 부리가 잘 열리지 않았고, 그것을 몇 번을 부딪쳤다. 그때 케이건이 발걸음을 뗐다. 티나한은 갑작스레 말을 할 수 있게 되었다.

"어디로 가는 거지?"

"원추리를 꺾으러 가오."

"원추리를?"

"더 이상 아내의 미소를 볼 수 없는 남편은, 그것이 무의미한 줄 알면서도, 아내가 사랑하던 꽃 속에서 그녀의 얼굴을 찾아보려 애쓸 수밖에 없소. 티나한."

티나한은 더 말할 수 없게 되었다.

밤이 충분히 깊은 것을 깨달은 카린돌은 몸을 일으켰다.

침대 옆에 놓아둔 점화통을 집어든 카린돌은 그대로 침대 옆으로 내려섰다. 카린돌은 허리를 숙인 채 잠시 바닥을 더듬었다. 잠시 후 어둠 속에서 그녀의 손자국이 드러났다. 차가운 금속 화로에 그녀의 손이 닿자마자 미약한 열에 의해 손자국이 남았던 것이다. 화로를 어루만져 뚜렷해지게 만든 카린돌은 점화통을 집어들었다.

잠시 후 화로에 불이 붙었다. 카린돌은 화로에 몸을 가까이 한 채 참을성 있게 체온이 상승되기를 기다렸다.

체온이 충분히 상승했다고 판단한 다음에도 카린돌은 더 기다렸다. 잠시 후 온기라고는 찾아볼 수 없는 복도를 가로질러야 하기 때문이다. '이럴 줄 알았다면 소드락도 훔쳐둘걸.' 카린돌은 아쉬워하면서 몸이 뜨거워질 때까지 기다렸다.

견디기 힘들 정도로 몸이 뜨거워졌을 때 카린돌은 몸을 일으켰다.

방 안의 공기는 이제 뜨거워져 있었다. 카린돌은 사이커를 허리에 찼다. 그리고 기름병과 따로 골라둔 열쇠를 집어든 다음 방문을 나섰다.

그녀의 예상대로 복도는 차갑고 어두웠다. 카린돌은 자신의 몸에서 일어나는 미약한 열류를 볼 수 있었다. 그리고 바닥에 남는 그녀의 뜨거운 발자국도. 그것은 그녀가 지금부터 저지르려는 범죄의 움직일 수 없는 증거처럼 보였다. 두려워 하던 카린돌은 자신도 모르게 배를 어루만졌다.

다음 순간 카린돌은 복도를 내달렸다.

누가 소리를 듣고 깨어나랴! 카린돌은 광기에 가까운 환희를 느꼈다. 그녀가 태어난 이래로 죽 살아온 집이었지만 어둠 속에서 카린돌은 몇 번 모퉁이에 부딪혔다. 하지만 카린돌은 조금도 개의치 않았다. 카린돌은 고함을 내지르고 싶은 욕망까지도 느꼈다. 살인귀를 태워죽이려 지금 내가 달려가고 있다!

숨 가쁠 정도의 질주가 끝나고 카린돌은 비아스의 방문 앞에 도달했다.

카린돌은 멈춰서서 잠시 호흡을 가누려 애썼다. 호흡이 정상으로 되돌아옴에 따라 잠시 잊었던 공포도 되돌아왔다. 카린돌은 열쇠를 꽂아넣을 용기가 생기지 않았다. 열쇠를 꽂는 순간, 문이 벌컥 열리며 그 뒤편에서 차갑게 웃는 비아스가 나타나…….

'그 얼굴에 기름을 뿌려주지!'

카린돌은 열쇠를 찔러넣었다. 비아스는 이미 열쇠를 바꾸었지만 그런 것은 카린돌에게 상관이 없었다. 그 멍청한 비아스는 카린돌이 집 밖에서 남자만 찾는 줄 믿고 있었지만, 밖에 나가서 무엇을 할 것인가는 전적으로 카린돌의 자유였다. 그리고 카린돌은 비아스가 열쇠를 주문했던 열쇠장이의 집을 방문하는 데도 그 자유를 할애했다. 열쇠는 매끄럽게 돌아갔다.

문이 열렸다.

심장이 두근거린다는 표현은 적절하지 않다. 카린돌에게는 심장이 없으니까. 하지만 정신적으로 그와 동일한 긴장감이 카린돌을 굳어버리게 만들었다.

일곱 번 심호흡을 한 다음 카린돌은 방 안으로 들어갔다.

비아스의 침대가 어디 있는지는 잘 알고 있었다. 방 안으로 들어가자마자 왼쪽으로 몸을 돌린 채 일곱 걸음, 그리고 다시 오른쪽으로 몸을 돌려 세 걸음. 비아스가 늘어놓은 실험 도구를 피하려면 그런 식으로 걸어가야 했다. 걸음을 멈춘 카린돌은 아래를 주의 깊게 내려다보았다.

변온동물이 주위의 온도와 완전히 똑같은 체온을 가지는 것은 아니다. 그 내부에서는 생명 활동이 유지되고 있고 따라서 주위와는 작은 온도차가 있게 마련이다. 카린돌은 별 어려움 없이 비아스의 모습을 확인할 수 있었다. 그리고 그 옆에 누워 있는 어떤 남자도.

예상하고 있었던 일이지만 카린돌은 남자의 모습에서 충격을 받았다.

그 남자는 비아스와 함께 있었다는 이유로 함께 불타 죽게 되는 것이다. 남자 한 명 따위 죽어도 아무 상관 없다고 생각했지만 두 눈으로 직접 자신이 태워죽일 남자를 바라보는 것은 카린돌을 주저하게 만들었다. 지금 무슨 꿈을 꾸고 있는지 모르지만, 내일 아침에 눈을 뜰 것을 의심치 않으며 잠들었을 저 남자를 그녀의 생존을 위한 번제물로 삼아도 되는 걸까? 어쩌면 지금 그녀의 배 속에서 자라나고 있는 아기도 남자일지 모른다.

카린돌의 몸에서 비늘이 곤두섰다. 모든 것을 포기하고 그녀의 방으로 돌아가버리고 싶었다. 기름병과 점화통을 도로 숨겨놓고 그녀의 침대에 들어가 쉴 수 있다면, 그저 조용히 잠들 수 있다면 카린돌은 감히 행복하다고 말할 수 있을 것 같았다. 카린돌은 입술을 깨문 채 생각했다.

너는 죽어야 해. 비아스. 너는 죽어야 해. 비아스. 너는 죽어야 해. 비아스.

그것은 돌이킬 수 없다.

스스로에게 거는 최면처럼 계속 되뇌이던 카린돌은 마침내 기름병의 마개를 뽑아내었다.

카린돌은 침대에 기름을 직접 뿌리지는 않았다. 침대가 젖은 것을 느낀 비아스가 깨어날지도 모르기 때문이다. 그래서 카린돌은 계획했던 대로 침대 주위를 돌며 기름을 뿌렸다. 비아스가 혹 열기에 깨어나더라도 그때는 이미 침대가 불구덩이로 바뀌어 있도록 주의 깊게 고려하며, 카린돌은 한 병의 기름을 모조리 쏟아부었다. 그것은 꽤 많은 양이었고 카린돌은 하마터면 기름을 밟고 미끄러질 뻔했다. 침대를 짚을 뻔했던 카린돌은 자신에게 악담을 퍼부으며 간신히 균형을 회복했다. 뻣뻣하게 변한 근육은 뼈보다 더 단단한, 그리고 생기 없는 것으로 바뀐 듯했고 그 때문에 팔 속에서 뼈가 춤추는 것 같았다. 카린돌은 단단한 원통 속에 든 가느다란 막대기가 흔들거리며 원통을 두드리는 모습을 상상했다. 자신의 팔다리가 그 지경이었다.

눈앞이 환해졌다. 카린돌은 어떤 초현실적인 시간의 가속에 의해 벌써 새벽이 다가온 건 줄 알고 기겁했다. 그녀의 몸에서 흘러나온 열류 때문에 공기가 뜨거워진 것이라는 것을 깨달은 것은 카린돌이 정신적 비명을 내지르기 직전의 일이었다. 카린돌은 이를 악물며 점화통을 부여잡았다.

"그러면 곤란합니다. 카린돌 마케로우."

니름 그대로 심장이 멎을 뻔했다. 카린돌은 심장탑에 보관되어 있는 자신의 심장이 멎어버렸을지도 모른다고 생각했다. 물론 불가능한 일이다. 비현실적 공포 속에 카린돌은 침대를 응시했다.

남자가 천천히 상체를 일으키고 있었다. 비아스가 깨어나지 않도록 주의하는 모습이었다. 남자가 침대에서 내려서 침대 주위를 돌아 그녀에게 걸어올 때까지 카린돌은 꼼짝도 하지 못했다. 남자는 같은 말을 반복했다.

"그러면 곤란합니다. 카린돌 마케로우."

"어, 어떻게?"

"어떻게 당신이 온 것을 알아차렸느냐는 질문이십니까? 당신은 굉장한 소리를 내며 달려오더군요. 저는 소리에 신경을 쓰고 있었습니다."

"왜, 왜?"

"그건 당장은 설명드리기 곤란하군요. 저를 무시하려 애쓰셨으니 제 이름도 모르실 거라 생각됩니다. 그러니 일단 제 소개를 하겠습니다. 저는 그로스라고 합니다."

그로스의 침착한 태도에 카린돌 또한 이성을 되찾을 수 있었다. 카린돌은 허리를 펴며 강압적으로 말했다.

"여기서 나가라. 그로스. 나가서, 본 것을 모두 잊어라."

그로스는 그 말에 즉시 복종하는 대신 고개를 돌려 비아스를 내려다보았다.

"제가 나가면 비아스 님을 불태울 생각이십니까?"

"네가 상관할 일이 아니다."

"그 말씀은 좀 납득하기 어렵군요. 사람이 사람을 태워죽이려는데 상관하지 말라는 것은 받아들이기 어려운 요구이십니다."

카린돌은 비늘을 부딪치며 그로스를 쏘아보았다. 그로스의 말이 틀린 것은 아니지만 카린돌에겐 지금 그를 설득할 시간이 없었다. 그로스의 입을 막아놓고 돌아가는 것이 최선책이긴 했지만 기름을 이미 뿌린 후인지라 그것 또한 곤란했다. 침대에 기름 얼룩이 잔뜩 남아 있는 것을 본 비아스가 무슨 생각을 할지 카린돌은 상상도 하고 싶지 않았다.

카린돌은 사이커를 잡아뽑았다. 그로스는 움찔하며 뒤로 물러났다.

"마케로우."

"두 가지 중 하나를 선택해라. 여기서 목이 잘린 다음 비아스와 함께 타죽든, 그렇잖으면 네 몸을 온전히 가지고 나가든. 네 선택은 어느 쪽이지?"

"쓸데없는 협박이십니다. 저는 지금 당장이라도 비아스를 깨울 수 있습니다."

"시험해 보겠어? 네가 비아스를 깨우는 것과 내가 네 목을 자르는 것 중 어느 것이 더 빠를지. 내가 비록 고명한 검법가는 아니지만 사이커는 예리하지. 몸이 차가워져 있는 너는 피하지 못할걸."

그로스는 긴장한 표정으로 카린돌의 몸을 살폈다. 그 몸은 자신의 몸보다 훨씬 뜨거웠다.

"네게 운이 있어 비아스를 깨운다 해도 상황이 바뀌진 않아. 나는 비아스도 벨 테니까! 자, 선택해 보시지?"

"사람의 목을 일격에 자르는 건 사이커로도 쉬운 일이 아닙니다. 카린돌."

"그래서?"

"당신은 저를 상처입히는 것이 고작일 겁니다."

"내가 얼마나 필사적인지 알고 싶어?"

"알려주시지 않아도 됩니다. 기름과 불과 칼을 들고 오신 지금의 모습만 보아도 충분합니다. 하지만 당신이 간과하고 있는 것이 있습니다."

"그게 뭔데?"

"예를 들자면, 지금 당신의 머리를 겨냥하고 있는 철퇴 같은 것."

카린돌은 기절했다.

두개골이 으스러질 정도로 내려친 철퇴에는 카린돌의 살점과 비늘이 묻어났다. 그것을 쥔 남자는 헐떡거리며 그로스를 바라보았다. 그로스 역시 긴장이 풀려 바닥에 주저앉았다. 기분 나쁘게도 그로스의 손에는 기름이 묻었다. 그로스는 그 감각에 진저리를 쳤다.

"제기랄, 좀 더 빨리 올 수 없었나? 시간 끄느라고 미치는 줄 알았어."

철퇴를 내려친 남자는 쉽게 대답하지 못했다. 그는 여자를 공격했다는 사실 때문에 받은 정신적 충격에서 아직 벗어나지 못하고 있었다. 남자는 멍한 표정으로 카린돌의 뒤통수만을 내려다보았다. 그리고 다른 세 남자들도 비슷한 표정을 짓고 있었다. 사정을 깨달은 그로스는 자리에서 일어나 철퇴를 든 남자의 어깨를 툭 쳤다.

"잘했어. 고마워, 보트린."

보트린은 깊은 잠에서 깨어나듯 눈을 껌뻑거리다가 겨우 미소를 지었다.

"이 여자가 도대체 왜 여기에 있는 거지? 이상한 소리가 나기에 따라오긴 했지만, 공격해야 된다고 결정한 이후로 이 여자가 하는 말은 거의 듣지 않았어."

"카린돌은 비아스를 사형(私刑)할 생각이었어. 침대 주위에 기름을 뿌리고 불을 지를 참이었지. 정말 박력 넘치는 여자야. 그 끔찍한 점화통부터 치워. 지금 내 몸은 기름투성이야. 나는 그걸 줍기도 싫군."

남자들 중 한 명이 카린돌의 손에서 점화통을 집어들었고 곧이어 보트린이 사이커를 집어들었다. 보트린은 그것을 그로스에게 넘겼다. 사이커를 받아든 그로스는 카린돌을 내려다보았다.

"행운이었어. 이 여자는 우리가 목소리로 신호를 기다리고 있다는 것을 알지 못했지. 우리가 먼저 목소리를 내었다면 카린돌이 들었을지도 몰라."

다섯 남자들은 저마다 고개를 끄덕이며 카린돌과 비아스를 번갈아 쳐다보았다. 그중 한 명이 말했다.

"이제 어떻게 하지?"

"카린돌이 온 것을 보니 스바치와 함께 자고 있던 것은 아닌 모양이군."

"맞아. 스바치는 오늘 혼자 자고 있어."

"카린돌이 이 거사를 위해 스바치를 쫓아보낸 모양이군."

"그 녀석과 카루를 붙잡자. 그리고 카린돌과 함께 데리고 간다."

"카린돌과 스바치와 카루를 함께?"

"그래. 스바치와 카루가 카린돌을 납치한 거지."

"이봐. 스바치와 카루가 왜 카린돌을 납치할 마음을 품게 되었는지 설명해 주겠어? 그게 설명되지 않으면 엉성하게 급조된 계획이라는 평을 피하기 어려울 텐데."

"이건 어떨까. 마케로우 가문에서 살아남기 어렵겠다고 판단한 카린돌이 스바치와 카루와 함께 자기 가문을 만들려고 키보렌 숲 어딘가로 도망쳤다."

"솔직히 그건 더 엉성하군. 그냥 납치로 하지."

"그렇다면 이유는?"

"사람들은 비아스를 의심의 눈초리로 보게 되지."

"흐음. 비아스가 남자들을 시켜 경쟁자인 동생을 납치하게 한 것이군. 그건 괜찮은데."

"그래. 납치자가 둘이니 계획적인 것으로 보이겠군. 그렇다면 증거는 뭐로 하지?"

"카루와 스바치의 방에 '계획대로 되었습니다. 비아스.'라고 씌어진 양피지를 남겨두면?"

"농담하지 마. 보트린. 특별히 증거를 남기지 않아도 돼. 조만간 사람들은 우리들의 말을 무시할 수 없게 될 테니."

"아니, 잠깐. 더 좋은 방법이 있다."

그 말을 꺼낸 것은 그로스였다. 나머지 네 사내는 그로스를 응시했다.

"일단 지금부터 전부 소드락을 복용한다. 그리고 넌 지금 카린돌을 데리고 심장탑으로 가라. 그리고 나머지는 나와 함께 스바치와 카루를 잡으러 간다."

"그다음에는?"

그로스는 계획을 설명했다. 나머지 네 사람은 그 계획에 만족했다. 잠시 후 급가속된 나가들이 다섯 줄기의 바람처럼 움직였다.

이튿날 아침, 비아스는 격분하여 손에 잡히는 것을 모조리 박살내었다.

침대 주변에 뿌려진 기름은 그때까지도 고약한 냄새를 풍기고 있었다. 비아스는 탁자 위에 놓인 실험 도구를 모조리 탁자 아래로 밀어버린 다음 겨우 호흡을 고르고서는 난장판 가운데 무릎을 꿇고 있는 남자를 바라보았다.

〈그래서 어떻게 되었나, 그로스!〉

〈불을 붙이기 직전에 제가 카린돌 마케로우 님에게 덤벼들었습니다. 하지만 카린돌 마케로우 님은 사이커를 가지고 계셨고 저는 맨몸이었지요. 카린돌 마케로우 님은 제 가슴을 벤 다음.〉

그로스는 가슴의 베인 상처를 보여주었다. 그리고 그것이 동료가 베어준 상처라는 사실은 니르지 않았다.

〈도망쳤습니다. 저는 그녀의 뒤를 쫓았습니다. 당신을 깨울까 하는 생각도 들었지만 그녀가 무슨 짓을 저지를지 모른다는 걱정이 더 컸습니다.〉

〈그래, 잘했어! 그 미친년은 어쩌면 이 집을 태워버렸을지도 몰라!〉

〈그렇게 하지는 않으셨습니다. 그녀는 스바치와 카루와 함께 저택을 빠져나갔습니다. 저는 그녀가 어디로 도망치는지 알아둬야겠다는 생각에 그들의 뒤를 추적했습니다. 그들은 심장탑으로 도망쳤습니다.〉

〈심장탑이라고!〉

〈그렇습니다.〉

비아스는 창밖의 심장탑을 돌아보았다.

〈그년이 수호자들에게 보호를 요청할 생각이군. 그래서 그놈들도 데려간 거야. 어림없는 짓을!〉

어느 가문에도 소속되지 못한 나가 남자들이 범죄에 휘말리거나 할 경우, 누구에게도 보호받을 수 없는 그 남자들을 위해 심장탑이 나서서 보호자 노릇을 맡곤 한다. 수호자들이 남자를 보호하고 변호하는 일을 맡는 것이다. 하지만 여자의 경우에는 가문에 소속되어 있기에 그런 보호를 할 필요도, 권리도 없다. 비아스는 카린돌이 수호자들의 보호를 요청하기 위해 남자인 카루와 스바치를 내세웠다고 판단했다.

〈그로스!〉

〈예. 마케로우.〉

〈당장 심장탑으로 가거라. 내 서신을 가지고.〉

그로스는 이해력이 빠른 사람이었다. 그는 비아스가 난장판으로 만들어놓은 방

안을 뒤져 재빨리 양피지와 필기구를 찾아내었다. 그로스가 벼루에 먹을 가는 동안에도 비아스는 분노를 참지 못하며 몇 개의 물건을 더 박살내었다. 그로스가 간신히 먹을 다 갈아놓자 비아스는 한달음에 달려와 붓을 집어들었다.

비아스는 카린돌 마케로우가 방화 기도자이며 살인 미수범임을 강력히 주장한 다음 두 남자에 대해서는 알 바 아니지만 카린돌은 마케로우 가문의 방식으로 처벌되어야 함을 강조했다. 양피지 위에 써놓은 글씨는 그녀 자신의 분노를 담아 거칠었고 그 난폭한 글씨는 다시 비아스를 분노하게 했다. 비아스는 양피지를 그로스의 얼굴에 팽개치며 말했다.

〈가서 카린돌을 잡아와라! 한번 놓친 걸로 충분하다. 내가 이렇게까지 해주었는데 또 놓친다면 가만두지 않겠다!〉

그로스는 목숨을 구해 준 것에 대해 감사할 것을 요청하지는 않았다. 속으로 씁쓸하게 웃으며 그로스는 머리를 조아렸다.

〈그럼 다녀오겠습니다.〉

몇 시간 후, 비아스는 그로스가 돌아오지 않는다는 사실에 분노를 넘어서 기막힌 기분까지 느껴야 했다.

하인샤 대사원의 외관은 원래부터 통일성이나 조화미라는 요소를 결여하고 있었다. 그 내부에 간직한 위대한 역사와 장대한 전통 덕분에 흠 잡기를 좋아하는 자들의 눈이 외부로 향하는 것을 피하고 있을 뿐. 만약 그런 내부적인 힘에서 눈을 돌려 가장 객관적으로 하인샤 대사원의 외관을 평가한다면 하인샤 대사원은 '거의 난잡하다.'

불행히도 근래 며칠 동안 행자들과 승려들은 그런 평가가 내부에도 적용되는 것이 아닌가 하는 우울한 의혹을 느껴야 했다.

하루 종일 아무 일도 하지 않고 경내를 돌아다녀도 빡빡 깎은 머리 이외에는 만날 수 없는 것이 산사의 단조로운 풍경이다. 하지만 지난 며칠 동안 사원은 짧은 머리, 긴 머리, 땋은 머리, 올린 머리, 반만 깎은 머리 등으로 가득차 오히려 승려의 빡빡 깎은 머리를 찾아보기 힘들 지경이다. 게다가 그 각종 '머리'들이 들고 다니는 무장들은 어찌나 흉흉한지 승려들은 자신이 산사에 있는 것인지 전쟁터 한가운데 있는 것인지 혼란스러웠다. 말투의 다종다양함은 그런 혼란을 가중시켰다. 빠르게 재재거리는 소리, 느리게 굴러가는 소리, 지금부터 네 모가지를 몸에서 분리해 주겠다는 듯이 울부짖는 소리. 승려들은 그것이 같은 말이라는 것을 믿기 어려웠다. 언어학이나 수사학을 공부하는 일부 학승들만이 크게 기꺼워할 뿐 대부분의 승려들은 방문자들이 말을 걸어오는 것을 두려워 하며 땅만 보며 걸어다녔다. 불행히도 모든 방문자들은 승려들에게 말을 걸고 싶어했다.

대사원의 살림을 담당하는 사제들 또한 방문자들에 대해 골머리를 아파했다. 품위를 아는 많은 수의 방문자들이 사원에 흡족할 만한 보시를 하는 것을 잊지 않았기에 대사원의 재정 상태에는 아무런 문제가 없었다. 하지만 세계 곳곳에서 온 방문자들의 다양한 식성이 문제였다. 많은 수의 방문자들이 사원의 담백하고 소박한 음식에 염증을 냈다. 특히 몇몇 강맹한 수렵 부족들은 식사 공양 때마다 노골적으로 분개한 표정을 지어 승려들을 조마조마하게 만들었다. 다행히 드러내놓고 불평하는 자는 아직 없었지만 파름 산 뒤편의 밀렵꾼들과 작당하고 몰래 고기를 구워 먹다가 들켜 창피를 당한 방문자는 몇몇 있었다.

방문자들의 존재가 사원의 우환거리로 부상하고 있음은 더없이 분명했다. 따라서 그날 오후, 승려들은 넋이 나간 듯한 방문자들의 모습을 보며 작은 쾌감을 느꼈다.

방문자들은 숨소리마저 조심하며 한 곳을 응시했다. 깊은 생각에 잠긴 듯한 눈, 한껏 부릅뜬 눈, 어떻게든 눈을 맞춰보려 애쓰는 눈 등이 향하는 곳에는 쌍신검을 소지한 한 남자가 걸어가고 있었다.

케이건 드라카는 생각에 잠긴 표정으로 조용히 사원의 경내를 걷고 있었다. 교활하게도 케이건은 가끔 방문자들을 흘끔 바라보고는, 깊이 고뇌하는 표정을 짓다가, 주저하며 다가서려는 몸짓을 하고는, 고개를 조금 가로저으며 다시 걸음을 옮기는 일을 반복했다. 케이건이 '무학당의 손님'이라는 것을 전해 들은 방문자들은 그런 케이건의 태도에 긴장하지 않을 수 없었다. 부하들의 급한 연락을 받고 체통도 잠시 접어둔 채 부리나케 달려나온 군웅들은 그런 케이건의 일거수일투족에 호흡이 답답해지는 기분마저 느꼈다. 하지만 선뜻 다가서서 말을 붙이는 자는 없었다. 케이건의 태도는 냉엄했고 가까이 다가오는 것을 완강히 거부하는 표정을 짓고 있었다.

하지만 그런 기묘한 대치가 오랫동안 계속될 리는 없었다. 케이건 자신도 그렇게 생각하지 않았다. 방문자들은 모두 세계의 곳곳에서 일가를 이룬 자들이었고 그중에는 효웅의 이름이 아깝지 않은 걸물들도 다수 포함되어 있었다. 마침내 한 남자가 케이건을 향해 걸어왔다. 사려 깊게도 그는 부하들을 내버려둔 채 홀로 다가왔다. 그가 다가오는 것을 느낀 케이건은 경내에 작은 정원 앞에 멈춰서서 해당화를 바라보며 기다렸다.

"해당화가 만발하구려."

"산에는 원추리가 피고 있소."

"신기한 검을 가지고 계시는군. 실용성이 의심된다는 것을 고백하지 않을 수 없지만."

케이건은 고개를 돌려 남자를 바라보았다.

제멋대로 자라난 백발로 이마의 대부분과 얼굴의 상당 부분을 뒤덮고 있는 덩치 큰 노인이었다. 그나마 남아 있는 얼굴도 풍성한 흰수염 때문에 코 아래는 확인할 수 없었다. 지나치게 훌륭하다는 이유로 청년들의 지탄의 대상이 될 만한 체격은 어디 하나 흠잡을 데가 없었다. 긴 다리와 거무튀튀한 얼굴, 그리고 꼿꼿한 자세를 차례로 관찰한 케이건은 마지막으로 그 오른팔 뒤에 칼날을 감추듯 거꾸로 쥐어져 있는 병기를 보고는 결론을 내렸다.

"그쪽의 대도(大刀) 또한 상당하군. 그리고 내 것과 달리 그 무기는 이미 실용성이 충분히 증명된 것으로 알고 있소. 괄하이드 변경백."

노무사 콸하이드 규리하는 빙긋 웃었다. 하지만 케이건의 말은 덕담이 아니었다.

"과부와 고아들을 생산해 내는 데 탁월하다더군."

콸하이드는 눈살을 조금 찌푸렸다. 하지만 늙은 변경백은 차분한 언성으로 말했다.

"동의하오. 결국 무기란 놈의 정체는 그런 가증스러운 것이지. 하지만 육십 평생에 수치스러운 칼질은 한 적이 없다고 자부하오. 귀하의 이름은?"

"케이건 드라카."

"음? 그건 이름이 아니오. 흑사자와 용이라니."

"키탈저 사냥어를 아시오?"

"어쩌다 줏어들은 몇 개의 단어를 아는 정도요."

"나는 그걸 이름으로 삼고 있소."

"알겠소. 케이건이라고 부르면 되는 거요?"

케이건은 고개를 끄덕였다.

규리하 가문은, 그들 자신의 주장을 따른다면 왕국 아라짓의 마지막 신하다. 왕국이 이미 사라진 지 800년이나 지난 현재까지도 고집하고 있는 이 변경백이라는 호칭은 그들의 충성의 대상이 왕임을 나타내고 있다. 하지만 거꾸로 말한다면 그들이 왕께 보내는 것은 충성의 감정뿐이라는 의미도 된다. 어쨌든 변경백의 권한은 왕에 필적한다. 왕과 변경백이 주종 관계임은 부정할 수 없지만 현실적인 측면만 놓고 본다면 변경백은 하나의 국가 안에 있는 두 번째 왕이나 다름없다.

그러나 이 모든 고찰은 사실과 무관하기에 무의미하다. '진짜' 변경백의 전통은 팔백여 년 전, 변경의 방비라는 변경백 본연의 사명을 저버리고 나가에 대항한 전투에 참전한 후사린 규리하에서 단절되었다. 현재의 규리하 가문은 대확장 전쟁이 끝나고 왕국이 사분오열된 이후 '규리하의 거성'을 개축한 과텔이라는 이름의 신흥 부자의 후손이다. 과텔은 규리하의 거성뿐만이 아니라 그 이름과 지위까지도 승계하기로 결정했다. 그는 자신이 규리하 가문의 적손이라고는 감히 주장하지 못했지만 대신 방계로 이어져 있다고 주장했다. 그리고 사람들은 과텔 '규리하'의 설명을 믿지 않았지만 구태여 반대할 의무도 느끼지 못했다. 어떤 부자가 규리하의 거성에서 살며 서신 아래에 '변경백'이라는 서명을 넣는 것이 다른 사람들의 국그릇을 뺏는 일은 아니기 때문이다. 규리하의 거성이 있는 지러쿼터 산맥 서부 지역은 일찍이 왕들조차도 변경백을 둘 수밖에 없었던 거칠고 야만스러운 곳이다. 아무도 원하지 않는 그런 땅에서 어떤 미치광이가 우스꽝스러운 호칭으로 자신을 위로하고 있는 것은 누구에게도 해될 것이 없었다.

그러나 사태는 뜻밖의 방향으로 흘러갔다. 어떤 사람들은 과텔 규리하가 규리하의 거성에 걸려 있는 전투도를 너무 많이 보았기 때문이라고 설명하고 또 다른 사람들은 규리하의 거성에 살고 있는 후사린 규리하의 망령이 과텔에게 씌웠다고 설명하기도 하는 일이 벌어진 것이다. 과텔 규리하가 '상무 정신'을 강조하기 시작했을 때 규리하 부인은 남편이 미친 줄 알았다. 그렇잖아도 험준하고 볼 것 없는 땅에 살게 된 것에 불만을 잔뜩 품고 있던 규리하 부인은 이혼을 선언한 다음 지러쿼터 산맥 동쪽으로 도망쳐버렸다. 과텔 규리하는 만년에 맞이한 이혼에 조금도 개의치 않았다. 그때 과텔 규리하는 자신이 정말 위대한 규리하 가문의 후손이라고 믿고 있었고 충성을 바칠 왕이 돌아왔을 때 변경백으로서의 책무를 다한 자신의 모습을 보여야 한다고 주장했다.

여섯 살 난 딸에게 군사 훈련을 시켰다는 악의 어린 소문도 있지만 그것은 사실이 아닐 것이다. 보다 양식 있는 사람들은 옛이야기를 조르는 딸의 잠자리 곁에 앉아서 왕의 이야기와 아라짓 전사의 이야기, 그리고 변경백의 이야기 등을 들려주는 자상한 아버지 과텔의 모습을 보다 현실성 높은 추측으로 받아들인다. 과텔이 만년에 이룩한 일은 절대로 광인의 소치로 취급할 수 없는 것이었다. 과텔은 과감하고 현명한 정책들을 통해 황폐하기 짝이 없던 지러쿼터 산맥 서부에 몇 개 도시가 부럽지 않은 변경백 령을 만들었다. 더 이상 그곳을 지러쿼터 산맥 서부라는, 마치 지리학 용어를 연상케 하는 이름으로 부르기 쑥스럽다고 생각한 사람들은 그곳을 규리하 지방이라고 부르기 시작했다. 과텔은 사람들이 자신의 땅을 규리하 변경백 령이라고 불러주기를 바랐지만 그 소망은 그의 생전에는 달성되지 못했다.

규리하 지방은 날로 번창했다. 마침내 규리하 사람들은 과텔에게 왕위에 오르라고 졸랐다. 과텔의 대답은 분명했다. 그는 자신이 왕국의 방패인 변경백이며 왕위에 오르는 것은 반역이라는 이유를 들어 사람들의 요청을 완강히 거절했다. 물론 왕국도, 왕도 존재하지도 않는데 반역을 논하는 과텔의 대답은 도무지 논리적이라고 볼 수 없다. 하지만 규리하 사람들은 과텔의 의도를 존중했고 마침내 과텔 규리하를 변경백이라고 불렀다.

과텔이 사망했을 때 한때 괴소문의 주인공이었던 그의 딸 케나린 규리하는 20세의 꽃다운 처녀로 자라나 있었다. 그러나 케나린 규리하는 그녀를 '금편 100만 닢의 지참금을 가진 신부'로 보는 사람들을 당혹케 만들었다. 아버지의 교육이 지나치게 훌륭했던 것인지, 그렇잖으면 자신과 아버지를 버린 어머니에 대한 반발 심리 때문인지는 명확하지 않지만, 케나린 규리하는 아버지의 장례식이 끝난 다음 날 자신이 변경백의 지위를 계승한다고 선포했다. 그리고 세계 곳곳에서 날아오는 구혼을 모두 뿌리친 다음 과텔 규리하의 가장 충성스러운 신하이자 훌륭한 무인이었던 젊은 장수와 결혼해 버렸다. 머리가 좀 차가운 사람들은 케나린이 경망스러운 사람들에 의해 금편 100만 닢의 가치가 있다고 판정된 규리하 지방을 다른 자에게 내주기 싫었기에 그렇게 행동했다고 설명했다. 하지만 변경백의 지위를 계승한 그녀가 보여준 일련의 행동은 머리보다는 심장으로 생각하는 자들을 환호하게 만들었다. 케나린 규리하는 행정 체제와 군사 체제를 일원화시킨 체제로 규리하 지방을 정비했고 그 결과로 상시 동원 가능한 1만 명의 군사를 보유하게 되었다. 지러쿼터 산맥 동쪽의 토호들은 발등에 불이 떨어진 기분을 느끼지 않을 수 없었다. 케나린의 의도를 떠보기 위한 사절들이 지러쿼터 산맥을 무수히 넘나들게 되었다.(그리고, 무수한 사절들이 지러쿼터 산맥의 험악한 기후에 희생당했다.) 그러나 케나린의 대답은 더할 수 없이 단순했다. '변경백은 변경백 령을 지킴으로써 왕국의 방패가 될 뿐이다. 변경백은 왕국의 심장을 겨누는 단검이 아니다.' 사람들은 이 불침 선언을 믿을 수 없었다. 그리고 어떤 사람들은 케나린의 대답을 '왕국이 아닌 토호들의 땅은 언제든 칠 수 있다.'는 무시무시한 의미로 해석하기도 했다. 하지만 케나린은 절대로 지러쿼터 산맥 동쪽을 넘보지 않았다. 마침내 사람들은 이 고집 센

부녀의 뜻을 존중하여 그 땅을 규리하 변경백 령이라 부르게 되었다. 어쩌면 그런 칭호의 내면에는 변경백으로서 지러쿼터 산맥을 넘지 말라는 무언의 요청이 포함되어 있는지도 모른다. 케나린 규리하는 그런 내면의 요구에는 신경 쓰지 않았지만 사람들이 그녀의 땅을 변경백 령으로 불러준 사실에는 기뻐했다.

어쩌면 과텔 규리하와 케나린 규리하는 조금 변형된 형태의 제왕병자였을지도 모른다. 아니, 분명히 그럴 것이다. 하지만 동시에 그 부녀는 훌륭한 지배자들이었다. 지금까지도 규리하 사람들이 고집스럽게 자신들의 지배자를 변경백이라 부르고 '상무 정신'을 강조하는 것을 보며 사람들이 웃을 수 없는 이유도 그에 기인한다. 물론 이 전설적인 부녀의 이야기는 말 그대로 전설일 뿐이라고 생각한 야심가들이 없었던 것은 아니다. 하지만 규리하를 지배한 변경백들은 지러쿼터 산맥 동쪽으로부터의 도전을 언제나 무참하게 분쇄했다. 당연한 일이지만, 제왕병자들에게 규리하 변경백 령은 악몽의 땅이 되었다. 다른 곳에서는 미치광이나 어릿광대 정도로 취급되는 제왕병자들은 규리하 변경백 령에서만큼은 참살을 당해도 할 말이 없는 무도한 반역자로 취급되었다.

그리고 지금 케이건의 앞에 서 있는 노무사 괄하이드 규리하는 평생에 걸쳐 다섯 번이나 지러쿼터 산맥 동쪽으로부터의 도전을 격파하여 산맥 서쪽에 과텔 규리하와 케나린 규리하의 전설이 새파랗게 살아 있음을 증명해 보인 자였다. 그가 그토록 많은 전쟁을 치러야 했던 것은 지러쿼터 산맥 동쪽의 인구가 늘어남으로써 서진의 동기가 유발된 때문이다. 하지만 괄하이드 규리하를 보며 케이건은 당분간은 지러쿼터 산맥 동쪽 사람들이 좀 참을 수밖에 없겠다고 생각했다.

괄하이드 변경백은 보석을 감정하는 듯한 눈으로, 하지만 자신이 감정하는 것이 보석인지 돌멩이인지 알 수 없다는 표정으로 말했다.

"이미 말했듯이 나는 변경백이오. 변경백이 무엇인지 아시오?"

"왕의 재산을 갈취한 자들 중 가장 속 편한 자요."

괄하이드는 이 도전적인 대답에 눈썹을 곤두세웠다.

"무슨 말인지 설명해 주면 좋겠군."

"왕이 돌아온다면 현재 왕의 재산을 타고 앉아 있는 자들은 불법 점유자들이 될 거요. 하지만 변경백의 경우엔 상관이 없지. 변경백의 동의가 없다면 왕도 변경백 령을 마음대로 할 수 없으니까."

케이건은 그래서 다른 자들보다 속 편하게 왕이 돌아오기를 기다릴 수 있는 것 아니냐는 식으로 말한 셈이었다. 물론 왕의 귀환을 기다리며 왕의 국경을 지키고 있다고 자부하는 괄하이드 변경백에게는 기분 나쁜 해석이었다.

"틀린 말은 아니지만 듣기 유쾌한 언사는 아니군. 케이건 드라카."

"기분을 맞춰달라는 요청은 들은 적이 없소."

"그렇다면 요청하겠소."

"거절하겠소."

괄하이드 변경백은 '요놈 봐라?'하는 눈으로 케이건을 바라보았다. 화가 난 기색은 없었고, 그래서 케이건은 실망했다. 그는 괄하이드 변경백이 광분하기를 바라고 있었다. 하지만 노무사는 바위 같은 인물이었다. 케이건은 사람들이 괄하이드 변경백에 대해 하는 말이 틀리지 않았음을 깨달았다.

"유감스럽지만 할 수 없지. 어쨌든 당신은 내가 왕의 귀환에 대해 많은 관심을 가질 수밖에 없는 위치에 있음을 이해할 거라 생각하오."

"이해하오."

"나는 얼마 전, 대사원의 존경하는 사제들이 매우 심상치 않은 일을 진행 중이라는 정보를 전달받았소. 내게 그것을 알려준 것은 이 사원에서 공부하고 있는 내 사촌동생이오."

케이건은 고개를 갸웃했다. 괄하이드의 사촌동생이면 나이가 꽤 많을 것이다.

"만학도이신가 보군."

"그는 만년을 이곳에서 공부하기로 결심하고 대사원에 들어왔소. 그래서 나는 대사원에 약간의 전답을 기증했소."

기나긴 세월 동안 그런 보시를 받아왔으니 대사원의 땅을 모두 합치면 광대하다는 말도 모자랄 지경일 것이다. 케이건은 고개를 끄덕였다. 괄하이드 변경백은 계속 말했다.

"나는 몇몇 수하들과 함께 전속력으로 말을 달려 어제 간신히 이곳에 도달했소. 도착해 보니 장관도 이런 장관이 없군. 세상의 토호나 효웅, 군웅들은 모조리 다 몰려든 것 같소. 옛적의 만민회의장이 이런 모습이 아니었나 싶을 지경이오. 늦게 도착한 덕분에 아직 아는 것이 적지만, 나는 당신이 그 일에 중요하게 관련되어 있다는 것을 어떻게 전해 듣게 되었소."

"그래서?"

"단도직입적으로 묻겠소. 당신과 승려들이 행하는 일은 왕의 귀환과 관련이 있는 일이오?"

"왕의 귀환?"

"더 쉽게 풀어 말하길 원하는 거요? 이렇게 묻겠소. 당신과 하인샤 대사원의 승려들은 현재, 혹은 가까운 장래에 왕을 찾아내거나, 혹은 키탈저 사냥꾼들의 저주를 풀 방법을 찾아내거나, 혹은 영웅왕의 검을 찾아낼 생각이오? 그도 저도 아니라면 왕을 만들어낼 생각이오? 당신이 괜찮다면 나는 당신이 왕이 될 자인지도 확인하고 싶군."

"만일 내 대답이 그 질문들 중 하나에 대한 긍정이라면 어떻게 할 작정이오?"

"나는 왕의 귀환을 바라오. 당신들이 합당하며 의심할 수 없는 왕을 나에게 보여준다면, 나는 그 왕에게 그의 방패를 보여주겠소."

케이건은 고개를 끄덕였다.

"여기 있는 자들 중 일부는 우리가 왕을 만들 생각이면 자기 자신이 바로 그 재목이라고 믿는 것 같은데. 만약 내가 여기 있는 자들 중 한 명에게 하인샤 대사원의 추대라는 망토를 입혀 왕이라는 이름으로 당신에게 내놓는다면 당신은 어떻게 하겠소?"

케이건의 말은 조금 떨어진 곳에 있던 자들에게도 들렸고, 그자들은 귀가 번쩍 열리는 기분을 느꼈다. 그들은 숨죽인 채 변경백의 대답을 기다렸다. 변경백은 침착하게 말했다.

"그가 아라짓 왕국의 정통성을 이을 수 있는 자라면 규리하는 그를 지지할 거요."

일부—극히 일부였다.—못난 인사들은 속으로 환호를 올렸다. 그 못난 인사들은 규리하의 막강한 힘이 자신을 지지하게 될지도 모른다는 망상에 빠져버렸다. 하지만 그곳에 있는 대다수 쟁쟁한 자들은 변경백의 말이 무슨 의미인지 깨달을 수 있었기에 진지한 표정을 지었다. 케이건 또한 담담하게 말했다.

"사람들의 말이 맞군."

"무슨 뜻이오?"

"사람들은 괄하이드 규리하가 산에게 부동심(不動心)을 가르칠 수 있는 인물이라고 하더군."

변경백은 피식 웃었다.

"부풀려 말하길 좋아하는 자들의 허언일 뿐이오."

"당신 말이 무슨 뜻인지 알겠소. 당신이 평가하기에 아라짓의 정통성과 상관이 없는 자라면, 그자가 아무리 하인샤 대사원의 위광을 등에 업은 자라도 무시하겠다는 말이로군. 그리고 필요하다면 하인샤 대사원과 정면으로 대치하는 일이라도 감수할 테고."

"정확하오."

조금 전 속으로 환호했던 못난 인사들은 충격을 받았다. 괄하이드 변경백은 이제 사나운 무인의 자세를 뚜렷이 드러내며 말했다.

"잘 아시겠소? 당신들이 혹 왕을 찾아낸다면 규리하와 나는 진심으로 감사할 거요. 하지만 당신과 승려들이 어처구니없는 장난을 치고 있는 거라면 규리하와 나는 절대로 그것을 좌시하지 않을 거요! 자, 이제 당신들이 무슨 일을 하고 있는지 분명히 말해주시오."

케이건은 고개를 조금 돌렸다. 일몰이 시작되고 있었다. 한 시간 후면 의식이 시작될 것이다. 그리고 케이건은—광분까지는 아니더라도—괄하이드 변경백이 상당한 시간을 소모할 수밖에 없는 방법을 찾아내었다. 하지만 케이건은 그 방법이 마음에 들지 않았다.

그러나 그의 입은 벌써 열리고 있었다.

"나를 시험하시오."

"뭐라 했소?"

"당신은 조금 전 내 칼의 실용성이 의심된다고 했소. 과연 그런지 시험해 보라는 거요."

"갑자기 무슨 뚱딴지같은 말이오?"

"내가 왕이 될 만한 자인지 알아볼 기회를 주는 거요."

괄하이드 변경백의 눈에서 섬광이 번득였다.

"승려들은 당신을 왕으로 만들 생각이오? 그렇잖다면 당신은 승려들이 찾아낸 왕이오?"

"당신은 이미 하인샤 대사원의 판단은 신경 쓰지 않겠다고 말했소. 당신 자신의 팔과 그 대도로 시험해 보시오. 나 또한 당신을 시험해 봐야겠거든."

"나를 시험한다고?"

"당신에게 규리하를 맡겨둬도 될지, 그렇잖다면 당신과 당신 가문의 모든 사람을 추방하고 규리하를 내 영토로 삼아야 할지 결정해야겠소."

괄하이드의 팔이 경련했다. 케이건의 말은 지독하게 무례했다.

"당신이 '진짜' 왕이라 하더라도 변경백 령은 함부로 할 수 없다는 것을 모르시오?"

"당신이 '진짜' 변경백이라면 그렇겠지."

케이건의 말은 괄하이드의 가장 아픈 부분을 잔인하게 찌른 셈이었다. 괄하이드 규리하는 수염을 푸들푸들 떨며 케이건을 노려보았다. 그리고 케이건은 끝까지 가기로 결정했다.

"하지만 당신은 진짜 변경백이 아니오. '내' 변경백의 땅에 제멋대로 눌러앉은 정신나간 제왕병 부녀의 후손일 뿐이지."

"감히……, 감히 과텔과 케나린을 그렇게 부른단 말인가? 다른 사람도 아닌 내

앞에서?"

"한번 더 말해 줄 수도 있소."

괄하이드는 그것을 원하지 않았다. 거꾸로 쥐고 있던 대도가 섬뜩한 빛을 뿌리며 날아왔다.

"용서하지 않겠다!"

류은 마당으로 내려섰다.

지붕 위에 있던 아스화리탈이 날아들었다. 류은 아스화리탈을 받아 안은 채 두억시니들의 사이로 걸어갔다. 마루나래는 두억시니들을 지휘하는 듯한 위치에 앉아 있었다. 잠시 류을 돌아보았지만 마루나래는 오랫동안 바라보지는 않았다. 지금 그 대호는 마당 반대편에 서 있는 승려들 때문에 신경이 잔뜩 곤두서 있었다. 물론 어느 쪽 신경이 더 곤두서 있는지를 겨룬다면 당연히 승려들 쪽의 우세다. 승려들은 두억시니들과, 그리고 대호와 대치하는 듯한 모습으로 서 있는 자신들의 모습이 전혀 마음에 들지 않았다. 두억시니들 앞에 앉아 있는 마루나래처럼 승려들 앞쪽에는 쥬타기 대선사와 오레놀, 그리고 티나한이 서 있었다. 오레놀은 류을 향해 웃으며 손을 흔들어보였다. 긴장하고 있을 것이 뻔한 류을 위한 의도된 몸짓이었다. 류은 고맙게 웃었다. 쥬타기 대선사 또한 고개를 끄덕이며 입 모양으로 말했다. '잘 할 수 있을 거야.' 대선사는 그 무거운 침묵을 감히 깨지는 못했다. 그 침묵은 긴장감과 흥분의 권능이었고 누구도 그 권능에 대항하지 못했다. 심지어 티나한까지도.

류은 마당 가운데로 걸어갔다.

오레놀과 행자들이 죽편을 참고해 가며 마당 가운데 그려놓은 만다라는 복잡했다. 만다라를 그리기에 앞서 오레놀과 행자들은 땅 위를 기다시피 하며 마당의 편평도를 검사했고 몇 동이나 되는 피를 부었고 다시 일곱 군데의 샘에서 떠온 물로 그것을 씻어내었다. 그리고 그 젖은 땅에 모래를 뿌려가며 만다라를 그렸다. 만다라를 완성하는 데는 이틀 밤낮이 꼬박 소요되었다. 바람에 날려가지 않도록 계속

물로 적시며 그린 만다라는 마침내 완성되었지만, 지금 그 물기는 마르고 있었고 그래서 오레놀과 행자들은 옆사람의 입김에도 기겁했다. 다행히 산의 공기는 고요했다. 바람이 없는 것에 감사하며 쥬타기 대선사는 륜을 바라보았다.

륜은 만다라를 훼손하지 않기 위해 조심스럽게 발걸음을 옮겼다. 륜이 아스화리탈을 놓아주지 않는 것을 보며 승려들은 조바심을 느꼈다. 용의 존재가 어떤 영향을 끼칠지 아무도 짐작할 수 없었다. 하지만 륜은 아스화리탈을 놓을 생각이 없었다.

만다라의 중심에 선 륜은 오레놀을 잠시 바라보았다.

오레놀은 륜에게 분명히 경고했다.

"만다라는 겉치레일 뿐입니다."

그토록 고생하며 그린 만다라를 간단히 폄하해 버리는 오레놀의 태도에 륜은 당황했다. 오레놀은 설명했다.

"이건 굳이 따진다면 예의 문제입니다. 조야하게 비유한다면 귀한 분을 만나기 앞서 의복을 정갈히 하는 태도에 해당할까요. 예. 만다라가 당신이 하려는 일에 긍정적인 영향을 끼치리라는 점은 분명합니다. 하지만 절대적인 영향은 끼치지 않을 겁니다. 중요한 것은 당신의 의지입니다."

오레놀은 륜의 의지라는 점을 몇 번이나 강조했다. 그리고 만다라 중심에서 어떤 생각을 할 것인지를 미리 결정해 두라고 권고했다. 륜은 그 권고를 이해할 수 없었다.

"어떤 생각이라니오? 당연히 여신을 부르겠다는 생각 아닙니까?"

"그 말은 맞습니다. 하지만 그 일 자체는 지금 현재에도 수백 명, 어쩌면 수천 명에 의해 이루어지고 있다는 사실을 떠올리세요. 지금 이 순간에도 세상의 어느 구석에서는 생명의 위험에 처한 누군가가, 혹은 다른 어떤 위기 때문에 두려움과 슬픔, 어쩌면 분노 속에서 신을 부르고 있는 누군가가 있을 겁니다. 단지 신을 부른다는 것뿐이라면 당신과 그들 사이에는 아무런 차이가 없습니다. 오히려 그들 중에는 당신보다 훨씬 절실한 누군가가 있을지도 모릅니다. 하지만 우리 모두 잘 알다시피 그런 사람들 앞에 펑! 하고 신이 나타나서 모든 것을 해결해 주고 사라지지는 않습니다. 가이너 카쉬냅은 그런 태도를 비꼬아 이렇게 말했지요. '우리가 신을 신이라고 부르는 까닭은 '전일 근무 가능한 무보수 만능 하인'이라는 본명이 부르기 지나치게 번거롭기 때문이다'라고."

"무슨 말인지 알 것 같습니다. 그러면 저는 어떻게 해야 하죠?"

"그들과 달라야 합니다. 그들은 신이 자기에게 맞추어지기를 바라지요. 당신은 그 반대로 해야 합니다. 당신을 신에게 맞추세요."

"알 듯 모를 듯한 말이군요."

"더 이상 설명할 수는 없습니다. 사실 설명할 것도 없습니다. 이 다음부터는 당신과 당신의 신부 사이의 일입니다."

"제 신부요?"

"네. 당신의 신부. 발자국 없는 여신은 이곳이 사원이고 저희들이 정성껏 만다라를 그렸기 때문에 오시는 것이 아닙니다. 물론 그것들이 필요한 것이기는 합니다. 하지만 여신께서는 그 무엇보다도 만다라 가운데서 기다리고 있는 당신을 만나러 오는 겁니다. 그걸 유념하세요. 그리고 그 가운데서 무슨 생각을 할지 결정해 두세요."

륜은 오레놀의 권고를 받아들였다. 그는 한번 더 오레놀을 바라보고, 그 옆에 서서 초조감을 감추지 못한 채 수염볏을 비틀고 있는 티나한을 바라보았다.

륜은 만다라의 중심에 앉았다.

스바치는 눈을 떴다. 그리고 자신이 꽤 이상한 상황에 처해 있음을 깨달았다. 그다지 짧다고는 할 수 없는 생애를 살아왔지만 스바치는 밧줄에 꽁꽁 묶인 채 잠에서 깨어난 경험이 없었다.

몸을 뒤척여보려던 스바치는 뒤통수에서 엄습하는 고통에 비명을 질렀다. 굳이 말로 바꿔본다면 "으아악!"에 해당하는 니름이었다. 그 니름을 들은 누군가가 니름을 걸어왔다.

〈스바치, 일어났나?〉

스바치는 고통을 참으며 겨우 고개를 돌렸다. 그곳에는 자신처럼 밧줄에 꽁꽁 묶인 카루가 옆으로 쓰러져 있었다.

〈어떻게 된 거야?〉

〈난 자네가 깨어나면 바로 그걸 질문하려고 지금까지 기다렸는데. 그렇다면 우리는 현재로선 몸도 마음도 같은 처지라는 의미군.〉

〈여기가 어디지?〉

〈심장탑 안쪽이라는 느낌이 들어.〉

스바치는 놀라며 주위를 둘러보았다. 돌로 이루어진 바닥과 벽이 차례로 눈에 들어왔다. 둥그스름한 벽을 확인한 스바치는 카루의 니름이 맞다는 것을 깨달았다. 심장탑이 아니라면 저런 둥그스름한 벽이 필요한 곳은 거의 없다. 고통을 참으며 계속 관찰하던 스바치는 이상한 것을 목격했다.

그것은 금속으로 이루어진 거대한 옷장처럼 생긴 것이었다. 하지만 옷장을 만드는 가구공이 그 니름을 들었다면 화를 낼 것이다. 그것이 옷장과 닮은 점은 대충 입방체 비슷하게 생겼다는 점, 그리고 앞쪽에 두 개의 여닫이문이 달려 있다는 점뿐이었다. 거기에는 온갖 괴상한 돌출물들이 달려 있어 완전한 입방체라고 하기도 어려웠다. 기묘한 모습의 금속관들이 도대체 왜 그런 모습을 하고 있는지 알 수 없는 모습으로 구부러져 입방체 주위를 둘러싸고 있었고 한쪽에는 혹처럼 생긴 작은 금속 상자가 돌출해 있었다. 그 속에는 아무리 보아도 도기제 항아리처럼 보이는 것의 일부가 보였다. 금속 상자가 그것을 둘러싸고 있기에 도기의 정확한 모양은 알 수 없었다. 그 외에도 금속 입방체의 인상을 괴이한 것으로 만드는 온갖 부속기관들이 붙어 있었다. 카루는 스바치가 관찰을 끝낼 때까지 기다렸다가 닐렀다.

〈괴상한 물건이지? 나는 지금까지 저것을 관찰했지만 도대체 무엇에 쓰는 물건인지 짐작도 되지 않아. 내가 알아낸 건 저 물건의 한쪽이 이상하게 뜨겁다는 사실뿐이야.〉

〈뜨겁다고?〉

〈자네가 있는 쪽에서는 보이지 않겠군. 하지만 내쪽에서는 볼 수 있어. 저 물건의 한쪽 면에서 계속 열이 나오고 있어.〉

〈정말 괴상한 물건이군. 심장탑 안에 저런 물건이 있다는 니름은 듣지 못했는데. 그러면 여기는 심장탑이 아닌가? 그리고 도대체 누가 우리를 이렇게 만들었지?〉

〈앞쪽의 질문에는 대답하지 못하겠지만, 뒤쪽 것은 뻔하다고 생각하는데.〉

스바치 또한 그렇다는 사실을 깨달았다.

〈살신자들이군!〉

〈그렇게 생각해야겠지.〉

〈도대체 어떻게 우리 정체를 알게 된 걸까? 그리고 마케로우 가문에 있는 우리를 어떻게 잡아온 거지?〉

〈함께 마케로우 가문에 있었으니까.〉

스바치는 카루의 니름을 이해하지 못했다. 머리가 아파서 생각하기도 힘들었다. 그런 스바치를 위해 카루는 참을성 있게 설명했다.

〈비아스 숭배자들 기억나나?〉

〈아!〉

〈그래. 어처구니없는 일이지. 벌써 의심했어야 했어. 갑자기 그런 숭배자들이 나타날 리가 없다는 것을. 그놈들은 우리를 붙잡을 기회를 노리기 위해 마케로우 가문에 들어온 거였어.〉

스바치는 비늘을 부딪쳤다. 카루의 니름대로였다. 당연히 그런 이상한 방문자들에 대해 신경썼어야 했다. 하지만 요 근래 스바치는 카린돌에 대한 고민만으로도 머리가 꽉 차 있었고 주위를 살필 여유가 없었다. 스바치가 그 사실에 대해 분개하려 할 때 카루가 닐렀다.

〈누가 온다.〉

스바치는 누군가의 정신이 다가오는 것을 느꼈다. 카루와 스바치는 머리를 움직였다.

방문이 열리며 몇 명의 남자들이 안으로 들어섰다. 그중 몇 명은 낯익은 얼굴이었다. 마케로우 가문에서 본 적이 있는 비아스 숭배자들이었다.

하지만 스바치와 카루는 그들에게 화를 낼 수 없었다. 경악 때문이었다. 방 안으로 들어온 남자들은 모두 수호자의 복장을 하고 있었다. 그들이 어처구니없어 하는 것을 본 수호자들은 웃음을 터뜨렸다.

〈일어났군, 스바치. 카루.〉

〈다, 당신들…… 왜 그런 옷을?〉

〈수호자가 수호자의 옷을 입는 것이 이상한 일인가? 너희들의 적이 수호자라는 것은 알고 있었을 텐데.〉

물론 카루와 스바치는 살신을 계획하는 자들이 어떤 수호자들이라는 것을 알고 있었다. 하지만 그들이 비아스에게 파견한 자들까지 수호자이리라고는 생각하지 못했다. 카루가 사납게 닐렀다.

〈당신들은 여신의 신랑이잖아! 어떻게 여신이 아닌 다른 여인에게 몸을 준 거냐!〉

수호자들은 그런 비난에 대해 부끄러워하지 않았다. 오히려 이상하다는 듯이 카루와 스바치를 바라보았다.

〈너희들도 그랬잖아?〉

〈우리는 수호자가 아니야!〉

수호자들이 의아해하고 있을 때 그들 중 한 명이 닐렀다.

〈저 녀석들의 니름이 맞아. 저놈들은 수호자가 아니야. 어떻게 그런 생각을 할 수 있나? 그러면 저 녀석들에게도 신명이 있을 텐데.〉

〈아아, 그래야겠군. 그럼 신명이 없나?〉

〈그래. 신명을 받기 전에 지위를 반납했지. 장차 비밀스러운 임무를, 그러니까 여자들에게 접근해야 할지도 모르는 임무를 수행할 자들로 세리스마가 따로 뽑아두었지. 저들은 세리스마의 요구를 받아들여 수호자의 길도 포기했고. 독종들이야.〉

수호자들은 이해했다는 듯 고개를 끄덕였다. 그리고 카루와 스바치는 세리스마라는 이름에 경악했다. '저자들이 세리스마에 대해서도 알고 있었나?' 그들의 정체에 대해 설명했던 수호자가 그들의 의문을 짐작한다는 듯이 닐렀다.

〈그래. 나는 너희들뿐만이 아니라 세리스마에 대해서도 알고 있어.〉

스바치와 카루는 격심한 좌절감을 느꼈다. 수호자 세리스마에 대해서도 안다면 그들의 모든 것이 들킨 셈이다. 그러나 카루는 쉽게 패배를 선언하지 않았다.

〈우리들에 대해 다 알고 있군. 하지만 너희들은 늦었어!〉

다른 자들은 카루의 니름에 신경도 쓰지 않은 채 금속 입방체 주위로 걸어가 무슨 일인지 알 수 없는 작업을 시작했다. 하지만 카루와 스바치가 무시당한 것은 아니었다. 갈로텍이 의자를 가져와 앉아서 카루와 스바치를 내려다보았기 때문이다. 바빠 보이는 다른 사람들과 달리 갈로텍은 여유 있는 표정으로 닐렀다.

〈내 이름은 갈로텍이야. 그런데 늦었다고 했나?〉

〈그렇다, 갈로텍! 이미 신명을 가진 자가 대사원에 도착했을 것이다. 그는 여신께 너희들의 계획을 물어볼 테고, 그리고 너희들의 계획을 분쇄할 거다!〉

〈신명을 가진 자라고 하지 말고 류 페이라고 닐러도 돼.〉

〈제기랄, 모르는 것이 없군. 그렇지만 너희들이 늦었다는 사실에는 변함이 없어. 오히려 잘된 일이군.〉

〈잘됐다고?〉

스바치 또한 뭐가 잘됐냐는 듯이 카루를 바라보았다. 카루는 득의만만한 미소를 지으며 닐렀다.

〈너희들은 류을 제지할 수 없어! 만약 원래 계획대로였다면 화리트가 심장을 적출하고 떠났겠지. 그러면 너희들은, 이렇게 빨리 모든 것을 간파한 너희들은 화리트의 심장을 파괴했겠지. 하지만 류은 심장을 가지고 있다! 너희들은 저 먼 북부에 있을 류을 제지할 방법이 아무것도 없어!〉

스바치는 탄성을 내질렀다. 카루의 니름대로였다. 하지만 갈로텍은 실망한 기색을 보이지 않았다. 그는 오히려 재미있다는 듯이 닐렀다.

〈네 니름대로군. 하지만 류은 심장뿐만이 아니라 그를 죽이기로 맹세한 암살자도 가지고 있는데?〉

카루는 비늘을 부딪쳤다. 그는 사모와 헤어졌던 때의 기억을 떠올렸다. 갈로텍은 그런 카루의 반응이 재미있다는 듯이 웃었다.

〈그 점에 대해서는 어떻게 생각하는지 묻고 싶군, 카루.〉

〈……암살자는 실패할 거다. 갈로텍. 북쪽에서 그녀는 활기차게 움직일 수 없어. 반면 류의 주위에는 불신자들이 있지. 그들이 사모를 막을 거야.〉

〈음. 타당한 추리군.〉

〈그래. 너희들의 계획은 실패로 돌아갈 거다. 지금이라도 그 허무맹랑한 계획을 포기해라. 너희들이 세계를 위험에 빠트리려고 하는 것을 모르나?〉

갈로텍은 커다란 미소를 지었다. 그가 막 대답하려 할 때 금속 입방체 주위에 있던 수호자들이 닐렀다.

〈갈로텍. 준비됐어.〉

갈로텍은 그쪽을 흘끔 바라보고는 몸을 일으켰다. 금속 입방체를 향해 걸어가며 갈로텍은 카루에게 닐렀다.

〈카루. 내 생각에는 위험에 빠지는 것은 세계가 아니야. 불신자들이지.〉

〈모든 이보다 낮은 여신이 죽는다고 해서 세상이 더워진다는 보장은 어디에도 없어!〉

갈로텍은 더 이상 대답하지 않았다. 마치 관대함을 가지고 상대해 주던 것에도 질려버린 듯한 태도였다. 갈로텍이 금속 입방체 앞에 서자 어떤 수호자가 이상한 옷을 건네었다. 그것은 털가죽으로 만들어진 외투였고 키보렌에서는 아무 필요가 없는 것이었다. 지나치게 두껍고 커다란 그 옷은 추운 지방에 사는 더운 피의 불신자에게나 유용할 듯한 옷이었다. 갈로텍은 그 이상한 옷을 입고는 고개를 끄덕였다. 그러자 두 명의 수호자가 좌우에서 금속 입방체의 여닫이 문을 열었다.

금속 입방체 안에서 거대한 암흑이 흘러나왔다.

스바치와 카루는 흠칫하며 그것을 바라보았다. 그 안에서 흘러나오는 것은 틀림없이 냉기였다. 그것도 그들이 평생 구경조차 할 수 없었던 지독한 냉기였다. 가장 깊은 물도 그토록 차가운 어둠으로 물들어 있지는 않았다. 스바치는 더듬거렸다.

〈물보다 차갑……다? 어떻게?〉

갈로텍은 돌아보지 않았다. 두터운 옷을 입고 있었지만 갈로텍은 냉기를 피하느라 몇 발자국 물러날 수밖에 없었다. 카루는 그 입방체가 내부의 온도를 떨어뜨리는 장치임을 깨달았다. 그리고 카루는 왜 입방체 한쪽에서 열기가 흘러나오는지 깨달았다. 그것은 입방체 내부에서 강제로 꺼낸 열이었다. 그렇게 계속 열을 퍼내기에 내부는 차가워질 수밖에 없었다. 하지만 카루는 도대체 어떤 기술이 그런 마법 같은 일을 가능하게 하는지 짐작도 할 수 없었다.

그때 스바치가 고통스러운 니름을 토했다.

〈카린돌!〉

카루는 깜짝 놀라 스바치를 바라보았다. 스바치는 그 기괴한 입방체 내부를 뚫어지게 바라보고 있었다. 카루는 눈을 돌렸고 그 내부에 사람 비슷한 것이 있다는 것을 간신히 깨달았다. 조금 더 주의 깊게 바라본 카루는 꽁꽁 얼어붙다시피한 카린돌 마케로우를 발견했다. 카루는 헛바람을 삼켰다.

마당 가운데 앉아 있는 륜을 보던 티나한이 갑자기 고개를 돌렸다. 행자 하나가 무학당을 향해 달려오고 있었다. 행자는 쥬타기 대선사의 옆에 도달해서는 잠시 호흡을 골랐다. 대선사가 질문했다.

"어떻게 되고 있느냐?"

"일주문 근처까지 내려갔습니다."

"누가 다치지는 않았고?"

"예. 여전히 호각지세입니다. 케이건 님도 대단하시지만 괄하이드 변경백께서는 그 연세에 어떻게 그런 용력을 발휘하시는지 모르겠습니다. 구경하는 자들이 모두 혀를 내두르고 있습니다."

케이건은 괄하이드를 상대하며 천천히 하인샤 대사원을 내려가고 있었다. 지금껏 한 시간이 훨씬 넘는 시간 동안 싸우고 있는 셈이다. 오레놀은 초조한 표정으로 말했다.

"어쩌자고 그런 무모한 방법을 선택하셨는지 모르겠습니다. 티나한? 당신이 내려가서 양자가 다치지 않도록 말리면 안 되겠습니까?"

티나한 또한 그런 생각을 하고 있었다. 하지만 티나한은 고개를 세로젓지 않았다.

"케이건은 나에게 여기를 지키고 있으라고 했어. 혹 자신이 실패해서 사람들이 여기로 몰려오게 되면 내가 그들을 막으라고 했어."

"하지만 이대로 두면 두 사람 중 한 명은 크게 다칠지도 모릅니다. 어쩌면 목숨을 잃을 수도 있습니다."

"아마 이런 방법을 쓰려고 그렇게 말한 것 같아."

"예?"

"케이건은 그놈들을 바쁘게 만들어주겠지만 자신 또한 꽤 바빠질 생각이라고 했어. 시간이 남게 되면 쓸데없는 생각을 하게 될지도 모르니까. 그러니까 발자국 없는 여신을 죽이면 어떨까 하는 생각 같은 거 말이야."

오레놀은 신음했다. 티나한은 미간을 찡그렸다.

"내 생각에, 지금 다른 자들을 막는 것도 중요하겠지만 케이건을 막는 것도 중요할 것 같아. 지금 내려가서 싸움을 말리면 케이건은 이곳으로 올라올 수 있게 될지도 모르지. 물론 그 친구가 여신을 죽일 수 있을 거라고는 생각되지 않지만, 그래도 만약의 경우라는 것을 무시하지 못하겠어."

오레놀은 무슨 말인지 알겠다고 말하려 했다. 하지만 그 말은 꺼내지 못했다. 어떤 승려가 숨 막힌 목소리로 외쳤기 때문이다.

"시작되었습니다!"

오레놀과 티나한, 그리고 쥬타기 대선사는 륜을 돌아보았다. 그리고 정말로 뭔가가 '시작되었다'는 것을 깨달았다.

싸움이 시작된 이후로 거의 두 시간에 가까운 시간이 흘렀다. 케이건과 괄하이드의 몸은 땀에 젖어 있었다. 하지만 내지르는 공격의 신속함은 두 시간 전과 마찬가지였다.

괄하이드 규리하는 이미 최초의 분노를 잊고 있었다. 그리고 아직 두려움에 자신을 내어주지는 않았다. 두 시간째 적에게 아무런 상처도 주지 못했으니 두려워해야 마땅하지만 괄하이드는 공포를 느낄 수 없었다. 공포를 느낄 겨를도 없을 정도로 바빴기 때문이기도 하지만, 케이건의 검이 춤추는 모습이 그의 '마음에 들었다'는 것 또한 중요한 이유였다.

변경백은 그 투박하고 괴상한 검이 그토록이나 우아하고 날렵하게 움직일 수 있다는 사실을 믿을 수 없었다. 괄하이드가 찌를 것이라고 예측했을 때 베어들어오고 벨 수밖에 없다고 생각했을 때 찔러들어오는 모습은 그에게 거의 환희에 가까운 놀라움을 선사했다. 그것은 거장의 묘기를 목도하게 된 애호가의 환희였다. 괄하이드는 기대감 속에서 다음에는 어떤 의외의 공격이 들어올지 기다렸고 케이건은 매번 그를 실망시키지 않았다. 목숨이 걸려 있으니 흥분은 더욱 진했다. 괄하이드 변경백은 케이건을 왕으로 받아들여도 괜찮다는 기분마저 느꼈다. 물론 산에게 부동심을 가르칠 수 있다는 평을 받는 노무사는 좋은 칼솜씨는 칼잡이의 자질이지 왕의 자질이 아니라고 자신을 꾸짖는 것을 잊지 않았다.

어느새 그들은 일주문을 내려가고 있었다.

변경백의 부하들이 횃불을 가져왔고 다른 구경꾼들 또한 손에 횃불이나 등롱을 든 채 그들을 따라 오솔길을 걸어내려오고 있었다. 진한 흥분감을 맛보고 있는 것은 그들 또한 마찬가지였다. 그 어떤 자도 그렇게 싸울 수 없다. 케이건과 괄하이드가 사용하는 병기는 가벼운 것도 아니었다. 무기에 꽤 익숙하다 자부하는 자라도 쉰 번 휘두르기 힘들 거병(巨兵)을 수백 번 이상 휘두른다는 것은 그 자체로 육신을 망가뜨리는 일에 가깝다.

하지만 두 사내의 몸이 망가지는 기색은 어디에도 없었다.

망가진다면, 그것은 무기였다.

사람들은 차츰 걱정스러운 표정으로, 혹은 의아하다는 표정으로 두 사람의 무기를 바라보았다. 케이건의 쌍신검에는 아무런 손상이 없었다. 하지만 괄하이드의 대도에는 섬뜩한 자국들이 남아있었다. 이해하기 힘든 일이었다. 칼날 하나만의 중량과 두께를 따진다면 괄하이드의 대도 쪽이 훨씬 무겁고 두꺼울 것이다. 하지만 부딪힐 때마다 비명을 지르며 파편을 떨어뜨리고 마는 것은 괄하이드의 대도였다. 사람들은, 그리고 괄하이드는 케이건의 쌍신검이 그 모양만 특이한 검이 아님을 깨달았다. 그 하나하나의 날은 저 전설적인 쉬크톨에 버금갈 만큼 예리하고 단단했다. 괄하이드가 사용하는 무기가 폭이 넓은 대도였기에 망정이지 그렇잖았다면 괄하이드는 이미 오래전에 무기를 잃었을 것이다.

다시 호된 부딪침이 일어난 다음 두 검사는 약 5미터 정도 떨어져서 서로를 응시했다. 두 시간 만에 처음으로 괄하이드가 입을 열었다. 먼저 입을 여는 쪽이 자신의 피로감을 드러내는 것이 되겠지만 어쩔 수 없었다.

"정말 감탄하지 않을 수 없군. 케이건 드라카."

"그쪽이야말로. 20년 전에 만났다면 어땠을지 상상하기 무섭소."

"아마도 20년 정도 경험이 부족한 무사를 만났을 거요."

사람들은 노무사의 자존심이 멋지게 표현된 괄하이드의 말에 미소 지었다.

하지만 케이건은 아무런 감동도 받지 않았다. 괄하이드에게 건넨 말은 그저 예의를 위한 것일 뿐, 케이건은 두 시간 동안 싸운 상대에게 아무런 관심도 없었다. 케이건이 원한 것은 두 가지였다. 모든 방문자들의 이목을 이곳에 집중시키는 것, 그리고 자신조차도 이곳에 매이게 될 것. 괄하이드는 그런 케이건의 목적에 부합하는 상대였다. 두 시간 동안 모든 실력을 쏟아내어 상대한 적수에 대한 평가로는 지독한 모욕이 되겠지만 케이건이 괄하이드에게 느끼는 감정은 고작 그 정도였다.

'잘 골랐군.'

그런 케이건의 속마음을 짐작할 리 없는 괄하이드는 다시 진중하게 말했다.

"하인샤 대사원에서 당신을 왕의 재목으로 골랐다면, 적어도 아무나 고른 거라는 평은 면할 수 있겠군. 하지만 나는 아직 당신을 왕으로 인정할 수 없소."

"당신이 만난 지 두 시간도 되지 않은 자를 왕으로 인정한다면 나는 당신에 대한 세평을 비웃었을 거요. 이해하오."

"정말 당신은 왕이 될 생각이오?"

그런 생각은 눈곱만치도 없다고 말하는 대신 케이건은 무학당이 있는 쪽의 하늘을 잠시 바라보았다. 쥬타기 대선사와 오레놀은 그것이 '어떤 모습'일지 짐작할 수 없다고 말했고 케이건 또한 그것에 동의했다. 하지만 그럼에도 불구하고 케이건은 그쪽의 하늘을 보았다. 하늘로부터 내려오는 광선이나 신비한 깃털옷을 걸친 미녀를 기대한 것은 아니었지만…….

케이건은 이를 악물었다.

륜은 눈을 감은 채 사모를 생각했다.

오레놀의 요청대로 륜은 여신에게 도와달라고 간청하지는 않았다. 그리고 그것은 륜에겐 극히 힘든 일이었다. 륜은 세상의 모든 것을 향해 사모 페이가 하텐그라쥬로 돌아갈 방도를 찾아내라고 요구하기를 원했다. 당연히 륜은 자신의 신부에게도 같은 요구를 하고 싶었다.

륜에게 그 요구는 레콘의 멸망 저지, 두억시니들이 신을 잃은 이유, 그리고 모든 이보다 낮은 여신의 암살 저지보다 중요했다.

미망이었다. 륜은 오레놀에게 감사했다. 륜은 어떤 논리로도 자신의 요구가 다른 세 요구보다 앞설 수 없다는 것을 알고 있었다. 그리고 그것을 거부했었다.

그랬기에 륜은 만다라 가운데서 사모를 생각했다. 그리고 자신을 생각했다.

'나는 사모에게 그런 큰 사랑을 받을 자격이 있을까?'

오레놀은 륜에게 자신을 신에게 맞추라고 권했다. 그래서 륜은 자신에 대해 생각했다.

'나라는 것이 없었다면 사모는 누구 못지않게 행복하게 살았을 것이다.'

소박한 것이지만 그것은 '나'가 사라진 우주에 대한 인식의 시작이었다. 내가 있어 세상이 아름답다는 것이 아니라 아름다운 세상에 내가 있음을 깨닫기 시작하는 순간이었다. 그것은 자기 부정도, 자기 비하도 아니다. '내'가 없어도 세상은 여전히 아름다웠지만 '나'의 결여는 여전히 큰 문제였다. 왜냐하면 세상은 모두 '나'로 이루어져 있기 때문이다.

류은 그것에 거창한 '몰아(沒我)'라는 이름을 붙이고 싶지는 않았다. 다만 류은 소박하게 생각했다.

'당신에게, 그리고 사모에게 사랑받을 수 있는 내가 되고 싶어요.'

그 순간, 시간이 날카로워지기 시작했다.

시간의 어느 순간들은 다른 순간들보다 훨씬 날카롭고, 그곳을 관통하여 지나가는 사람들에게 매서운 상처를 남긴다. 바로 그런 감각이 무학당에 있는 사람들 모두를 휘감았다. 티나한은 본능적인 두려움에 포효하고픈 욕망을 느꼈고 대선사는 무릎이 후들거리는 것을 느꼈다. 두억시니들 또한 긴장하여 사지를 잔뜩 움츠렸다. 여차하면 펴기 위한 움츠림이었다. 그리고 마루나래는 사모가 누워 있는 방과 류을 번갈아 쳐다보았다.

공간이 확장되었다.

오레놀은 갑자기 류이 수십 킬로미터 저편에 있다는 느낌을 받고 기겁했다. 다시 눈을 비빈 오레놀은 류의 크기가 그대로라는 것을 깨달았다. 그의 망막에 맺히는 류의 크기는 조금도 변함이 없었다. 하지만 그의 인상은 여전히 류이 저 먼 곳, 고함을 질러도 들리지 않을 만큼 먼 곳에 있다고 고집했다. 오레놀은 다른 사람들도 그런 느낌인지 묻기 위해 고개를 돌렸다. 그리고 대덕은 신경질적인 웃음을 터뜨렸다. 티나한과 쥬타기 대선사는 그로부터 수십 킬로미터 떨어진 곳에 있었다.

보다 행동적인 티나한은 거의 반사적으로 오레놀에게 달려가려고 마음먹었다. 그러나 걸음을 떼기 직전 티나한은 그 계획을 재고했다. 그의 이성은 계속해서 오레놀이 수십 킬로미터 저편에 있다고 가르쳐주고 있었지만 눈에 보이는 오레놀의 크기는 그대로였다. 만약 '실제로' 오레놀이 겨우 몇십 센티미터 저편에 있는 거라면 티나한의 돌격은 오레놀의 등뼈를 부러뜨리는 일이 될지도 모른다. 물론 티나한은 그 시점에서 과연 무엇이 '실제'인지 자신할 수 없었다. 티나한은 고민하다가 자신의 철창을 떠올렸다. 그것은 7미터였고 그곳에 있는 거의 모든 승려들의 몸에 닿을 수 있을 정도로 길었다. 그러니까, 약 10분 전에는 그랬다는 의미다. 티나한은 철창을 조심스럽게 수평으로 든 다음 그것을 천천히 옆으로 돌려보았다.

시각적 이해는 티나한에게 철창이 곧 오레놀의 가슴에 닿을 거라고 가르쳐주고 있었다. 그리고 티나한의 이성은 그런 웃기는 생각 좀 하지 말라고 책망하고 있었다. 티나한의 팔이 더 움직였을 때 승자는 그의 이성으로 밝혀졌다.

철창은 닿지 않았다.

티나한이 하는 일을 보고 있던 오레놀 또한 그 사실에 당황했다. 티나한은 다시 여러 승려를 향해 철창을 뻗었고 어느 승려의 몸에도 철창은 닿지 않았다. 황당하기 그지없는 일이었다. 점점 대담해진 티나한은 싸움터에서나 용납될 매서운 동작으로 창춤을 췄다. 승려들의 얼굴이 새파랗게 질렸고 몇몇은 비명까지 질렀다. 당장이라도 사제들의 목이 날아가고 살이 뭉개지며 피보라가 일어날 것 같았다. 그러나 철창이 일으키고 있을 것이 분명한 매서운 바람조차 승려들에게 닿지 않았다. 한바탕 멋진 창춤을 춰보인 티나한은 다시 창을 꼿꼿이 세워들고는 조금 전의 상황에 대해 고민하며 륜을 바라보았다. '제발 던질 생각만은 말아다오'라고 빌고 있던 승려들은 그 모습에 안도했다.

륜은 눈을 떴다.

갈로텍과 수호자들은 긴장한 시선으로 한 수호자를 바라보았다. 보트린이라는 이름을 가진 그 수호자는 동료들에게 '특별한' 예민함으로 유명했다. 어쩌면 그 특별함이야말로 이 모든 일의 시작일지도 모른다. 공평함을 선호하는 우주의 어떤 의지는 보트린에게 그 특별한 예민함을 부여하는 대신 다른 종류의 둔감함도 아울러 선사한 것이 분명했고, 따라서 보트린은 음모나 계획, 속임수 따위에 무지하다 할 정도로 둔감했다. 하지만 그것은 상관없었다. 실제로 계획을 세우고 그것을 운용하는 자들에게 그런 감각은 충분했기 때문이다.

그 보트린이 환희에 찬 니름을 닐렀다.

〈좋아, 됐어!〉

그로스가 갈로텍에게 양피지를 건넸다. 양피지를 받아든 갈로텍은 빙긋 웃었다. 그는 갑자기 땅바닥에 쓰러져 있는 스바치와 카루를 돌아보았다. 스바치는 카린돌을 보느라 여념이 없었지만 카루는 사나운 시선을 보내어오고 있었다.

〈도대체 그녀에게 무슨 짓을 하고 있는 거야!〉

갈로텍은 그 질문에 대답하지 않았다. 대신 손에 든 양피지를 펄럭이며 닐렀다.

〈이게 뭔지 알아?〉

〈그게 뭔데?〉

〈카린돌 마케로우가 너희 두 명을 데리고 심장탑에 보호를 요청한 것에 격분한 비아스가 보낸 항의장이지.〉

〈뭐? 보호?〉

되묻던 카루는 곧 갈로텍의 니름이 무슨 뜻인지 깨달았다. 갈로텍은 카루의 얼굴을 보며 그가 상황을 완전히 깨닫기를 기다렸다. 카루의 얼굴이 험악하게 바뀌었을 때 갈로텍은 양피지를 내려다보며 닐렀다.

〈약술사의 길을 선택한 것은 비아스로선 훌륭한 결정이야. 이 끔찍한 문재라니, 세련미라고는 아첨을 바치려고 해도 찾아보기 힘들 지경이군. 하지만 그녀가 선택한 어휘들 중 하나는 매우 마음에 드는군.〉

갈로텍은 그것이 무슨 어휘냐고 묻기를 기다렸다. 그래서 카루는 그렇게 해주었다.

〈무슨 어휘인데?〉

카루의 예상대로 갈로텍은 대답하지 않았다. 카루는, 어울리지는 않지만 갈로텍에게 순박하다는 평을 하는 것도 가능하겠다고 생각했다. 갈로텍은 양피지를 차분히 들여다보고는 그것을 도로 그로스에게 돌려주었다.

그리고 갈로텍은 카린돌 앞으로 다가섰다.

냉동 장치에서 흘러나오는 냉기는 이제 견딜 수 없는 지경이었다. 수호자들은 몸을 움츠렸고 스바치와 카루 또한 몸이 차가워지는 것을 느끼며 당황했다. 하지만 갈로텍은 그들을 놀라게 했다. 갈로텍은 갑자기 외투 앞자락을 확 열어젖혔다.

그리고 갈로텍은 비아스의 항의서에 적혀 있던 카린돌의 이름을 강력하게 닐렀다.

〈베카린도렌 마케로우!〉

스바치와 카루는 공포 속에서 카린돌을 바라보았다. 카린돌의 정신이 미약하게 푸들거렸다.

류은 날카로워진 시간과 확장된 공간 가운데서 외롭게 앉아 있었다. 모든 객체들이 한없이 먼 곳에 있었다. 오직 그의 품에 안겨있는 아스화리탈만이 류과 정상적인—도대체 무엇이 정상적인지 따지지 않기로 한다면—거리를 유지하고 있었다. 품속에 있는 아스화리탈이 수십 킬로미터 저편에 있는 것처럼 느껴져도 이상할 것이 아무것도 없다고 생각했던 류은 그 사실에 감사하며 용을 어루만졌다. 용은 꼬리로 류의 허리를 부드럽게 감쌌다.

그리고 여신이 있었다.

모든 곳에 여신이 있었다.

몰려드는 이슬들, 춤추는 빛, 도치가 궁극의 화법이 되는, 한없이 많고 많은 대화들. 비가 억수처럼 쏟아졌다. 만다라는 꿈쩍도 하지 않았고 누구의 몸도 젖지 않았다. 누군가의 몸에 닿기에는 빗줄기 사이의 간격이 지나치게 '넓었다'. 그럼에도 그것은 억수 같은 빗줄기였다. 긴장한 승려들이 토해 놓는 뜨거운 숨이 현란한 색채로 그들을 물들였다. 뜨거워진 그들의 몸에서 피어나는 열류들을 보며 류은 미소 지었다. 류은 안심하라고 말해 주고 싶었다. 왜 그런지 모르지만 류은 안심해도 좋다고 생각했다. 다만, 류은 수십 킬로미터 저편에 있는 사람들에게 말을 건다는 것이 이상하게 느껴졌다. 그래서 류은 아쉬워하며 그것을 포기했다.

류은 천천히 일어났다.

접촉이나 애호(혹은 증오)의 대상이 되기에도 너무 멀기에 그저 관찰의 대상이 될 수밖에 없는 세계 가운데 류은 똑바로 섰다. 여신은 모든 곳에 있었다. 그래서 류은 위—아래—왼쪽—오른쪽—앞—뒤—겉—안으로 향해 닐렀다.

〈라르간드. 나의 신부.〉

〈디듀스류노 라르간드 페이. 나의 신랑.〉

여신이 대답했다.

케이건은 시작되었다는 것을 알 수 있었다. 뭔가를 목격한 것은 아니었다. 무학당이 있는 쪽의 풍경에는 변화된 것이 아무것도 없었다. 하지만 케이건은 그 곳이 지나치게 멀다는 느낌을 받았다. 산의 정상에 똑바로 누운 채 바라보는 하늘처럼 막막하고 멀었다. 그리고 그것으로써 케이건은 알 수 있었다.

괄하이드는 케이건이 어딘가를 본다는 것을 깨달았지만 그곳을 돌아보지는 않았다. 괄하이드는 그것이 상대의 시선, 혹은 부주의한 공격을 유도하는 전통적인 속임수가 아닌지 우려했다. 엉망진창이 된 대도를 세차게 움켜쥐며 괄하이드는 케이건을 향해 말했다.

"정말 왕이 될 생각이오?"

케이건은 다시 괄하이드를 내려다보았다. 여신과의 접촉이 어느 정도의 시간을 필요로 할지 알 수 없는 이상 케이건은 되도록 오랫동안 이들을 붙잡아놓고 있어야 했다. 케이건은 모호하게 대답하기로 했다.

"나는 지금 이 싸움에 만족하고 있소."

"그래서?"

"이것부터 결판을 내고 싶소. 괄하이드 변경백."

괄하이드는 무의미하다고 말하고 싶었지만 그의 몸이 그를 배신했다. 팔은 무거웠고 다리는 아예 땅에 붙어버린 것 같았다. 하지만 괄하이드는 더 싸우고 싶다고 생각했다. 그는 아무것도 걸려 있지 않은, 단지 두 사람의 목숨만이 별 대수롭지 않은 전리품으로 걸려 있는 싸움을 계속해야 할 이유를 어디서도 발견할 수 없었지만, 그러나 대도의 거칠어진 날을 다시 뒤로 끌어당겼다.

"나 역시 그걸 바란다는 것을 방금 깨달았소. 케이건. 이런 싸움을 흐지부지 끝낸다면 두고두고 후회할 거요."

그러나 변경백은 그대로 돌격하지는 않았다.

"하지만, 말을 할 수 있을 때 당신에게 해둘 말이 있소. 이 싸움이 끝났을 때 내가 가슴이 터져 죽거나 기절하게 될지도 모른다는 의심이 들거든."

"해보시오."

괄하이드는 호흡을 고른 다음 말했다.

"내 가문에 대한 난잡한 말이 많다는 것을 알고 있소. 그래, 그냥 툭 털어놓고 말하지. 제왕병에 걸렸지만 왕이 될 배짱은 없었기에 변경백이 된 자의 후손이라고 말하더군! 그 표현이 내게 일으키는 분노와 별개로, 나는 그 말의 진실성을 일부 인정하오. 현재의 규리하 가문이 진짜 규리하 가문의 적손은 아니라는 점 말이오."

케이건은 염증을 느꼈다. 노무사에게 그것은 무엇보다 중요한 일이겠지만 케이건은 다른 자들의 가문사—그것도 복잡하게 뒤틀려 있고 꼬여 있는—에 아무런 관심이 없었다. 경의가 아닌, 그것이 시간을 충분히 소모하는 일이라는 이유로 케이건은 잠자코 괄하이드의 말을 경청했다.

"하지만 생각해 보시오. 왕들이 있었을 때 규리하는 변경백을 두어 다스릴 수밖에 없었던 험지였소. 지금 그 땅이 어떻게 되어있소? 지러쿼터 산맥 동쪽의 오만한 족속들이 꿈에도 탐내는 복토가 되어 있소. 누가 그렇게 만들었소? 왕도, 왕의 변경백도 아니오. 과텔 규리하와 케나린 규리하가 그렇게 만들었소. 왕이 그들을 도와줬소? 그들이 왕의 위엄을 빌려 그 일을 이룩했소? 왕은 없었소. 케이건. 그래, 좋소. 과텔과 케나린이 왕에게 받지 않은 변경백의 이름을 사용했소. 하지만 그들이 그 이름의 덕을 보았소? 왕은 없었소! 변경백의 지위는, 그렇게 값진 것이 아니었소!"

"무슨 말인지 이해하겠소. 하지만 그들이 자신의 것 아닌 것을 가졌다는 원칙적인 사실에는 변함이 없소."

"알고 있소! 나는 단지 그들이 무가치한 호칭을 불법적으로 취득한 것 때문에 그들이 이룩한 모든 것을 부정하지는 말아달라고 요청하는 거요. 과텔과 케나린을 경의로 대해 주시오. 그들이 왕의 것을 훔쳤다는 말에는 승복하겠소. 하지만 왕이 존재하지 않을 때 왕의 것을 훔쳤다면, 그것은 임자 없는 것을 가졌다는 것으로 볼 수도 있잖소?"

"임자 없는 것?"

"왕이 없었잖소! 아니면 돌아오지 않았다고 해도 좋소. 나와 규리하는 왕이 돌아오기를 바라니까. 하지만 과텔과 케나린의 시대에는 왕은 이 땅에 없었소. 그들은 임자 없는 것을 가졌을 뿐이오!"

케이건은 소름끼치는 기분을 맛봤다.

'정확하게 말한다면 세상이 어떻게 될지 절대로 알 수 없다는 겁니다.'

'한 분의 신을 잃으면 이 세상이 두억시니 꼴이 된다는 말이군.'

'하지만, 세상이 좀 더 더워지면 어떨까?'

'그들은 임자 없는 것을 가졌을 뿐이오!'

케이건은 다시 무학당을 바라보았다. 모든 의혹이 사라지며 사태는 한 가지 결론으로 치닫고 있었다. 그리고 그 결론은 케이건을 경악하고 격분하게 했다. 괄하이드는 갑자기 불타오르는 케이건의 눈빛에 놀랐다. 케이건이 외쳤다.

"이 싸움을 그만둡시다. 괄하이드!"

"무슨 말이오?"

"나는 지금 이런 놀이를 하고 있을 시간이 없소."

케이건이 격분한 나머지 저지른 실수였다. 괄하이드에게 그것은 놀이가 아니었다. 괄하이드는 눈썹을 일그러뜨리며 차갑게 대답했다.

"당신은 어디로도 갈 수 없소. 케이건. 가려거든 나를 굴복시키시오!"

케이건은 하마터면 그렇게 할 뻔했다. 하지만 케이건은 그럴 경우 괄하이드의 부하들이 달려들게 될 거라는 사실을 가까스로 떠올렸다. 케이건은 한번 더 설득하기로 마음먹었다.

"괄하이드 변경백. 지금 설명할 시간은 없지만……."

그리고 케이건은 뒤로 훌쩍 뛰어야 했다. 괄하이드의 대도가 난폭한 기세로 날아왔기 때문이다. 케이건은 분노하여 바라기를 휘둘렀고 그것을 대비하고 있던 괄하이드는 가볍게 피했다. 괄하이드는 수염을 흩날리며 외쳤다.

"비록 레콘은 아니지만, 나는 철로 대화하자고 제안하고 싶소!"

케이건은 으르렁거리며 바라기를 고쳐쥐었다. 무용으로써 사태를 해결하려는 욕구는 케이건에겐 그다지 매력적인 것이 아니었다. 하지만 케이건은 더 이상 시간을 끌 수 없었다.

바라기가 소리 없는 포효를 발한 순간 괄하이드의 대도가 박살났다.

강력한 충격은 대도의 자루를 지나 괄하이드의 팔과 어깨, 허리까지 전달되었다. 괄하이드는 볼썽사납게 쓰러졌다. 땅에 쓰러진 채 변경백은 믿을 수 없는 표정으로 케이건을 바라보았다. 케이건은 이미 바라기를 등 뒤에 걸고 있었다. 그리고 쓰러진 괄하이드에겐 눈길도 주지 않은 채 달려갔다. 괄하이드의 부하들이 주춤거리며 그 앞을 막아섰다. 케이건은 난폭하게 외쳤다.

"비키지 않으면 다 베겠다!"

병사들은 무기를 들어 케이건을 겨냥했다. 괄하이드가 가까스로 외쳤다.

"모두 비켜라!"

병사들은 괄하이드를 돌아보았고 케이건 역시 짧은 순간 괄하이드를 바라보았다. 괄하이드는 고개를 끄덕였다.

"혹 병사가 필요하시오?"

케이건은 빠르게 생각했다.

"어쩌면."

"좋소. 너희들은 그분을 따라가서 그분을 도와드려라."

병사들은 당황했다. 그러나 케이건은 이미 그들 사이를 지나 대사원으로 달려올라가고 있었다. 병사들은 그 뒷모습을 보다가 다시 괄하이드를 바라보았다. 괄하이드는 무섭게 외쳤다.

"당장 따라가라! 나도 곧 뒤를 따르겠다!"

병사들은 그제야 케이건을 따라 달렸다. 그리고 사람들 또한 그쪽의 일이 더 중요할 것 같다고 생각하고는 우르르 몰려갔다. 홀로 남게 된 괄하이드는 몸을 일으켰다. 부러진 대도를 주워든 괄하이드는 한숨을 내쉬었다.

"정말 놀이였군."

그리고 괄하이드 역시 오솔길을 달려 올라갔다. 그에겐 패배의 쓰라림도, 놀림당했다는 분노도 없었다. 늙은 변경백의 마음속에는 한 가지 욕구밖에 없었다.

그는 케이건이 무슨 일을 할 건지 반드시 확인하고 싶었다.

무학당은 지긋지긋할 정도로 멀고 높았다. 대사원의 경내를 질풍처럼 가로지르며 케이건은 속으로 악담을 퍼부었다. 경사진 길을 따라 달려올라가는 그의 뒤로 병사들과 사람들은 차츰 뒤처지기 시작했다. 케이건도 눈앞이 하얗게 바뀌는 기분을 몇 번 느껴야 했다. 불과 얼마 전 전설 속에나 나올 법한 대호와 온몸으로 부딪쳤고 그런 몸으로 방금 이 시대 최고의 효용들 중 하나와 두 시간 동안 싸운 직후였다. 기절하는 것은, 어쩌면 당연하다. 하지만 케이건은 기절한 채로도 달리겠다는 각오로 달렸다.

기절하지는 않았지만 대신 탈진 상태가 되어 케이건은 가까스로 무학당에 도달했다. 그리고 무시무시한 좌절감을 맛보았다.

너무 멀었다.

눈으로 보이는 모습은 겨우 몇십 미터밖에 되지 않았다. 그곳에 륜이 서 있었다. 하지만 케이건은 그곳까지의 거리가 '너무 멀다'는 사실을 인정하지 않을 수 없었다. 그러나 케이건은 탈력감에 무릎을 꿇거나 그 자리에서 분통을 터뜨리는 등의 사치를 거부했다. 케이건은 노호하며 확장된 공간 안으로 뛰어들었다.

그리고 케이건은 무한히 달렸다.

두 시간 동안 괄하이드와 싸우고 다시 하인샤 대사원의 넓은 경내를 달려 올라온 후 달리는 것이다. 자살 행위나 다름없다. 가쁜 숨을 몰아쉴 때마다 허파 속에서 녹은 쇳물이 출렁이는 것 같았고 팔다리의 감각은 사라져버렸다. 하지만 케이건은 계속 달렸다.

레콘다운 감각에 의해 티나한은 옆을 돌아보았고, 케이건을 발견했다.

티나한은 케이건의 얼굴을 볼 수 있었고 그 표정도 볼 수 있었다. 시각적인 거리는 그토록 가까웠다. 케이건의 얼굴은 분노로 흉하게 일그러져 있었다. 티나한은 놀라며 철창을 움켜쥐었다. 그다지 급한 동작은 아니었다. 그도 그럴 것이, 케이건은 어떤 위험이 되기에는 지나치게 먼 곳에 있었다. 티나한은 위험보다는 걱정을 느꼈다. 케이건은 수백 년 동안이라도 달리겠다는 듯이 달려오고 있었다. 티나한은 계명성을 내질렀다.

"케―이―건―! 무―슨―일―이―야―!"

티나한이 무의식 중에 염려했던 것처럼 그의 계명성은 확장된 공간 안에 삼켜져 스러지고 말았다. 케이건이 그의 목소리를 들은 기색은 없었다. 대신 티나한은 케이건이 입을 움직이고 있는 것을 목격했다. 티나한은 케이건이 자신과 똑같은 문제를 느끼고 있음을 깨달았다. 케이건은 목청껏 고함을 지르고 있었지만 그 소리는 티나한에게 닿지 않았다. 너무 멀기 때문이다.

케이건이 쓰러졌다.

티나한은 움찔하며 그를 부축하려 했다. 하지만 몇 걸음도 걷지 않아 티나한은 격분했다. 거리가 좁혀지지 않았다. 티나한은 분노 속에서 전속력으로 달렸다. 그러나 거리는 야속하리만큼 줄어들지 않았다.

케이건은 땅을 짚으며 일어났다. 가슴속이 그대로 타버릴 것 같은 감각에 케이건은 몸서리를 쳤다. 온몸에서 폭포수처럼 쏟아지는 땀 때문에 눈을 뜨기도 어려웠다. 케이건은 억지로 고개를 들어 앞을 바라보았다. 시각마저 흐릿했지만, 케이건은 티나한이 그를 향해 가공할 속도로 달려오고 있음을 깨달았다. 그러나 거리는 줄어들지 않았다. 그 공간에서 그들은 완전히 유리되어 있었다. 케이건은 더 이상 뛰는 것이 무의미함을 깨달았다. 그래서 케이건은 목청껏 외쳤다.

"티나한! 제발 륜을, 륜을 멈추게 하시오!"

비슷한 시기에 비슷한 결론을 내린 티나한도 달리기를 멈췄다. 티나한은 케이건의 입 모양을 읽어보려 애썼다. 하지만 케이건은 흙과 땀으로 범벅이 되어 있었고 게다가 호흡마저 고르지 않아서 그 입 모양을 읽는 것은 쉽지 않았다. 게다가 티나한은 자신의 부리와 인간의 입 사이의 차이를 완전히 해소할 수 없었다. 케이건 또한 그 문제를 깨달았다. 그는 부들부들 떨리는 손을 움직여 손짓을 보내었다.

케이건은 오른손으로 힘겹게 륜을 가리켰다. 그리고 왼손으로는 자신의 목을 긋는 시늉을 해보였다. 티나한은 륜을 죽이라는 의미인 줄 알고 깜짝 놀랐다. 그러나 케이건이 유사한 의미로 사용될 수 있는 손짓을 몇 가지나 반복한 후에 티나한은 그 의미를 이해했다.

케이건은 륜을 제지할 것을 원하고 있었다. 티나한은 그 의미에 당황했다.

"저걸 멈추면 우리의 여신이 죽는데? 모든 이보다 낮은 여신이 죽는 것을 막을 수 없잖아?"

티나한은 그것을 어떻게 하면 손짓으로 전달할 수 있는지 알 수 없었다. 하지만 티나한은 그것을 시도했다. 케이건은 눈앞이 빙글빙글 도는 것 같은 기분 속에서도 겨우 티나한의 괴상한 손짓을 읽어냈다. 그대로 기절하고픈 충동을 애써 물리치며 케이건은 고함을 지르며 손짓했다.

"놈들은 모든 이보다 낮은 여신을 죽이려는 것이 아니야!"

갈로텍은 카린돌의 의식이 조금씩 깨어나는 것을 느끼며 득의만만한 니름을 보내었다.

〈우리가 왜 여신을 죽인단 말인가. 스바치, 카루.〉

스바치와 카루는 경악했다.

〈뭐라고? 하지만 너희들은 사원을…….〉

〈모든 사람들이 그렇듯이, 우리들 또한 모든 이보다 낮은 여신의 사원이 어디 있는지 몰라. 하지만 설령 어디 있는지 알았더라도 여신을 죽이지는 않아. 맙소사. 모든 이보다 낮은 여신이 사라지면 이 세상이 무슨 꼴이 될지 누가 안단 말인가?〉

바로 그런 이유에서 그들을 저지하려고 했던 카루와 스바치는 기가 막혀 니름이 나오지 않았다. 카루가 격한 호흡을 몰아쉬며 가까스로 닐렀다.

〈우리를 속인 건가?〉

〈아니. 자네들과 하인샤 대사원의 땡초들까지 속였지.〉

〈그렇다면 너희들이 원하는 것은 뭐냐?〉

갈로텍은 대답하지 않았다. 바로 그 순간 카린돌이 정신을 열기 시작했기 때문이다. 일부러 외투를 열어젖혀 냉기를 가득 받아들인 갈로텍은 고통스러운 정신으로 카린돌에게 다가섰다.

카린돌은 자신이 누구인지 알 수 없었다. 자신이 눈을 뜨고 있는지조차 알 수 없었기에 카린돌은 눈앞에 보이는 암흑이 무엇인지 알 수 없었다. 그때 다시 니름이 들려왔다.

〈베카린도렌 마케로우!〉

저것은 나의 이름이다. 카린돌은 이름이 무엇인지도 잘 알 수 없는 기분이지만 그렇게 생각했다. 그러자 익숙함과 안온함이 느껴졌다. 카린돌은 자신의 이름을 반복했다.

〈베카린도렌 마케로우.〉

그러자 상대방도 다시 그녀의 이름을 불렀다.

〈베카린도렌 마케로우.〉

〈너는 누구지?〉

〈친구다.〉

카린돌은 그것이 당연하다고 생각했다. 그녀를 베카린도렌 마케로우라고 부르고 있는 상대방은 당연히 친구일 것이다. 그것은 아무나 부를 수 있는 이름이 아니었다. 카린돌은 자신의 이름이 카린돌이라는 것도 알 수 없었지만 그 사실에 개의치 않았다. 카린돌은 상대방의 니름을 반복했다.

〈친구.〉

〈그래. 친구다. 지금 어떻지?〉

카린돌은 자신이 어떤지 생각했다.

〈춥다. 어둡다. 무섭다.〉

〈계속 그렇게 있겠어?〉

카린돌은 모든 정신으로 거부했다.

〈싫어!〉

〈싫어?〉

〈싫어! 싫어! 싫어!〉

〈그곳을 벗어나고 싶은가?〉

〈벗어나고 싶다.〉

〈그럴 줄 알았어.〉

카린돌은 그럴 줄 알았으리라고 생각했다. 상대방의 니름은 고통에 차 있었다. 상대방은 그녀의 고통에 대해 슬퍼하고 있는 것 같았다.

〈그래서 내가 왔다.〉

〈그래서 네가 왔어.〉

〈그곳을 벗어나, 나에게 오겠어?〉

〈이곳을 벗어나, 너에게 가겠다.〉

〈내게로 와.〉

카린돌은 움찔했다. 무엇 때문에 그런지 알 수 없었다. 카린돌은 자신이 느낀 것이 불안이라는 것도 알지 못한 채 닐렀다.

〈그런데 너는 누구지?〉

〈베카린도렌 마케로우의 친구야.〉

카린돌은 동의했다.

〈너는 베카린도렌 마케로우의 친구야.〉

〈그래. 내게로 오겠어?〉

〈네게 가겠다.〉

카린돌은 그렇게 했다.

티나한은 케이건에게 부딪힐 뻔했다.

단지 그렇게 느꼈을 뿐이다. 실제로는 도저히 부딪힐 거리가 아니었다. 하지만 한없이 확대되어 있던 공간이 갑자기 축소되며 정상적인 거리가 되는 순간 티나한은 케이건이 '날아오듯이' 가까워진다고 느꼈다. 티나한은 엉겁결에 케이건을 받아내려 했다. 물론 케이건이 그에게 날아와 부딪치지는 않았다.

승려들은 당황하여 웅성거렸다. 티나한은 재빨리 륜의 상태를 살폈다. 륜은 여전히 만다라 가운데 서 있었다. 티나한은 륜에게 별 이상이 없음을 확인한 다음 케이건에게로 달려갔다. 한번 껑충 뛴 다음 티나한은 케이건 옆에 무릎을 꿇었다.

"케이건?"

땅을 향해 헐떡이고 있던 케이건은 갑자기 들려온 목소리에 놀라 고개를 들었다. 너무 급하게 머리를 든 것 때문에 다시 현기증이 찾아왔고 케이건은 구토할 뻔했다. 티나한은 온몸의 깃털을 곤두세웠지만, 다행히 케이건은 구토하지는 않았다. 케이건을 만지려던 티나한은 그 몸이 땀에 젖어 있는 것을 깨닫고는 선뜻 손을 내밀지 못했다.

그때 케이건이 말했다.

"륜을 막으시오……."

"왜지? 왜 륜을 막으라는 거야? 저 나가들이 모든 이보다 낮은 여신을 어떻게 죽일지 알아내어야 하잖아?"

케이건은 분노했다. 그러나 자신이 깨달은 사실을 다른 사람도 깨닫지는 못했다는 사실에 분노하는 것은 무익하다는 사실도 떠올렸다. 케이건은 앞으로 쓰러졌고, 그리고 땅에 등을 대고 누웠다. 좀 쉽게 말하기 위해서였다.

"티나한. 그들이…… 여신을 죽일 리가 없소."

"뭐라고!"

"그들도 아오. 그 수호자들도 알고 있소. 그자들도…… 모든 이보다 낮은 여신이 사라지면 세상이 반드시 더워질 거라는…… 말도 안 되는 소리를 믿지 않소."

티나한은 더할 나위 없이 당황하여 더듬거렸다.

"그, 그렇다면 여신은 안전한 거야?"

"아니오."

"무슨 소리야!"

"모든 이보다 낮은 여신은 안전하오. 하지만 발자국 없는 여신의 경우는 그렇지 않소."

"나, 나가의 여신 말이야?"

"그렇소. 그들이 노리는 것은…… 나가의 여신이오."

"말도 안 되는 소리는 그만둬! 놈들이 왜 자기들의 여신을 죽이려 한다는 거야!"

케이건은 입속에서 쇠맛이 나는 것을 느끼며 안간힘을 다해 말했다.

"죽이려는 것이 아니오. 그들이 노리는 것은 신체요."

"신체? 신체라니?"

"발자국 없는 여신은 륜을 만나러 이곳에 오기 때문에 하텐그라쥬에서 무슨 일이 일어나는지 알 수 없소. 그들은 여신의 관심이 이곳에 쏠린 틈을 타 신체를 장악할 거요. 그리고, 아마도 신체에서 영을 빼버릴 거요. 그들에게 군령자가 있다면 가능한 일이지."

티나한은 오레놀에게 그런 이야기를 들었다. 그는 경악 속에서 벼슬을 떨었다. 케이건은 힘겹게 말했다.

"그렇소. 그렇게 할 거요. 육 없는 영은 존재할 수 있소. 도깨비들의 어르신처럼.

하지만 영 없는 육은 존재할 수 없소. 살아있는 육에는 잠시도 영이 부재할 수 없소. 신체에서 영이 빠져나가면, 여신은 강제로 그 육으로 소환될 거요. 그리고 그 육 안에 갇히게 될 거요."

"여신을…… 가둔다고? 왜?"

케이건은 가슴을 쥐어짜듯 외쳤다.

"그들은 여신을 가둬두고 여신의 힘을 마음대로 쓸 작정이오! 왕이 없는 이 땅에서 온갖 놈들이 왕의 이름이나 그 재산을 제멋대로 이용하는 것처럼!"

다음 순간 티나한은 륜에게로 날아가고 있었다.

티나한은 필요하다면 륜의 머리를 내리쳐 기절시킬 각오까지 한 채 륜 앞에 내려섰다. 하지만 티나한은 위로 치켜든 주먹을 내리지 못했다. 륜은 어리둥절한 표정으로 사방을 바라보고 있었다. 티나한은 공포 속에서 질문했다.

"륜. 여신과 대화 중이야?"

"아니요. 여신이 갑자기 사라졌습니다. 그 때문에 거리가 정상으로 돌아왔습니다."

난처한 듯 말하던 륜은 티나한의 얼굴을 보곤 당황했다. 티나한은 벼슬을 부들부들 떨고 있었다.

"그렇다면 벌써……!"

〈문을 닫아!〉

갈로텍이 튕기듯 뒤로 물러나며 닐렀다. 그러나 수호자들이 문을 붙잡기도 전에 카린돌의 몸에서 니름이 흘러나왔다.

〈나의 신랑이여. 이게 무슨 짓인가!〉

스바치와 카루는 비늘을 곤두세웠다. 생전 처음 듣는 니름이었지만 그들은 그것이 누구의 니름인지 알 수 있었다. 여신이 아니고선 그런 니름을 발할 수 없었다.

그 권위와 힘에 사람들은 몸이 오그라드는 기분마저 느꼈다. 하지만 갈로텍은 으르렁거리며 한쪽 문을 향해 달려갔다.

〈문을 닫아, 이 멍청아!〉

그리고 갈로텍은 문을 밀어붙였다. 다른쪽에 있던 수호자도 퍼뜩 제정신을 되찾아 문을 닫았다. 떨리는 손으로 문을 잠근 갈로텍은 비늘을 부딪치며 금속 입방체에서 떨어졌다.

금속 입방체는 고요했다. 갈로텍은 비늘을 부딪쳐 요란한 소리를 내며 고개를 돌렸다. 그의 눈길이 닿는 곳에는 보트린이 넋을 잃은 채 서 있었다.

〈보트린!〉

〈뭐, 어? 왜?〉

〈보트린, 대답해! 어떻게 되었지?〉

보트린은 당황하며 감각을 집중시켰다. 다른 수호자들에게는 수백 년처럼 느껴지는 시간이 지나고나서 보트린은 공포에 젖은 니름을 보내었다.

〈저기…… 계셔.〉

〈저기 계신다고?〉

〈저 안에 계셔. 카린돌의 몸에 갇혀 계셔. 오오, 이럴 수가. 우리가 성공했어!〉

그것은 기쁨의 외침이 아니었다. 보트린은 자신들이 성공했다는 사실에 겁을 집어먹고 있었다. 그리고 다른 수호자들 또한 두려움에 찬 눈으로 냉동 장치를 바라보았다.

잠시도 영이 부재할 수는 없다. 카린돌의 영이 갈로텍에게 전령된 순간, 일반적인 경우라면 그 육은 바로 죽었을 것이다. 하지만 그 육에는 하나의 영이 더 있었다. 발자국 없는 여신이다. 머나먼 북쪽에 가 있던 발자국 없는 여신은 카린돌의 영이 빠져나가자마자 강제로 육으로 돌아오게 되었다.

그리고 여신은 카린돌의 몸에 갇혀버렸다. 카린돌의 몸은 살아있다. 비록 얼어붙어 있는 것에 가까운 모습이었지만 심장을 적출한 카린돌의 몸은 그런 상태에서도 죽지 않았다. 살아 있는 몸에서 영은 잠시도 부재할 수 없다.

만약 여신이 카린돌의 몸을 죽이려는 결정을 내린다면 그녀는 카린돌에게서 빠져나올 수도 있을 것이다. 하지만 신체는 신이 가호자들의 특성을 느끼기 위한 존재다. 그 말은 역으로 신체의 특성은 신에게도 전달된다는 의미다. 카린돌의 몸은 냉동 장치 속에서 얼어붙어 있었고, 조만간 여신은 잠들게 될 것이다. 그녀는 빠져나올 수 없다.

그것을 기쁨으로 느낀 것은 갈로텍뿐이었다.

〈해냈어!〉

갈로텍의 니름에 수호자들은 정신이 번쩍 드는 것을 느꼈다. 갈로텍은 주먹으로 탁자를 내리치며 한 번 더 닐렀다.

〈해냈어! 마침내 해냈어!〉

그러자 마침내 수호자들의 얼굴에도 미소가 돌아왔다. 아직 계획의 전모를 알지 못하는 카루와 스바치는 다만 여신이 나타났다는 사실에 경악하고 있을 뿐이었다.

갈로텍은 흥분을 가라앉히며 카린돌이 어디에 있는지 찾아보았다. 카린돌은 냉동 장치 속에서의 고통스러운 기억 때문에 쉴 곳을 찾아 저 아래로 내려가 있었다. 당분간 그녀가 말썽을 부릴 일은 없다고 생각한 갈로텍은 바쁘게 지시를 내렸다.

〈보트린, 잘했어! 네가 신체를 느낄 정도로 예민하지 않았다면 이런 일은 시작도 할 수 없었을 거야. 계속 저 냉동 장치를 관찰해. 그리고 그로스, 시작해 봐!〉

그로스는 고개를 끄덕이며 창가로 다가갔다. 다른 사람들은 기쁨을 잠시 가라앉히고는 긴장한 채 그로스의 뒷모습을 바라보았다. 그로스는 차분해지기 위해 애쓴 다음 계획해 둔 대로 여신의 이름을 불렀다. 그는 수호자였고, 신명을 가지고 있었다. 그는 륜이 하인샤 대사원에서 했던 것과 똑같은 일을 시도했다.

륜의 경우와는 달리 여신은 그로스에게 오지 않았다. 카린돌의 몸 안에 갇혀 있기 때문이다.

대신 여신의 힘이 그로스에게 왔다.

그로스는 팔에 비늘이 곤두서는 것을 느끼며 계획의 다음 단계를 시도했다.

하늘에서 비가 쏟아졌다.

쏴아아아……. 느닷없이 쏟아진 비는 물안개를 피워 하텐그라쥬의 첨탑과 기념물과 건물들을 뒤덮었다. 그 모습을 보던 그로스는 환희에 차서 고개를 돌렸다. 갈로텍은 흥분을 억누르려 애쓰며 주의 깊게 질문했다.

〈저건 자네가 불러낸 건가?〉

〈그래! 내가 불러냈어! 내가 하텐그라쥬에 비를 내리게 했어!〉

수호자들은 감격하여 그로스를 바라보았다. 그들은 갈로텍을 바라보았다. 갈로텍은 그로스에게 고개를 끄덕였다.

〈좋아. 그렇다면 이젠 내 차례군.〉

그로스는 경의를 표하며 창가에서 물러났다. 갈로텍은 그로스가 섰던 자리에 섰다. 그리고 그로스와 똑같은 시도를 했다. 다만 마지막 단계에서 갈로텍이 원한 것은 그로스와 정반대였다.

비가 멎었다.

카루와 스바치는 이 기적에 넋이 나가버릴 것 같았다. 하지만 수호자들은 기쁨의 니름을 토해 내었다. 그들은 차례로 그로스와 갈로텍이 했던 일을 시도했고, 똑같이 성공했다. 마지막으로 나선 보트린은 믿을 수 없게도 하텐그라쥬의 하늘에 눈이 내리게 만들었다. 똑같은 일을 시도할 수 있음에도 불구하고 수호자들은 보트린이 이루어낸 기적에 압도되었다. 그들은 다투며 창가에 몰려서는 난생처음 보는 눈보라의 모습에 비늘을 곤두세웠다. 마치 순진한 어린애들 같은 모습이었다.

가장 먼저 침착을 되찾은 것은 역시 갈로텍이었다. 갈로텍은 황급히 그 눈보라를 없앴다. 수호자들은 실망한 표정으로 갈로텍을 바라보았다.

〈저건 안 돼. 비가 오는 것 정도야 괜찮지만 눈이 오는 모습을 보면 다른 나가들이 놀랄 거야. 지금 이 시간에 깨어 있는 나가들이 있을지도 몰라. 우리는 아직 할 일이 많아.〉

수호자들은 아쉬워하면서도 갈로텍의 설명을 받아들였다. 갈로텍은 보트린에게 다시 냉동 장치를 감시하라고 명령한 다음 그로스에게 닐렀다.

〈자네는 지금 세리스마에게 가서 성공을 보고하게.〉

그로스는 대답하지 못했다. 카루가 경악 속에서 닐렀다.

〈누, 누구에게?〉

갈로텍은 그 니름에 잠시 놀랐다가 그제야 카루와 스바치가 아직 방바닥에 쓰러져 있음을 깨닫고는 미소 지었다.

〈세리스마에게 보고하라고 했다네, 친구.〉

〈그, 그, 그렇다면……!〉

〈보고할 필요는 없네.〉

낯익은 니름에 카루와 스바치는 고개를 홱 돌렸다. 그리고 갈로텍과 수호자들도 몸을 돌려 그들의 눈길이 향하는 곳을 바라보았다. 방문 앞에는 수호자 세리스마가 있었다. 스바치와 카루는 심장탑 55층이 아닌 곳에서 세리스마를 처음 본 셈이었다.

세리스마는 부드럽게 닐렀다.

〈조금 전 비가 쏟아졌을 때 성공한 것을 깨달았네. 그래서 내려온 거야.〉

카루는 온몸의 비늘을 부딪치며 혐오감에 차서 세리스마를 바라보았다. 그때 갈로텍과 수호자들이 세리스마에게 머리를 조아렸다. 세리스마는 빙긋 웃었다. 스바치는 배신감에 치를 떨며 닐렀다.

〈그렇다면 바로 당신이……!〉

〈그래. 내가 바로 이 모든 계획을 짜낸 사람이지. 음모가와 그를 저지하려는 양심가의 두 가지 역할을 모두 수행하는 일은 정말 재미있었어. 자칫 정신적 피로로 지쳐버릴 수 있는 그런 어려운 일을 재미있게 수행할 수 있었던 것은 무엇보다도 자네들 덕분이야. 스바치. 그리고 카루. 자네들이 열성적인 조력자였음은 잊지 않겠네.〉

카루와 스바치는 폭언을 토해 내었다. 세리스마는 그 니름을 듣다가 갈로텍에게 닐렀다.

〈저 냉동 장치 안에 저 두 친구도 넣을 수 있나?〉

〈아니요. 공간이 그렇게 크지 않습니다.〉

〈그거 안됐군.〉

〈심장을 터뜨리면 어떨까요?〉

〈아냐. 저 친구들은 수완가들이야. 얼마나 일을 잘해 줬는지는 자네도 알 것 아닌가. 천천히 설득해 봐야지. 어쨌든 마지막 단계는 언제 시작할 생각인가?〉

〈지금 시작하겠습니다.〉

갈로텍은 자신 속을 향해 외쳤다.

"주퀘도! 주퀘도 사르마크!"

주퀘도는 그 외침을 들었지만 일부러 늑장을 부리며 천천히 의식의 표면으로 부상했다. 갈로텍은 의아하여 말했다.

"왜 이렇게 천천히 올라오는 거예요?"

"주인공은 천천히 등장하는 걸세, 친구. 대관식장에서 달리는 왕을 상상할 수 있겠나? 아, 이건 물론 지금부터 나의 시간이라는 전제 하에 하는 말인데, 내 전제가 틀렸나?"

갈로텍은 쓴웃음을 지었다.

"당신 전제가 맞습니다. 지금부터 우리는 전투를 시작할 겁니다."

"그렇다면 이제 대상과 목표를 알려주시지. 내가 도대체 어떤 잡것들의 자존심과 명예와 목숨에 심대한 타격을 입혀……."

"그만, 됐어요. 우리 목표는 하텐그라쥬의 대가문들입니다."

땅바닥에 쓰러져 있던 두 사람은 갈로텍의 말에 당황했다. 주퀘도 또한 어리둥절한 목소리로 말했다.

"대가문들? 그걸 어쩌라는 거야?"

"우리는 지금부터 대가문을 습격하여 가주들을 생포해 올 생각입니다."

"너 정말 야심만만하구나. 그 대가문들의 방비는 상당할 텐데?"

"그래서 사상 최고의 전투 지휘관이 필요한 것 아닙니까. 그리고 당신이 반길 것이 분명한 지원도 있습니다."

"삼가 그 지원이라는 것이 뭔지 묻고 싶군."

"우리는 만약 필요하다면 누구든지 단숨에 죽일 수 있습니다."

주퀘도는 기막혀하며 말했다.

"이봐. 지금 앞을 가로막는 자는 누구든 죽이겠다는 굳센 용기를 말하는 거라면, 그건 유사 이래의 모든 전투에서 가장 필요한 보급품인 양 오인되었지만 실제론 별로……."

"아니오, 주퀘도. 나는 말 그대로의 의미로 말한 겁니다."

주퀘도는 부연 설명을 요구했다. 갈로텍은 그에게 심장 파괴에 대해 설명했다. 주퀘도는 그 개념에 매료되었다.

"그거 굉장한 일이군! 그렇다면 분명 대단한 지원이야."

"그리고 한 가지 더 있습니다."

"그게 뭔데?"

"우리는 하텐그라쥬에 눈보라가 내리게 할 수 있습니다."

주퀘도는 한참 동안 말을 하지 않았다. 갈로텍은 조바심을 내며 말했다.

"주퀘도?"

"지금 그 말이 무슨 뜻이지?"

"말 그대로입니다. 원한다면 우리는 눈보라를 불러올 수 있습니다. 그리고 그것은 나가들을 얼어붙게 만들 겁니다. 하지만 그런 걸 아무렇게나 사용한다면 우리 또한 얼어붙겠지요. 어쨌든 우리는 전투 전문가는 아니잖습니까. 그러니 당신이 우리를 지휘해 주십시오. 그리고 어느 곳에 어떻게 눈보라를, 혹은 비를, 혹은 홍수를 사용해야 하는지 알려주십시오."

"농담으로 치부해 버리기엔 태도가 너무 진지한데."

"농담이 아닙니다. 당신은 확인할 수 있을 겁니다. 평생이 전투로 얼룩진 당신도 아마 이런 종류의 지원은 생각도 못했겠지요?"

주퀘도는 당연히 생각하지 못했다.

센 가문의 가주이자 하텐그라쥬 가문 평의회의 의장인 라토 센은 정신을 차릴 수 없었다. 그녀는 잠자리에서 갑자기 끌려나왔고, 그런 일은 상상도 해본 적이 없었다. 만약 인간들의 지배자라면 그런 습격에 훨씬 능동적이고 민첩하게 대처했겠지만 나가들의 사회는 인간들처럼 난폭하지 않다. 대가문의 가주다운 침착성 때문에 공포에 울부짖지는 않았지만 라토 센은 혼란 속에서 질질 끌려갔다.

홀 가운데서 라토 센은 겨우 그 고통스러운 포박에서 풀려났다. 라토 센은 주위를 둘러보았고 그녀의 자매와 딸들, 그리고 손녀들이 비슷한 방식으로 끌려나와 있음을 깨달았다. 그들은 라토보다는 훨씬 겁에 질려 있었고 본능적으로 그녀에게 다가왔다. 라토는 어린 손녀를 끌어안으며 습격자의 지휘자를 찾아보려 애썼다. 하지만 습격자들은 정신없이 움직이고 있었고 누가 지휘를 하는 건지 알 수 없었다.

그러나 마침내 한 사람이 그녀의 앞쪽으로 걸어왔다. 얼굴에는 가면을 쓰고 있었고 몸은 검은 옷으로 감싸고 있었지만 라토 센은 상대가 남자임을 알 수 있었다. 라토는 분노를 느꼈다. 남자 앞에서 무릎을 꿇을 수 없다고 생각한 라토는 손녀를 안은 채 일어나려 했다. 그러나 남자는 사이커를 그녀의 목에 겨누었다.

〈앉아 있으시오. 라토 센.〉

〈너는 누구냐! 너희들이 어떤 부랑자이기에 감히 센 가문을 습격했느냐!〉

사이커를 쥔 남자, 즉 갈로텍은 자신의 손이 움직이는 것을 느끼고 당황했다. 주퀘도가 그 손을 움직인 것이다. 주퀘도는 사이커를 옆으로 돌려 칼날 옆부분으로 라토의 뺨을 후려갈겼다. 센 가문의 여인들이 기겁했고 갈로텍 또한 이 존경스러운 여인을 때렸다는 사실에 덜컥 겁을 집어먹었다. 하지만 주퀘도는 빠르게 말했다.

"멍청이, 정신 차려라! 무슨 니름을 나눴는지 모르겠지만 저 년의 태도를 보니 대충 짐작이 간다. 그런 반항은 최초에 확실히 뭉개놔야 한다. 저 년이 좀 더 나불대게 놔두면 주위의 다른 년들도 들고 일어날 거란 말이다."

갈로텍의 입은 가면에 가려져 있었고 센 가문의 여자들은 소리에 신경 쓰지 않았다. 그래서 그들은 혼자 말하고 혼자 듣는 갈로텍의 기괴한 모습을 깨닫지 못했다. 갈로텍은 겨우 사나운 니름을 꺼내놓았다.

〈질문은 내가 한다.〉

갈로텍은 용기를 짜냈다.

〈이 할망구야!〉

센 가문 사람들은 이 폭언에 기가 막혔다. 상상하기도 힘든 무도함은 그녀들을 얼어붙게 했고 공포를 가중시켰다. 주퀘도가 바라던 대로 되었음을 깨달은 갈로텍은 주퀘도가 없었다면 정말 곤란했을 거라는 생각을 되새겼다. 그가 그런 생각을 하자마자 주퀘도가 말했다.

"이제 달래라. 말 잘 들으면 안 다칠 수 있다는 식으로. 젠장. 이런 것까지 가르쳐야 하나?"

〈내가 하라는 대로 하면 그런 험한 꼴은 당하지 않을 거다. 하지만 또다시 내 심사를 건드리면 호된 맛을 볼 거다.〉

라토 센은 분노보다는 경악으로 눈을 부릅뜬 채 갈로텍을 올려다보았다. 그리고 갈로텍은 태어난 이래로 지켜온 도덕 관념의 혼란에 정신을 차릴 수 없는 기분이었다. 갈로텍은 혼란에 휘둘리게 되기 전에 빠르게 해치우기로 했다.

〈일어나! 라토 당신은 우리와 함께 간다. 나머지는 집에 있도록.〉

〈나를…… 어디로 데려갈 생각이냐?〉

질문하는 라토의 니름에는 드디어 공포가 엿보였다. 그리고 그것은 갈로텍을 흥분시켰다. 자신보다 약한 것을 만났을 때의 잔혹한 우월감. 갈로텍은 그 기분이 좋았다. 지독하게 좋았다.

〈어디로 가냐고? 궁금한가?〉

라토는 고개를 끄덕였다. 갈로텍은 사납게 닐렀다.

〈심장탑이다.〉

〈심장탑?〉

갈로텍은 가면을 확 벗었다. 주퀘도는 어이가 없었지만 내버려두기로 했다. 갈로텍은 사이커를 무시무시하게 흔들며 닐렀다.

〈그래, 이 년아! 나는 너희들이 버러지처럼 생각하는 남자일 뿐만 아니라 수호자다! 하텐그라쥬는, 아니, 나가는 앞으로 우리가 지배한다!〉

라토는 기가 막혀 닐렀다.

〈너희들이…… 권력에 미쳐서…….〉

갈로텍은 다시 라토의 뺨을 후려갈겼다. 이번에는 주퀘도의 의지가 아니었다. 어처구니없어하던 주퀘도는 자신이 깃들어 있는 개망나니를 꾸짖어줄까 하다가 그냥 넘어가기로 했다. 전투가 시작된 지 얼마 되지도 않아서 그 예기를 꺾을 필요는 없기 때문이다. 하지만 주퀘도는 상황이 일단락된 뒤에 갈로텍에게 몇 마디 해둬야겠다고 생각했다.

갈로텍은 자신감에 차서 닐렀다.

〈니름 조심해! 너희 년들이 800년 전에 실패한 일을 마무리지어주는 사람에게 사용할 니름이 아니다!〉

라토는 겁에 질린 채 갈로텍을 바라보았다. 갈로텍은 환희에 차서 닐렀다.

〈우리가 너희들의 권력 따위를 노리는 줄 알아? 천만에. 그런 사소한 것 따위에는 관심이 없어. 물론 그것도 가질 테지만 우리의 눈은 더 멀리 내다보고 있다. 우리는 전 세계를 지배할 것이다!〉

〈전 세계라고?〉

〈그래. 우리는 대확장 전쟁을 재개할 것이다!〉

케이건은 아직 제대로 움직이지 못했다. 그리고 움직일 생각도 없었다. 케이건은 땅바닥에 주저앉은 채 빨리 말을 끝내려 애썼다. 그의 주위에 몰려든 승려들과 륜, 그리고 티나한은 케이건의 설명을 들으며 공포에 사로잡혔다.

쥬타기 대선사는 더듬거리며 말했다.

"증거가, 증거가 있나?"

"여신이 갑자기 사라진 것이 증거입니다. 여신께서 왜 신랑의 부름에 나타났다가 대화도 하지 않고 사라졌겠습니까? 아마 지금쯤 여신은 자기 신랑들의 손에 억류되셨을 겁니다."

"자신들의 신부를……!"

"그렇습니다."

티나한은 자신이 륜과 입장이 바뀌었다는 것을 깨달았다. 티나한은 모든 이보다 낮은 여신이 죽지 않게 되었다는 사실에 기뻐했지만 륜의 신부가 억류되었다는 것에는 동정을 표시하지 않을 수 없었다. 티나한은 헛기침을 하며 말했다.

"그놈들이 여신의 힘을 가져서 뭘 하겠다는 거지?"

"대확장 전쟁을 재개할 거요."

"어떻게? 놈들은 한계선을 넘을 수 없어."

"세상이 더워지면 가능하오."

티나한은 어리둥절한 얼굴이 되었고 그것은 륜 또한 마찬가지였다. 설명할 기력이 없었던 케이건은 쥬타기 대선사를 바라보았다.

"대선사님. 설명하십시오."

대선사는 모든 이의 시선을 받게 되었다. 입술을 깨물던 대선사는 빠르게 설명했다.

"간단히 설명하겠소. 발자국 없는 여신의 힘은 물이오."

티나한은 물이라는 말에 질겁했다. 학식이 높은 승려들 몇몇은 침통한 표정을 지으며 고개를 끄덕였지만 다른 승려들은 무슨 소리인지 모르겠다는 표정을 지었다. 쥬타기 대선사는 다시 말했다.

"물에는 발자국이 남지 않소."

티나한은 그게 무슨 설명이냐고 따지고 싶었다. 하지만 륜이 먼저 당황하여 말했다.

"그럼 다른 신들께서는……?"

"모든 이보다 낮은 여신의 힘은 땅이오. 그 이름을 생각해 보면 알 수 있을 거요. 도깨비들을 가호하시는 자신을 죽이는 신의 힘은 불이지. 탈수록 더 많은 연료를 필요로 하며 결국 자신을 죽여가는 불 말이오. 그리고 어디에도 없는 신의 힘은 바람이오. 바람은 어디에도 없소. 이곳에서 저곳으로 움직일 뿐이지. 이해하시겠소?"

티나한과 륜은 이해할 듯 말 듯한 표정으로 황급히 고개를 끄덕였다. 쥬타기 대선사의 설명을 계속 듣기 위해서였다.

"그렇다면 현재 나가들은 물의 힘을 손에 넣은 것이오. 그런데 물은 열을 흡수하오. 륜 자네가 잘 알겠지."

"예. 그런데요?"

"물이 열을 흡수한다는 것은, 바꿔 말한다면 물이 열을 보관한다는 의미도 되오. 사막이 왜 밤에는 어처구니없을 정도로 추운지 아시오? 사막에는 물이 없소. 그래서 사막은 낮의 열을 보관해 두지 못하기 때문에 밤에 그렇게 추운 거요. 대체적으로 더운 지방은 곧 물이 많은 지방이오. 메마른 곳은 춥지."

륜은 놀라서 고개를 끄덕였다. 대선사는 입술에서 피가 나도록 깨물다가 다시 외쳤다.

"그자들은 키보렌에 있소! 그자들은 키보렌의 열을 물 속에 보관시켜 한계선 너머로 보내어 올 수 있소. 아니, 단순히 이 북쪽을 습기찬 곳으로 만들어도 북쪽의 기온은 상승할 거요. 세계가 더워지는 거지! 그리고 그들은 의미가 없어진 한계선을 넘어올 거요. 비와 눈보라와 홍수 등의 자연력을 마음대로 일으킬 수 있는 힘을 가진 채!"

대선사는 격노를 참지 못하고 일어났다. 그리고 남쪽을 바라보며 비탄을 토했다.

"내가 그들에게 속았다. 그래서 세계가 그들이 일으킨 열독 속에 신음하도록 만들었어!"

격노하던 대선사는 문득 당황하여 케이건을 쳐다보았다. 케이건의 얼굴은 어두웠다. 그리고 쥬타기 대선사는 자신이 더 큰 불행 앞에서 자신의 불행을 한탄하는 꼴을 보이고 있음을 깨달았다. 대선사는 불과 얼마 전에 들었던 말을 떠올렸다.

'나는 나가를 믿지 않아. 그것들이 약한 척, 아픈 척, 죽은 척한다고 해서 칼을 칼집에 꽂아넣는 것은 미련한 짓이야. 나는 그런 속임수에 너무 많이 당했어.'

제9장

북부의 왕

빗나갔어! 다시 찔러! 내 심장은 여기 있다. 볼 수 없나! 이렇게 불타고 있는데!

— 어느 아라짓 전사의 외침

냉혹의 도시에 냉혹한 햇빛이 떨어지고 있었다.

비아스 마케로우는 피부에 떨어지는 햇빛에 감미로워하지 않기 위해 애썼다. 날씨가 맑은 것은 수호자들이 비를 내리지 않기로 결정했기 때문이다. 그리고 비아스는 그들이 주는 것에는 감사하고 싶지 않았다. 갑자기 치민 분노 때문에 몸 곳곳에서 비늘이 일어났지만 겉으로 드러난 피부는 평온했다. 심장탑이 이렇게 가까운 곳에서 노골적인 적의를 드러낼 수는 없다. 자신을 억제하려 애쓰며 비아스는 심장탑의 정문을 지키고 있는 '남자들'에게 다가갔다.

그리고 비아스는 남자들의 표정에 만족했다.

비아스가 100미터 저편에 있을 때부터 죽 관찰하고 있었음에도 불구하고 남자들 모두는 그제서야 비아스를 발견한 듯한 시늉을 해보였다. 속아넘어가 주는 것이 모욕이라 생각될 만큼 엉성한 모습이었고, 그래서 비아스는 마음대로 해보라는 듯이 남자들을 똑바로 바라보았다.

그들은 어쩔 수 없다는 듯 한 남자를 바라보았다. 지휘자인 듯한 남자는 자신의 악운이 단순한 전조에 그치지 않고 구체적 현실이 되었음에 슬퍼하며 겨우 닐렀다.

〈좋은 날씨죠?〉

비아스는 순진무구한 표정으로 지휘자를 바라보았다. 지휘자는 자기 자신에게서 도망치고 싶은 표정을 지으며 좀 더 경비자다운 니름을 꺼내었다.

〈볼일이 있으시오?〉

〈나는 비아스 마케로우다. 마케로우 가문의 가주 두세나 마케로우 님을 뵈러 왔다. 분명 면회가 허락된 것으로 알고 있는데.〉

지휘자는 변명하고 싶었다. 면회는 허락되었지만 아무도 찾아오지는 않았으며, 그래서 자신 또한 여자에게 고압적으로 말해야 하는 난처한 상황을 아직 겪지 못했다고. 정정. 이제 처음 겪는 거라고. 지휘자는 간신히 자신이 들었던 지시를 떠올릴 수 있었고, 비아스의 손에 들린 물건을 바라보았다.

〈그건 뭡니까?〉

비아스는 손에 들고 있던 것을 내려놓고는 그 덮개를 벗겼다. 철망으로 된 상자가 드러나며 그 속에서 영리하게 생긴 수달이 경계심 가득한 표정으로 주위를 두리번거렸다.

〈위문품이지.〉

위엄 있는 경비자들은 순식간에 사라졌다. 남자들은 모두 우리 옆으로 몰려와서는 순박하게 감탄했다. 부하들과 함께 수달을 손짓하며 수다를 떨던 지휘자는 문득 비아스를 올려다보았다. 그리고 비아스가 경멸 어린 눈으로 내려다보는 것을 깨닫고는 부끄러움에 비늘을 곤두세웠다. 지휘자는 부하들에게 호통을 쳤다.

〈이놈들, 제자리로 돌아가!〉

부하들이 투덜거리며 제자리로 돌아간 다음 지휘자는 비아스를 위아래로 훑어보는 시늉을 했다. 나가들에겐 그 이상의 조사가 불필요하다. 품에 숨길 수 있는 단검 같은 것은 나가들에겐 별로 유용한 무기가 아니다. 그래서 지휘자는 비아스에게 대형 병기가 없음을 확인하고는 남자들 중 하나에게 손짓했다.

〈너, 어, 그러니까,〉

〈맥포리.〉

〈아, 그래. 맥포리. 비아스 마케로우를 안으로 안내해라. 간수장에게 안내하고 돌아오면 된다.〉

맥포리는 비아스를 안내하여 심장탑 안으로 들어섰다. 그러나 심장탑 안으로 들어서자마자 비아스는 맥포리에게 말했다.

〈수호자 갈로텍은 어디에 있지?〉

〈예?〉

〈수호자 갈로텍에게 안내해.〉

〈당신은 가주를 만나러 왔다고…….〉

〈수호자를 만나고 난 다음에 만나겠어.〉

맥포리는 별생각 없이 비아스를 갈로텍이 있는 곳으로 안내했다. 그 때문에 맥포리는 갈로텍에게 무시무시한 꾸지람을 듣고서 목을 움츠린 채 물러나야 했다. 모른 체하며 벽장을 바라보던 비아스는 갈로텍이 다가왔을 때에야 닐렀다.

〈오래간만에 뵙는군요. 그자를 너무 탓하실 필요는 없었는데. 그자는 남자가 여자의 면담 요구를 거절할 수 있다는 생각을 못 할 겁니다.〉

〈얼마 전까지는 그랬겠지요. 이제는 아닙니다.〉

〈혁명가들은 사회적 관성이라는 것을 지나치게 가볍게 보는 경향이 있지요.〉

갈로텍은 '당신이 혁명가에 대해 뭘 아느냐?'고 따지지는 않았다. 그 자신도 자신이 혁명가라는 것 이외엔 혁명가가 무엇인지 알지 못했으며, 갈로텍은 비아스가 바로 그것을 지적해서 그에게 망신을 줄 작정임을 충분히 짐작할 수 있었다.

〈당신이 사회적 관성에 의해 당신 멋대로 저를 만날 수 있다고 생각했는지는 모르겠지만, 오늘의 저는 그것을 거절하겠습니다. 돌아가십시오. 그리고 앞으로 저를 만나고 싶다면 사전에 허가를 요청하도록 하십시오.〉

허가라는 말에 비아스는 발끈했다.

〈언제까지 이럴 수 있다고 생각합니까?〉

〈앞으로 영원히.〉

〈니름도 안 되는……, 남자들이 그렇게 바뀔 수 있다고 생각합니까? 저 밖의 경비자들은 제가 다가오는 것을 겁내고 있더군요. 걸어오는 저를 멈춰세우고 용건을 묻는 것 자체를 무서워하고 있었단 말입니다! 그래서 100미터 밖에서부터 비늘을 곤두세운 채 제가 다가오는 걸 훔쳐보더군요. 똑바로 볼 용기도 없었던 거죠.〉

갈로텍은 비아스의 니름을 믿었다. 그래서 불만스러운 표정을 지었다. 비아스는 득의양양하게 닐렀다.

〈앞으로 영원히? 어림 없는 니름입니다. 지금 당장 밖으로 달려나가서 당신이 경비자랍시고 세워놓은 것들에게 한 번 당신을 공격하라는 명령을 내려볼까요? 그자들이 누구의 명령을 따를지 한 번 시험해 보겠습니까?〉

갈로텍은 비아스가 원하는 표정을 짓지 않았다. 불안을 표시하는 대신, 수호자는 차갑게 웃었다.

〈그렇게 해보시지요.〉

〈네?〉

갈로텍은 의자에 앉았다. 두 손끝을 서로 붙인 갈로텍은 그것을 입에 붙인 채 차분하게 닐렀다.

〈아직도 자신이 남자의 머리 위에 있다는 미망에서 벗어나지 못했군요. 얼마든지 해보시죠. 아니, 제발 그렇게 해주기를 진심으로 간청하고 싶군요. 그자들을 구슬려서 저를 공격해 보시죠. 그러면 저는 눈보라를 불러와 당신들을 얼어붙게 하겠습니다. 그리고 당신들의 심장병을 가져와 모두 깨트리겠습니다. 그다음, 당신들의 눈앞에서 그 심장을 밟아 터뜨리겠습니다. 당연하지만 반만 죽이고 나머지 반은 살려둘 겁니다. 그러면 살아남은 반수는 하텐그라쥬에 진실을 전할 수 있게 되겠지요. 누가 질서를 정하며 질서 위에 있고, 누가 규칙을 수호하며 규칙 위에 있는지를. 바닥에 흩어진 심장들은 누구의 것인지 알 수 없을 테니, 당신이 어느 쪽 반수에 속할지는 저도 장담할 수 없습니다. 하지만 당신은 용감한 여자일 테니, 비아스 마케로우. 제발 조금 전에 했던 니름대로 해줬으면 좋겠군요.〉

비아스는 생기 없는 눈으로 갈로텍을 바라보았다. 공포도, 분노도 드러내지 않기 위해 어쩔 수 없이 선택한 표정이었다. 잠시 후 비아스는 차분하게 닐렀다.

〈그러지 않는 것이 좋겠다는 생각이 드는군요.〉

〈아섭군요. 이제 돌아가시죠.〉

〈그 전에 제가 가져온 선물을 보여드릴 수 있게 해주시겠습니까?〉

그리고 비아스는 갈로텍이 뭐라 니르기도 전에 들고 왔던 우리를 탁자 위에 놓았다. 그리고 덮개를 치웠다. 갈로텍의 얼굴에 미소가 떠올랐다.

다른 사람들에겐 있지만 나가들에겐 없는 직업들 중에는 요리사 또한 당연히 포함된다. 산 것을 그대로 먹는 나가들은 요리의 맛에 큰 관심이 없다. 하지만 나가들도 특별히 선호하는 음식은 있다. 다른 사람들이 맛이 좋은 음식과 희소성이 높은 음식을 귀한 음식으로 치는 것과 마찬가지로 나가들도 향이 좋거나 성질이 온순하다는 식으로 '먹는 행위를 즐겁게 하는' 음식과 구하기 힘들기에 '먹었다는 것을 즐거워할 수 있는' 음식을 귀한 음식으로 분류한다. 수달은 그중 후자에 해당한다. 수중 생활을 하는 이 작고 민첩한 짐승은 나가들에게는 대단히 까다로운 사냥감이다.

청빈한 생활을 해 온 수호자 갈로텍은 당연히 구경도 해 본 적이 없는 짐승이었다. 갈로텍은 눈을 빛냈다.

〈제게 가져온 선물이라고요?〉

비아스는 '가주님께 갖다드리라'고 닐렀던 소매로 마케로우의 초췌한 얼굴을 떠올리며 웃었다.

〈그렇습니다.〉

〈고마운 니름이시군요. 잘 받겠습니다.〉

갈로텍이 게걸스럽게 달려드는 것까지는 바라지 않았지만, 비아스는 약간 아쉬움을 느꼈다. 갈로텍의 침착한 태도는 그녀를 불만스럽게 했다. 덮개를 도로 씌워 놓은 비아스는 머뭇거리는 시선으로 갈로텍을 바라보았다.

갈로텍은 웃었다.

〈좋습니다. 앉아서 닐러보시죠.〉

비아스는 굴욕감을 삼키며 갈로텍의 맞은편 의자에 앉았다. 갈로텍은 그 이상 그녀에게 뭔가를 베풀어줄 생각은 없었다. 차분히 바라보는 갈로텍의 시선에 비아스는 오기를 느꼈다.

〈저도 덧셈, 뺄셈은 할 줄 아는 사람입니다. 갈로텍. 당신이 보내준 그 다섯 명은 마케로우 가문을 떠난 다음 아직도 돌아오지 않았어요. 그리고 카린돌도 돌아오지 않았고. 그 시점에서 저는 스바치와 카루를 붙잡기 위해 그 다섯 명을 파견했다는 당신의 니름을 계속 신뢰해야 할 필요를 느낄 수 없더군요. 당신이 노렸던 것은 스바치와 카루가 아니지요. 카린돌이었을 겁니다.〉

〈계속해 보시지요.〉

〈그리고 카린돌을 손에 넣은 직후 당신들은 기적이라고 할 만한 능력을 발휘하며 하텐그라쥬를 장악했습니다. 도무지 이해되지는 않지만, 그 두 사건 사이에 인과가 존재할지도 모른다는 강력한 의심을 느끼게 되는군요. 설명해 주시겠습니까?〉

〈제가 왜 그래야 하지요?〉

비아스는 다시 비늘을 곤두세웠다. 그리고 그것을 감추기 위해 옷 속에서 몸을 움츠렸다.

〈당신의 잠재적 동맹자에게 주는 선물로써.〉

〈흐음. 마케로우. 당신이 내게 큰 도움이 된다고는 생각되지 않습니다.〉

그보다 더한 모욕을 예상하고 있었기에 비아스는 화를 내지 않았다.

〈정말 그렇게 생각하나요? 제가 당신이라면 하텐그라쥬의 여자들을 달래고 그녀들에게 당신들의 뜻을 대변해 줄 '여자' 동맹자를 가장 먼저 찾아낼 겁니다.〉

〈그래서 우리는 가주들을 데리고 있습니다. 가주가 될 가능성도 부족한 어떤 여자보다는 대변자로서 낫다고 생각되는데요.〉

비아스는 생각했다. 멋대로 희롱해라. 하지만 이 니름엔 놀랄 거다.

〈물론 가주들 중에서 당신들의 뜻에 동조해 줄 사람들을 찾아낼 수도 있을 겁니다. 하지만 시간이 너무 많이 걸리지 않겠습니까? 그녀들은 이미 공포에서 조금씩 빠져나오고 있고 소드락을 복용한 다음 당신들을 일거에 제거하자는 이야기까지

공공연하게 나오고 있습니다.〉

갈로텍은 놀란 표정을 짓지 않았다. 하지만 그 니름은 심리적 동요로 약간 느렸다.

〈……당신에게 그런 제안이 들어왔습니까?〉

〈제가 순도 높은 소드락을 마음대로 만들어낼 수 있는 약술사라는 것은 모르는 사람이 없습니다.〉

갈로텍은 팔짱을 끼며 얼굴을 조금 숙였다. 당황한 기색을 들키지 않기 위해서였다. 병기의 생산과 보관을 확실히 파악해 두라는 지시를 내렸던 주퀘도 사르마크도 나가의 진정한 무기인 소드락에 대해서는 떠올리지 못했다. 그리고 갈로텍은 그 때문에 주퀘도를 원망하지는 않았다. 나가에 대해 더 잘 알고 있는 그 자신이 그것을 생각했어야 했다.

〈당신이 도움이 될 거라는 생각이 드는군요. 비아스. 소드락의 생산을 통제할 방법에 대해 알려줄 수 있습니까?〉

비아스는 갈로텍이 '마케로우'라고 하는 대신 '비아스'라고 닐렀다는 사실을 놓치지 않았다. 그리고 겉으로는 그것을 깨닫지 못한 척했다.

〈제 요구가 아직 받아들여지지 않았습니다만. 카린돌과 당신들이 획득한 힘 사이에는 어떤 관계가 있습니까?〉

갈로텍은 두 손을 조금 펼쳐보였다.

〈만약 그것이 당신의 목숨을 위협할 수 있는 비밀이라도 듣고 싶습니까?〉

〈어차피 제 생명은 당신들의 손에 있잖습니까. 제 심장을 가지고 있으니.〉

갈로텍은 그 대답이 마음에 들었다.

〈좋습니다. 그러면 설명하지요.〉

갈로텍의 설명이 끝나자 비아스는 혼란스러운 심정을 가눌 수 없었다. 한참 생각할 시간이 필요했고, 갈로텍은 그녀가 생각을 정리할 때까지 기다렸다.

비아스는 닐렀다.

〈카린돌의 몸에 여신을 가뒀단 말이군요. 그런데 갇혀 있는 여신의 힘을 당신들이 어떻게 쓸 수 있는 겁니까?〉

〈갇힌 것은 여신이지 여신의 힘이 아닙니다. 그 힘은 지금도 다른 세 신의 힘과 함께 이 세상을 구성하고 있습니다. 이렇게 니르면 어떨까요. 마케로우 가문의 주인은 두세나 마케로우 가주입니다. 그리고 마케로우 가문은 다른 가문과 함께 하텐그라쥬를 구성하고 있지요. 하지만 두세나 가주를 감금한다고 해서 마케로우 가문이나 그 가문의 재산이 어디로 사라지는 것은 아니잖습니까.〉

〈무슨 니름인지 알겠군요. 세상을 구성하고 있는 여신의 힘은 여전히 이 세상에 남아 있고, 그 정당한 주인인 여신을 가두고 있는 당신들은 주인 없는 그 힘을 무단으로 사용할 수 있는 것이군요.〉

〈피상적으로, 그렇습니다.〉

〈여신의 신랑들만이 그 힘을 쓸 수 있는 겁니까?〉

〈신명을 가진 자들만이. 그러니 당신은 불가능합니다.〉

〈여자는 수호자가 될 수 있습니까?〉

〈이보세요. 수호자는 여신의 신랑입니다. 여자는 안 됩니다.〉

비아스는 경멸감을 담아 닐렀다.

〈저는 그 신랑이라는 것에 대해 잘 알지는 못하지만, 신부를 가둬두고 그 지참금을 탕진하는 것이 신랑이 하는 일이라면 꼭 남자가 아니어도 상관없겠다는 생각이 드는군요.〉

갈로텍은 화가 났고, 그래서 화를 냈다.

〈비아스. 당신에게서 그런 비난을 듣고 싶지는 않군요. 우리는 모든 일이 끝난 다음 우리의 신부를 다시 풀어드릴 겁니다.〉

〈다시 풀어드린다고요? 그럼 여신께서 당신들을…….〉

〈벌은 우리가 받습니다.〉

비아스는 잠시 정신을 닫았다가 다시 닐렀다.

〈그 모든 일이란 무엇을 말하지요?〉

〈지상에서 모든 불신자를 말살하고 저 라호친까지 나가의 숲을 만들고 전 세계에 심장탑을 건설하는 일입니다.〉

비아스는 놀라지 않았다. 다만 어이없는 표정을 지었다.

〈왜?〉

〈네?〉

〈왜 그렇게 해야 합니까? 우리는 이미 세상의 반을 가지고 있고 그것은 충분하리만큼 큽니다. 왜 위험을 무릅쓰며 나머지를 모두 차지해야 하는 겁니까?〉

〈여자들이란…… 모두 똑같군요! 이것으로도 충분하다. 더 가질 필요가 없다. 전부 다 지금밖에 볼 줄 모르는군요! 저 불신자들이 언제까지 우리를 내버려둘 것 같습니까?〉

〈그래서 선제 공격을 해야 한다? 미안하지만 그건 설득력이 없군요. 그들이 위험한 존재가 될 거라는 징조는 어디에도 없고 설령 그렇게 된다 해도…….〉

〈없다고요? 당신은 정신을 닫은 채 살아왔습니까? 나가 살육자라는 니름을 한 번도 듣지 못했다는 니름입니까?〉

비아스는 눈을 가늘게 뜬 채 갈로텍을 바라보았다.

〈저는 어린애들에게 교훈을 주기 위해, 혹은 철없는 남자들이 수다의 즐거움을 즐기기 위해 만들어낸 미신과 이 이야기가 무슨 상관이 있는 건지 모르겠군요.〉

〈미신이라고 했습니까?〉

〈그렇다면 그걸 불신자들에 대한 경각심을 불러일으키기 위해 만들어낸 우화라고 니르실 생각입니까?〉

〈그건 어린애들을 겁주는 미신도, 불신자들에 대한 우리의 경각심을 고취시키기 위한 우화도 아닙니다. 그건 사실을 가리키는 니름입니다. 나가 살육자는 실존합니다.〉

〈증거가 있습니까?〉

갈로텍은 온몸의 비늘을 부딪치며 환멸스럽다는 듯이 닐렀다.

〈증거요? 제 누이의 잘린 목이 증거입니다!〉

비아스는 입을 조금 벌렸다가 다시 닫았다.

〈무슨 니름이십니까?〉

〈더 이상 니르고 싶지 않습니다.〉

비아스는 갈로텍의 얼굴과 정신 양쪽을 탐사했다. 수호자의 얼굴은 비늘이 거칠게 일어나 있었다. 그리고 그 정신은 얼굴보다 더 거칠었다. 비아스는 한 발 물러나기로 했다.

〈나가 살육자의 존재가 사실이라고 해도 그것만으로는 나가에 대한 불신자들의 공세의 증거로 삼기에는 부족하다고 생각됩니다. 우리에겐 심장 적출법이 있습니다. 불신자들이 어떻게 우리를 공격하겠습니까?〉

〈그들이 우리를 공격할 수 있는가 없는가는 문제가 아닙니다. 이것은 700년 전 어쩔 수 없이 멈춰야 했던 대확장 전쟁의 재개입니다. 선조들께서는 멈춰서서 만족하지 않았습니다! 기온의 한계에 부딪힐 때까지 계속 전진했습니다. 이제 기온의 한계를 뛰어넘을 방도가 생겼는데 왜 멈춰 있어야 한단 니름입니까? 다시는 오지 않을 기회입니다.〉

비아스는 갈로텍의 니름에 찬성하고 싶지 않았다. 그녀는 갈로텍이 이 음모에 참여하고 있는, 혹은 지휘하고 있는—비아스는 갈로텍의 정확한 위치를 짐작할 수 없었다.—이유가 개인적인 원한에 있을지도 모른다고 추측했다. 하지만 비아스는 갈로텍과 논쟁을 벌이거나 그의 개인적 욕망 구조를 파악하기 위해 그곳에 온 것은 아니었다.

그녀는 그런 것들에 아무런 관심이 없었다.

비아스 마케로우가 돌아간 다음 갈로텍은 한참 동안 그 자리에 앉아 있었다. 비아스가 원하는 것을 니른 적은 없었지만 갈로텍은 그녀가 무엇을 원하는지 눈으로 보듯 알 수 있었다. 그녀는 갈로텍과의 새로운 관계 설정—그녀에게 많은 것이 돌아가는—을 원하고 있었다. 그 목적을 위해 비아스는 갈로텍이 그녀를 이용했음을 시사하는 니름을 몇 마디 거론했다. 갈로텍은 그녀를 이용하여 다섯 명의 수호자를 마케로우 가문에 잠입시켰다. 그리고 비아스는 아직 모르고 있었지만 카린돌의 이름 또한 비아스를 통해 알아내었다. 그리고 갈로텍은 그런 이용에 대해 조금도 미안함을 느낄 수 없었다.

〈비아스, 이 천치 같으니! 너를 가장 증오하는 두 사람이 곧 나라는 것을 모르고!〉

하지만 갈로텍은 비아스가 언급한 다른 니름에 대해서는 깊이 숙고하지 않을 수 없었다.

비아스는 '왜'라는 질문을 제시했다. '왜 세상의 나머지 반을 얻어야 하는가. 지금도 충분히 가지고 있다.' 그리고 갈로텍은 그것이 다른 여자들 모두의 생각임을 알 수 있었다.

마치 자기들이 노력해서 세상의 반을 손에 넣은 것처럼!

지금 가지고 있는 것을 얻기 위해 그녀들이 한 일이라고는 태어나는 것밖에 없었다. 그랬기에 그녀들은 단지 존재하는 것 이상의 노력을 들여서 뭔가를 얻는다는 것을 상상하지 못하고 있었다. 비아스처럼 야심찬 여자마저도. 그런 것은 존재가 아니다. 주위로 흐르는 시간을 무시하며 꾸는 백일몽일 뿐. 갈로텍은 왜 이다지도 가주들을 설득하는 일이 어려운 것인지 그제야 깨달았다. 분노 속에서 갈로텍은 최근에 터득한 기술을 사용해 보았다.

잠시 후 그로스가 방 안으로 들어왔다. 그의 얼굴에는 혼란이 가득했다.

〈이봐, 갈로텍. 아무래도 자네가 나를 불렀다는 생각이 드는데.〉

〈그랬어.〉

〈그러니까, 자네가 내 방 벽에 글씨 모양의 젖은 얼룩을 만들어내었다는 것이군?〉

〈내가 만들었어.〉

그로스는 고개를 내저었다.

〈대단하군. 나는 그런 걸 상상도 못했어. 자네는 우리들보다 그 힘의 운용에 훨씬 빠르게 적응하고 있는 것이 분명하군. 아마도 군령자이기 때문인 것 같군.〉

갈로텍은 노닥거리고 있을 기분이 아니었지만 그로스의 니름이 그의 주의를 끌었다.

〈군령자이기 때문에? 무슨 뜻이지?〉

〈자네는 원래 자네 것이 아닌 기억이나 경험을 자기 것처럼 생각하는 일에 익숙하지 않느냐고 한 니름이야.〉

갈로텍은 고개를 끄덕였다. 그런 식으로 생각해 보지는 않았지만, 그로스의 지적은 그럴듯했다.

〈그렇군. 확실히 나는 이질감을 느끼지 않아. 사실 자네가 닐러줘서 떠오른 건데, 나는 어떻게 해서 자네 방의 벽을 젖게 만들었는지 모르겠군. 내 팔을 움직이거나 다리를 움직이는 것과 마찬가지야. 그렇게 해야겠다고 생각한 순간 그렇게 되었어.〉

〈그런가? 그러면 그 재주를 가르쳐달라고 해도 그럴 수가 없겠군?〉

〈맞아.〉

〈안됐군. 스스로 터득해야 하나. 어쨌든, 왜 부른 거지?〉

〈지금 가주들에 대한 설득 작업이 원만치 않다는 것을 알고 있어.〉

그로스의 얼굴에 경계하는 기색이 떠올랐다. 갈로텍은 고개를 가로저었다.

〈자네를 문책하려는 것이 아니야. 나 또한 어떻게 해야 할지 짐작도 가지 않아서 결국 가주들에 대한 면회를 허락한다는 포고를 내리는 데 동의했잖아. 가족들의 얼굴을 보면 가주들의 마음이 약해질지도 모른다는 바람으로.〉

그로스는 지긋지긋하다는 듯이 닐렀다.

〈하지만 아무도 찾아오지 않았어. 왜 그러는지 모르겠군.〉

〈이제는 알게 되었어.〉

〈응?〉

〈조금 전 비아스 마케로우가 찾아왔어. 그녀와 회담하던 중 다른 여자들이 왜 찾아오지 않는 건지 대충 깨닫게 되었어. 아무래도 우린 여자들의 사고 방식을 제대로 이해하지 못했던 모양이야. 첫째, 그녀들은 이곳에 와서 남자들에게 굽실거리고 싶지 않은 거야. 비아스는 경비자들이 쩔쩔매는 꼴에 깊은 인상을 받은 것 같더군. 굴욕을 각오하고 왔다가 겁먹은 상대를 발견하곤 즐거워진 거지.〉

〈웃기는군. 그렇다면 둘째는 뭐지?〉

〈우리의 허락을 받는 대신 자기들의 무력으로 우리를 물리치고 가주를 되찾아 갈 생각을 하고 있어. 그게 여자다운 일이라는 거지.〉

그로스는 정신적 파안대소를 터뜨렸다.

〈그녀들이 만약 상상하는 즐거움을 누리는 데 만족하지 않고 그 웃기는 계획을 실행하는 결단력까지 보여줄 작정이라면, 나는 그 여자다움이라는 것이 10분도 못 가 의미를 알 수 없는 망발이 될 거라 예언할 수밖에 없겠군.〉

갈로텍은 빙긋 웃었다. 그로스만큼 즐거운 웃음은 아니었다.

〈그녀들은 소드락을 잔뜩 복용하고 달려들 생각을 하고 있어.〉

〈상관없어! 아무리 소드락이라도 눈보라 속에서라면 어쩔 수 없을걸. 그리고 필요하다면 심장병을 몇 개 부숴주는 것으로 대미를 장식하는 방법도 있지.〉

〈좋은 생각이지만 아무래도 감정의 골이 너무 깊어질 것 같군. 우리는 지금 대통합을 이루어야 해. 한계선 이남을 모두 아우르는 대통합 말이야. 지금 상황에서 우리끼리 싸우는 것은, 아무리 우리가 쉽게 죽지 않는다고 해도 시간 낭비야.〉

〈그렇다면 대안은?〉

〈역시 가주들을 설득해야 하지. 나는 조금 전 비아스와 노닥거리다가 괜찮은 생각 하나를 떠올렸어. 그것에 대해 자네, 그리고 주퀘도와 의논하고 싶군.〉

쥬타기 대선사는 어두운 표정으로 방 가운데 앉았다. 그를 위해 방석이 준비되어 있었지만 대선사는 고집스럽게 방석을 옆으로 밀어버리고는 바닥에 무릎을 꿇었다. 좌우로 도열해 있던 승려들의 얼굴에 걱정이 떠올랐다. 대선사의 앞쪽에 좌탁을 놓고 앉아 있던 고위 승려들은 황감한 표정까지 지었다. 그들 중 한 사람인 라샤린 선사가 헛기침을 하고는 말했다.

"쥬타기 대선사. 방석에 편히 앉으십시오."

"이대로도 좋습니다."

"시간이 꽤 걸릴 겁니다."

"상관없습니다."

종단의 최고위자를 그런 모습으로 무릎 꿇려놓고 마음이 편할 리 없었지만, 라샤린 선사는 더 이상 재촉하지 않았다. 어쨌든 이 자리는 종규해석소(宗規解析所)다. 학구적인 분위기를 풍기는 그 이름과 달리 종규해석소는 일종의 재판정이다. 필요하다면—종단의 역사에서 한번도 없었던 일이지만—대선사에게 파문을 내릴 수도 있는 무시무시한 장소인 것이다.

그러나 종규해석소의 진행 방식은 평범한 토론장과 비슷하다. 즉, 대선사의 좌우로 늘어서 있는 스무 명의 승려들은 자유롭게 대선사에게 질문을 할 수 있으며 그 질문에 대해 대선사를 옹호하는 대답을 할 수도 있다. 대선사의 정면에 앉은 세 명의 고위승려들의 임무 또한 토론장의 의사 진행자와 비슷하다.

자칫 산만하게 바뀔 수도 있는 느슨한 체제이지만, 그런 일은 좀처럼 일어나지 않는다. 종규해석에는 시간 제한이 없으며, 해당 사건에 대한 심판은 반드시 내려져야 한다. 그 말은 이들 스물네 명은 해당 사건에 대한 종단의 대응 방침이 결정될 때까지 종규해석소를 퇴장할 수 없다는 뜻이 된다. 그 때문에 라샤린 선사는 시작을 선포하는 것이 두려웠다. 하지만 지체할 수는 없었다.

"어디에도 없는 신의 가호를 바라며 제294차 종규해석을 시작하겠습니다."

다른 승려들 또한 그 말에 긴장했지만 가장 놀란 사람은 라샤린 선사 자신이었다. 자신이 내뱉은 말의 무게감에 당황하던 선사는 문득 대선사의 차분한 거동을 보고는 부끄러움을 느꼈다. 침착을 되찾으려 애쓰면서 선사는 승려들의 출석을 불렀다. 물론 모인 사람들의 얼굴을 전부 볼 수 있으므로 요식 행위에 지나지 않지만, 참석자 개개인의 책임감을 일깨워주는 효과는 분명하다.

출석 확인을 끝낸 선사는 호규원장 듀케리 대사를 바라보았다.

"호규원장 듀케리 대사는 쥬타기 대선사가 종단의 안위를 침해하고 종단의 명예를 크게 실추시켰음을 들어 쥬타기 대선사의 멸적(滅籍)을 요구했습니다. 듀케리 대사. 고발장을 낭독해 주십시오."

승려들 사이에서 숨 막힌 웅성거림이 일어났다. 그리고 호규원장 듀케리 대사는 똥 씹은 얼굴이 되었다. 대선사를 멸적하다니, 말도 안 되는 소리다. 하지만 누군가는 대선사를 고발해야 했고, 그것은 당연히 종규의 수호 책임을 맡고 있는 호규원장의 몫이었다.

호규원장은 라샤린 선사가 당황할 거라 예상하며 강급이 어떻겠냐고 제안했다. 대선사의 법계를 깎자는 제안은 분명히 라샤린 선사를 놀라게 할 거라는 것이 호규원장의 나무랄 수 없는 예상이었다. 하지만 라샤린 선사는 태연히 멸적을 제안함으로써 호규원장을 기겁하게 했다. 호규원장은 강급을 제안했던 것도 잊은 채 어떻게 종단의 최고위자에게 멸적이라는 망발을 사용할 수 있느냐며 항의했지만 라샤린 선사는 뜻을 굽히지 않았다. 그래서 듀케리 대사는 스물두 명의 동료들 앞에서 대선사의 승적을 말소하고 사원 바깥으로 추방하는 것이 어떻겠냐고 제안하는, 실로 괴기스럽기까지 한 역할을 받아들여야 했다.

고발장을 집어든 듀케리 대사는 그에게 그런 짐을 지운 라샤린 선사를 한번 흘겨보고는 그것을 읽기 시작했다.

티나한은 벼슬을 빳빳하게 세운 채 으르렁거렸다.

"도대체 마음에 들지 않는군! 대선사는 속은 거야. 지금 가장 속 쓰린 사람일 텐데, 위로해 줘도 모자랄 판에 왜 붙잡아다 놓고 괴롭히는 거냐? 엉?"

오레놀이 한숨을 내쉬며 말했다.

"앞으로 괴롭히지 못하도록 하기 위해서입니다."

"무슨 말이야?"

"지금 종규해석소의 심판에 참여 중인 스님들의 의견은 거의 완전히 일치합니다. 아마 면직이나, 어쩌면 심한 경우 강급이라는 이야기까지 나올지도 모르지만."

오레놀도 종규해석소에서 감히 대선사를 상대로 멸적을 논하고 있을 거라고는 상상하지 못했다.

"오늘 내로 쥬타기 대선사에게 아무런 잘못이 없다는 결정이 나올 겁니다. 최악의 경우를 상정하더라도 나가들의 계략에 속아넘어간 부주의를 탓하여 견책 처분이 있는 정도일 겁니다. 그것도 아마 문서 견책이 아니라 구두 견책 정도겠지요."

"뭐야? 이런, 썩을. 용서할 거면 그냥 용서할 거지, 왜 그런 장난 같은 짓거리를 하는 거야?"

"장래의 일을 대비하기 위해서입니다. 앞으로 혹 누군가가 나가들에게 속아넘어간 대선사님의 과오를 탓하며 나설지도 모릅니다. 그런 일을 방지하기 위해서지요. 일사부재리(一事不再理)잖습니까. 종규해석보다 더 높은 권위의 심판은 없고, 이미 종규해석의 심판을 받았다면 또 받을 일도 없지요."

티나한은 오레놀의 설명에 대해 약간 생각해야 했다.

"으흠. 그러니까 앞으로 투덜거릴 녀석들이 나타나는 것을 아예 원천봉쇄하기 위해 공식적으로, 확실하게, 가장 높은 권위로 대선사를 용서한다는 뜻을 분명히 해버린다는 것이군?"

"정확하십니다."

"말해 줘야겠는데, 너희들 일 정말 더럽게 복잡하게 한다, 젠장."

오레놀은 고개를 가로저었다.

"복잡하더라도 꼭 필요한 일입니다. 조만간 우리는 여신의 힘을 손에 넣은 나가들에 대항해 싸워야 할 겁니다. 그러기 위해서는 종단의 모든 힘이 결집되어야 합니다. 그런 결집을 이루려면 우리들 사이에 어떤 분쟁의 소지도 남아 있어서는 안 됩니다. 과거는 가장 확실하고 빠르게 정리한 다음 앞으로 다가올 일을 대비해야 합니다."

티나한은 그 설명에 깊은 감명을 느꼈다.

"어, 그런 거냐? 더럽게 복잡하다느니 하는 말은 취소하겠어. 무슨 뜻인지 알겠군."

오레놀은 감사하다는 듯 묵례하고는 말했다.

"그러니 대선사님에 대해서는 걱정하시지 않으셔도 됩니다. 그보다 케이건이 걱정입니다. 지금 어떠시지요?"

"흠. 뭐라고 말해야 할지 모르겠어."

오레놀은 의아한 얼굴로 티나한을 바라보았다. 티나한은 수염볏을 비틀며 느리게 말했다.

"일단, 차분해. 몇 달 전 마지막 주막에서 처음 만났을 때만큼이나 말이야."

"다행이군요."

"그런데 나는 다행이라고 생각되지 않아."

"무슨 말씀이십니까?"

"녀석이 화를 내고 있다면 차라리 안심하겠단 말이다. 지금, 글쎄. 뭐라고 해야 좋을지 모르겠어. 벌겋게 타오르는 쇳물에는 아무도 손을 안 대지. 보면 위험하다는 것 알 수 있고, 놔두면 식지. 하지만 꽝꽝 얼어붙은 쇠는? 나가가 아닌 이상이야 눈으로 봐도 그게 어떤 상태인지 알 수 없지. 그런 것에 멋모르고 손을 대면 어떻게 되는지 알아?"

"살이 달라붙지요."

"그래. 쇠가 살점을 뜯어먹지. 그런데 케이건이 차분하게 있는 꼴을 보니 나는 꼭 그런 쇠가 생각난단 말이야. 꽁꽁 얼어붙어 있는 강철 말이야."

오레놀은 고개를 끄덕였다. 수염볏을 지나치게 비튼 티나한은 그것이 조금 아프다는 것을 깨닫고는 조심스럽게 주물럭거리며 말했다.

"케이건은 자기에게 모든 나가를 죽일 권리가 있다고 했어."

"그런 권리는 누구에게도 없습니다. 티나한."

"나도 그렇게 생각했어. 그래서 그렇게 말해 줬고. 그런데 말이야. 그 친구의 대답을 듣고 생각을 좀 해봤는데, 음. 그 권리라는 거, 상당히 모호한 말이더라고."

"무슨 말씀이십니까?"

"내게 하늘치의 등에 올라갈 권리가 있나?"

오레놀은 당황하여 티나한을 올려다보았다. 그의 시야에 티나한은 뾰족한 부리로 하늘을 찌르고 있는 것처럼 보였다.

"하늘치의 등에요? 글쎄요. 당신은 그러려고 하고 있고, 거기에 당신의 모든 것을 다 걸고 있지요. 그러니 당신은 모든 것을 다 걸고 있는 도전하는 자의 권리는 가지고 있을 겁니다."

"케이건도 모든 걸 다 걸고 그렇게 하는 걸 텐데. 오레놀."

오레놀은 고개를 가로저었다.

"티나한. 권리라는 것은 결국 '양해'라는 말의 다른 표현입니다. 누구도 고양이에게 쥐를 잡아먹을 권리가 있는지 따지지는 않아요. 고양이는 쥐에게 양해를 구할 능력이 없으니 그건 과도한 요구지요. 하지만 우리 사람들은 상대방의 양해를 구할 수 있어요. 그러니 그렇게 해야지요. 타인의 양해를 얻었을 때 권리라는 것도 생기는 겁니다. 당신은 하늘치에게 양해를 구할 수 없어요. 서로 의사 소통이 되지 않으니까. 하지만 만일 하늘치와 당신이 의사 소통이 된다면, 당신은 그 등에 오르기 전에 하늘치에게 올라가도 되냐고 물어보고 양해를 구해야 할 겁니다."

티나한은 잠시 침묵했다가 말했다.

"케이건은 양해를 얻었다고 할 수 있는 것 같은데."

"예?"

"내가 알기로, 나가들은 자신의 목숨을 담보 삼아 케이건에게 무슨 약속을 한 것 같더군. 그리고 그 약속을 어겼고. 그 순간 나가들은 자신의 목숨을 케이건의 손에 맡긴 것 아냐?"

"……그 이야기를 들으셨습니까?"

"응."

"그 나가들은 담보로 걸 수 없는 것을 걸었습니다. 티나한. 아시잖습니까."

"글쎄. 아는지 잘 모르겠어."

티나한은 두 손을 드는 시늉을 해보였다.

"내 솔직한 생각을 말해 볼까? 나는 그놈들이 아주 고약한 잡것들이라고 생각해. 나가들의 장례식을 주관할 필요까지는 느끼지 않지만, 누가 나에게 추모사를 맡기면 아주 난감해할 거야. 별로 추모하고 싶지 않으니까. 그리고 그 잡것들이 여신의 힘을 휘두르면서 쳐들어온다면, 나는 내게 놈들을 죽일 권리가 있는지 따위를 고민하지는 않을 거야. 피를 흘리느냐 피를 묻히느냐 둘 중 하나라면 나는 일단 피를 묻히는 쪽이야."

오레놀은 그 말에 반대하고 싶었지만 당장은 나가들을 옹호하고픈 생각도 들지 않았다. 나가들이 자신들의 여신을 억류한 사실에서 그가 느낄 수 있는 것은 혐오감뿐이었다.

"알겠습니다. 그런데 이야기가 다른 길로 샜는데, 왜 찾아오신 거죠?"

티나한은 잠시 어리둥절해하다가 곧 자신이 볼일이 있어 쥬타기 대선사를 찾아왔고, 대선사가 종규해석에 참석하고 있느라 오레놀을 상대하게 되었다는 사실을 떠올렸다.

"아, 난 이제 떠날 건데, 약속했던 발굴 지원금이 어떻게 됐는지 물어보려고."

"예? 떠나실 겁니까?"

"그래. 모든 이보다 낮은 여신이 안전하다는 것을 알았으니 이제 내 일에 신경 써야지."

오레놀은 왈칵 화를 내고 싶었다. 지금 대확장 전쟁이 재개될 판국인데 그깟 하늘치 유적 발굴이 중요하냐고. 그리고 그와 동시에 오레놀은 지난번 대확장 전쟁—그렇게 말하니 퍽 근래의 일인 것 같았다.—에서 레콘들이 한 일들은 모두 자신의 일을 지키려는 시도뿐이었음을 떠올렸다.

오레놀은 한숨을 내쉬었다.

"라수는 당신들을 가리켜 숙원을 걸머지고 오만하게 걸어가는 거인들이라고 했지요. 알겠습니다. 발굴 지원금은 이미 당신의 동료인 롭스가 수령했습니다. 영수증을 보여드릴까요?"

"아, 그래? 그렇다면 됐어."

"그럼 이대로 떠나실 겁니까?"

티나한은 고개를 끄덕였다.

조타 중대사는 수심에 찬 표정으로 말했다.

"물론 최악의 상황이 그렇다는 겁니다. 어쩌면 그 나가들은 이 보잘것없는 북쪽 땅에는 아무 관심이 없어서 그저 자기들끼리의 세력 다툼에만 그 힘을 사용할지도 모르지요. 하지만 여러분들 중 남쪽에 근거를 두신 분들은 고향으로 돌아가셔서 방비 태세를 재정비하시는 편이 좋을 것 같습니다."

지코마 성주가 손을 들었다. 그의 땅 칼리도는 한계선 가까운 곳에 위치하고 있다.

"중대사님. 염려해 주시는 것은 감사합니다만, 이왕이면 나가들이 손에 넣었다는 그 '힘'이 무엇인지를 말씀해 주시면 더 도움이 되겠습니다. 적을 알아야 대비를 할 수 있잖습니까."

다른 군웅들도 웅성거리며 지코마 성주의 말에 찬성하는 기색을 보였다. 중대사는 난감한 표정으로 말했다.

"그건 지금 말씀드리기에는 지나치게 미묘합니다. 하지만 제가 말씀드린 것에서 여러분들이 추측하실 수 있는 것도 있으리라 생각됩니다. 나가들이 한계선을 넘을지도 모른다는 제 우려에서 여러분들은 그 힘의 성격을 짐작하실 수 있으시겠지요."

머리는 좋지만 자제력은 좀 부족한 편인 무핀토 추장이 질문했다.

"그 힘은 기온을 바꿀 수 있는 힘입니까?"

지배자들은 당황했다. 무핀토 추장의 앙숙인 세미쿼 추장은 얼굴에 새긴 문신을 온통 일그러뜨리며 말했다.

"그 뒤죽박죽인 머릿속에서 나올 법한 기괴한 생각이군."

무핀토 추장은 눈을 불태우며 세미쿼 추장을 노려보았다. 조타 중대사는 그들 사이에서 '우정을 의미한다'던 속어가 오가는 것을 들으며 이맛살을 찌푸렸다. 다른 지배자들도 그 두 추장의 말다툼에 신물이 난다는 표정이 되었고 결국 그중 한 명이 두 추장에게 '제발 닥쳐주면 우리 모두 행복하지 않을까요'에 해당하는 제안을 꺼냈다. 두 추장은 잠잠해지기는커녕 '끼어드는 재주를 아무 데서나 발휘하지 말라'고 대꾸했고, 그러자 상황은 점점 험악해졌다. 당황한 조타 중대사는 어떻게든 사태를 중재해 보려 했지만 그곳에 있는 자들은 머리 깎은 산승 한 명이 통제할 수 있는 자들이 아니었다. 라샤린 선사라면 혹 가능할지 모르지만 선사는 지금 종규해석소에 출석한 상태였다.

중대사가 어쩔 줄 모르는 표정으로 무의미하게 손을 흔들고 있을 때 무리 가운데서 낮지만 강한 목소리가 주위를 압도하며 터져나왔다.

"예를 생각하시오. 소중한 조언을 주시려 우리를 불러주신 분 앞에서 무슨 망발들이오?"

사람들은 그 목소리의 주인을 돌아보았고 그것이 괄하이드 규리라는 것을 알고는 입을 다물었다. 관록에서든 무력에서든 연장자에 대한 예의에서든 그의 말을 무시할 수 있는 자들은 없었다. 하지만 그들의 표정이 완전히 만족스러웠던 것은 아니다. 그때 큼직한 머리 위에 뿔관을 얹은 코네도 빌파가 거들 듯이 말했다.

"변경백의 말씀이 옳소. 중대사님의 말씀을 듣도록 합시다."

변경백의 표정은 복잡했다. 코네도 대족장이 자신을 거든 것에 고마워하고 싶었지만, 괄하이드 변경백 또한 발케네의 지배자가 두 아들을 주체로 하는 모종의 계획을 품고 있다는 것을 알고 있었다. 아라짓의 마지막 신하임을 자부하는 변경백의 입장에서 대족장의 계획은 용납하기 어려운 것이다. 결국 변경백은 모호한 묵례를 하는 정도로만 감사 표시를 했다.

사람들이 조용해지자 조타 중대사는 간신히 말을 꺼낼 수 있었다.

"감사합니다. 무핀토 추장께서 조금 전 기온을 바꿀 수 있는 힘이지 않냐고 말씀하셨는데, 예, 우리는 그런 상황까지 가정하고 있다는 것을 말씀드려야겠습니다."

지배자들의 얼굴이 창백해졌다. 중대사는 황급히 말했다.

"물론 그것은 최악의 상황을 가정해 본 것입니다."

안타깝게도 지배자들의 귀에 그 말은 유일한 상황이라는 말처럼 들렸다.

"그런 일이 쉽게 일어나지는 않을 겁니다."

지코마 성주가 다시 손을 들었다.

"예, 지코마 성주?"

"중대사님의 말씀을 들으니 걱정을 감출 수 없습니다. 다행히 이곳에 계신 여러 영웅들의 영용한 모습에서 제가 위안을 얻을 수도 있을 겁니다. 하지만 저는 이곳에 한 분이 빠져 있는 것 같은 생각이 듭니다."

"무슨 말씀입니까?"

"즈믄누리의 성주 바우 머리돌을 말씀드리는 겁니다. 우리는 가장 먼저 그분께 이 사안에 대한 의견을 구해야 하는 것 아닐까요? 옛말에 나가 잡는 건 도깨비라고 했습니다. 스님들께서는 즈믄누리와의 연락을 위한 딱정벌레를 소유하고 계신다고 알고 있습니다."

누군가가 탐탁잖은 투로 말했다.

"대확장 전쟁 때도 도깨비들은 물러나기만 했소. 지코마 성주."

"하지만 아킨스로우 협곡에서 10만의 나가를 태워죽이기도 했습니다."

"그건 인상적인 일이긴 하지만 본질은 정신나간 자의 실수였소. 도깨비들 전체의 뜻이 아니었소."

"그건 저도 알고 있습니다. 하지만 즈믄누리의 성주에겐 대대로 몇 가지 특권이 있습니다. 혹자는 놀라운 직관력이라고 말하고 혹자는 '다섯째 딸의 선물'이라고 말하는 능력도 그중 하나입니다. 단도직입적으로 말해서, 즈믄누리의 성주는 즈믄누리 안에 있을 때는 항상 옳은 결정을 내릴 수 있습니다. 우리는 그분께 우리의 행동 방침에 대한 조언을 구할 수 있지 않을까요?"

지배자들은 놀란 표정으로 지코마 성주를 바라보았다. 그러나 조타 중대사는 고개를 가로저었다.

"지코마 성주. 틀린 말씀은 아닙니다만 그렇다고 해서 유쾌하게 수용할 수 있는 제안도 아닙니다. 예. 말씀하신대로 즈믄누리의 성주가 내린 결정에 대해 이의를 제기하는 도깨비는 없습니다. 그리고 도깨비들은 결국 그 결정이 틀리지 않았다고 말합니다. 그들이 그렇게 믿는 것은 그들의 자유입니다만, 우리는 거기에서 논리를 찾아낼 수 없습니다. 실제로 그 성주들이 대부분의 경우 옳은 결정만 내려온 것이 사실임에도 불구하고, 우리는 즈믄누리의 성주가 내린 다음번 결정이 맞을지 틀릴지 여전히 알 수 없는 겁니다. 게다가, 혹 그 믿기 힘든 능력이 사실이라 하더라도 그건 도깨비들에게 해당하는 말입니다. 우리는 도깨비가 아닙니다. 한 집단에게 가장 도움이 되는 결정이 다른 집단에겐 도저히 받아들일 수 없는 재난인 경우는 얼마든지 있습니다. 나가들은 대확장 전쟁이 꼭 필요하다고 생각했을 겁니다. 하지만 우리들에게 대확장 전쟁은 어떤 결과를 가져왔습니까? 세상의 반을 뺏겼고, 그리고 왕도 잃었습니다."

'왕'이라는 말에 코네도 대족장의 눈이 가늘어졌다. 그때 대족장은 자신을 쏘아보는 눈길을 느꼈고, 고개를 돌려 괄하이드 변경백을 보게 되었다. 변경백은 대족장의 가슴속을 들여다보는 듯한 눈초리로 쏘아보고 있었다. 코네도는 희미한 미소를 지으며 괄하이드의 시선을 외면했다.

지코마 성주는 다시 말했다.

"그렇군요. 하지만 저는 즈믄누리의 성주가 가진 그 의사 결정 능력을 이런 식으로도 해석할 수 있음을 지적하고 싶습니다. 그 능력은 최소한 도깨비라는 한 집단을 긴 세월 동안 올바르게 이끈 능력이라고. 그렇다면 거기에는 상황을 파악하고 최선의 결정을 도출하는 데 꼭 필요한 명철함이 내포되어 있을 것입니다. 우리는 그 명철함을 참고할 수 있을 겁니다. 그러니 우리가 그분께 조언을 청하는 것 자체는 해될 것이 없다고 생각합니다. 어쨌든 이곳에 딱정벌레가 있습니다. 그분의 조언을 들은 다음 그것을 따를 것인지 말 것인지는 차후에 결정해도 늦지 않습니다."

"알겠습니다. 대사원의 딱정벌레를 바우 성주에게 보내겠습니다. 작금의 사태를 설명하고 고견을 요청하겠습니다."

"감사합니다. 그리고 한 가지 더 여쭐 것이 있는데, 무학당에 계신 손님들은 언제 보여주시겠습니까?"

지배자들의 얼굴이 대번에 바뀌었다. 중대사는 우물쭈물하며 지코마 성주를 바라보았다. 지코마 성주는 변경백을 돌아보며 말했다.

"그분들 중 한 분이 괄하이드 변경백과 겨룬 수백 합은 실로 놀라운 것이었습니다. 괄하이드 변경백. 각자가 가진 무기의 차이가 없었다면 그 격투의 결과는 누구도……."

"내가 졌소."

괄하이드는 지코마 성주가 건넨 선물—무기의 성능 차이라는 변명—을 받지 않왔다. 지코마 성주는 입을 다물었다. 그래야 할 시간이었다. 패배를 인정하더라도 잃을 명예가 적은 젊은이의 선언이 아니었다.

"간단히 말해서 그는 나를 가지고 놀았소. 그것이 추잡한 악취미의 발현이 아니라는 사실에 감사할 뿐이오. 내가 추측하기로 그는 우리들의 시선을 무학당에서 떨어뜨려두기 위해 그렇게 한 것이오. 만약 그것이 저질스러운 희롱이었다면 나는 그자, 그리고 나 자신을 참아내기 어려웠을 거요. 하지만 그렇지 않다는 것을 알고 있소."

군웅들은 존경심을 담아 콸하이드 변경백을 바라본 다음 다시 조타 중대사를 돌아보았다. 지코마 성주가 다시 말했다.

"조금 전 존경하는 변경백께서 확인해 주신 바와 같이 그분들이 예사분들이 아님은 분명합니다. 그리고 저는 그곳에서 나가와 두억시니들, 그리고 대호와 믿기 어렵습니다만 용까지 목격되었다는 이야기를 들었습니다. 여염집의 마당에서 볼 수 있는 조합은 아닙니다. 사실, 한 세기에 한 번 목격할 수 있는지조차 의심스러운 조합이군요. 그 놀라운 조합이 왜 하인샤 대사원의 무학당에서 목격되는 겁니까? 그분들은 도대체 누구입니까? 그리고 그분들과 나가들이 기온을 바꿀 수도 있는 엄청난 힘을 획득한 사건 사이에 어떤 연관이 있는 겁니까? 중대사님. 저도 그렇고 다른 분들도 그러리라 생각됩니다만, '도깨비 지나가자 불이 났다.'는 식의 대답은 듣고 싶지 않습니다만."

조타 중대사는 난감한 표정을 지으면 안 된다고 생각했고, 생각과는 정반대로 행동해 버렸다. 지배자들은 실로 의심스럽다는 듯이 중대사를 쏘아보았다. 중대사는 한참 후에야 겨우 할 말을 정리할 수 있었다.

"여러분들의 의혹과 호기심은 당연합니다."

중대사는 침을 삼켰다.

"하지만 그분들의 동의 없이는 그분들에 대해 말씀드릴 수 없습니다. 제가 말씀드릴 수 있는 것은 이것뿐입니다. 그분들은 나가의 책략을 저지하기 위한 목적으로 소집된 분들입니다. 그리고 콸하이드 변경백의 대도가 부러진 날, 우리는 그것을 시도했습니다. 하지만 나가의 교활한 속임수에 의해 우리는 실패했고, 그 때문에 나가들은 제가 말씀드린 것 같은 '힘'을 획득하게 되었습니다. 그리고 지금 그분들과 우리는 과오를 바로잡을 수 있는 방법을 열성적으로 모색하고 있습니다."

의도와 행위 사이의 불일치가 빚어내는 불쾌한 결과를 가리키는 말로 실수라는 것이 있다. 그 말을 따른다면 조타 중대사는 '실수'를 저지른 것이지 '거짓말'을 한 것은 아니다. 어쨌든 티나한은 키준 산맥으로 돌아갈 생각을 하고 있었을 뿐 '자신의 과오를 바로잡을 방법을 열성적으로 모색하고' 있지는 않았으니까. 그리고 케이건의 경우에도 여전히 그 설명은 들어맞지 않았다.

케이건 드라카는 찢어지려는 자신을 관찰하고 있었다.

그의 몸 일부분은 앞으로 달려나가 륜의 몸을 산산조각내고 그 피를 몸에 뒤집어쓰기를 원하고 있었다. 그리고 나머지 부분은 그런 일부분에 대해 거부감을 나타내며 자리에 앉아 조용히 륜을 바라보기를 요구하고 있었다. 후자의 요구에 따라 케이건은 륜이 그를 속인 나가가 아님을 자신에게 증명해 보이려고 노력했다. 하지만 전자는 케이건에게 그저 눈을 뜨고 똑바로 바라볼 것을 요구했다. 그의 눈에 들어오는 것은 나가의 모습이었다. 그리고 케이건은 그 나가를 갈기갈기 찢어놓기를 원했다.

원추리, 그녀가 좋아했던 꽃.

다른 것이라도 상관없었을 것이다. 그녀가 좋아했던 노래나 그녀가 좋아했던 날씨. 그 어떤 것이라도 좋았을 것이다. 그러나 케이건이 닻·덮개·장애물·접근 금지 표시로 사용했던 것은 그녀가 좋아했던 꽃이었다. 그것을 기억하지 않는 이상, 지나치게 두껍게 쌓여 있는 시간의 바닥으로 갑자기 끌려내려가는 일은 없었을 것이다. 바꿔 말한다면 단단한 현재를 디딘 채 계속 '길잡이'로 서 있을 수 있었을 것이다.

그러나 티나한이 그 꽃의 이름을 말했고 기억의 누락이 보충된 순간 케이건은 그 바닥으로 가라앉았다.

그 침몰은 겉으로는 전혀 드러나지 않았으며, 내부적으로도 마찬가지였다. 케이건 자신조차도 느끼지 못했다. 그는 잠시 현재를 살며 과거를 살았다. 어리둥절한 상태였다고 말할 수도 있을 것이다.

그러나 나가가 그를 세 번째로 속였을 때 케이건은 그 깊은 바닥에서 위로 솟아올랐다. 잊고 있었던 과거와 연결된 상태로. 케이건이 느끼고 있는 몸이 찢어질 듯한 갈등은 바로 그런 부상(浮上)의 여파였다. 과거의 그가 원하는 것과 현재의 그가 원하는 것을 동시에 느끼고 있었고……, 그것은 그가 할 수 없었던 일이었다. 케이건은 한 번에 두 가지 역할은 수행할 수 없었다.

하지만, 지금 그는 그것을 천천히 시험하고 있었다.

서두르지도, 흥분하지도 않으면서.

돌이킬 수 없이.

케이건은 륜을 바라보았다.

륜은 원무를 추는 두억시니들에게 둘러싸여 있었다. 저 먼 남쪽 밀림 속의 피라미드에 있는 '그것'은 일의 경과에 대해 몹시 실망하고 있는 듯했다. 케이건은 니름을 들을 수 없었지만 두억시니들의 움직임에서 묘한 실망감이 느껴진다고 생각했다. 그리고 니름을 들을 수 있는 륜은 그 실망감을 보다 직접적으로 전달받을 수 있었다.

〈너희 동족은 정말로 괴악하구나. 륜 페이.〉

〈할 니름이 없습니다.〉

〈신을 잃고 이렇게 슬퍼하는 나와 나들도 있다. 내 존재를 모르지는 않을 것이다. 그런데 어떻게 자신의 신을 귀하게 여길 줄 모르고 그런 흉한 일을 벌이는 건지 도통 이해할 수 없구나. 신을 억류한다고? 그래서 무엇을 얻는다는 거냐? 여신의 증오?〉

〈저는 중도 포기한 수련자일 뿐이라서 신과 세계의 관계에 대해서는 명징하게 알지 못합니다. 하지만 제가 이해하기로, 그들은 물의 힘을 자유로이 쓸 수 있게 된 듯합니다.〉

〈설명해다오.〉

〈물, 불, 바람, 흙은 세상을 이루는 힘의 근원들입니다. 그것들은 서로 엉겨 세상을 이룹니다. 그리고 신들은 그 힘들에 대한 통제권을 가지고 있습니다. 물의 힘을 통제하는 여신을 억류함으로써 그들은 그 통제권을 훔칠 수 있게 된 듯합니다.〉

〈어떻게 해서?〉

〈신명을 가지고 있으니까요. 오직 발자국 없는 여신만이 신명을 허락하셨습니다. 그 때문에 이런 끔찍한 배신이 일어난 것이겠지요.〉

〈너도 신명을 가지고 있잖아.〉

〈네?〉

류은 놀란 눈으로 주위를 도는 두억시니들을 바라보았다. 유해의 폭포는 다시 닐렀다.

〈너 또한 신명을 가지고 있다고 닐렀다. 그렇다면 너도 네 신부의 힘을 쓸 수 있는 것 아닌가?〉

〈그 니름이 맞군요. 하지만 그건……, 여신을 배신한 다른 신랑들의 행위에 동참하는 일이 되는 것 같군요. 그 힘의 주인은 제 신부입니다.〉

유해의 폭포는 약간의 시간이 지난 다음에 닐렀다.

〈미안하지만 이 질문에 대답해 줬으면 좋겠다. 너희 나가들 중에 여신과 가장 가까운 것은 신명을 받은 너희 신랑들이라고 생각되는데, 맞는가?〉

〈협의적으로, 맞습니다.〉

〈그렇다면 너 이외에 누가 신부의 것을 사용할 수 있지?〉

〈아무도 그럴 수는 없습니다. 그 힘의 주인은 여신입니다. 신명을 받은 저희들이 비록 여신에 대해 보다 가까운 관계를 주장할 수 있을지는 몰라도……? 설마?〉

〈류. 그렇다. 나는 네가 여신의 힘을 이용해서 두억시니의 신에게 일어난 일을 확인해 주었으면 하는데.〉

안타깝게도 류은 그런 생각을 하지 않았다. 류은 두억시니들을 향해 닐렀다.

〈죄송합니다! 우선 제가 먼저 시도해 볼 일이 있습니다. 대화는 다음에 하면 안

되겠습니까?〉

류은 유해의 폭포가 보내어오는 정신에서 뚜렷한 아쉬움을 읽을 수 있었다. 하지만 천년의 세월을 흘러내린 그 폭포가 함양할 수 있었던 가장 큰 미덕은 참을성이었을 것이다. 유해의 폭포는 주저하지 않고 접촉을 끊었다. 두억시니들의 원무가 멈췄다.

그리고 류은 두억시니들 사이를 빠져나가 마루 위로 뛰어올랐다.

축대 위에 엎드려 있던 마루나래가 흠칫하며 일어났고 처마에 앉아 있던 아스화리탈 또한 고개를 홱 들었다. 케이건은 손을 등 뒤로 돌려 바라기의 자루를 움켜쥐며 일어났다. 하지만 두억시니들을 관찰하고 주위를 둘러본 케이건은 어디에서도 위험을 느끼지 못했다. 마루나래와 아스화리탈 또한 같은 결론에 도달한 듯 경계 태세를 풀었고 케이건은 고개를 갸웃한 채 류이 들어간 방문을 바라보았다.

류은 사모 페이가 누워 있는 방에 뛰어들었다.

그 자신이 만든 상처는 이미 아물어 있었다. 하지만 사모 페이는 살아 있지 않았다. 류이 보내는 어떤 니름에도 대답하지 않는 그 정신은 엄격하게 닫혀 있었다. 그 곁에서 류이 보내어야 했던 시간들은 황폐하고 어둡고 차가웠다. 하지만 이제 류은 그런 시간들을 부정하며 사모의 곁에 무릎을 꿇었다.

류은 뚜렷한 계획을 가지고 있지 않았다. 하지만 무엇을 원하고 있는지는 잘 알고 있었다. 류은 침착해지려 애썼다. 마침내 만족할 만한 정신 상태에 도달했을 때 류은 차분하게 닐렀다.

〈라르간드.〉

류은 불과 조금 전 유해의 폭포에게 '힘은 여신의 것'이라고 닐렀던 것을 잊지는 않았다. 류은 자신을 합리화해 보려 했다. 여신의 힘은 무엇인가, 여신의 의지는? 신들은 자신의 선민 종족들을 보살핀다. 발자국 없는 여신이 원하는 것은 나가의 복지 이외에는 없을 것이다.

모두 헛니름이다.

류은 잘 알고 있었다. 그가 지금 시도하는 자기 합리화는 니름도 안 되는 웃기는 짓거리다. 어쨌든 신은 '전일 근무 가능한 무보수 만능 하인'이 아니다. 가사 상태에 빠져 있는 누나를 되살린다는 극히 개인적인 욕구를 위해 여신의 힘을 사용하는 것은 부도덕하다.

그 힘을 탐내어 여신을 배신한 다른 신랑들만큼이나.

그러나 륜은 더 이상 자신을 억제할 수 없었다. 그의 시야는 계속 축소되어 마침내 그의 우주 속에 륜과 사모를 제외한 모든 것을 삭제했다.

전 우주에 존재하는 하나의 의미를 향해 륜은 닐렀다.

티나한은 케이건을 보곤 손을 흔들었다. 케이건은 가볍게 묵례하는 것으로 대답을 대신했다. 무학당 앞을 지키고 있는 초현실적인 호위병들을 죽 둘러본 티나한은 철창을 나무에 기대어놓고는 케이건 옆에 섰다.

"나 떠날 거야."

"그리시오?"

"응. 대사원에서 받은 임무는 벌써 오래전에 끝냈고, 모든 이보다 낮은 여신이 안전하다는 것도 확인했으니 이제 본래 하던 일로 돌아가야지. 가기 전에 한 가지 묻고 싶어."

"무엇이오?"

"네가 해보였던 하늘치 도발 말이야. 만일 내가 그걸 흉내내서 하늘치를 땅에 내려오게 한 다음 그 등에 올라타겠다면, 그거 괜찮은 생각일까?"

"죽을 거요."

자르듯 말하는 케이건의 태도에 티나한은 머쓱한 기분을 느꼈다.

"살아서 그 등에 올라탈 방도가 전혀 없을까?"

"딱정벌레를 타고 있다면 도망치는 것은 가능하오. 나와 비형이 그랬듯이. 하지만 딱정벌레는 도망치는 것 외에는 다른 도움을 줄 수 없소. 절대로 접근하지 않으려고 할 테니까. 그렇다면 당신은 맨몸으로 요동치는 하늘치에 뛰어오를 생각을 해야 하는데, 그건 어떻게 봐도 미친 짓이오. 저들에게 물어보면 아마 확인해 줄 수 있겠지."

케이건이 가리킨 것은 두억시니들이었다. 티나한은 아랫부리를 쓸어 만지며 말했다.

"그렇다면 역시 연을 타고 올라가는 것이 가장 좋은 방법인 것인가."

"다른 방법도 있소."

"뭐지?"

"인간의 신체를 찾아서 그 영을 빼버림으로써 어디에도 없는 신을 봉인해 버리는 것. 그러면 승려들은 바람의 힘을 자유로이 쓸 수 있을 거요. 당신은 그들이 일으킨 바람을 타고 영광의 창공으로 날아오를 수 있을 거요."

티나한은 약간 당황했다. 케이건의 말이 농담인지 진담인지 구분하기 어려웠기 때문이다. 조금 생각한 티나한은 그것을 차가운 농담이라고 판단하기로 했다.

"나가들은 정말 고약한 짓을 했어."

케이건은 대답하지 않았다. 티나한은 팔짱을 끼며 말했다.

"도대체 그렇게까지 해서 세상의 나머지 반을 손에 넣고 싶은 걸까? 지금도 이미 반을 가지고 있잖아. 그리고 나는 나가들이 영토 부족에 헐떡인다는 말은 듣지 못했어."

케이건은 여전히 대답하지 않았다. 티나한은 부리를 살짝 부딪치고는 말했다.

"네 계획은 뭐야?"

"계획?"

"그래. 너도 일 끝낸 거잖아. 이제 어떻게 할 건데? 집으로 돌아가서……, 그걸 계속할 거야?"

"나가를 잡아먹는 것 말이오?"

티나한은 벼슬을 조금 경직시켰다.

"뭐, 그래."

"여기 있을 거요."

"왜?"

"쥬타기 대선사가 다음에 요청할 것을 짐작하니까."

"그게 뭔데?"

케이건은 짧은 한숨을 내쉬었다.

"아마도 발자국 없는 여신을 구출하라는 요청을 할 거요. 정확하게 말한다면 발자국 없는 여신이 갇혀 있는 신체를 구출하는 일이 되겠지만."

티나한은 크게 놀랐다.

"말도 안 돼! 그 신체가 어디 있을지는 모르겠지만 아마도 나가들의 도시 가운데 엄중하게 격리되어 있을걸?"

"아마도 하텐그라쥬의 심장탑일 거요. 현재로서는 그보다 더 그럴듯한 장소를 떠올릴 수 없군. 모든 일이 일어난 곳이 그곳이니까."

"그런가? 그렇겠군. 어쨌든 그건 륜을 구출하는 일과는 비교도 안 될 만큼 어려운 일이야. 륜은 우리를 만나려고 스스로 찾아왔어. 하지만 그 신체는 하텐그라쥬 가운데 갇혀 있을 텐데, 그럼 너는 하텐그라쥬까지 들어가야 하잖아? 불가능해!"

"그렇겠지."

"그럼 거절할 건가?"

"아니오."

티나한은 격노했다.

"왜! 저 중들의 요청이 있으면 개죽음이라도 하겠다는 거야, 뭐야? 제기랄, 굳이 따지고 보면 이건 그 땡중들이 멍청하게 속아넘어가서 일어난 일이야. 나가의 속임수에 넘어가서 허겁지겁 신명을 가진 사자를 모셔오고, 만다라를 그리고, 여신을 불러내줬기 때문에 일어난 일이라고. 그놈들이 책임지라고 해! 네가 책임질 필요는 없어."

"나는 그렇게 할 거요. 티나한."

"무엇 때문에!"

"그래야만 내가 원하지 않는 내가 되는 것을 막을 수 있으니까."

티나한은 무슨 선문답이냐는 듯이 케이건을 바라보았다. 하지만 케이건이 더 이상 설명할 생각이 없다는 것만 알 수 있을 뿐이었다. 욕구 불만을 느낀 티나한이 다시 뭔가를 따져보려 할 때였다. 머리 위로 세찬 날갯짓 소리가 들려왔다.

티나한은 깜짝 놀라 위를 바라보았다. 한순간 티나한은 비형이 돌아온 것이 아닌가 생각했다. 하지만 하늘을 가로지르고 있는 것은 나늬에 비하면 훨씬 작은 딱정벌레였고 사람을 태우고 있지도 않았다. 함께 그 모습을 올려다본 케이건이 말했다.

"하인샤 대사원의 딱정벌레요."

"대사원의?"

"그렇소. 즈믄누리는 세상의 몇몇 중요한 장소와의 긴밀한 연락을 위해 품종이 좋은 딱정벌레를 파견하곤 하오. 저것도 그중 하나지. 하지만 다른 사람들은 아무래도 도깨비들의 사육 실력을 따를 수 없다 보니 저런 왜소한 놈으로 키울 수밖에 없는 모양이오. 연락용으로만 쓰이니 사람을 태울 필요는 없고, 그래서 작아도 상관은 없겠지만."

"사람을 태우지 않으면 어떻게 연락을 한다는 거야?"

"긴 내용이라면 서신을 가지고 있을 테고 짧은 내용이면 수화로 전달하오."

"아하, 그렇군. 그렇다면 저건 즈믄누리로 날아가는 건가?"

"그럴 거요. 아마도 작금의 사태를 전달하기 위해서 날아가는 것이겠지. 나가 잡는 것은 도깨비라고 하니, 바우 성주의 조언은 도움이 될 거요."

"조언보다는 도깨비 수백 명을 보내주는 쪽이 낫지 않을까. 그렇다면 네가 하텐그라쥬로 쳐들어가는 것을 도와줄 수 있을 텐데."

"도깨비들에게는 요청할 수 없는 일이오. 티나한."

"그렇다고 해서 혼자 갈 수는 없잖아."

"사제들이 요청하면 혼자라도 갈 거요."

티나한은 험악한 표정으로 케이건을 바라보았다. 그의 견해로 케이건의 말은 '자살하겠다'는 말과 완전히 동의어였다. 나가 도시 한가운데의 인간이라니, 그보다 눈에 더 잘들어오는 것이 어디 있겠는가. 케이건은 하텐그라쥬에 도달하지도 못 할 것이다.

그러나 티나한에게 설득의 재능은 언제나 낯선 것이었다. 티나한은 케이건을 도통 설득할 수 없었다. 결국 티나한은 케이건에게 작별 인사를 건네는 것에 만족해야 했다. 티나한은 륜에게도 작별 인사를 하고 싶었지만 두억시니들과 마루나래는 티나한이 무학당에 접근하는 것을 달가워하지 않았다. 티나한은 몇 번 고함을 질러보았지만 륜은 나오지 않았다. 케이건은 륜이 청각에 조금도 신경 쓰고 있지 않을 거라고 설명했다. 결국 티나한은 케이건에게 인사를 당부한 다음 떠났다.

그러나 티나한에게 있어 하인샤 대사원을 떠나는 것이 쉽지는 않았다.

일주문을 향해 내려가는 티나한에게 다가서는 사람들의 숫자는 엄청났다. 그들은 티나한에게 조금이라도 정보를 얻어내려고 애썼고 결국 티나한은 화가 났다는 표시로 깃털을 곤두세워야 했다. 그럼에도 불구하고 일주문이 가까워졌을 때 티나한은 괄하이드 변경백에게 걸음을 멈출 것을 요구당해야 했다.

"케이건 드라카와 동행 맞으시오?"

티나한은 빳빳하게 곤두선 깃털들 사이로 괄하이드 변경백을 내려다보며 말했다.

"그렇다. 티나한이라고 한다. 너, 케이건과 싸웠다는 그 인간이냐?"

"그렇소. 괄하이드 규리하라 하오. 여기를 떠나는 길이시오?"

"그래."

"괜찮으시다면 산 아래까지 함께 걸어도 되겠소?"

티나한은 잠시 망설였다. 하지만 티나한은 용감한 사내를 존중했고 깃털을 빳빳하게 곤두세운 레콘 앞에서 태연할 수 있는 남자는 용감한 사람임에 틀림없다. 티나한은 고개를 끄덕였다.

"좋을 대로."

그들은 함께 오솔길을 걸었다.

엄숙한 나무들 사이로 숲내음이 흘러넘쳤다. 희미한 흙냄새는 티나한을 기분 좋게 했다. '모든 이보다 낮은 여신의 힘이 땅이라고?' 티나한은 레콘이 왜 모종의 액체를 싫어하는 건지 알 것 같다고 생각했다. 그 모종의 액체는 항상 낮은 곳으로 흐르지만, 그보다 더 낮은 것이 있다면 땅이 거기에 해당한다. 조각난 채 오솔길 위에 흩어져 있는 햇빛을 밟으며 두 사람은 한동안 침묵한 채 걸었다.

"케이건 드라카에 대해 말씀해 주실 수 있겠소?"

괄하이드의 조용한 질문에 티나한은 고개를 한 번 갸웃했다.

"케이건 드라카에 대해 무엇이 궁금하지?"

"여러 가지. 그는 정말 북부의 왕이 될 작정인 거요? 그렇다면 그는 그에 합당한 자요? 합당하다면 어떤 점에서 그렇고 합당하지 않다면 그 부족한 것들은 보완될 수 있는 거요?"

"케이건은 왕이 될 생각이 없어."

"그렇다면 역시 그건 나를 싸움에 끌어들이기 위해 한 말이군."

"아마 그럴 거야."

괄하이드는 조금 침묵했다가 말했다.

"만약 내가 그를 북부의 왕으로 추대한다면, 그건 망령된 짓이겠소?"

티나한은 갑자기 웃음을 터뜨렸다. 괄하이드는 눈썹을 곤두세운 채 티나한을 노려보았다. 티나한은 손을 내저었다.

"어, 아냐. 너를 비웃는 것이 아냐. 네가 케이건에게 그렇게 말하면 케이건이 어떻게 대답할지가 떠올라서 말이야."

"뭐라고 대답할 것 같소?"

"미안하지만 너를 박살낸 다음 이렇게 말할 거야. 잔치는 모두 끝났소. 집으로 돌아가시오."

변경백은 당연히 그게 무슨 뜻인지 이해하지 못했다. 티나한은 변경백에게 그들이 여행하는 동안 만났던 제왕병자들에 대한 이야기를 들려주었다. 괄하이드는 이해했다.

"그런 시답잖은 작자들에게라면 나 또한 그렇게 말해 줬을 거요. 만약 규리하 영지 내에서 그런 자를 만났다면 참살을 명령했을 테고. 하지만 케이건이 그런 시답잖은 자들에 속하는 사람이오?"

티나한은 인간들이 나가 잡아먹는 인간에 대해 어떻게 생각할지 알 수 없었다. 결국 티나한은 그것을 언급하는 대신 질문을 하기로 했다.

"왕을 그렇게 되찾고 싶은가?"

"그것은 우리 가문의 사명이나 다름없소. 물론 더 정확하게 말하자면 왕이 돌아올 때까지 그 땅을 지키는 것이 우리의 사명이오."

괄하이드는 잠시 침묵했다.

"어쩌면 나는 지친 것일지도 모르겠소."

괄하이드는 한숨을 내쉬었다.

"왕의 땅을 지키기 위해 왕의 백성이 될 자들을 때려죽여야 한다는 모순에 말이오."

티나한은 깊은 인상을 받고는 고개를 끄덕였다.

"음. 그렇군. 그건 모순이군. 키탈저 사냥꾼들의 저주처럼."

변경백은 희미한 미소를 지었다.

"지혜로운 분이시군. 내가 알기로 레콘들은 자신의 평생 숙원에 관련이 없는 지식에는 별 관심도 없다던데. 혹 역사학자가 되는 것이 평생 숙원이시오?"

"아냐. 케이건이 가르쳐줬어."

"그렇군. 어쨌든 그것은 내 평생을 바쳐 이룩한 것을 근본부터 뒤흔드는 모순이오. 케이건은 내 인생이 '과부와 고아 생산에 바쳐진 인생'임을 지적했소. 그것은 무사가 당연히 걸머져야 하는 숙명이오. 그러나 내가 가진 모순은 그보다 더 끔찍하오. 나는 지러쿼터 산맥을 넘어오는 왕의 백성들을 죽여 그들의 피로 산맥을 물들였소. 물론 그것은 변경백의 권리요. 왕이 변경백의 것을 함부로 할 수 없듯 왕의 백성들도 변경백의 것을 탐할 수 없음은 마찬가지이니. 하지만…… 아시겠지만 나는 정통 변경백이 아니오. 나는 왕에게 평가받고 싶소. 내가 왕에게 돌아갈 것을 지켜온 자인지, 그렇잖으면 왕이 주지 않은 권리를 남용하여 왕의 백성을 함부로 죽인 자인지 알고 싶소. 어느 쪽이라도 좋소. 하지만 대답을 얻지 못한 채 죽는 것은 견디기 힘든 일이오."

티나한은 동정심을 느꼈다.

"무슨 말인지 알겠군. 네가 가치 있게 살았다고 말해 줄 수 있는 사람은 왕밖에 없는 것이군?"

"무가치하게 살았다고 말해 줄 수 있는 사람도 그분뿐이오. 티나한."

"스스로 만족할 수는 없나?"

"그래보려고 노력했소. 그리고, 죽을 날이 가까운 지금 그런 쪽으로 마음이 기울어있는 것도 사실이고. 하지만 나는 아직까지도 내 생전에 영웅왕의 검이 돌아온 모습을 보고 싶소."

쓸쓸히 말했던 괄하이드는 티나한이 어리둥절한 표정으로 바라보는 것을 깨달았다. 티나한은 어이없다는 듯이 말했다.

"영웅왕의 검? 그건 이미 봤잖아. 너 케이건과 싸웠다면서."

"음? 무슨 말이오?"

"케이건이 가지고 있는 바라기 말이야. 그게 영웅왕의 검인데."

괄하이드는 60년의 세월 동안 그토록 놀란 적이 없었다.

무학당 앞을 지키고 있던 행자들은 울상이 되었다. 늙은 변경백은 수염을 바르르 떨며 그들을 노려보고 있었다. 아무런 무장을 가지고 있지 않았지만 행자들은 괄하이드의 눈빛만으로도 오금이 저릴 지경이었다. 행자들이 조금이나마 안도하게 된 것은 그들의 등 뒤에서 발소리가 들려왔을 때였다. 행자들은 뒤를 흘끔 쳐다보았고 케이건이 걸어오고 있는 모습에 안도했다.

케이건은 행자들의 곁을 지나쳐 괄하이드의 앞으로 걸어왔다.

"나를 만나고 싶다고 하셨소?"

괄하이드는 고함을 지르고 싶었지만 행자들의 모습을 보며 말을 삼켰다. 그는 케이건에게 약간 떨어진 곳으로 가자는 몸짓을 했고 케이건은 그를 뒤따랐다.

그들은 조그마한 수풀 옆으로 걸어갔다. 행자들에게서 충분히 멀어졌다고 판단한 괄하이드는 케이건의 등 뒤쪽에서 비죽 솟아있는 바라기의 칼자루를 보며 말했다.

"케이건 드라카. 그것이 진짜 영웅왕의 검이오? 내 대도는 영웅왕의 검에 맞아 부러진 거요?"

"……티나한에게 들었소?"

"진짜요?"

케이건은 피곤한 얼굴로 고개를 끄덕였다. 괄하이드는 그대로 심장이 멎을 것 같은 기분을 느끼며 힘겹게 말했다.

"그걸 증명할 수 있소?"

"증명해야 하오?"

"제발 질문에 질문으로 대답하지 말아주시오! 그걸 증명할 방법이 있소?"

케이건은 변경백을 물끄러미 바라보다가 다시 고개를 끄덕였다. 괄하이드는 숨이 막힐 지경이었다.

"어떻게?"

"이 검은 최후의 대장간에서 버려진 검이오. 하지만 최후의 대장간은 레콘들 이외엔 찾아갈 수 없으니 안 되겠군. 그러나 하인샤 대사원에서 소장하고 있는 오래된 죽편을 뒤지면 영웅왕 시대의 기록도 찾아볼 수 있을 거요. 그 기록들 중에는 영웅왕의 두 자루 검이 어떻게 해서 한 자루로 합쳐졌는지에 대한 이야기도 포함되어 있소."

"두 자루가 하나로! 그래서 그렇게 생긴 것이군?"

"그렇소."

괄하이드 변경백은 침착하려 애썼다. 그럴듯한 이야기였다. 꾸며낸 이야기라면 이토록 기상천외하지는 않을 것이다. 괄하이드는 크게 뜬 눈으로 바라기를 바라보며 말했다.

"좋소. 그 기록을 찾아보겠소. 그런데 그 전에 묻고 싶군. 당신이 왜 영웅왕의 검을 가지고 있는 거요?"

"손에 들어왔으니 가지고 있는 거요. 과텔과 케나린이 임자 없는 것을 가졌듯이."

"영웅왕의 검은 아라짓 전사의 충성의 대상이오!"

"알고 있소."

"알고 있는 것 같지 않은데. 당신이 영웅왕의 검을 가지고 있다면 당신은 당신의 아라짓 전사를 가질 수 있단 말이오. 아라짓 전사들은 영웅왕의 검의 계승자에게 충성을 맹세했으니까!"

"아라짓 전사를 가져서 뭘 하라는 거요?"

"그걸 질문이라고 하는 거요?"

"왕이 되라는 말인가 보군. 나는 관심 없소. 그날 내가 했던 말은 당신을 충동질하기 위해 꾸며낸 말이오. 그 점에 대해서는 사과하겠소."

괄하이드는 수염을 잡아뽑고 싶다는 표정이 되었다.

"우리에겐 왕이 필요하오! 그 기나긴 세월 동안 왕이 없었소. 당신에겐 눈이 없소? 나가처럼 듣지 못하는 거요? 왕을 원하는 저 많은 사람들을 볼 수 없고 그 소망의 목소리를 들을 수 없는 거요? 왕은 돌아와야 하오. 더군다나 나가들이 짐작하기도 힘든 힘을 손에 넣은 지금에 와서는 반드시!"

"그들이 원하고 있다는 것은 알고 있소. 하지만 내가 왕이 될 생각은 없소."

괄하이드는 무서운 눈으로 케이건을 바라보았다. 그러나 변경백이 말하기 전 케이건이 먼저 고개를 가로저었다.

"싫소."

"뭐요?"

"이 바라기를 누군가에게 넘겨주는 것을 거부하겠소."

괄하이드는 주먹을 움켜쥐었다.

"케이건 드라카! 스스로 왕이 될 생각이 없다면, 왕이 될 재목에게 그걸 넘기는 것이 정당한 처사잖소!"

"이건 내 소유물이고, 내 소유물을 어떻게 할 것인지는 전적으로 내 재량이오."

"그건 당신만의 물건이 아니오! 왕을 기다리는 모든 자의 것이오!"

케이건은 더 이상 대화를 나누고 싶지 않았다. 그는 뒤로 한 발자국 물러났다. 괄하이드는 그런 거리를 참을 수 없다는 듯 앞으로 걸어가려 했지만 케이건은 손바닥을 내밀었다. 괄하이드는 멈춰섰다.

케이건은 단조롭게 말했다.

"그렇다면 왕을 기다리는 그들 모두에게 권리를 주겠소."

"권리? 무슨?"

"나를 죽이고 바라기를 뺏어갈 권리."

괄하이드는 충격을 받았다. 변경백이 아무 말도 못하고 있는 사이 케이건은 몸을 돌렸다. 그러자 그 등에 걸려 있는 바라기의 모습이 완전히 드러났다. 괄하이드는 입술을 깨물었다.

그때 케이건이 몸을 돌린 채 말했다.

"하지만, 당신은 시도하지 않기를 바라오. 괄하이드 규리하."

"왜?"

"당신은 이미 왕의 것을 보관하고 있소. 그것도 훌륭히. 더 이상 왕을 위해 목숨을 걸 필요는 없다고 생각되오."

괄하이드는 머리 끝이 곤두서는 기분을 느꼈다. 그것은 노(老) 변경백이 그의 왕에게 듣고 싶었던 말이었다. 케이건이 왕이 아니었음에도 불구하고 괄하이드는 무엇인가가 충족되었다는 느낌을 받았다. 그것이 바라기를 가진 자의 말이기 때문일까? 괄하이드가 뭔가 대답의 말을 해보려 했을 때 케이건은 이미 무학당으로 들어서는 굽이를 돌아들어간 뒤였다. 괄하이드는 케이건을 볼 수 없었다.

한참 후에야 변경백은 몸을 돌렸다.

흥분은 가시지 않았고 감정은 조금도 정리되지 않았다. 걸음걸이마저 이상하게 바뀐 듯한 느낌에 변경백은 당혹했다. 괄하이드는 깊은 생각에 잠긴 채 걸어 내려갔다.

잠시 후 그들이 서 있던 곳 옆의 수풀에서 누군가가 걸어나왔다.

영리하게 생긴 그 남자는 조금 전 훔쳐들은 대화를 곰곰이 생각하며 변경백의 뒤를 따라 걸었다. 그리고 반 시간쯤 지났을 때 자신의 아버지와 형에게 그 이야기를 털어놓았다. 발케네의 대족장 코네도 빌파는 경악했다.

"영웅왕의 검이라고!"

토카리 빌파는 목소리를 낮추어 말했다.

"그렇습니다. 대사원의 기록을 조사하면 증명할 수도 있다고 합니다."

토카리의 형이자 코네도의 장자인 그룸 빌파는 눈을 빛냈다.

"그렇다면 그거 비싼 물건이겠군요?"

그룸은 아버지와 동생이 자신에게 보내어오는 눈길에 당황했다. 토카리는 어이 없다는 듯한 한숨을 내쉬었다. 하지만 코네도는 그렇게까지 실망하지는 않았다. 아들 중 하나를 대사원에서 공부하게 한 것은 정말 훌륭한 결정이었다고 자찬하며 코네도는 토카리에게 말했다.

"네 형에게 설명해 줘라."

"예. 그 옛날 아라짓 전사들은 영웅왕의 검을 계승한 왕에게 충성을 맹세했습니다. 영웅왕의 검이 사라진 직후 아라짓 전사들이 그 용맹함을 잃고 소작농들을 끌어모아 만든 오합지졸만큼도 못한 존재로 변해 버린 것은 바로 그런 사정에 있습니다. 만약 누군가가 영웅왕의 검을 손에 넣을 수 있다면 그는 아라짓 전사를 지명할 수 있는 권한을 가지는 셈입니다."

"그런가? 하지만 그건 이름일 뿐이잖아. 누군가에게 아라짓 전사라는 이름을 붙여준다고 해서 그자가 옛날의 진짜 아라짓 전사처럼 훌륭한 전사로 바뀌는 것은 아닐 텐데."

"저 괄하이드 변경백을 생각해 보십시오! 제왕병자들 중에는 꼭 왕이 되고 싶은 자들만 있는 것은 아닙니다. 제왕병자들을 따라 다니는 사람들의 숫자를 생각해 보십시오. 왕이 되고자 하는 사람들보다 왕의 전사, 혹은 왕의 신하가 되고 싶어하는 사람들의 수가 훨씬 많습니다. 그들에게 적법한 권리에 의해 아라짓 전사의 이름을 줄 수 있다면 어떻게 될 것 같습니까? 주퀘도 사르마크는 그 영용함만으로도 무수히 많은 추종자들을 얻을 수 있었습니다. 왕이 돌아오기를 원하는 자들이 그렇게 많았기 때문입니다. 만약 주퀘도 사르마크에게 아라짓 전사를 지명할 수 있는 권한까지 있었다면 어떠했을 것 같습니까?"

그룸 빌파는 그제야 동생이 말하고픈 바를 이해했다. 그의 눈이 조금 전과는 다른 광채로 빛났다. 코네도는 두 아들이 완전히 이해했다는 것을 확인한 다음 말했다.

"그 검을 가져야겠다. 훗날 거사를 일으킬 때 그 검은 너희들에게 큰 도움이 될 거다."

"하지만 어떻게? 훔칠 방법이 없습니다. 무학당에 틀어박혀 있으니까요. 게다가 밖으로 혹 나온다고 해도 그 녀석, 괄하이드 변경백을 가지고 놀 정도의 칼잡이인데요."

그룸의 지적에 코네도는 고개를 가로저었다.

"그렇다면 녀석 스스로 가지고 나오게 해야지."

그날 밤, 대족장을 따라왔던 발케네 사내들 중 한 명이 조심스럽게 대사원을 떠났다. 깊은 새벽을 틈타 소리가 나지 않도록 말의 발까지 싸맨 다음 떠났기에 아무도 그가 대사원을 떠나는 것을 눈치채지 못했다.

발케네 사내가 대사원을 떠나고 있던 시각, 케이건은 방문을 열고 나오는 륜을 바라보고 있었다.

륜은 마루에 서서 어쩔 줄 모르겠다는 표정으로 서 있었다. 심사가 사나운 듯 비늘을 곤두세우던 륜은 문득 마당 저편에 케이건이 있는 것을 발견했다. 륜은 놀라서 마루 아래로 내려섰다. 두억시니들도 곤하게 잠들어 있는 가운데 마루나래만이 잠시 고개를 들었다. 륜은 마당을 가로질러 케이건에게 걸어갔다.

마당에 돗자리를 깔아둔 채 누워 있던 케이건은 륜이 가까이 다가오자 몸을 일으켜 앉았다. 돗자리 앞에 선 륜은 어리둥절하여 말했다.

"왜 밖에서 주무십니까?"

"여름이다, 륜. 밖에서 자는 것도 괜찮아."

"저를 지키고 계셨던 겁니까? 하지만 이곳에는 마루나래도 있고 두억시니들도 있습니다. 그리고 아스화리탈도 있고……."

그렇게 말하던 륜은 아스화리탈이 아직 날아오지 않았다는 사실을 깨달았다. 륜은 지붕 위를 돌아보았다. 그곳엔 아스화리탈이 배를 하늘로 향한 방만한 자세로 드러누워 자고 있었다. 케이건이 조용히 말했다.

"근면성실한 경호자라고 하긴 어렵겠군."

륜은 헛웃음을 지으며 돗자리에 주저앉았다. 여름이라는 케이건의 말을 생각한 륜은 걸치고 있던 흑사자 모피를 조심스럽게 벗었다. 하지만 산속의 밤은 아직 그에겐 쌀쌀했다. 륜은 모피를 다시 어깨 위로 끌어올렸다.

"아까 느닷없이 방 안으로 달려 들어갔지."

"시도해 볼 만한 일이 생각났습니다."

"뭘 하고 있었는데?"

"누님을 깨워보려고 했습니다."

"여신의 힘으로?"

륜은 깜짝 놀라 케이건을 바라보았다. 케이건은 두 손으로 돗자리를 짚은 채 여름의 밤하늘을 바라보고 있었다.

"너도 신명을 가지고 있잖아."

"언제부터 알고 계셨습니까?"

"여신이 감금되었을 때부터."

"……저는 아까 낮에 깨달았습니다. 그것도 유해의 폭포가 닐러줘서."

"그랬나. 네 모습을 보아하니 일이 잘 안 된 모양이군."

"어떻게 해야 할지 잘 모르겠습니다. 여신의 힘을 가져다 쓸 수 있다는 것은 알았지만, 저는 그 일을 하는 동안 계속해서 낫으로 못을 박고 망치로 풀을 베는 기분을 느꼈습니다."

"여신의 힘을 어떻게 써야 할지 알 수 없었다는 것이군."

"예. 간혹 누님의 정신과 접촉할 수는 있었습니다. 그건 제 간절함 때문에 느낀 착각은 아니었습니다. 분명히 누님의 정신에 닿았음을 확신할 수 있습니다. 하지만 니름을 전할 수도 없었고 제 존재를 깨닫게 할 방법도 알 수 없었습니다. 제가 어떻게 하면 좋을까요?"

"나는 신이 아니다. 륜."

륜은 한숨을 내쉬었다.

"제가 중도 포기한 수련자가 아니었으면 좋겠다는 생각이 다 들더군요. 저는 여신의 힘이라는 것을 어떻게 이해해야 할지도 잘 모르겠습니다."

"그 문제라면 쥬타기 대선사나 오레놀 대덕에게 물어보는 편이 나을 것 같다."

"지금 주무시겠지요?"

"아니."

"예? 왜 안 주무시는 거지요?"

"종규해석이 길어지고 있다. 그래서 대선사는 종규해석소에서 퇴장하지 못하고 있어. 오레놀은 그 뒤치다꺼리를 하느라 바쁘고."

"왜 길어지는 거지요? 그건 대선사를 용서하기 위한 요식적인 행사 아니었던가요?"

"용서는 끝났다. 문제는 향후의 대응 방향이다. 하지만 지금 승려들에겐 나가에 대한 정보가 지나치게 부족해. 하텐그라쥬와 통하는 유일한 연락 수단이었던 뱀단지는 이제 믿을 수 없는 것으로 바뀌었다. 그건 승려들을 기만하는 수단이었지."

"그걸 가져온 것은 요스비였습니까?"

케이건은 고개를 돌려 륜을 바라보았다.

"어떤 나가가 그 뱀단지를 가져왔다더군요. 그리고 제가 알기로 저와 제 누님 이전에 한계선을 넘어온 나가는 제 아버님이었습니다."

"네 아버지가 이 음모에 관련되었을 거라고 의심하는 거냐?"

"그럴 리는 없습니다. 아버님은 11년 전에 돌아가셨습니다. 그렇다면 뱀단지가 북부에 오게 된 건 그보다 전의 일이겠지요."

"그 뱀단지는 요스비가 하인샤 대사원과의 연락을 위해서 가져온 것이었다. 요스비는 정신 억압자였지."

"그렇다면 누님은 아버님의 자질을 이어받은 것이군요."

케이건은 몸을 꿈틀했다. 륜은 그것을 똑똑히 보았다.

"예. 누님의 아버지도 요스비였습니다."

"요스비의 제자가 아니라 요스비의 딸이었단 말이냐?"

"제자이기도 했습니다."

"그렇다면 너희 둘 다……."

"요스비의 자식입니다."

"그렇군."

케이건은 조금 후 같은 말을 반복했다.

"그렇군."

"이제 당신이 제게 어떤 의미를 가지고 있는지 아시겠습니까?"

케이건은 류을 지그시 바라보았다. 그 시선에 빨려들어갈 것 같다고 생각한 류은 마음을 다잡기 위해 무학당을 바라보았다.

"누님을 제외하면 당신은 요스비를 알고 있는 유일한 사람입니다. 그런데 누님은 저렇게 의식을 잃은 채 누워 계십니다. 이제 요스비를 기억하는 사람은 당신밖에 남지 않았습니다. 그러니, 제발 말씀해 주십시오. 당신과 요스비의 관계는 무엇이었습니까? 저는 당신이 요스비를 아버지라고 부르는 것을 들었습니다."

"언제?"

"제가 아버님의 죽음을 알려드린 날, 유료 도로당에서. 당신은 기묘한 장소에 서서 폭풍 치는 하늘을 향해 외치고 있었습니다. 아버지의 핏값을 받아내겠다고. 물론 저는 나가가 인간을 낳았다는 식의 황당한 이야기는 믿을 수 없습니다. 왜 요스비를 아버지라고 불렀던 겁니까?"

"그는 내 마지막 아버지였다."

"네?"

케이건은 오른쪽 무릎을 끌어당겨 그 위에 오른팔을 얹었다. 그리고 오른손등으로 턱을 받친 채 마루나래를 물끄러미 바라보았다.

"네 옆에 있는 나는 이미 오래전에 죽었어야 할 사람이다. 내 생애는 나를 잡아먹으려고 발톱을 곤두세운 야수였지. 기나긴 도주와 추적이었다. 그 야수는 몇 번

832

이나 나를 잡아먹을 뻔했다. 하지만 내가 죽음의 위기에 처했을 때마다 내게 목숨을 주었던 사람들이 있었다. 두 명의 여자를 제외하면 모두 남자들이었지. 나는 내게 목숨을 준 그 남자들을 아버지로 여긴다. 요스비는 내게 목숨을 준 마지막 남자였다."

"요스비가 당신을 살려줬단 말인가요?"

"왼팔을 잘라먹여서."

륜은 비늘을 곤두세웠다. 도무지 익숙해질 수 없는 이야기였다. 륜은 한참 후에야 입을 열었다.

"그렇다면 그 두 명의 여자는 어머니로 여깁니까?"

"한 명은 실제로 나를 낳은 어머니다."

"다른 한 명은?"

"내 아내였다. 나가들이 잡아먹은."

또다시 익숙해지기 힘든 이야기였다. 륜은 그만 입을 다물었다. 케이건의 과거에 대한 질문을 계속하는 것이 두려워질 지경이었다. 그래서 나가와 인간은 말없이 밤하늘을 바라보았다.

하텐그라쥬에 기묘한 소문이 돌기 시작했다.

그 소문은 나가들을 당황하게 했고 단순히 그것을 듣는 것만으로도 자신이 멍청해지는 것 같은 기분이 들만큼 우스꽝스러웠다. 그러나 거짓말은 거대하면 거대할수록 더 거짓말이 아닌 것처럼 느껴진다는 진리는 나가들에게도 통용되는 진리였다. 너무도 어처구니없는 이야기였기에 나가들은 오히려 그 이야기에 매료되었다. 제정신이라면 그런 니름도 안 되는 이야기를 꺼낼 리가 없다. 그런데도 그런 이야기가 돈다면, 그것은 그 이야기가 사실이기 때문이다. 당연하잖은가?

그래서 하텐그라쥬의 나가들은, 수호자 갈로텍이 비탄에 잠긴 표정으로 불신자들이 나가의 여신을 납치했다고 선언했을 때, 웃음을 터뜨리는 대신 공포의 니름을 토해 내었다.

비아스 마케로우는 주위의 반응을 보며 어처구니없는 기분을 느꼈다. 갈로텍은 소문의 진위를 확인하기 위해 광장에 모여든 나가들을 완전히 휘어잡은 채 불신자들을 저주하고 있었다. 그리고 그 니름도 안 되는 이야기는 나가들에게 받아들여졌다. 비아스는 웃음을 터뜨리고 싶었다.

〈그렇습니다! 두억시니들은 바로 그런 추악한 음모의 희생자였습니다. 수천 년 전, 신의 가호 속에 번영하던 두억시니들을 시기하던 불신자들은 두억시니의 신을 납치했습니다. 그런 잔혹하고 비늘 서는 범죄가 두억시니들에게 어떤 결과를 가져다주었는지는 닐러드리지 않아도 될 겁니다. 저는 니르고 싶지도 않습니다! 왜냐하면 그것이 더 이상 그들만의 불행이 아니게 될지도 모르기 때문입니다! 보십시오!〉

갈로텍은 극적인 동작으로 하늘을 가리켰다. 그의 손이 기묘하게 움직였을 때 하늘에서 황당한 비가 쏟아지기 시작했다. 그것은 억수처럼 쏟아졌지만, 나가들의 머리에 닿기 전에 사라졌다. 나가들은 이 엄청난 기적에 숨이 턱 막히는 기분을 느끼지 않을 수 없었다.

〈경배하십시오. 이것은 발자국 없는 여신의 힘입니다. 그리고 슬퍼하십시오! 여신의 신랑인 저는 지금 여신의 힘을 사용할 수 있습니다! 왜 그런지 아십니까? 이 힘의 주인인 여신께서 불신자들에게 유괴당했기 때문입니다! 주인을 잃은 그 힘은 지금 자기 주인의 신랑에게 복종하고 있는 것입니다!〉

끔찍한 공포의 니름들이 터져나왔다. 갈로텍은 비를 사라지게 했다.

〈제가 기쁘냐고요? 힘을 얻었기에 도취되었을 것 같습니까? 천만에요. 저는 두렵습니다. 숨이 끊어지도록 두렵습니다. 우리들이 어떤 꼴이 될지 예견할 수 있기 때문입니다. 저 거론하기조차 비늘 서는 두억시니가 바로 우리의 미래의 모습이 될 것입니다!〉

군중은 완전히 겁에 질렸다. 비아스는 갈로텍의 장단을 맞춰주고 싶었지만 그에게 자신의 존재를 각인시켜둘 필요도 느꼈다. 그랬기에 비아스는 날카로운 니름을 발했다.

〈그렇다면 묻고 싶은 것이 있습니다. 수호자 갈로텍.〉

갈로텍은 질문자가 비아스임을 깨닫고는 경계심을 느꼈다. 그 경계심을 겁에 질린 다른 나가들이 깨달을 수 없는 수준으로 억제시켜둔 채 갈로텍은 모종의 준비를 갖추었다. 그 준비가 완료되는 데는 거의 시간이 필요치 않았다.

〈예, 질문하십시오. 마케로우.〉

〈그렇다면 우리는 불신자의 손에서 여신을 되찾아야겠군요.〉

〈존경하는 학자이신 당신의 니름 그대로입니다.〉

〈그렇다면 왜 그 힘을 사용하여 존경하는 가주님들을 납치한 것인지 설명해 주십시오. 그것은 여신 구출 계획—이런 니름이 적당한지는 모르겠습니다.—과 관련이 있는 일입니까?〉

갈로텍은 웃고 싶었다. 비아스가 그에게 협력하고 있음은 분명했다. 적절한 사전 협의도 없는 상태에서 이렇듯 재치 있는 협조를 보내어오는 비아스를 보며 갈로텍은 그녀가 원하는 관계 설정을 긍정적으로 검토해 봐도 좋겠다고 생각했다.

〈정확하십니다. 그 사건에 대해서는 두 가지 원인이 관련되어 있으며……, 지금 그것은 하나로 통합되었습니다. 설명해 드리겠습니다. 최초의 공격은 몇몇 참을성이 없는 수호자들에 의해 일어난 것입니다. 그들은 갑자기 공포를 느꼈고, 그래서 재빨리 가주들을 불러들여 사태를 의논해야 된다고 결정했습니다. 그들은 너무도 겁을 먹었기에 손에 들어온 힘을 마구 사용하여 가주들을 강제로 불러들이는 것도 마다하지 않았던 것입니다. 공포와 절박함이 그들로 하여금 잠시 적절한 절차를 잊게 만든 것이지요.〉

다른 사회에서라면 이런 태도는 지도자의 태도로 적절하지 않을 것이다. 하지만 갈로텍은 나가 여자들에게 실수를 저지를 수도 있는 남자의, 그러니까 여자의 적절한 지도를 필요로 하는 미숙한 남자의 모습을 부각시켰다. 그것은 여자들을 만족시켰다. 특히나 조금 전 남자가 제멋대로 기적을 사용하는 모습을 본 직후였기에 그런 나약한 태도는 놀랄 정도로 효과적이었다.

〈그리고 얼마 후, 우리는 그들이 일으킨 경악할 만한 일이 실제로 필요한 일이었음을 깨닫게 되었습니다. 왜냐하면 우리는…… 한계선을 넘어야 하기 때문입니다!〉

갈로텍의 니름이 나가들에게 일으킨 심리적 효과는 엄청났다. 그녀들은 완전히 압도되었고 그중 몇몇은 심하게 고개를 가로젓기까지 했다. 갈로텍은 여운을 정확히 측정한 다음 조금 더 기다렸다. 마침내 군중 사이에서 불신과 의혹, 의문의 니름들이 터져나오기 시작했다. 그것을 기다리고 있던 갈로텍은 지체없이 닐렀다.

〈그렇습니다. 우리는 대확장 전쟁을 재개해야 합니다. 왜냐하면 북쪽으로 넘어가지 않는 이상 여신을 구출할 방도가 없기 때문입니다!〉

항의의 니름이 순식간에 잦아들었다. 그녀들은 놀란 표정으로 수호자를 바라보았다. 갈로텍은 준엄하게 닐렀다.

〈그들이 신을 가두고 있는 장소가 정확하게 어딜지는 알 수 없습니다. 어쩌면, 어쩌면 우리는 저 무시무시한 빙하까지 진격해야 할지도 모릅니다. 만년설이 뒤덮인 추악한 산들을 올라야 할지도 모릅니다.〉

군중은 갈로텍의 니름만으로도 몸이 얼어붙는 기분을 느꼈다.

〈하지만 우리는 여신을 찾아내어야 합니다. 북쪽의 저 동토를 1평방미터씩 수색하는 한이 있어도 그렇게 해야 합니다! 그러지 않으면 우리를 기다리고 있는 것은 두억시니의 운명뿐이기 때문입니다! 그랬기에 우리는 가주님들을 모셔올 수밖에 없었습니다. 여러분들 모두 가주님들을 아시잖습니까? 그분들은 물론 지혜롭고 강인한 분들입니다. 하지만 우리의 세련된 불간섭의 원칙 때문에 가문 내의 일이 아닌, 초가문적인 문제에 대해서 가주님들은 가문 평의회를 거치지 않고서는 아무 것도 결정하실 수 없습니다. 그런데 지금 우리에게 필요한 것은 바로 그런 초가문적인 문제에 대한 해결 능력입니다. 그것도 한시가 급했습니다! 자, 비아스 마케로우! 우리가 어떻게 해야 했습니까?〉

〈이미 일어난 일을 활용하는 것이 좋았을 겁니다. 가주님들에 대한 납치가 기왕의 사실임을 인정하고 그것을 그대로 이용하여 가문 평의회보다 더 강력하고 의사 결정이 빠른 기구를 만들어야겠지요.〉

〈그래서 우리는 그렇게 했습니다. 지금 가주님들은 나가들의 모든 도시를 아우르는 대통합을 준비 중이십니다. 그분들이 마침내 우리들의 뜻에 찬성하셨기에 얼마 전 면회를 허락할 수 있었습니다.〉

갈로텍은 '하지만 아무도 찾아오시지 않더군요.'라는 쓸데없는 니름은 하지 않았다. 그리고 군중은 그런 니름을 들은 것 같은 기분을 느꼈다. 그들이 부끄러워하고 있을 때 갈로텍은 그들에게 환호할 기회를 주었다.

〈옛날, 우리의 조상들은 보다 넓은 밀림을 위해 대확장 전쟁을 벌였습니다. 그들은 보다 나은 삶을 위해 그렇게 했습니다. 그러나 오늘날 우리는 여신을 구출하기 위해 그것을 재개해야 합니다! 생존 자체를 위해서!〉

갈로텍은 만족했다. 군중은 여신 구출을 다짐하는 니름을 거세게 내뿜었다.

조금 전 황당한 비가 쏟아졌던 하텐그라쥬의 하늘이 다시 찌푸려지고 있었다. 그들이 할 말을 모두 전달했기 때문에 수호자들은 군중이 집으로 돌아가길 원했고, 그래서 '자연스럽게' 보이는 비를 내릴 준비를 하고 있었다. 군중은 황급히 흩어졌다. 갈로텍은 창밖을 내다보며 웃었다.

〈편의성의 극한을 치닫는다고나 할까요.〉

갈로텍의 쾌활한 니름에 비아스는 씁쓸한 표정을 지었다.

〈상당하시더군요. 급조된 계획이었습니까?〉

〈그렇습니다. 주퀘도는 저를 잡아먹을 듯이 화를 내더군요.〉

〈주퀘도?〉

〈제 속에 있는 군령들 중 하나이며 제 고문이라고 할 수 있습니다. 북쪽에서 꽤 이름을 날렸던 전투 전문가입니다. 가주만 설득하면 될 거라고 생각했다는 것을 그자에게 고백했더니 제 지성을 곤충 수준으로 비하하더군요.〉

비아스 또한 나가였고, 그래서 주퀘도가 왜 비난했는지 알 수 없었다. 갈로텍은 설명했다.

〈우리는, 따지고 보면 상당히 단순하게 사는 사람들입니다. 여자들은 모두 가문에 매여 가주의 명령에 절대적으로 복종하고 남자들은 어디에도 속해 있지 않습니다. 그리고 가주는 가문을 다스리며, 가문 바깥의 일에 대해서는 별 관심이 없고 관심을 둘 필요도 느끼지 못합니다. 그런 사회에 사는 우리였기에 우리는 모든 사람들을 설득하느니 그 우두머리들인 가주만 설득하면 모든 나가들을 우리 뜻대로 이끌 수 있다고 생각했습니다.〉

〈저도 그렇게 생각됩니다만.〉

〈그렇지 않았습니다. 가주들이야말로 우리의 통합에 가장 큰 장애물이었습니다. 그들은 지금까지 한 가문의 독재적 지배자였습니다. 그런데 통합된 나가 사회의 일부분으로, 더 큰 권위의 명령을 받아야 하는 존재로 격하되는 것을 받아들이고 싶을 리가 없습니다. 그들이 탐내지도 않는 세계를 위해서 그럴 필요는 더욱 없었지요.〉

비아스는 이해했다. 갈로텍은 스스로에게 조소를 보내며 닐렀다.

〈예. 최악의 장애물을 모아놓고 달리려 했으니 제대로 달릴 수 없는 것은 당연했습니다. 주퀘도는 그들을 모아둔 다음 잊어버리라고 말해 주었습니다.〉

〈말? 아, 인간이라고 하셨죠.〉

〈예. 주퀘도는 가주들에 대한 처리는 그녀들을 모두 체포한 것에서 끝난 것이며, 우리가 다루어야 하는 것은 지도자를 잃고 주춤거리고 있는 대중이라고 가르쳐주더군요. 그리고 대중에겐 가장 큰 거짓말이 가장 훌륭한 설득 도구라는 것도 가르쳐주었습니다. 대중은 진실에는 관심이 없다던가요. 우리는 반신반의하며 그대로 했지요. 그 효과에는 저도 놀랐습니다.〉

비아스는 씁쓸하게 닐렀다.

〈그러면 우리는 다시는 그 가주님들을 뵐 수 없겠군요.〉

〈두세나 마케로우는 보기 힘들 겁니다.〉

비아스는 흠칫하며 갈로텍을 바라보았다. 갈로텍은 부드럽게 닐렀다.

〈우리 계획에 대해 찬동하는 가주들은 돌려보낼 겁니다. 하지만 두세나 마케로우는 돌려보내고 싶지 않군요.〉

비아스는 그것이 무슨 의미인지 깨달았다. 갈로텍은 그녀에게 마케로우 가문을 주겠다고 니르는 것이었다.

〈돌아오지 않는 가주님을 위해 제가 무엇을 해야 합니까?〉

〈우리를 도우십시오.〉

〈그러면 당신과 저는 동업자가 되는 겁니까?〉

갈로텍은 싸늘하게 웃었다.

〈비아스. 왜 아까 당신이 마음대로 니를 수 있게 내버려둔 건지 아십니까?〉

〈제가 당신을 도울 거라는 것을 짐작했기 때문이겠지요.〉

〈그런 이유도 있었습니다만, 만약 당신이 부적절한 니름을 꺼내면 당신 몸 속의 물을 모두 끓어오르게 만들 준비를 갖춰두었기 때문입니다.〉

비아스는 비늘을 곤두세웠다.

〈그렇게 많은 군중 앞에서 저를 죽일 수는 없었을 텐데요.〉

〈아니요. 그럴 수 있었습니다. 약간의 부연설명이면 충분하지요. 저는 당신이 드디어 두억시니로 바뀌기 시작했다고 닐렀을 겁니다. 여신을 잃은 사건의 증후군이 나타났다는 거죠. 좋은 연출이 되었을 거라 생각합니다.〉

비아스는 더 이상 니를 수 없었다. 그녀는 굴욕감과 두려움 속에서 수호자를 바라보았다. 갈로텍은 관대한 듯이 닐렀다.

〈원한다면 당신이 제 동업자라고 생각해도 좋습니다. 하지만 당분간은 저 또한 당신에 대해 그렇게 생각할 거라고는 기대하지 마시길 바랍니다.〉

비아스는 '당분간은'이라는 말에 감사할 수밖에 없는 처지를 참기 어려웠다. 그런 그녀의 분노를 즐기며 갈로텍은 차분하게 닐렀다.

〈그럼 당신을 여기로 부른 이유를 니르겠습니다. 당신은 소드락의 생산을 통제할 방법에 대한 보고서를 작성하는 것과 동시에 카린돌의 유언장을 찾아야 합니다.〉

〈유언장이라고요?〉

〈예. 그녀는 심장 파괴에 대한 상세한 설명이 기록된 유언장을 작성해 두었습니다. 그 유언장이 실재하는지는 확실치 않습니다. 어쩌면 단순히 협박하기 위해 거짓니름을 한 것일지도 모르겠습니다. 그리고 공개되더라도 다룰 수 없을 정도로 큰 문제를 일으키지는 않을 거라 생각합니다. 하지만 그것이 실재한다면 우리 손에 들어와 있는 편이 좋습니다. 그것을 찾아주십시오.〉

〈저를 완전히 아랫사람 취급하시는군요.〉

〈저는 당신에게 기회를 주는 겁니다.〉

〈기회?〉

갈로텍은 웃음을 지웠다. 그는 사나운 눈초리로 비아스를 쏘아보았다.

〈당신이 저지른 과오를 속죄할 기회 말입니다.〉

비아스는 유벡스 사서를 떠올렸다. 그러나 그녀의 머릿속에 유벡스의 모습이 떠오르자마자 갈로텍은 그것을 부정했다.

〈아니요. 화리트 마케로우를 죽인 것 말입니다. 당신이 그런 짓을 저질렀기에 지금 우리는 우리와 동일한 능력을 가지고 있으면서도 우리가 마음대로 다룰 수 없는 적을 가지게 되었습니다.〉

〈륜 페이!〉

〈그렇습니다. 그는 신명을 가지고 있으며 심장도 가지고 있습니다. 따라서 그에게는 심장 파괴를 쓸 수 없습니다.〉

비아스는 만약 화리트였다면 일이 끝난 후 심장 파괴를 쓸 작정이었음을 깨달았다. 갈로텍은 아쉽다는 듯이 닐렀다.

〈사모 페이가 그를 제대로 암살하기를 바라고 있습니다만, 그것이 실패한다면 륜 페이는 향후 우리의 최대 걸림돌이 될지도 모릅니다.〉

머나먼 남부에서 하늘은 날씨에 대한 권리를 강탈당하고 있었지만 북쪽에서는 그 권리가 그대로 존중되고 있었다. 계절은 여름이었고 보수주의자일 수밖에 없는 하늘은 폭염이 적절한 의상이라고 생각했다. 잔학한 저주처럼 쏟아지는 햇살은 고

가람의 지붕과 처마, 기둥을 불살랐고 댓돌과 축대를 달구었다. 열기가 춤추는 마당은 물결치는 유체처럼 보였다. 무학당에서는 마루나래가 진저리를 치며 마루로 뛰어올랐다. 그리고 두억시니들은 절규하며 그늘로 찾아들었다. 문제는, 그들이 찾아낼 수 있는 유일한 그늘이 케이건이 앉아 있는 돗자리 주위였다는 사실이다. 두억시니들은 주저하며 다가왔다. 하지만 케이건은 완벽한 무시로 그들을 환대했다. 두억시니들은 안도하며 케이건 주위의 땅에 주저앉았다. 그중 한 놈이 세상을 부정하는 듯한 괴로운 신음을 토하며 마당을 파헤치고 시원한 땅에 배를 가져다댄 채 드러누웠다. 잠시 후 그것은 두억시니들의 최신 유행이 되고 말았다. 두억시니들은 모두 땅을 파헤치고 그곳에 몸 일부를 가져다대었다. 그들의 몸에 달린 무시무시한 부속지(附屬肢)들은 그런 노동에 적합하지는 않았지만 그럭저럭 도움은 되었다. 주위에서 살벌한 발톱과 뿔 등이 휘둘러지며 땅이 파헤쳐지는 것에 대해 케이건이 보인 유일한 반응은 하품이었다.

두억시니들이 잠잠해지자 케이건은 조용히 자리에서 일어났다. 두억시니들이 졸린 눈으로 바라보는 가운데 마당 저편으로 걸어간 케이건은 그곳에 있는 샘터에서 물을 길었다. 방풍복을 꺼내어 물에 적신 케이건은 그것을 들고 돌아왔다. 다시 돗자리에 앉은 케이건은 물을 흠뻑 머금은 방풍복을 머리 위에서부터 덮어썼다. 뭔가 분한 듯한 눈으로 바라보던 두억시니들은 잠시 후 꽥꽥거리며 샘터로 쇄도했다. 그들은 손이나 입 등에 물을 머금은 채 돌아왔고, 파헤친 땅에 물을 뿌렸다. 그리고 그곳에 다시 몸을 가져다대었다. 모두 행복해졌다. 마루 위에서 혀를 빼문 채 쓰러져 있던 마루나래는 그 모습을 줄곧 바라보고 있었다. 하지만 마루 아래로 내려갈 용기가 생기지 않았기에 불타는 마당을 경멸하는 눈으로 바라본 다음 마루 위에서 몸을 뒤채며 헐떡거리는 짓을 계속했다.

세계의 보다 쌀쌀한 곳에서 온 방문자들은 비명을 지르며 계곡으로 돌격했고 물 속에 몸을 누인 채 인간은 원래 수중 생물이지 않을까 하는 기원에 얽힌 고민에 잠겨들었다. 좀 더운 지방에서 온 방문자들도 그다지 쾌적한 표정을 짓지는 못하고 있었는데, 비록 더위에는 단련되어 있었지만 야자술이나 바나나술에 대한 미칠 듯한 그리움은 감당키 어려웠기 때문이다. 착한 승려들은 그들을 위해 비장의 위문품들을 내놓았고 그것은 대단한 호평을 불러일으켰다. 방문자들은 수박과 참외를 씹으며 고향에 대한 애처로운 향수를 달랬다. 매미들은 실성한 듯이 광포하게 울어젖혔고 바람은 일사병에 걸려 비틀대고 있었다. 대사원의 여름 오후였다. 모든 것이 녹아내리고 있었다.

사내는 녹아 흘러내리는 세계의 틈바구니에서 느닷없이 나타났다.

옷가지는 물론이거니와 얼굴을 감싸매고 있는 천 또한 피에 물들어 있었다. 얼굴에 커다란 부상을 입은 듯했다. 피투성이 사내는 비틀거리며 대사원에 들어섰다. 폭염에 넋이 나가 있던 사람들은 잠시 그것이 더위가 만들어낸 환각인지 실제의 현상인지 구분하지 못했다. 그러나 곧 승려들과 방문자들은 놀라서 사내에게 달려갔다. 사내는 자신이 발케네에서 왔다고 말했고 그 소식이 전해지자마자 코네도 빌파가 발케네 사람들을 거느린 채 달려왔다. 피투성이 사내는 코네도의 손을 움켜쥔 채 헐떡이며 말했다.

"대족장님. 파카시 족장이 반란을 일으켰습니다."

"반란이라고!"

"그렇습니다. 대족장님이 떠나자마자 파카시 족장이 뿔관의 소유권을 주장하며 나섰습니다."

지배자들은 고개를 끄덕였다. 발케네의 도둑들은 어쨌든 공평무쌍한 도둑들이다. 그들은 서로 간에도 훔치는 것이다. 코네도 빌파는 이를 갈며 말했다.

"내 권속들은 어떻게 되었느냐?"

"살해당하거나 도망쳤습니다. 저도 가까스로 도망쳐왔습니다. 파카시 족장은 대족장님이 뿔관을 훔쳐 대사원으로 도망친 도둑이라고 선언했습니다."

코네도 대족장은 폭언을 내쏟으며 일어났다. 그리고 가까이 있던 승려 한 명에게 외쳤다.

"나는 돌아가야겠소!"

"아, 네. 알겠습니다. 그럼 이분은 저희들이 보살피겠……."

"아니오! 데려가겠소."

"예? 하지만 이런 상태이신데요?"

"이놈에게 들어야 할 정보가 있소. 이곳까지 왔다면 돌아갈 수도 있어! 일어나라!"

피투성이 사내는 놀랍게도 벌떡 일어났다. 대사원의 방문자들은 발케네 사내들의 용맹함에 감탄했다. 코네도는 그 사내를 끌어안아 준 다음 밖으로 달려나갔다. 코네도 빌파는 대사원에서 유학중이던 둘째 아들에게도 고향으로 돌아갈 것을 명령했고 토카리 빌파는 배신자들을 저주하며 짐을 챙겼다. 발케네에서 온 방문자들은 한 시간도 되지 않아서 대사원을 떠났다.

발케네 사람들이 질풍처럼 대사원을 떠난 사건은 폭서 속에 정체되어 있던 대사원에 흥분을 불러일으켰다. 군웅들은 자신들이 고향을 비워둔 기간이 그렇게 길지 않다고 자위했다. 미약한 정보에 입각하여 이곳까지 달려올 수 있었던 그들은 대부분 빈틈없는 사람들이었고, 믿을 만한 자들을 남겨두고 오는 대비까지 철저하게 해두었다. 지배자들은 오직 저 발케네의 도둑들만이 이토록 빨리 뻔뻔함을 드러낼 수 있을 거라고 생각했다. 하지만 불안함은 쉽게 가시지 않았다. 그들은 보다 짙은 향수를 느꼈다. 그리움보다는 걱정에 가까운.

오후가 불안의 찌꺼기와 숨막히는 열기만 남겨놓고 사그라들 무렵, 쥬타기 대선사는 종규해석소에서 퇴장했다.

철야로 이루어진 종규해석 때문에 대선사는 초췌해진 모습으로 걸어나와 오레놀 대덕을 슬프게 만들었다. 오레놀 대덕은 서둘러 음식과 이부자리를 준비했다. 대선사는 오레놀이 억지로 떠먹이다시피 하는 음식을 조금씩 삼키며 말했다.

"종규해석소는 내게 구두 견책을 내렸다."

"그러리라 짐작했습니다."

"하지만 호규원장이 요구한 것이 멸적이었다는 것은 짐작하지 못했겠지."

그릇에 물을 따르던 오레놀은 그만 손에 물을 엎지르고 말았다. 오레놀은 그걸 닦으면서도 어이없는 표정으로 대선사를 바라보았다. 대선사는 심로에 지친 얼굴을 힘들게 펴며 말했다.

"네가 레콘이 아니라 다행이구나."

"멸적이라니오, 무슨 그런 말도 안 되는……, 종단의 우두머리를 파문하겠다는 겁니까?"

"아마도 라샤린이 꾸민 일일 거다. 그는 확실히 투사지."

"그, 그렇다면 라샤린 선사가 대선사님의 지위를 노리고……."

"오오, 박복한 내 신세 같으니. 이놈아! 이야기꾼이나 들먹일 황당무계한 소리는 치우거라. 선사 또한 종규해석의 결과가 구두 견책으로 끝날 것임을 잘 알고 있었다. 그가 멸적이라는 말로 겁을 주고 싶었던 것은 내가 아니라 다른 스님들이었다."

"다른 스님들이요?"

"경각심을 불러일으키고 싶었던 것이겠지. 지금 이 순간이 자칫 잘못하면 종단 전체의 파멸로 치닫게 될지도 모르는 아슬아슬한 순간임을 알리고 싶었던 거야. 그리고 나는 라샤린의 그런 판단에 동의한다. 우리는 지금 위험하기 짝이 없는 낭떠러지 위에 서 있는 셈이다."

오레놀도 동의했다.

"알겠습니다. 그럼, 그 낭떠러지를 슬기롭게 벗어날 수 있는 방법은 무엇입니까?"

"몇 가지가 결정되기는 했다. 일단, 사모 페이가 깨어나야 한다."

"사모 페이요?"

"그래. 그녀는 정신 억압자이니 뱀들을 억압할 수 있을 거다. 우리는 일단 저쪽과 이야기를 해봐야 해. 그러려면 그녀가 필요하지. 그녀는 좀 어떠냐?"

"케이건 님에게 들은 바로는 륜 페이가 여신의 힘을 사용하여 그녀를 깨우려 애쓰고 있다 합니다."

이번에는 쥬타기 대선사가 놀랄 차례였다.

"그가 '정말로' 여신의 힘을 쓰고 있느냐?"

"예. 이것으로 우리는 케이건 님의 추리에 대한 증거를 얻은 셈입니다. 신명을 가진 수호자들은 여신의 힘을 사용할 수 있는 겁니다."

"그래서, 그녀는?"

"그게 문제가 좀 있습니다. 류은 자신이 여신의 힘을 사용할 수 있다는 것은 확신합니다만 그걸 어떻게 사용해야 할지는 전혀 감을 잡지 못하고 있습니다. 가사 상태인 사모와 몇 번 접촉하기는 한 모양입니다만 의사 교환은 이루어지지 않은 모양입니다. 제게도 조언을 구했습니다만, 저 또한 신이 아니잖습니까? 신의 힘을 이렇게 저렇게 쓰라고 조언해 줄 수는 없었습니다."

대선사는 눈살을 찌푸렸다.

"그건 신이 아닌 누구도 조언해 줄 수 없겠구나."

"저는 이해할 수 없습니다. 류이 신의 힘을 제대로 쓸 수 없다면 저 남쪽의 수호 자들 또한 마찬가지로 그 힘을 제대로 쓸 수 없지 않겠습니까?"

"그건 그렇지 않다. 수호자들은 여신에 대해 가장 잘 알고 있는 사람들이다. 하지만 류은 중도 포기한 수련자라고 하지 않더냐? 그는 여신에 대해 공부할 기회가 없었을 것이다. 그리고 천지를 뒤흔드는 것보다 한 사람의 의지를 흔드는 것이 훨씬 어려운 일이다. 류은 지금 대단히 어려운 일에 여신의 힘을 쓰려고 하고 있으니 시행 착오가 많을 거다."

오레놀은 이해했다. 대선사는 식욕이 가신 듯 음식을 물리며 말했다.

"그녀가 동생의 간청을 받아들여 깨어나면 좋겠구나. 어쨌든 우리가 결정한 다른 몇 가지 문제도 있다."

"무엇입니까?"

"발자국 없는 여신께서 다른 신체로 전령할 수 있는 방도를 찾아야지."

오레놀은 그 말을 생각해 보다가 그만 소름이 돋고 말았다.

"그, 그 말씀은 그러니까…… 누군가가 하텐그라쥬로 가서 억류된 신체를 구출한다는 말씀이십니까? 절대 불가능한 일입니다!"

"꼭 그렇게 말하지는 않았다. 오레놀. 다른 신체로 전령하실 수 있는 방도를 찾는다고 했지."

"하지만 그런 방법밖에 없지 않습니까!"

쥬타기 대선사는 침울하게 동의했다.

"현재로선 나 역시 그 외에 다른 방도가 떠오르지 않는다는 것을 고백해야겠구나. 하지만 머리를 짜내어 생각해 봐야지."

오레놀은 회의적인 생각이 자신을 잠식하는 것을 느끼며 몸을 떨었다. 다른 방법이 있을까? 그때 대선사가 말했다.

"그리고 마지막 결정은 이것이다. 우리는 왕을 되찾아야 한다."

"왕을……."

"그렇다. 만약 나가들이 대확장 전쟁을 재개한다면 우리는 그에 앞서 북부의 왕을 되찾아야 한다. 그리고 왕의 이름 아래 북부의 대통합을 이룩해야 한다. 그렇지 않고서는 나가들의 공세에 저항할 엄두조차 낼 수 없을 것이다."

오레놀은 목을 움츠리며 말했다.

"하지만 그분은 전혀 그럴 의사가 없으시잖습니까."

대선사는 무거운 신음을 토했다.

"그분도 이런 상황에서 거절하실 수는 없으실 거다."

"대선사님. 제가 이런 말씀을 드리는 것을 용서하시길 바랍니다. 우리에게 이 상황은 지독히도 무서운 것이지만, 우리보다 턱없이 긴 시간을 사용하시는 그분께는 과거의 추억을 되새기는 일에 불과할지도 모릅니다."

대선사는 화를 내지 않았다. 대신 쓴웃음을 머금었다.

"그러니까, 예닐곱 살짜리 꼬마애가 '이런 일은 생전 처음이야!'라고 외치는 꼴과 비슷할 거라는 거냐?"

"비유적으로, 그렇습니다. 어쨌든 그분께 이토록 위험한 상황이니 왕이 되어야 한다고 요청했던 사람은 결코 우리가 처음이 아닐 것 같습니다."

"무슨 말인지 이해했다. 하지만 요청해야지. 우리보다 앞서 요청했던 그 많은 사람들처럼."

대선사는 당장이라도 그렇게 하겠다는 듯이 몸을 일으켰다. 하지만 오레놀은 대선사가 일단 자야 한다고 권고했다. 그것은 옳은 명령이었다. 종규해석의 팽팽한 긴장감과 닥쳐올 앞날에 대한 두려움 속에서 철야했던 대선사는 그대로 잠들어버려도 할 말이 없을 만큼 지쳐 있었다. 결국 대선사는 오레놀이 펴준 이부자리에 몸을 눕혔다. 그리고 기절하듯 잠들었다.

티나한은 잠이 오지 않았다.

그의 잠자리는 바람이 매섭게 불어닥치는 산등성이였지만 거창한 깃털로 덮여 있는 티나한은 이불에 싸여 있는 것이나 다름없었다. 그랬기에 티나한이 숙면에 들지 못하는 것은 잠자리가 불편해서는 아니었다. 그는 정신없이 잠들 만큼 낮에 많이 걷지 않았다. 레콘의 기준이 아니라 인간의 기준으로 보아도 그날 낮 동안 티나한이 이동한 거리는 어기적거렸다는 표현이 적당할 정도였다. 완전히 소모되지 않은 힘은 그의 몸 속에서 꿈틀거리며 그의 안면을 방해하고 있었다. 티나한은 부리를 부딪친 다음 하늘을 보았다. 밤하늘은 구름에 덮여 있었지만 이따금 구름이 갈라질 때마다 달이 모습을 드러내었다.

키보렌의 밀림에서 보던 기묘할 정도로 커다란 열대의 달을 떠올리며 티나한은 부리 사이로 새는 웃음소리를 냈다. 추적당하면 소란을 일으키며 느리게 움직이라고? 발자국은 얼마든지 남겨도 좋지만 발의 체온은 남기면 안 된다고? 티나한은 그 경험을 절대로 잊을 수 없을 것이라 생각했다. 당연한 일이다. 상식의 역전 속에서 보낸 몇 달이었다.

다시 그런 경험들을 할 수 있을까?

티나한은 스스로에게 던진 그 질문에 부정적인 대답을 보내었다.

티나한은 피라미드 속에서의 끔찍했던 몇 시간을 떠올렸다. 몸에 붙은 도깨비불에 의지한 채 길도 알 수 없는 미로를 헤매며 혐오스러운 두억시니들의 맹공을 버텨내야 했던 시간들. 그리고 티나한은 무적왕을 떠올렸고 불에 타죽은 선지자를 떠올렸고 지그림 자보로를 떠올렸다. 유쾌하면서도 살벌한 추억들이었다. 티나한은 그때 사람들이 지었던 표정 하나하나까지도 떠올릴 수 있었다.

티나한은 그 추억을 되새기는 것이 즐거웠다. 하지만 동시에 케이건의 말도 떠올랐다.

'잔치가 끝났으면 집으로 돌아가야지.'

아직 티나한에겐 집이 없다. 바이소 계곡의 오두막은 발굴 본부일 뿐 집이라고 하기는 어려웠다. 그의 집은 하늘치의 등에 건설될 것이다. 티나한은 아직 건설되지 않은 자신의 집과 아직 얻지 못한 자신의 신부들을 생각했다. 그것이 미래의 일이라는 사실은 티나한을 주눅들게 하지는 않았다.

그러나 미래의 일을 떠올리는 것은 티나한으로 하여금 케이건의 미래 또한 생각하게 했다. 홀로 키보렌으로 떠난 케이건이 어떤 운명을 맞게 될지를 예견해 보는 것은 티나한을 괴롭혔다. 티나한은 그 생각을 떨쳐버리려고 주의를 바깥으로 돌렸다.

티나한은 갑자기 눈을 가늘게 떴다.

지평선 쪽에서 무엇인가가 움직이고 있었다. 티나한은 누운 채 그것에 주의를 집중했다. 지평선에서부터 날아오는 그것은 그의 앞쪽 하늘을 지나쳐갈 것 같았다. 몇 분 정도 더 관찰한 티나한은 자신의 예측이 옳다고 생각했다. 하지만 티나한은 인간이나 도깨비들의 부러움을 받는 시력으로도 그것이 무엇인지 알 수 없었다. 캄캄한 밤하늘을 배경으로 날아가고 있는 그 물체에 쏟아지고 있는 것은 달빛뿐이었다. 티나한이 확실히 말할 수 있는 것은 그것이 하늘치는 아니라는 사실이었다. 그리고 그 때문에 티나한은 태평하게 누운 채 그것을 바라보며 다시 케이건에 대해 생각했다.

'정말 혼자 갈 생각일까.'

티나한은 그것이 마음에 들지 않았다. 티나한은 승려들이 케이건을 사지로 몰아넣으려들지는 않을 거라는 생각으로 자신을 위로해 보았다. 하지만, 그렇다면 승려들은 여신의 힘을 손에 넣은 나가들을 어떻게 상대할 것인가? 티나한은 골치가 아파오는 것을 느꼈다.

잠시 후 티나한이 다시 현실로 돌아왔을 때 하늘을 날아오던 것은 충분히 커져 있었다. 티나한은 그것이 딱정벌레라는 사실을 깨달았다. '대사원의 연락에 대해 즈믄누리가 보내는 답장인 건가?' 티나한은 그 딱정벌레가 날아가는 방향을 가늠해 보았다. 하인샤 대사원의 방향이었다. 티나한은 자신의 추리가 옳았음을 깨닫고는 눈을 감으려 했다.

그러나 다음 순간 티나한은 눈을 번쩍 떴다.

딱정벌레는 누군가를 태우고 있었다. 때마침 구름을 벗어난 달빛이 딱정벌레를 환하게 비추었다. 그것은 도깨비였다. 당연한 일이다. 딱정벌레에 타고 있는 자는 도깨비일 가능성이 가장 높으니까. 그러나 티나한은 그 이상의 사실을 발견했고, 그것에 놀랐다.

그것은 나늬와 비형이었다.

티나한은 벌떡 일어났다. 눈을 비빈 티나한은 다시 딱정벌레를 바라보았다. 익숙한 모습이었다. 티나한은 반가움에 손을 흔들었다. 하지만 그가 있는 곳은 어두운 산등성이었고 게다가 하필이면 달이 다시 구름 속으로 사라졌다. 티나한은 고함을 지를까 생각해 보았지만 곧 비형이 딱정벌레의 날갯짓 소리 때문에 아무것도 듣지 못할 거라는 것을 깨달았다.

계명성이라면 들릴지도 모른다고 생각했을 때 티나한은 갑자기 비형을 불러내릴 필요가 없다는 것을 깨달았다. 비형은 아마도 바우 머리돌 성주의 답변을 가지고 대사원으로 가는 것이리라. 그것은 대단히 화급한 일일지도 모른다. 티나한이 그렇게 우물쭈물하고 있을 때 비형과 나늬는 이미 그에게서 멀어지고 있었다. 그 빠른 속도를 본 티나한은 바우 성주의 답변이 정말 급한 것이라고 판단했다. 비형과 나늬가 산 저편으로 넘어간 것을 확인한 티나한은 아쉬움을 느끼며 도로 누웠다.

나무에 기대어놓은 철창에 바람이 부딪혀 흐느꼈다.

5분 후, 티나한은 갑자기 튕기듯 일어났다.

"에라이, 쌍!"

티나한은 배낭과 철창을 한 동작에 집어들었다. 다음 순간 배낭은 그의 등에 걸려 있었고 철창은 어깨 위에 걸렸다. 티나한은 껑충 뛰어올랐고 땅에 닿자마자 그가 지금껏 떠나오던 방향을 향해 거꾸로 달리기 시작했다. 티나한이 바위 하나를 짓밟은 순간 그 바위는 수만 년 동안 지켜왔던 자신의 중심을 잃고 산 아래로 굴러 떨어졌다. 그리고 티나한은 반대 방향으로 높이 솟아올랐다. 산봉우리들이 발아래로 쑥 내려가는 느낌에 황홀해하며 티나한은 부리가 떨어져나가도록 외쳤다.

"요술쟁이가 돌아왔다! 잔치 아직 안 끝났어!"

파름 산의 북사면에서 기묘한 모습들이 움직이기 시작했다.

산의 어둠 속에서 스며나온 듯한 그들은 허리를 낮춘 채 어둠 속을 빠르게 걸었다. 구름처럼 몰려든 모기들이 탐욕스럽게 피를 빨았음에도 불구하고 소리를 내는 사람은 아무도 없었다. 어떤 관찰자가 본다면 별 주저없이 그들이 나가일 거라 주장했겠지만 그들은 인간이었다.

대단한 극기심을 발휘하며 산을 오른 인간 무리는 잠시 후 파름 산의 정상 조금 못미치는 곳에서 남사면으로 돌아들어갔다. 그들은 잠시 그곳에서 아래쪽을 내려다보았다.

하인샤 대사원의 정경이 발아래에 무질서하게 펼쳐져 있었다.

몇 군데에서 비치는 불빛을 제외하면 대사원의 모습은 달빛에 포근하게 안겨 있듯 고요해 보였다. 깊은 밤이었고 대부분의 승려들이 잠들어 있을 시간이었다. 대사원을 내려다보던 사람들은 잠시 후 한군데로 모여들었다. 소리를 낮춘 속삭임이 빠르게 오갔고 곧 그들은 아래쪽으로 걸어 내려갔다. 북사면에서보다 더욱 소리 없는 움직임이었다. 약간 열성이 지나친 일부 모기들은 그곳까지 그들을 따라와 흡혈의 잔치를 벌였다. 하지만 다른 곤충들은 울음소리를 멈춘 채 사람들이 지나가기를 기다렸다.

절벽을 돌고 바위를 넘어 그들은 곧 아래로 통하는 소로를 발견했다. 그곳부터는 하인샤 대사원의 경내에 속하는 부분이었다. 그들은 각자의 무기를 꺼내어들었다. 무기에는 재가 묻어 있어 빛을 반사시키지 않았다. 경내로 들어왔기에 그들은 발소리까지 유념하며 천천히 내려갔다. 그리고 그런 주의 깊은 행동은 완전히 쓸모없는 것이 되고 말았다. 소로의 모퉁이를 돌았을 때 그들은 행자 한 명과 정통으로 맞닥뜨렸다.

양쪽 모두 너무 놀라 잠시 아무 말도 못한 채 서로를 바라보았다.

행자는 상대방을 물끄러미 바라보았다. 모두 열 명 남짓한 숫자였고 한결같이 얼굴에 복면을 하고 있었다. 겁이 난다기보다는 어쩐지 우스꽝스럽게 느껴지는 모습이었다. 꼼짝도 못 한 채 바라보고 있는 모습이 더욱 그런 인상을 자극했다. 잠시 후 행자는 자신이 어떤 상황에 처한 것인지 알았다고 생각했다.

그래서 행자는 한숨을 내쉬었다.

"뭐야? 초보냐?"

조금씩 당황에서 헤어나오고 있던 복면 사내들은 행자의 말에 다시 당혹을 느낄 수밖에 없었다. 행자는 미소를 지으며 말했다.

"정말 초보티 무진장 내는구나. 이 웃기는 복면은 뭐야? 동물들이 너희 얼굴 봐 뒀다가 복수할까봐?"

남자들은 당황한 듯 자신의 복면을 만졌다. 행자는 딱하기 그지 없다는 투로 말했다.

"밀렵질이 처음이라 길을 잃은 것까지는 이해하더라도, 이쪽으로 넘어오는 얼간이가 어디 있나? 눈은 뒀다 뭐하려고? 너희들 소굴은 산 반대쪽이다."

복면 사내들이 약간 덜 당황했다면 행자의 말에서 어떤 오해가 일어나고 있는지 대충 짐작할 수 있었을 것이다. 하지만 그들은 지나치게 당황하고 있었다. 심리적 공황 속에서 복면 사내들은 행자가 제발 비명이라도 질러줬으면 좋겠다고—정말 그런다면 곤란하겠지만—생각했다. 그때 행자가 그들의 손에 쥐어져 있는 무기를 발견했다.

"손에 든 그건 뭐야?"

복면 사내들은 당황하여 손에 든 칼을 뒤로 치웠다. 행자는 눈을 부릅떴다.

"이놈들! 뭘 잡은 거지? 내놔봐!"

지적을 받은 사내는 어쩔 수 없다는 듯이 손을 앞으로 내밀었다. 행자는 그 움직임이 좀 빠르다고 생각했다.

다음 순간 행자는 배가 타들어가는 듯한 고통을 느꼈다.

고통과 경악으로 행자는 눈을 부릅떴다. 이해할 수 없다는 듯 고개를 갸웃거리던 행자는 곧 허리를 숙였다. 들고 있던 검으로 행자의 배를 찔렀던 남자는 쓰러지려는 행자를 부축했다. 그제야 사태를 깨달은 남자들 가운데서 숨막히는 목소리가 들려왔다.

"스, 스님을 죽이다니……!"

행자를 찔렀던 남자는 그를 조심스럽게 눕힌 다음 검을 뽑았다. 세심한 동작이었다. 하지만 행자는 끔찍한 고통에 진저리를 친 다음 정신을 잃었다. 고함을 질렀던 남자가 다시 말했다.

"어, 어쩔 생각입니까! 스님을 죽이다니요!"

"시끄러워! 죽을 자리는 아니었어. 치료가 잘 되면 살 수도 있어."

"혹 살아난다 해도 군웅들이 우리를 가만두지 않을 겁니다!"

"멍청이! 이 녀석이 하던 말 생각 안 나? 이 녀석은 우리가 밀렵꾼인 줄 알고 있어. 아마 살아나도 밀렵꾼들이 자기를 공격했다고 말할 거야."

사내들은 안도의 한숨을 내쉬었다. 행자를 찔렀던 남자는 다시 말했다.

"흐음. 덕분에 좋은 것 알았다. 밀렵꾼인 척하면 되겠군. 가자!"

한 명이 쓰러진 행자를 가리켰다.

"이 친구는 어떻게 하죠?"

"상처를 지혈하고 잘 보이는 곳에 눕혀둬. 그다음은 그 녀석의 재수가 좋기를 바라야지. 나머지는 나를 따라와라. 너도 처리가 끝나면 곧 따라와. 어디로 와야 하는지 알지?"

남자는 투덜거리며 고개를 끄덕이고는 곧 행자의 상처를 돌보기 시작했다. 다른 남자들은 소리를 죽인 채 아래로 내려갔다.

잠시 후 그들은 무학당이 보이는 절벽에 도달했다.

무학당으로 들어서는 오솔길은 여전히 몇몇 행자들에 의해 감시되고 있었다. 그랬기에 그들은 어둠 속에서 거친 산등성이를 타고 돌아와야 했다. 소리를 내지 않고 그런 일을 하느라 몹시 지쳤지만 그들은 가까스로 아무에게도 들키지 않은 채 무학당을 내려다보게 되었다. 그들은 잠시 호흡을 가다듬으며 절벽 아래를 바라보았다.

대호는 마루에 잠들어 있었고 두억시니들 또한 곳곳에 흩어져 있었다. 주위를 꼼꼼하게 살피던 남자 하나가 곧 케이건을 발견했다. 케이건은 무학당 맞은편의 나무 그늘 아래에 돗자리를 깐 채 앉아 있었다. 남자들은 케이건이 앉아 있는 모습에 경악했다. 하지만 얼마 후 충격이 가시자 그들은 케이건이 앉은 채 잠들어 있음을 깨달았다. 케이건은 쌍신검을 바닥에 찌르고 그 고동으로 어깨를 받친 모습으로 자고 있었다. 언제 깨어날지도 모르는 위험한 모습이었다. 남자들은 긴장감에 숨소리를 낮추었다.

"여차하면 깨어날 것 같은데요."

"……바쁘게 만들어줘야지. 시작하자."

그들은 주위의 나무에 밧줄을 묶었다. 하지만 밧줄을 아래로 던지는 대신 그 자리에 사려두고는 허리춤에서 도자기병을 꺼내었다. 주병처럼 생긴 그 병들은 볼록한 배와 가느다란 주둥이를 가지고 있었고 그 주둥이는 굵은 심지로 틀어박혀 있었다. 남자들 중 한 명이 점화통을 꺼내어 불을 피웠다. 곧 부시에 불이 옮겨 붙었고, 그러자 사내들은 황급히 병을 불에 가져갔다.

심지에 불이 옮겨붙었다. 사내들은 무학당의 지붕을 향해 화염병을 집어던졌다.

첫 번째 화염병이 지붕에 부딪혀 쨍그랑 하는 소리를 내자 케이건의 손이 반사적으로 움직였다. 뱀처럼 움직인 케이건의 손은 바라기의 칼자루를 움켜쥐었고 그대로 바라기를 밀었다. 땅을 밀어내는 효과에 의해 케이건은 눈 깜짝할 사이에 일어났다. 케이건은 그대로 스르르 몸을 돌려 오솔길을 겨냥했다.

그리고 케이건은 잠에서 깨어났다.

케이건은 눈을 뜨고 오솔길을 주의 깊게 살폈다. 하지만 그는 아무것도 발견할 수 없었다. 케이건은 약간 당황하며 주위를 둘러보았다. 그때 또다시 쨍그랑하는 소리가 들려왔다. 소리가 들려온 곳을 찾아낸 케이건은 눈을 부릅떴다.

무학당의 지붕에서 불길이 일어나고 있었다.

마루나래가 마당으로 뛰쳐나와 어깨털을 곤두세웠다. 두억시니들도 당황하여 일어났다. 그때 케이건은 하늘에서 뭔가가 움직이고 있다는 느낌을 받았다. 눈을 가늘게 뜬 케이건은 곧 하늘을 가로질러 날아가는 화염병을 발견했다. 케이건은 어떤 식으로 불이 일어났는지 깨닫고는 고함을 내지르려 했다. 그러나 그에 앞서 다른 목소리가 들려왔다.

"밀렵꾼들이다! 밀렵꾼들이 공격한다!"

케이건은 주춤했다. 그 외침은 절벽 위쪽에서 들려왔다. '뭐하려는 수작이지?' 케이건은 그 외침에 다른 승려들이 깨어날 거라 판단하고는 주저없이 무학당을 향해 달려갔다.

그러나 두억시니들이 케이건을 막아섰다.

케이건은 얼굴을 찌푸리며 두억시니들을 노려보았다. 마루나래 또한 그들 앞으로 달려나와서는 어깨털을 꼿꼿이 세운 채 케이건을 쏘아보았다. 케이건은 손을 들어 지붕을 가리켰다.

"불을 꺼야 해! 륜과 사모를 깨워야 한다고!"

안타깝게도 마루나래와 두억시니들은 케이건의 말을 깨닫지 못했다. 케이건은 말이 통하지 않는다는 사실을 깨닫고는 바라기를 높이 들어올렸다. 마루나래가 당장이라도 달려들 듯이 발톱을 곤두세웠다.

하늘에서 불줄기가 쏟아졌다.

화염은 마루나래와 케이건 사이의 공간을 맹렬하게 훑고 지나갔다. 마루나래는 뒤로 홀쩍 뛰었고 케이건 또한 바라기로 얼굴을 가리며 물러났다. 다시 하늘을 본 케이건은 꼬리를 격렬하게 진동시키고 있는 용의 모습을 발견했다.

"아스화리탈!"

용은 케이건을 흘깃 바라보고는 다시 대호를 쏘아보았다. 마루나래는 아스화리탈을 향해 사납게 포효했지만 공중에 떠 있는 용을 어떻게 하지는 못했다. 아스화리탈은 그런 대호를 냉정하게 내려다보았다. 케이건은 불에 타들어가기 시작하는 무학당을 보며 이를 갈았다.

아스화리탈이 다시 날아들었다.

아스화리탈은 대호가 절대로 뛰어오를 수 없는 높이에서 불을 토해 내며 서서히 날아들었다. 케이건은 눈썹이 타들어가는 느낌을 받으며 물러나야 했다. 눈을 가늘게 뜬 케이건은 아스화리탈이 대호와 두억시니들을 몰아붙이고 있음을 발견했다. 마루나래는 으르렁거리며 이리저리 뛰었지만 아스화리탈은 폭포수 같은 불길을 토해 내어 거침없이 대호를 밀어붙였다. 케이건은 아스화리탈의 뜻을 깨닫고는 용의 뒤편으로 돌아 달려갔다. 마루나래가 포효하며 그 뒤를 쫓으려 했지만 용이 그 앞을 막아섰다.

케이건은 방문을 걷어차며 안으로 뛰어들었다.

사모는 처음에 무학당에 데려다 눕혔을 때와 똑같은 모습으로 누워 있었다. 륜은 그녀의 곁에 기절한 듯한 모습으로 잠들어 있었다. 케이건은 순식간에 사태를 깨달았다. 어떻게 써야 할지도 모르는 여신의 힘을 하루 종일 무리하게 사용한 끝에 륜은 지쳐빠진 채로 잠들어 있었다. 케이건은 륜에게 다가가 뺨을 두드렸다. 그 와중에도 지붕 위쪽에서는 우지끈 하는 불길한 소리가 들려왔다.

몇 번 뺨을 토닥이던 케이건은 그래도 륜이 일어나지 않자 인정사정없이 후려갈겼다. 륜은 기겁하며 눈을 떴고 그 순간 눈이 멀어버릴 것 같은 기분에 도로 눈을 감았다. 천장의 온도가 급상승하고 있었다.

"일어나, 륜!"

"케, 케이건?"

"불이 났어! 어서 일어나!"

륜은 눈을 감은 채 케이건의 부축을 받으며 겨우 일어났다. 케이건은 한 손으로 륜을 끌어안 듯이 하고 바라기를 쥔 다른 손으로 얼굴 앞을 가린 채 다시 문 밖으로 달려나왔다. 마루까지 순식간에 뛰쳐나온 케이건은 마당으로 뛰어내렸다. 겨우 정신을 차린 륜은 주위를 둘러보다가 기겁하여 외쳤다.

"사모! 사모는 어디 있어요?"

케이건은 입술을 깨물며 무학당을 바라보았다. 이제 무학당은 불구덩이로 바뀌고 있었다. 케이건은 류를 팽개치듯 내려놓고는 다른 손의 바라기도 집어던졌다. 그것은 이미 뜨겁게 달아올라 쥐고 있기 힘들 정도였다. 그리고 케이건은 다시 마루 위로 뛰어올랐다.

도로 불 속으로 뛰어드는 케이건을 보던 류는 그제야 사모가 안에 남아 있음을 깨달았다. 류는 공포에 질려 케이건을 따라 달려가려 했다. 그러나 그때 아스화리탈이 그에게 날아와 앞을 가로막았다. 그냥 가로막은 것이 아니라 얼굴에 달라붙어버렸다. 류는 비틀거리다가 그만 주저앉고 말았다. 그 순간 충격과 착상에 관련된 해묵은 농담이 현실이 되었다. 땅에 부딪히자마자 류는 자신이 여신의 힘을 사용할 수 있음을 깨달은 것이다.

그러나 머릿속에 떠오른 착상으로 현실화시키기 위해서는 얼굴에 올라탄 채 날개를 푸드덕거리고 있는 용을 옆으로 치워야 했다. 류는 헐떡거리며 외쳤다.

"아스화리탈, 아스화리탈! 비켜!"

마구 휘두른 손이 아스화리탈에게 부딪쳤다. 아스화리탈은 훌쩍 날아올랐고 허공에 뜬 채 걱정스러운 기세로 류를 내려다보았다. 류가 또다시 불 속으로 뛰어들면 어쩌나 하는 듯한 기세였다. 그러나 류는 아스화리탈에게 주의를 기울일 여유가 없었다.

류는 눈을 질끈 감은 채 닐렀다.

〈라르간드!〉

이제는 익숙해진 느낌이 류를 에워쌌다. 류는 여신의 힘이 자신에게 깃드는 것을 느끼며 간절히 소망했다.

〈당신의 힘은 물이지요. 제발 도와주세요! 폭우를!〉

하늘이 천둥으로 포효했다.

방 안으로 들어선 케이건은 사모를 붙잡았다. 벽은 이미 불길에 휩싸여 있었고 위에서는 불티가 후두둑 떨어졌다. 악전고투 끝에 사모를 안아들기는 했지만 그 때문에 케이건은 연기를 잔뜩 들이마시게 되었다. 케이건은 쿨럭거리며 문이 있는 곳으로 달려갔다. 그러나 그때 불길을 이기지 못한 서까래가 케이건의 머리 위로 떨어졌다. 케이건은 사모와 함께 우당탕 쓰러졌다. 케이건은 신음을 토하며 다시 일어나려 했다. 하지만 헐떡이는 바람에 더 많은 연기를 들이마셨고 케이건은 허파를 통째로 토해 낼 듯한 격한 기침을 하게 됐다. 입으로 피리 소리 같은 것을 내며 케이건은 사모가 어떤지 돌아보려 했다. 그 순간 케이건의 눈앞이 캄캄하게 바뀌었다. 케이건은 정신을 잃고 쓰러졌다.

하늘에서 폭우가 쏟아졌다.

〈폭우를, 폭우를!〉

류은 눈을 질끈 감은 채 계속해서 닐렀다. 빗줄기가 그의 머리와 어깨를 사정없이 때렸지만 류은 아랑곳하지 않았다.

〈폭우를!〉

"여신이여!"

티나한은 눈앞에 펼쳐진 광경을 믿을 수 없었다.

그는 산 정상에 서 있었다. 파름 산은 그의 앞쪽에 있었고 그의 왼편으로는 지평선까지 펼쳐져 있는 파름 평원이 있었다. 하지만 티나한은 그중 어느 것도 보고 있지 않았다. 그는 하늘을 보고 있었다.

구름이 광분하여 치닫고 있었다.

동서남북의 사방에서 짙은 먹구름들이 몰려오고 있었다. 이 낮은 곳에서 바라봄에도 불구하고 구름의 속도는 엄청났다. 상공에서의 실제 속도가 어떨지 추측한 티나한은 현기증을 느꼈다.

그 구름들은 그 경악할 만한 속도 이외의 요소들에서도 도무지 자연적이지가 못했다. 연기처럼 짙었고 그 내부에서부터 보라색으로 빛났다. 게다가 생명의 의지로 꿈틀거리고 있었다. 결코 자연물에서는 느낄 수 없는 그 의지는 격노였다. 그렇게 사방의 지평선으로부터 살아 있는 생명처럼 쇄도해 온 구름들은 파름 산 위에서 격돌하며 소름끼치는 비명을 내질렀다.

천둥이 천둥에 귀먹고 번개가 번개에 타버리는 충돌이었다.

그곳에서 억수 같은 비가 파름 산을 허물어뜨릴 듯이 쏟아져내렸다.

그것은 이미 비가 아니라 폭포수였다. 그 초자연적인 비 아래에 파름 산은 개미탑만큼이나 불안해 보였다. 피어오른 물안개 때문에 산의 모습은 흐릿하고 혼돈스러웠다. 티나한은 자신이 죽어도 저곳에 가까이 다가갈 수 없다는 사실을 깨달았다. 티나한은 철창을 두 손으로 붙잡은 채 무릎을 꿇었다. 그는 절대로 더 이상 나아갈 수 없었다. 그것을 바라보는 것만으로도 혼이 빠져나갈 것만 같은 기분이었다.

그때 티나한은 비형을 발견했다.

비형은 파름 산 주위의 하늘을 날아다니고 있었다. 압도적인 비의 장막 때문에 비형의 모습은 마치 대폭포의 언저리를 날아다니는 작은 모기처럼 보였다. 애처로울 정도로 연약한 모습. 티나한은 비형이 단숨에 빗줄기에 휘말려 으스러질 거라 생각하며 깃털을 곤두세웠다. 티나한은 비형이 왜 그렇게 맴돌고 있는지 생각했다. 그리고 비형이 빗줄기 사이로 뚫고 들어갈 틈을 찾아보려는 것임을 깨달았다. 그 생각만으로도 티나한은 견딜 수 없었고, 그래서 고함을 내질렀다. 계명성이었다. 하지만 비형은 듣지 못했다. 나늬의 날개 소리뿐만 아니라 파름 산의 상공에서 숨쉴 새 없이 터져나오는 벼락과 천둥 때문에 비형은 귀를 틀어막고 있었다. 소용 없음을 깨달았지만, 티나한은 계속 계명성을 내질렀다. 그렇게라도 하지 않으면 불안해서 견딜 수 없었다.

오레놀은 기어코 쓰러지고 말았다. 땅을 짚으려 했지만 손이 미끄러졌고, 그래서 오레놀은 다시 진흙탕에 얼굴을 들이박고 말았다. 사문살이 동안 한 번도 꺼낸 적이 없는 험악한 말들을 중얼거린 오레놀은 잠시 자신에 대해 부끄러워 하며 다시 일어났다. 그리고 하늘이 구멍난 듯이 쏟아지는 폭우에 놀라워했다.

"내 생전 이런 비는 처음이군!"

누군가가 잘 들리지도 않는 고함을 질렀다. 오레놀은 그쪽을 보았고 누군가가 미끄러운 진흙탕 길을 걸어 올라오려 악전고투하고 있음을 깨달았다. 진흙도 진흙이었지만 길을 따라 쏟아져내려오는 빗물은 그들로 하여금 범람하는 강을 가로지르는 기분을 느끼게 했다. 가공할 정도로 쏟아지는 빗물에 나뭇가지들이 사정없이 부러졌고 산은 미처 그 빗물을 흡수하지 못한 채 겉으로 흘려보내고 있었다. 오레놀은 토사와 함께 쓸려내려오는 나뭇가지들과 돌멩이에 아연함을 느꼈다. 그때 그의 뒤편에서 악전고투하고 있던 누군가가 다가서며 외쳤다.

"맙소사! 여기 여름 날씨는 원래 이 모양이오?"

오레놀은 힘겹게 고개를 돌렸다. 수염과 머리카락을 온통 진흙으로 물들인 괄하이드 변경백이 질린 얼굴로 그를 바라보고 있었다.

"아, 아니요. 장마가 있긴 하지만 이 정도는 아닌…… 우왁!"

괄하이드 변경백이 갑자기 오레놀을 끌어안으며 옆으로 쓰러졌다. 변경백 자신도 제대로 서 있을 수 없었으니 그것이 최선의 방법이었다. 그리고 오레놀은 조금 전 그가 있던 자리를 강타하며 지나가는 바위를 보며 소름이 좍 돋는 것을 느꼈다. 바위는 물보라를 요란하게 일으켰고 그 흙탕물을 정통으로 뒤집어쓴 오레놀은 질식할 것만 같았다. 그때 누군가가 필사적으로 그의 등을 두드렸다. 오레놀은 자신이 변경백을 익사시키려 하고 있음을 깨닫고는 황급히 옆으로 물러났다. 괄하이드는 겨우 흙탕물 속에서 머리를 내밀며 거친 숨을 몰아쉬었다. 그러는 동안에도 두 사람은 아래로 미끄러지고 있었고 두 사람이 간신히 일어났을 때는 조금 전보다 훨씬 산 아래쪽으로 내려와 있었다. 괄하이드 변경백은 얼굴을 훔치며 아래를 내려다보았고 물이 무릎까지 찬다는 사실에 황당함을 느꼈다. 평야도 아닌 산등성이에서 이런 물이라니? 괄하이드는 그 상황에서의 좋은 점을 한 가지밖에 떠올릴 수 없었다.

"불은 꺼졌겠군!"

"예, 예."

"뭐라고?"

"꺼졌을 거라고요!"

오레놀은 빗소리에 지워지지 않기 위해서 목청껏 고함을 질렀다.

"하지만 이런 어처구니없는 비라는 것은……, 설마? 륜이?"

오레놀은 깜짝 놀라 앞으로 발을 내디뎠다. 산 위에서 쓸려내려와 흙탕물 속에 숨어 있던 나뭇가지는 그런 오레놀의 발을 잡아채었고 오레놀은 사지를 집어던지며 나가떨어져야 했다. 풍덩! 괄하이드는 오레놀을 붙잡으려 했지만 그때 밀어닥친 파도가—변경백은 도저히 믿을 수 없었지만, 그것은 파도였다.—두 사람을 붙잡아 아래로 밀고 내려갔다. 거칠게 휩쓸려 내려가며 오레놀은 공포를 느꼈다. 하인샤 대사원이 모조리 쓸려내려가는 것 아닐까?

케이건은 왈칵 물을 토하며 몸을 일으켰다. 조금만 늦었으면 익사했을 것이다.

케이건은 무릎과 두 손으로 땅을 짚은 채 주위를 둘러보았다. 그리고 자신이 폭포 속에 던져진 것이 아닌가 했다. 그의 두 손과 무릎은 물속에 잠겨 있었다. 눈에 들어오는 것은 어둠뿐이었다. 위를 올려다본 케이건은 곧 눈을 감았다.

화재에 의해 구멍난 지붕에서 폭우가 쏟아지고 있었다.

케이건조차도 겪어보지 못한 끔찍한 폭우였다. 케이건은 놀라움 속에 다시 눈을 떴다. 그동안에도 물은 계속 차오르고 있었다. 케이건은 황급히 일어났고, 그리고 사모를 떠올렸다. 케이건은 다시 허리를 굽혀 닥치는 대로 물 속을 뒤졌다. 잠시 후 그의 손에 비늘이 덮인 팔이 만져졌다. 케이건은 물 속에서 사모를 붙잡아 힘껏 들어올렸다.

사모는 축 늘어진 채 끌려 올라왔다. 그녀를 끌어안은 케이건은 사모의 목에 손을 가져갔다. 그러나 곧 자신이 말도 안 되는 짓을 하고 있음을 깨달았다. 심장을 적출한 사모는 맥박이 없다. 케이건은 자꾸 미끄러지는 사모를 힘겹게 다시 끌어올리며 왜 이토록 방에 물이 차오르는 건지 이해하려 애썼다.

아무것도 제대로 보이지 않았기에 케이건은 눈으로 보기보다는 거의 추리에 의해 사태를 짐작했다. 불길에 의해 무너졌던 벽과 서까래가 문을 막고 있었던 것이다. 그리고 방 안에 있던 얼마 안 되는 가구들도 그곳으로 쓸려가 장애물 노릇을 하고 있는 것이다. 물이 새어나갈 틈은 있었지만, 새어나가는 것보다 더 많은 양의 비가 하늘에서 쏟아지고 있었다. 자신이 물이 쏟아지는 항아리에 갇혀 있는 쥐와 다름없다는 것을 깨달은 케이건은 물을 가르며 문 쪽으로 걸어가려 애썼다. 하지만 문이 어느 쪽인지 알 수 없었다.

케이건은 잠시 호흡을 고르며 몸으로 물이 흘러나가는 방향을 느껴보려 애썼다. 얼마 후 케이건은 그다지 확신하지는 못하는 상태에서 한쪽 방향을 결정했다. 그리고 그곳으로 걸어갔다.

머리 위로 계속 들이붓듯이 비가 쏟아졌고 눈에 들어오는 것이라고는 아무것도 없었으며 게다가 정신이 없는 나가를 안고 있는 처지였다. 불과 2미터를 걸어가기 위해 케이건은 거의 숨이 끊어질 정도로 체력을 소모해야 했다. 가까스로 문에 도달한 케이건은 손으로 더듬어 보고는 자신의 추리가 맞았음을 깨달았다. 무너진 잔해가 문을 틀어막고 있었다. 케이건은 그것을 걷어차려 했다. 하지만 물의 저항 때문에 다리에 속도가 붙지 않았다. 게다가 케이건은 강대한 수압을 버티고 있는 그 잔해가 쉽게 무너지지 않을 거라는 사실도 떠올렸다.

어느새 물은 가슴 높이까지 차올랐다. 케이건은 물이 천장까지 찰 때까지 기다렸다가 지붕으로 나가는 방법을 고려해 보았지만 사모를 안은 채 그때까지 버틸 수 있을 리가 없었다.

그때 케이건은 수위가 더 이상 높아지지 않음을 깨달았다. 잠시 고민하며 방 안의 구조를 생각해 보던 케이건은 곧 탄성을 내질렀다. 그 방에는 창문이 있었다. 물이 그 창문을 통해 빠져나가고 있음이 분명했다.

도무지 차분히 생각할 수 있는 여건이라고는 말할 수 없었지만 케이건은 창문이 있으리라 생각되는 방향을 결정한 다음 그곳을 향해 헤엄치듯 걸어갔다. 눈앞이 하얗게 바뀌는 경험을 몇 번이나 반복하고, 자신이 이미 죽었다는 확신에 찬 결론을 되풀이해서 내린 다음, 케이건은 겨우 창문에 도달했다. 수십 년이 지나간 것 같았다.

창문을 더듬어 위치를 확인한 케이건은 두 다리에 힘을 주며 사모의 허리를 붙잡아올렸다. 밖으로 떨어지면서 목을 부러뜨릴지도 모르지만 어쩔 수 없었다. 나가의 재생력을 믿으며 케이건은 사모를 창밖으로 밀어내었다.

"어흐흥!"

마루나래의 울음소리가 들렸다. 케이건은 창문을 붙잡으며 몸을 솟구쳤다. 지금껏 그의 몸을 끌어당기며 고난으로 작용했던 물이 그때만큼은 케이건을 도와주었다. 부력과 밖으로 쏟아져나가는 격류의 힘에 의해 케이건은 단숨에 창밖으로 나가떨어졌다. 케이건은 자신이 잠깐 동안 날았다고 생각했다.

창문을 통해 튕겨져나오듯 밖으로 나온 케이건은 물보라를 잔뜩 일으키며 땅에 부딪혔다. 바깥이라고 해서 특별히 뽀송뽀송한 것은 아니었다. 여전히 축축하고 습기차며 잔뜩 젖어 있었지만, 최소한 가슴까지 물에 차오르지 않는다는 점에서 케이건은 안도했다. 케이건은 일어났다.

비는 아프리만큼 사납게 몸을 때리고 있었다.

산사의 모습은 암흑과 물의 장막 저편으로 깨끗이 사라져 있었다. 케이건은 달라붙는 머리카락을 뜯어내며 사모의 모습을 찾았다. 그대로 놔두면 익사할지도 모른다. 하지만 케이건은 폭우와 암흑 때문에 아무것도 제대로 볼 수 없었다.

그러나 벼락이 세상을 하얗게 변화시켰을 때 케이건은 두억시니들이 사모를 보호하고 있는 모습을 발견했다. 벼락은 곧 사라졌지만 케이건의 망막에는 잔상이 남았다. 머리 둘 달린 두억시니가 두 팔로 조심스럽게 사모를 안아들고 있었고 다른 두억시니들이 그 주위를 둘러싸고 있었다. 그리고 마루나래는 그 앞에 서있었다. 하지만 마루나래는 케이건도, 사모도 아닌 엉뚱한 방향을 노려보고 있었다. 케이건은 잔상 속의 마루나래가 바라보던 방향을 대충 가늠한 다음 그쪽을 바라보며 다시 벼락이 치기를 기다렸다.

다시 벼락이 쳤다. 케이건은 땅을 박차며 달렸다.

케이건의 눈 속에 남아 있는 정지된 장면은 조금도 유쾌하지 못한 모습이었다. 한 남자가 축 늘어진 륜을 가슴에 끌어안고 있었다. 그리고 그 옆에는 또 다른 남자가 손에 바라기를 든 채 주위를 경계하고 있었다. 그 외에도 몇몇 남자들이 더 있었다. 그들 또한 폭우와 암흑 때문에 제대로 움직이지 못하고 있는 듯했다.

철벅거리며 달려가던 케이건은 조금 전 사내들이 있었던 지점 근처에 도달했다고 판단했을 때 걸음을 멈췄다. 그리고 되도록 많은 부분을 시야에 넣으려 애쓰며 또다시 벼락이 치기를 기다렸다. 어김없이 벼락이 쳤다. 정지된 그림.

조금 전의 모습에서 어느 정도 이동한 사내들의 모습이 나타나 있었다. 그리고 이번에는 장면 한 부분에서 애처롭게 날고 있는 아스화리탈의 모습도 보였다. 그 장면을 면밀히 검토한 케이건은 아스화리탈이 불을 뿜을 수 없다고 판단했다. 아스화리탈이 내뿜는 발화성 기체가 폭포수 같은 빗물에 모두 씻겨 내려가고 있었다. 조금 남아 있는 기체조차도 비 때문에 점화시킬 수가 없었다. 그래서 아스화리탈은 완전히 무력한 모습이었다. 케이건은 눈앞의 장면 속에 남아 있던 사내들의 모습을 검토하며 적절한 방향으로 움직였다. 다시, 번개.

예상대로 케이건은 한 명의 왼쪽에 도달해 있었다. 케이건은 주의 깊게 주먹을 휘둘렀다. 눈에 보이는 장면이 아닌, 그 장면에서의 남자의 움직임을 예측하여 뻗은 주먹이었다. 망막 속에 남아 있는 잔상 때문에 케이건은 남자의 턱에서 한참 떨어진 허공을 때리는 듯한 기분을 느꼈다. 하지만 그의 주먹에는 확실한 느낌이 왔다. 비명이 터져나왔다.

"뭐냐? 누구야?"

"누가 나를 때렸어!"

젖은 암흑 속에서 들려오는 소리들을 들으며 케이건은 침울하게 생각했다. '주먹질하기 좋은 날씨는 아니야.' 케이건은 다시 발걸음을 옮기며 적당한 자리를 찾았다.

번개가 쳤을 때 케이건은 어떤 남자와 정면으로 얼굴이 마주쳤다. 케이건은 그 남자가 바라기를 들고 있음을 확인하고는 이를 갈았다. 하지만 이번에는 남자들과의 거리가 좀 멀었다. 남자들이 제멋대로 움직였기 때문이다. 케이건은 그중 가장 가능성이 높다고 생각되는 모습을 기억해 두었다가 그 모습이 자신의 옆을 지나칠 때쯤을 노려 주먹을 뻗어보았다. 주먹은 맞지 않았다. 조금 빨랐던 모양이다. 케이건은 누군가가 내뻗은 자신의 팔에 목이 걸려 넘어지는 것을 느꼈다. '그것도 나쁘지 않지.' 요란한 물소리와 함께 물보라가 케이건의 몸을 뒤덮었다.

"뭐, 뭐가 내 목을, 콜록! 걸었어! 목을 걸었어!"

"그 남자다. 케이건! 근처에 있다!"

'저 녀석은 나와 얼굴이 마주쳤던 녀석인가 보군.' 케이건은 팔에 걸렸던 남자가 쓰러졌을 법한 장소를 향해 다리를 내뻗으며 생각했다. 제대로 맞았다는 느낌이 들었다. 케이건은 자신이 누군가의 턱을 부쉈다고 생각했다. 그리고 케이건은 암흑과 이미 과거가 되어버린 잔상들로 이루어진, 지루하고 혼란스럽고 신경을 곤두서게 하는 싸움을 계속했다.

케이건이 깨버린 것은 사실은 코네도의 코뼈였다. 한껏 흥분해 있었던 코네도 빌파는 고통도 느끼지 못한 채 벌떡 일어났다. 빗물을 타고 흘러내린 코피가 입 안으로 스며든 후에야 코네도는 코를 만져보았고 기절할 것 같은 고통에 신음했다. 그러나 코네도는 곧 신음을 그쳤다. 소리를 노출시키면 케이건의 주의를 끌게 될 것이 뻔하기 때문이다. 얼굴 앞쪽이 통째로 뜯겨나가는 것 같은 고통을 억지로 참으며 코네도는 도대체 왜 일이 이 지경이 되었는지 생각해 보았다.

불은 잘 옮겨붙었다. 그리고 그의 예상대로 케이건은 바라기를 밖에 놔둔 채 뛰어 들어갔다. 그들은 밧줄을 타고 순식간에 절벽 아래로 뛰어내렸다. 방해자가 될 수 있는 것은 나가 한 명뿐이었지만, 전해오는 이야기처럼 소리를 듣지 못하는 건지 나가는 뒤를 돌아보지 않았다. 그들은 그대로 바라기를 집어들고 도망치려 했다. 이미 떠났던 발케네의 대족장이 되돌아왔다고는 아무도 생각지 못할 테고 의심은 자연히 밀렵꾼들에게 돌아갈 것이다. 일의 그 시점에서, 상황은 지극히 쾌조였다.

그 말도 안 되는 폭우만 아니었다면.

폭우는 불을 꺼버렸을 뿐만 아니라 주변을 암흑 속에 감춰버렸다. 달빛도, 별빛도 없는 완전한 밤. 게다가 폭우가 쏟아지고 있었다. 인간의 눈으로는 아무것도 볼 수 없었다. 그들은 방향을 잃고 우왕좌왕했다. 그때 누군가가 외쳤다. 코네도는 그 것이 토카리의 목소리임을 깨달았다.

"그 나가를 붙잡아!"

"왜?"

"제길, 바로 이게 나가가 얻었다는 힘이야! 그놈을 잡아! 기절시켜!"

악몽 같은 시간이 지나고 나서 한 사내가 비늘 달린 몸을 만지는 데 성공했다. 그 는 칼자루로 륜의 뒤통수를 때려 기절시켰다. 하지만 비는 그치지 않았다. 코네도 는 둘째 아들을 향해 폭언을 내뱉었다. 젖은 암흑 저편에서 토카리의 숨막히는 변 명이 들려왔다.

"아, 이런! 그 녀석이 너무 많은 구름을 끌어모았습니다!"

"무슨 말이냐!"

"이 비는 녀석이 내리는 것이 아닙니다. 녀석이 모아둔 구름에서 떨어지는 겁니 다. 어, 그러니까 자연스러운 비인 셈입니다."

코네도는 화를 가라앉히며 비의 양을 느껴보려고 했고 조금 후 둘째 아들의 말 이 옳다는 것을 깨달았다. 산을 깨부술 것 같던 비는 이제 보통의 폭우로 바뀌어 있었다. 하지만 그들에겐 보통의 폭우조차 버거웠다.

"젠장. 그놈이 비를 내리게 했다면 그칠 수도 있겠지! 나가를 붙잡은 녀석이 누 구야? 그 녀석을 깨워! 이걸 멈추라고 해!"

그러나 그 사내의 노력에도 불구하고 륜은 깨어나지 않았다. 그가 기절시키기 전부터 륜은 반쯤 기절한 상태였다. 륜은 흑사자 모피를 챙길 틈도 없이 밖으로 나 왔고 그 상태에서 폭우를 뒤집어써서 이미 그 몸이 싸늘하게 얼어 있었다. 그런 영 문을 알지 못하는 코네도는 도대체 어떻게 기절시켰기에 깨어나지 못하냐고 욕설 을 퍼부었다. 그 사내는 어찌할 바를 모른 채 륜을 깨어나게 하려 애썼다.

그리고 케이건이 그들에게 들이닥쳤다. 볼 수 있는 것이라곤 잔영뿐임에도 불구 하고 케이건은 계속해서 비명을 만들어내었다. 결국 분노를 더 참지 못한 코네도 가 악을 쓰다시피 외쳤다.

"케이건, 멈춰! 계속 우리를 공격하면 나가를 죽이겠다!"

암흑 속에서 폭우를 맞고 있으면서도 토카리는 부끄러움에 머리 끝까지 열이 오르는 것을 느꼈다. 나가는 죽일 수 없다. 토카리는 케이건의 비웃음이 들려올 거라 예상했다. 하지만 아무리 기다려도 그런 소리는 들려오지 않았다. 그리고 비명도 더 이상 없었다. 토카리는 영문을 알 수 없었다.

어느 쪽이냐 하면 케이건은 무지는 죄가 아니라는 주장에 대충 동의하는 쪽이었다. 비형이나 티나한, 그리고 륜은 무한한 참을성으로 동료의 무지를 견뎌내었던 케이건에 대해 증언할 수 있을 것이다. 그리고 그 순간에도 케이건은 코네도 빌파의 무지함을 증오하지는 않았다. 하지만 그 무지가 이끌어낸 상황은 증오하고 있었다.

코네도 빌파가 조금이라도 나가에 대해 알고 있다면 나가를 죽이겠다는 식의 협박은 하지 않았을 것이다. 하지만 그들은 그런 협박을 했다. 그 시점에서 문제가 되는 것은, 륜이 실제로 쉽게 죽일 수 있는 나가라는 점이었다.

케이건은 결국 주먹을 거두었다. 그리고 목소리에 의해 위치가 노출될 위험을 피하기 위해 천천히 걸으며 말했다.

"너희들은 누구냐."

목소리가 들려온 순간 암흑 속에서 발케네 남자들은 긴장했다. 그러나 조금 후 그들은 의아함을 느꼈다. 조금 전과 다른 방향에서 목소리가 들려왔다.

"누구냐고 물었다."

코네도는 부서진 코뼈를 움켜쥔 채 불명확한 목소리로 말했다.

"그건 알아서 뭣하려고?"

또다시 벼락이 쳤다. 케이건은 잔영을 염두에 둔 채 걷는 방향을 조금 바꾸며 말했다.

"여기서 도망칠 수는 없다. 아무것도 볼 수 없잖은가."

코네도는 케이건의 말에 대답하는 대신 밧줄이 어디에 있을지 고민했다. 코네도는 한쪽 방향을 결정한 다음 번개가 치기를 기다렸다. 케이건이 다시 말했다.

"포기해라. 지금 포기한다면 살려주겠다. 너희들은 도망칠 수 없다."

번개가 쳤다. 그리고 코네도는 기절할 만큼 놀랐다. 케이건이 그를 똑바로 바라보고 있었다. 코네도는 비명을 지르며 뒤로 물러났다. 케이건 또한 예상치 못한 조우에 약간 당황하여 뒤로 물러났다.

"코가 꽤 볼썽사납군. 하지만 용과 대호가 너희들을 뒤쫓게 되면 코가 으스러진 것쯤은 신경 쓸 거리도 되지 못할걸."

코네도는 거칠어지는 호흡을 가누며 다른 방향을 돌아보았다. 그때 저편에서 누군가가 외쳤다.

"용과 대호가 뒤를 쫓는다고? 마치 저 괴수들이 네 것인 양 말하는군. 허튼수작이야! 나는 다 봤어. 그 대호는 여자 나가의 편이야! 너는 대호와 싸웠어!"

"그걸 봤다면 유학생이군. 역시 밀렵꾼이 아니군."

케이건의 담담한 대답에 고함을 내질렀던 사내, 즉 토카리 빌파는 움찔하며 입을 다물었다. 케이건은 잠시 생각한 다음 말했다.

"그러고 보니 아까 오후에 어떤 방문자들이 대사원을 떠나는 것 같더군. 의심을 피하기 위해 떠났다가 되돌아온 것이겠지. 승려들에게 물어보면 그게 어디서 온 자들인지 알 수 있겠군."

코네도는 둘째 아들의 입을 찢어버리고 싶었다. 지인들의 말대로 '아들을 완전히 못쓰게' 만들어놓은 것이 아닌가 하는 의심이 다 들 지경이었다. 똑똑한 도둑이라면 상대방이 무슨 소리를 하건 대꾸하지 않았을 것이다. 하지만 지적 허영을 알게 된 그의 둘째 아들은 상대방의 말에서 찾아낸 빈틈을 그냥 넘기지 못했다. 결국 코네도는 케이건을 죽여야겠다고 결정했다.

케이건은 빗방울이 줄어드는 것을 느꼈다. 그리고 번개도 더 이상 치지 않았다. 어디에 있는지 확인할 수 없는 여러 명의 적 사이를 걸어 다니는 일이 점점 힘들어지고 있었다. 하지만 말을 하려면 움직일 수밖에 없었다. 케이건은 누군가에게 부딪힐 것을 각오하며 계속 걸었다.

"대사원에 불을 지른 너희들의 행위는 용서되지 않을 거다. 포기해라. 지금 포기한다면 나는 너희들을 변호하겠다."

암흑 속에서 갑자기 불꽃이 튕겼다.

케이건은 손을 들어올려 눈을 가렸다. 코네도는 케이건의 모습을 확인하자마자 손에 든 점화통을 집어던지고는 달려들었다. 케이건은 있는 힘껏 몸을 옆으로 던졌지만 코네도의 장검은 이미 내려떨어지고 있었다. 어쨌든, 그날 밤 케이건은 체력을 너무 많이 소모했다. 그의 동작은 느렸다.

케이건은 옆구리를 불로 지지는 것 같은 고통을 느꼈다.

케이건은 물 위에 쓰러졌고 더 이상 움직이지 못했다. 어둠 속에서 황급히 다가온 발이 그의 몸에 닿았다. 케이건을 발견한 그 발은 곧 케이건의 복부를 밟았다. 케이건은 이를 악물며 두 번째 공격에 대비했다.

검이 복부를 꿰뚫었다.

케이건의 눈앞으로 과거가 번갯불처럼 스쳐 지나갔다.

케이건은 마침내 완성되었음을 깨달았다. 그는 이제 동일 시간 내에 두 가지가 될 수 있었다. 아니, 세 가지, 네 가지, 그 이상의 의미로 존재할 수 있었다. 그는 이제 과거를 모두 받아들였다. 단지 과거를 아는 것에 그치는 것이 아닌, 완전한 수용이었다. 케이건은 그때까지 거부했던 그 모든 과거를 향해 사과했다.

코네도의 검이 비틀리며 뽑혀나갔다. 머릿속이 터질 것 같은 고통 속에서도 케이건은 생각했다. 괜찮은 마무리군.

코네도는 케이건이 비명을 지르지 않는 것을 의아하게 여겼다. '단번에 절명한 것일까?' 그러나 그는 주도면밀한 사람이었고, 그래서 허리를 굽혀 케이건의 숨소리를 확인했다. 코네도는 케이건의 숨소리를 들을 수 있었다. 암흑 속에서 코네도는 미소를 지었다.

"대단한 자제력이군. 케이건. 비명을 참다니. 죽은 척하면 내가 떠날 거라고 믿었나 보지? 괜찮은 생각이었지만 상대를 잘못 골랐어."

케이건은 웃고 싶었다. 그가 비명을 지르지 않은 까닭은 자신이 마침내 모든 과거와 연결되었기 때문이다. 하지만 케이건은 설명하고 싶은 생각이 없었다. 코네도는 장검을 꽂아넣고는 멱을 따기 위한 단검을 뽑아들었다. 왼손으로 케이건의 얼굴을 확인한 코네도는 차갑게 웃었다.

"자네 검은 잘 쓰겠네. 케이건."

코네도는 단검을 케이건의 목으로 가져갔다.

검이 살을 꿰뚫는 잔인한 소리가 울렸다.

"으아아악!"

코네도는 비명을 지르며 물러났다. 왼손으로 오른손을 만져본 코네도는 그것이 통째로 떨어져나갔음을 깨닫고는 경악했다. 그때 암흑 속에서 놀랍도록 아름다운 목소리가 들려왔다.

"비무장인 상대를 공격하고 쓰러진 상대의 목을 따는 데나 사용되는 그런 팔은, 없어져도 그렇게 섭섭하지 않겠지."

아주 짧은 시간이었지만 코네도는 고통을 잊었다. 그 지독히 아름다운 목소리는 거의 마성(魔聲)이라는 이름이 어울릴 정도였다. 물론 짧은 시간일 뿐, 코네도는 다시 지독한 고통을 느끼며 황급히 일어났다. 코네도는 덜덜 떨리는 왼손으로 장검을 뽑아들었다. 어둠 속에서 다시 들려온 목소리는 그런 태도에 약간 감명을 받은 듯했다.

"용감한 태도지만, 관두는 것이 좋겠어."

무엇인가가 그의 장검을 후려쳤다. 고통 때문에 검을 제대로 쥐지 못했던 코네도는 그것을 놓치고 말았다. 하지만 코네도는 상대방이 어떻게 그 장검을 볼 수 있었는지에 더 놀랐다. 이 목소리는 도대체 누구지? 이 끔찍하도록 아름다운 목소리는?

그때 저편에서 다시 목소리가 들려왔다.

"그 나가를 내려놔."

륜을 붙잡고 있던 사내는 바로 곁에서 들려오는 목소리에 기겁했다. 그는 황급히 단검을 뽑아들려 했다. 하지만 그 손은 곧 멈춰졌다. 날카로운 검날이 그의 목젖을 눌렀기 때문이다. 사내는 코네도가 느꼈던 것과 똑같은 공포를 느꼈다. 도대체 어떻게 보고 있는 거지?

"죽이고 싶진 않아. 내려놔."

사내는 륜을 놓았다. 륜은 그대로 허물어지듯 쓰러졌다. 물보라가 일어났다. 목소리가 다시 들려왔다.

"이제, 돌아가."

누군가가 점화통을 꺼내어 불을 붙였다. 빗줄기 속인지라 쉽지는 않았지만 결국 그는 짧은 순간 동안 불빛으로 마당을 밝히는 데 성공했다. 그리고 발케네 사내들은 흑사자 모피를 몸에 두른 여자 나가의 모습을 목격했다.

케이건은 희미해지는 시선 속에서 그녀, 사모 페이를 바라보았다. 사모는 쓰러진 륜을 안아일으키고 있었다. 코네도 빌파는 두 아들의 부축을 받으며 도망치고 있었다. 그때 케이건은 그중 한 명이 바라기를 쥐고 있음을 깨달았다. 케이건은 바라기를 돌려받아야 한다고 외치려 했다. 하지만 목소리가 도통 나오지 않았다. 억지로 고함을 내지르려던 케이건은 목소리 대신 피를 토하고 말았다. 륜을 부축하던 사모는 그런 케이건의 모습에 놀라며 달려왔다. 케이건은 손을 들어 발케네 사내들을 가리켰다. 생각으로만 그렇게 했을 뿐이다. 케이건은 손가락 하나도 까딱하지 못했다. 사모는 걱정스러운 태도로 말했다.

"케이건?"

가슴이 저미도록 아름다운 목소리를 들으며 케이건은 정신을 잃었다.

갈로텍은 하텐그라쥬의 밤하늘을 바라보며 닐렀다.

〈용이라도 한 마리 날아올 것 같은 으스스한 밤이군요.〉

세리스마는 고개를 갸웃했다.

〈왜 그런 기분을 느낀다는 거지, 갈로텍? 내가 보기엔 맑은 하늘인데.〉

〈글쎄요. 제가 흥분해서 그런 것 같습니다. 평범하기 짝이 없는 밤하늘인데도 불

구하고 예사롭지 않게 보이는군요.〉

세리스마는 부드럽게 웃었다.

〈왜 흥분했다는 것인지 설명해 주게.〉

〈가주들이 저희들의 설명을 받아들였습니다. 이제 그녀들은 여신을 되찾기 위해 대확장 전쟁을 재개하자는 데 완전히 동의했습니다!〉

세리스마는 감탄했다.

〈잘됐군! 그 이야기는 정말 기가 막혀. 주퀘도 사르마크의 제안이었지?〉

〈그렇습니다. 세리스마. 정말 약삭빠른 사내지요.〉

〈그런 기쁜 일이 있는데 왜 용이 날아올 것 같다느니 하는 불길한 니름을 한 건가?〉

세리스마의 질문에 갈로텍은 머쓱한 정신을 보였다.

〈일이 놀랄 정도로 잘 진행되다 보니 오히려 불안한 기분이 느껴진 것 같습니다. 생각해 보십시오. 화리트 마케로우가 죽었을 때 저는 모든 계획이 수포로 돌아갔다고 생각했습니다. 하지만 류 페이가 그 자리에 있었고 화리트의 유지를 받아들였습니다. 류 페이는 우리가 전혀 준비하지 않았던 존재였습니다. 니름 그대로 행운이었지요! 그런데 그 망할 비아스가 사모 페이를 암살자로 지명했습니다. 그년은 우리 일을 망치기로 작정한 듯해 보였습니다. 저는 정말이지 그때 비아스의 심장병을 깨버리고 싶었습니다.〉

세리스마는 빙긋 웃었다.

〈자네가 극기심을 발휘해 주어서 정말 고맙군. 갈로텍.〉

〈지금에서야 편한 마음으로 니를 수 있게 되었는데, 왜 그때 사모 페이의 심장병을 깨지 않으신 겁니까? 그것이 지나치게 위험한 일이었다면 카루를 보내는 대신 저나 그로스를 보내셔야 했습니다. 하지만 계획을 전혀 알지 못하는 카루를 보내신 것은 너무 위험했습니다.〉

세리스마는 탁자 위에 놓인 양피지를 만지작거리며 닐렀다.

〈우선, 카루는 내가 보낸 것이 아니야. 카루 자신이 가겠다고 했어. 카루가 사모 곁에 있는 이상 심장 파괴를 함부로 사용할 수는 없었네. 그리고 류은 심장을 적출하지 않았어. 우리가 통제할 수 없는 존재지. 류 페이가 안전하게 북부로 넘어간 것을 카루가 보고했을 때 나는 사모가 류을 죽일 수 있는 확률이 훨씬 낮아졌음을 깨달았네. 그래서 나는 사모를 제거해서 류을 돕기보다는 만약의 경우 그를 제거할 자로서 남겨두는 쪽이 괜찮은 일이라고 생각했어. 실제로 지금 그렇게 되지 않았나? 우리에게 있어 류을 제거할 무기는 사모밖에 남지 않았어.〉

〈예. 니르신 대로 되긴 했습니다. 하지만 사모가 지나치게 빨리 암살에 성공하면 어쩌실 생각이었습니까?〉

〈그랬다면 다시 기다려야지.〉

〈네?〉

〈1년을 더 기다렸다가, 다른 수련자 한 명을 보내면 되는 문제였어. 갈로텍. 카린돌은 하텐그라쥬에 있었어. 서두를 필요가 전혀 없었지. 의심받을 꼬투리를 만드느니 완벽한 기회가 올 때까지 참고 기다리는 편이 더 낫지.〉

갈로텍은 이해했다. 그는 의자에 앉으며 닐렀다.

〈그 니름이 옳습니다. 하지만 저는 기다리지 않아도 되어서 행복하군요. 만약 1년을 더 기다렸다면 저는 온몸의 비늘이 다 빠져버렸을 겁니다. 이미 12년을 기다렸습니다.〉

〈12년을 기다렸으니 1년 더 기다릴 수도 있는 거야. 하지만 나 역시 1년 더 기다릴 필요가 없게 되어서 다행이라고 생각하네.〉

세리스마와 갈로텍은 마주보며 웃었다. 세리스마는 창밖을 돌아보며 닐렀다.

〈그래, 우리는 성공했어! 이제 우리는 용이 부활해서 날아오더라도 물리칠 수 있어. 우리는 얼마든지 그 불을 꺼버릴 수 있어. 하지만 북부의 불신자들을 모두 물리치는 것은 역시 전쟁을 통해야 하겠지. 그런 점에서 묻겠는데, 군대 창설 계획은 어떻게 되고 있지?〉

〈그건 주퀘도 본인에게 들으시는 편이 낫겠습니다. 주퀘도는 불사의 군대를 몰아 북부를 친다는 생각에 열광하고 있습니다. 그자를 위로 올라오게 하겠습니다.

그동안 저는 아래로 내려가서 누구를 좀 만나야겠습니다. 그렇잖아도 만나고 싶었는데, 그동안은 바빠서 만나지 못했습니다.〉

〈노기 하수언에게 감사라도 할 생각인가?〉

〈아니요. 화리트와 카린돌을 만날 생각입니다.〉

〈그 남매를?〉

갈로텍은 잔인한 미소를 지었다.

〈저는 그 남매를 가지고 노는 것이 정말 재미있습니다.〉

케이건은 악몽을 보았다. 행복했다. 악몽 속의 누군가가 말을 걸어왔다.

"지금으로서는 판단할 수 없습니다. 살아날지, 죽을지."

내가 도와주지. 나는 죽었어.

악몽은 주로 추억을 이용하지만 시간 순서대로 내어놓지는 않는다. 케이건은 마음이 상하고, 그래서 감정을 뒤섞어 내보인다. 엉뚱한 감정들과 부딪힌 추억들이 퐁, 퐁 하는 소리를 내며 터진다.

"너는 용의 자손이다. 언제나 그걸 잊지 마라."

아젤키버. 문제가 있습니다. 나는 잊지 않았지만, 용이 나를 잊어버렸습니다.

잊기 싫은 추억들이 가장 희미하고 잊고 싶은 추억들은 지독하게 뚜렷하다. 케이건은 그것들을 바라보길 거부하고, 그래서 추억들은 고약한 냄새를 풍기며 썩어들어간다.

"열은 내렸습니다. 천만다행으로 내부에 화농이 괴거나 하지는 않은 것 같습니다."

친애하는 오레놀. 너는 돌팔이로군. 내 속엔 진득한 화농이 괴어 있는데.

친했던 친구에 대해 이야기를 나눠보려 해도 주위의 사람들이 그 친구를 역사 속에 나오는 인물로서, 즉 실존했던 인물이라는 것을 인정하지만 감정이나 대화가 통할 수 없는 무정물처럼 취급하는 모습을 보면 이야기하고 싶은 기분이 싹 사라진다. 억지로 이야기를 나눠봐도, 수백 년 전에 죽은 사람을 어제 만난 사람인 양 이야기하는 케이건에게 사람들은 당혹한다. 케이건과 그들은 언제나 서로를 오해하게 된다. 케이건은 이야기를 관두는 편이 낫다고 생각한다.

"자, 덤벼봐! 정말 도깨비를 상대로 판막음을 할 수 있다고 생각했나?"

바우 성주. 호미걸이를 써야겠소. 앞으로 이십여 년쯤 후에 비형 스라블이라는 도깨비가 그건 호미걸이였다고 주장할 테니까, 어쩔 도리가 없소.

전설처럼 이야기 하는 법. 자신의 살아 있는 추억을 터무니없는 옛이야기로 만드는 법. 장식을 몇 개 달고, 왜곡을 덧붙이고, 뚜렷한 기억일수록 모호하게 표현한다. 고어체를 이용할 때는 주의 깊게. 그 고어체는 '옛날에 쓰였던 말'이 아니라 '옛날이야기를 할 때 쓰이는 말'을 의미한다. 케이건은 점점 자신이 무정물로 바뀌는 것을 깨닫는다. 지금의 자신은 지금까지 살아오면서 가지게 된 경험의 총합이다. 하지만 케이건은 그것을 왜곡한다.

"케이건 드라카. 당신은 정말 북부의 왕이오?"

팔하이드 변경백. 왕이 북부로 돌아올 거라고 믿고 있소? 그 믿음을 잘 생각해 보시오.

현재도 과거도 아닌 어중간한 시간에 홀로 남겨진다. 그 시간을 표현할 말은 존재하지 않았다. 지금껏 케이건 이외에 그 말을 필요로 하는 사람은 없었다. 과거라는 무게추를 잘라버리는 수밖에. 현재로 부상한다. 케이건은 자신의 모습에 전율한다.

"사실 맛은 별로 기억나지 않아요. 뭔가 기막힌 복수의 맛 같은 것이 날 줄 알았는데, 집에서 늘상 먹던 것이랑 다름없었어요. 시시했지요."

별비가 섭섭해하겠는데, 내 여름.

한 가지 모습만 선택할 수 있을 뿐이다. 현재를 구성하는 무수한 거미줄 모두와 일일이 가공의 연결점을 만들기는 너무 어렵다. 그들은 과거가 죽었다고 생각한다. 그래서 케이건도 과거가 죽었다고 생각한다.

"제발 살아나십시오. 케이건. 지금처럼 왕이 필요할 때 당신이 죽어선 안 됩니다."

그래. 북부에 눈물을 흘릴 일이 많겠구나. 쥬타기. 누군가가 그 눈물을 마셔야겠군.

"좋은 꿈 꾸셨습니까?"

"그다지 좋지는 못했소."

케이건은 눈을 떴다.

주위에서 환호가 터져나왔다. 케이건은 초점이 잘 맞지 않는 눈으로 주위를 둘러보았다. 그는 어딘가의 방 안에 누워 있었다. 그리고 많은 사람들이 그의 주위에 몰려 있었다. 케이건은 그들이 정말 현재의 인물인지 알 수 없었다. 자신이 여러 시간대에 있었던 여러 인물의 모습을 한자리에 모아놓은 것이 아닌가 의심했다. 그러나 사람들의 면면을 조심스럽게 관찰한 케이건은 그들이 모두 같은 시간대에 존재하는 사람들이라는 것을 확인했다. 그리고 그 시간대는 '현재'였다. 아직 그들이 누군지를 알 수 없다뿐, 현재임은 분명했다. 케이건은 그들이 누구인지 천천히 떠오를 거라 생각했다.

"깨어났군! 정말 다행이네!"

쥬타기 대선사가 달려들 듯이 다가와 말했다. 케이건은 누운 채 천장을 물끄러미 바라보다가 말했다.

"제가 며칠 만에 깨어난 겁니까?"

"엿새 만이야. 대사원에 온 이후로, 아니, 그 이전 몇 달 동안 자네는 너무 많은 일들을 했어. 상처도 상처지만 피로를 더 이상 견딜 수 없었던 거야."

모두들 동감이라는 듯이 고개를 끄덕였다. 케이건은 말했다.

"그래서 배가 고픈 것이군요."

"곧 드실 것을 가져오겠습니다!"

케이건은 발쪽에서 들려오는 오레놀의 목소리와 방문을 열어젖히며 후다닥 달려가는 발소리를 들었다. 짧은 한숨을 내쉰 다음 케이건은 질문했다.

"여기 도깨비가 있습니까? 좋은 꿈 꿨냐고 묻던데."

유쾌한 목소리가 들려왔다.

"이름도 맞힐 수 있습니까?"

"비형."

케이건의 얼굴 옆으로 비형의 얼굴이 다가왔다. 비형은 큼직한 웃음을 얼굴에 건 채 따스한 눈으로 그를 내려다보았다.

"바우 성주님의 전언을 가지고 돌아왔습니다. 그리고 돌아오는 길에 길동무도 한 명 데려왔고요. 그분의 이름도 맞힐 수 있겠습니까?"

"티나한도 돌아왔소?"

반대쪽에서 티나한의 큼직한 머리가 불쑥 나타났다. 티나한은 큼직한 눈 주위의 살을 잔뜩 일그러뜨린 채 외치다시피 말했다.

"너무 늦게 살아났잖아!"

"미안하오."

티나한은 더 이상 말하지 않고 이불 속으로 손을 집어넣어 케이건의 손을 꼭 붙잡았다. 케이건은 문득 생각났다는 듯이 말했다.

"사모 페이와 륜 페이 중 하나가 죽었소? 그러지 않기를 바라는데."

방 한쪽에서 아름다운 이중창이 들려왔다.

"살아 있어요!" "살아 있어."

비형 쪽에서 나가의 얼굴 두 개가 나타났다. 비형은 웃으며 옆으로 비켜주었고 륜과 사모는 걱정 반, 기쁨 반의 얼굴로 케이건을 내려다보았다. 사모가 먼저 말했다.

"왜 그런 질문을 했는지 묻고 싶은데."

"되살아난 당신이 쇼자인테쉬크톨을 주장했을지도 모르니까."

"이제 그건 주장하지 않아."

"왜 그런지 설명해 주겠나?"

사모는 턱을 가슴에 묻은 채 생각에 잠겼다.

"케이건. 네가 지금 긴 이야기를 들을 수 있는 상태일지 의심스러운데."

"괜찮아."

사모는 륜을 돌아보았다. 륜이 고개를 끄덕였고, 그러자 사모는 빠르게 이야기했다.

"최대한 간단히 이야기하지. 륜은 여신의 힘을 이용해서 나를 깨우려고 했어. 륜은 그것이 실패했다고 생각하고 있었지만, 사실은 성공했어. 나는 거의 되살아나기 직전이었어. 하지만 목이 잘리길 원했기에 살아나기 직전의 상태에서 버티고 있었지. 그러면서 륜이 사용하는 힘이 무엇일지 고민해 보았어. 그런데 어느 순간 더 이상 죽어 있을 수 없는 상황이 되더군."

"그건 언제였지?"

"륜이 나쁜 놈들에게 붙잡혀 있고 너는 칼꽂이가 되려는 순간이었어."

"음."

"나는 휩쓸려나온 흑사자 모피를 발견하고는 그것을 입었어. 뜨거우니까 쉽게 찾을 수 있지. 쉬크톨은 바로 근처에 있더군. 그러고 나서 나쁜 놈들을 쫓아버렸지. 그리고 다른 사람들에게 륜이 어떻게 해서 그 힘을 얻게 되었는지 들었어. 그 말이 사실이라면, 하텐그라쥬는 현재로선 힘들여 돌아갈 필요가 없는 도시지. 당분간은. 그래서 나는 쇼자인테쉬크톨을 주장하지 않아."

케이건은 한숨을 내쉬었다.

"고맙다고 해야겠군. 하지만 내 바라기를 되찾아주었으면 좋았을 텐데. 네 도움을 폄하하려는 것은 절대로 아니야. 하지만 지금 그 칼이 몹시 필요하군."

사모는 부드럽게 웃었다. 그리고 반대쪽에 있던 티나한은 화난 기색으로 말했다.

"케이건! 난 네가 그렇게 시야가 좁은 사람일 줄 몰랐어!"

"티나한. 이해하기 어렵겠지만 그 칼이 절실히 필요하기에…….."

"아니, 넌 정말 시야가 좁아. 어떻게 머리 위에 있는 걸 찾아 헤매는 거야?"

케이건은 어리둥절한 얼굴이 되었다. 그때 비형이 웃음을 터뜨리며 그의 머리맡에서 무엇인가를 들어올렸다. 케이건은 도깨비의 손에 들린 바라기를 발견했다.

"어떻게?"

티나한은 킬킬거렸다.

"그 때려죽일 도둑놈들은 말이야, 손해가 막심하지만 그래도 귀한 검을 얻었다는 사실에 즐거워하며 도망치고 있었지. 앞쪽에 뭐가 있는지 잘 살피지도 않으면서 말이야.”

케이건은 그제야 사태를 깨달았다.

“그러니까, 7미터짜리 철제 회초리로 곤란한 도벽을 훈도할 만반의 태세가 되어 있는 레콘 같은 것?”

“정확해! 내가 바라기를 몰라볼 리는 없지. 그놈들을 자근자근 밟아준 다음 대사원으로 끌고 왔어. 지금 그놈들은 곳간에 갇혀 있지. 정말 훌륭한 도둑이라면 뒤에서 쫓아오는 사람들 뿐만 아니라 앞에서 막아서는 사람도 잘 살펴야 한다는 교훈을 되새기면서.”

“그렇다면 이제 됐소.”

케이건의 단정짓는 듯한 말투에 사람들은 약간 긴장했다. 케이건은 쥬타기 대선사가 있는 방향을 향해 나직하게 말했다.

“대선사님.”

“응? 그래. 말하게.”

“하루 더 졸도해 있겠습니다. 내일 이 시간에, 대사원에 체류 중인 모든 사람을 모아주십시오. 법당 앞마당이 좋겠습니다. 그곳에서 그들에게 할 말이 있습니다.”

대선사는 움찔하며 가까이 다가왔다. 하지만 케이건은 자신의 선언대로 ‘졸도’해 있었다. 대선사는 깨워볼까 하는 유혹을 느꼈지만 결국 포기했다. 케이건에게 가장 필요한 것이 휴식이라는 판단을 내렸기 때문이다. 물론 옆에서 벼슬을 빳빳하게 곤두세운 채 노려보고 있는 레콘의 모습도 그런 결정을 내리는 데 많은 영향을 끼쳤음이 분명하다.

군웅들과 지배자들, 남보다 우월하다고 믿어지는, 혹은 믿어지기를 원하는 사람들이 모여들었다. 그들은 승려들이 ‘좀 행차해주십시오’라는 단순한 말을 하면서 지어보인 놀랄 만큼 긴장된 표정에 깊은 인상을 받았다. 중대 발표가 있을 것임은 분명했고 그것이 무엇일지 짐작하는 사람은 아무도 없었다. 하지만 그들은 뭔가 초현실적인 이야기를 듣게 될 것임을 각오했다. 그들 대부분은 현실적인 사람들이다. 무릇 지배자는 현실주의자다. 하지만 이레 전 파름 산을 습격한 폭우는 절대로 자연적인 것이 아니었다. 그리고 현실주의자라는 것은 어쨌든 현실로 드러난 것마저 무시한 채 자신의 현실 속에 안주하기를 고집하는 사람을 의미하는 것은 아니다.

법당 앞쪽의 마당은 넓었다. 승려들은 그곳에 돗자리들을 펴놓고 곡차 동이와 간단한 주안상까지 차려놓았다. 군웅들은 약간 당황했지만 승려들이 좀 밝은 분위기의 발표를 원하고 있음을 곧 깨달았다. 그래서 지배자들도 그에 호응했다. 전통적인 우호 관계나 개인적 친분, 혹은 대사원에서 머무는 동안 배포가 맞은 사람들끼리 무리 지어 돗자리 위에 앉았다. 가볍게 곡차가 몇 순배 돌았고, 사람들은 긴장을 풀었다. 사람들은 세미쿼 추장과 무핀토 추장마저도 '우정을 나누는' 일을 삼가고 있다는 것에 감동했다.

그러나 조금 늦게 도착한 일행이 따로 비워져 있는 돗자리에 앉았을 때 그들은 대경실색할 수밖에 없었다. 실로 뜻밖의, 하지만 기대했던 것만큼 충격적인 손님들이었다. 무핀토 추장은 다른 사람도 아닌 세미쿼 추장에게 질문했다.

"용이 맞다고 생각해? 저기, 나가에게 안겨 있는 것."

"그런 것 같아. 이런 빌어먹을. 아무래도 오늘이 예삿날은 아닌 것 같군."

지코마 성주 또한 눈이 튀어나올 정도로 놀라서 대호와 두억시니들을 바라보았다.

"아무도 칼을 뽑지 않는다는 것이 놀랍군요. 변경백."

"승려들이 이런 분위기를 만들어낸 이유를 알겠소."

괄하이드 변경백의 말에 성주는 힘없이 고개를 끄덕였다. 인간, 도깨비, 레콘, 두 명의 나가, 대호와 용과 딱정벌레, 그리고 스무 명 정도의 두억시니들은 다른 자들에게 별로 눈길을 주지 않은 채 돗자리에 앉았다. 그리고 조용히 기다렸다. 정신이 번쩍 든 지배자들이 긴장하고 있을 때 대사원의 주지 라샤린 선사가 법당 앞쪽에 마련된 단 위에 올랐다.

라샤린 선사는 이 시대의 존경할 만한 인사들이 대사원을 찾아주셨으니 조촐하나마 환영의 잔치를 벌이는 것이 당연한데도 근래 사원에 우환이 많아 그 준비가 너무 늦었음을 사과했다. 사람들은 '우환이 많다'는 부분에 주목했다. 선사는 가벼운 분위기 속에서도 뭔가 중대한 이야기를 할 것임을 분명하게 시사한 셈이었다. 그들은 그것을 기다렸다.

라샤린 선사는 심호흡을 한 다음 말했다.

"이미 많은 분들이 들으셨겠지만 근래 저 남쪽의 형제들에게 특기할 만한 일이 벌어졌습니다."

그 이후로 이어지는 선사의 설명은 군웅들을 창백하게 만들기에 충분한 것이었다. 라샤린 선사는 거의 모든 것을 담백하게 고백했다. 류의 하텐그라쥬 탈출, 구출대의 파견, 살신 계획, 여신의 소환, 그리고 하텐그라쥬에서 이루어진 여신의 감금. 선사가 아무것도 숨기지 않는다는 사실에 승려들까지도 당황했다. 라샤린 선사는 이레 전에 일어났던 초자연적인 폭우의 경위에 대해서도 담담하게 말했다. 선사의 설명이 끝났을 때 군웅들은 류에게서 눈을 떼지 못했다. 흑사자 모피는 사모에게 돌려주고 비형이 만들어준 도깨비불을 뒤집어쓰고 있던 류은 불안 속에 비늘을 곤두세웠다. 그의 무릎 위에 앉아 있던 아스화리탈이 꼬리를 뻗어올려 류의 목을 가볍게 감았다. 앉아 있는 마루나래의 등에 몸을 기댄 채 앉아 있던 사모는 동생과 용의 모습을 보며 조용히 미소 지었다.

"그래서 우리는 바우 성주님께 조언을 부탁드렸습니다. 비형. 앞으로 나와서 설명해 주십시오."

비형은 다른 일행들을 향해 씩 웃고는 일어났다. 티나한은 목소리를 낮춰 다짐했다.

"부탁이니 농담은 하지 마라, 알겠냐?"

비형은 그에게 한쪽 눈을 깜빡여주고는 단 위에 올랐다. 자리에 모인 지배자들을 죽 둘러본 비형은 쾌활하게 말을 시작했다.

"좋은 꿈들 꾸셨습니까! 저는 비형 스라블이라고 합니다. 즈믄누리의 바우 머리돌 성주의 몸종이며, 조금 전 존경하는 라샤린 선사께서 말씀하신 구출대의 일원이기도 했습니다. 저는 먼저 선사님께서 들려주신 우리 구출대의 활약상에 대한 보고가 거의 완전히 사실에 부합하지만, 아쉽게도 약간씩 미진한 구석이 있었다는 점을 고백하지 않을 수 없군요. 수백 년 만에 나가 이외의 선민 종족들이 모두 모여 한계선을 넘어갔던 일이 놀라운 모험과 경이적인 사건들로 점철된 것이었음은 충분히 짐작하실 수 있으시겠지요?"

티나한은 으르렁거리며 속삭였다.

"저놈이 만약 단지 자기 이야기를 하는 것이 좋아서 그 모든 일을 모조리 이야기하려든다면 가만두지 않겠어."

케이건은 한숨을 내쉬며 동의했다. 다행히도 비형은 그 몇 달 동안의 일을 모조리 들려주려는 시도는 하지 않았다.

"아쉽지만 그 이야기는 다른 기회에 할 수 있을 겁니다."

티나한은 뜻밖이라는 듯한 표정을 지었지만 륜과 케이건은 비형이 단지 다른 사람들을 안달하게 만들고 싶어서 그랬을 거라 생각했다.

"저는 여러분들과 우리 모두에게 건네어진 바우 성주님의 조언을 전달하기 위한 목적으로 왔으니까요. 하인샤 대사원에서는 조금 전 여러분들이 들으셨던 바로 그 내용을 그대로 전해 주셨습니다. 성주님께서는 다른 사람들을 모두 물리치고 즈믄누리의 마지막 방에 들어가서 몇 시간 동안 명상에 잠기셨습니다. 아, 진짜로 명상에 잠겼는지는 확언드릴 수 없습니다. 그 방에는 어르신들만이 들어갈 수 있는데, 저는 아직 어르신이 못 되었거든요. 옛날, 어르신이 아니면서 즈믄누리의 마지막 방에 들어가려고 시도했던 어떤 도깨비가 있었는데⋯⋯."

와장창 하는 소리가 들려왔다. 륜과 사모, 케이건은 티나한을 물끄러미 바라보았고 티나한은 깃털을 곤두세운 채 자신이 '씹어버린' 술잔을 내려놓았다. 비형은 가볍게 휘파람을 불었다.

"아, 저건 이야기가 다른 곳으로 자꾸 빠지면 가만두지 않겠다는 티나한식 신호입니다. 인상적이지요?"

티나한은 끙 하는 소리를 냈고 군웅들은 미소를 지었다. 비형은 어깨를 으쓱였다.

"저렇게 신호를 주시니 본론을 이야기해야겠군요. 몇 시간 후 마지막 방에서 나오신 성주님은 제가 하인샤 대사원에 돌아가서 말할 것을 알려주셨습니다. 정확하게 전달하기 위해서 적어왔습니다. 잠시만 기다려주시겠습니까?"

그리고 비형은 품에서 도깨비지를 꺼내어 펼쳤다.

"나가들이 미증유의 힘을 얻은 지금, 우리들 또한 수백 년 동안 사라졌던 것을 되찾아 우리의 방비를 확고히 하는 것이 마땅하다. 북부의 만민들은 이제 권능왕이 행방불명된 이후 사라졌던 북부의 왕을 되찾아야 한다."

군웅들 사이에서 숨 막힌 비명이나 신음이 터져나왔다. 비형은 아랑곳하지 않으며 계속 읽었다.

"내가 판단하기로 우리의 왕은 하인샤 대사원에 있다. 그 사람은 왕의 상징을 가지고 있을 것이다. 나와 모든 도깨비는 그 사람을 지지한다. 부디 현명한 판단으로 왕을 찾아주기를 바란다."

군웅들은 왕이 하인샤 대사원에 있다는 말에 경악하며 서로를 쳐다보았다. 쥬타기 대선사는 케이건과 그의 등에 매달린 바라기를 재빨리 바라보았다. 그리고 조금 떨어진 곳에 있던 괄하이드 변경백도 같은 방향을 바라보았다. 비형은 도깨비지를 접어 다시 갈무리했다.

"이상이 바우 성주님께서 여러분들에게 보내는 조언입니다. 라샤린 선사님?"

"고맙소. 비형."

비형은 아래로 내려갔고 라샤린 선사가 다시 단 위에 올라왔다. 선사는 잠깐 말을 꺼내지 못한 채 군웅들을 바라보았다. 선사가 입을 열었을 때 그 목소리는 목이 메어 기묘했다. 선사는 황급히 헛기침을 한 다음 다시 말했다.

"실로 놀라운 조언입니다만 어쩐지 익숙한 말씀이기도 합니다. 그것은 왕이 사라진 이후 수백 년 동안 우리가 계속해서 들어왔던, 그리고 가끔 우리 입으로도 해온 말이기 때문입니다. 왕이 돌아와야 한다."

라샤린 선사는 한 번 더 말했다.

"왕이 돌아와야 한다."

군웅들은 침중한 표정으로 고개를 끄덕였다. 륜과 사모는, 불신자들의 표정임에도 불구하고 그들의 표정에 담긴 짙은 그리움과 무서운 상실감을 읽어낼 수 있었다. 그 나가 남매는 북부의 사람들에게 왕이 어떤 존재인지 어렴풋이 짐작할 수 있을 것 같다고 생각했다. 라샤린 선사는 다시 말했다.

"그렇습니다. 우리의 부모들과 그들의 부모들, 그리고 그 부모의 부모의 부모들이 수백 년 동안 계속해 온 말입니다. 그리고 이제 우리는 그 어느 때보다 간절히 왕을 필요로 합니다. 공전절후의 힘을 손에 넣은 나가들이 그 힘을 자신들의 복지를 위해 사용하기만을 바라는 것은 낙관적 전망이 주는 즐거움 이외에는 아무것도 주지 못합니다. 아니, 그들이 그렇게 하더라도 우리는 여전히 왕을 원합니다. 그렇지 않습니까! 우리는 왕이 다시 돌아오기를 원합니다."

군웅들은 라샤린 선사의 눈이 한쪽에 고정되어 있음을 깨달았다. 지배자들은 그 시선을 따라갔고 곧 케이건 드라카의 얼굴을 발견했다. 라샤린 선사는 케이건을 바라보며 말했다.

"애타게 원합니다. 숨이 끊어지도록 원합니다. 원하다가 죽어버릴 정도로 원합니다."

케이건은 조용히 곡차 동이만 바라보았다. 라샤린 선사는 두 손을 조금 펼치며 말했다.

"우리는 왕을 되찾아 우리를 바로 하고, 나가들이 부도덕한 야망을 꿈꾸지 못하도록 저지하고, 감금된 여신을 해방해야 합니다. 저는 이 시점에서 여러분들께 한 분을 소개해 드리고자 합니다. 그분은 왕의 귀환에 대해 가장 큰 관련을 가진 분입니다. 케이건 드라카! 나와주십시오."

케이건은 조용히 일어났다. 티나한은 그의 안색이 조금 창백한 것이 마음에 걸렸다. 날씨는 더웠고 케이건은 의식을 회복한 지 하루도 되지 않았다. 케이건이 곁을 지나갈 때 티나한은 속삭였다.

"힘들면 곧 내려와."

케이건은 짧게 고개를 끄덕이고는 단 위로 올라갔다.

단 위에 선 케이건은 군웅들을 죽 둘러보았다. 그리고 잠깐 하늘을 바라보았다.

여름의 하늘은 투명한 푸르름으로 녹아흐르고 있었고 벌레 소리는 들리지 않았다. 묘한 일이었다. 대호나 용, 두억시니의 존재 때문에 겁을 집어먹은 것인지, 기승을 부리던 매미 소리조차 들리지 않았다. 그리고 사람들 또한 숨소리마저 조심하고 있었기에 법당 앞은 아무도 없는 것처럼 고요했다.

케이건은 고개를 내렸고 곧 말을 시작했다.

"저는 케이건 드라카라고 합니다. 조금 전 거론되었던 구출대의 길잡이였고, 그 전에는 카라보라에 살면서 나가들을 사냥하여 잡아먹고 살았습니다."

군웅들은 턱이 쑥 빠진 얼굴이 되었다. 륜은 경악하여 비늘을 곤두세웠고 사모는 눈살을 찌푸렸다. 륜은 비형과 티나한을 바라보았다. 케이건이 저렇게 담담하게 말할 거라고 예상하지 못했던 비형과 티나한은 륜의 시선을 회피하려 애썼다. 그리고 그 동작에서 륜은 케이건의 말이 사실임을 알 수 있었다. 륜은 믿을 수 없다는 눈으로 케이건을 바라보았다.

"나가들은 저를 나가 살육자라고 부릅니다. 여러분들은 저를 식인 괴수라 말씀하실 수 있을 겁니다. 하지만 일단 제 말이 끝난 다음에 그렇게 해주시길 바랍니다. 저는 어제 의식을 회복했고 아직 길게 말할 수 없는 상태입니다. 그래서 할 말을 빨리 끝내야 합니다."

침 삼키는 소리가 천지를 울릴 것 같았다. 케이건은 여전히 단조로운 어투로 말했다.

"그리고 저에게는 다른 정체도 있습니다. 저는 최후의 아라짓 전사이며 마지막 키탈저 사냥꾼입니다."

어디선가 잔 떨어지는 소리가 났다. 그리고 아무도 그쪽을 바라보지 않았다.

"믿으실 수 없으실 거라는 것, 잘 알고 있습니다. 800년 전, 그리고 700년 전 사라졌던 자들의 후예라고 주장하는 말이 사실처럼 들릴 리는 없을 겁니다. 하지만 만약 여러분들이 이곳에 계신 고승대덕께 제 정체의 진위를 여쭙는다면 그들은 제 말을 확인해 주실 겁니다."

"어디에도 없는 신에게 걸고 맹세하오! 그 말은 사실이오!"

라샤린 선사의 외침이었다. 군웅들은 넋나간 얼굴로 서로를 쳐다보았다. 팔하이드 규리하는 주먹이 하얗게 변할 정도로 꽉 움켜쥐었고 지코마 성주는 현기증을 느꼈다. 그리고 오레놀은 감동에 젖은 눈으로 케이건을 바라보았다.

"아시는 분들도 계십니다만 제 이름인 케이건 드라카는 키탈저 사냥어로 흑사자와 용을 상징합니다. 모두 나가들에게 멸종당한 것들입니다. 그중 용은 다행히 멸종하지 않았음이 밝혀졌습니다만. 어쨌든 저는 그 두 이름으로 제 두 가지 복수의 의무를 나타내려고 했습니다. 예. 제 어깨에는 두 가지 복수의 의무가 지워져 있습니다. 한쪽 어깨에는 아라짓 전사들의 원한이, 그리고 다른쪽 어깨에는 키탈저 사냥꾼들의 복수심이 얹혀 있습니다. 그래서 저는 아라짓 전사의 의지를 이끄는 검으로 나가들을 공격했습니다. 그리고 키탈저 사냥꾼처럼 원수의 살을 뜯어먹었습니다. 재생을 막는다는 이유도 있었습니다만."

괄하이드 변경백은 아라짓 전사의 의지를 이끄는 검이라는 말에 바라기를 바라보았다. 케이건은 손을 등으로 돌려 그 쌍신검을 뽑아들었다. 그리고 모든 사람들이 잘 볼 수 있도록 그것을 높이 들어올렸다.

"이것은 영웅왕의 검 바라기입니다."

기어코 억제하지 못한 비명이 터져나왔다. 무핀토 추장은 목소리 높여 그것을 증명하라고 외쳤지만 세미쿼 추장은 그보다 더 높은 목소리로 외쳤다. 케이건은 소란이 가라앉고 긴장감이 그 자리를 대신할 때까지 기다린 다음 말했다.

"영웅왕께서는 두 자루의 검을 쓰셨습니다. 하지만 그분은 한쪽 팔을 잃었고, 그래서 두 개의 검 중 하나를 포기하는 대신 그 둘을 하나로 합쳤습니다. 그것이 이 바라기입니다. 여러분들은 제 내력과 마찬가지로 이 바라기의 내력 또한 대사원의 승려들로부터 확인하실 수 있으실 겁니다. 지금 시점에서 이 검의 내력을 증명하는 것은 중요치 않습니다. 중요한 것은 왕의 귀환입니다. 여러분들은 왕을 되찾아야 합니다."

오레놀은 가슴 벅찬 표정으로 쥬타기 대선사를 돌아보았다. 그리고 대선사 또한 눈물 젖은 눈으로 고개를 끄덕였다. 케이건은 바라기를 다시 등 뒤에 걸었다. 그리고 잠시 고개를 떨군 채 침묵했다.

사람들이 불안을 느낄 무렵 케이건은 다시 고개를 들어 말했다.

"흥미로운 일입니다."

사람들은 뭐가 흥미로운지 간절히 묻고 싶었다.

"많은 분들이 키탈저 사냥꾼의 저주에 대해 알고 있을 겁니다. 왕이 사과하기 전에는 왕은 돌아오지 않는다. 키탈저 사냥꾼들의 다른 저주와 마찬가지로 그것은 모순입니다. 저 자신이 키탈저 사냥꾼의 말예이긴 합니다만 저도 그것을 모순이라고 생각하고 있었습니다. 하지만 왕국 아라짓의 의지와 키탈저 사냥꾼의 의지가 한 몸에 있다면? 이제 저 이외에 누구도 왕국 아라짓의 후예라 자부할 수 없습니다. 그리고 저 이외에는 키탈저 사냥꾼도 없습니다. 아라짓의 후계자가 단 한 명이라면 그는 아라짓의 왕이 해야 할 사과를 대신할 수 있는 유일한 사람입니다. 바로 접니다. 제가 저 자신에게 사과한다면 왕이 키탈저 사냥꾼에게 사과하는 셈입니다. 그리고 얼마 전, 저는 저 자신에게 사과했습니다."

가까스로 입을 틀어막았기에 망정이지, 그렇잖았다면 라샤린 선사는 함성을 지르고 말았을 것이다. 모여든 무리는 숨조차 제대로 내쉬지 못한 채 케이건을 바라보았다. 케이건은 선언했다.

"이제 왕은 돌아왔습니다."

괄하이드가 참지 못하고 일어나려 했다. 그는 북부의 왕을 위해 외치고 싶었다. 그러나 케이건이 재빨리 손을 들었다.

"변경백. 앉으시오! 아직 말이 끝나지 않았습니다."

괄하이드 규리하는 그것을 왕의 명령으로 받아들였다. 그리고 다른 사람들도 마찬가지였다. 그들은 침묵하며 기다렸다. 케이건은 호흡이 약간 가빠지는 것을 느꼈다. 눈앞이 조금 어지러운 것을 참기 위해 케이건은 잠시 눈을 감았다.

"제가 제 자신에게 사과하자 여러분들의 왕은 여러분들에게 돌아왔습니다. 예. 무수한 사람들이 원했던 것처럼 돌아왔습니다. 왜 돌아와야 할까요."

사람들은 그 말을 이해할 수 없었다. 그것이 일종의 수수께끼라고 생각한 비형은 답을 말하지 말라고 외칠 뻔했다. 비형은 입을 열기 직전 그것이 정말 우스꽝스러운 짤임을 깨닫고는 가까스로 말을 삼킬 수 있었다. 케이건은 계속 말했다.

"바우 머리돌 성주는 그 사람이 왕의 상징을 가지고 있을 거라고 말했습니다. 왕의 상징은 무엇일까요."

그리고 케이건은 그들에겐 정말 엉뚱하게 들리는 말을 꺼냈다.

"왜 저 대호는 자신을 정신 억압할 수도 없는 사람을 따르고 있는 것일까요."

마루나래에 기대어 있던 사모는 깜짝 놀라 똑바로 앉았다. 그녀는 케이건을 똑바로 바라보았다. 케이건은 물끄러미 그녀를 바라보다가 갑자기 몸을 돌렸다. 그는 사모를 향해 걸어가며 말했다.

"돌아와야 한다면, 그 사람은 북쪽에 있지 않았기 때문입니다. 남쪽에 있었습니다. 왕의 상징은 이 바라기가 아닙니다. 바라기는 영웅왕의 검일 뿐, 아라짓의 왕을 상징하는 것은 흑사자입니다. 그리고 대호는, 왕을 따르고 있었습니다."

사람들이 모두 자리에서 일어났다. 그들은 시뻘겋게 변한 얼굴로 케이건과 사모를 번갈아 쳐다보았다. 모두 고함을 지르고 싶었지만 아무도 입을 열 수 없었다.

사모 페이 또한 경악하여 일어났다. 그녀 앞에 도달한 케이건은 힘겹게 무릎을 꿇었다.

"이제 왕은 없다. 그리고 왕이 이 모욕에 사과하지 않는 한, 앞으로도 왕이 없으리라. 예. 당연히 사과의 왕과 귀환의 왕은 서로 다른 인물일 수밖에 없습니다. 과거를 정리할 왕과 미래로 나아갈 왕이 다르다고 해도 되겠군요."

케이건은 바라기를 뽑아 그것을 사모 페이 앞에 내려놓았다.

"최후의 아라짓 전사 케이건 드라카는 돌아오신 북부의 왕께 경배합니다."

제10장

출발하는 수탐자들

즈믄누리에 살던 한 도깨비가 꿈을 꾸었다. 꿈속에서 도깨비는 꿈을 꾸고 있는 자신의 모습을 보았다. 도깨비는 자신의 옆에 앉아서 자신이 깰 때까지 기다렸다. 얼마 있지 않아 자신이 깨어났고, 그래서 도깨비는 자신에게 무슨 꿈을 꾸었냐고 질문했다. 그러자 자신이 대답했다. 꿈속에서 그는 꿈을 꾸고 있는 자신의 모습을 보았다. 그는 자신의 옆에 앉아서 자신이 깰 때까지 기다렸다. 얼마 있지 않아 자신이 깨어났고, 그래서 그는 자신에게 무슨 꿈을 꾸었냐고 질문했다. 그러자 자신이 대답했다. 꿈속에서 그는 꿈을 꾸고 있는 자신의 모습을 보았다. 그는 자신의 옆에 앉아서 자신이 깰 때까지 기다렸다. 얼마 있지 않아 자신이 깨어났고, 그래서 그는 자신에게 무슨 꿈을 꾸었냐고 질문했다……

그 도깨비는 자신의 꿈 이야기를 다른 자들에게 들려주었고, 사흘 뒤 즈믄누리에는 철학자가 넘쳐나게 되었다. 즈믄누리의 성주는 왜 도깨비들이 아무 일도 하지 않고 노상 이야기만 나누는 건지 의아하게 여겨 조사를 실시했다. 상황을 알게 된 성주는 격분하여 꿈을 꾼 도깨비를 불러들였다. 도깨비는 분노한 성주를 보곤 겁에 질렸다. 한동안 도깨비를 쏘아보던 성주는 주위 사람들에게 외쳤다.

"저 자식에게 이부자리 가져다줘! 야, 이 자식아, 빨리 자! 그 끝이 궁금하단 말이다!"

— 라수의 『꿈꾸는 도깨비』

하인샤 대사원에서 가장 호평받는 정신 활동은 고민이다.(참선이라고 생각할 수도 있겠지만 참선은 정신 활동이 아니다. 그것은 영육이 동시에 참여하는 활동이다.) 물론 승려들의 최종 목표는 지자(知者)가 아닌 각자(覺者)이며, 각자는 고민에서 벗어나 바람처럼 자유로워진 사람이다. 각자가 되기 위해 승려들이 애호하는 수단이 끝없는 지적 탐구와 무한한 고민이라는 사실은, 승려들에게 도착적 즐거움을 주는 것 외에, 그것에 대해 깊이 캐물었을 경우 승려들을 방어적으로 만드는 일탈이 분명하지만, 어쨌든 승려들은 고민한다. 사실 산사보다 고민하기 좋은 장소도 별로 없다.

많은 승려들이 그런 곳이 있다는 사실조차 알지 못하는 모처에 모여 앉은 고승들 또한 다른 승려들처럼 고민에 잠겨 있었다. 그러나 즐거움 속에서 고민하는 다른 승려들과 달리 그 고승들은 두통과 흉통, 그리고 복통 등 심인성이라는 이름이 붙을 수 있는 모든 종류의 질병 속에서 고민하고 있었다. 고민에 지친 그들은 간혹 고개를 들어 서로의 얼굴을 쳐다보았지만, 상대방의 얼굴에서도 별 신통한 것을 발견할 수 없었기에 다시 고개를 숙이며 생각에 잠겼다.

그들 중 하나가 힘겨운 목소리로 말했다.

"이렇게 정리하면 어떨까요. 그분은 언제나처럼 우리의 주문을 수용한 겁니다. 우리는 왕을 원했고, 그래서 케이건 님은 우리에게 왕을 주셨습니다."

"비늘이 덮인 것을 주문한 기억은 없군요."

누군가의 퉁명스러운 대답에 한숨들이 흘러나왔다. 다른 누군가가 분위기를 호전시키고 싶다는 듯이 말했다.

"일단 그 나가에 대해 좀 알고 싶군요. 케이건 님이 추천한 분 말입니다."

"오레놀 대덕, 들려주시겠습니까?"

오레놀은 주눅이 들어 있었다. 그곳의 구성원들은 법계와는 무관한 요건에 의해 선출된 자들이며, 실제로 그곳에는 오레놀보다 법계가 낮은 승려도 있었다. 하지만 종단의 최연소 대덕인 오레놀은 그들이 가지고 있는 자격을 아직 갖추지 못하고 있었다. 오레놀이 그곳에 참석할 수 있었던 것은 쥬타기 대선사를 보좌하며 계획의 실무를 담당했다는 이유 때문이다. 따라서 오레놀은 다른 고승들의 묵인 하에 참석하고 있는 것이며, 그 행운에 대해 즐거워하기보다는 끔찍한 실수나 저지르지 않을까 두려워 하고 있었다.

"류 페이의 누나입니다. 침묵의 도시에서 도망쳤을 때 류 페이는 일종의 누명을 뒤집어썼습니다. 나가들은 류이 저지른 것으로 오해한 범죄에 대해 쇼자인테쉬크톨이라는 처벌을 내렸습니다. 그것은 범죄자의 친족 한 명에게 범죄자의 추적과 살해를 일임하는 처벌입니다. 사모 페이는 그것을 받아들였고, 이곳까지 류 페이를 추적해 왔습니다. 도중에 예의 흑사자 모피를 손에 넣었기에 한계선을 넘어올 수 있었습니다."

"실로 필사적이라는 말이 어울리는군요. 그것은 정의 실현에 대한 의지였습니까? 그렇잖으면 가문에 대한 의무감이었습니까?"

"그렇지 않습니다. 그 필사적인 추적에는 실은 뜻밖의 이유가 있었습니다. 사모 페이는 류 페이에게 살해되기를 원했습니다."

사정을 잘 알지 못하는 승려들 중 일부에서 작은 소란이 들려왔다.

"무슨 말입니까?"

"쇼자인테쉬크톨은 암살자와 범죄자 중 한 명이 죽음으로써 끝나게 됩니다. 두 사람 모두 같은 가문의 구성원이니, 둘 중 한 명이 죽으면 가문에 부과된 처벌이 완료되는 겁니다. 사모 페이는 그 점을 이용하여 류 페이를 살려주려 한 것입니다. 류 페이가 아닌 사모 페이가 죽어도 죗값은 지불되므로, 사모 페이가 살해되면 거꾸로 류 페이는 자동적으로 살 권리를 얻게 되는 겁니다."

고승들은 가벼운 탄성을 지르거나 고개를 끄덕였다.

"동생의 목숨도 보존하고 그들의 규칙도 보호하는, 실로 무서운 방법을 찾아낸 것이군요."

또 다른 사람이 질문했다.

"인상적인 수호수(守護獸)를 데리고 있다고 들었습니다만?"

"예. 마루나래라는 이름의 대호입니다. 사모 페이는 여행 도중 그 대호와 우연히 조우했고 본인도 뚜렷이 말할 수 없는 이유에서 함께 행동하고 있습니다. 케이건 님은 그 대호가 왕의 수호수라고 판단하는 모양입니다만. 그리고 또 스물두 명의 두억시니들도 데리고 있습니다. 그 두억시니들은 우연히 살신 계획에 대해 알게 되었고 그것을 저지한다는 목적으로 구출대를 추적해 왔습니다. 사모 페이 또한 같은 자를 추적하고 있었기에 그 둘은 서로 손을 잡았으며, 둘의 목적이 모두 무의미해진 지금까지도 그 동맹은 유지되고 있는 것 같습니다. 두억시니들은 자신들이 우연히 관련되게 된 이 일에서 더 많은 정보를 얻고 더 많은 역할을 하길 원하는 것 같습니다."

"그 두억시니들에 대해 좀 더 듣고 싶습니다."

오레놀은 자신이 아는 것을 전부 설명했다. 승려들은 그 이야기에 대해 진지하게 생각했다. 한참 후 한 승려가 입을 열었다.

"그 여인이 범상한 인물이 아님은 분명하군요."

"범상한 '나가'가 아니지요."

누군가가 거의 구슬프게까지 느껴지는 목소리로 덧붙이자 승려들은 다시 몸 곳곳의 질환을 느끼며 신음했다. 긴 침묵 후 누군가가 말했다.

"침묵은 많은 경우 미덕이 될 수 있습니다만, 꺼내고 싶지 않은 말의 대용이 되는 경우에는 곤란한 악덕일 뿐입니다. 사태를 직시하고 결정을 내려야 합니다. 케이건 드라카 님은 왕을 원하는 사람들에게 사모 페이를 내주셨습니다. 그러니 이제 종단은 그분의 추대를 진지하게 검토한 후 만민들 앞에서 그녀를 지지할지, 그렇잖으면 그녀를 거부할지를 결정해야 합니다. 말하기 괴롭더라도, 의견을 말씀해 주십시오."

"지금 숨 쉬고 있는 사람들 중에는, 그분을 제외한다면 왕을 보거나 가져본 사람은 아무도 없습니다. 그러니 왕은 이래야 한다, 혹은 저래야 한다고 말하기 어려운 것이 사실이긴 합니다. 하지만 저는 거위가 닭들의 우두머리가 되는 경우나 소가 말 무리를 이끄는 경우를 상상할 수 없습니다."

"우리는 짐승이 아닙니다. 영웅왕은 레콘이었지만 인간이나 도깨비도 그를 섬겼습니다. 오히려 레콘들이 왕에게 별로 관심이 없었지요. 그 시절에도 레콘들은 그들이나 도전할 법한 기상천외한 일에 도전하거나 신부를 찾기 바빴으니까요. 우리와 다르다는 이유는 결점이 되지 못합니다."

"나가가 우리와 같은 선민 종족임은 인정할 수 있지만, 이 세계에서 나가가 점하고 있는 특수한 위치를 무시하는 것도 현실적이지 못합니다. 대확장 전쟁을 벌인 이후로 나가는 다른 세 종족을 적으로 규정한 것이나 다름없습니다."

"대확장 전쟁은 나가들 자신도 실감을 느낄 수 없는 과거사로 여길 겁니다. 도당을 이루고 전쟁을 벌이는 일이라면 오히려 우리 인간들의 전문 분야 아니던가요?"

"나가 아닌 누군가가 한계선 이남으로 내려간다면 어떻게 되겠습니까?"

"살해당하겠지요. 그렇다고 해서 우리도 그렇게 해야 합니까?"

"그럴 수는 없습니다만, 그렇다고 해서 왕위를 주어 떠받들 수도 없는 노릇이잖습니까."

대화가 지지부진해진다는 것은 누구에게도 뚜렷했고, 그래서 승려들은 거의 동시에 입을 다물었다. 오레놀은 겨우 입을 열 용기를 짜낼 수 있었다.

"저, 죄송합니다만, 스님들. 한 가지 중요한 문제가 간과되고 있는 것 같습니다."

"그게 뭐죠?"

"사모 페이 자신에게 왕이 될 생각이 있느냐 하는 문제입니다."

승려들은 당황하여 오레놀을 바라보았다.

어떻게 말을 꺼내야 할지 알 수 없었던 사모는 그냥 아무렇게나 말해 버렸다.
"잔치를 파탄 내는 가장 극적인 방법이었어."

케이건은 그 자신의 땀으로 흠뻑 젖은 마당 위에서 바라기를 휘두르고 있었다. 젖은 윗옷도 벗어버려 땡볕은 그의 살갗을 직접 난타하고 있었다. 케이건은 회복을 촉진하기 위해서라고 설명했지만 사모가 보기엔 다시 쓰러지려고 작정한 것처럼 보였다.

스스로를 학대하듯 쌍신검을 휘두르며 케이건 역시 아무렇게나 말을 시작했다.
"당분간은 외부에 공표할 수 없다. 대관식 같은 것도 불가능하고. 섭정을 고려해 보는 것도 좋을 거야. 내 생각엔 팔하이드 규리하가 좋을 것 같군. 그리고 즈믄누리의 도움을 요청하도록. 즈믄누리의 바우 성주는 한 번 웃은 다음—아마도 자신의 판단력을 좀 자랑하고 나서—너에게 협조할 거다. 도깨비들은 딱정벌레와 도깨비불을 가지고 있고, 재미를 볼 일이 있다면 죽음을 두려워 하지 않지. 그들에게 피만 요구하지 않는다면 믿을 수 없을 정도의 도움을 줄 거야."

"케이건."

"규리하, 카시다, 칼리도, 엔거, 자보로, 슈라도스를 우선적으로 포섭해. 이것은 중요성과 포섭 가능성, 그리고 다른 요소들도 모두 고려하여 도출한 목록이다. 규리하를 제외하면 모두 남쪽이지. 그리고 규리하는 북부를 견제할 수 있는 위치에 있다. 대족장 코네도 빌파와 협상하도록. 발케네의 물산은 보잘것없지만 그 인재는 발케네가 세계에 자랑할 수 있는 특산품이지. 천하에 둘도 없는 잡것들이고 절대로 옆방에서 재울 수는 없는 자들이지만, 그건 칼도 마찬가지야. 칼과 함께 자면 몸이 베일 뿐이지. 하지만 싸움터에선 덕이나 용기보다 칼이 더 소중하지."

"케이건."

콱! 하는 소리와 함께 바라기가 땅에 꽂혔다. 케이건은 칼자루를 놓았고 바라기는 옆으로 조금 기울다가 그대로 멈췄다. 그 비스듬한 모습이 사모를 잠깐 심란하게 했다. 사모 페이는 한숨을 내쉬었다.

"이런 사실을 지적하는 것이 우습지만, 나는 나가야."

"그 사실이 불만인가?"

"나는 자신이 나가라는 사실에 불만이 없어. 하지만 다른 사람들은 그렇지 않을 텐데. 내가 생각하기에도 나가가 불신자들의 왕이 된다는 것은 허튼소리야."

케이건은 의식을 잃은 동안 다듬지 않아 제멋대로 자라난 수염을 쓸어내렸다. 손바닥에 땀이 흥건히 묻어났고, 케이건은 옆으로 손을 뿌렸다. 날아간 땀방울이 땅에 부딪혔다. 사모는 그것이 화로에 던져진 물방울 같다고 생각했고 그래서 속으로 조금 웃었다. 케이건은 마루나래를 바라보며 말했다.

"마루나래는 그렇게 생각하고 있지 않은 것 같은데."

사모 역시 마루나래를 잠시 돌아보았다. 그 대호는 마루에 벌렁 드러누워 여름의 태양을 저주하고 있었다. 그 모습에 사모는 다시 속으로 웃었다.

"네가 잘못 봤어. 물론 나는 마루나래를 정신 억압하고 있지 않아. 하지만 나는 우리 둘의 관계를 설명할 말로 더 괜찮은 것을 가지고 있어. 우정이라는 이름의."

"키탈저 사냥꾼들은 대호를 가리켜 산노인이라고 불렀지. 산노인은 비정하고 교활하고 난폭하며, 우정을 몰라. 그런 그가 우정을 느낀다면 상대의 격이 자신에게 어울려야 하겠지."

"나는 너를 잘 모르겠어. 케이건. 때론 차갑다 싶을 정도로 논리적인데, 어떨 때는 터무니없이 미신적이고 신비주의적이군. 어떻게 그렇게 상반된 정신이 한 몸에 공존하고 있는지 모르겠어. 하긴, 너는 아라짓 전사이며 동시에 키탈저 사냥꾼이라는 믿기 힘든 자기 소개를 할 수 있다고 했지. 그리고 네가 가진 또 다른 정체는……."

"나가 살육자를 말하려는 건가."

사모는 비늘을 조금 부딪쳤다.

"륜은 그것 때문에 몹시 혼란스러워 하고 있어."

"잡아먹힐 뻔했다고 생각하는 거라면, 괜한 생각이라고 전해. 나는 그때 길잡이 였어."

"그런 게 아니잖아. 케이건. 륜은 너를 친구로 생각하고 있었어. 그런데 알고 보니 그 친구가 동족들을 잡아먹는 괴수였던 거야."

"동족?"

케이건은 메마른 어조로 반문했다. 사모는 눈살을 찌푸리며 케이건을 바라보았다.

"나에 대해서라면 어떻게 생각해도 좋지만, 나가를 동족으로 여기는 것은 삼가는 편이 륜에게 좋을걸. 나가들은 누나를 보내어 그를 죽이려 했고 속임수를 통해 그의 신부를 감금했다. 만약 륜이 한계선 이남으로 돌아간다면 나가들은 그를 비에나가라 니르며 잡아먹을 테지. 그런 동족이라면 타인보다 못한 것 같은데."

사모는 비늘을 부딪치며 케이건을 바라보았다. 하지만 곧 그녀의 비늘이 누그러들었다.

"륜도 알아. 그래서 더욱 혼란스러운 거야. 지금 륜은 나가와 단절되어 있다고 할 수 있어. 하지만 너를 용납하면 단절이 아니라 적이 되는 거지. 너는 나가의 적이지?"

"그래."

"그런 네가 어떻게 나가인 나를 왕으로 추대한 거지? 내가 왜 왕이 되어야 하는지 설명해 봐."

"너는 왕이 될 자질을 가지고 있어."

"내가 가지고 있는 그 자질이 뭐지? 흑사자 모피를 가지고 있다거나 대호가 따른다는 따위의 말을 정말로 믿으라는 거야?"

"그건 그런 것을 좋아하는 자들을 위한 설명이지."

"역시 그렇군. 그럼 네 이유는 뭐지?"

"너는 죽을 뻔한 나가다."

"기묘한 대답이군."

"심장을 적출한 나가들은 쉽게 죽지 않아. 나를 만나지 않는 이상은. 나는 나가의 최종 선고다. 내 앞에서는 어떤 나가도 자신의 불사성을 자랑할 수 없어. 나는 죽이고, 먹고, 소화시켜 없애버리지. 그러나 너는 달라. 내 앞에까지 도달했지만,

내가 아닌 네 의지로 죽음을 선택했지. 그것은 나가에겐 보기 드문 일이야. 그것은 네가 눈물을 마실 줄 안다는 증거가 되지. 나가로서는 유일한 존재이며……, 어쩌면 세상에서 유일한 존재일지도 모르지."

사모는 얼굴을 약간 기울인 채 케이건을 바라보았다. 케이건은 바라기를 내려다보며 말했다.

"북부에는 곧 많은 눈물이 흐르게 될 거야. 그걸 마실 자가 필요해. 나가가 그들로 하여금 눈물 흘리게 할 테니 또 다른 나가가 그 눈물을 마셔야 된다는 식으로 생각해 줄 수 없겠나?"

"눈물을 마신다는 것은 도대체 뭘 말하는 거지? 동정심을 말하는 거야?"

"아니. 동정심은 함께 눈물 흘리는 것을 말하지. 예를 들어 비형이 그렇지. 그 착한 도깨비는 아마 앞으로 많은 눈물을 흘리게 될 거다. 하지만 함께 우는 자는 왕으로서 필요 없어. 눈물만 더 많아질 뿐이니까. 왕은 눈물을 마셔야 해."

"무슨 말인지 모르겠어. 케이건."

"차차 알게 될 거야."

"그 말은 아마 내가 왕이 되었을 경우 그렇다는 말이겠지. 하지만 나는 그러고 싶지 않아."

"너는 왕이 되기 위해 이곳에 왔어."

"나는 죽기 위해 온 거야."

"같은 말이야."

"같다고?"

"죽기 위해 북부로 온 너는 북부의 왕이야. 의심할 필요도 없이."

사모는 두 손 들었다는 심정이 되었다. 케이건의 말을 납득했기 때문이 아니다. 아무리 노력해도 납득할 수 없다는 것을 깨달았기 때문이다.

"지금까지 들려준 네 설명은 결국 너 자신만 만족시킬 뿐이야. 나를 조금도 납득시키지 못해. 나는 거절하겠어."

"네게도 유리한 제안인데. 사모 페이."

"나는 불신자들을 지배하고픈 욕망이 없어."

"권력이나 지배욕의 충족을 말하는 것이 아니야. 너는 네 사회를 수호자들에게 맡겨둘 건가? 신을 모독한 사제들에게?"

"……그건 나가가 해결할 문제야."

"꼭 그렇지는 않아. 그들이 침략을 시작한다면 북부는 어차피 그에 맞서 싸워야 한다. 너와 북부는 같은 자들을 상대로 싸워야 하지. 이건 나가만의 문제가 아니야."

사모는 당황하여 케이건을 바라보았다. 케이건은 바라기를 물끄러미 내려다보다가 기울어 있는 칼날의 아래쪽으로 무릎을 가져가며 손으로 칼자루를 세게 내려쳤다. 바라기는 회전하며 튕겨져 올랐고 현란한 반사광이 사모의 눈을 아프게 했다. 케이건은 솟아오른 바라기를 그 정점에서 붙잡아 머리 위에서 두 번 돌린 다음 뒤로 휘둘러내렸다. 바람이 공간을 베었다.

사모는 의심스러운 듯 말했다.

"왜 네가 왕이 되면 안 되는 거지? 불신자들도 나가보다는 인간 쪽이 받아들이기 쉬울 텐데. 내 생각엔 그쪽이 훨씬 상식적인 것 같아."

"나는 왕이 될 수 없어."

"왜? 너는 영웅왕의 검도 가지고 있고 아라짓 전사이기도 하다면서?"

"나는 눈물을 마실 줄 몰라."

사모는 한숨을 내쉬었다.

"우리의 대화에서 형이상학적 철학은 잠시 배제하면 안 될까. 케이건. 내가 보기에 그런 것은 조금도 필요가 없는 것 같은데. 이건 지배와 피지배라는 현실적인 이야기 아니었나?"

"나는 네가 나가라는 극복하기 힘든 심리적인 한계에도 불구하고 지극히 현실적인 이유에서 네가 왕이 될 수밖에 없다고 판단했다. 그리고 굳이 지배와 피지배의 문제로 한정하고 싶다면, 그래도 좋아. 너는 지배자에게 꼭 필요한 것을 가지고 있지. 피지배자들을 억압할 강력한 힘 말이다. 너에겐 여신의 힘을 자유로이 사용하며, 그리고 너를 사랑하는 원조자가 있지."

사모는 비늘을 곤두세웠다.

"케이건. 나는 내 동생을 수단으로 생각하고 싶지 않은데."

"현실적인 관점을 요구한 것은 그쪽이야."

"나에게 네 동족을 억압하라고 권하는 것은 현실적인 거야? 너는 륜이 홍수를 일으켜 내가 왕이 되는 것을 반대하는 인간들을 쓸어버리는 것을 원하는 거야?"

케이건은 다시 머리 위로 바라기를 들어올렸다. 그리고 존재하지 않는 과녁을 겨냥하며 말했다.

"너는 왕에 대해 모르겠군. 왕에게는 그럴 권한이 있지."

"권한이 있다고?"

"슬퍼 비명을 지르며 그렇게 할 권한이 있지."

"나가에게 우리의 생명과 자유를 좌우할 권한을 줄 수 있다고 생각하십니까?"

지코마 성주의 질문을 뚜렷이 들었지만, 괄하이드 규리하는 침묵한 채 망치만 내려쳤다. 특별히 주문했던 쇠가 도착한 지금 변경백은 대사원의 대장간에서 손수 자신의 대도를 복구하고 있었다. 대장간의 일을 맡고 있는 행자들은 그런 제안에 별 제지를 가하지는 않았다. 다만 지나다가 한두 가지씩 조언을 할 뿐이었다. 그리고 그런 조언도 많이 필요하지는 않았다.

한참 망치질을 하던 변경백은 두드리던 쇳덩이를 노 속에 집어넣은 다음에야 입을 열었다.

"그럴 의도가 아니시라 믿소만, 편협한 말씀이시오. 지코마 성주."

"알고 있습니다. 저는 사모 페이에게 그럴 권리를 줄 수 있느냐고 물었어야 하지요. 하지만 그녀는 이 땅에서 호의를 바라기 힘든 겉모습을 가진 채 우리에게 왔습니다. 그것이 그녀의 잘못이 아니라고 말하는 것은, 사람을 겉모습으로 판단하지 않는 우리의 고매함을 보여주는 일이 될 수 있을 겁니다. 문제는 우리 대다수가 그렇게 고매한 사람들이 아니라는 점이겠지요. 다른 분들은 어떨지 모르겠습니다만 최소한 저는 그렇지 못합니다."

괄하이드는 입가를 조금 올렸다.

"무슨 말씀인지 알겠소."

지코마 성주는 잡동사니가 담겨 있는 통을 비운 다음 그것을 뒤집었다. 그리고 그 위에 걸터앉아 변경백을 바라보았다.

"케이건 드라카라는 그 인물은 도대체 무슨 생각으로 그런 가혹한 요구를 한 것일까요."

"아, 케이건 드라카. 그는 그런 요구를 할 만한 자요."

"어째서 그렇습니까?"

변경백은 붉게 타오르는 노를 응시했다. 그의 얼굴과 벗은 상체가 붉게 물들었다.

"그는 아라짓 전사의 후예이며 마지막 키탈저 사냥꾼이라고 말했소. 어떤 사람이 그런 내력을 가질 수 있는지 상상도 되지 않소만, 대사원의 주지까지 그 주장의 사실성을 보장하니 일단은 그것이 사실이라고 보도록 합시다. 그렇다면 그는 숙명을 걸머진 사람이오. 죽을 때까지 나가와 싸워야 되는 거지. 하지만 상대는 세계의 반을 지배하고 있는 불사의 괴물들이오. 그런 자들과 싸우는 것이 그의 숙명이었소. 나라면 숙명을 무시해 버렸을 거요."

지코마 성주는 부정했다.

"하지만 변경백. 당신은 그러지 않으셨습니다. 당신도 왕이 돌아올 때까지 규리하를 지키는 숙명을 받아들였습니다."

"나에게는 과텔과 케나린이 남겨준 변경백 령과 강력한 군대가 있었소. 하지만 그에게는? 더 이상 아라짓 전사도, 키탈저 사냥꾼도 존재하지 않는 이 현재에서 그는 고립무원일 수밖에 없었소. 하지만 그는, 자신이 혼자라는 것도, 상대가 키보렌의 죽지 않는 지배자들이라는 것도 알고 있는 상황에서 그것을 받아들였소. 그의 무력함과 그의 적수의 강력함을 비교해 보시오. 어떤 사내가 그런 것을 받아들일 수 있겠소?"

괄하이드 규리하는 달아오른 쇳덩이를 꺼내어 다시 모루 위에 놓았다. 망치를 내려치기 직전, 변경백은 잠깐 지나가듯 말했다.

"그런 사내이니 나가를 왕으로 섬기라는 무리한 요구도 할 수 있겠지."

가열히 내려쳐지는 망치와 비산하는 불똥을 보며 지코마 성주는 불안한 듯 말했다.

"묘한 의심이 드는 것은 어쩔 수 없군요. 케이건 드라카라는 그 인물의 정신 상태에 어떤 결함이 있는 것 아닐까요? 나가를 잡아먹고 살았다지 않습니까. 그것이 사실이라면, 그가 정서적으로 안정된 생활을 해왔다고는 말하기 어려울 텐데요."

거센 망치질을 끝낸 변경백은 그것을 들어 노 속에 쑤셔넣었다. 열기와 불티가 흩날렸다.

"글쎄. 그걸 다른 사람의 이야기처럼 말할 수 있는지 모르겠소."

"네?"

"모르겠소? 승려들이 이미 다 말해 주지 않았소. 우리는 더 이상 대확장 전쟁을 학자들의 관심거리로나 유용한 과거사로 남겨둘 수 없단 말이오."

지코마 성주는 소름끼치는 깨달음에 몸을 떨었다. 노 변경백은 노를 노려보았다.

"편안한 나날은 다 갔소. 피와 눈물의 시대가 올 거요. 나는 지금 그것을 대비하고 있소."

지코마 성주는 흠칫하며 노를 바라보았다. 쇳덩이가 불을 마시며 작열하고 있었다.

"내 자존심과 내 생명과 내 열정을 다른 사람들에게 의탁하지 않기 위해서 말이오."

지코마 성주는 다리가 후들거리는 것을 느꼈다. 동시에 성주는 수치를 느꼈다. 그는 무의식 중에 다가올 공포를 부정하고 있었다. 하지만 그 앞에 있는 노인은 어제까지의 나날들이 앞으로도 계속 이어질 거라는 보편적인—그리고 즐거운—망상을 거부했다. 그 노인은, 그 노령에도 불구하고 다가올 시기를 준비하고 있었다.

괄하이드는 달궈진 쇳덩이를 꺼내어 모루 위에 놓았다. 그리고 문득 생각난 것처럼 말했다.

"다른 사람들에게 말하지 않겠다고 약속한다면, 성주. 내 작은 소망 하나를 들려주고 싶소."

"무엇입니까?"

"내가 만들고 있는 이 대도가 왕을 위해 휘둘러질 대도가 되었으면 좋겠소."

지코마 성주는 실로 불안한 느낌을 받았다. 그러나 그것을 입 밖에 꺼내어 말하는 대신 그는 작렬하는 쇳덩이를 바라보며 침묵했다.

대사원의 법당은 고요했다. 티나한은 본능적으로 이 장소가 자신에게 어울리지 않음을 느끼고 있었고 그래서 이 고요하고 경건한 장소를 견뎌하지 못했다. 서른여섯 번째로 법당을 둘러본 티나한은 좌절 섞인 눈으로 비형을 바라보았다. 그의 왼쪽 조금 떨어진 곳에 앉아 있는 비형은 여전히 정좌한 자세를 흐트러뜨리지 않고 있었다. 티나한은 불편한 신음을 삼키며 자세를 바로했다.

그들의 앞쪽에는 륜이 삼각형의 세 번째 꼭짓점을 이루며 앉아있었다. 앞쪽에 놓인 제단을 바라보고 있는 륜의 등은 꼿꼿했다. 그리고 아스화리탈은 륜의 다리 옆에 엎드린 채 그 머리를 륜의 무릎에 올려놓고 있었다. 향로에서 흩어지는 향기가 고요한 법당을 휘감았다.

그들이 그곳에 모여앉은 지 한 시간 만에 륜의 입이 열렸다.

"이제 알겠군요."

비형과 티나한은 의아한 표정으로 륜의 등을 쳐다보았다. 륜은 스스로에게 다짐하듯 말했다.

"케이건은 누님을 죽일 작정이에요."

"네? 무슨 말입니까, 륜?"

"왕은 눈물을 마시는 새라지요. 눈물을 마시는 새는 가장 아름다운 노래를 부르고, 가장 빨리 죽는다고도 했지요. 케이건은 북부를 위해서 누님을 죽이기로 결심한 거예요. 아마 저를 위해 죽으려 했던 누님의 모습에서 착상한 것이겠지요."

티나한과 비형은 서로를 쳐다보았고, 상대방이 입을 쩍 벌리고 있다는 것을 확인했다. 티나한이 먼저 정신을 수습하여 말했다.

"륜. 케이건은 바우 성주의 조언에 따라 왕의 상징인 흑사자 모피를 가지고 있는 네 누나를……"

"티나한. 그건 바보를 위한 각주에 불과해요. 진짜 의미는 행간에 있어요. 케이건은 누님이 제게 해주었던 일을 북부의 불신자들에게도 해주기를 바라는 거예요. 불신자들을 위해 죽으라는 거지요."

티나한은 부리를 닫았다. 그리고 수염볏을 비틀며 륜의 이야기에 대해 고민했다. 그러나 비형은 놀란 표정으로 말했다.

"륜. 당신 예언도 할 수 있게 된 겁니까?"

"뭐라고요?"

"당신은, 어, 그러니까, 여신의 힘을 이용해서 앞날을 내다볼 수 있는 겁니까?"

티나한은 질겁하여 깃털을 부풀렸다. 그는 비형을 돌아보았다가 다시 의혹에 빠진 눈으로 륜의 등을 바라보았다. 륜은 그들에게 등을 보인 채 고개를 살짝 가로저었다.

"그럴 수 있는지 모르겠습니다만 저는 그러지 않았습니다."

"그럼, 그건 추정인가요?"

"예."

비형은 안도했다.

"그렇다면 륜. 당신의 추정은 틀렸습니다. 다가올 위험한 시기를 헤쳐나가기 위해 우리들에게는 왕이 필요합니다. 그리고 만일 왕이 죽는다면 처음부터 없었던 것보다 더 큰 혼란을 겪게 되겠지요. 그러니 당신 누님이 왕이 될 경우, 당신과 당신 누님은 가장 강력한 보호를 받게 될 겁니다. 그게 당연하잖습니까?"

티나한은 안도하며 고개를 끄덕였다. 그리고 륜은 어떤 보호도 소용이 없는 심장 파괴에 대해 말하지 않았다. 비형과 티나한이 걱정 외에는—물론 고마운 일이지만—할 수 있는 것이 아무것도 없다는 것을 알기 때문이다. 비형은 계속 말했다.

"무엇보다도 사모 페이가 아직 의사를 표시하지 않았어요. 지금 케이건을 만나러 가셨으니 곧 결정이 나겠지요. 아무리 케이건이 추대했다 하더라도 당신 누님이 거절하면 소용없는 일이잖습니까?"

"왜 그가 나가 살육자라는 것을 말하지 않았습니까?"

비형은 찔끔한 얼굴로 티나한을 돌아보았고, 그리고 배신감을 느꼈다. 티나한은 자신이 건축가이기나 하다는 듯이 법당의 천장을 흥미진진하게 바라보고 있었다.

"미안합니다. 륜. 그게 말하기 쉬운 일이 아니라는 것을 추측할 수 있겠지요? 어쨌든 우리는 당신의 구출대였습니다. 당신이 우리들을 믿지 못하게…… 아니, 혐오한다고 하죠. 그렇게 되면 구출이고 뭐고 불가능했을 겁니다. 아니, 아니. 이건 다 핑계입니다. 저는 케이건 자신이 말해야 한다고 생각했어요. 륜. 제가 말해 주는 편이 더 좋았겠습니까?"

륜은 짧게 한숨을 내쉬었다.

"우리는 떠나겠습니다."

"예?"

륜은 몸을 돌렸다. 비형과 티나한은 긴장하여 그 나가를 바라보았다. 륜은 그들 중간쯤의 허공을 바라보며 말했다.

"누님이 돌아오면 저희들은 이곳을 떠나겠습니다."

경악한 비형은 말을 더듬었다.

"하, 하지만 사모는 북부의 왕으로 추대되었는데요?"

"그 왕좌에 앉는 순간 누님은 죽습니다. 저는 그걸 절대로 용납하지 않겠습니다."

"륜, 정말로 케이건이 사모를 죽일 거라고……."

"케이건이 손수 그러지는 않을 겁니다. 하지만 그렇게 될 것을 기대하며 제 누님을 왕좌에 앉히는 겁니다. 왜 누님이 죽으면 북부의 사람들이 살 수 있는지는 모르겠습니다. 케이건만이 설명할 수 있는 어떤 이유가 있겠지요. 저는 그 이유에는 관심이 없습니다. 하지만 누님을 죽게 내버려둘 수는 없습니다. 그러므로 떠나겠습니다."

"어디로, 어디로 떠난다는 말입니까?"

"하텐그라쥬로 돌아가서 여신을 구출할 겁니다. 그것이 우리가 할 일입니다."

"하지만 당신들 두 사람의 힘으로 그것이 가능하겠습니까? 더군다나 하텐그라쥬로 돌아가면 쇼자인테쉬크톨 때문에 당신과 사모 중 한 사람은 죽어야 하지 않습니까?"

륜은 슬픈 미소를 지었다.

"전 세계가 우리 남매에겐 죽음의 땅이군요."

그날 저녁, 사모와 륜은 무학당의 그들 방에 모여 앉았다.

마루나래는 마당에서 두억시니들과 함께 선선한 밤바람 속에 잠들기를 원했고 아스화리탈 또한 지붕 위에 앉아 있기를 원했기에 그 둘은 오붓하게 앉아 있을 수 있었다. 하지만 주고받는 니름은 그다지 오붓한 것이 되지 못했다.

사모는 륜이 들려주는 니름을 들으며 무심히 쉬크톨의 칼몸 위로 손가락을 움직였다. 인간 검법가라면 질색을 하며 싫어할 동작이었지만 사모는 쉬크톨의 견고함을 완전히 신뢰하고 있었다. 그래서 륜은 차가운 금속 위에 불꽃 같은 열이 드러났다가 곧 식어가는 모습을 볼 수 있었다. 사모는 칼몸을 누르는 손가락의 압력과 각도, 그리고 움직이는 속도 등을 자유로이 변화시키면서 온갖 온도로 칼몸을 번득이게 했다. 게다가 사모는 그것이 식는 속도까지 면밀히 계산했다. 어느 한 부분이 오랫동안 식어 있다고 생각되는 순간 어김없이 그곳에는 손가락 끝을 비스듬히 세워 누름으로써 만들어진 강렬한 획이 피어났다. 그리고 그 모든 과정은 무의식적으로 이루어지고 있었다.

나가에겐 그림이 없었지만, 사모가 그리는 것은 '춤추는 그림'이었다. 물론 어떤 자연물도 닮아 있지 않았고 굳이 따지자면 수학적인 문양의 반복이었다. 수식을 시간과 면적, 그리고 열로 표현한 것 같은 춤추는 문양들. 륜은 사모가 고명한 무용가였음을 떠올렸다. 무용가는 무의식적으로 율동한다. 그것은 나가이며 무용가인 자만이 그릴 수 있는 그림이었다. 그린다는 생각도 하지 않고. 그래서 사모는 륜이 자신의 손가락을 바라보고 있다는 것을 깨달았을 때 그것을 무심히 멈춰버렸다. 륜은 상실감을 느끼며 사모의 니름을 기다렸다.

〈케이건이 나를 왕으로 만든 다음 죽게 내버려둘 거라는 니름이구나?〉

륜은 고개를 끄덕였다.

〈케이건이 말하는 식으로 니른다면, 누님이 북부의 눈물을 다 마신 다음 그 독기에 죽어버리도록 내버려둘 작정인 겁니다.〉

사모는 또다시 듣게 된 눈물을 마신다는 이야기에 한숨을 내쉬었다. 그러나 그녀는 동생의 니름과 케이건의 말에 공통적으로 함의되어 있는 묘한 의미를 지나치지는 않았다. 케이건은 '죽기 위해 북부로 온 당신은 북부의 왕'이라고 말했다. 그 말은, 바꿔 말하자면 북부의 왕은 북부에서 죽어야 되는 사람이라는 의미도 된다.

탐탁지 않았지만 사모는 그 논리를 정면으로 마주보았다.

〈케이건의 논리대로라면 나는 왕이 된 다음 죽어야 되는 것이군.〉

〈그렇습니다. 그는 나가 살육자예요. 가장 화려한 방법으로 누님을 죽일 계획에 착수한 거죠.〉

〈단지 나를 죽이기 위한 목적만으로 내게 무릎 꿇고 경배했다는 거야?〉

〈동시에 북부를 살린다는 목적도 있었겠지요. 케이건은 저를 위해 죽으려 했던 누님의 모습을 보고 그 생각을 떠올린 것이 분명합니다. 누님이 북부의 왕이 된 다음 그들의 눈물을 다 마시고 죽으면, 그들은 살아날 수 있을 겁니다.〉

사모는 눈살을 조금 찡그렸다.

〈지나치게 추상적이잖아. 륜.〉

〈죄송합니다. 하지만 저는 이 정도까지밖에 이해할 수 없습니다. 왜 누님이 죽으면 북부가 살아날 수 있는지 모르겠습니다.〉

사모는 쉬크톨을 칼집에 꽂아넣으려다가 멈췄다. 그리고 그 칼날을 내려다보며 닐렀다.

〈이곳에 오면서……, 그러니까 길을 만드는 인간들이 있던 곳이었어.〉

〈시구리아트 유료 도로당 니름이십니까?〉

〈응? 아, 그래. 그곳에 도달하기 직전, 그 산맥에 비가 참 많이 왔지. 그때 나는 내 뒤를 쫓던 두억시니들이 불어난 계곡물 때문에 계곡을 넘지 못하는 것을 보았어. 나는 그들을 관찰했고, 결국 그들이 퍽이나 야심찬 건축학적 위업에 도전하는 광경을 목격했지. 그들은 손으로 계곡물을 퍼내기 시작했어.〉

사모가 그 장면에 대한 기억을 함께 보냈기 때문에 륜은 그것을 볼 수 있었고, 그래서 실소하고 말았다. 하지만 사모는 웃지 않았다.

〈나는 우습지 않았어.〉

〈아, 그러셨나요.〉

〈그래. 그래서 나무를 잘랐지.〉

륜의 몸에서 비늘이 섰다.

〈네?〉

〈내가 있는 쪽에 나무 한 그루가 있었어. 그것을 베어서 계곡에 걸쳐 다리를 만들어주었지. 나무꾼 일은 처음 해 보는 것이었지만, 쉬크톨과 마루나래가 있어서 그럭저럭 할 수 있었어.〉

〈두억시니를 위해 나무를 죽이셨단 말입니까?〉

〈응.〉

륜은 불안한 눈빛으로 사모를 바라보았다.

〈그런데 왜 그런 이야기를 하시는 겁니까?〉

〈그냥 그 이야기가 떠오르는군.〉

〈누님.〉

사모의 손에 쉬크톨이 한 바퀴 회전했다. 그것이 칼집 안으로 사라졌을 때 사모는 자리에서 일어나 있었다. 륜은 그녀를 올려다보았다. 사모는 벽에 걸어둔 흑사자 모피를 집어들며 닐렀다.

〈먼저 자도록 하렴.〉

〈어디를 가시는 겁니까?〉

사모는 대답하지 않았다. 륜은 그녀를 따라가겠다는 듯이 일어났지만 사모는 고개를 가로저었다. 그녀의 얼굴을 바라보던 륜은 도로 바닥에 앉았다. 사모는 가볍게 고개를 끄덕이고는 방문을 나섰다. 그리고 문을 닫았다.

마루 가운데 선 사모는 잠시 그곳에서 마당을 내려다보았다. 축대 아래쪽에 멀리 열덩어리가 누워 있는 것이 눈에 들어왔다. 그리고 더 먼 곳, 엉겨 있는 거대한 열덩어리들도 있었다. 사모는 마루 아래로 내려섰다.

하루 종일 쾌청한 날씨였음에도 불구하고 마당은 젖어 있었다. 젖은 흙을 밟으며 걸어간 사모는 곧 마당 한가운데 도달했다. 그곳엔 케이건이 상의를 벗은 채 땅에 똑바로 누워 있었다. 사지를 모두 펴고 허리 옆의 땅에 바라기를 꽂아두어 얼핏 보면 배에 칼을 맞고 쓰러져 있는 시체로 착각하고 기겁할 모습이었지만, 체온을 볼 수 있는 사모는 그런 오해를 할 수가 없었다.

"안 추워?"

"시원해."

해가 떠 있는 시간 동안 케이건은 계속해서 먹고 쉬지 않고 칼을 휘둘렀다. 땀에 젖어 행동이 불편해질 때마다 샘터에서 물을 뒤집어쓰고, 그리고 또 칼을 휘둘렀다. 긴 여름의 낮을 고려해 본 사모는 케이건이 적어도 열 시간 동안 쉬지 않고 칼을 휘둘렀다고 판단했다. 그 때문에 마당은 물과 땀으로 젖어 있었고, 무학당으로 돌아온 티나한은 화를 내며 마당을 건너 뛰어야 했다.

마당 저편에 누워 있던 마루나래가 슬쩍 몸을 일으켰다. 마루나래는 몇 걸음만에 사모에게 도달했다. 사모는 그 갈기를 잡아 힘껏 흔들어주었다. 두억시니들도 일부 일어났다. 사모는 그들을 향해 앉아 있으라는 손짓을 하고는 케이건을 돌아보았다. 케이건은 여전히 누운 채 밤하늘을 바라보고 있었다.

사모는 마루나래의 허리를 붙잡아 억지로 앉힌 다음 그 등에 올라앉았다. 케이건과의 거리가 그냥 서서 내려다보는 것보다 더 멀어졌고, 그래서 사모는 고개를 가로저으며 다시 땅에 내려섰다. 사모는 마루나래를 밀어서 옆으로 눕히려 했다. 마루나래는 그것을 장난이라고 생각하고는 자꾸 일어서려 했다. 사모는 한참 후에야 마루나래를 눕힌 다음 그 허리에 앉아 케이건을 내려다볼 수 있었다. 케이건은 별을 바라보며 안쓰럽다는 듯이 조용히 말했다.

"참 말 안 듣는 방석이군."

사모는 헐떡거리며 대답했다.

"그래도 크기에 비해 휴대는 간편해."

"젖은 바닥에 앉기 싫은 거라면, 저쪽에 내 돗자리 있어."

사모는 속으로 악담을 잠깐 중얼거린 다음 마루나래의 등에서 내려왔다. 잠시 후 사모는 허리에 돗자리를 끼고 돌아와서는 케이건 옆에 그것을 깔았다. 그리고 그 위에 앉아 팔짱을 낀 채 케이건을 내려다보았다.

"회담 준비하기 힘들군. 일어나 앉아."

"힘들어."

"사람들이 그러지 말라는데도 듣지 않고 하루 종일 칼 휘둘렀으니 그건 네 책임이야. 일어나서 예의를 갖춰."

"싫어."

"마루나래. 깔고 앉아버려."

케이건의 상체가 스르륵 일어났다. 케이건은 흙먼지와 땀으로 뒤엉킨 머리카락을 붙잡아 뒤통수로 쓸어넘기고는 사모를 묵묵히 바라보았다. 사모는 돗자리 뒤편에 드러누운 마루나래에게 등을 기댄 채 그런 케이건을 마주보며 웃었다. 케이건은 말했다.

"그쪽이 편해 보이는군."

"원하면 너도 이리와서 기대어 앉아."

케이건은 마루나래의 문짝만 한 머리를 흘끔 쳐다보고는 고개를 가로저었다.

"사양하겠어."

상체에 묻은 흙을 대충 털어낸 케이건은 사모를 똑바로 바라보았다.

"회담 주제는 뭐지?"

"케이건 드라카는 사모 페이를 죽일 작정인가."

"그건 이미 말했던 건데."

사모는 케이건의 머리 한쪽에 붙어 있는 커다란 흙덩이를 보며 말했다.

"나는 '죽기 위해 북부로 온 자는 북부의 왕이다.'라는 말이 '북부의 왕은 북부에 와서 죽어야 한다.'는 말로 도치되리라고는 생각하지 못했어."

"그건 네 책임이지."

사모는 미소 지었다. 그리고 그녀는 케이건의 머리에 붙은 흙덩어리를 떼내고 싶은 충동을 느꼈다. 혹 인간에게도 니름을 전할 수 있을까? 〈케이건. 왼쪽 머리를 털어봐.〉 케이건의 왼손이 머리 옆으로 올라갔을 때 사모는 깜짝 놀랐다. 하지만 케이건은 왼손을 주먹 쥐어 턱을 받쳤다. 한숨을 쉰 다음, 사모는 손으로 케이건의 왼쪽 머리를 가리켰다. 흙덩이를 털어내는 케이건을 보며 사모는 말했다.

"내가 왕이 된 다음에 죽으면, 그게 북부인들에게 어떤 도움이 되는 거지? 처음부터 없었던 것보다 더 나쁠 것 같은데."

"그 질문에 대한 대답도 이미 했는데."

"어느 거지?"

"차차."

"아아, 차차 알게 될 거라는 대답 말이군. 그렇다면 이걸 물어보지. 네가 나를 죽일 건가?"

"나는 아라짓 전사다. 왕을 죽일 수는 없어."

"그러면 내가 어떻게 죽게 되는 거지?"

"아마 심장 파괴겠지."

"그게 뭔데?"

케이건은 사모를 물끄러미 바라보다가 심장 파괴에 대해 설명했다. 사모는 흥미롭다는 표정을 짓다가 곧 비늘을 부딪쳤다. 케이건이 설명을 끝냈을 때 사모는 충격으로 굳은 얼굴을 한 채 인간을 마주보고 있었다.

"그게 사실이야?"

"륜에게 물어봐."

사모는 한참 동안 침묵했다. 케이건은 참을성 있게 기다렸다. 절대적 확신의 대상이 거짓으로 판명되는 것에서 오는 충격은 끔찍하다. 그 절대적 확신의 대상이 자신의 불멸성이라면 두말할 나위도 없다. 사모는 한참 동안 낯선 것을 보는 시선으로 자신의 몸을 내려다보았다.

"그렇다면…… 이제 대충 어떤 전개가 되는 건지 알겠군. 내가 왕위에 오르고, 북부인들을 지휘하여 내 동족들과 싸우고, 그리고 내 동족들은 배신자인 내 존재를 깨달은 다음, 심장탑에 보관된 내 심장을 파괴하는 것이군. 그리고 나는 죽는 것이군."

"그렇게 될 가능성이 가장 높지."

"어떻게 죽으라는 이야기를 그렇게 자연스럽게 하는 거지? 지나치게 뻔뻔하다고 생각하지 않아?"

"조금도. 나는 상황 속에 내포된 조건들을 조합해 보았을 뿐이야. 너는 흑사자 모피를 걸친 채 북부로 왔어. 대호는 너를 따르지. 그리고 네 심장은 하텐그라쥬에 보관되어 있고. 결론은 명확해. 너는 북부의 왕이 되기 위해 왔고 북부의 왕으로서 죽어야 하지. 그리고 남은 우리는 아마도 네게 추모를 보낸 다음, 북부를 지키고 여신을 구출할 수 있을 거야. 어쩌면 류 페이를 고향으로 돌려보낼 수 있을지도 모르지."

사모는 어이없는 얼굴로 케이건을 바라보았다.

"내가 왕으로서 죽는 것만으로 그 모든 일이 가능해질 거라는 거야?"

케이건은 팔의 소금기를 털어내며 대답했다.

"너는 이해할 수 있을 거라고 생각했는데. 이미 한 번 시도해 본 일이잖아. 너는 스스로 죽음으로써 류 페이가 살 수 있게 하려 했지."

"그건 쇼자인테쉬크톨이라는 규칙이 있었기 때문이야."

"모든 사소한 규칙들은 그 속에 더 거대한 규칙의 일부를 담고 있지."

"그 거대한 규칙이 뭔지 삼가 묻고 싶은데."

케이건은 입을 다문 채 잠시 생각에 잠겼다. 어떤 식으로 말해야 할지 가늠하기 힘든 듯한 모습이었다. 사모는 마루나래의 털을 만지작거리며 기다렸다.

케이건은 갑작스럽게 질문했다.

"단풍에 대해서 아나?"

사모는 고개를 갸웃했다.

"들어는 봤어. 날씨가 추워지면 나뭇잎의 색깔이 변한다는 이야기 말이지?"

"그래. 너희들의 밀림에서는 보기 힘든 일이지. 그리고 직접 보게 되더라도 우리들만큼 그 색깔에 큰 감동을 받기는 어려울 거야. 이 파름 산도 가을이 되면 퍽 훌륭한 단풍이 들지. 그러고나서 나무들은 낙엽을 떨어뜨리고 헐벗게 되지. 동물과 식물의 재미있는 차이야. 동물들은 겨울이 다가오면 더 길고 두툼한 털을 가지게 되는 놈들이 많지. 혹은 음식을 잔뜩 섭취해서 체중을 불리거나 하지. 그런데 나무들은 겨울이 다가오면 오히려 헐벗지."

"그야 나무들은 체온을 유지할 필요가 없으니까 그렇지."

"그래. 하지만 나무들은 그 잎으로 태양을 마시지. 그렇다면 햇빛이 부족한 겨울에는 더 많은 나뭇잎이 필요한 것 아닐까? 그편이 더 많은 햇빛을 받아들일 수 있을 텐데 왜 나무들은 반대로 행동하는 거지?"

"나뭇잎을 늘여서 얻게 되는 이득보다 나뭇잎을 만드는 데 필요한 양분을 아끼는 쪽의 이득이 더 크기 때문이겠지."

"정확해. 그런 식으로밖에 생각할 수 없지. 위기라고 할 수 있는 겨울이 왔을 때 나무는 살아남기 위해서 자신을 확장하는 대신 자신의 일부를 죽이는 선택을 하지. 그런데 믿기 어렵겠지만 이것은 모든 사람들의 집단에게도 통용되는 말이야. 사람들의 집단은 위기 상황에서 자신의 일부를 죽일 수밖에 없어. 다른 모든 구성원들을 살리기 위해 죽어야 하는 이 개인은 놀랍게도 모욕과 혐오, 심지어 폭력의 대상이 되지. 왜 그런가 하면, 집단의 구성원들이 위기 상황에서 살아남기 위해 서로 공격하기 시작하면 그 집단이 와해되기 때문이야. 그래서 그들은 서로 공격하는 대신 만장일치하에 한 명을 공격하지. 이것을 희생양이라고 부르지. 다시 나무로 돌아가볼까. 겨울이 왔을 때 뿌리와 줄기와 가지와 잎이 서로 공격한다면 나무는 죽고 말 거야. 그래서 뿌리와 줄기와 가지는 만장일치하에 잎을 공격해서 떨어뜨리는 거야. 잎의 희생으로 나무는 살아 남게 되지. 사람들의 집단도 마찬가지야. 희생양이 죽었을 때 집단의 다른 구성원들은 더 이상 서로에 대해 공포와 증오를 가지지 않아. 그 공포와 증오는 희생양이 죽었을 때 같이 죽었으니까."

사모는 멍한 표정으로 케이건을 바라보았다. 케이건은 거침없이 말을 이어갔다.

"레콘들의 경우가 바로 극단적인 예지. 그토록 강하고 호전적인 자들은 모이면 매일 같이 그 내부에서 위기가 오게 되지. 그럴 때마다 자신의 일부를 죽인다면 레콘은 오래전에 멸망했을 거야. 그래서 레콘은 아예 집단을 이루지 않아. 그리고 너희 나가들의 경우도 레콘만큼이나 인상적인 극단이지. 너희들은 너희들 중의 일부를 죽이는 대신 모든 구성원이 한번씩 죽음을 경험하지."

"심장 적출?"

"맞았어. 그래서 너희들에게는 왕이 필요 없어. 나무로 친다면 뿌리와 줄기와 가지와 잎뿐만 아니라 심지어 꽃까지도 조금씩 희생하여 겨울에도 꽃이 만발한 나무로 남아 있을 수 있게 된 것과 비슷하지."

"정말 독특한 관점이군."

"무엇보다도 독특하며 신기한 것은 증오의 대상이어야 하는 그 희생양이 어느 순간부터 존경과 애정, 숭배의 대상으로 바뀐다는 점이지."

"어째서 그렇지?"

"조금 전 희생양이 죽었을 때 집단의 다른 구성원들은 더 이상 서로에 대해 공포와 증오를 가지지 않는다고 말했어. 질서와 평화가 도래하는 거지. 이것은 집단에겐 신비롭기까지 한 경험이야. 구성원들이 서로 공격하면 무질서와 혼란이 오는데, 그 희생양을 공격하니까 질서와 평화가 온 거지. 그런 놀라운 차이는 집단을 당황하게 하고 결국 집단은 그 희생양에게는 다른 자와는 다른 특별함이 있다고 믿게 되지. 그래서 집단은 그런 희생양에게 특별한 숭배를 바치고 다른 자들과는 다른 이름으로 부르지. 떨어지기 직전의 나뭇잎이 가장 아름다운 것과 마찬가지야. 나무의 경우 그건 단풍이라고 부르지. 집단의 경우에는 뭐라고 불리는지 짐작할 수 있을 거다."

"……왕이라 부르는군."

케이건은 고개를 끄덕이곤 다시 말했다.

"옛이야기 하나 하지. 그다지 유쾌한 이야기는 아니지만. 우리의 마지막 왕은 권능왕이라는 작자였다. 최악의 왕이었지. 만약 네가 권능왕에 대한 평을 목록화할 생각이 있다면 '호평' 부분에 대해서는 절대로 할애할 필요가 없다. 그의 무수한 악덕들 중에서, 사람들은 주로 만민 회의장을 찾아온 키탈저 사냥꾼들을 모욕한 사건을 그의 최고의 악덕으로 꼽지. 하지만 점잖은 자리에선 차마 거론하기 난처한 악덕도 있는데, 그가 남색자였고 동시에 근친상간자라는 점이 그렇지. 그는 아들을 사랑했어."

마루나래는 움찔했다. 사모가 그 털을 꽉 움켜쥐었기 때문이다. 그러나 사모는 곧 그 털을 놓아주고는 똑바로 앉아서 케이건을 바라보았다.

"혐오스러운 이야기군."

"그래. 권능왕은 여자는 죽이고 남자는 겁탈했던 아라짓 전사의 이야기를 즐겨 거론하곤 했지. 하지만 그도 자신의 남색 경력을 자랑하거나 하기는 힘든 시대에 살고 있었어. 더군다나 상대가 그 아들이니 이중의 죄악이지. 하지만 나는 그것도 그의 최악의 악덕은 아니라고 생각해. 내가 생각하기에 권능왕이 저지른 최악의 죄는 행방불명되었다는 거야."

"행방불명이 최악의 죄라고?"

"나는 그것이 다시 없는 기회였다고 생각한다. 아라짓 전사는 더 이상 존재하지 않고 키탈저 사냥꾼들은 다른 북부인들과 손잡기를 거부하고 돌아갔지. 북부에는 어떤 희망도 없었어. 그런 암울했던 시절, 그는 북부의 유일무이한 희망이었지."

"그런 파렴치한 자가 어떻게 북부의 희망이……."

"그런 파렴치한 자였기에 그렇다. 사람들이 생각해 낼 수 있는 거의 모든 악덕을 저지른 권능왕은 처죽여 마땅한 인물이 되었지. 그는 그의 죄와 함께 살해당했어야 했다. 혐오와 증오의 만장일치 속에 사람들로부터 공격당하는 희생양이 되어야 했다. 하지만 키탈저 사냥꾼들을 쫓아버림으로써 자신의 어리석음을 이미 과시했던 그자는 북부의 마지막 희망마저도 앗아가버렸지."

케이건은 팔짱을 끼며 고개를 조금 떨구었다.

"만약 그가 행방불명되지 않았다면, 왕의 자리에서 살해당했다면, 그랬다면 어떻게 되었을까? 왕의 죽음을 경험한 북부는 부활의 힘을 얻을 수 있었을 것이다."

"그래서, 내가 왕으로서 죽으면 북부는 살아날 수 있다는 이야기야?"

"그렇다."

밤하늘의 빛깔이 다르고 불어오는 바람의 향기가 다른 땅에 앉아서, 나가의 역사를 통틀어 가장 거대한 두 적수의 후예라 주장하는 남자의 말을 들으며, 사모는 재미를 느꼈다. 그리고 그런 자신을 의아하게 여겼다.

"그 거대한 규칙은, 적어도 즉흥적으로 생각해 낸 것은 아닌 것 같군. 하지만 투자된 시간이 논리의 정교함 정도는 담보할 수 있을지 몰라도 정합성을 담보하지는 못하겠지."

"사모 페이. 이미 말했듯이 왕이 되면 차차 알게 될 거다. 더 이상 들려줄 말은 없어."

"내가 끝까지 거절한다면 너는 어떻게 할 테지?"

케이건은 아무런 어조나 표정의 변화 없이 말했다.

"너를 하텐그라쥬로 돌려보낼 방법을 찾겠지."

"뭐?"

"네가 가사 상태로 있을 때, 륜 페이는 여신을 부르는 일을 하는 대신 나에게 너를 하텐그라쥬로 돌려보낼 방법을 찾아내라고 요구했다. 물론 그 일은 결과적으로 수호자들의 속임수에 넘어간 결과가 되고 말았지만 그건 륜의 책임은 아니다. 륜은 자신에게 요구된 일을 수행했으니 이제 내가 그의 요구를 수행할 차례지."

사모는 고개를 갸웃했다.

"어떤 방법으로 나를 하텐그라쥬에 돌려보낼 건데?"

"북부의 왕으로 만들어서 군대와 함께 돌려보내겠다."

사모는 폭발적인 웃음을 터뜨렸다.

그다지 우스운 말이 아니었음에도 불구하고 사모는 정신없이 웃었다. 도저히 참을 수 없었던 사모는 마루나래의 배에 얼굴을 묻은 채 대호의 털을 잡아당겼다. 사모가 아픈 배를 움켜쥔 채 케이건을 돌아보았을 때 케이건은 무표정한 얼굴 그대로 그녀를 바라보고 있었다. 사모는 겨우 입을 열어 말했다.

"배가 너무 아파."

"그렇게 웃는 나가는 처음 보는군."

"아아, 그래. 나도 이렇게 웃는 나가는 본 기억이 없어."

"너 때문에 오레놀이 꽤 놀란 것 같군."

사모는 마당 저편을 돌아보았다. 그곳에 오레놀 대덕이 서 있었다. 대덕은 넋이 나간 사람처럼 서 있었다. 쾌활한 기분이었던 사모는 그쪽을 향해 손을 흔들었다. 가까스로 정신을 수습한 오레놀이 그들을 향해 걸어왔다. 사모와 케이건은 대덕의 손에 들려있는 단지를 보았다. 하지만 오레놀은 자신이 뭘 들고 있는지도 잘 모르는 것 같은 얼굴로 말했다.

"웃음소리가 정말 아름다우시군요."

"고마워."

사모는 몸을 일으켰다. 케이건 또한 그녀를 따라 일어났다. 오레놀은 잠시 그를 덮쳤던 환상의 여운에 고개를 내저으며 그들의 뒤를 따라 걸었다.

티나한과 케이건, 그리고 비형이 머물고 있는 방이 가장 컸기에 사람들은 모두 그곳으로 모였다. 사모와 함께 마지막에 방에 들어온 륜은 케이건의 얼굴을 잠깐 바라보았다. 그러고는 사모의 옆에 앉으며 닐렀다.

〈왜 그렇게 웃으신 거죠?〉

〈케이건은 네 요구까지도 내가 왕이 되어야 하는 증거로 만들어버리더군. 저 인간의 말을 듣고 있다 보면 정말이지 전 세계가 내가 왕이 되길 바라고 있는 것 같은 기분이 들어.〉

〈네?〉

〈내가 하텐그라쥬로 돌아갈 방법을 찾으라고 케이건에게 요구했었니?〉

〈예. 그랬습니다만.〉

〈왕이 되어서 북부의 군대를 이끌고 돌아가라더군.〉

륜은 비늘을 부딪치며 케이건을 날카롭게 쏘아보았다. 사모는 그런 동생을 보며 부드럽게 닐렀다.

〈틀린 말은 아니지. 어떤 무력이 동원되지 않으면 타개하기 힘들 만큼 곤란한 상황에 처해 있는 것은 확실하니까.〉

〈틀린 말입니다. 왕이 되면 누님은 죽습니다!〉

〈그 이야기는 천천히 하자. 오레놀이 기다리고 있으니.〉

방 안에 있는 다른 사람들은 두 사람이 니름을 나누고 있다는 것을 알아차리고 는 차분하게 기다리고 있었다. 사모는 고개를 조금 숙였다.

"미안해. 모두들."

오레놀이 고개를 가로저었다.

"아니요. 괜찮습니다. 그런데 이제 시작하시겠습니까?"

사모는 다시 깨어난 이래로 오레놀에게 배웠던 사어를 되새기며 대답했다.

"그래. 뱀을 풀어."

사람들이 벽쪽으로 물러난 다음 오레놀은 뱀단지를 쏟았다. 뱀들은 방 가운데로 쏟아져나와 주위를 경계했고 그중 어떤 것들은 틈새를 찾아 빠르게 기어갔다. 하 지만 미리 준비하고 있던 사모는 재빨리 그것을 억압했다. 뱀들은 별 저항없이 사 모의 의지를 받아들여 방 가운데로 모였다.

"예상보다 어렵지 않군."

"이 뱀들은 정신 억압 당하는 것에 익숙할 테니까요."

"알았어. 그럼 시작하겠어."

사모는 머릿속으로 검토해 두었던 사어를 천천히 뱀들에게 쏟아넣었다. 뱀들은 잠시 전율하다가 곧 의미를 담은 무늬를 그리기 시작했다.

뱀단지가 달그락거리는 소리를 들은 것은 주퀘도였다. 주퀘도는 어리둥절하여 말했다.

"이봐, 세리스마. 저게 움직이는데?"

주퀘도의 이야기를 들은 세리스마는 고개를 돌려 선반 위에 놓인 뱀단지를 보았다.

"누가 사어를 보내는 모양이군. 갈로텍에게 전면으로 나오라고 전해 주겠나?"

주퀘도는 갈로텍과 자리를 바꿨다. 위로 올라온 갈로텍은 세리스마가 뱀단지를 들어올리는 것을 보았다. 갈로텍은 탁자를 옆으로 치웠고 세리스마는 뱀들을 바닥에 풀어놓았다. 두 사람은 뱀들을 내려다보았다. 잠시 후 그들은 깜짝 놀라 비늘을 곤두세웠다.

〈하인샤 대사원이라고!〉

오레놀은 뱀들의 움직임을 소리내어 읽었다.

"거짓니름하지 마라. 너는 누구냐?"

사모는 준비해 두었던 말을 시도했다. 오레놀은 사어를 읽지 못하는 사람들을 위해 충실하게 해석했다.

"저는 륜 페이입니다. 세리스마."

"륜 페이라고! 무슨 소리냐. 너에게는 정신 억압 능력이 없다!"

"할 수 있게 되었습니다. 제게는 기묘한 힘이 생겼습니다."

륜은 정말 그런 힘이 생겼으면 좋겠다고 생각했다. 그들이 언제든 그 심장을 파괴할 수 있는 사모가 대화를 담당하는 것이 마음에 들지 않았다. 먼 남쪽에서는 한참 동안 침묵하다가 대답했다.

"기묘한 일이군. 정신 억압 능력이 생기다니."

"예. 도대체 당신들은 무슨 짓을 한 겁니까?"

"짐작하는 바가 있느냐?"

"있습니다. 당신들은 저로 하여금 여신을 불러내게 한 다음 여신이 이곳에 와 계신 동안 신체를 장악했습니다. 그런 방법을 통해 여신을 감금했으며, 그래서 주인 잃은 그 힘은 주인의 신랑들에게 온 것입니다. 제 추측이 맞습니까?"

"부정하지 않겠다."

"왜 그런 짓을 하신 겁니까?"

비형은 침을 꼴깍 삼키며 뱀들을 바라보았다. 뱀들이 빠르게 움직이며 그 배가 방바닥을 스치는 소리가 스산하게 울렸다.

"전 세계를 나가에게 주기 위해서다."

"그렇다면, 불신자들은?"

"말살한다."

사어를 읽는 오레놀의 목소리가 떨렸다. 비형은 신음을 흘렸고 티나한은 깃털을 곤두세웠다. 륜은 케이건을 바라보았다. 하지만 케이건은 무표정하게 뱀들을 바라보고 있었다.

사모는 비늘을 부딪치며 뱀들에게 의지를 쏟아넣었다.

"우리가 원하지도 않는 땅에 살고 있는 자들을 왜 말살해야 합니까? 저희들끼리 살게 내버려두더라도 우리에겐 아쉬울 것이 없습니다."

"이제 그 땅도 곧 우리 것이 될 것이다."

"여신의 힘을 이용해서 말이죠. 왜 그래야 합니까? 우리에겐 키보렌이 있고 그 것만으로도 우리에겐 충분합니다."

"충분하다고? 마치 네가 얻은 것처럼 이야기하는구나. 너 스스로 쟁취한 것에 대해서만이 충분하다느니 그렇지 않다느니 하는 니름을 할 수 있는 법이다. 우리가 지금 세계의 반이나마 가지고 있을 수 있는 것은 우리 조상들께서 당신들이 가지고 있는 것에 만족하지 않으셨기 때문이다. 왜 우리 것이 될 수 있는 땅을 저 나무를 베는 추악한 불신자들에게 맡겨둬야 하느냐? 그 땅을 여행했으니 알 것이다. 그들이 나무를 경의로써 대하더냐?"

"그렇지 않습니다. 당신의 니름처럼, 자기들이 그 나무들을 키운 것도 아닌 주제에 제멋대로 나무를 잘라 쓰더군요. 자기들이 태어나길 숲의 주인으로 태어났기에 숲을 상대로 무슨 짓을 해도 상관없다고 믿는 것 같았습니다."

사어를 읽던 오레놀은 사모를 바라보며 약간 걱정스러운 표정을 지었다. 사모는 나가다운 솔직한 감상을 말하고 있었다. 다른 사람들도 약간씩 불편한 표정을 지었고 륜은 비늘이 일어난 얼굴로 뱀들을 바라보았다. 사모는 계속 뱀을 움직였다. 오레놀은 뜻밖의 사어에 놀랐다.

"마치 당신들처럼."

"뭐라고?"

"당신들은 태어나길 여신의 주인으로 태어났습니까? 여신을 상대로 무슨 짓을 해도 상관이 없다고 믿은 겁니까? 당신들이 한 짓이 여신을 경의로 대한 것입니까?"

뱀들이 경련하며 멈췄다. 사모는 그 뱀들을 강제로 움직이게 했다.

"그렇잖으면, 당신들이 여신을 쟁취했기에 여신을 마음대로 다뤄도 된다고 생각하는 겁니까?"

"니름 조심해."

"당신에게는 불신자를 비난할 도덕적 근거가 없습니다. 불신자들이 나무를 벤다고 비난하지만, 당신은 여신을 감금했습니다. 여신을 풀어주십시오. 그리고 그녀에게 사과하십시오."

뱀들은 침묵했다. 사모는 머나먼 하텐그라쥬에서 수호자가 어떤 표정을 짓고 있을지 궁금했다. 그녀가 다시 뱀을 움직일까 생각했을 때 갑작스럽게 대답이 돌아왔다.

"그렇게 하마."

오레놀은 해석하면서 깜짝 놀랐다. 사모는 재빨리 뱀을 움직였다.

"그렇게 한다고요?"

"그래. 너를 모든 불신자와 함께 죽인 후에 그렇게 하겠다. 너는 나를 여신의 감금자라 비난하겠지만, 그리고 여신은 나를 징벌하겠지만, 후대의 나가들은 나를 칭송할 거다!"

대답하려던 사모는 이상한 느낌을 받았다. 배를 깐 채 움직이던 뱀들이 갑자기 머리를 쳐들었다. '공격적'이라는 단어가 사모의 머릿속에 떠올랐다. 사모는 뱀들을 다시 억압하려 했지만 저 남쪽에서의 억압이 월등히 강했다. 뱀들은 머리를 꼿꼿이 세운 채 사모를 향해 쇄도했다.

"안 돼!"

비형의 비명과 함께 티나한이 앞으로 돌격했다. 티나한은 거대한 손을 힘껏 휘둘러 뱀을 쳐내었다. 그리고 케이건 또한 황급히 바라기로 뱀을 쳐내었다. 그들 모두 비형을 의식하고 있었고 따라서 피를 뿌리지 않도록 하느라 애를 먹었다. 그때 사모가 앞으로 나섰다. 사모는 두 손으로 뱀을 덥석 움켜쥐어 뱀단지 속에 쑤셔넣었다. 성난 뱀들이 그녀의 팔을 물었지만 사모는 아랑곳하지 않았다. 마지막 뱀까지 뱀단지 속에 쑤셔넣은 사모는 그 뚜껑을 밀봉한 후에야 헐떡이며 물러났다. 륜이 황급히 다가섰다.

"누님!"

"나는 괜찮아."

"정말 괜찮으십니까?"

"그래. 저자는 네가 심장을 가지고 있으니 뱀의 공격이 치명적일 거라 생각한 모양이군."

사모가 두 번이나 다짐했지만 륜은 그녀의 팔에서 눈을 떼지 못했다. 사모는 집게손가락으로 장난스럽게 륜의 이마를 밀어준 다음 오레놀을 바라보았다.

"저거 빨리 치우는 편이 좋겠군."

오레놀은 허옇게 질린 얼굴로 고개를 끄덕이며 뱀단지를 집어들었다. 사모는 케이건을 돌아보았다. 그녀의 얼굴에 미소가 사라졌다.

"너희들을 말살시키겠다는군."

비형은 한숨을 내쉬었고 티나한은 깃털을 부풀렸다. 케이건은 사모를 바라보며 말했다.

"왕이 필요해."

"안 돼요!"

륜이 비명을 지르다시피 외쳤다. 케이건과 사모는 고개를 돌려 륜을 바라보았다. 륜은 사모를 가로막듯이 하며 외쳤다.

"누님은 당신들의 왕이 되지 않을 겁니다. 절대로!"

"왜 안 된다는 거지?"

"당신은 누님을 왕으로 만든 다음 죽일 작정이잖아요!"

비형과 티나한은 착잡한 표정으로 케이건을 쳐다보았다. 케이건은 속마음을 알기 힘든 표정으로 륜을 바라보며 말했다.

"나는 죽이지 않아."

"죽게 내버려두겠지요! 같은 이야기예요. 당신이, 당신이 그랬어요. 왕은 눈물을 마시는 새라고. 그리고 눈물을 마시는 새가 가장 빨리 죽는다고. 누님이 왕이 된다면, 그럼 가장 빨리 죽어요! 왜 그런지는 저도 몰라요. 하지만 그런 건 상관없어! 당신들을 위해 누님을 죽이지는 않아요!"

그때 사모가 륜의 어깨를 짚었다.

〈륜. 우리 두 사람의 힘만으로 세계의 절반, 그것도 신의 힘을 사용하는 자들과 싸울 수는 없어.〉

〈누님!〉

륜은 비늘을 곤두세운 채 사모를 돌아보았다. 사모는 동생의 눈을 들여다보며 닐렀다.

〈조금 전의 대화로 뚜렷해졌어. 이 일을 계획한 자들은 병자야. 그들을 설득할 수는 없어. 아니, 그렇게 하려 해도 먼저 그들과 대화할 수 있을 정도까지는 다가가야 해.〉

〈그래서, 이자들의 왕이 되시겠다는 겁니까?〉

사모는 니름 대신 목소리로 말했다.

"한시적인 조건으로. 그러니까 대확장 전쟁을 저지하고 여신을 구출할 때까지의 조건이라면, 이자들의 왕이 되는 것도 좋다고 생각해."

비형과 티나한이 눈을 크게 떴다. 그리고 오레놀은 지금도 그가 돌아오기를 기다리고 있는 고승들에게 가져다줄 대답을 얻었다는 것을 알게 되었다. 하지만 륜은 두 손을 휘두르며 외쳤다.

"절대로 그럴 수 없어요!"

"륜. 이건 우리 두 사람만의 일이 아니야. 다른 나가들을 위한 일이기도 해. 다른 나가들은 여신의 힘을 자유로이 쓰는 수호자들을 대적할 수 없어."〈그러지 않기를 바라지만, 어쩌면 벌써 핍박이 시작되고 있을지도 몰라. 수호자들이 대확장 전쟁을 재개하려면 먼저 다른 나가들을 확실히 통제하고 싶겠지.〉"누가 그들을 구하지? 지금 키보렌에서 벗어나 있는 사람은 우리 둘뿐이야."

류은 격노하여 비늘을 부딪쳤다.

"우리가 그자들을 왜 신경 써 줘야 하지요? 우리 둘에게 서로를 죽일 것을 강요한 자들이에요!"

"그걸 강요한 것은 그들이 아냐."〈비아스 마케로우야.〉"그들이 우리를 특별히 증오해서 그런 것이 아냐. 다만 전통을 지켰을 뿐이지."

"그들에게 그렇게 소중한 전통이라면 그들 스스로 지키라고 해요!"

사모는 얼굴을 조금 굳혔다.

"류. 네 신부를 구하지 않겠다는 거야?"

"그건 제 힘으로 하겠어요! 누님이 저들을 위해 죽을 필요는 없어요!"

"나는 죽는다고 생각하지 않아."

〈심장 파괴는〉"사실입니다!"

"알아. 믿어."〈하지만 수호자들은 나가가 북부의 왕이 되었다는 것을 알게 되면 북부를 얻는 것이 더 쉬워진다고 생각할지도 모르지. 그럴 가능성이 상당히 높아. 나를 죽여서 인간이나 레콘, 도깨비가 왕위에 오르게 하기보다는〉"일단 나와 협조하고 싶지 않을까?"

류은 놀랐다.

"그건…… 어, 그건……."

"생각해 봐. 오히려"〈내가 왕이 된다는 것은 그들이 나를 살려두고 싶어지는 이유가 될 수도 있지.〉

니름과 말을 빠르게 오가며 이루어지는 류과 사모의 대화는 다른 사람들을 혼란시켰다. 오레놀 또한 뱀단지를 손에 든 채 멍하게 그들을 바라보았다. 그때 그의 손 안에서 뱀단지가 요동쳤다.

와장창! 육성으로 대화를 나누고 있었기에 사모와 륜도 단지가 박살나는 소리를 들었다. 오레놀은 뒤로 물러나며 깨진 단지를 가리켰다.

"저, 저게 갑자기 움직였어요!"

파편 사이로 뱀들이 스르륵 기어나왔다. 케이건은 잇소리를 내며 바라기를 거머쥐었고 티나한은 격분하여 외쳤다.

"제기랄, 태워버려! 비형!"

"안 돼! 잠깐!"

사모의 외침에 비형은 움찔했다. 사모는 비형을 향해 손바닥을 내민 채 뱀을 뚫어져라 바라보았다. 다른 사람들도 뱀을 쳐다보았고, 조금 후 그 뱀들이 일정한 무늬를 그리고 있음을 깨달았다. 케이건은 눈을 꿈틀했다.

"사어?"

오레놀이 놀라며 그 사어를 읽었다.

"거기 있는 것이 내 아들이냐?"

륜은 깜짝 놀라 사모를 바라보았다. 사모 역시 당황했지만 곧 정신을 집중했다. 뱀들이 다시 움직였고, 오레놀은 경악 속에서도 그것을 읽었다.

"당신은 누구입니까? 지커엔 가주님이십니까?"

비형은 륜을 쳐다보며 물었다.

"지커엔 가주가 누굽니까?"

"페이 가문의 가주……, 제 어머님이십니다. 하지만 가주님은 정신 억압자가 아니신데?"

륜이 그렇게 말했을 때 사모 또한 자신의 어머니에게는 정신 억압 능력이 없다는 사실을 깨달았다. 사모는 뱀들에게 의지를 불어넣었다.

"지커엔 가주님일 리는 없군요. 가주님은 정신 억압을 할 수 없으세요. 당신은 누구죠?"

"너는 륜 페이냐?"

사모는 어떻게 대답할까 고민하다가 케이건을 바라보았다. 케이건은 고개를 끄덕였다.

"그렇습니다."

뱀들은 한동안 움직임 없이 방바닥에 누워 있었다. 잠시 후 뱀들이 다시 움직이기 시작하자 사모와 오레놀은 깜짝 놀랐다. 더 참을 수 없었던 티나한이 자신의 부리를 두드리자 오레놀은 정신을 차려 그 사어를 해독했다.

"아니. 너는 내 아들이 아니다. 하지만 느낌은 그럴듯하군. 너는 누구지?"

사모는 당황하여 뱀들을 움직였다.

"당신이야말로 누구입니까? 가주님은 정신 억압을 할 줄 몰라요. 누구이기에 저를 아들이라고 부르는 겁니까?"

"나는 요스비다."

륜은 괴상한 신음을 흘리며 주저앉았다.

방바닥에 주저앉은 채, 륜은 죽은 사람이 보내어오는 사어를 멍하니 바라보았다. 케이건은 참을 수 없다는 듯 륜의 곁에 한쪽 무릎을 꿇었다. 그리고 륜의 귓가로 입을 가져가서는 낮고 강한 목소리로 말했다.

"요스비는 죽었다고 했잖아!"

"죽었어요……. 틀림없이 돌아가셨어요. 제 눈앞에서! 누님?"

사모 페이 또한 경악 때문에 한동안 뱀을 움직이지 못했다. 케이건은 무릎 꿇은 채 주먹으로 방바닥을 쾅 내려쳤다. 소리보다는 울림을 이용하는 것이며, 사모는 그 때문에 정신을 차렸다. 사모는 뱀을 향해 의식을 불어넣었다. 오레놀이 다시 떨리는 목소리로 해석했다.

"요스비는 11년 전에 죽었어. 이게 죽은 자가 보내는 사어라고 주장하지는 않을 텐데. 당신은 누구지?"

"네가 그렇게 믿는 거야 네 자유지만 나는 요스비다."

"증명해 봐."

"그 전에 네 정체부터 밝혀줘. 너는 누구지?"

"아니. 그럴 수 없어. 너부터 밝혀. 너는 누구야? 아아, 그렇군. 너는 수호자야. 나를 당황하게 해서 뱀으로 공격할 틈을 만들려고?"

"그런 계획은 없어. 네가 누군지 모르는 상태에서 어떻게 내가 요스비라는 것을 증명할 수 있지? 요스비가 죽었다고 니르는 걸로 봐서 너는 나를 아는 것 같은데. 네가 누군지 말해 주면 내가 자신을 증명할 수 있지 않겠나?"

사모는 주먹을 꽉 움켜쥐었다. 그녀는 자신이 암살을 포기했다는 사실을 밝혀도 되는 건지 판단할 수 없었다. 그때 케이건이 긴박한 목소리로 말했다.

"제일 잘 부르는 노래가 뭔지 물어봐."

사모는 황당하다는 표정으로 케이건을 돌아보았다.

"노래라니? 우리는 나가야. 케이건."

"물어봐."

사모는 어이없는 기분을 느끼며 뱀들에게 의지를 불어넣었다. 그러자 뱀들이 대답했다. 오레놀은 믿을 수 없다는 얼굴로 말했다.

"거기 케이건 드라카도 있나?"

비형은 "마법입니까!" 하고 외쳤고 티나한은 벼슬을 빳빳하게 곤두세워 천장을 찔렀다. 케이건은 얼굴을 잔뜩 일그러뜨린 채 뱀들의 움직임을 노려보았다. 오레놀이 더듬거리며 그것을 해석했다.

"이런 질문을 할 사람은 케이건밖에 없지. 케이건. 자네도 알다시피 내가 부를 줄 아는 노래라곤 한 가지밖에 없지. 사어로 부르려면 어떻게 해야 할지 모르겠군. 이렇게 시작하던가? 남겨진 수명을 헤는 일도 두렵고 썩어들어가는 수족을 추스리는 짓도 포기한 지 오래. 지상에서 가장 외로운 고목 아래에 걸터앉아 빛나던 이들을 생각한다."

케이건은 떨리는 손을 신경질적으로 입가로 가져가서는 그것을 꽉 깨물었다. 그렇게 한참 동안 주먹을 깨문 다음에야 케이건은 겨우 입을 열어 말을 꺼냈다.

"요스비가 맞아. 죽지 않은 건가?"

사모 페이는 고개를 심하게 가로저었다. 그리고 뱀들을 움직였다.

"나는 사모 페이다."

"아아. 제 따님이군요. 그래서 그런 느낌이 들었던 것이군요. 당신은 정신 억압자였지요."

"만일 네가 요스비라면, 너는 내게 검술을 가르쳤어. 내 칼 쓰는 버릇을 닐러봐."

"없습니다."

사어를 해석하던 오레놀은 당황하여 사모를 바라보았다. 그리고 사모와 케이건이 동시에 고개를 끄덕이는 모습에 더욱 놀랐다. 사모는 뱀들을 움직였다.

"그래. 요스비는 절대로 버릇을 가져서는 안 된다고 강조했지. 상대에게 간파당하게 되는 규칙성은 최악이라고 했어. 하지만 그걸로는 아직 증명된 것이 아냐. 요스비가 없애려고 노력했던 내 버릇이 뭔지 닐러봐."

"사모 페이. 저는 하단 방어 후 항상 왼쪽으로 도는 당신의 버릇을 이용해서 당신을 골탕 먹인 적이 많습니다. 몇 번인가 자기 다리에 걸려 볼썽사납게 넘어지게 만들어줬더니 결국 그 버릇을 없애더군요. 물론 그다음에는 한동안 오른쪽으로 돌아서 저를 즐겁게 해줬지만."

사모는 비늘을 곤두세웠다. 그녀의 입에서 목소리가 흘러나왔다.

"세상에…… 진짜 요스비야!"

"누님! 어떻게 살아계신 건지 물어봐요!"

류의 고함에 사모는 퍼뜩 정신을 차려 뱀들을 움직였다.

"어떻게 살아 있는 거지? 너는 11년 전에 분명히 죽었다."

"미안하지만 시간이 없습니다. 제 신분을 증명하느라 제게 허용된 시간을 너무 많이 소모했군요. 거기에 케이건이 있다면 이야기를 빨리 끝낼 수 있겠군요. 케이건에게 물어보십시오. 지금 나가들이 벌이고 있는 일을 알고 있을 텐데, 어떻게 대처할 작정이냐고."

케이건의 얼굴은 당황으로 일그러져 있었지만 그 목소리는 빠르고 정확했다.

"사모 페이를 북부의 왕으로 삼아 북부 전체를 대통합한 다음 나가의 침략에 맞선다. 그리고 여신을 구출한다. 그대로 전해."

류은 깜짝 놀라 그것을 막으려 했지만 사모는 벌써 뱀을 움직였다. 뱀들은 곧 대답의 사어를 만들어내었다.

"사모 페이를? 정말 케이건이 생각해 낼 법한 재미있는 생각이군요. 페이. 그것을 수락하십시오."

"아버지!"

류의 완전히 무의미한 행동이었다. 류 자신도 뱀들을 향해 고함을 지르는 것은 아무 쓸모가 없다는 것을 곧 깨달았다. 뱀들은 계속 움직였다.

"단, 케이건에게 용의 수호를 하겠다는 맹세를 시킨 다음에."

"요스비!"

케이건의 고함에 비형과 티나한, 오레놀, 심지어 류마저도 어처구니없는 얼굴로 케이건을 바라보았다. 그리고 케이건은 얼굴을 조금도 붉히지 않음으로써 그들을 감동시켰다. 뱀들은 계속 움직였고 그래서 오레놀은 허둥지둥 그것을 해석했다.

"그 맹세를 받은 다음 왕위를 받으십시오. 페이. 하지만 케이건에겐 할 일이 따로 있습니다. 아아, 이런. 시간이 더 없군요. 이걸 기억하라고 전하십시오! 셋만이 하나를 상대한다! 셋만이……."

뱀들이 움직임을 멈췄다.

사모는 황급히 뱀들을 움직였지만 뱀들은 그녀의 의지에만 반응할 뿐 대답이라 할 만한 사어를 이루지 않았다. 그래서 사모는 다른 사람들을 돌아보았고, 그들의 얼굴을 보며 자신의 얼굴 또한 저렇게 황당한 표정일까 의심해 보았다.

"요스비에 대해 설명해 주십시오."

고승들의 질문에 오레놀은 쥬타기 대선사를 쳐다보았다. 하지만 대선사는 입을 다문 채 조용히 기다렸다. 오레놀은 대선사에게 감히 비난하는 눈길을 보낸 다음 어쩔 수 없다는 듯이 말했다.

"케이건 님의 친구입니다."

승려들은 어이가 없다는 듯이 오레놀을 바라보았다. 그중 한 명이 그런 황당한 말을 꺼내는 것조차 화가 난다는 듯이 말했다.

"나가라고 하지 않으셨습니까?"

"예. 나가입니다."

승려들은 한참 웅성거리다가 말했다.

"설명해 주십시오."

"두 분이 어떻게 서로를 알게 된 건지는 저도 정확하게 모릅니다. 하지만 대충 15년 전 그 두 분은 서로를 알게 되었습니다. 제 생각에는 케이건 님이 한계선 근처에서 예의 활동 중에 만나게 되신 것이 아닌가 생각합니다. 그리고 짐작하기도 힘든 이유를 통해 두 분은 서로 친구가 되었습니다. 12년 전쯤, 요스비는 케이건 님을 만나기 위해 북부로 올라오셨습니다. 물론 쉬운 일이 아니지요. 거의 죽을 뻔했지만 가까스로 케이건 님을 만나는 데 성공했지요."

"어떻게 말입니까?"

"그분은 강력한 정신 억압자였습니다. 저는 그분이 사람을, 그러니까 지능이 좀 부족한 사람을 정신 억압할 수 있지 않을까 하고 의심하기도 했습니다."

조금 전과는 비교도 안 되는 소음이 터져나왔다. 그래서 오레놀은 목소리를 조금 높여야 했다.

"그분은 유쾌한 성격이셨고, 철모르는 어린 행자를 놀리는 것을 좋아하셨습니다. 그분에게는 어린 행자로 하여금 하늘치를 정신 억압해서 타고 왔다는 등의 황당무계한 모험담을 믿게 만드는 것쯤은 일도 아니었습니다. 그 때문에 어린 행자는 고통스러운 밤을 겪어야 했지요. 정신 억압을 당할까봐 무서워서 밤에 해우소로 갈 수가 없더군요."

승려들의 공황이 사라지고 그 자리에 미소들이 떠올랐다. 오레놀은 함께 웃으며 말했다.

"아마도 사람을 정신 억압할 수 있다느니 하는 것은 닳고 닳은 방랑자가 풋내기 행자를 멋지게 속여 넘긴 결과일 가능성이 높습니다. 어쨌든 그분이 케이건 님을 만나는 데 사용한 것이 자신의 정신 억압 능력인 것은 분명한 듯합니다. 그렇게 두 분이 만나신 다음, 케이건 님은 그분을 안내하며 북부를 주유하셨습니다. 그 와중에 대사원에도 잠시 방문하셨습니다. 그래서 머리 깎은 자리가 아직 파랗던 제가 그분을 뵐 수 있었지요. 하지만 북부에서의 체류는 점점 더 그분에게 무리가 되었습니다. 그때는 지금처럼 무더운 여름이었습니다만 그래도 힘들어하시더군요. 결국 그분은 남부로 돌아가셔야 했습니다. 떠나기 전, 그분은 이곳과의 연락을 위해 가져오신 뱀단지를 남겨두고 가셨습니다. 케이건 님은 사어를 모르시므로 이곳에 맡겨두어 케이건 님과의 연락 수단으로 삼으시려 하신 겁니다."

"그렇군요. 그 뱀단지가?"

"예. 어느 날 그 뱀단지가 움직였을 때 저희들은 요스비가 다시 연락해 온 줄 알았습니다. 하지만 연락을 해 온 자는 자신을 세리스마라고 밝혔습니다. 그리고 이 모든 일이 일어났지요."

오레놀은 치밀어오르는 분노를 참지 못해 이를 바드득 갈았다. 물론 잠시 후 자신의 승려답지 못한 행동에 부끄러워했지만.

다시 한 승려가 질문했다.

"케이건 님은 왜 그분을, 어, 평소의 방식대로 대하지 않고 그런 독특한 관계를 맺으신 거죠?"

"그건 저도 잘 모르겠습니다. 제가 그분을 뵌 건 그분이 이곳에 체류하시던 며칠 동안뿐이었습니다. 저도 그때 그것이 너무 궁금해서 케이건 님에게 졸라봤습니다만 대답하지 않으셨습니다. 하지만 제 어린 시절의 기억에도 그분은 쾌활하고 주위 사람을 즐겁게 해주는 분이었습니다. 지금 와서 생각해 보면 그것은 정말 대단한 일이었습니다. 그분에게 이곳은 쾌활함은 생각하기도 힘든 끔찍한 환경이었을 겁니다. 하지만 그런 내색은 전혀 없으셨지요."

"그 나가의 인품 때문이었을 거라는 말이군요?"

"다른 이유가 있을까요? 설마 케이건 님을 매수했다고는 생각되지 않습니다."

"알겠습니다. 그런데, 죽었다고요?"

오레놀은 한숨을 내쉬었다.

"그것이 가장 이상한 부분입니다. 륜 페이는 자신의 눈앞에서 사망하는 요스비를 목격했다고 주장했습니다. 케이건 님은 나가의 강력한 재생력을 거론하며 되살아났을지도 모른다고 말씀하셨지만 사모 페이는 요스비의 사체를 소각했다고 말함으로써 그 가설을 부정했습니다. 그 당시 요스비는 불가사의한 전염병에 걸려 사망한 것으로 판단되었기에 그렇게 했다고 하더군요. 하지만 케이건 님이 소각하는 것을 직접 봤냐고 물으시자 사모는 그렇지 않다고 하더군요."

한 승려가 상당히 창의적인 질문을 꺼내었다.

"사어에도 필적과 같은 것이 있습니까?"

오레놀은 놀랐다. 비형 스라블이 바로 그런 질문을 했었기 때문이다.

"그곳에서도 그런 질문이 나왔습니다. 저는 없다고 알고 있습니다만, 자신이 요스비라고 주장하던 그자는 사어를 보며 '류 페이는 아니지만, 느낌이 아는 사람 같다'는 요지의 발언을 했습니다. 그것은 정확한 통찰이었습니다. 류 페이가 아니라 사모 페이니까요. 그리고 그 남매는 모두 요스비의 자녀입니다. 어쩌면 정신 억압에 능숙한 자는 깨달을 수 있는 특징 같은 것이 있는지도 모르겠습니다. 하지만 저는 그런 것을 모릅니다."

"그 말은, 그쪽에서는 이쪽을 확인할 수 있지만 이쪽에서는 그럴 수 없다는 말이군요?"

"그렇습니다."

"상대방의 정체가 확실치 않은 상황에서 사모 페이를 왕으로 추대한다는 계획을 말씀하신 것은 케이건 님에게 어울리지 않는 성급한 일인 것 같군요. 참, 그리고 보니 그건 어떻게 되었지요? 사모 페이는 왕위에 오르는 것에 찬성했습니까?"

오레놀은 한숨을 내쉬었다.

"조건부로 찬성했습니다."

"어떤 조건이지요?"

오레놀의 대답을 기대했던 승려들은 갑자기 품속을 뒤적거리는 오레놀의 행동에 당황했다. 품속에서 도깨비지를 꺼낸 오레놀은 그것을 살짝 들어보이며 말했다.

"길어서 적어왔습니다."

그리고 오레놀은 그것을 읽기 시작했다.

"우자는 자신과 화해하려 애쓰고 범자는 상황을 이해하려 애쓰고 지자는 세계를 양해하려 애쓴다. 지자일 리는 없으며, 이 땅에서는 범자라 하기도 힘든 나로서는 자신과 화해하는 것조차 벅차다. 하물며 세계 속에서의 나의 위치와 내 주위의 존재들과의 관계를 파악하여 가장 올바른 결정을 내릴 자신은 없다. 내 우행의 목록에 새 항목을 추가하는 것은 두렵지 않지만, 그것으로 말미암아 당신들이 실망하고 좌절하게 될지도 모른다는 가능성은 나를 두렵게 한다. 부디 내 제안을 가장 준엄한 시각으로 판단하고 가장 혹독한 비난으로 꾸짖어주되 칭찬과 동의에는 신중해 주길 바란다.

나는 왕이 필요하지 않기에 왕이 없는 세계에서 왔다. 왕을 원하지만 왕이 없는 당신들의 경우와는 다르다. 그래서 나는 당신들이 왕을 필요로 하는 까닭을 이해할 수 없다. 그러나 왕에 대한 당신들의 그리움과 절실함은 느낄 수 있다. 만약 당신들이 당신들 모두의 의지로써 요구한다면, 나는 조건부로 당신들의 왕이 되는 것에 동의하겠다. 내 조건은 이러하다.

첫째, 나는 나가의 적대자들이 아닌 수호자의 적대자들을 이끄는 왕이 되고 싶다. 한계선이 우리를 갈라놓은 후 지나간 그 긴 세월을 놓고 볼 때 당신들이 아직까지 나가들을 증오하고 있을 것이라고는 생각하고 싶지 않다. 당신들도 용서할 줄 아는 사람들일 테니까. 만약 남쪽으로부터의 공격이 발생한다면 그것은 신을 모독한 사제들의 참렬한 범죄일 것이다. 나는 당신들이 적을 명확히 하기를 바란다. 그렇게 했을 때 나는 당신들의 적에 맞서 내 모든 것을 걸고 싸우겠다.

둘째, 나는 그 수치스럽고 사악한 감금이 종식되고 여신이 구출될 때까지만 왕좌에 있겠다. 자결권을 가진 당신들에게는 당신들 안에서 당신들의 지배자를 선출할 확고한 권한이 있다. 비록 시기가 수상하고 화급하여 내가 당신들의 왕위를 잠시 맡는다 하더라도 그것은 본래 내 것이 될 수 없는 것이다. 그러므로 마지막의 순간이 왔을 때 내가 당신들에게 줄 수 있는 것은 당신들이 선출한 지도자에게 평화롭게 왕위를 이양하는 것, 그것뿐일 것이다. 당신들이 그 긴 세월 동안 기다려온 왕에게 왕위를 줄 수 있는 것에서 나는 당신들의 왕위를 맡은 보람을 느낄 것이다.

셋째, 둘째 조건에서 짐작할 수 있겠지만, 나는 당신들에게 키보렌을 넘겨주는 왕은 되지 않겠다. 나는 당신들의 정당한 소유물을 지키는 왕이 되고 싶다. 나는 수호자들의 침략 행위를—그것이 발생한다면—규탄할 것이며, 같은 이유에서 당신들이 나가의 것을 노린다면 그 역시 규탄할 것이다. 물론 전쟁의 규칙과 상황이 요구한다면 나는 한계선 이남으로의 진격도 받아들일 것이다. 그리고 북부의 명예가 요구한다면 내 동족들에게 북부에 대한 도발을 삼가도록 교훈을 주는 것에도 찬성하겠다. 그러나 그곳을 당신들에게 넘겨주지는 않을 것이다. 그곳은 나무와 나가들의 땅이다.

넷째, 이 모든 조건들과 함께 최후의 아라짓 전사 케이건 드라카가 용의 수호를 하겠다고 맹세한 경우에 한하여 나는 왕위를 맡겠다."

낭독을 끝낸 오레놀은 군웅들을 바라보았다. 그리고 준비해 두었던 말을 꺼냈다.

"이런 조건 하에 그녀는 그녀의 동족을 상대로 우리와 함께 싸우는 것에 동의했습니다. 대사원의 높은 스님들께서는 어제 이 조건들을 들으셨고, 지금 그 조건들을 검토하고 계십니다. 그리고 그녀는 자신이 조건을 내세운 것과 마찬가지로 우리들이 내세운 조건 또한 합리적인 것이라면 무엇이든 받아들이겠다고 말했습니다."

군웅들은 깊은 감명 속에서 침묵했다. 그러나 지코마 성주는 회의적인 얼굴이었다.

"사모 페이는 북부의 명예가 요구한다면 그녀의 동족에게 교훈을 주는 것에도 찬성하겠다고 말했습니다. 그녀가 그 말의 의미를 알고나 있는 겁니까? 그 '교훈' 을 주기 위해서 우리는 그녀의 동족들을 학살하고 키보렌을 불태워야 할지도 모릅니다. 자랑이라곤 할 수 없겠지만, 우리는 전쟁의 교훈이라는 것이 그런 비정한 것임을 알고 있습니다. 하지만 그녀는? 제가 알기로 그녀의 세계에는 왕과 요리사뿐만 아니라 전쟁도 없습니다. 그녀는 어쩌면 전쟁에 대한 말도 안 되는 환상을 가지고 있을지도 모릅니다."

오레놀은 기다렸던 질문이기에 여유를 가지고 대답했다.

"그녀는 알고 있습니다."

"알고 있다고요?"

"예. 그리고 알고 있기에 그런 말을 한 것입니다. 그녀가 전쟁을 그저 큰 싸움 정도로 알고 있었다면 그런 어휘를 사용하지도 않았겠지요."

"실로 놀라운 일이군요."

지코마는 한숨을 내쉬었다. 안도인지 실망인지 구분하기 힘든 한숨이었다. 그리고 지코마는 실제로 그의 적을 상대로 그런 '교훈'을 다섯 번이나 주었던 남자를 돌아보았다.

"어떻게 생각하십니까, 변경백?"

괄하이드는 침중한 얼굴로 마루 바닥을 노려보고 있었다. 조금 후 변경백은 입을 열었다.

"그녀에겐 유리해 보이는 쪽에 붙는 재주가 없다고 생각하오."

"무슨 말씀이십니까?"

"똑똑한 기회주의자라면 불사의 병사들과 신의 힘을 휘두르는 자들에게 붙지, 그 적에게 붙지는 않을 거라는 말이오. 더군다나 그들이 자신의 동족이라면 더욱 더."

지배자들의 얼굴이 창백해졌다. 변경백은 선고하듯 말했다.

"내 잠시 예언자의 흉내를 내어보겠소. 나가들의 침략이 시작되면, 그들에게 부화뇌동하여 나가의 앞잡이 노릇하려 드는 북부인들이 적지 않을 것이오. 하지만 이 여인은 어떠하오? 그녀가 나가에게 돌아간다 하더라도 탓할 사람은 아무도 없소. 그녀의 동족이니까. 하지만 그녀는 그 행위의 부도덕함을 탓하며 우리들의 지배자가 되겠다고 했소. 그저 우리와 함께 싸운다는 것만으로도 동족의 질타를 받을 것이 뻔한데, 우리의 왕이 된다면 그녀가 동족에게 받게 될 증오와 저주는 언급하기조차 끔찍할 지경일 것이오. 그녀는 그것을 감수하겠다고 말한 거요."

말의 끄트머리에서 변경백은 묘한 표정을 지었다. 마치 괜한 일장연설을 했다고 후회하는 듯했다. 그래서 그의 마무리는 퍽 이상한 것이 되었다.

"나는 그녀가 마음에 드오."

지배자들은 이 끝마무리에 그만 미소를 짓고 말았다. 괄하이드는 헛기침을 하며 얼굴을 쓰다듬었다. 화끈해진 얼굴을 숨기려 애쓰는 것이 분명했다. 지코마 성주 또한 빙긋 웃으며 고개를 끄덕였다.

"예. 그녀가 우리에게 원하는 것이 수호자들에 대항하여 싸워줄 병사일지도 모릅니다. 하지만 그것은 우리도 원하는 것이니 꼭 스스로를 비참하게 만들 필요는 없겠지요. 어쨌든 저 수호자들이 우리가 얼마 전에 겪었던 것과 같은 재해를 마음대로 구사할 수 있다면,"

지배자들은 얼마 전 파름 산을 강타한 폭우를 떠올리고는 전율했다.

"우리는 편안히 잠들기는 글렀습니다. 싸워야 되겠지요. 그렇다면 그녀의 목적과 우리의 목적은 양립하지 않습니다. 하지만 우리가 그녀에게 우리의 생명과 자유를 주는 대신 그녀가 우리에게 줄 수 있는 것은 뭐지요?"

판사이에서 온 베미온 마립간이 어리둥절한 표정으로 말했다.

"지코마 성주. 무슨 말입니까? 왕은 사람들에게 대가를 지불하고 왕이 되는 것이 아닙니다. 왕은 무조건적으로 통치할 뿐입니다. 우리가 그녀를 왕으로 추대한다면, 우리는 그녀가 공정하고 현명하게 우리를 지배해 줄 것을 희망할 수 있을 뿐입니다. 그런 게 왕이잖습니까?"

지코마는 점잖게 고개를 끄덕였다.

"감사합니다. 베미온 마립간. 제가 말하고 싶은 것이 그것입니다. 우리의 왕은 우리에게 뭔가를 줄 필요는 없습니다. 그렇다면 사모 페이 이외에 다른 사람도 왕이 될 수 있습니다."

지배자들의 눈이 번득였다. 오레놀은 겁먹은 표정으로 그들을 바라보았다. 그때 괄하이드 변경백이 입을 열었다.

"왜 그런 말씀을 하시오, 지코마 성주?"

"언젠가 말씀드렸습니다. 변경백. 사람들을 당황시키지 않을 자가 더 좋다고 생각되기 때문입니다. 사람들은 나가가 우리의 왕이 된다는 사실에 놀라고 화를 낼 가능성이 높습니다. 사모 페이가 나가가 아니었다면 얼마나 좋았겠습니까? 지금 북부에 가장 필요한 것은 왕입니다. 하지만 가장 불필요한 것은 의심받는 왕입니다. 사모는 후자가 될 가능성이 높습니다."

"그렇군. 먼저 사과해야겠소. 나는 당신이 왕좌를 탐내는 줄로 알았소."

지코마 성주는 씁쓸하게 웃었다.

"그런 오해가 당연하십니다. 솔직히 말씀드려서 이곳에 왔을 때 제게는 그런 생각이 있었습니다."

오레놀은 다른 지배자들이 찔끔한 표정을 짓는 것을 놓치지 않았다. 자신을 인정해 줄 왕을 찾길 원하는 괄하이드 변경백 같은 이를 제외한다면, 남부럽지 않은 통찰력과 놀라운 쾌속으로 달려온 그 군웅들에게 야심이 없는 것이 더 이상할 것이다. 지코마는 계속 말했다.

"하지만 스님들께서 들려준 이야기를 들은 지금, 저는 더 이상 그런 것을 원하지 않습니다. 조금 전 변경백께서 지적하신 것처럼 이 시점에서 북부의 왕이 된다는 것은……, 불사의 병사들과 신의 힘을 다루는 자들의 표적이 되는 일입니다. 괄하이드 변경백. 나가들의 흉계를 들은 이후로 저는 어쩌면 칼리도의 사람들을 보호하기 위해 나가에게 제 목을 내어줘야 하는 시간이 다가올지도 모른다고 생각해 왔습니다."

사람들은 진저리를 쳤다. 괄하이드는 침울한 표정으로 동의했다.

"아마도 반드시 그런 날이 올 것이오. 우리를 따르는 자들과 우리의 적 사이에 우리 자신을 둘 수밖에 없는 시간이. 그 무서운 시간이 우리를 시험할 때 무엇을 선택할지 미리 결정해 두어야 할 것이오."

"그렇습니다. 이제 북부의 왕이 된다는 것이 무엇인지 명확해졌을 것 같습니다. 그것은 인간과 도깨비와 레콘 모두를 위해 목을 바칠 각오를 하는 일입니다."

지코마의 말에 오레놀은 섬뜩한 기분을 느꼈다. 그는 그제야 류이 한 말이 무슨 뜻인지 알 것 같다고 생각했다. 류은 케이건에게 외쳤다. '당신은 누님을 왕으로 만든 다음 죽일 작정이잖아!' 오레놀은 그것이 무슨 말인지 알 수 없었다. '이렇게 미욱했을 수가. 왕이 없는 세계에서 온 류조차도 그것이 무슨 뜻인지 알고 있었는데.'

지코마 성주는 계속 말했다.

"비겁하다고 말씀하셔도 좋습니다. 저는 저 자신을 제외한 누구라도 왕이 되어 준다면 행복할 것입니다. 저는 그런 무서운 자리에 앉고 싶지 않으며, 사모 페이가 그 자리에 앉는 것을 수락해 준 것에 감사하고 싶을 지경입니다. 그녀가 나가만 아니라면 그랬을 거라는 말입니다. 나가인 사모 페이는……, 사람들을 단합시키는 대신 그들을 혼란스럽게 할 가능성이 높습니다."

괄하이드는 지코마를 향해 묵례했다.

"다시 당신에게 사과하겠소. 성주."

"두 번 사과하실 필요는 없습니다. 변경백."

괄하이드는 고개를 가로저었다.

"아니. 두 번째 사과는 다른 이유 때문이오."

"네? 무슨 이유입니까?"

"당신은 사모 페이 이외에 다른 자가 왕이 되길 바라고 있소. 하지만 나는 이렇게 말하겠소. 사모 페이 이외에 다른 자가 왕이 된다면, 규리하는 그자를 적으로 간주할 거라고."

괄하이드 규리하는 말을 마친 다음 그를 둘러싸고 있는 경악 어린 침묵을 조용히 응시했다.

실로 청천벽력 같은 선언이었다. 군웅들은 창백한 얼굴로 괄하이드 규리하를 바라보았고 지코마 성주는 입술을 떨었다.

"어째서 그렇습니까?"

"케이건 드라카가 그녀를 지명했으니까."

무핀토 추장이 노기 어린 표정으로 외쳤다.

"변경백! 그자가 최후의 아라짓 전사라는 말을 정말로 믿으시는 거요? 어디서 굴러먹다 온지도 모를 그 부랑자에게 정말로 그런 내력이 있을 리가 없소이다! 나는 그 괴상한 검이 정말로 영웅왕의 검인지도 의심스럽소!"

오레놀은 대사원의 보증이 무시되었다는 사실에 얼굴을 붉혔다. 분노한 대덕이 그 말에 반박하려 했을 때 괄하이드가 입을 열었다.

"그런 내력 같은 것은 상관없소."

두 번째 충격이 군웅들과 오레놀을 강타했다. 지코마 성주마저도 입을 벌린 채 괄하이드를 쳐다볼 뿐이었다. 대덕이 가까스로 입을 열어 말했다.

"무슨 말씀이신지 설명해 주셨으면 좋겠습니다."

"그 남자가 누구든 간에 그는 800년 동안 우리가 반쯤은 무의식적으로, 반쯤은 의식적으로 방기해 왔던 아라짓의 복수를 해온 사람이오. 우리에게 도와달라는 말 한 마디 하지 않고서."

지코마 성주는 자신의 불길한 예감이 맞았음을 깨달으며 입술을 깨물었다.

왕의 땅을 지키며 살아온 그 노무사는 케이건에게 동질감을, 심지어 부채감을 느끼고 있었다. 한계선에서 턱없이 멀리 떨어진 규리하를 지키고 있었던 변경백은, 자신이 지켜야 하는 그 땅을 노리는 자들이 너무 많았기에 그 옛날 후사린 규리하가 그랬던 것처럼 그곳을 버리고 한계선으로 진격할 수는 없었다. 그리고 그런 괄하이드는 한계선을 넘나들며 나가들을 대적해 온 외로운 복수자에게 빚을 진 듯한 기분을 느끼고 있는 것이다. 지코마는 고개를 가로젓고 싶었다. 규리하의 사람들은 그들의 지배자가 800년 전의 복수를 하지 않는다고 해서 그를 탓하지는 않을 것이다. '아니, 잠깐. 정말 그럴까?' 지코마는 과텔 규리하 이래 규리하 사람들이 강조해 온 상무 정신을 떠올리지 않을 수 없었다. 물론 그들이 숭상하며 기르는 무용(武勇)은 돌아올 왕을 위한 것이다. 그리고 괄하이드는 그런 자들의 지배자다.

괄하이드는 불길 같은 눈으로 지배자들을 바라보았다.

"나는 왕의 땅을 지켜왔고, 그것을 긍지로 여겼소. 그러나 케이건 드라카는 외로운 검 한 자루로 왕의 복수를 해왔소. 나는 그가 찾아낸 왕 이외에 다른 왕을 받아들이기 힘들 것 같소."

지코마는 유언이라도 남기는 것처럼 힘겨운 목소리로 말했다.

"하지만 그자가 지명한 것이 나가입니다. 너무 극단적인 요청입니다."

"극단적이라 하신다면 나는 도로왕의 말씀을 대답으로 삼겠소."

지코마는 입을 다물었다. 도로왕은 극연왕의 별명이다. 극연왕은 어떤 극도 서로 이을 수 있다고 주장했다.

류 페이는 자신이 어떤 악의적인 의지가 주의 깊게 준비한 혼돈 한가운데 앉아 있는 것 같다고 생각했다. 22년 동안 집 안에서만 살았고, 그리고 가까스로 나가들의 세계를 좀 더 경험할 수 있는 나이가 되자마자 키보렌에서 도망쳐 나왔으며, 그렇다고 해서 북부를 사랑하게 된 것도 아닌 그가 의지할 수 있는 유일한 존재는 사모 페이와 케이건 드라카였다. 자신에게 항상 솔직한 것은 아니었지만, 류 페이는 케이건 드라카를 의지하고 싶어하는 자신을 부정할 배짱도 없었다. 케이건은 그의 길잡이였다.

사모 페이가 그의 곁에 왔을 때 류은 처음으로 길잡이를 거역할 수 있었다. 길잡이가 없어도 행동과 사고의 바탕이 되어줄 수 있는 존재가 하나 더 있었기 때문이다. 케이건이 요구하는 것이 사모의 죽음이라는 받아들이기 어려운 것이었기에 그 거역은 더욱 쉬웠다. 하지만 사모는 케이건의 요구를 수용했고, 그래서 류은 행동과 사고의 혼란을 겪고 있었다. 그런 그에게 요스비의 사어는 결정적인 혼란을 부여했다. 요스비가 살아 있다는 사실은 류의 생애 절반을 구성해 온 감정들을 송두리째 무가치한 것으로 바꿔버리는 일이었다. 류은 자신이 왜 심장 적출을 겁내고 수호자들을 증오했어야 했던 것인지 알 수 없었다.

"그래도 아버지가 살아 있다는 것은 좋은 일이잖아요?"

비형의 친절한 말에 류은 고개를 끄덕였다. 티나한마저도 그 끄덕임이 비형의 말에 대한 동의가 아니라 비형에 대한 예의의 표시임을 알 수 있었다. 비형은 뒤통수를 긁적거리며 말했다.

"좋은 일일 거라고 믿어요. 티나한. 춘부장께서는 살아계신가요?"

마루 저편에 앉아 있던 티나한은 놀란 표정으로 말했다.

"응? 몰라."

비형은 자신을 향해 혀를 찼다. 레콘에게 아버지에 대한 질문을 하다니, 멍청하기 짝이 없는 노릇이다. 티나한 또한 다른 레콘과 마찬가지로 최후의 대장간에서 자신의 무기를 쥔 다음 아버지를 한 번도 본 적이 없을 것이다. 하지만 비형은 자신의 아버지에 대한 이야기를 할 수는 없었다. 그의 아버지는 죽었지만 그런 건 도깨비에겐 아무런 문제도 되지 않으며, 실제로 비형은 지금껏 아버지가 살아 있기를 원했던 적이 없었다. 비형은 아버지가 돌아가셨을 때를 떠올렸다.

"아들아! 나쁜 소식이 있다. 나 죽었다!"
"어? 진짜네요? 그럼 씨름 출전자 명단에서 아버지 이름은 삭제할게요. 막 돌아가신 거예요?"
"그래, 젠장! 스라블에 쓸만한 씨름꾼이 하나 줄었다."
"아뇨, 제 이름이 아니라 아버지 이름을 지우겠다고 했는데요?"
"야, 이 자식아!"

비형은 고개를 가로저으며 절대로 그런 이야기를 꺼내선 안 될 거라고 생각했다. 비형은 달래는 어조로 말했다.
"살아계시니 다시 만날 수도 있잖아요?"
"그럴 수 있겠군요. 즐거운 일입니다."
"……저, 륜. 하나도 즐거워 보이지 않는데요?"
륜은 한숨을 내쉬었다.
"모르겠습니다. 저도 역시 보통의 나가인가 봅니다. 아무래도 제게 아버지의 존재가 각별했던 것은 당신께서 제 눈앞에서 돌아가셨다는 사실 때문이었던가 봅니다. 게다가 당신께서 누님에게 왕이 되라고 권했던 것을 생각하니 그분이 밉다는 생각도 드는군요."
륜은 더 참을 수 없다는 듯이 외쳤다.
"저는 아직까지 그분이 살아계시다는 것을 믿을 수 없어요. 하지만 살아계셨다면 왜 지금까지 한 번도 저를 만나러 오지 않은 건지 모르겠습니다! 그분은 당신이 죽는 모습을 두 눈으로 보아야 했던 아들을 조금도 생각하지 않았던 겁니다. 잔인한 처사예요! 그것 때문에 제가 얼마나 무서워해야 했는지 짐작할 수 있겠어요? 11년 동안 공포 속에 살아야 했어요!"

"그분도 나름대로 사정이 있으셨겠지요. 그러니까 숨어 있어야 하는 사정 같은 것 말입니다. 그분은 어떤 처벌을 받아서 돌아가셨다고 했잖아요? 그렇다면 살아 있다는 것을 밝힐 수 없었을 수도 있지요. 어제도 그분은 시간이 없다는 식으로 말씀하셨잖아요?"

비형은 요스비의 마지막 말을 떠올렸다.

"그러고 보니 셋이 하나를 상대한다는 말씀은 무슨 뜻일까요?"

"모르겠어요. 생각하고 싶지도 않아요. 그 말은 케이건에게 하신 말이잖아요. 그러고 보니 어제도 저에 대한 이야기는 하나도 하지 않으셨군요. 케이건과 누님하고만 추억을 나누었고, 케이건과 사모에게만 지시를 내렸어요."

"춘부장께서는 분명 처음에 '내 아들이냐'고 물으셨잖아요?"

"대화 상대가 제가 아니라는 것을 아신 이후에는 저를 찾지 않으셨지요."

"시간이 없으셔서 그랬을 테지요. 그렇잖았다면 왜 그렇게 이상하게 끝내셨겠어요? 정말 셋이 하나를 상대한다는 것은 무슨 의미일까요?"

비형은 어떻게든 류의 관심을 다른 쪽으로 돌리려 애썼다. 하지만 류은 퉁명스러운 반응만 보였다.

"아버님 말씀대로라면 그건 케이건이 할 일이지요."

류의 시큰둥한 반응에도 비형은 쉽게 포기하지 않았다.

"하긴 그렇군요. 그렇다면 그 전에 하신 말씀은 무슨 뜻일까요? 용의 수호를 맹세하라고 하셨지요. 케이건이 고함을 질렀는데, 왜 그랬을까요?"

비형의 질문에 대답한 것은 류이 아니었다.

"그것이 엄청난 요구이기 때문이오."

비형은 목소리가 들려온 곳을 돌아보았고 류은 비늘을 곤두세웠다. 케이건은 어느새 방에서 나와 그들 곁에 서 있었다. 자신을 외면하는 류의 뒤통수를 바라보던 케이건은 마루에 앉으며 말했다.

"그 맹세를 하면 나는 사모 페이를 절대적으로 보호해야 하오."

륜은 놀라며 케이건을 돌아보았다.

"보호해야 한다고요?"

"내가 죽는 한이 있어도."

륜의 몸에서 비늘이 누그러짐과 동시에 그 입이 벌어졌다. 륜은 멍한 얼굴로 케이건을 바라보았다. 그리고 티나한과 비형도 지대한 관심을 보이며 케이건을 바라보았다.

"그건 키탈저 사냥꾼의 맹세다. 아라짓 전사로서 나는 왕을 보호해야 한다. 그러나 사모 페이에게 용의 수호를 맹세한다면 나는 왕이 아닌 사모 페이 개인을 보호해야 한다. 그것은 서로 다른 말이다."

"다르다고요?"

"간단하게 말한다면 이렇다. 아라짓 전사로서 나는 왕이 자신을 죽여달라고 명령한다면 왕을 죽일 수 있다. 하지만 용의 수호를 맹세한 키탈저 사냥꾼으로서 나는 사모 페이가 자신을 죽여달라고 요구하면 내 목숨을 끊어야 한다."

비형이 경악하여 말했다.

"정말 절대적인 보호인 것이군요?"

"절대적인 보호요."

륜의 얼굴에 여러 가지 표정이 번갈아 지나갔다. 그를 돕기 위해 케이건은 짧게 말했다.

"그래. 용의 수호를 맹세하면, 나는 네 누나가 눈물을 마시고 죽게 내버려둘 수 없다."

"그렇다면…… 그렇다면 누님을 왕으로 추대한 것을 취소할 건가요?"

케이건은 륜을 물끄러미 바라보다가 고개를 가로저었다.

"나는 아직 용의 수호를 맹세하진 않았다. 그건 좀 더 시간을 두고 생각할 문제야. 지금 더 급한 것은 그것이 아니다."

"더 급한 것이 뭔데요?"

류은 더 급한 것이 있을 턱이 없다는 투로 말했다. 케이건은 대답했다.

"요스비의 마지막 말. 셋이 하나를 상대한다는 것. 나는 조금 전까지 그것에 대해 생각했고, 좀 묘한 결론을 얻는 데 성공했다."

"어떤 결론이죠?"

케이건의 얼굴에 기묘한 표정이 떠올랐다. 케이건은 티나한과 비형을 차례로 돌아보고는 다시 말했다.

"아주 묘한 결론이다."

하텐그라쥬의 공회당은 주로 가문 평의회를 위해 이용된다. 하지만 그 외에도 몇 가지 공적 업무를 취급하기도 하는데, 기록 보관소 또한 그런 공적 업무가 취급되는 곳이다. 기록 보관소는 평의회 일지를 보관하며 그 외에도 여러 종류의 기록물을 보관한다. 그리고 유언장이나 계약서 등의 중요 서류에 대한 위탁 보관을 하기도 한다. 비아스 마케로우가 공회당의 기록 보관소를 찾은 것 또한 중요한 서류를 맡기기 위한 이유에서였다.

하지만 비아스는 기록 보관소에 들어온 후 꽤 긴 시간이 지나도록 자신의 목적을 달성하지 못했다. 잔뜩 흥분한 기록 보관소장을 향해 비아스는 약간 짜증스럽게 닐렀다.

〈콘수마 발텐. 물론 니르신 것처럼 사람에게는 개인차라는 것이 있습니다. 하지만 저 이외에 다른 약술사라도 80세 이상의 연령에게 소드락 복용을 권하지는 않을 겁니다. 문제가 생길 가능성이 높습니다.〉

〈하지만 심장을 적출했는데 무슨 문제가 생긴다는 겁니까?〉

〈물론 저도 전쟁이라는 것을 잘 알지는 못합니다만 전쟁이라는 것은 상당한 육체적, 정신적 긴장을 필요로 하는 것으로 알고 있습니다. 소드락을 복용한 가속 상태에서 그런 긴장을 계속 경험하는 것은 심장을 적출한 나가에게도 무리가 될 가

능성이 높습니다. 그래서 수호자들은 연령 제한을 두고 있는 것 아니겠습니까.〉

〈긴장? 잘 닐렀어요. 만약 이 성전(聖戰)에 나가지 못한다면 나는 긴장과 분노 때문에 죽고 말 겁니다!〉

비아스는 성전이라는 니름에 놀라지 않았다. 하텐그라쥬에서 이미 널리 쓰이고 있는 니름이었기 때문이다. 하지만 그 니름이 내포하고 있는 바는 다시금 비아스를 놀라게 했다.

비아스는 나가가 교조적이라는 생각을 해 본 적이 없었다. 사원이 어디에 있는지도 모르며 사제 계급 또한 없는 레콘조차도 어떤 면에서는 교조적이라 할 수 있다. 레콘들은 목숨을 바쳐서라도 이룩해야 하는 숙원에 도전하는 것을 좋아하며, 그 숙원에 대한 타인의 이해를 필요로 하지 않는다. 다른 사람들이 뭐라 하건 이룩하고 말겠다는 그런 태도는 실로 교조적이다. 왕을 찾길 원하는 인간이나 죽음을 두려워 하지 않는 도깨비들의 모습 또한 교조적이라는 특성에 부합한다. 하지만 나가는 현실주의자이며 비이성적 태도를 거부한다. 심장 적출에 의해 획득한 불사의 육체는 다른 자들의 육체보다 훨씬 소중하며, 다른 사람들이 이해할 수도 없는 일에 목숨을 걸고 도전하는 레콘과 같은 태도는 현실적인 나가에겐 도저히 불가능하다.

성전이라니! 그들의 마지막 전쟁이었던 대확장 전쟁도 실로 현실적이고 논리적인 요구에 의한 것이었다. 산 것을 먹는 나가에겐 숲이 필요했고 곡물을 먹는 불신자들에겐 개간된 땅이 필요했다. 대확장 전쟁은 대단히 현실적인 가치관의 대립이었으며 그곳에는 교조적인 태도는 조금도 존재하지 않는다. 그런데 그 이성적인 나가들이 성전을 니르고 있는 것이다.

'기적 때문일까?' 비아스는 다른 이유를 떠올리기 어려웠다. 수호자들은 여인들에게 실제로 행사되는 기적을 보여주고 있었다. 최고의 의사 결정자인 가주를 잃고 혼란과 두려움에 빠진 여인들은 수호자들이 행사하는 기적에 경도되어 버린 것이다. 하지만 비아스는 그런 설명에 만족하고 싶지 않았다. '두억시니처럼 될지도 모른다는 두려움 때문일까?' 비아스는 그 설명이 더 마음에 들었다. 소중한 불사의 육체를 잃을지도 모른다는 두려움이 여인들을 사로잡은 것이다.

하지만 그런 설명으로는 콘수마 발텐이 보여주는 것 같은 태도를 설명할 수 없었다. 수호자들은 성전 참가 희망자들에게 나가다운 기준을 발표했다. 보다 전쟁에 익숙한 인간들이었다면 전쟁 경험이 풍부하다거나 무기를 잘 쓴다거나 체력이 높은 자를 원했을 것이다. 하지만 전쟁 경험이 있는 나가들이 존재할 리 없으며—굳이 찾아본다면 정찰대 경험이 전쟁 경험과 가장 비슷할 것이다. 하지만 그것은 빗길에 미끄러진 경험을 가지고 풍부한 항해 경험이라고 말하는 것이나 다름없다.—불사의 몸을 가진 나가들에겐 무기 다루는 기술이 크게 중요하지는 않다. 따라서 수호자들은 소드락의 과다 복용을 감당해 낼 수 있는 체력을 요구했다. 그런데 여든 살이 넘은 기록 보관소장이 자살 행위나 다름없는 소드락의 과다 복용을 하겠다고 나서는 것이다. 그리고 그런 태도는 하텐그라쥬 전체에 만연해 있었다.

〈부탁입니다. 비아스 마케로우. 당신과 같은 우수한 약술사가 보장해 준다면 우리 연배의 사람들이 훨씬 쉽게 성전에 참가할 수 있을 겁니다. 많은 사람들이 수호자들이 지나치게 깐깐한 기준을 내세우고 있다고 투덜거리고 있어요.〉

〈콘수마. 나가서 싸우는 것만이 전쟁은 아닐 텐데요. 어, 그러니까 저는 언젠가 병참이라는 니름을 읽었습니다. 어떤 사람들은 싸워야 하겠지만 어떤 사람들은 그들에게 먹을 것과 입을 것, 그리고 무기 등을 공급해야 하지 않겠습니까?〉

설명을 하면서도 비아스는 자신이 니름도 안 되는 이야기를 하고 있다는 느낌을 받았다. 나가들의 식량 수송대는 산 동물을 수송해야 할 것이다. 차라리 적군을 잡아먹는 쪽이 나을 것이다. 무기는 대장장이들이나 만드는 일이다. 콘수마에게 대장간 일을 하라고 니르면 결코 행복해하지는 않을 것이다. 하지만 비아스는 상대방이 자신보다 더 전쟁에 대해 모를 거라는 것을 확신하며 계속 병참의 중요성을 역설했다. 스스로를 바보로 만드는 기분이었다.

결국 비아스는 다 포기하고는 수호자들을 만나게 되면 한 번 언급하겠다는 약속을 할 수밖에 없었다. 그제야 콘수마는 만족하며 비아스의 용건을 들어주었다. 비아스는 들고 갔던 서류를 내보였다.

〈이 서류를 보관소에 맡기고자 합니다.〉

〈보통의 보관함으로 충분하겠군요. 잠시 기다리시죠.〉

콘수마는 고개를 갸웃거리며 자리를 떴다. 홀로 남게 된 비아스는 자신이 들고 온 서류를 들추었다.

양피지 열두 매로 이루어진 그 간단한 문서는 카린돌의 유언장이었다. 갈로텍에게 유언장에 대한 이야기를 들었을 때 비아스는 그것이 협박을 목적으로 꾸며 낸 가상의 유언장일 거라고 생각했다. 카린돌을 좋아해 본 기억은 전혀 없지만 비아스는 여동생에 대해 알고 있었다. '멍청한 년. 꽁꽁 얼어 있다고?' 어쩌면 그들은 서로 닮은 자매일지도 모른다. 카린돌은 지금을 사는 사람이었고 자신이 죽은 다음엔 세상이 어떻게 되어도 상관없다고 니를 것이다. 그 상관없다는 니름에 주의해야 한다. 그것은 세상이 박살나든, 그렇잖으면 원수들이 득세하여 행복하게 살든 '상관없는' 것이다. 그리고 그것은 비아스 자신이 할 법한 말이다. 그런 카린돌이 유언장 따위를 쓸 리는 없을 것이다. 자신이 죽은 다음에 적들에게 타격을 입히느니 살아서 사이커로 찌르는 편을 택하는 것이 보다 카린돌의 성격에 부합한다. 아마도 비아스가 현재 느끼고 있는 위화감, 즉 나가들 사이에 만연한 교조적 태도에 대한 위화감을 공유할 수 있는 사람을 찾아본다면 카린돌뿐일 것이다. 그렇게 판단한 비아스는 그 유언장이 거짓니름일 거라 믿었다.

하지만 그 유언장은 존재했다. 엄밀하게 니른다면 그것은 카린돌이 작성했다고 주장하는 '공증인의 인장이 찍힌' 유언장은 아니었다. 그보다는 유언장의 초고, 아니, 차라리 비망록에 가까운 것이었다. 하지만 그 안에는 갈로텍이 닐러준 것과 같은 내용이 담겨 있었다.

그것은 11년 전, 페이 가문에서 발생한 요스비라는 남자의 죽음에서부터 시작되고 있었다. 자신의 목격담과 륜 페이의 정신 속에서 읽어낸 내용, 그리고 그것에서 비롯된 추리가 모두 기록되어 있었다. 벌써 여러 번 읽었던 내용이지만 비아스는 다시 그것을 꼼꼼하게 읽었다. 그리고 그 문서가 어떤 효과를 발휘할 수 있을지에 대해 곰곰이 생각했다.

현재로선 심장 파괴에 대해 폭로한다고 해서 갈로텍이 니른 것처럼 다룰 수 없을 정도로 큰 일이 발생할 것 같지는 않았다. 분노한 여인들이 수호자들을 공격하고 심장탑을 파괴하는 일은 생각도 할 수 없었다. 비아스는 오히려 정반대의 결과를 예감했다. 즉 그렇잖아도 기적을 부리는 수호자들에게 겁을 먹고 있는 여자들이 그들에게 완전히 굴복하게 될 가능성이 더 높았다. 어떻게 생각해 보아도 비아스는 폭로가 결코 현명하지 못하다는 결론밖에 얻을 수 없었다.

하지만 심장 파괴는 수호자들이 오랜 세월에 걸쳐 지켜온 비밀이었다. 비아스는 그것이 결코 쓸모없는 비밀이라고 생각할 수 없었다. 그녀에겐 현재 수호자들에게 대항할 방법이 아무것도 없었고, 따라서 비록 현재로선 무용한 비밀이라도 장래에는……

비아스의 몸이 굳었다.

비아스는 자신이 은연중에 수호자들을 적으로 규정하고 있다는 사실을 깨달았다. 그리고 그것은 당연한 일이다. 수호자들은 그녀를 속이고 이용했다. 비아스의 몸에서 비늘이 부딪쳤다.

'남자 따위가!'

비아스는 갈로텍이 왜 자신을 아직까지 죽이지 않았는지 이해할 수 없었다. 자신을 거부한 남동생을 베어죽인 여자가 끝까지 고분고분할 거라고 믿었던 걸까? 그렇게 자신만만한 건가? 비아스라면 그러지 않았을 것이다.

'나라면 나 같은 여자는 죽였어. 이용할 생각 따위는 하지 않아. 그렇게 나를 우습게 봤단 니름이지? 좋아. 그건 네 최악의 실수였어!'

비아스는 분노 속에서 창밖을 바라보았다. 도시 어느 곳에 있더라도 눈에 들어오는 심장탑을 보며 비아스는 증오를 불태웠다.

'당장은 비늘을 눕혀주지. 온순한 척하겠어. 하지만 갈로텍. 불사를 획득하기 직전 등 뒤에서 칼을 맞았던 화리트를 생각하라고. 네 속에 있으니 잘 알 테지. 너는 네 영광의 순간이 다가오는 걸 무서워해야 해. 모든 것을 얻었다고 생각할 때, 갈로텍. 네 등 뒤엔 내가 있을 거야!'

콘수마는 곧 돌아왔다. 비아스는 보관함에 서류를 넣은 다음 봉인했다. 그리고 참조인 항목에 자신의 이름만을 기입했다. 이제 그 서류는 자신만이 읽을 수 있다. 비아스는 갈로텍에게 그것을 가져다줄 생각이 없었다. '공갈을 위한 거짓니름이었어요.' 그리고 다시 성전 참가의 연령 제한을 언급하기 시작한 콘수마의 니름을 자르며 닐렀다.

〈알겠습니다. 수호자들에게 실험을 제안하겠습니다. 소드락을 복용하고 모의 전투라도 벌여보자고 니르면 될 것 같습니다. 그러면 어떤 자들이 성전에 종군할 수 있는지 객관적인 통계를 얻을 수 있겠지요.〉

콘수마는 그 제안에 열렬히 찬성을 보내었다. 비아스는 웃으며 닐렀다.

〈그런데 통계라는 니름에서 떠올랐습니다만, 평의회 일지를 참조하려면 어떻게 해야 합니까?〉

〈제가 안내해 드리지요. 따라오십시오.〉

콘수마 발텐은 손수 비아스를 안내하여 평의회 일지가 보관되어 있는 보관소로 향했다. 그리고 그녀의 요청에 따라 11년 전의 평의회 일지를 꺼내었다.

비아스는 곧 원하던 기록을 찾아낼 수 있었다. 11년 전, 하텐그라쥬에 기묘한 전염병이 발생했다는 보고가 있었지만 발병자는 남자 한 명뿐이었으며 따라서 전염병이 아니라는 결론을 내렸다는 기록이 있었다. 하지만 평의회는 만약의 사태를 대비하여 발병자의 소지품과 사체를 모두 소각하는 처치를 내린 것으로 되어 있다. 비아스는 카린돌이 가상의 사망 사건을 꾸며낸 것은 아니라는—비아스는 그럴 가능성도 배제하지 않았다.—결론을 얻었다. 11년 전 페이 가문에서는 실제로 요스비라는 남자가 의문사를 했던 것이다. 비아스는 그 사건이 이렇듯 단순하게 취급된 것을 이상하게 여겼다. 심장을 적출한 나가가 돌연사했는데 왜 아무도 신경 쓰지 않은 걸까? 엄청난 파장을 일으켰어야 하는 것 아닐까? 그때 그녀의 곁에 있던 콘수마가 웃으며 닐렀다.

〈아아, 그 기록을 보십니까?〉

〈예? 아, 그렇습니다. 11년 전 전염병으로 누군가가 죽었다는 이야기를 듣고는, 그것이 제 일에 관련된 것이 아닐까 해서 조사해 보고 싶었습니다.〉

콘수마는 정신적 웃음을 터뜨렸다. 비아스는 어리둥절해졌다.

〈전염병이라니, 우스꽝스러운 니름이군요.〉

〈저도 그렇게 생각했습니다만 이렇게 기록이……〉

〈이 사건을 기억합니다. 죽은 남자는 지커엔 가주를 화나게 했어요. 그 가문의 아이 중 하나를 공공연하게 아들이라고 불렀지요.〉

〈아들이요? 남자가?〉

〈그렇습니다. 그 남자, 제정신이 아니었을 겁니다. 지커엔 가주는 대단히 화가 났지요. 그리고 갑자기 그 남자가 '전염병'으로 죽은 거죠.〉

콘수마는 전염병이라고 니르며 동시에 그 니름을 절대로 믿지 않는다는 감정을 덧붙여 보였다. 비아스는 그제야 무슨 일이 일어났던 것인지 짐작할 수 있었다. 당시의 나가들은 지커엔 페이 가주가 정신나간 방문자를 해치운 거라고 믿었던 것이다. 그리고 지커엔 가주를 존중하여 '소각' 처분을 내린 것이다. 즉 지커엔 가주는 그것이 진짜 전염병이라고 믿었고 다른 자들은 지커엔 가주가 전염병을 빙자해서 남자 한 명을 태우길 원했다고 믿은 것이다. 그리고 친절하게도 피투성이가 된 남자를 태운 것이다. 비아스는 그것을 확인했다.

〈확실히 소각했습니까?〉

〈물론이죠.〉

콘수마의 니름에 담긴 의미는 분명했다. 전염병이 무서워서 태운 것이 아니라 재생하지 못하도록 태웠다는 의미였다. 하지만 요스비는 그때 그들의 생각과 달리 실제로 죽은 상태였을 것이다. 그리고 그것을 알고 있는 사람은 실제로 심장 파괴를 실시한 수호자들, 그리고 그것을 목격한 륜과 카린돌뿐이다.

〈알겠습니다. 그다지 조사할 필요가 없다고 생각되는군요.〉

〈제 생각에도 그렇습니다.〉

콘수마는 저명한 약술사인 비아스가 전염병이라는 니름을 믿었다는 것이 재미있다는 듯 계속 웃었다. 비아스는 적당히 부끄러워하는 척하며 콘수마에게 작별을 고했다. 기록 보관소를 나오며 비아스는 11년 전, 그 일을 알게 된 나가들이 오해할 수밖에 없었다고 생각했다.

〈자기 아들이라고? 미친 녀석이었군. 그 녀석은 어디에서 그런 황당한 개념을 얻은 거지? 불신자들과 사귀기라도 한 건가?〉

비아스의 걸음이 갑자기 멈춰졌다. 비아스는 몸을 돌려 기록 보관소를 바라보았다. 그녀는 자신이 조금 전 떠올렸던 생각을 다시 되짚어 보았다.

갑작스러운 충격이 그녀를 엄습했다. 비아스는 고개를 홱 돌렸다. 이번에 그녀의 시선이 향한 곳은 심장탑이었다. 그녀의 머릿속에 개념들이 떠올랐고 비아스는 그것을 연결지었다. 그러자 차츰 뚜렷한 의미들이 떠오르기 시작했다. 비아스는 정신없이 그 의미에 빠져들었다. 하텐그라쥬의 대로를 지나던 여인들은 굳어버린 듯 멈춰서서 얼굴을 계속 일그러뜨리는 그녀를 놀란 표정으로 바라보았지만 비아스는 그것도 깨닫지 못했다.

스바치는 방문을 두드렸다. 무의미한 짓이었음에도 불구하고 스바치는 계속 문을 두드리며 닐렀다.

〈빨리! 빨리 열라고! 어서 이 문을 열어!〉

밖에서 수호자의 짜증스러워 하는 니름이 들려왔다. 시간은 한밤중이었고 수호자는 그런 시간에 깨어나야 한다는 것이 마음에 들지 않았다.

〈왜 그러는 거야?〉

스바치는 다급하게 닐렀다.

〈카루가 허물을 벗으려고 해! 나를 다른 곳에 가둬줘. 그렇잖으면 카루를 다른 곳에 옮기든가!〉

〈뭐? 허물벗기?〉

반문하는 니름에는 놀라워 하는 감정이 섞여 있었다. 스바치는 호통을 쳤다.

〈그래! 제기랄, 어서 이 문을 열어!〉

밖에서 들려오던 니름이 멈췄다. 스바치는 초조하게 문을 바라보며 계속 문을 두드렸다. 잠시 후 다시 날카로운 니름이 들려왔다.

〈문에서 물러서! 문에서 보이는 벽에 몸을 붙이고 앉아!〉

스바치는 황급히 뒤로 물러났다. 바닥에 누워 있는 카루를 조심스럽게 돌아간 스바치는 맞은편 벽에 등을 붙이고 앉았다. 문이 열렸지만 누가 안으로 들어오지는 않았다. 스바치는 사이커를 쥔 몇 명의 남자들이 문 바깥쪽에 서 있는 것을 발견했다. 스바치는 황급히 손으로 바닥에 있는 카루를 가리켰다.

〈젠장, 보라고!〉

사내들은 스바치와 카루가 모두 시야에 들어오는 것을 확인하고는 조심스럽게 안으로 들어왔다. 들어온 것은 모두 네 명이었고 두 명은 카루의 곁에, 그리고 다른 두 명은 스바치에게 다가와 사이커를 겨누었다. 그리고 나서야 문 쪽에 수호자가 나타났다.

수호자는 방 안의 광경에 위험이 없음을 확인하고는 천천히 안쪽으로 들어섰다. 스바치를 한 번 바라본 수호자는 허리를 숙여 카루를 내려다보았다. 스바치의 니름대로였다. 카루는 힘없는 표정으로 누운 채 거친 숨을 몰아쉬고 있었고 그 얼굴에서는 윤기를 잃은 비늘들이 피부에서 분리되고 있었다. 수호자는 탐탁잖은 표정을 지었다.

〈허물벗기가 맞군. 그래서 어쩌라는 거야?〉

〈당연하잖아! 혼자 있게 해줘!〉

〈갇혀 있는 주제에 별 걸 다 원하는군. 너희들의 편의를 위해 감방을 두 개로 늘리라는 거냐?〉

감방을 두 개로 늘리려면 방을 또 하나 비워야 했다. 심장탑은 감옥이 아니며 방을 마련하는 것이 쉬운 일은 아니었다. 게다가 감시할 인원도 늘어나야 했다. 수호자는 그것 때문에 짜증을 느꼈다. 스바치는 경악하여 닐렀다.

〈그럼 이곳에서 허물을 벗으라는 거냐?〉

〈네가 눈 감고 있으면 되겠군.〉

〈이런 짐승 같은 놈아! 인정머리도 없는 거냐!〉

수호자는 다른 남자들이 동요하는 것을 느꼈다. 그들은 수호자나 수련자가 아니었고 수호자들에 의해 급히 모집된 남자들이었다. 따라서 수호자가 그런 가혹한 처사를 했다는 것이 밝혀지면 그들은 실망하고 분노할 가능성이 높았다. 수호자는 자신이 선택할 길이 제한되어 있음을 인정해야 했다.

〈그래, 좋아. 다른 곳으로 옮겨주지.〉

〈나를?〉

수호자는 어처구니없다는 표정으로 스바치를 바라보았다. 허물벗기 때문에 힘이 빠져 있는 카루를 옮기는 것이 훨씬 안전한 것은 당연했다.

〈내가 그렇게 멍청한 줄 아나? 너희 둘. 그 녀석을 들어올려.〉

카루의 좌우에 있던 자들이 사이커를 칼집에 꽂아넣었다. 그리고 카루를 조심스럽게 일으켜세웠다. 힘이 빠진 카루는 자꾸만 쓰러지려고 했고 그래서 두 사람은 카루를 양쪽에서 붙잡았다. 그러나 카루는 한 발짝도 떼지 못하고 다시 뒤로 휘청했다. 두 사람은 그만 카루를 놓치고 말았다. 뒤로 몇 발자국 물러난 카루는 그대로 몸을 뒤집었다.

그리고 카루는 양손에 든 사이커로 스바치의 좌우에 있던 남자들의 눈을 찔렀다.

〈으아아악!’〉

남자들은 고통에 찬 니름을 토하며 쓰러졌다. 카루를 부축하던 남자들은 기겁하여 자신의 허리를 내려다보았고 칼집이 비어 있음을 깨달았다. 카루는 휙 몸을 돌려서는 그대로 수호자를 향해 돌진했다. 허물벗기 때문에 카루가 꼼짝도 못할 지경일 거라 생각했던 수호자는 의외의 상황에 미처 대처하지 못했다. 카루의 두 사이커는 한치의 벗어남도 없이 수호자의 눈을 찔러들어갔다. 돌격의 속도와 매서운 증오 때문에 두 자루의 사이커는 그대로 수호자의 머리를 관통했다.

〈안 돼!〉

사이커를 뺏겼던 두 남자가 비명을 질렀다. 그러나 그때 바닥에 앉아 있던 스바치가 벌떡 일어나 자신의 좌우에 있던 남자들의 사이커를 뽑아들었다. 두 남자를 포위한 스바치와 카루는 그대로 둘을 쓰러뜨렸다. 그러고 나서 스바치는 허물어지듯 주저앉았다.

카루는 쓰러진 다섯 남자를 난도질한 다음에야 스바치를 바라보았다. 스바치가 기대어 있던 벽에는 피가 묻어 있었다. 카루는 얼굴에 붙어 있던 비늘들을 조심스럽게 떼어냈다. 그것은 카루가 스바치의 등에서 뜯어낸 피부였다. 맨손으로 그것을 뜯어내는 것은 지독하게 힘들었다. 물론 스바치의 고통은 말할 것도 없었다.

〈괜찮아?〉

스바치는 힘겹게 고개를 끄덕이며 일어나려 했다. 하지만 다리가 비틀거렸다. 스바치가 쓰러지기 직전 카루는 재빨리 그를 부축했다. 그리고 계획을 실행하기 전부터 주장했던 것을 다시 주장했다.

〈미안하지만, 스바치. 역시 도망쳐야겠어.〉

〈안 돼! 카린돌을 구해야 해! 그러면 모든 사태를 끝낼 수 있어!〉

〈그곳에도 지키는 자들이 있을 거야. 그 몸으로 싸울 수는 없어.〉

〈등가죽 좀 벗겨진 건 아무렇지도 않아!〉

〈스바치. 여기 이 녀석은 예상하지 못했으니까 당한 거야. 하지만 다른 수호자들은 여신의 힘을 쓸 거야. 정상적인 몸이라도 그런 자들과는 상대가 될 수 없어. 도망쳐야 해!〉

〈……제기랄, 도망치는 것이 무슨 소용이 있어! 우리 심장은 이곳에 있어. 수호자들은 간단히 우리를 죽일 거라고!〉

카루는 스바치의 지적에 놀랐다.

〈그렇군. 그렇다면 심장병을 가지고 도망치면 되지 않을까? 내 심장병이 어디에 있는지는 알아. 자네 것도. 여기 오르내리면서 본 적이 있어. 여기서 멀지 않아.〉

〈카루! 심장병이 심장탑을 떠나도 상관없다면, 왜 여자들이 이곳에 놔두겠어? 자기 집에 놔둬도 되지. 심장병은 심장탑에 있어야 해. 그렇잖으면 소용이 없어.〉

카루는 자신의 학식이 부족하다는 사실에 염증을 느끼지는 않았다. 그럴 여유도 없었기 때문이다. 그는 숨가쁘게 고민했다. 심장병을 가지고 떠날 수도 없고, 놔두고 간다면 심장 파괴를 당하니 소용이 없었다. 카루는 잠깐 동안 수호자들의 심장병을 모조리 깨어버리면 어떨까 하는 유혹을 느꼈다. 하지만 200미터나 되는 심장탑을 오르내리며 수호자들의 심장병만 찾아내는 것은 불가능했다. 게다가 그들이 이름을 알지 못하는 수호자들도 많았다. 카루는 문을 닫으며 닐렀다.

〈그렇다면 남은 방법은 하나뿐이군. 일단, 자네. 이 수호자 친구의 옷을 입어. 나도 다른 녀석의 옷을 입겠어.〉

〈무슨 생각이야?〉

〈더 니를 시간이 없어. 우리는 도망쳐야 해. 빨리 옷 갈아입어!〉

스바치는 카루를 노려보다가 결국 고개를 떨구었다. 그는 수호자의 옷을 벗겼다. 카루 또한 남자들의 옷 중 피가 적게 묻은 것들을 골라 입었다.

다음 날 아침, 대금을 가지러 자신의 방으로 올라가던 갈로텍은 기괴하기 짝이 없는 광경을 발견하고 걸음을 멈췄다. 그는 눈앞에 있는 어처구니없는 광경을 바라보았지만 그것이 무슨 의미인지 도무지 알 수 없었다.

그러나 얼마 지나지 않아 갈로텍은 비늘을 부딪치며 계단을 달려 내려갔다. 카루와 스바치가 갇혀 있던 방에 도달한 갈로텍은 방 앞을 지키고 있던 자들이 없다는 사실에 경악했다. 갈로텍은 황급히 문을 열었다.

그리고 갈로텍은 문을 쾅 닫았다. 문에 기대어 선 갈로텍은 고개를 숙인 채 헐떡거렸다. 그의 입에서 비명에 가까운 신음이 터져나왔다.

세리스마는 감탄하며 닐렀다.

〈먹으로 지웠다고?〉

갈로텍은 세리스마처럼 감탄할 수 없었다. 분노 때문에 제자리에 앉아 있기도 힘들었던 갈로텍은 방 안을 왔다갔다 하며 닐렀다.

〈예. 심장병의 이름들을 먹으로 뭉개어 놓았습니다. 모두 몇 개나 되는지 모르겠습니다. 밤새도록 심장탑을 오르내린 것이 아닌가 의심스러울 정도입니다. 탑 아래쪽 근방에 도달해서는 손바닥에 먹을 묻혀 손에 잡히는 대로 뭉개버렸습니다. 도망치기 직전이라 그렇게 했겠지요. 아마 그중에는 틀림없이 자기들의 심장병도 포함되어 있겠지요.〉

〈그리고 수호자들의 심장병도 포함되어 있겠지. 대단한 재치군. 역시 내가 가려 뽑을 만한 놈들이야.〉

〈지금 수호자들의 이름을 우선으로 어떤 이름이 남아 있고 어떤 이름이 없는지 대조 작업을 벌이고 있습니다만, 시간이 얼마나 걸릴지 모르겠습니다. 제기랄, 그 놈들이 제 심장병을 깨버렸을 수도 있었다고 생각하니 비늘이 빠질 지경입니다!〉

〈아마 도망치는 데 방해가 될까봐 그랬겠지. 자네가 갑자기 죽으면 무슨 일이 벌어졌다고 생각할 테니까.〉

〈그렇잖으면 그냥 제 심장병이 어디에 있는지 몰랐기 때문일 수도 있겠지요. 어쨌든 지금쯤이면 벌써 밀림 속으로 들어가버렸을 겁니다. 그렇게 된다면 추적할 수가 없습니다!〉

세리스마는 잠시 고개를 숙인 채 생각했다. 곧 그는 눈을 번득이며 닐렀다.

〈아니, 그렇지 않을 수도 있지.〉

〈네?〉

〈그 녀석들은 우리가 여신을 감금하고 있다는 것을 알고 있어. 여자들에게 그것을 말하고 도와달라고 요청하지 않을까?〉

갈로텍의 걸음이 멈췄다. 세리스마는 빠르게 닐렀다.

〈대조 작업 따위 집어치우고 모두 하텐그라쥬를 수색하도록 해. 어쩌면 그것까지도 예상하고 정말로 밀림으로 도망쳤을 수도 있지만, 위험을 감수할 수는 없어. 녀석들이 밀림으로 도망쳤다는 것이라도 확인해야 해!〉

대답은 없었다. 갈로텍은 이미 달려나간 후였다.

그러나 그날 하루, 그리고 그 후 사흘 동안 계속된 수색에서도 두 사람의 모습은 나타나지 않았다. 두 사람은 밀림으로 도망친 것이 분명했다. 세리스마와 갈로텍은 그 사실에 기뻐해야 할지 분노해야 할지 알 수 없었다.

괄하이드 규리하는 얼굴을 붉힌 채 찻잔을 내려다보았다. 그의 앞쪽에 앉아 있던 중년 남자는 빙글빙글 웃으며 말했다.

"정말 그렇게 말했어?"

"두 번씩 확인해야 되나."

"형을 가리켜 산에게 부동심을 가르칠 수 있다고 나불거리던 자들이 그 광경을 봤으면 정말 당황했을 텐데. 혹 자신이 스무 살짜리 청년이라고 착각하고 있는 건 아니겠지?"

변경백은 불편한 헛기침을 했다.

"좀 감정적으로 말한 것은 인정하지만 내가 말했던 것은 모두 솔직한 진심이다. 라수."

괄하이드 규리하의 사촌동생 라수 규리하는 빙그레 웃으며 말했다.

"하긴 형에게 서신을 쓰며 그런 모습을 기대했지. 다른 자들이 뭐라고 하든 나는 형을 알거든. 산사에 틀어박혀 사는 것이 지루해졌고, 그래서 내 광대를 불러야겠다고 결심했지. 그래도 내 광대가 이 정도까지 나를 즐겁게 해줄 줄은 몰랐어."

규리하 변경백 령의 강대한 지배자를 광대라고 부르는 발칙한 처사에 직면했지만 괄하이드가 보여준 반응은 쓴웃음을 짓는 것뿐이었다. 라수 규리하가 그를 아는 것처럼 그 역시 라수 규리하를 알고 있었다. 주위를 둘러본 변경백은 방 안의 모습 또한 라수의 개성을 그대로 드러내고 있다고 생각했다.

방 안은 웬만큼 대범하다고 자부하는 사람이라도 자신이 결벽증 환자가 아닐까 의심하게 될 꼬락서니였다. 사방의 벽은 그 앞에 쌓여 있는 무수한 책에 의해 칠할 이상 감춰져 있었고 천장 또한 보통 것보다 월등히 길고 넓은 시렁에 의해 감춰져 있었다. 그 시렁에는 온갖 물건들이 어지럽게 얹혀져 있어 아래쪽에 앉아있는 사람으로 하여금 문득문득 목을 움츠리게 만들고 있었다. 라수는 '떨어져도 아래에 있는 사람을 죽이지는 않을 물건만 얹어놓았다'고 장담하긴 했지만. 방바닥은 주로 집필 공간으로 사용되는 듯했다. 그 말은 엉망으로 구겨진 이불과 파지들, 그리고 벼루와 먹, 붓들이 방바닥을 점령하고 있다는 뜻이었다. 방 안에 서탁이 없었던 것은 아니지만 그 큼직한 서탁에는 황당하게도 큼직한 콩나물 시루가 얹혀져 있었다. 라수는 그것이 '관상용'이라고 설명했고 괄하이드는 왜 화분이나 수반을 놔두지 않느냐고 묻지는 않았다. 어쨌든 서탁이 그 지경인지라 라수는 방바닥에 엎드려 글을 쓰는 듯했다. 그 외에도 도대체 무엇에 사용되는 물건인지 알 수 없는 것들이 방을 가득 채우고 있어 방 안에는 한 사람이 더 들어오기 힘들 정도였다.

괄하이드의 시선을 따라 자신의 방 안을 둘러본 라수는 이렇게 아름다운 방도 없을 거라는 듯한 표정을 짓고는 말했다.

"그래서, 왕 놀음에 참가할 작정이야? 나가를 데리고? 사람들은 형이 노환으로 분별을 잃었다고 생각할지도 몰라."

"사람들의 말에 신경 써 본 적은 없어. 그리고 케이건 드라카가 지명한 여인은 분명히 우리의 왕이야."

"아무래도 형은 800년쯤 시기를 잘못 타고 태어난 것 같단 말이야. 그 나가는, 글쎄. 아마 왕이긴 할 거야."

괄하이드는 고개를 번쩍 들어 사촌동생을 바라보았다.

"지금 그 말 네 본심이냐?"

"역시 그게 목적이었군?"

"뭐?"

"그녀가 왕이라고 믿고 있기는 하지만, 그래도 그것만으로는 뭔가 불안해서 자기보다 똑똑한 것이 분명한 사촌동생에게 확인을 받고 싶어서 온 것 아냐?"

라수의 악의 섞인 농담에 괄하이드는 진지하게 고개를 끄덕였다.

"그래. 확인해 주겠어?"

라수는 결국 자신이 사촌형을 존경한다는 사실을 인정할 수밖에 없었다. 괄하이드에 대한 사람들의 평가가 그렇게 틀린 것은 아니라고 생각하며 라수는 차분하게 말했다.

"여러 가지로 재미있는 타개책인 것은 분명해. 사람들은 왕을 원하지만 제왕병자는 경멸하지. 물론 제왕병자들에게 환호를 보내는 자들이 있기에 그 희극적인 자들의 전통이 단절되지 않고 있는 것은 분명하지만, 실제로 힘을 가진 자들, 예를 들어 형과 같은 인물들은 제왕병자들을 싫어하지. 얼마나 싫어하냐 하면, 어떤 인간이 왕이 되겠다고 말하면 그자가 실제로 그럴 만한 능력이 되더라도 일단은 제왕병자라고 판단해 버릴 만큼."

"그 말은 인간은 왕이 되기 어렵다는 뜻인가?"

"인간의 경우 제왕병자로 오인될 위험이 있다는 거지. 주퀘도 사르마크처럼 힘으로 자신의 능력을 증명해 보일 수 있는 자는 자주 등장하는 것이 아니야. 사모페이라는 그 나가에게는 그런 위험이 없지. 그리고 두 번째로, 그녀는 신왕조의 개조가 될 수 없어. 짝이 없으니까."

"그건 나쁜 점이잖아?"

"일반적인 경우라면 왕에게 후계자가 없다는 것은 문제가 되지만 이 경우에는 그렇지 않아. 북부의 왕권이 영원히 나가의 손에 장악되는 것은 아니라는 보증이 되니까. 그 점은 그녀 스스로 말한 한시성에 대한 담보가 되지. 그녀가 죽은 다음에, 혹은 그녀 스스로 말한 것처럼 여신이 해방된 다음에 왕권은 다시 인간, 혹은 레콘, 정말 가능성이 없지만 도깨비에게 올 수도 있지. 북부인들은 영웅왕의 시절에 이미 그런 경험을 했어. 이것은 그녀의 후계자가 되고 싶은 야심가들을 솔깃하게 할 장점이지."

괄하이드는 고개를 갸웃했다.

"그 말은 그녀가 왕이 될 경우 스스로를 사냥감으로 만든다는 의미잖아. 그녀의 야심만만한 신하들은 그녀를 죽이고 그 왕좌에 앉고 싶어할 테니까."

"왕은 언제나 제물이고 사냥감이고 희생양이야. 하지만 거꾸로 생각해 볼 수도 있는 문제지. 그들은 다른 누군가가 국왕 시해를 시도하지 못하도록 서로를 견제하게 되겠지. 그리고 그녀에게는 매수할 수 없는 수호수와 용을 데리고 있는 동생도 있잖아? 그리고 나가는 잘 죽지도 않아."

괄하이드는 동의했다. 라수는 계속 말했다.

"그러니 형에게는 세 부류의 사람에게 줄 것이 있어. 왕이 되고 싶지만 여러 가지 이유로 그것을 삼가고 있는 자들에겐 없는 것을 만들어내기보다 이미 만들어진 것을 얻는 쪽이 더 낫다는 것을 주지시켜. 왕이 존재하지 않는 북부에서 왕을 만들어내는 것보다는 왕이 있는 북부에서 그 왕좌를—그것에 대한 권리를 주장할 후계자도 없고 왕좌의 주인도 그것을 한시적으로만 맡겠다고 주장하는—얻는 것이 편하지."

"흐음. 두 번째 부류는 뭐지?"

"왕이 되고 싶은 생각은 없지만 왕이 돌아오기를 원하는 형과 같은 자들. 그자들에게 줄 것은 이미 케이건 드라카가 준비해 줬지. 왕의 상징인 흑사자의 모피를 가진 채 북부로 온 사람. 대호가 따르는 사람. 이 정도면 웬만한 제왕병자들은 꿈도 못 꿀 증거들이지. 거기에 덧붙여 나가인 그녀가 우리가 경멸해야 마땅할 제왕병자일 리는 없다는 점을 강조할 수 있겠군."

괄하이드는 라수의 말을 깊이 생각했다. 그리고 한참 후에 말했다.

"세 부류라고 했지. 마지막은 어떤 부류지?"

"제일 다루기 까다로운 부류인데, 왕이 되고 싶은 생각도 없고 왕의 귀환에도 별로 관심이 없지만, 나가가 어찌 우리의 왕이 되느냐고 화를 낼 수는 있는 부류지. 공교롭게도 숫자는 제일 많을 거야."

"그렇군. 그자들에게 뭘 주지?"

"나가가 아니라고 해."

"뭐?"

"왜 얼굴을 공개해야 하지? 가면을 쓰게 해."

"가면이라니. 만민의 신뢰를 얻어야 하는 왕이 어떻게 가면을……."

"오, 고결한 이상주의여. 사람들은 진실에 관심이 없어. 멋진 가면을 더 좋아해. 지배자가 자신 또한 울고 웃는 한 명의 사람에 불과하다는 것을 솔직하게 고백하면 사람들은 오히려 충격을 받을걸. 규리하를 다스리는 형도 그 정도는 알 텐데."

"물론 나도 사람들 앞에서 더욱 나 자신에게 엄격하게 행동하지. 네가 말하는 가면이 그런 의미라면, 그래. 나도 사람들 앞에서 가면을 쓴다고 할 수 있어. 하지만 네가 말하는 것은 얼굴을 감추는 가면이잖아?"

"상관없어. 그 기막힌 목소리만으로 신뢰감은 충분히 얻을 수 있어."

"아아, 그 목소리."

"그래. 가면 뒤에서 그런 목소리가 흘러나온다고 생각해 봐. 그녀가 나가라는 사실은 이곳에 모인 자들만 함구하면 돼."

"그런 비밀이 지켜지겠어?"

"조금씩 흘러나가면 더 좋지. 얼마나 흥미진진하겠어. 많은 사람들이 나가는 말을 아예 못 한다고 믿어. 그런데 가면을 쓴 우리의 여왕은 목소리를 내는 거야. 그들은 믿어 마땅한 상식과 귓속말로 들은 소문 사이에서 흥분하겠지. 왕은 사람들에게 그런 여흥거리도 줘야 해. 아, 그렇군. 그 가면은 너희 같이 아름다운 여왕의 용모에 사람들이 상사병으로 죽어나가는 것을 막는 장치라고 말해. 역시 사람들을 즐겁게 할 설명이 되겠군."

괄하이드는 탄복하면서도 꺼림칙한 표정으로 사촌동생을 바라보았다.

"라수. 항상 느끼는 거지만, 너와 노닥거리고 있다 보면 내가 정말 교활한 악당이라도 된 것 같아."

라수 규리하는 싱긋 웃었다.

"그런 악당의 감각을 기대하고 온 거잖아?"

그것을 기대하고 사촌동생을 찾았던 변경백은 덩달아 싱긋 웃었다.

사모 페이는 륜의 설명을 들으며 웃었다.

"그거 정말 재미있게 되었군."

"재미있다고요?"

"그래. 케이건 드라카는 내게 왕이 되어서 눈물을 마신 다음 죽으라고 말했지. 그런데 내가 왕이 되려면 케이건은 내게 용의 수호를 맹세해야 하지. 용의 수호를 맹세한다면 케이건은 내가 죽게 내버려둘 수가 없군. 그렇다면 케이건은 내게 왕이 되라고 말할 수 없는 것이고, 그러면 내게 용의 수호를 맹세할 필요가 없지. 케이건은 정말 난처한 모순에 빠져 있군. 키탈저 사냥꾼들이 좋아한다는 그 모순 말이야."

두 사람은 주위에서 듣고 있는 다른 사람들을 위해 목소리를 이용하고 있었다. 사모의 이야기를 들은 비형은 당장 매혹에 빠졌다.

"맹세하면 왕이 되게 할 수 없고, 왕이 되지 않으면 맹세할 필요가 없고……."

세 명의 이야기꾼에 당한 듯한 모습으로 혼수상태에 빠져버린 비형은 곧 다른 사람들에게 무시되었다. 티나한은 벼슬을 긁적거리며 말했다.

"이봐, 사모. 케이건이 용의 수호를 맹세하지 않으면 왕이 안 될 거야?"

사모는 미소 지었다.

"용의 수호가 어떤 건지 들으니 더욱 받고 싶어지는데. 티나한. 나더러 죽으라고 말하는 사람은, 나를 위해 죽을 준비도 되어야 하는 것이 타당한 것 같지 않아?"

류은 죽는다는 이야기를 자연스럽게 말하는 사모를 착잡한 표정으로 바라보았다. 그의 무릎 옆에 누워 있던 아스화리탈은 류의 몸이 굳는 것을 느끼고는 그 머리를 무릎 위에 올려놓았다. 류은 한숨을 내쉬며 용의 머리를 쓰다듬었다. 티나한은 수염볏을 쓰다듬으며 말했다.

"어쩐지 케이건이 하는 말과 비슷하군. 케이건은 거꾸로 말하지만."

"거꾸로?"

"케이건은 자신이 상대방을 죽이니 상대방도 자기를 죽일 수 있다고 말하지."

"공평한 성격이군."

사모는 웃으며 마당 저편을 바라보았다.

마당 저편에서는 케이건과 오레놀, 그리고 쥬타기 대선사가 돗자리 위에 앉아서 뭔가 이야기를 나누고 있었다. 두억시니들은 요근래 그러했던 것처럼 더위에 슬퍼하며 그들 주위에 쓰러져 있었다. 대단히 살벌한 회담 장소라고 할 수 있을 것이다. 그들은 꽤 오랫동안 이야기를 나누고 있었지만 여름의 긴 오후는 아직도 한창이었다. 이야기는 꽤 진지한 듯했고 마루에 앉아 있는 자들은 오레놀과 쥬타기 대선사가 놀라는 표정을 짓는 것을 자주 볼 수 있었다.

케이건을 바라보던 류이 참을 수 없다는 듯이 닐렀다.

〈누님. 정말로 왕이 될 생각이십니까?〉

〈몇 번째 니르는 건지 모르겠군. 륜. 우리 두 사람의 힘만으로는 여신을 구출할 수 없어. 그리고 내가 곧장 죽는다고 생각하지는 마. 그들은 북부의 왕이 나가라는 사실을 알면 일단 대화해 보려고 할 거야. 간단히 북부를 얻게 되는 거라고 생각할 지도 모르지.〉

〈대화가 결렬되면 어떻게 하죠?〉

〈그다음엔? 케이건의 말대로 되길 바라는 거지. 나는 죽고 남은 자들이 여신을 구출하는 거지.〉

〈누님!〉

사모는 웃으며 륜을 바라보았다.

〈륜. 나도 죽는 것을 좋아하지는 않아.〉

륜은 자신을 위해 죽으려 했던 사모를 보며 몸을 떨었다. 륜의 마음을 짐작한 사모는 황급히 닐렀다.

〈아니, 네가 미안해할 필요는 없어. 나는 스스로 조심할 거라는 의미로 니른 거야. 내 정체를 쉽게 밝힐 필요는 없겠지. 내가 사모 페이라는 것을 모른다면 그자들이 나를 어떻게 죽이겠어?〉

〈북부에 있는 나가는 저와 누님뿐입니다! 그자들이 왜 모르겠습니까?〉

〈그렇다면 너라고 생각하겠지. 네가 여신의 힘으로 북부의 멍청이들을 누르고 왕이 되었다고 생각할 거야. 그것이 보통 할 수 있는 생각이잖아.〉

〈확실하게 하기 위해서 누님을 죽일지도…….〉

〈그들은 내가 암살을 포기했다는 것을 몰라. 너를 죽일 자로서 내가 필요하다고 믿을 거야.〉

륜은 일이 그렇게 잘되기만 할 수는 없다고 니르려고 했다. 그때 돗자리에 앉아 있던 사람들이 일어났다.

쥬타기 대선사와 오레놀은 그대로 오솔길을 통해 떠났다. 남아 있던 케이건은 그들을 향해 걸어왔다. 케이건이 축대 위에 올라오자마자 비형은 조바심을 내며 질문했다.

"어떻게 되셨습니까? 무슨 이야기를 나누셨지요?"

케이건은 대답하지 않았다. 그리고 마루 위에 올라오지도 않았다. 케이건은 축대 위에 선 채 사모를 조용히 바라보았다. 사모는 그 시선에 의아해했다.

"사모 페이."

"응?"

"북부의 왕이 될 각오가 되어 있나?"

륜은 비늘을 곤두세웠다. 사모는 부드럽게 웃으며 말했다.

"다른 자들이 모두 동의하고, 거기에 덧붙여 네가 용의 수호를 맹세한다면."

"맹세하겠다."

자연스러운 대답에 비형과 티나한은 깜짝 놀랐다. 사모 또한 얼굴의 웃음을 거두며 케이건을 바라보았다.

"내가 그 맹세를 받아들여 왕이 된다면, 그렇다면 너는 당장 죽을지도 모르는 자를 목숨 걸고 보호하겠다는 것이 되지. 그래도 괜찮겠어?"

"너를 죽음의 길에 밀어넣으려면 나 또한 죽음을 각오해야겠지."

조금 전 자신이 했던 말이기에 사모는 미소를 짓고 말았다. 케이건은 그 미소에 고개를 갸웃했다. 사모는 부드럽게 말했다.

"할 필요 없어."

"응?"

"내게 용의 수호를 맹세할 필요는 없어."

륜과 비형, 그리고 티나한은 화들짝 놀라서 사모를 바라보았다. 케이건은 눈을 가늘게 뜬 채 사모를 바라보다가 입을 열었다.

"왜지?"

그의 목소리는 약간 잠겨 있었다. 하지만 놀란 사람들은 눈치채지 못했다. 사모는 천천히 말했다.

"그건 요스비의 제안일 뿐이야. 그리고 나는 그 전에 이미 왕이 될 생각을 하고 있었고."

"하지만 너는 그걸 조건으로 내세웠는데."

"그때는 용의 수호라는 것이 뭔지 몰랐으니까. 그것이 네 목숨을 위협할 정도의 중대한 맹세라면, 사양하겠어."

그리고 사모는 장난스럽게 덧붙였다.

"여자가 왜 남자의 보호를 받아야 하지?"

케이건은 한 번에 정의내리기 어려운 표정으로 사모를 바라보았다. 그렇게 사모를 바라보던 케이건이 갑자기 앞으로 한 발을 내디뎠다. 그러나 그것뿐, 케이건은 더 이상 움직이지 않았다. 그리고 정지한 채 사모를 바라보았다. 그 모습은 기묘하게 많은 침묵을 불러일으켰다. 티나한과 비형, 그리고 륜마저도 아무런 말도, 아무런 니름도 꺼내지 못한 채 케이건을 바라보았다.

케이건의 고개가 천천히 돌아갔다. 케이건은 옆을 보며 말했다.

"잘됐군."

사모는 빙긋 웃었다.

"기쁜 모양이지?"

"아니. 다른 일을 말하는 거다."

"다른 일?"

케이건의 몸이 고개를 따라 돌아갔다. 케이건은 다른 사람들에게 등을 돌린 채 말했다.

"용의 수호를 맹세하면 나는 네 곁에 붙어 있어야 한다. 하지만 대사원에서는 지금 한 가지 일을 추진할 생각을 하고 있다. 그리고 그건, 나를 길잡이로 필요로 하는 일이 될 거다."

길잡이라는 말에 비형은 눈을 번쩍 떴다. 그리고 티나한도 벼슬을 빳빳하게 세우며 외쳤다.

"무슨 일이냐, 그건?"

"셋이 하나를 상대하오."

"응? 어, 그건 요스비라는 자가 했던 이야기 말하는 거야? 그러고 보니 묘한 걸론을 얻었다고 했는데, 도대체 어떤 결론이지?"

케이건은 다시 몸을 돌렸다. 사람들을 쳐다보는 케이건의 얼굴은 그들에게 익숙한 담담한 얼굴이었다.

"간단한 거요. 발자국 없는 여신의 힘을 상대하려면 모든 이보다 낮은 여신, 자신을 죽이는 신, 그리고 어디에도 없는 신의 힘을 손에 넣어야 한다는 의미지."

"엑?"

티나한은 그렇게밖에 대답할 수 없었다. 비형은 당황하여 외쳤다.

"하지만 어떻게 그럴 수 있다는 말입니까? 나가들이야 신체를 감금해서 그렇게 했습니다만, 우리도 그런 일을 하자는 것은 아니겠지요?"

"그럴 수는 없소. 그럴 능력도 없고. 다른 사제들은 발자국 없는 여신이 그녀의 신랑에게 준 것과 같은 신명을 받지 않았소."

"그러면 어떻게?"

"화신을 찾아야 하오."

륜과 비형이 동시에 비명을 질렀다.

"화신!"

"그렇소. 신체의 내면에 있는 신이 겉으로 드러난 화신. 나는 세 명의 화신을 찾아낼 작정이오. 그것이 여신의 힘을 손에 넣은 수호자들을 억압할 수 있는 가장 간단하면서 확실한 해결책이오. 셋이 하나를 상대하니까."

비형이 더듬거리며 말했다.

"하, 하지만 화신을 어디에서, 어, 어떻게 찾습니까?"

"쉬운 일은 아닐 거요. 지금으로선 일단 바우 머리돌 성주를 찾아뵐 생각이오. 밤의 다섯째 따님이 뭔가 조언을 줄 수 있을지도 모르지. 물론 혼란, 매혹, 감금, 은닉이 나를 방해할지도 모르지만."

"거기서 조언을 얻지 못하면?"

"다른 방법도 몇 가지 생각해 두었소만, 어쩌면 기나긴 수탐이 될지도 모르오."

티나한이 외치듯 질문했다.

"가능성이 있기는 한 거냐?"

"없지는 않다는 대답밖에 할 수 없을 것 같소."

"그렇다면 됐어!"

티나한이 벌떡 일어났다. 그리고 축대에 뛰어내렸다.

"대적자 여기 있다!"

케이건은 티나한을 물끄러미 바라보다가 고개를 가로저었다.

"티나한. 그건 가혹할 정도로 긴 시간을 필요로 할지도 모르오. 당신에겐 숙원이 있소. 하늘치 유적에 올라가야 하고, 부인들을 얻어야 하잖소."

"젠장. 북부가 모두 나가 손에 들어가면 내 숙원도 소용 없어. 그리고 모르는 일이잖아? 화신을 찾으러 다니다가 부인감도 찾을 수 있을지."

케이건은 어이없다는 듯이 웃을 수는 없었다. 비형이 눈을 빛내며 일어났기 때문이다.

"요술쟁이 없이 어디를 갈 겁니까?"

티나한은 환호성을 질렀다. 하지만 케이건은 이마를 짚으며 고개를 가로저었다.

"비형. 당신은 바우 성주의 몸종이오."

"즈믄누리로 가실 거죠? 거기 가서 한번 물어보죠. 어때요?"

케이건은 그 상황을 도통 이해할 수 없었다. 하지만 그것이 낯설지는 않다는 느낌 또한 들었다. 케이건은 언제 이와 같은 기분을 느꼈는지 생각해 보았고 그것이 대충 15년 전의 일이었음을 깨달았다. 그리고 또한 800년 전의 일이기도 했다.

결국 케이건은 말했다.

"함께 가준다면 기쁠 거요."

비형과 티나한이 만세를 외쳤다. 그들을 물끄러미 바라보던 케이건은 문득 사모의 시선을 느끼고는 고개를 돌렸다. 사모는 그를 바라보며 웃고 있었다.

사모를 바라보던 케이건은 천천히 축대 위에 한쪽 무릎을 꿇었다. 놀란 티나한과 비형이 그를 바라보았고 사모와 륜도 당황하여 엉거주춤 일어났다. 케이건은 사모에게 고개를 숙인 채 말했다.

"바로 떠나야 할 테니 폐하의 대관식에 참석할 수는 없을 것 같습니다. 왕이여. 그러니 미리 말씀드리겠습니다. 아라짓 전사 케이건 드라카가 세 화신을 찾아 떠나는 것을 허락해 주십시오. 그리고 그 수탐에 폐하의 축복을 내려주십시오."

사모는 말을 꺼내지 못했다. 비형이 굴러떨어지는 속도로 축대 옆에 내려가서는 케이건 옆에 무릎을 꿇었기 때문이다. 비형은 사모를 올려다보며 웃었다.

"위대한 사모 페이 폐하. 이렇듯 긴 시간 끝에 북부로 돌아오신 폐하의 손에 축복을 받는다면, 세상에 그보다 더 광영된 일이 어디 있겠습니까? 제 주인이신 바우 머리돌 성주님께서는 이미 폐하를 지지할 것을 약속하셨고 제 주인의 왕이신 당신은 저의 왕이기도 합니다. 부디 저희들의 수탐에 하해와 같은 축복을 내려주시길 바라겠습니다. 그리고……?"

그리고 비형은 티나한을 똑바로 바라보았다. 소리 없이 포효하며 벼슬을 붙잡아 뜯던 티나한은 결국 항복했다는 표정을 지으며 케이건 옆에 무릎을 꿇었다.

"이런, 쌍. 좋아. 왕! 축복해 줘!"

사모는 어쩔 줄 모르는 표정으로 무릎을 꿇은 세 남자를 내려다보다가 동생을 돌아보았다. 륜은 울음을 터뜨리기 직전의 얼굴을 한 채 세 남자를 바라보고 있었다. 사모의 눈길을 느낀 륜은 천천히 고개를 돌려 사모를 쳐다보았다. 사모는 부드럽게 닐렀다.

〈륜?〉

륜은 가까스로 닐렀다.

〈누님은 저들의 왕인 것 같군요.〉

사모는 세 남자를 향해 말했다.

"그대들을 축복한다. 그대들의 수탐이 부디 성공하여 모든 사람들의 세계를 구할 수 있게 되길."

〈하권에서 계속〉